Inschallah

Oriana Fallaci

INSCHALLAH

Roman

Aus dem Italienischen
von Mosche Kahn

Kiepenheuer & Witsch

Titel der Originalausgabe INSCIALLAH
© 1990 RCS RIZZOLI LIBRI S.P.A, MILANO
Aus dem Italienischen von Moshe Kahn
© 1992 by Verlag Kiepenheuer & Witsch, Köln
Alle Rechte vorbehalten. Kein Teil des Werkes darf in irgendeiner Form (durch
Fotografie, Mikrofilm oder ein anderes Verfahren) ohne schriftliche Genehmigung des
Verlages reproduziert oder unter Verwendung elektronischer Systeme verarbeitet,
vervielfältigt oder verbreitet werden.
Umschlag: Kalle Giese, Overath
Satz: Fotosatz Froitzheim, Bonn
Druck und Bindearbeiten: Mohndruck, Gütersloh
ISBN 3-462-02114-1

Die Personen dieses Romans sind frei erfunden. Erfunden ist auch ihre Geschichte, erfunden ist die Handlung. Die Ereignisse, von denen sie ausgeht, sind wirklich, wirklich ist die Landschaft, wirklich ist der Krieg, in dem die Handlung angesiedelt ist.

Die Autorin widmet ihre Arbeit den vierhundert amerikanischen und französischen Soldaten, die beim Massaker von Beirut von der Sekte der Söhne Gottes hingeschlachtet wurden. Sie widmet sie den Männern, Frauen, Alten und Kindern, die bei den anderen Massakern dieser Stadt hingeschlachtet wurden und bei allen Massakern des einen immerwährenden Massakers Krieg.

Dieser Roman möchte ein Akt der Liebe für sie und für das Leben sein.

Oriana Fallaci

Erster Akt

Erstes Kapitel

– 1 –

Nachts fielen streunende Hunde in die Stadt ein. Hunderte und Aberhunderte von Hunden, die sich, die Angst der Menschen ausnutzend, durch verlassene Straßen drängten, über leere Plätze, durch unbewohnte Gassen, und woher sie kamen, konnte niemand sagen, denn tagsüber zeigten sie sich nie. Vielleicht versteckten sie sich tagsüber in den Trümmern, in den Kellern der zerstörten Häuser, in den Abwasserkanälen bei den Ratten, vielleicht aber existierten sie überhaupt nicht, weil sie nämlich keine Hunde waren, sondern Geistererscheinungen von Hunden, die bei Dunkelheit Gestalt annahmen, um die Menschen nachzuahmen, von denen sie getötet worden waren. Wie die Menschen teilten sie sich in haßerfüllte Banden auf, wie die Menschen wollten sie sich bloß zerfleischen, und der monotone Ritus vollzog sich immer unter dem gleichen Vorwand: die Eroberung eines Bürgersteigs, der wegen der Essensreste und der faulenden Abfälle besonders wertvoll für sie war. Sie rückten langsam vor, in Patrouillen, angeführt von einem Patrouillenchef, der der gefährlichste und größte Hund war, und anfangs konnte man sie überhaupt nicht wahrnehmen, weil sie lautlos vordrangen. Die Strategie von Soldaten, die, während sie schweigend um sich spähen, heranrobben, sich auf den Feind stürzen und ihn zerfleischen. Doch plötzlich stieß der Patrouillenchef ein Heulen aus, ähnlich dem Ton einer Fanfare, die zum Angriff bläst, diesem Heulen folgte ein weiteres Heulen und noch eins, dann das gemeinsame Gebell der Gruppe, die einen Kreis bildete, um die gegnerische Gruppe einzuschließen und so zu belagern, daß Flucht unmöglich war, und nun brach die Hölle los. Angreifer und Angegriffene wälzten sich in den faulenden Abfällen, schlugen ihre Fangzähne in Kehlen und Rücken, bissen sich gegenseitig in die Augen und in die Ohren, rissen sich die Bäuche auf, und ihr Wutgejaule war ohrenbetäubender als die Bomben. Es war unwichtig, welches Gefecht die Nacht zerriß, welcher Zusammenstoß von Männern, der Höllenlärm der Hunde, die sich wegen des Besitzes eines Bürgersteigs gegenseitig umbrachten, übertraf den Aufschlag der Raketen, das dumpfe Donnern der Mörser, das Hämmern der Artillerie. Und kein Verschnaufen, keine Atempause. Erst als der Himmel zur violetten Helle des Morgens hinüberdämmerte und die Banden verschwanden, Blutlachen, Kadaver besiegter Mitstreiter zurücklassend, konnte man wieder den Kriegslärm der Raketen, der Mörser und der Artillerie hören. Doch zu diesem Zeitpunkt begann ein neuer und nicht weniger schauerlicher Tumult, nämlich der der Hähne, die verrückt vor Angst jedes Zeitgefühl verloren hatten. Statt den Sonnenaufgang zu verkünden, schrien sie sich die Hälse heiser, indem sie den Kriegslärm mit ihrem Kikeriki beantworteten. Ein Kanonenschuß und ein Kikeriki. Eine Maschinengewehrsalve und ein Kikeriki. Ein Gewehrschuß und ein Kikeriki. Verzweifelt, terrorisiert, menschlich. Ein Doppelschluchzer, aus dem man das Wort Hilfe herauszuhören meinte. «Hi-ilfe! Hi-ilfe!» Tausende von Hähnen. Man hätte denken können, daß jedes Haus, jeder Hof, jede Terrasse einen irre gewordenen Hühnerstall beherbergte und daß jeder einzelne Hahn nur lebte, um seinen Wahnsinn hinauszuschreien. Oder vielleicht den Wahnsinn dieser Stadt, die Qualen dieses absurden Ortes, den die Militärkarten mit ihrem Kürzel 36S-YC-316492-Q15 angaben? Zone 36, Band S, Planquadrat YC, Koordinaten 316492, Quote 15 gleich Kommandostützpunkt des italienischen Truppenkontingents in Beirut.

* * *

Angelo lag ausgestreckt auf der Pritsche, die er in einem kleinen Raum des Kellergeschosses aufgestellt hatte, und hörte zu. Er konnte einfach nicht einschlafen, und bei jedem Kikeriki verzog sich sein schönes, nachdenkliches Gesicht zu einer verbitterten Grimasse. Er haßte diese Hähne so sehr, daß er, wenn er einen von ihnen erblickte, den Kopf abwandte, um ihn nicht ansehen zu müssen. Für die Hunde dagegen empfand er so etwas wie finstere Neugier, weil sie einen nicht an sich herankommen ließen; von weitem erkannte man gerade nur undeutliche Umrisse, sozusagen den Schatten eines Schattens, der dabei war sich aufzulösen, und Angelo hatte sie noch nie gesehen. Er stand vorsichtig auf, um Charlie, seinen Hauptmann, der im Nebenraum schlief, nicht aufzuwecken. Er knipste die Taschenlampe an und begann, auf und ab zu gehen. Aber der Raum war so klein, und seine langen Beine legten den Abstand von einer Wand zur anderen so schnell zurück, daß er es sofort aufgab. Er legte sich wieder auf seine

Pritsche, und dort zermarterte er sich regungslos den Kopf über viele Fragen. Ob die Schlaflosigkeit gar nicht von dem ohrenbetäubenden Konzert kam, fragte er sich, sondern von der verwickelten Geschichte, auf die er sich vor zwei Monaten mit Ninette eingelassen hatte? Eine phantastische Frau, zugegeben. Langes kastanienbraunes Haar, das golden schimmernd wogte, beunruhigende violette Augen, die alle sinnlichen Begierden der Welt auflodern ließen, ein fleischiger Mund, die herben, stolzen Gesichtszüge einer Barbarenkönigin, und ein Körper, der dir den Atem verschlug, wenn du ihn ansahst. Das Schlimme ist nur, daß Schönheit allein nicht reicht, eine gefühlsmäßige Beziehung zu rechtfertigen. Wenn sie nichts anderes zu bieten hat als die monotone Einladung let-us-make-love, laß uns miteinander schlafen, let-us-make-love, dann wird der Lockruf der Schönheit an die Sinne zu etwas Lästigem, ja, zu einer Bedrohung: zu einer verborgenen Gefahr für die eigene Freiheit. Verflucht sei der Tag im August. Sie hatten sich an einem Augusttag kennengelernt, in einer Buchhandlung im Ostteil, als er die Tageszeitungen für Charlie kaufte. Eine unbeabsichtigte Bewegung, du stößt jemanden an, der hinter dir steht, eine Berührung, die du in diesem Augenblick für harmlos hältst. «Excusez-moi, Madame. Verzeihen Sie, Madame.» – «Don't mind, sergeant. Aber ich bitte Sie, Sergeant.» Ein unmöglicher Dialog, nur mit je-ne-comprends-pas, I-don't-understand, mish-fahèm, ich-verstehe-nicht. Mit Mühe hatten sie sich ihre Namen nennen können. «Je m'appelle Angelo, ich heiße Angelo.» – «My name is Ninette, ich heiße Ninette.» – Und trotzdem ist sie tagsdarauf gekommen und hat nach ihm gefragt: von Stützpunkt zu Stützpunkt, von Stellung zu Stellung hatte sie schließlich das Kommando erreicht. Draufgängerisch, unerschrocken, provozierend. In einem Viertel, in dem die Schamlosigkeit einer Frau als die schlimmste Beleidigung Allahs galt, so daß es schon ungeheuerlich war, den Kopf nicht zu bedecken und die Körperformen nicht mit einer plumpen Hose und einem weiten Blouson oder mit einem Chador zu verhüllen, war sie mit offenem Haar und in einem so engen Kleidchen gekommen, daß sie auf den ersten Blick aussah, als wäre sie nackt. In der Hand hielt sie ein Päckchen mit Süßigkeiten. «For you, für dich.» Er hatte die Süßigkeiten abgelehnt, das Mädchen hatte er weggeschickt, doch am nächsten Sonntag war sie wieder da: genau so angezogen und mit einem neuen Päckchen Süßigkeiten.

Er seufzte verärgert. Er hatte das Geschenk angenommen, was für ein Fehler! Von da an verging kein Sonntag, an dem sie nicht beim Kommandostützpunkt auftauchte. Sie kam sogar, wenn von den Bergen mit 155er Geschützen gefeuert wurde oder entlang der Grünen Linie ein Gefecht tobte, und wenn sie ihn nur sah, vibrierte ihre Freude wie eine Katze, die ihren Kater gefunden hat. «Angel, my angel! Angelo, mein Engel!» Dann lief sie ihm strahlend entgegen und berauschte ihn mit ihrem Lachen, ihren Zärtlichkeiten und ihrem englischen Wortschwall, mit unverständlichen Sätzen, denen du lediglich entnehmen konntest, daß sie Christin war, im Ostteil wohnte und die Absicht hatte, ihn ins Bett zu schleppen, genauer gesagt: ihn sich selbst abspenstig zu machen. Let-us-make-love, let-us-make-love. Wie konnte er ihr trotz des Begehrens, das sie in ihm weckte, widerstehen? Wie ihr erklären, daß er kein Liebesabenteuer wollte, daß auch ein Liebesabenteuer Liebe, jedenfalls eine Liebelei ist, eine Beziehung auf Zeit, die im Widerstreit zur eigenen Freiheit steht? Wie ihr klarmachen, daß er weder Liebe noch Liebelei brauchte, weil er die Freiheit nötig hatte, um zu begreifen, wer er war, was er suchte und worin das Leben besteht? Da sie keine gemeinsame Sprache hatten (er konnte nicht Arabisch und drückte sich in Französisch aus, sie konnte nicht Italienisch und drückte sich in Englisch aus), konnte er sich nur mit je-ne-comprends-pas, I-don't-understand, mish-fahèm, ich-verstehe-nicht verteidigen: die in diesen zwei Monaten angewandte Taktik. Gestern aber hatte sie ihm außer dem Päckchen Süßigkeiten noch eine in Apothekenpapier eingewickelte Kleinigkeit mitgebracht. Diese Kleinigkeit war ein Kondom. Und wenn man dir ein Kondom anbietet, wie willst du dich dann mit dem Ich-verstehe-nicht noch länger verteidigen? Bestenfalls kannst du es zurückgeben, auch wenn du dich damit blamierst. Er hatte es ihr zurückgegeben, doch als er es ihr zurückgab, war er ihren beunruhigenden violetten Augen begegnet, die alle sinnlichen Begierden der Welt auflodern ließen, und er war in sie hineingestürzt. «O.k., Ninette. Demain, tomorrow, morgen.» Morgen war heute und ... Natürlich war sie es, die ihn nervös machte und nicht einschlafen ließ! Oder etwa nicht? Nein, es war die Krise, die ihm das Gefühl von Verlorenheit gab, seit er in der Stadt der streunenden Hunde und der verrückt gewordenen Hähne war: an dem absurden Ort, den die Militärkarten mit dem Kürzel 36S-YC-316492-Q15 angaben. Es war das Unbehagen, das ihn orientierungslos machte, seit er entdeckt hatte, daß er nicht wußte, wer er war, was er wollte, worin das Leben bestand. Es war die Unzufriedenheit, die an ihm nagte und bei jedem Anlaß wieder auftauchte, auch bei dem Verlangen, der wunderbaren Frau nicht nachzugeben, die sich ihm anbot ...

Einen Augenblick lang ärgerte er sich. Bevor er nach Beirut gekommen war, war ihm das nie passiert. Er nahm das Leben hin, ohne lange darüber zu diskutieren, mit der Unbefangenheit eines Tiers, das nach Herzenslust frißt und trinkt und schläft und herumschmust. Er genoß seine Jugend. Stellte sich nicht allzu viele Fragen. Jetzt aber genoß er nichts mehr. Seine Nerven waren immer überreizt, er versank immer tiefer im Dunst einer Revolte ohne genaues Ziel, im Nebel einer metaphysischen Angst, und er betrieb nur noch geistige Onanie über das Warum. Beispielsweise, warum er hier war, warum er sich einen Beruf ausgesucht hatte, der seinem Charakter und seiner geistigen Veranlagung nicht entsprach, eben den Beruf des Soldaten, warum er mit diesem Beruf die Mathematik verraten hatte. Wie sie ihm fehlte, wie er ihr nachtrauerte! Die Mathematik massiert das Hirn so, wie ein Trainer die Muskeln eines Athleten massiert. Sie berieselt es mit reinem Denken, sie wäscht die Gefühle weg, die die Intelligenz korrumpieren, sie führt in Gewächshäuser, wo wunderschöne Blumen blühen. Die Blumen einer Abstraktion, die aus Dinglichem gemacht ist, einer Phantasie, die aus Wirklichem besteht... «Du bist in einem Zug, der mit 15 Stundenkilometern fährt. Es regnet. Du sitzt am linken Fenster und blickst in Fahrtrichtung. Du siehst, wie ein Regentropfen gegen die Scheibe fällt: von rechts nach links, also schräg, und einen Winkel von 30 Grad im Verhältnis zur Senkrechten bildet. Dann steigert der Zug seine Geschwindigkeit auf 20 Stundenkilometer; der Winkel des Regentropfens verändert sich: er beträgt jetzt 45 Grad im Verhältnis zur Senkrechten. Mit welcher Geschwindigkeit perlt der Regentropfen beim ersten und beim zweiten Mal?» Nein, es stimmt nicht, daß die Mathematik eine starre Wissenschaft, eine strenge Lehre ist. Sie ist eine verführerische, launenhafte Kunst, eine Zauberin, die tausend Kunststücke und tausend Wunder vollbringen kann. Sie kann Ordnung in die Unordnung bringen, den sinnlosen Dingen einen Sinn geben, jede Frage beantworten. Sie kann sogar das liefern, wonach du im Grunde suchst: die Formel des Lebens. Dahin mußte er zurückkehren, noch einmal mit der Demut eines Schülers von vorne beginnen, der während der Schulferien das Einmaleins vergessen hat. Zwei mal zwei gleich vier. Vier mal vier gleich sechzehn. Sechzehn mal sechzehn gleich zweihundertsechsundfünfzig, und die Ableitung einer Konstanten ist gleich null, die Ableitung einer Variablen ist gleich eins, die Ableitung einer Potenz einer Variablen... Erinnerte er sich nicht mehr daran? Aber natürlich erinnerte er sich daran! Die Ableitung einer Potenz einer Variablen ist gleich dem Exponenten der Potenz multipliziert mit der Variablen mit dem gleichen, um eins verminderten Exponenten. Und die Ableitung einer Division? Ist gleich der Ableitung des Dividenden multipliziert mit dem Divisor minus der Ableitung des Divisors multipliziert mit dem Dividenden, das Ganze dividiert durch den mit sich selbst multiplizierten Divisor. Ganz einfach! Nun ja, die Formel des Lebens zu finden würde nicht ganz so einfach sein. Eine Formel zu finden bedeutete, ein Problem zu lösen, und um ein Problem zu lösen, mußte man es formulieren, und um es zu formulieren, mußte man von einer Voraussetzung ausgehen ... Ach, warum nur hatte er die Zauberin verraten? Was hatte ihn nur veranlaßt, sie zu verraten?

Er warf sich auf der Pritsche hin und her. Vielleicht der Autobus, der ihn aus der Brianza nach Mailand und von Mailand in die Brianza fuhr, als er auf die Universität ging. Jeden Morgen zwei Stunden Fahrt und die Schläfrigkeit, die einen völlig verblödete, und nachmittags wieder zwei Stunden und die Müdigkeit, die einen völlig benebelte, so daß du nach Hause zurückkamst und ganz ausgelaugt warst durch eine Art Groll auf die Zauberin, die ein solches Opfer verlangte. Vielleicht das Joch der Familie, die dich mit den üblichen Vorwürfen und den üblichen Klagen erdrückte. Wir-arbeiten-damit-du-zur-Schule-gehen-kannst-und-eine-ordentliche-Ausbildung-kriegst-und-du-sagst-noch-nicht-mal-danke. Vielleicht die Melancholie der Provinz, wo nie etwas passierte und die einzige Abwechslung darin bestand, mit der gleichaltrigen Nachbarstochter zu schmusen, und der einzige Zeitvertreib der war, mit ihr ins Kino zu gehen und sich einen Film anzusehen, den du doch nicht sahst, weil du über das unbestimmte Integral grübeltest oder über die Furcht, daß das Mädchen von dir schwanger sein könnte. Vielleicht dein stets von Ungewißheiten und Zweifeln gepeinigtes Wesen, denn wer viel denkt, sieht am Ende nur noch das Für und Wider der Dinge und verliert sich in Zweifeln und Ungewißheiten. Was soll ich denn mit einem Diplom in Mathematik? Werde ich neue Welten, neue Sterne entdecken? Werde ich eine Theorie entwickeln, die den Lauf unserer Zivilisation verändert? Das hast du anfangs zwar geglaubt. Daher hattest du in deinem Zimmer das Poster mit dem schalkhaften Gesicht Einsteins und seiner göttlichen Gleichung $E = mc^2$. Doch die Autobusfahrt und die Vorwürfe der Familie und die Melancholie der Provinz haben dein Selbstvertrauen aufgezehrt. An einem bestimmten Punkt hast du dir selbst den Prozeß gemacht und festgestellt, daß du nicht besonders viel wert bist, nur einer unter vielen. Nichts wirst du entdecken, nichts wirst du erfinden, das Diplom wirst du verwenden, um eine Anstellung zu bekommen, für die die Kenntnis des unbestimmten Integrals nützlich ist, du wirst die gleichaltrige Nachbarstochter heiraten, und du wirst

Kinder haben, denen du dann sagst Wir-arbeiten-damit-du-zur-Schule-gehen-kannst-und-eine-ordentliche-Ausbildung-kriegst-und-du-sagst-noch-nicht-mal-danke. Vor der Zeit wirst du erwachsen, mit Runzeln auf der Seele, und vor der Zeit verlierst du deine Jugend. Besser, du zögerst diesen Tag hinaus, machst Ferien, kommst dem Einberufungsbescheid nach, dem du drei Jahre lang nicht nachgekommen bist ... Ja, er hatte die Mathematik verraten, um seine Jugend nicht vor der Zeit zu verlieren. Die Leute glauben, die Armee mache alt. Im Gegenteil. Die Armee schenkt dir die Kindheit wieder, sie fixiert die Kindheit, sie hält sie auf die gleiche Art an, wie die Gärtner das Wachstum der Pflanzen anhalten, die, wenn ihre Wurzeln zusammengezwängt und ihre Laubpartien beschnitten sind, zu Zwergbäumen werden: Bonsai. Dein Intellekt anstelle der zusammengezwängten Wurzeln, deine Reife anstelle der beschnittenen Laubpartien. Zauberwerk die Spielzeuge, mit denen die Uniform dich lockt, und der Sold, mit dem dir eine Arbeit bezahlt wird, die keine Arbeit ist, sondern ein Spiel. Heuchelei beiseite: marschieren macht Spaß, ebenso wie ein Weltmeister auf die Attrappen des Schießplatzes loszuballern, mit Sprengstoff herumzuhantieren, unwegsame Berge zu besteigen, in den Tiefen des Meeres zu tauchen, sich mit dem Fallschirm aus dem höchsten Himmel zu stürzen, kurz: Krieg zu spielen. Wenn dir kein Unglück passiert oder wenn sie dich nicht in einen wirklichen Krieg schicken, wirst du wirklich wieder zu einem Kind. Zu einem vergnügten Kind in einem vergnüglichen Internat, das Kaserne heißt. Ganz zu schweigen von dem Vergnügen, das du spürst, wenn du deine Kraft unter Beweis stellst: mit deinem Körper, den die Mathematik geschwächt hatte, die Armee aber wieder gekräftigt und zu einer attraktiven Maschine zum Spielen und Verführen gemacht hat. Imponierende Figur, breite Schultern, schmale Hüften, flacher Bauch. Und zum Teufel mit dem Poster mit dem schalkhaften Gesicht Einsteins und seiner göttlichen Gleichung $E = mc^2$.

Er lächelte traurig. Weg mit dem Poster, weg mit dem Traum, neue Welten, neue Sterne zu entdecken. Theorien zu entwickeln, die den Lauf der Zivilisation verändern, er war das geworden, was man in Italien einen «Incursore» nennt, einen Angreifer der Fallschirmjäger: ein Supersoldat, ein moderner Samurai, der wie kein anderer marschiert, losballert, mit Sprengstoff hantiert, unwegsame Berge besteigt, in Meerestiefen hinabtaucht, mit dem Fallschirm abspringt, in richtigen Kriegen krepiert. Aber er war sechsundzwanzig, und mit sechsundzwanzig verstand er sich nur darauf. Sein Verstand war so eingerostet, daß er nicht einmal mehr in der Lage war, die Frage zu formulieren, wie die Formel des Lebens zu finden sei, und er erinnerte sich gerade noch, daß die Ableitung einer Potenz einer Variablen gleich dem Exponenten der Potenz multipliziert mit der Variablen mit dem gleichen um eins verminderten Exponenten ist. Wieder das Gehirn gebrauchen. Es wieder in die Gewächshäuser zurückbringen, durch die du gegangen bist, bevor der zynische Gärtner die Wurzeln deines Intellekts zusammenzwängte und die Laubpartien deiner Reife beschnitt. Damit aufhören, ein Zwergbaum zu sein. Endlich wachsen, erwachsen werden, auch wenn die Seele Runzeln bekommt. Mit diesen Runzeln sterben, und nicht im Alter von sechsundzwanzig in einem richtigen Krieg. Augenblick mal: ob der Grund für seine Schlaflosigkeit etwa der Verdacht war, daß er mit sechsundzwanzig in einem richtigen Krieg sterben könnte? Seit Wochen hielt der Kondor sie in Alarmbereitschaft: die Sicherheitsposten verdoppelt, die Wachen verdreifacht, Urlaube gestrichen. Gestern hatten die Carabinieri des Wachhäuschens am Eingang Ninette fast verjagt. Es-ist-verboten-hier-rumzustehen, Befehl-des-Generale. Und der Kondor war nicht der Typ General, der für nichts und wieder nichts in Panik gerät. Was Charlie anging, so tat er nichts anderes als einen anzuöden mit seinen Ermahnungen Achtung-hier und Achtung-da, ich-will-daß-ihr-eure-Augen-auch-am-Arsch-habt, es-ist-was-im-Anzug. Aber weil er Charlie ein bißchen verachtete und weil er ein bißchen ungläubig war, hatte er sich immer geweigert, dem Ganzen Bedeutung beizumessen. Jetzt tat er es und zog daraus den Schluß, den er schon hätte ziehen müssen, als er das Heulen der Hunde und das Kikeriki der verrückt gewordenen Hähne gehört hatte. Von wegen ohrenbetäubendes Konzert, von wegen verwickelte Liebesgeschichte oder Fast-Liebesgeschichte, auf die er sich eingelassen hatte; von wegen Krise, die plötzlich durch Unbehagen und Unzufriedenheit explodierte! Was ihn beunruhigte, war die Erwartung des Ungewissen. Etwas, das bis gestern nicht dagewesen war, heute nacht aber da war, sich bewegte, langsam im Dunkeln vorwärtsschlich und beim Vorwärtsschleichen einen Geruch von Tod verbreitete. Nicht den Tod, der mit Gewehrschüssen, Maschinengewehrsalven, Geschützfeuer tötet. Einen anderen Tod. Noch furchtbarer, noch gieriger. Einen Tod, den er sich zwar nicht vorstellen konnte, aber mit jeder Faser seines Körpers, mit jeder Pore seiner Haut, mit jedem Nerv seines Nervensystems spürte ...

«Allah akbar, Allah akbar, Allah akbar! Wah Muhammad rassullillah! Inna shahada rassullillah ... Gott ist groß, Gott ist groß, Gott ist groß! Und Mohammed ist sein Prophet! Wahrlich ich sage euch, er ist sein Prophet ...»

Die Stimme des Muezzins sank vom Minarett der Moschee in der Rue de l'Aérodrome herab und vermischte sich mit dem Heulen der streunenden Hunde, dem Kikeriki der verrückt gewordenen Hähne, dem dumpfen Donnern der Mörsergranaten. Sie modulierte eine klagende Kantilene und schwoll an, um mysteriöse Gebote und das frühe Gebet zu psalmodieren, das der Morgendämmerung vorangeht. Und Angelo schreckte zusammen. Fünf Uhr morgens! Er mußte sich wenigstens ein bißchen ausruhen. Dann machte er die Taschenlampe aus, schloß die Augen, und ein paar Minuten später schlief er so, als habe der Muezzin die Morgendämmerung irgendeines beliebigen Tages angekündigt. Einen Sonntag wie jeden anderen.

– 2 –

Das Scheppern herumfliegender Gegenstände und das Gefühl, im Zentrum eines Erdbebens zu sein, weckten ihn auf. Die Pritsche wakkelte, der Fußboden zitterte, der kleine Raum war wie ein Boot, das über ein aufgepeitschtes Meer tuckerte. Dann war das Erdbeben vorbei, eine reglose Stille senkte sich herab, die gerade so viel Zeit ließ, einen Blick auf die phosphoreszierenden Zeiger der Uhr zu werfen und festzustellen, daß sie sechs Uhr vierundzwanzig anzeigten, und dann zerriß ein gigantischer Knall die Luft, gleichzeitig mit einem apokalyptischen Schlag ins Gesicht. Angelo sprang auf. Mit verkrampften Bewegungen stieg er in den Tarnanzug, zog die Stiefel an, machte einen Satz in den Raum nebenan, um Charlie zu wecken. Aber Charlie war bereits auf dem Weg nach draußen. Seine von einem krampfhaften Zittern geschüttelte Riesengestalt lief in Richtung Treppe, die zur Rückseite des Innenhofs führte, und er knurrte: «Verdammtnochmal! Verdammtnochmal!» Angelo folgte ihm, und während er ihm folgte, wußte er, daß das Ungewisse eingetreten war. Eine ungeheure Katastrophe, eine Tragödie, verglichen mit der seine Dramen zu einem Nichts wurden. Doch erwartete er nicht, daß er das sehen würde, was er im Zwielicht des Morgens sah, und als er es sah, wurde er bleich. Es war ein riesiger Pilz aus rotem Staub, dunkelrot wie Blut, der mit unglaublicher Langsamkeit aus einer schwarzen Wolke zwei Kilometer südlich aufstieg, und im Aufsteigen sog der Pilz die Erde auf, wie der Trichter eines nie gesehenen Wirbelsturms. Er sog sie auf, nahm sie in sich auf, trug sie zum Himmel und spie sie hier aus, um sie gleich wieder aufzusaugen und wieder auszuspeien, dann wie einen Teppich auszurollen und eine flache Krone zu bilden, die sich über eine Decke aus Finsternis legte, ausweitete, ausbreitete: eine große Dunkelheit, aus der merkwürdige Flecken, merkwürdige Schatten, Vogelscheuchen mit zwei Armen und zwei Beinen herunterregneten.

«Chef! Da drüben ...»

«Ja, da drüben ist das amerikanische Kommando», antwortete Charlie heiser. Und fast im gleichen Augenblick wackelte wieder alles, erzitterte wieder alles unter den Schüben eines Erdbebens. Die Gebäude schienen zu schwanken, die Bäume hin und her zu wogen, und die Fahne oben an der Mastspitze wehte in einem trockenen Windstoß. Tschaff! Ein paar Fensterscheiben zersplitterten, ein paar Stücke Verputz schlugen dumpf auf, aus dem Nebenhaus drang ein Schrei des Entsetzens: «Yahallah!» Dann breitete sich wieder reglose Stille aus, staute sich wieder und erlaubte wieder einen schnellen Blick auf die Zeiger der Uhr, um festzustellen, daß sie sechs Uhr neunundzwanzig anzeigten. Und ein zweiter Knall zerriß die Luft gleichzeitig mit einem zweiten apokalyptischen Schlag ins Gesicht. Ein zweiter Pilz aus rotem Staub stieg aus einer zweiten schwarzen Wolke auf, diesmal zwei Kilometer nördlich; auch er sog die Erde auf, nahm sie in sich auf, trug sie zum Himmel und spie sie aus, sog sie wieder auf, spie sie wieder aus, rollte sie aus und formte die flache Krone, die sich über die gesamte Decke aus Finsternis legte, ausweitete, ausbreitete: die große Dunkelheit, aus der die merkwürdigen Flecken, die merkwürdigen Schatten, die Vogelscheuchen mit zwei Armen und zwei Beinen herunterregneten.

«Und da drüben, Chef ...»

«Ja, und da drüben ist das französische Kommando», antwortete Charlie heiser.

Weiter sagte er nichts, aber Angelo hörte, was er dachte: Der-nächste-Pilz-ist-für-uns. Und für eine Minute, die beiden wie eine Ewigkeit vorkam, waren sie unbeweglich und still und sahen sich an. Fast, als bliebe nur noch der Tod abzuwarten, während sie sich unbeweglich und still ansahen, oder so, als wollten sie ihre Seelen miteinander tauschen und sich die Gesichtszüge des anderen ins Gedächtnis prägen. Hoch und glatt die Stirn von Angelo, die rechts von einem widerspenstigen Büschel Haare halb bedeckt war, lebhaft und blau seine weit aufgerissenen Augen, seine mächtige Nase bebte, seine hohlen Wangen waren von scharfen Jochbögen gespannt und die klar gezeichneten Lippen hart. Charlies Stirn war seit langem von Falten zerfurcht, an den Schläfen von kurzem, pechschwarzem Haar umschattet, seine dunklen Augen waren melancholisch und tief, seine rundlichen Wangen runzelig und seine unter dem borstigen Seehundsschnauzer begrabenen Lippen zu einem Ausdruck von unendlicher Bitterkeit zusammengepreßt. Sechs Uhr neunundzwanzig plus eins plus zwei plus drei plus vier plus fünf plus sechs plus sieben plus acht plus neun plus zehn plus elf plus zwölf plus dreizehn plus vierzehn plus fünfzehn ... Sechs Uhr dreißig. Nach dieser Minute öffneten sich die unter dem borstigen Seehundsschnauzer begrabenen Lippen, Gehen-wir-in-die-Kommandozentrale-Junge, und sie traten über die Schwelle eines von Sandsäcken halbverborgenen Tors. Sie tauchten in das Lärmen von unrasierten Soldaten ein, die mehr schlecht als recht in ihren Uniformen steckten, in ein Chaos von Stimmen, die besorgt fragten Was-ist-los, was-war-das, und durchqueren das Atrium zu ebener Erde. Sie kamen in einen Raum voller Radarschirme, Telefone, topografischer Karten, Landkarten und Funkgeräte, mit Funkern, die aufgeregt Funksprüche durchgaben, um den Alarmzustand zu übermitteln.

«Adler, Stützpunkt Adler, bitte kommen! Hier Kondor, Kommandozentrale Kondor!»

«Sierra Mike, Stützpunkt Sierra Mike, bitte kommen! Hier Kondor, Kommandozentrale Kondor!»

«Rubino, Stützpunkt Rubino!»

«Nachschub, Stützpunkt Nachschub!»

«Achtung, an alle Stützpunkte, an alle Stellungen, Achtung! Höchste Alarmstufe! Alle Zufahrtswege blockieren, mit Fahrzeugen Straßensperren errichten! Wachen verdoppeln, jedes Auto, jedes Transportmittel anhalten! Durchsuchen, jedes Paket, jeden Gegenstand, notfalls schießen! Befehl vom Kondor!»

In der Mitte des Raums ein gutaussehender Mann mit den Rangabzeichen eines Generals, der, während er auf eine große Uhr an der Wand mit den Funkgeräten zeigte, wie ein Besessener herumbrüllte. Der Kondor.

«Seit sechs Uhr sechsundzwanzig fordere ich Bericht an von Ost Ten, von Eule Siebenundzwanzig und allen anderen Beobachtungsposteeen! Ich will, ich sagte ich will die exakten Koordinateeen und genauen Entfärrnungeeen! Die Krankenwagen, Rettungsmannschaften, Bagger sollen unverzüglich zu den Franzosen und Amerikaneeern! Das Feldlazarett soll auf der Stelle Operationssäle einrichteeen! Ist mir völlig egal, ob wir genügend Bahren haben! Ich verlange das Unmögliche, verstanden, das Unmööglicheee!»

Neben ihm ein in Gedanken versunkener Oberst, sein Vize, der eine mit italienischen Fähnchen gespickte Landkarte studierte: die möglichen Angriffsziele des nächsten Pilzes. Hinter dem in Gedanken versunkenen Oberst ein wütender Hauptmann der Fallschirmjäger, der seiner Nervosität Luft machte, indem er in seinem toskanischen Dialekt Flüche brüllte, so daß eine bizarre Gestalt im rot-blau gestreiften Morgenmantel, die sich gerade das Monokel am linken Auge zurechtrückte, ihn auf lateinisch zurechtwies.

«Sufficit, Schluß jetzt! Non decet!»

«Was heißt denn hier Suffikitt, was heißt denn hier Dekett! Ich hab's euch doch gesagt, man darf diesen Arschlöchern, diesen Scheißkerlen, diesen Wichsern von Russillallah nich traun! Ich hab's euch doch gesagt, die pflanzen uns eines schönen Tages noch ihr Dings in den Arsch!»

«Und was weiter? Aufregung ist sinnlos! Fortis animi est non perturbari in rebus asperis, lehrt uns Cicero, ein starker Charakter verliert nicht den Kopf in schwierigen Lagen.»

Mit langsamen Schritten und dem Ausdruck dessen, der weiß, daß er sich einmischen darf, näherte sich Charlie dem Kondor.

«Was wir befürchtet haben ... Ist es nicht so, Generale?»

«Doch, Charlie. Ich habe gerade mit den Regierungsstellen gesprochen: das französische Kommando und das amerikanische Kommando. Zwei Kamikaze-Lastwagen. Ein Massaker. Ein zweifaches Massaker.»

«Zwei ... Und das dritte, das für uns, wo bleibt das?»

Der Kondor zeigte wieder auf die große Uhr an der Wand. Sie zeigte fast sechs Uhr dreiunddreißig an.

«Das werden wir bald wissen, Charlie. Zwischen dem ersten und dem zweiten Angriff gab es eine Pause von fünf Minuten. Wenn sie bei diesem Intervall bleiben ...»

«Ich würde nicht dabei bleiben, Generale.»

«Ich auch nicht ... Wäre ich der dritte Kamikaze, würde ich mir eine Pause von zehn, fünfzehn Minuten gönnen, ich würde dann losfahren, wenn wir anfangen, uns zu entspannen ...»

«Ja, aber ...»

«Charlie, was man tun konnte, ist getan worden. Und das wissen Sie. Jetzt können wir nur noch abwarten.»

Sie warteten ab, schweigend. Alle schweigen jetzt. Auch der Hauptmann der Fallschirmjäger, der vorhin noch Flüche gebrüllt hatte; auch der bizarre Mensch mit dem Monokel und dem rot-blau gestreiften Morgenmantel, der ihn vorhin auf lateinisch zurechtgewiesen hatte; auch die Funker, die an ihren Funkgeräten saßen. Und die Blicke aller hingen an der großen Uhr, alle Ohren horchten auf das einzige Geräusch, das dort drinnen zu hören war: das Ticktack der Feder, die die Sekunden markierte. Jedes Ticktack ein Gewinn und dennoch eine Verschärfung der Angst, eine Hoffnung und dennoch eine Steigerung der Spannung, des unerträglichen Wartens. Ein Warten, das nicht nur sie betraf, denn der nächste Pilz konnte – obwohl sie die einfachste und wahrscheinlichste Zielscheibe waren – an jedem Stützpunkt aufsteigen, den die Landkarte des in Gedanken versunkenen Obristen mit den italienischen Fähnchen markierte und die die Funker aufgeregt gerufen hatten: den Stützpunkt Adler, den Stützpunkt Sierra Mike, den Stützpunkt Rubino, den Nachschub-Stützpunkt. Ticktack ... sechs Uhr dreiunddreißig und eine Sekunde. Ticktack ... sechs Uhr dreiunddreißig und zwei Sekunden. Ticktack ... sechs Uhr dreiunddreißig und drei Sekunden. Ticktack ... sechs Uhr dreiunddreißig und vier Sekunden. Ticktack ... sechs Uhr dreiunddreißig und fünf Sekunden. Ticktack ... sechs Uhr dreiunddreißig und sechs Sekunden ... um sechs Uhr vierunddreißig, also in dem Augenblick, als die fünf Minuten abliefen, hielten alle den Atem an. Aber nichts geschah, und so ging das Warten weiter. Wäre-ich-der-dritte-Kamikaze-würde-ich-mir-eine-Pause-von-zehn-fünfzehn-Minuten-gönnen, hatte der Kondor gesagt, und den Satz hatte keiner überhört. Ticktack, ticktack ... sechs Uhr fünfunddreißig. Ticktack, ticktack ... sechs Uhr sechsunddreißig. Ticktack, ticktack ... sechs Uhr siebenunddreißig. Ticktack, ticktack ... sechs Uhr achtunddreißig. Ticktack, ticktack ... sechs Uhr neununddreißig. Um sechs Uhr neununddreißig, also in dem Augenblick, als die zehn Minuten um waren, ging Charlie zu Angelo, der abseits stand und an den Fingernägeln kaute. Freundschaftlich legte er den Arm um ihn.

«Nun verzweifeln wir mal nicht gleich, Junge.»

«Nein, Chef», murmelte Angelo und kaute weiter an den Fingernägeln.

«Vielleicht ist der dritte Lastwagen ja durch einen Motorschaden außer Gefecht gesetzt worden.»

«Vielleicht.»

«Oder vielleicht hat es sich dieser Kamikaze anders überlegt.»

«Vielleicht.»

«Warten wir bis sechs Uhr fünfundvierzig.»

«Ja.»

Ticktack, ticktack ... sechs Uhr vierzig. Ticktack, ticktack ... sechs Uhr einundvierzig. Ticktack, ticktack ... sechs Uhr zweiundvierzig. Ticktack, ticktack ... sechs Uhr dreiundvierzig. Ticktack, ticktack ...

sechs Uhr vierundvierzig. Ticktack, ticktack ... sechs Uhr fünfundvierzig. Um sechs Uhr fünfundvierzig ließ Charlie Angelo los und ging wieder zum Kondor hinüber.
«Generale, denken Sie das gleiche, was ich denke?»
«Ja, Charlie», nickte der Kondor. «Jetzt ist es längst zu spät, um noch einmal einen Überraschungseffekt zu landen. Ich glaube, für heute hat uns der dritte Lastwagen verschont.»
«Für heute ...!» kommentierte bitter ein Leutnant, dessen Nase so groß wie eine Aubergine war.
«Dum fata sinunt vivite laeti, so lange das Schicksal es euch vergönnt, lebt heiter, sagt Seneca. Und Horaz fügt hinzu: carpe diem!» entgegnete die bizarre Gestalt mit dem Monokel und dem Morgenmantel.
«Von wegen karpe, für heut isses gelaufen! Ich werd's ihnen schon reinpflanzen, diesen Arschlöchern, diesen Scheißkerlen, diesen Wichsern von Russillallah, mein Dings!» fing der wütende Hauptmann wieder an zu brüllen. Aber diesmal brachte der Kondor ihn zum Schweigen.
«Schluß jetzt, Pistoia! Gehen Sie lieber rüber zu den Franzosen und zu den Amerikanern! Ich will wissen, von welchem Typ die beiden Lastwagen waren, woher sie gekommen sind, mit welchem Tempo sie hineingefahren sind, wer die Fahrer waren, welchen und wieviel Sprengstoff sie verwendet haben.» Dann wandte er sich dem Leutnant mit der großen Auberginennase zu: «Sie ebenfalls, Zucker. Marsch!»
«Sofort, Signor Generale! Ich fliege ja schon mit raushängenden Eiern!» antwortete der erste und zeigte ein ausdrucksstarkes und plötzlich entspanntes Gesicht.
«Zu Befehl, Signor Generale», antwortete der andere und schlug die Hacken zu einem untadeligen Gruß zusammen.
Darauf stürzten beide davon. Ihnen folgte ein eifersüchtiger Blick. Der Blick von Angelo.

* * *

Als sich die krampfhafte Spannung gelöst hatte und die Qual der fünfzehn Minuten vorbei war, während denen er auf die Uhr gestarrt und auf das Ticktack gehört hatte, dachte er an nichts anderes, als da rüberzurennen. Aber nicht, weil er seine Neugier oder sein Mitleid befriedigen wollte: er wollte einem Ruf folgen, einem Drang, den er dunkel in Verbindung mit seiner ungewissen Zukunft brachte und beinahe wider besseres Wissen in vernünftige Fragen kleidete. Wie viele Soldaten wie er waren unter den Trümmern des amerikanischen oder des französischen Kommandos begraben worden, wie viele waren von dem Pilz aufgesogen, in den Himmel getragen und wieder auf die Erde ausgespien worden, Vogelscheuchen mit zwei Armen und zwei Beinen? Wie viele Angelos, die während der Nacht wachgeblieben waren und auf das Geheul der streunenden Hunde und das Kikeriki der verrückt gewordenen Hähne gehorcht hatten, über ihre Ninettes und ihre Unzufriedenheit in haarspalterisches Grübeln versunken waren, wer-bin-ich, was-suche-ich, was-ist-das-Leben? Wie viele Doppelgänger von ihm? Fünfzig, achtzig? Es gelang ihm nicht, sich selbst fünfzig-, achtzigmal tot zu sehen. Und er wollte doch sich sehen. Nein, er wollte sich nicht sehen. Er wollte sich begreifen. Sind denn Leben und Tod nicht die beiden Seiten derselben Frage? Er pflanzte sich vor Charlie auf.

«Chef...»

«Nein», knurrte Charlie, ohne ihn zu Wort kommen zu lassen. «Was geht dich das an? Du unterstehst mir!»

«Ich könnte mich nützlich machen, Chef, mich den Rettungsmannschaften anschließen...»

«Die Rettungsmannschaften brauchen dich nicht.»

«Ich könnte sie beim Einsatz fotografieren ... Für unser Archiv...»

«Komm, verschwinde, Junge.»

Er verschwand. Niemand nahm Notiz von ihm, und so begann er, im Atrium herumzustreifen, in dem jetzt ein dichtes Kommen und Gehen von Offizieren war, die die Rettungsarbeiten verfolgten. «Sagt denen vom Pionierkorps, sie sollen ein paar Leopardpanzer und ein paar Kräne bringen!» – «Bringt noch mehr Schaufeln, noch mehr Spitzhacken, noch mehr Spaten! Was ihr geschickt habt, reicht nicht!» – «Und vergeßt nicht die Atemschutzmasken, Handschuhe und Atemschutzmasken! Die Toten stinken nämlich!» – Er blieb stehen und lehnte sich an die Tür eines Büros, aus dem eine manierierte, näselnde Stimme drang.

«Was für ein widerwärtiges Attentat, hochverehrter Kamerad. Einfach widerwärtig! Und es konnte zu keinem für mich ungünstigeren Zeitpunkt kommen. Ausgerechnet heute, wo die Kameraden vom englischen Kommando mich zum Mittagessen eingeladen haben, großer Gott! Seit mir nämlich die unvergleichliche Ehre zuteil wurde, in der Seventh Brigade im Rahmen eines Nato-Austauschs zu dienen, wollen sie mich immer bei sich haben. Und Sir Montague, der Kommandeur, hatte das Menü sogar um einen herrlichen *pudding* bereichert. Ich werde mich schriftlich entschuldigen müssen. Das mit einem Telefonanruf abzutun, wäre eine Unhöflichkeit, und ein Gentleman erlaubt sich keine Unhöflichkeiten. Niemals. Auch dann nicht, wenn es vierhundert Tote gibt. Ja, verehrter Kamerad: vierhundert. Dreihundert Amerikaner und einhundert Franzosen: ein schönes Omelett. Sed quid novi? Der Krieg ist immer ein Omelett, und man kann schließlich kein Omelett machen, ohne Eier aufzuschlagen!»

Ungläubig sprang Angelo auf. Vierhundert! Er hatte gesagt: vierhundert! Ob Charlie nun einwilligte oder nicht, er mußte gehen! Und mit glühendem Kopf sprang er die Treppen hinunter, die in den Keller führten. Er drang ins Arabische Büro ein, griff die M12, rannte nach oben, dann noch mal zurück nach unten, packte die Tasche mit den Kameras. Dokumentieren, dokumentieren! Dann rannte er wieder nach oben, er war im Hof. Hoffentlich steht der Geländewagen da, keuchte er. Der Geländewagen stand da, mit dem Fahrer am Steuer. Er sprang hinein.

«Los, fahr, Stefano, fahr!»

«Wohin denn?!?» fragte Stefano und hob sein kleines Kindergesicht, das noch immer schreckensbleich war.

«Zu den Amerikanern. Und zu den Franzosen.»

«Aber ich warte auf Charlie. Ich muß mit Charlie fahren!»

«Ach was Charlie! Fahr los!»

«Nein, das kann ich nicht, nein!»

«Fahr los, hab ich dir gesagt!»

Eingeschüchtert fuhr Stefano los und verließ den Kommandostützpunkt. Er bog in die Rue de l'Aérodrome. Inzwischen war es heller Tag, die verrückt gewordenen Hähne krähten nicht mehr, die streunenden Hunde waren in die Keller der zerstörten Häuser, in die Kanäle zu den Ratten zurückgekehrt, und die beiden Pilze aus rotem Staub waren vollkommen verschwunden. Über der Stadt triumphierte ein klarer, hohnlachender Himmel. Ein Himmel, der zu sagen schien: Komm-nur-und-sieh, komm-nur.

– 3 –

Sie hatten sich ein solides vierstöckiges Gebäude südöstlich des Flughafens ausgesucht, die tausend des amerikanischen Kontingents, ein riesiges Gebäude am Ende des Boulevards, der sich am Terminal, dann am Kontrollturm, dann an den Hangars entlangzog. Und schon in Höhe des Terminals konntest du deutlich den unverwechselbaren weißen Umriß erkennen, der sich gemeinsam mit dem Rot und dem Blau der Flagge gegen das Grün der Bäume abhob. Denn rings um das hohe Gebäude gab es nichts als Maulbeerwäldchen. Davor eine Reihe Palmen. Doch nach den Hangars bemerkte Angelo, daß man den unverwechselbaren weißen Umriß nicht sah. Und auch die Flagge nicht.

«Stefano, du bist falsch gefahren!»

«Wieso denn?! Nach der Rue de l'Aérodrome bin ich links abgebogen, auf den Boulevard, dann am Terminal vorbei, dann am Kontrollturm, dann an den Hangars und ... Du hast recht! Wo ist denn bloß das amerikanische Kommando?!?» rief Stefano völlig verwirrt.

«Kehr noch mal um. Los!»

Stefano stotterte Versteh-ich-nicht, versteh-ich-nicht und kehrte um. Er fuhr wieder in die Rue de l'Aérodrome zurück, machte wieder eine Kehrtwendung, gelangte wieder zum Flughafen, bog wieder auf den Boulevard, der sich am Terminal, dann am Kontrollturm, dann an den Hangars entlangzog, und war wieder am selben Punkt wie vorher.

«Siehst du? Ich hatte mich nicht verfahren!»

«Nein», gab Angelo zu.

«Folglich muß das amerikanische Kommando da unten am Ende des Boulevards sein ...»

«Müßte es, ist es aber nicht.»

Es war nicht da. Doch plötzlich wurde ihm alles klar: die Hubschrauber, die vom Flugplatz aufstiegen, flogen in diese Richtung und gingen hinter der Reihe Palmen hinunter. Und auch die Krankenwagen, die mit ohrenbetäubenden Sirenen die Straße entlangjagten, fuhren in diese Richtung. Er begriff. Er wies Stefano an, ihnen zu folgen. Stefano folgte ihnen, und kurz darauf waren sie vor einem hohen Stacheldrahtzaun, an dem sich rund ein Dutzend Journalisten und Kameramänner vom Fernsehen drängten, die aber von drei oder vier Marines abgewiesen wurden.

«Let us in, laßt uns rein, let us in!»

«Get back, dammit, get back! Zurück, verdammt, zurück!»

Hinter dem Zaun das Chaos. Helfer, die rasend schnell mit Tragbahren herumrannten, rasend schnell verstümmelte oder verbrannte Körper darauf legten, rasend schnell weiterrannten, um sie in den Hubschraubern und den Krankenwagen abzuladen: «Make way, Platz da, make way!» Rettungsmannschaften, die mit Baggern, Spitzhacken und Spaten gruben: «Quick, schnell, quick!» Graue Plastiksäcke, zu Pyramiden aufgetürmt oder hier und da herumliegend. Die Säcke mit den schon geborgenen Leichen. Überlebende, mit Dreck und mit einer Rußschicht bedeckt, mit erloschenem Blick und zerfetzter Uniform, irrten herum, riefen nach ihrer Mama und nach Jesus. «Mammy ... Jesus ... Mammy ...» Und das solide, vierstöckige Gebäude von der Explosion, die um sechs Uhr vierundzwanzig die tausend im Schlaf überrascht hatte, zermalmt, zerstört. An seiner Stelle ein Feld von Trümmern, die nicht einmal so hoch wie ein Lastwagen waren. Und ein Gestank von verkohltem Fleisch, den der Wind zusammen mit dem stechenden Geruch des Hexogens, mit den Schreien, den Flüchen, den Klagen verbreitete.

«Help me! Get me out, help me! Helft mir, holt mich raus, helft mir!»

«My legs! I lost my legs. Meine Beine! Ich habe meine Beine verloren!»

«Easy, easy! You're hurting him, God dammit! Vorsichtig, vorsichtig! Du tust ihm weh, verdammtnochmal!»

«Ronnie, Ronnie! Where are you, wo bist du, Ronnie!?»

«Oh, God! God, God! Oh, Gott! Gott, Gott!»

Stefano kauerte sich auf dem Fahrersitz zusammen.

«Ich komm nicht mit», sagte er mit zugeschnürter Kehle.

«Nein, komm nicht mit», antwortete Angelo. Dann stieg er aus dem Geländewagen, hängte sich die M12 über die Schulter, stopfte die Nikon in die Jacke und ging in das Chaos hinein. Bei jedem Schritt ein Stich der Wut und des Grauens. Hier ein Finger, da ein Fuß, dort eine Hand oder ein Unterarm oder ein Ohr, die aufgesammelt und dann, wie es gerade kam, in die Plastiksäcke geworfen wurden, wie der Abfall eines Fleischerladens: die meisten waren in zehn und mehr Teile zerfetzt worden. Andere dagegen waren unter den Eisenträgern und den zusammengestürzten Mauern zerquetscht worden: sie sahen aus wie Reliefs aus Blut. Wieder andere waren derart verkohlt, daß sie, wenn man sie berührte, mit einem trockenen Krachen auseinanderbarsten. Verletzte sahst du nur wenige, und wenn du sie erblicktest, konntest du nur Jammer empfinden, daß sie nicht auch gestorben waren. Rümpfe ohne Gliedmaßen, zu Brei gewordene Gesichter, Ungeheuer, über die sich auch die Sanitäter mit Grauen beugten. Was die weniger schweren Fälle anging, starben sie oftmals wegen der Unfähigkeit der von der Stadtverwaltung abkommandierten Helfer. Entweder konnten diese nichts oder waren von den Gemetzeln, an die sie sich gewöhnt hatten, so gefühllos geworden, daß die meisten nur darauf achteten, die Trümmer in möglichst kurzer Zeit beiseite zu räumen. Zum Beispiel verwendeten sie die Bagger ohne jedes Konzept und harkten die Opfer, statt sie behutsam herauszuziehen, einfach mit dem Trümmerschutt zusammen. Sie spießten sie auf, sie zerrissen sie. Oder sie vergaßen beim Hochheben einer Platte, die einen herauszuziehenden Körper einklemmte, diese abzustützen, so daß sie wieder herabfiel und einen, den man hätte retten können, zermalmte. Die italienischen Mannschaften funktionierten besser, weil sie von Spezialisten des Pionierkorps geleitet wurden und einen Leopardpanzer mit Kran mitgebracht hatten: mit diesem Gerät war es möglich, jedes Trümmerstück aufzurichten und abzustützen. Aber sie arbeiteten fast immer mit den Marines zusammen und sprachen nur selten Englisch. Und noch seltener sprachen die Marines Italienisch, so daß sie sich nie verstanden, und meistens kamen durch diese Mißverständnisse zu der Katastrophe noch weitere Katastrophen hinzu.

«Nein, verdammte Unzucht, neeein! Zuerst den Balken durchsägen!»

«What does he want, for Christsake?!? What does he say?»

«Der Baaalken! Den Baaalken durchsägen! Was heißt denn bloß sägen, verdammtnochmal, und was heißt Baaalken?!?»

«Why does he shout? What does he want?!?»

«Verdammte Wichserei! Seid ihr jetzt zufrieden, verdammte Wichserei?!? Der hat noch gelebt, geatmet, und ihr habt den Balken einfach auf ihn draufgeschmissen!»

«See? We should have cut off the fucking girder! Now he's dead! Dead!» Dann die traurigen Kommentare, die bitteren Geschichten, die Fragen.

«Wer war das bloß?!? Darf man vielleicht mal wissen, wer das war?»

«Ein Sohn Gottes, oder? Ein Khomeini-Anhänger. Hast du denn den Marine vom Wachposten nicht gehört? Er hat ihm ins Gesicht geguckt!»

«Nein, hab ich nicht gehört. Was hat er denn gesagt?»

«Er hat gesagt, daß der das Schwarze Band der Söhne Gottes, jedenfalls der Khomeini-Anhänger, um die Stirn hatte, daß er jung war und bärtig, um die dreißig, und vor Glück lachte.»

«Vor Glück?!?»

«Jawohl, meine Herren, vor Glück!»

«Und wie hat er's gemacht?!?»

«Gut hat er's gemacht. Er ist vor der Nase der Wachposten mit

seinem Lastwagen voller Hexogen vorbeigefahren, ist durch die Schranke der Straßensperre gerast, ist durch die Umzäunung gefahren und auf den inneren Parkplatz gekommen. Dann hat er den Schaltkreis kurzgeschlossen und ist in die Luft geflogen wie Pietro Micca. Nicht mal 'n Haar ist von ihm übriggeblieben.»
«Verbrecher!»
«Psychopath!»
Wie Pietro Micca? Verbrecher, Psychopath? Aber Pietro Micca war weder ein Verbrecher noch ein Psychopath, dachte Angelo, als er zu einer anderen Gruppe von Italienern ging, die mit Spitzhacken arbeitete. Er war ein Held. Das brachten sie dir schon in der Grundschule bei, daß er ein Held war, das mußtest du zusammen mit dem Vaterunser und dem Gegrüßet-seist-du-Maria und der Hymne von Mameli auswendig lernen: «Pietro Micca, Soldat des Piemontesischen Heers, geboren in Vercelli 1677, im Dienst der Kompanie der Mineure während der Belagerung von Turin durch die Franzosen. Um den französischen Grenadieren den Weg zu versperren, die in den Tunnel eingedrungen waren, der ins Innere der Zitadelle führte, zündete er am 29. August 1706 eine Mine, wobei er gemeinsam mit dem Feind in die Luft flog. Seine heldenhafte Tat symbolisiert den Wert der Soldaten, die die Heimat vor dem Ausländer schützen und so weiter.» Ja, das brachten sie dir in der Schule bei: ohne ein Wort des Erbarmens oder der Achtung für die französischen Grenadiere zu finden, die Pietro Micca zerrissen, zerquetscht, verkohlt, in Rümpfe ohne Gliedmaßen, in Ungeheuer mit zu Brei gewordenen Gesichtern verwandelt hatte. Und wenn eines Tages die moslemischen Kinder von Beirut das gleiche Liedchen über den Sohn Gottes auswendig lernen würden, der die dreihundert Marines massakriert hatte, über den Khomeini-Anhänger, von dem nicht einmal ein Haar übriggeblieben war? Das Opfer ist das gleiche, die Umstände sind die gleichen. Nein, die Umstände nicht. Denn die dreihundert Marines haben die Stadt nicht belagert: sie versuchten, ihr ein bißchen Frieden zu bringen. Sie waren nicht dabei, in einen Tunnel einzudringen: sie schliefen in ihren Schlafsälen. Nach Beirut waren sie gekommen, genauer gesagt: sind sie gerufen worden, um die Hunde zu besänftigen, die sich untereinander zerfleischten und ... Na und? Dem Sohn Gottes hatten sie erzählt, daß es sich um Feinde handelte, daher waren sie für ihn genauso Feinde wie die französischen Grenadiere für Pietro Micca ...
«Bahre, schnell, hierher mit 'ner Bahre!»
«Macht schon, nehmt ihn, er ist noch ganz!»

Sie hatten einen Unversehrten gefunden. Angelo nahm seine Nikon, regulierte die Brennweite für diese Szene, aber dann kam es ihm vor, als würden ihn alle vorwurfsvoll oder verächtlich ansehen, und sofort gab er es auf und ging zu den Italienern des Leopardpanzers: «Kann ich euch helfen?» – «Sicher», antworteten sie und zeigten auf einen Trümmerhaufen, «versuch's mal da drüben. Da waren wir noch nicht.» Er nickte. Obwohl ihm die M12 im Weg war und er sich vor dem Gestank verbrannten Fleischs ekelte, fing er an, Steine beiseite zu räumen, und bald schon entdeckte er fünf Finger, die aus dem Schutt herausragten. Er berührte sie voller Hoffnung, sie kamen ihm warm vor, er fing an, noch schneller zu graben, immer schneller, und die fünf Finger wurden bald eine ganze Hand, dann ein Handgelenk mit einer Armbanduhr. Dann kam zu dem Handgelenk mit der Uhr ein Unterarm, ein Ellbogen, eine Achsel, die aus einer Öffnung herausragte, groß genug, um einen Körper herauszuziehen; aufgeregt zog er und beinahe wäre er nach hinten gestürzt – mit einem Arm in der Hand. Es war kein Mann, der noch lebte, es war ein Arm, und enttäuscht ging Angelo ein Stück weiter, um sich auf einen Steinhaufen zu hocken, dort sitzen zu bleiben und über seine Verwirrung zu brüten. Unvermittelt empfand er eine große Verwirrung, einen verstärkten Drang, den sinnlosen Dingen einen Sinn zu geben und das Unbegreifliche zu begreifen. Er-lachte-vor-Glück, hatten sie gesagt. Ist es also möglich, vor Glück zu lachen, während man sich anschickt, zu sterben und dreihundert Menschen umzubringen? Vielleicht ja. Einmal, in Livorno, hatte er einen Angriff auf eine Brücke simuliert: eine Unternehmung, die nicht nur darin bestand, die Sprengladungen gut zu plazieren, sondern auch, sie zu zünden, während die imaginären feindlichen Truppen die Brücke überquerten. Nun gut, er hatte das hypothetische Massaker mit Eifer und Schwung durchgezogen, wobei er den Augenblick, in dem die Brücke mit den feindlichen Truppen darauf zusammenbrechen sollte, präzis berechnet hatte, und als Zucker ihm gratulierte, Bravo-ich-beglückwünsche-Sie, hatte er vor Glück gelacht. Heuchelei also beiseite: wenn auf der Brücke wirklich feindliche Truppen gewesen wären, hätte er die gleichen Sprengladungen mit dem gleichen Eifer und dem gleichen Schwung gelegt. Keinerlei Verweigerung im Namen der Ethik. Und hinterher hätte er das gleiche Lächeln gelächelt: eine Argumentation, die auch die hingeschlachteten Marines betraf. Auch sie hatten gelernt, Brücken mit feindlichen Truppen einstürzen zu lassen, zu töten. «Kill, kill, kill! Töte, töte, töte!» lautete der Ruf, mit dem sie ausgebildet wurden. Ohne zu berücksichtigen, daß für einen Soldat die Wahrscheinlichkeit relativ groß ist durchzukommen; anders ein Kamikaze: er krepiert in jedem Fall mit seinen Opfern und... Basta. Zurück zum Kommando, basta. Er hatte gesehen, was er sehen wollte, mehr wollte er nicht sehen. Er stand auf, um zu Stefano zurückzugehen, hielt aber sofort inne, weil er vom Anblick eines italienischen Marinesoldaten gepackt wurde, eines Marò, wie sie genannt wurden, der schluchzend auf der Erde kniete und einen Helm an seine Brust drückte.

«John! John! John!»

Er drückte ihn an sich mit der Verbissenheit eines Kindes, das einen Gegenstand, an dem sein Herz hängt, nicht hergeben will. Und doch hatte er nichts von einem Kind: er war ein junger Mann von siebenundzwanzig, achtundzwanzig Jahren mit einem männlichen, reifen Gesicht. Auch das noch, murmelte Angelo, als er auf ihn zuging, um ihm Vorwürfe zu machen: hör-auf-oder-glaubst-du-wirklich-du-müßtest-gleich-so-hysterisch-werden? Doch als er neben ihm stand, verstummte er sofort, und es vergingen einige Augenblicke, bis er die Sprache wiedergefunden hatte. Weil das, was der Marò an sein Herz drückte, nicht bloß ein Helm war. In dem Helm steckte ein abgerissener Kopf.

* * *

«Laß ihn los, Kamerad!»

Aber der Marò schluchzte weiter und drückte den abgerissenen Kopf im Helm an sein Herz.

«John! Oh, John, John!»

«Gib ihn her, Kamerad.»

«John! Oh, John, John!»

«Ich hab gesagt, du sollst ihn hergeben!»

«Das ist doch John!» Dann fing er wieder an zu schluchzen. «Oh, John, John!»

«Wer es auch ist, Kamerad. Gib ihn her, und geh wieder zu deiner Einheit zurück. Zu welcher Einheit gehörst du?»

«Welche Einheit? Oh, John! John!»

«Du bist doch mit einer Rettungseinheit gekommen, oder?»

«Nein, ich bin gekommen, um John zu suchen ... Oh, John, John!»

«Wie bist du hergekommen?»

«Weiß nicht, erinnere mich nicht mehr ... Oh, John, John!»

«Wie heißt du?»
«Fabio ... Oh, John, John!»
«Gib ihn mir, Fabio, ich stecke ihn in einen Sack. Er muß in einen Sack gesteckt werden ...»
«Nein! Nicht in einen Sack! Oh, John, John!»
Er ließ sich nicht beruhigen und erst recht nicht dazu bringen, den Kopf herzugeben. Doch ganz plötzlich hörte er auf zu schluchzen, und während er den Kopf noch weiter an sich drückte oder besser: ihn umklammerte, um zu verhindern, daß Angelo ihn ihm wegnehmen könnte, fing er an zu reden. Eine lange Geschichte, unzusammenhängend und jedesmal unterbrochen von einem Still-Sergente-still, wenn Angelo versuchte, den plötzlichen Redefluß zu bremsen – die Geschichte einer kurzen, aber intensiven Freundschaft. Sie hatten sich bei einer gemeinsamen Übung auf dem Schießplatz kennengelernt und sich sofort verstanden, er und John, weil John italienisch sprach: seine Familie stammte aus Umbrien, und zu Hause sprachen die Eltern nie englisch. Still, Sergente, still. Sie ähnelten sich in vielerlei Hinsicht, er und John. Beispielsweise konnte John, obwohl auch er Berufssoldat war, also jemand, der den Reinfall direkt suchte, den Krieg nicht ausstehen. Bei jeder Gelegenheit rief er «Fuck the war, fuck the war», was bedeutet, daß der Krieg sich in den Arsch ficken lassen soll, und zu den Marines war er ja nicht gegangen, um in den Krieg zu ziehen. Hingegangen war er, um in der Welt herumzukommen. Komm-zur-Navy-und-du-siehst-die-Welt, hatten die Plakate versprochen, und wie hätte er sich da vorstellen können, daß man ihn so verscheißern würde, das heißt, daß man ihn von diesem Ort, der Parris Island heißt und wo sie dir mit militärischem Drill und mit Mißhandlungen das Kreuz brechen, gleich nach Beirut schicken würde? Genau wie er, Fabio, der zur Marine gegangen war, weil er glaubte, er käme nach Japan, und statt dessen war er von Brindisi nur ausgelaufen, um unter dieses Mordgesindel zu kommen. Still, Sergente, still. Sie trafen sich oft, er und John. Um ein Bier zu trinken, Pläne zu schmieden, zu träumen. Gestern, zum Beispiel, hatte John zu ihm gesagt, sobald dieses Scheißabenteuer hier vorbei ist, nehm ich meinen Abschied von den Marines, und du nimmst deinen Abschied von den Maròs. Du kommst zu mir, in meine Stadt, nach Cleveland in Ohio, und dann machen wir zusammen ein kleines italienisches Restaurant auf, dann werden wir reich und fahren auf eigene Kosten um die Welt: fuck the war, fuck the war. Nicht zufällig war er heute morgen aufgewacht und hatte an das kleine italienische Restaurant und an John gedacht, an seine kleinen hellblauen Augen, seine kleine

Spitznase, seine dünnen Lippen, seine lustigen Haare, die rot wie Ziegelsteine waren. Das Ziegelsteinrot gekochter Langusten. Er hatte an John gedacht, als sich die Explosion ereignete, der Himmel hatte sich verdunkelt, in der Dunkelheit war der Pilz von Hiroshima aufgetaucht, und irgend jemand hatte gerufen Jungs-die-Amerikaner-sind-in-die-Luft-geflogen. Still, Sergente, still. Dann kam der zweite Knall, der Himmel hatte sich wieder verdunkelt, wieder war in der Dunkelheit der Pilz von Hiroshima aufgetaucht, irgend jemand hatte gerufen Jungs-die-Franzosen-sind-in-die-Luft-geflogen. Er hatte darum gebeten, den Rettungsmannschaften zugeteilt zu werden, die zu den Amerikanern gingen; als er dort angekommen war, hatte er gerufen John-wo-bist-du-John, gleich darauf war er über einen Helm gestolpert, in dem ein abgerissener Kopf steckte, ein Kopf so schwarz, daß jeder ihn für den Kopf eines schwarzen Marine hätte halten können, und erst beim genaueren Hinsehen hatte er begriffen, daß dieses Schwarz nicht das Schwarz einer schwarzen Haut war: es war das stumpfe, rußige Schwarz verbrannter Haut. Er hatte auch gemerkt, daß die Augen nicht die Augen eines Schwarzen waren, die Nase war nicht die Nase eines Schwarzen, die Lippen waren nicht die Lippen eines Schwarzen. Die Schwarzen haben schwarze Augen, plattgedrückte Nasen und fleischige Lippen, und die Augen des abgerissenen Kopfs in dem Helm waren hellblau. Die Nase dagegen war spitz, die Lippen waren dünn. Still, Sergente, still. Er dachte, er müsse sterben, als ihm bewußt wurde, daß die Augen hellblau waren, die Nase spitz, die Lippen dünn, und in der Hoffnung, daß wenigstens die Haare schwarz wären wie die Haare eines Schwarzen, hatte er den Helm zurückgeschoben. Aber die Haare waren ziegelsteinrot, so ziegelsteinrot wie eine gekochte Languste, Johns Haare. Johns Haare. Johns Nase. Johns Augen. Johns Kopf... Und hier hielt er inne und reichte ihn Angelo.

«Nimm ihn, Sergente.»

Er hatte ihn ununterbrochen ans Herz gepreßt, während er seine unzusammenhängende Geschichte erzählte, so daß Angelo den Kopf nur von der Seite sehen konnte. Jetzt dagegen konnte er ihn von vorne sehen, und von vorne ließ er einen erstarren. Weitaufgerissene Augen, die Lippen geöffnet mit einem Ausdruck der Verblüffung, so, als würde er noch immer sehen und beim Sehen weiter nachdenken und beim Nachdenken nicht glauben können, daß er seinen Körper verloren hatte. Dennoch nahm Angelo ihn, und ohne ihn noch einmal anzusehen, warf er ihn in den Sack. Dann verständigte er den Truppenführer von Sierra Mike, daß man einen Marò ins Feldlazarett bringen müsse, einen Marò unter Schock, und ging zu Stefano.

«Fahr los, wir kehren wieder zum Kommando zurück.»
«Und die Franzosen?» fragte Stefano verwundert.
«Keine Franzosen», antwortete er. Doch während er dies sagte, knackte das Funktelefon, und Charlies wütende Stimme erklang.
«Du elender Hund, wo steckst du?!?»
«Bin mit Stefano auf dem Rückweg, Chef.»
«Ich weiß, daß du ihn mitgenommen hast, ich weiß! Nachher rechnen wir miteinander ab, ich und du!»
«Bin gleich da, Chef.»
«Nichts da, meine Herrn! Jetzt fährst du zu den Franzosen, verstanden? Befehl vom Generale! Er will Fotografien von den Rettungsmannschaften beim Einsatz, ich hab ihm gesagt, du wärst schon zu den Amerikanern rübergefahren, ich hätte dich hingeschickt, und jetzt will er, daß du zu den Franzosen fährst. Also looos!»
«Ja, Chef», murmelte Angelo in der Hoffnung, dort nicht einen anderen Fabio vorzufinden, einen anderen abgerissenen Kopf in einem Helm. Dann fuhr er zu den Franzosen, wo er Ferruccio vorfand und mit Ferruccio sogar etwas noch Schlimmeres.

— 4 —

Ferruccio legte den Spaten nieder, zog die Atemschutzmaske aus Gaze herunter, um sich den Schweiß abzuwischen, der ihm über die Wangen lief, und sein jugendliches, an Leiden nicht gewöhntes Gesicht nahm den Ausdruck von Zorn an. Oh, Schweinebacke, wie viele Ammenmärchen hatte man ihm vorgegaukelt, um ihn von Mailand wegzuschleppen und in Beirut zu verbraten! Dies sei eine edle Unternehmung, eine Erfahrung, auf die man stolz sein könne, die Einwohner der Stadt würden ihn mit offenen Armen empfangen, diese armen Leute dort brauchten unbedingt Hilfe, um den Frieden wiederzufinden... Lügner! Betrüger! Gauner! Im Namen welchen Prinzips muß ein Junge, der gerade die Schule hinter sich hat, seine Haut für ein Land zu Markte tragen, das die Welt seit Jahren mit Bomben in Flugzeugen, Schießereien auf Flughäfen, Entführungen, Erpressungen und Gewalttätigkeiten in anderen Ländern terrorisierte? Und dabei hatte er anfangs noch an all das geglaubt, hatte sich beinah gern auf dieses edle Unternehmen vorbereitet. Nicht enden wollende Märsche in der Sonne, Übungen auf dem Schießplatz, Ausbildung in Mann-gegen-Mann-Kämpfen, simuliertes Schießen, um sich an die Einschätzung der Schußentfernung zu gewöhnen: Plackereien, die einen fertigmachten. Er hatte sich sogar mit Daniela gestritten, die geschrien hatte Geh-nur-aber-dann-bist-du-mich-los. Doch an Bord der C-130 hatte er dann alles begriffen. Diese eiskalte und laute Kiste, wo man in einer Reihe hockte wie Vögel auf der Stromleitung, auf scheußlichen Bänken saß, die der Länge nach aufgestellt waren und einer so dicht am anderen klebte, daß du, wenn du aufstandest, um mal auf 'n Lokus zu gehn, keinen Zentimeter mehr hattest, wo du die Füße hintun konntest. Dieser Lokus, der kein Lokus war, sondern 'n Stinkkübel, diese kleinen Pinkelbecken, die sich sofort mit Urin füllten, der bei jedem Ruck der Maschine auf dich schwappte. Diese finsteren, schweigenden Offiziere, die, um ihre Angst zu verbergen, die Zeitung sogar falsch herum lasen. Diese bleichen, besorgten Soldaten, die ihre Angst nicht verbargen und makabre Witze rissen, um sie zu überwinden. «Hast du dein Testament gemacht?» – «Nein, und du, hast du schon deine Grabstelle auf'm Friedhof bestellt?» Ganz zu schweigen von dem Schiß, der ihm die Innereien umgestülpt hatte, als die C-130 bei der Landung mit einem trockenen Schlag aufsetzte, dieser Unglücksvogel. Tum! Tum! Fast wäre er ohnmächtig geworden, als er dieses Tum-tum hörte, und hatte sich an seine FAL geklammert! Er hatte sich vergewissert, ob das Magazin richtig eingeführt war, und sich gefragt: Allmächtiger, warum hab ich denn nicht gesagt, daß meine linke Kniescheibe einen Riß hat? Du bist doch dienstuntauglich, wenn du in der linken oder rechten Kniescheibe oder welcher auch immer einen Riß hast, sie schicken dich nach Mailand zurück. Warum hab ich's bloß nicht gesagt? Weil ich den Krieg kennenlernen wollte, wie ich ihn aus dem Kino kannte und vom Fernsehen, und das heißt, weil ich ein Trottel bin, das ist der Grund. Mama hatte recht, als sie mich rumquatschen hörte Krieg-ist-doch-spannend, ich-geh-gern-nach-Beirut und mich anschrie: «Hör dir das an! Du bist ein Trottel! Ein Rindvieh!» Den Beweis der Beweise jedenfalls hatte er bei seiner Ankunft am Stützpunkt geliefert bekommen. Allmächtiger! Er hatte noch nicht einmal seinen Rucksack abgestellt, als zwei RPGs, du weißt schon, die Panzerfäuste, die Stahl so durchbohren, als wär's Butter, im Lager einschlugen. Den RPGs folgten dann die Schüsse aus den Granatwerfern, der Oberst hatte Befehl gegeben, in die Luftschutzräume runterzugehen, wo einer aus Caserta, der Zwiebel genannt wurde, sich in die Hosen machte und jammerte, weil er nicht schwul war: «Ach, wär ich bloß 'ne Schwuchtel! Wär ich doch bloß schwul! Die Armee will sie nicht, die Schwuchteln! Wär ich aber schwul gewesen, wär ich nicht genommen worden!» Irgendwann hatte er Zwiebel dann angeschrien: Kannst-es-ja-immer-noch-werden, dann war er rausgegangen, und um ein Haar hätte ihn ein Splitter getroffen. Um ein Haar! Scheißstadt. Sie hielt für ihn nichts anderes bereit als Entsetzen und Traurigkeit und Kummer, zusätzlich zu dem Kummer, Daniela verloren zu haben, die ihn wirklich hatte sitzenlassen. Diese Scheißstadt. Doch das Gemetzel von heute morgen übertraf alles.

Er setzte die Atemschutzmaske aus Gaze wieder auf, packte erneut seinen Spaten und grub weiter. Au Schweinebacke, war das ein Gemetzel! Wer hätte je gedacht, daß der Tod ein solches Gemetzel sein könnte? In Italien war der Tod die Urgroßmutter, die an Altersschwäche stirbt und auf dem Bett aufgebahrt wird, wo sie zwischen den Blumen, den Kerzen und den Verwandten, die das Requiem aeternam beten, zu schlafen scheint. Der Tod, das war der Motorradfahrer, der auf der Autobahn Florenz–Bologna gegen einen Bus knallt, so daß die von der Polizei ihn mit einem Tuch bedecken, und im Vorbeifahren kannst du nur die undeutlichen Umrisse der Leiche und ein demoliertes Motorrad sehen. Das war der Sizilianer, der nach Mailand ausgewandert war, ja sogar in dein Viertel, und einen anderen Sizilianer herausforderte, wofür er sich einen Stich in den Bauch einhandelte, so daß die Polizei dich nicht herankommen ließ und du von weitem nur ein blutverschmiertes Laken sahst, über dem eine Frau «Turiddu, Turiddu!» schrie. Das war ein Schauder, den man schnell vergißt, eine Beerdigung und ein Grab, woran man sich nur selten und mit Wehmut erinnert. Aber hier! Vorhin hatten sie eine Riesenplatte hochgehoben, unter der ein Fallschirmjäger lag, der noch lebte. Der so lebendig war, daß er, obwohl seine Arme zerquetscht waren, sich Mühe gab zu lächeln und dauernd sagte: «Merci, merci!» Doch die Platte rutschte weg, und von dem Fallschirmjäger blieb nichts übrig als ein Brei aus Fleisch und Knochen. Und wie der Tod stank! Er stank wie die Ratte, die letztes Jahr in der großen Ölflasche ertrunken war. Mama hatte sie nicht bemerkt und immer nur gebrummt: «Was ist das bloß für ein Gestank, wo kommt der bloß her?» Wenn er das gewußt hätte, dann hätte er sich nicht zu den Rettungsmannschaften gemeldet! Nicht doch, natürlich hätte er es trotzdem getan ... Denn wenn es ihm möglich gewesen wäre, auch nur einen Menschen zu retten, einen einzigen, dann hätte er sich weniger beschissen gefühlt und nicht wie ein solcher Trottel. Stell dir vor, die Genugtuung, an Daniela schreiben zu können: «Liebe Daniela, du hast mich zwar wegen Beirut verlassen. Wäre ich aber nicht nach Beirut gekommen, hätte ich keinen Menschen retten können. Hast du

jemals einen Menschen gerettet? Herzliche Grüße, Ferruccio.» Los, Ferruccio. Nicht müde werden, Ferruccio. Laß dich nicht entmutigen wegen des Breis aus Fleisch und Knochen oder weil die Ratte, die in die große Ölflasche gefallen ist, so stinkt. Gib dem Entsetzen und dem Kummer und der Trostlosigkeit, die du in dieser Scheißstadt ertragen hast, einen Sinn. Du wirst unter diesen Steinen schon jemand finden, der noch atmet, jemand, der ohne dich sterben würde. Wichtig ist nur, daß du durchhältst, daß du...
Er unterbrach sich und sah genauer hin. Unter den Steinen, die er beiseite räumte, tauchte eine Kloschüssel auf, und aus der Kloschüssel hing ein Fetzen Stoff heraus, himmelblau mit rosa Blümchen. Ein himmelblauer Stoffetzen mit rosa Blümchen?!? Aber es war wirklich ein himmelblauer Stoff mit rosa Blümchen. Und in dem himmelblauen Stoff mit rosa Blümchen steckte... steckte... steckte... Ferruccio ließ den Spaten fallen, und das war ungefähr in dem Augenblick, als Angelo beim französischen Kommando eintraf.

* * *

Er glaubte, ihn könne nun nichts mehr erschüttern. Nicht zufällig hatte er sich während der Herfahrt nur mit den Vorwürfen beschäftigt, mit denen Charlie ihn überschütten würde, wenn er entdeckte, daß er bei den Amerikanern auch nicht ein Foto gemacht hatte. Er war bereit, tausend abgerissene und in Helmen steckende Köpfe einzusammeln; tausend schluchzende Maròs zu trösten. Und mit fester Stimme sagte er zu Stefano, er solle im Geländewagen auf ihn warten, mit festem Schritt ging er durch die Mauer der zurückgedrängten Journalisten, stürzte sich ins Chaos der Bagger, der Krankenwagen, der Bulldozer, mit unbeweglichem Blick schaute er sich an, was von dem neunstöckigen Gebäude, das die Franzosen benutzt hatten, übriggeblieben war. Ein schwarzer Abgrund, an dessen Rand sich eine schiefe Pyramide erhob. Dort war der Kamikaze mit seinem Lastwagen in die unterirdische Garage gefahren, das Gebäude war durch die Explosion auf der einen Seite der Fundamente getroffen worden, aber statt in sich zusammenzustürzen, hatte es auf einer Seite nachgegeben, dabei jedoch seine Struktur behalten: die neun Stockwerke hatten sich schräg übereinandergelegt, wie eine Torte aus mehreren Schichten, die schräg weggerutscht und dabei Stufen bildet. Anstelle der verschiedenen Schichten hier nur die Überreste von jedem einzelnen Stockwerk und die im Schlaf überraschten Opfer. Auf den Stufen gruben die Rettungsmannschaften ausschließlich mit Spaten und Spitzhakken; sie hatten auf Bagger verzichtet, weil deren Gewicht das prekäre Gleichgewicht der Pyramide ins Wanken gebracht hätte. Am schwarzen Abgrund die geborgenen Leichen: ungefähr hundert. Überall Verwundete, die die Trümmer unablässig freigaben. Und manch einer schrie wild um sich, andere jammerten mit hauchdünner Stimme, wieder andere winselten herzzerreißende Hilferufe.

«Maman, Mama, Maman!»

«Ne me touchez pas, je veux mourir! Rührt mich nicht an, ich will sterben!»

«Mes jambes, meine Beine! Où sont mes jambes, wo sind meine Beine?!?»

«Aidez-moi, je vous en supplie! Helft mir, ich fleh euch an!»

Ja, eine Wiederholung dessen, was er bereits gesehen hatte, stellte er fest. Dann nahm er die Nikon, richtete sie auf ein paar Italiener, die einen herausgerissenen Querträger wegzogen, und war im Begriff, seine erste Aufnahme zu machen. Aber er machte sie nicht, weil er durch einen Bersagliere abgelenkt wurde, der seinen Spaten beiseite gelegt hatte und versteinert auf einen Gegenstand am Boden blickte. Es war ein ganz junger Bersagliere, das erkanntest du trotz der Maske, die die Hälfte seines Gesichts verbarg, und in seiner Starrheit lag eine so schmerzliche Bestürzung, daß du das Bedürfnis verspürtest, hinüberzugehen und nachzusehen, welchen Gegenstand er da anstarrte. Angelo ging zu ihm, er beobachtete ihn genau. Der Bersagliere starrte auf ein Klo, aus dem ein Fetzen himmelblauer Stoff mit rosa Blümchen hing. Nein, er starrte auf etwas, das mit dem himmelblauen Stoffetzen mit rosa Blümchen heraushing. Angelo betrachtete das Etwas und stieß ein heiseres Stöhnen aus:

«Neeein...»

Ein kleines Mädchen steckte kopfüber und mit drei Viertel seines Körpers in der Kloschüssel. Zusammen mit dem himmelblauen Stoffetzen mit rosa Blümchen sah nur der untere Teil des Bauchs und ein Beinchen heraus: der Rest verschwand in der Kloschüssel, verschluckt vom Abflußrohr der Kloschüssel. Das Mädchen steckte darin wie ein Flaschenkorken in einem Flaschenhals, und infolge welchen dynamischen Zufalls oder Zusammentreffens sie sich dort wie ein Flaschenkorken in einen Flaschenhals hineingebohrt haben könnte, war nicht zu begreifen, denn das Abflußrohr war sehr eng und der Körper des Mädchens nicht gerade klein. Und doch hatte die Druckwelle genau das fertiggebracht und ... Einen Augenblick wandte er den Blick ab. Vor allem wußte er, wer das Mädchen war. Fawzia, die Tochter der Hausmeisterin. Wenn er zu den Franzosen ging, hatte er sie immer auf dem Korridor des Erdgeschosses getroffen. Dort spielte sie immer mit den Patronenhülsen und hatte immer dasselbe Schürzchen aus himmelblauem Stoff mit rosa Blümchen an. Mit ihrem Schürzchen aus himmelblauem Stoff mit rosa Blümchen lief sie ihm entgegen, streckte eine Hand aus und: «Bonjour, Monsieur. Avez-vous un bonbon pour moi, haben Sie ein Bonbon für mich?»

«Sergente ...», stammelte Ferruccio, «was hatte denn ein kleines Mädchen hier zu suchen?»

«Sie war die Tochter der Hausmeisterin», antwortete er.

«Oh, Allmächtiger!»

«Sie war drei Jahre alt ...»

«Oh, Allmächtiger!»

«Sie mochte Bonbons ...»

«Oh, Allmächtiger!»

«Ziehen wir sie heraus!»

Sie brauchten lange, um sie herauszuziehen. Sie brauchten mindestens eine Stunde, ohne daß ihnen einer dabei half: die Helfer kümmerten sich um die, die man retten konnte, sie verloren keine Zeit mit Toten. Sie brauchten so lange, weil sie wirklich wie ein Flaschenkorken in einem Flaschenhals steckte und weil sie nur dieses Beinchen hatten, um den Korken herauszuziehen. Sie packten es abwechselnd, behutsam, so als würden sie befürchten, ihr weh zu tun und das Unglück noch zu vergrößern, dann zogen sie mit aller Kraft, doch bei jedem Zug schien das Abflußrohr das Mädchen nur noch tiefer zu verschlucken. Wenn du einen Zentimeter gewonnen hattest, verlorst du ihn gleich wieder, und um ihn zurückzugewinnen, brauchte man eine Ewigkeit, und hattest du ihn zurückgewonnen, verlorst du ihn erneut. «Ich schaff es nicht», stöhnten sie abwechselnd. «Sie kommt nicht raus, ich schaff es nicht.» Sie schafften es aber doch. Am Ende zogen sie sie ganz heraus. Ein harter leuchtend roter Zylinder, eine grauenerregende Wurst, von der ein Zipfel mit blutverschmierten Locken herunterbaumelte. Knallend schoß er heraus, wie ein mit dem Korkenzieher herausgezogener Korken. Plop! Dann steckte Ferruccio sie in einen Plastiksack, zog die Atemschutzmaske herunter und kotzte schreiend.

«Gottverdammt! Verdaaammt!»

Er kotzte und schrie ein paar Minuten lang, fast, als hätte er zusammen mit dem Ekel vor der grauenerregenden Wurst auch seine Enttäuschung auskotzen wollen: den Schmerz zu entdecken, daß Beirut ihm nicht einmal genützt hatte, ein Menschenleben zu retten. Dann nahm er wieder seinen Spaten, fing wieder an zu graben und: «Ich hab eine Wahnsinnswut, Sergente. Ich war neunzehn Jahre alt, Sergente ... Neunzehn, verdammte Schweinebacke, neunzehn, und jetzt bin ich es nicht mehr. Ich hab die Jahre verloren. Von heute an glaube ich an nichts mehr, Sergente. Nicht an Christus, nicht an die Madonna, nicht an den Allmächtigen, nicht an die Heiligen, nicht an die Menschen, an nichts mehr. Christus gibt's nicht, die Madonna gibt's nicht, den Allmächtigen gibt's nicht, die Heiligen gibt's nicht. Es gibt sie einfach nicht. Menschen, die gibt's, aber es wär besser, es gäb auch sie nicht. Sie sind so abgefeimt! Abgefeimt, abgefeimt. Tiere, Tiere! Nein, keine Tiere. Denn Tiere bringen sich gegenseitig um und fressen sich dann auf. Aber sie fahren keinen Lastwagen voll Hexogen, um kleine Mädchen in Kloschüsseln zu katapultieren. Wer war bloß der Mann in dem Lastwagen, Sergente? Wer war er? Ich sag dir, wer er war: ein Mensch. Ja, ein Mensch mit zwei Armen und zwei Beinen, mit einem Herzen und einem Verstand. Darum macht es mir keine Freude, unter Menschen geboren zu sein. Besser, man wird unter Hyänen und Schaben geboren. Oder überhaupt nicht geboren. Letztes Jahr hab ich einen Aufsatz geschrieben, da hab ich gesagt, daß die Menschen den Tieren überlegen sind, weil sie Straßen und Brücken und Häuser und Kuppeln und Schiffe und Flugzeuge zu bauen verstehen. Und dann verstehen sie noch, die Sixtinische Kapelle auszumalen und den *Hamlet* zu schreiben und den *Nabucco* zu komponieren und Herzverpflanzungen zu machen und auf den Mond zu fliegen. Alles Dinge, die die Tiere nicht können. Aber ich hab Scheiße geredet. Wozu isses denn gut, so tüchtig zu sein, wenn man hinterher kleine Mädchen in Kloschüsseln katapultiert?!? Nein, ich glaub nicht an die Menschen. Und weil ich einer von ihnen bin, glaube ich von heute an auch nicht mehr an mich. Sergente ... ich hätte nicht nach Beirut kommen sollen. Wenn ich nicht gekommen wäre, würde ich noch an mich glauben. Und ich wär noch neunzehn Jahre alt. Trottel! Wichser, Trottel! Ich wollte sehn, wie der Krieg ist, deshalb hab ich nicht gesagt, daß ich einen Riß in der linken Kniescheibe hab. Gut, jetzt hab ich den Krieg gesehn. Und er gefällt mir nicht. Die Armee gefällt mir nicht, die Uniformen gefallen mir nicht. Warum hast du dir diesen Beruf ausgesucht, Sergente? Ich hab ihn mir nicht ausgesucht. Ich bin Wehrpflichtiger, bin rein zufällig hier, eigentlich nur wegen eines Irrtums. Wegen meiner Neugier. Aber du! Für dich ist der Krieg ein Beruf: du bist doch auch in der Lage, solche Schweinereien zu begehen wie der Mann mit dem Lastwagen. Du hast gelernt, mit Bomben so umzugehen, wie der Bäcker gelernt hat, Brot zu backen. Warum? Ich kapier nicht, wieso einer so was lernen will. Ich hab gelernt, das Gewehr zu gebrauchen, und ich schäme mich dafür und denke: und wenn auch ich Spaß daran bekommen würde? Nein, das ist nicht möglich, nein. Ich hasse den Krieg viel zu sehr. Und wenn jemand kommt und mir erzählt, daß es den Krieg immer schon gab und immer geben wird, dem brech ich die Knochen, den schlag ich zusammen. Um mich dafür zu rächen, daß ich meine neunzehn Jahre verloren habe, Sergente. Sag mir, daß ich recht habe, Sergente.»

«Du hast recht», sagte Angelo.

«Schwör, daß du niemals jemand töten wirst, Sergente.»

«Ich schwöre, daß ich niemals jemanden töten werde», sagte Angelo. Dann klopfte er ihm auf die Schulter und ging, ohne auch nur ein Foto gemacht zu haben.

«Stefano, laß uns zum Kommando zurückkehren.»

Und er kehrte zum Kommando zurück, wo Ninette auf ihn wartete.

* * *

Sie wartete auf ihn und ging vor dem Wachhäuschen der Carabinieri auf und ab, ihr zauberhaftes Gesicht war von Sorge gezeichnet, ihr schöner Körper vor Ungeduld angespannt, und sobald der Geländewagen seine Fahrt verlangsamte, um einzubiegen, lief sie ihm fröhlich rufend entgegen.

«Darling, Liebster, darling! You are alive, thank God, du lebst, Gott sei Dank!»

Er sah sie an, wie man jemanden ansieht, den man nicht kennt und den man auch nicht unbedingt kennenlernen will. Er wandte sich an Stefano.

«Was sagt sie, was will sie?»

«Sie sagt, Gott sei Dank lebst du», übersetzte Stefano.

«But where have you been, darling? You look so pale, so tired, and there is blood on your shirt!»

Er sah sie an wie zuvor, wieder wandte er sich an Stefano.

«Und was sagte sie jetzt? Was will sie?»

«Sie sagt, du wärst sehr blaß, du sähest müde aus und an deinem Hemd wäre Blut. Sie fragt, wo du gewesen wärst», übersetzte Stefano.

«You should have a rest and forget, poor darling. Go to sleep, I'll pick you up at seven. We will spend the night to make love and forget.»

«Sie sagt, du solltest ausruhen und vergessen», übersetzte Stefano, völlig verlegen, weiter. «Sie sagt, du sollst schlafen gehen, sie käme dich um sieben abholen, danach würdet ihr gemeinsam die Nacht verbringen, miteinander schlafen und vergessen.»

Vergessen?!? Hatte sie wirklich gesagt vergessen, die dumme Gans?

«Life goes on, darling, and we must forget», sagte die freudige Stimme mit Nachdruck.

«Sie sagt, das Leben geht weiter, und man muß vergessen. Willst du, daß ich ihr irgend etwas antworte?»

«Nein. Fahr los, schnell!»

Mit einem Seufzer der Erleichterung fuhr Stefano los. Der Geländewagen schoß nach vorne und bog in den Serpentinenweg ein, der zum Hof des Kommandostützpunktes führte. Inzwischen war es Mittag geworden, in den Vierteln von West-Beirut wurde das zweifache Massaker unter großem Jubel gefeiert, und an der Stellung Achtundzwanzig von Chatila war Fabio dabei, das Andenken an John zu verraten.

–5–

Er hatte sich nur kurze Zeit im Feldlazarett aufgehalten. Die Zelte quollen über von Verletzten und Sterbenden, in den Operationssälen wurde mit krampfhafter Eile operiert, das Blutplasma wurde knapp, Morphium fehlte, und wer hatte da Zeit an einen Marò zu verschwenden, der zwar vor Schmerz krank war, aber sonst nichts weiter? Nachdem ihn ein Militärarzt untersucht hatte, um sicherzugehen, daß er keine körperlichen Verletzungen aufwies, hatte er ihn mit ein paar Aspirin und einem ähnlichen Rat wie dem von Ninette entlassen: «Meld dich krank, Gefreiter, und denk nicht weiter dran.» Damit hatte er ihn zum Stützpunkt zurückgeschickt, und nach der Krankmeldung hatte Fabio auch wirklich versucht, nicht weiter daran zu denken. Ich bin ein Drückeberger, hatte er sich gesagt, ich reagiere absolut hysterisch und ziehe nicht in Betracht, daß ich in einem Krieg bin: wenn jeder Soldat, der einen Freund im Krieg verliert, verrückt würde, würden die Armeen zu Irrenhäusern. Doch wie ein Stück Holz, das, ins Wasser geworfen, sofort wieder an die Oberfläche kommt, war auch das Bild des abgerissenen Kopfes im Helm sofort wiederaufgetaucht und setzte ihn erneut der Pein jenes Schwarzes aus, das nicht das Schwarz schwarzer Haut war, sondern das stumpfe, rußige Schwarz verbrannter Haut, und darüber hatte sich ganz schnell die Erinnerung an John gelegt, als er noch völlig unversehrt war. John, der Fuck-the-war, verfickter-Krieg, fuck-the-war rief. John, der seinen Abschied von den Marines nehmen und ihn dazu bringen wollte, seinen Abschied von den Maròs zu nehmen, um ein kleines italienisches Restaurant in Cleveland, Ohio, zu eröffnen, um reich zu werden und eine Reise um die Welt mit eigenem Geld zu machen. John, durch den er entdeckt hatte, wie reich man ist, wenn man einen Freund in Beirut besitzt, einen Freund, der lacht und redet ... Vor John war der einzige Freund, den er in Beirut hatte, Rambo: sein Zugführer. Aber Rambo lachte nie, redete nie, trank nicht einmal Bier, und nach und nach hatte Fabio wieder angefangen zu weinen: «John! Oh, John, John!» So war er Rambo suchen gegangen, hatte ihn gebeten, wieder Dienst tun zu dürfen, und war jetzt mit ihm im Lager Drei von Chatila: dem Außenposten der Achtundzwanzig. Unbewegt sah er sich hinter dem kleinen Wall aus Sandsäcken das grausame Spektakel in dem Viertel an, das wegen des zweifachen Massakers in Feststimmung war. In Feststimmung, jawohl: sie schienen vor Freude verrückt geworden zu sein. Schwarze Tücher und grüne Fahnen schwenkend, die Tücher der Palästinenser und die Fahnen der Schiiten, traten sie aus Häusern und Baracken, liefen dann aufeinander zu und umarmten sich. Sie beglückwünschten sich und sangen Lobeshymnen auf den Allmächtigen. Oder sie zeigten sich an den Fenstern und auf den Terrassen, beugten sich über die Dächer und grölten von dort oben ihren Jubel herunter. Und viele umringten die Stellungen der Italiener mit auseinandergespreiztem Zeige- und Mittelfinger zum Zeichen des Siegs und schickten düstere Warnungen zu ihnen hinüber.

«Al-amerikin matu, jah! Die Amerikaner tot, hurra! Al-talieni bukra, jah! Die Italiener morgen, hurra!»

«Al-faransin matu, jah! Die Franzosen tot, hurra! Al-talieni bukra, jah! Die Italiener morgen, hurra!»

«Kaputt! Italiener morgen kaputt!»

Männer und Frauen. Junge und Alte. Zu Hunderten. Und Scharen kleiner Kinder, die, von den Erwachsenen angestachelt, sich an dem Spektakel beteiligten und rhythmisch abgehackte Beschimpfungen riefen.

«Al-talieni akrùt! Schergen, akrùt!»

«Haqkirin! Bastarde, haqkirin!»

«Miniukin! Schwule, miniukin!»
Unter den Kindern ein alter Mullah, der in seiner rechten Hand eine Caffetiere, in seiner linken Hand eine Mokkatasse hielt und Kaffee anbot, um das Massaker würdig zu begehen.
«Eshrabu! Wah Allah maacum, eshrabu! Trinkt! Und Allah sei mit euch, trinkt!»
Er schrie nicht, er nicht. Er stieß auch keine düsteren Warnungen oder Beschimpfungen aus. Er bot nur Kaffee an und basta. Auf den ersten Blick das harmloseste Geschöpf der Welt. Die zerbrechlichen krummen Schultern waren in eine Tunika aus brauner Wolle gehüllt, das sanftmütige, durchscheinende Gesicht war von einem weißen Bart eingerahmt und von einem grauen Turban gekrönt, und der Ton war freundlich, mit dem er immer wieder aufforderte Trinkt-und-Allah-sei-mit-euch-trinkt. Doch seine Aufforderung war düsterer als die Hurras, als die Rufe Italiener-morgen-kaputt, Italiener-Schergen-Bastarde-Schwule, und gleichzeitig mit der Verwunderung fühlte Fabio eine Empörung in sich aufsteigen, die erneut das Verlangen zu heulen in ihm weckte. Mieser Schakal, der da, dachte er, prostet auf die Toten. Prostet auf Johns Kopf. Und wir lassen das zu, keiner von uns krümmt einen Finger, um ihn wegzujagen. Keiner. Auch Rambo nicht: sieh ihn dir an. Sie nennen ihn Rambo, weil er dem Film-Rambo ähnelt, die gleichen Muskeln, die gleiche Entschlossenheit, aber er steht da, als ob ihn das alles nichts anginge. Er duldet es mit der Langmut eines heiligen Franziskus. Feigheit ist das. Eine Ungerechtigkeit, ein Verrat am Andenken für John. Ich muß irgend etwas tun. Und plötzlich zeigte er sich am kleinen Wall aus Sandsäcken und zielte mit dem Gewehr.
«Scheißmullah!» rief er. «Verschwinde, du Scheißmullah, go away!»
So, als habe er die Beleidigung nicht begriffen und sie, im Gegenteil, für ein großes Kompliment gehalten, kam der Mullah näher. Er lächelte ein Lächeln gelber Zähne, füllte die Mokkatasse wieder auf und hielt sie ihm hin.
«Eshrab», sagte er. «Drink, trink!»
«Go away or I shoot you, verschwinde oder ich knall dich ab!»
Gelassen und weiterhin mit einem Ausdruck, als habe man ihm ein großes Kompliment gemacht, setzte der Mullah die Mokkatasse auf den Wall. Dann ließ er seine Augen voller Haß aufblitzen und seine Stimme wurde eiskalt.
«Eshrab! Qult eshrab! Trink, hab ich gesagt. Trink!»
«Verschwinde oder ich knall dich ab, verschwinde!»

«Eshrab! Al-amerikin matu, Amerikaner tot. Dead, tot. Al-faransin matu, Franzosen tot. Dead, tot. Eshrab, trink. Drink, trink!»
«Ich knall dich ab, I shoot you, ich knall dich ab!»
«El naharda iom aazim, großer Tag heute, great day today. Eshrab, trink! Drink, trink!»
«Laß ihn!» knurrte Rambo. Doch im gleichen Augenblick streckte der Mullah eine Hand nach ihm aus. Er packte ihn am Handgelenk und blickte ihm fest in die Augen.
«Eshrab enta kaman. Trink auch du.»
Eigentlich verdiente Rambo seinen Spitznamen Rambo nicht. Er ließ sich nie zu einer kämpferischen oder unbesonnenen Tat hinreißen, nie gab er sich einem Zornesausbruch hin oder entfuhr ihm ein unanständiges Wort. Ganz im Gegensatz zu seinem Äußeren war er ein sanfter, gutmütiger Typ, und wenn ihn doch etwas in Rage brachte, beruhigte er sich, indem er ein Medaillon mit der Darstellung der Jungfrau Maria berührte, das er, zusammen mit der Erkennungsmarke, um den Hals trug. Doch wehe, wenn sein Stolz verletzt wurde. Und diese Hand, die ihn am Handgelenk packte, verletzte seinen Stolz mehr als die Worte eshrab-enta-kaman.
«Shu hakita, was hast du gesagt?» antwortete er in perfektem Arabisch. Dann befreite er mit verächtlicher Langsamkeit sein Handgelenk. Er stellte das Gewehr ab, mit schweren Schritten pflanzte er sich vor dem Mullah auf, griff die Mokkatasse und kippte sie über ihm aus: «Kuss inmak, ibn sharmuta. Hau ab und fick dich, du Hurensohn.»
Und das Bild des abgerissenen Kopfs im Helm, die Erinnerung an John, der seinen Abschied von den Marines nehmen und auch ihn dazu bringen wollte, seinen Abschied von den Maròs zu nehmen, um ein kleines italienisches Restaurant in Cleveland, Ohio, zu eröffnen, verschwand aus Fabios Gedächtnis. Mit der Erinnerung die Empörung, mit der Empörung die Kampfpläne. Sein Kopf wurde zu einem Schacht des Entsetzens, und während der Mullah zornentbrannt unverständliche Sätze in seiner Sprache wetterte, während die schwarzen Tücher und die grünen Fahnen bedrohlich flatterten, während eine Gruppe schiitischer Guerilleros mit auf ihn und Rambo gerichteten Kalaschnikows vorrückte, während die Menge brüllte al-maut-al-talieni, Tod-den-Italienern, sprang er aus der Stellung heraus. Er lief auf den Mullah zu, riß ihm die Caffetiere aus der Hand, kippte den ganzen Kaffee, den sie enthielt, in einem Zug hinunter und gab sie ihm leer zurück.
«Jamil! Gut, jamil!»

«Jamil, gut, jamil?» rief der Mullah überrascht.
«Jamil. Gut, jamil. Wa el naharda iom aazim, und großer Tag heute.»
«El naharda iom aazim, großer Tag heute?» wiederholte der Mullah ungläubig.
«El naharda iom aazim», bekräftigte Fabio. «Und du mein Freund, wa inta sadiqi.»
«Sadiqi, Freund?» lächelte der Mullah jetzt spöttisch. «Ba'a koblet el sadaka, dann Freundschaftskuß.» Und er küßte ihn auf beide Wangen.

Das Gebrüll al-maut-al-talieni, Tod-den-Italienern, verstummte. Die schwarzen Tücher und die grünen Fahnen hörten auf, bedrohlich zu flattern. Die Guerilleros, die mit ihren Kalaschnikows auf sie zukamen, senkten die Kalaschnikows. Fabio erwiderte den zweifachen Kuß, und von den Maròs der Achtundzwanzig drang ein Chor von Beschimpfungen herüber.

«Feigling! Bestochener!»
«Hasenfuß! Angsthase!»
«Hosenkacker!»

Rambo dagegen bewegte kaum die Lippen.
«Du bist noch schlimmer», murmelte er. «Du bist ein Judas, ein Verräter ohne jede Würde.»

Sicher, das war er, dachte er, als er den Kopf senkte. Sicher war sein Kuß ein Judaskuß, hatte er mit ihm seine Würde verloren und seine Kameraden verraten, die vierhundert Toten und das Andenken an John. Aber plötzlich interessierte ihn das alles keinen Deut mehr, seine Würde, seine Kameraden, die vierhundert Toten, das Andenken an John. Denn er wollte nicht sterben. Er, er wollte leben. Leben, leben bis in alle Ewigkeit! Und über einen vollkommen anderen Weg, über den Umweg des Denkens, gelangte Angelo unterdessen zu der gleichen Schlußfolgerung.

* * *

«Du bist verantwortungslos und ohne Gewissen, was soll das heißen Ich-habe-nicht-eine-Aufnahme-gemacht?!?» hatte Charlie zu brüllen angefangen. «Wie? Du befolgst nicht meine Befehle, schnappst mir den Geländewagen samt Fahrer weg, rast zu den Amerikanern, der Generale sucht dich, ich stell mich vor dich, sag ihm, ich hätte dich zum Fotografieren der Rettungsmannschaften losgeschickt, er antwortet Gut-dann-schicken-Sie-ihn-auch-zu-den-Franzosen, ich schick dich da hin, und du kommst mit leeren Händen zurück?!? Geh mir aus dem Weg, hau ab!» Er war gegangen. Er war zum Hof hinaufgestiegen, hatte sich in eine Ecke gehockt, um die Summe einer Angst zu ziehen, die sich bereits am Rande des Wahnsinns bewegte. Pietro Micca und der Kamikaze, der vor Glück lächelte. Und der andere, den niemand gesehen hatte, der aber in jedem Fall ein Mensch wie er war, ein Wesen mit zwei Armen und zwei Beinen und einem Herzen und einem Verstand. Fabio und der abgerissene Kopf in einem Helm, dieser Kopf mit weitaufgerissenen Augen, halbgeöffneten Lippen und dem Ausdruck der Verblüffung, so, als würde er noch weiter sehen können und beim Sehen noch nachdenken und beim Nachdenken nicht glauben können, daß er seinen Körper verloren hatte. Ferruccio und das kleine Mädchen, das in der Kloschüssel steckte wie ein Flaschenkorken in einem Flaschenhals, die grauenerregende Wurst, die mit dem Knall einer mit dem Korkenzieher entkorkten Flasche herauskam, und der schmerzliche Monolog mit dem Ende Schwör-daß-du-nie-jemand-tötest-Sergente. Ich-schwöre-daß-ich-nie-jemanden-töte. Und Ninette mit ihrer unversehrten Schönheit, ihrer egoistischen Freude, ihrer Gier, mit ihm zu schlafen. Life-goes-on, das-Leben-geht-weiter, Darling. Das Leben? War das das Leben? Das war doch ein zerstörerisches, unlogisches Chaos ohne jeden Sinn! Er runzelte die Stirn. Und wenn das Leben wirklich ein zerstörerisches, unlogisches Chaos ohne jeden Sinn wäre? Vor hundert Jahren hatte dies Ludwig Boltzmann formuliert, der österreichische Physiker, dem es gelungen war, durch Einführung statistischer Methoden in die Thermodynamik das Konzept der Entropie, genauer gesagt des Chaos, in mathematische Begriffe zu fassen. Das Chaos, hatte er gesagt, ist die unausweichliche und irreversible Tendenz eines jeden Dinges: vom Atom bis hin zum Molekül, von den Planeten bis hin zu den Galaxien, vom unendlich Kleinen bis hin zum unendlich Großen. Es hat ein ausschließlich destruktives Ziel, und wehe dir, du versuchst, den Kampf mit ihm aufzunehmen, Ordnung in die Unordnung zu bringen, dem Sinnlosen einen Sinn zu geben: statt abzunehmen oder schwächer zu werden, nimmt das Chaos zu. Denn es absorbiert die Energie, die man in diese Anstrengung steckt, die Energie des Lebens. Es frißt sie auf, bedient sich ihrer, um schneller ans gesteckte Ziel zu gelangen, nämlich die völlige Zerstörung, genauer gesagt: die völlige Selbstzerstörung des Universums, und es obsiegt immer. Immer ... Eine Gleichung aus fünf Buchstaben bildete das grausame Urteil: $S = K \ln W$, Entropie ist gleich der Boltzmannschen Konstanten K, multipliziert mit dem natürlichen Logarithmus der thermodynamischen Wahrscheinlichkeit. Bevor er zu einem Zwergbaum geworden war, zu einem Bonsai, hatte er das studiert und ... Und wenn dies nun die Formel des Lebens wäre? Nein, das ist die Formel des Todes! Sie behauptete, das Leben sei ein Instrument des Todes, Nahrung des Todes ... Nahrung des Todes? Wäre es möglich, daß das Leben ein Instrument des Todes, Nahrung des Todes ist? Es mußte doch umgekehrt sein! Ah, wenn er doch eines Tages in der Lage wäre, das Gegenteil zu entdecken, zu beweisen, daß der Tod ein Instrument des Lebens ist, die Nahrung des Lebens, und Sterben nichts als ein Stillstand, eine Ruhepause, ein kurzer Schlaf, um sich auf die Wiedergeburt vorzubereiten, auf das Wieder-Leben, um dann wieder zu sterben, aber doch nur, um wiedergeboren, zu neuem Leben erweckt zu werden, leben, leben, leben bis in alle Ewigkeit!

Er sprang auf, von einem Heißhunger elektrisiert zu leben, leben, leben, leben bis in alle Ewigkeit. Und hier beginnt unsere Geschichte.

Zweites Kapitel

– 1 –

Zu einer Zeit, die vielen unvorstellbar lange zurückzuliegen schien, in Wirklichkeit aber erst wenige Jahre zurücklag, war Beirut einer der gefälligsten Orte auf unserem Planeten: unglaublich angenehm zum Leben und zum Sterben, wenn man alt war oder an einer Krankheit litt. Ob du nun reich und korrupt oder arm und ehrlich warst, dort fandest du das Beste, was eine Stadt bieten konnte: mildes Klima im Sommer wie im Winter, blaues Meer und grüne Hügel, Arbeit, Essen, Sorglosigkeit, die jedes nur denkbare Vergnügen anbot, und vor allem eine große Toleranz, denn trotz des Gemischs von Rassen, Sprachen und Religionen kamen die Bewohner gut miteinander aus. Die schiitischen oder sunnitischen Moslems lebten mit den maronitischen oder griechisch-orthodoxen oder römisch-katholischen Christen gut zusammen, die einen wie die anderen mit den Drusen und den Juden, der Singsang der Muezzins vermischte sich unbefangen mit dem Klang der Glocken, in den Kirchen verfluchte man nicht die Gläubigen der Moscheen, in den Moscheen verfluchte man nicht die Gläubigen der Kirchen, in den Synagogen verachtete man weder die Gläubigen der einen noch der anderen Seite, und überall feierte man problemlos die Riten der neunzehn von der Verfassung zugelassenen Kulte. Es gab ein mehr oder weniger demokratisches System, die bürgerlichen Freiheiten wurden respektiert und Sünden in großem Ausmaß begangen und eingestanden. Und die Leute brachten sich aus Rache um oder aus Eifersucht, wegen Diebstahls oder wegen mafioser Aktivitäten, nicht aber aus verordnetem Haß, aus Parteinahme, Fanatismus oder militärischer Notwendigkeit. Der Krieg existierte nicht. Nur eine vage Erinnerung waren die Gemetzel, bei denen sich die beiden Hauptgruppen, Christen und Moslems, bis vor wenigen Jahren abgeschlachtet hatten. Eine längst vergessene Geschichte, die im Lauf der Jahrhunderte unternommenen Eroberungszüge von Griechen, Römern, Kreuzrittern, von Saladin, wieder von Kreuzrittern, dann von Türken, vom Abendland, das schon immer von der geografischen Lage und den sich daraus ergebenden wirtschaftlichen Vorteilen angezogen worden war. 1946 war das französische Mandat abgelaufen und hatte zugleich mit der Unabhängigkeit einen Wohlstand hinterlassen, der die verschiedenen Gruppen miteinander vermischte. Er vereinte sie im Glauben an den einzigen Gott, an den die Menschen ohne Einschränkungen und ohne Vorbehalte glauben: den Mammon.

Man nannte Beirut damals die Schweiz des Vorderen Orients, und die Stadt war so gastfreundlich, daß sie jeden enthusiastisch aufnahm, der sie um Schutz oder Glück bat: Abenteurer, politisch Verfolgte, Betrüger, Spione, Versager, Verzweifelte auf der Suche nach dem Irdischen Paradies. Mit Schiffen, mit Booten, mit Flugzeugen landeten sie zu Tausenden jeden Tag. Nicht selten, um da zu bleiben und reich zu werden. Es war ja auch eine schöne Stadt, obgleich sie keine bedeutenden Monumente besaß, und ihre Schönheit bestand nicht nur in einer zauberhaften Landschaft. Herrliche Villen erhoben sich auf den Hügeln, die damals durch die Zedern des Libanons noch schöner waren, und gepflegte Gärten und Veranden, deren Böden mit wunderbaren alexandrinischen Mosaiken ausgelegt waren. Pompöse Residenzen und erlesene kleine Art-déco-Villen gaben dem Park, den man den Pinienwald nannte, ein heiteres Aussehen, und er wuchs so üppig, daß man den Duft des Harzes kilometerweit wahrnahm. Am Rand des Parks ein herrliches Hippodrom, umgeben von Reitställen, die die wertvollsten Vollblutpferde jener Zeit beherbergten. In der Nähe des Hippodroms ein Museum, in dem du die anthropomorphen Sarkophage der Vorväter, der Phoenizier, und die archäologischen Grabungsfunde aus Byblos bewundern konntest. Luxushotels, darunter das sagenumwobene Saint George, reihten sich an der sonnenbeschienenen Meeresfront aneinander, und exklusive Nachtclubs, Restaurants, die für ihre Weine und für ihre Küchenchefs berühmt waren. An Elend fehlte es selbstverständlich auch nicht. Annehmlichkeit nährt sich vom Elend anderer. Doch gab es keinen Hunger, und in jedem Viertel fand man Beweise für Wohlstand. Im Westteil gab es zum Beispiel eine wunderbare Cité Sportive, die ein Stadion für fünfzigtausend Menschen hatte; zwei Schwimmbecken von olympischen Ausmaßen, eins für Schwimmwettkämpfe, eins für Wettkämpfe im Turmspringen; zwei Tennisplätze, zwei Basketballplätze und Unterkünfte für Athleten, Bar und Solarium. In der Straße mit dem Namen Galerie Semaan zogen die vor Waren überquellenden Geschäfte Kunden aus aller Welt an, und die Banken zahlten schwindelerregende Zinsen: wer sein Geld rasch verdoppeln wollte, brauchte es nur in Beirut anzulegen. Es gab auch gute Schulen, um den Analphabetismus zu bekämpfen; gute Werkstätten, die auf ein Handwerk vorbereiteten; eine berühmte amerikanische Universität und eine nicht weniger berühmte katholische Universität brachten bedeutende Professoren hervor, und zwar sowohl auf naturwissenschaftlichem wie auf geisteswissenschaftlichem Gebiet. Die Krankenhäuser funktionierten reibungslos. Theater, Konzertsäle und Kinos gab es in Fülle. Der Verkehr floß zügig über die breiten zweispurigen Boulevards, über die stabil gebauten Überführungen, die eleganten Rotunden, das heißt die runden Plätze, die die Franzosen nach dem Vorbild der Pariser Ronds Points angelegt hatten, und über die herrliche Corniche, die von Osten nach Norden anstieg, an der nördlichen Küste entlanglief, dann das Vorgebirge im Nordwesten erreichte und nach Süden abfiel, zur schönen, vom Wind umspielten Küste. Die Bautätigkeit blühte. Der Bebauungsplan brauchte den Vergleich mit dem moderner europäischer Großstädte nicht zu scheuen. Eine ausgezeichnete Straße führte nach Damaskus, eine gut funktionierende Eisenbahn nach Aleppo. Der Hafen, einer der bestausgerüsteten und meistbenutzten im Mittelmeer, brachte phantastische Gewinne ein. Der Flughafen, auf dem täglich Hunderte von Maschinen nach und von Asien abgefertigt wurden, trug dazu bei, die Kassen der Stadt zu füllen. Was machte es da, wenn so viel Reichtum durch eine Handvoll mafioser Multi-Milliardäre verseucht war, die die Wirtschaft kontrollierten. Was machte es da, daß sich unter diesen ein gewisser Pierre Gemayel hervortat, genauer gesagt der Papa von Bachir und Amin, und ein gewisser Kamal Djumblatt, genauer gesagt der Papa von Walid. Bewunderer Mussolinis und Gründer des paramilitärischen Korps, bekannt als Falange, der erste; Vorläufer des Handels mit Haschisch, das er mit seinem Privatflugzeug im Bekaa-Tal abholte, der zweite, der außerdem der Patriarch der Drusen mit den weiten, an den Knien gerafften Hosen war, in die der Messias geschissen wird, der nach ihren theologischen Mysterien von einem Mann geboren beziehungsweise aus dem Darm defäkiert wird. Kein irdisches Paradies ist vollkommen, der Friede ist sicher manche Schweinerei wert, und trotz allem war es Beirut gelungen, ein beinahe glücklicher Ort zu sein. (Das «beinahe» soll andeuten, daß Vorsicht angebracht ist, wenn man das mißverständliche Adjektiv «glücklich» gebraucht).

Doch eines schlimmen Tages waren die Palästinenser gekommen. Sie waren mit ihrer Wut und ihrem Schmerz und ihrem Geld gekommen. Viel, sehr viel Geld. Und da man in Beirut, außer der Unsterblichkeit, alles kaufen konnte, hatten sie sich dank dieses Geldes die Genehmigung erkauft, sich in drei Zonen am Rand der moslemischen Stadtteile anzusiedeln: Sabra und Chatila, zwei Viertel neben der Cité

Sportive, und Bourji el Barajni, ein Viertel auf halber Höhe der Rue de l'Aérodrome. Hier siedelten sie sich mit der gleichen Vorgehensweise wie die Israelis, die ihnen die Heimat genommen hatten, an Stelle der Schiiten an, die schon immer in Sabra und Chatila und in Bourji el Barajni gelebt hatten. Sie hatten ihnen die Wohnungen und Häuser gekündigt, sie verjagt und versklavt. Sie hatten ihnen die Höfe genommen, Straßenzüge verlegt, um neue Häuser zu bauen, und hatten sich in ihrer immer noch unersättlichen Überheblichkeit über das ihnen zugestandene Gebiet ausgedehnt und sich in einigen christlichen Vierteln niedergelassen. Am Ende hatten sie, taub für die Mißstimmigkeiten, die diese letzte Invasion heraufbeschwor, einen Staat im Staat gebildet: eine Nation mit ihren Gesetzen, ihren Banken, ihren Schulen, ihren Kliniken, ihrer Armee. Eine richtige Armee, die über Uniformen, Kasernen, Panzer und Geschütze mit großer Reichweite verfügte. Ein militärischer Apparat, dem nur noch die Marine und Luftkampfverbände fehlten, der aber, dank der örtlichen Mafia, jede nur denkbare Ausrüstung erhielt, einschließlich des Materials zum Ausheben einer anderen Stadt. Denn nach und nach hatten sie unter der Erde der geraubten Stadt eine andere Stadt ausgehoben: unsichtbar und uneinnehmbar. Ein Labyrinth von Katakomben, in denen tonnenweise Waffen und Munition gelagert wurden, von Gängen, die Schlafsäle für die Kämpfenden, Operationssäle und Funkstationen enthielten, geheime Zugänge und gut belüftete Tunnels, die sich manchmal kilometerlang hinzogen und zum Strand der vom Wind umspielten Küste führten. Mit einem Wort: eine gigantische Festung unter der Erde. Ein Meisterwerk der Ingenieurskunst. Gleichzeitig hatten sie ihre Lager im Südlibanon verstärkt, vor allem die an der Grenze zu Israel, und ohne Rücksicht auf die oft grausamen Vergeltungsschläge, mit denen die Regierung in Jerusalem das Land bestrafte, das schuld war, sie zu beherbergen oder zu ertragen, hatten sie die Angriffe auf die Kibbuzim verschärft. Da fing Beirut an zu rebellieren. Oder besser: die Gruppen fingen an zu rebellieren, die sich einen derartigen Luxus erlauben konnten: die Christen, die Falangisten von Papa Gemayel. Gefechte zuerst, Scharmützel in einzelnen Stadtvierteln. Doch die Gefechte hatten sich bald schon zu Schlachten, die Schlachten zu Massakern ausgeweitet, wie das Massaker von Damour, der kleinen christlich-maronitischen Stadt, wo die Palästinenser als Vergeltungsmaßnahme Alte und Frauen und Kinder abgeschlachtet hatten, Massaker in einem richtigen Bürgerkrieg. Und die Schweiz des Vorderen Orients hatte sich in einen finsteren Schauplatz mit verkommenen Häusern, ausgebombten Gebäuden, millionenfach durchschossenen Mauern und Bergen von Leichen verwandelt, die die früher nach Harz duftende Luft verpesteten. Zuletzt wurde sie, dank eines Waffenstillstands, der aus Resignation und Müdigkeit unterzeichnet worden war, wie Berlin in zwei Teile geteilt. Im Osten der christliche Teil oder Ost-Beirut, im Westen der moslemische Teil oder West-Beirut, in der Mitte eine Grenze, die man die Grüne Linie nannte und die die Stadt von Norden nach Süden teilte, wodurch der Hafen den Christen und der Flughafen den Moslems zufiel, was aber im Endeffekt den letzteren zugute kam, das heißt den Palästinensern. Ihnen gehörte der größte Teil des Stadtgebiets, der größte Teil der Küste, der gesamte Pinienwald, die Altstadt mit den blühendsten Vierteln, die Zufahrtswege zum Südlibanon. Dieser Vorteil machte sie zu absoluten Herren, steigerte ihre Aggressivität und Arroganz, erleichterte ihnen die Beherrschung der Grenze zu Israel und die Angriffe auf die Kibbuzim. Und so waren eines anderen schlimmen Tages die Israelis gekommen.

Sie waren mit einer Armee gekommen, die von Marine und Luftkampfverbänden flankiert wurde, bekannt für die Härte, mit der sie dem Feind stets begegnete, und in wenigen Tagen hatten sie Ost-Beirut erreicht. Hier wurden sie von den Palästinensern aufgehalten, die gemeinsam mit dem syrischen Verbündeten die Grüne Linie verbissen verteidigten. Sinnlos zu versuchen, sie zu durchbrechen: sie, zum Beispiel, in Höhe des Pinienwalds zu durchstoßen, was weniger schwierig gewesen wäre, weil dort weniger Häuser standen. Doch hinter jedem Baum verbarg sich ein Guerillero, entschlossen, nicht einen Schritt zurückzuweichen; das Hippodrom quoll über von Spezialeinheiten und Artillerie auf Selbstfahrlafetten; am Museum befand sich ein unüberwindbarer Graben. Anderswo das gleiche. Der Vormarsch der Armee, die für ihre Härte bekannt war, mit der sie den Feind stets niederwarf, verwandelte sich folglich in eine Belagerung, und die Belagerung dauerte über zwei Monate. Fast zehn Wochen lang, Tag für Tag, Nacht für Nacht, wurde West-Beirut mit Luftbombardements, mit Seebombardements und mit Artilleriebeschuß ans Kreuz geschlagen und mit Kanonenbeschuß überzogen. Eine Feuerorgie, die vom Himmel, von der Erde, vom Meer über es hereinbrach. Wohin du sahst, nichts als Flammen, da unten, Gebäude, die in die Luft flogen. Aber auch Ost-Beirut brannte, pausenlos hämmerten die Mörser, die Geschütze und die Raketen der Belagerten. Sie feuerten sie von Norden und von Süden und von der Cité Sportive aus ab, in deren Stadion die Palästinenser die modifizierten Shermans und die M48 mit ihren 105er Rohren aufgestellt hatten. Auf den Tennis- und Basketballplätzen hatten sie statt dessen die Mörser und die BM21 zum Abfeuern der Katiuschas plaziert, auf den Solarien die Flugabwehrbatterien. Und weitere auf den Dächern der Botschaften oder der mit dem Symbol des roten Kreuzes gekennzeichneten Krankenhäuser. Sie hatten da keine Skrupel. Sie bedienten sich zynisch jeder nur vorstellbaren Deckung. Und dank der unterirdischen Stadt, die in ihrem Bauch Waffen und Munition für ein Jahr aufgenommen hatte, ergaben sie sich nicht. Doch am Ende hatten sie sich ergeben. Weil sie an Wasser- und Nahrungsmittelknappheit litten, müde waren, in Gängen und Tunneln zu leben, doppelt gehaßt von den Schiiten, die außerhalb der Gänge und Tunnel wie die Fliegen starben, hatten sie sich an den Westen gewandt, um Verhandlungen mit Jerusalem zu führen, und Jerusalem hatte mit einem unwiderruflichen Entweder-Oder geantwortet: entweder Beirut und den Rest des Landes evakuieren oder sich auf ein Blutbad einstellen. Sie entschieden sich für die Evakuierung, vorausgesetzt, diese vollziehe sich unter dem Schutz der UN-Friedenstruppen, und nachdem einige Gänge der unterirdischen Stadt vermint und die Hauptzugänge zu ihnen zugemauert worden waren, zogen an die zehntausend Palästinenser ab und verstreuten sich über Syrien oder Tunesien oder Libyen oder den Süd-Jemen. Nur die Alten blieben, die Versehrten, die Kinder, die Frauen und die, die als Nicht-Kämpfer bezeichnet wurden: noch einmal zehntausend Menschen, die jetzt gut innerhalb der Grenzen von Sabra, Chatila und Bourji el Barajni zusammengefaßt werden konnten. Danach hatten auch die UN-Friedenstruppen, die zum Schutz der Evakuierung gekommen waren und aus einem Kontingent Amerikaner, Italiener und Franzosen bestanden, Beirut verlassen. Die Israelis hatten sich dort als Sieger festgesetzt: mit ihrer Billigung wurde der jüngere Sohn von Papa Gemayel Präsident, und über die Hölle jener Jahre breitete sich eine Art Friede. Doch die schöne Stadt, die einmal einer der gefälligsten Orte auf unserem Planeten war, unglaublich angenehm zum Leben und zum Sterben, wenn man alt war oder an einer Krankheit litt, die schöne Stadt existierte nicht mehr.

Ruinen die einst herrlichen Villen auf den Hügeln, wo die Zedern des Libanons nie wieder nachwachsen würden und wo das Grün im Grau der Steine erlöschen würde. Marmorstaub die wundervollen alexandrinischen Mosaike der Veranden, zu Bruch gegangen oder ausgeraubt die pompösen Residenzen und die zauberhaften kleinen Art-déco-Villen, verkohlt und zu gespenstischen Stümpfen verwandelt die Bäume des Pinienwaldes. Zerstört das großartige Hippodrom, vernichtet die Reitställe, tot die wertvollen Vollblutpferde, verwüstet das Museum mit den archäologischen Grabungsfunden aus Byblos und den anthropomorphen Sarkophagen der phoenizischen Vorväter. Unwiederbringlich dahin die Luxushotels, die sich an der sonnenbeschienenen Seepromenade aneinandergereiht hatten, das sagenumwobene Saint George, die exklusiven Nachtclubs, die für ihre Weine und ihre Küchenchefs berühmten Restaurants. Zu Bruch gegangen die grandiose Cité Sportive, dem Erdboden gleichgemacht die reichen Geschäfte der Galerie Seeman, in Trümmern die Kirchen, die Moscheen, die Synagogen, die Niederlassungen der Banken, die schwindelerregende Zinsen zahlten. Unbefahrbar wegen der Bombenkrater die zweispurigen Boulevards, die stabil gebauten Überführungen, die eleganten Rotunden, die nach dem Vorbild der Pariser Ronds Points angelegt worden waren. Nur teilweise benutzbar der Hafen, völlig unbenutzbar der Flughafen, voller explosiver Fallen die Gebäude, die, zusammen mit der unterirdischen Stadt, von den zehntausend Evakuierten mit größtem Vergnügen vermint worden waren. Und überall Trümmer, Trümmer, Trümmer. Leichen, Leichen, Leichen. Bourji el Barajni, das am schlimmsten getroffene Viertel, sah aus wie eine Steinwüste. Dort konntest du nicht einmal die Reste der Trottoirs oder Gassen wiedererkennen; und glücklich war, wer ein paar Ziegelsteine oder ein Stück Blech fand, um sich mehr schlecht als recht eine Baracke zusammenzubauen. Weniger zerstört waren Sabra und Chatila, wo viele überlebt hatten, auch aufgrund der unter den Häusern heimlich angelegten Verstecke. Zwei Wochen später allerdings hatten sie bitter bereut, während der Belagerung nicht umgekommen zu sein. Denn zwei Wochen später war der junge Präsident, der Sohn von Papa Gemayel, mit einer Ladung Trotyl ermordet worden, zusammen mit weiteren sechzig seiner Anhänger. Und da die Falangisten nicht wußten, mit welcher Gruppe oder welchem Feind sie abrechnen sollten, hatten sie ihre Wut an den Palästinensern von Sabra und Chatila ausgelassen, die längst der Gnade eines jeden ausgeliefert waren, der sie für die Jahre der Anmaßung und ihre Schuld, den Krieg nach Beirut gebracht zu haben, bezahlen lassen wollte. Ein Blutbad, das sogar den hatte erstarren lassen, dem nicht klar war, daß wir dem Tier nicht überlegen sind, weil wir die Sixtinische Kapelle ausmalen und den *Hamlet* schreiben und den *Nabucco* komponieren und eine Herztransplantation durchführen und auf dem Mond landen können.

Eingedenk des in Damour erlittenen Massakers hatten die Falangisten von Papa Gemayel an einem Mittwochabend um neun Uhr zugeschlagen. Ein warmer Mittwochabend Anfang September. Und mit der Komplizenschaft der Israelis, die immer erfreut sind, wenn sie ihren unersättlichen Rachedurst stillen können, hatten sie die beiden Viertel umstellt, um jeden Fluchtweg zu vereiteln. Ein so schnelles und perfektes Manöver, daß nur wenige Zeit gefunden hatten, sich zu verstecken oder die Flucht zu versuchen. Dann hatten sie, stolz auf ihren Glauben an Jesus Christus und an den Heiligen Maron und an die Jungfrau Maria und unter dem Schutz der Söhne Abrahams, die ihnen den Weg mit Scheinwerfern beleuchteten, die Häuser gestürmt. Sie begannen, die Unglückseligen, die zu dieser Stunde zu abend aßen oder das Fernsehprogramm sahen oder schliefen, umzubringen. Die ganze Nacht hindurch machten sie weiter. Und den ganzen folgenden Tag. Und die ganze folgende Nacht, bis Freitagmorgen. Sechsunddreißig Stunden an einem Stück. Ohne müde zu werden, ohne zu verschnaufen, ohne daß einer ihnen gesagt hätte: Schluß. Niemand. Weder die Israelis, selbstverständlich, noch die Schiiten, die in den angrenzenden Häusern wohnten und von ihren Fenstern aus dieses Wüten gern mit ansahen. Und glücklich die Männer, die auf der Stelle unter dem Maschinengewehrfeuer oder durch Bajonettstiche starben; glücklich die Alten, denen in ihren Betten die Kehle durchgeschnitten wurde, um Munition zu sparen. Die Frauen hatten sie, bevor sie sie erschossen oder abschlachteten, vergewaltigt. Sodomisiert. Ihre Körper: Stampfbottiche für zehn, zwanzig Vergewaltiger auf einmal. Ihre Säuglinge: Zielscheiben für blanke Klingen oder Feuerwaffen – ein unverwüstlicher Sport, bei dem die Menschen, die sich den Tieren überlegen glauben, schon immer brilliert haben und der seit einigen Jahrhunderten als Bethlehemitischer Kindermord bezeichnet wird. Einem verwundeten Jungen war es gelungen zu fliehen, obwohl die Straßen aus den Vierteln versperrt waren, und sich in das kleine Krankenhaus durchzuschlagen, das drei schwedische Ärzte auf der anderen Seite von Chatila leiteten. Doch die Soldaten des Herodes erwischten und erledigten ihn, während er auf dem Operationstisch lag. Der Chirurg, der die Kugel entfernte, wurde beiseite gestoßen, Revolverschuß in die Schläfe der palästinensischen Operationsschwester, die versuchte, die Soldaten abzuwehren, und fertig. Freitag, bei Morgengrauen, als sie es müde waren, ihnen noch weiter nachzustellen und jeden einzeln umzubringen, verminten sie die Häuser, in deren Kellern sich Überlebende versteckt hatten. Nahezu sämtliche Häuser von Chatila. Dann zogen sie unter frechen Kriegsliedern aus dem Viertel ab und ließen einen Leichenberg wie aus einem Horrorfilm zurück. Zwei bis drei Jahre alte Kinder, die, wie gerupfte Hühner an einem Fleischerhaken, an den Deckenbalken gesprengter Häuser baumelten. Säuglinge, zerquetscht oder gezweiteilt, Mütter, erstarrt im vergeblichen Bemühen, sie zu beschützen. Halbnackte Leichen von Frauen mit gefesselten Handgelenken und Hinterbacken voller Sperma und Kot. Berge von Leichen erschossener Männer, von Ratten übersät, die die Nasen, Augen und Ohren auffraßen. Ganze Familien, die über gedeckten Tischen lagen; abgeschlachtete Alte in Betten, die rot waren von geronnenem Blut; und ein unerträglicher Gestank. Der Gestank einer durch die schwere Septemberhitze beschleunigten Verwesung. Fünfhundert Tote hatte man anfangs behauptet. Doch bald schon waren aus den fünfhundert sechshundert geworden, aus den sechshundert waren siebenhundert geworden, aus den siebenhundert achthundert, neunhundert, tausend. Zwei Bulldozer waren nötig, um ein Massengrab zu schaufeln, fast einen Tag dauerte es, die Leichen dort hineinzuwerfen. Und in ihrer Panik hatte die Regierung die UN-Friedenstruppen wieder zurückgerufen. «Hilfe, kommt und bringt uns etwas Frieden, Hilfe.»

* * *

Viertausend Amerikaner, Italiener und Franzosen, dazu eine Abordnung von hundert Engländern, die alle bei der Landung die Illusion hatten, nur wenige Wochen zu bleiben. Aber nun waren sie schon seit über einem Jahr da, und weit davon entfernt, den Frieden wiederhergestellt zu haben, versanken sie in einen neuen Krieg. Im Westteil spielten sich jetzt nämlich die Schiiten als die Herren auf. Die khomeinitreue Partei, die sie zusammenscharte, die Amal-Partei, stellte einen neuen Staat im Staate dar: eine neue Tyrannei innerhalb der Tyrannei. Der neue Präsident, Bruder des ermordeten, verwaltete lediglich den Ostteil und eine Armee, die gespalten war in die, die das Kreuz um den Hals trugen, und die, die es nicht trugen. Doch als würde dies noch nicht reichen, hatte das erschütternde Mosaik von Gruppen und Grüppchen die Sekte der khomeinitreuen Söhne Gottes hervorgebracht, die sich durch die zwei Kamikaze-Lastwagen zu erkennen gegeben hatten. Zwei oder drei? Das war die Frage, mit der sich der Kondor herumschlug, der jetzt in seinem Büro auf Charlie wartete, um zu erfahren, ob der dritte Lastwagen existierte oder nicht.

– 2 –

Charlie kam herein, schloß die Tür hinter sich, deutete einen zerstreuten Gruß an und setzte sich, ohne die Erlaubnis dazu abzuwarten, an den Schreibtisch. Er sah abgespannt aus, und unter seinem Seehundsschnauzer verbarg sich ein bitterer Zug.

«Er existiert, Generale, er existiert ... Meine Informanten behaupten, es waren nicht zwei Lastwagen, es waren drei. Einer für uns, einer für die Franzosen und einer für die Amerikaner. Aber im letzten Augenblick sind dann doch nur zwei losgefahren.»

Der Kondor sprang auf.

«Wie können sie das behaupten?»

«Ganz einfach: heute nacht ist die Amal benachrichtigt worden, daß auf den von ihr kontrollierten Straßen drei Lastwagen durchfahren würden, die nicht angehalten, das heißt nicht kontrolliert werden sollten. Und bei Morgengrauen sind statt der drei dann nur zwei durchgefahren.»

«Und warum ist der dritte nicht losgefahren?»

«Das hat man mir nicht gesagt, Generale, doch bestimmten Andeutungen habe ich entnommen, daß es unter den Söhnen Gottes einen internen Konflikt gab, einen Streit unter denen, die den Lastwagen losschicken wollten, und denen, die das nicht wollten. Wie es scheint, haben die gewonnen, die der Meinung waren, Besser-im-Augenblick-die-Italiener-auf-die-Folter-spannen, sie-nervös-machen, sie-dazu-bringen-zu-verschwinden ... Jedenfalls eins ist ganz sicher: der dritte Lastwagen steht in irgendeinem Hof und wartet.»

«Hm ... Man müßte ihn finden, rauskriegen, wo sie ihn versteckt haben, wo sie den Sprengstoff aufbewahren ...»

«Unmöglich, Generale. Um so mehr, als ...» Er reichte ihm die Kopie eines Flugblatts mit dem Brustbild zweier Männer hinter einer Fensterbank mit schwarzen Tulpen, dem Symbol der Söhne Gottes. Der Kondor griff danach.

«Sind das die Kamikaze von heute morgen?»

«Ja.»

«Sind es Schiiten?»

«Mit Sicherheit.»

«Haben Sie sie schon mal gesehen?»

«Nein.»

«Ist sicher, daß keiner dieser beiden Mustafa Hash ist?»

«Absolut sicher.»
«Auch er müßte gefunden werden. Eigentlich ja wiedergefunden...»
Zwei Wochen zuvor war Charlie im Bazar der Altstadt von einer sonderbaren Person angesprochen worden: einem Schiiten mit einem Holzbein, fiebrigen Augen und einem blutleeren, unglücklichen Gesicht, der perfekt Englisch sprach und ihm sagte: «Capitano, die Söhne Gottes haben ein großes Ding vor.» Dem war ein Gespräch gefolgt, das aus halben Sätzen, knappen Fragen und noch knapperen Antworten bestand: «Ein Attentat?» – «Ja, ein Kamikaze-Attentat.» – «Auf wen?» – «Auf die Ausländer.» – «Welche Ausländer?» – «Die Amerikaner, die Italiener und die Franzosen.» – «Wer schickt dich?» – «Niemand.» – «Woher weißt du es dann?» – «Ich bin ein Sohn Gottes.» Dann hatte er mit verhaltener Stimme, der Stimme eines Mannes, dessen Gewissen in Aufruhr ist, hinzugefügt, daß er ein Sohn Gottes geworden sei, um sich das Paradies zu verdienen, genauer gesagt, um als Märtyrer den Garten Allahs zu betreten, und er habe verstanden, daß ihm das Töten jetzt nicht mehr zusage. «Töten ist schlimm, Capitano. Das sagt dir einer, der viele Male getötet hat. Das sagt dir Mustafa Hash.» Am Ende war er mit einer Miene, als wäre ihm ein großer Stein vom Herzen gefallen, mit seinem Holzbein im Gewimmel des Bazars verschwunden. Und Charlie hatte nicht die Kraft aufbringen können, ihm nachzulaufen, ihn am Arm zu fassen und zu protestieren Nein-mein-Freundchen: das-reicht-mir-nicht, jetzt-pack-alles-aus. Wie ein Schlafwandler war er zum Kommandostützpunkt zurückgekehrt, hatte die Episode unverzüglich dem Kondor berichtet, der sofort Befehl gab, Dämme aufzuschütten, Gräben auszuheben und Absperrungen rings um die Stützpunkte zu errichten. Er hatte die Amerikaner und Franzosen verständigt. Das Schlimme war nur, daß weder die einen noch die anderen ihn ernst genommen hatten. «Geschwätz, Generale. Wenn wir alles glauben sollten, was uns in dieser Stadt an Unsinn erzählt wird... Should we believe all the nonsense we are told. Si on croyait à toutes les bêtises qu'on raconte...» Sicher, es wäre sinnvoll, Mustafa Hash wiederzufinden. Nicht zufällig hatte er es in diesen zwei Wochen mehrmals versucht. Um ihn wiederzufinden, war er fast jeden Tag in den Bazar gegangen, hatte all die kleinen palästinensischen und schiitischen Spione befragt, die er als meine Informanten bezeichnete, doch von ihm, Mustafa Hash, blieb nichts als die Erinnerung an seine fiebrigen Augen und an seine verhaltene, verängstigte Stimme. Und schließlich die Nachricht, daß er umgebracht worden war.

«Wir werden ihn nicht mehr finden, Generale.»
«Wieso?»
«Weil man ihn umgebracht hat, Generale.»
«Und wer hat ihn umgebracht?!?»
«Der, der herausgekriegt hat, daß er uns gewarnt hat, Generale.»
«Wer hat Ihnen das gesagt?»
«Fragen Sie mich das nicht, Generale...»
Der Kondor runzelte die Stirn.
«In diesem Fall wird der Ausdruck Dritter-Lastwagen zu einer Redensart, Charlie. Wenn sie wissen, daß wir es wissen, wird es keinen dritten Lastwagen geben. Es wird etwas sein, das kein Wall und kein Graben und keine Absperrung, ja nicht einmal die Informationen aufhalten können...»
«Ganz Ihrer Meinung, Generale.»
«Ein kleines Flugzeug, beispielsweise, ein zweimotoriges vom Typ Bonanza, das einem Kamikaze gegeben wird, der im Bekaa-Tal startet und so niedrig bleibt, daß es das Radar unterfliegt, und so sein Ziel erreicht, ohne sich von den auf Dächern postierten Maschinengewehren beeindrucken zu lassen. Oder, noch besser...»
«Ein Motorboot.»
«Genau. Ein Motorboot gegen das Schiff, das jede Woche zum Truppenwechsel ein- und wieder ausläuft. Wenn ich ein Kamikaze wäre und entschlossen, ein spektakuläres Blutbad anzurichten, würde ich mir nicht die Mühe machen, mit einem Lastwagen oder einem Flugzeug in die Stützpunkte oder in das Kommando hineinzurasen: ich würde ein Motorboot nehmen und mich gegen das Schiff prallen lassen.»
«Ganz Ihrer Meinung, Generale...»
«Ein leichtes, sicheres, ruhiges Ziel. Vierhundert Leichen garantiert. Hinzu kommt, daß es in den Buchten beim Hafen viele Motorboote gibt. Wie soll man da die harmlosen von dem Kamikaze unterscheiden?»
«Ganz Ihrer Meinung, Generale.»
«Schlimm. Denn wenn der dritte Lastwagen kein Lastwagen ist, wenn er ein Flugzeug oder ein Motorboot ist, dann gibt es keinen Ausweg.»
«Doch, einen gibt's, Generale.»
«Es gibt einen?!?»
«Ja, und der hat nichts mit auf Dächern postierten Maschinengewehren oder mit der Bewachung der Marine zu tun.»
«Womit dann?»

«Mit Zandra Sadr. Generale, Zandra Sadr ist nicht nur der Imam der libanesischen Schiiten, das heißt die höchste religiöse Autorität, die sie in Beirut haben: er ist auch ein gewiefter Politiker. Sein Ziel ist es, die Stadt endgültig in zwei Teile zu teilen; er weiß, daß er, um diesen ehrgeizigen Plan durchzuführen, mit den Regierungstruppen, also den Verbündeten des Westens, rechnen muß; er weiß, daß seine Gläubigen noch nicht stark genug sind, um ein mit dem Westen verbündetes Heer in die Knie zu zwingen, und er versteht die Kunst des Sich-Durchlavierens. Vor mir hat er immer die Rolle des wohlwollenden Gastgebers gespielt, des frommen Mannes, der den Frieden will. Er hat sich immer dankbar über das Blutplasma geäußert, das wir an die Bevölkerung verschenken, er hat immer wieder betont, er hoffe, daß dies so weitergehe...»

«Ich weiß, Charlie, ich weiß. Kommen Sie zur Sache.»

«Die Sache ist die, daß in West-Beirut niemand einen Finger krümmt ohne die Erlaubnis von Zandra Sadr. Auch nicht die Söhne Gottes. Die Sache ist die, daß in West-Beirut die Befehle zur Gebetszeit durch die Muezzins verbreitet werden, und wenn Zandra Sadr den Muezzins befehlen würde, von den Minaretten einen Appell zu verbreiten ... einen Satz, der seine Gläubigen und damit auch die Söhne Gottes auffordert, uns nicht anzurühren ... einen Satz, an den ich gedacht und den ich auch schon vorbereitet habe ... dann könnten wir wenigstens für kurze Zeit ruhig sein. Oder ein bißchen ruhiger. Generale, autorisieren Sie mich, auf eine Begegnung zu drängen. Autorisieren Sie mich, mit ihm ein Gespräch zu führen.»

«Charlie! Mit Signor Zandra Sadr ist allein darüber ein Gespräch zu führen, daß ich ihn von den Schiffen bombardieren lasse, wenn sie die Italiener anrühren.»

«Ich würde damit anfangen, ihm genau das zu sagen, Generale.»

«Und damit wäre dann aber schon Schluß.»

«Nein, Generale. Denn hier muß man die Sache klug angehen, nicht mit Gewalt. Gewalt nützt gar nichts. Hat sie etwa den Amerikanern und den Franzosen genützt?»

«Ich akzeptiere die Protektion durch den örtlichen Khomeini nicht! Ich neige mein Haupt nicht vor jemandem, gegen den ich mich verteidigen muß!»

«Es geht nicht darum, Protektion zu akzeptieren oder das Haupt zu neigen. Generale: hier geht es darum, zu Vereinbarungen zu kommen, und zwar nach dem Motto Erst-geb-ich-dir-einen-kleinen-Schatz-dann-gibst-du-mir-einen-kleinen-Schatz.»

«Charlie, ich tanze keine Tarantella! Ich bin Soldat!»

«Ein Soldat mit der Verantwortung für über eintausendsechshundert Soldaten, die nicht in Särgen nach Hause zurückkehren dürfen, Generale.»
Eine lange Stille, dann ein langer Seufzer.
«Also gut, drängen Sie auf eine Begegnung, führen Sie die Gespräche.»
«Sofort, Generale.»
«Aber verletzen Sie ja nicht meine Ehre!»
«Selbstredend, Generale.»
Charlie stand auf. Er ging zur Tür, öffnete sie, dann drehte er sich leicht verlegen um.
«Was gibt es noch?!?»
«Ein kleines Problem, Generale. Es betrifft einen meiner Adjutanten, Charlie Zwei. Statt unsere Rettungsmannschaften zu fotografieren, hat er ihnen geholfen und ...»
«Was glauben Sie wohl, wie mich diese Fotografien interessiereeen! Kümmern Sie sich lieber um das Zustandekommen der verdammten Begegnung, und verschwinden Sie! Vorwärts, bevor ich's mir anders überlegeee!»
Dann schlug er mit der Faust auf den Schreibtisch, und seine Augen röteten sich. Seine Wimpern wurden feucht, und er machte gar nicht erst den Versuch, die dicken Tränen zurückzuhalten, die über seine Wangen liefen.

— 3 —

Das geschah häufig. Sobald er eine heftige Gemütsbewegung empfand, röteten sich seine Augen. Seine Wimpern wurden feucht, und er machte gar nicht erst den Versuch, die dicken Tränen zurückzuhalten, die über seine Wangen liefen. Tatsächlich wohnen in jedem von uns verschiedene Wesen zusammen, die im Gegensatz zueinander stehen, und eins der Wesen, das in ihm wohnte, besaß die Schwäche des Weinens. Die anderen dagegen zeichneten sich durch Dreistigkeit, Dünkelhaftigkeit und die Fähigkeit aus, den Nächsten zum Weinen zu bringen. Diese Seiten seines Wesens wurden von einem maßlosen Stolz geleitet, einem verzweifelten Bedürfnis, sich hervorzutun, ja, zu siegen, und die Eigenart seiner Persönlichkeit entwickelte sich zum großen Teil gerade aus diesen Fehlern, die andererseits wiederum aus den Gaben schöpften, mit denen die Götter ihn gesegnet hatten: Intelligenz, Mut, die Gesundheit von jemandem, der nicht altert. Mit fünfundfünfzig Jahren sah er aus wie knapp vierzig, und in seinen harmonischen Gesichtszügen war nicht eine Falte zu entdecken. Sein Körper war wendig, sein Gang locker, seine Faszination anerkannt. Eine Soubrette, die im Frühjahr gekommen war, um die Truppe zu unterhalten, hatte ihm von der Bühne aus zugerufen: «Generale, du bist ein scharfer Typ, du bist 'ne Wucht. Was machst du heut abend?» Er besaß auch Tugenden. Beispielsweise die Leidenschaft, die er in alles legte, was er tat; und die Unbeugsamkeit, mit der er sich Privilegien oder Faulheit versagte. Er schlief auf der gleichen Pritsche wie die Soldaten, er legte sich nie vor Mitternacht schlafen, um vier war er bereits wieder auf den Beinen, mit der Strenge eines Trappistenmönchs, der aufsteht, um sich zu geißeln; und mindestens zweimal am Tag verließ er den Kommandostützpunkt, um die Stellungen aufzusuchen. Hier inspizierte er sämtliche Soldaten, sämtliche Waffen, sämtliche Fahrzeuge, und was macht es da, wenn er beim Anblick eines schief sitzenden Helms oder eines schlecht eingeschobenen Magazins oder einer schlecht angezogenen Schraubenmutter herumbrüllte wie ein Wachhabender. Was macht es da, daß viele ihn haßten und ihm Profilierungssucht, autoritäres und despotisches Verhalten und Wichtigtuerei vorwarfen. Viele liebten ihn dagegen so sehr, daß sie ihn zur Kultfigur stilisierten, und die einen wie die anderen stimmten darin überein, daß es sich bei ihm um einen General handelte, der dieses Titels auch würdig war und fähig, jede Schwierigkeit aus dem Weg zu räumen. Und das glaubte er auch selbst, bei diesem grenzenlosen Selbstvertrauen, das er besaß. Doch heute war dieses Selbstvertrauen ins Wanken gekommen: wenn die Soubrette, die im Frühjahr gekommen war, ihm heute wieder zugerufen hätte Generale-du-bist-ein-scharfer-Typ, 'ne-Wucht, was-machst-du-heut-abend, wäre ihm diese Huldigung wie Hohn vorgekommen, und die Tränen hätten sich verdoppelt.

Ärgerlich wischte er eine ab. Er nahm das Feldtelefon und rief Verrücktes Pferd an: seinen Stabschef und sein Lieblingsopfer. Er solle sich mit den Stützpunktkommandanten in Verbindung setzen, sagte er, und sie zwei FLA-Maschinengewehre auf dem Dach der Nachschubbasis, zwei auf dem Dach des Stützpunkts Adler, zwei am Stützpunkt Rubino, zwei, nein, vier auf den Dächern des Stützpunkts Sierra Mike aufstellen lassen. Außerdem solle er sie zusammen mit den Schiffskommandanten morgen bei Tagesanbruch zum Rapport bestellen. Dann legte er den Hörer auf und stützte, erdrückt vom Bewußtsein der eigenen Machtlosigkeit, den Kopf zwischen die

Hände. Ja, Charlie hatte recht: Gewalt nützte nichts. Der einzige Weg, den dritten Lastwagen aufzuhalten oder zumindest zu versuchen, ihn aufzuhalten, war der zu akzeptieren, daß die Muezzins von den Minaretten herunter forderten, die Italiener nicht anzurühren, und das hieß: die bittere Pille zu schlucken. Den eigenen Beruf, den eigenen Stolz zu demütigen und die bittere Pille zu schlucken. Daß die Sache nur ja nicht meine Ehre verletzt, hatte er Charlie gesagt. Wie immer der Satz auch lauten würde, die Vereinbarung mit Zandra Sadr würde seine Ehre verletzen. Er würde seinen Beruf, seinen Stolz demütigen, für ihn eine Niederlage bedeuten. Er wischte noch eine Träne weg, diesmal resigniert. Du darfst nicht weinen, hatten seine Eltern ihm gesagt, als er klein war. Du mußt stark sein, du mußt hart sein. Wenn du nicht stark bist, wenn du nicht hart bist, kannst du weder zu den ersten gehören, noch kannst du siegen. Und mit diesen Worten hatten sie ihn, als er vier war, zu einem Dreiradrennen angemeldet. Wehe-du-verlierst. Er hatte gewonnen. Aber es war schlimmer, als sich ein Gift einzuspritzen, für das es kein Gegengift gibt: das Gift, das Siegesbesessenheit und Unfähigkeit zur Niederlage heißt. Mit sechs hatte er den Schwimmwettkampf gewonnen, mit acht das Tischtennisturnier, mit zehn das Querfeldeinrennen ... Er trainierte abends im Zimmer für das Querfeldeinrennen: mit der Stoppuhr kontrollierte er die Zeit, die er von einer Wand zur anderen brauchte. Mit zwölf hatte er auch den Hürdenlauf gewonnen, mit dreizehn den Straßenlauf, mit vierzehn die Jugendmeisterschaften im Boxen. Die Mechanismen des Charakters sind im Grunde ziemlich einfach, und der alte Sigmund hatte recht: die Lösung liegt immer in der frühen Zeit der Existenz. Irgendwann hatte sogar der Großvater zu dem Gift beigetragen. Du mußt in allem hervorragend sein, du darfst nie schlappmachen, nie aufgeben. Du mußt wie ein Lokomotivführer sein, der den Zug auch in der Weihnachtsnacht fährt. Denk daran, daß ein Lokomotivführer den Zug auch in der Weihnachtsnacht fährt, daß die Reisenden ihm auch in der Weihnachtsnacht ihr Leben anvertrauen. Oder etwa nicht?

Er versuchte zu lächeln, aber es gelang ihm nicht. Der Großvater war Lokomotivführer, und sein Körper war voller Tätowierungen. Ein Lokomotivführer zu sein, darauf war er sehr stolz, nicht aber auf die Tätowierungen, nein: um sie zu verbergen, zog er nie das Hemd aus. Eines Nachmittags im August hatte er es aber doch ausgezogen, und wie wundervoll war das! Auf seiner Brust trat ein Segelschiff hervor, das so groß war, daß der Kiel bis zum Bauch herunter und die Spitze des Hauptmastes bis zum Halsansatz reichte. Auf dem linken

Unterarm war ein Herz, das bei der geringsten Handbewegung erzitterte, und unter dem Herz der Name Maria. Auf dem rechten Unterarm ein blauer Seebarsch. Auf dem Rücken ein gigantischer Polyp. Auf einem Bizeps eine Rose, auf dem anderen ein Sombrero. So hatte der Junge nach dem Grund gefragt, und der Großvater hatte geantwortet, daß er mit zweiundzwanzig Matrosen auf einem Segelschiff unter dem Kommando des Herzogs von Genua war. Ein Segelschiff, das um die ganze Welt fuhr, die Liguria, und als sie in Ceylon angekommen waren, hatte der Herzog alle Männer zusammenrufen lassen. Er hatte ihnen gesagt: Jungs, hier auf Ceylon gibt es einen Meister in der Kunst der Piktografie; damit wir unsere Reise nicht vergessen, werden wir uns die Liguria auf die Brust tätowieren lassen. Dem Großvater war gar nicht wohl dabei, denn bei seiner Abreise hatte Großmutter Maria, damals seine Verlobte, ihm einen Schwur abverlangt: keine Tätowierungen. Tätowierungen wären etwas für Zuchthäusler. Um ihre Vergebung zu erlangen, hatte er also dem Meister befohlen, auch das Herz mit dem Namen Maria einzutätowieren, und das zweifache Meisterwerk hatte ihn berauscht. In jedem Hafen eine Tätowierung. Der Seebarsch in Singapur, der Polyp in Hong Kong, die Rose in Shanghai, der Sombrero in Trinidad, und dann die Tragödie bei der Heimkehr! Ich will keinen Ehemann, der wie ein Zuchthäusler gezeichnet ist, schrie Großmutter Maria, ich gehe nicht mit einem Polypen ins Bett! Damals war der Großvater zur Eisenbahn übergewechselt. Aber mehr als das Ende der Geschichte hatten ihn, den Jungen, die Namen Ceylon Singapur Hong Kong Shanghai Trinidad beeindruckt: Symbole einer unbändig herbeigesehnten Flucht. Die Flucht vor dem Alptraum der Wettkämpfe, der Siege, des Lokomotivführers, der den Zug auch in der Weihnachtsnacht fährt. Ich werde Seemann, hatte er beschlossen, ich werde mit einem Segelschiff fliehen. So hatte er im Sommer als Schiffsjunge auf einem Fischkutter gearbeitet. Drei Monate Sardinen fischen, die Hänseleien der Mannschaft ertragen, die einen Frolleinchen nennt, weil man kotzt, bis man, außer dem Magen, nichts mehr zum Kotzen hat. Drei Monate in der Hölle, nur um zu lernen, was man für eine Flucht nach Ceylon, nach Singapur, nach Hong Kong, nach Shanghai, nach Trinidad braucht: wo immer dich der Windjammer der Freiheit hinträgt. Im darauffolgenden Sommer das gleiche. Ohne zu kapitulieren, im Gegenteil, die Idee wurde perfektioniert: Ich-schreibe-mich-bei-der-Marineakademie-ein. Um aber bei der Marineakademie angenommen zu werden, mußte man das Gymnasium abgeschlossen haben, und er wollte nicht warten. Er hätte seine Seele verkauft, nur um nicht warten zu müssen. Und eines Morgens, während er durch die Straßen von Rom ging: da endlich eine Bekanntmachung der Kadettenschule La Nunziatella. Er war sechzehn. Er wußte nicht, wie man mit einem Gewehr umging. Und noch weniger wußte er, daß die Armee eine noch schlimmere Tyrannei war als die Familie, einen genauso mit der unablässigen Wiederholung des Wehe-wenn-du-verlierst peinigte, der gleichen Ablehnung einer Niederlage, und daß zu all dem noch die Beleidigungen kamen.

Wieder versuchte er zu lächeln, und diesmal gelang es, er hörte auf zu weinen. Schon bald gefiel es ihm bei der Armee. Das kann man wohl sagen: eine Sache ist es, spät nach Hause zu kommen und die Mama mit erhobenem Zeigefinger, den Papa mit eiskaltem Blick anzutreffen, Wo-bist-du-mit-wem-gewesen; etwas ganz anderes ist es, spät in die Kaserne zurückzukehren und auf einen formvollendeten Offizier zu treffen, der dich in höflicher Sprache bestraft. «Seit dem Zapfenstreich sind zehn Minuten vergangen, Kadett. Gehen Sie in Ihren Schlafsaal, nehmen Sie Ihr Bettzeug, lassen Sie Ihren Gürtel zurück, Ihre Krawatte und Ihre Schnürsenkel, und begeben Sie sich in die Zelle. Betrachten Sie sich unter Arrest.» Später hatte er begriffen, daß die Höflichkeit bei der Armee ein Luxus für wenige ist, daß die Militärs ständig Beleidigungen aussprechen. Je höher sie aufsteigen, um so mehr beleidigen sie, fast so, als verleihe der Rang ihnen eine Art Immunität, als autorisiere er sie, den zu verachten, der eine Stufe unter ihnen steht. Trotzdem hatte er sich nach und nach daran gewöhnt, ja sogar gelernt, ebenso zu handeln, und so hatte er das Gift wiederentdeckt, mit dem er im Alter von vier Jahren mit dem verdammten Dreirad vergiftet worden war. Denn der Beruf des Soldaten ist ein fortgesetzter Wettkampf, ein ständiger Aufstieg zu immer höheren Ebenen der Autorität, und in der Armee machst du selbst dann Karriere, wenn du ein Trottel bist oder ein Feigling. Bist du das aber nicht und treibt dich intelligenter Ehrgeiz an, eine sichere Berufung zur Führungspersönlichkeit, erreichst du bemerkenswerte Stationen der Macht: an jeder Station wird dein Zug länger und immer voller mit Leuten, die dir ihr Leben auch in der Weihnachtsnacht anvertrauen. Ja, dieses Bild vom Zug war ihm in Fleisch und Blut übergegangen. Es hatte ihn durch die verschiedenen Etappen seines Lebens begleitet, viel mehr als das in Ceylon tätowierte Segelschiff oder Herz, der in Singapur tätowierte Seebarsch, der in Hong Kong tätowierte Polyp, die in Shanghai tätowierte Rose, der in Trinidad tätowierte Sombrero. Für diesen Zug hatte er auf die Freiheit verzichtet. Und jetzt lief dieser Zug Gefahr, in einem Tunnel zu entgleisen, der nirgends hinführte: außer auf eine Verletzung seiner Ehre, auf eine Demütigung seines Stolzes und seines Berufs, auf seine Niederlage. Hier gab es nichts zu siegen. Und da man ihn nicht ausgesandt hatte, Krieg zu führen, gab es nicht einmal einen Feind zu bekämpfen. Gab es ihn nicht? Doch, es gab ihn! Das war der dritte Lastwagen, das hypothetische Flugzeug, das hypothetische Boot: der Tod. Einen Krieg mußte er also führen. Einen paradoxen, undenkbaren Krieg, der jedem Soldaten jeder Epoche eines jeden Landes unbekannt war. Den Krieg gegen den Tod. Von wegen Dreiradrennen, von wegen Querfeldeinrennen, von wegen Hürdenlauf und Jugendboxmeisterschaften: hier mußte der Tod besiegt werden. Um den Preis, daß man sich auf einen Pakt mit ihm einließ. Oder mit dem, der ihn vertrat. Und wenn die anderen das nicht verstanden, was soll's. Er brauchte niemandem Rechenschaft über die Methoden abzulegen, die er benützte, um seinen Zug zu fahren, über die Strategien, denen er folgte, um seinen Krieg zu gewinnen. Schließlich war er der General.

«Herein, Colonnello.»

Monokel am linken Auge, Brust vorgewölbt, Schurrbart vor Aufregung gesträubt, so trat Verrücktes Pferd ein.

«Signor Generale, ich bitte Sie, mir die Störung nachsehen zu wollen, doch ist es unumgänglich, Sie von einem Zwischenfall zu unterrichten. Beim Stützpunkt Adler sind die Maschinengewehre bereits auf dem Dach postiert worden und ebenso bei der Nachschubbasis und beim Stützpunkt Rubino. Beim Stützpunkt Sierra Mike dagegen nicht. Der Kommandant von Sierra Mike brüllt, daß er die Begründung für einen solchen Befehl erfahren möchte und ... Signor Generale, ich bin ein Gentleman, und ein Gentleman kann bestimmte Vokabeln nicht wiederholen ... Quod non vetat lex hoc vetat fieri pudor, was das Gesetz nicht verbietet, verbietet die Scham, sagt Seneca.»

«Lassen Sie Seneca beiseite und berichten Siiie!»

«Also, er sagt, daß ... nun ja, daß ... was immer auch der Grund für diesen Befehl sein mag ... die Maschinengewehre auf dem Dach nützen nur zur ... nur zur ...»

«Zur waaas?»

«Zur Scheißwichserei von 'ner Superscheißwichserei, Signor Generale.»

«Sagen Sie ihm, daß ich die Scheißwichserei von 'ner Superscheißwichserei ganz ihm überlasseee und daß ich ihn, wenn er nicht binnen fünf Minuten die Brownings aufstellt, vors Militärgericht bringeee!»

«Zu Befehl, Signor Generale. Dennoch, verzeihen Sie mir die Kühnheit, aber ich denke, wir Offiziere sollten den Grund erfahren ... Nicht einmal mir ist irgend etwas gesagt worden und ...»

«Colonnello! Falln Sie mir nicht auf den Wecker, und führen Sie meinen Befehl aaaus!»
«Hic et nunc, augenblicklich, Signor Generale.»

— 4 —

Er schnellte hoch, ging raus, führte den Befehl aus. Korrekt, einwandfrei. Dann nahm er das Monokel ab, rieb sich das Auge und überließ sich der Untersuchung seiner Qualen. Er war doch der Stabschef, gütiger Gott, und als solcher mußte er über alles informiert sein. Doch statt dessen sagte dieser Unmensch ihm nie auch nur ein Wort. Er hatte ihm nicht einmal etwas über die Kamikaze gesagt, die er erwartete. Denn er erwartete sie ja, der Signor Generale, er erwartete sie! Das war ja auch der Grund, weshalb er Ende September die Bataillonskommandeure, die Sprengstoffexperten, die Offiziere der Pioniertruppen zusammengerufen hatte; und die Truppe hatte angefangen zu graben, Sandsäcke zu füllen, Wälle zu errichten, und im Laufe von vierzehn Tagen sah jeder Stützpunkt so aus wie Sewastopol unter Belagerung. Wie naiv, dies nicht früher begriffen zu haben! Und doch war ihm ein leichter Zweifel gekommen, hatte er eine Frage zu stellen gewagt: «Signor Generale, steht vielleicht etwas zu erwarten?» Doch der Unmensch hatte ihm geantwortet: «Ich erwarte, daß Sie die Klappe halten.» Ein Unmensch, jawohl, ein Unmensch. Der typische Vertreter einer durch die Demokratie zugrunde gerichteten Armee. Seit die Welt angefangen hatte, von Gleichheit, Fortschritt, Demokratie zu faseln, begegnete man in der Armee nur noch ungehobelten, vulgären Offizieren: Analphabeten, die nicht einmal einen Sinnspruch von Seneca kannten oder eine Sentenz von Cicero oder einen Vers von Horaz; Hohlköpfe, die nicht einmal wußten, was sich am 14. Juni 1800 bei Marengo ereignet hatte oder am 8. Februar 1807 bei Preußisch-Eylau, Barbaren, die für die Kavaliere der alten Schule keinerlei Achtung empfanden. Herrliche Zeiten, als der Rang eines Offiziers gleichbedeutend war mit vornehmer Abstammung und vermögenden Verhältnissen, so daß du eine Karriere nicht anstreben konntest, wenn du nicht der gehobenen Schicht angehörtest!

Er setzte das Monokel wieder auf, das voller Verächtlichkeit aufblitzte, er schnaubte verbittert. Er wußte, ja, er wußte, daß diese Analphabeten, diese Hohlköpfe, diese Barbaren ihn Verrücktes Pferd nannten, wie einen Indianerhäuptling oder einen Nachtclub mit

Stripteasenummern! Auch wenn er sich beim zweiten Teil dieses Namens geschmeichelt fühlte, empörte ihn der erste Teil zutiefst. Wieso verrückt? Weil er ein gebildeter, penibler, eleganter Mensch war und auf Formen achtete? Weil er die Engländer bewunderte und darauf Wert legte, wie ein Engländer auszusehen? Er sah ja wie einer aus! Rosige, sommersprossige Haut, langes Kinn, feine Nase, Schnurrbart und karottenrotes Haar, verwaschene Augenfarbe wie ein im Nebel aufgewachsener Angelsachse. Das sagte ihm auch Sir Montague, der Chief of Staff der hundert Dragoner, die Großbritannien herübergesandt hatte: «Are you sure to be Italian, my friend? Sind Sie sicher, daß Sie Italiener sind, mein Freund? You look like one of us. Sie sehen aus wie einer von uns.» Und die reizende Dame, die er in London in dem unvergeßlichen Jahr getroffen hatte, als er dank der NATO seinen Dienst in der Seventh Brigade tat, die sich sogar herbeigelassen hatte hinzuzufügen: «Not a common Englishman, though, aber nicht wie ein gewöhnlicher Engländer: a Royal Guard officer serving in India at the time of Queen Victoria. Ein Offizier der Königlichen Garde im Dienst in Indien zur Zeit von Königin Victoria.» Aber erklär der Plebs mal bestimmte Dinge. Einmal hatte er es versucht, aber das hatte nur dazu geführt, daß ihr Mangel an Respekt noch größer wurde: von diesem Tag an terrorisierten sie ihn nur noch mit falschen Telefonaten, falschen Mitteilungen, Bösartigkeiten, Colonnello, während-Sie-auf-dem-Klo-waren-kam-ein-Anruf-aus-London-nein-aus-Ascot-nein-aus-Edinburgh-nein-aus-dem-Buckingham-Palace. Oder sie brachen ihm die Bleistiftspitzen ab, die er immer perfekt angespitzt wünschte; sie beschmierten seine blitzsauberen Berichte, die er für den Herrn Verteidigungsminister abfaßte, mit Tinte; sie nahmen ihm den Kugelschreiber mit der Aufschrift God-save-the-Queen weg, Gott erhalte die Königin, und gaben ihn ihm mit der Aufschrift God-save-Lenin, Gott erhalte Lenin zurück... Im August hatten sie ihm sogar die Peitsche aus bulgarischem Leder mit seinen Initialen gestohlen, und jetzt mußte er sich mit einer Peitsche aus Kunstleder und ohne Initialen bescheiden.

Er schnaubte doppelt verbittert. Was für eine Umgebung, gütiger Gott, was für eine Umgebung! Wolltest du hier mit jemandem von gleichem Niveau zusammen sein, blieb dir nur der Chef der Kommandozentrale: ein hochwerter Kamerad, den diese Analphabeten, diese Hohlköpfe, diese Barbaren in Auerhahn umgetauft hatten, und zwar wegen des für ihn typischen üppigen Haarschopfs. Ein würdiger Offizier war er, einer der äußerst seltenen Aristokraten, dessen sich eine von der Demokratie zugrunde gerichtete Armee rühmen könnte. Um das zu begreifen, mußte man nur einmal zu Gast in der Villa seiner Vorfahren in Triest gewesen sein; eigentlich war es keine Villa, sondern ein prunkvolles Schloß mit vier Kammerzofen, drei Kammerdienern, zwei Küchenjungen, einem Koch, einer Büglerin, einer Schweizer Gouvernante und einem Jagdaufseher: ein Luxus, den du heutzutage nur noch in den Häusern neureicher Rüpel findest. Nicht umsonst hatte er sich entschlossen, das Quartier mit ihm und dem Professor, genauer gesagt: dem Stellvertreter des Kondors, zu teilen. Nun ja, in Abwesenheit des hochwerten Kameraden konntest du auch mit dem Professor verkehren. Er konnte sich zwar keiner Familienwappen rühmen, hatte aber immerhin zwei Doktortitel, einen in Literaturwissenschaften und einen in Philosophie, und sie hatten ihn so genannt, weil er mit einem Schrankkoffer nach Beirut gekommen war, der sich bei der Ankunft geöffnet hatte, und ein ganzer Berg für das Reisegepäck eines Militärs ungewöhnlicher Bücher hatte sich auf den Kai ergossen: die *Dialoge Platons*, das *De Libero Arbitrio* von Erasmus von Rotterdam, die *Kritik der reinen Vernunft* von Kant, außerdem wuchtige Bände, deren zerlesene Seiten von der Arbeit intensiver Lektüre zeugten. Er hatte nur einen Fehler, der Professor. Er machte nie den Mund auf. Und multas amicitias silentium dirimit, das Schweigen zerstört viele Freundschaften, wie uns Aristoteles in der Übersetzung eben dieses Erasmus sagt. Die anderen – was für ein Elend! Adler Eins, der Kommandant der Bersaglieri, war gesellschaftlich zwar akzeptabel, hatte aber keine Klasse: der Typ, der Pizza dem Pudding und Espresso dem Tee vorzieht. Falco, der Kommandeur der Fallschirmjäger, war ein Parvenu ohne jeden Stil und Charakter. Sandokan, der Kommandeur der Marò, ein Liederjan, der wegen unflätiger Reden und Schlamperei am Hauptmast aufgehängt gehörte. Charlie, ein Barabbas, der mit den Arabern mauschelte. Pistoia, ein Flegel, der nicht einmal zum Tellerwaschen in seinen Club gedurft hätte. Ach, was für eine Qual, mit derartigen Typen gemeinsam im Speiseraum essen, ihre Trivialitäten mitanhören, sehen zu müssen, wie sie auf denselben Teller Nudeln, Nachtisch und Salat knallten, Machen-Sie-sich-nichts-draus-Colonnello-im-Magen-vermischt-sich-sowieso-alles-miteinander! Was für eine Pein, zu dem Schluß kommen zu müssen, daß er dafür seinen Speedy verlassen, ihn diesem Tolpatsch von Stallburschen anvertraut hatte! Jedesmal, wenn er daran dachte, überkam ihn die Lust, sich in eine blutige Schlacht zu stürzen, den Degen zu ziehen, zu zeigen, wozu ein Aristokrat imstande ist, der jeden Sinnspruch von Seneca und jede Sentenz von Cicero und jeden Vers von Horaz kennt, ein Offizier der

Kavallerie, dem die außerordentlich hohe Ehre zuteil geworden war, in der Seventh Brigade zu dienen, und der aussieht wie ein Royal Guard Officer zur Zeit im Dienst in Indien von Königin Victoria, und dann zu sterben.

Er sank über dem Schreibtisch zusammen, ein kostbares Erinnerungsstück aus Familienbesitz, das er sich aus Italien hatte nachkommen lassen und auf das er wegen einer Intarsienarbeit mit dem Wappen der Tudor besonders stolz war: drei vollständige Helme mit Nackenschirm und eine Reihe von zwanzig Tannen zwischen zwei keilförmig auslaufenden Bändern. Sterben, ja. Glücklich, wer heute morgen gestorben war. Welchen Sinn hatte es, unter Leuten zu leben, die keine Achtung mehr vor dem Raffinement und den guten Manieren haben, die keinen Menschen von Klasse mehr schätzen, die die Aufschrift God-save-the-Queen mit der Aufschrift God-save-Lenin vertauschen, die morgens keinen Morgenmantel tragen, ich sage ja nicht einen Morgenmantel aus Kaschmir mit roten und blauen Streifen, den Farben Ihrer Britischen Majestät, sondern irgendeinen Morgenmantel; die weder etwas von Ruhm noch von Kultur verstehen, die nervös werden, weil mein fabelhaftes Gedächtnis sich an jeden lateinischen Text erinnert, den ich auf dem Gymnasium gelernt, an jedes Buch über die Kunst der Kriegsführung, das ich auf der Akademie durchgearbeitet habe, an jeden Vor- und jeden Nachnamen, an jedes Datum? Lieber sterben, das ist besser. Und weil er nicht durch den Degen sterben konnte, die edle Waffe, die ebenso veraltet war wie die Kühnheit, würde er in einer dieser Nächte auf die Terrasse der Kommandozentrale klettern, um die Scharfschützen herauszufordern: «Schießt, ihr Gesindel, durchlöchert mich! Mors malorum finis est, der Tod ist das Ende aller Leiden, sagt Quintilianus.» Denn, Schluß mit dem Geschwätz, meine Herren: das Unglück hat nicht nur das Aussehen von Hunger und Kälte. Es hat auch das Aussehen von Einsamkeit, die zu Eis erstarrt, wenn du einer untergegangenen, unverstandenen Welt angehörst, wenn du gezwungen bist, in einer Umgebung zu leben, in der du dich nicht wiedererkennst, in der du von der Vulgarität verhöhnt, lächerlich gemacht und verfolgt wirst. Heiliger Himmel, die Engländer! Er hatte ihnen weder ein Billett mit seiner Entschuldigung geschrieben, noch telefoniert! Was für eine Blamage, was für ein Fauxpas, der war seiner unwürdig! Er sprang auf. Er wählte die Nummer der ehemaligen Tabakfabrik, in der die hundert Dragoner des bescheidenen englischen Kontingents untergebracht waren. Doch das Telefon funktionierte nicht, und völlig entmutigt stieg er in sein Quartier hoch, um die Uniform zu wechseln, sich den Schnurrbart zu kämmen, sich mit zwei Tropfen 4711 zu bestäuben, dem vom-Kaiser-bevorzugten-Eau-de-Cologne, kurz, um sich in der Weise auf das Abendessen vorzubereiten, wie es einem an Raffinement und gute Manieren gewöhnten Gentleman anstand. Völlig entmutigt begab er sich in den Speisesaal, wo er sich neben den äußerst niedergeschlagenen Auerhahn setzte, um ihm seine Gedanken über den Krieg zu erläutern, der immer ein Omelett ist, und ein Omelett kann man nun einmal nicht zubereiten, ohne Eier zu zerschlagen. Was ihn sogleich nach Marengo führte, dann nach Preußisch-Eylau, dann nach Wagram und dann in die Fänge des Kondors.

* * *

«Hochwerter Kamerad, um sechs Uhr vierundzwanzig habe ich nicht einmal eine Miene verzogen. Ich habe weitergeschlafen, haben Sie das nicht bemerkt? Otia corpus alunt et animus quoque pascitur illis, die Ruhe stellt die Körper- und Geisteskräfte wieder her, wie Ovid uns sagt, und der Allmächtige weiß, wie erschöpft ich körperlich und geistig nach der Tragödie mit Speedy war. Sie haben dieses Wunderwesen Speedy nicht gekannt, meinen graugescheckten Hunter. Ein Meter siebzig hoch, schlank, sehnig, lebhaft. Unübertreffbar im Hürdensprung. Jeder beneidete mich um ihn, jeder. Bei den Fuchsjagden wie bei den Rennen auf der Piazza di Siena in Rom fühlte ich mich mit ihm wie ein König. Doch bevor ich nach Beirut kam, mußte ich ihn einem Tölpel von Stallburschen anvertrauen, durch dessen Unachtsamkeit er an einem Emphysem erkrankte, und um dies auszuheilen, mußte er aufs Land verschickt werden, und gestern abend nun ruft mich dieser Tölpel an und sagt zu mir: ‹Colonnè, 'n furchbares Unglück is passiert. Speedy is vonner Kuh aufgespießt worn und jetz hängt sein ganzes Gekröse ausm Bauch raus. Colonnè, der muß getötet wern. Ich knall ihn jetz ab.› Also gut, ich werde die Stute kaufen, die er von seiner Box aus hofierte. Obgleich sie ja von etwas niedriger Statur ist und einen kurzen Hals hat, aber sie ist graziös und verspricht Großes. Dennoch wird es ihr niemals gelingen, Speedy zu ersetzen und ... Hochgeschätzter Freund, was ich Ihnen zu sagen versuche, ist: nach einem derartigen Trauma erschüttern einen vierhundert Tote nicht. Man hat doch das Recht, das zu vertreten, was ich vertreten habe, und bitte schön, stimmt es etwa nicht, was ich vertreten habe?»

«Eh, doch», antwortete der Auerhahn stoisch.

«Denken Sie doch nur daran, was am 14. Juni 1800 bei Marengo passiert ist, als Napoleon sich vom österreichischen General Melas überraschen ließ. Ohne jede Nachricht über die Gegner, die er am 9. Juni bei Montebello geschlagen hatte, glaubte Napoleon, daß Melas sich noch immer auf der Flucht befände, und nachdem er Lapoypes Kolonne nach Norden und die von Desaix beziehungsweise Des Aix nach Süden geschickt hatte, schlug er sein Quartier in Marengo auf. Über dieses Manöver war Melas aber im Bild, er hatte das Bormidatal durchquert und brachte auch die Infanterie unter dem Kommando seines Leutnants Zach mit und überfiel Napoleon dann mit einunddreißigtausend Mann. Einunddreißigtausend an derselben Front konzentriert, verstehen Sie, gegenüber achtundzwanzigtausend, in breit auseinandergezogener Schlachtordnung. Napoleon wurde davon beinahe weggefegt, verstehen Sie, und während Zach nachdrängte, mußte er sich nach Südosten zurückziehen: die Rückkehr von Lapoype und Desaix beziehungsweise Des Aix befehlen. Lapoype gelang sie nicht, Desaix beziehungsweise Des Aix dagegen gelang sie. Der heroische Louis-Charles-Antoine Desaix beziehungsweise Des Aix, Chevalier von Veygoux, sagte sofort: ‹Sire, diese Schlacht ist verloren. Aber es ist erst zwei Uhr nachmittags und noch genügend Zeit, die nächste zu gewinnen.› Dann begab er sich, flankiert von Kellermann und Marmont, Herzog von Ragusa, zum Schauplatz der Schlacht, befahl Marmont, seine Batterien dem Feind direkt gegenüber aufzustellen, und Kellermann, eine Flanke mit vierhundert Säbeln anzugreifen, stürmte Zachs Infanterie, und hier geschieht das Großartige. Denn in solchen Fällen endete ein Angriff der Kavallerie in einem Massaker von Mann und Roß, wie Sie wissen ...»

«Eh, ja ...»

«Außerdem war Zachs Infanterie schon auseinandergerissen. Und zwar, weil Zach die Verfolgung der Franzosen aufgenommen hatte, die er bereits besiegt zu haben glaubte, und Melas den Fehler Napoleons wiederholte, nicht den Gegenangriff vorauszusehen. So hatte Desaix beziehungsweise Des Aix leichtes Spiel. Er fiel zwar, das stimmt, mit einer Kugel im Herzen: aber er triumphierte. Sechstausend Österreicher starben an jenem Nachmittag, achttausend wurden gefangengenommen. Ein beachtliches Omelett. Und trotz der siebentausend verlorenen Männer Napoleons war Melas am folgenden Tag gezwungen, den Waffenstillstand von Alessandria zu unterzeichnen, in dem er sich verpflichtete, sich aus dem Tessin zurückzuziehen sowie die in Piemont und der Lombardei eroberten Festungen herauszugeben. Ein entscheidender Tag für die Entwicklung des Zweiten Italienischen Feldzugs, wie Sie zugeben werden.»

«Eh, ja ...»

«Aber glauben Sie, dieser Dickschädel von Napoleon hätte irgend etwas aus dem Tod des heroischen Desaix beziehungsweise Des Aix gelernt? Nicht im Traum! Sieben Jahre später, genauer gesagt am 8. Februar 1807, in der Schlacht von Preußisch-Eylau, die dann die Fortsetzung des Feldzugs gegen Preußen war, tat er beinahe etwas noch Schlimmeres: er schickte das Siebte Armee-Corps des Marschalls Augereau in den Nebel. Was zum gewaltigsten Kavallerieangriff aller Zeiten führte, ein von Joachim Murat geführter Angriff mit achtzig Schwadronen und zweitausendfünfhundert Pferden, von denen eintausendfünfhundert auf der Strecke blieben. Und eintausendfünfhundert tote Pferde sind eine Menge, hochwerter Kamerad! Ich gebe zu, es sind nicht die viertausendfünfhundert von Wagram ... Denn wie Sie wissen, starben in der Schlacht von Wagram gut viertausendfünfhundert Pferde, und gütiger Gott ... ich bekomme einen Herzinfarkt, wenn ich mir viertausendfünfhundert tote Pferde vorstelle ... Immerhin, auch eintausendfünfhundert sind viel, sehr viel ... Jedenfalls und dank des Nebels wurde das Siebte Armee-Corps aufgerieben. Und Augereau empörte sich so sehr, daß er sich mit folgenden heftigen Worten an Napoleon wandte: ‹Sire, Sie haben geirrt. Sie irren häufig, und jedesmal, wenn Sie irren, irren Sie gewaltig.› Herrliche Figur, dieser Augereau: Pierre-François-Charles Augereau, Herzog von Castiglione, Marschall und Peer von Frankreich. Denken Sie nur, was für ein Mann dieser Mann ist, der sieben Jahre nach der Schlacht von Marengo und elf Jahre nach der Schlacht von Castiglione, denn wie Sie wissen, fand die Schlacht von Castiglione am 5. August 1796 statt, die Courage hat, Napoleon auf eine Weise anzusprechen, wie dieser sie verdiente!»

«Eh, ja ...»

«Aber verstehen wir uns recht, ich ziehe Collinet vor: Antoine-Charles-Louis Collinet, Graf de Lasalle. Er ist eines meiner liebsten Vorbilder, einer meiner Lehrer. Ein Techniker allerersten Rangs, ein beau sabreur von unwiderstehlichem Charme, Gatte einer wunderschönen Frau und phantastisch reich. Was ja nie schadet. Aber denken Sie an Collinets Karriere, der mit zwanzig, ich sage: mit zwanzig, bereits Kellermanns Feldadjutant war und mit dreißig Brigadegeneral! Denken Sie an die Feldzüge, an denen er teilnahm! Den Italienischen, den Polnischen, den Ägyptischen, den Spanischen, den Österreichischen, bei dem er 1806 bei Zhedenick und mit nur drei Schwadronen die Kühnheit besaß, vierzehn Schwadronen anzugreifen, dann den Preußischen, wo er am 10. Juni 1807, also vier Monate nach Preußisch-Eylau, Murat bei Heilsberg rettete ... Er starb mit vierunddreißig, dieser Collinet, in Wagram mit einer Kugel in der Stirn, und ich beneide ihn. Denn diese Kugel tötete ihn, bevor seine von ihm so einzigartig zusammengeschmiedete Kavallerie in den Weiten Rußlands und dann bei Leipzig und danach bei Waterloo aufgerieben wurde, das heißt, bevor seine Welt zusammenbrach ... Wenn die eigene Welt zusammenbricht, hochverehrter Freund, wenn die eigene Welt untergeht und der Vulgarität den Vortritt läßt, ist eine Kugel in der Stirn eine Befreiung.»

«Eh, ja ...»

«Auch wenn man jung ist.»

«Eh, ja ...»

«Im übrigen halte ich es mit Plautus, der sagt: Quem dei diligunt adolescens moritur, wen die Götter lieben, der stirbt jung.»

Und genau an diesem Punkt geriet er in die Fänge des Kondors.

«Colonnello!»

«Zu Befehl, Signor Generale!» wieherte er, zufrieden, daß er dessen Interesse geweckt hatte.

«Wenn Sie sich nicht beruhigen, dann jag ich Ihnen diese Kugel in den Arsch!»

Es war bereits tiefe Nacht, fast alle vierhundert der von den Göttern Geliebten waren geborgen worden, Charlie hatte bereits um die Audienz bei Zandra Sadr gebeten, und in der Nähe des Kommandostützpunkts sang jemand spöttisch das Lied der Haschaschiin, der Haschischpflanzer.

> «Mein Haschisch tut dir nichts,
> ist guter Stoff, er kommt aus der Bekaa,
> aus den grünen Tälern von Baalbek.
> Und kostet wenig.
> Kauf dir ein Kilo, Soldat, und rauch es.
> Rauch es, rauch es!
> Nichts hast du sonst, um zu vergessen
> diese traurige Geschichte
> und diese traurige Stadt.»

DRITTES KAPITEL

– 1 –

Das Kommando befand sich am Anfang der Rue de l'Aérodrome, des zweispurigen Boulevards, der zum Flughafen führte, in einem der wenigen Gebäude, die von den Bomben der israelischen Belagerung verschont geblieben waren: eine Villa, die ein Emir von Qatar sich in glücklichen Zeiten gebaut hatte, um dort mit seinen beiden Ehefrauen, seinen beiden Nebenfrauen und den zwölf aus vier Verbindungen hervorgegangenen Kindern zu wohnen; doch dann hatte er sie den Plündereien überlassen und war nicht mehr zurückgekehrt. Verschwunden die Teppiche, die Möbel, die Lüster, von der früheren Einrichtung war nur ein großer Tisch aus Kirschholz geblieben, der sperrig im ehemaligen Speisezimmer stand, und ein scheußliches Ölbild, das im Atrium hing und einen mit dem ziemliches Unheil verheißenden Portrait des Besitzers überfiel: gebogene Nase und bösartige Augen, geschwungene Augenbrauen und zweigeteilter Bart, grausamer Mund und auf dem Kopf ein gelber Turban, von dem eine tropfenförmige Perle herabbaumelte. Über den Schultern ein blauer Umhang, der von einer Spange aus Rubinen und Smaragden gehalten wurde. (Ein von Zucker viel bewundertes Detail, der in dem Bild ein unvergleichliches Meisterwerk sah.) Vom früheren Prunk waren dagegen die prächtigen Boiserien übriggeblieben und die nicht weniger prächtigen französischen Damaststoffe, mit denen die Wände jedes Raumes bespannt waren; die kunstvoll gearbeiteten Eisengitter, die die Fenster schützten, und der Garten, in dem die zerstörten Beete und die Reste einer Brunnenschale die Erinnerung an schwimmende Seerosen, Rosenbüsche und flammende Hibiskusblüten wachriefen. Die Lage war günstig. Auf der gegenüberliegenden Seite des Boulevards und knapp zweihundert Meter weiter südlich erstreckte sich nämlich das Feldlazarett, dann die Nachschubbasis, danach der Stützpunkt Adler, und Chatila lag etwas mehr als fünfhundert Meter weiter nördlich. Bourji el Barajni etwa einen Kilometer südlich. Die Zufahrt dagegen war ungünstig, weil der Kondor nach den Enthüllungen von Mustafa Hash einen massiven Wall hatte errichten lassen, der, da er vom Boulevard ein gutes Stück der östlichen Fahrbahn wegnahm und den Verkehr auf die westliche Fahrbahn umleitete, bis zum Mittelstreifen reichte, und beträchtliche Hindernisse zu überwinden waren, wenn man herein wollte. Vor allem die Carabinieri, die jeden anhielten, der sich näherte, und mit dem Metalldetektor sogar die Fahrzeuge des Kontingents kontrollierten. Dann die Serpentinenstrecke, die sich durch den Wall schlängelte, dann der Leopardpanzer, der am Ende der Serpentinen stand und die Durchfahrt versperrte, und erst nach einer zweiten Kontrolle durch den Panzerkommandanten ließen sie dich durch: in den Hof fahren, das heißt auf den vom Boulevard abgetrennten Teil der Fahrbahn, wo du allerdings eine weitere Kontrolle über dich ergehen lassen mußtest. Im Garten grenzten die Vorkehrungen an Wahnsinn: eine feste Mauer mit Schießscharten verstärkte die gesamte Befestigung, an jeder der vier Ecken erhob sich ein Wachturm mit zwei Männern und einem Maschinengewehr, auf dem Wall säumten mehrere hundert Meter Stacheldraht elektronische Vorrichtungen, die bei der leisesten Berührung Alarm auslösten und einen dichten orangefarbenen Rauch verbreiteten. Die Villa schließlich war vollständig mit Sandsäcken verbarrikadiert, so daß sie von weitem wie eine gigantische, schwarz eingehüllte Mumie aussah und das Kommando von außen einen geradezu unheimlichen Anblick bot.

Drinnen nicht. Abgesehen vom Porträt des Emirs bot das Innere eine Szenerie, die der Tragikomödie, die sich hier abspielte, würdig war. Rechts vom Atrium ein Korridor mit dem Wohn-Büro des Kondors: klein und dramatisch hergerichtet mit einem Schreibtisch voller Telefone und Funkgeräte, außerdem mit einer spartanischen Überdecke, die in der Art eines Wandschirms die Pritsche verdeckte. Neben dem Büro des Kondors das Büro des Professors: voll von Blättern und Büchern und von jenen dicken Bänden, die ihm diesen Spitznamen verschafft hatten. Nach dem Büro des Professors das private Bad, das beide mit frostiger Höflichkeit benutzten: Gehen-Sie-ruhig-zuerst-Colonnello, gehen-sie-ruhig-zuerst-Generale. Links vom Atrium, im ersten Teil des riesigen Wohnraums, der in mehrere Zimmer mit Trennwänden aus Pappe unterteilt war, das Büro von Verrücktes Pferd: immer aufgeräumt, kein Stäubchen und aristokratisch betont durch den Schreibtisch mit dem Wappen der Tudor. Im zweiten Raum Pistoias Büro, das er dazu gebrauchte, um seinen Nachbarn zu quälen und mit Joséphine, Caroline oder Geraldine zu telefonieren: den drei Libanesinnen, mit denen er zusammen war. Im dritten, Auerhahns Büro: unpersönlich und würdevoll. Im vierten, die Kommandozentrale, die, zusammen mit dem Funkraum, auch die einstige Glasveranda in Beschlag nahm. In der Mitte, dem ehemaligen Speisezimmer mit dem großen Kirschholztisch, der Saal für die Einsatzbesprechungen. Rechts, in der früheren Küche, die Poststelle, dann die Treppen. Auf der ersten Etage lagen in den Zimmern, die einmal dem Emir und seinen beiden Ehefrauen gehört hatten, die Verwaltungsbüros. Auf der zweiten und dritten befanden sich in den Zimmern, die den zwölf Kindern aus vier Verbindungen gehört hatten, die Unterkünfte für die Offiziere des Kommandos. Auf der letzten, in den beiden früheren Räumen für die Nebenfrauen, die Unterkunft der wachhabenden Carabinieri und die für ein merkwürdiges Grüppchen, das aus Gaspare, dem Fahrer des Kondors, Ugo, dem Fahrer von Pistoia, Stefano, dem Fahrer von Charlie, dem Dolmetscher Martino und dem Telefonisten Fifi bestand. Dann die Dachterrasse, auf die Verrücktes Perd in Augenblicken der größten Verzweiflung hinaufsteigen wollte, um die Scharfschützen herauszufordern und zu beweisen, daß das Unglück nicht nur die Züge von Hunger und Kälte trägt: es trägt auch die der Einsamkeit, die erdrückend ist, wenn man mit den Grobianen, dem Pöbel, den Analphabeten einer von der Demokratie zugrunde gerichteten Armee zusammenlebt.

Schließlich der Kellertrakt, den man über die kleine Treppe erreichte, über die Angelo und Charlie nach dem ersten Knall in den Hof gestürzt waren. Sie lag auf der Rückseite des Gebäudes, somit vor den Blicken Neugieriger geschützt und außer Reichweite für Aufdringliche, und führte zu einer Art Krypta mit zwei Räumen, auf die man so wenig wie möglich anspielte: einer wurde Zuckers Museum genannt, und an der Tür des anderen warnte drohend eine Aufschrift: «Sperrzone. Zutritt verboten. Zugelassen ausschließlich das nachstehend aufgeführte Personal: Charlie-Charlie, Charlie Zwei, Charlie Drei, Charlie Vier, Charlie Fünf, Charlie Sechs, Charlie Sieben, Charlie Acht.» Es war das Büro von Charlie und seinen Mitarbeitern, die wie er hießen, weil jeder, der für Charlie arbeitete, seinerseits ein Charlie wurde, und wenn ein Außenstehender die Schwelle hätte übertreten können, dann hätte er Folgendes vorgefunden: auf dem Fußboden des Korridors ein Durcheinander von Handgranaten und Dosen mit Sardinen, Signalmunition und Büchsen mit Thunfisch in Öl, Schnellfeuergewehren M12 und Mettwürstchen, Gewehrmagazinen und Schinken, Munitionskisten und Schokolade, kugelsicheren Westen und Weinflaschen, Helmen, Bierdosen, Nachtsichtgeräten, Weihnachtskuchen, Funktelefonen, Arzneien, mit einem Wort die notwendigsten Vorräte, um die Autonomie einer separaten Republik zu erhalten. Auf der anderen Seite dieses Durcheinanders die Kammer von Angelo. Ein paar Schritte weiter das eigentliche Büro: ohne Fenster und von einer noch chaotischeren Unordnung verwüstet. Rechts an der Wand eine Pritsche, Charlies Bett, und ein Waschbekken, das Charlie als Bad benutzte. Neben dem Waschbecken zwei Funkempfänger und zwei Charlies, die sie über Kopfhörer abhörten. Links ein langer Karteischrank mit Schubladen aus Eisen, die verschlossen waren, und auf jeder Schublade die Aufschrift Top Secret oder Nicht Berühren. Im Anschluß an den Karteischrank ein Riesenposter mit zwei wunderschönen Frauenbeinen, auf das jemand mit großen Buchstaben geschrieben hatte: «Wer's nicht im Kopf hat, muß es in den Beinen haben.» In der Mitte ein roher Tisch aus einer auf zwei spanischen Reitern liegenden Holzplatte mit einem höllischen Durcheinander von Zeitungen, Illustrierten, Heften, Schreibmaschinen, Sprechanlagen, Telefonen, die ununterbrochen klingelten und nach dem Capitano fragten oder ihm geheimnisvolle Nachrichten hinterließen. «Albertine kommt um fünf.» – «Der Elektriker kann ihn heute abend empfangen.» – «Großmutter ist heute morgen gestorben.» Der sonderbare Ort verbarg nämlich einen rudimentären Geheimdienst, und Charlie sicherte hier seine Fährten als improvisierter Geheimdienstler: Kontakt zu den Informanten halten; die von den Zeitungen veröffentlichten Nachrichten analysieren und katalogisieren und die auffangen, die vom Radio der Regierung oder der Amal gesendet wurden; die Dokumente aufbewahren, die er in seinen Besitz bringen konnte. Nicht zufällig hatte er diesem Raum den Namen des Büros gegeben, in dem Lawrence von Arabien 1916 in Kairo als Berichterstatter des Military Intelligence Service gearbeitet hatte: Arabisches Büro, Arab Bureau.

* * *

Ohne Charlie oder seine wirkliche Tätigkeit in Beirut zu kennen, hättest du dich umsonst gefragt, warum er sich mit einem in Wales geborenen und in Oxford ausgebildeten viktorianischen Aristokraten identifizierte, der ein glänzender Schriftsteller und leidenschaftlicher Archäologe, ein unbekehrbarer Homosexueller und ein ungewöhnlich raffinierter Geheimagent gewesen war. Charlie war aus Bari gebürtig, er besaß keine Studienabschlüsse, schrieb schlecht, konnte einen etruskischen Bucchero nicht von einem ägyptischen Papyrus unterscheiden, und er mochte Frauen. Doch seine Vorliebe für die byzantinische Intrige und sein Genie im doppelten Spiel rührte aus seiner Veranlagung zum Abenteurer mit der Berufung zum Spion, und Lawrence von Arabien war für ihn das, was Antoine-Charles-Louis Collinet Graf de Lasalle und Louis-Charles-Antoine Desaix beziehungsweise Des Aix, Chevalier de Veygoux, für Verrücktes Pferd waren: ein Vorbild, ein Meister. Er sagte, er sei jenem Meister mit achtzehn begegnet, im Dunkel eines Kinos, als er den Film von David Lean mit Peter O'Toole sah, habe sein Buch *Die sieben Säulen der Weisheit* bis zur Bewußtlosigkeit gelesen, danach habe er ihn verloren: keine Liebe übersteht die Zeit. Trotzdem und dank einer Landschaft, die die Landschaft von Lawrence war, dank der Gesichter, die an die von Lawrence beschriebenen Gesichter erinnerten, dank der Dramen, die die von Lawrence erzählten Dramen wiederholten, hatte er ihn in Beirut wiedergefunden.

Eine klarsichtige Liebe, dieses Mal, begleitet von der Entdeckung einer bereits von Lawrence akzeptierten Wahrheit: wenn du im Haus von anderen bist, mußt du die Regeln derer akzeptieren, die dir Gastfreundschaft gewähren, entdecken, inwieweit sie dich mögen oder nicht mögen, Feindseligkeiten zuvorkommen, eine Einigung mit ihnen suchen. Und das hatte er dem Kondor gesagt. Er hatte ihm erklärt, daß man ein Nachrichten- und Kontaktnetz, das heißt einen kleinen Intelligence Service schaffen müsse, wenn sie den absurden Auftrag, mit dem sie betraut worden waren, überleben wollten. Der Kondor hatte dem zugestimmt und ihm den Raum im Keller überlassen, dazu die Telefone, die Funkgeräte und die Vollmacht, die Mitarbeiter auszuwählen, die ihm zusagten; und er hatte sie unter denen ausgesucht, die gut Französisch oder Englisch oder Arabisch konnten: einen gewissen Angelo, der zu dieser Zeit Zucker unterstellt war, einen gewissen Martino, einen gewissen Stefano, einen gewissen Fifì, einen gewissen Bernard le Français und schließlich zwei Funker. Neulinge ohne jede Erfahrung, außer Angelo, Jungs, die nie *Die sieben Säulen der Weisheit* gelesen oder den Film von David Lean gesehen hatten und die größtenteils nicht einmal vermutet hätten, daß die ihnen übertragene Aufgabe echt war. Aber mit verschlagenen oder in der Kunst der Spionage ausgebildeten Typen hätte er nichts anzufangen gewußt, zumal er wie sein Meister der einzige Verantwortliche und die Hauptperson dieses kleinen Intelligence Service sein würde. Es gab jedoch noch einen anderen Grund, weshalb Charlie das Arabische Büro geschaffen hatte. Und dieser lag in den verschlungenen Mäandern seiner komplizierten Persönlichkeit, das heißt darin, daß er jemand war, der zu Haß neigte, fähig, mit der Kaltblütigkeit eines

Henkers zu töten, gleichzeitig aber ein Mann, der den Krieg mehr verabscheute als ein ziviler Pazifist. Der Krieg ist zu gar nichts nutze, sagte er, er löst gar nichts. Sobald ein Krieg vorüber ist, wird dir klar, daß die Gründe, weshalb er ausgebrochen war, nicht verschwunden oder daß neue dazu gekommen sind, und deshalb ein neuer Krieg ausbrechen wird, in dem die ehemaligen Feinde zu Freunden und die ehemaligen Freunde zu Feinden werden. Der Krieg ist das Kind der Gewalt, die ihrerseits das Kind der physischen Stärke ist, und diese Trias gebiert nichts als Unheil. Er sagte auch, daß er früher nicht so dachte, daß er einmal sogar einem Halbstarken fast die Gurgel zugedrückt habe, der ihm mit den Worten Die-Welt-gehört-den-Schlauen den Sitzplatz im Zug weggeschnappt hatte. Mit einer Hand hatte er ihn hochgehoben und: «Falsch, du Idiot. Die Welt gehört den Starken.» Als er jedoch begriffen hatte, daß sein bärenstarker Körper eine potentielle Gewalt in sich barg, deren sich sein keineswegs sanftmütiger Charakter in falscher Weise bedienen konnte, war es ihm vorgekommen, als läge ein Fluch auf ihm. Von da an bediente er sich nicht mehr seiner mörderischen Muskeln, und nur, wenn er eine Gefahr spürte, trug er eine Waffe bei sich: eine Neun-Millimeter-Browning High Power, die er in der am linken Unterschenkel festgeschnallten Pistolentasche versteckte. Er empfand nämlich für sein Arsenal aus Bomben und Gewehren und Munition, die zusammen mit Eßsachen und Getränken und Arzeimitteln auf dem Fußboden herumlagen, so etwas wie Verachtung: «Betrachtet das als ein Mittel, das Böse zu bannen.» Vor der Intrige, dem Komplott, wenn nötig vor dem Betrug hatte er einen blinden Respekt, und er handhabte sie mit einer Wendigkeit, die an Zynismus grenzte. Die gleiche Wendigkeit, der gleiche Zynismus, mit dem er die Idee lanciert hatte, Blutplasma zu verschenken. Und damit sind wir beim Kern der Sache.

Blutplasma war in Beirut nicht aufzutreiben, wo sogar die Ärzte es auf dem Schwarzmarkt verkauften, und eines Morgens war ein alter Moslem ins Lazarett gekommen und hatte um etwas Blutplasma für seine verwundete Frau gebeten. Im Lazarett hatte man ihm geantwortet Tut-uns-leid-aber-wir-können-nichts-hergeben, rein zufällig war Charlie dabei anwesend und: «Aber klar können wir das. Wartet.» Dann rannte er zum Kondor und: «Generale, die Araber begleichen ihre Dankesschuld. Lassen Sie mich die Sache in die Hand nehmen.» Wieder hatte der Kondor zugestimmt, das Plasma wurde ausgegeben, die Nachricht verbreitete sich, im Kommandostützpunkt kamen und gingen die Bittsteller, die den Capitano sprechen wollten. Palästinenser, Schiiten, Sunniten, Guerilleros, Unglückselige, die es wirklich brauchten, arme Schlucker, die logen, um es auf dem Schwarzmarkt zu verkaufen und so ein paar Pfennige zu verdienen. Und nach einer gründlichen Überprüfung, die Aufschluß darüber geben sollte, ob sie logen oder nicht, ob sie es verdienten, etwas zu bekommen oder nicht, gab der Capitano es ihnen. Manchmal, indem er Soldaten zu Blutspenden aufforderte. Es-ist-eine-humanitäre-Initiative. In Wirklichkeit war es ein nüchternes Kalkül, eine Tauschware, die in den Beziehungen zu seinen provisorischen Verbündeten eingesetzt werden konnte, und eine überzeugende Erpressung, die man Zandra Sadr ins Gesicht schleudern konnte. «Es scheint, als wären die Italiener unter Beschuß, Hochwürdigste Eminenz. Sollten Ihre Gläubigen vergessen, daß in ihren Adern oftmals italienisches Blut fließt?» Aus dieser Erpressung wurde der Satz geboren, den er Zandra Sadr vorschlagen wollte, damit ihn die Muezzins zur Stunde des Gebets von den Minaretten verbreiteten.

– 2 –

Die Carabinieri vom Wachhäuschen am Eingang riefen an, um mitzuteilen, daß eine Frau den Signor Capitano sprechen wolle, und Charlie reagierte verdrossen. Um mit ihr zu reden, hätte er das Büro verlassen müssen, und damit wäre er das Risiko eingegangen, den Anruf des Sekretärs von Zandra Sadr zu verpassen. Die Audienz war inzwischen nahe, der Sekretär konnte ihn jeden Augenblick anrufen, und Seine Eminenz hatte die Gewohnheit, ihn im letzten Moment zu sich zu bestellen: nach Auflegen des Hörers hätte er gerade noch Zeit, mit dem Dolmetscher loszurasen. Er wandte sich an Angelo, der nachdenklich Gott weiß was für Dokumente katalogisierte und knurrte.
«Geh mal rauf und sieh nach, wer sie ist und was sie will.»
«Ich?» rief Angelo überrascht. Auf arabisch kannte er nur sechs oder sieben Wörter: na'am, ja; là, nein; shukràn, danke; aamel maaruf, bitte; lesh, warum; shubaddak, was willst du; mish fahèm, ich verstehe nicht ... Es hatte keinen Sinn, ihn zu schicken.
«Jawohl, mein Herr, du!»
«Aber wenn sie Arabisch spricht und sonst nichts ...»
«Wenn sie Arabisch spricht und sonst nichts, kommst du wieder runter und läßt dir von Martino helfen.»
«Dann kann Martino doch auch gleich gehen.»
«Martino brauche ich. Zieh Leine!»

Er zog Leine. Er kam zum Wachhäuschen der Carabinieri und ging zu der Frau. Es war eine sehr junge Frau, arabisch gekleidet, mit einem rosa Kasack, rosa Hosen, rosa Kopftuch, sie rang die Hände und weinte verzweifelt. «Aamel maaruf, aamel maaruf!» Er faßte sie hilflos an einem Arm.

«Parlez-vous français, faransìn?»

«Là, nein, aamel maaruf, là ...»

«Italienisch, talieni?»

«Là, nein, aamel maaruf, là ...»

«Shubaddak, was willst du?»

«Capitàn ... aamel maaruf, capitàn ...»

«Lesh? Warum?»

«Dam! Aamel maaruf, dam!»

Dam? Was bedeutete dam? Es klang vertraut, dieses dam, aber er wußte nicht, was es bedeutete.

«Mish fahèm, ich verstehe nicht.»

«Dam! Waladi biimut! Biimut, ambimut!»

Und waladi, was bedeutete das? Und biimut und ambimut? Er ging wieder runter, um Martino zu holen. Charlie sprach am Telefon mit dem Sekretär von Zandra Sadr und bemerkte nichts.

«Martino, was bedeutet dam?»

«Blut», antwortete Martino.

«Und waladi biimut, ambimut?»

«Mein Kind stirbt, liegt im Sterben.»

«Komm mit und befrag sie, schnell!»

Martino ging mit. Er stellte ihr Fragen, übersetzte.

«Sie sagt, ihr Sohn sei von einem Splitter getroffen worden und verliere viel Blut. Sie sagt, er sei in die schiitische Klinik gebracht worden, und dort hätten sie kein Plasma. Sie sagt, man brauche mindestens drei Einheiten B-negativ, um ihn zu retten. Sie sagt, das Kind sei zwei Jahre alt.»

«Zwei?!?»

Er lief Martino voraus und wieder ins Büro hinunter. Er baute sich vor Charlie auf, der sein Telefongespräch beendet hatte und eilig zu seiner Verabredung gehen wollte. Seien-Sie-unbedingt-pünktlich, hatte der Sekretär Seiner Eminenz gesagt.

«Chef, die Frau bittet um drei Einheiten B-negativ. Wenn wir es ihr nicht geben ...»

«... verblutet er», erwiderte Charlie, während er sich die Browning High Power in die Pistolentasche am linken Unterschenkel steckte. «Ihr Sohn ist sechs Jahre alt, nein, fünf, nein, vier, nein, drei, nein, zwei. Er ist verletzt worden, während er auf der Straße spielte, ist in die schiitische Klinik gebracht worden, und dort haben sie kein Plasma. Sie erzählen immer wieder die gleiche Geschichte. Und dann verkaufen sie es auf dem Schwarzmarkt.»

«Aber die hier weint, sie ist völlig verzweifelt!»

«Sie weinen immer, sie sind immer völlig verzweifelt. Ich an ihrer Stelle würde es auch so machen. Wer ist sie?»

«Eine Moslima.»

«Was für eine Moslima? Schiitisch, palästinensisch, sunnitisch? Und wer schickt sie? Wir müssen wissen, wer sie schickt. Wir müssen sicher sein, daß das Kind existiert, daß es verletzt ist, daß in der schiitischen Klinik wirklich Plasma fehlt. Geh hin und such den Arzt, der Italienisch spricht. Ich muß zu Zandra Sadr! Oder weißt du nicht, daß ich zu Zandra Sadr muß?!?»

«Schon, aber ...»

«Aber was?!? Such den Arzt, hab ich gesagt! Frag ihn, ob das Kind wirklich eingeliefert worden ist, ob er die Frau geschickt hat! Und wenn er sie geschickt hat, dann entscheidest du, ob sie es verdient, daß man ihrem Wunsch entspricht. Verdient sie es, dann geh ins Feldlazarett, und laß dir das Plasma aushändigen.»

«Und wenn sie es nicht verdient?»

«Wenn sie es nicht verdient, dann wimmle sie ab und Ende.»

Und er stürzte mit Martino die Treppe hinauf, setzte sich ans Steuer, und Angelo hatte gerade noch Zeit, eine Frage hinterherzuschreien.

«Martino, was heißt warte?»

«Intazer!» brüllte Martino mit seiner hohen Stimme.

Intazer ... Warte, intazer ...

* * *

Er schwang sich in den erstbesten Geländewagen, der da war. Er stritt mit dem Fahrer des Leopardpanzers, der nur langsam Platz machte; ungeduldig fuhr er durch die Serpentinen und verließ das Kommando; er hielt vor dem Wachhäuschen der Carabinieri an, wo die Frau mit dem rosa Kasack, den rosa Hosen und dem rosa Kopftuch sich in ihrem Schmerz wand. «Intazer, warte, intazer.» Er fuhr wieder an, bog nach rechts in die Rue de l'Aérodrome, fuhr sie hinauf bis zur Rotunde an der Überführung, bog noch einmal nach rechts ab, und wenige Minuten später erreichte er ein elendes Gebäude an der Grenze zwischen den Vierteln von Gobeyre und Haret Hreik. Die schiitische Klinik. Außer Atem suchte er den Arzt, der Italienisch sprach. Er sei im Operationssaal, antwortete ihm ein Krankenpfleger. «Asseyez-vous, s'il vous plaît. Nehmen Sie bitte Platz.» Er setzte sich auf die Bank am Eingang und sah auf die Uhr. Fünf Uhr nachmittags, lieber Himmel, und er saß hier und vertrödelte die Zeit. Gibt's das?!? Eine Mutter weint, weil ihr Sohn Blutplasma braucht, drei Einheiten B-negativ, sie braucht es, weil er stirbt, er ist zwei Jahre alt und stirbt, und du verplemperst deine Zeit, um herauszufinden, wer sie schickt, ob sie Schiitin, Palästinenserin oder Sunnitin ist, ob du meinst, daß sie's kriegen soll oder nicht. Und wenn niemand sie schickt? Wenn sie weder Schiitin noch Palästinenserin oder Sunnitin, sondern Christin ist? Wenn du nicht meinst, sie solle es kriegen? Dann-wimmle-sie-ab-und-Ende, sagte er. Mit anderen Worten, du sagst ihr Verehrte-Dame, ich-habe-Sie-nicht-nötig, Ihr-Sohn-soll-ruhig-sterben, von-mir-bekommen-Sie-das-Blut-nicht. Seine großen blauen Augen blitzten vor Zorn. Ihm hatte die Geschichte mit dem verschenkten Blut noch nie geschmeckt. Er hatte sie immer für einen Betrug gehalten, für etwas Unlauteres, für einen überaus vulgären Trick, mit dem sie Gefälligkeiten von denen erkauften, die ihnen eigentlich den Tod wünschten. Aber die Art, wie Charlie die ganze Angelegenheit handhabte, gefiel ihm noch weniger. Denn wenn die Bittsteller Schiiten waren, von Zandra Sadr geschickt wurden, gab er ihnen das Plasma, ohne zu zögern, wenn sie aber Palästinenser oder Sunniten waren, machte er unendliche Schwierigkeiten; waren sie aber Christen, dann lehnte er fast immer ab. Schließlich-haben-die-genügend-Geld-um-auch-die-Schwarzmarktpreise-zu-bezahlen. Schließlich-wohnen-die-ja-im-Ostteil-und-nützen-uns-nicht. Der-Zweck-heiligt-die-Mittel. Nein, es stimmt nicht, daß der Zweck die Mittel heiligt. Wenn die Mittel schmutzig sind, wird auch der edelste Zweck schmutzig. Jedenfalls mochte er Charlies Machiavellismus, seine Lawrencearaberei, seinen Zynismus nicht. Er mochte nicht einmal die Geheimniskrämerei, mit der er sich umgab. Hör Radio und sei still. Lies die Zeitungen und schweig. Komm mit und stell keine Fragen. Und wehe, wenn du an die Top Secret-Schubladen gehst. Was suchst du, was willst du, nicht reinschauen. Mitunter gab es wirklich Tage, an denen Angelo bedauerte, Zuckers Mannschaft verlassen zu haben und ... Vor allem, wenn er bei Zucker im Dienst geblieben wäre, hätte er Ninette nicht kennengelernt. Er würde sich ihretwegen nicht herumquälen und ... Halb sechs. Er stand auf und rief den Krankenpfleger, mit dem er vorher gesprochen hatte.

«Est-ce qu'ils ont porté un enfant blessé aujourd'hui? Ist heute ein verwundetes Kind eingeliefert worden?»
Der Krankenpfleger schüttelte den Kopf.
«Monsieur, chaque jour ils nous portent des enfants blessés, jeden Tag werden verwundete Kinder eingeliefert.»
Er setzte sich wieder hin und brütete weiter. Ninette ... Merkwürdig, daß ihm plötzlich Ninette einfiel, daß er an Ninette dachte. Nie hatte er in diesen Tagen an sie gedacht, und plötzlich war es, als säße sie neben ihm auf dieser Bank: ungreifbar und doch spürbar. Doch nicht die übliche wollüstige, überschäumende Ninette: eine apathische, traurige, so nie gekannte, unvorstellbare Ninette. Eine Ninette, die sterben wollte, weil sie liebte, ohne geliebt zu werden ... Er verjagte dieses Bild. Mit dem Bild den Gedanken. Er dachte wieder an das Kind, das sterben mußte, weil in der schiitischen Klinik keine drei Einheiten B-negativ vorhanden waren. Hätte er Blutgruppe B-negativ gehabt, hätte er ihm drei Einheiten gegeben ... Das Elend war, daß er Blutgruppe O-positiv hatte: Entropie ist gleich der Boltzmannschen Konstanten K, multipliziert mit dem natürlichen Logarithmus der thermodynamischen Wahrscheinlichkeit. An Stelle der thermodynamischen Wahrscheinlichkeit dieses Mal die Blutgruppen ... A, B, AB, O, Rhesusfaktor positiv, Rhesusfaktor negativ, und so, wie es in der Liebe unwahrscheinlich ist, daß A A begegnet oder B B oder AB AB und so weiter ... Das Chaos, das heißt der Tod, gewinnt immer, und es ist sinnlos, sich zu weigern, dies im Namen des Lebens zuzugeben. Sinnlos? Er sprang auf. Er kümmerte sich nicht um den Krankenpfleger, der ihm nachlief und rief Monsieur, le-docteur-peut-vous-parler-maintenant, jetzt-kann-der-Arzt-mit-Ihnen-sprechen, und stürzte zum Ausgang. Er sprang in den Geländewagen, schoß mit quietschenden Reifen davon, erreichte das Feldlazarett und bat um drei Einheiten B negativ. Befehl vom Capitano. Sie hätten keins mehr, antwortete der Militärarzt, nachdem er im Kühlschrank nachgesehen hatte, in dem die Tüten mit dem Plasma aufbewahrt wurden. B-negativ, das auch Mediterrane Blutgruppe genannt wurde, war unter Arabern sehr verbreitet, weniger dagegen unter Europäern: von Italien erhielten sie nur wenig; im Notfall würde der Capitano in der Truppe um Blutspenden bitten. Der Sergente solle das gleiche machen, und viel Glück: es sei nämlich nicht leicht, zwei Soldaten mit dieser Blutgruppe zu finden. «Ich werde sie finden», sagte Angelo, als er wieder zum Kommando fuhr, wo die in Tränen aufgelöste junge Frau immer noch wartete. Und sobald er sie erblickte, schrie er.
«Dam na'am! Blut ja!»

«Na'am, ja, na'am?» schluchzte sie erleichtert.

«Na'am, ja, na'am!» wiederholte er fest. Dann lief er hinunter ins Arabische Büro, um mit dem Stützpunkt der Bersaglieri zu telefonieren, mit Adler Eins.

Er wußte genau, was er ihm sagen würde. Signor Commandante, würde er zu ihm sagen, wir müssen sofort zwei Freiwillige finden, die bereit sind, drei Einheiten B negativ zu spenden. Befehl des Generale.

– 3 –

Adler Eins kochte sich einen Kaffee mit der neapolitanischen Kaffeemaschine, die er, zusammen mit der Capodimonte-Mokkatasse, die ihm Tante Concetta geschenkt hatte, und der Menorah, dem siebenarmigen Leuchter, von Onkel Ezechiele, aus Italien mitgebracht hatte; dann trank er ihn schlückchenweise unter dem Louis XVI.-Baldachin aus vergoldetem Holz: das vielleicht kostbarste Stück in diesem pompös ausgestatteten Zimmer, das er bewohnte, jedenfalls erinnerte es ihn am meisten an seine Wohnung in Neapel. Er liebte es, den Kaffee stilvoll zuzubereiten, aber vor allem liebte er es, wenn er den Kaffee unter dem Louis XVI.-Baldachin aus vergoldetem Holz schlückchenweise trank. Von dort aus konnte er nämlich bequem die Wände aus künstlichem blauem Marmor bewundern, die hohen Fenster mit den karminroten Samtvorhängen, den Schrank mit chinesischen Perlmuttintarsien im Stil der Gebrüder Piffetti, den Vorläufern von Maggiolini, wie auch den aus neun bronzenen Mädchen bestehenden Kronleuchter, die nackt einem ebenfalls bronzenen Korb entstiegen, um neun Kristallfackeln zu tragen: ein exquisites Stück, das die Arbeit eines Wiener Kunsthandwerkers und den ausgezeichneten Geschmack des früheren Hausbesitzers erkennen ließ. Nicht umsonst ein Prinz von Riad, verwandt mit Abd Al Aziz Ibn Saud, dem ersten Herrscher von Saudi-Arabien. Als Grand viveur und Herr eines Harems mit vier Hauptfrauen und sechs Nebenfrauen hatte der Prinz die Dinge in großem Stil anlegen lassen. Eine wirklich pompöse dreistöckige Villa, die mit ihren zahllosen Eingängen und ihren halbrund geschwungenen Treppen, ihren Bogengängen und Patios allein schon von den Herrlichkeiten eines sardanapalischen Beiruts erzählte: von den Gardenparties im großen Park mit den jahrhundertealten grünen Bäumen, den Abendessen mit Kaviar und Foie gras in den mit Marmor ausgelegten Salons, den Orgien in den Schlafzimmern mit Bädern, die alle mit doppeltem Bidet ausgestattet waren! Und was machte es, wenn beim Tod des Prinzen, der vor dem Krieg aufgrund einer Verdauungsstörung durch getrüffelte Austern gestorben war, das Vermögen an Ihre Hoheit, die Erste Witwe, übergegangen war, die, inzwischen neunzigjährig und regungslos in einem kaum vorstellbaren Fettpolster ruhend, auf der dritten Etage zusammen mit zwei der jüngeren Witwen und zwei Nebenfrauen, zwei Köchinnen, zwei Krankenschwestern, zwei Kammerdienern, zwei Küchenmädchen und einem Eunuchen wohnte, also mit dreizehn Personen: eine Zahl, die den einen zufolge eine Glückszahl, der Kabbala zufolge aber Quelle von Unglück, Ungeschick und Unheil ist.

Er schlürfte den Kaffee aus, stand auf, um sich noch einen zu kochen, und lächelte wehmütig. Zu seiner Erleichterung war der Stützpunkt in der Villa des Prinzen untergebracht, der an einer Verdauungsstörung durch getrüffelte Austern gestorben war; nur hier konnte er sein eigenes Unglück ertragen. Das Unglück, in Beirut zu sein, das Unglück, die schlimmsten Feinde seines eigenen Volks schützen zu müssen, das Unglück, mit dem Namen eines ungeschlachten, brutalen Federviehs gerufen zu werden, das Neugeborene entführt, Lämmer raubt und irgendwelche Trottel, die den Krieg lieben, in Erregung versetzt. Adler Eins! Nicht einmal physisch paßte die Bezeichnung Adler Eins zu ihm. Er war ausgesprochen grazil. Er hatte einen so engen Brustkorb, daß jedes Hemd an ihm herumflatterte, einen so dünnen Hals, daß der leiseste Windstoß ihn umzuknicken drohte, und ein so sanftes Gesicht, daß er als Junge einmal für ein Bild vom Martyrium des heiligen Sebastian Modell gestanden hatte. In der Hoffnung, härter zu erscheinen, hatte er sich als Erwachsener einen Schnurrbart wachsen lassen, den er nach oben trug: mit gezwirbelten Spitzen. Doch mit diesem weichen Mund, dieser feinen Nase, diesen blassen Wangen sahen sie aus wie zwei Fragezeichen, zum Spaß dort hingesetzt: ein Witz. Und dann bedrückte ihn, daß ihn diese Bezeichnung mit der Rhetorik der Militärs in Verbindung brachte: Menschen, die den unglückseligen Hang besaßen, sich mit Adlern, Kondoren, Falken oder Sperbern zu vergleichen, aber nie mit einfachen Vögeln wie Schwalben und Hähnen, Tauben und Spatzen. Er legte keinen Wert darauf, für einen arroganten Menschen gehalten zu werden, einen Krieger. Er verachtete sie, die Krieger. Und mit den Kriegern auch die Uniformen, die Waffen. In Uniform fühlte er sich lächerlich. Seine eigene trug er mit dem Unbehagen, mit dem man ein Kleidungsstück in der falschen Größe trägt, nur die Kopfbedeckung akzeptierte er. Wegen der schillernden Federn. Wer will denn schon einen grauen Zweireiher, ein weißes Hemd, eine gestreifte Krawatte oder gar einen Frack mit einer Uniform vergleichen? Was die Waffen anging, so hielt er sie für unbequemes und überflüssiges Gerät. Ja, überflüssig: welche Notwendigkeit gibt's denn, Waffen zu gebrauchen, Krach zu schlagen, zu morden? Wenn die Dinge sich zum Schlechten wenden, ist es besser zu diskutieren: einen Kompromiß zu suchen. Ah! Wie es ihm zuwider war, die Dienstpistole vorzeigen zu müssen! Außerdem haßte er es zu kommandieren. Kommandieren zeugt von schlechtem Geschmack und ist äußerst unerfreulich. Weil es einen mit Flegeln und Stumpfsinnigen in Kontakt bringt, einen zwingt, die Vulgarität der Macht auszuüben, sowohl die Freiheit des Kommandierenden wie des Kommandierten einschränkt und die Eingebildeten schließlich berauscht. Und er war nicht eingebildet. Es war ihm bewußt, daß er keine hervorragenden Begabungen oder besonderen Talente besaß, daß er das typische Beispiel für einen schwachen, zu gut erzogenen Mann abgab, für einen Offizier ohne Lob und Tadel: sein Leben hatte immer im Zeichen der Mittelmäßigkeit gestanden. Folglich fühlte er sich auch nicht autorisiert, in belehrendem Ton zu reden und Befehle zu brüllen. Das konnte er auf die Menorah schwören, Ehrenwort eines Neapolitaners.

Er schwor es und goß sich den zweiten Kaffee ein. Oh, er wußte genau, daß er einen Beruf ausübte, der gar nicht zu ihm paßte. Wenn jemand ihn fragte, aus welchem Grund er die militärische Laufbahn überhaupt eingeschlagen habe, seufzte er entmutigt: «Aus einer Laune des Schicksals heraus, mein Freund. Das Schicksal ist grausam.» Dann erzählte er, daß logisch betrachtet nichts, aber auch nichts einen derartigen Fehler rechtfertigte: seine Familie war vermögend und bestand aus Antiquitätenhändlern und Notaren; als junger Mann hatte er zwischen diesen beiden friedfertigen Berufen geschwankt, alles ließ aber darauf schließen, daß er Antiquitätenhändler werden würde. Mit achtzehn jedoch hatte er sich in ein zauberhaftes Mädchen aus Modena verliebt, einen Monat später hatte er den Einberufungsbescheid erhalten, und man weiß ja: zu den Nachteilen des Wehrdienstes gehört auch der, daß man an Orte verschlagen wird, die von dem geliebten Mädchen oftmals weit entfernt sind. Lebt sie im Norden, wirst du in neun von zehn Fällen in den Süden geschickt. Lebt sie im Süden, wirst du in neun von zehn Fällen in den Norden geschickt. Um kein Risiko einzugehen, hatte er sich an der Militärakademie von Modena eingeschrieben, wo er sich zu allem Unglück Seite an Seite mit Verrücktes Pferd fand, der die gleichen Lehrgänge besuchte, und ... Desaix beziehungsweise Des Aix, Collinet, Augereau, die Schlacht von Marengo und von Preußisch-Eylau und von Wagram, Cicero, Seneca, Ovid. Und doch hatte er bis zu dem Tag durchgehalten, an dem die Liebe zu dem faszinierenden Mädchen erlosch. Danach entschloß er sich, nach Neapel ins Antiquitätengeschäft zurückzukehren. Aber da nun schlug dieser Unglückselige zu, dieser Klepper des Unheils: «Teurer Freund, was sagst du da? Hochverehrter Kamerad, was ist mit dir? Verzichten kommt einem Sakrileg gleich, einer Beleidigung des Vaterlandes, einer Feigheit, die einem Gentleman nicht ansteht. Perfer et obdura, dolor hic tibi proderit olim. Leide und widerstehe, dein Schmerz wird dir dereinst vergolten, sagt uns Ovid.» So ist er geblieben. Doch mit sechsundvierzig Jahren und dem Rang eines Obristen war er immer noch nicht zur Ruhe gekommen. Und ihn in Beirut wiedergetroffen zu haben, schien ihm die schlimmste Bosheit, die der Heilige Januarius, der Schutzpatron von Neapel, ihm antun konnte. Natürlich abgesehen davon, ihn hier einzusetzen, um die Palästinenser zu schützen. Denn er war Jude, und zwar mütterlicherseits, und er vergaß keineswegs, daß das Judentum über die Mutter vererbt wird. Erst recht vergaß dies seine Mutter nicht. Arme Mama. Sie wäre fast in Ohnmacht gefallen, als er ihr gesagt hatte, daß er nach Beirut gehen würde, um die Palästinenser zu schützen. «Ausgerechnet dahin, mein Sohn! Ausgerechnet dahin, um den schlimmsten Feinden unseres Volkes zu dienen!» Dann waren zu ihren Einwänden auch noch die Vorwürfe von Onkel Ezechiele gekommen. «Denk doch an die Verwandten, die wir in Jerusalem haben! Denk doch an unsere Cousins in Tel Aviv!» Es hatte nichts genützt, sie zum Schweigen zu bringen: «Laßt-mich-in-Ruhe, ihr-geht-mir-auf-die-Nerven!» Jeden Monat rief seine Mutter an, um zu klagen Ausgerechnet-dahin, mein-Sohn, ausgerechnet-dahin-haben-sie-dich-geschickt-um-den-schlimmsten-Feinden-unseres-Volkes-zu-dienen, und seit ein paar Wochen peinigte sie ihn auch mit der Frage: «Mein Sohn, was wirst du nur tun, wenn ein israelischer Pilot in Chatila abstürzt?»

Er trank den zweiten Kaffee aus. Eine schaurige Frage, und durchaus nicht albern. Es passierte häufig, daß israelische Aufklärungsflugzeuge von der Artillerie der Drusen abgeschossen wurden und der Pilot sich per Fallschirm rettete. Im September war einer vierhundert Meter von Bourji el Barajni heruntergekommen, und nur durch ein Wunder hatte eine Streife der Marines ihn in Sicherheit bringen können. Was aber, wenn er in dem Viertel heruntergekommen wäre? Das kann ich dir sagen, was passiert wäre: sie hätten ihn bei lebendigem Leib aufgefressen. Häppchenweise, wie Hunde bei einem Knochen.

Vor allem in Chatila, wo die Israelis den Falangisten mit aufgeblendeten Scheinwerfern geholfen hatten und so weiter. Was hätte er also getan? Hätte er auf die Palästinenser geschossen, zu deren Schutz er hierher gekommen war, oder hätte er sie Rohfleisch essen lassen? Das hatte er auch den Falken gefragt, der in Bourji el Barajni die gleiche Verantwortung trug; doch mit der Haltung eines Pontius Pilatus, der sich nicht kompromittieren will, hatte der Falke geantwortet: «Frag das den Kondor.» Er hatte den Kondor gefragt und nichts als Gebrüll zu hören bekommen. «Colonnello, lernen Sie, Ihre eigenen Entscheidungen zu treffen! Colonnello, seien Sie energischer, Sie sind eine Memme!» Denn eine Antwort gab er nicht, der Signor Generale. Er brüllte, genauer gesagt: er hackte, verwundete, kratzte. Wie es sich für einen Kondor gehört. Im übrigen gefiel es ihm ja auch, sich Kondor zu nennen. Das sei ein Vogel, der die Gipfel bevorzuge, erklärte er. Offensichtlich hatte ihn niemand darüber aufgeklärt, daß es sich bei diesem Vogel, Gipfel hin, Gipfel her, um ein äußerst unerfreuliches Federvieh handelte: ohne Federn an Kopf und Hals, folglich kahl, mit einem fleischigen Kamm, ekelhaft anzuschauen, und dann ernährte er sich ausschließlich von Aas. Vultur gryphus, Aasgeier, ist sein richtiger Name, Jesus, Maria und Joseph und alle Propheten der Torah, war der ihm unsympathisch, der Signor Generale! Das war das einzige, was er mit dem unseligen Esel von Verrücktes Pferd gemeinsam hatte, die tiefe Abneigung gegen den Kondor. Schlecht erzogen, unhöflich, immer bereit zu nörgeln, zu tadeln, zu verfolgen. Colonnello, der Panzer der Einundzwanzig steht dreißig Zentimeter vom Bordstein entfernt, und Ihnen ist das nicht aufgefallen. Colonnello, die Straßensperre der Zweiundzwanzig ist unzureichend, und Sie tun nichts dagegen. Colonnello, Ihre Bersaglieri rauchen Haschisch, und Sie verbieten es ihnen nicht. Colonnello, Sie können sich nicht durchsetzen. Sie behandeln sie wie Jungs, und Soldaten sind keine Jungs, sondern Männer. Sinnlos zu antworten: Nein, Signor Generale, mit neunzehn, zwanzig ist man noch kein Mann, da ist man noch ein Junge. Er hörte dir gar nicht zu, es kümmerte ihn einfach nicht. Weil er kein Herz hatte, hatte er nicht den Schimmer einer Ahnung, was es hieß, mit neunzehn oder zwanzig Soldat in Beirut zu sein: in Bourji el Barajni oder Chatila zwölf Stunden hintereinander Wache zu stehen, nachts völlig durchgefroren und überall Ratten, die dir in die Beine beißen; tagsüber schweißtriefend und überall Straßenlümmel, die dich mit Steinen bewerfen, während du für sie den Abfall zusammenfegst. Ja, auch den Abfall. Denn diese Stinker von Palästinensern, die zwar bereit waren, den israelischen Piloten bei lebendigem Leib aufzufressen, fegten den Abfall nicht zusammen. Sie häuften ihn vor ihren Häusern und Baracken auf. Berge waren das, die aussahen wie die Gipfel des Mont Blanc. Oder sie schütteten den Müll einfach auf das Massengrab, das heißt, auf das Grab ihrer Verstorbenen, und wenn du verhindern wolltest, daß eine Epidemie ausbrach, mußtest du diesen Dreck für sie wegkarren. Für sie verbrennen. Ihnen deine Dienste als Müllmann anbieten.

Er bereitete sich einen dritten Kaffee zu, warf einen Blick auf die neun bronzenen Mädchen, die nackt dem Wiener Kronleuchter entstiegen. Eigentlich waren es aber nicht so sehr die Straßenlümmels, die sie belästigten; es waren die Nutten. Ja, Signor Generale. Die Nutten mit ihren Zuhältern. Heut morgen ist bei der Vierundzwanzig eine Dicke mit zwei jungen Kerlen vorbeigekommen. Ganz sicher ihre Brüder. Sie hatte sich vor dem Fahrer des M113 aufgestellt und angefangen, sich die Scham zu streicheln. Die beiden Zuhälter leckten sich währenddessen die Lippen, feixten gut-jamila-gut. Dann hatte sich diese Unverschämte das Kleid aufgeknöpft und eine monströse Brust herausgeholt, eine Wassermelone, vor der man Angst bekommen konnte. «Big, groß, big! Khudu, take it, greif zu!» Und weil der Panzerfahrer sich nicht bewegte und schwieg, fingen die beiden an, sich zu ärgern: «Miniuk! Schwuler! Miniuk!» Genau in diesem Sinne sprach er mit seinen Soldaten. Jungs, sagte er zu ihnen, reagiert nicht. Fordert das Schicksal nicht heraus, bleibt euren Verlobten treu, bleibt hart. Ich bleibe hart. Ich bin meiner Frau treu; die hier seh ich nicht mal an. Ihr solltet sie auch nicht ansehen oder so, als wären sie durchsichtig. «Unwichtig, wenn sie euch Schwule nennen. Lieber schwul als tot.» Eh, ja! Unter den Bersaglieri war das zu einer Art Losung geworden, dieses Lieber-schwul-als-tot. Nie tappten sie in die Falle des Verliebtseins oder einer kleinen Bumserei. Nicht so die Maròs. Ein Kreuzweg, sie als Nachbarn in der Garnison von Chatila zu haben. Sie stritten sich um Fatima, die Hure in Blue Jeans, die das Bordell von Gobeyre verlassen und sich selbständig gemacht hatte. Sie umwarben Farjane, die Gerissene, die einen Gimpel suchte, der sie heiraten und das hieß mit nach Italien nehmen würde. Ihnen lief das Wasser im Mund zusammen bei Sheila, der kleinen Volksschullehrerin, die sich den Offizieren gratis hingab. Sie pfiffen Hallo-Schöne hier, hallo-Schöne da hinter jeder Schreckschraube her, die ihnen vor die Augen kam, und wenn man dagegen bei Sandokan protestierte, dann feixte dieser ungehobelte Klotz: «Wer einen Schwanz hat, hat auch einen Ständer. Und meine Maròs haben einen.» Bei der Nachschubbasis das gleiche. Sie nahmen sogar die Schiitin, die in Begleitung ihres Vaters in den Lebensmittellagern oder in den Garagen auf den Strich ging. Zehn Dollar für den Stoß, außerdem ein bißchen Schokolade und ein paar

Rindersteaks. Was die Fallschirmjäger des Falken anging, so waren sie die Latin Lovers des Kontingents: Bourji el Barajni schien wie ein von Murolo oder Pasquariello gesungenes neapolitanisches Lied. «Nun c'è bisogno 'a zingara p'addivinà, Cuncééé! Comme facette màmmeta 'o saccio meglio 'e teee!»* Das Risiko war ihnen nicht klar. Sie sahen nicht die abstoßende Heuchelei dieser Beduinen, die im Namen der Scham ihre Frauen, Schwestern und Töchter von Kopf bis Fuß verhüllten, um sie dann wie Ziegen auf dem Markt zu verkaufen. Vor ein paar Abenden waren in der Nähe der Vierundzwanzig Schreie aufgestiegen wie in den Elendsvierteln von Neapel. Mit Nibbio, seinem Sektorchef, war er dort hingelaufen und hatte ein an ein Bett gefesseltes kleines Mädchen gefunden, das von irgendeinem Typen mißhandelt worden war, der den Eltern zweitausend Dollar bezahlt hatte und nun seine Ware einforderte. «Saedna, Hilfe, saedna», schrie das arme Ding, das nicht entjungfert werden wollte. Frage: Was wäre geschehen, wenn es sich um das Mädchen eines Bersagliere oder eines Marò oder eines Fallschirmjägers gehandelt hätte? Antwort: Eine Sizilianische Vesper, und der dritte Lastwagen hätte sie in einem Zeitraum von wenigen Minuten liquidiert. Wie man's auch dreht und wendet, am Ende steckt hinter jedem kriegerischen Akt ein Problem mit einer Frau. Von wegen Politik, von wegen Religion, von wegen Söhne Gottes! Weiber, Weiber, Weiber. Wenn der Kondor nicht der Kondor gewesen wäre, hätte er mit ihm darüber gesprochen. Das Schlimme war, daß der Kondor der Kondor war, und nach der Brüllerei wagte er es nicht, zu ihm zu gehen. Schlimmer: das Telefon brauchte nur zu klingeln, und schon fing er an zu zittern. Es half nichts, sich zu sagen: Was ist denn mit mir los, ich bin doch Bataillonskommandeur und kein Dummkopf, jemand, der eine Intarsienarbeit der Gebrüder Piffetti von einer Intarsienarbeit Maggiolinis unterscheiden kann, es ist unvernünftig, daß ich mich von dem Geschrei eines häßlichen Vogels einschüchtern lasse – das Zittern blieb, und er hätte sogar die Hand eines Palästinensers gedrückt, um nur ja nicht den Hörer abnehmen zu müssen.

* * *

* «Dafür braucht man keine Zigeunerin, um die Zukunft vorherzusagen, Concetta! Wie Mama das gemacht hat, das weiß ich besser als du!» (Anm. d. Übers.)

Das Telefon klingelte. Den grazilen Körper von Adler Eins durchzuckte es wie ein elektrischer Schlag, und mit zittriger Hand hob er den Hörer hoch.

«Ja, Signor Generale ... zu Befehl, Signor Generale ...»

Aber es war nicht der Signor Generale. Es war Charlie Zwei, der Adjutant von Charlie, der im Namen des Signor Generale zwei oder drei Freiwillige für eine Blutspende von B-negativ anforderte.

«Und zwar sofort, Signor Colonnello!»

«Sofort?»

«Hat der Signor Generale so gesagt, Signor Colonnello.»

«Und für wen ist dieses B-negativ?»

«Für einen kleinen Jungen, Signor Colonnello.»

«Was für einen kleinen Jungen?»

«Einen kleinen Araberjungen, Signor Colonnello. Palästinenser oder Schiite oder so. Ich bitte Sie, Signor Colonnello!»

Es folgte eine Stille, erfüllt von Grimm und Verblüffung. Grimm, weil das Kind palästinensisch oder schiitisch war; Verblüffung, weil der Anruf von Charlies Adjutanten kam und nicht vom Kondor selbst. Aber dann überwog doch die Erleichterung, nicht vom Vultur gryphus persönlich angerufen worden zu sein.

«In Ordnung, Charlie Zwei. Ich kümmere mich persönlich darum», antwortete er. Und sofort ging er hinaus in den Park und begab sich zur südöstlichen Ecke des Lagers.

Der Abend war nahezu ruhig, von der Grünen Linie drang nur das Echo einiger Salven herüber, und in dem Zelt in der südöstlichen Ecke diskutierten drei Bersaglieri lebhaft miteinander. Sie hießen Nagel, Nazarener und Zwiebel.

— 4 —

«Ich geh heut nacht nicht nach Chatila zurück. Ich schwör, ich geh nich dahin zurück», sagte eine fast kindliche Stimme. «Lieber mach ich auf krank. Ich werd ihnen unterjubeln, ich hätt Bauchweh, Dünnpfiff, Durchfall!»

«Wennde auf krank machst, dann biste 'n Betrüger und 'n Scheißkerl», protestierte ein anderer zornig. «Und ich rotz dir in deine violette Säufervisage und red kein Wort mehr mit dir. Wieso du und wir nich? Glaubste denn, dasses den andern Spaß macht, im Dunkeln zu bibbern und auf de Bombe oder 'ne Salve zu warten? Und was issn der Grund, weshalb de auf krank machst, gottverdammt!»

«Den Grund kennen wir, Nagel», fiel eine dritte, feste Stimme ein. «Er hat Angst. Man muß nicht gleich auf ihn eindreschen. Man muß ihm klarmachen, was uns nie einer klarmacht: das Problem ist nicht Angst zu haben, sondern wie man mit der Angst intelligent und anständig fertig wird!»

«Ich dresch auf niemand ein! Ich sag nur, was ich denk! Und frag, mit welchem Recht darf sich der Drückeberger da krank stelln, nich nach Chatila gehn, und wir müssen hin. Los, Sor* Zwiebel, antworte!»

«Ich antworte ja schon, ja! Der Grund ist genau der, den der da genannt hat: ich hab Angst. Angst, Angst! Weil ich leben will und weil ausgerechnet ich neben dem Massengrab stehn muß, das nach Tod stinkt!»

«Nach Tod stinkt?»

«Ja, nach Tod stinkt!»

«Von wegen nach Tod stinkt, du Blödmann! Das stinkt nich nach Tod, das stinkt nach Abfall! Oder biste etwa blind, du? Siehste 'n nich, daß diese Höhlenmenschen ihre Abfälle auf das Massengrab kippen? Wie schaffen es deiner Meinung nach Tote, noch zu stinken, ein Jahr nach ihrem Tod?»

«Dann sindse eben schon ein Jahr tot, aber stinken tut's trotzdem, ich sag dir, es stinkt. Und Irrlichter gibt's auch.»

«Irrlichter?!?»

«Irrlichter, Irrlichter!»

«Ach, halt doch die Klappe, du Trottel! Erzähl kein' Quatsch! Du weißt ja nich mal, wie so 'n Irrlicht aussieht!»

«Weiß ich eben doch! Denn ich hab mal eins auf'm Friedhof von Caserta gesehen: das is wie kleine Kerzen auf 'ner Geburtstagstorte! Mit dem Unterschied, die Kerzen macht man mit 'nem Streichholz an und bläst se mit 'm Mund aus; Irrlichter machen sich alleine an und aus. Und manchmal gehn se auch rum. Oder fliegen. Weil das nämlich Gas ist. Gas, das von den Toten aufsteigt!»

«Nazarener, sag du ihm, er soll sich beruhigen, dieser Tropf! Er macht mich nervös macht er mich!»

---

* Sor ist eine alte Kurzform für ›Signor‹, steht immer in Verbindung mit einem Namen. (Anm. d. Übers.)

«Oh, nein, Nagel. Nein! Erst fragst du ihn nach dem Grund, und dann willst du ihm nicht zuhören und beleidigst ihn. Das ist nicht richtig!»
«Wieso zuhörn, es gibt nichts zum Zuhören. Er is 'n Angsthase und aus. Wo sind 'n die Irrlichter in Chatila, wo is 'n der Gestank von Toten?»
«Nagel, ich weiß nichts über Irrlichter. Ich hab sie noch nie gesehn. Von Gerüchen dagegen versteh ich was, weil ich 'ne gute Nase hab. Als ich beispielsweise in Indien war, roch ich morgens um sechs den Salbei und den Jasmin, auch wenn ich im Stall war! Und ich garantiere dir, der Abfall in Chatila stinkt genauso wie Tote. Ich versteh nicht, wieso du das nicht riechst, wo du doch bei der Einundzwanzig bist.»
«Naja, wenn 's um gute oder schlechte Gerüche geht, kenn ich nur die, die was mit 'm Essen zu tun haben. Bratengeruch mag ich gern, Fischgeruch weniger und so weiter. Totengestank hab ich nur bei 'n Amerikanern gerochen und aus.»
Adler Eins spitzte die Ohren. Er kannte sie gut, diese drei. Wenn er die Truppe in Chatila inspizierte, blieb er oft, um mit ihnen zu reden. Die kindliche Stimme war die von Zwiebel, einem Jungen aus der Provinz von Caserta, der bei der Dreiundzwanzig Wache stand: der Stellung neben dem Massengrab. Sie nannten ihn Zwiebel, weil sein Gesicht wie eine Zwiebel geformt war, breit am Unterkiefer und schmal an den Schläfen, und weil die Farbe seiner Wangen ins Violette ging, wie das Violett roter Zwiebeln. Die zornige Stimme gehörte Nagel, einem Koch aus Livorno, der bei der Einundzwanzig Wache stand: auf dem Beobachtungsstand an der Grenze zwischen Sabra und Chatila. Er wurde Nagel genannt, weil er so dünn wie ein Nagel war, und auf dem spindeldürren Körper saß, genau wie ein Nagelkopf, der Kopf; und weil er jedesmal, wenn er den Mund aufmachte, spitz wie ein Nagel wurde. Die feste Stimme gehörte dem Nazarener, dem Studenten aus Turin, der bei der Stellung Siebenundzwanzig Eule war: dem Observatorium von Chatila, das in der Zone lag, für die die Maròs zuständig waren. Er wurde Nazarener genannt, weil er wie ein Jesus Christus aussah: ein ausgemergeltes, intensives Gesicht, die Augen rebellisch und heiter zugleich, die Haare so lang, daß Nibbio ständig knurrte: «Sor Colonnè, wenn der Generale so 'ne Mähne sieht, dann rasiert er sie runter und kriegt uns dafür ran!» Sympathisch, der Nazarener. Er war ein gewalttätiger Außerparlamentarischer gewesen, danach nach Indien gegangen und zum Jainismus übergetreten: der Religion, die es verbietet, irgendeinem Lebewesen Schaden zuzufügen, und die den weltweiten Frieden verkün-

det. Mit Sicherheit würde er vom Thema ablenken, um Frieden zu stiften, aber dann würde der Streit wieder ausbrechen und ... Siehe da, er lenkte ab.

«Also, Nagel, dann bist du auch bei den Amerikanern gewesen und hast mitgegraben?»

«Klar doch! Haste das nich gewußt? Fünf Tage, gottverdammich, Tote rausgezogen! Ich dachte, wir wären dahin, um Lebende zu bergen, aber dann gab's nichts als Tote. Lebende gab's nur 'nen einzigen, und als ich ihn dann endlich raus hatte, war er auch tot. Mir war nach heulen zumute war mir! Weil ich sie doch alle mochte, die Toten, würdeste das glauben? Während ich se da rausholte, hab ich bereut, daß ich für die Araber war und bei den Demonstrationen gegen die Amerikaner gebrüllt habe. Henker hier und Henker da, Imperialisten hier und Imperialisten da, Arschlöcher go home. Ich hab zu mir gesagt: Mann, Nagel, warst du blöd, du hast ja nich mal begriffen, daß die Amerikaner auch Söhne aus 'm Volk sind wie du. Und ich hatt' große Lust, ein' Brief ans Zentralkomitee der KPI zu schreiben, 's ihnen schwarz auf weiß zu geigen, zu sagen: Ihr Fanatiker, Sektierer und Fanatiker, hört auf damit, uns Jungen Lügenmärchen zu erzählen, verstanden?!?»

«Das find ich auch, das find ich auch, Nagel. Bei den Franzosen hab ich das gleiche gefühlt. Ich kann das Bild von dem Sack nicht mehr loswerden, der wie ein Sack Kartoffeln aussah, nur daß Blut raustropfte. Seitdem kann ich keine Kartoffeln mehr essen. Ich, wo ich Vegetarier bin. Und wenn ich an den Haß denke, den ich auf alle hatte, bevor ich nach Indien ging ... Was machst'n da, Zwiebel?!?»

«Ich kratz mir die Eier kratz ich mir! Um Unheil abzuwenden! Oder meinste, es is gut, im Haus des Gehängten vom Strick zu quatschen? Ich versteh euch nich. Ihr quatscht mich voll mit euren Predigten über Angst, und dann macht ihr mir angst mit Kartoffeln, die bluten. Ihr schafft's noch, daß ich 'n Herzinfarkt krieg!»

«Entschuldige, Zwiebel.»

«Wofür entschuldigste dich, Nazarener? Du brauchst dich nich zu entschuldigen! Du hast doch kapiert, daß man mit dem nich reden kann! Egal, worum's geht, am Ende macht sich der Trottel doch immer in die Hose! Zum Teufel, auch ich hatt 'n bißchen Schiß, als ich hier ankam. Ich hab mir gesagt: Nagel, hier gehste drauf, Nagel. Mindestens ein Bein läßte hier. Oder ich hab mir gesagt: Nagel, vier Monate schaffste hier nich, du kratzt vorher ab. Aber dann hab ich mich dran gewöhnt, und wenn die Kugel an mir vorbeisaust, zuck ich nich mal mit der Wimper. Ich seh das Ding an, als wärs 'ne Fliege.»

«Lügner!»

«Lügner?!? Paß auf, mit wem du redest, Zwiebel! Wehe, wenn du mich noch mal Lügner nennst!»

«Tu ich aber doch! Weil's gar nicht möglich is, daß de ruhig bleibst, wenn 'ne Kugel an dir vorbeisaust. Und außerdem haben immer die Hitzköpfe den meisten Schiß!»

«Und wer solln die Hitzköpfe sein? Laß hören!»

«Typen wie du! Alles Freiwillige! Typen wie der Idiot, der letzte Nacht mit 'n Fäusten auf 'n Panzer rumgedonnert hat und dann heulte: Warum-sind-wir-hier? Darüber bin ich so in Wut gekomm', daß ich zu ihm gesagt hab: Nee, du nich, diese Frage darfst du nich stelln. Dazu haste kein Recht. Wenn einer, dann ich, denn ich wollt hier nich her, und als ich hier angekomm' bin, is mein Gehirn zu Eis erstarrt, und ich bin acht Tage lang wie behämmert gewesen. So behämmert, so bekloppt, daß es sogar dem Capitano aufgefalln is und der mich gefragt hat: Wo glaubst du eigentlich, daß du bist, du? Und ich hab geantwortet: in Spirinbergo, Signor Capitano. Ich dachte tatsächlich, ich wär in Spirinbergo. In der Kaserne von Spirinbergo.»

«Du quatschst nur, um zu quatschen, Zwiebel. Du weißt doch genau, daß ich kein Freiwilliger bin.»

«'n Freiwilliger biste nich, aber erzählen tuste doch immer, daß de dich hätt'st hierher schicken lassen, wenn se dich nich sowieso hierher geschickt hätten. Du sagst doch immer, daß es uns guttut, hier zu sein, daß man hier die Reifeprüfung macht.»

«Eben! Tut man auch!»

«Siehste? 'n Hitzkopf biste, 'n Hitzkopf! Du hättest zu 'n Fallschirmjägern gehn solln, zu 'n Spezialeinheiten!»

«Und du wärst besser am Rockzipfel von deiner Mama hänggebliebn, mit nem Schnuller im Schnabel. Du Memme!»

Adler Eins hatte Charlie Zwei, das verwundete Kind und das B-negativ vergessen und lehnte sich an einen Baum, um besser zuhören zu können. Jetzt würde der Nazarener sie ein zweites Mal trennen, aber gleich würden sie wieder einen Weg finden, aneinanderzugeraten und... Tatsächlich, er trennte sie.

«Keine Beleidigungen, Nagel. Und keine Übertreibungen, Zwiebel. Ich wollte auch unbedingt nach Beirut. Ich war auch davon überzeugt, daß es viel nützen würde. Weil man den richtigen Krieg, nicht den Krieg aus dem Film, nur verachten lernt, wenn man ihn erlebt! Man muß ihn sehen, um zu begreifen, welche Faszination er auf den Menschen ausübt. Wenn sie uns nicht alle umbringen, wenn ich keine Kugel in den Kopf kriege, dann, glaube ich, finde ich in Beirut genau das, was ich suche. Du nicht, Nagel?»

«Mann! Ich weiß eigentlich gar nich mehr, was ich suche, was ich will ... Ich weiß nich mal mehr, wo ich politisch steh, auch wenn ich mich als Kommunist bezeichne, aber mit den Kommunisten bin ich fertig. Und was suchst du eigentlich, was willst du?»

«Die Bestätigung, daß man das Leben lieben muß. Die Bestätigung, daß man die Liebe lieben muß. Und daß das Leben Liebe ist, wie der Jainismus lehrt.»

«Der Jaiwas?»

«Der Jainismus. Das ist eine Religion, die ich in Indien kennengelernt habe, nachdem ich mich für die Gewaltlosigkeit entschieden hatte. Soll ich sie dir erklären?»

«Nee, nee, um Himmels willen. Du würdest es bloß schwieriger machen, und von indischem Zeug kenn ich nur was von Tandoorihuhn. Aber politisch, was biste 'n da?»

«Politisch bin ich gar nichts mehr. Ich glaub nicht mehr an die Politik. Zuerst hab ich nicht mehr an die Parteien geglaubt; deshalb bin ich 'n Außerparlamentarischer geworden. Jetzt glaub ich weder an die Parteien noch an die Außerparlamentarischen, und von allen Ideologien respektiere ich nur den Anarchismus. Verstehst du? Und du, Zwiebel?»

«Ich? Ich weiß über Politik nur eins: daß die Reichen unsympathisch sind, daß die Armen sympathisch sind, daß man an Gott, an die Heiligen und an die Priester glauben und christdemokratisch wählen muß. Aber was haste denn in Indien gemacht? Drogen gesucht?»

«Nein, mich gesucht. Ich habe mich gesucht. Ich hatte ein Abenteuer, einen Irrtum hinter mir und suchte nun mich. Oder genauer gesagt, ich hab dort gesucht, was ich auch hier suche: die Bestätigung, daß man das Leben und die Liebe lieben muß.»

«Nazarener! Hier gibt's doch nich mal ein Fitzchen Liebe!»

«Gibt's nicht. Und doch versteht man sie hier besser als anderswo. Das fängt schon bei der Liebe zu den Blumen und Pflanzen an. Sieh dich mal um, Zwiebel. Du findest kaum Blumen und Pflanzen in Beirut. Wenn du von diesem Boulevard abbiegst, ist es ein Luxus, wenn du da etwas findest. Auch in dem Pinienwäldchen ist fast alles verbrannt, und auf den Hügeln ist fast alles abgeholzt. Zum Beispiel: hast du hier jemals eine Zeder des Libanon gesehen? Ich habe immer davon gehört, von den Zedern des Libanon, auch das Hohelied spricht immer wieder davon, aber hier sieht man nicht eine einzige. Tot, weg, verschwunden. Aber eben darum, weil eine Pflanze hier ein

Luxus ist, liebt man sie, und wenn du in Chatila zwischen dem Schutt eine Margerite siehst, dann liebst du sie so, wie du nicht mal ein ganzes Margeritenfeld oder sogar dein Zuhause liebst. Und weißt du, warum? Weil die im Schutt blühende Margerite zeigt, daß das Leben stark und wunderbar ist.»

«Mag sein, aber ich seh in Chatila keine Blümchen. Und wenn dort eins stehn würde, würd ich mir nich die Mühe machen, es anzusehn und all die Sachen zu denken, die du erzählst. In Chatila achte ich nur auf die Schatten und denk: hier würdense mich abknalln könn'. Und ich liebe kein', ich hasse sie alle: Große wie Kleine. Um genau zu sein, die Kleinen hasse ich noch mehr. Immer werfen sie mit Steinen nach mir, immer nenn'se mich Hurensack, sharmuta, talieni-kaputt, talieni-tomorrow-bum-bum. Warum muß denn grade ich da stehn und mich mit Steinen beschmeißen lassen, warum muß ich mich beleidigen lassen?»

«Jetz hör dir bloß den Kuttenlecker an, diesen Paternosterkauer, der nur an sein eignes Wohl denkt! Wenner wenigstens schön wär! Hör dir das an, von Grammatik keinen Schimmer, kanne Konditionalform nich vom Konjunktiv unterscheiden! Ich-denk-hier-würdense-mich-abknalln-könn'! Das heißt könnten, du Ignorant, und nich würdense könn'! Und haste noch nie was von der grammatikalischen Zeitenfolge gehört, du Esel?!? Und schämst dich nich, gewisse Dinge auszusprechen?!? Glaubste nich, daß uns die armen Kinder nur auf die Nerven gehn, weil keiner se je zur Schule geschickt hat und se nichts zu essen ha'm und nich mal wissen, was 'n gequirltes Ei mit Marsala is? Denkste eigentlich nie daran, daß in dem Massengrab tausend Palästinenser liegen, die wie Schweine abgeschlachtet worden sind?»

«Nein, ich denk an meine eigene Haut. Und an sonst nichts.»

«Was haste dann eigentlich da, wo das Herz sitzt? 'ne Fritte? Was bringn dir deine Priester und Heiligen eigentlich bei? Was glaubste eigentlich, wenn de sagst, du glaubst an Gott? Und warum sagste, daß die Reichen unsympathisch und die Armen sympathisch sind? Du Heuchler, du Pharisäer! Was biste denn sonst?!?»

«'n Typ, der hier am Ende lebendig rauskomm' will. 'n Typ, der mit Kommunisten wie dir nichts am Hut hat.»

«Darauf kannste Gift nehm'!»

«Eine Sache habt ihr jedenfalls gemeinsam», sagte die feste Stimme an diesem Punkt.

«Gemeinsam mit dem da?!?»

«Ja, gemeinsam mit dem da.»

«Und das wäre?!?»
«Die Blutgruppe B-negativ. Das hab ich heut morgen gesehn, in eurem Krankenbericht.»

B-negativ?!? Beim Barte Abrahams und bei der Reliquie des Heiligen Januarius! Er hatte B-negativ gesagt. Endlich fiel ihm wieder Charlie Zwei ein und der Grund, der ihn in den Park geführt hatte; Adler Eins trat plötzlich ins Zelt von Nagel, Nazarener und Zwiebel.

«Wer sind die beiden mit B-negativ?»

«Wir beide, Signor Colonnello», antwortete Nagel, der einen Blick zu Zwiebel rüberwarf, der aber schwieg.

«Du auch, Zwiebel?»

«Also ... ich ... eigentlich ...»

«Er auch, er auch! Er sagt es Ihnen nich, weil er 'n geiziger und knauseriger Egoist ist», brüllte Nagel.

«Nein, es ist, weil ich ...»

«Wir brauchen drei Einheiten B-negativ für ein arabisches Kind, das verwundet worden ist», erklärte Adler Eins in seinem freundlichen Ton. «Natürlich will ich euch nicht dazu verpflichten, ich kann niemanden dazu verpflichten. Aber der Generale persönlich hat die Bitte ausgesprochen, und wenn ihr meint, ihr könntet ...»

«Ich stehe Ihnen zur Verfügung, Signor Colonnello», antwortete Nagel. Und dann sagte er zu Zwiebel gewandt: «Und du mußt es auch, Geizkragen, Egoist, Knauser!»

«Aber was hab ich denn damit zu tun?» protestierte Zwiebel gereizt.

«Du hast was damit zu tun, du schäbiger Kerl!»

«Ich möchte daran erinnern, daß jeder, der Blut spendet, Anspruch auf einen Ruhetag hat», drängte Adler Eins.

Donnerwetter! Das war besser, als sich Bauchschmerzen, Dünnpfiff oder Durchfall einfallen zu lassen! Zwiebel hob sein violettes Gesicht und räusperte sich.

«Wenn das so ist, Signor Colonnello ...»

«Gut. Dann geht auf der Stelle ins Feldlazarett, und stellt euch dem zur Verfügung, der dafür verantwortlich ist. Ich werde inzwischen der zuständigen Stelle Bericht erstatten.»

* * *

Angelo wartete seit ungefähr einer Stunde, als Adler Eins ihn anrief, um ihm zu sagen, daß die beiden Freiwilligen gefunden waren, und sofort rannte er zu der jungen Frau in Rosa. Er ließ sie in den Geländewagen steigen, nahm sie mit zum Feldlazarett, wo er Nagel und Zwiebel auflas, und fuhr mit allen dreien zur schiitischen Klinik. Aber es war bereits zuviel Zeit vergangen, und der Arzt murmelte nur Tut mir leid, das Kind ist tot.

Viertes Kapitel

– 1 –

Das Kind war tot, und es war seine Schuld. Charlie saß am Tisch des Arabischen Büros, stützte den Kopf zwischen die Hände und überließ sich dem schlechten Gewissen, das an ihm nagte. Zugegeben: wie die Rekonstruktion des Falles zeigte, hatte Adler Eins viel Zeit mit der Suche nach den beiden Freiwilligen verloren. Eine Stunde, wenigstens. Aber Angelo war tüchtig, und dank seiner Initiative hätte das Kind gerettet werden können. Es wurde nicht gerettet, weil bis um sechs Uhr nachmittags die Befehle des Signor Capitano ausgeführt wurden und vor allem weil der Signor Capitano nicht mit der Frau sprechen wollte. Oh, hätte er doch nur mit ihr geredet! Wäre er doch nur nicht mit so großer Eile auf und davon gerannt! Er hatte es eilig, das war der springende Punkt. Er befürchtete, er könne das Treffen mit Zandra Sadr verpassen. Dieses Treffen war ungeheuer wichtig. Ungeheuer wichtig? Wichtiger als ein zweijähriger Junge, der im Sterben lag, als ein Brunnen voller Hoffnungen, eine Quelle großer Möglichkeiten, die dahingingen? In der Nacht, bevor die Israelis die palästinensischen Kämpfer evakuiert hatten, hatte er einen kleinen Jungen kennengelernt. Einen hübschen Jungen von acht Jahren, mit dichten schwarzen Locken und riesengroßen Augen, Augen, wie sie alle Kinder in Beirut haben. Er hieß Salim. Charlie hatte ihn in einem Bunker von Bourji el Barajni kennengelernt, wohin er gegangen war, um mit einer Gruppe zu sprechen, die sich weigerte, die Stadt zu verlassen, und der er erklärte, daß nicht weggehen Selbstmord bedeute. Salim war sein Dolmetscher, er sprach – wer weiß, durch welche bizarren Umstände – perfekt Englisch, und während er die Diskussion übersetzte, hantierte er mit den Waffen im Bunker herum. Ein Arsenal von Kalaschnikows, M16, RPGs, Pistolen jeder Art. Er nahm sie auseinander und setzte sie schnell wieder zusammen, und er amüsierte sich damit, wie normale Kinder sich mit irgendwelchem Spielzeug amüsieren. Das war sein Spielzeug. Und das war es schon immer gewesen. Bei Morgengrauen hatte die Gruppe sich schließlich bereit erklärt abzureisen, und in ernstem Ton, dem Ton dessen, der seine Zustimmung zum Ausdruck bringt, hatte Salim gesagt: «You have been good with us, du hast dich uns gegenüber anständig verhalten, Capitano. You deserve a gift, du verdienst ein Geschenk.» Dann hatte er ihm eine Panzerfaust gebracht, eine russische RDG8. Charlie hatte sich geweigert. Nein-danke, Salim, gib-sie-nicht-her. Ich-will-sie-nicht. Aber der hatte darauf bestanden, er hatte sie ihm wie ein Bonbon in die Tasche gesteckt. «Please, bitte, keep it. Nimm sie. And make good use of it, und setz sie sinnvoll ein.» Er hatte sie sinnvoll eingesetzt. Er hatte sie weggeworfen. Und er hatte sich dabei gefragt, ob Salim die Waffen, die er mit so viel Geschick auseinandernahm und wieder zusammensetzte, sinnvoll einsetzen würde, ob er sie, kurz gesagt, wegwerfen würde, und er war zu dem Schluß gekommen: nein. Er war schon ein Mann, ja alt und erfahren im Töten, alt und verdammt, armer Salim. Denn in Beirut ist ein Kind von acht Jahren kein Kind mehr, es ist ein Mann, ja alt und erfahren im Töten. Aber ein Kind von zwei Jahren ist noch ein Kind. Es ist ein Brunnen voller Hoffnung, eine Quelle großer Möglichkeiten. Wenn ein zweijähriges Kind stirbt, denkst du doch nicht, daß ein künftiger Verbrecher stirbt, ein künftiger Tyrann. Du denkst doch, daß ein künftiger Retter, ein künftiger Jesus Christus stirbt. Jemand, der, wenn er am Leben geblieben wäre, es vielleicht geschafft hätte, diese unbeschreiblich ekelhafte Welt weniger ekelhaft zu machen.

Er sprang auf, zornig über sich selbst. Wütend packte er die an der Wand lehnende Pritsche, stellte sie neben das Geheimarchiv und legte sich hin, ohne das Licht auszuschalten. Es war bereits elf Uhr abends, und er fühlte sich sehr müde. Die Begegnung mit Zandra Sadr hatte ihn total erschöpft, und am liebsten wäre er gleich eingeschlafen, aber er mußte kontrollieren, ob Seine Eminenz die Muezzins wirklich angewiesen hatte, den Satz über die Italiener zu verbreiten, und daher blieb ihm keine andere Wahl, als bis Mitternacht wach zu bleiben. Das heißt bis zum Mitternachtsgebet. Er knurrte. Ja, jemand der vielleicht in der Lage gewesen wäre, diese unbeschreiblich ekelhafte Welt weniger ekelhaft zu machen: ein künftiger Retter, ein künftiger Jesus Christus. Genau aus diesem Grund liebte er Kinder so sehr, und genau aus diesem Grund hatte er das kleine Mädchen so geliebt, das er vor zwanzig Jahren Meine-Tochter genannt hatte. Vor zwanzig Jahren! Er war zwanzig gewesen vor zwanzig Jahren. Er studierte Politische Wissenschaften in Rom, lebte in der Wohnung einer Hexe, die Zimmer an Habenichtse vermietete, und da war er eines Abends im Herbst vom Miauen einer ralligen Katze aufgeweckt worden. So war er hinuntergegangen, um die Katze zu suchen, aber statt dessen hatte er ein Paket mit Lumpen gefunden und inmitten dieser Lumpen winzig kleine Händchen, die um Hilfe flehten. Uääh! Uääh! Uääh! «Es gehört einem Paar, das abgehauen ist, ohne die Rechnung zu bezahlen», hatte die Hexe geantwortet, «und ich nehm es ganz sicher nicht auf. Sie haben es gefunden, mein Lieber, und Sie müssen es auch behalten.» Er hatte es behalten. Er wurde seine Mutter. Jawohl, seine Mutter. Ein Kind gehört dem, der es annimmt, der es liebt, und nicht dem, der es zeugt, um es dann im Stich zu lassen, und wo steht geschrieben, daß ein Kerl mit Schnurrbart nicht Mama spielen kann? Wie eine Mutter hatte er gelernt, die Windeln zu wechseln, das Fläschchen zu geben, die Kleine zu baden, schlafen zu legen, zu beruhigen, wenn sie anfing zu schreien: «Uääh! Uääh! Uääääh!» Wie eine Mama wachte er über sie, wiegte er sie, brachte er sie in den Park und mischte sich hier unter die Ammen, die sich seiner erbarmten oder amüsiert waren und ihn mit Ratschlägen überhäuften. Achten-Sie-auf-die-Temperatur-der-Milch, achten-Sie-auf-die-Festigkeit-der-Babykacke, achten-Sie-aufs-Zahnfleisch-wenn-der-erste-Zahn-kommt, und-sprechen-Sie-mit-ihr! Er sprach mit ihr, er sprach mit ihr. Ein Kind ist ja kein Organismus, den man nur ernähren muß und damit basta. Es ist auch ein Gehirn, das sich öffnet, ein Bewußtsein, das erblüht, es versteht dich besser als ein Erwachsener, wenn du ihm erzählst, daß du durch die Prüfungen gefallen bist, oder wenn du ihm erklärst, daß du es brauchst. Er nahm sie auch mit zur Universität, sogar mit in den Hörsaal. Er versteckte sich mit ihr in der letzten Bank, er folgte den Vorlesungen, wobei er ihr zuflüsterte Still-schlaf-still, und war das ein Krawall an dem Nachmittag, an dem sie mit ihrem Uääh-uääh-uääh losplärrte. «Welche Wahnsinnige kommt mit einem Säugling in den Hörsaal?!?» tobte der Professor. Dann hatte er ihn, im sicheren Gefühl, daß der Kerl mit Schnurrbart ihn auf den Arm nehmen wollte, bei Seiner Magnifizenz dem Rektor gemeldet. Gott sei Dank war der ein gutgläubiger und anständiger Mensch. «Bitte, rechtfertigen Sie sich. Ich höre Ihnen zu.» – «Sie ist meine Tochter, Signor Rettore. Und ich kenne niemand, dem ich sie für die Vorlesungen anvertrauen kann.» – «Und Ihre Frau? Überlassen Sie sie ihr!» – «Ich bin alleinstehend. Ich bin verführt und dann sitzengelassen worden.» – «Nun, in diesem Fall erteile ich Ihnen die Erlaubnis und beglückwünsche Sie. Sie haben wirklich Mut. Und Sie haben da eine ganz schöne Aufgabe übernommen, eine ziemliche Bürde.» Bürde?!? Nein, das war keine Bürde. Das war eine Freude. Eine Herausforderung der bigotten Regeln, der albernen Konformismen, und eine Freude. So nannte er sie dann auch, Gioia, Freude. Und sie nannte ihn Dada. «Gioia!» – «Dada!» Einen Herbst und einen Winter und einen Frühling und einen Sommer lang hatte die Herausforderung, die Freude gedauert. Doch eines schlimmen Tages waren die leiblichen Eltern, das heißt die Gauner, die dem Gesetz nach die Eltern sind, zurückgekommen und nahmen sie mit, nachdem sie die Rechnung bei der Hexe beglichen hatten. Sie hatten sie ihm tatsächlich aus den Armen gerissen. «Dada nein, Dada neeein!» schrie sie. Gott, was für ein Schmerz dieses Dada-nein, Dada-nein anzuhören.

Er räusperte sich, sah auf die Uhr. Halb zwölf. Er zündete sich eine Zigarre an und richtete sich darauf ein, noch eine halbe Stunde zu warten. Er hatte sie nicht mehr wiedergesehen. Er hatte nichts mehr von ihr gehört. Und er hatte niemals ein Kind gehabt. Weil unter all den Frauen, die er gesammelt hatte – und es waren so viele gewesen, daß ihn eine Art Ekel überkam, wenn er nur daran dachte –, es keine gab, die bereit gewesen wäre, ihm ein Kind zu schenken. Wenn-du-eins-willst-heirate-mich. Ich-bin-doch-keine-Zuchtstute. Schade, daß die Menschen keine Schnecken sind, die nur eine Eizelle brauchen, um sich zu reproduzieren. Doch der Mutterkomplex war ihm geblieben, und das konnte man bei seinen Charlies sehen. Teufel, und wie er seine Charlies mochte! Abgesehen von den beiden Funkern, die Pistoia ihm aufgehalst hatte, fühlte er sich wirklich als ihre Mama. Eine Glucke, die ihre Küken aufzieht. Bei jedem Küken eine Fülle von Ängsten. Vor allem bei Angelo, der so hart und doch so verletzlich war, so intelligent und doch so vertrottelt. Er erhob den Anspruch, die Formel des Lebens zu entdecken, dieser Sack, und er hatte nicht die geringste Ahnung davon, was es heißt, in dieser unbeschreiblich ekelhaften Welt zu leben. Gestern hatte er ausgerufen: «Meines Erachtens ist es unkorrekt und unredlich, mit Zandra Sadr zu mauscheln.» Unkorrekt, unredlich? Gegenüber wem? Gegenüber den Amerikanern und den Franzosen, die lediglich den Kopf geschüttelt und mit den Schultern gezuckt hatten, nachdem der Kondor sie über Mustafa Hash informiert hatte: bavardages, Geschwätz, unfounded rumours, unbegründete Gerüchte? Gegenüber diesem Spitzbuben von Gemayel, der seinen Arsch jedem hinhielt, der ihn haben wollte, und jederzeit den verraten würde, der ihn beschützte? Mach die Augen auf, Junge, hatte er geantwortet. Hier spielt jeder pro domo sua: es gibt nichts als Lügen, Heuchelei, Bündnisse, die sich als Feindschaften ausgeben, Feindschaften, die sich als Bündnisse ausgeben. Angesichts eines solchen Saustalls muß man dem Teufel die Seele verkaufen, und was soll's, wenn der Teufel stinkt: wenn die Dinge sich in Scheiße verwandeln, hält man sich die Nase zu und erträgt den Gestank. Aber genausogut hätte man einem Tauben was vorsingen können. «Ich bin nicht dieser Meinung, Chef.» Und als wäre das nicht genug, machte er auch noch eine existentielle Krise durch, die Hamlets würdig war. Früher oder später würde das auch seine Ophelia merken: dieses wunderbare Mädchen Ninette, und er konnte sich nicht entschließen, sich ein wenig Glück mit ihr zu gönnen. Sind gefährlich, diese Hamlets. Am Ende stürzen sie nur sich selbst und die in ihrer Umgebung ins Unglück. Nach Angelo kam Martino. In Martino steckte etwas Sonderbares: etwas, das Befangenheit oder ein quälendes Geheimnis verbarg. Seine übertriebene Höflichkeit vielleicht oder seine übertriebene Nachgiebigkeit. Er bäumte sich auch dann nicht auf, wenn man ihn zusammenstauchte, er rebellierte auch dann nicht, wenn man ihn schlecht behandelte. Beinahe so, als würde er Nachsicht oder Vergebung für einen Fehler oder eine Schuld erbitten. Welchen Fehler, welche Schuld? Die Schuld, ein absolut ungeeigneter Soldat zu sein, ein allzu fügsamer, allzu höflicher, allzu bemühter Soldat zu sein? «Sofort, Chef. Machen Sie sich keine Sorgen, Chef. Gerne, Chef.» Die anderen drei fand er rührend. Stefano, ein Buchbinder aus Triest, weil er mit zwanzig noch von nichts anderem eine Ahnung hatte als von Leinen- oder Ledereinbänden, von Nähten, Verleimungen und Umrandungen: er wußte nicht einmal, wie der Kuß eines Mädchens schmeckte. «Capitano, ist es schwer, sich eine Geliebte zuzulegen?» Er war eben noch Jungfrau. Fifì, ein reicher Sizilianer, auf dem die Schwere oder Sommer lastete, die er mit Braunwerden und in Luxuslokalen verbrachte, weil er nichts zu geben hatte und niemals lernen würde zu leiden. Nicht zufällig stopfte er sich mit Haschisch voll, um Beirut ertragen zu können. Sinnlos, es ihm zu verbieten oder ihm zu drohen. «Für mich ist es eine Arznei.» Bernard le Français, ehemals Kellner und Sohn von Emigranten, die nach Brüssel ausgewandert waren. Er war der Benachteiligtste von allen. Er besaß nichts, armer Bernard. Aber auch gar nichts. Nicht einmal eine Sprache. Er sprach zwar Französisch, schrieb es aber nicht, er schrieb zwar Italienisch, sprach es aber nicht; um mit dieser Verlegenheit fertig zu werden, sonderte er sich ab und sagte oft zu Charlie: «Mon capitaine, le problème est que moi je ne sais ni qui je suis ni quel est mon pays, ma patrie. Je me sens vraiment un poisson hors de l'eau. Capitano, ich habe das Problem, daß ich weder weiß, wer ich bin, noch was mein Land ist, meine Heimat. Ich fühle mich wirklich wie ein Fisch auf dem Trockenen. Il faut que je prenne racines dans quelque part, et pour les prendre je risque de me repiquer dans l'armée, devenir un militariste. Comprenez-vous, mon capitaine? Irgendwo muß ich mal Wurzeln schlagen, und dafür nehm ich das Risiko auf mich, mich in die Armee zu verpflanzen, ein Militarist zu werden. Verstehen Sie, Capitano?»

«Allah akbar, Allah akbar, Allah akbar! Wah Muhammad rassullillah! Inna Shahada rassullillah! Gott ist groß, Gott ist groß, Gott ist groß! Und Mohammed ist sein Prophet! Wahrlich, ich sage euch, er ist sein Prophet!»

Mitternacht. Charlie saß mit einem Schlag aufrecht auf der Pritsche, um besser die Kantilene hören zu können, die vom Minarett der Rue de l'Aérodrome herunterkam. Jetzt würde der Muezzin die Aufforderung psalmodieren, durch Beten Erlösung zu erlangen, danach würde er die Botschaften der Amal und die Anweisungen Seiner Eminenz verbreiten. Darunter auch den Satz über die Italiener. Trotz seiner mangelhaften Arabischkenntnisse konnte ihm dieser Satz nicht entgehen: mit Martinos Unterstützung hatte er ihn Wort für Wort selbst zusammengestellt. Er spitzte die Ohren. Den Aufforderungen folgten die Botschaften, den Botschaften die Anweisungen. Doch der Satz kam nicht, und ein paar Augenblicke lang machte ihn das ratlos. Verwichster Alter, sagte er zu sich, hatte er ihn vielleicht zum Narren gehalten? Aber das schloß er dann aus, der Satz würde mit dem Morgengebet verbreitet werden, und als er die Vorstellung, die ganze Nacht wach bleiben zu müssen, akzeptiert hatte, grübelte er weiter über Bernard le Français nach, der befürchtete, ein Militarist zu werden. Comprenez-vous, mon capitaine? Und ob er verstand! Die Armee ist eine Teufelsmaschine und der Militarismus ein tödliches Getriebe. Weißt du, Bernard, wie das Rezept lautet, um die neuen Rekruten in den Arsch zu ficken, und zwar von dem Augenblick an, in dem sie in die Kaserne kommen? Zuerst versammeln sich alle auf dem Kasernenhof, noch in Zivilkleidung, damit sie sich daran erinnern, einer Gesellschaft anzugehören, in der es keine Gleichheit gibt, das heißt einer Gemeinschaft, in der sich die einen gut und die anderen schlecht kleiden. Dann steckt man sie in eine Uniform, um sie glauben zu machen, sie würden nun in einen Verein von Gleichen aufgenommen, das heißt in eine Gemeinschaft, in der alle das gleiche tragen. Unmittelbar darauf werden sie mit Übungen und Märschen völlig fertiggemacht. Beim-Marschieren-und-Singen-bleibt-ihr-im-Schritt. (Doch der Schritt hat damit gar nichts zu tun, Bernard. Vielmehr denken sie nicht mehr beim Singen, und wenn sie nicht mehr denken, merken sie nicht, daß sie in den Arsch gefickt werden.) Am Ende löscht man ihre Persönlichkeit aus, ihre Individualität. Denn der Soldat darf kein Individuum sein, keine Person: er muß Teil einer perfekten Truppe sein, die im Einklang agiert. Und weißt du, wie man eine perfekte oder fast perfekte Truppe bekommt? Mit Haß. Der kollektive Haß, auf dasselbe Ziel, und das Ziel wird nicht durch den Feind dargestellt, das dir der Krieg liefert oder liefern wird: das Ziel stellt sich dar in einem Paria im Rang eines Unteroffiziers. Im flegelhaften, ignoranten Unteroffizier, dessen Willkür du aushalten mußt – die ihm vom Leutnant übertragen wurde, dem sie vom Hauptmann übertragen wurde, dem sie vom Major übertragen wurde, dem sie vom Oberst übertragen wurde, dem sie vom General übertragen wurde, dem sie von der Maschinerie übertragen wurde – und dem hat man beigebracht zu brüllen, wie man einem Sänger beibringt, Do-re-mi-fa-sol-la-si zu trällern. Ja, sie haben ihm beigebracht, die Stimme zu benutzen, um dich herumzukommandieren und dich aufzuziehen und dich zu demütigen, Bernard. Und er gebraucht sie in der vorgeschriebenen Weise. «Du da, hast du studiert? Gut, dann geh und mach die Klos sauber.» Zum Bauern oder zum Arbeiter sagt er statt dessen: «Du Stinker du, aus welchem Gulli bist du rausgekrochen? Du kannst nicht mal zählen, du Esel?» Dann Schikanen, verschärfter Drill, Schurkereien, so lange, bis Studierte, Bauern und Arbeiter ihn in gleicher Weise hassen, und so ist die fast perfekte Truppe geschaffen. «Fast», weil noch das Tüpfelchen auf dem i fehlt, das entscheidende Element; und nun rate mal, was das Tüpfelchen auf dem i ist. Das entscheidende Element. Es ist die Liebe. Die auf dasselbe Ziel gerichtete Liebe, das diesmal der Leutnant ist oder der Hauptmann. Kurz, der gute, verständnisvolle, väterliche Offizier, der zuhört und Trost spendet und dich vielleicht sogar mit Sie anredet. «Haben Sie studiert? Großartig, meinen Glückwunsch. Sind Sie Bauer? Großartig, das freut mich. Sind Sie Arbeiter? Großartig, ich beglückwünsche Sie.» Oder: «Ja, der Vorwurf des Unteroffiziers war übertrieben: ich werde ihn deshalb tadeln. Ich möchte euch allen ein Freund sein, notfalls wendet euch an mich.» Notfalls? Was für ein Notfall? Der einzige Notfall besteht darin, daß sie etwas Liebe bekommen müssen, auch geben wollen, und vom Haß auf den Unteroffizier schwenken sie um auf die Liebe zum Leutnant oder zum Hauptmann. Mein-Hauptmann. Für ihren Hauptmann nehmen sie jedes Opfer, jedes Martyrium auf sich, sind sie bereit zu krepieren. Mit ihm springen sie aus den Schützengräben, mit ihm stürzen sie sich auf das alles niedermähende Maschinengewehr, mit ihm töten sie den Feind, das heißt: den armen Teufel, der auf der anderen Seite der Barriere die gleiche Behandlung erfahren hat; mit ihm sterben sie wie Ochsen auf der Schlachtbank. Und das – überflüssig, es auszusprechen –, ohne daß sie den Verdacht haben, Opfer eines schmutzigen Betrugs, Rädchen eines gut geschmierten und gut eingespielten Getriebes geworden zu sein. Auf ewig.

Er zündete sich wieder die Zigarre an, die ausgegangen war, er rieb sich die Augenlider, die vor Müdigkeit schwer waren. Warum also blieb er in der Maschinerie, genauer gefragt: warum war er überhaupt eingetreten? Nun ja, eingetreten war er aus Ekel, aus Einsamkeit, aus Pessimismus. Ekel davor, wie ein bürgerlicher Schlappschwanz zu leben, der sich durch mediokre Abenteuer zu befreien sucht: mal als Hafenarbeiter, mal als Koch an Bord eines Handelsschiffs, mal als Student der Politischen Wissenschaften, den die Politischen Wissenschaften einen Fick interessierten, andererseits aber die Möglichkeit eröffneten, dem Vater, einem Rechtsanwalt, und der Mutter, einer Zahnärztin, eine Freude zu machen, weil sie einem in den Ohren liegen Los-doch-Junge-studiere-endlich. Einsamkeit, in der er ertrank, trotz der vielen Frauen; Pessimismus, in dem er mit seiner melancholischen Ader des düsteren Süditalieners dahinwelkte, unfähig zur Hoffnung auf Besseres, mithin dem Schlimmsten preisgegeben. Was soll ich mit einem Diplom in Politischen Wissenschaften, fragte er sich, wohin geh ich danach? Suche ich mir eine Anstellung in irgendeinem Ministerium, gehe ich in den Diplomatischen Dienst, werde ich Kanzler in einer Botschaft oder Konsul in Timbuktu? Und am Ende, übermannt von seinem cupio dissolvi war er, statt seine schon abgeschlossene Diplomarbeit vorzulegen, zur Rekrutierungsstelle für Freiwillige gegangen: Schule für Offiziersanwärter. Ja, du hast begriffen, in welche Falle du geraten bist, Bernard: die Armee bietet immer dem Wurzeln, der keine hat. Sie ist der gastfreundlichste Club der Welt, das refugium peccatorum für jeden, der eine Herberge für seine Unsicherheiten und persönlichen Pleiten sucht, und sie weist niemanden ab. Und noch viel weniger die Fische auf dem Trockenen. Sie gibt einem ein Bett zum Schlafen, eine Kantine zum Essen, einen Kameraden zum Quatschen. Aber vor allem, Bernard, fällt sie für dich Entscheidungen. Sie verwaltet dein Heute, sie organisiert dein Morgen. Tu-dies, tu-das. Dies-wirst-du-tun, das-wirst-du-tun. Die Zukunft ist in der Armee kein Dilemma mehr, und die Kaserne wird deine Heimat. Dein Haus, deine Heimat. Auch mit ihm war es so gewesen. Die Kasernen wurden sein Haus, seine Heimat. Deshalb blieb er. Und was sollte ihn im übrigen veranlassen wegzugehen? Er hatte keine Frau, weder eine feste Geliebte noch eine Beziehung oder ein Ziel, wofür es sich lohnen würde, das Umstürzbare umzustürzen. Er hatte nur eine große Wut in sich. Eine Wut, die immer wieder aufloderte, wenn sich irgendwo ein Anlaß bot zu zeigen, wie ekelhaft diese unbeschreiblich ekelhafte Welt war, und die in Beirut wieder aufgebrochen war, dank des Saustalls, auf den er Angelo hingewiesen hatte: die Lügen, die Heuchelei, Bündnisse, die sich als Feindschaften ausgaben, Feindschaften, die sich als Bündnisse ausgaben. Beispielsweise die zwischen dem Herrn Präsidenten Amin Gemayel und dem sozialistischen Milliardärsfürsten Walid Djumblatt, die bis vor wenigen Jahren noch gemeinsam die Halbstarken gespielt, gemeinsam Wettrennen in Ferraris und Porsches über die Corniche Charles de Gaulle gemacht, in den teuren Nachtclubs an der Küste gepraßt, an den Swimming-pools des Saint Georges herumgelungert, das schnelle Motorboot gefahren hatten, mit dem sie in einem Sommer einen kleinen armen Jungen niedermähten, der schwimmen wollte. «Um-so-schlimmer-für-ihn-er-hätte-wissen-müssen-daß-dieses-Stück-Meer-in-Privatbesitz-ist.» Und nach der Vertreibung der palästinensischen Kämpfer hatten sie die Kriegsbeute untereinander aufgeteilt, auf die die Israelis unerklärlicherweise verzichtet hatten: Riesenvorräte an Katiuschas, Sherman-Panzer, russische Kanonen vom Typ D30 mit großer Reichweite...

Er warf die Zigarre weg. Er war inzwischen so müde, daß er nicht einmal mehr rauchen konnte. Er streckte sich auf der für seine hünenhafte Figur viel zu kurzen Pritsche aus und verzog angewidert das Gesicht. Jetzt führten sie gegeneinander Krieg, die beiden ehemaligen Halbstarken. Weil Djumblatt vor Neid wahnsinnig geworden war, nachdem der lärmende Haufen Gemayel zum Präsidenten gewählt hatte. Er hatte seine Katiuschas und seine Shermans und seine D30 in die Chouf-Berge gebracht und angefangen, die Residenz seines früheren Freundes zu beschießen, das heißt den Präsidentenpalast von Baabda, von der der Stützpunkt Rubino nur knappe zwei Kilometer Luftlinie entfernt war. Doch gleichzeitig, und das war die Farce der Farcen, machten sie gemeinsam Geschäfte, um ihre Reichtümer zu verdoppeln. Waffen, Munition, Haschisch, Coca-Cola, Eiernudeln, Tomatenkonserven, Medikamente, Banken, und – dulcis in fundo – das Baugewerbe, das aus jedem Bombardement Vorteile zog, weil man auf dem Schutt neu bauen konnte und die Grundstückspreise stiegen. Von wegen ideologische und religiöse Fragen! Die Gemayels und die Djumblatts interessierten sich einen Fick für Jesus Christus, die Jungfrau Maria, den Heiligen Maron oder den Messias, der in die Pluderhosen eines Mannes hineingeboren beziehungsweise defäkiert werden soll. Sie schossen und töteten um ihrer eigenen Interessen, ihrer gierigen Clans willen, diese miesen Typen. Dies war das Land des widerlichsten aller Privilegien, der abgefeimtesten Korruption, der niederträchtigsten Schweinerei. Ein Un-Land, wo die Gesetze nur den begünstigten, der sie erließ: ganz nach italienischem Vorbild. Zugegeben, auch die Moslems hatten ihre Clans für Waffen und für Haschisch. Auch die Moslems machten Geld mit der Tragödie der Stadt, und die Schiiten waren alles andere als Heilige. Sie rächten sich grausam an den Palästinensern, die sie unterdrückt hatten, sie arbeiteten mit den Söhnen Gottes zusammen, sie besorgten ihnen die Lastwagen für die Massaker, sie parkten sie in den Höfen ihrer Wohnviertel. Wohnviertel, zu denen Christen der Zugang verwehrt war und wo sich kein Blatt bewegte, ohne daß die Amal Kenntnis davon hatte. Doch im Namen Jesu Christi, der Jungfrau Maria, des Heiligen Maron, des Messias, der in die Pluderhosen eines Mannes hineingeboren beziehungsweise defäkiert werden soll, waren sie jahrhundertelang unterdrückt worden: die ewig Leibeigenen, das ewige Volk der Ochsen, die für einen Strohhalm die Äcker der anderen pflügten. Unter den ständig Streitenden wählte er folglich die ewig Leibeigenen aus, das ewige Volk der Ochsen, das für einen Strohhalm die Äcker der anderen pflügte. Das hatte er auch Zandra Sadr bei der Begegnung gesagt. Und Zandra Sadr war davon derart beeindruckt, daß er sofort den Satz akzeptierte und versprach, ihn zu verbreiten, wie und wann immer der Capitano es wünschte: fünfmal täglich, von der Höhe der Minarette, gemeinsam mit den Gebeten ... Oh, diese Müdigkeit ... diese Schläfrigkeit ... Er konnte nicht mehr auf die Morgendämmerung warten ... Er machte das Licht aus, streckte sich wieder auf der Pritsche aus. Er schlief ein.

* * *

Ihn weckte das erste Licht, das den Sonnenaufgang verkündet, und der Muezzin, der die Kantilenen des Frühgebets sang. Allah-akbar, Allah-akbar, Allah-akbar. Wieder saß er aufrecht auf der Pritsche. Wieder spitzte er die Ohren. Wieder hörte er die mysteriösen Vorschriften: die Aufforderungen, die Botschaften, die Anweisungen. Und dieses Mal kam der Satz. Zehn Wörter, die in der Stille lauter widerhallten als Kanonenschüsse.

«Ma'a tezi al-talieni! Al-talieni bayaatùna el dam! Al-talieni ekhuaatùna bil dam! Hände weg von den Italienern! Die Italiener geben uns Blut! Die Italiener sind unsere Blutsbrüder!»

Es war fast sechs, und in Kürze würde der Kondor anrufen, um zu fragen: «Nun, Charlie, haben Sie's geschafft oder nicht?» Der Kondor war bereits auf. Du hörtest ihn nervös umhertrampeln. Du hörtest auch das elegante Getrappel von Verrücktes Pferd, ebenso das Auf und Ab des Professors, und im Korridor des Kellers ging Zucker vorüber. Er öffnete die Tür zu seinem Museum, ging hinein, und auf der Bühne des italienischen Kontingents bereicherte sich die Tragikomödie um Personen, die bisher im Hintergrund geblieben waren, aber untereinander in einer unauflösbaren Beziehung standen.

– 2 –

Zucker ging hinein, und seine große Auberginennase zitterte vor gewissermaßen wildem Vergnügen, sein gutmütiges Gesicht verzog sich zu einem glücklichen breiten Lächeln. Das tat er immer, wenn er im Morgengrauen das große Zimmer am Ende des Kellerkorridors betrat, das heißt den Raum, den er Mein-Museum nannte: eine akribische Sammlung russischer und amerikanischer, chinesischer und tschechoslowakischer, schweizer und jugoslawischer, schwedischer und israelischer Waffen; ein minuziös zusammengestelltes Raritätenkabinett an schweren und leichten Schnellfeuerwaffen, Pistolen und Bazookas, Boden-Boden- und Boden-Luftraketen, Bomben und Leuchtraketen, Zündschnüre, Rauchbomben und Tränengasgranaten, die mit der Hand oder mit Zeitzünder, mit Gewehren, mit Mörsern, von Flugzeugen aus, mit Artillerie abzufeuern waren, außerdem Panzerminen, Tretminen, Haftminen, Trotylgeschosse, Nitroglyzerinkisten, Dynamit, Penthrit, Balistit, Explosivfallen, also die Werkzeuge des Todes, wie sie der Krieg verbreitet. Er liebte sie. Er sammelte sie, wie die Zaren Alexander III. und Nikolaus II. die Eier von Carl Farbergé gesammelt hatten, wie Jean Duc de Berry mit Miniaturen verzierte Manuskripte gesammelt hatte, und er verstand sich selbstverständlich genauso darauf, wie sich die beiden Zaren auf Gemmen und Emailarbeiten verstanden hatten oder Jean Duc de Berry auf Pergamente und Miniaturen. Er war ja auch Feuerwerker, und das höllische Raritätenkabinett war das Ergebnis einjährigen Herumhantierens mit diesem Zeug. «Stellen Sie eine Mannschaft zusammen, und sichern Sie die Befahrbarkeit der Straßen, Gassen und Überführungen. Säubern Sie den italienischen Sektor und die Viertel, die wir besetzen sollen, bis zur letzten Cluster», hatte ihm der Kondor befohlen, als er die Sprengkörper gesehen hatte, die von der israelischen Belagerung und der palästinensischen Besetzung zurückgeblieben waren. Und Zucker hatte die Mannschaft zusammengestellt, zehn Fallschirmjäger, darunter Angelo und Gino; monatelang hatte er Minen zutage gefördert, Bomben aufgelesen, Fallen neutralisiert, Waffen und Munition beschlagnahmt. Aber kann man einen Kenner etwa bitten, die Fabergé-Objekte wegzuwerfen, die Nikolaus II. der Alexandra Feodorowna geschenkt hatte, kann man ihn etwa bitten, die von Paul de Limbourg gemalten Kalenderblätter für die *Très Riches Heures* zu verbrennen? Es gab seltene Stücke unter den Minen und Bomben und Fallen und beschlagnahmten Waffen, und Zucker hatte sie, statt sie zu vernichten, in den Keller geschafft, um daraus etwas zu machen, das seiner Meinung nach den Wert des Kreml-Schatzes oder der im Tower von London aufbewahrten Kronjuwelen noch übertraf.

Allerdings war nach Ausführung der Befehle des Kondors die Mannschaft nicht aufgelöst worden. Das wäre in einer Stadt wie Beirut auch nicht annehmbar gewesen, wo die Bombardierungen immer wieder nicht explodierte Bomben und Granaten hinterließen und wo es immer jemanden gab, der flehend um Hilfe bat, Ich-hab-eine-RDG8-im-Klo-gefunden, eine-Katiuscha-im-Hof, zwei-Cluster-im-Garten. Kommt-schnell-um-Himmels-willen. So hatte er das Kabinett erweitert und auch noch eine kleine Werkstatt angefügt, um in aller Ruhe schwierigere oder interessantere Sprengkörper zu entschärfen. «Halt! Halt» Du bist an der Sprengkapseeel! Nicht die Kappe abschrauben, nicht abschrauben, sonst explodiert sie! Explodiiiert sie!» So war das Museum theoretisch ein Pulverfaß, das jeden Augenblick mit dem Kommandostützpunkt in die Luft hätte fliegen können. Ein Streichholz hätte gereicht, ein Zigarettenstummel, ein falscher Handgriff. Praktisch aber nicht, weil Zucker auf seinem Gebiet ein Genie war: auch wenn er das Objekt, das er auseinandernahm, vorher noch nie gesehen hatte, konnte er es entschärfen, ohne Fehler zu machen. Alle schätzten ihn deswegen. Der Kondor schätzte ihn, der ihm nicht nur die Aufgabe übertragen hatte, den italienischen Bereich und alle von den Italienern besetzten Viertel zu säubern, sondern ihm auch erlaubte, ein solches Pulverfaß zu unterhalten; der Professor schätzte ihn, Pistoia schätzte ihn, sogar Charlie schätzte ihn, der von seiner Liebe zu den Waffen bis zum Überdruß genug hatte und Gott weiß was dafür gegeben hätte, um den Keller nicht mit ihm zu teilen. Und Verrücktes Pferd bewunderte ihn so sehr, daß er ihm sogar den Fehler nachsah, ein einfacher Leutnant ohne adelige Vorfahren und mit äußerst beschränkten finanziellen Mitteln zu sein. «Rara avis est, er ist ein seltener Vogel», wieherte er überzeugt. «Habt ihr ihn jemals beobachtet, wenn er sich über diese Körper beugt und sie mit seinen ausgesprochen eleganten Händen untersucht? Er hat das Feingefühl eines Goldschmieds, eines Chirurgen.» Dann verglich er ihn mit Jean-Baptiste Bessières, Herzog von Istrien und Kommandeur der Leibgarde Napoleons, der am Vorabend der Schlacht von Lützen durch eine Kugel in den Kopf getötet worden war: «Bessières war kein Meister der Strategie und besaß keinen persönlichen Reichtum, leider, leider, aber dafür erreichten seine Tüchtigkeit wie sein Mut solche Höhen, daß der Kaiser seinen Tod mit den folgenden Worten kommentierte: er lebte wie Baiardo und starb wie Turenne.» Sowohl Verrücktes Pferd als auch die anderen lobten Zuckers Sanftheit und Gutmütigkeit, und nur wer mit ihm zusammenarbeitete oder mit ihm zusammengearbeitet hatte, wußte, daß es bei Zucker nicht unbedingt ein Zuckerschlecken war.

Sie nannten ihn so, weil sein gutmütiges Gesicht etwas Süßes, fast Zuckersüßes hatte und weil er sich niemals überheblich oder gar martialisch gab. Im Gegenteil, er achtete darauf, anständig und ausgeglichen zu erscheinen, das Bild eines guten Bürgers abzugeben, der keiner Fliege etwas zuleide tat. Er war der Ehemann einer außergewöhnlich perfekten Frau und Vater zweier außergewöhnlich perfekter Kinder, Mädchen, an denen er sehr hing; er hob die Freuden der Familie gegenüber den Verdrießlichkeiten der Kaserne hervor. Aufrichtiger Katholik, ging er sonntags zur Messe und sprach vor dem Schlafengehen wenigstens ein Vaterunser. Als Junge, erzählte er, hing er dem Traum nach, eine kirchliche Laufbahn einzuschlagen, sei aber nach familiären Schwierigkeiten gezwungen gewesen, darauf zu verzichten und in einem Unternehmen in Busto Arsizio, seiner Geburtsstadt, zu arbeiten. Er lief wegen einer Lappalie rot an, tat sich schwer mit dem vorschriftsmäßigen Brüllen, doch das hatte nur wenig mit seinem eigentlichen Charakter zu tun, und Verrücktes Pferd übertrieb keineswegs, wenn er ihn mit Jean-Baptiste Bessières verglich: Zucker war der geborene Soldat. Er verabscheute keineswegs die Maschinerie, die einen mit ihrer Liebe und ihrem Haß in den Arsch fickt. Er beklagte sich nicht über das Rezept, das das Individuum auslöscht und in einen vollkommenen Kern einschmilzt. Im Gegenteil, er freute sich, ein Rädchen im Getriebe zu sein. «Mein Beruf ist der schönste der Welt», versicherte er. «Ich würde ihn nicht einmal aufgeben, um König oder Milliardär zu werden.» Und wenn du ihn fragtest, wer oder was ihn dazu gebracht hatte, diese Berufung zu erkennen, antwortete er: «Ein Klickklack.» Dann erzählte er, daß er in dem Unternehmen in Busto Arsizio glücklich und zufrieden mit sich war, mit dem Wohlstand, den diese Art des Lebens ihm schenkte. Eine ausgezeichnete Stellung als technischer Sachverständiger, ein angemessenes Gehalt, eine angenehme Zukunft, die er mit der Frau gestalten wollte, die er heiraten würde. Aber vor Dienstbeginn und nach Dienstschluß mußte er die Zeit stechen, und wenn die Stechkarte in den Schlitz fiel, erklang ein irritierendes Geräusch, das typische Geräusch bürgerlicher Langeweile: Klickklack! Und eines Tages hatte er sich aufgelehnt. Er hatte auf die ausgezeichnete Stellung, auf das angemessene Gehalt und auf die angenehme Zukunft verzichtet, sich zu den Fallschirmjägern gemeldet und war sofort dem Bataillon des Kampfgeschwaders zugeteilt worden. Keine Reue seitdem. Keine Sehnsucht. Und wenn du zu begreifen versuchtest, wie das alles mit seiner Schüchternheit, mit seinem Lob der Familienfreuden, seinen sonntäglichen Messen, seinen Vaterunsern zu vereinbaren war, verlorst du dich in den Labyrinthen des menschlichen Herzens. Seine beiden Gesichter, die mit bestürzender Unbefangenheit nebeneinander in ihm existierten, enthüllten sich im Zusammenleben wechselseitig wie die beiden Gesichter des guten Doktor Jekyll, der nachts zum heimtückischen Mister Hyde wird, des heimtückischen Mister Hyde, der morgens wieder zum guten Doktor Jekyll wird.

Er schloß die Türe hinter sich, ging zwischen seinen Schätzen umher und inspizierte, einem inzwischen täglichen Zeremoniell gehorchend, jedes einzelne Stück. Zuerst die Gewehre, dann die Maschinengewehre, die Pistolen, die Bazookas, die Bomben, die Raketen, die Granaten, die Zündschnüre, die Patronen, die Sprengkörper, die Fallen. Und mehr noch als ein in die Betrachtung eines Fabergé-Objekts versunkener Alexander III. oder Nikolaus II., mehr noch als ein vom Zauber der *Très Riches Heures* gefesselter Jean Duc de Berry, sah er jetzt aus wie ein Blumenzüchter, der jedes einzelne Blütenblatt und jeden Blütenstempel untersucht, um sicherzugehen, daß die Blumen seines Gewächshauses nicht von fremden Händen entweiht wurden. Prima Jungs, die Fallschirmjäger in seiner Mannschaft, allerdings ein bißchen undiszipliniert. Sie sagten zwar Keine-Sorge-Tenente-ich-fasse-schon-nichts-an, aber dann faßten sie eben doch was an. Diese Streichholzschachtel, beispielsweise. Gestern hatte sie noch am Rand des Regals gelegen, heute morgen lag sie zwei Zentimeter weiter hinten: ein Zeichen, daß jemand von ihnen sie angefaßt hatte. Er nahm sie vorsichtig, untersuchte sie, um zum x-ten Mal die Schlichtheit der Erfindung zu bewundern. Die Palästinenser hatten sie entwickelt, und der Sprengkörper war so einfach, daß selbst ein kleiner Junge in der Lage gewesen wäre, ihn nachzubauen. Man brauchte die Streichhölzer nur herauszunehmen, sie durch ein wenig Trotyl zu ersetzen, in das Trotyl eine winzige Zündschnur einzuführen, die mit dem Deckel verbunden war, und wenn du sie dann nahmst, um etwas anzuzünden ... päng! Dann explodierte sie dir mitten ins Gesicht. Er legte sie ins Regal zurück. Er ließ die mechanischen Spielzeuge außer acht, die kleinen Autos und kleinen Lastwagen, die, wenn sie mit Penthrit vollgestopft waren, explodierten, sobald du sie mit dem Schlüssel aufzogst, und blieb vor sechs kleinen Gipskatzen und sechs Puppenköpfen stehen. Er wählte einen Puppenkopf aus, streichelte über das runde Gesichtchen, über die Pausbacken und das Stupsnäschen. He! Das hier übertraf die wirkungsvolle Primitivität der kleinen Autos und Lastwagen oder die Schlichtheit der Erfindung bei der Streichholzschachtel. Du hobst ihn auf, weil du dachtest, Wie-schade, eine-kaputte-Puppe, und dann warfst du ihn entweder fort oder legtest ihn wieder hin, und dann flogst du in die Luft, mit allem, was sich im Umkreis von fünf Metern befand. Das gleiche bei den Gipskätzchen. Die Palästinenser waren so stolz darauf, daß sie sie auch ohne Sprengstoff herstellten: um sie als Souvenirs zu verkaufen. Zehn Dollar das Stück, mit der Aufschrift «Palestinian Revolution». Die Fabrik war in Bourji el Barajni. Und was soll man zu dem Rain Toy sagen, der Wasserpistole, die anstelle von Wasser Säure verspritzte? Er hatte in den ersten Monaten viele davon aufgesammelt. Nicht gerechnet die Cluster, die kleinen Tretminen, die die von den Israelis vertriebenen Guerillakämpfer auf den Bürgersteigen, auf den Wiesen, längs der Überführungen, auf den Parkplätzen, in den verlassenen Häusern, ja sogar noch in den leeren Schulen zurückgelassen hatten. Zentnerweise hatte er sie zutage gefördert, zentnerweise!

Er beendete seine Inspektion, ging nach hinten in den Raum, wo eine Zweihundertkilobombe auf einem mit großen und kleinen Sägen, Bohrern, Ahlen, Schraubenziehern, Flach- und Kneifzangen, Feilen und Hämmern übersäten Tisch lag. Es war eine nicht explodierte Fliegerbombe aus einem Hof, und er hatte sie hierher gebracht, weil es immer schon sein Traum gewesen war, einmal in aller Ruhe ein solches Wunderwerk zu untersuchen. Fliegerbomben sind am schwierigsten, daher auch am faszinierendsten, in Ruhe und untersucht, ist's ein Genuß. Das Problem war, daß er diesen Typ nicht kannte, er hatte nicht die geringste Ahnung von der inneren Struktur, und obwohl er die Sperrvorrichtung herausgefunden und schließlich deaktiviert hatte, war es ihm noch nicht gelungen, sie zu entschärfen. Wenn man bestimmte Dinge anfaßt, scheißt man sich in die Hose, verstehst du, und klar hast du Schiß, wenn du eine Batterie herausmontierst, auf die du nur die Finger zu legen brauchst, und das Ganze geht hoch! Jedenfalls war das Riesenproblem im Augenblick der Beseitigung der Zylinder aufgetaucht, die die mechanischen Sprengsätze enthalten. Beim Aufschlag auf die Erde hatten sich die beiden Gewindestücke derart verformt, daß die äußeren Rillen fast verschwunden waren, und stell dir die Folgen vor. Man muß die Zylinder nämlich mit größter Vorsicht abschrauben, wenn man sie entfernen will, sonst treten die mechanischen Sprengsätze in Funktion; um sie mit größter Vorsicht abzuschrauben, muß man eine Rohrzange verwenden, und auf den fast verschwundenen Gewinderillen faßte die Zange nicht: sie rutschte weg, schlimmer als ein nasses Stück Seife. Ergo hatte er in einem Monat lediglich das hintere Gewindestück entfernt: es war nicht so beschädigt, weil die Bombe günstig gefallen war, das heißt mit dem Kopf nach unten. Das vordere Gewindestück dagegen hatte sich auch nicht um einen Millimeter bewegt, und es war sinnlos, es mit Flachzangen oder anderem Werkzeug zu versuchen. Sie rutschten genauso ab. Gestern hatte er es mit Ahle und Hammer versucht. In den Resten einer Rille bemerkte er eine kleine Vertiefung, daher hoffte er, daß sich mit dem Hammer, wenn er auf die Ahle klopfte, das verdammte Ding drehen würde. Aber mit Ahle und Hammer klopft man ins Leere, du hörst nicht, ob der Zylinder nach rechts oder nach links gedreht werden muß, und beim kleinsten Fehler ... «Zukkeeer! Sie jagen das Kommando in die Luuuft!» brüllte der Kondor. Tja. Vielleicht hätte er nur die Hände gebrauchen sollen und basta. Aber in einem Fall wie diesem braucht man kräftige Hände, und zu den kräftigen Händen einen klar denkenden Kopf, und eine Verbindung dieser Art fandest du nur bei den beiden, die nicht mehr bei ihm waren: Angelo und Gino. Tja: mit seinen Bärenkräften wäre Gino in der Lage gewesen, einen öltriefenden Berg zu versetzen, und Angelo mit seiner Intelligenz hätte sofort erkannt, ob der verwichste Zylinder nach rechts oder nach links gedreht werden mußte. Und keiner von beiden war mehr bei ihm. Charlie hatte ihm Angelo weggenommen: «Tut mir leid, Zucker, aber ich brauche ihn im Arabischen Büro.» Und der Falke hatte ihm Gino weggenommen: «Tut mir leid, Zucker, ich brauche ihn in Bourji el Barajni.» Von der Mannschaft, mit der er den italienischen Sektor und die palästinensischen Viertel gesäubert hatte, blieben ihm nur noch drei oder vier Mittelmäßige, darunter Rocco: ein Typ, dessen Muskeln so viel wert waren wie sein Kopf. Nämlich wenig. Außerdem verliebt. Dauernd entblätterte er eine Margerite mit dem Sie-liebt-mich-sie-liebt-mich-nicht. Wer würde schon eine nicht explodierte Fliegerbombe einem Verliebten anvertrauen, der ...

«Kondor Zett, hier Kondor Eins!»

Die Sprechanlage krächzte und ließ die autoritäre Stimme des Kondors hören, und es war, als würde Zucker strammstehen.

«Kondor Eins, hier ist Kondor Zett! Zu Befehl, Signor Generale!»

«Kondor Zett! Der Chef des Sektors Bourji el Barajni informiert uns, daß sich zwischen dem Lager Drei und dem Lager Vier ein verdächtiger Lastwagen befindet, der die Straße blockiert!»

«Ein Lastwagen, Signor Generale?!?»

«Ein Lastwagen, ein Lastwagen! Fahren Sie hin, und zwar auf der Stelleee! Ich folge Ihnen!»

«Zu Befehl, Signor Generale. Auf der Stelle, Signor Generale.»

Er griff zu den Werkzeugen und stürzte hinaus. Charlie, der gerade aus dem Keller kam, hatte eben noch Zeit, ihn zu fragen, wohin er denn renne. Dann weckte er Angelo. Schnell-Junge, wir-gehen-auch-hin-und-sehen-was-passiert.

– 3 –

Es verstieß gegen jede Regel, sich von der Streife zu trennen, ein Mannschaftsführer darf sich niemals von seinen Männern entfernen, und das in Bourji el Barajni zu tun, war besonders gefährlich. Immer wieder kamen hier Schiiten an, die mit ihren Waffen durchgelassen werden wollten, Khomeini-Anhänger, die auf Schlägereien aus waren, und Söhne Gottes, die gemeinsam mit den Mullahs die Italiener auf den Panzern drangsalierten. Aber plötzlich war Gino zwischen Lager Drei und Lager Vier stehengeblieben, den beiden Stellungen an der kleinen Straße, wo die Palästinenser ein Denkmal für ihren Unbekannten Soldaten errichtet hatten. In entschiedenem Ton hatte er seinen Männern befohlen, zum Ausruhen ins Lager Fünf zu gehen, und war allein geblieben. Wenn in deinem Inneren ein Gedicht hervorbricht, so daß du stehenbleiben mußt, um es frei zu lassen, auf einem Stück Papier festzuhalten, kannst du doch nicht andere um dich herum gebrauchen! Sie würden lachen, wenn sie dich sähen. Vor allem, wenn du einen Riesenkörper wie ein Schwergewichtsboxer hast und ein rotes Gesicht mit einem Bart wie ein Ungeheuer und zwei Hände, die zum Austeilen von Boxhieben oder zum Schaufeln gemacht zu sein scheinen, dann begreifen die anderen nicht, daß Verse für dich ein stärkeres Bedürfnis sind als Essen und Trinken. Schließlich kannst du denen ja nicht erklären, daß die Verse dir helfen, deine Traurigkeit auszudrücken, deine Träume, deine Ängste eines enttäuschten Fünfundzwanzigjährigen, und die schreckliche Vorahnung von heute, die das zweifache Massaker in dir hinterlassen hat. Er vergewisserte sich, daß die Streife sich entfernt hatte. Er setzte sich zu Füßen des Denkmals, einer plumpen Statue, die einen mit einer Kalaschnikow bewaffneten Guerillakämpfer darstellte. Ohne die M12 abzulegen, legte er das Heft auf die Knie, das Schwester Françoise ihm geschenkt hatte, griff zum Kugelschreiber und schrieb.

>   Die Sonne schien an jenem Sonntag.
>   Eine schöne Oktobersonne,
>   und ich genoß sie mit der Erinnerung.
>   Schlucke voller Süße die Bilder
>   einer fernen Kindheit, dennoch gegenwärtig,
>   wenn die Oktobersonne aufging,
>   die Glocken zur ersten Messe zu läuten
>   und die Düfte des Waldes mir zu bringen
>   wo ich barfüßig lief, verfolgt
>   von der traurigen Stimme des Vaters.
>   «Gino, komm, zieh dir die Schuhe an, wir gehn in die Kirche!»
>   Die Sonne schien, doch plötzlich
>   löschten sie zwei schwarze Schwingen aus.
>   Die Schwingen des Todes, und mit offenem Schnabel stürzte er
>   auf meine unbekannten Brüder,
>   meine nie gesehenen Gefährten.
>   Stürzte herab, packte sie, trug sie hinauf ins Dunkel
>   dann ließ er sie fallen wie welke Blätter
>   und flog davon, den Blick nicht wendend,
>   doch mit dem Versprechen wiederzukommen.

Dem Versprechen wiederzukommen ... Er steckte Stift und Heft in die Tasche der kugelsicheren Weste. Er unterdrückte einen Schauder: Unglaublich, bevor er nach Beirut gekommen war, war diese Stadt für ihn nur ein kleiner Punkt auf der Landkarte! Er wußte nicht einmal, daß die Palästinenser hier wohnten und nicht in Palästina, daß zwischen ihnen und den Israelis böses Blut floß, daß es außer ihnen noch die Söhne Gottes gab und die Christen, die sich Maroniten nannten wegen eines Heiligen Maron, der vor eintausendfünfhundert Jahren gestorben war, daß die Christen Wut auf die Moslems hatten, die Moslems Wut auf die Christen und verschiedene andere Gruppen jeglicher Art und Farbe, daß sie, kurz gesagt, alle an einen anderen Gott glaubten und sich unter dem Vorwand eines anderen Gottes abschlachteten wie Schweine. Bestimmte Einzelheiten hatte er am Vorabend der Abreise erfahren, als er den Weltatlas von De Agostini aufschlug oder Zeitungen las, und ... Nicht dran denken, Gino, nicht dran denken. Denk lieber an deine Toskana, an die Sonntage, an denen die Sonne aufging, um die Glocken zur ersten Messe zu läuten, und du barfüßig durch den Wald liefst. Denk an deinen Papa, der dich rief, Gino-komm-zieh-die-Schuhe-an-wir-gehn-in-die-Kirche, an das Haus, in dem du geboren und aufgewachsen bist ... Herrgott noch mal, war das ein schönes Haus! So groß, daß jedes Zimmer wie ein Platz war. Manchmal bist du auf den Dachboden gestiegen, dann aufs Dach geklettert und hast Spatzen gefangen, die ihr Nest unter der Regenrinne gebaut hatten. Um sie dann am Spieß zu braten. Eine Grausamkeit. Aber Tatsache ist, daß Jungen grausam sind, unschuldig und grausam, sagt der Dichter Rainer Maria Rilke. Und was einen nicht umbringt, macht dick: es war ja nicht so, daß es abends in seiner Familie Beefsteak gab. Man aß Eierkuchen, Kartoffeln, Bohnen. Außer an den Tagen, wo Papa Mortadella kaufte oder auf der Jagd ein bißchen Wild auftrieb. Einmal war auch er mitgegangen. Und beim ersten Schuß hatte er gleich eine Bachstelze erwischt. Arme Bachstelze! Sie war noch warm, als er sie aufgehoben hatte, aus ihrer Brust rann ein Tropfen Blut, doch statt Mitleid zu empfinden, war er so erregt gewesen, daß er auf alles ballerte, was herumflog. Buchfinken, Kohlmeisen, Baumläufer, Drosseln. Er war fünfzehn, aber wenn er schoß, fühlte er sich wie ein Mann, und niemand erklärte ihm, daß man um so männlicher ist, je weniger man schießt. Allerdings mußte er dafür zahlen. Denn als er mit randvoller Jagdtasche nach Hause ging, schnappten ihn die Carabinieri, spielten sich als die Superstars auf, denen alles erlaubt ist, und machten sich über seinen Vater her. Fragen über Fragen, Papiere über Papiere, Verwarnungen, Drohungen. Am Ende hatte so ein Tölpel von Maresciallo einen Bericht abgefaßt, voller syntaktischer Schnitzer, nicht eine Verbform stimmte, und er hatte ihm den Waffenschein weggenommen, dessen Gebührenmarke gerade erst erneuert und bezahlt worden war. Er hätte vor Kummer weinen können. Verzeih mir, Papa, hatte er ausgerufen. Und der Papa hatte etwas getan, das er später nie wieder getan hatte. Er hatte ihm einen Kuß gegeben. Auf die Wange!

Er schloß bewegt die Augen. Papa war Pächter: einer von denen, die die Mode überlebt haben, in die Stadt zu ziehen, um Gemüsehändler zu werden. Er hieß Bìghero, was hart bedeutet, und er war klein von Statur, aber stark. Er hob den Futtertrog der Schweine hoch, als wäre er eine Schüssel, die Baumstämme, als wären sie Strohhalme, und er, Gino, ähnelte ihm: mit sieben hatte er bereits den Pflug mit den Ochsen geführt, mit zehn ein Feld in einer halben Stunde umgegraben, mit vierzehn Säcke von einem Doppelzentner gestemmt. Vielleicht weil er viel aß. Er begann den Tag mit einem halben Laib Brot, dem, das Mama jeden Samstag backte, und mittags war er imstande, einen Topf voll süßer Polenta runterzuschlingen. Du weißt schon, Kastanienmehl in Wasser gekocht und basta. Guuut! Nicht zu sprechen vom Wein, den er anstelle von Milchkaffee runterkippte. «Mach dich nicht auf den Weg, bevor du nicht Wein getrunken hast», sagte der Großvater. Herrliche Zeiten, herrliche Gegenden. Im Sommer, wenn er nicht auf dem Feld arbeitete, ging er in der Schlucht Fische angeln. Er angelte sie mit einer in der Sonne getrockneten Bambusstange, seine Angelschnur war aus Nähgarn, das er im Haus geklaut hatte, als Haken verwendete er eine verbogene Nadel, dann brachte er der Mama die Fische, die sie mit Kürbisblüten briet. Nach dem Abendessen spielte man mit Kichererbsen Lotto. Oder man schälte Maiskolben und hörte dabei Papas Geschichten zu. Geschichten von Hexen und Hexenmeistern, denn Papa glaubte an Zauberei und Magie. Auch in dem Jahr, als die Schweine krank wurden, hatte er an einen Zauber oder eine Magie geglaubt, mit einem Wort: an Hexerei, die ihm Neidhammel angehängt hatten, und um sie rückgängig zu machen, war er zum Hexenmeister von Montevarchi gelaufen, der mit einer Geldmünze von Pius IX. pendelte und den Satz sagte: «Jetzt geh, Bìghero, deine Schweine sind alle geheilt.» Papa war gegangen und hatte alle Schweine wirklich geheilt vorgefunden. Manchmal erzählte er von den Liebschaften der französischen Könige. Marie Antoinette, die Pompadour und so weiter. Er wollte an einem Fernsehquiz teilnehmen, das Doppelt oder Nichts hieß, und hatte dafür die französischen Könige gewählt, um sich darüber hinwegzutrösten, daß die vom Fernsehen ihm Mussolini abgeschlagen hatten, eine Person, die er sehr liebte. «In Ordnung, er hat ein paar Fehler gemacht», sagte er. «Er wurde schlecht beraten. Aber seine Züge fuhren immer pünktlich ab und kamen immer pünktlich an.» Das war Papas einziger Makel, diese Verehrung für Mussolini. Aber sonst, sag ich dir, ein Heiliger. Zum Beispiel hatte er ihm nie eine Ohrfeige gegeben. Nur Tritte in den Hintern. Und ohne ihm weh zu tun. Die Mama verprügelte ihn mehr. Mit dem Stock auf den Rücken, daß man die Spuren sehen konnte, und es war sinnlos, daß der Großvater protestierte: hör auf, du-dummes-Weib, hör auf. Die Mama verprügelte ihn wegen der Schule. In der Schule war er gut in Italienisch und in Sport, er schrieb wunderschöne Aufsätze, die die Lehrerin lobte, und hielt auf dem Schwebebalken das Gleichgewicht besser als jeder Sportler, aber in Mathematik brachte er's nicht. Und Betragen konnteste vergessen, zumal er in der Klasse rauchte.

Er wandte die geschlossenen Augen der Sonne zu und brummte vergnügt. Er hatte aufgerolltes gelbes Papier oder Sumpfreben geraucht, das sind Wurzeln von Kletterpflanzen, die er in der Schlucht fand, wenn er angeln ging. Zuerst trocknete man sie, dann schnitt man sie klein, dann rauchte man sie. Guuut, auch die, guuut! Und im übrigen, wer hätte ihm denn Geld für Zigaretten aus richtigem Tabak geben sollen? Er hatte ja nicht einmal Geld, um mit dem Autobus zur Schule zu fahren. Er nahm das Fahrrad, um zur Schule zu fahren: zwölf Kilometer hin und zwölf Kilometer zurück, vierundzwanzig Kilometer am Tag. Dann, mit sechzehn, arbeitete er als Hilfsarbeiter und verdiente zwei Scheine zu hunderttausend Lire. Und er kaufte den Fernsehapparat, ein Ereignis, das das Leben aller, vor allem aber sein eigenes, verwandelt hatte. Weg mit dem Lotto, weg mit den Geschichten von Hexen und Hexenmeistern und französischen Königen, jeden Abend gab es Kino. In Schwarzweiß, weil der Farbfernseher zu teuer war, aber Schwarzweiß macht mehr Spaß, weil die Phantasie die Farben hinzufügt, die du willst, und du besser träumst. Was träumte er? Einfach: durch Boxen reich zu werden. Natürlich wäre es ihm lieber gewesen, mit den Gedichten reich zu werden, die er schrieb, indem er sich von den Gedichten anderer inspirieren ließ, aber hast du schon mal von einem gehört, der mit Gedichten reich wird? Mit Boxen dagegen wird man's: sieh dir doch die Bruchnasen an, die sich nicht mal richtig schneuzen können und trotzdem einen Mercedes und eine Villa mit Butler haben. Und überhaupt, welche Laufbahn kannst du schon wählen, wenn du auf dem Land geboren bist und die Welt erst auf dich aufmerksam wird, wenn du deine Frau umbringst und im Topf kochst? Das sagte er auch der Lehrerin, die sich furchtbar über ihn ärgerte und schrie Du-Böser, warum-hast-du-ihm-weh-getan, du-Böser, wenn sie sah, daß er alle Memmen in der Schule k. o. schlug. «Weil ich reich werden will, Frau Lehrerin, weil ich kein Bauer bleiben will.» Nun, es war ihm gelungen, kein Bauer zu bleiben. In einem Sommer fuhr er nach Rom, zu Tante Ermengarda, und Tante Ermengarda hatte einen Verehrer in Uniform. Ein

Kerl aus Livorno, der eine amarantrote Baskenmütze trug, an der Baskenmütze ein Abzeichen mit zwei Flügeln und einer Art Schirm. Was das für eine Baskenmütze wäre, hatte er ihn gefragt. «Das Barett der Fallschirmjäger», hatte der Verehrer geantwortet. «Das Barett des Privilegs.» So daß er sich, vom Wort Privileg tief beeindruckt, gemeldet hatte und mit dem Fallschirm gesprungen war. Und die Angst beim ersten Mal! Während er mit fünfzig Metern in der Sekunde herunterstürzte, dachte er nur an Papas Verzweiflung: «Das is 'n gefährliches Ding, der Fallschirm! Wenn er sich nich öffnet, dann wirste auf 'nem Kornfeld zu Brei!» Und sein Herz klopfte bis zum Hals und er fragte sich: öffnet er sich?

Er lachte ekstatisch. Der Fallschirm hatte sich geöffnet. Plötzlich hatte er einen Ruck gespürt, das Tuch war aufgegangen und hatte sich aufgebläht und ihn einen Augenblick lang wieder nach oben getragen. Wie wunderbar! Was für ein Glücksschauer! Er kam sich vor wie eine vom Wind getragene Feder, und während er durch den weiten Himmel trieb, rief er: «Ich fliege! Ich bin's, Gino, und ich fliege!» Und dann hatte er, dank Livorno, das Meer entdeckt. Bei Livorno gibt es 'ne Masse Meer, und wer hätte sich je soviel Wasser auf einmal vorstellen können? Auf dem Land gab es nur das Wasser in der Schlucht: den Sturzbach, der zwischen moosbegrünten Steinen dahinsprang, und den Weiher, wo man Aale und andere Fische fangen konnte. Ein ganz kleiner Weiher, durch die Schatten ganz melancholisch. In Livorno dagegen war überall Wasser, leuchtend, herrlich, blau: das Meer verlor sich am Horizont, und nachts berührte es die Sterne. Er hatte gelernt zu schwimmen und in die Tiefe zu tauchen; was für eine Welt da unten! Fische jeder Art und Farbe, Pflanzen mit Fangarmen anstelle von Zweigen, märchenhafte Berge, geheimnisvolle Höhlen. Das hätte für hundert Gedichte gereicht. Und außer dem Meer die Genugtuung, für die Einheit des Kampfgeschwaders ausgesucht worden zu sein. Und was soll's, wenn das bedeutete, mit Zucker und den Stänkerern in der Kaserne bleiben zu müssen, die so'n Scheiß redeten wie Wenn-die-Russen-doch-nur-kämen, denen-würden-wir's-schon-zeigen. Was soll's, wenn er sich ab und an mit ihnen prügeln, sie zu Boden schlagen mußte, wie er die Schwächlinge in der Schule zu Boden geschlagen hatte. «Was wollt ihr zeigen, Schlappschwänze? Und wenn die's euch zeigen?» Was soll's, wenn er sich den Ruf eines unbesiegbaren Stiers einhandelte, weil er sie zu Boden schlug, an-Gino-kommt-keiner-ran, bei-Gino-muß-man-aufpassen, was soll's, wenn von einem bestimmten Punkt ab auch er zu einem Blödmann wurde. Ein Bart wie ein Ungeheuer, Irokesenschnitt, knatterndes Motorrad.

Hosen aus schwarzem Leder, Stiefel mit Sporen, Jacke mit den Patches «Ride the life and the life will ride you» oder «Live to love and love to live». Sie wurden ihm von Tante Ermengarda aufgenäht, die, um ihren Verehrer nicht zu verlieren, der jetzt an einer aus Viareggio interessiert war, ihm in Livorno nachstellte. Und beim Aufnähen schüttelte sie bedrückt den Kopf und seufzte: «Was ist das für eine Sprache, was bedeuten diese Wörter, Gino?» – «Das ist Englisch, Tante, und der erste Satz bedeutet ‹Reite das Leben und das Leben wird dich reiten›. Der zweite bedeutet ‹Lebe um zu lieben und liebe um zu leben›. Näh, Tante, näh.» Er trug auch T-Shirts mit einem phosphoreszierenden Totenkopf, Armbänder mit Nieten und einen Ohrring, der von einer Batterie erleuchtet wurde. Er gab sich, kurz gesagt, wie ein kalifornischer Macho, und es kümmerte ihn nicht, wenn Zucker protestierte Du-mußt-damit-aufhören-Gino-das-schadet-dem-Ansehen-des-Bataillons. Wenn Ausgang ist, darf man sich zurichten, wie man will, und: es macht doch keinen Spaß, wenn man nicht auffällt oder sich unter die Stänkerer mischt, die außerhalb der Kaserne die Russen vergessen und sich wie Salonlöwen anziehen, mit Gucci-Krawatten. Der Ohrring hatte nur kurz gehalten. Die Batterie war sofort leer, und ohne Licht war er keinen Pfifferling wert, so daß er ihn durch Ketten ersetzt hatte, die am Lenker seines knatternden Motorrads gut zu sehen waren. Er mochte es ungeheuer, daß die Leute, wenn er vorbeifuhr, sagten: «Der da ist gefährlich. Der ist ein Rowdy.» Es war Angelo, der ihm beibrachte, daß Barbara recht gehabt hatte, als sie ihm sagte, er würde sich wie ein Trottel aufführen. «Weißt du, Gino, daß es mir wirklich leid um dich tut, wenn du, ganz in Schwarz, in eine Pizzeria kommst, mit dem Kamm auf dem Schädel, den Totenköpfen auf dem Bauch und den Sporen an den Stiefeln und so weiter?» Angelo war ein wirklicher Freund. Abgesehen natürlich von Schwester Françoise, war er der einzige, den er in diesen Jahren gefunden hatte. Und wie Schwester Françoise beurteilte er ihn nach seinen inneren Qualitäten, nicht nach seiner äußeren Erscheinung...

«Deki katein, deki katein!»

Er machte die Augen auf, aufgerüttelt vom plötzlichen Dröhnen eines Lastwagens, der an ihm vorbeifuhr, und dann von einer Stimme, die Deki-katein! rief. Deki katein? Was zum Teufel bedeutete deki katein? Und wo war der Lastwagen hergekommen, wohin fuhr er? Nirgendwohin, Herrgott noch mal! Er hielt an, so daß er die Durchfahrt vollkommen versperrte. Der Fahrer sprang herunter, hob die rechte Hand, spreizte Zeige- und Mittelfinger zu einem V als Zeichen für Sieg und verschwand mit einem weiteren Deki-katein in einem

Gäßchen, und sofort schlossen sich die Türen der Häuser. Die Rollläden wurden heruntergelassen. Er sprang auf. Er stürzte sich auf das verlassene Fahrzeug, untersuchte es genau. Nichts, nichts Ungewöhnliches war daran festzustellen, trotzdem war der Fahrer geflohen und hatte dabei die Finger zu einem V als Zeichen für Sieg gespreizt. Ich-hab's-geschafft, Sieg. Wozu? Oh, mein Gott, der dritte Lastwagen! Ohne Kamikaze dieses Mal, gesteuert von einem Zeitzünder. Er stürzte sich aufs Funktelefon. Er rief den Chef des Sektors von Bourji el Barajni an. «Achtung, Achtung, hier ist der Patrouillenchef!» brüllte er. «Verdächtiger Lkw zwischen Lager Drei und Lager Vier! Der Fahrer ist geflohen, und ich glaube, gleich wird der Wagen explodieren! In Deckung gehen, in Deckung gehen!» Dann, ohne die Antwort abzuwarten, duckte er sich zu Füßen des Denkmals vom Unbekannten Soldaten und wartete auf die Explosion. Doch die Explosion kam nicht, und plötzlich begriff er. Aber nein, welchen Sinn sollte es haben, den dritten Lastwagen zu vergeuden, um nur ihn, Gino, in die Luft zu jagen, nur die Anwohner in dem Gäßchen? Es handelte sich um einen harmlosen Lastwagen, zum Kuckuck: der Fahrer war eilig rausgesprungen, weil er dringend pinkeln mußte! Die zu einem V gespreizten Finger bedeuteten nicht Sieg, ich-hab's-geschafft, Sieg: er wollte vielmehr sagen Ich-geh-pinkeln, bin-in-zwei-Minuten-zurück. Deki katein, zwei Minuten: jetzt erinnerte er sich wieder! Er stürzte sich wieder auf das Funktelefon. Er rief noch einmal den Sektorchef von Bourji el Barajni, um das Mißverständnis aufzuklären und ihn zu bitten, Entwarnung zu geben. Aber der Sektorchef kam bereits mit sechs Fallschirmjägern an. Und hinter ihnen Zucker mit seinen Feuerwerkern, hinter Zucker der Kondor mit seiner Eskorte und mit Pistoia, hinter dem Kondor Angelo und Charlie. Alle fielen gemeinsam über den Lastwagen her, und es war sinnlos, eine Erklärung zu versuchen: niemand hörte ihm zu. Am wenigsten von allen der Kondor, der völlig aufgeregt den Überfall leitete.

* * *

«Ruhe, Soldat, Ruhe! Erzählen Sie es uns späteeer!»
«Aber, Signor Generale ...»
«Ruhe, hab ich gesagt, Ruheee! Und Sie, Zucker, suchen Sie auf dem Munitionskasten naaach!»

«Hab ich bereits, Generale, Fehlanzeige! Jetzt suche ich in der Führerkabine!»
«Ja, in der Kabine, in der Kabineee! Unter den Sitzen! Im Motorraum! Im Hohlraum der Türen! Entfernen Sie die Spanplatte, nehmen Sie sie schon weeeg!»
«Ich entferne sie, Generale, ich entferne sie!»
«Und in den Werkzeugkisten, schnell, in den Werkzeugkisteeen!»
«Generale, die Werkzeugkisten sind verschlossen, wir besorgen uns jetzt einen Schraubenzieher.»
«Ach was, Schraubenzieher, Pistoia! Die müssen mit der Spitzhacke aufgebrochen werden, mit der Spitzhackeee!»
«Ich brech sie auf, Generale, ich brech sie auf!»
«Und die Ersatzreifen, schnell! Feuerwerker, looos!»
«Wir haben die Luft schon rausgelassen, Generale, sie sind leer! Jetzt lassen wir die Luft auch aus den übrigen Reifen!»
«Ach was, Luft rauslassen! Luft rauslassen dauert zu langeee! Schneidet die Reifenmäntel durch, vielleicht steckt der Sprengstoff daaa!»
«Mit der Spitzhacke kann man die nicht durchlöchern, Generale!»
«Schneidet sie mit dem Bajonett duuurch!»
«Nein, nicht mit dem Bajonett, Generale! Besser die sardische Pattada!» erwiderte Pistoia schnell und zeigte einen scharfen Dolch, seine sardische Pattada, und stürzte sich mit ihr auf die Reifen.
«Die Pattada, ja, die Pattada!»
Sie waren wie Heuschrecken in einem Kornfeld. Die Sitze waren herausgerissen, der Motorraum ausgenommen, die Spanplatten der Türen herausgelöst, die Werkzeugkisten aufgebrochen, der Lastwagen wurde in beängstigender Schnelligkeit zerlegt: nur Angelo und Charlie standen mit verschränkten Armen abseits und beteiligten sich nicht an diesem Vandalismus. So war von dem Lastwagen nur ein ausgehöhltes Wrack übriggeblieben, als der Fahrer wieder zurückkam. Und in dem Gäßchen erhob sich ein herzzerreißendes Klagen.
«Yahallah, o Gott, yahallah! Deki katein, two minutes, deux minutes, zwei Minuten wollte ich. Deki katein farsar, zwei Minuten zum Pissen ...»
In das herzzerreißende Stöhnen mischte sich das entmutigte Brummen von Gino.
«Ich hatte es richtig verstanden! Ihr habt mich ja nicht mal den Mund aufmachen lassen!»
In das entmutigte Brummen von Gino mischte sich der zufriedene Tadel des Kondors.

«Alarm muß auch dann gegeben werden, wenn nur eine Mücke scheißt, Soldat!»

In den zufriedenen Tadel des Kondors mischte sich das fröhliche Gelächter von Pistoia.

«Wir haben's zwar falsch verstanden, aber wir haben uns 'n bißchen amüsiert!»

In das fröhliche Gelächter von Pistoia mischte sich der bittere Kommentar von Zucker.

«Nein, so packt man solche Dinge nicht an. Das war keine Arbeit von Spezialisten.»

In den bitteren Kommentar von Zucker mischte sich die diplomatische Stimme von Charlie, der den in Tränen aufgelösten Fahrer tröstete.

«Sanafta lakom, wir ersetzen dir's!»

Angelo ging zu Gino. Er nahm ihn freundschaftlich bei den Schultern.

«Ärgere dich nicht, Gino.»

«Ich ärgere mich eben doch!» antwortete Gino. «Sieh doch, was sie mit dem Lastwagen gemacht haben! Sieht doch aus wie der Traktor von meinem Vater, als er auf den Grund der Schlucht gestürzt war!»

«Eh, ja. $S = K \ln W \ldots$»

«Was ist das?»

«Eine Gleichung, Gino. Eine Formel...»

«Ach! Du bist immer schon ein wandelndes Einmaleins gewesen, du. Viele Zahlen und wenige Worte. Wozu ist diese Gleichung, diese Formel gut?

«Um das Chaos auszudrücken, Gino. Um eine andere Formel zu suchen...»

«Was für eine Formel?»

«Die Formel des Lebens.»

«Gibt's die?!?»

«Es muß sie geben, es gibt sie.»

«Hm ... Ob sie's nun gibt oder nicht, ich hab große Lust, mich kahlzuscheren, mir den Bart abzunehmen und mit den Orangefarbenen zu gehen. Weißt du, die tibetanischen Mönche, die sich orangefarben kleiden, die mit einem Glöckchen am Fuß gehen, um den Ameisen zu sagen, Geht-aus-dem-Weg-sonst-zertrete-ich-euch. Ich hab unseren Beruf wirklich satt, verstehst du. Ich glaube, mein amarantrotes Barett würde mich in einen schönen Garten voller Springbrunnen führen, aber leider war der schöne Garten ein Garten ohne Wasser. Und solange ich da drinnen bin, hab ich großen Durst. Das hab ich auch Schwester Françoise gesagt...»

«Schwester Françoise?!?»
«Ja, die kleine Nonne aus dem Kloster, die im Rizk arbeitet ... Ciao, Angelo, ich geh wieder auf Patrouille.»
«Ciao, Gino.»
Sie trennten sich, und Angelo ging mit Charlie weg, Gino mit seiner Patrouille. Doch kurz darauf blieb er stehen. Wieder nahm er Kugelschreiber und Heft, lehnte sich an die Wand einer Hütte und schrieb schnell ein weiteres Gedicht auf, das in seinem Inneren aufgebrochen war. Ein Gedicht über sich selbst.

> Und so leb' ich in mir, für mich, Tag für Tag
> täglich einen andern Tag erwartend:
> verzweifelt unzufrieden immer einsam
> aufrecht überm Abgrund – ihn öffnete ein Garten
> den ich liebte und durch den ich ging
> um aus einem versiegelten Brunnen zu trinken.
> Ich möcht mich in ihn stürzen mit dem Durst.
> Doch denk ich an das, was ich nicht habe,
> was ich wohl haben könnte und was mir so fehlt,
> trotz ich dem Abgrund und geh weiter,
> um dennoch mein Märchen aufzuschreiben
> ohne Zukunft, vielleicht, und trotzdem
> voller Träume und Brunnen als
> hätte ich ein wunderschönes Morgen.

Unterdessen ging Angelo über die nebelverschleierten Stufen von Helsingör, wie ein Hamlet tobend, im Hof des Kommandostützpunkts auf und ab. Und er war im Begriff, seinen Durst in den Armen seiner Ophelia zu stillen.

— 4 —

Dieser x-te Sieg der Boltzmannschen Entropie hatte ihn ungeheuer beängstigt. Mit jedem Hieb der Pattada oder der Spitzhacke, mit jedem Biß der Heuschrecken, die den Lastwagen zerfraßen, eine Art Übelkeit und ein Gefühl von Niederlage. Ihn hatte Ginos Niedergeschlagenheit sehr traurig gestimmt, der von dem amarantroten Barett enttäuscht war und davon träumte, sich kahl zu scheren, sich seinen Bart eines Ungeheuers abzunehmen, das Gewand der tibetanischen

Mönche zu tragen und sich ein Glöckchen an den Fuß zu binden, um den Ameisen zu sagen Geht-aus-dem-Weg-sonst-zertrete-ich-euch. Er war der einzige Freund, den er hatte, der einzige, der den Panzer seiner Kontaktunfähigkeit durchdrungen hatte. Doch vor allem war er von Charlies Erklärung verwirrt, die er ihm gegeben hatte, bevor er sich ins Büro des Kondors einschloß. «Ich dachte mir schon, daß es sich um blinden Alarm handeln würde. Hast du denn heute morgen nicht den Muezzin gehört?» – «Nein, Chef. Ich hab geschlafen.» – «Wenn du ihn heute morgen nicht gehört hast, hörst du ihn heute mittag. Und bei Sonnenuntergang und jedesmal, wenn von den Minaretten das Gebet erklingt. Du wirst dich daran gewöhnen, mein Junge. Und von jetzt an wehe dir, wenn du noch einmal von unkorrektem Verhalten und Unredlichkeit quasselst.» Unkorrektes Verhalten, Unredlichkeit? Er war sofort hinuntergegangen, um Martino zu suchen und ihn zu fragen, was denn der Muezzin heute morgen gesagt hatte. Martino war nicht da, also hatte er die anderen gefragt und: «Fifî, was hat der Muezzin heute morgen gesagt?» – «Och, er wird gesagt haben, daß Allah groß ist, daß Mohammed sein Prophet ist und daß man weder Wein trinken noch Schweinefleisch essen soll», hatte Fifî geantwortet. «Stefano, was hat der Muezzin heute morgen gesagt?» – «Der Muezzin? Welcher Muezzin?» hatte Stefano geantwortet. «Bernard, was hat der Muezzin heute morgen gesagt?» – «Bah! Moi je ne parle même pas l'italien, penses-tu si je peux comprendre le muezzin qui parle arabe. Ich spreche ja nicht einmal Italienisch, meinst du, dann verstehe ich den Muezzin, der arabisch redet», hatte Bernard le Français geantwortet. So daß er in der Erwartung, daß Martino bald zurückkommen würde, wieder in den Hof hinaufgestiegen war und dort, wie ein Hamlet über die nebelverhangenen Stufen von Helsingör tobend, auf und ab ging. Er seufzte. Er lehnte sich an die Außenwand der Veranda und achtete nicht weiter auf die beiden Stimmen, die in der Nähe miteinander diskutierten, Zuckers Stimme und die Stimme einer Kriegsberichterstatterin, die die-Journalistin-aus-Saigon genannt wurde, weil sie lange in Vietnam gewesen war. Vielleicht hatte der Muezzin nichts gesagt, dessen man sich schämen mußte. Vielleicht löschte das, was er gesagt hatte, die Schande aus, die darin bestand, denen Blutplasma zu geben, die sie umbrachten, und Charlie hatte ihm deshalb das Wehe-dir-wenn-du-von-jetzt-an-noch-einmal-über-unkorrektes-Verhalten-und-Unredlichkeit-quasselst ins Gesicht geschleudert. Vielleicht war er dabei, den Einklang zu vergessen, der sich zwischen ihnen hergestellt hatte, oder die unendliche Minute, als sie hinten im Hof auf den Tod gewartet und sich beim Warten angestarrt hatten, Auge in Auge, so als hätten sie in das Gehirn und das Herz des anderen eindringen, ihre Seelen vertauschen wollen. Vielleicht hätte er versuchen sollen, dessen Lawrence-Arabereien und Intrigen zu begreifen. Vielleicht waren die Lawrence-Arabereien und Intrigen richtig und notwendig ... Er seufzte noch einmal. Er fing an, der Diskussion zu lauschen, die nicht weit entfernt stattfand.

«Ich bin doch nicht in einem Kloster groß geworden!» protestierte Zucker. «Mir hat man nicht beigebracht, die andere Wange hinzuhalten und zu vergeben! Mir hat man beigebracht, auf die wirksamste Art und Weise zu schießen, niederzumetzeln, zu töten, und mit so geringen Verlusten wie möglich! Ich sage Ihnen noch einmal: der Gegner muß kaltgemacht werden, wenn er auf den Knien liegt! Das ist der Augenblick, wo man ihm das Messer in den Bauch jagt! Ob Sie nun daran Anstoß nehmen oder nicht.»

«Ich nehme keinen Anstoß daran, Tenente», sagte die Journalistin aus Saigon. «Ich habe diese Schandtaten, die man Ihnen theoretisch und bei Übungen in Livorno beigebracht hat, jahrelang selbst gesehen und erlebt. Was Krieg heißt, weiß ich besser als Sie, und menschliche Grausamkeit empört mich nicht mehr. Sie überrascht mich auch nicht mehr. Inkohärenz dagegen sehr. Denn erst erzählen Sie mir, Sie würden an einen barmherzigen Gott glauben, einen Gott, der predigt, daß man auch die andere Wange hinhalten und vergeben soll, und dann sagen Sie mir noch einmal, daß der Gegner kaltgemacht werden müsse, wenn er auf den Knien liegt. Daß dies der Augenblick sei, wo man ihm das Messer in den Bauch jagen müsse, sagen Sie mir. Also glauben Sie nun an diesen Gott oder nicht?»

«Natürlich glaube ich an ihn. Natürlich! Aber ich bin ein Soldat, und der Beruf des Soldaten ist das Töten. Und auch anderes, man ergreift ihn nämlich nicht aus Freude am Töten, doch letztlich ist sein Ziel das Töten. Und der Glaube an Gott hindert einen nicht daran, Soldat zu sein und seinen Beruf gut auszuüben, genauer gesagt, gut zu töten: auf die wirksamste Art und Weise, mit so geringen Verlusten wie möglich und ohne zu diskutieren. Denn ein Soldat soll nicht diskutieren. Er soll gehorchen und basta.»

«Egal welchem Befehl. Nicht wahr, Tenente?»

«Sicher! Egal welchem Befehl, sicher!»

«So daß Sie mich abschlachten, wenn Ihr General Ihnen befiehlt, mich abzuschlachten. Wiederwillig vielleicht, aber Sie schlachten mich ab.»

«Sicher schlachte ich Sie ab, sicher! Und Verzeihung, wenn ich das zugebe, ohne daß es mir leid täte oder mich freute. Wenn ein Soldat tötet, dann tut es ihm weder leid, noch freut er sich darüber. Er tut seine Arbeit und basta. Das sollten Sie wissen.»

Mit einer Bewegung voller Verdruß wandte sich Angelo von der Veranda ab und fing wieder an, im Hof auf und abzugehen. Eben: Zucker war wirklich nicht der Typ, der mit tibetanischen Mönchen herumzieht, denen-in-orangefarbenen-Gewändern. Nur um Gehorsam zu leisten und ihn sich zu verschaffen, hätte er sich selbst abgeschlachtet und die eigene Leiche verhaftet. Eines Nachts, in Livorno, hatte er ihn und Gino zur Orientierungsübung in der Nacht hinausgeschickt. Zwanzig Kilometer zu Fuß, kein Mond und kein Kompaß. Ich-will-kontrollieren-ob-ihr-euch-ohne-Kompaß-und-nur-mit-dem-Polarstern-als-Hilfe-zurechtfindet. Sie hatten sich sofort im Wald verirrt. Einem Wald, der so dicht war, daß es schien, als wäre der Himmel aus Laub. Denn auch bei Mond konntest du nicht erkennen, wo Norden und wo Süden war. Da hatten sie über Funk gemeldet: «Tenente, wir haben uns im Wald verirrt, wir wissen nicht mehr, wo Norden ist und wo Süden.» Antwort: «Blickt auf den Polarstern!» – «Tenente, der Polarstern ist nicht da.» – «Was heißt, er ist nicht da?!? Der Polarstern befindet sich genau in der Mitte zwischen dem Großen Wagen und dem Kassiopeia-Gürtel, fünf Längen von der hinteren Achse des Großen Wagens entfernt, das heißt von den zwei der Deichsel gegenüberliegenden Sternen! Habt ihr das vergessen?!?» – «Nein, Tenente, nur sieht man hier den Himmel nicht, und die Sterne sieht man auch nicht. Man sieht nur Blätter und sonst nichts.» – «Wenn ihr die Sterne nicht seht, dann sucht sie eben!» – «Im Wald?!?» – «Im Wald, ja, im Waaald!» Sie fingen dann an, sie im Wald zu suchen, als wären es Pilze, und gegen Morgen hatte Gino wirklich Pilze gefunden. Eine ganze Wiese voller Steinpilze, Kaiserlinge, Birkenröhrlinge, Pfifferlinge. Er hatte den Rucksack damit vollgestopft, sie zu Zucker gebracht und: «Tenente, den Polarstern haben wir zwar nicht gefunden. Im Wald gab es keine Sterne, dafür gab es die hier. Sie sind gut, kochen Sie sie.» Naja, Zucker hatte mit sechs Tagen Arrest für beide reagiert. Urteil: «Schuldig, während einer nächtlichen Orientierungsübung sich durch Pilzesuchen abgelenkt zu haben.» Genau das Gegenteil von Charlie, der ihn weder wegen Insubordination am Sonntag des zweifachen Massakers bestraft hatte, als er mit dessen Geländewagen und dessen Fahrer zu den Amerikanern gerast war, noch für den Schwindel von gestern abend, als er Adler Eins an der Nase herumgeführt hatte, indem er ihm weismachte, der Kondor habe die beiden Blutspenden von B-negativ an-

geordnet. Befehl-des-Generals. Ein prima Mann, dieser Charlie. Einer, dem du vertrauen konntest, sagte er sich. Und im selben Moment erschien Martino.
«Du hast mich gesucht, Angelo, du wolltest was?»
«Ja, was hat der Muezzin heute morgen gesagt?»
Martino sah ihn überrascht an.
«Na, den Satz!»
«Welchen Satz?»
«Den Satz, den Charlie Zandra Sadr gegeben hat!»
«Zandra Sadr?!?»
«Ja, Charlie hat ihn Zandra Sadr gegeben, und Zandra Sadr hat ihn an die Muezzins weitergegeben.»
«Wie lautet der Satz?!?»
«Er lautet: Ma'a tezi al-talieni! Al-talieni bayaatùna el dam! Al-talieni ekhuaatùna bil dam!»
«Übersetz!»
«Hände weg von den Italienern, die Italiener geben uns Blut, die Italiener sind unsere Blutsbrüder. Schön, was? Klingt auch schön auf arabisch, weißt du. Er hat eine Kadenz wie eine Volksballade, und als Zandra Sadr ihn gehört hat...»
Aber Angelo hörte ihm schon nicht mehr zu. Übermannt von Empörung, von Enttäuschung, von ohnmächtigem Schmerz, der einen erdrückt, wenn wir entdecken, daß wir ausgerechnet von der Person verraten worden sind, in die wir all unser Vertrauen gelegt haben, Ein-prima-Mann-dieser-Charlie, jemand-dem-du-vertrauen-konntest, er hatte sich umgedreht und war schweigend weggegangen. Er ging hinüber zum Leopardpanzer, mit einem Zeichen bat er den Kommandanten, Platz zu machen, ihn rauszulassen, er ging raus. Er überquerte die Rue de l'Aérodrome, unbewaffnet begab er sich zur Rotunde an der Überführung, und wenn er gefragt worden wäre, wohin er gehe, hätte er nichts zu antworten gewußt. Er dachte nur an Charlies Satz, an die Scham, die er in ihm hervorrief. Ma'a tezi al-talieni. Hände weg von den Italienern. Al-talieni bayaatùna el dam. Die Italiener geben uns Blut. Al-talieni ekhaatùna bil dam. Die Italiener sind unsere Blutsbrüder. Und-wenn-du's-heute-morgen-nicht-gehört-hast-hörst-du's-heute-mittag, bei-Sonnenuntergang, jedesmal-wenn-von-den-Minaretten-das-Gebet-erklingt. Er sah nicht einmal die Leute, die an ihm vorübergingen, nicht die Autos, die über den Boulevard rasten. So sah er auch nicht das Taxi, das plötzlich bremste, um eine junge, wunderschöne Frau ganz in Rot aussteigen zu lassen. Er sah nicht die wunderschöne, junge Frau, die heraus-

sprang, ihr langes, wogendes kastanienbraunes Haar mit den goldenen Reflexen, sie rief ihn mit einem Jauchzen herbei.

«Angel! My angel!»

Er bemerkte sie erst, als er ihr einladendes Lächeln auf sich spürte, ihre unglaublichen violetten Augen, ihre festen, duftenden Brüste, ihre ansteckende Fröhlichkeit, und wie meistens verstand er nichts von dem, was sie ihm auf englisch zuzwitscherte. Etwas über zu viele Tage, die vorübergegangen waren? Too-many-days, too-many. Etwas über die brennende Ungeduld, ihn wiederzusehen? Impatience, tremendous impatience. Aber die vier Wörter, die kannte er gut, die vier Wörter let-us-make-love, laß-uns-miteinander-schlafen. Und plötzlich begehrte er sie in einer Weise, wie er sie noch nie begehrt hatte. Aber diesmal war es mehr als Begehren, es war Begierde. Die Begierde, seinen Körper mit ihrem Körper zu vereinen, doch nicht, um einen Augenblick der Ekstase zu erleben, sondern um das Leben wieder zu schmecken, das der abgerissene Kopf in dem Helm und das kleine, kopfüber in der Kloschüssel steckende Mädchen und der verblutete kleine Junge und jetzt der Schmerz, sich von Charlie verraten zu sehen, ihm vergiftet hatten. Und er hörte seine Stimme etwas antworten, was er nie hatte antworten wollen.

«Tonight, heute abend, Ninette.»

Das Jauchzen wurde zu einem Freudenschrei.

«Tonight?!? Really tonight, wirklich heute abend?»

«Really tonight, wirklich heute abend, Ninette.»

«Promised, versprochen?»

«Promised, versprochen, Ninette.»

«Oh, darling, Liebster, darling! I'm so happy, glücklich, happy! I'll come back at seven, um sieben komm ich wieder, o.k.?»

«O.k., Ninette.»

«We will go to a hotel and stay there until morning, wir gehen in ein Hotel und bleiben bis zum Morgen, o.k.?»

«O.k., Ninette.»

Dann kehrte er zum Kommandostützpunkt zurück, und er brauchte ein paar Minuten, um zu erfassen, daß etwas Wichtiges geschehen war, etwas sehr Wichtiges und Gefährliches. Dann überfiel ihn ein starkes Unbehagen, gewissermaßen die Vorahnung einer Katastrophe, die nach dem tonight-heute-abend über sie beide und über die anderen hereinbrechen würde. Und wenn Ninette eine Agentin der Khomeini-Anhänger wäre, ein Köder der Söhne Gottes? In dieser hinterhältigen, unzuverlässigen Stadt, in dieser Höhle von Fallen und Betrug stellte jeder Verdacht eine Hypothese dar, die ans Unwirkliche grenzte. Zumal sie ja nicht einmal ihren Familiennamen und ihre Adresse genannt hatte, erschien dieser Verdacht mehr als gerechtfertigt. Im übrigen war da etwas Sonderbares in Ninette, etwas Rätselhaftes, sogar Unnormales. Die manische Hartnäckigkeit, mit der sie ihn in diesen Monaten umworben hatte und um ihn herumgeschlichen war, zum Beispiel. Ihre nicht zu bremsende Fröhlichkeit, ihre unbezwingbare Euphorie. Beides hatte etwas Übertriebenes, etwas Aufgesetztes und verwandelte sich oftmals in Tümpel der Trägheit: düstere Momente der Energielosigkeit, in denen sie über ein Geheimnis nachzudenken schien, das sie bedrückte. Sonderbar, ja, sonderbar ... Aber dann schloß er, daß er sich täuschte, daß nichts Rätselhaftes oder Unnormales in Ninette steckte, und wie absurd, sie eine Agentin der Khomeini-Anhänger! Wie absurd, sie ein Köder der Söhne Gottes! Sie war ganz einfach eine Frau, die ungeheuer viel Liebe verschenkte. Also rührte die Vorahnung einer Katastrophe, die nach dem tonight-heute-abend über sie beide und die anderen hereinbrechen würde, das starke Unbehagen und die quasi Vorahnung von dem Risiko, von so ungeheuer viel Liebe verschlungen zu werden ... Oder von seiner Angst vor der Liebe? Er hatte eines Tages im Lexikon das Wort Amore, Liebe, nachgeschlagen, und das Lexikon gab folgende Definition: «Substantiv, männlich, abgeleitet von lateinisch Amor. Bezeichnet eine starke, im Gefühl begründete Zuneigung zu einem Menschen, dessen Wohl und Nähe man wünscht, eine auf starker körperlicher, geistiger, seelischer Anziehung beruhende Bindung an einen bestimmten Menschen, völliges Aufgehen in einer Sache, Idee o. ä.» Das hatte er dem Militärgeistlichen gezeigt, und der hatte den Kopf geschüttelt und gesagt: «Oh, nein. Liebe ist viel mehr. Sie bedeutet, sich einem Menschen zu schenken, für diesen Menschen zu leben und sich für ihn aufzugeben. Sie ist uneigennützig und großherzig. Sie ist das Höchste an Großherzigkeit.» Also, er hatte sich noch nie jemandem geschenkt. Er hatte noch nie für jemanden gelebt, und der Gedanke, sich selbst aufgeben zu sollen, entsetzte ihn so sehr wie der Gedanke, auf diese Weise geliebt zu werden. Wenn du auf diese Weise liebst oder geliebt wirst, bist du von dem Menschen abhängig, der dich liebt oder den du liebst, so wie ein Säugling von der Mutter oder ein Foetus von der Placenta abhängig ist, die ihn umschließt. Du bist dann kein Individuum mehr: du bist nur noch ein Anhängsel des Menschen, dem du dich schenkst oder der sich dir schenkt, für den du lebst oder der für dich lebt, und die Liebe wird zur schlimmsten Sklaverei. Nein, danke. Dann lieber Freundschaft. Ein Freund fordert nicht, was eine Geliebte fordert. Er verlangt keine Exklusivverträge, nicht die totale Selbstaufgabe. Er kettet einen nicht an einen schlimmen Opferstock. Und das mußte er Ninette erklären: ich brauche dich, ich begehre dich, aber ich will dich nicht lieben, noch von dir so geliebt werden, wie es mein Militärgeistlicher gesagt hat. Mußte er?!? Dieses Muß brachte ihn wieder auf das Problem der Verständigung, den Umstand, daß man zur Verständigung eine Sprache braucht, und in diesen beiden Monaten hatte dieses törichte Kind auch nicht ein Wort Italienisch gelernt. Schlimmer: warum weigerte sie sich, in einer Stadt, in der alle Französisch sprachen, auch nur ein Bonjour zu wispern? Was ihn anging, so hatte er wirklich nicht die Zeit, Arabisch oder Englisch zu lernen. Und auf arabisch kannte er nur die Wörter na'am, là, shukràn, aamel maaruf, lesh, shubaddak, mish fahèm, und im Englischen konnte er nicht einmal das Hilfsverb *do* verwenden, um die negative Verbform zu bilden. Wenn man beispielsweise sagen will, Ninette-ich-liebe-dich-nicht, wohin stellt man das *do*? An die Stelle, an die man das *pas* setzt, wenn man sagt Ninette-je-ne-t'aime-pas, oder nicht? Ninette-I-do-love-you-not... Ninette-I-not-love-you-do... Ninette, I-do-not-love-you... Er dachte lange darüber nach, und endlich beschloß er, das Problem dadurch zu lösen, daß er einen Brief schrieb und von Martino übersetzen ließ. Er schrieb ihn, diktierte ihn Martino, der ihn ein wenig verlegen übersetzte, dann schrieb er ihn peinlich genau ab. Doch während er ihn abschrieb, schien es ihm, als wäre der Ton allzu kalt, allzu vernünftig und daß ein Geschenk ihn etwas abschwächen würde. So ging er los und suchte einen Juwelierladen.

Er fand ihn in der Rue Farruk, einer kleinen Straße in Gobeyre, nicht weit von Chatila. Darauf wies ihn ein blinder alter Mann hin, der auf einem Stühlchen saß und eine Wasserpfeife rauchte. Er war sehr, sehr alt, die Iris seiner Augen war so milchig, daß sie schon fast weiß aussah, und er nahm jedes Geräusch mit einer derartigen Feinfühligkeit wahr, daß er sofort erriet, wer vor ihm stand. Mehr noch: was derjenige wollte. «Cherchez-vous la bijouterie? Suchen Sie das Juweliergeschäft?» fragte er ihn, während er weiter seine Wasserpfeife rauchte. «Oui...», bestätigte Angelo erstaunt. «C'est à côté de vous, mon soldat. Es befindet sich neben Ihnen, Soldat.» Er trat ein, von einer ähnlichen Unruhe befallen wie auf der Bank in der schiitischen Klinik, als er Ninettes ungreifbare, aber doch fühlbare Gegenwart gespürt hatte, und ein paar Minuten lang betrachtete er unschlüssig die Ware, die der Verkäufer ihm zeigte. Was sollte er wählen? Ganz sicher keinen Ring, Symbol der Vereinigung und der Treue. Ein Armband vielleicht. Eine Brosche oder eine Halskette. «Pour une femme musulmane ou chrétienne, für eine moslemische oder eine christliche Frau?» fragte der Verkäufer schließlich. «Chrétienne, Christin», antwortete er. «Dans ce cas j'ai exactement ce que vous voulez, in diesem Fall habe ich genau das, was Sie suchen.» Und er öffnete eine verschlossene Kassette, nahm etwas heraus, was du in diesem schiitischsten Viertel des Westteils zu allerletzt erwartet hättest: eine goldene Kette, an der ein Kreuz in Form eines Ankers hing oder besser: ein Anker, der in Wirklichkeit ein Kreuz war. Der Längs- und der Querbalken bildeten in der Tat ein Kreuz mit einem kleinen Christus, aus dessen Brustkorb ein winziger Rubintropfen hervorquoll. Ein geheimer Überrest eines glücklichen Beirut, dachte er, der schönen Zeit, in der die Stadt noch nicht geteilt war und im Westteil auch Christen wohnten. Dann kaufte er es ohne Zögern, und erst um Viertel vor sieben wurde ihm klar, daß unter allen Geschenken der Welt ein Anker in Form eines Kreuzes wohl am wenigsten geeignet war, einen Brief zu begleiten, der Beziehungen in Frage stellte und Liebe abwies. Aber nun war es zu spät, noch einmal in die Rue Farruk zurückzukehren, um es umzutauschen. Ninette kam immer so pünktlich.

* * *

Auch dieses Mal kam sie pünktlich und strahlte vor Glück. Er dagegen fühlte sich nervös, erfüllt von unerwarteten Schuldgefühlen. «A quel hotel, in welches Hotel?» fragte er verlegen. «One in Junieh, eins in Junieh», trällerte Ninette. Junieh?!? Das war eine andere Stadt, Junieh: zwanzig Kilometer vom Zentrum von Beirut und vierzig Minuten vom Stützpunkt. «Oh, no!» protestierte er und warf einen Blick auf die M12 und auf seine Uniform. «Oh doch», lachte sie vergnügt. Dann drängte sie ihn ins Taxi, das sofort in Richtung Avenue Nasser startete, über das erste Stück dieser Avenue fuhr, dann nach rechts in die Rue Argàn bog, dann nach links in den Pinienwald, an der Rotunde in Sabra vorbeikam, wo die Quasi-Vorahnung zur Gewißheit wurde. Aber er wollte nicht darauf hören, seine Vernunft weigerte sich, und während er Unsinn-Unsinn dachte, bog das Taxi in den kleinen Boulevard ein, der zur Rotunde von Tayoune führte: der nächstgelegene und bequemste Übergang über die Grüne Linie in den Ostteil. Diesseits der Straßensperre eine Abteilung französischer Fallschirmjäger. Jenseits davon eine der Regierungstruppen. «Où allez-vous?» fragten die Fallschirmjäger, erstaunt, einen bewaffneten Unteroffizier zu sehen, der zusammen mit einer Frau im Taxi fuhr. «À l'hôpital Rizk», beruhigte er sie. «Bon. Passez.» Den Regierungstruppen gab er die gleiche Erklärung, und vierzig Minuten später waren sie in Junieh. «Stop!» sagte Ninette, als der Taxifahrer vor einem armseligen Gebäude mit der Aufschrift «Hotel» ankam. Sie traten ein. Ein schlampiger, verschwitzter Portier betrachtete sie feindselig. «Sijil, Ausweise.» Mit bewußter Ungezwungenheit steckte Ninette ihm einen Fünfzigdollarschein zu, und sofort verwandelte sich die Feindseligkeit in Herzlichkeit. Die Herzlichkeit in einen Schlüssel mit Anhänger: «Chambre Royale, Königszimmer.» Königszimmer? Es war das mieseste Zimmer, das Angelo je gesehen hatte. Es enthielt lediglich ein großes Bett mit einer Bettdecke voller unzweideutiger Flecken, einen abgeblätterten Nachttisch mit einer Lampe, zwei Stühle, ein völlig verdrecktes Waschbecken, ein nicht weniger verdrecktes Bidet. Und die Wände waren gekachelt: ein Detail, aus dem du folgern konntest, daß dieser elende Ort als Puff gedient hatte, bevor er ein Hotel geworden war. Er trat ans Fenster. Es ging auf einen Innenhof hinaus, aus dem gräßliche Stimmen und ekelerregende Essensgerüche heraufkamen. Enttäuscht wandte er sich ab.

«Ninette!»

«It doesn't matter, darling. Macht nichts, Liebster», lachte Ninette. Und mit einem Schulterzucken warf sie die Bettdecke mit den unzweideutigen Flecken weg. Dann kontrollierte sie, ob die Laken sauber waren, zog sich aus, legte sich nackt aufs Bett und streckte ihm die Arme entgegen.

«Please, bitte, darling.»

Nackt war sie von einer ganz anderen Schönheit. Ihr Körper verlor das Übermütige und erinnerte ganz unerwartet an die Zerbrechlichkeit eines Muranoglases, eines kostbaren Trinkglases, das vorsichtig und behutsam in der Hand gehalten werden muß. Zart die schönen Brüste, die schönen Hüften mit den feinen Kurven, durchsichtig die Haut, die hier und da vom Schatten dünnster Adern durchzogen war. «Please, darling, please», wiederholte sie, während gleichzeitig ihr schönes Gesicht einer Barbarenkönigin in geradezu flehender Bereitwilligkeit matt wurde. Er aber blieb in der Nähe des Fensters stehen, ohne das Gewehr abzunehmen. Auf dem Weg hierher hatte er sich den Vorgang anders ausgemalt, es sollte von beiden ausgehen, nachdem der Brief und das Geschenk überreicht worden wären; und diese Eile irritierte, ja, beleidigte ihn.

«First my letter and my gift, zuerst mein Brief und mein Geschenk», sagte er, wobei er mit entschlossener Stimme das Wort «first» betonte.

Die ausgestreckten Arme senkten sich, in die violetten Augen trat der Ausdruck von Erstaunen.

«What letter, darling, what gift? Was für ein Brief, Liebster, was für ein Geschenk?»

Still reichte er ihr einen Umschlag und ein Kästchen. Sie nahm den Umschlag, legte ihn aufs Kopfkissen. Dann nahm sie das Kästchen, öffnete es, betrachtete die Kette mit dem kreuzförmigen Anker. Sie betrachtete ihn lange, mit einem geheimnisvollen Lächeln, streichelte gedankenverloren über den kleinen Rubin. Schließlich machte sie Anstalten, aus dem Bett zu steigen, um sich mit einer Umarmung zu bedanken, doch die entschlossene Stimme hielt sie auf.

«The letter, der Brief.»
«Now, jetzt?»
«Now, jetzt.»
«O.k., darling.»

Sie legte den kreuzförmigen Anker wieder in das Kästchen zurück, sie kniete mitten auf dem Bett nieder, öffnete den Umschlag und fing an, den Brief zu lesen. Unterdessen war Angelos Gereiztheit vergangen, und er quälte sich mit unerwarteten Zweifeln. Und wenn sie furchtbar leiden, wenn sie in Tränen ausbrechen würde? Plötzlich kam sie ihm so schutzlos vor, so verletzbar. Vielleicht weil ein nackter Körper immer etwas Schutzloses, etwas Verletzliches hat, auch ein Insekt kann ihm weh tun, oder vielleicht schien sie ihm so ganz anders als das unbefangene Mädchen, das den Portier mit einem Fünfzigdollarschein zum Schweigen gebracht und danach die Bettdecke mit den unzweideutigen Flecken weggeworfen hatte. Mit zusammengepreßten Lippen und gerunzelter Stirn las sie, und manchmal schreckte sie zusammen, als ob jemand sie mit einer Nadel pieksen würde. Plötzlich nahm er das Gewehr ab, legte es auf den Boden, ging auf sie zu.

«Ninette...»

Sie hörte auf zu lesen, faltete den Brief zusammen, gab ihn ihm zurück. Dann hob sie ihr ernstes, reifes, von einem außergewöhnlich intelligenten Blick erleuchtetes Gesicht und lächelte wieder ihr geheimnisvolles Lächeln.

«You are a very innocent boy, my angel. Maybe because you live too little and you think too much. Think less, and live more.»

Was hatte sie gesagt? Er sah sie verwirrt an.

«I don't understand, ich verstehe nicht, Ninette.»

«Much better, darling, much better ... Because if you did, I should tell what I don't want to tell. Then you would run away and he would die again.»
«I don't understand, ich verstehe nicht, Ninette.»
«He would die again, and this time I would die too. And I want to live, instead.»
«I don't understand, ich verstehe nicht, Ninette.»
«I hate death too much ... I hate it the way I hate loneliness, the pain, the sorrow, the grief, and the word good-bye. Help me to live.»
«I don't understand! Parle français, Ninette, sprich französisch!»
«Never, darling, never! Come on. Please ...»

Und sofort lösten ihm zwei erfahrene kleine Hände den Gürtel, der auf den Fußboden flog. Sie zogen ihm die Jacke, das Hemd, die Hose und alles andere aus. Dann umfingen ihn zwei zärtliche Arme, um ihn in eine Tiefe von Zärtlichkeit zu ziehen, und das miese Zimmer des früheren Bordells verwandelte sich wirklich in ein Chambre Royale. Im Hof unten verstummten die gräßlichen Stimmen, die ekelerregenden Essensgerüche verflüchtigten sich und mit ihnen auch das Bild vom verdreckten Waschbecken, vom verdreckten Bidet, der Alptraum des abgerissenen Kopfs im Helm, des kopfüber in der Kloschüssel steckenden Mädchens, des verbluteten kleinen Jungen, des zerlegten Lastwagens, das Bild von Gino, der davon träumte, zu den orangefarben Gewandeten zu gehen, von Zucker, der dem Beruf des Tötens nachging, des Muezzins, der schrie Hände-weg-von-den-Italienern, die-Italiener-geben-uns-Blut, die-Italiener-sind-unsere-Blutsbrüder, von Charlie, der ihn enttäuscht hatte, von $S = K \ln W$. Entropie ist gleich der Konstanten K, multipliziert mit dem natürlichen Logarithmus der thermodynamischen Wahrscheinlichkeit. Es blieb nur die Vorahnung einer bevorstehenden Tragödie, einer Katastrophe, die über sie beide und über alle anderen hereinbrechen würde. Doch bald verflog auch das, um ihn ganz der Freude am Leben zu überlassen. Nicht denken, sondern leben. Und lieben. Vielleicht.

Auf der Straße Ohne Namen fuhr unterdessen ein olivgrüner Mercedes vor der Dreiundzwanzig hin und her. Und in Gobeyre bereiteten sich zwei Personen mit Namen Rashid und Khalid-Passe-partout darauf vor, auf der Bühne zu erscheinen.

Fünftes Kapitel

– 1 –

Der richtige Soldat belügt sich selbst, wenn er behauptet, den Krieg zu hassen. Er liebt den Krieg zutiefst. Und nicht etwa, weil er ein besonders bösartiger, blutrünstiger Mensch wäre, sondern weil er die Vitalität liebt, die (so paradox dies auch scheinen mag) der Krieg in sich birgt. Mit der Vitalität die Herausforderung, die Wette und das Mystische, von dem er sich nährt. Auf der Bühne der großen Komödie mit dem Titel «Frieden» existiert das Mystische nicht. Du weißt bereits, daß das Stück aus mehreren Akten besteht und daß du nach dem ersten Akt den zweiten sehen wirst, nach dem zweiten wirst du den dritten sehen: unbekannt ist nur die Entwicklung der dargestellten Geschichte und ihr Epilog. Auf der Bühne der großen Tragödie mit dem Titel «Krieg» dagegen weißt du nie, was passieren wird. Ob du Zuschauer oder Darsteller bist, immer fragst du dich, ob du das Ende des ersten Aktes erleben wirst. Und der zweite ist eine Möglichkeit. Der dritte eine Hoffnung. Die Zukunft eine Vermutung. Jeden Augenblick kannst du im Krieg sterben, und jeden Augenblick kannst du verwundet, genauer gesagt aus dem Kreis der Darsteller oder aus dem Publikum entfernt werden. Alles ist dort eine unbekannte Größe, eine Frage, die den Atem stocken läßt, aber genau deshalb vibriert in dir eine aufgeputschte Vitalität. Im Krieg sind deine Augen aufmerksamer, deine Sinne wacher, deine Gedanken klarer. Du bemerkst jede Einzelheit, nimmst jeden Geruch, jedes Geräusch, jeden Geschmack wahr. Und wenn du klug bist, kannst du dabei das Leben studieren, wie es kein Philosoph je studieren kann; kannst du im Krieg die Menschen analysieren, wie sie kein Psychologe je analysieren kann, sie begreifen, wie du sie zu keiner Zeit und unter keinen Umständen im Frieden begreifen kannst. Wenn du dazu noch Jäger bist, ein Glücksspieler, hast du soviel Spaß wie noch nie und wie du im Wald oder in der Tundra oder am Roulettetisch auch niemals haben wirst. Denn das grausame Spiel des Krieges ist die Jagd der Jagden, die Herausforderung der Herausforderungen, die Wette der Wetten. Die Jagd auf den Menschen, die Herausforderung des Todes, die Wette mit dem Leben. Exzesse, die der richtige Soldat braucht.

Er braucht sie, weil er in diesen Exzessen die positiven Seiten sieht, die Vorteile, die er daraus zieht. Die tagtäglichen Probleme sind weg, die quälenden Sorgen, die ihm in Friedenszeiten so drückend erschienen und es womöglich auch waren: die Erziehung der Kinder, das Zahlen der Steuern, die Begleichung der Schulden, das Ablegen des Examens, der Erhalt des Arbeitsplatzes. Verschwunden die Pflichten, die ihm damals, drüben, zu Hause, unumgänglich schienen: die Installation der Klimaanlage, ein neues Auto, der Kauf eines Mantels, die Überkronung des Backenzahns, die Organisierung des Urlaubs. Wenn der Tod jeden Augenblick nach dir greifen kann und Überleben das einzige ist, was zählt, wird alles andere lächerlich. Daraus ergibt sich, daß der richtige Soldat nicht fern vom Krieg zu leben vermag, und sobald er einen Vorwand gefunden hat, läuft er ihm entgegen, ohne sich um die Gefahren zu kümmern, denen er sich dabei stellen muß, die Entbehrungen, die er dabei auf sich nehmen muß, die Qualen, die er dabei ertragen muß, die Niederträchtigkeiten, die er dabei begehen muß. Und wenn er nicht dabei umkommt, wenn er nicht einen Teil seines Körpers dabei zurückläßt, wird er sich bei seiner Heimkehr unmäßig nach ihm sehnen, bis zum nächsten Vorwand und dann bis zum Grab. Er wird von nichts anderem sprechen. Er wird seinen Verwandten und Freunden mit seinen Kriegserinnerungen, seinen Kriegsgeschichten, seinen Kriegserfahrungen auf die Nerven gehen, er wird sie mit der Geschichte langweilen, wie ihn eines Tages eine Gewehrkugel um Haaresbreite verfehlte, wie ihn eines Abends fast eine Bombe getroffen hätte, wie er und seine Kameraden eines Nachts von feindlichem Feuer eingeschlossen waren, so daß sie befürchteten, den nächsten Tag nicht mehr zu erleben; aber dann erlebten sie ihn doch, stürzten sich in den Gegenangriff und ließen die Leichen von dreihundertzwanzig Feinden auf dem Schlachtfeld zurück. Ja, kein Vergnügen und kein Abenteuer scheinen ihm je mit denen des Krieges vergleichbar, und ohne sie welkt er dahin. Er wird dick, er wird alt. Der richtige Soldat ist ein Masochist. Und auch ein Egoist, den es nicht kümmert, was er tut, welche Folgen seine Taten für ihn und andere haben, und selten nur stellt er sich moralische Fragen; während der Zug, das Schiff oder das Flugzeug ihn den Gefahren, den Entbehrungen, den Qualen und den Niederträchtigkeiten entgegenträgt, denen er sich stellen wird, denkt er lediglich, daß er seiner Befreiung entgegeneilt. Halleluja! Gesellschaftliche Bindungen sind an der Wurzel durchschnitten, familiäre Qualen beiseite geräumt, die gähnende Langeweile ist vergessen, und damit die Regeln, die Gut und Böse definieren. Halleluja! In Kürze steht er dem Tod, das heißt dem Leben von Angesicht zu Angesicht gegenüber. Und er wird mit sich selbst im Frieden sein.

Ob sie sich das eingestanden oder nicht, dies war der Fall bei vielen Italienern in Beirut. So war es beim Kondor, so war es bei Charlie, so war es bei Zucker, bei Verrücktes Pferd, bei Sandokan. (Eine der Personen, die wir noch nicht kennengelernt haben.) Aber vor allem war dies der Fall bei Pistoia, einem großen Glücksspieler und großen Jäger, der aus rein privatem Vergnügen in Beirut war, das heißt, aus einer großen Lust heraus, handgreiflich zu werden. Und dies erklärt den Zwischenfall, der sich heute nacht in das Mosaik der Zufälle einfügen wird, von denen sich das Schicksal nährt.

* * *

Pistoia verzog sein knochiges, schalkhaftes Gesicht zu einer zornigen Grimasse, öffnete den großen Mund und kotzte ein paar Flüche aus; dann zog er den blauen Anzug aus, den er angezogen hatte, um zu seinen Freundinnen zu gehen, und stieg wieder in seine Uniform. Was für 'n Reinfall, Scheiße noch mal, was für 'n Reinfall! Ausgerechnet heute, wo er die Rangdewus mit Joséphine, Geraldine und Caroline hatte! Vor allem tat es ihm wegen Joséphines Dampfkochtopf leid. Eine, die im Bett nun wirklich nicht die Evangelien verkündet. Die Erfahrung zählt, klar? Sie verlängert den Beischlaf, verdoppelt die Lust. Nicht so Geraldine. Erfahrung hatte die keine. Siebzehn Jahre gegenüber seinen zweiundvierzig, klar? Wenn du sie nämlich überbügeln wolltest, mußtest du die Erzeugerin miteinkalkulieren. Wo-geht-ihr-hin, wohin-bringen-Sie-sie. Hier-um-die-Ecke, liebe Frau, Kaffee-trinken. Den-mach-ich-euch-den-Kaffee, den-mach-ich-euch. Dann machte sie ihn wirklich, und dann war's nichts mehr mit Überbügeln. Wenn es dir aber gelang, dich davonzumachen und in ein Hotel zu schlüpfen, was für eine Frische! Was für eine Unschuld! «Hat's dir gefallen, Pistoia? Bin ich gut gewesen?» Über Caroline, was soll man über die sagen? Der Appetit kommt beim Essen, klar? Ißt du eine Kirsche, ißt du alle. Und wenn du die Kirschen im Korb hast, dann zählst du sie nicht! Sie wohnten im selben Gebäude, Joséphine, Geraldine und Caroline. Die erste in der dritten Etage, die zweite in der zweiten und die dritte in der ersten. Geraldine hatte er nämlich auf dem Treppenabsatz der zweiten Etage kennengelernt, als er von Joséphines dritter Etage runterkam, und Caroline auf dem

Treppenabsatz der ersten Etage. Als er von Geraldines zweiter Etage runterkam. Da sie eine Freundin von Joséphine und Geraldine war, die ihr jedes Geheimnis erzählten, hatte sie ihn mit einem breiten Lächeln angehalten und: «Kommen Sie, setzen Sie sich, Monsieur le Capitaine, ich mach Ihnen einen Kaffee...» Dann, zwischen einem Kaffee und dem nächsten: «Ach, sind die beiden glücklich! Ich hab einen Mann, der sofort einschläft, wenn er das Bett sieht! Ich werde sterben, ohne erfahren zu haben, was Liebe ist.» Sofort hatte er sich angeboten: «Das soll man nie sagen, Sora Carolina, das mach ich schon. So bleib ich in Form.» Wohlgemerkt: auf jeder Etage in Form zu bleiben war eine schöne Schinderei. Hinterher kam er sich vor wie ein alter Mann, der die Wallfahrt durch die sieben Basiliken Roms zu Fuß zurückgelegt hatte, und der Kondor explodierte mit Gebrüll! «Pistoiaaa! Wo andere graue Zellen haben, haben Sie den Schwaaanz!» Fast die gleichen Worte, die seine Frau durchs Telefon schrie, eine wunderbare, kleine, zierliche Frau, zugegeben, aber eifersüchtiger als ein von seiner Desdemona gehörnter Othello; und völlig sinnlos, ihr zu sagen Du-Dummes, ich-liebe-nur-dich, du-Dummes; drei-kleine-Freundinnen-in-Beirut-zu-haben-bedeutet-doch-nicht-dir-Hörner-aufzusetzen! Und ebenso sinnlos zu antworten Generale-was-kann-ich-denn-dafür-daß-ich-romantisch-und-großzügig-veranlagt-bin. Das begriff er nicht, der Kondor. Im übrigen begriff er ja nicht einmal, daß ihm die dreifache Schinderei Spaß machte, weil es eine Herausforderung an das Schicksal war. Denn Joséphine, Geraldine und Caroline waren Guelfinnen, das heißt Christinnen, und als Guelfinnen lebten sie da, wo die Guelfen leben, das heißt im Ostteil, und um zu ihnen zu gelangen, mußte man die Grüne Linie überqueren, sich mit den wachhabenden Ghibellinen an den Straßensperren auseinandersetzen und so weiter. Ich meine: wenn du an diesen Straßensperren oder auf dem Weg an ein Rudel Ghibellinen gerätst, die noch größere Arschlöcher, Scheißkerle und Wichser sind als gewöhnlich, dann riskierst du zumindest, daß sie dich einlochen!

Er brummte hämisch. Guelfen und Ghibellinen, ja. Wie immer du's auch drehst und wendest, dir wird klar, daß auf der Welt nichts Neues geschieht: was war es denn anderes, dieses Beirut, als eine ewige Schlacht von Montaperti mit den Christen an Stelle der Guelfen und den Moslems an Stelle der Ghibellinen? Nur aus diesem Grund hatte er sich wie neu geboren gefühlt, als er den Lastwagen des Ghibellinen aus Bourji el Barajni auseinandernehmen konnte! Wie neugeboren, wie neugeboren! Und wenn er gekonnt hätte, hätte er dem Fahrer die sardische Pattada ins Herz gerammt. Von wegen Blutsbrüder, al-talieni-ekhuaatùna-bil-dam! Eine Wut vielleicht, heute morgen, von diesem al-talieni-ekhuaatùna-bil-dam geweckt zu werden! Er war sofort zum Kondor gelaufen. «Generale», hatte er protestiert, «durch Vögeln lernt man Sprachen. Ich radebreche 'n bißchen Arabisch, und ich weiß daß al-talieni die Italiener bedeutet. Ich weiß, daß ekhuaatùna sie-sind-Brüder bedeutet, daß bil-dam vom-Blut bedeutet und daß ich hier keine Brüder habe. Meine Brüder leben alle in Pistoia. Welches Spiel wird hier gespielt?» Aber der Kondor verlor nicht die Fassung: «Ein intelligentes Spiel, Pistoia.» Intelligent?!? War es etwa intelligent, auf Hexogen mit Blutplasma-Geschenken, auf Drohungen mit tiefen Verbeugungen zu antworten? War es etwa intelligent, die Verachtung dieser Sarazenen hinzunehmen, sie mit Kalaschnikows und RPGs rumlaufen zu lassen, nicht auf sie zu schießen, wenn sie in Chatila und Bourji el Barajni einfielen und die Italiener belästigten und die Palästinenser einschüchterten? Nicht, daß ihn die Palästinenser interessierten, klar? Auch sie waren Ghibellinen, und bis gestern waren sie schlimmer als die Sarazenen in Livorno: Ich wette, den Falangisten hat es Spaß gemacht, ihnen alles auf Heller und Pfennig heimzuzahlen! Ob zu Recht oder zu Unrecht, die Italiener waren jedenfalls hier, um sie zu beschützen, und wenn man jemanden beschützt, kann man es nicht zulassen, daß die Feinde in sein Haus eindringen! Tatsache war, daß der Kondor zu sehr auf Charlie hörte. Er hing an seinen Lippen, wie Maria de' Medici an den Lippen Richelieus, Heilige Jungfrau, und Charlie vertraute viel zu sehr dem grausamen Saladin. Also diesem Zandra Sadr. Charlie wollte es nicht in den Kopf, daß für die Araber Versprechen bedeutungslos sind, daß sie dir im gleichen Augenblick, in dem sie dich heulend Blutsbruder nennen, den Lastwagen mit dem Kamikaze schicken. Und wenn du's ihm erklärtest, wenn du ihn erinnertest, daß der Koran Lügen nicht untersagt, daß er sogar den lobt und ermutigt, der sie zum Ruhm des Islam ausspricht, raunzte er nur: «Klappe, Faschist.» Oder: «Halt den Schnabel, du bist doch ein Freund von Capitano Gassàn.» Jawohl, das war er. Jedesmal, wenn er zu Joséphine, Geraldine und Caroline ging, hielt er an der Kaserne von Bodaru, der Kaserne der Achten Brigade, um einen kleinen Plausch zu halten. Denn Gassàn war ein tüchtiger Kerl, ein toller Superguelfe, ein echter Landsknecht. Vor allem sprach er perfekt Italienisch. Das hatte er an der Militärakademie in Civitavecchia während eines Lehrgangs für ausländische Offiziere gelernt und dann in der Fallschirmjäger-Schule in Pisa vervollkommnet, wo er sein Schüler gewesen war. Zudem hatte er Mut, und ob es nun nötig war oder nicht, er liquidierte die Ghibellinen, ohne weiter darüber nachzudenken. Am Ende wußte er, was Charlie nicht einmal zu vermuten gewagt hatte: von wegen Russen und Amerikaner, von wegen Kommunisten und Kapitalisten! Der nächste Krieg würde nicht zwischen Reichen und Armen ausbrechen: er würde zwischen Guelfen und Ghibellinen ausbrechen, genauer gesagt, zwischen Schweinefleischfressern und Nichtschweinefleischfressern, zwischen Weinsäufern und Nichtweinsäufern, zwischen Paternosterstammlern und Allah-russillallà-Heulern! «Pistoia! Wir kommen wieder zu den Kreuzzügen, Pistoia», knurrte Gassàn dauernd. Und manchmal fügte er hinzu: «Oder sind wir bereits da?»

Er wiegte den mageren schlaksigen Körper, aus seinen lüsternen, fröhlichen Augen sprühten Funken. Bei Gott! Mit dieser Hoffnung war er ja nach Beirut gekommen! Dieses internationale Truppenkontingent erinnert mich an die Kreuzzüge, hatte er sich gesagt, an die herrlichen Zeiten, als man sich mit den Mauren herumschlug. Gut, gut, so hat man unter dem Vorwand, die Palästinenser zu beschützen, wenigstens ein bißchen Spaß: ein paar Salven mit der Arkebuse und der Steinschleuder. Und als er wegfuhr, hatte er sich wie Tankred von Altavilla gefühlt. Der aus Torquato Tassos *Befreitem Jerusalem*, der gemeinsam mit seinem Oheim Bohemund von Tarent Gottfried von Bouillon folgte und das Heilige Grab zurückeroberte, den Schatz der Umar-Moschee stahl und einen ganzen Haufen von Chlorinden, Florinden und Theodolinden sammelte, die im selben Gebäude wohnten, das heißt im Harem. Was'n Glück, Jungs, was'n Glück! Hier dagegen – und all die Chlorinden und Florinden und Theodolinden jetzt mal beiseite gelassen – spielte er den guten Samariter, der Blutplasma verschenkte oder sich Chatila auf die Eier gehen ließ. Jawohl, meine Herren, heute abend mußte er nach Chatila. Nach Chatila! Weil der Kondor nämlich dem Urteil des Falken und Adler Eins nicht traute, inspizierte er jeden Abend höchstpersönlich die Stellungen in Bourji el Barajni und Chatila, aber heute abend mußte er zu Sierra Mike rasen, um sich zu vergewissern, daß Sandokan die Flugabwehrraketen auch richtig auf den Dächern postiert hatte, und so hatte er, nachdem Zucker nach Bourji el Barajni abkommandiert worden war, ihn rufen lassen, der schon im blauen Anzug steckte. Ihm hatte der Kondor den Mist vor die Tür gekarrt, ihn in Chatila zu vertreten, und es wäre sinnlos gewesen zu entgegnen Also-Generale-eigentlich-hätt-ich-ja-ein-paar-private-Rangdewus ... Richtiger Mist, ja. Eine große Verantwortung. Denn nicht Bourji el Barajni war das Problem der Italiener, sondern Chatila. Die verwichste Kasbah von Chatila, das verwichste Rechteck von fünfhundert mal tausend Metern, auf das sich die Gier der Schiiten und der Regierungstruppen konzentrierte. Der Schiiten, weil die Schiiten es brauchten, um den Westteil ungestört beherrschen zu können; der Regierungstruppen, weil die Regierungstruppen es brauchten, um die Kontrolle über die gesamte Stadt auszuüben ... Um das zu verstehen, brauchte man nur einen Blick auf den Stadtplan zu werfen. Der nördliche Teil überschnitt sich nämlich mit Sabra, wo die Franzosen kaum noch anwesend waren, merde-alors, je-m'en-fiche, ist-mir-scheißegal, so daß die Beduinen dort rumliefen wie in der Wüste: nur die Kamele fehlten ihnen. Der südliche Teil stieß an die Straße Ohne Namen, eine überaus wichtige Verkehrsader, die im Osten zur Straße nach Damaskus wurde und im Westen in die Küstenstraße von Ramlet el Baida mündete. Den Westteil begrenzte die Avenue Chamoun, über die man bequem die Altstadt und die Küste im Norden erreichen konnte. Der Ostteil öffnete sich zur Avenue Nasser, lag also Gobeyre gegenüber, dem Hauptsitz der Amal und damit dem harten Kern der schiitischen Vorhut. Heilige Jungfrau! Um in Chatila einzufallen, brauchten die Ghibellinen nur Sabra zu durchqueren oder den Bürgersteig von Gobeyre runterzugehen, dann die Avenue Nasser zu überqueren und sich in irgendein Gäßchen oder Sträßchen, einen Pfad oder einen Weg zu verdrücken. Diese verwichste Kasbah war wie ein Käse mit Löchern, der da war, um die Ratten anzulocken, die kein Schweinefleisch fraßen, und die Stellungen der Maròs oder der Bersaglieri reichten nicht entfernt aus, sie zurückzudrängen. Und was kannste schon zurückdrängn, wennde dauernd katzbuckelst und rumspielst, mit ialla-ialla, dem Zurück-Marsch-Marsch?!? Aber heute nacht würden sie einen auf den Arsch kriegen, diese Ratten. Beim geringsten Versuch, tatatà! Pistoia würde ihnen eine Dauersalve mit den Arkebusen verpassen, daß sie sich nur so umsehen würden. Zum Schöpfer würde er sie expedieren, zum Schöpfer. Auch, um sich über seine geplatzten Rangdewus hinwegzutrösten, um Joséphine, Geraldine und Caroline zu rächen, die mit leerem Bauch zurückblieben, klar? Fick oder schieß, sagt Tankred von Altavilla in *Das befreite Jerusalem*. Und wehe, wenn du das vergißt, sagte Pistoia abschließend. Dann griff er nach seiner M12 und zwei 9-Millimeter-Parabellum-Magazinen, verließ die Unterkunft und rief seinen Fahrer, der neben dem Geländewagen wartete.

«Beweg deinen Arsch, Ugo!»

«Zu Befehl, Signor Capitano!» antwortete Ugo mit seiner gräßlichen Stimme. «Wohin geht's?»

«Auf die Jagd, Ugo, auf die Jagd.»

«Jagd auf was, Signor Capitano?»

«Auf Ratten, Ugo, auf Ratten.»
«Was für Ratten, Signor Capitano?»
«Na, die Ghibellinen, die aus den Löchern hervorkriechen. Rutsch rüber, ich will fahren!» Und Joséphine, Geraldine und Caroline waren vergessen, als er das Lenkrad packte. Er fuhr los, auf der Suche nach einem guten Ausgangspunkt für die Hetzjagd, wo er stehenbleiben und der Beute auflauern wollte.

Es gab neun solcher Ausgangspunkte, nämlich die Stellungen, die mit ihren M113 und in zwei Fällen mit den Beobachtungsständen die Löcher von Chatila verstopften. Die Einundzwanzig, die Zweiundzwanzig, die Dreiundzwanzig, die Vierundzwanzig und die Fünfundzwanzig, die von den Bersaglieri gehalten wurden. Die Fünfundzwanzig Alpha, die Siebenundzwanzig und die Achtundzwanzig, die von den Maròs gehalten wurden. Die Siebenundzwanzig Eule wurde von den Maròs und den Bersaglieri gemeinsam gehalten. Und die erste, die du von der Rue de l'Aérodrome aus bemerktest, war die Vierundzwanzig, die sich an der Südostecke des verwichsten Rechtecks befand, also an der Rotunde der Überführung. (Die, an der die Avenue Nasser begann und an der die Straße Ohne Namen vorbeiführte.) Aber die Vierundzwanzig verstopfte das am wenigsten benutzte Loch, einen Pfad, der an der Rückseite des Massengrabs endet. Deshalb hielt er dort nicht an. Er bog in die Avenue Nasser, fuhr die fünfhundert Meter an der Ostseite entlang, schwenkte auf die gegenüberliegende Fahrbahn und fuhr zur Zweiundzwanzig, der Stellung an der Nordostecke.

«Alles in Ordnung, Jungs?»
«Jawohl, Signor Capitano.»
Die Zweiundzwanzig befand sich an einem kleinen Platz, dessen Lage wegen einer Tankstelle ungünstig war: die lieferte den Amal den Vorwand, sich heranzuwagen, und gegenüber lag der letzte Abschnitt von Gobeyre und die Rue Argàn, eine Querstraße, in der es immer von Guerillakämpfern wimmelte. Nördlich von ihr lagen die Häuser von Sabra und die Straße zum Turm: ehemals Schauplatz großer Eroberungsgelüste. Dafür lagen am westlichen und südlichen Rand des Platzes Baracken, die einen einzigen Block bildeten, und hier bestand das einzige Loch aus einer kleinen Gasse, die in die Fünfundzwanzig einmündete. Also ein äußerst schlechter Ausgangspunkt für die Jagd. Und wenn er in die entgegengesetzte Richtung fuhr, die, aus der er gekommen war, kam er zur Fünfundzwanzig: die Stellung in der Mitte der östlichen Seite und genau gegenüber dem Bürgersteig von Gobeyre.

«Und bei euch?»
«Scheint alles ruhig, Signor Capitano.»
Ein guter Ausgangspunkt, die Fünfundzwanzig. Sie lag an einer breiten Stelle der Straße, die links von Trümmern begrenzt wurde, hinter denen versteckt ein alter Bunker lag, und rechts davon eine halbzerstörte kleine Villa, die man Habbashs Haus nannte, weil in ihr der Palästinenserführer George Habbash gewohnt hatte; von hier aus wurde in der Tat das am leichtesten durchlässige Loch gestopft: die lange, enge Straße, die von der Avenue Nasser ins Herz des Viertels führte. Er löste sich nur ungern von hier und bog, nachdem er um einen Bombentrichter herumgefahren war, der nicht weit von der kleinen Straße entfernt war, die von der Zweiundzwanzig hierherführte, in die lange, enge Straße ein. Er fuhr an der Fünfundzwanzig Alpha vorbei, einem Beobachtungsstand auf dem Dach eines Hauses, das sich ungefähr auf halbem Weg befand, fuhr dann dreihundert Meter weiter und kam zur Einundzwanzig: der Stellung, die den Punkt überwachte, an dem sich die große Straße von Sabra mit der großen Straße von Chatila kreuzte, und die auf dem Dach der an der Kreuzung liegenden Bruchbude einen Beobachtungsstand hatte. Nagels Beobachtungsstand.
«Nichts Neues?»
«Nein, Signor Capitano.»
Ausgezeichneter Ausgangspunkt, die Einundzwanzig, sagte er sich. Wirklich ausgezeichnet. Weil sie, außer das größte Loch zu stopfen, auch noch eine absolut perfekte Sicht bot. Nach der Tour würde er hier Posten beziehen. Dann bog er nach links, stürzte sich in die große Straße von Chatila und betrachtete argwöhnisch eine Gasse, die sich in einem Labyrinth von Baracken und Hütten verlor, erreichte das Massengrab und kam zur Dreiundzwanzig: der Stellung auf der Südseite, das heißt in der Mitte der Straße Ohne Namen. Für die Ratten, die mit dem Auto hereinkamen, war dies hier ein ungemein günstiges Loch. Er blähte die Nasenflügel, so, als hätte er etwas wahrgenommen, das es nicht gab, das aber dennoch vorhanden oder unterwegs war. Er zögerte kurz, fast, als täte es ihm leid, den Motor wieder anzulassen.
«Auf Schatten aufpassen, wie?»
«Natürlich, Signor Capitano.»
«Und Finger am Abzug.»
Dann fuhr er in die Straße Ohne Namen. Er bog rechts ein, fuhr einen halben Kilometer weiter, kam an einer Gasse vorbei, die von zwei Maròs bewacht wurde, der Wachposten, wo Fabio am Sonntag

des zweifachen Massakers den Kaffee des Mullahs getrunken hatte, und war bei der Achtundzwanzig: der Stellung an der Südwest-Ecke, das heißt an der Kreuzung der Straße Ohne Namen mit der Avenue Chamoun. Er achtete nicht weiter auf den Panzerkommandanten, der ihn grüßte, bog wieder nach rechts ab und war auch schon weg. Er kam in die Avenue Chamoun, fuhr die fünfhundert Meter an der Westseite entlang, bog noch mal rechts ab und kam zu einem Platz mit den Überresten eines Schwimmbeckens – er war bei der Siebenundzwanzig: der Stellung an der nordwestlichen Ecke auf den Ruinen der Cité Sportive. Und dort hätte er eigentlich auf eine Treppe zufahren sollen, die sich in der Dunkelheit verlor (der Zugang zur Siebenundzwanzig Eule), den Geländewagen verlassen und hinaufsteigen sollen. Doch gegenüber der M113 der Siebenundzwanzig machte er kehrt: urplötzlich. Mit einer Wahnsinnsgeschwindigkeit und auf demselben Weg fuhr er zurück zur Einundzwanzig, bremste, schaltete die Scheinwerfer aus und erstarrte wie ein Spürhund, der das Wild gewittert hat. Hals gespannt, Ohren gespitzt, Pupillen weit geöffnet, Zähne zusammengebissen.

«Was gibt's, Signor Capitano?!?» fragte Ugo verstört.

«Da ist was», knurrte er.

«Was?»

«Ratten. Ghibellinen. Ratten.»

Nur einen Augenblick später schoß ein olivgrüner Mercedes aus der Straße Ohne Namen. Er fuhr am Panzer der Dreiundzwanzig vorbei, streifte den Bersagliere Zwiebel, der mit dem Gewehr im Anschlag Halt befahl, fuhr noch etwa hundert Meter weiter, verschwand dann in der kleinen Straße, die sich in dem Labyrinth von Baracken und Hütten verlor. Im Wagen saßen zwei junge Kerle.

«Die da, Signor Capitano?» fragte Ugo noch verstörter.

«Die da», knurrte er glücklich. Und sofort ließ er den Motor wieder an, fuhr im großen Bogen in die lange, enge Straße, kam zu der breiten Stelle der Fünfundzwanzig, sprang heraus, lud die M12 und pflanzte sich breitbeinig neben dem Panzer am Zaun auf. «Hier werden sie rauskommen.»

«Hier, Signor Capitano?»

«Hier.»

Es machte keinen Sinn, dies zu behaupten. Nichts ließ den Schluß zu, daß die beiden nicht in dem Labyrinth von Baracken und Hütten bleiben und ausgerechnet bei der Fünfundzwanzig oder der Einundzwanzig oder auf dem Weg von der Vierundzwanzig wieder aus Chatila rausfahren würden statt bei der Dreiundzwanzig. Aber der Spürhund, der Jäger, der Soldat, der den Krieg zutiefst liebte, der Glücksspieler, der am Krieg mehr Spaß hatte als an jedem Roulettetisch, er wußte, daß sie dort herauskommen würden und daß er dort auf sie warten mußte. Er wartete nicht lange. Nach drei, vier Minuten schoß der olivgrüne Mercedes aus dem Dunkel hervor und landete auf dem Platz.

«Halt! Stop! Halt!» brüllten die Bersaglieri am Boden.
«Halt! Stop! Halt!» brüllten die Bersaglieri oben auf dem Panzer.
«Halt! Stop! Halt!» brüllte der Panzerkommandant.
Er dagegen brüllte nicht: er schoß. Ein langer, sicherer, genauer Kugelhagel. Eine Garbe von Schüssen, die auf den Kofferraum niederprasselte, auf die Windschutzscheibe, auf die beiden, so daß sich der, der fuhr, auf dem Sitz zusammenkauerte und das Auto, nachdem es um Haaresbreite den Bombentrichter verfehlt hatte, gegen Habbashs Haus raste. Dann drehte es sich um die eigene Achse und kam an der engen, kleinen Straße zum Stehen, von wo eine zufriedene Stimme erklang.

«Hab ich euch also geschnappt, ihr Ratten! Barrah, raus, barrah!»
Einer kam heraus, blutüberströmt und bis ins Mark erschreckt.
«Aamel maaruf, bitte, aamel maaruf ...»
Der andere blieb zusammengekauert auf dem Sitz und wimmerte.
«Saedna, Hilfe, saedna ...»
«Saedna am Arsch, und fang bloß nich an zu heulen, schließlich hab ich dich kaum gestreift!» bellte die Stimme zufrieden. «Barrah, raus, barrah!»
«Von wegen barrah-raus-barrah, Signor Capitano!» maulte der Panzerkommandant. «Die hier muß man gleich ins Lazarett schaffen!»
Doch er hatte keinen Erfolg.
«Ruhig, Jungchen, ganz ruhig! Erst müssen die mir sagen, was sie wollten, diese beid'n Ratten.»

– 2 –

Sie wollten gar nichts, seufzte Adler Eins, während er den Blick von den neun bronzenen Mädchen abwandte, die nackt dem Wiener Kronleuchter entstiegen, und sie waren auch keine Ratten. Sie waren zwei Burschen im Haschischrausch, zwei Süchtige. Aber der Vultur gryphus hatte diesem Flegel keinerlei Vorwürfe gemacht, der schuldig war, sinnlos gefeuert zu haben: Statt dessen hatte er sich ihn und seine Jungs vorgenommen: «Wenn diese Memmen, die Sie meine-Jungs nennen, sich nicht hätten überraschen lassen, hätte Pistoia nicht geschossen! Es ist Ihre Schuld, Colonnello! Ihre Nachsichtigkeit, Ihre väterliche Fürsorge, Ihre Schlappheit ist schuld!» Und unterdessen wurden diese armen Kerle der Fünfundzwanzig von den Amal beschimpft, provoziert und bespuckt, die wie Raben auf dem Bürgersteig von Gobeyre aufgezogen waren. Ja, auch bespuckt. Rotzfladen groß wie Spiegeleier: tschaf! tschaf! tschaf! So daß die Bersaglieri auf dem Panzer schließlich das gleiche taten, wodurch dieses Stück der Avenue Nasser mit den Rotzfladen und den gegenseitigen Beleidigungen anstelle des Balls wie ein Tennisplatz wirkte. «Khoda, ibn sharmuta! Nimm das, du Hurensohn!» Tschaf! «Dafür bekommst du das hier, du ausgeleiertes Arschloch!» Tschaf! Ganz zu schweigen vom Risiko einer Racheaktion oder eines nächtlichen Überfalls. Er berührte das Korallenhorn, das er in der Tasche trug, um Unheil abzuwenden, richtete ein stummes Gebet an seine Heiligen und seine Propheten, verließ dann den Stützpunkt und erreichte Chatila, wo er sofort bei der Dreiundzwanzig anhielt, um dem kleinen Schatten des Wachhabenden neben dem Massengrab wieder Mut zuzusprechen.

«Grüß dich, Zwiebel, geht's gut?»

«Jawohl, Signor Colonnello», antwortete Zwiebel mit zittriger Stimme.

«Also, denk dran: keine Fehler heut nacht.»

«Nein, Signor Colonnello...»

«Kein angenehmer Posten, der hier. Ist mir bewußt.»

«Nein, Signor Colonnello...»

«Doch, doch!» Adler Eins blickte auf das unheimliche Geviert, das voller Abfälle und Unkraut war. Jessesmaria, was war das bloß für ein Grab? Von Sonnenaufgang bis Sonnenuntergang grasten da Ziegen und verstreuten ihre Köttel; von Sonnenuntergang bis Sonnenaufgang veranstalteten Maulwürfe dort Bankette. Und sie hatten dort nicht einmal einen Grabstein, diese Barbaren, keine Grabinschrift, die daran erinnerte, wer dort begraben lag. Das einzige, was auf den Inhalt hinwies, war eine Bambusstange, an der ein ausgefranster Lappen hing: die Reste einer schwarzen Fahne, von der man nicht einmal mehr sagen konnte, ob sie jetzt grau oder braun war. Die Fahne der Palästinenser. «Ich werde Nibbio sagen, er soll dich versetzen, Junge...»

«Oh, nein, Signor Colonnello! Bitte, versetzen Se mich nich, nein! Ich möchte unbedingt hier blei'm!»

«Unbedingt?!? Seit wann?!?»
«Seit heut morgen, Signor Colonnello ...»
«Seit heut morgen?!? Und wieso?»
Zwiebel krümmte sich, hustete.
«Weil heut morgen der Generale hierher gekomm' is, Signor Colonnello, und uns von der Dreiundzwanzig 'ne Standpauke gehalten hat, wegen der Geschichte mit 'm Mercedes. Er hat uns gesagt, daß wir uns wie Memm' benomm' haben und nich wie Männer, weil Männer sich wie Männer benehm' müssen und so weiter. Doch bei allem Respekt, Signor Colonnello, das Wort Männer is mir auf die Nerven gegang'. Ich hätt ihm gern geantwortet: Generale, ich bin neunzehn Jahre alt, ich bin noch kein Mann. Ich bin noch gar nich bereit, einer zu werden! Dann hab ich noch mal drüber nachgedacht, Signor Colonnello, und hab entdeckt, daß ich doch dazu bereit bin, dazu und zu vielem anderen noch. Nich zu allem, aber zu vielem. Deshalb isses besser, wenn ich anfang' 'n Mann zu werden, indem ich lerne, bei 'n Toten zu sein. Und sehn Sie se, Signor Colonnello?»

«Wen, was?»

«Die Irrlichter, Signor Colonnello.»

«Ach was, Irrlichter, Zwiebel!»

«Doch, doch, Signor Colonnello! Sie sind da!»

«Das sind Glühwürmchen, Zwiebel.»

«Glühwürmchen im Winter, Signor Colonnello? Sehn Se doch nur da drüben, sehn Se nur!»

Adler Eins sah hinüber und sprang auf, aber nicht, weil er ein Irrlicht oder ein Glühwürmchen gesehen hatte, sondern weil am Fuß der Bambusstange mit der ausgefransten Fahne etwas lag, das er vorher nicht gesehen hatte. Eine Blume. Eine gelbe Gladiole.

«Ich sehe nur eine gelbe Gladiole, Zwiebel.»

«Das bin ich gewesen, Signor Colonnello, ich hab sie mitgebracht.»

«Du?!?»

«Ja ... Es tat mir so weh, nur Kehricht und Abfälle zu sehn. Sind doch auch Christenmenschen oder nich? Moslemische Christenmenschen, aber doch Christenmenschen! Und so hab ich 'ne Blume innerhalb der Abzäunung der Kapelle geklaut, Signor Colonnello. Hoffenwer, daß der Allmächtige nich beleidigt is.»

«Ist er ganz sicher nicht, Zwiebel.»

Er stieg wieder in den Geländewagen und fuhr die große Straße bis zur Einundzwanzig hinunter, wo er ausstieg und zum Beobachtungsstand auf dem Dach der Hütte kletterte, um Nagel Mut zuzusprechen. Da saß er, über sein Gewehr gebeugt, mit einer doppelten Ration Einsatzverpflegung, die auf einem Sandsack lag.

«Grüß dich, Nagel. Wie ich seh, hast du einen guten Appetit.»

«Jawohl, Signor Colonnello. Essen hält wach.»

«Bist du müde, brauchst du Ablösung?»

«Nein, alles o.k. Abgesehen von diesen Scheißtypen von Jungs, die da unten wohn' ...»

«Wieso, was machen sie denn?»

«Sie haben's auf mich abgesehn, Signor Colonnello. Dauernd quälense mich mit dem üblichen Italiener-tomorrow-kaputt, Italiener-bum-bum!»

«Hm ... Willst du versetzt werden, Nagel?»

«Oh, nein! Nein! Bloß keine Umstände, Signor Colonnello!»

«Es sind keine Umstände, Nagel. Ich sag es Nibbio und ...»

«Bitte, Signor Colonnello, sagen Sie es ihm nicht!»

«Willst du etwa auch ein Mann werden, Nagel?»

«Ein Mann, Signor Colonnello?!?»

«Ja, wie Zwiebel. Ich wollte ihn von seinem Wachposten am Massengrab versetzen lassen, aber er wollte nicht. Er hat mir gesagt, es hilft ihm, ein Mann zu werden, wenn er bei den Toten bleibt.»

«Der Glückliche, Signor Colonnello. Ich glaub nich, daß ich ein Mann werde, weil ich mit Lebenden und Toten in Beirut gewesen bin.»

«Warum willst du dann nicht, daß ich dich auf einen besseren Posten versetze?»

«Weil hier oben saubere Luft ist, Signor Colonnello.»

«Saubere Luft?!? Nagel ... es wird doch wohl nicht wegen einer Frau sein?»

«Nein, nein, Signor Colonnello. Lieber schwul als tot.»

«Gut so, Nagel. Ich seh, du haßt's kapiert.»

«Jawohl, Signor Colonnello ...» Dann sah er hinter ihm her, wie er vom Beobachtungsstand herunterkletterte, und atmete auf. Schwein gehabt, das war noch mal gutgegangen! Was hätte Jamila dann zu essen gekriegt, wenn der Colonnello ihn von dem Beobachtungsstand versetzt hätte: Luft? Sie war so mager, die arme Jamila. Aber nicht mager auf eine gesunde, robuste Weise so wie er: sondern mager auf eine kranke, rachitische Weise. Und außerdem war sie freundlich, glich überhaupt nicht ihren miesen Brüdern. Sie stahl das Essen und basta. Denn wenn du's ihr gabst, nahm sie es nicht an: sie verschränkte die Hände auf dem Rücken, dann schlug sie die Augen nieder und schüttelte den Kopf, um nein zu sagen. Legtest du es dagegen auf einen Sandsack, ohne ein Wort zu sagen, wartete sie, daß du ihr den Rücken zukehrtest; dann ließ sie es mitgehen, um es mucksmäuschenstill in irgendeiner Ecke zu verschlingen. Wie an dem Tag, an dem sie das Huhn geklaut hatte. Er suchte das Huhn, Wo-ist-das-Huhn, wer-hat-mir-mein-Huhn-weggenommen, dabei hatte sie es genommen. Sie verschlang es mucksmäuschenstill zusammengekauert in einer Ecke ... So war's! Die doppelte Ration brauchte er wegen Jamila. Denn für ihn war eine mehr als genug. Doch vor ein paar Tagen war das für ihn nicht genug gewesen. Da hatte er beide Rationen aufgegessen, und sie war auf die Straße hinuntergegangen und hatte in den Abfällen nach Eßbarem gewühlt. Das hatte er auch seiner kleinen Schwester geschrieben, die genauso alt war, nämlich neun, und Essen verschwendete schlimmer als eine Milliardärin. Sie zerschnippelte es, zerdrückte es, ließ es auf dem Teller liegen, sogar dann, wenn es sich um außerordentlich gute, von ihm selbst zubereitete Sachen handelte: Sankt-Josefs-Pfannkuchen und solche Dinge. Er hatte ihr geschrieben: «Liebe Monica, du verschwendest sogar noch die Sankt-Josefs-Kringel, aber die kleine Jamila muß sich ihr Essen klauen oder unter dem Abfall zusammensuchen. Wußtest du das?» Und an seine Eltern hatte er geschrieben: «Lieber Papa und liebe Mama, ihr wißt, daß ich Kommunist geworden bin wegen der Barackenbewohner gegenüber unserem Haus, kurz wegen der Armen und des Hungers. Aber die sind ja nur scheinbar arm. Immer haben sie ein Stück Pizza im Mund oder ein Stück Gebäck mit Vanillecreme oder ein Eis. Und sind fett. Würdet ihr Jamila kennen, die arme Jamila, würdet ihr erst begreifen, wie richtig es ist, sich wegen der Armen aufzuregen, die nichts zu essen haben ...»

«Nagel!» rief Adler Eins von der großen Straße her.

«Jawohl, Signor Colonnello ...»

«Aber nicht zuviel essen, verstanden?»

«Keine Sorge, Signor Colonnello ...»

«Wenn das so einfach wäre ...», murmelte er, als er wieder in den Geländewagen stieg und den Fahrer anwies, ihn zur Siebenundzwanzig Eule zu fahren. Seine Nervosität von vorhin war wiedergekommen, die quälende Angst, daß sich heute nacht wirklich eine Schweinerei ereignen könnte, und er wollte sich von der Höhe der Stellung Siebenundzwanzig Eule ein genaues Bild von der Lage verschaffen.

* * *

Mit dieser Angst stieg er über die Trümmer der Treppe hinauf, die zu einer Art Plattform führte: der Rest eines Solariums, das in den Zeiten eines glücklicheren Beiruts die Cité Sportive ausgezeichnet hatte. Auf dieser Plattform eine vollkommen von Sandsäcken umgebene Bude, die deshalb fast unsichtbar war, weil sie im Dunkeln lag. In dieser Bude: der Nazarener und ein Marò, die zu den Schießscharten hinausspähten. Bei den beiden befand sich ein Arsenal lichtintensiver Nachtsichtgeräte und Feldstecher, Funkgeräte, Funktelefone und Karten, die mit Taschenlampen konsultiert werden konnten. Adler Eins kam herein und sprach mit einer Stimme, die nicht ihm zu gehören schien. Verärgert, hart.

«Nazarener, hast du irgendwas Ungewöhnliches bemerkt?»

«Nein, heute nacht läuft alles glatt. Sie schießen nicht mal», antwortete der Nazarener überrascht.

«Trau so was in Beirut nie. Früher oder später kracht es. Gib mir eins von den Gläsern.»

Ungeduldig hielt er es an die Augen. Von Schießscharte zu Schießscharte streifte er über das gesamte Gebiet von Chatila hinweg: zuerst die Avenue Nasser, dann die Rotunde an der Überführung, dann die Straße Ohne Namen, dann die Kreuzung mit der Botschaft von Kuwait, danach die Avenue Chamoun, danach die Seite, in die sich dieses Viertel und Sabra teilten. Nichts, man sah nichts. Er richtete das Glas aufs Kommando, aufs Feldlazarett, auf die Nachschubbasis, den Stützpunkt Adler, danach auf Bourji el Barajni und den Flughafen. Nichts. Er sah nach Süden, auf die Kaserne der Sechsten Brigade, dann nach Westen auf die Küstenstraße von Ramlet el Baida und den Stützpunkt Sierra Mike. Nichts. Er richtete das Fernglas nach Norden, auf Sabra. Nichts. So schwenkte er es wieder auf die Avenue Nasser zurück, auf den kleinen Platz der Zweiundzwanzig, auf die breite Stelle der Fünfundzwanzig, auf die Ecke der Vierundzwanzig, über und unter der Überführung. Nichts. Bei der Fünfundzwanzig und in ihrer Umgebung das gleiche. In der Mitte dieses Platzes machten die Bersaglieri des Panzers einen ruhigen Eindruck, auf dem Bürgersteig von Gobeyre schienen die Amalleute miteinander zu sprechen, und einer von ihnen, der auf einem kleinen geflochtenen Stuhl saß, schlief selig. Heute abend spuckten sie sich nicht einmal gegenseitig an. Er gab das Fernglas dann Nazarener zurück, der irgend etwas in Tayoune beobachtete.

«Was gibt's, was siehst du?»

«Eine Stute, Signor Colonnello.»

«Eine Stute?!?»

«Ja, eine Stute, am Übergang von Tayoune. Ich hab sie gestern schon gesehen, während ich die Rotunde überquert hab, um zwei Verwundete ins Rizk zu bringen. Eine Schimmelstute mit heller Mähne. Wunderschön. Wer weiß, wem sie gehört. Vielleicht niemandem. Sie steht immer da auf dem Beet und frißt ihr Gras ganz allein. Sie hat zwei Augen, die einen vor Liebe vergehen lassen. Eine Hymne auf das Leben, Signor Colonnello!»

«Leben hin, Leben her, Liebe hin, Liebe her! Ist das jetzt der Moment, sich von einer Stute ablenken zu lassen?!?»

«Entschuldigung, Signor Colonnello ... Ich hab mich einen Augenblick ablenken lassen ...», stotterte der Nazarener voller Bedauern. «Ich hab immer ein Pferd haben wollen, aber weil ich mir keins leisten konnte, hab ich mir einen Esel gekauft und ...»

«Was glaubst du wohl, wie mich dein Esel und dein Pferd interessieren! Schneid dir lieber die Haare und paß besser auf! Du mußt besser aufpassen!»

«Jawohl, Signor Colonnello ...»

«Und gib mir noch mal das Fernglas! Wo habt ihr das Fernglas hingetan?!?»

«Nirgendwohin, Signor Colonnello. Sie haben es weggelegt. Ach, da ist es ja», antwortete der Marò mit Bedauern. Merkwürdig: normalerweise war Adler Eins doch immer so freundlich.

Er nahm noch einmal das Fernglas und blickte aufmerksam zur Zweiundzwanzig, dann zur Fünfundzwanzig, darauf zur Vierundzwanzig, dann noch einmal zur Fünfundzwanzig und konzentrierte seine Aufmerksamkeit auf den Umriß des Bersagliere, der hinter dem Panzer die Rückseite von Habbashs Haus kontrollierte, das heißt die Gasse, die direkt zur Zweiundzwanzig führte.

Es war Ferruccio, und der Nazarener hätte viel dafür gegeben, seinen Posten einnehmen zu können. Ferruccio befand sich nämlich in der Nähe der Trümmer eines Hauses, das eine Bombe bereits vor zehn Jahren zerstört hatte, und dank eines Samenkorns, das der Wind herübergetragen hatte, war aus den Trümmern ein wunderschöner Feigenbaum gewachsen.

– 3 –

Auch Ferruccio war nervös. Und zwar, weil Nibbio ihn heute morgen hatte rufen lassen und: «Zieh 'ne saubere Uniform an, das am besten gebügelte Halstuch, das du hast, wichs deine Stiefel und komm mit mir.» – «Wohin, Signor Capitano?» – «Zum Kondor, der bringt dich zu 'n Franzosen. Von den' kriegste 'ne Medaille.» – «Wofür, Signor Capitano?» – «Für das Mädchen im Klosett.» Das hatte ihn betroffen gemacht. Es war ihm wie eine Beleidigung des Mädchens vorgekommen. Trotzdem hatte er die saubere Uniform, das am besten gebügelte Halstuch, das er hatte, angezogen, die Stiefel gewichst und war dann zum Kondor gegangen, der ihn brüllend empfing. «Die-Mütze-sitzt-schief. Die-Haare-sind-nicht-kurz-genug. Die-Schnürsenkel-sind-staubig». Jesus! Wie soll man denn saubere Schnürsenkel haben in einer Stadt, wo sogar der Asphalt mit einer Schicht roter Erde überzogen ist?!? Der Signor Generale mochte die Bersaglieri ganz einfach nicht, das war's, er behandelte sie noch mieser als die Maròs. Für ihn gab es nur Fallschirmjäger. Das genaue Gegenteil von Adler Eins. Der alle mochte und zu allen höflich war. Gib-acht-daß-du-nicht-irrtümlich-den-Abzug-betätigst. Erkälte-dich-nicht. Hast-du-Hunger, bist-du-müde, hast-du-Wollstrümpfe-angezogen? Und du kontest dich Adler Eins anvertrauen. Konntest ihm sagen: Signor Colonnello, ich will diese Medaille nicht, sie kommt mir vor wie eine Beleidigung des Mädchens... Gestern hatte er ihn sogar gebeten, ihn für kurze Zeit von der Fünfundzwanzig zu versetzen. Signor Colonnello, ich schaff das nicht mehr, immer da unter dem Feigenbaum stillzustehen. Schicken Sie mich bitte für 'ne Weile auf Patrouille. Adler Eins hatte ihn dann auch geschickt, so daß er endlich auch mal was sehen konnte: Frauen, die zum Markt gingen, Kinder, die mit dem Ball spielten, Alte, die vor den Türen ihrer Häuser in der Sonne saßen, und den Mullah mit dem Kaffee. Ferruccio hatte auch Farjane kennengelernt, das zauberhafte Mädchen, das in der Hoffnung, nach Italien abhauen zu können, sich festtagsschick anzog, mit vergoldeten Sandalen und einem Organzakleid, sich dann bei sämtlichen Stellungen herumdrückte und jeden Soldaten bat: «Will you please marry me, heiratest du mich bitte?» Wenn er nicht so wahnsinnig in seine Daniela verknallt gewesen wäre, hätte er geantwortet: «Ich heirate dich, Farjane.» Und dann hatte er Fatima kennengelernt, die Nutte der Maròs. Häßlich, ausgesprochen häßlich. Ein Hintern, der in den Blue Jeans aussah wie 'ne Matratze. Was für Schwachköpfe, die Maròs, Geld auszugeben, um sie im Jeep auf dem Boden des Schwimmbeckens zu ficken! Während der israelischen Belagerung hatte nämlich eine Explosion den Jeep in dieses Wettkampfbecken für Turmspringer geschleudert, doch statt in Stücke zu gehen oder sich zu überschlagen, war der Jeep freundlicherweise auf dem

Boden gelandet, und jetzt benutzten ihn die Maròs als Garçonniere mit Fatima ... Er spähte angestrengt ins Dunkel und packte sein Gewehr fester. Es war ihm, als hätte er etwas rascheln gehört, wie das samtweiche Schleichen einer Katze, dann, als hätte er einen Schatten gesehen, der näher kam und sich mit dem Schatten des Feigenbaums vereinte.

«Mohammed! Bist du's, Mohammed?»

Niemand antwortete ihm, aber er machte sich nicht mehr Sorgen als nötig. Das war meistens so, wenn Mohammed ihn besuchen kam. Er schlich sich sachte, sachte heran, manchmal kam er dabei von der langen, engen Straße her, die bei der Einundzwanzig anfing, manchmal kam er aber auch von der Rückseite des zerstörten Hauses her, auf dessen Trümmern der Feigenbaum gewachsen war, dann hockte er sich zu seinen Füßen, und alles Protestieren half nichts. Mohammed-hör-damit-auf. Mohammed-schwör-daß-du-damit-aufhörst. Mohammed schwor es und vergaß es wieder. Er hatte ja sowieso vor nichts Angst. Nicht einmal vor Schüssen. Mit elf war er so an sie gewöhnt, daß er sie als ein Geräusch unter vielen ansah, als etwas so Normales wie den Regen. Und wer hat schon Angst vor dem Regen?

«Mohammed! Antworte, Mohammed!»

Aber wieder keine Antwort, und dieses Mal erschrak er. Beinahe war er versucht, auf den Schatten zu feuern, der einen Augenblick lang wieder aufgetaucht war. Und wenn Nibbio recht hätte? Gestern hatte Nibbio ihm eine Szene gemacht. «Ferruccio, willste 's endlich begreifen, dasses verboten is, Fremde in der Stellung zu ha'm?!?» – «Ja, Capitano.» – «Willste 's dir endlich einhämmern, daß kleine Jungs hier alles andere als ungefährlich sind?» – «Ja, Capitano.» – «Weißte nich, daß man se hier wie Soldaten ausbildet und se mit zwölf schon Soldaten sind?» – «Doch, Capitano.» – «Is dir nich klar, dasser absichtlich geschickt wor'n sein könnte, um dich abzulenken, damit wir angegriffen werden könn'?» – «Doch, Capitano.» – «Und wenn ein Schatten nich auf Wer-ist-da antwortet, wird geschossen! Geschossen, geschossen!» – «Ja, Capitano.» Er hatte zwar ja, ja, ja, doch, doch, geantwortet, aber auf Mohammed hätte er nun wirklich nicht geschossen. Jesus! Auf Kinder schoß er nicht. Lieber wäre er krepiert, als auf ein Kind zu schießen. Er legte das Gewehr nieder.

«Mohammed! Komm raus, ich weiß, daß du's bist!»

«Ich sein, ich sein!» antwortete fröhlich eine kleine Stimme. Und sofort wurde aus dem Schatten ein schöner, sauberer, kleiner Junge,

sauberes Hemd, saubere kurze Hosen, saubere Haare, der sich zu seinen Füßen niederhockte und ihm ein Tütchen getrockneter Kürbiskerne reichte. «Ich dir bringen Kürbiskerne!»
Er lehnte sie ab, als wäre er wütend.
«Kerne hin, Kerne her! Ich hätte fast auf dich geschossen hätt ich. Du mußt aufhören mit solchen Sachen, verstanden?»
«Ja, Ferruccio. Entschuldige, Ferruccio, afuàn.»
«Nein, ich entschuldige es nicht! Du sagst afuàn, afuàn, und dann tust du's doch wieder! Hau jetzt ab! Heute abend will ich dich nicht!»
«Ferruccio ... Aamel maaruf, bitte, Ferruccio ...» Die fröhliche Stimme wurde gepreßt. «Ich still sein, nicht bewegen, aber du nicht wegjagen, nein ...»
«Ich hab gesagt, hau ab! Ialla! Hau ab!»
Weinend legte Mohammed das Tütchen mit den Kürbiskernen auf die Erde. Er stand auf, ging fort, verband sich mit dem Schatten des Feigenbaums wieder zu einem Schatten, zu einem Blatt, das sich in der Nacht verliert. Und Ferruccio trat voller Reue gegen die Sandsäcke. Ihn so fortzujagen! Er hätte ihn nicht auf diese Weise fortjagen dürfen! Statt Nibbio jedesmal mit Ja-Capitano zu antworten, hätte er ihm erklären sollen, daß Mohammed nicht kam, um den Söhnen Gottes zu helfen, die Italiener umzubringen: er kam, um ihm Kürbiskerne zu bringen, ihn wachzuhalten, indem er ihm ein bißchen Gesellschaft leistete! Die Nachtschicht ist hart, verstehse: zwölf Stunden alleine rumstehen, die Ohren spitzen und in die Dunkelheit spähen. Irgendwann wirste müde, brichst zusammen. Wenn dagegen jemand da ist, der mit dir spricht, verfliegt die Zeit im Nu. Nicht, daß der arme Mohammed lustige Dinge zu erzählen hätte. Sein Vater war mit seinem Großvater, seinem Onkel und seiner Schwester beim Massaker von Sabra und Chatila umgebracht worden, von seiner gesamten Familie blieb ihm nur noch seine Mama, so daß er in seinem drolligen Italienisch, mit den Verben in der Infinitivform, nur davon sprach. «Ich und meine Mama lebendig, weil uns verstecken unter Tote. Meine Schwester nicht verstecken unter Tote, sagen, Tote schwer, viel schwer. Und bevor umbringen, sie nehmen, sie schlimme Dinge tun. Schlimme! Ich sehen mit Augen. Meine Schwester vierzehn. Jetzt sie, mein Papa, mein Großvater und mein Onkel in Massengrab, nah bei zu Hause, ich nicht gucken. Mama nicht wollen. Sagen, wenn ich gucken, ich wie Kadijia werden.» – «Und wer ist Kadijia?» – «Kadijia sein Verrückte von Chatila, du nicht kennen? Sein Verrückte, immer lachen, singen, tanzen. Werden Verrückte, weil immer gehen zu Massengrab und gucken, wo liegen ihr Mann

und fünf Kinder tot.» Manchmal, um diese Greuel nicht mit anzuhören, redete er. Er erzählte Mohammed von seinen Eltern, von seiner Freundin, von seiner Stadt, die eine Stadt ohne Meer und ohne Trümmer war. Oder er schickte ihn zu dem Syrer, der seinen Laden neben der Einundzwanzig hatte, und außer Lebensmitteln Haschisch verkaufte, so daß er auch nachts nicht zumachte. «Geh und kauf mir 'n bißchen Haschisch, los, und laß dich mit dem Preis nicht übers Ohr hauen.» Überflüssige Empfehlung, weil sich Mohammed nicht leicht übers Ohr hauen ließ. Wenn der Syrer den Versuch machte, fing Mohammed an zu schreien Akrùt-Dieb-akrùt! und verlangte Schadensersatz in Form von Kürbiskernen oder Pistazien. Oder er klaute sie einfach. Die von heute abend hatte er dem Syrer mit Sicherheit geklaut. Mohammed war ein aufgeweckter kleiner Junge. Ein besonderes Kind. Wenn er Mohammed nicht kennengelernt hätte, hätte er das Trauma der aus der Kloschüssel gezogenen Wurst niemals überwunden. Auch deshalb mochte er ihn so. Und es versteht sich von selbst, daß fast alle kleinen Kinder in Beirut aufgeweckte, besondere Kinder waren. Sprachen erlernten sie mit atemberaubender Schnelligkeit, sie lösten jedes Problem im Handumdrehen, und sie schliefen nie. Sie waren bis zwei, drei Uhr morgens wach und bei Sonnenaufgang schon wieder auf der Straße. Gott, bin ich müde. Eine wahnsinnige Müdigkeit überfiel ihn, und es war erst kurz vor Mitternacht: er mußte noch sechs Stunden unter dem Feigenbaum verbringen... Wenn es wenigstens ein Feigenbaum mit Feigen gewesen wäre... Dann hätte er sich daran gemacht, die Feigen zu zählen... Aber dies hier war ein steriler Feigenbaum, einer ohne Feigen. Ein Feigenbaum, der zu Beirut paßte.

Er zündete sich eine Haschzigarette an. Er paßte gut auf, daß er die schwache Glut verborgen hielt und rauchte die Zigarette in lustvollen Zügen, wodurch er noch müder wurde, und die Angst einzuschlafen nahm zu. Wach bleiben, sagte er sich, du mußt wach bleiben. Ich muß an der Gasse der Zweiundzwanzig Wache stehen, Habbashs Haus bewachen. Jedem, der dort rein will, bietet es viele Schlupflöcher. Durchbrochene Mauern, kaputte Fenster, und der Eingang zur Straße hat nicht mal mehr eine Tür. Wenn ein Amal vom gegenüberliegenden Bürgersteig die Dunkelheit der Nacht ausnützt und sich hineinschleicht, können ihn die vom Panzer in der Mitte der verbreiterten Straße nicht bemerken. Und ist er erst einmal im Haus, braucht er nur aus der Gasse zu kommen, um mich zu überraschen. Nibbio hat mir das wieder und wieder gesagt: «Nach der Sache mit 'm Mercedes wollense sich rächen. Mach also bloß nich de Augen zu, Ferruccio, schlaf bloß nich ein.» Wach bleiben, du mußt wach bleiben. Ich muß bereit sein, sie aufzuhalten, wenn sie kommen. Ich muß bereit sein zu schießen, wenn sie nicht stehenbleiben, meine FAL zu gebrauchen. Meine-FAL?!? Was für 'n Arschloch du doch bist, Ferruccio, was für 'n Arschloch. Da hast du so lange mit dem Sergente gequatscht, der dir geholfen hat, die Wurst aus dem Klosett zu ziehen, die Armee mag ich nicht, die Uniformen mag ich nicht, die Waffen mag ich nicht, ich versteh auch nicht, wie jemand Lust hat, so was zu lernen, und dann sagst du Meine-FAL. Du sagst es, und gib's doch zu: du liebst sie. Du putzt sie wieder und wieder, du zerlegst sie, du setzt sie wieder zusammen, du nimmst sie sogar mit ins Bett. Du schläfst mit ihr. Du glaubst an sie. Und wirklich, du würdest sie niemals für die SC der Maròs und die M12 der Fallschirmjäger eintauschen... Zu schwer die SC, zu leicht die M12... Aber vielleicht fanden die Maròs ja die SC besser, die Fallschirmjäger die M12... Jeder Soldat glaubt an sein Gewehr... Allmächtiger, diese Müdigkeit. Kannst ja kaum noch wach bleiben... Und klar denken kannste auch nicht mehr... Wie blöd, Mohammed fortzujagen und nicht mehr seine Gesellschaft zu haben... Ich brauch doch Gesellschaft... Jetzt, wo du meine FAL darum bittest, sprichst du mit ihr... Wieso trommelst du mit den Fingernägeln, wieso sprichst du so... tock-tock-tock: du bist ein Freund... Tock-tock, tock-tock-tock-tock-tock-tock: nach Mohammed bist du der beste Freund, den ich in Beirut habe... Tock-tock-tock, tock-tock-tock-tock: du verteidigst mich, du hilfst mir, wach zu bleiben... Tock, tock-tock-tock-tock: nein, du hilfst mir nicht... Tock-tock-tock: ich bin so allein... Tock-tock-tock: es ist so still... Tock-tock: ich bin müde... Tock-tock: so müde... Tock: müde... Tock... müde... Und jetzt wurden seine Lider schwer wie Blei. Er schloß sie, lehnte den Kopf an das Gewehr, und so sah er nicht die acht Amalleute, die im Schutz der Dunkelheit durch die zerbrochenen Mauern und die kaputten Fenster in Habbashs Haus eingedrungen waren, dann waren sie durch die Türe auf die Gasse hinausgegangen, und jetzt schlichen sie vorwärts, um auf der platzartigen Stelle einzufallen und sich dort mit einer anderen Gruppe, die den Boulevard überquerte, zu vereinigen. Oder besser, er sah sie, als sie den Panzer bereits umstellt hatten.

Mehr oder weniger zur gleichen Zeit war auch Adler Eins darauf aufmerksam geworden, der mit seinem Fernglas weiterhin die Stellungen der Avenue Nasser ins Visier nahm, um die Ursachen für seine Nervosität zu suchen.

* * *

«Nazarener, kommt mir vor, als wär bei der Fünfundzwanzig was los. Sieh mal hin und sag mir, was du siehst. Du auch, Marò.»

Sowohl der Nazarener wie der Marò richteten ihre Nachtsichtgeräte auf die Fünfundzwanzig und sprangen auf.

«Ich seh ein großes Durcheinander, Signor Colonnello.»

«Ja, 'n großes Chaos, Signor Colonnello.»

Beim Barte Abrahams und bei der Reliquie des Heiligen Januarius, bei allen Heiligen des Kalenders und allen Propheten der Torah! Mit aufgerichtetem Schnurrbart und einem Herzen, das vor Bestürzung Kanonenschüsse abfeuerte, stürzte Adler Eins sich auf das Funktelefon und rief Nibbio an.

«Nibbio, Achtung, Nibbio! Hier Adler Eins, bitte antworten!»

«Adler Eins, hier Nibbiooo!» antwortete eine zitternde Stimme.

«Nibbio, was ist da los bei der Fünfundzwanzig?»

«Was da los ist, ist, daß 'ne kleine Gruppe von diesen Beduinen den Panzer umstellt hat, Colonnello. Der Panzerkommandant hat mich grade informiert, und ich wollt Sie eben anrufen, um Ihn' zu sagen, daß ich jetz mit 'ner Patrouille als Verstärkung da rüberfahre. Und wennse nich ganz schnell abzischen, dann verpaß ich denen diesmal eins.»

Was für ein Glück! Nur ein Grüppchen von Beduinen, harmloses Gesindel. Der Schnurrbart von Adler Eins entspannte sich, und sein Herz schlug wieder ganz normal.

«Du verpaßt ihnen gar nichts, Nibbio. Du wartest mit der Patrouille am Anfang der großen Straße auf mich, verstanden? Zu den Beduinen gehen wir zusammen!» Dann warf er dem Nazarener einen Blick zu voller Ich-hab-dir-ja-gesagt-daß-man-der-Ruhe-in-Beirut-nicht-trauen-darf, stieg von der Siebenundzwanzig Eule hinunter, um auf die große Straße zu laufen. Es war zehn Minuten nach Mitternacht, vom Minarett der Moschee von Sabra senkte sich das peinliche Ma'a-tezi-al-talieni herab, al-talieni bayaatùna-el-dam, al-talieni-ekhuaatùna-bil-dam. Hände-weg-von-den-Italienern, die-Italiener-geben-uns-Blut, die-Italiener-sind-unsere-Blutsbrüder. Und bei der Fünfundzwanzig brüllten sich die Bersaglieri des Panzers heiser, um die Eindringlinge wegzujagen, die in einer Weise antworteten, wie Charlie das nie für möglich gehalten hätte.

«Go back, en arrière, zurüüück!»

«Al-talieni ekhuaatùna bil khara! Die Italiener sind unsere Scheiß-brüder!»

«Verpißt euch, verdammt nochmal, get off, allez-vous en!»

«Bil Khara, aus Scheiße, bil khara!»

«Ialla ruha, haut ab, ihr Säcke, ialla ruha!»
«Khara, Scheiße, khara! Khara, khara!»

— 4 —

Ein Hagerer mit Bart führte sie an, eskortiert von einem Blonden um die vierzehn, mit drei Handgranaten, die von seinem Gürtel herunterbaumelten und es handelte sich keineswegs um ungefährliches Gesindel. Es waren Guerillakämpfer, die mit Kalaschnikows des neuesten Typs, RPGs und Patronengurten ausgerüstet waren: trotz der verschlissenen Blue Jeans, der halben Uniformen, die sie gestohlen oder Gott weiß wo gekauft hatten – Leute, die so aussahen, als würden sie etwas von ihrem Handwerk verstehen. Und sie waren auch kein Grüppchen und basta: zu zwölft waren sie durch die Avenue Nasser gekommen, um sich mit den acht zusammenzutun, die durch Habbashs Haus gekommen waren und Ferruccio eine nette Überraschung bereitet hatten. Zwanzig insgesamt. Das stärkste Kommando, das es in letzter Zeit gewagt hatte, Chatila in einem gut koordinierten Manöver zu überfallen. Aus beiden Richtungen kommend, hatten sie nämlich die fünf Bersaglieri in einem so dichten Kreis umzingelt, daß man, um ihn zu sprengen, es zu einer Schießerei hätte kommen lassen müssen. Das Bestürzendste aber war nicht ihre zahlenmäßige Überlegenheit und ihre Professionalität. Das war, daß man nicht erkennen konnte, was sie wollten. Diese Handvoll Italiener töten, um die beiden aus dem olivgrünen Mercedes zu rächen? In die enge, lange Straße eindringen, die zur Einundzwanzig führte, um sich im Zentrum von Chatila festzusetzen? Sie rührten die Waffen über den Schultern oder an den Koppeln nicht an, sie bewegten sich keinen Schritt, sie machten keinerlei alarmierende Gesten. Sie stießen Beleidigungen aus und Schluß. Italiener-Scheißbrüder, Scheiß-Italiener, Scheiße, khara, Scheiße. Lediglich der etwa vierzehnjährige Blonde begnügte sich nicht mit Beleidigungen. Mit einem an den Lippen klebenden Zigarettenstummel und einer höhnischen Fratze in seiner bösartigen Visage fummelte er an den Handgranaten herum, die an seinem Gürtel baumelten, drei russische RDG8, und ohne den Stummel zu verlieren, drohte er in mehreren Sprachen an, sie zu töten.

«I kill you. Ich euch töten, tuer.»

Mit der stillschweigenden Zustimmung des Bärtigen, der ihm ganz klar besondere Privilegien einräumte, belästigte er auch Ferruccio: der einzige, der sich außerhalb des Kreises befand und sich nicht die Kehle aus dem Leib brüllte, um sie fortzujagen. Nachdem er die Schmach überwunden hatte, eingeschlafen und überrascht worden zu sein, hatte Ferruccio begriffen, daß er besser den Mund hielt und den Vorteil der zehn Meter ausnützte, die ihn von dem Panzer trennten, sowie den Feigenbaum, dessen Laub ihn verdeckte. Aber der Blonde hatte ihn durchaus bemerkt und irgendwann eine Handgranate von seinem Gürtel gelöst. Obwohl er sie nicht zündete, tat er doch so, als würde er sie auf ihn schleudern.

«I kill you first. Erst ich dich töten, premier.»

Nibbios Geländewagen, der von Adler Eins und der der Verstärkungspatrouille kamen gerade in dem Augenblick angerast, als er diese Bewegung des Schleuderns machte. Und sofort begab sich die Patrouille in Angriffsstellung, gemeinsam mit Nibbios Leuten und denen von Adler Eins; um den Kreis bildete sich ein weiterer Kreis, der nun seinerseits die Amalleute einschloß, so daß sie keinen Vorteil mehr hatten. Im gleichen Moment stürzte sich Nibbio auf den Blonden, riß ihm die RDG8 aus den Händen und warf sie weg, als wäre sie ein Stein. Dann packte er ihn an beiden Handgelenken und wollte ihn völlig entwaffnen, als Adler Eins mit einem freundlichen Lächeln dazwischentrat.

«Immer mit der Ruhe, Nibbio, immer mit der Ruhe. Das gilt für euch alle. Man diskutiert die Dinge, man löst sie nur durch Gespräche und mit Vernunft, oder? Fragen wir sie lieber, was sie wollen, weshalb sie hier sind!» Und an den Blonden gewandt, der bestürzt in Richtung seiner Handgranate blickte: «Guten Abend, good evening. Was willst du, what do you wish?»

«Khara!» antwortete der Blonde, wobei er in Richtung seiner Handgranate blickte.

«I don't understand, ich verstehe nicht. What did you say, was hast du gesagt?»

«Scheiße hat er gesagt, Colonnè», übersetzte Nibbio immer noch außer Atem.

«Was für ein Flegel! Aber vielleicht versteht er ja kein Englisch. Wer befehligt diese Herren?»

«Ich schätze, die Schnauze da drüben mit dem Bart, Colonnè. Der Hagere.»

«Gut.» Und immer noch freundlich lächelnd ging Adler Eins zu dem Hageren rüber, der jetzt arrogant schwieg. «Guten Abend, good evening, do you speak English, parlez-vous francais?»

«Talieni khara», antwortete der und spuckte auf die Erde.

«Er hat Scheißitaliener gesagt!» übersetzte Nibbio nun voller Rage.

«Das sagen sie zu uns, seit sie hier sind», brüllte der Panzerkommandant. «Was warten wir eigentlich, ihnen mit ein paar Kugeln in den Bauch zu antworten?!?»

«Langsam, Jungs, langsam! Es gibt nichts, das man nicht mit Gesprächen und Vernunft regeln könnte», wiederholte Adler Eins hartnäckig. «Versuchen wir, Zeit zu gewinnen, und ich rufe die Kommandozentrale an.»

Den Anruf nahm der Auerhahn entgegen, der unverzüglich den Kondor aufsuchte. Doch der Kondor war zum Stützpunkt Rubino gefahren, und der Professor vertrat ihn, der wiederum sofort Charlie die Aufgabe übertrug, das leidige Problem zu lösen.

«Und nehmen Sie sich eine Eskorte und den Dolmetscher mit, Capitano.»

* * *

Von wegen Eskorte, von wegen Dolmetscher, sagte sich Charlie und steckte die Browning High Power in die um seinen linken Unterschenkel geschnallte Pistolentasche: unter derartigen Umständen waren Eskorten und Dolmetscher nur ein Klotz am Bein; man ging besser allein und kam mit dem bißchen Arabisch aus, das man konnte. Dann stieg er hinauf in den Hof, nahm den Geländewagen und fuhr verdrossen davon. Alles Schuld von Pistoia und seinem kriegslüsternen Hochmut: der wackeligen Brücke, die Zandra Sadr bereit gewesen war zu konstruieren, hatte die M12-Garbe mehr Schaden zugefügt als ein Kanonenhagel. Oder nicht? Möglicherweise nicht. Möglicherweise hatte Pistoia damit gar nichts zu tun, möglicherweise war seine M12-Garbe für die Extremisten von Gobeyre nur der Vorwand, um auf den Satz der Muezzins zu antworten: den Befehl anfechten, den Seine Hochwürdigste Eminenz erlassen hatte. Klar, daß in dem Wirrwarr von Fraktionen, Gruppen, Grüppchen, gegensätzlichen Positionen, internen Kämpfen irgendwer das al-talieni-ekhuaatùnabil-dam nicht hinnehmen und sich sogar dagegen auflehnen würde. Aber wer konnte die zwanzig Amalleute mit den Kalaschnikows, den RPGs, den RDG8 und den Patronengurten geschickt haben?!? Ein wild gewordener Hund oder jemand mit 'nem klaren Konzept? Hm! Schätzungsweise jemand mit 'nem klaren Konzept und ... Verdammt! Ob Bilal der Müllmann sie geschickt haben könnte?!? Nichts leichter als das: seit ein paar Tagen ging das Gerücht um, daß Bilal einer der ganz wichtigen Anführer geworden war, genauer gesagt, ein Leader, der von allen Amalleuten im Westteil respektiert wurde, und daß er ausgesprochen gewagte Initiativen gestartet hatte ... Auf jeden Fall würde er ihn aufsuchen und die Fäden einer Freundschaft neu knüpfen müssen, die durch das zweifache Massaker unterbrochen worden war: ihn auffordern zu intervenieren. Außerdem sprach Bilal gut Italienisch. Er war der einzige, mit dem man unter vier Augen diskutieren konnte. Und mit diesen Überlegungen kam er zur Fünfundzwanzig, hielt an und betrachtete das absurde Schauspiel der belagerten Belagerer, eben der zwanzig Amalleute, die, selbst umzingelt, die Italiener umzingelten. Al-talieni-bil-khara, al-talieni-bil-khara. Dann kam er näher, um zu sehen, wer der Hagere mit dem Bart war, der sie befehligte, und fuhr zusammen. Rashid! Es war Rashid: unter den Khomeini-Anhängern der Fanatischste, den es in Gobeyre gab, ein grausamer Verbündeter der Söhne Gottes, eine Bestie, die Pistoias Kugelhagel allerdings wirklich verdient hätte. Er hatte ihn im September kennengelernt und in jenen Tagen einige Male wiedergetroffen, als er versucht hatte, Mustafa Hash wiederzufinden, und eines Morgens hatte er ihn dabei überrascht, wie er einen Milizionär verprügelte, der sich Gott weiß was für eines Ungehorsams schuldig gemacht hatte. Er hatte ihn auf den Kopf geschlagen, mit den Knien in die Zähne gestoßen, ihn in die Geschlechtsteile getreten und ihm das Versprechen gegeben, ihm auch den Rest zu geben. «Den Rest, Rashid?!?» – «Ja, Capitano, wenn einer meiner Leute Anweisungen zuwiderhandelt, ist der Tod noch die leichteste Strafe.» Er kannte auch den Blonden, der ihn begleitete: ein neurotisches Aas, außerdem feige – ein verachtenswertes Subjekt. Einmal hatte er seine Kalaschnikow auf Zucker gerichtet, der in Chyah eine nichtexplodierte Bombe entschärfte: «Schnell machen, Makkaronifresser, schnell machen oder ich dich abknallen mit mein Gewehr.» Und als Angelos Freund Gino ihm eine Tracht Prügel verpaßt hatte, fing er an zu wimmern Hilfe-die-bringen-mich-um-Hilfe. Er wurde Passepartout genannt, obwohl sein eigentlicher Name Khalid war, und er war der Geliebte der Bestie. Seine Hure. Und als solche erlaubte er sich alles, jede Sauerei, und erregte sogar den Haß seiner eigenen Kameraden. Er sah ihn ungerührt an. Die anderen achtzehn ließ er links liegen, diese disziplinierten und daher nicht weiter zu beachtenden Vollstrecker, dann verständigte er sich mit Adler Eins durch einen Blick und pflanzte sich mit sichtbarer Langeweile vor Rashid auf.

«Shubaddak, was willst du, Rashid?»

«Badi iba bibati, in meinem eigenen Haus sein», antwortete Rashid finster.

«Heida eno bitàk, das hier ist nicht dein Haus, Rashid.»

«Heida bitàk, heida bitàk! Das ist mein Haus, das ist mein Haus.»

«Bitàk bi Gobeyre, dein Haus ist in Gobeyre.»

«Bitàk bi Gobeyre, bi Sabra, bi Chatila, wa bi sha'obi mahal badi. Mahal badi! Mein Haus ist in Gobeyre, in Sabra, in Chatila und überall, wo es mir gefällt. Überall!»

«Enta rhaltan, du irrst dich.»

Rashid brach in Hohngelächter aus.

«Min rhaltan, wer irrt sich?»

«Enta rhaltan, du irrst dich», sagte Charlie noch einmal und machte einen Schritt nach vorn. «Taala, Rashid, komm mit.»

«Enruhe? Wohin?»

«Enda Bilal, zu Bilal.»

Das Hohngelächter ging in einem erstickten Ausruf unter.

«Enda Bilal, zu Bilal?!?»

«Enda Bilal.»

«Tares minno Bilal, weißt du, wer Bilal ist?!?»

«Ana minno, ana minno. Ich weiß es, ich weiß es. Bilal i sadiqi, Bilal ist mein Freund, Rashid.»

«Sadiqi kum, dein Freund?!?»

«I sadiqi, mein Freund.»

«Amma, aber...»

«Taala, komm mit, Rashid», sagte er noch einmal. Dann stellte er sich beinahe gedankenverloren neben Rashid, umfaßte seine Schultern, nahm dessen rechte Hand, eben die Hand, mit der er den Gurt der Kalaschnikow hielt, umklammerte sie so fest, daß es für die anderen wie eine brüderliche Umarmung aussah, und schob ihn aus dem Kreis, den Nibbios Patrouille gebildet hatte, führte ihn an den Rand der Avenue Nasser. Hier blieb er stehen, mit gespielter Sanftheit zwang er Rashid, eine halbe Drehung um die eigene Achse zu machen, und deutete auf die achtzehn Mann, die er links hatte liegen lassen.

«Ull lahkni, sag ihnen, sie sollen dir folgen, Rashid.»

Unsicher, ob er versuchen sollte, sich zu befreien, mit dem Risiko, daß es ihm nicht gelingen und er das Gesicht verlieren könnte, oder ob er in dieser Umklammerung verharren und allen vormachen sollte, daß dies eine brüderliche Umarmung sei, sagte es Rashid. Daraufhin befahl Nibbio der Patrouille, die belagerten Belagerer durchzulassen, der Kreis öffnete sich, und ein verärgerter Passepartout ging den anderen achtzehn voran, die allesamt zum Rand der Avenue liefen. Hinter den anderen beiden, die immer noch umklammert gingen, überquerten sie die Straße, betraten den Bürgersteig der Amalseite, dann das von dem Milizionär auf dem geflochtenen Hocker bewachte Gäßchen und verschwanden, während Charlies Stimme Adler Eins beruhigte.

«Komme gleich zurück, Colonnello. Keine Sorge.»

Er fühlte sich plötzlich ganz ruhig, obwohl man die Dunkelheit mit dem Messer zerschneiden konnte und nicht einmal der Widerschein eines Lampions oder einer Gaslaterne den Weg erhellte. Er hatte gewonnen und konnte sich diesen Luxus erlauben. Aber schon bald wurde das Gäßchen zu einer ausgestorbenen kleinen Straße, die ausgestorbene kleine Straße zu einer Reihe stiller Seitengassen, die stillen Seitengassen zu einem Schlauch, der von einem Jauchegraben durchzogen wurde und so eng war, daß er immer nur jeweils einer Person Durchgang gewährte: sie mußten im Gänsemarsch weitergehen, und da er die eiserne Umklammerung lösen mußte, befand er sich nun zwischen Rashid, der den kleinen Zug anführte, und Passepartout, der hinter ihm khara-talieni-khara trällerte, und Angst überfiel ihn. Eine unangemessene, unerklärliche Angst, denn sie betraf nicht die Gefahr, in die er sich für den Fall begab, daß ihn Rashid aus Rache für die ihm angetane Demütigung in eine seiner Höhlen führen könnte, wo der Tod noch die leichteste Strafe war. Sie betraf eine kommende Gefahr, eine in die Zukunft projizierte Bedrohung, in ein Irgendwann, das durch den Kompromiß mit Zandra Sadr vermieden werden sollte, und eigentlich war es auch mehr Beklemmung als Angst: eine Unruhe, die wuchs, als er Rashids Schultern vor sich sah und Passepartouts Atem in seinem Rücken spürte. Vor allem, wenn er diesen Atem spürte. Dieses Bürschchen hatte etwas unbeschreiblich Heimtückisches, etwas, das die wohl bekannte Gefährlichkeit seines Liebhabers noch steigerte, und eingeschlossen zwischen beiden traf dich so etwas wie ein elektrischer Schlag, der dich erstarren ließ. Mit dem Schlag ein unheilschwangerer, tödlicher Geruch. So erreichte er das Ende des von dem Jauchegraben durchzogenen Schlauchs. Dann bog Rashid in eine andere Gasse ein und gelangte auf einen kleinen Platz, der von Bretterbuden umstanden war, in einer brannte Licht.

«Bitàk Bilal, Bilals Haus», sagte er und zeigte darauf. Dann, zu

Passepartout gewandt: «Affettasciak, durchsuch ihn.» Und ganz aufgeregt von der Vorstellung, sich als Scherge hervortun zu können, trat Passepartout vor. Er betrachtete den großen Körper, der ihn um mindestens dreißig Zentimeter überragte.

«Down, en bas, runter!»

«Haqqan, aber sicher, Junge», antwortete Charlie, überglücklich den Moment hinauszögern zu können, in dem dieses kleine Aas seine Knöchel befummeln und die Browning High Power finden würde. Dann hockte er sich auf die Fersen, tat so, als wolle er ihm helfen und bot ihm den Oberkörper dar, und Passepartouts Finger begannen, ihn abzutasten, zu durchsuchen, geschickt zu filzen. Schultern, Achseln, Rücken, Brustkorb. Bauch, Jackentaschen. Hier hörten die Finger enttäuscht auf.

«Up! Lève-toi, jetzt du aufstehn.»

Charlie richtete sich wieder auf. Von neuem begannen die Finger, ihn abzutasten, zu durchsuchen, geschickt zu filzen. Gürtel. Hosentaschen. Hüften. Becken. Bald würden die Finger die Beine hinuntergehen. Und es ist eines, eine Waffe deutlich sichtbar bei sich zu tragen, etwas anderes dagegen, sie am Unterschenkel zu verstecken. Man mußte ihn unterbrechen. Aber wie? Vielleicht, indem er Bilal lauthals rief. Er rief ihn.

«Bilal! Bilal!»

«Bilal! Hörst du mich, Bilal?»

«Antworte, Bilal!»

Schenkel. Knie. Waden. Die Finger waren schon unten bei den Waden, als die Tür der erleuchteten Bretterbude aufging. Und auf der Schwelle erschien der Umriß einer sehr großen, sehr dicken, hochschwangeren Frau.

«Min waes Bilal, wer sucht Bilal?»

Hinter der sehr großen, sehr dicken, hochschwangeren Frau ein ganz kleiner Mann, der in einer mit vielen Lappen geflickten Jacke versank. Bilal der Straßenkehrer.

«Uskut, Ruhe!» forderte er sie auf. Dann kam er in gleichmäßigen, feierlichen, für eine Person von so kleiner Statur merkwürdig langen Schritten auf die Gruppe zu. Er warf Charlie einen erstaunten Blick zu, stieß Passepartout schroff zur Seite, der seine Durchsuchung unterbrochen hatte, als Bilal erschienen war, und war ihm entgegengelaufen; Bilal sah die achtzehn Milizionäre an, die auf der Stelle stramm standen, und ging mit Rashid etwas zur Seite. Ein paar Augenblicke lang sprach er wütend mit ihm. Dann entließ er sie alle, ialla-ialla, und ging auf Charlie zu.

«Afuàn, entschuldige, Capitàn», antwortete Bilal. Und auf die offenstehende Türe deutend, fügte er in perfektem Italienisch hinzu: «Tritt in mein Haus.»

Sechstes Kapitel

– 1 –

Der Beruf des Straßenkehrers ist ein ehrenwerter Beruf. Er besteht darin, Häuser und Straßen von dem Dreck, den wir produzieren, zu säubern, unser Leben weniger häßlich und weniger verseucht zu gestalten. Dumm und undankbar sind die, die das Wort Straßenkehrer abwertend verwenden, denn sie begreifen nicht, wie außergewöhnlich und wertvoll Straßenkehrer sind. Ohne Straßenkehrer würden wir vor Gestank und Scham und Pest sterben: eine Stadt ohne Straßenkehrer oder mit wenigen und schlechten Straßenkehrern ist ein Gift- und Todesnest, eine physische und moralische Barbarei. Und in Beirut wollte niemand Straßenkehrer sein. Die wenigen, die dazu bereit waren, taten es zur Freude der Ratten, der Fliegen, der streunenden Hunde. Sie suchten den Abfall wahllos zusammen, zerrissen die Säcke, in denen er gesammelt worden war, leerten die Mülltonnen schlecht. Sie warfen ihn gleichgültig auf die Müllwagen, verloren dabei die Hälfte auf der Straße, kippten ihn in Löcher, die flach in die Erde gegraben worden waren, wo er die ohnehin schon nach Verwesung stinkende Luft noch mehr verpestete. Sie säuberten auch nie die Abwasserkanäle, kehrten nie die Gassen und Bürgersteige. Sie waren, mit einem Wort, schlechte Straßenkehrer, die schlechtesten Straßenkehrer der Welt. Nicht so Bilal. Er kehrte immer die Gassen und Bürgersteige, säuberte immer die Abwasserkanäle, zerriß niemals die Müllsäcke. Er leerte die Mülltonnen gründlich und verlor den Abfall nicht auf der Straße: er kippte ihn in tiefe Löcher und verbrannte ihn, sofern er konnte. Mit einem Wort: er war ein tüchtiger Straßenkehrer, ein Straßenkehrer, der seinen Beruf mit Stolz und Gewissenhaftigkeit ausübte. Denn wenn er ihn mit Stolz, mit Gewissenhaftigkeit ausführte, kam er sich vor wie ein Arzt, der Krankheiten heilt, und er war der Meinung, daß sein Besen eines der beiden Heilmittel war, die Beirut gesund machen würden. Das andere war die Kalaschnikow.

Bilal handhabte die Kalaschnikow mit der gleichen Geschicklichkeit wie den Besen: ohne Munition zu vergeuden und ohne daß ein Schuß fehlging. Er führte sie auch mit dem gleichen Stolz vor, und es machte gar nichts, daß diese beiden Gegenstände in seiner Hand völlig außer Proportion gerieten. Er war ja fast ein Zwerg: knapp einen Meter vierzig maß er. Außerdem war er sehr mager, so mager, daß du dich bei seinem Anblick fragtest, ob er mehr als dreißig Kilo wiegen würde. Und sehr arm. So arm, daß er nur ein Paar Schuhe mit kaputten Sohlen, eine abgewetzte Hose und diese geflickte Jacke zum Anziehen besaß. Zu seinem Trost hatte er lediglich Zeinab: die sehr große, sehr dicke und hochschwangere Ehefrau, die er mit Uskut-Ruhe angeherrscht hatte. Aber er war sehr intelligent. Er konnte lesen, schreiben, erlernte mit großer Leichtigkeit Sprachen, und mit seinen ein Meter vierzig sah er von unten mehr Dinge als die Großen. Charlie war ihm zufällig begegnet, auf einer Straße der Altstadt. Sieh nur, wie sorgfältig dieser Junge da den Bürgersteig fegt, hatte er gedacht, dann hatte er sich ihm genähert und gesehen, daß es gar kein Junge war, sondern ein Mann, das Abbild dessen, was er den ewigen Leibeigenen nannte, das ewige Volk der Ochsen, das für einen Strohhalm die Felder der anderen beackert. Sofort hatte er Freundschaft mit ihm geschlossen, und Bilal hatte gesagt: «Capitàn, ich mit meinen vierzig Jahren kenne nur meinen Besen und meine Kalaschnikow. Mit dem Besen ernähre ich acht Kinder, eine Frau, die ihr neuntes Kind erwartet, und einen bettlägrigen Vater. Mit der Kalaschnikow verteidige ich mein Wohnviertel und Allah. Capitàn, ich kann mich nicht in schönen Worten ausdrücken, aber ich kann dir sagen, daß ich die Christen in diesem Teil der Stadt nicht haben will. Ich will nicht einmal euch Ausländer, weil ihr nach Beirut gekommen seid, um zu nehmen, aber nicht um zu geben. Das hat mir der Mullah erklärt. Daher töte ich euch, wenn der Mullah mich auffordert, euch zu töten.» Eine Drohung, auf die Charlie folgendermaßen geantwortet hatte: «Der Mullah hat dir eine Lüge erzählt, Bilal; man darf die Lügen, die von den Minaretten und in den Moscheen erzählt werden, nicht für eine hochheilige Wahrheit halten. Diesmal sind wir gekommen, um zu geben, nicht um zu nehmen, und nicht wir sind deine Feinde. Nicht einmal die Christen als solche sind es: unter den Christen kannst du eine ganze Anzahl Bilals finden, und ein armer Christ würde dich besser verstehen als ein reicher Moslem. Deine Feinde, Bilal, sind die Reichen und die Geistlichen. Die Reichen, weil sie dein Elend ausnutzen und dich ausbeuten, und die Geistlichen, weil sie deine Unwissenheit ausnützen und dir Lügen erzählen. Es gibt zwei Formen von Unterernährung, Bilal: die des Körpers, zu der es kommt, weil man nichts zu essen bekommt, und die der Seele, zu der es kommt, weil man nichts weiß. Und weil beide einen daran hindern zu wachsen, muß man außer essen auch etwas wissen. Hast du jemals ein Buch gelesen, Bilal?» – «Nein, Capitàn. Bücher sind teuer. Teurer als Fleisch», hatte Bilal geantwortet. «Aber jetzt verstehe ich, warum ich Hunger habe, auch wenn ich esse! Das ist bei mir nicht der Hunger nach Essen, sondern Hunger nach dem Wissen um die Dinge! Ich würde so gerne wissen, wie die Dinge liegen, entdecken, warum die Welt sich dreht, warum sie sich manchmal vorwärts und manchmal rückwärts dreht, warum es Leute gibt, die fünf oder sechs Jacken besitzen, und andere, die nur eine einzige haben! Schwör mir, daß du mir ein Buch mitbringst, Capitàn!» Charlie hatte es geschworen. Aber dann hatte sich das zweifache Massaker ereignet, und außerdem: was für ein Buch bringt man einem Menschen, der noch nie ein Buch gelesen hat?

* * *

Er folgte ihm und dehnte dabei die Lungen in einem Atemzug der Erleichterung. Er warf einen Blick auf die Uhr, um zu sehen, wie spät es war, und sagte sich Himmel-noch-mal, zwanzig Minuten waren vergangen, seit er mit Rashid die Avenue Nasser überquert hatte. In der Zwischenzeit war der Kondor sicher zur Fünfundzwanzig gerast und jetzt erwartete den armen Adler Eins eine Flut von Vorwürfen. Es war ihm, als könnte er sie hören. «Was bedeutet das, Er-ist-mit-ihnen-weggegangen, Signor-Generaleee? Wer eskortiert ihn, wer begleitet iiihn?» – «Keiner, Signor Generale.» – «Und Sie haben ihn ohne jemand gehen lasseeen?» – «Sie sahen aus wie Freunde, Signor Generale. Sie gingen Arm in Arm.» – «Was heißt denn Freunde, was heißt denn Arm in Arm? Ist Ihnen denn nicht klar, daß er sich, um Sie aus dem Schlamassel herauszuholen, den Amalleuten als Geisel zur Verfügung gestellt hat?!?» – «Ich werde ihn sofort suchen gehen, Signor Generale.» – «Auf die Suche nach was wollen Sie denn gehen, Sie, wo Sie nicht mal Ihre eigene Nase finden können?!? Wissen Sie überhaupt, wie groß Gobeyre ist?!?» Man mußte also schnell machen, die Dinge regeln und sofort zurückkehren. Und mit diesen Gedanken überschritt er die Schwelle, trat in die Baracke, die Bilal als mein-Haus bezeichnete: ein großes, von zwei Gaslampen schlecht beleuchtetes Zimmer, von einem großen Bild Khomeinis noch verdunkelt und durch einen Vorhang in zwei Räume geteilt. Diesseits des Vorhangs ein Tisch, ein Holzkohlenherd, zehn Stühle, ein Lehnstuhl, eine Truhe, der Besen, die Kalaschnikow und in der dunkelsten Ecke ein Sofa, auf dem ein langes, mit Lumpen bedecktes Bündel lag. Auf der anderen Seite des Vorhangs helles Kindergelächter und das heisere Knurren eines Alten, der Ruhe haben wollte. Ganz sicher die acht Kinder und der bettlägerige Vater.

«Bilal...»

Schweigend nahm Bilal einen Stuhl, stellte ihn so, daß er mit der Rückenlehne zum Sofa stand, und bot ihn Charlie zum Sitzen an. Dann kletterte er auf den Lehnstuhl, setzte sich, wobei die Füße nicht den Boden berührten, verschränkte die Arme über der Brust und hob, hochmütig um sich blickend, das hagere Gesicht.

«Warum bist du hier, Capitàn?»

«Um zu reden, Bilal...», stotterte Charlie verlegen. Da er so freundlich hereingebeten worden war, hatte er alles andere erwartet, nur nicht einen so kühlen Empfang.

«Worüber zu reden, Capitàn?»

«Darüber, was heute nacht in Chatila passiert ist, Bilal, und weil wir beide uns doch gut verstanden haben...»

«Das war vor über tausend Jahren, Capitàn. Vieles hat sich seitdem verändert, Capitàn.»

«Ja, Bilal, vieles. Vierhundert Amerikaner und Franzosen sind tot, Bilal.»

«Wir sterben jeden Tag, Capitàn. Sag mir, weshalb du hier bist.»

«Weil ich nicht möchte, daß so etwas wie heute nacht passiert, Bilal, weil ich deine Hilfe brauche. Du weißt es nicht, aber heute nacht sind zwanzig Amal über die Fünfundzwanzig hergefallen und...»

«Ich weiß, Capitàn.»

«Du weißt es?!?»

«Ja, Capitàn. Ich hab sie ja geschickt.»

«Du?!?»

«Ich.»

Charlie sah den kleinen Mann im Lehnstuhl ungläubig an, dessen Füße nicht den Boden berührten und der die Arme über der Brust verschränkt hatte. Er sah ihn wieder vor sich, als er ihm gesagt hatte, wie gern er wissen würde, wie die Dinge liegen, entdecken, warum die Welt sich dreht, warum sie sich manchmal vorwärts und manchmal rückwärts dreht, warum es Leute gibt, die fünf oder sechs Jakken besitzen, und andere, die nur eine haben, Schwör-mir-daß-du-mir-ein-Buch-mitbringst-Capitàn, und er fragte sich, was mit ihm los war.

«Was ist mit dir los, Bilal? Hörst du denn nicht den Muezzin?»

«Ich höre ihn, Capitàn.»

«Kennst du nicht den Satz, den Seine Eminenz zu den Stunden des Gebets verkünden läßt?»
«Ich kenne ihn, Capitàn.»
«Ja ... und, Bilal?»
«Man darf die Lügen, die von den Minaretten herunter und in den Moscheen erzählt werden, nicht für eine hochheilige Wahrheit halten: Das hast du mir selber gesagt, Capitàn. Die Geistlichen nützen deine Unwissenheit aus, hast du mir gesagt, und ich habe begriffen, daß es genau so ist. Zuerst erzählten sie uns, daß ihr Feinde seid, die gekommen sind, um zu nehmen, nicht um zu geben, jetzt erzählen sie uns, daß ihr Freunde seid, die gekommen sind, um zu geben und nicht um zu nehmen, daß ihr unsere Blutsbrüder seid. Ihr seid nicht unsere Blutsbrüder. Ihr seid Scheißbrüder, Capitàn. Ihr schießt auf unsere Leute. Einen habt ihr fast umgebracht.»

Charlie sah ihn noch genau so an wie vorher und fragte sich, was diesen Wandel bei ihm hervorgerufen hatte.

«Sie sind nicht stehengeblieben, als sie dazu aufgefordert wurden, Bilal. Wir konnten nicht wissen, daß sie vollkommen bekifft waren und daß ...»

«Es waren unsere Leute, Capitàn.»

«Sie rasten kreuz und quer durch Chatila, raus, rein, ganz wie sie wollten, Bilal ...»

«Chatila ist unser Zuhause, Capitàn. Man hat es uns gestohlen, aber es bleibt unser Zuhause. Wie Sabra. Und ich habe meine Männer geschickt, um euch und die Muezzins daran zu erinnern, daß es unser Zuhause ist, daß wir hingehen, wann und wie wir wollen.»

«Du hast uns die letzten Banditen geschickt, Bilal. Der Hagere mit Bart, der sie anführte, ist ein Henker, ein Sadist, und das weißt du. Und sein kleiner Liebling ist ein Rüpel, ein mieses Stück. Ich kenne sie, Bilal. Ich kann dir sogar sagen, wie sie heißen: Rashid und Khalid alias Passepartout ...»

«Das sind die Typen, die ich brauche, Capitàn.»

Hinter dem Vorhang fing ein Kind an zu weinen, und der Alte begann wieder mit seinem heiseren Knurren zu protestieren. Zeinab schimpfte mit beiden, und zu dem Duett kam ihr Geschrei, danach ein Stöhnen, das allerdings aus einer anderen Richtung zu kommen schien. Charlie blickte ein zweites Mal schnell auf die Uhr, und diesmal fragte er sich, was man einem Mann antwortet, der seine Lektion so gut gelernt hat, daß er sich nun gegen den Lehrmeister wendet. Antwortet man ihm: Nein, lieber Freund, ich hab nur Spaß gemacht, man muß den Geistlichen Gehör schenken, du bist ein armer Unwissender und mußt ihnen gehorchen, mehr noch: wenn wir auf dich schießen, mußt du uns noch dankbar sein. Oder gratuliert man ihm? Sagt man bravo zu ihm, du bist ein perfekter Schüler, das nächste Mal verdopple einfach die Dosis, mehr noch, bring mich dann auch gleich um? Eines wußte er genau: er hatte ihn verloren. Wirklich verloren. Und er hätte viel darum gegeben, ihn wiederzugewinnen. Er suchte nach Worten, um ihn wiederzugewinnen. Er fand sie in der einzig möglichen Frage.

«Sind wir keine Freunde mehr, Bilal?»

Bilal schaukelte mit seinen Beinen, die den Boden nicht berührten, löste die verschränkten Arme und setzte sich bequemer im Lehnstuhl zurecht, in dem er zu verschwinden schien.

«Capitàn ... Du bist kein Scheißbruder, aber Freundschaft ist im Krieg ein Luxus.»

«Wer sagt das, Bilal?»

«Das Buch.»

«Das Buch?!? Welches Buch?»

«Das Buch, das du mir nie gebracht hast, Capitàn.»

«Ich wußte nicht, welches Buch ich aussuchen sollte, Bilal ...»

«Aber ich hab's gefunden, Capitàn.»

«Wo?!?»

«Im Müll.»

«Du hast ein Buch gelesen, das du im Müll gefunden hast, Bilal ...?»

«Ja. Ich hab's gelesen und bin gewachsen.»

«Wie heißt dieses Buch? Wie ist der Titel?»

«Weiß ich nicht.»

«Du weißt es nicht?!?»

«Nein, weil ...»

Würdevoll und feierlich ließ sich Bilal vom Lehnstuhl herunter. Er ging zur Truhe, ergriff ein Paket mit öl- und dreckverschmiertem Papier, die Überreste eines Buchs, und kam zu Charlie zurück.

«Ich weiß es nicht, weil der Einband mit dem Titel nicht mehr da war. Auch die ersten Seiten waren nicht mehr da, und die letzten auch nicht. Doch die, die übriggeblieben sind, erklären, warum die Welt sich dreht, warum sie sich manchmal vorwärts und manchmal rückwärts dreht, warum es Leute gibt, die fünf oder sechs Jacken haben und andere, die nur eine haben. Und was man tun muß, damit sich die Welt ein bißchen besser dreht.»

«Was muß man tun, Bilal?»

«Kämpfen. Tatsächlich sagt das Buch, wenn sie dir dein Haus stehlen, mußt du es dir zurückholen und mit den Zähnen verteidigen, weil sie es dir sonst noch mal stehlen. Sieh her.» Er öffnete es auf einer mit einem Stück Faden markierten Seite. Er räusperte sich und begann zu lesen: «Beasnani saudàfeh haza al bítàk, beasnani! Beasnani saudàfeh haza al quariatna, beasnani! Beasnani oudamiro aínai wa lisan itha iktarabbom menni, beasnani ... Na, ich übersetze es dir. Mit meinen Zähnen verteidige ich mein Haus, mit meinen Zähnen! Mit meinen Zähnen verteidige ich mein Wohnviertel, mit meinen Zähnen! Mit meinen Zähnen reiß ich euch die Augen und die Zunge heraus, wenn ihr näher kommt, mit meinen Zähnen! Schön, nicht?»

«Ja...», murmelte Charlie. «Schön ...» Dann sagte er sich, daß Bilal vielleicht zu sehr gewachsen sei: er konnte ihn nicht wiedergewinnen. Und er stand auf, um zu gehen. Aber im gleichen Augenblick erklang wieder das Stöhnen, das nicht von der anderen Seite des Vorhangs kam: ganz deutlich.

«Yahallah ... Yahallah ...»

Merkwürdig. Wer jammerte da, der Alte? Nein, das war nicht die Stimme eines Alten. Ein Kind? Nein, das war nicht die Stimme eines Kindes. Zeinab? Nein, das war nicht die Stimme einer Frau. Und sie kam, das wurde ihm jetzt klar, von dem Bündel, das hinter ihm auf dem Sofa lag. Er drehte sich um. Er strengte seine Augen an. Er verstand. Er wandte sich an Bilal.

«Gibt es hier einen Verletzten, Bilal?»

«Ja...», gab Bilal seufzend zu. Er hatte so gehofft, daß der Hauptmann das nicht merken würde, und die Tatsache, daß er es gemerkt hatte, erfüllte Bilal mit Unbehagen.

«Wo ist er verletzt?»

«An den Beinen...»

Ohne ihn um Erlaubnis zu bitten, ging Charlie zum Sofa hinüber. Er nahm die Lappen weg, die das Bündel zudeckten, und sah sich den Verletzten an. Er war um die dreißig, sicher ein Milizionär, und sein Gesicht glühte rot vor Fieber. Er berührte die Stirn. Sie war kochendheiß. Er fühlte ihm den Puls. Er raste. Er deckte ihn bis zu den Füßen auf, um den übrigen Körper zu untersuchen. Im rechten Bein steckte noch eine Kugel und das linke Bein hatte eine schwarze, eiternde Wunde, Zeichen für eine weit fortgeschrittene Infektion, die zu Wundbrand führte. Vorsichtig deckte er ihn wieder zu.

«Er ist schwerkrank, Bilal.»

«Ich weiß, Capitàn.»

«Er riskiert den Tod, mindestens aber den Verlust eines Beines.»

«Ich weiß, Capitàn.»

«Warum hast du ihn nicht in die Schiitische Klinik gebracht?»
«Weil die Regierungstruppen auch dort kontrollieren. Und die Regierungstruppen wissen, wer er ist. Sie würden ihn verhaften.»
«Wer ist es, Bilal?»
«Das kann ich dir nicht sagen, Capitàn.»
«Dann sag es mir nicht. Wir bringen ihn unter einem falschen Namen ins Lazarett.»

Bilals harter Blick wurde sanft. Das knochige Gesicht wurde rot. Die Stimme fing an zu zittern.

«Wirklich, Capitàn? Wann?»
«Heute nacht, Bilal. Sofort. Ich schicke dir den Krankenwagen.»
Sie blickten sich fest an und schwiegen. Charlie, den Kopf herabgebeugt, weil Bilal ihm nicht einmal bis zum Magen reichte; Bilal, den Kopf fast nach hinten gereckt, weil Charlies Gesicht für ihn so weit entfernt war wie die Zimmerdecke. Dann streckte Bilal eine Hand aus.

«Capitàn, jetzt sind wir für immer Freunde. Wenn du mich eines Tages bittest, etwas zu tun, dann tue ich es, auch wenn das Buch sagt, ich soll es nicht tun. Das verspreche ich dir. Und du?»

«Ich auch», antwortete Charlie. Und er nahm ihn unter die Achseln, hob ihn hoch und küßte ihn auf eine Wange. Dann stellte er ihn wieder auf den Boden und mit zugeschnürter Kehle ging er hinaus und nach Chatila zurück, wo die Dinge genau so standen, wie er es sich vorgestellt hatte.

* * *

Genau so. Denn kaum war der Kondor verständigt worden, als er dorthin gerast war und Adler Eins mit Vorwürfen überschüttet hatte. Aber, und das hatte sich Charlie absolut nicht vorgestellt, zusammen mit dem Kondor war auch Pistoia gekommen. Und er brannte darauf, Charlie zu suchen. «Generale, ich fühle, daß die Ghibellinen ihn geschnappt haben.» – «Generale, ich fühle, daß er in Schwierigkeiten ist.» – «Generale, ich steh doch hier nicht rum und kratz mich am Sack und frag mich, ob er lebt oder tot ist. Generale, ich geh hin und sag denen, gebt ihn sofort raus, ihr Scheißsarazenen, oder ich mach euch kalt.» Dann hatte er, die M12 geschultert und das Barett nachlässig auf dem Kopf, die Avenue Nasser überquert. Betrat den Bürgersteig der Amalseite, ging in das von dem Milizionär auf dem geflochtenen Hocker bewachte kleine Gäßchen und mit dem Ruf Versucht-ja-nicht-mich-aufzuhalten-versucht-es-ja-nicht war auch er in der Dunkelheit verschwunden.

«Charlie! Wo bist du, Charlie?!?»

«Und du, was machst du hier? Was willst du?» rief Charlie, als er im Schlauch auf ihn traf, wo die unerklärliche Angst in ihm aufgebrochen war.

«Was ich hier mache, was ich hier will?!? Ich bin hier, um dich zu suchen, oder? Meinste etwa, ich würd dich nicht suchen, du Affengesicht? Denkste denn, ich ließe dich in den Klauen dieser Arschlöcher? Lieber werd ich Klosterbruder und schneid mir den Schwanz ab! Wie schön, dich heil und ganz wiederzusehen und unsympathischer denn je!» antwortete Pistoia.

Das war eine schöne Antwort und hätte sicherlich ein Dankeschön verdient. Doch statt dieses auszusprechen, brummte Charlie ein kaltes Das-hättest-du-dir-ruhig-sparen-können. Dann erreichte er die Fünfundzwanzig, berichtete dem Kondor, was geschehen war, rief den Krankenwagen für den Verletzten bei Bilal, und geistesabwesend hob er die RDG8 auf, die Nibbio Passepartout weggenommen hatte, und steckte sie sich in die Tasche, um sie Zucker zu schenken.

– 2 –

«Martino, was hat diese Handgranate hier zu suchen?» fragte Angelo und zeigte auf die RDG 8, die auf dem Tisch des Arabischen Büros lag.

«Die hat Charlie da hingelegt. Ich glaube, er will sie Zucker für sein Museum geben», antwortete Martino.

«Und wo hat er sie gefunden?»

«Bei der Fünfundzwanzig. Ein Amal hatte sie bei sich. Dieser blutjunge Blonde, der sie auf den wachhabenden Bersagliere unter dem Feigenbaum werfen wollte.»

«Hm...»

«So eine Kanaille, was?»

«Hm...»

Angelo nahm die Granate in die Hand und untersuchte sie. Merkwürdiger Zufall: auf dem Sicherungsstift war in die Metallzunge, die im Augenblick des Wurfs einschnappt, eine Fabrikationsnummer eingestanzt, die die gleiche Zahl war wie die der Koordinaten des Kommandostützpunkts: 316492.

«Und wie mutig von Charlie, mit denen abzuziehen. Oder?»

«Hm ...»

Er legte die Granate wieder auf den Tisch und tat so, als würde er eine der Zeitungen lesen, die er katalogisierte. Er dachte an Junieh, an den bitteren Geschmack, den Junieh bei ihm hinterlassen hatte, ebenso wie das verdreckte Waschbecken, das verdreckte Bidet, die unzweideutigen Flecken auf der Bettdecke, die ekelerregenden Essensgerüche, die mit den gräßlichen Stimmen zum Fenster heraufdrangen, und der Amal, der die RDG 8 auf den wachhabenden Bersagliere unter dem Feigenbaum der Fünfundzwanzig werfen wollte, interessierte ihn kein bißchen. Er seufzte. Ach, ja: die Illusion, wirklich in einer Chambre Royale zu sein, sich wirklich der Lust am Leben hinzugeben, nicht zu denken, vielleicht zu lieben, war nur von kurzer Dauer. Als Ninette glücklich und erschöpft eingeschlafen war, waren die üblichen Ängste zurückgekommen. Und, zurückgekommen, hatten sie bei ihm den Wunsch verstärkt zu wissen, wer sie eigentlich war, und irgendwann hatte er dann ihre Tasche durchwühlt. Leise, leise, mit der Umsicht eines Räubers. Er hoffte, ein Dokument zu finden, das sie der Anonymität entreißen würde, irgendein Papier mit einem Vornamen, einem Familiennamen, einem Geburtsdatum, einer Telefonnummer, einer Adresse. Aber die Tasche enthielt außer dem Portemonnaie mit den Dollars und Libanesischen Pfund, einem Kamm, einer Puderdose, einem Heiligenbildchen mit der Jungfrau Maria und zwei Eheringen nichts. Einen kleinen, der an ihren Ringfinger paßte, und einen größeren. Für einen Mann. Daraufhin hatte er sie, von ohnmächtiger Wut geschüttelt, überfallartig geweckt: «Wer bist du, who are you?» Und sie hatte unerwartet traurig gelächelt und geantwortet: «I am Ninette and I love you.» Ich bin Ninette, und ich liebe dich. Dann hatte sie weitergeschlafen.

«Was für ein Glück, daß Charlie Bilal gefunden hat! Und was für ein Glück, daß dieser Verletzte in Bilals Haus war.»

«Hm ...»

Er hatte nicht gleich daran geglaubt. Zu oft sagen die Leute Ich-liebe-dich, meinen aber nur Du-gefällst-mir, ich-will-dich, und bis heute hatte nichts zu der Vermutung Anlaß gegeben, daß sich hinter Ninettes Vernarrtheit Liebe verbarg. Heute morgen dagegen glaubte er es, und weit entfernt davon, sich geschmeichelt oder bewegt zu fühlen, empfand er Qual und Unbehagen. Jenes Unbehagen, das einen belastet, wenn man Schulden hat oder in der Schuld von jemand steht, der uns liebt und den wir nicht lieben; die Qual, die uns zerreißt, wenn man unfähig ist zu lieben. In dem Brief, der das absurde

Geschenk des kreuzförmigen Ankers begleitete, hatte er ihr geschrieben, daß er keine Liebesbeziehungen wolle, weil er eine Krise durchlebe, der er sich allein stellen und die er allein lösen müsse, und hierbei handelte es sich sicher nicht um eine Lüge. Aber die ganze Wahrheit lag vielleicht in einem nie erforschten, nie analysierten Motiv, dem Kern der Krise, mit der er sich herumschlug, seit er in Beirut war, und nun war der Zeitpunkt gekommen, es ein bißchen zu erforschen. Ein bißchen zu analysieren... Ob das Gebell der streunenden Hunde und das Kikeriki der verrückt gewordenen Hähne nicht eine Unzufriedenheit spiegelten, die keine Unzufriedenheit mit dem Nächsten, sondern mit sich selbst war? Ob sich hinter der Suche nach der Formel, der Formel des Lebens, und dem Alptraum der Entropie nicht eine Furcht verbarg, die durch seine Angst und mehr noch durch seine Unfähigkeit zu lieben hervorgerufen wurde? Er kaute am Fingernagel. Er fragte sich, ob er mit sechsundzwanzig jemals einen Menschen geliebt habe, zum Beispiel seine Eltern oder das Mädchen aus Mailand. Und er kam zu dem Schluß: nein. Was er für seine Eltern empfand, war nicht Liebe. Es war eine Verpflichtung zur Liebe, ein Zwang, den die Familienbindung auferlegte, wir-haben-dich-gezeugt, so-bist-du-verpflichtet-uns-zu-lieben. Und das für das Mädchen aus Mailand war auch keine Liebe. Jedenfalls nicht die Liebe, auf die der Militärgeistliche anspielte; eher so etwas wie Euphorie, ein Enthusiasmus, der auf den Zauber zurückging, gemeinsam die Klippe der Jungfräulichkeit zu überwinden, gemeinsam die geheimnisvollen Freuden der Sinnlichkeit zu entdecken, die geheimnisvollen Zärtlichkeiten des Gewohnten. Denn als er sie verließ, hatte er sich ganz schön einsam und ziemlich leer gefühlt. Doch schon bald hatte er die geheimnisvollen Freuden und die geheimnisvollen Zärtlichkeiten auf Frauen übertragen, mit denen er weder eine Klippe überwunden noch irgendeine Entdeckung gemacht hatte, und so hatte er das Mädchen aus Mailand allmählich vergessen.

«Charlie hat die Gelegenheit beim Schopf gepackt, hat einen Krankenwagen angeboten, der gleich darauf kam, und so hat er alles geregelt.»

«Ja...»

Vergessen, wie man einen Fremden, den man im Autobus trifft, vergißt: als er sie auf der Straße wiedersah, hatte er sie beinahe nicht wiedererkannt. Hm! Wahrscheinlich war die einzige Person, deren Liebe er mit ein bißchen Gegenliebe beantwortet hätte, die Großmutter... «Denk immer dran, daß dich niemand so liebt wie deine Großmutter, deiner Großmutter kannst du alles erzählen, sie kannst du um alles bitten, auch um das Fahrrad», hatte sie ihm gesagt und ihm über die Haare gestreichelt. Und im Innern spürte er so etwas wie ein Feuer. Mit diesem Feuer im Innern hatte er ihr geantwortet: «Du darfst nicht sterben, Großmutter!» Tagelang hatte er weder gesprochen noch gegessen, als seine Großmutter gestorben war, und er hatte seine Eltern gehaßt, die einfach weitersprachen und weiteraßen. Aber ganz allmählich hatte auch er die Großmutter vergessen, und jetzt kam es ihm vor, als wäre sie immer schon tot gewesen. Wenn er an das Denk-immer-dran-daß-dich-niemand-so-liebt dachte, dann empfand er kein bißchen Sehnsucht. Ob er sich, um seine Krise zu überwinden, den Alptraum der streunenden Hunde und der verrückt gewordenen Hähne durchzustehen, einfach nur an einen Menschen verschenken, für diesen Menschen leben, sich selbst aufgeben mußte, was also hieß, die Sklaverei der Liebe, die Ninette ihm anbot, zu akzeptieren? Vielleicht. Tatsache war, daß die Kur so schwierig, so anspruchsvoll, seinem Charakter und dem, was er suchte, so entgegengesetzt wirkte, daß er, um sie anzutreten, durch ein Wunder oder durch eine Naturkatastrophe an den Haaren gepackt und mitten in sie hätte hineingeworfen werden müssen.

«Was Bilal betrifft, hat er seine Schuld sofort beglichen. Und weißt du, wie er sie beglichen hat?»

«Nein ...»

«Er hat Charlie durch jemanden mitteilen lassen, daß elf Khomeini-Anhänger mit einer ungeheuren Menge Sprengstoff, die für uns Italiener bestimmt sei, aus der Bekaa gekommen wären und daß sie sich im Viertel von Haret Hreik versteckt hätten.»

Angelo sprang auf.

«Und du, woher weißt du das?!?»

«Ich weiß es, weil ich bei Charlie war, als Bilals Milizionär gesungen hat, verstehst du? Weil ich übersetzt habe, was der gesungen hat, klar? Ergebnis: Charlie hat um eine weitere Audienz bei Zandra Sadr nachgesucht und sie für heute abend erhalten. In diesem Augenblick ist er beim Kondor, um die Dinge zu besprechen, die er Zandra Sadr ins Gesicht schleudern wird und ...»

«Martino, halt die Klappe, und mach dich bereit», befahl Charlie, der ins Büro gestürzt war. «Und du auch, Hamlet, und auch du, Stefano.»

Sie verließen den Kommandostützpunkt. Mit ausgeschalteten Scheinwerfern fuhren sie in Richtung Haret Hreik, kamen zu einer von den Bombardements verschont gebliebenen Straße, blieben vor einem eleganten Gebäude stehen, das von einem guten Dutzend Milizionären und von einem Maschinengewehr bewacht wurde.

«Soll ich auch mit, Chef?» fragte Angelo und war schon dabei, aus dem Geländewagen zu springen.

«Nein, du nicht. Du bleibst hier und wartest mit Stefano auf mich», knurrte Charlie schroff.

Er sagte dies deshalb so schroff, weil er ihn am Abend zuvor heimlich mit seiner Ophelia hatte davonbrausen sehen – und zum Teufel mit der Disziplin, zum Teufel mit dem Getriebe, das auf einen vollkommenen Kern aus ist, zum Teufel mit dem Signor-Capitano, mit mein-Capitano: es kümmerte ihn keinen Deut, daß er ohne Erlaubnis Ausgang genommen hatte. Statt dessen machte es ihm viel aus, daß er sich ihm nicht anvertraut hatte. Er hätte ihm gern zugeflüstert: Geh, Junge, geh schon; man braucht kein Wunder und keine Naturkatastrophe, um zu lernen, wie man liebt und geliebt wird.

Doch Angelo zuckte mit keiner Wimper.

«Mit Vergnügen», antwortete er.

* * *

Er wollte sowieso nicht Zeuge des Schauspiels sein, das auch heute wieder ablaufen würde, sagte er sich. Er kannte es inzwischen so gut, daß er es sich, während er im Geländewagen wartete, in allen Einzelheiten selbst erzählen konnte. Drei finstere Burschen mit Kalaschnikows vor sich, Martino äußerst höflich hinter sich, so stieg Charlie zur dritten Etage hinauf, und hier wurde er in einen nur mit einem Buchara-Teppich, einem Intarsientischchen und vielen Kissen ausgestatteten Saal geführt. Auf den besten Kissen saß, mit überkreuzten Beinen und dem Rücken zur Wand, Seine Eminenz: regloser als ein Geier, der, auf einem Baum hockend, die Kadaver erwartet, die er verschlingen wird. Schwarzer Umhang, schwarzer Turban, langer weißer Prophetenbart. Zu beiden Seiten, in der gleichen Haltung, seine beiden Söhne. Einer mager und braunhaarig, mit Bart, glich ihm wie ein Raubvogel dem anderen; der andere athletisch und blond, glattrasiert, sah aus wie ein Halbstarker in Blue Jeans. Der erste legte gerade die theologischen Abschlußprüfungen an der Schule in Qom ab und wartete ungeduldig darauf, das väterliche Zepter übernehmen zu können. Der zweite studierte Wirtschaftswissenschaften an der Amerikanischen Universität von Beirut und war versessen darauf, in die viel geschmähten Vereinigten Staaten auswandern zu können. Dann zogen sich die drei finsteren, mit Kalaschnikows bewaffneten Typen zurück, und Charlie trat mit Martino weiter vor. Sie begrüßten Seine Eminenz, der sie mit tiefgesenktem Kopf, so tief, daß man nur die weißen, buschigen Augenbrauen erkennen konnte, aufforderte, sich auf den Buchara-Teppich zu setzen. Martino folgte sogleich. Charlie langsam und vorsichtig, um die Browning High Power nicht zu zeigen, die er um den linken Unterschenkel gebunden hatte. Gleich darauf trat eine mit einem Chador bekleidete Frau ein und brachte ein Tablett mit fünf Gläsern heißen, sirupsüßen Tees. Demutsvoll, verängstigt stellte sie es auf den kleinen Tisch mit den Intarsien, und Seine Eminenz verlor die Reglosigkeit des Geiers, der auf einem Baum hockend die Kadaver erwartet, die er verschlingen wird. Er hob den Kopf, und seine riesige Nase, voller Wucherungen, vom Schorf entstellt, wurde sichtbar, wies auf die Gläser, und Charlie nahm eins. Nach Charlie Martino. Nach Martino die beiden Söhne. Es folgte eine bedrückende Stille, während der man nur das Gurgeln in den Kehlen hören konnte, die mit Schlucken beschäftigt waren, und damit ging die Ouvertüre zu Ende, die erklingt, bevor der Vorhang sich hebt.

Der Vorhang hob sich für die schmeichelnde Cabaletta, die Charlie vortrug, ohne eine der mit dem Kondor verfaßten Noten zu verändern. Harfen und Bratschen, Lauten und Cembali, Flöten und Heucheleien, daß man eine Gänsehaut bekam. Hochwürdigste Eminenz, ich hoffe, daß Ihr Euch bester Gesundheit erfreut, und bitte um Vergebung, wenn ich zu beinahe nächtlicher Stunde um Audienz gebeten habe. Martino übersetze. Martino übersetzte, und der Alte antwortete leise: Ja, Capitano. Wir befinden Uns bei bester Gesundheit und sind glücklich, Sie zu jeder Stunde empfangen zu können. Aber was ist dieses Mal der Grund Ihres Besuchs? Der Grund ist außerordentlich ernst, Hochwürdigste Eminenz, doch bevor ich ihn Euch darlege, möchte ich Euch danken, daß Ihr den vereinbarten Satz an die Muezzins weitergeleitet habt. Martino übersetze. Martino übersetzte, und der Alte antwortete: Ja, Capitano. Wir haben die Vereinbarung eingehalten und Wir hoffen, daß Allah der Barmherzige und Allwissende und Allsehende die italienischen Brüder auch weiterhin beschützt. Daraufhin schlug Charlie einen weniger honigsüßen Ton an, verzichtete auf Harfen und Bratschen, auf Lauten und Cembali, auf Flöten und Heucheleien und blies die Posaunen. Erstens, sagte er, beschützt uns Allah der Barmherzige und Allwissende und Allsehende wenig und schlecht: nicht alle Gläubigen respektieren die Anweisungen ihres Imams, im Gegenteil, sie verstümmeln sie zu einer Beleidigung, die etwas mit körperlichen Funktionen zu tun hat. Mit Verlaub gesagt, Hochwürdigste Eminenz, sagen sie: talieni khara, Scheißitaliener. Zu diesem Zweck ist in der vergangenen Nacht ein Rudel von Gaunern über die Fünfundzwanzig hergefallen und so weiter. Kurz gesagt: auch wenn er keinen Namen nannte, denunzierte er seinen Freund Bilal. Er tat dies, um dem Alten deutlich zu machen, daß seine Autorität ins Wanken geraten war, und um ihn damit in Verlegenheit zu bringen und große Konzessionen abzuringen. Zweitens, fügte er hinzu, ausgerechnet einer der Dissidenten habe ihn informiert, daß elf Terroristen aus der Bekaa in Beirut angekommen seien, und zwar mit einer Riesenmenge Sprengstoffs, der für die Italiener bestimmt sei und so weiter. Die elf hielten sich in Haret Hreik versteckt, das heißt in einem Viertel, wo sich kein Blatt bewege, ohne daß Seine Hochwürdigste Eminenz davon Kenntnis habe. Martino, übersetze. Martino übersetzte, und mit bebender, riesiger Nase voller Wucherungen ging der Alte mit Posaunenstößen zum Gegenangriff über. Capitano, was Sie da sagen, bekümmert Uns zutiefst. Es ist eine äußerst mißliche Sache, die Anweisungen eines von Allah Gesandten nicht zu befolgen, und es tröstet Uns nicht, daran zu erinnern, daß Taube ein Unkraut sind, das auf den Feldern einer jeden Kirche gesät wird. Dennoch, Capitano, auch Unsere Blutsbrüder haben sich nicht an die Vereinbarungen gehalten. Es war ein schwerer Fehler, auf das Auto zu schießen, das nach Chatila hereinkam. Und Charlie legte die Posaunen nieder. Er haute nun auf die Pauke, genauer gesagt, auf das Kriegs-Tam-Tam. Eminenz, donnerte er und ließ dabei absichtlich das «Hochwürdigste» weg, die Italiener haben sich so genau an die Vereinbarungen gehalten, daß sie sogar einen Milizionär in ihr Lazarett eingeliefert haben, der sonst in die Hände der Regierungstruppen gefallen wäre, bumm! Sie haben weiter Plasma verteilt, Eminenz, es geduldig ertragen, beleidigt und bespuckt zu werden, und sich wie Freunde verhalten. Bumm, bumm! Aber jetzt reicht es ihnen, und wem es reicht, der verändert sein Verhalten. Bumm, bumm, bumm! Möge Allah der Barmherzige und Allwissende und Allsehende sie nicht dazu zwingen, sich mit wirksameren Mitteln zu verteidigen als einer Gewehrsalve: es wäre einfach zu traurig, Eminenz, wenn Freunde zu Feinden würden und Brüder ihre Brüder töten würden. Dies ist die Botschaft meines Generals, eines Mannes, der es nicht gewohnt ist, auch die andere Wange hinzuhalten. Bumm, bumm, bumm, bumm!

Er seufzte bitter. Denk nicht dran, sagte er sich. Mach eine kleine

Gehirnwäsche, und desinfizier es mit deinem Antiseptikum. Sieh zu, ob du's noch verstehst, die schönen herrlichen Blumen der Abstraktion zu pflücken, die aus Dinglichem gemacht sind, die Blumen der Phantasie, die aus Realität gemacht sind, denk an das Problem des Regentropfens oder an das unbestimmte Integral einer Konstanten. Weißt du noch, welches es ist? Und das Produkt derselben Konstanten multipliziert mit der Variablen, das Ganze vermehrt um eine beliebige Konstante ... Und das zur Potenz erhobene unbestimmte Integral einer Variablen? Naja, dafür brauchte man einen Stift, ein bißchen Papier und ein bißchen Licht. Er kramte in seinen Taschen, er fand den Stift und das Notizbuch, das er inzwischen ständig bei sich trug, und löste die Taschenlampe vom Gürtel. Er machte sie an, fing an zu schreiben und sagte murmelnd zu sich: dann sehen wir mal – das Integral von x hoch n multipliziert mit dx ist gleich x hoch n+1 geteilt durch n+1, das Ganze vermehrt um c. Also ist das unbestimmte Integral einer zur Potenz erhobenen Variablen gleich einem Bruch, dessen Zähler aus der ursprünglichen Basis mit um eins erhöhtem Exponenten und dessen Nenner aus dem Exponenten der Potenz plus eins besteht. Das Ganze vermehrt um eine beliebige Konstante ... Und das bestimmte Integral in einem Intervall? Sehen wir mal – das bestimmte Integral im Intervall zwischen a und b von f(x) mal dx ist gleich der Differenz von f(b) und f(a). Folglich entspricht das bestimmte Integral in einem Intervall der Differenz zwischen dem für die obere und untere Grenze bestimmten Integral ... Ja, er verstand's noch, die herrlichen Blumen der Abstraktion zu pflücken, die aus Dinglichem gemacht sind, die Blumen der Phantasie, die aus Realität gemacht sind! Er verstand es noch immer, in den Wassern des reinen Denkens zu schwimmen. Er lächelte. Er schaltete die Taschenlampe aus und hängte sie wieder an den Gürtel. Stift und Notizbuch steckte er wieder in die Tasche und wandte sich Stefano zu, der von soviel Gemurmel geheimnisvoller Kürzel eingeschüchtert schwieg, und Angelo fragte sich, ob es wohl angebracht sei, ein paar Worte miteinander zu wechseln. Aber dazu hatte er keine Zeit mehr, weil Charlie mit Martino zurückkam und ungewöhnlich fröhlich in den Geländewagen sprang.

«Nach Hause, Jungs, nach Hause! Setz dich nach hinten, Stefano, der Chef fährt!»

Fröhlich? Er leckte sich den Schnauzbart, er frohlockte. Er war wie eine Katze, die eine Maus gefressen hat.

«Und wo soll ich mich hinsetzen, Chef?» fragte Angelo.

Die Katze schnurrte freundlich und hatte den schroffen Ton vergessen, mit dem sie Nein-du-nicht geknurrt hatte.

«Nach vorne zu mir, Hamlet! Los!» Dann betätigte er das Funktelefon und: «Kondor Eins, Kondor Eins, hier Charlie-Charlie!»

«Charlie-Charlie, hier Kondor Eins», antwortete die volle Stimme des Generals. «Hatten Sie Erfolg?»

«Voll und ganz, Kondor Eins, voll und ganz. Wir kehren mit vollen Segeln zurück!»

Martino dagegen stöhnte, er war erledigt.

«Oh! Oh, oh!»

−3−

Wie anstrengend, heute abend zu übersetzen! Diese Verantwortung, diese Aufregung! Als Charlie seine Drohung gedonnert hatte, Möge-Allah-der-Barmherzige-und-Allwissende-und-Allsehende-uns-nicht-zwingen-uns-mit-wirksameren-Mitteln-zu-verteidigen-als-einer-Gewehrsalve und so weiter, dies-ist-die-Botschaft-meines-Generals und so weiter, meinte er zu sterben. Hier kommen wir nicht mehr lebendig raus, hatte er gedacht, die schneiden uns hier die Kehle durch. Der Alte war ungeheuer beleidigt! Seine Söhne waren ungeheuer beleidigt! Alle drei keuchten sie, als wären sie asthmakrank. Nach ein paar Minuten allerdings hatten sie sich beruhigt. Seine Hochwürdigste Eminenz hatte seine leise Stimme wiedergefunden und: «Capitano, sagen Sie Ihrem General, daß Freunde nicht zu Feinden werden und Brüder nicht Brüder töten dürfen. Wir werden herausfinden, wo sich die elf Bringer des Übels verbergen, wir werden aus unserem Garten das Unkraut ausreißen, das Schaden anrichtet.» Eine Antwort, die mit einfachen Worten besagte: in Ordnung, mein Freund, ich werde Befehl geben, sie zu liquidieren. Und an dieser Stelle war Charlie wieder zu Harfen und Bratschen, Lauten und Cembali, Flöten und Heuchelei zurückgekehrt und auch zu Hochwürdigste Eminenz und: «Dessen bin ich gewiß, Hochwürdigste Eminenz. Im übrigen, welche Augen sehen besser als die Augen eines Hausherrn, welche Ohren hören besser als seine Ohren?» Am Ende hatte er sich erhoben, um sich zu verabschieden, und ausgerechnet da geschah das Schlimmste: der Alte hatte sie geküßt. Alle beide, auf den Mund, wobei er ihre Nasen an seiner von Wucherungen und Schorf verunstalteten Riesennase rieb! Großer Gott, wie widerlich. Am liebsten hätte er ihn abgeknallt.

«Oh! Oh, oh!»

Martino stöhnte erneut. Abgeknallt, ja abgeknallt! Obwohl er eigentlich nichts so sehr haßte wie dieses Schießeisen, das er immer wie eine Tasche mit sich herumtragen mußte, dabei konnte er gar nicht schießen. Das hatte er auch dem Kondor gestanden, vor ein paar Tagen, morgens, und der Skandal, kann ich dir sagen! Er war mit Charlie und dem Kondor nach Bourji el Barajni gefahren, und irgendwann hatte er einen Knall gehört und sich unter den Geländewagen geworfen, und: «Gefreiter, was machst du da?!?» – «Ich bring mich in Ordnung, Signor Generale.» – «Du bringst dich in Ordnung?!? Und dein Gewehr, wo ist das?!?» – «Auf dem Sitz, Signor Generale.» – «Auf dem Sitz?!? Und wieso?!?» – «Weil ich nicht schießen kann, Signor Generale.» Gedonner, Geschrei, Gebrüll. «Das geht zu weeeiiit! Das ist die Höhe! Bringt ihn sofort auf den Schießplaaatz!» Man hatte ihn dorthin gebracht, und weil er glaubte, er sollte erschossen werden, hatte er nach einem Priester verlangt; doch anstelle des Priesters war ein ungeheuer sympathischer Fallschirmjäger des Kampfgeschwaders gekommen: ein gewisser Gino, der alle Schießwettkämpfe gewann. «Keine Bange, du wirst es schon bei mir lernen.» Dann, ohne Rücksicht darauf, daß der Schießplatz ein Meer von Schlamm war, hatte er ihm gesagt, er solle sich auf die Erde legen und das Ziel anvisieren. «Siehst du das Korn, siehst du's? Das muß mit dem Ziel übereinstimmen, das flammt auf, wenn's getroffen wird.» Er hatte sich in das Meer von Schlamm gelegt, gezielt, aber gar nichts war aufgeflammt. Zweiunddreißigmal hatte er gezielt, zweiunddreißigmal, und zweiunddreißigmal war nichts aufgeflammt. Der ungeheuer sympathische Fallschirmjäger rang die Hände. «Das begreif ich nicht», wiederholte er, «das begreif ich nicht. Du hältst das Gewehr richtig, und trotzdem triffst du das Ziel nicht.» Und als er merkte, daß Martino es nicht traf, weil er in dem Augenblick, in dem er den Abzug drückte, die Augen schloß, hatte er gepaßt, es ihm beizubringen. Daraufhin hatten alle vor Wut getobt. Hauptleute, Leutnants, Unteroffiziere. Standpauken über die Ehre der Armee, über den Piave, über Jarabub, über die Märtyrer von Cefalonia, und: «Bist du 'ne Schwuchtel?!?» Ein Glück, daß Charlie ihn verteidigt hatte: «Er ist keine Schwuchtel, sondern ein Dolmetscher. Und ein Dolmetscher muß nicht schießen. Er muß dolmetschen. Laßt ihn in Ruhe.» Ach, was war er für ein Trottel, daß er Soldat werden wollte! Was für ein Ochse, daß er sich in der Kaserne gemeldet hatte!

«Martino, weshalb klagst du?» flüsterte Stefano.

«Weil ich unglücklich bin, mein Lieber.»

«Und warum bist du unglücklich?»

«Weil ich Soldat bin, mein Lieber.»
Als erstes hatten sie ihn kahlgeschoren wie Yul Brynner. Ihn, der die Haare bis auf die Schultern trug. «Und was ist mit diesem Haar der Berenice los?!? Komm her, Berenice, wir bringen das schon in Ordnung.» Nachdem er kahlgeschoren war wie Yul Brynner, hatten sie ihm die Uniform verpaßt: ein Kleidungsstück, das zu seinem schmächtigen Körper nicht paßte, dem mit enganliegenden Sachen und lebhaften Farben Ausdruck verliehen werden mußte, der aber nicht in so komische grünliche Fetzen gesteckt werden durfte, also eine Farbe, die zur Farbe seiner Haut überhaupt nicht paßte. Zusammen mit der Uniform waren ihm zwei Folterinstrumente aufgezwungen worden, die man Stiefel nannte. Und mit denen hatte man ihn gezwungen zu gehen, die Hacken zusammenzuschlagen, zu marschieren, eins-zwei, eins-zwei, bis die Fersen eine einzige Blase waren: und das ihm, der Mokassins aus weichem Leder über alles liebte, der, um die Füße zu schonen, immer das Taxi nahm. Am dritten Tag hatte er geschrien, Schluß, bringt mich um, ich bin für die Euthanasie. Dann hatte er sich auf den Boden gesetzt, um den Kameraden seiner Abteilung zuzusehen, die gehorsam weiterliefen, die Hacken zusammenschlugen, marschierten, eins-zwei, eins-zwei, und sie hatten ihn bestraft. Und wie? Indem man ihn die Latrinen und Duschen reinigen ließ. Die Latrinen waren eine grauenvolle Angelegenheit wegen des Gestanks, des an die Wand gespritzten Urins, der Exkremente, die in dem mit Papier verstopften Klo schwammen. Die Duschen waren ekelerregend, weil diese Bestien sich mit schlechter Seife wuschen, statt mit Seife aus Milch oder Glyzerin, und so die Behaarung verloren, die Haare vermischten sich mit dem Schaum, der Schaum blieb stecken, so daß man alles mit den Händen herausholen mußte, und er hatte einen Weinkrampf bekommen. So etwas einem Akademiker anzutun, einer gebildeten Person, einem zivilisierten jungen Mann mit gutem Geschmack! Unter Tränen hatte er sich beim Leutnant gemeldet und ihm gesagt: Signor Tenente, statt das Gewehr auseinanderzunehmen und wieder zusammenzusetzen, zu schießen, zu marschieren, die Hacken zusammenzuschlagen, sich lange über den Piave, über Jarabub und die Märtyrer von Cefalonia auszulassen, wäre die Armee besser beraten, ein bißchen gute Manieren beizubringen: den Soldaten zu erklären, daß man die Spülung betätigen und den Seifenschaum mit Haaren wegwerfen muß. Geben Sie mir zumindest Gummihandschuhe zum Reinigen der Duschen und Gasmasken zum Reinigen der Klos. Der Leutnant, ein zivilisierter, sympathischer Typ, hatte ihm einen komplizenhaften Blick zugeworfen und: «Ich versteh

dich, ich versteh dich.» Dann hatte er ihm die Gummihandschuhe und die Maske gegeben, zwar keine Gasmaske, aber immerhin, eine Maske, und ihm empfohlen, dem allen zu entgehen und sich nach Beirut schicken zu lassen. «Du sprichst doch gut Arabisch, Englisch und Französisch, nicht?» – «Jawohl, Signor Tenente. Ich habe Sprachen studiert und meine Diplomarbeit über arabische Volksliteratur geschrieben. Magna cum laude.» – «Was suchst du dann hier und reinigst Klos? In Beirut brauchen sie Dolmetscher wie das tägliche Brot.» Ach, war das ein Fehler, auf seinen Vorschlag zu hören! Was für ein Fehler, hier herunter zu kommen!

«Bist du nicht gern Soldat, Martino?» flüsterte Stefano.

«Nein, mein Lieber. Ich bin's nicht gern.»

«Und warum bist du's nicht gern?»

«Weil die Soldaten dreckig sind, sie benutzen nicht die Spülung, sie lassen den Schaum mit ihren Haaren zurück und ziehen auch noch in den Krieg.»

Der Krieg hatte ihn nie interessiert. Auch nicht im intellektuellen Sinn. Er hatte noch nie ein Buch über den Krieg gelesen, noch nie einen Kriegsfilm gesehen, und die Folgen eines Krieges waren ihm derart unklar, daß er, als er in Beirut an Land ging, glaubte, in einer von einem Orkan verwüsteten Stadt zu sein. Trotzdem war es nicht der Krieg, der ihn hier unglücklich machte: es war vielmehr das alberne, anmaßende, verrannte Machogetue, das alle beherrschte. Es war die Glorifizierung, mehr noch die Vergöttlichung des Hodens, die Lobpreisung, mehr noch die Apotheose des Schwanzes als Symbol der Männlichkeit. Es war der Zwang, bei jeder Gelegenheit beweisen zu müssen, daß du der männlichste aller Männer bist, daß du schneller schießt, daß du fester zuschlägst, daß du mehr Wein und Bier trinkst, daß du nie torkelst. Der Zwang, immer über Frauen, übers Arschficken, übers Vögeln sprechen zu müssen, sogar Pistoias Unternehmungen besingen zu müssen, sein all bekanntes Bravourstück, gleichzeitig drei Christinnen zu verführen, die Joséphine Caroline Geraldine hießen. Der Zwang, sich den Kondor zum Vorbild nehmen zu müssen, gut aussehend und mutig, brillant und berühmt, der Mann aller Männer zu sein und daher der Supermann, der besser schießt als die anderen, besser zuschlägt als die anderen, trinkfester ist als die anderen, besser vögelt als die anderen, obwohl man nicht weiß, wen er vögelt, vielleicht niemanden, und der sogar Sektflaschen auf besondere Art öffnet, und zwar nicht, indem er sie entkorkt, sondern mit einem Schlag des Bajonetts köpft. Zack! Und der Flaschenhals fliegt weg, läßt die Flasche zurück, die, guillotiniert, Sekt anstelle von

Blut verspritzt. Er hatte ihn das Dutzende Male machen sehen, und jedesmal hatte er Abscheu davor empfunden, weil es ihm so vorgekommen war, als hätte er anstelle des Flaschenhalses einen Menschenkopf wegfliegen sehen, und anstelle von Sekt meinte er, Blut spritzen zu sehen. Das war kein harmloses Spiel, nein. Es war ein makabres Ritual, das Ritual eines Scharfrichters, dem es Spaß macht, das Henkersbeil zu schwingen, hinzurichten. Aber natürlich haben die Idioten sich angestrengt, ihn nachzuahmen. Und womit? Mit den kleinen Weinflaschen, die anstelle eines Korkens einen Metallverschluß hatten. Und wenn du dagegen protestiertest und sagtest, daß man den Metallverschluß mit der Hand und nicht mit dem Bajonett öffnet, waren sie tödlich beleidigt. Das Bajonett war der Fortsatz ihrer Genitalien, verstehst du, ihr wirklicher Phallus. Um dir das klarzumachen, brauchst du nur einen Blick ins Rosa Zimmer zu werfen.

«Denkst du an den Krieg, Martino?» flüsterte Stefano.

«Nein, mein Lieber, nein.»

«An was denkst du dann?»

«An uns, mein Lieber, an das Rosa Zimmer.»

Das Rosa Zimmer befand sich im obersten Stockwerk, neben dem der Carabinieri, die beim Kommandostützpunkt Dienst taten, und es hieß so, weil es mit rosa Samt ausgeschlagen war, Türen und Schränke eingeschlossen. Das Zimmer der Carabinieri hieß statt dessen das Blaue Zimmer, weil es auf die gleiche Art mit blauem Samt ausgeschlagen war, und sowohl das eine wie das andere hatte den Nebenfrauen des Emirs gehört, der sich gern in Blau und Rosa der Liebe hingab. Nun ja, den rosa Samt gab es nicht mehr. Durch ständiges Werfen mit den Bajonetten hatten Gaspare, Ugo, Stefano und Fifì ihn völlig zerstört. Phallus gleich Symbol der Zerstörung, verstehst du, und dieses Prinzip wurde auch auf das Badezimmer ausgedehnt; ein Ort, der zur Zeit der Nebenfrauen wunderschön gewesen sein mußte. Fußboden aus schwarzem Marmor, vergoldete Wasserhähne in Form eines Schwans, Bidet und Dusche mit verstellbarem Wasserstrahl, runde Wanne. Nun, die Wanne hatten seine Kameraden dermaßen versaut, daß man gerade noch die Dusche benutzen konnte. Die Wasserhähne hatten sie herausgerissen oder verbogen und den Fußboden hatten sie vollkommen zerkratzt ... Ganz zu schweigen von den obszönen Bildern, die sie über ihrer Pritsche angebracht hatten. Eine Orgie aus Brüsten, Vaginen, Hinterteilen, Schenkeln, die durch Strapse vulgär wirkten. Dunkelhaarige oder Blonde mit halboffenem Morgenmantel, um mit der Brustwarze oder der Scham zu locken. Und das Gespenst von Lady Godiva. Ja, das letzte Produkt des Machowahns in Uniform hieß Lady Godiva. Gaspare hatte, als er ein Pornoheft aus Cinisello Balsamo, einer kleinen lombardischen Stadt, durchblätterte, das Foto einer erotischen Puppe mit folgender Werbesprechblase entdeckt: «Lady Godiva, die ideale Gefährtin eurer einsamen Nächte. Natürliche und perfekte Dimensionen: 99-69-96. Thermo-sonores System. Sie lacht, weint, stimuliert. Preis: achtzigtausend Lire. Expresszustellung per Post. Absolute Diskretion.» Resultat: Er war wahnsinnig vor Freude. Und die anderen Vergötterer des Hodens, also Ugo, Stefano und Fifi waren wahnsinnig vor Anteilnahme an seiner Freude. «Neunundsechzig! Neunundsechzig! Das is'n Ding!» kreischten sie. «Neunundneunzig das Euter, sechsundneunzig der Arsch!» johlten sie. «Was für 'ne Möse, Jungs, was für 'ne Möse!» Fifi behauptete sogar, er hätte schon mal eine in New York ausprobiert und: «Funktioniert. Ich sage euch, es funktioniert!» Auch der Name Godiva stachelte sie an. Sie glaubten nämlich, daß Godiva vom Verb godere, genießen, käme: Analphabeten! Daher hatte er, Martino, in der Hoffnung, ihnen den Schneid zu nehmen, erklärt, daß das Verb godere überhaupt nichts damit zu tun hätte, daß Lady Godiva vielmehr eine legendäre Heldin des englischen Mittelalters sei: eine Frau, die gegen die Steuern aufbegehrt hatte, die der Bevölkerung von ihrem Gatten Leofric Graf von Mercia und Herr von Coventry auferlegt worden war, und die deshalb nackt auf einem Pferd durch die Stadt geritten war, nur mit ihrem langen goldenen Haar bekleidet. Aber die Begeisterung steigerte sich nur noch mehr: «Nackt?!? Splitternackt?!?» Dann hatten sie achtzigtausend Lire in einen Umschlag gesteckt und die Puppe bestellt. Und jetzt lebte er mit dem Alptraum, daß dieses widerwärtige Ding eintreffen würde. Ach, wenn er seine Angst doch nur einem Freund hätte anvertrauen können, ihn fragen, warum er die drei kleinen Wörter nicht ausgesprochen hatte! Charlie gegenüber, zum Beispiel. Das Dumme war nur, daß Charlie kein Freund war: er war eine Mama. Und wie kann man einer Mama bestimmte Geheimnisse anvertrauen? Ebenso hätte man ihr das Herz mit einem Dolch spalten können.

«Los, ins Bett, Jungs!» brüllte die in den Hof des Kommandostützpunkts zurückkehrende Mama. Und sich immer noch den Schnurrbart leckend, immer noch frohlockend wie eine Katze, die eine Maus gefressen hat, sprang er aus dem Geländewagen, um zum Kondor zu eilen und ihm von den Einzelheiten der Auseinandersetzung mit Zandra Sadr zu berichten.

Charlie wäre wohl weniger fröhlich gewesen, wenn er sich hätte vorstellen können, welche verborgenen Fäden eines Tages Lady Godiva mit dem Schicksal Bilals verknüpfen würden. Aber wer kann sich das Unvorstellbare schon vorstellen? In dieser Nacht stellte er sich nicht einmal vor, was am nächsten Tag passieren würde.

* * *

Am nächsten Tag verbreitete Radio Amal ein Kommuniqué voller Lob für die Italiener, und im Stadtviertel Haret Hreik wurden elf Körper gefunden, die von 7,62ern durchsiebt worden waren: die Kugeln der Kalaschnikow. Die Begleichung einer Rechnung zwischen feindlichen Fraktionen, kommentierten die Zeitungen. Gleich darauf sprachen sechs Honoratioren von Gobeyre mit einem Strauß Rosen am Wachhäuschen der Carabinieri vor und baten, von Charlie empfangen zu werden, um ihm eine Friedensbotschaft zu überbringen. Charlie empfing sie, durchsuchte sowohl sie als auch ihre Rosen, führte sie dann in das frühere Eßzimmer und improvisierte eine Feier in Gegenwart des Kondors, des Professors, von Verrücktes Pferd und vieler anderer Offiziere, ausgenommen Pistoia. Martino übersetzte, und die sechs dankten dem Kondor für die während des beklagenswerten Überfalls auf die Fünfundzwanzig bewiesene Liebenswürdigkeit und für die Aufnahme ins Lazarett von einem ihrer sanftmütigen Mitbürger, der an den Beinen verletzt worden war, als er die Straße überquerte. Danach küßte ihn einer nach dem anderen auf die Wangen, jeweils dreimal, und der Kondor war dadurch derart bewegt, daß ihm die unvermeidlichen Tränen in den Wimpern hingen und schließlich wie Hagelkörner herunterkullerten. Da die sechs nicht wußten, daß es sich um eine einfache Emotionsallergie handelte, hielten sie es für ihre Pflicht, es ihm gleichzutun, ja sogar ihn zu übertreffen, und so brachen sie in ein Konzert herzzerreißender Schluchzer aus, und am Ende waren alle wirklich gerührt.

Alle, außer dem Professor, also dem einzigen, der einen distanzierten Blick auf diese sonderbare Welt zu werfen verstand, in der die Menschen einen gleichzeitig zum Lachen und zum Weinen bringen.

— 4 —

Der Professor schloß die Tür des Büros, setzte sich an den Schreibtisch und spannte, glücklich darüber, daß er endlich den Brief schreiben konnte, den die Ereignisse der vergangenen Wochen ihm nicht einmal zu entwerfen ermöglicht hatten, ein Blatt Papier in die Schreibmaschine; ein ihm ebenso kostbares Objekt wie die *Dialoge von Platon*, das *De Libero Arbitrio* von Erasmus von Rotterdam, die *Kritik der reinen Vernunft* von Kant und die anderen tiefgeistigen Bücher in dem Schrankkoffer, die sich bei der Ankunft über das Kai ergossen und Staunen und Ungläubigkeit hervorgerufen hatten. Er liebte es, seine Gedanken zu Papier zu bringen; mit der ausgefeilten Seite betrieb er einen beinahe manischen Kult, und auf einem an der Wand hinter ihm befestigten Blatt Papier stand: «Die gesprochene Sprache ist ihrem Wesen nach schludrig und ungenau. Sie läßt keine Zeit zur Reflektion, zum eleganten und vernünftigen Gebrauch der Worte, sie verleitet zu vorschnellen Urteilen und leistet nicht Gesellschaft, weil sie nach der Gegenwart anderer verlangt. Die geschriebene Sprache dagegen läßt Zeit zum Reflektieren und zur Wahl der Worte. Sie erleichtert das logische Denken, zwingt zu abgewogenen Urteilen und leistet Gesellschaft, da man sie in der Einsamkeit anwendet. Vor allem wenn man schreibt, ist die Einsamkeit eine ausgezeichnete Gesellschaft.» Ein Detail, das das feine ironische Lächeln erklärt, das die Lippen seines weder jungen noch alten, weder schönen noch häßlichen Gesichts kräuselt, die Sorgfalt, die er darauf verwandte, die Rolle der Nicht-Hauptperson zu spielen, genauer gesagt des Zeugen, dem es gefällt, hinter den Kulissen zu bleiben, und die Aufgabe, die er in Beirut übernommen hatte. (Der Vize des Kondors zu sein, bedeutete eben, im Schatten zu leben, wie ein Stuntman, der niemals sein Gesicht zeigt, abseits zu stehen wie ein Ersatzmann, der die Rolle des Hauptdarstellers auswendig kann und niemals spielt; und wenn man sich darauf einläßt, muß man entweder ungewöhnlich dumm oder ungewöhnlich intelligent sein.) Das erklärt auch, warum er ziemlich wenig sprach und über die Tragikomödie, die sich vor seinen Augen abspielte, ein Buch schreiben wollte. Den Roman, den wir hier lesen.

Doch mehr noch als eine Person war der Professor eine Scharade, ein Spiel der Spiegelungen, eine mise en abîme. Deshalb werden wir uns mit ihm lediglich anhand dreier Briefe beschäftigen, die er an seine Gattin schrieb, die es nicht gab. Hier der erste, für den er sich ins Büro einschloß und an den Schreibtisch setzte, um ihn zu verfassen.

* * *

Du hast mich gefragt, wie sich die Dinge in Beirut entwickelten. Ich habe Dir geantwortet, daß es nichts Neues gebe, und sicher hast Du begriffen, daß es sich dabei um eine Ausrede handelte, um Themen zu vermeiden, über die ich am Telefon nicht sprechen konnte. Du weißt, wie sehr mir dieses barbarische, primitive Instrument zuwider ist, dieser unbeschreiblich unsympathische Apparat, der es einem nicht erlaubt, der Person, mit der man spricht, ins Gesicht zu sehen, und ebenso weißt Du, daß ich kein großartiger Gesprächspartner bin: im Gespräch bin ich nicht in der Lage, das gut auszudrücken, was ich eigentlich sagen möchte. Im Brief dagegen fällt es mir leicht, und daher hier also die Wahrheit: Die Dinge könnten nicht schlechter stehen, die Tragödie ist längst zu einer Farce geworden, und die Farce lebt mit dem Wahnsinn zusammen. Wir erniedrigen uns zu zweifelhaften Kompromissen, würfeln mit der Schlauheit und dem Betrug, wir erkaufen uns die Rettung mit Erpressungen, Blutplasma und Lügen. Nicht zufällig haben wir heute Tränen und Küsse getauscht, genau mit denselben, die uns gerne auf dem Friedhof sähen, und fünfmal am Tag singen die Muezzins von den Minaretten herab: «Hände weg von den Italienern, die Italiener geben uns Blut, die Italiener sind unsere Blutsbrüder.» Dennoch lebt man weiterhin in der Erwartung des Todes, und jede unserer Handlungen geschieht im Hinblick auf das Duell, das wir früher oder später mit ihm auszufechten haben. Was für ein Duell das sein wird, weiß ich nicht, obwohl der dritte Lastwagen noch immer das Gesicht ist, das der Tod für uns hat, und es ist unnötig hinzuzufügen, daß keiner von uns das Trauma jenes schrecklichen Sonntags überwunden hat. Ich noch weniger als die anderen. Ach, diese zerfetzten schönen Jungen! Diese schönen jungen Männer, von denen jeder unser Sohn hätte sein können. Ohne Beine, ohne Arme, mit heraushängendem Gedärm ... wurden sie ins Feldlazarett eingeliefert. Nur einen Unversehrten habe ich gesehen: einen stattlichen zwanzigjährigen Schwarzen, der nicht die Gliedmaßen, sondern den Verstand verloren hatte und destilliertes Wasser aus einer großen Flasche in sich hineingoß, während er stöhnte: «Wein, Italiener, Wein.» Aber das ist nicht der entscheidende Punkt, sondern das, was ich dachte, als ich sie sah. Ich dachte: Was unterscheidet mich eigentlich von einem Kamikaze in Zivil? Auch Militärs in Uniform sind in der Lage, die gleichen Massaker zu veranstalten wie er, und tun es ja auch. Und in einem logischen Denkprozeß, mithin frei von jeglicher Verlockung durch Zorn oder Schmerz, identifizierte ich mich mit der Grausamkeit des Kamikaze in Zivil: ich lenkte mein Boot in den bequemen Hafen des Zynismus. Oder der Kohärenz? Ich kenne Deine These: «Du bist ein Intellektueller, und ein Intellektueller darf sich keine Parteinahme für den Glauben, die Leidenschaft oder die Moral erlauben. Ein Intellektueller muß sich mit allen identifizieren, muß alles und alle verstehen.» Einverstanden. Aber wer alles und alle versteht, erteilt am Ende allem und allen die Absolution. Wer allem und allen die Absolution erteilt, wird am Ende allem und allen vergeben. Wer allem und allen vergibt, glaubt an nichts. Und wer an nichts glaubt, meine Liebste, ist ein Zyniker. Tout court.

Ob kohärent oder nicht, auch wenn es die Parteinahme für Glauben, Leidenschaft oder Moral bedeutet: ich möchte mich vom bequemen Hafen des Zynismus fernhalten. Und wenn du mir entgegenhältst, daß ich es nicht nötig hatte, nach Beirut zu kommen, um zu entdecken, daß die Uniform keine Kutte ist, daß man in den Kasernen nicht lehrt, wie Fasane gejagt werden, daß die Militärs ebensolche Blutbäder veranstalten wie das, das wir miterlebt haben, dann verteidige ich mich, indem ich feststelle, daß jeder seinen Beruf nach der Art beurteilt, wie er ihn ausübt. Ich habe ihn nie mit dem Ziel zu töten ausgeübt. Für mich ist die Uniform nie ein Symbol arroganter Anmaßung und Gewalt gewesen: sie war immer ein franziskanisches Konzept, ein Akt der Demut. Eben doch eine Kutte. Für mich ist die Kaserne zu keiner Zeit eine Mord- und Selbstmordfabrik gewesen: sie war immer eine menschliche und gesellschaftliche Struktur, eine Abtei, in der Individuen Unterkunft finden, die erzogen werden müssen, damit sie zu Männern werden. Ich hasse das auferlegte und erlittene Martyrium genau so, wie ich die Fanfaren, die Fahnen im Wind und die Autorität hasse, die ich für ein schädliches Prinzip halte: eine Falle, die aufgrund syllogistischen Denkens zur Gewalt führt. Autorität gleich bewaffneter Arm, bewaffneter Arm gleich Stärke, Stärke gleich Unterdrückung, Unterdrückung gleich Brutalität. Und Du wirst mir zubilligen, daß ich meinen Soldaten nicht beibringe, brutal zu sein: ich bringe ihnen bei zu wachsen, das heißt: denkend, mit Würde und möglichst ohne Furcht zu leben. Weder ist noch darf der Militärdienst ein Mißbrauch sein, den es zu ertragen gilt, er ist und muß ein Privileg sein, das man genießt, eine Schule, die die Nabelschnur bei den jungen

Männern durchtrennt, die noch immer mit dem kleinen Kosmos der Familie verbunden sind: mit der Mama, die mit schon fertigem Milchkaffee und bereits angenähtem Knopf verwöhnt; mit dem Papa, der einen mit seinem Paß-auf-wenn-du-über-die-Straße-gehst verweichlicht. In der Tat bedauere ich es, daß ihr Frauen davon ausgeschlossen seid und ihr die Nabelschnur selber durchtrennen müßt. Und sollte ich mich irren, dann sag mir, warum man den Militärdienst nie vergißt, warum man noch im Alter mit kaum verhüllter Sehnsucht davon spricht, mit der uneingestandenen schmerzlichen Erinnerung an eine nutzbringende Erfahrung. Zugegeben, in einigen Fällen bleibt die Erinnerung oder besser der Alptraum an Anmaßung, Mißbrauch und Grausamkeit: niemand kann leugnen, daß in der Kaserne oftmals zu Zwangsmaßnahmen gegriffen wird und daß gewisse Offiziere die Soldaten wie kopflose Geschöpfe oder zu malträtierende Opfer behandeln. Die Armee ist ein Eintopf, dem jede Art von Gemüse beigegeben wird; sie spiegelt die Gesellschaft wieder, zu der sie gehört, und die Gesellschaft ist voller Dummköpfe. Doch wäre es unrichtig, uns aus diesem Blickwinkel oder nur aus diesem Blickwinkel zu beurteilen, und wer dies tut, hält sich eine Besonderheit nicht vor Augen: trotz unserer vielen Fehler und unserer vielen Dummköpfe sind wir unentbehrlich.

Wir haben einmal darüber gesprochen, du und ich. Und du mußtest einräumen, sei es auch mit einem Seufzer der Mißbilligung, daß in der gesamten Geschichte unseres Planeten keine Gesellschaft ohne Soldaten existieren konnte. Dieses Eingeständnis erfreute mich ebenso, wie mich die Mißbilligung unglücklich machte. Meine Liebste, der Grund, weshalb keine Gesellschaft je ohne Soldaten ausgekommen ist, ist ganz einfach der, daß keine Gesellschaft ohne Soldaten existieren kann. Der Protoanthropus, der mit einer Keule in der Hand den wilden Tieren das Eindringen in die Höhle verwehrte, in der sein Stamm schlief, war ein Soldat. Und da es zulässig ist anzunehmen, daß die Soldaten unter den Kräftigsten, den Abgehärtesten ausgewählt wurden, ist es auch zulässig, den Schluß zu ziehen, daß man ihnen noch andere undankbare Aufgaben zuwies. Beispielsweise die, den Felsblock wegzuräumen, der den Eingang zur Höhle versperrte, oder die, das Wildschwein zu fangen, das am Spieß gebraten wurde, oder die, das Feuer auch im Regen zu entzünden. Ist das etwa wenig? Die Gräfin von Castiglione behauptete gern, daß die Militärs Kinder seien. Hätte sie es zu mir gesagt, hätte ich ihr entgegnet: Madame la Comtesse, wie kommt es, daß man sich, sobald ein außergewöhnliches Bedürfnis auftaucht, an diese Kinder wendet? Bricht ein Damm, wird ein Tal über-

flutet, ruft man uns. Gibt's ein Erdbeben, wird eine Stadt zerstört, ruft man uns. Bricht eine Revolte aus, wird geplündert, ruft man uns. Bricht ein Krieg aus, ganz gleich, ob gerecht oder ungerecht, ruft man uns. Man schickt uns in den Tod am Piave, nach Cefalonia, nach Stalingrad, nach Jarabub, in die Normandie, nach Iwo Jima, nach Korea, nach Vietnam, nach Afghanistan, überallhin, wo Schlachtfleisch gebraucht wird. Gestern, heute, morgen, zu jeder Zeit, unter jedem Regime. Madame la Comtesse, ich bin empört, wenn Ihresgleichen, das heißt die Antimilitaristen, uns aus purer Parteilichkeit mit dem Vorwurf an den Pranger stellen, Kriegshetzer-Schwachsinnige-Dummköpfe zu sein, fast so, als gäbe es Kriegshetzer, Schwachköpfe und Dummköpfe ausschließlich unter den Bürgern, die Uniform tragen, beinahe so, als wären die Bürger in Zivil automatisch Heilige, Genies und Abgründe an Weisheit. Ich bin empört und erwidere: nein, ich bin kein Kind. Ich bin kein Kriegshetzer. Ich bin nicht schwachsinnig. Ich bin kein Dummkopf. Die Uniform macht mich nicht blind, schottet mich menschlich und intellektuell nicht ab. Sie verbietet mir nicht, die Kultur zu lieben, Platon und Erasmus und Kant zu lesen. Sie hindert mich nicht daran, auf der Seite des Menschen zu stehen, zu begreifen, daß er, trotz seiner Niedertracht und Dummheit, wirklich das Maß aller Dinge ist und in jedem Fall das einzige Maß darstellt, mit dem man das Leben messen kann: der einzige Bezugspunkt, über den wir verfügen, um den Versuch einer Erklärung zu wagen. Daher ist es richtig, daß ich auch weiterhin an meinen Beruf glaube, und dennoch...

 Und dennoch: seit sich die Dinge so entwickeln, wie sie sich in Beirut entwickeln, seit ich diese zerfetzten schönen Jungen und den stattlichen zwanzigjährigen Schwarzen gesehen habe, der anstelle seiner Gliedmaßen den Verstand verloren hatte und destilliertes Wasser in sich hineingoß und dabei stöhnte Wein-Italiener-Wein, läßt mich mein Beruf in gewisser Weise unbefriedigt. Er ist mir zu eng wie ein Paar zu kleiner Schuhe, wie eine Liebe, die uns nicht mehr genügt und uns, eben weil sie uns nicht mehr genügt, in die Arme einer anderen Liebe treibt ... Meine Liebste, über diese Tragödie, die bisweilen zu einer Tragikomödie, bisweilen zu einer Farce degeneriert, möchte ich ein Buch schreiben: einen Roman. Du weißt, der Roman hat mich immer schon verführt, weil er ein Gefäß ist, in das du gleichzeitig Wirklichkeit und Phantasie, Dialektik und Poesie, Ideen und Gefühle einfließen lassen kannst. Du weißt, daß er mich verführt, weil die Verbindung von Wirklichkeit und Phantasie, von Dialektik und Poesie, von Ideen und Gefühlen es ermöglicht, eine Wahrheit zu liefern, die wahrer ist als die wirkliche Wahrheit. Eine neuerfundene, verallgemeinernde Wahrheit, mit der sich jeder identifiziert, in der sich jeder wiedererkennt. Dem Roman geht es immer um den Menschen. Was immer du auch für eine Geschichte erzählst und in welchem Teil der Zeit und des Raums sich die Geschichte ereignet, der Roman erzählt stets von Menschen. Von menschlichen Wesen. Und ich will von Menschen, von menschlichen Wesen erzählen. Seit Jahren will ich das, habe ich auf die Gelegenheit gewartet, es zu tun, und dies ist die Gelegenheit. Meine Liebste, eine kleine Ilias spielt sich um mich herum ab: eine moderne Ilias im Miniaturformat, in der man mit ein bißchen Humor beinahe alle Helden des göttlichen Epos wiederfindet. Nicht einmal Helena fehlt, denn Helena ist die Stadt Beirut. Auch Paris und Menelaos fehlen nicht, denn Paris und Menelaos sind die beiden umkämpften Teile der Stadt. Und natürlich sind da noch die anderen Könige und Krieger, die Frauen, die Priester, die widerspenstigen und sich untereinander bekämpfenden Götter. Da ist Agamemnon, hier ein General mit der zornigen Energie eines Löwen, der seine Wut an uns ausläßt, uns tyrannisiert, uns beißt, uns taub macht, nur weil er nicht über den Wald herrschen kann. Da ist Odysseus, hier ein schnurrbärtiger Gigant, der den Brutalitäten der Kriegswissenschaft die Raffinessen der Intrige vorzieht und sich jeden Tag etwas Neues einfallen läßt: sein Ithaka ist der Traum, Lawrence von Arabien zu imitieren, einen Archetypus, dem er so ähnlich sieht wie der Wolf einem Windhund, und ihm verdankt man das Hände-weg-von-den-Italienern und so weiter. Da ist Achilles, hier ein harmloser Pirat, den man nie sieht, weil er am Meeresufer steht und den Ausbruch der Kämpfe ersehnt; und Philoktet, den man noch weniger sieht, weil er auf einem Hügel steht und diese Kämpfe abwehren will. Da ist Ajax, hier ein scharfsinniger Don Juan, in dessen Zelt es von Briseissen und Chryseissen nur so wimmelt und dessen Leidenschaft, sich herumzuprügeln, uns in ziemliche Schwierigkeiten gebracht hat. Da ist Nestor, hier ein aristokratischer Kavallerist von geringer Weisheit und unbezweifelbarer Wortgewandtheit, der uns mit lateinischen Sprichwörtern und napoleonischen Anekdoten verfolgt. Da ist Antenor, hier ein sanftmütiger Jude aus Neapel, der den Vesuv und die Klagemauer verkaufen würde, um keinen Krieg zu führen. Da ist Diomedes, hier ein überaus gewissenhafter Technokrat, der für das Reglement lebt und Sprengkörper mit der Pedanterie eines Philatelisten sammelt. Da ist sogar Hektor, hier ein wunderbarer Zwerg, der mit einer Kalaschnikow bewaffnet und einer geflickten Jacke bekleidet die Straßen der Altstadt fegt.

Falsche Vergleiche, vorgetäuschte Spitzfindigkeiten? Vielleicht. In der Tat hat die Gestalt, die mich am meisten fasziniert, nichts mit den Vorbildern des göttlichen Epos zu tun. Es ist der hamletische Knappe des Odysseus, ein schöner, nachdenklicher Unteroffizier, der sich der Illusion hingibt, er könne mit der Mathematik zwei Probleme lösen, die auf ein einziges Problem zurückzuführen sind: die Liebe, mit der eine herrliche und geheimnisvolle Libanesin ihn überschüttet, und die existentielle Krise, die die Theorien Ludwig Boltzmanns in ihm nähren. Eines Abends fragte ich ihn, was er denn suche, und er antwortete mir ernst: «Die Formel des Lebens.» Dann zeichnete er eine Gleichung auf, die aus fünf Symbolen bestand, $S = K \ln W$, sagte, dies sei die Formel des Todes, genauer gesagt der Entropie, die immer gewinnt, und: «Es muß doch auch eine Möglichkeit geben, die Umkehrung zu beweisen, zu beweisen, daß das Leben immer gewinnt.» Aber mich fasziniert beinahe ebenso seine herrliche und geheimnisvolle Libanesin, die Wonne der Begierden, hinter denen ich ein herzzerreißendes Geheimnis und ein heldenhaftes Unglück wittere. Mit der herrlichen Libanesin, die Menge, die innerhalb der Mauern Trojas darbt. Zusätzlich zu dieser Menge, die Bogenschützen, die in den Feldlagern der Achäer leiden. Die Bogenschützen, von denen Homer nicht spricht. Ach! Wenn ich die Ilias las, habe ich mich oft gefragt, wer eigentlich die Soldaten von Agamemnon, Odysseus, Nestor und Achilles waren, die von ihren Königen mitgebracht wurden, um in einem Krieg zu sterben, der sie nichts anging. Jetzt frage ich mich das nicht mehr. Es waren die Jungs, die du in Beirut auf den Beobachtungsständen oder in den Büros oder in den Stellungen siehst, die Maròs und die Bersaglieri und die Fallschirmjäger und die Angehörigen der Kampfgeschwader, die auf Patrouille gehen, die sich jeden Tag dem Risiko aussetzen, getötet zu werden, die die Armee im Plural abhandelt, mit dem Wort Truppe. Einer hieß Fabio, und eines schrecklichen Sonntags verriet er aus Angst seinen toten Freund. Einer hieß Ferruccio, und um zu vergessen, daß er seine neunzehn Jahre verloren hatte, verbrachte er die Nächte damit, mit einem kleinen Palästinenserjungen zu schwatzen, der dem Massaker von Sabra und Chatila entkommen war. Einer hieß Zwiebel, und er zitterte vor Grauen, weil er am Rand eines Massengrabes Wache stehen mußte. Einer hieß Nagel, und er verschenkte sein Essen an ein ausgehungertes kleines Mädchen; einer hieß Nazarener und predigte den Frieden; einer hieß Gino, und er schrieb hübsche Gedichte und träumte davon, sich in ein Kloster auf den Höhen des Himalayas zurückzuziehen; einer hieß Martino, und er quälte sich mit einem von niemandem ver-

muteten Drama ... Falsche Vergleiche oder nicht, Vorwände oder nicht, die Geschichte verändert sich nicht. Die ewige Geschichte, der ewige Roman vom Menschen, der sich im Krieg in seiner ganzen Wahrheit offenbart. Denn leider enthüllt nichts den Menschen besser als der Krieg. Nichts hebt seine Schönheit und seine Häßlichkeit, seine Intelligenz und seine Torheit, seine Bestialität und seine Humanität, seinen Mut, seine Feigheit, seine Rätselhaftigkeit mit solcher Kraft hervor. Ja, die Gefahr liegt eben darin, eine bereits erzählte Geschichte zu erzählen, einen bereits geschriebenen Roman zu schreiben. Aber darüber mache ich mir keine Sorgen. Die Kunst des Schreibens besteht darin, daß man bereits Gesagtes so wiederholt, daß die Menschen glauben, es zum ersten Mal zu lesen, sagt Rémy de Gourmont. Und ich weiß, wie ich bereits Gesagtes wiederholen muß, daß es aussieht, als würde es zum ersten Mal gesagt: indem ich nämlich auf meine Weise schreibe, das heißt, ohne den Verlockungen von Predigten oder Verurteilungen nachzugeben; in beiden Fällen handelt es sich um verlogene Ware, die den Witterungen von Moden und Zeit ausgesetzt und daher leicht verderblich ist. Meine Liebste, will man über die Menschen erzählen, über diese merkwürdigen Lebewesen, die einen zum Lachen und gleichzeitig zum Weinen bringen, genügen zwei Gefühle, die im Grunde zwei Einsichten sind: die Barmherzigkeit und die Ironie. Mit anderen Worten: es genügt, wenn man ein Lächeln auf den Lippen hat und Tränen in den Augen.

Dieser Ansicht ist auch die Journalistin aus Saigon, diese phantasmagorische Komparsin, die vom Tag des zweifachen Massakers an bei uns herumläuft, die Ohren gespitzt, die Augen weit aufgerissen und den Bleistift in der Hand. Denn weißt Du, wie sie die Menschen definiert? In der kühlen Art, wie sie in der Enzyklopädie definiert werden, aber sie fügt doch eine zugleich liebevolle und verächtliche Anmerkung hinzu: «Zweihändige Säugetiere mit aufrechtem Gang, zu artikulierter Sprache fähig, durch ein Schädelvolumen und eine Gehirnmasse gekennzeichnet, die im Vergleich zum Gesichtsteil des Schädels weitaus größer ist als die anderer Säugetiere. Infolgedessen sind sie wesentlich komischer als andere Säugetiere und auch bewegender als jedes andere Tier.» (Ob sie vielleicht mein alter ego ist, das heißt, ob sie wohl mein Buch zu schreiben beabsichtigt?)

Zweiter Akt

Erstes Kapitel

– 1 –

Jetzt, wo die Erzählung sich ausweitet und uns mit Personen bekanntmacht, die bisher im Hintergrund geblieben sind, mit weiteren Darstellern der Tragikomödie, aus der der Professor seine kleine Ilias gestalten möchte, ist ein Lächeln auf den Lippen hilfreicher als Tränen in den Augen. Ohne dieses Lächeln würden wir nämlich nicht das Szenario ertragen, in dem sich die Erzählung abspielt: die Orgie der Dummheit, die längst schon die sadistische Intelligenz des Chaos bevorzugt, den Triumph des Masochismus, der längst schon den Wahnsinn der traurigen Stadt nährt. Jeder schießt auf jeden, jedes Mitglied einer jeden Gruppe oder eines jeden Grüppchens verfügt über eine Kalaschnikow oder eine M16 oder eine RPG. Er hat sie bei sich, wie der normale Mensch an Regentagen einen Regenschirm bei sich hat, und gerade wenn du es am wenigsten erwartest: ta-tata, päng! Wahrscheinlich nur, um die Finger ein bißchen zu bewegen und abzuschießen, wen's grade trifft: eine alte Frau, die die Straße überquert, ein Kind, das im Hof spielt, ein Säugling, der in den Armen seiner Mutter schläft. Denn an Munition fehlt es nicht. Aus allen Teilen der Welt trifft sie ein; im Hafen liegt immer ein Schiff, das am Kai Munition löscht, in den Buchten liegt immer ein Boot, das sie am Strand löscht – und außerdem kostet sie wenig. Vater unser und Allah unser, die ihr seid im Himmel, unsere täglichen 7,62 und 5,56 und unsere Bomben gebt uns heute, und führet uns nicht in Versuchung, vom Frieden zu träumen, sondern erlöset uns von dem Guten. Amen. Du darfst dich auch nicht der Illusion hingeben, irgend etwas zu begreifen. Der Vorgang des Begreifens erfordert ein Minimum an Logik, und Logik gibt es hier nicht. Die Palästinenser, zum Beispiel, haben sich in zwei Sekten aufgespalten, eine folgt Abu Mussa, die andere folgt Arafat, und sie metzeln sich gegenseitig nieder. Im nahen Tripolis, das heißt im einzigen Wohngebiet, aus dem sie nicht vertrieben wurden, mit Kanonen. In Bourji el Barajni, in Sabra und in Chatila mit Revolvern. Wenn die Feinde der Palästinenser den Genuß haben wollen, sie tot zu sehen, brauchen sie keine Massaker mehr zu veranstalten: es reicht, wenn sie morgens kurz in die Gassen oder auf die Abfallhaufen blicken. In neun von zehn Fällen liegt da die frische Leiche eines Abumussianers, den ein Arafatianer beseitigt hat, oder die eines Arafatianers, den ein Abumussianer beseitigt hat. Im Kern ist es das, was zwischen der Amal und den Söhnen Gottes vorgeht, die einmal durch heilige Allianzen verbündet und Komplizen bei Schandtaten gewesen sind. Nicht zufällig waren es Amalleute, die den Befehl Zandra Sadrs ausführten und die elf Khomeini-Anhänger liquidierten, die mit der ungeheuren Menge Sprengstoff aus der Bekaa gekommen waren, um die Italiener auszulöschen.

Aber keine Bange: morgen sind sie wieder ein Leib und eine Seele. Auch zwischen Falangisten und Kataeb kommt es zum Streit, die beide der Jungfrau Maria und Gemayel ergeben sind, und im Chouf-Gebirge kreuzigen die Drusen die Maroniten. Oder sie schneiden ihnen Arme und Beine ab, damit sie verbluten. Und als ob das noch nicht reicht, spalten empfindliche Zerwürfnisse die Regierungsstreitkräfte, wo die Achte Brigade, die aus christlichen Soldaten und christlichen Offizieren besteht, die Sechste Brigade, die aus schiitischen Soldaten und oftmals christlichen Offizieren besteht, schief ansieht. Die schiitischen Soldaten der Sechsten Brigade sabotieren die Befehle der eigenen Offiziere, und jedesmal, wenn sie Haret Hreik mit Mörsern beschießen sollen, die in der Galerie Semaan aufgestellt sind, schießen sie zu tief und treffen den Hügel, hinter dem das Viertel liegt. Einen schönen Hügel des Ostteils, bereits von der Artillerie des sozialistischen Milliardärsfürsten Djumblatt malträtiert, der eigentlich den Präsidentenpalast von Baabda treffen möchte, das heißt seinen Rivalen Gemayel; und dann auch von den Kämpfen gepeinigt, die den heißesten Teil der Grünen Linie zerstörten: die dreihundert Meter zwischen der Kirche Saint-Michel und der Galerie Semaan. Achtung, Achtung: die Kirche Saint-Michel ist der letzte Vorposten von Gobeyre, dem Ort, an dem die Amal sich konzentrieren, um die schiitischen Wohnviertel zu verteidigen und zu versuchen, in den Ostteil vorzudringen, und die Galerie Semaan ist der letzte Vorposten von Hazmiye, dem Ort, wo die Regierungstruppen sich konzentrieren, um die christlichen Wohnviertel zu verteidigen und zu versuchen, in den Westteil vorzudringen. Der schöne Hügel beherrscht diese dreihundert Meter, und da er sie beherrscht, bekommt er ein Gutteil des Gefechtsfeuers ab; und weißt du, was oben auf der Spitze steht? Ein Kloster. Weißt du, wer in dem Kloster lebt? Die Fallschirmjäger, die Fallschirmjäger-Carabinieri, die Luftlandetruppen des Stützpunkts Rubino. Folglich bekommt das vom Falken kommandierte Bataillon jeden Tag seine Portion Granaten, Katiuschas, Querschläger, Kugelhagel, Splitter und Verletzte ab.

Trotzdem haben die Dramen, die den Stützpunkt Rubino charakterisieren, mit diesen Widrigkeiten nichts zu tun: dort verzweifelt, seufzt, leidet man aus ganz anderen Gründen. Wir werden sehen, aus welchen, jetzt, wo sich die Erzählung ausweitet und uns mit Personen bekanntmacht, die bisher im Hintergrund geblieben sind, und uns bestätigt, wie komisch, wie bewegend und komisch das zweihändige Säugetier mit aufrechtem Gang ist, das zu artikulierter Sprache fähig ist, sich durch großes Schädelvolumen auszeichnet und so weiter. Es ist ein Tag Ende November, seit dem Sonntag des zweifachen Massakers ist ein Monat vergangen, und wir befinden uns, wie gesagt, im Stützpunkt Rubino, wo der Kondor mit großen Schritten das Büro des Falken durchmißt, der sich unter dem Vorwand verdrückt hat, er müsse aufs Klo.

* * *

Nein, ihm gefiel nicht die Schlamperei, mit der Djumblatts Drusen den Präsidentenpalast von Baabda verfehlten, dafür aber den Stützpunkt Rubino trafen. Ihm gefiel nicht der Zynismus, mit dem die schiitischen Artilleristen die Flugbahn veränderten und die für Haret Hreik bestimmten Granaten nicht über den Hügelkamm brachten, sondern hierher lenkten. Und vor allem gefiel ihm nicht die zunehmende Spannung zwischen der Sechsten und der Achten Brigade. Wenn der Riß zu einem Bruch würde, würde sich die Regierungsarmee in zwei Lager spalten und die Grüne Linie unüberwindbar werden. Doch das, was er rein zufällig entdeckt hatte, gefiel ihm noch weniger. Rein zufällig, verstehst du? Und das dank eines Tölpels von Fallschirmjäger, der die Gelegenheit seines Besuchs zum Vorwand nahm, zum Rapport zu erscheinen, und zwar wegen einer Frage über-Leben-oder-Tod! Das Blut stieg ihm wieder zu Kopf, wenn er nur an dieses absurde Gespräch dachte. «Komm schon, rück mit der Frage über-Leben-oder-Tod heraus. Die übliche erkrankte Mama oder der übliche sterbende Onkel, die dazu herhalten müssen, um einen Heimaturlaub in Italien zu bekommen?» – «Nein, Signor Generale. Ich will nicht nach Italien zurück, ich will in Beirut bleiben und heiraten.» – «Heiraten, du willst heiraten?!? Was soll das heißeeen?!?» – «Das soll heißen, daß ich verliebt bin, Signor Generale.» – «Verliebt?!? Und du trittst vor mich, deinen General, um mir zu sagen, daß du verliebt biiist?!?» – «Nein, Signor Generale. Ich komme, um

Sie um ein Darlehen zu bitten.» – «Ein Darlehen?!?» – «Jawohl, und zwar von sechstausend Dollar.» – «Sechstausend Dollar?!?» – «Jawohl, die fehlen mir, um auf achttausend zu kommen. Da ich noch nicht länger als sechs Wochen hier bin, hab ich erst zweitausend Dollar Zulage bekommen und...» – «Achttausend Dollar?!? Wozu brauchst du achttausend Dollar?!?» – «Um die Auslösesumme zu bezahlen, Signor Generale.» – «Was für eine Auslösesummeee?!? Wer ist entführt worden?!?» – «Niemand, Signor Generale. Ich spreche von der Auslösesumme, mit der ich die künftige Mutter meiner Söhne auslösen will. Dem hiesigen Brauch entsprechend haben die Eltern sie an einen Typ verkauft, der sie nur dann abtritt, wenn er achttausend Dollar bekommt. Wenn ich ihm das Geld nicht gebe, heiratet er sie, und ich bring mich um.» – «Du bringst dich um?!?» – «Jawohl, Signor Generale. Dem Herzen kann man nicht befehlen.» In der Luft hatte er ihn zerrissen, ihn angebrüllt: Du gemeiner Lump, du, nach Italien schick ich dich zurück, und zwar mit einem Tritt in den Arsch – und jetzt rat mal, was er geantwortet hat: «Signor Generale, wenn Sie mich zurückschicken, müssen Sie auch gleich das gesamte Bataillon zurückschikken. Im Stützpunkt Rubino sind fast alle in meiner Lage, fast alle sind in die Libanesin verliebt und wollen sie heiraten, aber um sie zu heiraten, müssen sie die Auslösesumme zahlen.» Daraufhin hatte er ihn rausgeschmissen und im Handumdrehen eine kleine Untersuchung durchgeführt und... ja, es stimmte, Herrgott noch mal. Es stimmte absolut. Schicktest du sie auf Patrouille, verliebten sie sich, postiertest du sie in eine Stellung, verliebten sie sich, knalltest du sie auf einen Beobachtungsstand, verliebten sie sich, stecktest du sie in einen Panzer, verliebten sie sich. Rubino war ein Liebesdepot, mehr noch ein Depot des Liebeskummers. Der Stützpunkt verbrauchte Liebe wie der Bäcker Mehl verbrauchte, verströmte Liebe wie eine Parfümfabrik den Wohlgeruch von Lavendel und Bergamotte. Aber nicht die eingebildete, pennälerhafte Liebe, die Pistoia bei seinen Joséphinen und Geraldinen und Carolinen zu befriedigen suchte, nicht die fleischliche, laszive Liebe, die die anderen mit ihren Sheilas, ihren Fatimas und verschiedenen Prostituierten von Chatila stillten, sondern die süßliche, schmachtende, romantische Liebe der Pierrots, die im Mondschein seufzen und sich eine Hochzeit mit Orangenblüten und dem Marsch von Mendelssohn ersehnen. Eine Liebe, die schwach macht, einen verblöden läßt, ablenkt und einen dazu bringt, Schwachsinn zu reden wie Dem-Herzen-kann-man-nicht-befehlen. Seine Fallschirmjäger! Seine Nahkampftruppen! Das Bataillon, das als besonders männlich und besonders machohaft galt, als frauenaufreißend par excellence!

Er hörte auf, hin- und herzugehen, setzte sich an den Schreibtisch und stützte den Kopf zwischen die Hände. Verwichster Hügel! Er machte ihm nur noch Sorgen und Enttäuschungen, dieser verwichste Hügel. Wenn man sich vorstellte, daß er geglaubt hatte, das große Los zu ziehen, als die Regierung Gemayel ihm dieses verlassene Kloster und das umliegende Grundstück zur Verfügung stellte! Nicht einmal die Nähe zu Baabda hatte ihm etwas ausgemacht, das schon zu dieser Zeit Zielscheibe der Drusen mit den weiten Hosen gewesen war, die den Messias da hineindefäkieren. Er hatte auch dann den Mut nicht verloren, als er sah, wie die Syrer das Gebäude zugerichtet hatten, die Verbündeten der Palästinenser, die während der Belagerung hier das Generalhauptquartier eingerichtet hatten: herausgerissene Türen und Fenster, geplünderte Räume, durch Explosivfallen unbewohnbar gemacht, blutbespritzte Wände, und in den Kellerräumen, die in Folterkammern zum Verhör von Gefangenen umfunktioniert worden waren, ein paar mumifizierte Finger. Das hier ist das irdische Paradies, hatte er sich gesagt und die Vorteile aufgezählt, die ein derartiges Gebäude für einen Stützpunkt hatte. Zunächst einmal der Vorteil, im Ostteil zu sein und auf der Spitze eines Höhenzugs, der den empfindlichsten Abschnitt der Grünen Linie kontrollierte. Dann, daß es ein gesundes Gelände war und alle notwendigen Voraussetzungen hatte, um ein Bataillon unterzubringen: herrliche Olivenfelder und kleine Baumgruppen, die Schatten für die Zelte der Truppe spendeten, weite Plätze zum Parken, Lichtungen für Garagen und Reparaturwerkstätten, Hütten für das Munitionsdepot... Was das Gebäude des Konvents selbst betraf, das im Schutze eines massiven Felsens errichtet und vorne einen großzügigen, oberhalb der Kirche Saint-Michel und der Galerie Semaan gelegenen Platz hatte, konnte man sich kein besseres wünschen: Mauern aus Stahlbeton, tiefe Keller, die in Schutzräume verwandelt werden konnten, und Platz in Hülle und Fülle. Im Erdgeschoß ein riesiger Salon, sechs kleinere Säle und eine Kapelle, die im Krieg immer nützlich sein kann. In der ersten Etage, die durch eine kleine Treppe mit dem riesigen Salon verbunden war, große Klassenzimmer und weitläufige Räumlichkeiten. In der zweiten Etage eine schmucke Küche und angenehme Zimmer mit Bad. Der Besitz gehörte nämlich zwanzig Nonnen eines französischen Ordens, die vor dem israelischen Einmarsch dort eine Grundschule eingerichtet hatten, und hatte zwei Eingänge. Einen Haupteingang auf der Rückseite und einen zweiten, durch ein kleines Törchen verschlossenen, der auf den Platz führte. Dieses Törchen öffnete sich seitlich, zur Straße hin, die zum Stadtviertel Hazmiye führte. Auf der anderen

Seite der Straße befand sich außerdem, zwanzig Meter tiefer, ein nicht fertig gewordener Wolkenkratzer, der aussah, als wäre er dort hingestellt worden, um Ost Ten zu beherbergen: das internationale Observatorium, das von einer italienischen und einer amerikanischen Einheit besetzt gehalten wurde. Nachdem die Explosivfallen beseitigt, die Blutspritzer von den Wänden abgewaschen, die mumifizierten Finger eingesammelt und die Fenster und Türen wieder hergerichtet waren, hatte er das Angebot angenommen und den Stützpunkt Rubino dort installiert. Im Schatten der Oliven standen die Zelte der Truppe. Auf den Plätzen parkten die Wagen. Auf den Lichtungen waren die Garagen und Reparaturwerkstätten. In den Hütten die Munitionsdepots. Im Salon des Erdgeschosses der Speisesaal. In den angrenzenden Räumen die Militärbüros. In den Klassenzimmern und Räumlichkeiten der ersten Etage die Verwaltungsbüros. In den Räumen der zweiten Etage die Unterkünfte für die Offiziere. Denn die Gefahr, daß die Nonnen zurückkommen würden, bestand nicht: fünfzehn waren nach Frankreich zurückgekehrt und fünf waren tot. Umgekommen bei einem Bombenangriff, während sie auf der Flucht waren, die armen Geschöpfe. Zerfetzt mit einem Haufen von Fibeln, Wörterbüchern, Heften, heiligen Gerätschaften einschließlich des Meßbuchs, den Fläschchen für Wasser und Wein und dem Allerheiligsten. Trottel, der er war! Ihre Auferstehung hätte ihm klarmachen müssen, daß es sich hier nicht um ein irdisches Paradies handelte. Ja, Auferstehung. Denn einen Monat später hatte der Falke ihn völlig aufgelöst angerufen und: «Generale, sie sind zurückgekommen!» – «Wer?» – «Die Hausherrinnen, die toten Nonnen! Kommen Sie schnell, Generale, kommen Sie schnell!»
Zornig biß er die Zähne zusammen. Er war schnell gekommen, und da waren sie: bei bester Gesundheit und mit einem Haufen von Fibeln, Wörterbüchern, Heften, heiligen Gerätschaften einschließlich des Meßbuchs, den Fläschchen für Wasser und Wein und dem Allerheiligsten. Vier Nonnen in grauem Kleid, grauem Schleier und Kinnband; eine Novizin in schwarzem Gewand, weißem Schleier und ohne Kinnband. Schwester Espérance führte sie an: eine große, hagere Normannin um die Fünfzig, die dich mit festem, himmelblauem Blick anschaute und mit dem Stolz eines auf seinem Thron sitzenden Monarchen behandelte. «Ça c'est notre maison, Messieurs, et nous sommes ici pour la reprendre. Dies ist unser Haus, meine Herren, und wir sind hier, um es wieder in Besitz zu nehmen. Déménagez immédiatement, verlassen Sie es augenblicklich.» Neben der Normannin Schwester George: eine Pariserin, klein und aufmüpfig, um

die Vierzig, mit einem unbeschreiblich arroganten Stupsnäschen und riesenhaft vergrößerten Augen wegen der starken Gläser ihrer Brille. «Etes-vous sourds, sind Sie taub, Messieurs? N'avez-vous pas entendu ce que la Mère Supérieure vient de vous dire, haben Sie nicht verstanden, was die Mutter Oberin Ihnen gesagt hat? Bougez, los, allez hop!» Neben der Pariserin, Schwester Madeleine: aus Marseille, um die Sechzig, mit gerötetem Gesicht, Ammenbrüsten, die zwei Säuglinge auf einmal hätte säugen können, und einem Hinterteil, das wuchtiger war als ein Panzer. «Déménager, oui, bouger! Zusammenpacken, ja, los! Nous n'avons pas de temps à perdre avec vous, wir wollen keine Zeit mit Ihnen verlieren!» Neben der Marseillerin Schwester Françoise: aus Nizza, um die Dreißig, traurig und ziemlich häßlich; sie machte niemals den Mund auf, blickte dir aber fest in die Augen, und zwar so vorwurfsvoll, daß du dich ständig schuldig fühltest. Schließlich Schwester Milady: die Novizin. Libanesin, um die Fünfundzwanzig und schön. Ausgesprochen schön. Wohlgeformter schlanker Körper, wie ein Mannequin, der durch das schwarze knöchellange Gewand noch betont wurde und wahnsinnige Fesseln sehen ließ. Wunderbare Gesichtszüge, wie eine gotische Madonna, und es machte nichts, daß ein nicht so hübscher Flaum ihre Mundwinkel umschattete, der im Sonnenlicht zu einem feinen Bärtchen wurde: von den anderen unterschied sie sich wie ein Schwan von einer Entenbrut. Aber was für eine Hexe, was für eine Viper! Sie ließ einen nicht mal zu Wort kommen. «Taisez-vous, Ruhe! Sonnez la retraite, plutôt! Blasen Sie lieber zum Rückzug!» Und vollkommen sinnlos, einzuwenden: Schwestern, wir-sind-keineswegs-unerlaubt-hier: diese-Unterkunft-ist-uns-von-Ihrer-Regierung-zugewiesen-worden.

«Notre gouvernement n'a aucun droit de vous assigner ce qu'il ne lui appartient pas, unsere Regierung hat kein Recht, Ihnen etwas zuzuweisen, das ihr nicht gehört! Allez-vous en, verschwinden Sie, allez-vous en!» Ein Glück, daß sie die Normannin dann irgendwann schweigen hieß und sich mit dem Gehabe eines Königs, der sich herabläßt, einem armen Untertanen zu vergeben, zu einem Kompromiß bereit gefunden hatte: «Je veux être clémente, ich will nachsichtig sein, Messieurs. Débarrassez tout de suite le premier et le deuxième étage, l'entrée principale, les caves, et tenez le rez-de-chaussée avec l'esplanade et le reste. La chapelle, en commun. Räumen Sie unverzüglich die erste und zweite Etage, den Haupteingang, die Kellerräume, und behalten Sie das Erdgeschoß mit dem Vorplatz und den Rest. Die Kapelle, gemeinsam.» Was für ein Glück, daß das Zusammenleben klappte. Ja, es klappte. Doch das mutmaßliche irdische Paradies blieb weiterhin ein Nest von Unannehmlichkeiten, und das mit dem Liebeskummer übertraf einfach alles. Woher kam dieser Virus nur, Herrgott noch mal?!? Wer hatte ihn eingeschleppt, wer hielt ihn am Leben, wer verbreitete ihn? Der Teufel, der Allmächtige, die...

Und da sprang er auf, durchzuckt von einer Ahnung, die eine Entdeckung war. Die Nonnen. Die fünf Nonnen hatten ihn eingeschleppt. Die fünf Nonnen hielten ihn am Leben. Die fünf Nonnen verbreiteten ihn. Fünf, nur fünf, davon zwei, die schon überreif waren. Aber doch Frauen. Zwar in unantastbare Gewänder gehüllt, von ihrer Kinnbinde stranguliert, von ihrem Schleier verfinstert. Aber doch Frauen. Zwar unnahbar, unkorrumpierbar, geschlechtslos, keusch. Aber doch Frauen. Frauen, die unter demselben Dach wohnten, die gleiche Luft atmeten, den gleichen Risiken einer fernen, aber ständigen Präsenz, einer kaum wahrnehmbaren, aber beunruhigenden Intimität, einem illusorischen, aber dennoch konkreten Lockruf ausgesetzt waren. Ihre Fenster lagen zum Platz hinaus, und die Unterrichtsräume der ersten Etage lagen genau über dem großen Salon, in dem der Speisesaal eingerichtet worden war. Das bedeutete, daß man ihre Schritte, ihre Stimmen hörte, sich ihre Bewegungen vorstellte... Ein Schritt, eine Stimme, eine Bewegung scheint nichts zu sein. Doch wenn der Schritt der Schritt einer Frau, wenn die Stimme die Stimme einer Frau, wenn die Bewegung die Bewegung einer Frau ist, wenn alles zusammen die Phantasie von vierhundert gesunden, zur Abstinenz der Sinne und der Gefühle verdonnerten Männern in Gang setzt, kann die Wirkung katastrophal sein. Dann kann sie eine Liebespsychose auslösen, die du bald schon nicht mehr kontrollieren kannst, kann sie die frauenaufreißendsten Frauenhelden der Welt in schmachtende Pierrots verwandeln und ihnen auf einen Schlag achttausend Dollar aus der Tasche ziehen. War es möglich, daß ihm das nicht sofort eingefallen war?!?

—2—

Die Frage war richtig, die Analyse auch. Aber die Wirklichkeit war komplizierter, denn sie schloß ein Phänomen ein, das das zweihändige Säugetier mit aufrechtem Gang und artikulierter Sprache, einem Schädelvolumen, einer Gehirnmasse und so weiter kennzeichnet: nämlich die Selbstverstümmelung, ja, den Masochismus, mit dem es alles tut, um von dem akzeptiert zu werden, der es nicht mag, von dem geliebt zu werden, der es nicht liebt, der sich in den meisten Fällen ausgerechnet in den verliebt, der es zurückweist. Arme Frauenhelden: wie sehr sie gelitten hatten, bevor sie sich das Idyll zurechtzimmerten, und wie sie von den Hausherrinnen in die Knie gezwungen wurden! Außer Schwester Françoise, die man fast nie im Kloster sah, weil sie von morgens bis abends im Rizk als Krankenschwester arbeitete und sowieso niemanden behinderte, hatte sich jede von ihnen ein Opfer ausgewählt, das sie malträtierte. Schwester Espérance beispielsweise hatte sich den Falken ausgewählt. Zwei- bis dreimal in der Woche bestellte sie ihn in die Kapelle und: «Monsier, je suis dégoutée, es widert mich an. Vos grossiers ne font que gueuler des vulgarités et s'exhiber en caleçons, Ihre Flegel schreien nichts als Obszönitäten und zeigen sich in Unterhosen. J'exige qu'ils se taisent et qu'ils s'habillent dans une manière convenable, ich verlange, daß sie still sind und sich anständig anziehen.» Da half es nichts, ihr zu antworten, daß die Flegel zwanzig Jahre alt seien, daß man die Stimmbänder nicht durchschneiden könne, daß die Obszönitäten einfache Liebeslieder seien, daß die Unterhosen kurze Hosen seien, die zur militärischen Ausrüstung gehörten, daß die Soldaten sich in der Kaserne entspannen müßten. Sie erstarrte zur Eissäule, ergriff ihr mit Saphiren besetztes Kreuz, das das graue Gewand schmückte, hob es empor wie ein Schwert und: «Monsieur! Mon couvent n'est pas une caserne, mein Kloster ist keine Kaserne! Le manque de pudeur est une atteinte à ma personne, à mes consœurs, et à ce saint lieu. Der Mangel an Scham ist eine Beleidigung meiner Person, meiner Mitschwestern und dieses frommen Ortes. Dieu ne le veut pas, Gott will das nicht!» Schwester George dagegen konzentrierte ihre Vorwürfe und Streitereien auf den weißhaarigen Gigi il Candido. Bei der geringsten Gelegenheit stürzte sie sich mit ihrer Brille auf ihn und: «Monsieur! Qu'est-ce-que c'est ce chahut sur l'esplanade, was bedeutet dieser Radau auf dem Platz?!? Ne savez-vous même pas vous imposer à vos hommes, können Sie sich nicht mal bei ihren Männern durchsetzen?!? Chassez-les immédiatement, jagen Sie sie sofort weg!» So lebten beide in der Angst, auf ihre jeweilige Schinderin zu stoßen, und verzehrten sich im Traum, wenigstens ein Lächeln zu ergattern. «Ein Lächeln! Wenigstens ein Lächeln! Aber sie macht mit dem saphirbesetzten Kreuz Asche aus dir. Mit ihrem hellblauen Blick stellt sie dich an die Wand und tötet dich. Sie ist keine Nonne, sie ist eine Kriegerin! Ein General, ein Dschingis Khan!» – «Ach, Schwester George ist viel schlimmer! Außerdem, was ist das eigentlich für eine Nonne, die einen Männernamen trägt? George heißt doch Georg, oder? Also ein

Männername! Verdammt, ich gäbe einen Finger her für eine freundliche Geste; und auch heute hat sie mir wieder ihr Assez-Schluß vorbuchstabiert, das war wie das Pfeifen einer Katiuscha. Da ist Schwester Madeleine doch viel besser!» Schwester Madeleine hatte sich die Flegel ausgesucht, denen man nicht die Stimmbänder durchschneiden konnte, und sie folterte sie mit einer subtilen Boshaftigkeit. Wenn sie morgens die Fenster öffnete, trillerte sie mit einem so von Herzen kommenden Lachen, daß dies sogar die Begierden eines Heiligen geweckt hätte. Aber einen Augenblick später schrie sie böse: «Un peu d'air, un peu de soleil, pour oublier que les brutes sont ici! Ein bißchen Luft, ein bißchen Sonne, damit wir vergessen, daß die Rohlinge hier sind!»

Schwester Milady hingegen, die schöne Novizin, die der Kondor als Schwan inmitten einer Entenbrut bezeichnet hatte, aber auch als Hexe, ja sogar als Viper, war ein besonderer Fall. Denn sie war es und nicht Schwester Espérance, Schwester George oder Schwester Madeleine, die die Feindseligkeiten anführte. Und als Opfer hatte sie sich den Feldwebel der Carabinieri ausgewählt, der zum direkten Mitarbeiterstab von Gigi il Candido gehörte: einen stämmigen Vierzigjährigen mit feurigen Augen und einem kantig geschnittenen Gesicht, der sehr gut französisch sprach, weil er – was für ein Zufall! – seine Kindheit in einem Kloster französischer Nonnen verbracht hatte. Und er wurde wegen seiner Fähigkeit, praktische Probleme zu lösen, Armando mit den goldenen Händen genannt.

* * *

Ein Gewehrschuß genügt, um einen Krieg zu entfesseln, und im Verlauf weniger Tage hatte Schwester Milady zwei abgegeben. Der erste war ein Schild, das sie beschriftet und im Speisesaal aufgehängt hatte: «Les hôtes réunis dans ce salon sont invités à limiter leur tapages bestiaux de façon à ne pas trop troubler le travail et la prière des réligieuses qui ont le malheur de les loger. Die in diesem Salon versammelten Gäste werden aufgefordert, ihren bestialischen Lärm einzuschränken, um die Arbeit und die Gebete der Nonnen nicht allzu sehr zu stören, die das Unglück haben, sie zu beherbergen.» Der zweite war die kleine Treppe mit sechzehn Stufen, die vom Speisesaal zur ersten Etage führte, das heißt zu den Wohnungen der Besitzerinnen, und auf einem Treppenabsatz und dann vor einer Tür endete, die von ihnen mit einem großen Riegel verschlossen war. Nicht zufrieden mit dem Riegel, hatte sie gebeten, daß der nur hypothetische Zugang noch weiter versperrt werden sollte, und Armando mit den goldenen Händen hatte die Aufgabe übernommen, sie zufriedenzustellen. «Überlaßt das mir, ich versteh mich auf Nonnen. Nonnen sind eigenartige Frauen, Soldaten in Frauengestalt. Es bringt nichts, ihnen mit eiserner Faust entgegenzutreten: bei ihnen geht es nur mit Samthandschuhen.» Dann hatte er die obersten sieben Stufen mit aufgestapelten Stühlen, Sesseln und Matratzen verbarrikadiert und: «Ça vous plait, gefällt's Ihnen, Schwester?» Antwort: «Non. Neuf restent vides, neun sind noch leer.» Er verbarrikadierte weitere fünf. «Maintenant ça va, ist das jetzt gut so?» – «Non. Ils en restent quatre, vier sind noch übrig.» Dann hatte er auch noch diese vier verbarrikadiert. Er hatte ihr das Ergebnis seiner Schufterei gezeigt und gerufen Sehen-Sie-nur-was-für-eine-Maginot-Linie, die-entmutigt - die - Horden - von - Vergewaltigern, wenn - Ihnen - das - nochimmer-nicht-genug-ist-kann-man-nur-noch-einen-Hochspannungsdraht-ziehen, und sie war tödlich beleidigt. «Impudent, insolent, effronté! Schamloser! Frecher! Unverschämter!» Sinnlos, um Entschuldigung zu bitten, zu stottern War-nur-ein-Scherz, Schwester Milady, war-nur-ein-Scherz. Noch sinnloser, ihre Verzeihung durch tausend kleine Dienste zu erwirken, durch Ausbesserungen in der Kapelle, im Keller oder an den Rohrleitungen des Klosters: von diesem Tag an ließ sie ihn nicht mehr in Frieden. Sie hatte ihm sogar seine Höflichkeiten vorgeworfen, sie zu Vergehen gemacht, um ihm ihr J'accuse ins Gesicht zu schleudern; im Vergleich dazu waren das Gezänk von Schwester Espérance und Schwester George oder die subtilen Boshaftigkeiten von Schwester Madeleine geradezu Nettigkeiten. «Vous nous avez coupé l'électricité dans la cave, Sie haben uns die Lichtleitung im Keller durchgeschnitten!» – «Aber nein, Schwester Milady, im Gegenteil! Ich habe sie Ihnen wieder in Ordnung gebracht.» – «Vous nous avez engorgé la bouche d'égout, Sie haben uns den Ausfluß verstopft!» – «Aber nein, Schwester Milady, im Gegenteil! Ich habe ihn freigemacht!» – «Vous nous avez décollé l'agenouilloir de la chapelle, Sie haben uns den Betstuhl in der Kapelle kaputtgemacht!» – «Aber nein, Schwester Milady, was sagen Sie denn da? Ich hab ihn für Sie wieder zusammengeleimt!» Und unter solchen Foltern war der Frühling vergangen, und eines Nachmittags hatte die Novizin den armen Kerl angegriffen, als er die Wasserleitung abstellte, die vom Speisesaal in die zweite Etage hinaufführte. Ein Drama, das sich außerdem vor einem Haufen Offizieren abspielte, unter ihnen der Falke.

«Vouleur, Dieb! Bandit!»

«Schwester Milady...!»

«Vous volez notre eau. Sie stehlen unser Wasser! Voyou, Flegel!»

«Schwester Milady, ich habe das Wasser abgedreht, um einen Schaden zu beheben, der, glaube ich, mit Ihrem Bad zu tun hat!»

«Menteur, hypocrite! Lügner, Heuchler! Dans ma salle de bain il n'y a pas d'eau car vous la détournez pour la passer à vos militaires, in meinem Bad ist kein Wassser, weil Sie es zu Ihren Soldaten umleiten!»

«Beleidigen Sie mich nicht, Schwester Milady, behandeln Sie mich nicht so! Sobald der Schaden gefunden und das Rohr repariert ist, dreh ich's wieder an, und Sie können wieder prächtig duschen.»

«Misérable, Elender! Comment osez-vous parler de ma douche, wie können Sie es wagen, von meiner Dusche zu sprechen?!? Moi j'en ai par-dessus la tête de vous, ich habe die Nase voll von Ihnen! Et je ne vous supporte plus, und ich kann Sie nicht mehr ausstehen. Est-ce clair, ist das klar?»

Und diesmal war es der gute Armando mit den goldenden Händen, der die Geduld verlor. Er knallte die Rohrzange auf den Boden, packte seine Verfolgerin am Arm, stieß sie an die Wand und: «Jetzt hören Sie mir gut zu, kleine Hexe. Denn jetzt habe ich genug, jetzt kann ich Sie nicht mehr ausstehen. Sind Sie eigentlich noch bei Sinnen?!? Seit Monaten reiße ich mich in Stücke, um Ihnen behilflich zu sein, Ihnen gefällig zu sein, Ihnen ein Lächeln zu entlocken, und Sie geben mir immer nur eins auf die Schnauze! Sie demütigen mich vor dem gesamten Bataillon, Sie nennen mich Dieb, Bandit, Flegel, Lügner, Heuchler, Elender... Schwester Milady, Sie gehen mir auf die Eier. Verstehen Sie, was Eier sind, haben Sie schon jemals zwei Eier gesehen? Meine können Sie jedenfalls nicht mehr sehen, weil sie Matsch sind; und es gibt zwei Möglichkeiten: entweder Sie hören damit auf, oder Sie machen weiter. Wenn Sie aufhören, wäre ich bereit, Ihnen einen Waffenstillstand anzubieten. Wenn Sie weitermachen, dann verspreche ich Ihnen, daß ich Ihnen alle Foltern heimzahle, die Sie mir zugefügt haben und noch zufügen werden. Ich schwöre Ihnen, ich werde Sie zum Wahnsinn treiben, zum Weinen, bis Sie keine Tränen mehr haben. Und um gleich damit anzufangen, dreh ich Ihnen das Scheißwasser im Scheißbad wirklich ab, dann können Sie Ihr hübsches Frätzchen gar nicht mehr waschen.» Danach hatte er dem Rohr einen gewaltigen Tritt versetzt, war weggegangen und hatte die Werkzeugkiste stehenlassen; und nachdem sie den ersten Schrecken überwunden hatte, war auch sie gegangen: vor Empörung bebend. Doch am folgenden Tag war sie wieder da, mit einem zauberhaften Lächeln und einem Stimmchen, das sie sich von den Engeln im Paradies ausgeliehen zu haben schien.

«Armandóoo...»

Gott, was für ein innerer Aufruhr, sie seinen Namen aussprechen zu hören! Und wie edel sie ihn machte, indem sie den Akzent auf die letzte Silbe schob, das O lange zwischen den halbgeöffneten Lippen hielt! Wenn sie ihn aussprach, war es wie eine Liebkosung, ein Kuß...

«Ja, Schwester Milady.»

«Armandòoo, voulons-nous signer l'armistice? Wollen wir den Waffenstillstand unterzeichnen?»

Er hatte ihn auf der Stelle unterzeichnet. Und fünf Minuten später hatte der Falke ihn mit Schwester Espérance unterzeichnet und Gigi il Candido mit Schwester George. Beide mit Schwester Madeleine. Dann hatten sie, um das Ereignis zu besiegeln und den Waffenstillstand in einen Friedensvertrag umzuwandeln, die Schwestern zum Abendessen mit der Truppe eingeladen, und am nächsten Abend waren alle fünf in den Speisesaal heruntergekommen. Sie schwenkten witzigerweise kleine Ölbaumzweige und antworteten so auf den Beifall und die Hoch-leben-die-Schwestern-hoch!-Rufe, wobei sie einen betörenden Duft verströmten, der einfach nur der Duft von Frauen war, und setzten sich an den Tisch der Offiziere, zu dem Armando mit den goldenen Händen ausnahmsweise zugelassen worden war, und wer würde je diesen unglaublichen Abend vergessen? Der Falke, der sich blaß vor Erregung Schwester Espérance widmete und ihr das Salz reichte, ihr Wein einschenkte, ihr die besten Happen servierte. Schwester Espérance, die ganz ohne Dünkel seine Freundlichkeiten akzeptierte und von den Ereignissen der Flucht nach Sidon erzählte, erklärte, warum sich die falsche Nachricht vom Tod der Nonnen verbreitet hatte, und an einem bestimmten Punkt beugte sie sich herüber, um dem Falken etwas ins Ohr zu flüstern, worauf der Falke entzückt ausrief: «Madame!» Gigi il Candido, der mit Schwester George flirtete und sie fragte, ob sie ein Mann oder eine Frau sei. Schwester George, die weit davon entfernt war, daran Anstoß zu nehmen, setzte ihm ihre Brille auf und sagte vorwurfsvoll: «Monsieur Gigì, vous en avez plus besoin que moi, Sie brauchen sie mehr als ich.» Dann tadelte sie sein schlechtes Französisch und machte ihm den Vorschlag, es doch zusammen mit den Kindern in der gerade wieder eröffneten Schule zu lernen. Armando mit den goldenen Händen, der vor Ekstase fast gelähmt war und seinen Blick nicht von Schwester Milady abwandte; Schwester Milady, die geschmeichelt ihren Schleier zurechtrückte oder mit ihrem Schnurrbärtchen spielte, als wollte sie es ausreißen. Schwester Madeleine, die keineswegs eifersüchtig war, keinen Verehrer zu haben, ihr aus tiefstem Herzen kommendes Lachen lachte und deren große Ammenbrüste auf und ab wippten, was lüsterne Blicke oder anzügliche Bemerkungen hervorrief: «Altes Huhn gibt gute Suppe!» Schwester Françoise, die dauernd still zur Ecke hinüberblickte, wo Gino saß, und plötzlich zu ihm hinüberging, ihm ein Heft reichte und in perfektem Italienisch einen ganz komischen Satz sagte: «Hier, Signor Sergente. Ich wünsche Ihnen, daß Gott noch ganz viel niest.» Sofort erhob sich Getuschel, Was-hat-sie-ihm-gegeben, was-hat-sie-gesagt, was-ist'n-das-Niesen-Gottes, und Gino wurde bis über beide Ohren rot.

Die Folgen waren vor allem für den Falken, Gigi il Candido und Armando mit den goldenen Händen fatal. Denn bevor sie sich verabschiedeten, hatte Schwester Espérance die drei gebeten, das Bataillon bei einem kleinen informellen Abendessen zu vertreten, das sie in der zweiten Etage zu geben wünschte. Die drei hatten geantwortet ja, o ja, und am darauffolgenden Donnerstag waren sie zu ihren Ex-Feindinnen hinaufgegangen. Tête-à-tête aßen sie Couscous und tranken Kzara, einen schweren, harzig schmeckenden Wein, und beschlossen, diesen schönen Abend am folgenden Donnerstag zu wiederholen, und von diesem Tag an hatten sich die Abendessen in der zweiten Etage zu einer Gewohnheit entwickelt, die sich jeden Donnerstag wiederholte. Lediglich für zwei Monate, die der Falke und Gigi il Candido, wie wir noch sehen werden, in Italien verbrachten, wurde diese Gewohnheit unterbrochen. Also alles andere als eine ferne Erscheinung! Alles andere als eine künstliche Intimität, als eine illusorische Verlockung! Der Virus, der typisch für den Stützpunkt Rubino war, ging in der Tat von den Nonnen aus. Das Schlimmste aber war, daß er keineswegs harmlos war. Im Fall vom Falken, Gigi il Candido, Armando mit den goldenen Händen, enthielt er schon die Saat der Tragödie. Aber das konnte der Kondor nicht wissen, niemand konnte es an diesem Morgen Ende November wissen, als ein Schrei das Büro des ersten Erkrankten durchschnitt.

«Ruft mir den Falkeeen!»

– 3 –

Mit langen falkenhaften Schritten – dem einzigen, was er mit dem ihm von einem böswilligen Geschick verpaßten Spitznamen gemeinsam hatte – überquerte der Falke indessen den Platz, um zu den Latrinen der Offiziere hinunterzugehen, und sein spitzes Gesicht eines mit sich selbst unzufriedenen Fünfzigjährigen hatte sich vor Angst gleichsam zu einer Grimasse verzogen. Er haßte diese am Hang des Hügels eingerichteten Latrinen. Jedesmal, wenn er dorthin mußte, hielt er es bis zur Grenze des Unerträglichen zurück, und erst, wenn es überhaupt nicht mehr anders ging, entschloß er sich, die verdammten Buden aufzusuchen, die dem Gewehrfeuer, das von der Kirche Saint-Michel oder von der Galerie Semaan kam, wie ein Ziel beim Scheibenschießen ausgesetzt waren. Es hagelte so viele Querschläger und Splitter, daß die Blechwände wie ein Sieb aussahen, und durch die Löcher konntest du die Landschaft betrachten. Im übrigen kam es häufig vor, daß jemand dort verletzt wurde. Gestern erst hatte sich ein Major eine 7,62er in der rechten Gesäßbacke eingefangen, ein Hauptmann hatte einen Splitter an der Hüfte abbekommen, und in der vergangenen Woche hätte ein Leutnant um Haaresbreite seine Genitalien verloren. Flüchtend rief er: «Von jetzt an benutz ich das Scheißhaus der Soldaten!» Eines Abends hatte er es benutzt. Aber beim Rausgehen war es ihm vorgekommen, als würde man ihn mit ironischen Blicken verfolgen, und er empfand eine solche Scham, daß er sich gesagt hatte: Nie wieder. Er war der Kommandant des Stützpunkts, leider, Oberst der Fallschirmjäger-Carabinieri, und mußte mit gutem Beispiel vorangehen. Mußte nach außen zeigen, was man in der Armee Todesverachtung nennt. Todesverachtung?!? Es ist eins, mit gezogener Pistole beim Angriff zu sterben, etwas anderes aber, mit heruntergelassenen Hosen beim Kacken zu sterben. Stell sich doch einer die Kommentare später vor: «Wie ist der Falke gestorben?» – «Ach, der Arme, mit blankem Hintern in den Offizierslatrinen. Was für ein trostloses Ende!» Trostlos, ja, demütigend, dachte er. Es erinnerte ihn an das Ende eines seiner Untergebenen, der, als er entdeckt hatte, daß seine Frau ihn betrog, sich in einer Toilette in Livorno erschossen hatte. Die anderen fragten sich, warum er denn nicht seine Frau erschossen habe, er dagegen fragte sich, warum er sich ausgerechnet in einem Scheißhaus umgebracht hatte, und hätte am liebsten noch die Leiche niedergeschossen und gebrüllt: «Du Schuft, du Gehörnter! Überall haben Carabinieri, die Benemerita*, Ruhm erworben: auf dem Podgora, in Gorizia, an der griechisch-albanischen Front, in Nordafrika, im Widerstand gegen die Nazi-Faschisten, und du bringst sie in Mißkredit, indem du dich in einem Scheißhaus umbringst!» Nein, die Vorstellung, in einem Scheißhaus zu sterben, ertrug er nicht. Und da man dem Tod nicht entfliehen kann, da dies die große Ungerechtigkeit der Natur ist, hatte er das sakrosankte Recht, sich ein weniger peinliches Ende zu wünschen. Sagen wir, im Kampf oder bei einer edlen Tat. Am besten aber: auf einem Tennisplatz, mit dem Schläger in der Hand. Ja, auf einem Tennisplatz würde er gerne sterben: er liebte diesen überaus zivilisierten Sport über alles. Er liebte ihn in einem Maße, wie er noch nie eine Frau geliebt hatte, und um das zu glauben, brauchte man nur die Trophäen aus dreißig Jahren zu zählen oder dem zuzuhören, der sagte Sie-sind-besser-als-ein-Profi. Das war er. Und um den Top-spin und den Drop-shot besser zu schlagen, hatte er sogar eine Bewegung namens Achillesferse erfunden: sie bestand darin, daß man das Körpergewicht auf die rechte Ferse verlagerte. Und doch hatte er sich für einen Beruf entschieden, der ihn dem Risiko aussetzte, in einem Scheißhaus zu sterben, und den er im Grunde seines Herzens verabscheute.

Er horchte auf die Echos des Feuerwechsels, den die Christen und die Amal sich weiterhin längs der dreihundert umstrittenen Meter lieferten, richtete den hohen, mageren Körper auf, den die Uniform jämmerlich aussehen ließ, die weiße Tenniskleidung dagegen sehr vorteilhaft, da sie seine Eleganz betonte. Er erreichte die Latrinenbuden, suchte sich eine in der Mitte aus, eine, die vor den seitlich einschlagenden Schüssen sicher war, trat ein und ließ eilig die Hose runter. Er mußte sich schnell entleeren, doch leider gehörte er zu denen, die sich gern Zeit nehmen; sich entleeren und dabei Zeitung lesen oder über Probleme der Menschheit grübeln. Wenn ihn aber etwas nervös machte, brauchte er doppelt so lange, und der Besuch des Kondors hatte ihn sehr nervös gemacht. Er setzte sich auf den Eimer und versuchte, sich zu entspannen. Vorwärts, sagte er sich, versuch, dich zu beruhigen. Nimm dir die Zeit, die du brauchst. Aber gleich schüttelte er den Kopf. Zeit? Das war keine Frage von Zeit: das war eine Frage von Mißgeschick. Denn es ist ja nicht gesagt, daß die Kugel kommt und dich tötet. Sie kann dir beispielsweise einen Fuß zerfetzen und in dem Fall: Lebwohl, Achillesferse. Lebwohl, Bewegung, um besser den Top-spin und den Drop-shot zu schlagen, lebwohl

---

* Besondere militärische Abteilung der Carabinieri. (Anm. d. Übers.)

Tennis. Verdammter Krieg! Schmerz und Leid, Leid und Angst: daraus ist der Krieg gemacht. Und er hatte große Angst. Seine Angst war so groß, daß er sich manchmal fragte, ob in seinen Adern Blut oder Angst flösse, ob sein Gehirn aus grauen Zellen oder aus Angst bestehe. Im übrigen waren sie alte Freunde, er und die Angst. Treue Freunde, Freunde, die sich auch in Italien häufig trafen. Wenn du mit den Ordnungskräften die aufgebrachte Straße in Schach halten mußtest: die Demonstranten, die mit Eisenstangen und kiloschweren Steinen und Molotowcocktails angriffen, so daß die Carabinieri zurückwichen, und wenn du sie dir genauer ansahst, bemerktest du, daß hinter den Plexiglasmasken ihre Augen verschleiert waren, ihre Lippen blutleer. Oder wenn eine gefährliche Bande verhaftet werden sollte oder ein schießwütiger Tolpatsch, wenn man scharfe Rügen der Generale einstecken mußte, mit einem Gebrüll, daß man fast taub wurde, wenn man mit dem Fallschirm abspringen mußte... Prall-ich-auf, prall-ich-nicht-auf? In der Tat, er konnte jedes einzelne Symptom oder Indiz beschreiben: die zugeschnürte Kehle, den steifen Nacken, den verspannten Bauch, den sich weitenden Aftermuskel, den schwindenden Stolz, der einer großen Müdigkeit Platz macht – er hatte all das auf die Formel gebracht: «Angst ist etwas, das dir den Stolz raubt und ihn durch eine große Müdigkeit ersetzt.» War er ein Feigling? Nein, ein Feigling war er nicht, denn er sprang ja mit dem Fallschirm ab, auf die scharfen Rügen der Generale und ihr Gebrüll, daß man fast taub wurde, antwortete er; die gefährliche Bande oder den schießwütigen Tolpatsch verhaftete er; die aufgebrachte Straße hielt er in Schach. Angst haben bedeutet nicht, feige zu sein. Doch hätte er viel darum gegeben, ein bißchen mutiger zu sein, beispielsweise Gigi il Candido zu ähneln, der die verdammten Latrinen pfeifend betrat und während des Feuerwechsels lachte. «Los! Schlag zu! Hau drauf!» Der hatte vor nichts Angst, dieser Teufelskerl. Wirklich vor nichts? Naja... Vor ein paar Nächten hatte man einen Schrei gehört, der durch Mark und Bein ging. Die Wachen waren herbeigelaufen, und da lag er, ohne Bewußtsein. Was war los, was war das bloß und: «Eine Kröte, Commandante.» – «Eine Kröte?!?» – «Ja, eine Kröte. Einmal, als Kind, bin ich neben einem Teich eingeschlafen und mit einer Kröte auf dem Bauch wieder aufgewacht. Sie hat überhaupt nichts Schlimmes gemacht, armes Tier. Sie guckte mich an und basta. Trotzdem bekam ich einen solchen Schreck, daß ich noch heute ohnmächtig werde, wenn ich eine Kröte sehe.» Offensichtlich hat also auch der vor etwas Angst, der keine Angst hat: Angst ist nicht nur etwas, das einem den Stolz raubt und durch große Müdigkeit ersetzt,

Angst ist auch eine Kröte, die niemanden verschont. Und Beirut ist der letzte Ort auf der Welt, um ihr zu entkommen.
Er preßte die Unterleibsmuskeln zusammen und versuchte, Bewegung in den trägen Darm zu bringen. Es gelang ihm aber nicht, und er grinste sarkastisch. Warum also war er zurückgekehrt, obwohl er aufgrund einer Ablösung der Offiziere und der Truppe das Glück gehabt hatte, nach Italien zurückzukehren? Warum hatte er unverzüglich mit Ja geantwortet, als er gefragt wurde, ob er das Kommando des Stützpunkts Rubino übernehmen wolle? Warum war er beinahe ungeduldig zurückgefahren und hatte sich, ohne zu klagen, erneut den Raketen der Drusen, den Granaten der schiitischen Soldaten, den Kugeln aller und dem Despotismus des Kondors ausgesetzt, der alle naselang hier auftauchte und die Verstopfung verdoppelte? Sicher nicht aus beruflichem Ehrgeiz oder um vor seinem ehelichen Unglück zu fliehen: Podgora, Gorizia, griechisch-albanische Front, Nordafrika, Widerstand gegen die Nazi-Faschisten mal beiseite, ein Oberst der Carabinieri zog einen größeren Vorteil aus der Verhaftung eines heimischen Mafiosos als aus der Leitung eines Stützpunkts in Beirut. Und mit seiner Frau war er keineswegs unglücklich; die arme Frau warf ihm nicht einmal die Sonntage vor, die er mit dem Tennisschläger in der Hand verbrachte. Er schreckte auf. Eine Kugel hatte die benachbarte Latrine getroffen. Er schluckte und horchte einen Augenblick lang auf das Rasen seines Herzens, dann preßte er wieder die Unterleibsmuskeln zusammen. Hm! Vielleicht war er wegen der Gelegenheiten zurückgekehrt, die der Krieg Männern bot, die mit sich selbst unzufrieden und deshalb darauf erpicht sind, sich selbst den Prozeß zu machen und zu einem Urteil zu kommen. Der Krieg ist eine große Prüfung. Er ist der größte Prüfstand für einen Mann, sich mit der Angst zu messen und herauszufinden, wozu er im Augenblick der Wahrheit fähig ist, also zu einem Urteil zu kommen; und was wußte er schon über sich selbst, bevor er nach Beirut gekommen war? Welchen Risiken hatte er sich denn gestellt, außer denen, die die gefährliche Bande oder die aufgebrachte Straße boten, wo du trotz der Eisenstangen und kiloschweren Steine und Molotowcocktails den Vorteil hast, den zu repräsentieren, der befiehlt und letzten Endes immer den Gegner schlägt? Was hatte er denn anderes getan, als den Beruf des Polizisten, des Bullen auszuüben, der verhaftet, einschüchtert und bestraft? Zugegeben, dank dieses Berufs hatte er ganze Scharen von Kröten kennengelernt, aber er hatte sich noch nie mit sich selbst gemessen. Er hatte sich noch nie der Prüfung unterzogen, die zählte; er hatte sich noch nie der Prüfung gestellt, die mit dem Urteil

endet Ich-hab's-geschafft oder Ich-hab's-nicht-geschafft. Und es gibt keinen Mittelweg, keinen Kompromiß, noch irgendwelche Appelle an die Barmherzigkeit der Kommission, zumal du der einzige Richter über deinen Sieg oder deine Niederlage bist. Oh, die Erleichterung, wenn man sagen kann Ich-hab's-geschafft, ich-habe-die-Angst-besiegt, ich-habe-sie-besiegt! Dieser Trost, dieser Stolz! Ja, deshalb mußte er zurückgekehrt sein. Also war es falsch, sich vor diesen Latrinen zu drücken, wo er den schäbigsten und unrühmlichsten Tod der Welt riskierte oder doch wenigstens eine Kugel, die den Fuß zerfetzt, so daß du nie wieder Tennis spielen konntest: auf dem Eimer hocken, bei jedem Einschlag aufschrecken, schlucken, auf das klopfende Herz horchen, während du deine trägen Eingeweide anstrengst, war bereits eine Art Vorbereitung auf die Prüfung. Ein Training wie die Fingerübungen auf den Tasten des Klaviers vor einem schwierigen Stück, das heißt, bevor man sich der großen Prüfung unterzog und sich selbst bewies, daß man kein Feigling war. Und nach solch einer genauen Analyse, die dennoch nichts mit den wahren Motiven zu tun hatte, weshalb er nach Beirut gekommen und vor allem zurückgekommen war, spürte der Falke den ersehnten Druck. Er dehnte seinen Aftermuskel, führte zu Ende, was er zu Ende führen mußte, machte dann die Hose wieder zu und verließ das Klo seiner Leiden. Er stieg den Hang hinauf.

Er war noch weit von dem Punkt entfernt, wo er sich in Sicherheit hätte fühlen können: bis zum Klostergebäude brauchte man drei Minuten. Doch der Sieg, den er über seinen Darm davongetragen hatte, erfüllte ihn mit Stolz, und beinahe euphorisch erreichte er den Platz, wo er plötzlich ganz perplex stehenblieb. Dort hinten standen Schwester Milady und Armando mit den goldenen Händen, und sie standen genau vor der Türe zum Speisesaal: an der Stelle, wo der furchtbare Streit stattgefunden hatte. Sie, eine zerbrechliche und wunderschön in Schwarz gehüllte Silhouette, hielt zwischen den Fingern den Rosenkranz; er, eine kräftige und faszinierend braungebrannte Figur, trug wie üblich die Werkzeugkiste. Sie waren in ein Gespräch vertieft, Auge in Auge; und so, als ließe man einen nie aus dem Gedächtnis gelöschten Film ablaufen, sah der Falke die Szene vor sich, wie Armando mit den goldenen Händen die Rohrzange auf den Boden schmiß, dann seine Verfolgerin am Arm packte und sie anschrie Jetzt-hören-Sie-mir-gut-zu-kleine-Hexe-denn-jetzt-habe-ich-genug-ich-kann-Sie-nicht-mehr-ausstehen. Wieder sah er Schwester Milady vor sich, die vor Empörung bebend wegging, doch am nächsten Tag mit einer von den Engeln des Paradieses geliehenen Stimme wiederkehrte und um Waffenstillstand bat. Wieder sah er das Abendessen vor sich, das den Waffenstillstand in einen Friedensvertrag verwandelte, die Ex-Feindinnen, die in den Speisesaal kamen und witzigerweise kleine Ölbaumzweige schwenkten, die applaudierende Truppe, die Hochleben-die-Schwestern-hoch! rief. Wieder sah er Schwester Espérance, die mit blassem, von einer Kinnbinde und von einem grauen Schleier eingerahmten Gesicht, dem makellosen Gewand und dem kostbaren saphirbesetzten Kreuz zum Tisch der Offiziere schritt, um sich neben ihn zu setzen und ihren königlichen Hochmut zu vergessen: das Eis der Eissäule zu schmelzen, den Hergang der Flucht nach Sidon zu erzählen und ihn in Begeisterung zu versetzen durch die unerwartete Enthüllung, dem sein komisches Madame-Madame-Madame ganz und gar nicht entsprach: «Il parait que nous deux nous avons quelque chose en commun, es sieht so aus, als würde uns beide etwas verbinden, mon colonel.» – «Das wäre, Madame?» – «La passion pour le smash, le lob, le drop-shot et le top-spin, mon colonel.» – «Madame!» – «Eh, oui! Avant d'être une réligieuse moi j'étais une championne de tennis, bevor ich Nonne wurde, war ich Tennisspielerin.» – «Madame!» – «Savez-vous ce qu'il me manque sur cette colline, wissen Sie, was mir auf diesem Hügel fehlt? Une raquette et un court de tennis, ein Schläger und ein Tennisplatz.» – «Madame!» Er sah auch sich selbst wieder, wie er ihre Hand ergriff, die sie ihm wieder entzog, auf das saphirbesetzte Kreuz legte, es sich dann aber überlegte und sie ihm überließ und dabei von Dingen erzählte, die seine Erregung auf den Höhepunkt trieben. Der Umstand zum Beispiel, daß sie einer aristokratischen Familie angehörte, die mit den Orléans verwandt war und in der Normandie ein Schloß mit einer Zugbrücke besaß, oder der Umstand, daß sie viel gelitten hatte, um bei ihrer Verwandtschaft den Wunsch durchzusetzen, den Schleier zu nehmen und Frankreich zu verlassen, so daß er sie bewundernd ansah und mit zugeschnürter Kehle zu sich selbst sagte: Was für eine Frau! Was für eine Frau, was für ein Mut, was für eine Klasse! Man braucht Klasse, um gewisse Privilegien abzuschütteln, man braucht Mut, um auf Turniere zu verzichten und nach Beirut zu kommen, sich dem Krieg zu stellen und vierhundert Soldaten zu akzeptieren, die dein Kloster besetzt haben...

Doch vor allem sah er wieder die Abendessen an den Donnerstagen, die Sehnsucht, mit der er die Donnerstage erwartete, um dann mit Gigi il Candido und Armando mit den goldenen Händen zur zweiten Etage hinaufzusteigen; die Nachsicht, mit der er den Flirt seines Stellvertreters und des Adjutanten seines Stellvertreters beobachtete; den Grimm, mit dem er auf die Nachricht von der Ablösung reagiert hatte; die uneingestandene Melancholie, mit der er nach Livorno zurückgekehrt war; die Eile, mit der er den Vorschlag angenommen hatte, erneut das Kommando des Stützpunkts zu übernehmen. Und die Perplexität, die ihn auf dem Platz am Weitergehen gehindert hatte, verwandelte sich in einen Verdacht, von dem ihm die Knie weich wurden, und um nicht umzufallen, mußte er sich an die Balustrade klammern. Ob das Motiv, weshalb er nach Beirut zurückgekommen war, gar nicht in dem Bedürfnis lag, sich mit der Angst zu messen, zu entdecken, was er im Augenblick der Wahrheit wirklich vermochte, ob der wahre Grund etwa Schwester Espérance war? Er wischte sich eine Schweißperle von der Stirn, atmete tief ein und blickte sich verloren um. Armer Falke. Trotz seiner Ehrlichkeit und seiner guten Vorsätze vermochte er keineswegs, in die Abgründe der Seele hinabzusteigen, in die dunklen Mäander der Psyche einzudringen. Auch wenn er in Italien Leute verhaftete, gelang es ihm nie, die wirklichen Motive herauszufinden, weshalb ein Verbrechen oder ein vermeintliches Verbrechen begangen worden war, weshalb ein Verbrecher oder ein vermeintlicher Verbrecher so gehandelt hatte, wie er gehandelt hatte. Getreu seiner Rolle als Polizist, ja als Richter kümmerte er sich lediglich darum, herauszufinden, gegen welchen Paragraphen des Strafgesetzbuchs verstoßen worden war, und den Verdacht, daß das Leben weit über die engen Grenzen des Gesetzes und der verkorksten Prinzipien, die das Gesetz liefert, hinausreichte, lag unter dem Grabstein eines Friedhofs, der Nur-keine-Gefühle-zeigen hieß, begraben. Sich diese Frage zu stellen erschreckte ihn mehr als die Kugeln, mehr als die Vorstellung, in einem Scheißhaus zu sterben oder einen Fuß zu verlieren und nicht mehr Tennis spielen, nicht mehr den Drop-shot oder den Top-spin schlagen zu können, bei dem das Körpergewicht auf die rechte Ferse verlagert wird. Schwester Espérance?!? Unmöglich! Und doch: möglich. Nein, ja, nein, ja! Er brauchte lange, um endlich bei diesem Ja zu landen. Er brauchte dazu mindestens ein Dutzend verlorener Blicke und tiefer Atemzüge und viele Schweißtropfen. Viele. Wegen ihr zurückgekehrt zu sein! Einer Nonne ihres Alters, einer bestechlichen Äbtissin, einer unerreichbaren Frau, die ihn zum Abendessen einlud und sonst nichts, die ihm niemals mehr zugestehen würde als einen Händedruck und wohlabgewogene Sympathie! Schlimmer: dazu beigetragen zu haben, das zu verbreiten, was sein Stellvertreter mit schamloser Unbefangenheit als Rubino-Virus, die Epidemie-dieses-Stützpunkts bezeichnete! Die Liebe ist wirklich blind, ohne jede Vernunft! Liebe? Hatte er Liebe gesagt, handelte es sich wirklich um Liebe?!? Jawohl, um Liebe. Platonisch, möglicherweise, geistig, und so unterdrückt, daß man sie wohl eher als Bedürfnis nach Liebe bezeichnen müßte: ein sonderbares, kleines Fieber. Doch ein Bedürfnis nach Liebe, die ausreichte, ihn hierher zurückzubringen, ein sonderbares, kleines Fieber, das ausreichte, um das Vorhandensein einer Krankheit anzuzeigen. Das mußte er kurieren. Er mußte es vermeiden, Schwester Espérance zu begegnen, die Donnerstagsessen ablehnen. Und vor allen Dingen sich dadurch retten, daß er das Motiv, weshalb er zurückgekehrt war, in das Motiv umbog, für das er hätte zurückkehren müssen: nämlich, sich auf die Große Prüfung vorzubereiten und sich ihr dann auch zu unterziehen, sich selbst zu beweisen, daß er kein Feigling war.

Er löste sich von der Balustrade und überquerte schnell den Platz. An Schwester Milady und Armando mit den goldenen Händen vorbei, die immer noch in ihr Gespräch vertieft waren, Auge in Auge, stürzte er in den Korridor, der zu seinem Büro führte, und rannte beinahe einen Gefreiten um, der an der Türe auf ihn wartete: ein Junge mit stumpfem Gesichtsausdruck und einem so platten Gesicht, daß es wie ein in einen Kreis eingefaßtes Relief aussah. Am unteren Teil dieses Kreises ein schmaler, zitternder Mund. In der Mitte ein unsichtbares Näschen. Oben zwei kleine Augen, wie bei einer in der Falle sitzenden Maus. Verdrossen fragte er ihn: «Wer bist du, was willst du?» Etwas wie Gepiepse antwortete ihm: «Gefreiter Salvatore Bellezza, Sohn des verstorbenen Onofrio, zum Rapport!» – «Ach, du!» knurrte er und erinnerte sich nun daran, daß er ihn bestellt hatte, um ihm den Blödsinn vorzuhalten, den er in der vergangenen Nacht aus Liebe zu einem Flittchen verzapft hatte. «Wir rechnen gleich ab!» Dann klopfte er an, trat ein, und das Gebrüll des Kondors explodierte und zerriß jedem das Trommelfell, der sich im Umkreis von hundert Metern befand.

«Falkeee! Was zum Teufel ist auf Rubino looos?!?»
Das Theater dauerte dreißig Minuten, angereichert durch die Worte Sie-werden-doch-nicht-auch-noch-verliebt-sein, und brachte den Falken wieder zu seiner Rolle als Richter zurück, der das Leben für ein Gesetzbuch hält, dem mit totem Herzen Folge zu leisten ist. So überzeugte er ihn, daß man unverzüglich einen Sündenbock brauchte, ein Opfer, das man als warnendes Beispiel am Galgen aufhängen müsse. Und währenddessen wartete Salvatore Bellezza, Sohn des verstorbenen Onofrio. Er wartete, und sein kleiner, vor Liebe verrückt gewordener Verstand strandete wie ein Boot ohne Ruder. Irrsinnige Phantastereien und bestürzende Wahrheiten waren die

Wogen, die es in den Nebel der Unbedarftheit und gegen die Klippen der Verzweiflung schleuderten.

– 4 –

Sie würden ihn erschießen. Sie würden ihn an einen Pfahl binden, mit einem Tuch um die Augen, und ihn erschießen wie Mario Cavaradossi, den Maler in der Oper Tosca, der sich aufs Sterben vorbereitet und dabei oh-dolci-baci-e-languide-carezze, l'ora-è-fuggita-e-muoio-disperato* singt. Oder wie die Soldaten, die in den Filmen über den Ersten Weltkrieg an der Wand ihr Ende fanden, weil sie aus den Schützengräben nach Hause geflüchtet waren: so würde es sein. Er schrie zuviel, der Signor Generale. «Diese Geschichte muß aufhöreeen!» schrie er. Und der Signor Colonnello erwiderte: «Sie hört auf, Generale, sie hört auf.» Sollten sie ihn doch erschießen. Das war ihm ganz egal, im Gegenteil, es tat ihm gut, weil Sanaan, wenn sie die Nachricht in den Zeitungen lesen würde, das gleiche Ende wie Tosca fände, die sich mit einem Sprung von der Engelsburg das Leben nimmt, und sie würde all die schlimmen Dinge bereuen, die sie ihm gesagt hatte. Go-to-hell, fahr-zur-Hölle, hatte sie zu ihm gesagt. Und damit hatte sie alles wieder zurückgenommen: die süßen Küsse, die schmachtenden Umarmungen, den verhängnisvollen Tag am Strand mit dem Namen Plage Hollywood... Alles. Sie hatte auch die schönen Geschenke vergessen, die er Alì gemacht hatte, und den herzförmigen Stein, in den er die Initialen SS eingeritzt hatte. Anstrengend, sie mit einem kleinen Taschenmesser einzuritzen! Ganz zu schweigen von den bösartigen Bemerkungen jener, die ihm zusahen. «Blödmann! Weißt du denn nicht, wer die SS war?» Doch, das wußte er. Er hatte sie im Kino gesehen. Es waren deutsche Soldaten in schwarzer Uniform, mit dem Hakenkreuz am linken Ärmel und am Kragen. Und zusammen mit dem Hakenkreuz zwei Zeichen, die Schutz-Staffeln bedeuteten. Militärpolizei, kurz gesagt, Hitlers Carabinieri, die sich allerdings nicht durch Liebenswürdigkeit auszeichneten: sie schlugen, folterten, töteten, und sie heirateten ausschließlich blonde Frauen. Aber was konnte er denn dafür, daß die Namen Salvatore und Sanaan mit S anfingen und es viel zu schwierig war, die Namen

---

* «Oh, süße Küsse, schmachtendes Umarmen: verflogen ist die Stunde, ich sterbe voll Verzweiflung.» (Anm. d. Übers.)

ganz einzuritzen? Auf das goldene Medaillon, das er nach dem ersten Kuß gekauft hatte, hatte der Juwelier die Namen vollständig eingraviert. Und mit dem Motto Joined Forever, Auf ewig verbunden. Auf ewig! Grausame, undankbare Frau. Oder vielleicht konnte sie nicht gut Englisch, hatte die Bedeutung von joined nicht verstanden. Es ist ja auch ein kompliziertes Verb, das Verb to join. Mal bedeutet es ankommen, erreichen, mal vereinen, zusammenkleben. Vielleicht wäre es besser gewesen, united zu schreiben, vereinigt. Amerika heißt United States, Vereinigte Staaten, und nicht Joined States. Doch mit Sanaan fühlte er sich nicht nur vereint: er hing an ihr, er klebte an ihr. Er mußte sie also wiedersehen und ihr die Bedeutung von joined erklären. Aber wie konnte er sie wiedersehen, wenn sie ihn erschossen? Naja, vielleicht würden sie ihn ja auch nicht erschießen: in Italien gab es ja keine Todesstrafe. Doch, es gab sie: für Spionage, Sabotage, Fahnenflucht. Und alles in allem bestand sein Verbrechen in Fahnenflucht. Deshalb schrien der Signor Generale und der Signor Colonnello so. Hör dir nur die Brüllerei an.

«Colonnello, ich will eine exemplarische Bestrafung!»

«Aber sicher, Generale, aber sicher.»

Salvatore Bellezza, Sohn des verstorbenen Onofrio, unterdrückte ein Schluchzen. Alles nur die Schuld von Glasauge, genauer gesagt, Seiner Exzellenz dem Botschafter, der ihn beim Brigadier verpfiffen hatte, so daß schließlich auch der Falke von der Sache erfahren hatte! Hätte der Brigadier den Mund gehalten, wäre die Sache nur unter einigen wenigen geblieben. Statt dessen aber: «Warum tun Sie nichts, warum lassen Sie derartige Dinge geschehen, ich opfere mich auf für das Land, und nachts komme ich nicht zum Schlafen, weil ein Gefreiter auf dem Dach rumplärrt.» In solchen Fällen muß der Brigadier, wie man weiß, dem Feldwebel Bericht erstatten, der muß dem Oberfeldwebel Bericht erstatten, der muß dem Stabsfeldwebel Bericht erstatten, der wiederum muß dem Leutnant Bericht erstatten und der wiederum dem Oberleutnant, bis hinauf zum Oberst, der zum General geht. Und gemeinsam verurteilen sie dich zum Tod. Doch bevor er vor dem Erschießungskommando endete, würde er sich rächen: Hinz und Kunz würde er erzählen, daß Glasauge das Glasauge deshalb hatte, weil er, bevor er nach Beirut kam, sich mit einem anderen Botschafter einen Spaß daraus gemacht hatte, James Dean zu imitieren. Einem, der in Kuba gewesen war und dem vorgeworfen wurde, einem Dings anzugehören, das P2 hieß; einem, der berühmt war für seine Blödheit und für seine unerträgliche Frau: eine vulgäre, rüpelhafte Milliardärin, die in Fidel Castro verliebt war, der gesagt hatte Soeine-Schreckschraube-will-ich-nicht, und die in Diplomatenkreisen als das Waschweib bekannt war. Glasauge und der Mann des Waschweibs waren eng befreundet und veranstalteten gemeinsam Autorennen. Sie fuhren mit großer Geschwindigkeit aufeinander zu, so ähnlich wie James Dean in *Denn sie wissen nicht, was sie tun*, was sehr schwierig war, weil man auf den letzten Metern ausweichen oder aus dem Wagen springen muß, was James Dean auch gut schaffte. Denn er war jung, hatte ein schnelles Reaktionsvermögen. Das der beiden dagegen war langsam, wegen ihrer dicken Bäuche, und eines Tages dann: päng! Sie waren so gewaltig ineinander gerast, daß der Mann des Waschweibs einen Schädelbruch abbekam und noch blöder geworden war: das Waschweib war vor Wut fast wahnsinnig und daher noch ordinärer geworden, und Glasauge hatte sich das Gesicht eingeschlagen und dabei ein Auge verloren, das jetzt durch ein Glasauge ersetzt wurde. Das würde er jedem erzählen, jawohl. Und dann würde er noch erzählen, daß der Botschafter große Angst hatte, von den Drusen entführt und gekreuzigt zu werden, und daß dies der Grund war, weshalb er, Salvatore Bellezza, Sohn des verstorbenen Onofrio, schließlich auf dem Dach der Botschaft Wache schieben mußte: wo du bei schönem Wetter in Schweiß gebadet, bei schlechtem Wetter vom Regen durchgeweicht wurdest, und wo dir das Kreuz lahm wurde, wenn du zwölf Stunden am Stück auf das Maschinengewehr gestützt dastandst. Trotzdem, wenn Glasauge sich nur ein einziges Mal herabgelassen hätte, ihn zu grüßen, ihm zu sagen Danke-Salvatore-Bellezza-Sohn-des-verstorbenen-Onofrio-daß-dir-für-mich-das-Kreuz-lahm-wird, dann hätte er ihm geantwortet Mein-Dank-gehört-Ihnen-Exzellenz! Und zwar deshalb, weil ich ohne Euer Gnaden niemals das Mädchen kennengelernt hätte, das im Haus gegenüber wohnt. Haben Sie sie je mit Ihrem gesunden Auge angesehen, Exzellenz? Ein Körper wie ein Schilfrohr, Gesichtszüge wie eine Fee, bernsteinfarbene Haut. Und schwarze Haare, das Schwarz von Ebenholz, bis hinunter zur Hüfte. Sie wohnt im sechsten Stock, Exzellenz, genau gegenüber der Botschaft, und ihr Schlafzimmer führt auf eine Terrasse mit schmiedeeisernem Gitter. Wenn sie sich auf der Terrasse zeigt, sieht sie aus wie Julia, die ihren Romeo erwartet, und ich wie Romeo, der sie mit nach oben gerichteter Nase bewundert.

Er unterdrückte ein zweites Schluchzen. Genauso war es. Die Botschaft hatte nur drei Stockwerke, und um Sanaan zu bewundern, die sich auf der Terrasse des sechsten Stockwerks zeigte, mußte er wie Romeo die Nase nach oben richten. Anfangs hatte er sie nicht bemerkt. Er war nur darauf bedacht, die Straße zu überwachen, um so zu verhindern, daß die Drusen Glasauge entführten und kreuzigten; doch eines Morgens hatte er den Blick einmal nach oben gewandt, und da stand sie. Nachmittags ebenso. Am folgenden Morgen und am folgenden Nachmittag wieder. Er hatte sich wirklich gefragt: ob sie da wohl steht, damit ich sie anspreche? Dann hatte man ihn mit der Nachtschicht gearscht, und er hatte sich gesagt: die seh ich nie wieder. Aber kaum war er da, machte Sanaan das Licht an, setzte sich auf die Schwelle der Terrasse und begann, ein Buch zu lesen: still. Sie ging nicht einmal dann weg, wenn es in Strömen goß. Es war, als würde sie sagen: «Wenn du naß wirst, mein Geliebter, dann will auch ich naß werden.» So hatte er sie in der vierten Nacht also angesprochen. Auf englisch, eine Sprache, die er gelernt hatte, um Parkplatzwächter zu werden und hohe Trinkgelder von amerikanischen Touristen zu bekommen, die ihr Auto gerne jemandem anvertrauen, der englisch spricht. «Hallo!» hatte er ihr zugerufen. Und sie: «Hallo!» – «Ich bin Salvatore Bellezza, Sohn des verstorbenen Onofrio, do you speak English, sprichst du englisch?» Und sie: «Yes, ja.» – «What is your name, wie heißt du?» Und sie: «Sanaan.» – «What do you read, was liest du?» Und sie: «I study, ich lerne.» – «What do you study, was lernst du?» Und sie: «Architecture, Architektur.» Er war baff. Denn es war eines, irgendeine dumme Gans anzusprechen, und etwas ganz anderes, eine Intellektuelle anzusprechen. Eine, die Architektur studiert. Trotzdem, und ohne sich eingeschüchtert zu zeigen, hatte er sie gefragt: «Would you like to go out with me, hättest du Lust, mit mir auszugehen?» Und sie: «Are you married, are you engaged? Bist du verheiratet, bist du verlobt?» Worte, die ihm den Atem verschlagen hatten. Verheiratet, verlobt?!? Er hatte niemanden. Er hatte noch nie jemanden gehabt. Mit all den gutaussehenden Typen rings umher, die in der Stadt geboren und aufgewachsen waren, wer gab sich da schon mit einem mickerigen Typen ab, der irgendwo in den Abruzzen inmitten von Schafen geboren und aufgewachsen war, also mit einem, der von körperlicher Liebe noch weniger wußte als die Jungfrau Maria? Die Leute glauben heute immer, daß jeder alles weiß. Aber so ist es nicht. Von körperlicher Liebe weiß jemand, der irgendwo in den Abruzzen inmitten von Schafen geboren und aufgewachsen ist, nur das, was er in den Heftchen mit nackten Frauen oder am Fernsehen sieht, in Filmen mit Geliebten, die sich ausziehen und im Bett rumwälzen. Und außerdem heißt wissen ja nicht tun! Mit zwanzig hatte er bisher lediglich einen Kuß bekommen, und zwar von Nidal, der Schreckschraube in der Rue Hamrà, die ihn am nächsten Tag wegen des Amerikaners mit dem Jeep hatte abblitzen lassen. Aber was kommt nach dem Kuß? Wann zieht man sich aus, um sich auf dem Bett rumzuwälzen? Was empfindet man im Verlauf des Vorgangs, worin besteht er? Den Gesprächen in der Kaserne nach zu urteilen, bestand er in einer Kolbenbewegung, die mit einem Schauer endete: eine Art Niesen, das von unten heraufzieht und dich äußerst zufrieden macht. Wahrheit oder Lüge? Um das herauszufinden, hatte er den Ausgang auf Zypern verbracht, einer Insel in der Nähe von Beirut mit vielen Bordellen. Er war in einen Nachtclub voller unzüchtiger Mädchen gegangen und hatte der Griechin ganze sieben Whiskys ausgegeben, die an seiner Hose rumfummelte und immer sagte Gehen-wir-nach-oben, gehen-wir. Oben waren nämlich die Zimmer für die Kunden. Aber im letzten Augenblick war er dann doch nicht gegangen.

Der zweimal unterdrückte Schluchzer brach hervor, und aus den kleinen Augen einer in der Falle sitzenden Maus schoß ein Strom von Tränen. Mit welchem Ungestüm hatte er, als er wieder zu Atem gekommen war, geantwortet Nein-Sanaan-ich-bin-weder-verlobt-noch-verheiratet! Daraufhin war sie in ihr Zimmer zurückgegangen, hatte das Fenster geschlossen, das Licht ausgemacht und war erst in der darauffolgenden Nacht wieder erschienen. Und weshalb? Um ihm den folgenden kleinen Brief auf englisch hinunterzuwerfen: «Lieber Salvatore, ich würde gerne mit Dir ausgehen. Das Problem ist nur, daß ich sehr tugendhaft bin, und wenn mich niemand begleitet, komme ich nicht. Deine Sanaan.» Deine Sanaan! Er hatte das Gefühl gehabt, ohnmächtig zu werden, und angefangen zu stottern: sie liebt mich, sie liebt mich, mich liebt sie, mich, Salvatore Bellezza, Sohn des verstorbenen Onofrio, mich mickerigen Typ, der irgendwo in den Abruzzen zwischen Schafen geboren und aufgewachsen ist, einer, der über die körperliche Liebe noch weniger weiß als die Jungfrau Maria! Vor lauter Aufregung war er nicht einmal in der Lage zu antworten: Sanaan, du brauchst keine Begleitung, denn ich werde über deine Tugend wachen! Dafür war ihm gegen Morgen ein Gedanke gekommen. Er hatte etwas Ruß aufgehoben, der von einem Schornstein heruntergefallen war, hatte die Wand des neben der Botschaft liegenden Gebäudes saubergemacht und in Riesenlettern darauf geschrieben: «Sanaan, I live at the Rubino. If you do not come today, I kill myself.» Sanaan, ich wohne im Rubino. Wenn du heute nicht kommst, bringe ich mich um. Nun, es hatte funktioniert: mittags um eins, als er in seinem Zelt schlief, hörte er den Ruf Aufwachen-Bellezza-aufwachen-deine-Freundin-fragt-nach-dir. Deine Freundin! Er war zur

Straßensperre gelaufen, und was für ein Traum war sie aus der Nähe betrachtet! Weißes Kleid und hochgeschlossen, mit langen Ärmeln, ihr Haar zu zwei Zöpfen geflochten, wie eine Internatsschülerin, und kein Make-up. «Ich bin gekommen, weil ich nicht möchte, daß du dich umbringst», hatte sie zu ihm gesagt, dann hatte sie ihn in ein Auto gedrängt und ihn mit dem Typen bekanntgemacht, der am Steuer saß. Ein junger Kerl mit Schnurrbart, gut aussehend, das Gesicht halb von einer Sonnenbrille verdeckt. «Mein Cousin Alì.» Sie waren abgefahren, Alì am Steuer, und sie beide hinten: leider durch ein Kissen voneinander getrennt. Alì, dieses alte Aas, hatte es dahin gelegt, und noch nicht zufrieden damit, hatte er den Rückspiegel so eingestellt, daß er sie beobachten konnte. Wenn er oder Sanaan das Kissen wegnahmen, was machte er dann? Er hupte: päh, päh, päh! Sanaan war so wütend, daß sie schlimmer qualmte als ein Schornstein. Das sah vielleicht aus, diese Internatsschülerin, weiß gekleidet und mit Zöpfen, die schlimmer qualmte als ein Schornstein! Jedenfalls war es ein wunderschöner Nachmittag, und als ihn Sanaan wieder absetzte, hatte sie geschworen, auch am folgenden Tag wiederzukommen. «Aber nur, wenn du den Satz wegwischst, den du mit Ruß an die Hauswand geschrieben hast, Salvatore.»

Er trocknete die Tränen und schneuzte sich. Er hatte den Satz weggewischt, und sie war jeden Tag wiedergekommen: immer in Alìs Begleitung. Sie kamen leider immer zur Zeit des Mittagessens und waren so hungrig, daß er sie ins Restaurant bringen mußte. Es machte ihnen überhaupt nichts aus, daß er keinen Appetit hatte, weil er wegen der Nachtschicht wenig schlief! «Viel schlafen macht dumm», lachten sie; danach dann los, auf die übliche Tour mit dem Kissen, dem Rückspiegel und der Hupe. Päh, päh, päh! Du konntest ihr nicht einmal einen Kuß geben oder den Arm um die Schultern legen. Du mußtest dich damit zufriedengeben, ihre Hand zu streifen oder ihr zuzuflüstern Ich-vergöttere-dich. Und es versteht sich von selbst, daß seine Liebe geistig war, rein. In Sanaan sah er Santa Rita von Cascia: also die Heilige, die unglaubliche Gnadenbeweise liefert, wenn du die Gegrüßet-seist-du-Marias und die Fürbitten für die Toten betest. Ohne Fehl und Tadel war sie. Naja, einen Fehler hatte sie: nämlich den, daß sie eine Zigarette nach der anderen qualmte. Rauchschwaden, sag ich, daß es einem schlecht werden konnte. Und den Fehler, daß sie nie Fragen beantwortete. Beispielsweise fragte er sie, wie sie denn Architektur studiere: mußte man, um Architekt zu werden, zur Universität gehen, oder war es genug, wenn man ein Buch auf der Terrasse las? Zur Universität ging sie nicht; wenn man sie danach fragte, wich sie aus, und das machte argwöhnisch. Ob sie ihm vielleicht eine Lüge aufgetischt hatte? Aber vielleicht hatte auch Santa Rita von Cascia das Laster, zu rauchen oder Lügen zu erzählen; jedenfalls fühlte er sich mit Sanaan glücklich: er wollte nicht mehr mit zwanzig sterben. Vorher hatte er mit zwanzig sterben wollen. Er dachte: Was mach ich eigentlich auf dieser Welt? Niemand hat mich gern, mein Vater hat sich in die Schlucht gestürzt, um die Schulden nicht zahlen zu müssen, meine Mutter schreit mich immer an Halt-die-Klappe, die anderen sagen mir immer Klappe-du-Blödmann, du-schaffst-es-ja-nicht-mal-Parkplatzwächter-zu-werden, und vielleicht kommt es genau so: am Ende bleibe ich bei den Carabinieri, der letzten Zuflucht der armen Hunde, die nichts anderes konnten. Da konnte man genauso gut mit zwanzig sterben. Jetzt dagegen war er glücklich zu leben, auch wenn er Alì mit in Kauf nehmen mußte, und was hätte er auch gegen seine Anwesenheit machen sollen? Tugendhafte Mädchen können natürlich nicht allein mit dem Verlobten ausgehen, und wehe, wenn Alì Sanaan nicht begleitet hätte: Sanaan wäre nie mehr gekommen. Das begriff er so gut, zum Kuckuck, daß er Alì mit Geschenken überhäufte, um ihn nicht zu verlieren. Heute eine Krawatte, morgen ein Hemd, übermorgen eine Quarzuhr. Gar nicht zu reden vom täglichen Mittagessen. Außerdem steckte er ihm reichlich Geld zu. Eine Geschichte, die an dem Tag begann, als dieser scheinheilige Hund zu ihm sagte Heute-lade-ich-dich-zum-Essen-ein, aber als es dann ans Bezahlen ging: «Entschuldige, ich hab das Portemonnaie vergessen. Leih mir doch mal fünfzig Dollar.» Dann, statt sie ihm zurückzuzahlen: «Leih mir noch mal fünfzig, dann geb ich dir alles zusammen zurück.» Von da an hat er nur noch wiederholt Ich-habe-mein-Portemonnaie-vergessen, gib-mir-fünfzig-Dollar, gib-mir-hundert-Dollar, dann-geb-ich-dir-alles-zusammen-zurück. Am liebsten hätte er ihm die Sonnenbrille runtergezogen, um zu sehen, was sich darunter verbarg: eine Spardose, eine Bank?!? Oh, wieviel Spaß es ihm machen würde, die Dollars, die Krawatten, die Hemden, die Quarzuhr, die Mittagessen wieder einzukassieren, die der scheinheilige Hund bei ihm geschnorrt hatte! Scheinheiliger Hund, jawohl, und Verräter dazu. Denn er hatte noch viel Schlimmeres getan. Viel Schlimmeres... Der Gefreite Salvatore Bellezza, Sohn des verstorbenen Onofrio, bedeckte mit beiden Händen sein dümmliches Relief-Gesicht, und im selben Moment ging die Tür auf. Der Falke erschien zusammen mit dem Kondor, der wieder zum Kommandostützpunkt zurückkehren wollte.

«Werde dafür sorgen, Generale.»

«Ein Exempel statuieren, sage ich noch einmal!»
«Jawohl, Generale.»
«Noch heute!»
«Jawohl, Generale.»
«Und greifen Sie endlich mal durch!»
«Jawohl, Generale.»
Dann räusperte sich der Falke, nahm wieder den Tonfall des Polizisten an, der verhaftet, einschüchtert, bestraft, den Tonfall des Richters, der das Leben für ein Gesetzbuch hält, dem mit totem Herzen Folge zu leisten ist, und mit einem zerstreuten Blick auf das mögliche Opfer des zu statuierenden Exempels versetzte er seinen ersten Peitschenhieb.

«Rein, du Verbrecher. Rein mit dir, jetzt wirst du torquemadiert.»

– 5 –

Er trat ein, torkelnd wie ein Verurteilter, der sich dem Henker überantwortet. Diese Abläufe kannte er inzwischen so gut, daß er jede Phase voraussagen konnte. Erster Peitschenschlag, zweiter Peitschenschlag, honigsüßer Ton. Dritter Peitschenschlag, vierter Peitschenschlag, Tod. Sein Brigadier in Livorno nannte das Schottische Dusche. «Die Schottische Dusche fördert die Blutzufuhr zum Gehirn und hilft dadurch solchen Blödmännern wie dir», sagte er. Der Falke hingegen bezeichnete es als die Torquemada-Technik, wohl nach einem Priester der Inquisition genannt, der die Ketzer verbrannte, doch bevor er sie verbrannte, folterte er sie und sagte: «Jetzt bereust du, denn jetzt torquemadiere ich dich.» Er hustete. Immer noch torkelnd gelangte er zum Schreibtisch, den der Falke wieder an sich gebracht hatte. Er versuchte strammzustehen.

«Zu Befehl, Signor Colonnello.»
Ihm antwortete der zweite Peitschenhieb.
«Kopf hoch, verdammt noch mal! Schultern zurück, Bauch rein, Hände an die Hosennaht! Ist das etwa eine Art, so vor deinen Kommandanten zu treten?!?»
«Nein, Signor Colonnello.»
Und den Kopf erhoben, die Schultern nach hinten gedrückt, den Bauch eingezogen, die Hände an die Hosennaht gelegt, wartete Salvatore Bellezza, Sohn des verstorbenen Onofrio, auf den honigsüßen Ton, der nach einer kurzen Pause unweigerlich kam.

«Gut, Bellezza. Jetzt, wo du strammstehst, wie es sich gehört, sprechen wir von Mann zu Mann. Aber bist du überhaupt ein Mann, Bellezza?»
«Jawohl, Signor Colonnello.»
«Du irrst dich, Bellezza, du irrst dich. Wer sich so benimmt wie du, ist kein Mann. Aber ich will Männer in meinem Bataillon! Männer mit Eiern, Carabinieri mit Eiern. Verstandeeen?»
«Jawohl, Signor Colonnello.»
«Was hast du verstanden? Was hab ich gesagt?»
«Eier, Signor Colonnello.»
«Die Eier von wem?»
«Die Eier der Carabinieri, Signor Colonnello.»
«Ich habe nicht gesagt die Eier der Carabinieri, Bellezza. Ich habe gesagt Carabinieri mit Eiern. Das ist etwas anderes. Du hörst mir nicht zu, Bellezza.»
«Signor Colonnello, ich höre Ihnen zu.»
Er hörte ihm zu, ja, doch die Torquemada-Technik wurde überlagert von dem Bild des unvergeßlichen Tags, an dem Sanaan ohne den scheinheiligen Verräter gekommen war, sondern in Begleitung ihrer Schwester. Und Mann, wie sie angezogen war! Mit Blue Jeans, die so knapp waren, daß sie wie eine Strumpfhose aussahen, einem Pulli, so knalleng, daß er zu zerreißen drohte. Auch ihr Haar trug sie offen. Und unglaublich dieses Kribbeln! Nichts mit Restaurant an diesem Tag. Nichts mit Kissen, Rückspiegel, mit päh-päh-päh. Sie hatten ein Taxi genommen und waren zu einem christlichen Strand gefahren, der Plage Hollywood hieß, wo die Schwester, eine wortkarge, geistesabwesende Dicke, sofort einschlief, als wollte sie zu verstehen geben Tut-so-als-wäre-ich-gar-nicht-da. So daß sie, um die geistige, reine Liebe nicht zu verderben, Muscheln suchen gingen, aber sie hatten keine Muscheln, sondern den herzförmigen Stein gefunden, und während sie noch den herzförmigen Stein bewunderten, war Sanaan von einer Welle erfaßt worden, die ihren ganzen Pulli naß machte. Jesus! Mamma mia, Jesus! Unter dem Pulli hatte sie nichts an, verstehst du. Nicht einmal einen Büstenhalter. Und als er diese wunderschönen Brüste mit den vom kalten Wasser aufgerichteten Brustwarzen sah, wieder so ein Kribbeln: zwischen seinen Schenkeln war eine Art Bajonett gewachsen. Nein, es war ein Bajonett. Und er wußte nicht mehr, was er tun sollte, wohin er gucken sollte, und dachte: hoffentlich merkt Sanaan nichts! Aber sie hatte es bemerkt, und was tat sie wohl? Sie streckte sich ganz langsam neben ihm aus, zog ihn an sich heran und küßte ihn in den Mund. In den Mund! Noch nie hatte ihm

jemand erzählt, daß man in den Mund küssen konnte. Nie! Weder die Griechin auf Zypern noch Nidal, die Schreckschraube, die ihn wegen des Amerikaners mit Jeep hatte abblitzen lassen, noch einer von denen, die in der Kaserne über so was sprachen. Immer hatte er geglaubt, daß man sich zum Küssen einen Schmatzer auf die geschlossenen Lippen gibt und fertig. Aber Sanaan öffnete sie dir, die Lippen. Mit der Zunge. Dann öffnete sie dir mit der Zunge die Zähne und suchte deine Zunge. Sie biß hinein, rieb sich an ihr, bearbeitete sie, und dabei beschäftigte sie sich mit dem Bajonett, daß dir der Atem stockte. Nein, sie brachte dich um den Verstand. Denn urplötzlich hatte sie aufgehört, lachend Hören-wir-auf-damit-los-hören-wir-auf gesagt, war zu ihrer Schwester gelaufen und hatte sie geweckt. Sie hatte ihn zum Stützpunkt zurückgebracht, und am nächsten Tag, da war sie wieder da, mit Alì, dem weißen Kleid und den Zöpfen wie eine Internatsschülerin. Da kann man doch den Verstand verlieren, oder? Um so mehr, als wieder die alte Leier mit dem Kissen, dem Rückspiegel, dem Päh-päh-päh angefangen hatte. Und diesen Kuß hatte er ihr nie zurückgegeben. Nie, obwohl er sie tausendmal darum gebeten hatte. Nie, obwohl er das SS in den herzförmigen Stein geritzt hatte. Nie, obwohl er das goldene Medaillon für sie mit der Inschrift Salvatore-Sanaan-Joined-Forever gekauft hatte. Nie, obwohl er die geliehenen Summen und die Geschenke für Alì verdoppelt hatte. «Vergiß, Salvatore, vergiß.» Vergessen?!? Wenn du so einen Kuß bekommst, vergißt du ihn nie wieder. Die geistige, reine Liebe genügt dir dann nicht mehr und...

«Also spitz die Ohren, Bellezza. Oder besser: Bruttezza*.»

«Jawohl, Signor Colonnello.»

«Eier hast du nicht. Zwischen deinen Schenkeln ist nicht mal ein Stecknadelkopf: dazu muß man dir nur ins Gesicht sehen. Du bist kastriert, Bellezza, ein Eunuch ohne Stolz und Würde. Aber das steht ja schon in diesem Bericht. Siehst du diesen Bericht, Bruttezza?»

«Jawohl, Signor Colonnello.»

«Das ist die Liste deiner Vergehen, Bruttezza, doch über die der Vergangenheit will ich gar nicht erst reden: Häuserwände mit Liebesbotschaften verschmiert, Unaufmerksamkeiten, Insubordination. Ich beziehe mich nur auf das, was du vergangene Nacht verbrochen hast.»

«Jawohl, Signor Colonnello.»

---

* Wortspiel: Bellezza (hier Familienname) = Schönheit; Bruttezza = Häßlichkeit (Anm. d. Übers.)

«Erstens, du hast dich von deinem Wachposten und von deinem Maschinengewehr entfernt. Von dei-nem Wach-po-sten! Von deinem Ma-schi-nen-ge-wehr!»

«Jawohl, Signor Colonnello.»

«Du bist wahnsinnig, Bruttezza. Du bist nicht nur kastriert, nicht nur ein Eunuch ohne Stolz und Würde, du bist auch wahnsinnig. Ein Paranoiker im Delirium, besser noch, du bist schizophren.»

«Jawohl, Signor Colonnello.»

Konnte er es abstreiten? Er war es geworden, weil er diesen Kuß nicht bekam und weil er sah, was in Sanaans Zimmer vor sich ging. Im Oktober war Sanaans Familie vom sechsten in den vierten Stock umgezogen, und der vierte Stock befand sich genau in Höhe des Botschaftsdachs. Sanaans Zimmer genau gegenüber dem Wachposten auf dem Dach, so daß man von hier aus alles beobachten konnte. Alles! Auch, wie sie sich nackt auszog. Unglaublich, das Kribbeln, als sie nackt war, dieses Bajonett. Wenn in diesem Augenblick die Drusen gekommen wären, um Glasauge, beziehungsweise Seine Exzellenz den Botschafter zu entführen und zu kreuzigen, hätte er keinen Finger rühren können. Jedenfalls war das Schlimmste nicht, daß er sah, wie sie sich nackt auszog, sondern sah, wie Alì sie zu einer bestimmten Zeit besuchen kam, wie der langsam hereinschlich, sozusagen auf leisen Sohlen, das Licht ausmachte und Amen. Ja, Alì. Nicht, daß er irgendwelche Zweifel an seiner Santa Rita von Cascia gehabt hätte, das nicht. Für Sanaan hätte er seine Hand ins Feuer gelegt. Aber mit welchem Recht kam ein Cousin, ein einfacher Cousin, so vorsichtig in ihr Zimmer geschlichen? Weshalb macht er das Licht aus? Um Strom zu sparen, um im Dunkeln zu sprechen? Er fragte sich nur noch Worüber-sprechen-sie-bloß, worüber-sprechen-sie-bloß, und jedesmal mußte er weinen. Sein Wahnsinn steigerte sich. So auch gestern nacht... Nun ja, gestern nacht war Alì nicht zu sehen. Aber dafür war etwas viel Schlimmeres passiert. Denn Sanaan hatte aus irgendeinem Grund eine Nervenkrise bekommen und Stühle, Nippfiguren und Spiegel zertrümmert. Dann sank sie zu Boden, und einen Augenblick später drangen ihr Vater, ihre Mutter, ihr Großvater, ihre Großmutter, ihre Schwester und ihr Schwager ins Zimmer. Die stürzten sich auf sie, verprügelten sie, schrien sie an, machten ihr Vorwürfe. «Miha, Luder, miha! Sharmuta, Nutte, sharmuta!» Da hatte er es nicht mehr ausgehalten. Er verließ seinen Wachposten, sein Maschinengewehr, das Dach, die Botschaft, die Ordonnanz, die ihm nachbrüllte Wo-willst-du-hin-du-Blödmann, und drang ins gegenüberliegende Haus ein. Er war zum vierten Stock hinaufgestürzt, hatte die Wohnungstür mit der Schulter aufgestemmt und war in Sanaans Zimmer gestürmt. «Sanaan, mein Liebling, was machen sie mit dir?» Sie hatte die Augen geschlossen, verstehst du, sie sah aus wie tot. Doch als sie seine Stimme hörte, hatte sie ein Auge geöffnet, ihn eiskalt angesehen und: «Mind your own business, fucking meddler. Kümmer dich um deinen eigenen Kram, du abgefuckter Schnüffler.» Dann: «Go to hell, geh zum Teufel.» Daraufhin hatten sich ihr Vater, ihre Mutter, ihr Großvater, ihre Großmutter, ihre Schwester und ihr Schwager auf ihn gestürzt und ihn mit Fußtritten, Ellbogenstößen, Pantoffelschlägen die Treppe runtergejagt. Als er wieder auf dem Dach war, hatte er sich den Tod gewünscht, sich mit dem Maschinengewehr erschießen wollen. Ja, mit dem Maschinengewehr. Das Problem war nur, daß man, um sich mit dem Maschinengewehr zu erschießen, sehr lange Arme haben muß, und seine Arme waren so kurz wie die von Marc Anton, der im Film Kleopatra große Schwierigkeiten hat, sich das Schwert in den Bauch zu stoßen, weil seine Arme so kurz sind und...

«Und für wen? Für eine Schwanzfoppe, ein Flittchen, die dich an der Nase herumführt, Bruttezza!

«Nein, Signor Colonnello!»

«Nein?!? Du wagst mir zu widersprechen?»

«Jawohl, Signor Colonnello. Meine Verlobte ist weder eine Schwanzfoppe noch ein Flittchen! Sie ist ein tugendhaftes Mädchen, eine Heilige! Meine Santa Rita von Cascia! Sie macht keinen Trottel aus mir!»

«Und du bist über das hinaus, was ich dir gesagt habe, auch noch dämlich, Bruttezza. Der Dämlichste von allen Dämlichen, den ich je in einem Bataillon gehabt habe. Du bist so blöd, daß du schon wieder mildernde Umstände geltend machen kannst, ja sogar Freispruch wegen geistiger Unzurechnungsfähigkeit. Aber die räume ich dir nicht ein, und das weißt du.»

«Jawohl, Signor Colonnello.»

«Dann zweitens. Nach deiner Rückkehr hast du angefangen rumzubrüllen, hast den Botschafter, die Nachbarn und das gesamte Viertel geweckt. Du hast das Vaterland lächerlich gemacht, das Kontingent, die Carabinieri, die sich Ruhm am Podgora erworben haben und in Goriza, an der griechisch-albanischen Front, in Nordafrika und im Widerstand gegen die Nazi-Faschisten!»

«Jawohl, Signor Colonnello.»

«Drittens hast du den Zugführer mit Faustschlägen traktiert. Du hast ihm zwei obere und zwei untere Schneidezähne ausgeschlagen,

insgesamt also vier Zähne, die er sich ersetzen lassen muß. Ja oder nein?»
«Jawohl, Signor Colonnello.»
Nicht einmal das konnte er abstreiten. «Sanaan! Verzeih mir, mein Liebling, komm ans Fenster!» hatte er mindestens zwanzig Minuten lang gebrüllt. Sanaan hatte sich aber überhaupt nicht sehen lassen, wohl aber die anderen. Auf jedem Balkon protestierte jemand Halt-die-Klappe-du-Scheißkerl-und-laß-uns-schlafen, und genau wegen dieses Lärms hatte Seine Exzellenz, der Botschafter Glasauge, ihn beim Brigadier verpfiffen, der diesen Rüpel von Zugführer herübergeschickt hatte. «Bist du besoffen, Bellezza?!?» – «Nein, aber Sanaan hat Geh-zum-Teufel zu mir gesagt.» – «Wenn sie gesagt hat Geh-zum-Teufel, dann ist die Hurensau auf Draht, und ich kann sie nur beglückwünschen.» Hurensau?!? Zugegeben, vor ein paar Minuten hatte der Signor Colonnello sie als Schwanzfoppe und Flittchen bezeichnet, aber zwischen Schwanzfoppe und Hurensau, ja Flittchen und Hurensau war immer noch ein großer Unterschied. Er hatte sich auf den Zugführer gestürzt. Ihm mit dem Handrücken ein paar so ins Gesicht gedonnert, daß dieser Rüpel die vier Zähne wie Kirschkerne ausgespuckt hatte. «Das soll dir eine Lehre sein, meine Sanaan, meine Santa Rita von Cascia als Hurensau zu bezeichnen!» Einen Augenblick... Auch ihr Vater, ihre Mutter, ihr Großvater, ihre Großmutter, ihre Schwester und ihr Schwager hatten sie Hurensau genannt. Sharmuta bedeutet Nutte, also auch Hurensau. Ob sie womöglich etwas von dem Kuß erfahren hatten, ob die Schwester an dem unseligen Tag an der Plage Hollywood womöglich gar nicht geschlafen und diesen Kuß gesehen hatte oder ob es falsch war, sich ihrem Schwager Bachir anvertraut zu haben?!? Ja, vielleicht war es Bachir gewesen. Obwohl Sanaan ihn gewarnt hatte: «Wenn du einer Schlange mit Ziegenbart begegnest, die italienisch spricht, dann ist das mein Schwager Bachir. Sieh dich vor.» Tatsache ist, daß die Dinge geschehen, wenn sie geschehen müssen. Vor ein paar Tagen nämlich hatte der Brigadier ihn für ein paar Stunden an die Eingangstüre versetzt, und sofort kam die Schlange an. «Salve, ich sprechen italienisch, mein Name Bachir.» – «Ich heiße Salvatore Bellezza, Sohn des verstorbenen Onofrio.» – «Gefällt dir Beirut, Salvatore Bellezza, Sohn des verstorbenen Onofrio?» – «Jawohl, in Beirut lebt meine Verlobte.» – «Verlobte? Und wer sein die Verlobte?» – «Eine, die du kennst: deine Schwägerin Sanaan.» Staunen, Überraschung, dann ein verschärftes Verhör. Was für eine Beziehung besteht zwischen dir und Sanaan, was besitzt dein Vater, wie hoch ist dein Sold, wie kannst du dich dafür verbürgen,

daß deine Frau ausreichend versorgt ist, und noch mehr dieser Art. Er hatte ihm die Wahrheit erzählt: die Beziehung sei aufrichtig, weil Sanaan ihn an der Plage Hollywood in den Mund geküßt habe, das heißt mit der Zunge, und sich gleichzeitig so mit seinem Bajonett beschäftigt habe, daß ihm der Atem stockte; daß sein Vater ausschließlich Schulden besessen und sich am Ende, weil er diese nicht zurückzahlen konnte, in die Schlucht gestürzt habe; daß er den Sold eines Carabiniere habe plus die monatliche Zulage von zweitausend Dollar, die die Soldaten des Kontingents in Beirut erhielten; daß er in jüngster Zeit eine Menge Geld verplempert habe für Einladungen und Darlehen und Geschenke an den Cousin Alì, aber daß er, um Sanaan eine ausreichende Versorgung zu sichern, Banken ausrauben würde. «Hm! Und für die Zahlung des Heiratsvertrags du bieten welche Summe?» – «Ich weiß nicht, aber drei- bis viertausend Dollar bekomme ich zusammen.» Nun, Bachir war mit den Worten weggegangen, daß Sanaan wenigstens zehntausend Dollar wert sei, daß viele für Sanaan sogar zwanzigtausend herausrücken würden, daß man aber in keinem Fall Banken ausraubt... Kein Zweifel, daß Bachir die Familie gegen sie aufgehetzt hatte. Sanaan-küßt-die-Hungerleider-in-den-Mund, Typen-die-Banken-ausrauben-wollen, Sanaan-ist-schamlos, unanständig, und so hatte man in der Familie den Kopf verloren. Sharmuta-Nutte-sharmuta.

«Natürlich mußt du die vier künstlichen Zähne bezahlen.»

«Jawohl, Signor Colonnello.»

«Wer Schaden anrichtet, muß zahlen, Bruttezza, und Gesetz ist Gesetz. Da gibt es kein Pardon.»

«Jawohl, Signor Colonnello.»

«Dies vorausgeschickt, komme ich zur Urteilsverkündung.»

«Jawohl, Signor Colonnello.»

«Ein Urteil, das dich umhaut, Bruttezza, das jedem als Beispiel dienen soll, der die Carabinieri und das Bataillon mit einem Flittchen in Mißkredit bringt.»

«Oh, Signor Colonnello! Signor Colonnello!»

Niedergeschmettert von seiner Unzulänglichkeit fing Salvatore Bellezza, Sohn des verstorbenen Onofrio, wieder an zu schluchzen, und einen Augenblick lang war der Falke versucht, ihn zu trösten. Na, komm-schon, wein-nicht, verzweifle-nicht, schließlich-bring-ich-dich-ja-nicht-um. Ihm wurde klar, daß er zu weit gegangen und bis an die Grenzen des Sadismus grausam gewesen war. Doch dann sah er wieder das Gesicht von Schwester Espérance, ihr blasses, in eine Kinnbinde und einen grauen Schleier eingezwängtes Gesicht, ihr makelloses Gewand mit dem wertvollen saphirbesetzten Kreuz; wieder hörte er das Geschrei des Kondors, das Theater mit dem Sie-werden-doch-nicht-etwa-auch-verliebt-sein, wieder hörte er seine Antwort Werde-dafür-sorgen-Generale, und einmal die Versuchung unterdrückt, teilte er die letzten drei Peitschenschläge aus.

«Weine nur, du Verbrecher, weine nur.»

«Jawohl, Signor Colonnello.»

«Ersticke an deinen Tränen, ersticke daran, denn an deinem Flittchen wirst du keine Freude mehr haben. Ich schicke dich nach Italien zurück, Bruttezza.»

«Nach I...ta...li...en, Si...gnor Co...lon...nel...lo?!?»

«Nach Italien, nach Italien. Und in Arrest. Du fährst mit dem Schiff morgen. Drüben werden sie schon dafür sorgen, daß dir dreißig Jahre Zuchthaus aufgebrummt werden. Jetzt geh mir aus den Augen. Kehrt, Marsch!»

* * *

Er machte kehrt. Ganz mechanisch verließ er das Büro des Falken, überquerte den Platz, erreichte das Zelt, warf sich dann auf die Pritsche, und jetzt, ja jetzt wurde sein kleiner, liebestoller Verstand abgetrieben wie ein Boot ohne Ruder. Nach Italien! Mit dem Schiff morgen, um dreißig Jahre im Zuchthaus zu schmachten! Er würde also nicht durch Erschießen sterben wie Cavaradossi und singen Oh-dolci-baci-e-languide-carezze! Sanaan würde nicht das gleiche Ende wie Tosca finden, die sich aus Kummer mit einem Sprung von der Engelsburg das Leben nimmt. Was für ein Unglück, Jesus, was für ein Unglück! Ah, wenn er nur ein letztes Mal mit ihr hätte reden können: sie noch einmal um Verzeihung bitten, sie zurückgewinnen, sie informieren! Wenn er ihr hätte sagen können: Sanaan, deinetwegen bin ich zu einer Strafe verurteilt worden, die schlimmer ist als der Tod durch Erschießen – dreißig Jahre Zuchthaus in Italien. Doch ich weiß, daß du mich liebst, daß du mich nur aus Spaß zum Teufel geschickt hast, und ich nehm's nicht krumm. Wenn man sich liebt, was sind da schon dreißig Jahre? Dreißig Tage, dreißig Minuten. Warte auf mich, Sanaan, und dann heiraten wir in dreißig Jahren.

«Bellezza! Da sucht dich jemand, Bellezza!» rief jemand.

Er bewegte sich nicht. Was heißt suchen! Wer sollte ihn denn jetzt noch suchen?

«Bellezza! Du sollst zur Straßensperre kommen, Bellezza!»
Lustlos stand er von seiner Pritsche auf, lustlos ging er aus dem Zelt und antwortete dem Carabiniere, der ihn gerufen hatte:
«Mich?»
«Ja, dich, du Tölpel!»
«Wirklich mich?»
«Wirklich dich, du Stockfisch!»
«Und wer ist es?»
«Deine Freundin, glaub ich, und der mit Schnurrbart und Sonnenbrille!»
Er wurde bleich. Sanaan! Seine Santa Rita von Cascia, seine Sanaan, sie hatte ihm verziehen! Sie war zurückgekommen, um ihm zu sagen: Salvatore, ich liebe dich, ich habe nie aufgehört, dich zu lieben, gestern nacht habe ich nur Spaß gemacht, nicht ich muß verzeihen, sondern du mußt mir verzeihen, mein Geliebter!
«Ernsthaft?»
«Ja doch. Beweg dich, du Trottel!»
Er sprang nach vorne. Er begann zu laufen, zu rennen. In wenigen Augenblicken war er am Platz, an dem kleinen Tor, an der Straße, die nach Ost Ten hinunterführte, an der Straßensperre, wo er verwirrt stehenblieb, weil Santa Rita von Cascia nicht zu sehen war. Doch dann sah er sie, erkannte sie. Sie hatte sich die Haare gebleicht, Jesus, sie war blond! Die Augen hatte sie schwarz angemalt, die Lippen rot, und so verändert saß sie mit Alì im Auto: sie hielt Alì umarmt. Sie spielte mit einem seiner Ohren.
«Sanaan!»
Sanaan stieg nicht einmal aus. Sie spielte weiterhin mit Alìs Ohr.
«Ich bin gekommen, um dir zu sagen, daß Alì dir das Kreuz bricht, wenn du dich noch einmal unterstehst, den Fuß in meine Wohnung zu setzen, wenn du dich noch einmal unterstehst, meine Wohnungstür aufzubrechen, wenn du dich noch einmal unterstehst, so einen Bockmist zu schreien und meinen Namen auf Mauerwände zu schreiben. Ich bin gekommen, um dir zu sagen, daß wir keinen Spaß mehr an dir haben und daß du auch nicht mehr nützlich bist. Übrigens ist Alì mein Verlobter. Ich bin schwanger von ihm und heirate ihn.»
Dann brach Alì in wildes Gelächter aus, fuhr mit ihr weg, und Salvatore Bellezza, Sohn des verstorbenen Onofrio, murmelte unverständliches Zeug und sackte dann bewußtlos vor der Straßensperre zusammen. Hier wurde er von dem Carabiniere aufgehoben, der für seine Bewachung zuständig war, und von einem vorbeikommenden Fallschirmjäger. Kaum noch ein lebendiges Wesen, eher schon eine

Leiche, die an Achseln und Knöcheln gehalten werden mußte: eine zerbrechliche Hülle in dieser erbärmlichen Welt, die wirklich ein Tal der Tränen und der Reinfälle ist.

Zweites Kapitel

– 1 –

Diese erbärmliche Welt ist wirklich ein Tal der Tränen und der Reinfälle, und um das zu vergessen, wollte Gino sich besaufen. Und in der Absicht, sich zu besaufen, ging er zur Kantine des Stützpunkts und meckerte und meckerte. Zucker gehorchen! Der ihm an dem Tag mit dem Lastwagen gehörig den Kopf gewaschen hatte, ihm vorgeworfen hatte, alles falsch zu verstehen, ihm gedroht hatte, ihn wieder in seine Feuerwerker-Mannschaft zurückzuholen, ihn in sein Museum einzusperren ohne Stift und Heft zum Gedichteschreiben. Sich beugen müssen, denn Befehl-ist-Befehl. Reglement-ist-Reglement, nachdem-was-Pistoia-in-Chatila-passierte-ist-große-Diplomatie-angesagt! Die Drohungen und den Hohn eines Provokateurs wie Passepartout ertragen zu müssen, eines Strichers, der für eine Handgranate oder vier Kugeln zu haben ist, Liebchen von Rashid, diesem Henker von Khomeini-Anhänger und perfidesten aller Schurken! Ausgerechnet ihm in Bourji el Barajni begegnen zu müssen, während du über ein Gedicht über das Glück zu zweit, das es nicht gibt, nachdenkst! Heute morgen patrouillierte er durch die Scheißgassen, und da kam plötzlich Passepartout auf ihn zu mit seinen gelben Haaren und seinem Zigarettenstummel im Maul und seiner Kalaschnikow über der Schulter. Freundliche Vorhaltung: «Zum Teufel, Passepartout! Versuch wenigstens, nicht mit dem Gewehr rumzustrolchen! Kannste es nicht zu Hause lassen?» Antwort auf die freundliche Vorhaltung: «Why, pourquoi, warum, Spaghettifresser? Dir mein Gewehr nicht gefallen, Fettsack, du Angst, ich dich abknallen?» Gino spürte sofort, wie seine Eier zu rotieren begannen. Er hatte seine M12 auf Passepartout gerichtet und wollte ein paar Warnschüsse abgeben, als er die Stimme von Zucker hörte, der zufällig vorbeikam. «Gino! Wag es ja nicht, Gino!» Und dann das übliche Gequassel über Befehle, die Befehle sind, über das Reglement, das Reglement ist, über die Diplomatie, die nach Pistoias Geballere eine Art absolute Notwendigkeit geworden war. Als müsse ein im Schießen und Anschleichen bei Dunkelheit erprobter Fallschirmjäger mit geschwärztem Gesicht auch noch den Beamten des Außenministeriums spielen. Ergebnis: gegen

Mittag war Passepartout mit seinen gelben Haaren, seinem Zigarettenstummel im Maul, seiner Kalaschnikow und einer Masse von russischen RDG 8 am Gürtel wieder aufgetaucht. Er hatte auf sie gezeigt und: «Du mich nicht können anrühren, Spaghettifresser. Dein Chef nicht wollen, Fettsack. Ich damit gehen und damit ich dich bald umbringen.» Verstanden?!?

«Drei Bier», knurrte er, als er in die Kantine kam und sich an einen Tisch setzte, von dem aus man auf den Platz sehen konnte.

«Drei?» rief der Junge an der Bar erstaunt.

«Drei, nein vier.»

«Vier?»

«Vier. Und genauso viele Cognacs.»

«Aber, Sergente...»

Er baute sie auf dem Tisch auf, in einer Reihe wie Weizengarben. Er fing an, auf wissenschaftliche Weise zu trinken. Einen großen Schluck Bier, einen Schluck Cognac, Pause. Noch einen großen Schluck Bier, noch einen Schluck Cognac, Pause. Die Technik desjenigen, der die Kunst des allmählichen Sich-Besaufens beherrscht. Er hatte ja die nächsten vierundzwanzig Stunden frei und so viel Zeit, wie er wollte, je länger er brauchte, um so länger dachte er nach; je länger er nachdachte, um so mehr begriff er, daß er im Grunde gar nicht wegen Zucker und Passepartout litt. Er litt, weil die Menschheit ein absolut unsympathischer Haufen war, eine Ansammlung von Ignoranten, die einem jungen Menschen nicht einmal ein Minimum an Gefühlsbildung beibringt. Sie bringen ihm bei, daß zwei mal zwei vier ist, daß Paris in Frankreich liegt, daß Kleopatra in Ägypten lebte, aber nicht, was Liebe ist. Wenn's hoch kommt, erzählen sie ihm etwas über Sex: als ob eine Beziehung sich nur am Sex messen ließe, sich nur im Sex ausdrücken würde und dann Schluß. Himmeldonnerwetter! Er hatte allein darauf kommen müssen, daß man mit einer Frau auch reden muß, daß einem gleichgesinnten Menschen zu begegnen bedeutet, jemanden gefunden zu haben, der auf deiner Straße geht, daß, mit einem Wort, ein schöner Po nicht alles ist. Die aus Val d'Aosta hatte einen schönen Po. Eine Puppe vom Scheitel bis zur Sohle. Aber sie war total verspielt und heruntergekommen, und man konnte kein Gespräch mit ihr führen oder ein Gedicht lesen: sie wollte nur abgeknutscht werden und basta, durchgevögelt werden und basta, und sie pumpte sich mit Drogen voll, schlimmer als Djumblatt. Heroin, Kokain, was ihr in die Finger kam. Sie ging nicht auf deiner Straße, nein. Selbst beim Knutschen oder Vögeln mit ihr warst du allein. Hast dann gedacht, daß Liebe doch eine Gemeinschaft sein müßte, daß sie auch dann eine Gemeinschaft sein müßte, wenn die Person, die du liebhast, nicht da ist. Das war der Grund, weshalb er mit der aus Livorno zusammen war, die keinen schönen Po besaß. Sie war mager, die aus Livorno, nicht mehr so jung. Mit kurzen Haaren, wie ein Mann, auf den ersten Blick sah sie aus, als wäre sie aus einem Vernichtungslager gekommen. Aber sie konnte über jedes Thema und jedes Problem sprechen: sie erklärte dir, warum Picasso drei Nasen und drei Ohren malte, sie setzte dir die Theorie über den Mehrwert auseinander, sie spielte dir auf dem Plattenspieler die Dritte von Brahms vor. Sie war ausgesprochen intelligent und rauchte nicht einen Joint. Er hatte sie in einer Pizzeria kennengelernt, zu der Zeit, als er sich wie ein Halbstarker verkleidete, mit phosphoreszierenden Totenköpfen und Irokesenschnitt, und das erste, was er sie sagen hörte, war: «Und Sie, was stellen Sie dar? Einen Mann oder eine Karikatur?» Eine Frage, die ihn unglaublich verletzt hatte und ganz rot werden ließ. Dennoch hatte er die Kraft aufzustehen, eine Verbeugung anzudeuten und zu antworten: «Einen Mann, der Ihnen einen Aperitif spendieren möchte, Signorina. Bitte, nehmen Sie doch Platz.» Sie hatte Platz genommen, und was für ein Mundwerk! Innerhalb von zehn Minuten hatte sie ihn darüber informiert, daß sie Barbara hieß, obwohl sie eigentlich auf den Namen Agnese getauft war, daß sie Soldaten haßte, Fallschirmjäger widerlich fand, nicht an Gott glaubte und den Kapitalismus stürzen wollte, obgleich sie die Tochter eines Kapitalisten war. Er hatte ihr die Pizza spendiert. Und nach der Pizza ein Stück Kuchen, nach dem Kuchen einen Espresso. Dann hatte er sie auf dem röhrenden Motorrad nach Hause gebracht, hatte ihr ein paar Gedichte vorgelesen, und sie hatte gesagt: «Nicht schlecht!»

Aus seinen mächtigen Lungen drang ein Gestank von Nostalgie. Barbara war es gewesen, die ihm die Werke von Rimbaud und Verlaine geschenkt hatte: daß es so bedeutende Dichter gab, hatte er wirklich nicht gewußt. Anfangs verbrachten sie ganze Abende, um über diese Meisterwerke zu sprechen, und sobald er einen Vers schrieb: «Hier, lies. Sag mir, ob's dir gefällt.» Liebe ist auch das. Das ist die Ungeduld, einer deine Verse zu zeigen, die sie liest und sie schätzt, das ist die Freude, Dinge hervorzubringen, für die du gelobt wirst, nicht von der Menge, sondern von der Person, an der du interessiert bist und die an dir interessiert ist. Und zweifellos interessierte ihn Barbara in dem Maß, in dem sie Interesse an ihm fand: als Angelo ihm gesagt hatte, daß er aufhören müsse, sich als Halbstarker zu verkleiden, wenn er sie behalten wolle, hatte er auf der Stelle die Armbänder mit den Nieten, die phosphoreszierenden Totenköpfe und die

Jacken mit dem «Ride the life and the life will ride you, reite das Leben, dann wird das Leben dich reiten» weggeworfen. Er hatte nur die mit dem «Live to love and love to live, lebe, um zu lieben, und liebe, um zu leben» behalten. Inzwischen ließ er die Haare auch um den Irokesenkamm stehen, und sie ließ ihre wachsen. Also wirklich Zwillingsseelen. Das Schlimme war nur, daß sie im Verlauf der Operation Frisur im Bett gelandet waren, und von da an wurde nicht mehr über die Nasen und Ohren bei Picasso, über die Mehrwerttheorie, über die Dritte von Brahms gesprochen: wie die aus Val d'Aosta wollte sie nur noch abgeknutscht werden und basta, durchgevögelt werden und basta, und jeder Vorwand war gut für einen Streit. Beispielsweise der Umstand, daß sie sich wie eine außerparlamentarische Barrikadenkämpferin mit anarchokommunistischem Einschlag aufführte, mit besonderer Verachtung für parfümierte Frauen und Pelzmäntel zum Beispiel – nur, daß auch sie einen Pelzmantel begehrte: aus Nerz, mit Zobelkragen. Oder daß sie ständig auf den Soldaten herumhackte und sie als reaktionär beschimpfte, Sei-du-mal-ganz-still, du-stehst-doch-im-Sold-der-Staatsgewalt-und-bist-bereit-die-Gewerkschaftler-zu-verhaften. Nicht umsonst hatte sie verlangt, er solle seinen Abschied von der Armee nehmen und eine Judo- und Karate-Schule aufmachen. Schlimmer noch: sie wollte seine Gedichte nicht mehr lesen. Weder lesen noch hören: «Uff!» Plötzlich waren seine Gedichte einen Dreck wert, plötzlich war sein Verstand einen Dreck wert: jetzt sah sie in ihm nichts weiter als Schwanz und Muskeln, Muskeln und Schwanz. Und er litt sehr darunter. Ständig sagte er sich: die Feministinnen schreien, daß Frauen keine Sexualobjekte sind, und das ist wahr. Das ist richtig. Aber Himmelherrgottnochmal! Ein Mann ist auch keins! Auch ein Mann leidet darunter, wenn er nur körperliche Begierden weckt und Schluß! Wenn einer nur körperliche Begierden wecken soll und Schluß, dann konnte er auch gleich zu der aus Val d'Aosta zurückgehen, die seinen Beruf nicht verachtete, einen schönen Po hatte und dringend jemanden brauchte, der ihr half, clean zu werden! Er war zu ihr zurückgegangen und hatte ihr dabei ein bißchen geholfen, aber es hatte nichts gebracht. Beim Knutschen und Vögeln dachte er nur an die Nasen und die Ohren bei Picasso, an die Mehrwerttheorie und an die Dritte von Brahms und wußte nicht mehr, ob er die eine oder die andere liebte. Daraufhin hatte er ihr eines Tages gesagt: hör mal, ich geh nach Beirut, um meine Gedanken zu ordnen, und ihre einzige Antwort war, daß sie wieder drückte. Bis oben hin zu mit Koks war sie zum Hafen gekommen, um von ihm Abschied zu nehmen, und hatte sich von den Carabinieri erwischen lassen, die dort waren, um alles genau zu beobachten: wer kam, um Abschied von dir zu nehmen, wer nicht kam, wer dir gute Reise wünschte, wer dir nicht gute Reise wünschte. Sie schossen sogar Fotos, diese Bullen, und als sie dieses jämmerliche Ding sahen, das Drogen spuckte wie ein Brunnen Wasser spuckt... Sie hatten sie vor seinen Augen verhaftet, zum Teufel!

Er trank in einem Zug das vierte Bier und den vierten Cognac aus. Sie waren auf sie zugegangen und: «Da in der Handtasche, was hast'n da drin, Puppe?» Da hatte sie leider eine Portion Dust drin. Beschlagnahmung, Anruf bei den für Dust-Fragen zuständigen Kollegen, Handschellen, und völlig sinnlos zu protestieren Bullen-seid-ihr-und-wie-Bullen-benehmt-ihr-euch-sogar-bei-euren-Kameraden: sie hatten sie weggebracht, und er war mit diesem schlechten Gewissen abgefahren. Dem schlechten Gewissen, der Grund für ihre Verhaftung gewesen zu sein. Himmelherrgottnocheins! Wie er die Carabinieri haßte! Mal abgesehen von der Geschichte mit seinem Vater und dem eingezogenen Waffenschein, für den er gerade die Gebühr bezahlt hatte, er haßte sie aus vielerlei Gründen. Vor allem wegen ihrer Arroganz, wegen ihrer Mißachtung des Gesetzes: wenn du ein Auto siehst, das mit zweihundert Stundenkilometern bei Rot über die Ampel rast und einen Bürger überfährt, der bei Grün über die Straße geht, kannst du sicher sein, daß ein Carabiniere am Steuer sitzt. Und wenn du hinter ihm herrufst Du Schuft, was-denkst-du-eigentlich-wo-du-bist, du-bist-doch-nicht-im-Kino-bei-der-Polizei-von-Los-Angeles, hast-du-denn-die-rote-Ampel-nicht-gesehen, den-Bürger-der-bei-Grün-über-die-Straße-ging... dann zeigt er dich wegen Beamtenbeleidigung an. Dasselbe passiert, wenn du mit ihm streitest, und er trägt Zivil oder eine Badehose am Strand. Ich meine: wenn ein Bulle in Zivil ist oder in der Badehose am Meer, steht ihm dann etwa seine Berufsbezeichnung auf der Stirn geschrieben? Und außerdem sind sie nicht fähig zu Freundschaften, das ist es. Lade nie einen Carabiniere zum Abendessen ein. Der ist fähig und legt dir Handschellen an, während er seine Pizza verschlingt und sein Viertel Wein runterkippt. An einem Abend, in Livorno, hatte er einen aus der Kaserne eingeladen. Der war immer allein, kein Hund kümmerte sich um ihn, und so: komm-gehen-wir-doch-zusammen-eine-Pizza-essen-und-ein-Glas-Wein-trinken. Also, Pizzen hat der zwei verdrückt, eine mit Sardinen und eine mit Artischockenherzen, und Wein hat er nicht nur ein Glas runtergekippt, sondern einen ganzen Liter; als die Rechnung kam, hatte er zur Decke gesehen, ohne auch nur einen Versuch: machen wir Halbe-Halbe; und am nächsten Morgen hatte er ihm damit gedankt, daß er ihm einen Strafzettel verpaßte, weil das röhrende Motorrad etwas schräg geparkt war. Ist das zivilisiert, ist das menschlich? Und dann haßte er sie wegen der Art, wie sie ihre Liebesprobleme regelten. Carabinieri verlieben sich bis über beide Ohren, und wenn die Frau, die auf sie reingefallen ist, sie wieder verläßt, ziehen sie ihre Dienstpistole. Paß-auf-erst-bring-ich-dich-um-und-dann-mich. Dann, unter dem Vorwand Sehen-wir-uns-doch-noch-ein-letztes-Mal, fahren sie sie mit dem Auto spazieren, und in neun von zehn Fällen findet man das Paar mausetot wieder: ihn über das Lenkrad gebeugt, sie auf dem Beifahrersitz. Ist das vielleicht zivilisiert, ist das vielleicht menschlich? Das Schlimmste jedenfalls war, daß sie einem auf dem Stützpunkt immer zwischen den Beinen waren, im selben Speisesaal aßen und natürlich regelmäßig von Amors Pfeil getroffen wurden. Einschließlich der Offiziere. Sie hatten nichts anderes im Kopf, als sich zu verlieben, diese Nonnenkacker. Der eine schmachtete der Obernonne nach, der andere der Stellvertretenden Obernonne, der nächste der Nonne, und der letzte der Fast-Nonne... Tatsächlich, und was diese Scheißkerle auch immer denken mochten, nachdem ihm Schwester Françoise das Heft gegeben hatte, war es lediglich Gino, der sein Herz noch nicht verloren hatte. Denn über die mit Schleier und Kinnbinde dachte Gino wie sein Vater, der abergläubisch war und sagte: «Eine Nonne bringt Seufzer, zwei Nonnen bringen Unglück, drei eine Katastrophe, und begegnet man ihnen auf der Straße, muß man sofort auf Holz klopfen.» Himmelherrgottnochmal, er hatte den Cognac und das Bier ausgetrunken und war immer noch nicht besoffen.

«Du da, noch mal vier Bier!»

«Noch mal vier?!?»

«Vier. Und vier Cognacs.»

Er baute die Dosen und Fläschchen der zweiten Runde vor sich auf und trank auf wissenschaftliche Weise weiter. Ja, doch Schwester Françoise war seine Freundin. Die aufrichtigste Freundin, genauer gesagt, der aufrichtigste Freund, den er, außer Angelo, je gehabt hatte. Die Freundschaft zwischen einem Mann und einer Frau, nicht wahr, ist sehr schwierig. Und zwar deshalb, weil du einen Schwanz hast und sie nicht: wenn du das vergißt oder zu vergessen versuchst, kommt irgendwann immer der Moment, wo ein Hautkontakt oder ein Blick dich daran erinnert, daß du einen Schwanz hast und sie nicht. Aber bei Schwester Françoise war das nicht der Fall. Doch nicht etwa, weil sie ziemlich häßlich war, wie die Scheißkerle meinten, nein. Sie hatte wunderbare dunkle Augen, wunderbare elfenbeinweiße Hände, eine samtweiche Stimme, die einen hypnotisierte, und war eigentlich besser als Barbara. Wenn er ihr in Frauenkleidern und nicht als Nonne begegnet wäre, hätte er sich vielleicht auch was anderes vorstellen können. Außerdem war sie derartig intelligent, daß Barbara nur davon träumen konnte, und wer hat denn behauptet, schön sein bedeute, ein schönes Aussehen zu haben? Manchmal bedeutet es, Verstand, Freundlichkeit und Würde zu haben. Hm! Vielleicht vergaß er bei Schwester Françoise, daß ein Mann einen Schwanz hat und eine Frau nicht, weil er sie nicht in Livorno, sondern in Beirut getroffen hatte, also als der Schwanz ihm scheißegal war und die Liebe noch mehr. Sagen wir, die Liebe, die den Schwanz braucht, die Liebe, die den gleichgesinnten Menschen im Bett sucht. Hm! Daß man diesen Gleichgesinnten nicht im Bett findet, das war ihm an dem bewußten Tag an der Straßensperre klargeworden. An diesem Tag regnete es, und er hatte an der Straßensperre angehalten, um zwei Verse aufzuschreiben, die in seinem Kopf explodierten. Während er schrieb, hatte er gefühlt, wie ihm zwei Augen den Rücken durchbohrten, hatte sich umgedreht, und da stand Schwester Françoise, die unbeweglich im Regen wartete, um vorbeigehen zu können. Er murmelte Pardonnez-moi-j'écrivais-des-vers und machte Platz, und in perfektem Italienisch hatte sie ihm geantwortet: «Sie brauchen sich nicht zu rechtfertigen, Signor Sergente. Ein Gedicht ist ein Niesen Gottes. Erwischt man dieses Niesen nicht gleich, um es auf ein Stück Papier zu bannen, löst es sich in Luft auf.» Dann hatte sie auf das Blatt Papier mit den Versen geblickt und: «Signor Sergente, Sie brauchen ein Heft.» Am Abend des Essens im Speisesaal hatte sie es ihm gebracht, und, Herr im Himmel, noch nie hatte ihm jemand gesagt, daß ein Gedicht ein Niesen Gottes ist und daß es sich, wenn man es nicht gleich erwischt und auf ein Stück Papier bannt, in Luft auflöst. Noch nie hatte ihm ein Mensch ein Heft geschenkt, um das Niesen Gottes darin einzufangen; und was für einen Beweis brauchte er denn noch, um zu verstehen, daß Schwester Françoise seine Zwillingsseele war? Von wegen schüchtern, von wegen zänkisch! Vom Leben verstand sie mehr als jemand, der den Schleier nicht trug. «Schwester Françoise», hatte er gestern zu ihr gesagt, «wissen Sie, daß es mir noch nie gelungen ist, ein Gedicht über das Glück zu zweit zu schreiben?» – «Weil es das Glück zu zweit nicht gibt, Sergente», hatte sie ihm geantwortet. «Das Glück ist einsam. Ich habe es nur in der Einsamkeit des klösterlichen Lebens gefunden, im Frieden, der die sinnliche Liebe ausschließt.» So hatte er ihr von seinem Traum erzählt, zu den Orangegewandeten in Tibet zu gehen und... Himmelherrgottnochmal, Gott war im Begriff zu niesen. Völlig aufgeregt schob Gino die Bierdosen und die Cognac-Fläschchen beiseite und schrieb das Gedicht auf.

> Das Glück zu zweit, das gibt es nicht.
> Das Glück ist einsam.
> Es ist ein Traum, der
> über Pfade unbekannter,
> ferner Welten zieht:
> dort, wo sich die Gipfel des Himalayas erheben.
> Es ist ein Mönch, der einsam wandelt,
> an seiner Stille sich berauscht
> und an der Stille, die ihn umgibt.
> Es ist der Stab, auf den er sich stützt,
> ein Stab, unschuldig, kein Stab, der tötet.
> Es ist das Glöckchen an seinem Fuß,
> mit dem er die Ameisen warnt:
> geht aus dem Weg, ich will euch nicht zertreten.
> Gelbe Mangobäume,
> flammende Hibiskushecken
> säumen die schweigsame Straße:
> verlangt es ihn nach Essen, so ißt er
> eine reife Mango,
> verlangt es ihn nach Schönheit, berührt er
> einen erblühten Hibiskus,
> dann zieht er weiter und erreicht
> das Kloster auf dem Gipfel des Himalayas.
> Das Glück ist ein Kloster,
> das auf den Gipfeln des Himalayas steht.
> Weiße Gletscher und stumme Mönche,
> Hörner, so lang, aus denen bei Sonnenaufgang
> der reinste Ton aufsteigt,
> mehrmals wiederholt, doch stets sich gleich.
> Und er,
> ohne den Melodien aus früheren Zeiten
> nachzutrauern, begraben mit den Wünschen und Erinnerungen,
> lauscht und lächelt glücklich, denn
> er weiß sich im Frieden, endlich gefunden zu haben
> den Frieden.

Zufrieden las er es noch mal durch, dann gab er sich wieder dem Suff hin. Und urplötzlich explodierte der Rausch, löste die Fata Morgana auf, sagte ihm, daß er niemals zu den Orangegewandeten nach Tibet gehen würde, um Frieden zu finden. Er war kein so freier Mann, daß er gehen konnte, wohin er wollte. Er war ein Vogel im Käfig, eine Amsel, deren Schicksal es war, getroffen zu werden, wie die Bachstelze und die Buchfinken und die Kohlmeisen und die Baumläufer und die Drosseln, die er getötet hatte, als sein Vater ihn das erste Mal mit auf die Jagd genommen hatte, und er war der Gefangene einer Stadt, die für den Frieden eine tiefsitzende Abneigung zeigte. Eine Stadt, die ihn am Ende aufs Kreuz legen würde. In welcher Weise sie ihn aufs Kreuz legen würde, wußte er nicht. Aber er wußte, daß sie ihn aufs Kreuz legen würde, daß er sich niemals an der Stille berauschen würde, in der die tibetanischen Mönche leben; daß er seinen Hunger niemals mit Mangos und Hibiskusblüten der schweigsamen Straße stillen würde, daß er niemals das Kloster auf den Gipfeln des Himalayas erreichen würde, daß er niemals den reinsten Klang der so langen Hörner hören würde. Er betrachtete seine großen Hände, die mit einem Stift und einem Stück Papier ganz leicht und fein wurden. Er roch den ekelerregenden Gestank von gebratenem Hammel, den Geruch der Gassen von Bourji el Barajni, und die Gewißheit eines nicht näher bestimmbaren, aber dennoch ganz deutlichen Unglücks verzerrte sein großes bärtiges Gesicht. Er kippte das letzte Bier und den letzten Cognac und verließ zornig die Kantine. Er stürzte auf den Platz, wo Armando mit den goldenen Händen wie üblich an dem Wasserrohr arbeitete, stieß den Werkzeugkasten um, trat auf das Heiligenbildchen, das die Werkzeuge segnete, und stolperte weiter.

«Alter Büffel! Paß doch auf, wo du hintrittst!» protestierte Armando mit den goldenen Händen.

«Klappe, du Nonnenkacker, du Bulle, sticheln is gar nich gut. Laß dir das gesagt sein von Gino!» gab er zurück. Dann rülpste er lang und laut, brummelte Himmelherrgottnochmal, Himmelherrgottnochmal und landete wieder am Zelt.

– 2 –

Nonnenkacker! Bulle! Armando mit den goldenen Händen hob das zertrampelte Heiligenbild auf: eine Santa Lucia, die ein Tablett hielt, auf dem ihre Augen wie zwei Spiegeleier schwammen; er wischte es sorgfältig ab, zuckte mit den Schultern und legte es wieder zurück zu den Werkzeugen in der Kiste. Es lohnte sich nicht, mit einem Besoffenen zu diskutieren, zudem noch mit einem Fallschirmjäger, murmelte er. Sind aufgeblasene Streithammel, die Fallschirmjäger, haben einen speziellen Haß auf jeden, der zu den Carabinieri gehörte, aber wer mag denn schon die Carabinieri? Die Leute sehen sie immer schief an, weiß der Teufel, warum. Immer sagen sie Bullen, und wenn sie es nicht sagen, denken sie es. Außer, wenn sie sie rufen, weil sie sie brauchen. Es-ist-eingebrochen-worden, ruf-die-Carabinieri. Man-hat-mich-bestohlen, ich-geh-zu-den-Carabinieri. Erzähl-das-den-Carabinieri, wende-dich-an-die-Carabinieri. Wenn-Sie-nicht-aufhören-rufe-ich-die-Carabinieri. Was den Nonnenkacker betraf, der hatte ganz schön Mut, dieser Büffel! War er denn nicht in Schwester Françoise verliebt? Sobald er seine Schicht in Bourji el Barajni beendet hatte, pflanzte er sich am kleinen Tor auf und wartete, bis sie aus dem Rizk zurückkam, was oft ganz sinnlos war, weil sie in dieser Zeit bis spät in die Nacht im Operationssaal blieb, und er ging nicht einmal dann weg, wenn es Splitter nur so hagelte. Dann-bring-ich-sie-gleich-in-Sicherheit-wenn-sie-kommt. He! Vielleicht hatte er ja auch nur aus Enttäuschung gesoffen, daß er sie so selten sah, der arme Kerl. Ist ja schließlich keine schöne Sache, jemanden zu lieben, den man nie sieht und mit dem man höchstens mal ein paar Worte am kleinen Tor wechseln kann!

Er warf einen nachsichtigen Blick hinüber zu dem Zelt, in das dieser Büffel rülpsend verschwunden war. Er lächelte, und in seinem markanten, wie mit dem Meißel behauenen Gesicht zuckte so etwas wie Selbstironie auf. Weil er sich heute nämlich den Luxus leisten konnte, Verständnis zu zeigen: heute war Donnerstag, und abends würde er mit Milady essen. Mit ihr, mit Schwester Espérance, Schwester George, Schwester Madeleine, Gigi il Candido... allerdings nicht mit dem Falken, der würde nicht kommen. Kurz vorher hatte er ihn beauftragt, ihre Freundinnen darüber zu informieren, und es war völlig sinnlos, ihn zu bitten, es sich doch noch mal zu überlegen. «Wenigstens zum Anstoßen, Signor Colonnello!» – «Tut mir leid, geben Sie sich keine Mühe, ich kann nicht.» Merkwürdig. Es war noch nie vorgekommen, daß der Falke auf das Abendessen am Donnerstag verzichtet hatte, und er wußte genau, daß Miladys Geburtstag gefeiert werden würde; schließlich hatte er doch den Sekt zum Anstoßen geschickt. Er wußte auch, daß Schwester Espérance sein Lieblingsgericht zubereiten wollte, ein Soufflé aux épinards. Da wäre es besser, Gigi il Candido würde fehlen. Er hatte nämlich ihm und Milady gegenüber eine böse Zunge, dieser Gigi il Candido. Immer stichelte er mit boshaften Bemerkungen und Witzeleien. Zum Beispiel als Milady hier auf den Platz kam, um ihn zu suchen: «Armandò! Rate mal, wer da ist und dich sucht, Armandòoo!» Oder: «Da kommt er ja, Schwester! Er rennt, Schwester, er rennt!» Nun ja: er rannte. Wo immer er war und welche Arbeit er auch erledigte. Er konnte dem Klang der weichen Rs oder der gedehnten Os einfach nicht widerstehen, auch dem Zauber dieses vollkommenen Gesichts nicht. Das so vollkommen war, daß du nicht begreifen konntest, wieso die anderen immer nur den Oberlippenbart sahen. Schade-daß-sie-einen-Schnurrbarthat, sie-sollte-sich-den-Schnurrbart-abrasieren. Welchen Schnurrbart denn? Das war kein Schnurrbart! Es war ein kaum wahrnehmbarer Flaum, der ihre orchideenhafte Schönheit in keiner Weise beeinträchtigte. Ja, orchideenhaft. Auch während der Zeit ihrer Auseinandersetzungen hatte er gedacht: sie sieht wie eine Orchidee aus. Orchideen sind bezaubernde Blumen. Geheimnisvoll, stolz. Und wenn er an die entscheidende Rolle dachte, die Orchideen durch eine Laune des Schicksals in seiner Beziehung zu Milady einnahmen... Nach dem Abendessen, das der Falke gegeben hatte, um den Waffenstillstand zu besiegeln, hatte er beschlossen, allen fünf eine Orchidee zu schenken. Er war in die Altstadt gegangen, um welche aufzutreiben, fand aber keine und machte daraufhin etwas... Er rief seine Frau in Italien an. «Liebe, schick mir fünf Orchideen.» – «Fünf Orchideen?!? Und für wen?» – «Für die Nonnen, in deren Kloster wir uns einquartiert haben. In Beirut findet man keine.» – «Ich verstehe, aber wäre denn für Nonnen nicht ein schöner Strauß Lilien angebrachter?» – «Orchideen halten länger», hatte er ihr geantwortet. Und dann hatte er sich geschämt. Verdammter Zyniker, verdammter Gauner, hatte er sich gesagt, und war drauf und dran gewesen, noch einmal anzurufen: um die Bestellung rückgängig zu machen. Aber dann hatte er doch nicht angerufen, und so waren die Orchideen mit der C-130 angekommen, die mittwochs die Post brachte. Wunderbar verpackt in einer Zellophanschachtel, die wiederum in einem Styroporbehälter lag, mit der Aufschrift Zerbrechlich-Vorsicht-Blumen, und... «Des fleurs pour vous», hatte er geflüstert. Auch nicht eine Sekunde lang war ihm die Doppeldeutigkeit des «vous» aufgefallen, auch nicht eine Sekunde lang hatte er sich die Gefahr vergegenwärtigt, daß der Satz sowohl im Singular als auch im Plural verstanden werden konnte: Blumen für Sie. Sie hatte ihn im Singular aufgefaßt. «Pour moi, für mich? Des orchidées, mes fleurs préférées? Orchideen, meine Lieblingsblumen? Oh, Armandò, Armandò! Je devrai dire à sœur Espérance qu'elles sont pour nous cinq ou plutôt pour le Petit Jésus qui est sur l'autel de la chapelle! Ich werde Schwester Espérance sagen müssen, daß sie für uns fünf sind, oder noch besser, für das Jesuskind auf dem Altar der Kapelle!» Dann war sie davongelaufen und hatte die Zellophanschachtel an ihre Brust gedrückt.

Er machte sich wieder an der Wasserleitung zu schaffen. Die fünf Orchideen hatte sich also das Jesuskind aus Terrakotta geschnappt, das auf dem Altar der Kapelle schlief, und das Mißverständnis hatte die gleiche Wirkung wie ein Faß Benzin, das man ins Feuer kippt: unter dem Vorwand, ihm den Dank ihrer Mitschwestern zu überbringen, war sie am Nachmittag zu ihm gekommen. «Armandò, vous êtes un homme exquis, Sie sind ein wunderbarer Mann. Je veux savoir tout de vous, tout. Ich will alles über Sie erfahren, alles.» Er hatte abgewehrt. Er hatte ihr geantwortet, daß dieses Alles absolut nichts wäre, daß sein Leben sich in wenigen Worten zusammenfassen ließe. Er wohnte in Livorno, hatte eine Frau und zwei Söhne, die er liebte. Er war in Anzio geboren, der Stadt, wo während des Zweiten Weltkriegs die Amerikaner gelandet waren, hatte seine Eltern bei einem Artillerieangriff verloren und seine Kindheit in einem von französischen Nonnen geführten Waisenhaus verbracht, die ausschließlich französisch sprachen. Daher sprach er gut Französisch. In seiner Jugend hatte er dagegen in einer Diebesbande gelebt, die ihn losschickte, um Touristen zu bestehlen, und mit zwanzig hatte er sich zu den Carabinieri gemeldet, um nicht zum Abschaum der Gesellschaft zu gehören. Doch statt entsetzt zu sein, war sie tief bewegt. «Oh, Armandò! Quelle histoire exceptionelle, was für eine ungewöhnliche Geschichte! Quel courage extraordinaire, was für ein außerordentlicher Mut! Un voleur à la tire qui devient gardien de la loi, ein Taschendieb, der zum Hüter des Gesetzes wird!» Dann hatte sie ihm von sich erzählt, von ihrer reichen Familie, von ihrer Berufung, die entflammt war, als sie die Heilige Theresa von Avila las, von dem Tag, an dem sie ihre Familie über ihren Entschluß unterrichtet hatte und ihre Mutter in lautes Gelächter ausgebrochen war. «Toi, religieuse, du Nonne?!? Même si tu t'enfermeras dans une cellule de clôture, moi je ne te croirais pas. Nicht mal, wenn du dich in eine Einsiedelei einschließen würdest, würde ich dir glauben.» Ihr Vater dagegen war alarmiert gewesen und hatte sich widersetzt, genau wie der Vater der Heiligen Teresa von Avila. «Meine Tochter, ich kann es mir nicht einmal vorstellen – du, die Gefangene eines Schleiers. Ich möchte ein bequemes, angenehmes Leben für dich: du weißt, daß du nach meinem Tod ein großes Vermögen erben wirst. Mach doch lieber deinen Abschluß in

Jurisprudenz. Das wird dir helfen, dein Vermögen zu verwalten.» Sie hatte ihn gemacht, den Abschluß in Jura. Doch am nächsten Tag war sie ins Kloster eingetreten, und seitdem lebte der Arme, der sich nach Rhodos geflüchtet hatte, in der Hoffnung, daß sie doch noch ihren Sinn ändere. «Mein einziger Trost ist», hatte er ihr geschrieben, «zu wissen, daß das Noviziat eine Prüfung ist und du diese Prüfung nicht durchstehst. Dafür bist du viel zu ungestüm, läßt dich von Leidenschaften hinreißen, und bald wirst auch du das erkennen.» Ja, sie hatten eine ganze Weile miteinander geplauscht und sich Vertrauliches erzählt, und am drauffolgenden Mittwoch hatte die C-130 wieder fünf Orchideen mitgebracht. Wieder fünf! Weil seine Frau, als sie die ersten fünf kaufte, dem Blumenhändler gesagt hatte, daß sie für die Nonnen in Beirut seien, in deren Kloster sich die Italiener einquartiert hätten, und der Blumenhändler war gerührt gewesen: «Diesmal schenke ich sie Ihnen.» Er hatte tief Luft geholt. Ein Glück, dann-kann-ich-sie-Schwester-Espérance-überreichen-und-das-Mißverständnis-aufklären. Nur, daß leider Milady gekommen war und: «Armandò! De nouveau, schon wieder, Armandò!» Am darauffolgenden Mittwoch das gleiche. Und völlig sinnlos, seine Frau anzurufen und ihr noch mal zu sagen Erkläre-dem-Blumenhändler-daß-er-sich-keine-Umstände-mehr-machen-soll. Unerbittlich wie das Schicksal hatte die C-130 jede Woche den Styroporbehälter Zerbrechlich-Vorsicht-Blumen mitgebracht: wer hätte da noch den Mut gehabt, ihr die Wahrheit zu gestehen?!? «Armandò, Armandò! Est-ce que vous avez reçu mes orchidées, haben Sie meine Orchideen erhalten?» fragte sie jeden Mittwoch. Dann strahlte sie vor Zufriedenheit, nahm sie, und während sie Elles-sont-à-moi-cependant-je-les-donne-à-toi, sie-sind-zwar-für-mich-aber-ich-gebe-sie-dir tirilierte, übergab sie sie dem Jesuskind. Und das Idyll wuchs.

Voller Zorn schlug er mit dem Hammer gegen das Wasserrohr, an dem er arbeitete. Das unschuldigste Idyll der Welt, zum Kuckuck noch mal. Nie war etwas vorgekommen, nie kam etwas vor zwischen ihm und Milady. Sie redeten nur miteinander. Sie sprachen über den Krieg, über den Frieden, über Beirut, über Glauben und Nichtglauben, das heißt über die Tatsache, daß er die Priester haßte und Atheist war... Jawohl, Priesterhasser und Atheist. Ihm hatte es nichts geholfen, bei Nonnen aufzuwachsen... Und wenn er sie am Handgelenk hätte berühren oder seine Gefühle hätte andeuten wollen, sie hätte es ihm nicht gestattet: sie verteidigte ihre Entscheidung und ihren Glauben mit solcher Kraft! «Mon père se trompe s'il espère que je ne resiste pas au noviciat, mein Vater täuscht sich, wenn er hofft, daß ich das

Noviziat nicht durchstehe. Les plaisirs terrestres ne m'intéressent pas, weltliche Vergnügen interessieren mich nicht. Moi je crois à l'Eglise et à la soutane bien plus que vous croyez à l'Arme des Carabinieri et à l'uniforme, ich glaube viel stärker an die Kirche und an das Nonnengewand, als Sie an die Carabinieri und an die Uniform glauben, Armandò.» Und dabei überschüttete sie ihn mit kleinen Medaillons, kleinen Kreuzen, Heiligenbildchen von Heiligen Theresen von Avila, Heiligen Annen, Heiligen Agathen, Heiligen Lucien einschließlich der Santa Lucia, die ihre Augen wie zwei Spiegeleier darbot. Aber warum gab es dann Augenblicke, in denen es so aussah, als würde sie ihr Nonnengewand wie eine Bürde empfinden, etwa wenn sie den Schleier oder den Halskragen lockerte und losprustete Quel-ennuices-trucs, wie-schrecklich-dieses-Zeugs? Warum sah sie ihm nach, daß er nicht an Gott glaubte und die, die ihn repräsentierten, nicht ausstehen konnte? Wieso suchte sie stets nach ihm und jubilierte, wenn sie ihn sah? Warum wurde sie traurig, wenn das Gespräch auf seine Frau und auf seine Söhne kam, warum hatte sie an dem Abend, als er sagte, seine Frau sei hübsch, gut und intelligent, seufzend hinzugefügt «und vom Glück begünstigt»? Weil auch sie verliebt war, das war's. Ohne es zu wissen, möglicherweise, ohne daß es ihr bewußt war, ohne... Ihm war es bewußt. Ihm war es von Anfang an bewußt gewesen und so deutlich, daß er sich monatelang mit Skrupeln, mit Gewissensbissen, mit Selbstkritik herumgeschlagen hatte. Ich bin doch kein kleiner Junge mehr, zum Teufel noch mal, ich bin ein Mann von vierzig. Ich bin doch kein Abenteurer, ich bin ein Familienvater. Unglaublich, daß ich einer Nonne oder zumindest Fastnonne nachlaufe, unglaublich, daß ich mit kleinen Medaillons und Kreuzen und Heiligenbildchen der Heiligen Therese, der Heiligen Anna, der Heiligen Agathe, der Heiligen Lucia herumlaufe?!? Und als er Beirut verlassen hatte, um mit dem Falken und Gigi il Candido nach Livorno zurückzukehren, hatte er eine sonderbare Erleichterung gespürt. Es war ihm sogar gelungen, ziemlich trocken auf die Frage Kehren-Sie-zurück-Armandò-kehren-Sie-zurück zu antworten: «Ausgeschlossen.» Er hielt das wirklich für ausgeschlossen, sicher würde die Entfernung helfen, die Verliebtheit zu mindern. Die Zeit, sie auszulöschen. Aus-den-Augen-aus-dem-Sinn, sagt das Sprichwort, und anfangs hatte es auch ganz so ausgesehen, als würde es funktionieren: Ferien am Meer mit seiner verführerisch sonnengebräunten Frau, Nächte voller Lust, die sich durch die lange Zeit der Enthaltsamkeit aufgestaut hatte. Doch eines Tages hatte er sich dabei ertappt, wie er ins Kino ging, wo ein alter Film mit Ingrid Bergman im Gewand einer Nonne gezeigt wurde, *Die Glocken von Santa Maria*; an einem anderen Tag wäre er fast in Ohnmacht gefallen, als er auf der Straße eine Nonne erblickte, die von hinten aussah wie Milady; und wieder an einem anderen Tag hatte er mit einem Freund gestritten, der behauptete, Nonnen würden nicht baden, und ohne jeden Grund hatte er seinem älteren Sohn eine Ohrfeige gegeben, der im Weglaufen schrie: «Papa, fehlt dir etwa Beirut?!?» Da hatte er begriffen, daß die Entfernung überhaupt nichts hilft, daß die Zeit überhaupt nichts auslöscht, daß Sprichwörter Blödsinn sind, und hatte fünf Orchideen gekauft. Er hatte sie mit der C-130 geschickt und ein doppeldeutiges Billett beigelegt: «Une pour chacune et toutes pour vous.» Eine für jede und alle für Sie. Das heißt: für sie. Postscriptum: «Beyrouth me manque.» Beirut fehlt mir. Einen Monat später hatte ihm Gigi il Candido die Frage gestellt, ob er bereit wäre zurückzukehren, und er hatte mit einem Ja geantwortet, das ein ganzes Heer von Toten wieder aufgeweckt hätte.

Er hatte den Schaden behoben und machte sich daran, die Werkzeuge wieder in den Kasten mit der Santa Lucia zu räumen. Was für eine furchtbare Reise, die Rückreise. Immer auf dem Deck des Schiffes und die Wellen ansehen, über die Söhne nachgrübeln, die die Nachricht übel aufgenommen hatten, über seine Frau, die bei der Nachricht über die neuerliche Abreise in Tränen ausgebrochen war. «Ja hast du gesagt?!? Du bist gerade erst zurückgekommen und hast gleich wieder ja gesagt?!? Du liebst mich nicht mehr, du liebst uns nicht mehr!» Er fragte sich auch, was es war, das ihn eigentlich über das vollkommene Gesicht, über die zauberhafte Figur hinaus verhext hatte, und aus welchem Grund Milady von ihm fasziniert war: einem einfachen Feldwebel der Carabinieri, einem Vierzigjährigen ohne Klasse noch Kultur, einem Typen, der lediglich Wasserrohre reparieren, elektrische Leitungen legen und Schlösser auswechseln konnte, einem Priesterhasser und Atheisten noch dazu. Aber vor allem sehnte er sich voller Ungeduld, sie endlich wiederzusehen, wieder ihre weichen Rs, ihre gedehnten Os zu hören, und hatte Angst, sie nicht mehr wiederzufinden. Nicht mehr wiederzufinden? Sie erwartete ihn mitten auf dem Platz, wie Madame Butterfly, die endlich den Streifen Rauch von Pinkertons Schiff gesehen hat. Bebend, glücklich und voller vordergründig harmloser, aber im Kern höchst gefährlicher Fragen. «Qu'est-ce que vous manquait le plus de Beyrouth, was hat Ihnen von Beirut am meisten gefehlt, Armandò?» – «Qu'est-ce que vous vouliez dire avec votre carte une-pour-chacune-et-toutes-pour-vous, was wollten Sie mit Ihrem Kärtchen Eine-für-jede-und-allefür-Sie sagen, Armandò?» Und das Idyll hatte wieder angefangen zu wachsen und zu wachsen... Es gab ein Maß, mit dem man messen konnte, wie es wuchs: fortschreitender Abbau der Barrikade auf der kleinen Treppe, die vom Speisesaal in die oberen Etagen führte. Am Tag nach der Ankunft hatte sich nämlich ein Fallschirmjäger ein Knie aufgeschlagen, weil er gegen die auf der ersten Stufe aufgestapelten Sachen gestoßen war. Und der Falke hatte ihn verwünscht. Deine-Schuld, Armando. Deine-Schuld. Milady war herbeigeeilt, um ihn in Schutz zu nehmen, Nein-nein, c'est-ma-faute, es-ist-meine-Schuld, dann hatte sie ihm geraten, das Gerümpel wegzuräumen, an dem der Fallschirmjäger sich das Knie aufgeschlagen hatte; und du weißt doch, wie sich eine Perlenkette aufdröselt. Auf die Räumung der ersten Stufe war die Räumung der zweiten gefolgt. Auf die Räumung der zweiten die der dritten. Auf die Räumung der dritten, die der vierten, der fünften, der sechsten, der siebten... Jedesmal, wenn ein Stuhl oder ein Sessel oder eine Bank gebraucht wurde, räumte er etwas dort weg, und innerhalb von zwei Monaten war das, was er als die Maginot-Linie bezeichnet hatte, so zusammengeschrumpft, daß nur noch ein spärlicher Wall übriggeblieben war: ein symbolischer Paravent, der nur noch die obersten fünf oder sechs Stufen versperrte und den Milady lachend als «Inversement proportionnel, proportionale Umkehrung!» kommentierte. Milady?!? Sagte er Milady und nicht Schwester Milady? Verflixt, da mußte er sich heute abend aber zusammenreißen: bloß nicht diesen Fehler vor den anderen machen. Armando mit den goldenen Händen machte den Werkzeugkasten zu. Er richtete seinen stattlichen Körper auf, hob das männliche Gesicht, hinter dem sich die schlichten Gründe verbargen, deretwegen Schwester Milady sich in ihn verliebt hatte, und war im Begriff wegzugehen, als die zauberhafte Gestalt unerwartet auf dem Platz erschien, wie eine Schwalbe, die vom Himmel herunterschießt, um dir den Frühling zu bringen.

«Armandò, Armandò! Est-il vrai que Monsieur le colonel ne vient pas ce soir, stimmt es, daß der Herr Oberst heute abend nicht kommt?»

«Ja, Milady... Schwester Milady.»

«Mais pourquoi, warum?»

«Ich weiß es nicht... Schwester Milady.»

«Quel dommage, wie schade, Armandò! Schwester Espérance en est si désolée, ihr tut das unendlich leid! Aucun espoir qu'il vienne à boire au moins un peu de vin mousseux pour fêter mes vingt-six ans, keine Hoffnung, daß er kommt und wenigstens einen Schluck Sekt auf meinen sechsundzwanzigsten Geburtstag trinkt?»

«Ich fürchte nein, Milady.»

Es war heute schwierig mit diesem «Schwester». Ebenso schwierig, wie sich zu versagen, sie bei den Händen zu nehmen und auszurufen Ich-kann-nicht-mehr: zum Teufel mit deinem Novizinnenschleier, zum Teufel mit allen Bedenken, den Gewissensbissen, der Selbstkritik, der Familie, der Kirche, den Carabinieri, mit allem. Sag mir, daß du genauso denkst, daß dein Vater recht hat, wenn er dir schreibt Du-wirst-die-Prüfung-nicht-durchstehen, du-bist-viel-zu-ungestüm, du-läßt-dich-zu-sehr-von-Leidenschaften-hinreißen! Und einen Augenblick lang, der ihm wie eine Ewigkeit schien, wollte er es tun. Aber so, als hätte der liebe Gott ihr ein Zeichen gegeben und sie geschickt, um dazwischenzutreten, erschien im gleichen Moment das majestätische Profil von Schwester Espérance an einem Fenster des zweiten Stockwerks.

«Sœur Milady! Qu'est-ce que vous faites là-bas, was tun Sie da unten, Schwester Milady?»

«J'étais venue à vérifier si vraiment Monsieur le colonel ne vient pas ce soir, ich bin hinuntergegangen, um festzustellen, ob es stimmt, daß der Herr Oberst heute abend wirklich nicht kommt, ma Mère!» antwortete Schwester Milady errötend.

«Sœur Milady! Personne ne vous a demandé de vérifier quoi que ce soit, niemand hat Sie gebeten, irgend etwas festzustellen!»

«Oui, mais puisque je sais que ça vous peine beaucoup, aber da ich weiß, wie leid Ihnen das tut...»

«Sœur Milady! Ça ne vous regarde pas, das geht Sie nichts an! Rentrez immédiatement, kommen Sie auf der Stelle zurück!»

«Oui, ma Mère! Tout de suite, sofort, ma Mère!» Und zu Armando mit den goldenen Händen gewandt: «Etiez-vous en train de me dire quelque chose, Armandò? Hatten Sie mir noch etwas sagen wollen?»

«Nein, Schwester Milady, nein.»

«À ce soir donc! Dann bis heute abend!»

«À ce soir.»

Die Schwalbe flatterte eilig fort, und ein kräftig gebauter Mann mit weißem Haar, dem kantigen Schneid und dem Auftreten eines rabaukenhaften Soldaten, der im Kolosseum die Christen den wilden Tieren zum Fraß vorwirft, kam spöttisch näher.

«Seien Sie unbesorgt, Schwester, er kommt! Ohne Verspätung, er kommt! Ich bringe ihn mit, an den Ohren schleife ich ihn herbei!»

Das war Gigi il Candido. Er hielt einen Wälzer im Arm, der so groß war wie der Band einer Enzyklopädie, und ging auf das Törchen des Seitenausgangs zu, um sich zum Wolkenkratzer von Ost Ten zu begeben.

– 3 –

Er bereute bereits seine boshafte Bemerkung, als er das Törchen öffnete, und er drehte sich um, um Armando mit den goldenen Händen zu rufen und ihn um Entschuldigung zu bitten. Er sah ihn nicht und ging zerknirscht weiter: wenn es da oben auf dem Hügel einen sensiblen Typ gab, dann war es diese merkwürdige Figur, die vor nichts Angst hatte, außer vor Kröten, und beim Anblick von Smaragdeidechsen in Ohnmacht fiel. Schade, daß die anderen ihn nicht verstanden, aber wie hätten sie das auch können? Das Kind, das mit unserer verlorenen Unschuld in uns schlummert, wacht leider nur selten auf, aber das, das im Herzen von Gigi il Candido eingeschlossen war, schlief nie. Eine makellose Reinheit verbarg sich unter dem Haar, das so weiß wie das eines alten Mannes war, und hinter dem Getue eines rabaukenhaften Soldaten, der im Kolosseum die Christen wilden Tieren zum Fraß vorwirft, eine beinahe kindliche Einfalt. Es war schließlich kein Zufall, daß er immer schlampig herumlief, mit aufgeknöpftem Hemd und einem unglaublichen roten Halstuch, das ihn, wie er sagte, vor dem bösen Blick und vor Krankheiten schützte; dem Revolver oder Gewehr zog er das Jagdmesser vor, dem Geländewagen das Motorrad, und er hatte eine Angewohnheit, die für einen Oberstleutnant und Stellvertretenden Bataillonskommandeur einigermaßen bestürzend war: wenn er irgendeinen Gegenstand benötigte, dann machte er sich nicht die Mühe, ihn zu kaufen oder ihn sich mit legalen Mitteln zu beschaffen. Er stahl ihn. Die verschiedenen sanitären und elektrischen Installationen, die Verstärkungsmauern, das Baumaterial, mit denen sein Adjutant Armando mit den goldenen Händen den Stützpunkt Rubino bereichert hatte, waren den Diebstählen zu verdanken, die Gigi il Candido begangen hatte: beiseite geschaffte Schienen von der Ex-Eisenbahn Beiruts, geklaute Rohre und Pfeiler von Baustellen im Ostteil, Ziegelsteine, die er von Palästinensern in Bourji el Barajni erbeutet hatte, wo er sich deshalb auch nicht mehr blicken lassen konnte, ohne daß gleich ganze Horden von Kindern hinter ihm herliefen und ihm akrùt – Dieb – akrùt nachriefen. Und der Falke war darüber ebenso vergebens besorgt, wie Verrücktes Pferd verzweifelte und der Kondor sich ärgerte und brüllte, daß ein derartiges Verhalten die Ehre der Fahne und seinen eigenen guten Namen verletze: haben Kinder denn eine Vorstellung von Recht oder Unrecht? Trotzdem, charakterisiert wurde seine Persönlichkeit von etwas anderem: der unüberwindlichen Abneigung gegenüber allem, was mit Lesen oder geistiger Betätigung zu tun hatte. Zwischen ihm und dem Studieren, dem bedruckten Papier, bestand eine derart pathologische Unvereinbarkeit, daß er, wenn er nur ein Buch, eine Zeitung oder ein Flugblatt von weitem sah, von äußerst schmerzhaften Migräneanfällen heimgesucht wurde. Und doch siehst du, wie unvorhersehbar die Wunder der Liebe sind: da ging er mit diesem Riesenwälzer unter dem Arm, der so groß war wie der Band einer Enzyklopädie. Titel: «Mot à mot, sept cents leçons de Français.» Wort für Wort, siebenhundert Lektionen Französisch.

Schwester George hatte es ihm nach dem schicksalsträchtigen Abendessen unten im Speisesaal gegeben. Verführt von der Bewegung, mit der sie ihre Brille abgenommen und sie ihm mit den Worten Monsieur-Gigì-Sie-brauchen-sie-nötiger-als-ich aufgesetzt hatte, gab es für den ewigen Jungen kein Halten mehr, und er hatte ihr mit der Hilfe von Armando mit den goldenen Händen, der als Dolmetscher fungierte, ganz frech den Hof gemacht. Was-für-eine-brillante-Frau, was-für-eine-intelligente-Frau, sag-ihr-daß-ich-für-sie-in-einen-Tümpel-voller-Kröten-oder-voller-Dornschwanzleguane-tauche. Gerührt von dieser Huldigung hatte Schwester George geantwortet, daß er, statt in einen Tümpel voller Kröten oder Dornschwanzleguane zu tauchen, doch besser Französisch lernen solle, worauf er geantwortet hatte Wenn-Sie-es-mir-beibringen-Schwester, und am nächsten Tag hatte er diese monströse Grammatik mit dem Titel Mot à Mot, sept cents leçons de Français erhalten. «Voilà, Monsieur Gigì. Au rythme d'une leçon par jour, sept cents leçons demanderaient deux ans, bei einer Lektion pro Tag, brauchen Sie für siebenhundert Lektionen zwei Jahre. Puisque je pense qu'ils ne vont pas vous tenir ici si longtemps, je vous ordonne d'étudier quatre leçons par jour, da ich nicht glaube, daß man Sie so lange hier behält, befehle ich Ihnen, vier Lektionen am Tag zu lernen.» – «Vier, Schwester?!?» – «Quatre. Et ne vous faites pas d'illusions: je n'aurais aucune indulgence ni pour vos grades ni pour vos vénérables cheveux blancs. Vier. Und machen Sie sich ja keine Illusionen: ich werde keine Nachsicht haben, weder wegen Ihres Ranges noch wegen Ihres ehrwürdigen weißen Haares. Allez hop! Je vous attends en classe demain matin à neuf heures, ich erwarte Sie morgen früh um neun im Klassenzimmer.» Er hatte gehorcht. Am nächsten Morgen um neun war er gekommen und hatte sich zwischen die Kinder in eine Bank gesetzt. Allerdings war die Bank für seinen großen Körper zu klein, die anderen Kinder ließen sich zu sehr ablenken, als sie diesen großen Mann mitten unter sich sahen, und Schwester Madeleine hatte Schwester George vorgeschlagen, ihn zur zweiten Etage hinaufgehen zu lassen. Schwester George hatte Schwester Espérance um Erlaubnis gebeten, Schwester Espérance hatte die Erlaubnis erteilt, und so war für ihn die Schule in den Salon verlegt worden. Regelmäßige und unregelmäßige Verben, Accent aigu, grave, circonflexe, jedesmal dreißig Vokabeln zum Auswendiglernen und Schelte: »Monsieur Gigì, vous ne vous appliquez pas. Sie geben sich keine Mühe! Vous n'étudiez pas. Sie lernen nicht!« – «Ich lerne, Schwester George, ich lerne. Aber Sie müssen verstehen, daß die Armee mich nicht in Beirut läßt, damit ich Französisch lerne! Ich bin ein Offizier, ich habe mich um die Truppe zu kümmern!» – «Étudiez la nuit, lernen Sie nachts.» Das tat er. Er hätte jedes Opfer auf sich genommen, nur um ihr zu gefallen. Sie war so reizend, wenn sie Monsieur Gigì sagte und das G dabei sozusagen schmelzen ließ, als wolle sie es ganz auskosten. Weitaus reizender als Schwester Milady mit ihren weichen Rs und langen Os von Armando. Und wenn sie dich dann lobte... Also, sie hatte eine merkwürdige Art, dich zu loben. Sie schlug dir kurz und kräftig auf den Arm und: «Très bien, sehr gut, Monsieur Gigì. Aujourd'hui les ânes volent, heute haben die Esel Flügel.» Aber wenn sie das Wort Esel aussprach, klang es überhaupt nicht beleidigend. Auch die Art, wie sie ihn auszeichnete, war nicht beleidigend. Um ihn auszuzeichnen, bot sie ihm ein Petit déjeuner mit Süßigkeiten an, die er leidenschaftlich gern aß: kleine, in Kakao gewälzte Marzipankugeln. Sie bereitete sie am Abend zuvor zu, wickelte sie in gelbes, grünes oder violettes Stanniolpapier ein, und immer, wenn er eine Frage richtig beantwortet hatte, steckte sie ihm eine Kugel in den Mund: «Une petite carotte pour les ânes, une petite carotte! Eine kleine Mohrrübe für die Esel, eine kleine Mohrrübe!»

Schnaubend erreichte er den Wolkenkratzer von Ost Ten. Jetzt mußte er zu Fuß bis zum vierzehnten Stock hinaufsteigen – das nie fertiggewordene Gebäude hatte keinen Aufzug –, und das ging ihm nun wirklich auf die Eier. Gleichzeitig war es aber auch ein großes Vergnügen, weil es ihn an den Nachmittag erinnerte, an dem Schwester George ihn um eine der zur Antivergewaltigungsbarrikade aufgestapelten Bänke gebeten hatte, und als sie die leergeräumten Stufen sah, hatte sie ausgerufen: «Je dois dire qu'il ne reste pas beaucoup pour défendre notre vertu, ich muß sagen, viel bleibt nicht mehr zur Verteidigung unserer Tugend!» Sympathisch! Wer hat schon jemals eine so sympathische Frau kennengelernt? Und selbstverständlich hatte Schwester George etwas, das die Faszination durch die Sympathie noch übertraf. Vielleicht war es die Unbefangenheit, die Verve, mit der sie mit ihrer winzig kleinen Gestalt auftrat und ihre Brille trug. Oder diese Bildung, die er stets von sich gewiesen hatte? Mannomann, hatte diese kleine Bibliotheksmaus eine Bildung! Geschichte und Philosophie Mohammeds, Buddhas, von noch einem Weisen, na, von dem, zu dem sie in China beten, ach ja, Konfuzius, ganze Kapitel von den Evangelisten Markus, Matthäus, Lukas und Johannes. Leben, Tod und Wunder von einem gewissen Luther, der den Papst zur Weißglut gebracht hatte... Ein Lexikon, wirklich, eine Enzyklopädie. Trotzdem war sie nicht eingebildet, war sie nicht hochnäsig. Die wahre Weisheit kommt aus dem Gefühl und aus dem Herzen, ist kein Bücherwissen, sagte sie. Ich fühl mich wohl unter Eseln und unter Kindern, weil sie das Leben besser verstehen als gebildete Menschen, und ich würde mir niemals erlauben, Ihre wunderbare Unwissenheit dadurch zu zerstören, daß ich Ihnen etwas anderes beibrächte als Französisch. Und als würde das noch nicht reichen, konnte man ihr alles erzählen, ohne ausgelacht zu werden. Er hatte ihr viel erzählt. Während er die Marzipankugeln verputzte, je mehr du ißt, desto mehr möchtest du davon, hatte er ihr Geheimnisse anvertraut, die er niemandem sonst anvertraut hätte. Daß er sich viel lieber um Bäume und Pflanzen als um die Truppe kümmern würde, beispielsweise, daß die Landwirtschaft immer schon seine Leidenschaft gewesen war, daß er sich nicht an der Universität einschreiben konnte, weil er kein Abitur gemacht hatte; ganz gleich was für eine Prüfung, er fiel immer durch, hoffnungslos; und um sich darüber hinwegzutrösten, daß er nicht genug über sie gelernt hatte, zeichnete er die Bäume... Im taufrischen Alter von achtundvierzig hatte er den Maler in sich entdeckt, und wenn die Leute seine Bilder betrachteten, sagten sie: «Gar nicht schlecht!» Auch für sie hatte er eins gemalt, das den Olivenhain unterhalb der Offizierslatrinen darstellte, und es hatte ihr, abgesehen von den Latrinen, sehr gefallen. «Il est plein de tendresse, es ist voller Zartheit, Monsieur Gigì. Je le tiendrai dans ma chambre, ich werde es in meinem Zimmer behalten.» Schließlich hatte er ihr die Geschichte mit der Kröte erzählt und warum er weiße Haare hatte. Weil er sich während einer Reise in die Karibik Aug in Aug mit zwei Dornschwanzleguanen gefunden hatte, Tieren, die Kröten ähneln, nur noch viel furchteinflößender. Und sie, dadurch verführt, war von Monsieur Gigì zu Gigì übergegangen. Schade, daß er eine Woche später nach Italien zurückgeschickt worden war.

Im zehnten Stockwerk blieb er stehen, um Atem zu schöpfen, er fragte sich, was er an dem Tag empfunden hatte, als er die Koffer packte, um nach Italien zurückzukehren. Ein Gefühl von Leere, folgerte er, eine Trostlosigkeit wie in dem Augenblick, wo du durch eine Prüfung fällst. Mit diesem Gefühl von Leere, dieser Trostlosigkeit, war er zu ihr gegangen, um Abschied von ihr zu nehmen und ihr das *Mot à mot* zurückzugeben. Aber sie hatte es nicht genommen. «Behalten Sie es als Erinnerung an Ihre Lehrerin, Gigì.» Er hatte es behalten, mit nach Livorno gebracht und es auf seinen Nachttisch gelegt, zum Erstaunen seiner Frau. «Eine Grammatik, ein Buch, du?!?» Auf diesem Nachttisch hatte er es zwei Wochen lang liegen gelassen, danach hatte er es in eine Schublade eingeschlossen und diese Schublade erst kurz vor seiner Rückkehr nach Beirut wieder geöffnet. Tatsächlich war er mit diesem Riesenwälzer unter dem Arm zum Stützpunkt Rubino gekommen und... Trottel! Glaubte er denn, daß sie auf dem Platz auf ihn wartete wie Schwester Milady? Nach vier Stunden war sie heruntergekommen, nach vier Stunden! Und nicht mal bewegt. «Tiens, qui revois-je! Ach, sieh einer an, wer da ist!» Aber es wurde wieder mit den Lektionen begonnen, im Salon, auch mit dem Langziehen der Ohren, den kleinen Mohrrüben: «Vous ne la mériteriez pas la petite carotte, eigentlich haben Sie die kleine Mohrrübe nicht verdient, Gigì. Vous avez tout oublié, Sie haben alles vergessen! Er hatte wirklich alles vergessen. Er machte sogar Fehler beim Konjugieren des Verbs lieben, das unter grammatikalischem Aspekt ein furchtbar einfaches Verb ist, unter sentimentalem Aspekt dagegen das komplizierteste der Welt: Was heißt lieben?!? Als er jung war, hatte er den Kopf wegen eines Riesenmiststücks verloren, wegen eines solchen Mösenwunders, das ihn ausnutzte, ihn übers Ohr haute, ihm mit jedem Hörner aufsetzte, und in dem Augenblick, als er sie rausschmiß, hatte er sie mit jeder Faser seines Körpers gehaßt. Und obwohl er sie haßte, hatte er sie weiter begehrt, und zwar mit einer Begierde, die jeder als Liebe bezeichnet hätte, und monatelang hatte er sich gefragt, ob sie wohl einen anderen hätte und so weiter. Seine Frau begehrte er schon seit Jahrhunderten nicht mehr. Sie war nicht attraktiv, die Arme; sie war so dick, daß, wenn sie sich aufs Bett warf, die Sprungfedern ächzten; und seit Jahrhunderten kam sie ihm nicht einmal mehr wie eine Frau vor. Sie kam ihm vor wie eine Glucke, eine Mama. Und trotzdem war sie ein Teil von ihm, wie seine Augen, und hätte er sie verloren, wäre das genauso gewesen, als hätte er seine Augen verloren; und er liebte sie: jetzt, da er nicht bei ihr schlief und nicht das Ächzen der Sprungfedern hörte, kam er sich manchmal vor wie eine Waise. Was Schwester George angeht, keine Ahnung! Das, was er für Schwester George empfand, hatte nichts mit dem Gefühl zu tun, das er für seine Frau empfand, noch mit dem, das er für das

Riesenmiststück empfunden hatte. Und trotzdem erstarrte er, wenn er sie sah, mit einem Schauer fast so, wie der Schauer, den er bei dem Riesenmiststück empfunden hatte, und obwohl sie nicht so zu ihm gehörte wie seine Frau oder seine Augen, machte ihn der Gedanke, sie zu verlieren, unglaublich nervös. War das Liebe? Und wenn es das nicht war, warum ging er dann jetzt zum Ost Ten? Das kann ich dir sagen. Im Stützpunkt konntest du das *Mot à mot* nicht öffnen: alle naselang wurdest du gerufen, gesucht, unterbrochen. Im Ost Ten dagegen störte dich niemand. Da konntest du dich in der Wanne eines im südöstlichen Teil gelegenen Badezimmers ausstrecken und die Konjugation der Verben lernen, und am nächsten Tag war sie zufrieden. «Bravò Gigì, bravò! Aujourd'hui la petite carotte vous la méritez vraiment, heute haben Sie die kleine Mohrrübe wirklich verdient!»

Er stieg weiter hinauf. Nein, um ehrlich zu sein, er hatte durchaus noch einen anderen Grund zum Ost Ten zu gehen: nämlich Rocco und die fünf Amerikaner, die zusammen mit den fünf Mörserschützen von Rubino das Observatorium hielten und seit dem Sonntag des zweifachen Massakers dort nicht mehr rauskamen. Der Kondor befürchtete nämlich, daß die Amerikaner, wenn er sie in den Westteil zurückbrächte, das heißt, wenn er sie die Grüne Linie überschreiten ließe, den Amalleuten zum Opfer fallen könnten, die, nur um einen Amerikaner umzubringen, sogar zum Christentum übertreten würden und... Naja, der Leutnant Joe Balducci war ein Sohn von Auswanderern aus Lucca. Er hatte eine weiße Haut und blonde Haare, und mit einer italienischen Uniform würde er es schaffen. Aber seine vier Marines waren schwärzer als Pech und hatten eine so platte Nase, den Körperbau eines Rugbyspielers, daß du sie auch noch unter einem Chador erkannt hättest! Arme Jungs. Naja, verstehen wir uns recht, sie waren nicht gerade sympathisch. Sie lächelten nicht einmal dann, wenn du sie ein bißchen unter den Armen kitzeltest; in der ganzen Zeit hatten sie nicht gelernt, wenigstens Buongiorno zu radebrechen; sie bewegten die Lippen lediglich, um die Kraftausdrücke der Marine zu knurren, die wer weiß aus welchem Grund den Mund nicht aufmachen konnten, ohne ein paar Banalitäten auszusprechen, die sich auf den unteren Teil des Körpers beziehen: fucking, fucked, fuck-you, mother-fucker, cocksucker, ass-hole. Ficken, verfickt, fick-dich, Mutter-Ficker, Schwanzbläser, Arschloch. Für den Fall, daß sie freundlich sein und einem ein Kompliment machen wollten: old fart, alter Furz. Was Joe Balducci anging, der sich im Bereich der unflätigen Sprache auf einen Hagel von Shit-Scheiße-Shit beschränkte und ziemlich gut Italienisch sprach, so knurrte er nur in beiden Sprachen oder redete von Vietnam, wo er zwei Jahre gewesen war und ein Inferno erlebt hatte. My-Lai hier, Pleiku da, Saigon rechts, Da Nang links. Nicht zum Aushalten! Mit der Absicht, sie ein bißchen aufzumuntern, hatte Gigi ihnen am Dienstag einen Riesentopf Spaghetti mit passierter Tomatensauce gebracht. Heiß mit frischem Parmesan dazu und gerade gepflücktem Basilikum überstreut. Da lief einem das Wasser im Mund zusammen! Und während Joe genickt hatte, was hatten die anderen zu ihm gesagt? «Sir, what about a fucking hamburger with the fucking chips and the fucking ketchup? Wie wär's mit einem verdammten Hamburger mit verdammten Chips und verdammtem Ketchup?» Zugegeben, es ist nicht lustig, oben in einem von Gott und von den Menschen vergessenen Wolkenkratzer zu verfaulen: Gefangene ihrer selbst, der toten Kameraden und der Vorstellung zu sein, denen zum Opfer zu fallen, die sogar zum Christentum übertreten würden, wenn sie dafür einen Amerikaner umbringen könnten. Doch ein bißchen Höflichkeit schadet nicht, und er, abgesehen von dieser Schererei, konnte es kaum erwarten, sie ihrem Kommandostützpunkt zuzustellen, oder besser dem, was einmal ihr Kommandostützpunkt gewesen war: eine Reihe von Gräben, die unter dem Schutt des in die Luft geflogenen Gebäudes angelegt worden waren. Schererei, ja, Schererei. Denk doch nur an die Schererei an dem bewußten Tag, an die Verantwortung. Er kam zum obersten Stock, betrat einen Raum, dessen Dach gerade mal mit einem Hängeboden abgedichtet war, ohne Querträger, und dessen Wände mit Sandsäcken gepolstert waren. Auf dem Boden ein ganzes Waffenarsenal: Granatwerfer, Maschinengewehre, Bazookas, Handgranaten, Patronengürtel, Magazine, Gewehre. An den Schießscharten der vier Seiten Beobachtungsposten mit Feldstechern und Fernrohren. In der Mitte Funkgeräte mit Funkern, überall mit topographischen Karten oder Diagrammen übersäte Tische. Und über den Stadtplan von Beirut gebeugt ein junger Offizier der Marines, der vor sich hinknurrte.

«Shit! Scheiße, shit!»

«Ciao, Joe», sagte Gigi il Candido und klopfte ihm freundschaftlich auf die Schulter.

«Hey, sir», erwiderte Joe Balducci und versuchte zu lächeln, was ihm aber nicht gelang. «Bringen Sie uns Hamburger mit Chips und Ketchup?»

«Nein, mein Herr. So wird es dir vergehen, meine Spaghetti mit passierter Tomatensauce zu verachten», gab er immer noch beleidigt zurück. Dann wandte er sich an den Italiener, der an der nordöstlichen Schießscharte stand: ein spindeldürrer und furchtbar häßlicher Junge.

«Ciao, Rocco. Immer noch strafversetzt?»

«Jawohl, Signor Colonnello», antwortete Rocco angewidert.

Armer Rocco. Er gehörte nicht zur Mannschaft von Ost Ten. Er war einer von Zuckers Fallschirmjägern in der Ausbildung und ging normalerweise in Bourji el Barajni seinem Dienst nach. Man hatte ihn hier herauf verbannt und ihm die Ablösung verweigert, damit er aufhörte, seinen Panzer zu verlassen und nach dem Mädchen zu suchen, das er verloren hatte, während er in Italien war, um sich von den Röteln zu erholen, und das nun seinerseits ihn suchte. Man muß ihm helfen, dachte Gigi il Candido auf dem Weg zum Badezimmer, wo er in *Mot à mot* das Konditional und den Konjunktiv des einfachsten und zugleich kompliziertesten Verbs der Welt lernen wollte. Denn wenn es einen Ort gab, wo sich zwei Verliebte nicht begegnen konnten, dann war dies wirklich die Spitze eines von Gott und den Menschen vergessenen Wolkenkratzers.

— 4 —

«Zweihundertfünfundneunzig Grad, Höhe Kirche Saint-Michel, Geschoßfeuer.»

«Dreihundertfünf Grad, Höhe Galerie Semaan, Geschoßeinschlag.»

«Zweihundertfünfundneunzig Grad, Höhe Kirche Saint-Michel, Geschoßeinschlag.»

«Dreihundertfünf Grad, Höhe Galerie Semaan, Geschoßfeuer.»

Rocco klebte am Feldstecher und registrierte mit großer Genauigkeit das Ping-Pong der Schießerei, die sich die Amal und die Regierungstruppen entlang der dreihundert Meter unterhalb des Hügels lieferten, doch seine Gedanken waren weit weg, und seine Seele schwitzte das ganze Unglück seiner unglücklichen vierundzwanzig Lebensjahre aus. Und was, wenn Imaam in diesem Augenblick in der Nähe von Saint-Michel oder der Galerie Semaan sein würde? Was, wenn einer dieser Schüsse sie töten oder verletzen würde? Dann könnte er sie nicht einmal im Krankenhaus besuchen oder ihr eine Blume auf den Friedhof bringen. Mein Gott, warum hatte er nie versucht, ihre Adresse zu bekommen, warum hatte er sich vom ersten Tag an auf die Vereinbarung eingelassen, nie danach zu fragen? Der erste Tag... Es war Frühling an diesem Tag, und er arbeitete nicht mehr in Zuckers Mannschaft: ab nachmittags um fünf hatte er Ausgang und konnte über die Rue Hamrà schlendern und Mädchen anquatschen. Dazu brauchte er nur ein bißchen Französisch, Bongschur, Bongsuar, Kommangsavá. Das konnte er, wenn auch nur vom Hören, und plötzlich waren da drei Mädchen, die auf dem Bürgersteig auf ihn zukamen. Zwei waren so-lá-lá, eine schön. Nicht schön wie ein Filmstar, sondern schön für seinen Geschmack. Braunhaarig, pummelig, klein. Und ein Lächeln, ein Mund! Voller Sterne wie Augustnächte. Bongsuár, guten Abend. Kommangsava, wie geht's. Die beiden so-là-là kichern, sie aber sieht ihn ernst an und fragt: «Italieng u sirieng, Italiener oder Syrier?» Wegen seiner dunklen Hautfarbe und seiner sehr kleinen Augen, wie sie ihm später erklären würde. Er hatte sie zu einem Kaffee eingeladen. Die beiden so-là-là hatten abgelehnt, sie dagegen nicht, und zu dem Kaffee kam dann noch ein Orangensaft. Zu dem Orangensaft ein Tablett mit Plätzchen und die Vorstellung: «Sche mappel Imaam, ich heiße Imaam. Sche sui nee dang la plas dä Kanon e jä väng dö ang, ich bin auf dem Platz der Kanonen geboren und bin zweiundzwanzig. Sche sui musulmeen e sche abi dang la Cité Sportiw, ich bin Moslima und wohne in der Cité Sportive.» Und im Augenblick des Abschiednehmens: «No, laddress sche te le donn pa, die Adresse gebe ich dir nicht: mong pär e trä sevär e tü verrä me scherche, mein Vater ist sehr streng, und du würdest mich besuchen kommen. Si tü vö me revoar tü dua schüree ke tü ne me le demanderä schamä. Wenn du mich wiedersehen willst, mußt du schwören, daß du mich niemals darum bittest.» Er hatte es geschworen, verwirrt von der Tatsache, daß so ein Mädchen ihn den gutaussehenden Jungs vom Stützpunkt Rubino vorzog. Und im Stützpunkt Rubino gab es verflixt gutaussehende Jungs! Groß, kräftig, mit Gesichtern wie Filmschauspieler. Er dagegen hatte den untersetzten Körper eines unterernährten Jungen vom Land und ein Gesicht, bei dem ihm Minderwertigkeitskomplexe kamen, wenn er sich nur ansah: enge Schläfen, niedrige Stirn, eine Nase wie ein Kerzenauslöscher, klitzekleine und eng beieinanderstehende Augen... Noch schlimmer war, daß sie in tiefen Höhlen unter dichten Augenbrauen lagen, die an der Nasenwurzel zusammenwuchsen und so zu einem einzigen schwarzen Strich wurden. Häßlich war er, häßlich. Am nächsten Tag hatte er sie wiedergesehen, zur gleichen Zeit an der gleichen Stelle. Aber es war kein Blitz aus heiterem Himmel wie im Film, wo er und sie sich sofort küssen: anfangs traute er ihr nicht. Sicher trifft sie sich nur aus Neugier mit mir, sagte er sich, oder weil sie in mir einen

Vogel sieht, den man rupfen kann. In Beirut wissen doch alle, daß die italienischen Soldaten einen Haufen Geld verdienen. Und um Mißverständnissen vorzubeugen, war er eines Abends mit der Wahrheit herausgerückt: daß er trotz des Solds in Beirut arm war, daß er nicht aus Rom oder Mailand kam, sondern aus der Provinz, aus einer Stadt, die Diamante hieß und in Kalabrien lag, daß seine Eltern Landarbeiter auf dem Grund und Boden anderer waren. Doch statt ihn sitzenzulassen, war sie tief gerührt gewesen, hatte ihn beim Hangelenk gepackt und gemurmelt: «Dimua, dimua. Erzähl, erzähl.»

«Fünfzehn Grad. Höhe Kaserne Achte Brigade. Geschoßfeuer.»

«Dreihundertzehn Grad, Höhe Viertel von Chyah, Geschoßeinschlag.»

«Dreihundertzwanzig Grad, Höhe Durchgang Tayoune, Geschoßeinschlag.»

Er hatte ihr erzählt. Es tut sehr gut, mit jemandem zu reden, der dimua, dimua sagt. Er hatte ihr erzählt, daß, abgesehen von der Not, die Jahre seiner Kindheit am schönsten waren, weil sie am freiesten waren, immer auf Achse wie die Kinder von Beirut. Dann wurde er in die Schule geschickt, von der Schule auf die Felder, um Oliven zu sammeln, und so hatte er vergessen, was es bedeutete, frei zu sein, Geh-hierhin, geh-dahin, gehorch-du-Dummkopf. Das gleiche, als er, um sich als Jugendlicher vor der Olivenernte zu drücken, Kellner werden wollte und statt dessen Küchenjunge in einer Trattoria am Meer wurde. Das ist keine schlechte Arbeit, die Arbeit als Kellner. Man bekommt Trinkgelder und ißt das gleiche Essen wie die Gäste. Schade, daß man das Abschlußzeugnis der Hotelfachschule braucht, um Kellner zu werden. Er aber hatte das Abschlußzeugnis nicht, und so war er schließlich Küchenhilfe in der Küche einer Trattoria am Meer geworden. Die Küche befand sich im Souterrain und bekam Licht durch ein Fenster in Höhe des Strandes, und das war ein Elend. Weil du durch das Fenster immer die Füße der Urlauber sahst, und du hättest deine Seele dafür gegeben, ein Fuß unter diesen Füßen sein zu dürfen. Sobald der Koch rief, Jungs, wir brauchen Salzwasser, um die Muscheln zu waschen, hast du gleich zum Eimer gegriffen und gerufen Ich-geh-ich-geh. Nur um sich die Arme und die Beine naß zu machen, um die Spritzer der Wellen zu spüren und so weiter. Das Schlimme war nur, wolltest du die Spritzer der Wellen spüren, und so weiter, mußtest du über den Strand gehen, über Leute steigen, die in der Sonne lagen, verzehrtest dich vor Neid, und eines Tages hatte er den Eimer weggeworfen und war wieder zum Olivensammeln zurückgekehrt. Der Einberufungsbescheid war während der Olivenernte eingetroffen. Die Freude! Viele verzweifeln, wenn sie den Bescheid erhalten: sie wollen die Arbeitsstelle oder das Universitätsjahr nicht verlieren und sind daher wütend auf das Militär. Er aber hatte keine Arbeitsstelle zu verlieren, auch kein Jahr an der Universität, und das Militär hatte ihm immer schon gefallen, wegen der Bersaglieri, die mit ihren Federn im Wind daherlaufen und die Fanfare blasen: «Wenn sie durch die Straßen ziiiehen/ Unsere ruhmreichen Bersaglieeerie/ Fühl ich Freude und Symphathiiien/ Für die mutigen Soldaten!» Tatsächlich war er dann gleich zum Bezirkskommando gegangen und hatte gebeten: schickt-mich-zu-den-Bersaglieri. Statt dessen hatten sie ihn zu den Fallschirmjägern geschickt, und hier war er geblieben und dann in das Elitekorps der Nahkampfeinheit aufgestiegen. Sein Vater war dagegen. Er sagte: «Gefängnis und Kaserne sind das gleiche!» Das stimmt nicht. Die Küche ist ein Gefängnis, der Olivenhain ist ein Gefängnis. Die Kaserne bedeutet frei zu sein wie in der Kindheit. Außerdem kommst du herum, wenn du Soldat bist. Du kommst nach Beirut. Wenn er nicht von Beruf Soldat wäre, wäre er nie nach Beirut gekommen: eine Stadt, in der er sich auch wohl gefühlt hatte, bevor er Imaam kennenlernte, und zwar wegen der Araber. Ja, wegen der Araber, die von seinen Kameraden von oben herab angesehen und verächtlich als Beduinen, als Terroni* bezeichnet wurden. Von ihm nicht. Er war ja selbst ein Terrone, ein Beduine, und in Beirut fühlte er sich als Terrone unter Terroni. Als Beduine unter Beduinen.

«Dreihundertfünf Grad, Höhe Galerie Semaan, Geschoßfeuer.»

«Zweihundertfünfundneunzig Grad, Höhe Kirche Saint-Michel, Geschoßeinschlag.»

«Einhundertzehn Grad, Höhe Präsidentenpalast, Katiuscha-Explosion.»

Imaam war sehr zufrieden, daß er nichts gegen Araber hatte, daß er sich bei ihnen wie ein Terrone unter Terroni fühlte, wie ein Beduine unter Beduinen. Und sie hatte ihn gebeten, ihn ein drittes, ein viertes, ein fünftes Mal wiederzusehen. Mit einem Wort, jeden Nachmittag. Sie verabredeten sich zur Zeit des Ausgangs im Zentrum, und um zu vermeiden, daß die Leute sie für eine Sharmuta, eine Nutte hielten, gebrauchten sie dieses System: sie ging an dem verabredeten Treffpunkt vorbei und tat so, als würde sie ihn nicht kennen, er folgte ihr in einigem Abstand. Dann trafen sie sich an der Bar des Bristol, das ein Hotel für Reiche ist, wo sich niemand darüber aufregt, daß ein

---

* Abwertende Bezeichnung der Norditaliener für die Süditaliener. (Anm. d. Übers.)

junger Mann und ein Mädchen zusammen einen Kaffee oder einen Orangensaft trinken, hier verbrachten sie die Zeit mit Kaffee- und Orangensafttrinken und waren zwischen einem Orangensaft und noch einem, zwischen einem Kaffee und noch einem zu jenem Nachmittag im Monat Juli gelangt, wo sie ihm zuflüsterte: «Täsjö adorabel de sirieng. Deine wunderschönen Syreraugen.» Dann war sie ihm ganz sanft über die Augenlider gefahren und: «Tü nepa läd mong amur, tü e boo kar tü e boo dedang. Du bist nicht häßlich, mein Geliebter, du bist schön, weil du innerlich schön bist.» Oh! Noch nie hatte ihm jemand gesagt, daß er innerlich oder äußerlich schön war, noch nie war ihm jemand über die Augenlider gefahren. Und wer hätte sich jemals träumen lassen, daß die winzigkleinen, dicht beieinander und sehr tief liegenden Augen Syreraugen waren und daß Syreraugen wunderschön wären? Vor Freude waren ihm Tränen heruntergekullert. Und am Tag darauf hatte er die Oase entdeckt. Er war eine kleine Straße hinuntergegangen, die an das neben dem Kloster liegende Grundstück grenzte, und da war plötzlich eine Rotunde, die dicht mit Lindenbäumen gesäumt war. Eine Art Lichtung, eine Oase, zu der man gelangen konnte, wenn man über die Einfriedungsmauer kletterte. In der Mitte ein Dutzend Lastwagen ohne Motoren und ohne Räder: der Parkplatz der unbrauchbaren Wagen. Sofort hatte er Imaam davon erzählt. Imaam hatte geantwortet Kel-botee-se-wuarlabaa-oliö-dü-Bristol-mon-amur, wie-schön-daß-wir-uns-dort-sehen-können-statt-im-Bristol-mein-Geliebter, was konnte man vom Leben anderes verlangen? Und um das Glück vollkommen zu machen, hatte er in dieser Zeit Nachtdienst. Das gab ihm die Möglichkeit, sich morgens mit ihr zu verabreden. Sie trafen sich am Grundstück neben der Lichtung, und sie wartete dort immer mit dem Essenskorb auf ihn. Weil sie wirklich etwas schwer war, kostete es etwas Mühe, ihr über die Mauer zu helfen, dann kamen sie zur Oase und kletterten auf die Ladefläche eines Lastwagens. Regnete es, nahmen sie einen mit herabgelassenen Planen; regnete es nicht, nahmen sie einen offenen und konnten die Linden genießen, die mit ihren ineinandergreifenden Ästen ein Blätterdach bildeten. Es war so schön, sich unter dem Blätterdach zu lieben. Sie schliefen sofort miteinander, ja. Zwar nicht ganz richtig, das heißt bis zum Letzten, weil der Koran das nicht erlaubt, wenn man nicht verheiratet ist, aber er war auch mit dem zufrieden, was der Koran erlaubte, und nachher schlief er in ihren Armen. Wenn er aufwachte, aßen sie die Mahlzeit aus dem Korb, und während sie aßen, sprachen sie miteinander wie Eheleute. Wieviel-hast-du-für-das-Huhn-ausgegeben, das-Huhn-ist-zu-teuer, dasdarfst-du-nicht-kaufen, und so weiter. Und eigentlich waren sie schon ein Ehepaar. Ihre Wohnung ein kaputter Lastwagen. Ihr Bett die Ladefläche des kaputten Lastwagens. Ihre Adresse die der mit Linden gesäumten Oase.

«Einhundertzehn Grad, Höhe Präsidentenpalast, Katiuscha-Explosion.»

«Einhundertvierzig Grad, Chouf Gebirge, einige Geschoßeinschläge.»

«Einhundertdreißig Grad, Chouf-Gebirge, diverses Geschoßfeuer.»

Nach dem Essen unterrichtete Imaam ihn in Arabisch: habibi heißt Schatz, wenn sie es zu ihm sagt, habibati, wenn er es zu ihr sagt; anabehebbak heißt ich-liebe-dich, wenn sie es zu ihm sagt, ana-behebbeki, wenn er es zu ihr sagt. Und er brachte ihr Italienisch bei mit dem Satz: «Vuoi sposarmi? Si! Willst du mich heiraten? Ja!» Sie hatten beschlossen, wirklich zu heiraten. Die einzige Unsicherheit bestand nur im Ritus, nach dem die Trauung vorgenommen werden sollte: moslemisch oder katholisch? Um das Dilemma zu lösen, wollten sie die Bibel und den Koran untereinander austauschen. «Der eine liest den Koran, die andere liest die Bibel. Erscheint uns die Bibel besser, heiraten wir in der katholischen Kirche. Erscheint uns der Koran besser, heiraten wir in der Moschee.» Schlimm war nur, daß er dann im September die Röteln bekommen hatte, verdammte Röteln. Sind Röteln denn nicht eine Kinderkrankheit?!? Nun, er hatte sie trotzdem bekommen. Vierzig Fieber, das Gesicht übersät mit roten Pusteln, Feldlazarett, und sie kam ihn jeden Tag besuchen, um ihm zu sagen Mong-amur, tü-e-boo-mäm-komsa. Mein-Geliebter, du-bist-auch-so-schön. Zwei Wochen hatte es gedauert, bis er geheilt war, und als er geheilt war, hatten sie ihn zur Rekonvaleszenz nach Italien geschickt. Nach Italien! Und erst im letzten Augenblick, das heißt am Abend vor der Abreise, hatte man ihn darüber informiert! Schnellpack-deine-Sachen, das-Schiff-läuft-um-zwölf-Uhr-aus. Zwölf Uhr, genau die Zeit der Verabredung mit Imaam! Und es gab keine Möglichkeit, sie zu informieren, denn sie hatte ihm nicht nur ihre Anschrift verschwiegen, sondern sich auch immer geweigert, ihm ihre Telefonnummer zu geben! Wenn-du-mich-anrufst, erfährt-es-mein-Vater, er-würde-mich-in-der-Wohnung-einsperren, er-würde-mich-verprügeln. Er hatte nicht einmal die Kraft gehabt zu stammeln, nein, ich flehe euch an, schickt mich nicht nach Italien, es geht mir hier gut! Stumm war er in sein Zelt zurückgekehrt, stumm hatte er seine Sachen gepackt, und alle glaubten, daß er nicht sprechen würde, weil es ihm vor Freude die Sprache verschlagen hatte. Schlimmer noch. Sie lachten: «Du Glücksvogel! Würd ich doch nur die Röteln kriegen!» oder: «Gibste mir 'n bißchen von deinen Röteln ab, Rocco?» Unglaublich, daß die Leiden der Seele überhaupt nicht verstanden werden! Wenn du dir eine Kugel oder einen Splitter einfängst, heißt es sofort Schnell-die-Bahre-her-mit-dem-Plasma; wenn du dir ein Bein brichst, gipsen sie es dir ein; hast du einen entzündeten Hals, geben sie dir Medikamente. Geht aber dein Herz in Stücke und bist du so verzweifelt, daß du den Mund nicht aufkriegst, merkt das keiner. Und doch sind die Leiden der Seele viel schlimmer als ein gebrochenes Bein oder ein entzündeter Hals, diese Wunden sind weitaus tiefer und gefährlicher, als die, die von einer Kugel oder von einem Splitter verursacht werden. Das sind Wunden, die nicht heilen, Wunden, die bei jeder Gelegenheit wieder zu bluten beginnen. Das zeigte die Tatsache, daß er niemals von den Qualen, die er in der Vergangenheit erlitten hatte, geheilt worden war, des Geh-hier-hin, geh-da-hin, du-Dummkopf, der Füße, die über den Strand gingen, während er im Souterrain Teller wusch... Na, es war ihm immerhin gelungen, eine Nachricht bei denen von der Straßensperre zu hinterlassen: «Um zwölf Uhr kommt ein schönes Mädchen, braunhaarig, pummelig, klein. Ihr habt sie schon verschiedene Male gesehen, sie heißt Imaam und spricht Französisch. Bitte, sagt ihr, sie soll zum Hafen kommen: wenn das Schiff verspätet ausläuft, können wir uns wenigstens noch verabschieden.» Das Schiff lief immer verspätet aus. Nur an diesem Tag war es pünktlich ausgelaufen.

«Einhundertfünfzig Grad...»

Er legte den Feldstecher hin. Seine Augen waren tränengeschwollen, und anstelle der Explosionen sah er einen Wasserschleier. Ja, auch auf dem Schiff hatte er geweint. Und auch, als er in Livorno an Land ging. Da man in der Kaserne die roten Augen sah, fragten sie immer, ob Röteln auch die Augen befielen. Er konnte ihr nicht schreiben. Die einzige Adresse, die er hatte, war die einer Nähschule, die sie im April besucht hatte, die im Sommer aber geschlossen war, und um sich zu trösten, tat er nichts anderes, als Geschenke für sie zu kaufen. Heute ein Tuch von Gucci, das ein Vermögen kostete, morgen Chanel Nummer Fünf, das das Parfum von Marilyn Monroe war und soviel wie zwei Tücher kostete, übermorgen ein Armband mit Amethysten, die zwar nicht soviel wie Smaragde oder Rubine kosten, trotzdem aber ziemlich teuer waren, und schließlich Schuhe. Italienische Schuhe gefielen ihr so gut! In der Oase sagte sie immer wieder: «Pur kadoo dä nöss sche vö de schossür italieng, als Hochzeitsgeschenk möchte ich italienische Schuhe!» Er hatte die Schuhe in Diamante gekauft, als er dort war, um seinen Eltern mitzuteilen, daß er sich verlobt hatte: Schuhe aus braunem Eidechsenleder, mit einer kleinen Schleife aus schwarzem Samt, und ohne Absätze, weil sie sonst zu groß neben ihm ausgesehen hätte. Er hatte viel dafür ausgegeben. Zweihunderttausend Lire. Aber der Schumacher hatte versprochen, daß er sie umtauschen würde, wenn die Größe nicht richtig wäre, und als er nach Beirut zurückkam... Gott, was hatte er durchgemacht, um nur ja nach Beirut zurückzukehren! Wieso-denn-Beirut, du-bist-so-lange-in-Beirut-gewesen, du-verdienst-jetzt-eine-lange-Ruhepause. Schließlich und endlich hatte er sich an den Hauptmann gewandt. «Ich bitte Sie, Signor Capitano, wenn Sie jemanden lieben, dann können Sie sich in meine Lage versetzen. Schicken Sie mich nach Beirut zurück.» Er hatte ihn zurückgeschickt. Und sofort war er zu der Nähschule gelaufen, die im Herbst wieder öffnete, und hatte Imaam eine Nachricht unter der Türe durchgeschoben. «Imaam, je sui rangtre et je tattang schee le Rubino. Ton Rocco.» Imaam, ich bin zurück und erwarte Dich am Rubino. Dein Rocco. Dann hatte er erfahren, daß die Schule noch nicht wieder geöffnet hatte, daß die Nachricht unter der Tür liegengeblieben war, und er hatte sich eingeredet, daß Imaam tot oder verwundet war. Aber sie war nicht tot, nein. Sie war auch nicht verwundet. Und sie liebte ihn weiterhin, das hatte er durch einen Kameraden erfahren. «Wenn du Sonntag keinen Dienst hast, Rocco, gehen wir zum kleinen Strand von Ramlet el Baida. Da kommen keine Geschosse hin, und es gibt da Mädchen. Stell dir vor, am vergangenen Sonntag war eine da, die dich suchte.» – «Mich?!?» – «Ja, eine gewisse Imaam. Alle hat sie gefragt: kennt ihr Rocco? Ist Rocco zurück? Wann kommt Rocco zurück?» Er hatte das Gefühl, ohnmächtig zu werden. «Und was habt ihr ihr gesagt?» – «Daß wir dich nicht kennen. Für den Fall, daß du sie loswerden wolltest, verstehst du.» Loswerden! Ihr Dreckskerle, ihr miesen Typen, hatte er gebrüllt und war den ganzen Sonntag über an dem kleinen Strand geblieben. Aber Imaam war nicht gekommen, und wer weiß, aus welchem Grund der Falke ihn wieder Zucker unterstellt hatte.

«Zweihundertzwanzig Grad...»

Er setzte den Feldstecher erneut an die Augen. Ein harter Schlag, ja, wieder jemandem unterstellt zu sein, der dir immer auf der Pelle klebt, selbst wenn du auf die Toilette gehst, und der dich für jede Kleinigkeit bestraft. Das war genauso hart, wie der Sonntag, den er vergebens am Strand verbracht hatte. Also schaffte er Abhilfe und sagte sich: wenn Imaam mich in Ramlet el Baida sucht, bedeutet das, daß sie nicht über die Grüne Linie und folglich von der Cité Sportive nicht zum Rubino kommen kann. Aber dafür kann sie nach Bourji el Barajni kommen, und früher oder später wird sie das auch. Ich muß Zucker, unter dem Vorwand, daß ich mich wieder eingewöhnen muß, nur bitten, mich in den Panzer der Stellung Eins zu stecken, die sich genau an der Rue de L'Aérodrome befindet, so daß man von da aus ausgezeichnet kontrollieren kann, wer das Viertel verläßt und wer hineingeht. Er hatte Zucker also darum gebeten, und der hatte es geschluckt: «In Ordnung.» Das Schlimme war nur, daß er nur selten im Panzer war. Alle zehn Minuten stieg er aus, um die diensthabenden Kameraden der anderen Stellungen um ihre Hilfe zu bitten. Bitte-sagt-Imaam-wenn-ihr-sie-seht-daß-ich-an-der-Stellung-Eins-bin. Bitte-schickt-Imaam-wenn-ihr-sie-seht-zu-mir-zur-Stellung-Eins. Oder er verließ seinen Posten, um die kleinen Kinder für sich zu mobilisieren, ihnen ein Foto von Imaam zu zeigen, auf sie einzureden: «Seht sie euch genau an, Kinder. Sie ist ein schönes, braunhaariges Mädchen, etwas pummelig und klein, und sie heißt Imaam. Wenn ihr sie seht, müßt ihr ihr sagen: Rocco ist zurück! Er ist mit den italienischen Schuhen zurückgekommen! Er ist im Panzer der Stellung Eins!» Und am Ende war das Zucker aufgefallen. Weil er drei Bomben in Bourji el Barajni entschärfen mußte, hatte er nach ihm gesucht und: «Wo ist Rocco? Warum ist Rocco nicht da?!?» – «Er ist pinkeln gegangen, kommt gleich zurück», hatten die Kameraden seines Panzers geantwortet. Doch im gleichen Moment kam Gino vorbei, mit dem Kopf in den Wolken, das heißt bei Gedichten: «Keine Sorge, Tenente. Ich hab ihn mit den Kindern bei der Sieben gesehen. Wissen Sie, er hat sein Mädchen verloren, und manchmal geht er sie suchen.» Gleich darauf hätte er sich am liebsten die Zunge abgebissen, klar. Er hatte begriffen, daß er großen Blödsinn gemacht hatte, und versuchte noch was zu retten. Zucker hatte allerdings gebrüllt Erzähl-jetzt-nicht-was-anderes, ich-hab-gute-Ohren und war zur Sieben rübergefahren. Er hatte ihn auf frischer Tat ertappt und ins Ost Ten versetzt. «Von heute an bleibst du hier, Rocco. Hier ißt du, hier schläfst du, hier wohnst du, ohne die Treppen runterzudürfen, wie die fünf Amerikaner. Verstandeeen?!?» So daß Imaam ihn nicht finden würde, selbst wenn sie zum Rubino käme.

«Oh, Gooott!»

Aus der nordöstlichen Ecke des Raumes erhob sich ein so langgezogenes Klagen, daß es bis ins Badezimmer drang, das in der südwestlichen Ecke lag. Und sofort stieg Gigi il Candido aus der Wanne, in der er sich ausgestreckt hatte, um das einfachste und doch komplizierteste Verb der Welt zu lernen. Er legte *Mot à mot* zur Seite und lief zu Rocco hinüber, um ihn zu trösten.

«Nun komm schon, Junge, faß dich. Nimm's nicht so tragisch. Ich werde Joe Balducci jetzt sagen, er soll dich ablösen. Dann erzählst du mir alles, und dann wollen wir sehen, was sich machen läßt.» Doch statt ihm zu danken, stieß ihn Rocco an die Schießscharte.

«Schauen Sie, Signor Colonnello, schauen Sie!»

* * *

Der Grund, weshalb er in Klagen ausgebrochen war, war nämlich nicht Imaam. Es war der Vulkan in Flammen, schwarzer Rauch, Funken, die bei dreihundertzehn Grad zehn Minuten aufstiegen, genauer gesagt: beim Munitionsdepot von Sierra Mike. Sandokans Stützpunkt.

Drittes Kapitel

– 1 –

Sandokans Stützpunkt lag am schönsten und ruhigsten Teil der Westküste: an der Küstenstraße mit dem Namen Avenue Ramlet el Baida, die im Süden auf den Beginn der Straße Ohne Namen stieß und im Norden in die Avenue De Gaulle mündete, von wo sie zum nordwestlichen Vorgebirge hinaufführte und danach zur Nordküste. Das Meer umspülte dort malerische Granitfelsen von violetter Farbe, kleine rosafarbene Kieselstrände, wie den, der Schauplatz der vergeblichen Suche Imaams nach Rocco und Roccos vergeblichen Wartens auf Imaam war, kleine Buchten, die in den glücklichen Tagen Beiruts Anse Montecarlo, Crique Côte-d'Azur oder Baie Cap-Ferrat hießen, und obwohl die verbliebenen Trümmer noch von der Gewalt der israelischen Belagerung zeugten, gab es nur wenige Spuren des Krieges. Einigermaßen intakte Häuser, einigermaßen belegte Hotels, mit Waren einigermaßen gut versorgte Geschäfte. Und genau da, wo die Avenue Ramlet el Baida in die Avenue De Gaulle mündete, war ein Vergnügungspark. Ein richtiger Vergnügungspark mit Karussells, Achterbahnen, Schießbuden und Gauklern, außerdem ein gigantisches Riesenrad wie das im Prater in Wien. Ein paradoxes Bild, das für die Optimisten den Triumph des Lebens über den Tod symbolisierte, für die Pessimisten die Schamlosigkeit einer Stadt, die unfähig ist, Zulässiges und Unzulässiges auseinanderzuhalten, für die Ästheten oder die Zyniker eine pittoreske Note an der Grenze zum Surrealen, das Rad drehte sich zum Rhythmus des Walzers «An der schönen blauen Donau»; und selbst wenn ein Nachbarviertel brannte, konnte man Trauben von Pärchen sehen, die keine Angst hatten, eine Bombe oder eine Kugel abzubekommen. Die Küstenstraße bot nämlich keine Ziele, die Salven aus Gewehren oder Geschützen auf sich hätten ziehen können; die Grüne Linie war drei Kilometer entfernt, Querschläger verirrten sich nicht hierher oder nur so müde wie Vögel, die zu lange geflogen sind, und die Amalmilizen von Gobeyre kamen nur selten in diesen Teil, weil sie hier weder Unterschlupf noch Unterstützung fanden. Was den Stützpunkt des Bataillons anging, zwei sechsstöckige Gebäude, die Sandokan von einem reichen sunnitischen

Parlamentsabgeordneten gemietet hatte, genoß er zusätzlich den Vorteil, sozusagen direkt am Strand zu liegen, und wurde daher von den Schiffen beschützt, die vor der Küste kreuzten. Natürlich machte sich auch hier der Alptraum vom dritten Lastwagen bemerkbar in Barrikaden, Wällen, Sandsäcken und Flugabwehrgeschützen, die der Kondor nach dem zweifachen Massaker vom Oktober auf dem Dach der beiden Gebäude hatte aufstellen lassen; doch verglichen mit den anderen Stellungen schien Sierra Mike ein Schlaraffenland der Sicherheit zu sein. Das bewies schon die Tatsache, daß der reiche sunnitische Parlamentsabgeordnete auch weiterhin mit seiner Frau, seiner Tochter und dem Hauspersonal in seiner kleinen Villa innerhalb der Absperrung wohnte und daß der Start- und Landeplatz für Hubschrauber weniger als hundert und das Munitionsdepot knapp hundertfünfzig Meter entfernt lagen. Dulcis in fundo: da das Depot im Inneren einer gut versteckten Grube und sowohl im Schutz einer Betonmauer wie auch der violettfarbenen Granitfelsen lag, wurde es für das am schwersten zu erreichende und am schwersten anzugreifende Depot des Kontingents gehalten. So schwer zu erreichen und anzugreifen, daß es sozusagen nicht einmal bewacht werden mußte. Und trotzdem hatte es jemand voll und mit der Genauigkeit eines Profis getroffen. Warum? Und wer war es, wer?

Das fragten sich alle. In der Hoffnung, darauf eine Antwort geben zu können, hatte Charlie seine besten Informanten mobilisiert, Pistoia hatte eine Untersuchung eingeleitet, und Zucker war stundenlang auf der Suche nach Indizien gewesen. Doch hatte er nur die Splitter von drei Mörsergranaten gefunden, die wurden sowohl von der Amal als auch von den Regierungstruppen verwendet. Und der Kondor schäumte, er raste und schäumte. «Ich will wissen, wer das waaar!»

* * *

Sandokan beugte sich über das leere, rußschwarze Loch und sog begierig den Geruch von Asche und Sprengstoff ein, der noch in der Luft lag, und ein seliges Lächeln erhellte sein düsteres Piratengesicht, auf das er stolz war: wilder, struppiger Bart, von einem sonnengebleichten Blond; langer, herabhängender Schnäuzer; spitz zulaufende Koteletten; zerzauste Augenbrauen und eine vom Wind gegerbte Haut. Wer? Scheißwichserei von 'ner Superscheißwichserei; das war ihm scheißegal, wer das gewesen war! Und wer auch immer es gewesen war, er dankte ihm von ganzem Herzen. Schließlich war ja niemand getötet worden; die Wachen hatten sich nur 'n bißchen den Arsch versengt, und Scheißwichserei von 'ner Superscheißwichserei: sollten denn immer nur die anderen die Hauptrolle spielen?!? Es war ihm schon gewaltig auf die Eier gegangen, daß er nur am Rand des Krieges blieb, auf einem Stützpunkt, auf den nie eine Kanonenkugel oder eine RPG runterkam, das heißt auf einem Stützpunkt, wo man vor Langeweile umkam und nach Chatila reinmußte, wenn man eine Kugel pfeifen hören wollte! Krieg war schließlich sein Metier, Scheißwichserei von 'ner Superscheißwichserei! Der gehörte zu ihm wie der Brand zu einem Feuerwehrmann, und was für ein Scheißleben ist denn das Leben eines Feuerwehrmanns, der nie was zu löschen hat? Das Leben eines Arbeitslosen, ja, das ist es! Ein Soldat ohne Krieg ist arbeitslos, frustriert, und wenn er so tut, als wäre er eine Friedenstaube mit 'nem Ölzweig im Schnabel, ist er außerdem noch ein verwichster Lügner. Ein Heuchler, ein Lakai im Dienst der Memmen, die den Pazifismus predigen. Wenn er den Krieg haßt, warum hat er sich dann entschlossen, mit Waffen umzugehen? Warum wechselt er dann nicht den Beruf? Dann soll er doch Missionar werden, soll er, oder Gemüsehändler oder Bankangestellter. Scheißwichserei von 'ner Superscheißwichserei! War ja Mode heutzutage, den Krieg runterzumachen, ihn zu beleidigen und mit dem Gewäsch von Kinderchenliebt-euch zu diffamieren, aber darauf fiel Sandokan nicht rein. Nein, er vergaß nicht, daß der Krieg der Saft des Lebens war: Leben, das aus Leben erwächst, das zugleich mit dem Blut in den Adern des Menschen fließt. Nein, er vergaß nicht, daß jedes Lebewesen ihn führte. Jedes Naturelement. Und er schämte sich nicht, daß er ihn liebte, ihn achtete, ihn beschwor und eifersüchtig auf jeden war, der das Privileg besaß, in einem Krieg zu kämpfen. Ach, wie beneidete er die Russen in Afghanistan! Wie hatte er die Amerikaner in Vietnam beneidet! Wäre es möglich gewesen, wäre er nach Saigon geeilt und hätte sie angefleht: nehmt mich doch bitte! Ich bin ein Fregattenkapitän, ein Profi, der weiß, wie man angreift, der weiß, wie man eine Stellung einnimmt und sie hält, der weiß, wie man Gebiete durchkämmt, Druck ausübt, Kehlen durchschneidet: gebt mir 'ne Chance, um Gottes willen! Und wie hatte er sich gewünscht, Italien möge in irgendeinen Konflikt verwickelt werden, in einen Krieg, wie klein auch immer, von sechs Wochen, mit Jugoslawien oder Albanien oder wenigstens Malta oder dem Fürstentum Monaco oder der Republik San Marino! Von wegen. Seitdem die Italiener sich der Demokratie verschrieben hatten, waren sie noch dämlicher als die Schweizer geworden. Friede hier, Friede da. Da mußte man Gott ja direkt dankbar sein, daß sie ein Expeditionskorps nach Beirut entsandt hatten. Oh, er fühlte sich wie im siebten Himmel, daß er dabei war. Nur um herkommen zu können, hatte er den Verdruß hinuntergeschluckt, diese Scheißpalästinenser beschützen zu müssen und sich zu verpflichten, nur im äußersten Fall zu schießen. Immerhin war das Eis gebrochen, und jetzt fühlte er sich wie ein in Lourdes wundersam Geheilter.

Er stieg vom Wall herunter, ging in seine Unterkunft: ein ehemaliges Schlafzimmer, das in der zweiten Etage eines der beiden Gebäude lag und sich durch einen Teppichboden auszeichnete, der vor Dreck starrte. Kaffeeränder, Fettflecken, Schlammspuren. Er setzte sich an den Schreibtisch, der mit Gewehrmagazinen, Handgranaten, Revolvern und anderem Kriegsgerät übersät war; darunter befand sich auch ein Camillus-Dolch, den ihm Gigi il Candido beschafft hatte, indem er ihn Joe Balducci gestohlen hatte, und Sandokan war ungeheuer stolz darauf, weil Balducci ihn in Vietnam gebraucht hatte; er lächelte zufrieden. Aber im gleichen Augenblick fiel sein Blick auf die Rußspuren, die seine Stiefel noch zusätzlich in all dem Schmutz hinterlassen hatten, und sein Lächeln verzog sich zu einer Grimasse der Trostlosigkeit. Scheißwichserei von 'ner Superscheißwichserei! Bei Vertragsunterzeichnung hatte der sunnitische Abgeordnete doch ausdrücklich darauf aufmerksam gemacht! «Je vous en prie, Comandante, ich bitte Sie: geben Sie auf mein Eigentum acht. Ruinieren Sie vor allen Dingen nicht diesen Teppichboden, der weiß ist, wie Sie sehen, und empfindlich.» Er hatte ihm sogar einen Staubsauger gegeben, benutzen-Sie-ihn-oft-Comandante, und er benutzte ihn jeden Abend. Oder ließ ihn seinen Fahrer benutzen. Aber ist es denn möglich, auf einem weißen Teppichboden hin und her zu gehen und keine Rußspuren darauf zu hinterlassen, wenn man von einem durch eine Explosion und einen Brand schwarz gewordenen Wall kommt?!? Er stand wieder auf, nahm den Staubsauger, den er hinter dem Schreibtisch aufbewahrte, um ihn immer gleich zur Hand zu haben, fing an, eifrig zu saugen, und für ein paar Minuten wurde der Pirat zu dem, was er in Wirklichkeit war: ein gutmütiger Neununddreißigjähriger, ein tüchtiger Mann, dem die Feuerprobe der Wahrheit noch erspart geblieben war und dessen kriegerisches Gebaren an die harmlose Wildheit kleiner Kinder erinnerte, die sich mit Spielzeuggewehren vergnügen. Nicht zufällig erzählte er, daß er auf seine Berufung (oder das, was er für seine Berufung hielt) durch seinen Vater gekommen sei, einen pazifistischen und antimilitaristischen Rechtsanwalt, einen blinden Bewunderer Bertrand Russells, ein hochkarätiges Mitglied von Amnesty International, der außerdem noch Präsident des Antijagd-Vereins war; und durch die ruhige Stadt Vicenza, in der er geboren war, und die Voralpen, wohin ihn Papa zum Edelweißpflücken oder zum Forellenangeln mitgenommen hatte. Und es war keineswegs zufällig so verlaufen; wer sagt denn, daß der Charakter eines Individuums immer durch die Umwelt, die Landschaft und die soziale Struktur geprägt ist; wer sagt denn, daß die Eltern immer den Charakter nach ihren Moralvorstellungen und ihrem Vorbild formen können? Man weiß, daß nicht selten jemand, der in einer rauhen Gegend oder unter aggressiven Menschen geboren wird oder aufwächst, eine sanftmütige, nach Toleranz strebende Person wird; daß jemand, der in einer friedlichen Umgebung unter ruhigen Leuten geboren wird oder aufwächst, eine aggressive Person wird, die auf Schlägereien aus ist. Wenn so eine Person sich dann auch noch ein Aussehen zulegt, das mit ihrem eigentlichen Wesen nichts zu tun hat, dann bedarf es einer großen Krise und einer noch größeren Gewissenserforschung, um das Mißverständnis aufzuklären.

Hartnäckig saugte er über einen öligschwarzen Fleck, der, statt zu verschwinden, nur noch größer wurde und sich bestens in die Kaffeeränder, die Fettflecken und die Schlammspuren einfügte. Eine schöne Stadt, Vicenza. Wer hätte das bestreiten wollen? Schöne Kirchen, schöne, von Palladio entworfene Paläste, schöne Wehrtürme. Aber was für einen engen Horizont. Was die Voralpen betraf, so verging man jedesmal vor Langeweile und Ungeduld, wenn Papa einen zum Edelweißpflücken mitnahm oder zum Forellenangeln in den kleinen Seen, wobei man dann seine Vorträge über den Zauber der Natur oder über die Harmonie unter den Völkern mitanhören mußte. «Welch Ebenmaß, welche Herrlichkeit in diesen Bergen, welch ein Gefühl von Frieden, nicht wahr, mein Sohn?» – «Ja, Papa.» – «Gib niemals den Frieden auf, mein Sohn.» – «Nein, Papa.» – «Bertrand Russell sagt, daß man den alten Mechanismus des Hasses, der dazu führt, andere Stämme anzugreifen, durch Toleranz überwinden muß. Dieser Haß kommt von vererbten wilden Instinkten und ist deshalb für unser geistiges Gleichgewicht ungesund und schädlich. Kannst du mir folgen, mein Sohn?» – «Ja, Papa.» – «Toleranz ist Intelligenz. Vergiß das nicht, mein Sohn.» – «Nein, Papa.» Ja-Papa, nein-Papa: aber jenseits der kleinen Seen mit den Forellen, der Berge mit den Edelweiß, der edlen Sprüche, was war da? Eines Sonntags regnete es. Da war dann nichts mit Forellen, mit Edelweiß, mit edlen Sprüchen. Kann ich ins Kino, Papa? Natürlich, mein Sohn. Er hatte sich irgendeinen Film ausgesucht und John Wayne gesehen, der als Kommandant des Panzerkreuzers West Virginia die Küsten der Philippinen bombardierte, um das Terrain für MacArthur vorzubereiten. Scheißwichserei von 'ner Superscheißwichserei, war das ein Film! Aufgepeitschter, gischtiger Ozean, Marinesoldaten, die im Handumdrehen die Kampfpositionen einnahmen, Kanonen, die das Blau mit goldenen Todesflammen umrissen, und am Ende die Fahne, die im strahlend blauen Himmel knallte und den Sieg über die hinterhältigen Japaner verkündete. Als er nach Hause zurückkehrte, war er Gefangener einer ihm bis dahin unbekannten Erregung, und am folgenden Sonntag: «Kann ich heute wieder ins Kino, Papa?» – «Natürlich, mein Sohn.» Diesmal war es Henry Fonda, der an Bord des Unterseeboots Seahorse Jagd auf Admiral Yamamoto machte. Und er hatte ihm fast noch besser gefallen als John Wayne: rauf mit dem Periskop, runter mit dem Periskop, Koordinaten für den Abschuß, Vorbereitung des Abschusses, Torpedo raus, päng! Auf Henry Fonda war Robert Mitchum gefolgt, der mit Amphibienfahrzeugen und unter ungeheuer aufpeitschender Musik in der Normandie landete, um solide Brückenköpfe auf dem Strand von Omaha, das heißt in Saint-Laurent-sur-Mer, zu errichten. Nach Robert Mitchum jeder nur mögliche Kriegsfilm, der in einem der Kinos von Vicenza gezeigt wurde. Eine Besessenheit. Und während die Besessenheit die Wände seines Zimmers mit Fotos von Zerstörern, Kanonenbooten, Panzerkreuzern, Fregatten, Korvetten, Minenlegern und Unterseebooten bedeckte, verwandelte sich der pazifistisch erzogene Junge immer mehr in einen Kriegsfanatiker. Sein pazifistischer und antimilitaristischer Vater, blinder Bewunderer Bertrand Russells und hochkarätiges Mitglied von Amnesty International sowie Präsident des Antijagd-Vereins lächelte darüber. Er hielt es für eine vorübergehende Krankheit, für eine moralische Mandelentzündung, und sagte kopfschüttelnd: «Du bist auf der Suche nach dir selbst, und daher sperrst du dich gegen meine Prinzipien, mein Sohn. Das geht vorbei, das geht vorbei. Du wirst deinen Abschluß in Jura machen, wirst in meine Kanzlei eintreten, wirst ein Fürst am hiesigen Gericht mit der Uhrkette auf der Weste und einem Mitgliedsausweis des Rotary-Clubs in der Tasche, und du wirst reden wie ich.» Als aber der künftige Fürst am dortigen Gericht sein neunzehntes Lebensjahr vollendet hatte, hatte er gesagt: Papa, ich werde nicht Jura studieren, deine bestens eingeführte Kanzlei will ich nicht, ich lege keinen Wert darauf, Fürst am hiesigen Gericht mit der Uhrkette auf der Weste und einem Mitgliedsausweis des Rotary-Clubs in der Tasche zu werden, und überhaupt ist mir Vicenza zu eng. Die kleinen Seen schließen mich ein. Papa, ihre Gewässer stehen, und die Berge verdecken den Himmel. Ich liebe den aufgewühlten, gischtigen Ozean, weite Räume, den Krieg. Und am nächsten Tag hatte er um Aufnahme bei der Marineakademie ersucht, wo die moralische Mandelentzündung diese bizarre Figur hervorgebracht hatte, die sich in Beirut wie ein wunderbar Geheilter aus Lourdes vorkam, aber bei dem Gedanken zu zittern anfing, für einen Teppichboden Vorhaltungen gemacht zu bekommen.

Nein, den verwichsten Ruß kriegte man nicht weg. Im Gegenteil, je mehr du versuchtest, ihn verschwinden zu lassen, um so tiefer drang er in den nun von einem weiteren Flecken verdreckten Teppichboden ein. Und fluchend stellte Sandokan den Staubsauger wieder beiseite und setzte sich an den Schreibtisch. Er konnte doch seine Zeit nicht mit diesen dämlichen Weiberarbeiten verschwenden! Er mußte die Grube ausbessern lassen, um dort wieder das Munitionsdepot einzurichten, er mußte mit dem Kommandostützpunkt telefonieren und darum bitten, daß der Nachschub bis abends angeliefert wurde, und er mußte – das war das Schlimmste – einen Rapport an den Kondor schicken, der ihm seit gestern auf die Eier ging mit seiner genauen Aufstellung über das in die Luft geflogene Material. Wieviel Kilo Trotyl, wie viele Mörsergeschosse, wie viele Bazookageschosse, wieviel Maschinengewehrmunition, wieviel Gewehrmunition... «Alles, verstanden? Einfach alles! Nehmen Sie es ein einziges Mal ernst!» Nehmen Sie es ernst! Immer meckerte er an ihm herum, provozierte ihn, beleidigte ihn, diese Kobra. «Sandokan ist ein Faschist, eine Witzfigur.» – «Er sieht aus wie der Seebär, der im Fernsehen Reklame für Thunfisch in der Dose macht.» – «Er bringt das Kontingent in Mißkredit.» Oder: «Was für ein Offizier ist eigentlich jemand, der sich mit dem Namen eines malaysischen Korsars schmückt, einer Karikatur, die Emilio Salgari für Kinder erfunden hat?» Sogar seine Vorliebe, sich amerikanisch auszudrücken, paßte ihm nicht, wenn er Roger sagte oder Right, Over, Go ahead, Sierra Mike One. «Wir sind hier nicht in Vietnam, sondern in Beirut! Wir sind hier nicht in der amerikanischen Armee, sondern in der italienischen! In Italien sagt man Alles-klar und nicht Roger! Man sagt richtig und nicht right! Man sagt Ende und nicht over! Man sagt vorwärts und nicht go ahead! Man sagt eins und nicht wuan! Ich will es nicht hören, Ihr wuan!» Er war auch auf die Maròs sauer. Seit der arme Fabio den Kaffee des Mullahs getrunken hatte, beschimpfte er sie auf jede nur denkbare Weise. Brancaleones Söldnerhaufen. Haschischkiffer, Saftsäcke, Schlamper, Angsthasen. Angsthasen?!? Man brauchte doch nur

Rambo zu nehmen, um zu begreifen, wie verwegen die Maròs waren. Rambo hatte den Kaffee-Mullah doch fast erwürgt. Schlamper?!? Man brauchte doch nur einen Blick auf Roberto zu werfen, seinen überaus sauberen und ordentlichen Fahrer, um einen derartigen Vorwurf zu entkräften. Saftsäcke?!? Nun ja, ein bißchen vielleicht, Gott sei Dank. Marinesoldaten machen sich nichts aus Etikette. Sie sind es nicht gewohnt, für jeden Scheiß strammzustehen oder die Hacken zusammenzuschlagen. Schiffe schaukeln, und wenn man strammsteht oder die Hacken zusammenschlägt, kann es passieren, daß man am Ende mit dem Arsch in der Luft hängt; außerdem haben Marinesoldaten nicht so kleinkarierte Ansichten wie Soldaten in Graugrün: das offene Meer weitet auch das Hirn. Und Haschisch, das rauchten alle. Einschließlich der Fallschirmjäger. Aber erklär das mal dieser Kobra von Kondor. Der haßte die Maròs so sehr, daß er sie in Bourji el Barajni überhaupt nicht haben wollte und ihnen in Chatila bloß drei Stellungen gegeben hatte; die Siebenundzwanzig, die Achtundzwanzig und die Siebenundzwanzig Eule zur Hälfte mit den Bersaglieri, Scheißwichserei von 'ner Superscheißwichserei!

Schnaubend griff er nach einem Blatt Papier. Schnaubend machte er sich an die Aufstellung der Liste des in die Luft geflogenen Materials. «Einhunderttausend 5,56er Patronen... Dreißigtausend 7,62er Nato... Eintausendzweihundert Mörsergranaten zu 120... Eintausendzweihundert Patronengürtel für schwere Maschinengewehre... Zweitausenddreihundert Bazookageschosse zu 88... Eintausendachthundert Kilo Trotyl...» Doch hier unterbrach er sich stirnrunzelnd, denn ihm wurde bewußt, daß der Kondor recht hatte, wenn er wissen wollte, wer es gewesen war: vielleicht steckte hinter dieser Sache ja ein großes Ding. Etwas, das ganz allmählich heranreifte, um seine Kriegsgelüste zu stillen, sagte er sich. Und während er sich das sagte, überkam ihn ein sonderbares Heimweh nach Vicenza, nach den kleinen Seen mit den Forellen, nach den Felsen mit den Edelweiß, nach den edlen Sprüchen seines Vaters: für den winzigkleinen, aber so intensiven Bruchteil eines Augenblicks, daß er ganz verwirrt war, überkam ihn große Lust, sich den ungepflegten Bart, diesen langen, herunterhängenden Schnäuzer, die spitz zulaufenden Koteletten abzurasieren und sein Gesicht eines gutmütigen Neunundreißigjährigen wiederzuentdecken, eines tüchtigen Mannes, dem die Feuerprobe der Wahrheit noch erspart geblieben war. Da sprang er wütend auf. Warf das Blatt mit der gerade erst angefangenen Aufstellung weg und zog sich – als wollte er diese Eingebung ungeschehen machen und sich vor sich selbst schützen – wie ein Aufschneider an. Er steckte eine Neun-Millimeter-Beretta in die Pistolentasche, hängte sich ein paar Handgranaten an den Gürtel, steckte den Camillus-Dolch, der in Vietnam gewesen war, ins Futteral, nahm eine SC und brüllte nach seinem Fahrer.

«Robertooo!»

«Zur Stelle, Signor Sandokan.»

Ein netter pausbäckiger junger Mann mit einwandfrei gebügeltem Hemd und einer Uniform, die aussah, als wäre sie gerade aus der Reinigung gekommen, betrat das Zimmer.

«Fahr mich nach Chatila, Roberto, mir geht das hier auf die Eier.»

«Jawohl, Signor Sandokan.»

Zehn Minuten später waren sie an der Achtundzwanzig, wo Fabio hinter dem gewohnten Mäuerchen des Lagers Drei Wache stand. Und wo er auf unvorhersehbare Weise dabei war, zu entdecken, was auch Sandokan seit einigen Minuten hatte erfahren wollen.

−2−

Es gelang Fabio nicht, sich von dem Trauma zu erholen, das Johns abgerissener Kopf und der Kaffee, den er getrunken hatte, um nicht zu sterben, in ihm heraufbeschworen hatten. Die männliche Vitalität, die ihn bis zum Sonntag des zweifachen Massakers ausgezeichnet hatte, war verschwunden, und er vegetierte in einer Art saft- und kraftlosen Zustands dahin, was zum Lieblingsthema von Sierra Mike geworden war. «Erinnerst du dich noch, wie er lauthals gesungen hat und man ihm sagen mußte Halt-den-Schnabel?» – «Erinnerst du dich, wie er uns mit den Geschichten über seine Unternehmungen nervte und wie man ihm das Maul stopfen mußte, damit er aufhörte?» Aber jetzt: immer mit langem Gesicht und zusammengepreßten Lippen, immer mit gesenktem oder geistesabwesendem Blick, um die, die mit ihm reden wollten, zu entmutigen. Und es war auch nicht mehr Rambo, mit dem er Dienst hatte, also jemand, der ihn nicht mehr grüßte und seinerseits seine Stimmbänder nicht überanstrengte. Rambo war zum Patrouillenführer befördert worden und streifte durch die Gassen von Chatila, und am Lager Drei war Matteo: ein gesprächiger Typ, der Joints anbot und mit dem man sich aussprechen konnte. Doch das eigentlich Bestürzende war etwas anderes: die Gleichgültigkeit, die Fabio Frauen gegenüber an den Tag legte. Fabio! Der Hahn des Stützpunkts, der Latin Lover, der nur beim Anblick eines Rocks in sein Kikeriki ausbrach! Er sah den Frauen nicht mehr nach, er sprach nicht mehr über sie, und jetzt hör dir das an. Vor dem Lager Drei standen ein paar Baracken, die dem Mafiaboß dieses Viertels gehörten, einem Schiiten namens Ahmed, und in der mittleren Baracke wohnte eine atemberaubende Blonde. Eine richtige Blonde, klar? Und zwar so richtig, daß du sie für eine Schwedin statt für eine Libanesin hättest halten können. Ganz zu schweigen von den langen Beinen und ihrem Gang, dem Gang einer Dame aus dem Ostteil. Jeden Morgen verließ die also ihre Wohnung und ging auf dem südlichen Bürgersteig der Straße Ohne Namen zur Botschaft von Kuwait, die offensichtlich ihre Arbeitsstelle war; abends kam sie wieder zurück, und glaub mir: sowohl auf dem Hin- wie auf dem Rückweg brachten die Begeisterungsrufe einem das Trommelfell zum Platzen. «Göttin! Prinzessin! Supermöse!» Alle wollten sie, alle. Nur Fabio nicht. Kalt und still war er, wie blind. Aber er interessierte sich auch nicht für so ein Zuckerstück wie Sheila, die kleine Lehrerin, die sich kostenlos den Offizieren hingab, aber für ihn eine ganz besondere Schwäche hatte. Ciao-Fabio, hallo-Fabio, how-do-you-do, trällerte sie jedesmal, wenn sie an der Achtundzwanzig vorbeikam. Und undankbar wie er war, drehte er den Kopf weg oder knurrte Hau-ab-Sheila, go-away.

«Fabio, ist alles in Ordnung?» fragte Matteo.
«Weshalb?» brummte Fabio.
«Weil du nie was sagst, deshalb!»
«Ja.»
«Willste 'n Joint?»
«Nein.»
«Einen Zug, komm schon. Zieh'n dir rein.»
«Nein.»
«Fabio, hör damit auf. Krieg ist Krieg: wenn man wegen jedem Toten krank würde, wären die Armeen Krankenhäuser, stimmt's oder nicht?»
«Nein.»
«Ich geb dir 'n guten Rat, Fabio. Wenn Sheila kommt, schick sie nicht weg. Manchmal ist nichts besser als 'ne gute Bumserei und... Hörst du zu, Fabio?»
«Ja.»
Er hörte ihm zu, er hörte ihm zu. Aber er wollte nicht seinen Joint, er wollte nicht Sheila, er wollte nicht seine Ratschläge, und was wußte Matteo denn schon, wie sehr man in bestimmten Fällen leidet?!? Hatte er denn schon mal den abgerissenen Kopf eines Freundes auf-

gehoben? Hatte er etwa schon mal einen toten Freund verraten, hatte er sich schon mal wie ein Judas benommen, indem er einen Kaffee trank? Am Sonntag des zweifachen Massakers war er ja noch nicht mal in Beirut gewesen. Er war danach angekommen, die Geschichte mit John und dem Mullah kannte er nur vom Hörensagen, und kommt man etwa mit Haschisch über den Kummer hinweg, der einen umbringt? Kommt man etwa mit Frauen über die bohrende Scham hinweg? Er mochte keine Joints. Frauen interessierten ihn nicht mehr. Und wenn er sich wieder so muskulös und braungebrannt an den Stränden oder auf den Straßen von Brindisi sah – an den Stränden mit einem Badeslip, der aussah wie ein Tänzersuspensorium, auf den Straßen mit einem über der Brust offenen Hemd, damit verführst du die Ausländerinnen leichter, die dir die Reise nach Frankfurt oder nach Stockholm bezahlen, und Mirella wird ganz schön eifersüchtig – dann überkam ihn ein großes Schuldgefühl. Sein muskulöser, sonnengebräunter Körper kam ihm vor wie ein weiterer Verrat an John, der nun tot und in zwei Teile gerissen war, auf der einen Seite der Kopf, auf der anderen Seite der Rest. Nein, Sheila interessierte ihn keinen Fick. Und Mirella inzwischen genausowenig: jedesmal, wenn er ihre honigsüßen Briefe las, Geliebter-du-fehlst-mir, ich-krieg-ein-Frösteln-wenn-ich-daran-denke-wie-du-mir-fehlst, wurde ihm irgendwie schlecht. Fast als hätte er anstelle des Herzens einen Stein und anstelle des Penis einen schlaffen Stummel. Nur eins ließ ihn jetzt noch erschaudern: die Furcht, noch einmal anhören zu müssen, was Rambo ihm in dem Augenblick zugeflüstert hatte, seitdem er ihn nicht mehr grüßte, und die anderen noch vor Rambo. «Feigling, bestochenes Aas, Hasenfuß, Angsthase, Hosenkacker, Verräter, ich-sollte-dich-anspucken, du Judas.» Niemand hatte das mehr zu ihm gesagt, das ist richtig, aber in seinen Ohren dröhnten diese Worte wie Paukenschläge. Denn jetzt sagte er es selber zu sich.

«Là, là, là! Nein, nein, nein!»

Eine weibliche Stimme erklang im Dunkel, der Klagelaut eines verwundeten Tiers, und gleichzeitig mit der Stimme ein paar dumpfe Schläge. Weißt du, Schläge wie beim Klopfen von Matratzen. Dann die rauhe, brutale Stimme eines Mannes.

«Sharmuta, Nutte, sharmuta!»

Das kam von der gegenüberliegenden Straßenseite, vom südlichen Bürgersteig der Straße Ohne Namen, und Matteo sprang auf.

«Fabio!»

«Ja», antwortete Fabio, ohne sich zu rühren.

«Da wird eine Frau verprügelt.»

«Ja.»
«In Ahmeds Baracken!»
«Ja.»
«Aber wer kann das sein, wer?»
«Ahmed.»
Es konnte nur Ahmed sein. Er kannte dieses Schwein gut, und ebensogut kannte er seine Stimme. Im Sommer pflanzte er sich nämlich da drüben hin, und hingeflegelt auf einen Stuhl, in der Rechten eine Flasche Whisky und in der Linken ein Glas, soff er Allah zum Trotz, der seinen Gläubigen nur Tee oder Kaffee oder Orangensaft erlaubt. Oder aber er schleppte seinen dicken Leib, seine schmierige Visage, seinen Schwulenschnauzbart über die Straße und ging dir mit seinen Drecksgeschichten auf den Geist. Daß er nämlich im Iran gelebt hatte, wo er ein Türkisches Bad und ein Bordell besessen hatte, daß er dort die Kunst der Liebe erlernt hatte, daß du, um im Bett gut zu sein, beschnitten sein mußtest... Eines Nachts wollte er ihn, Fabio, beschneiden. Er schwang ein scharfgeschnittenes Messer und sagte immer wieder: «Let me do it, laß mich das machen, let me do it! It lasts one minute and it does not hurt, es dauert nur 'ne Minute und tut gar nicht weh.» Um ihn loszuwerden, hatte er sein Gewehr auf ihn richten müssen: «Wag es ja nicht, meinen Schwanz anzufassen, Scheißbeduine, oder ich schick dich zu deinem Schöpfer zurück.» Manchmal kam er aber auch und bot Mädchen an. Zu dieser Zeit hatte er fünf. Er hielt sie alle zusammen in der Baracke neben der seinen und verprügelte sie oft. Waren das Schreie! Jetzt war nur noch Fatima bei ihm, die Häßliche mit den Blue Jeans, die als Garçonniere den Jeep auf dem Grund des früheren Schwimmbeckens mit dem Sprungbrett benutzte. Vielleicht verprügelte er sie heute abend. Die Arme. Ihre Schreie wurden immer leiser, das Là-nein-là konnte man kaum noch hören. Die dumpfen Schläge wurden dagegen immer lauter. Ach, wenn er doch bloß kein Feigling gewesen wäre! Hätte er doch bloß den Mut besessen, über die Straße zu gehen, in die Baracke einzudringen und ihn zu stoppen!

«Der massakriert sie ja, der bringt sie um!» rief Matteo.
«Ja.»
«Geht denn keiner dazwischen?»
«Keiner.»
«Aber da wohnt doch ein Haufen Leute in den Baracken! Sind die denn alle taub?»
«Nein. Die kennen das.
«Dann müssen wir eben was tun!»

«Das können wir nicht.»

«Natürlich können wir das! Wir müssen nur da rein und das Gewehr auf ihn richten!»

«Das Verlassen der Stellung ist verboten.»

«Ich weiß, daß es verboten ist, aber wer merkt es denn? Ist doch schon dunkel. Ich geh rüber, Fabio!»

«Die Sache geht dich nichts an.»

«Geht mich doch was an, ich halt's nämlich nicht aus!»

«Mußt du eben aushalten.»

«Aber einmal ist so etwas in der Nähe einer Stellung der Bersaglieri passiert, und da hat Adler Eins eingegriffen!»

«Adler Eins ist der Kommandeur.»

Und Ahmed ist ein gefährlicher Typ, hätte er am liebsten hinzugefügt. Einer, der zuerst gehorcht, einem die Füße ableckt, sich aber vierundzwanzig Stunden später rächt. Der schickt dir Khomeini-Anhänger, liquidiert dich, und ich will nicht sterben. Ich bin ein Feigling, ein bestochenes Aas, ein Hasenfuß, ein Angsthase, ein Hosenkacker, ein Verräter, ein Judas und mische mich da nicht ein. Plötzlich aber spürte er einen Impuls, den nicht einmal er hätte erklären können, weil er, wenn auch vom Kaffee des Mullah ausgelöst, von einer viel weiter zurückliegenden und viel komplizierteren Scham herrührte: vielleicht von der Erinnerung an die Tage, als er in Brindisi wie ein Pfau in einem Badeslip, der aussah wie ein Tänzersuspensorium, herumstolziert war, oder im über der Brust offenen Hemd, um die Ausländerinnen zu verführen, die dir die Reise nach Frankfurt oder Stockholm bezahlen; vielleicht auch von dem Bewußtsein, niemandem jemals etwas gegeben zu haben, außer einem Marine, mit dem er ein kleines Restaurant in Cleveland, Ohio, aufmachen wollte, das bißchen Freundschaft. Und er löste sich von der kleinen Mauer. Ging über die Straße, erreichte die Baracke, aus der die Klagelaute und die Schläge und die Schreie kamen, stieß mit einem Fußtritt die Türe auf, stürzte in ein Zimmer, wo Ahmed auf ein frauenähnliches Bündel einknüppelte, und richtete sein Gewehr auf ihn.

«Ahmed, son of a bitch, du Hurensohn, bist du noch nicht müde geworden von der Prügelei? Stop it or I shoot you, hör auf oder ich knall dich ab. Ich knall dich ab, verstanden?»

Das Bündel wimmerte leise und verbarg den Kopf unter einem Kissen. Ahmed ließ den Knüppel fallen und hob verschwitzt und stöhnend die Arme als Zeichen der Aufgabe.

«O. k., Fabio, o. k.! Don't shoot, schieß nicht! Me and you brothers, ich und du Brüder, brothers!»

«No brothers! Ich bin niemandes Bruder und am allerwenigsten deiner, understand? Verstanden, understand?»

«Understand, Fabio, understand! You can take her, du kannst sie nehmen! Hadeja, gift, Geschenk!»

«No hadeja, no gift, ich will keine Geschenke. Und wenn du wieder anfängst, if you start again, I kill you. Ich bring dich um.»

Dann kehrte er wieder zu Matteo zurück, der ihn stumm vor Staunen anstarrte.

«Siehst du, er hat aufgehört. Bist du zufrieden?»

«Ja, Fabio, aber...»

«Aber was?»

«Wer war die Frau, die er geschlagen hat?»

«Weiß ich nicht.»

«Das weißt du nicht? Hast du sie nicht gesehen?!?»

«Nein, ich habe sie nicht gesehen», antwortete er und zuckte mit den Schultern.

* * *

Er hatte sie wirklich nicht angesehen. Er hatte nicht einmal die instinktive Neugierde verspürt, ins Halbdunkel zu spähen, um sich zu vergewissern, ob das lange Bündel mit dem unter dem Kissen verborgenen Kopf wirklich Fatima war, die häßliche Prostituierte. Was hätte das auch geändert, wer immer sie war? Doch gegen Morgen, da zeigte sich auf dem gegenüberliegenden Bürgersteig die große Gestalt einer in einen schwarzen Abaja, den Umhang der Moslimen, gehüllten Frau, und Matteo stieß einen erstickten Schrei aus.

«Verdammte Scheiße. Das ist sie!»

«Wer sie?»

«Die Göttin! Die Fürstin, die blonde Supermöse!»

Sie war es wirklich. Unbeweglich schaute sie auf dem Bürgersteig zu ihnen herüber, so, als hätte sie sich noch nicht entschieden, ob sie herüberkommen oder wieder zurückgehen sollte, und mit der rechten Hand stützte sie den linken Arm, der am Hals festgebunden war, berührte ihn mit den Fingerspitzen, als würde er ihr sehr weh tun und als wollte sie den Schmerz lindern.

«Die, die an der kuwaitischen Botschaft arbeitet?» brummte er gleichgültig.

«Ja, Fabio, ja!»

Sie zögerte immer noch etwas, so, als würde es ihr ungeheure Mühe bereiten, vom Bürgersteig herunterzugehen, dann ging sie herunter und überquerte ganz langsam die Straße. Sie stützte und berührte immer noch ihren am Hals festgebundenen Arm, kam zu der kleinen Mauer von Lager Drei und blieb dann stehen; im schwachen Licht des frühen Morgens sah ihr sanftes Gesicht völlig entstellt aus. Ein Auge war halb zu, das andere blauviolett unterlaufen. Ein Jochbogen war zerkratzt und von getrocknetem Blut beschmiert, ihre Lippen geschwollen. Sie bewegte sie, um kaum vernehmbar etwas zu sagen.

«Who is Fabio, wer ist Fabio?»

«It's me, das bin ich», antwortete Fabio ohne jedes Interesse.

«My name is Jasmine, ich heiße Jasmine. And I come to thank you, und ich komme, um dir zu danken.»

«Keine Ursache...»

«You are a very brave man, du bist ein sehr mutiger Mann, Fabio. What does Fabio mean, was bedeutet Fabio?»

«Weiß ich nicht, I don't know...»

«I think it means courage, ich glaube, er bedeutet Mut.»

«No, no...»

«Yes, instead. Doch. How do you say courage in Italian, wie heißt Mut auf italienisch?»

«Coraggio», mischte sich Matteo ein.

«Coraggio? Good, gut, good. I will call you Mister Coraggio, ich werde Mister Coraggio zu dir sagen.»

Sie versuchte, etwas breiter zu lächeln, was aber mit den geschwollenen Lippen nicht ging, und deutete eine knappe, artige Verbeugung an.

«Now I must go, ich muß jetzt gehen. But I will be back, aber ich komme wieder. And may be I will have important news to give you. Und möglicherweise werde ich dann eine wichtige Nachricht für euch haben.»

Fabio und Matteo sahen sich fragend an. Dann sagte Matteo, daß im Krieg wichtige Nachrichten immer schlimme Nachrichten sind, und zum Teufel mit dem Krieg und dem Tag, an dem er sich entschlossen hatte, seine Diplomarbeit über den Libanon und die internationalen Probleme des Nahen Ostens zu schreiben. Und um das zu vergessen, rauchte er jetzt einen Joint.

— 3 —

Er zündete ihn an, machte einen gierigen Zug, und das Gesicht des Einundzwanzigjährigen, der aufgeweckt war, aber nicht gewohnt zu leiden, verzog sich zu einem Ausdruck des Unwillens. Von wegen Diplomarbeit über den Libanon und die internationalen Probleme des Nahen Ostens! Der wirkliche Grund, weshalb er den Bockmist gemacht hatte, nach Beirut zu kommen, war das aber nicht. Er hatte genug von Palermo und seinem trägen Leben. Er hielt es nicht mehr aus, wie ein kleiner Schmarotzer zu leben, der von September bis Juni in den Hörsälen der Universität herumgähnt, Fakultät für Politische Wissenschaften, weil Politologie nicht so lange dauert und nicht so schwer ist wie Medizin oder Ingenieurwissenschaften und Zugang zu nicht so anstrengenden Berufen ermöglicht, und der sich dann von Juni bis September den typischen Formen des Müßiggangs eines sizilianischen Bourgeois hingibt. Mittags aufstehen, um an den Strand zu gehen, sich mit Rosaria in die Sonne legen. Rosaria, die, obgleich bildschön, intelligent, elegant, deine Leidenschaft erwiderte und deinetwegen einen begüterten Herzog und einen gefeierten Fußballspieler ausgeschlagen hatte. Matteo-du-bist-so-ungeheuer-sexy-Matteo. Bis Sonnenuntergang dableiben, nach Hause zurückkehren, um zu duschen und bei Papa um Geld zu betteln, der empört antwortet Ich-bezahl-dir-dein-Studium-und-nicht-deine-Vergnügen, wenn-du-dich-amüsieren-willst-dann-such-dir-eine-Arbeit, elender-Faulpelz. Hunderttausend Lire von Mama annehmen, die seufzt Steck's-weg-steck's-weg, mit Rosaria dann in eine billige Trattoria gehen oder in einen Nightclub für arme Schlucker – und im Grunde seines Herzens sich über sich selbst schämen. Irgendwann war es ihm vor Ekel hochgekommen, und er hatte sich gefragt: Und wenn ich mich nach Beirut schicken ließe? Ich hätte endlich das Problem mit dem Wehrdienst gelöst, es wäre ein nicht alltägliches Abenteuer, und ich könnte gleichzeitig Material für die Diplomarbeit über den Libanon und die internationalen Probleme im Nahen Osten sammeln. Dann hatte er mit Rosaria darüber gesprochen, die, statt ihn davon abzubringen, ausgerufen hatte: «Geh, geh, Matteo, geh. Ich halte das für eine großartige Idee. Um das zu bewerkstelligen, reichen ein Notizblock, ein Tonbandgerät, ein paar Bänder, ein Fotoapparat und genügend Filme.» Verdammte Schweinerei! Wenn die Frau, in die du bis über beide Ohren verliebt bist, dir das sagt, dann ist es dir doch scheißegal, wenn deine Mutter heult und dein Vater herumbrüllt Du-Trottel-du-bist-wohl-heute-abend-besoffen. Dann kaufst du dir einen Notizblock, ein Tonbandgerät, Tonbänder, einen Fotoapparat, die Filme und meldest dich als Freiwilliger. Noch schlimmer: da du in Italien ohne Beziehungen nicht einmal nach Beirut kommst, bittest du Rosaria, sich an den Oberst zu wenden, der ein Freund des Mafiatypen ist, den der Cousin der Tante ihrer Schwägerin kennt. «Bitte, Rosaria!» – «Mit Vergnügen, Matteo.»

Er machte einen zweiten Zug. Wie ungeduldig hatte er darauf gewartet, daß diese Beziehungen klappen würden, wie begeistert war er ausgelaufen und an Land gegangen! Am Kai hätte er am liebsten die Erde geküßt, wie es der Papst auf seinen Reisen ins Ausland macht. Alles kam ihm so außergewöhnlich vor, alles: die Abfallhaufen und die Bilder von Khomeini, die häßlichen Minarette, die Frauen in rosa Hosenanzügen, die alten Frauen im Chador, die jungen Männer mit Kalaschnikows und in Blue Jeans, die barfüßigen Kinder, die zerstörten Häuser, die verbrannten Bäume, die Terrassen mit aufgehängter Wäsche, die Trümmer, die Mullahs mit verdrecktem Turban, sogar die Brände, sogar die Krankenwagen, die mit ohrenbetäubenden Sirenen vorbeirasten. Auf dem Straßenabschnitt zwischen dem Hafen und Sierra Mike hatte er so viele Fotos gemacht, daß er fast keinen Film mehr hatte, und in den ersten drei Tagen hatte er so viele Interviews geführt, daß er fast keine Bänder mehr hatte. Fragen über Gemayel, über Djumblatt, über die Drusen, über die Maroniten, über die Sunniten, über die Schiiten, über die Amal, über die Söhne Gottes, über das Massaker bei den Franzosen und bei den Amerikanern, das sich leider vor seiner Ankunft ereignet hatte. Ihn interessierten besonders die beiden Kamikaze, so daß er versuchte, ein Phantombild von ihnen zu erstellen, und jede Kleinigkeit ergänzte er mit Vermutungen. Wie alt sie waren, welche Schulbildung sie hatten, wo sie die letzte Nacht verbracht hatten und mit wem und ob sie Drogen genommen hatten oder nicht, um sich in den Lastwagen zu setzen? Zu Beginn fühlte er sich überglücklich. Was kann ich vom Leben mehr verlangen, dachte er. Ich bin Zeuge von Dingen, von denen ich mir in Palermo nicht einmal etwas hätte träumen lassen, ich sammle wertvolles Material, und dafür zahlen sie mir ein Gehalt von zweitausend Dollar monatlich: das ermöglicht mir, nach meiner Rückkehr mit Rosaria in elegante Restaurants und Luxus-Nightclubs zu gehen. Aber nach ein paar Tagen waren ihm die Augen aufgegangen. Denn er hatte begriffen, um nur das zu nennen, daß er die Diplomarbeit über den Libanon und die internationalen Probleme im Nahen Osten niemals als

Soldat in Beirut vorbereiten würde. Während du nämlich hinter einer kleinen Mauer oder in einem Panzer oder auf dem Beobachtungsstand Wache schiebst, kannst du keinen Fotoapparat, kein Tonbandgerät benutzen: solche Sachen dienen nur der Befriedigung eines Schwachkopfs, der einen Schnappschuß an seine Mutter oder seine Verlobte schicken will, der das Allah-akbar der Muezzins und das Gequatsche seiner Kameraden im Speisesaal oder auf der Bude aufnehmen will. Und was die Stichpunkte im Notizblock angeht, vergiß es. Wenn die Zwölfstundenschicht vorüber ist, denkst du nur noch daran, dich auf der Pritsche auszustrecken oder dir hinter dem Rücken des Unteroffiziers einen Joint reinzuziehen, und der Unteroffizier brüllt dann Wer-raucht-hier-wer? Und bestenfalls grübelst du über die Wahrheiten nach, die du entdeckt hast.

Welche Wahrheiten? Oh! Daß Beirut ein tausendfaches Palermo ist: ein solcher Scheißhaufen, daß damit verglichen deine Stadt wie Zürich oder Lausanne ist. Von wegen heroischer Widerstand der Palästinenser, von wegen heroische Erhebung der Schiiten, von wegen Kampf, um sich ein Vaterland zu erobern oder die Unabhängigkeit! Welcher Gruppe, welchem Flügel oder welcher Religion sie auch angehören, sie kämpfen ausschließlich für die Interessen ihrer Mafia. Sie glauben nur an Rache, an Haß, an Fanatismus. Sie bringen sich um, genauso wie in Palermo, wo die Carusos auf die Badalamentis sauer sind, weil die Badalamentis das Baugewerbe kontrollieren; die Badalamentis auf die Carusos sauer sind, weil die Carusos den Fischmarkt kontrollieren, so daß du, wenn du als Caruso geboren wirst, deine Tage damit verbringst, darauf zu warten, daß ein Badalamenti auf die Piazza kommt und dich abknallt; wirst du als Badalamenti geboren, verbringst du deine Nächte damit, darauf zu warten, daß ein Caruso in die Bar kommt und dich kaltmacht. Nein, das hier war gar kein Krieg: das war Blutrache unter verschiedenen Mafiaclans, die sich mit Mörsern und Kanonen statt mit Jagdgewehren aus dem Weg räumten, aber aus denselben Gründen wie die Carusos und Badalamentis. Das-Baugewerbe-will-ich, den-Fischmarkt-will-ich, und-weil-du-meinen-Vater-umgebracht-hast-bring-ich-deinen-Sohn-um. Oder deine Frau oder deinen Enkel oder deinen Großvater. Das Handwerk der Rache brachten sie einem schon mit sechs Jahren bei. Statt der Abc-Fibel drückten sie einem ein Gewehr in die Hand, und wenn man in der fünften Hauptschulklasse war, gehörte man schon zu den Halbstarken des Wohnviertels. Wie Halbstarke sprachen sie, Kinder wie Erwachsene, wie Halbstarke gingen sie, schossen sie und provozierten sie, und von ihren sizilianischen Konsorten unterschieden sie sich nur in einem einzigen Punkt: in der Mißachtung jeglichen Lebens. Denn trotz allem respektierten die Carusos und die Badalamentis in Palermo das Leben. Sie beweinten einen Toten. Sie schickten ihm Blumen, sie gewährten ihm ein Luxus-Begräbnis, meinem-Sohn, meinem-Bruder, meinem-Gatten. Die Carusos und die Badalamentis in Beirut dagegen nicht. Ein bißchen Geschrei, um das Gesicht zu wahren, und dann ab: in ein Massengrab, in irgendein Loch, mit Abfall und Ziegenscheiße statt eines Grabsteins mit Vor- und Familiennamen. Sie fanden Gefallen daran zu sterben. Es gefiel ihnen genauso wie zu töten. Wenn du hier über eine Leiche stolpertest, konntest du schwören, daß es sich in acht von zehn Fällen um einen handelte, dem es genausoviel Spaß machte zu sterben, wie es ihm Spaß machte zu töten. Aber dann konnte man doch genausogut die Diplomarbeit über den Libanon und die internationalen Probleme des Nahen Ostens in Palermo vorbereiten. Dann konnte man sie doch genausogut über die heimische Mafia schreiben, ohne den Oberst zu bemühen, der der Freund eines Mafiatypen ist, den wiederum der Cousin der Tante von Rosarias Schwägerin kennt, ohne auf den Müßiggang eines sizilianischen Bourgeois und auf die verfaulenzten Sommer auf Kosten der Eltern zu verzichten. Und ohne Haschisch rauchen zu müssen.

Ach, ja: Haschisch, das kannte er überhaupt nicht, bevor er nach Beirut kam. Wenn man ihm eine Marihuana-Zigarette anbot, war er empört: verschwinde-ich-rühr-so-was-nicht-an. Nur einmal hatte er eine probiert. Mit Rosaria, zum Spaß, und er hatte sich elend gefühlt. Schwindel, Magenschmerzen, Erbrechen. In Beirut dagegen lebte er von Haschisch. Er kaufte es im Laden des Syrers neben der Einundzwanzig: achtzig Dollar das Päckchen und das Papier umsonst, um sich einen Joint zu drehen. Das Papier war originell: es stellte einen Fünf-Dollar-Schein dar, auf der einen Seite Abraham Lincoln mit einem Bürstenbart und auf der anderen Seite das Lincoln Memorial mit dem Motto «In God We Trust, auf Gott vertrauen wir.» Tatsächlich sagten viele Dollar und nicht Joint. Riesendollar, wenn der Joint lang und dick war; Minidollar, wenn er klein und dünn war. «Hast du 'nen Minidollar für mich?» – «Leih mir doch mal 'nen Dollar.» – «Laß mich mal an deinem Riesendollar ziehen.» Schlau, der Syrer. Der Palästinenser, der die Tankstelle auf dem Platz der Zweiundzwanzig hatte, gab dir das Zigarettenpapier mit Lincoln und dem Lincoln Memorial nicht gratis. Auch der Schiite, der die Apotheke in der Avenue Nasser gegenüber der Fünfundzwanzig hatte, nicht. Auch sie verkauften Haschisch. Genauso wie die Kinder, die Alten, die

Frauen, die Guerillakämpfer, und immer zu niedrigen Preisen. Hier stellte man es her, wie man in Italien Olivenöl, Wein oder Parmesankäse herstellte, verstehst du. Das Tal der Bekaa war ein unendliches Anbaugebiet für Haschisch. Helles Haschisch, rotes Haschisch, schwarzes Haschisch. Nach Meinung der Experten besser als das afghanische, marokkanische oder nepalesische. Aromatischer, schmackhafter. Diese Dinge hatte er schnell gelernt. Denn er hatte schon bald mit dem Haschischrauchen begonnen. Nicht aus Neugier, das muß klar sein, sondern aus Not. Die Leute denken, daß man aus Neugier damit anfängt. Aber das ist nicht so, man fängt aus Not an. Weil man nämlich Angst hat, auf Patrouille zu gehen, zum Beispiel, weil man die Bomben nicht aushält. Oder weil man begriffen hat, daß Beirut tausendmal so ist wie Palermo, daß, wo immer man auch hingeht, um Palermo zu entfliehen, man sich in Palermo wiederfindet, daß man, kurz gesagt, dem eigenen Schicksal nicht entfliehen kann. Um sich zu trösten, sagt man sich: gehen wir zum Syrer, probieren wir's mal mit Haschisch. Du gehst hin, du probierst, keine Schwindelgefühle: sonderbar. Keine Magenschmerzen, kein Erbrechen. Statt dessen ein Rausch, den der Alkohol nicht schafft, eine Seligkeit, die nicht einmal der Schlaf gewährt. Daraufhin probierst du es ein zweites Mal, ein drittes, ein viertes Mal, und irgendwann wird dir bewußt, daß du es ohne Haschisch nicht mehr schaffst. Ist auch scheißegal. Sinnlos, herumzubrüllen Wenn-du-Haschisch-rauchst-tret-ich-dir-in-den-Arsch, steck-ich-dich-in-Arrest, schick-ich-dich-in-den-Knast. Sinnlos, jede Nacht Ärzte aus dem Feldlazarett zu schicken, die Urinproben zum Untersuchen abnehmen. Wenn du ohne Hasch nicht mehr auskommst, dann betrügst du eben die Ärzte des Feldlazaretts. Und wie? Indem du ihnen den Urin von jemand gibst, der nicht raucht. Und er gab ihnen den von Fabio. Er hob ihn in einem ganz sauberen Fläschchen auf, und wenn der Sanitätsoffizier mit dem Röhrchen kam, das gefüllt werden sollte: «Sofort, Signor Tenente.» Dann drehte er sich zur Mauer, tat so, als würde er pinkeln und füllte schnell Fabios Urin in das Röhrchen: «Hier, Signor Tenente.» Viele machten das so, und ebenso viele gaben ihren guten Urin gegen Bezahlung her. Im Panzer der Siebenundzwanzig zum Beispiel gab es einen Marinesoldaten aus Genua, der ihn schon fertig abgepackt in Röhrchen verkaufte, die in der Notaufnahme geklaut worden waren. Fünfzigtausend Lire pro Röhrchen, verdammter Halsabschneider.

Wieder zog er gierig an seinem Joint. Nun ja, Angst und Palermo mal beiseite – in diesen Tagen hatte er einen ausgezeichneten Grund, sich zuzukiffen: das Gefühlschaos, in das er wegen Dalilah geraten war, der Tochter des sunnitischen Abgeordneten, der Sandokan die beiden Gebäude für Sierra Mike überlassen hatte und innerhalb der Einzäunung wohnte. Ein Chaos, ja. Denn bevor er an Bord gegangen war, hatte Rosaria zu ihm gesagt: «Matteo, ich bitte dich nicht darum, daß du mir treu bleibst, weil ich so schön bin oder weil ich heiraten kann, wen ich will, oder weil ich deinetwegen einem begüterten Herzog und danach einem gefeierten Fußballspieler einen Korb gegeben habe. Ich bitte dich darum, weil Treue Treue ist und was zusammengehört zusammengehört.» Hochheilige Worte, auf die er geantwortet hatte: «Rosaria, denk bloß nicht an so was. Du bist meine Königin von Saba.» Und als ob das noch nicht gereicht hätte und obwohl er ihr die Geschichte mit dem Geh-Matteo-geh und der Empfehlung des Oberst, der ein Freund von dem Mafiatypen ist und so weiter, nicht vergeben hatte, war er immer noch in sie verknallt. Das zeigte schon die Tatsache, daß er nie versucht hatte, Sheila abzuschleppen oder der Göttin dieser Nacht, nämlich Jasmine, ein Kompliment zu machen oder sich auf die Scheißweiber einzulassen, die dich in Chatila umschwirren, dir tausend Geilheiten versprachen und den Vorschuß in Naturalien verlangten, als wärst du ein Lebensmittellager. «Tomorrow you and me nika-nika your way, morgen du und ich fick-fick, wie du willst. Give me chocolate, give me condensed milk, give me cans of meat. Gib mir Schokolade, gib mir Kondensmilch, gib mir Büchsenfleisch.» Rosaria ist einzigartig und unersetzbar, dachte er, wo finde ich denn noch mal so eine Königin von Saba wie Rosaria. Aber vor zwei Wochen hatte er Dalilah kennengelernt und... Das war an dem Tag passiert, an dem sie ihn von der Achtundzwanzig abzogen und an den Eingang zum Stützpunkt verfrachtet hatten, mit dem Befehl, jeden zu durchsuchen, der hinein- oder herauskam. Und sie war mit ihren Eltern im Mercedes 300 angekommen, der von einem Chauffeur in Livrée gefahren wurde. Als braver Neuling hatte er gründlich den Koffer- und den Motorraum durchsucht, unter den Sitzen nachgesehen, und weder der sunnitische Parlamentarier noch seine Frau hatten etwas einzuwenden gehabt. Bien-sûr, je-comprends, vous-devez-suivre-les-ordres. Aber-natürlich-verstehe-ich-das, Sie-müssen-Befehle-ausführen. Sie dagegen war tödlich beleidigt, und in einem komischen Mischmasch aus Englisch und Französisch war sie über ihn hergefallen. «Nous sommes chez nous, jeune homme! Dies ist unser Zuhause, junger Mann! Oubliez-vous that this property is ours?!? Vergessen Sie etwa, daß dies unser Eigentum ist?» Ein paar Stunden später war sie allerdings wieder aufgetaucht. «Forgive me, verzeihen Sie mir Monsieur. J'ai été irrational, ich bin unvernünftig gewesen.» Dann hatte sie sich neben den Schlagbaum gehockt, und es half nichts, wenn man ihr sagte Signorina, hier-an-der-Straßensperre-können-Sie-nicht-bleiben. «Please, Monsieur, be kind. Ich bitte Sie, Monsieur, seien Sie nett. Je n'ai rien à faire, je m'ennuie, and I wish to chat a little. Ich habe nichts zu tun, ich langweile mich, und ich möchte gerne ein bißchen plaudern.» Sympathisch. Auch wenn sie nicht so schön war wie Rosaria, hatte sie doch etwas Faszinierendes, das Rosaria nicht besaß. Das möglicherweise aus Ungeniertheit und Arroganz herrührt. Diese Ungeniertheit und Arroganz der Reichen, die auch dann ganz ungeniert sind, wenn sie dich um Entschuldigung bitten, auch dann noch arrogant, wenn sie sich in einer unangenehmen Lage befinden, und entweder so oder so das erreichen, was sie wollen. «Let me see you, lassen Sie sich anschauen. Vous êtes un beau garçon, Sie sind ein gutaussehender Junge. Pas grand mais athlétique, nicht groß, aber athletisch. Et vous avez something familiar, und Sie haben etwas Vertrautes an sich. The olive complexion, I guess, or les yeux ronds et noirs. Die olivfarbene Haut vermutlich oder die runden, schwarzen Augen. You look like a Lebanese, Sie sehen wie ein Libanese aus. Dans quelle région d'Italie are you born, in welcher Gegend Italiens sind Sie geboren? Avez-vous a sweetheart, haben Sie eine Freundin?» Am Ende ein paar Bemerkungen über sich selbst. Dreiundzwanzig Jahre alt. Einzige Tochter. Verlobt mit einem sunnitischen Moslem, der im Augenblick in Frankreich ist, Jamaal. Studentin an der Amerikanischen Universität von Beirut. Welches Fach? «Political Sciences.» – «Politische Wissenschaften?!?» – «Qui, et très proche à la maîtrise, und kurz vor dem Abschluß. I am preparing a graduation thesis on Lebanon and the international problems in the Middle East. Ich bereite eine Diplomarbeit über den Libanon und die internationalen Probleme im Nahen Osten vor.» Scheiße! Sie waren Freunde geworden.

Er seufzte traurig. Freunde? Irgendwer sollte die Bedeutung dieses Wortes genau klären, deutlich machen, wo die Freundschaft aufhört und die Liebe anfängt, und ein für allemal festlegen, worin der Verrat, der Betrug besteht. Denn wenn du eine Verlobte hast oder eine Frau und gehst mit einer anderen ins Bett, sagt man dir, daß du ein Verräter bist; wenn du aber die andere nicht anrührst und nur in aller Freundschaft mit ihr Umgang hast, sagt man dir, daß du treu bist. Aus all dem folgt, daß in den Beziehungen zwischen Mann und Frau der Betrug eine Frage der Haut, des körperlichen Kontakts ist, nicht aber von Gedanken und Gefühlen. Aber betrügt man denn nicht auch mit Gedanken und Gefühlen? Und Betrug oder nicht: kann man zwei

Menschen gleichzeitig lieben? Es gelang ihm nicht, darauf eine Antwort zu finden. Doch er merkte, daß er nach der Begegnung, die in der Entdeckung gipfelte, daß sie beide die gleiche Diplomarbeit vorbereiteten, Dalilah mit einer ähnlichen Ungeduld erwartete, mit der er auf Rosaria wartete, und als man ihn vom Wachposten am Eingang abgezogen hatte, hatte er etwas viel Schlimmeres getan, als sie ins Bett zu schleifen. Er war verzweifelt zu ihr gelaufen. «Dalilah! Nichts darf anders werden, Dalilah! Sobald ich meinen Dienst hinter mir habe, komme ich und klopfe an dein Fenster!» Ihr Fenster war das an der Ecke, im Erdgeschoß der kleinen Villa, und oftmals brauchte man gar nicht ans Fenster zu klopfen. Dalilah stand schon auf dem Balkon und: «Je viens, I am coming, ich komme!» Dann lief sie zu ihm, und sie verbargen sich in irgendeinem Winkel innerhalb der Abzäunung, wo sie rauchten und über alles redeten, was ihnen gerade einfiel. Beispielsweise träumten sie von Orten, wo sie beide hingehen wollten und wo sie in der Phantasie schon einige Male gewesen waren. Die Pubs von London, die Bistros von Paris, die Kirchen von Rom, die Museen von Florenz, die Kanäle von Venedig, die Wolkenkratzer von New York, die Steppen Rußlands, die Fjorde Norwegens, die Wälder Brasiliens, die Meere Indonesiens, die Gletscher Alaskas... Die schöne Welt, die Welt in Farbe, wie man sie in der Reisewerbung findet. Oder sie unterhielten sich über die Zweifel und Ungewißheiten, in denen man im Alter von zwanzig ertrinkt, das ewige Gefühl, von denen, die älter sind als du, nicht verstanden oder ernst genommen zu werden: beruhige-dich-du-Quatschkopf, sei-still-du-Quasselstrippe, was-weißt-du-in-deinem-Alter-schon-davon. Die Tatsache, daß sie die gleiche Diplomarbeit schrieb, machte nur einen Teil ihrer Einigkeit aus: was sie außerdem noch in diesen Winkel führte, war auch die Verwandtschaft der Probleme, des Geschmacks, der Träume. Etwas, was ihm in der Beziehung zu Rosaria immer gefehlt hatte. Scheißdreck, verdammter! Wenn du vögeln wolltest, wollte Rosaria tanzen. Wenn du tanzen wolltest, wollte sie vögeln. Wenn du sagtest Ich-würde-gerne-verreisen, sagte sie Ich-nicht, ich-fühl-mich-hier-wohl. Außerdem vergötterte sie Palermo. «Das ist meine Stadt!» Für Dalilah dagegen war es überhaupt nicht wichtig, daß Beirut ihre Stadt war. Sie sagte: «Tout est laid, ici, even the air. Alles ist hier häßlich, sogar die Luft. I hate, je déteste Beyrouth!» Nun ja! Es gab nur ein Thema, das er und Dalilah niemals berührten: das Thema Rosaria-Jamaal. Sie schlichen drum herum, spielten darauf an, streiften es mit vagen Andeutungen, doch wenn sie die Namen Rosaria oder Jamaal aussprechen mußten, zogen sie sich zurück. «Hat... sie dir geschrieben?» – «Ja, eine Postkarte.» – «Hat... er dich angerufen?» – «Ja, vor ein paar Tagen.» Mit anderen Worten und ohne daß sie sich jemals einen Kuß gegeben oder gestreichelt oder einen Blick zuviel zugeworfen hätten, war ihnen völlig klar, daß ihre Freundschaft eine Liebesbeziehung war. Um sich restlos davon zu überzeugen, reichte es übrigens, sich daran zu erinnern, wie ungestüm sie beide aufeinander zugelaufen waren, als die mysteriösen Bomben das Munitionslager zerstört hatten. «Dalilah! Bist du wirklich unverletzt, Dalilah?» – «Matteo, Matteo! J'ai eu such a fear that you would be mort ou blessé! Ich hatte solche Angst, daß du tot oder verwundet wärst!» Aug in Aug: an Rosarias Stelle hätte Dalilah niemals gesagt Geh-Matteo-geh. Sie hätte ihm niemals die Empfehlung des Obersts verschafft, der ein Freund von dem Mafiatypen und so weiter. Sie hätte ihn niemals hierhergeschickt und ihn sein Leben riskieren und sich zukiffen lassen. Und er, an Jamaals Stelle, hätte sie schon längst geheiratet. Und trotzdem: wenn er nur an seine Königin von Saba dachte, richtete sich sein Schwanz zum Himmel auf.

«Bewegung, Jungs, Bewegung!»

Sechs Uhr morgens. Wachablösung. Matteo trat den Stummel aus, warf einen forschenden Blick auf Fabio, der sich in ein neues Schweigen eingeigelt hatte, und wünschte sich, daß Jasmine wirklich mit dieser wichtigen Nachricht zurückkommen würde. Plötzlich interessierte ihn das mehr als alles andere: warum? Vielleicht, weil ihm der Gedanke gefiel, den Offizieren, die Lügen erzählen, eine Lektion zu erteilen. Habt-keine-Sorge, die-Italiener-rührt-keiner-an, keiner-ist-sauer-auf-uns. Keiner? Glaubten die denn, daß die jungen Männer von heute ihren Urgroßvätern ähnelten, diesen Plattschwänzen, die sich im Ersten Weltkrieg einfach hatten abschlachten lassen, ohne das Maul aufzumachen, und wenn sie es aufgemacht hatten, nur Viva-l'Italia sagten? Nein, meine Herren. Wirklich nicht. Auch wenn sich in dem Haufen noch irgendeiner finden ließ, der nichts begriffen hatte, irgend so ein Blödmann, der bereit war, sich abschlachten zu lassen und Es-lebe-Italien oder Es-lebe-Frankreich oder Es-lebe-England oder Es-lebe-das-Großherzogtum-Luxemburg zu sagen, die jungen Männer von heute ähneln ihren Urgroßvätern nicht mehr. Sie sind Kinder des Fortschritts und des Überflusses, sie gehen zur Universität. Sie lesen Bücher, sie lesen Zeitungen und gebrauchen ihren Kopf zum Denken. Der Jugend von heute, meine Herren, erzählt man keine Lügen mehr. Nicht einmal in Fällen, wo sie sich zukiffen und nicht wissen, wo die Treue aufhört, der Betrug anfängt und ob man zwei Personen gleichzeitig lieben kann.

* * *

Er war ein bißchen überheblich und nicht so klug, wie es schien, dieser Matteo, wenn er Beirut mit Mafiosi verglich, die sich mit Mörsern und Kanonen anstelle von Jagdgewehren umbrachten. Er begriff nicht (eines Tages aber würde er begreifen), daß der Fortschritt die Menschen nur sehr wenig verändert, daß der Überfluß sie schwach macht, daß seine Urgroßväter alles andere als Plattschwänze, sondern viel intelligenter gewesen waren als er, der glaubte, beim Denken seinen eigenen Kopf zu gebrauchen, weil er zur Universität ging oder Bücher und Zeitungen las. Aber er war nicht dumm, und er hatte nicht Unrecht, wenn er wissen wollte, was er dank Jasmine noch in dieser Nacht erfahren würde. Es handelte sich nämlich um ein wichtiges Detail: um den x-ten Beweis, daß das Chaos größer und größer wurde und immer näher kam, wie eine Schlange, die sich durchs Dunkel schlängelt.

– 4 –

Eine schwierige Nacht in der Straße Ohne Namen. Aus unerfindlichem Grund hatten Djumblatts Drusen mit der Bombardierung der Kaserne der Sechsten Brigade begonnen, und die Straße Ohne Namen bekam alles ab: innerhalb weniger Minuten waren zwei 130er Granaten haarscharf an der Dreiundzwanzig vorbeigeflogen, und eine dritte war über die Achtundzwanzig hinweggepfiffen, dann neben der kuwaitischen Botschaft eingeschlagen. Es fielen auch 106er Schüsse aus der Richtung der Grünen Linie, flogen Kugeln aus der Richtung von Gobeyre, auf gut Glück abgefeuerte Salven, und hinter der kleinen Mauer kauerte Matteo wie ein Vögelchen, das sich vor dem Hagel dadurch schützt, daß es die Augen schließt. Fabio dagegen war stehengeblieben, unerschütterlich, und ließ die Baracke gegenüber nicht aus den Augen, wo er vierundzwanzig Stunden zuvor eingedrungen war, das Gewehr auf Ahmed gerichtet.

«Hoffentlich schicken sie uns nicht zur Sicherheit in den Panzer», murmelte er plötzlich.

«Hoffentlich?!?» protestierte Matteo, der sich hinter der kleinen Mauer noch mehr zusammengekauert hatte.

«Ja, hoffentlich. Denn wenn sie kommt, und wir stecken im Panzer, findet sie uns nicht.»

«Wenn sie uns nicht findet, kommt sie eben wieder! Und wenn sie nicht wiederkommt, dann Gott befohlen! Denkst du nicht an unsere Haut, himmelherrgottnochmal?!?»

Er dachte daran, doch, er dachte daran. Doch mehr als an ihre Haut dachte er an das Bündel, das ihm dieses Schwein von Ahmed geschenkt hatte, an die große, in einen schwarzen Abaja gehüllte Gestalt, die mit dem am Hals festgebundenen linken Arm und dem entstellten Gesicht die Straße überquert hatte, um ihm zu sagen, daß er ein mutiger Mann sei. Ein Mann, den man Mister Coraggio nennen müsse. Und er wollte sie wiedersehen. Aber nicht, weil er die wichtige Nachricht erfahren wollte, auf die Matteo so wild war, sondern um sicherzugehen, daß dieses Schwein sie nicht noch einmal verprügelt hatte, und um sie zu fragen, ob es ihr bessergehe. Sie hatte sein Herz aufgetaut, dieses arme Geschöpf, das mit einem Knüppel verprügelt worden war; sie hatte ihm ein Gefühl vermittelt, dessen er sich niemals fähig gehalten hatte: Mitleid. Er sah auf die Uhr. Fünf nach zehn. Sie konnte immer noch kommen. Wenn sie jetzt kommen würde, dann wäre, auch wenn der Sektorchef sich entschließen würde, sie zur Sicherheit in den Panzer zu schicken, immer noch genügend Zeit, ein paar Worte miteinander zu wechseln: das Hin und Her, bevor der Befehl gegeben wurde, sich in Sicherheit zu bringen, ist sowieso immer unendlich lang! Der Sektorchef muß die Kommandozentrale anrufen, die Kommandozentrale muß den Kommandanten des Stützpunkts anrufen, der Kommandant des Stützpunkts muß entscheiden, ob er die Einwilligung geben soll oder nicht, dann muß die Kommandozentrale wieder den Sektorchef anrufen, der seinerseits den Panzerkommandanten anrufen muß, der wiederum...

«Bringt euch in Sicherheit! In den Panzer! In den Panzer!»

Der Befehl kam, Matteo sprang auf.

«Ein Glück! Los, weg, Fabio, schnell!»

«Aber...»

«Lauf himmelherrgottnochmal! Sie haben die Luke geöffnet!»

Er seufzte enttäuscht. Er nahm das Gewehr, löste sich von der kleinen Mauer, begann, den Hang hochzukraxeln, der zum Panzer der Achtundzwanzig führte. Und er war gerade auf halber Höhe, als vom gegenüberliegenden Bürgersteig die matte Stimme kam.

«Mister Coraggio, Mister Coraggio!»
Sofort hielt er inne.
«Geh voraus», sagte er zu Matteo.
«Was heißt voraus, bist du wahnsinnig?!?» schrie Matteo.
«Geh voraus», sagte Fabio wieder. «Ich komme gleich nach.»
Schnell stieg er wieder den Hang hinunter und gelangte zum Wachposten, wo Jasmine auf ihn wartete.
«I am back, ich bin zurück, Mister Coraggio.»
Sie war für die Rückkehr festlich gekleidet. Sie trug einen luxuriösen blauen Jalabiah mit Gold- und Silberstickereien und hatte den Arm nicht mehr am Hals festgebunden. Doch das Auge, das gestern halb zu gewesen war, war jetzt ganz zu, und das blauviolett unterlaufene war jetzt schwarz, der zerkratzte und blutverschmierte Jochbogen hatte sich grün verfärbt, und die geschwollenen Lippen sahen noch geschwollener aus.
«Jasmine! Did he hurt you again, hat er dich wieder geschlagen?»
Sie lächelte.
«No, Mister Coraggio, nein. I am much better tonight, heute abend geht es mir viel besser.»
«Where is he, wo ist er?»
«To sleep, er schläft. Very, very drunk. Sehr, sehr betrunken.»
«Then go home, dann geh nach Hause, Jasmine. It's too dangerous here, hier ist es zu gefährlich.»
Sie schüttelte den Kopf.
«I don't want to go home, ich will nicht nach Hause gehen, Mister Coraggio. I want to stay with you, ich will bei dir bleiben.»
«With me, bei mir?!?»
«Yes. I want to thank you, ich will dir danken.»
Eine Kanonenkugel flog nicht weit entfernt vorbei, um Gott weiß wo einzuschlagen. Ein Querschläger sauste vorüber. Oben vom Hang hagelten Proteste herunter.
«Fabiooo! Was für'n Scheiß machst du da unten?!?»
«Komm rauf, du blöder Sack!»
«Renn, du Idiot, wir schließen die Lukeee!»
Er sah sie hilflos an, ohne zu begreifen.
«Du hast dich schon bei mir bedankt, Jasmine! Ich muß in den Panzer!»
Sie schüttelte zum zweiten Mal den Kopf. Dann streckte sie den gesunden Arm aus, nahm seine Hand und zog ihn entschlossen zur Gasse hinüber, wo sich der verlassene Bunker befand.
«Panzer no good, ist nicht gut, Mister Corragio. Shelter much

stronger, der Bunker ist viel stärker. Follow me, komm mit mir, Mister Coraggio.»

Zu den Kanonenschüssen der Drusen kamen die Raketen der Regierungstruppen, und auf der Rotunde der Überführung brannte ein getroffenes Haus.

* * *

Er hatte nie einen Fuß in diesen verlassenen Bunker gesetzt. Viele, auch Matteo, gingen da hin, weil sie ihn als Latrine benutzten. Er nicht. Es stank zu sehr nach Exkrementen; beim Näherkommen stieg dir ein solcher Gestank in die Nase, daß es dir den Atem raubte, und er konnte keinen schlechten Geruch ertragen. Außerdem war es dunkel, und Dunkelheit ertrug er noch weniger als Bomben oder Menschenmassen, die Tod-den-Italienern brüllten. Wenn er als Kind in ein dunkles Zimmer getreten war, hatte er geweint. Es war ihm vorgekommen, als würden hundert Münder in seinen Nacken hauchen, um ihn zu verschlingen, als würden hundert Finger nach ihm greifen, und er hatte geweint. «Mama, Mama!» Als er auf der Schwelle stand, fühlte er sich von großer Angst gepackt, von einem Entsetzen, das sogar noch das Entsetzen an dem Sonntag übertraf, als Rambo dem Mullah die Tasse mit dem Mokka ins Gesicht gekippt hatte. Ob Ahmed Jasmine geschickt hatte, um sich für die erlittene Demütigung zu rächen, fragte er sich, ob Ahmed mir eine Falle gestellt hat? Ob er, statt betrunken in seinem Bett zu schlafen, hier auf mich wartet, um mir die Kehle durchzuschneiden oder um mich zu entführen und den Söhnen Gottes auszuliefern? Wer sieht denn, ob er hier ist? Ich hab nicht mal eine Taschenlampe, um etwas Licht zu machen, hab vergessen, sie mitzunehmen. Wer verteidigt mich, wenn er mich überfällt; wer hört mich, wenn ich um Hilfe schreie? Der Panzer ist weit weg, der Lärm ist infernalisch. Er erstickt jedes andere Geräusch. Nein, nein, ich geh keinen Schritt weiter. Ich hau ab. Er hatte vergessen, daß er jung, kräftig und bewaffnet war, und machte sich los. «I cannot, ich kann nicht. I must go, ich muß gehen.» Jasmine mußte die ganze Kraft ihres gesunden Arms aufwenden, um ihn erneut zu packen, die ganze Sanftheit ihrer Stimme, mit der sie zu ihm sagte Komm-mit-Mister-Coraggio und ihn überredete, über die Schwelle zu treten. Zitternd trat er ein und mit dem verzweifelten Wunsch, daß sie ihn, um sich dankbar zu erweisen, wirklich zu einem Versteck führen würde, das sicherer war als der Panzer, und so folgte er ihr aus einer anderen Angst heraus. Der Angst, sie könnte merken, daß er Angst hatte. Gemeinsam tauchten sie in die Dunkelheit ein, versanken im Gestank der Exkremente; und welch absurdes Schauspiel, wenn ihn jemand hätte sehen können! Erstickt von den Schwaden, die im Innern unerträglich wurden, unter der Last von Gewehr, Helm, kugelsicherer Weste, tappte er mit der Unsicherheit eines Blinden vorwärts, der sich führen läßt, aber kein Vertrauen hat, und in der Luft auf der Suche nach Widerständen herumtastet; völlig unbefangen und ohne sich um den Gestank zu kümmern, bewegte sie sich dagegen mit der Sicherheit einer Fledermaus vorwärts, die keine Augen braucht, um in der Finsternis zu fliegen, und mit der Gewandtheit eines Maulwurfs, der im Dunkeln jedes Eckchen seines Baus kennt. Bevor sie nämlich angefangen hatte, in der kuwaitischen Botschaft zu arbeiten, hatte sie die Kunden, die sie nicht in die Baracke bringen konnte, hierhergebracht, weil Ahmed sonst den Verdienst kassiert hätte, und daher kannte sie diesen Ort besser, als eine Fledermaus die Dunkelheit kennt oder ein Maulwurf den eigenen Bau. Sie wußte zum Beispiel, daß hinter dem Eingang ein Korridor lag, daß der Korridor zwölf Schritt lang war, daß nach den zwölf Schritten eine kleine Treppe mit zwanzig Stufen kam, daß an der zwanzigsten Stufe ein Gang von weiteren dreißig Schritt Länge anfing, daß am Ende dieses Ganges eine Schachtel mit Kerzen lag und eine Schachtel Streichhölzer, um sie anzuzünden. So kam sie, ohne auch nur eine Sekunde lang ihren Griff zu lockern, mit Leichtigkeit dort an, fand die Kerzen und zündete eine an. Sie stellte sie auf einen Stein, der wie eine Konsole aus der Wand heraustrat, verjagte zwei Mäuse, die sie unbeweglich ansahen, lehnte sich mit den Schultern an die feuchte Mauer und tat, was sie glaubte, tun zu müssen, um dem zu danken, der gut zu ihr war. Sie spreizte die Beine und hob den blauen Jalabiah hoch.

«Take, nimm, Mister Coraggio, take.»

Unter ihrem Jalabiah hatte sie nichts an, obgleich die Nacht sehr kalt und dieser Gang hier noch kälter war. Nichts außer ihrem schönen Körper, der von Blutergüssen, Kratzern und Narben früherer Schläge gezeichnet war. Spuren der feigsten Feigheit, die es gibt: die Feigheit der Niederträchtigsten, die kleine Kinder, alte Menschen, Schwache und Frauen schlagen, die sich nicht verteidigen können. Entsetzt und hilflos zugleich trat Fabio einen Schritt zurück. Also war sie nicht von Ahmed geschickt worden, der sich im Dunkeln versteckt hielt, um ihm die Kehle durchzuschneiden oder ihn zu entführen und den Söhnen Gottes auszuliefern! Sie war nicht gekommen, um sich zu bedanken, indem sie ihn in ein Versteck führte, das sicherer war als der Panzer. Sie war gekommen, um sich zu verschenken wie ein Glas Bier oder ein Brötchen! Was ihr jetzt antworten, was tun, wie sich verhalten?!? Es war ihm noch nie passiert, daß sich eine Frau an ihn verschenkte wie ein Glas Bier oder ein Brötchen, und noch nie hatte ihm jemand gesagt, daß eine Frau sich wie ein Glas Bier oder ein Brötchen verschenken könnte, und er sah sich außerstande, ihre Einladung anzunehmen: take, nimm, Mister Coraggio, take. Er hätte sich dazu auch außerstande gefühlt, als er noch wie ein Pfau an den Stränden herumstolziert war, mit einem Badeslip, der wie ein Tänzersuspensorium aussah, und mit einem über der Brust offenen Hemd, um die Ausländerinnen zu verführen, die dir die Reise nach Frankfurt oder Stockholm bezahlen. Richtig, er war zu nichts nutze, ein Schlappschwanz, der sich in die Hose schiß, wenn er das Gebrüll Tod-den-Italienern hörte, ein Niemand, dessen oberstes Ziel es war, ein kleines Restaurant in Cleveland, Ohio, zu eröffnen; aber er war kein Tier, das nur um zu vögeln ein armes Wesen, das verprügelt worden war, am Ende eines dunklen Ganges durchvögelt. Je länger er den schönen, von Blutergüssen, Kratzern und Narben gezeichneten Körper betrachtete, um so weniger begehrte er ihn. Um so weniger fühlte er sich in der Lage, ihre Einladung anzunehmen. Irgendwann aber fiel sein Blick auf die geschwollenen Lippen, auf den grün verfärbten Jochbogen, auf das geschlossene Auge, im Flackerschein der Kerze begegnete er dem Blick des schwarz unterlaufenen Auges, und alles war anders. Denn durch die Nebelschleier seiner Unwissenheit und seines geringen Scharfsinns spürte er etwas, was ein gebildeter, scharfsinniger Mann vielleicht nicht gespürt hätte: an dieser Wand lehnte nicht nur eine Frau, die mit gespreizten Beinen ihren blauen Jalabiah hochgehoben hatte, eine Sklavin, die ihm auf die einzige ihr bekannte Weise zu danken versuchte. Dort lehnte das Urbild des Leidens, der Einsamkeit, des Unglücks, das Ursymbol einer leidenden, unglücklichen Menschheit, und je mehr sie leidet und je unglücklicher sie ist, um so stärker ist ihr Bedürfnis, Liebe zu schenken und zu empfangen. Er verstand, daß sie sich gab, um das zu empfangen, was sie noch nie bekommen hatte: ein bißchen Liebe liebevoll gegeben. Daher war es eine Pflicht, sie hier unten, in diesem stinkenden, verpesteten Rattenloch, zu nehmen und sich ihr zu geben, eine Pflicht, der er sich nicht entziehen durfte: eine Gelegenheit, seine Misere wiedergutzumachen, sich zu erlösen, sich jene Tasse Mokka zu verzeihen. Und das Mitleid, mit dem er sie erwartet hatte, während er brummte Hoffentlich-schicken-sie-uns-nicht-zur-Sicherheit-in-den-Panzer, verwandelte sich in Zärtlichkeit, die Zärtlichkeit in Begehren, das Begehren in etwas, das, obgleich es keine Liebe war, der Liebe doch sehr nahe kam. Er legte das Gewehr ab, den Helm, die kugelsichere Weste, er öffnete die Hose und ganz vorsichtig, um nicht auf die Blutergüsse und die Kratzer und Narben zu drücken, nahm er sie. Gab sich ihr. Lange, während die schwache Stimme ihm dankte.

«Thank you, Mister Coraggio. Thank you.»

Dann stiegen sie wieder nach oben. Umschlungen wie zwei Schiffbrüchige, die das Meer aufs gleiche Wrack geschleudert hat, saßen sie auf der Schwelle, um ein bißchen frische Luft zu schnappen und sich zu erzählen, wer sie waren. Er erzählte ihr von Brindisi, von Mirella, von John, vom Mullah, von den Anschuldigungen wie Feigling, bestochenes Aas, Hasenfuß, Angsthase, Hosenkacker, Verräter, Judas; sie erzählte ihm von ihrem armseligen Leben, das niemals mit Freude und Würde in Berührung gekommen war. Sie erzählte ihm, daß sie aus einer Bauernfamilie stammte, die Haschisch anbaute; daß sie an Ahmed verkauft worden war, als sie noch ein Kind war; daß Ahmed sie zur Königin seines Bordells gemacht hatte, weil reiche Araber blonde Frauen bevorzugten: sie zahlen den doppelten Preis, und oftmals mieten sie sie für tausend Dollar die Woche, einschließlich der Mahlzeiten. Sie erzählte ihm, daß es ihr anfangs nichts ausgemacht hatte, Prostituierte zu sein. Denn sie wußte nicht, daß man sich so lieben kann wie heute nacht, und weil ihre Kunden in Luxushotels oder in Villen in den Chouf-Bergen wohnten: in den Luxushotels und in den Villen in den Chouf-Bergen ißt man gut, sind die Betten sauber, in den Badezimmern gibt es warmes Wasser, Frotteehandtücher und Seife umsonst. Daß ihr Beruf ein häßlicher Beruf war, hatte sie an dem Abend begriffen, als man sie für ein Fest gemietet hatte und sie im Verlauf weniger Stunden sage und schreibe dreißig Business-men bedienen mußte. Einen nach dem anderen. Sie hatte sich miserabel gefühlt, und der Hausherr, ein Emir aus Saudi-Arabien, hatte den Arzt rufen lassen, der sie ins Krankenhaus bringen wollte. Sie erzählte Fabio, daß sie bis zur israelischen Belagerung so weitergemacht habe, daß heißt bis zu dem Zeitpunkt, als der Krieg die Luxushotels und die Villen in den Chouf-Bergen zerstört und die reichen Araber vertrieben hatte, und daß die Belagerung für sie eine Erleichterung bedeutet hatte: während der Belagerung konnte sie sich ausruhen. Danach aber hatte sie wieder mit Arabern aus der Gegend angefangen, und Ahmed hatte damit angefangen, sie zu schlagen. Ob-du-Prügelspuren-hast-oder-nicht-die-Kaffer-hier-nehmen-dich-in-jedem-Fall, sagte er. Ahmed war abgrundtief schlecht. Schlecht zu allen. Am zweiten Tag des

Massakers von Sabra und Chatila hatte er sich geweigert, einem geflüchteten Palästinenser und dessen Sohn seine Türe zu öffnen, und sie, als er sah, daß sich beide in einem Graben versteckten, den Falangisten gemeldet: da-sind-sie, da-sind-sie. Sie erzählte ihm auch, daß sie in die kuwaitische Botschaft mit Hilfe eines freundlichen Kunden gekommen sei, eines Kaufmanns aus Bahrain, dem die Gedichte eines gewissen Omar Khayyam gefielen; daß sie in der Botschaft als Telefonistin arbeitete, wovon Ahmed nichts wußte. Westliche Diplomaten, Regierungsoffiziere. Und von einem dieser Offiziere hatte sie erfahren, daß das Munitionslager von Sierra Mike von Angehörigen der Achten Brigade beschossen worden war. Doch Fabio war noch immer durcheinander von der Geschichte mit den dreißig Business-men, die sie einer nach dem anderen benutzt hatten; er war ganz im Bann von etwas, das, obwohl es keine Liebe war, der Liebe doch sehr nahe kam und Liebe zu werden begann, und daher reagierte er auf diese Mitteilung mit Desinteresse. Das heißt, ohne zu merken, daß er ein heißes Eisen in der Hand hielt. Erst Matteo setzte ihm das auseinander, den er, nach dem Bombardement und dem Wutausbruch des Zugführers, wieder am Lager Drei fand.

«Was hat sie gesagt, Fabio, was hat sie gesagt?»

«Daß es Angehörige der Achten Brigade waren, die das Munitionsdepot beschossen haben.»

«Von der Achten?!? Von den Regierungstruppen, denen mit dem Kreuz am Hals, von den Christen?!?»

«Ja.»

«Ist dir klar, was das bedeutet?!?»

«Nein.»

«Neiein?!? Mann, wach auf, Fabio. In Palermo nennt man bestimmte Dinge Warnungen; die Mafia gibt sie, zieht denen die Ohren lang, die danebengehauen haben. Wir müssen sofort Sandokan informieren und herausfinden, ob das stimmt oder nicht.»

* * *

Es stimmte. Es handelte sich wirklich um ein Ohrenlangziehen, genauer gesagt, um eine Warnung à la Mafia, ausgestoßen von einem Hauptmann der Achten Brigade, dem Hauptmann Gassàn, um Italienern laut und deutlich das zu verkünden, was die Regierung Gemayels, die keine Regierung war, sich nicht einmal zu flüstern getraute: «Schluß mit den Übereinkünften mit Zandra Sadr. Schluß mit dem Verschenken von Blut an unsere Feinde. Schluß damit, sich von ihnen als Blutsbrüder bezeichnen zu lassen. Schluß damit, auf zwei Hochzeiten zu tanzen. Schluß damit, uns den Zugang nach Chatila zu verwehren. Wir müssen bald hinein, und dann wehe dem, der uns daran zu hindern sucht.» Mit anderen Worten: das Kontingent saß längst zwischen zwei Stühlen. Und dies geschah, als die Fäden unserer Figuren sich miteinander zu verflechten begannen, um ganz allmählich das Handlungsgewebe der Begebenheiten zu wirken, die zu dem Ereignis führten, das Gassàn angedeutet hatte.

Viertes Kapitel

– 1 –

Wenn sich etwas Gewaltiges ereignet, das den Status quo einer Situation verändert oder sogar eine Tragödie heraufbeschwört, dann fragen wir uns nicht, welches Zusammentreffen marginaler und nur dem Augenschein nach unbedeutender Vorfälle sein Eintreten begünstigt oder bestimmt hat. Wir berücksichtigen weder die einzelnen Menschen noch die kleinen Dinge, die das Gerüst dieses Ablaufs ausmachen: wir betrachten es von weitem, wie man einen brennenden Wald betrachtet, ohne den einzelnen Baum zu sehen und ohne den Ast oder gar das Blatt zu beachten, auf das der erste Funke fällt. Ein Baum hat nur geringe Bedeutung, denkt man. Ein Ast, ein Blatt überhaupt keine. Und dabei vergißt man, daß es gerade dieses Blatt, dieser Ast, dieser Baum war, von dem das Feuer ausgegangen ist, der es an andere Blätter und an andere Äste, an andere Bäume des Waldes weitergegeben hat. Noch viel weniger fragen wir uns, ob das Zusammentreffen marginaler und nur dem Augenschein nach unbedeutender Vorfälle zu einer Kette sich von selbst vermehrender Ereignisse mit einer unerklärlichen Mechanik gehört, wonach A B bewirkt, so daß B C bewirkt, so daß C D bewirkt und so weiter. Blatt für Blatt, Ast für Ast, Baum für Baum. Ob es uns gefällt oder nicht, ob wir es mögen oder nicht: das ist der Punkt. Von Stolz erfüllt auf die überheblichen Modelle einer Kultur, die sich im Namen der Vernunft brüstet und sich einbildet, alles erklären zu können, abgelenkt vom unantastbaren Bedürfnis, unsere eigenen Herren zu sein, merken wir nicht, daß wir einer uns fremden und unverständlichen Logik ausgeliefert sind. Kurz, wir versagen uns dem Geheimnis, das die Alten Fatum oder Schicksal nannten, wir reden uns ein, es existiere nicht, und das aus gutem Grund: das Wort Schicksal ist häßlich. Es ist das Symbol einer Ohnmacht, die die Idee der Verantwortung, die Freiheit, nach unserer Einsicht oder unseren Wünschen zu entscheiden, das Recht, unser Leben selbst zu gestalten, verletzt. Zudem steckt das Risiko des Verzichts darin, der Resignation. Gottes-Wille-geschehe, amen. Und doch gibt es das Schicksal, leider. Es ist das, was wir Zufall nennen, unerwartete Zufälle, und um uns seiner Willkür zu unterwerfen, bedient es sich der unverdächtigsten Instrumente. Ein beiläufiger Satz, eine banale Begegnung, ein harmloses Spielzeug. Eine Freude, ein Kummer, eine Freundschaft, eine Liebe, eine Bombe. Und zuletzt lassen wir uns so davon überzeugen, daß uns fröstelt. Angelo, der seinerseits überzeugt ist, wird es uns vorführen. Allerdings hatte sich die Kette der sich selbst vermehrenden Ereignisse mit einer unerklärlichen Mechanik, wonach A B bewirkt und so weiter, schon an dem Abend abgezeichnet, an dem Matteo die Bedeutung der von Jasmine weitergegebenen Nachricht erkannt hatte; und daß die Dinge sich verschlimmerten, wurde zwei Wochen später deutlich: an jenem Morgen, an dem Verrücktes Pferd Angelo in seinem Büro festhielt.

«Bitte, Sergente, nehmen Sie doch Platz!»

«Nein, ich möchte nicht stören, Signor Colonnello.»

«Sie stören nicht, Sergente. Warum sollte sich ein Untergebener nicht mit einem Colonnello unterhalten dürfen? Ich will Ihnen sagen, daß ich die Form in dem Maße wahre, wie ich auf die Einhaltung der Hierarchie Wert lege, so wie ich, wenn ich eine Uniform an einem Kleiderhaken hängen sehe, grüße, indem ich die Hand ans Barett führe, aber wenn ich einen General nackt unter der Dusche sehe, ihn auch dann nicht grüßen würde, wenn es Napoleon wäre! Heiliger Himmel, ein junger Mensch bildet sich doch auch in der Unterhaltung mit dem, der einen höheren Rang als er bekleidet. Natürlich nur, sofern er diese Ehre verdient. Und wenn ich mich nicht täusche, haben Sie sie verdient. Ich nehme an Ihnen eine gewisse Klasse wahr, eine Eleganz, die nichts mit Ihrer Größe oder Ihrem schlanken Körperbau zu tun hat, sondern mit einer teutonischen Gemessenheit, die ich bei anderen nicht beobachte. Merkwürdig, daß man Ihnen an diesem Ort von Rüpeln nicht den Spitznamen der Preuße gegeben hat. Stört Sie dieser Vergleich?»

«Nein, Signor Colonnello, nur, daß...»

Angelo wurde unruhig. Bei den Worten Bitte-Sergente-nehmen-Sie-doch-Platz hatte er einen Lärm wahrgenommen, der aus der Kommandozentrale kam, ein aufgeregtes Durcheinandergebrülle jetzt, zugleich mit dem Wort Krankenwagen und einer Stimme, die sich anhörte wie die Stimme von Zucker, und immer lauter wurde.

«Die Krankenwagen, zum Kuckuck, die Krankenwageeen!»

«Sind schon raus! Pünktlich um neun sind sie los, also vor fast zehn Minuten sind sie raus! Wir haben ihnen gesagt, daß sie vom Lager Sechs aus reinfahren sollen.»

«Nein, nicht von Lager Seeechs! Da ist die Straße doch auch durch einen Wagen blockiert! Sie müssen von Lager Sieben aus reinfahren, da gibt es wenigstens ein bißchen Platz, da kann man mit den Tragen vorbei! Verstandeeen?!?»

«Verstanden! Wir geben Ihnen gleich Bescheid, verstanden!»

«Nicht so wichtig, nicht so wichtig! Sie haben die Straße freigemacht, sie kommen her, sie sind schon daaa!»

«Nur, daß Spitznamen eine Last sind und ich das wissen müßte, werden Sie mir wahrscheinlich antworten wollen. Richtig, lieber Sergente, richtig. Ich werde Verrücktes Pferd genannt. Tatsache ist, daß es mir nichts ausmacht. Im Gegenteil. Das Pferd ist das edelste Tier, das es gibt, das selbstloseste, das intelligenteste, und es gibt Augenblicke, da möchte ich wirklich ein Pferd sein. Was das Adjektiv verrückt angeht, nun, da möchte ich Sie daran erinnern, daß Don Quijote verrückt war und daß ich, mutatis mutandis, Ähnlichkeit mit ihm habe. Auch ich lebe mit der schmerzlichen Erinnerung einer heroischen Vergangenheit, auch ich würde die Heldentaten meiner Vorbilder gern wiederholen, auch ich lebe in einer Welt, die sich ungeheuer verändert hat und nicht mehr die meine ist. Und dem, der das nicht versteht, der mich in einem klinischen und vulgären Sinn für verrückt hält, erkläre ich voller Verachtung: Honi soit qui mal y pense. Berühmter Wahlspruch, der, wie Sie wissen, von Seiner Majestät Edward III. von England im Jahr 1347 geprägt wurde, um genau zu sein: während eines Turniers, bei dem die Gräfin von Salisbury, seine Geliebte, ihr Strumpfband verlor. Edward III. hob es auf, sagte Honi-soit-qui-mal-y-pense, Ein-Schelm-wer-Arges-dabei-denkt, und gründete den Hosenband-Orden, der aus einem Strumpfband aus dunkelblauem Samt mit goldenen Streifen besteht und unterhalb des linken Knies getragen wird, obwohl Ihre Majestät Queen Elizabeth The Second ihn oberhalb des Ellbogens zu tragen pflegt. Was für einen Humor diese Herrscherin besitzt! Lieber Sergente, im Leben braucht man ‹sense of humour›. Humor ist ein Vorzug, der eng mit der Liebenswürdigkeit verknüpft ist, und die Liebenswürdigkeit ist eine Tugend, die eng mit der Disziplin verknüpft ist. Disziplin in der Liebenswürdigkeit, pflege ich immer zu sagen, und Liebenswürdigkeit in der Disziplin. Ist Ihnen die Definition von Disziplin bekannt, Sergente?»

«Jawohl, allerdings...»

In der Kommandozentrale ging der Lärm weiter, weniger dramatisch zwar, aber doch intensiv.

«Haben sie sie weggeschafft?»

«Ja, sie sind jetzt im Feldlazarett.»

«Und die Wagen sind beiseite geräumt?»

«Ja, mit den M113!»

«Von wem sind die?»

«Vielleicht von zweien, die zufällig da vorbeigekommen sind und dann in Panik mit den Schlüsseln abgehauen sind.»

«Und wo ist Zucker?»

«Hier und sucht die Splitter zusammen. In ein paar Minuten kommt er und wird dem Kondor berichten!»

Lärm kam auch vom Flur des Kondors, und Charlie lief gerade in sein Büro. Doch das kümmerte Verrücktes Pferd nicht. Er wollte plaudern und basta.

«Allerdings was, Sergente, was?»

«In der Kommandozentrale wird rumgebrüllt, Signor Colonnello. Es wird von Krankenwagen gesprochen, einer Gasse zwischen Lager Sechs und Lager Sieben, von einem Auto, das die Durchfahrt blokkiert... Ich möchte wissen, was los ist, Signor Colonnello.»

«Lappalien, mein Freund, Lappalien! Ein Unfall. Antworten Sie mir lieber: ist Ihnen diese Definition bekannt oder nicht?»

«Ich kenne sie, Signor Colonnello... Haben Sie Unfall gesagt?»

«Ja, ein Mörsergeschoß. Lenken Sie nicht ab! Und wenn sie Ihnen wirklich bekannt ist, dann sagen Sie sie mir! Das ist ein Befehl!»

«Jawohl... Die militärische Disziplin ist eine Norm für das praktische Leben, die die Grenzen persönlicher Freiheit bestimmt. Sie basiert auf dem Prinzip von Gehorsam und Unterordnung. Sie besteht in der genauen und gewissenhaften Pflichterfüllung, und zwar aufgrund innerer Einsicht in ihre grundsätzliche Notwendigkeit. Sie ist unabdingbar für die Erziehung und Heranbildung der Umgebung, in welcher der Soldat lebt. Ihr Ziel ist es, die Umformung des Bürgers zum Soldaten zu erreichen, die Ausübung der Autorität zu ermöglichen, den Respekt vor den Vorgesetzten zu fördern sowie die Würde des einzelnen zu erhöhen.»

«Tadellos! Einwandfrei! Perfekt! Denken Sie nur, trotz meines Gedächtnisses habe ich mich an den letzten Satz nicht mehr erinnert! Sie dagegen haben ihn mir vorgesprochen, ohne ein Komma zu verrükken! Sie haben mich übertroffen, Sergente, übertroffen! Das läßt mich zum Vergleich an Courelie denken, eine herrliche Persönlichkeit, die in einem Buch über das Leben des Generals Antoine-Charles-Louis Collinet, Graf de Lasalle, geschildert wird. Ja, Lasalle: Feldadjutant von Kellermann, der sich – bitte, verbessern Sie mich, wenn ich mich irre – im Preußischen Feldzug ausgezeichnet hat und am 10. Juni 1807 Murat in der Schlacht von Heilsberg rettete. Lasalle hatte nämlich einen Freund, den tapferen Pierre-Edouard Colbert, Graf de Colbert-

Chabanis, und in Colberts Diensten stand Courelie: ein ausgesprochen aufgeweckter und wagemutiger Unteroffizier. Nun, raten Sie einmal, welches Bravourstück Courelie während der Kavallerieattacke vollführte, die ein Jahr vor Heilsberg, und zwar genau am 28. Oktober 1806, zum Fall von Prenzlau führte, wo sich, wie Sie wissen, der Fürst Hohenlohe Joachim Murat mit zehntausend Mann und vierundsechzig Kanonen ergab! Raten Sie einmal, welch kühnes Kunststück er fertigbrachte: nämlich...»

«Signor Colonnello, bitte entschuldigen Sie, wenn ich Sie unterbreche. Aber wer ist von dem Mörsergeschoß verwundet worden?»

«Wer verwundet ist, ist verwundet, lieber Sergente. Krieg ist Krieg. Und wen's trifft, den trifft's. Wie auch immer, ich sagte, daß Courelie das kühne Kunststück fertigbrachte, mit seinem Pferd Pierre-Edouard Colbert Graf de Colbert-Chabanis zu überholen, der selber die Attacke leitete und zu dieser Zeit Oberst war... Etwas, das ein Untergebener niemals tut und niemals tun kann. Sie verstehen mich... Niemals! Und Colbert war darüber so verärgert, daß er ihn nach dem Sieg unter Arrest stellte und die folgenden Worte sprach: ‹Junger Mann, ich lobe Sie. Nichtsdestoweniger stelle ich Sie unter Arrest. Auf diese Weise werden Sie lernen, was es heißt, schneller zu sein als Ihr Oberst.› Eine Strafe zudem, die Courelie nicht daran hinderte, mit dreißig General zu werden. Nun gut, lieber Sergente, ich bin weit davon entfernt, mich beleidigt zu fühlen wie Pierre-Edouard Colbert Graf de Colbert-Chabanis, der – das nebenbei – im Jahr 1832 Peer von Frankreich wurde, das heißt während der Restauration; ich bin weit davon entfernt, Sie unter Arrest zu stellen, weil Sie mich mit dem Pferd des Gedächtnisses überholt haben, ich lobe Sie und basta. Ich kündige Ihnen an, daß Sie mit dreißig General werden, und Haltung annehmend bringe ich Ihnen meine aufrichtige Wertschätzung zum Ausdruck.»

«Schnur!»

Nur Zucker nannte ihn Schnur. Ohne auf Verrücktes Pferd zu achten, der strammstand und Angelo seine aufrichtige Wertschätzung zum Ausdruck brachte, rannte dieser aus dem Zimmer. Er stürzte in den Eingang und hätte Zucker beinahe umgerannt, der ihn, im blutverschmierten Tarnanzug, ansah, als wollte er ihm etwas sagen, was sich nur schwer sagen läßt. Und Angelo wiederum sah Zucker hilflos an.

«Tenente! Woher kommt das Blut, Tenente?!?»

«Ich komme aus Bourji el Barajni, Schnur», antwortete Zucker und schneuzte sich die große Nase, von der die zurückgehaltenen Tränen nun heruntertropften. «Ich war zufällig dort... Weißt du, daß eine unserer Fallschirmjäger-Patrouillen erwischt worden ist?»

Angelo erstarrte.

«Nein, das wußte ich nicht.»

«In der Gasse zwischen Lager Sechs und Lager Sieben. Alle fünf schwer verletzt.»

«Von dem Mörsergeschoß?»

«Nein, es war kein Mörsergeschoß: ich habe die noch warmen Splitter zweier RDG 8 aufgesammelt... Es war eine Falle, Schnur. Eine richtiggehende Falle. Und der Patrouillenchef...

Angelo runzelte die Stirn.

«Wer war der Patrouillenchef?»

Doch Zucker nahm sich Zeit.

«Der Patrouillenchef ist schlimm zugerichtet, Schnur, schlimm... Das Gesicht kaputt, der Hals ausgerenkt, ein Oberschenkelknochen gebrochen, Beine und Arme von Splittern zerrissen, und die Hände... Praktisch zerquetscht... Vom Feldlazarett ist er ins Rizk verlegt worden und... Versteh mich richtig, er wird sicher durchkommen... Er ist ja stark... Ein richtiger Stier... Aber er wird niemals wieder der Mann sein, den wir kannten, Schnur... Er wird nie mehr mit seinem Motorrad fahren können... Er wird nie mehr seine Gedichte schreiben können...»

«Tenente!»

«Ja, Schnur. Gino war der Patrouillenchef.»

Und das Zusammentreffen marginaler, nur dem Augenschein nach unbedeutender Vorfälle intensivierte sich. Mehr noch, es kam etwas hinzu, das dringend nötig war.

* * *

Nur die von Zucker noch warm aufgesammelten Splitter rechtfertigten den Gebrauch des Wortes Falle. Den Augenzeugenbericht von Gino gab es nämlich nicht, weil Gino bewußtlos aufgefunden worden war, und sowohl ins Feldlazarett als auch ins Rizk war er im Koma eingeliefert worden. Einen Bericht der anderen vier Verletzten gab es ebenfalls nicht, weil zwei nicht in der Lage waren zu sprechen und die beiden anderen nicht in der Lage, sich zu erinnern. Was-ist-passiert, ich-erinnere-mich-nicht, was-passiert-ist. Das gleiche bei den Anwohnern der Gasse: sie hatten sich hinter einer Mauer aus Angst und hinter das Gesetz des Schweigens verschanzt und zuckten nur mit den Schultern. «Ich hab nichts gesehen, ich hab nichts gehört.» Oder: «Es war ein Mörsergeschoß.» Und die beiden Autos, die mit dem M113 weggeräumt worden waren, konnten nicht als Indiz verwertet werden, weil es durchaus wahrscheinlich war, daß ihre Besitzer in heller Panik mit den Schlüsseln geflüchtet waren. Folglich vermied man es viele Stunden lang, das Wort Falle zu gebrauchen und hielt sich weiterhin an die Version von Verrücktes Pferd. Ein Mörsergeschoß, ein Unfall. Aber nachmittags fing einer der Verletzten, der bis dahin nicht in der Lage gewesen war zu sprechen, an zu sprechen, und einer von denen, die sich nicht erinnern konnten, fing an, sich zu erinnern, und der Gebrauch des Wortes Falle war begründet. Sie waren durch die merkwürdig leere Gasse patrouilliert und ungefähr zwanzig Meter von der Kreuzung mit der Straße zum Lager Sechs entfernt, sagten beide, als ein Auto anhielt und ihnen die Durchfahrt blockierte. Gleich darauf war der Fahrer weggegangen, und am anderen Ende der Gasse, also auf der Seite von Lager Sieben, war ein anderes Auto aufgetaucht und hatte das gleiche gemacht. Ein kleingewachsener Typ mit einer Kalaschnikow über der Schulter war ausgestiegen und flink wie eine Eidechse über eine Leiter auf ein Terrassendach geklettert, dort hatte er sich in nichts aufgelöst, und Gino war einen Augenblick lang perplex gewesen. Hätte fast auf ihn schießen wollen. Doch statt zu schießen, hatte er gesagt: «Ich glaube, den kenne ich. Ich verfolg ihn. Durchsucht ihr inzwischen die Autos.» Die beiden Granaten waren vom Himmel gefallen, während Gino auf die Leiter zulief und sie auf die Autos. Präzis, treffsicher. Vor allem die Granate für Gino. Ja, eine richtiggehende Falle: Zucker hatte recht. Dann wiederholten sie ihre Geschichte vor dem Kondor, und der Kondor zog mit Charlie die Schlußfolgerung.

«Diesmal ist nichts mit Achter Brigade, Charlie... Diesmal sind's die Amal.»

«Zweifellos, Generale. Das Schlimme ist nur, daß man es nicht zugeben darf. So als würde man verkünden, daß der Satz der Muezzins nichts taugt, daß wir nicht beliebt sind, daß es leicht ist, uns abzuservieren.»

«Da stimme ich mit dir überein, Charlie. Andererseits kann man aber auch nicht in Abrede stellen, was alle wissen.»

«Nein, aber man kann das Gerücht verbreiten, daß die fünf durch ein Mörsergeschoß verletzt worden sind und dies mit einer Pressemitteilung unterstreichen. Lassen Sie mich die abfassen und unter die Leute bringen, Generale.»

«Einverstanden.»

So kam es, daß Charlie eine Pressemitteilung abfaßte, in der es hieß, daß eine Patrouille in Bourji el Barajni durch ein Mörsergeschoß verletzt worden sei: dann gab er Angelo den Auftrag, sie zu verbreiten. Worauf sich eine heftige Diskussion entspann, die mit einer unglückseligen Bemerkung abgeschlossen wurde und... sieht aus wie ein unbedeutender Vorfall, nicht wahr? Aber hätte Charlie Angelo nicht mit der Aufgabe betraut, die Mitteilung zu verbreiten, und wäre daraus nicht die Diskussion entstanden, die mit der unglückseligen Bemerkung abschloß, wäre Angelo an diesem Nachmittag nicht zu Gino gegangen. Wenn er nicht zu Gino gegangen wäre, hätte er nicht ein bestimmtes Gedicht geschenkt bekommen. Wenn er nicht ein bestimmtes Gedicht geschenkt bekommen hätte, hätte er sich an diesem Abend Ninette gegenüber nicht so verhalten, wie er sich verhalten hat. Wenn er sich Ninette gegenüber nicht so verhalten hätte, wie er sich verhalten hat, dann hätte die Kette der Ereignisse eine andere Richtung bekommen und...

«Hier. Mach ein paar Kopien davon, und verteil sie mit Stefano. Fang bei den Journalisten an, die in der Altstadt untergebracht sind, und füge dem nichts weiter hinzu. Verstanden?»

«Nein, Chef.»

«Nein?!?»

«Nein, diese Mitteilung ist doch eine Lüge.»

«Eine Lüge?!?»

«Ja, eine Lüge. Es war kein Mörsergeschoß. Es war eine Falle.»

«Ach was Falle!»

«Eine Falle, die aus zwei RDG 8 bestand.»

«Jetzt hör mir mal gut zu, mein Junge. Wenn ich sage ein-Mörsergeschoß, mußt du auch Mörsergeschoß sagen. Wenn ich sage ein Geranientopf, mußt du auch Geranientopf sagen. Und geh mir nicht auf die Eier. Ich weiß selbst, daß du darunter leidest, ich weiß, daß Gino dein Freund ist. Aber schließlich ist er nicht tot! Bloß verwundet!»

– 2 –

Bloß verwundet, bloß verwundet, dachte er, als er sich äußerst aufgebracht ans Lenkrad des Geländewagens setzte, um mit Stefano die getürkte Pressemitteilung zu verbreiten. Bloß verwundet! Wenn man im Krieg das Wort verwundet, Verwundete hört, beeindruckt es niemand. Man reagiert gleichgültig oder erleichtert, als ob verwundet zu werden ein Glück oder eine Krankheit wäre: eine Bronchitis, eine Lungenentzündung, die mit Antibiotika kuriert wird. Man denkt nicht daran, daß verwundet zu werden oft bedeutet, eine Hand oder beide Hände zu verlieren, einen Fuß oder beide Füße, einen Arm oder beide Arme, ein Bein oder beide Beine, ein Auge oder beide Augen; und nicht mehr sehen zu können. Nicht mehr gehen zu können. Nichts mehr anfassen zu können. Kein ganzer Mensch mehr zu sein, ein versehrter, verkrüppelter Mensch zu werden. Den Tod herbeizuwünschen und den zu verfluchen, der dich gerettet hat. Einmal hatte er im Fernsehen einen Vietnam-Veteranen gesehen: einen Marine, der bei der Explosion einer Falle in Da Nang verwundet worden war. Bloß verwundet. Und da er auf dem Bildschirm vom Kopf bis zum Bauchnabel zu sehen war, schien er ganz zu sein. Komplett. Kräftige Schultern, mächtiger Brustkorb, runde Bizepse und ein schönes, lebhaftes Gesicht. Irgendwann aber hatte ihn die Kamera vom Bauchnabel abwärts gezeigt, und... Er war kein ganzer, kein vollständiger Mann: er war ein halber Mann, durchgeschnitten. Er hatte nur noch den oberen Teil des Körpers, weißt du: vom Bauch an war nichts mehr da. Er saß in der Tat auf einem Tisch wie eine Nippfigur, eine Büste auf einem Sockel. Die Mechanik, dank derer er seine physiologischen Funktionen erledigte, befand sich in diesem Sockel: seine künstlichen Eingeweide. Er machte den Eindruck, als kümmere ihn das nicht. Er erzählte, daß er, um fit zu bleiben, Gymnastik betreibe, Gewichtheben mache, Tischtennis spiele und eine fettlose Diät einhalte. Doch dann fragte ihn der Interviewer, ob er sich bei dem Gedanken, nicht tot zu sein, für einen Menschen halte, der Glück gehabt habe, und in ein schauerliches Gelächter ausbrechend antwortete er: «Do you think I am alive, glauben Sie etwa, ich wäre lebendig? Eighteen times I committed suicide, eighteen times I died. Achtzehnmal habe ich Selbstmord begangen, achtzehnmal bin ich gestorben.» Gino war nicht tot, nein. Und er hatte sich auch nicht in eine Nippfigur verwandelt, eine Büste auf einem Sockel, der die Mechanik zur Erledigung der physiologischen Funktionen enthielt. Er hatte statt dessen, abgesehen von seinem zertrümmerten Gesicht, dem ausgerenkten Hals, dem gebrochenen Oberschenkel, den von den Splittern zerfetzten Armen und Beinen, die Hände verloren. Ohne Hände lebt man nicht. Ohne Eingeweide scheint man leben zu können; ohne Füße und ohne Beine lebt man, ja sogar ohne Augen. Ohne Hände nicht. Du kannst nicht mal ein Glas Wasser zum Mund führen ohne Hände, du kannst dir nicht das Gesicht waschen, nicht die Hose aufmachen zum Pinkeln, keine Frau streicheln, kein Gedicht schreiben. Du bist versehrter als ein Mensch, der halb durchgeschnitten ist. Zukker weinte. Der unerbittliche Zucker, der einen im Namen des Reglements vor Außenstehenden runterputzte, der unerbittliche Zucker, der dich zum Sternesuchen in den Wald schickte, der erbarmungslose Zucker, der dir sechs Tage Arrest aufbrummte, wenn du ihm statt der Sterne Steinpilze und Kaiserlinge und Röhrlinge und Pfifferlinge mitbrachtest. Schlimm-zugerichtet, er-wird-niemals-mehr-der-Gino-sein-den-wir-kannten, er weinte. Und Charlie hatte geknurrt Bloß-verwundet. Bloß-verwundet... Er erreichte die Avenue Nasser. Er fuhr sie runter bis zum Boulevard Saeb Salaam, bog in die Rue Bechara ein und war am Anfang der Altstadt. Und hier bog er urplötzlich in die Straße ab, die zum Übergang von Sodeco führte. Stefano fuhr überrascht zusammen.

«Angelo, sollten wir nicht bei den Journalisten der Altstadt anfangen?»

«Ja.»

«Aber diese Straße hier führt zum Übergang von Sodeco, in den Ostteil!»

«Ja.»

«Also, wo fährst du hin?»

«Zum Rizk, zum Krankenhaus Rizk.»

«Warum?»

Weil er nicht Courelie war, darum. Dieses Arschloch von Courelie, der dieses Arschloch von Colbert Graf de Colbert-Chabanis überholte und mit dreißig General wurde. Weil er mit dreißig nicht General werden wollte. Auch nicht Oberst, und nicht Hauptmann. Weil er genug hatte von Disziplin, Gehorsam, Unterordnung, Pflichterfüllung aus innerer Einsicht in ihre grundsätzliche Notwendigkeit. Weil er zu Gino wollte, ihm zu verstehen geben wollte, daß, wenn es möglich wäre, eine Hand so zu transplantieren, wie man eine Niere transplantiert, er ihm eine seiner Hände geben würde. Und während er dies dachte, trat er aufs Gas, denn er wollte schnell da sein. Minuten später war er da. Bremste, kam ins Schleudern, sprang aus dem Geländewagen, und rief Stefano zu warte-da-auf-mich, während er das Rizk betrat.

«Où est-il, wo ist er, où est-il?»

Er war in einem Zimmer im Erdgeschoß, und von der Türe aus sah man nur eine in Mull eingewickelte Mumie: einen weißen Umriß mit einem Kopf, der unbeweglich war durch eine steife Halskrause, und Armen, die neben dem Körper ausgestreckt lagen. In Höhe der

Hände zwei Stümpfe. Und neben dem Kopfkissen eine junge Nonne, die ihm zuflüsterte: «Nein, Gino, nein! Sie können es mir jetzt nicht diktieren. Wenn es sich in Luft auflöst, dann eben in Gottes Namen. Der liebe Gott wird Ihnen ein anderes Niesen schicken. Er niest ja nur noch für Sie, der liebe Gott!» Er erkannte sie, er rief sie. Auch sie erkannte ihn. Und sofort kam sie auf ihn zu. Sie führte ihn leise auf den Flur.

«Sie sind Angelo, nicht wahr?»

«Ja, Schwester Françoise...»

«Er hat mir so viel von Ihnen erzählt, daß ich Sie unter Tausenden erkannt hätte.»

«Wie schlimm ist es, Schwester Françoise?»

Sie senkte ihr zartes kleines Gesicht, das von der Kinnbinde und dem grauen Schleier eingerahmt war, blickte dann wieder auf und richtete ihre großen schwarzen und von Traurigkeit gezeichneten Augen zum Himmel.

«Sehr schlimm, Angelo, sehr schlimm. Ich habe beim chirurgischen Eingriff assistiert und... Das Bein kann man vielleicht retten, der Hals wird sich wieder einrenken, das Gesicht wird man auch wieder irgendwie hinbekommen. Aber die Hände... Man wird bestenfalls versuchen können, die Stummel des einen oder anderen Fingers zurechtzuflicken: die Ringfinger, und die kleinen Finger... Die Daumen und die Zeigefinger existieren nicht mehr, und ein Mittelfinger ist fast an der Wurzel abgerissen... Jedenfalls hoffen die Ärzte, daß sie ihn nächste Woche an Bord des Lazarettschiffs bringen und nach Italien zurückschicken können.»

«Spricht er?»

«Oh, ja. Trotz der Beruhigungsmittel kann ich ihn nicht zum Schweigen bringen, und seit ein paar Minuten verlangt er, mir ein Gedicht zu diktieren.»

«Lassen Sie mich zu ihm, Schwester Françoise.»

«Einverstanden, ich vertraue ihn Ihnen für eine Weile an. Aber sagen Sie ihm nichts von den Händen. Er weiß es noch nicht, und es ist meine Aufgabe, es ihm zu sagen», sagte sie entschieden. Dann begleitete sie ihn bis ans Bett, entfernte sich mit traurig wehenden Schleiern, und die fiebrigen Pupillen der Mumie leuchteten auf. In der Höhe des Mundes öffnete sich ein Schlitz im Mull.

«Du bist gekommen, Herrgottnocheins, du bist gekommen...»

«Ja, ich bin gekommen... Wie fühlst du dich?»

«Wie 'n Idiot, Angelo, wie 'n Idiot. Denn zuerst habe ich gedacht: na ja, der übliche Blödmann, der seinen Wagen schräg parkt und mir die Gasse blockiert. Und ich hab nichts kapiert. Dann hab ich dieses Aas gesehen, das die Leiter hochkletterte, und hab's kapiert. Doch statt auf ihn zu schießen... Was bin ich für ein Idiot gewesen, was für ein Idiot!»

«Was heißt denn Idiot, Gino. Ich hätte es genauso gemacht.»

«Nein, ich kenne dich: du hättest geschossen. Du hättest nichts von dem vergessen, was er dir gesagt hat, und hättest geschossen.»

«Wer hat was gesagt? Von wem sprichst du, Gino?»

«Von Passepartout! Von wem soll ich sonst wohl reden?»

«Und wer ist Passepartout?»

«Einer von der Amal in Gobeyre, 'n kleiner Schwuler mit blondem Haar, und zwischen den Lippen klebt immer 'n Zigarettenstummel. Sie nennen ihn Passepartout, weil er überall reinschlüpft. Kennst du ihn nicht?»

«Nein.»

«Er ist gerade erst vierzehn, aber ein gemeineres Aas als die Erwachsenen, an die er sich verkauft. Er ist einer von denen, die in die Palästinenserviertel eindringen und provozieren. Hat dir denn nie jemand von ihm erzählt?»

«Nein, ich glaube nicht...»

«Er ist stinksauer auf mich. Ihm gefällt mein Gesicht nicht, ihm gefällt mein Bart nicht, ihm gefällt mein Bauch nicht, immer trällert er hinter mir her Penner-Makkaronifresser-Fettsack... Vor einiger Zeit hatte ich mich wegen der Kalaschnikow mit ihm angelegt. Ich sagte zu ihm: verdammt noch mal, Passepartout, wedle doch wenigstens nicht so damit rum, und zielte mit der M12 auf ihn. Dumm war nur, daß Zucker mich zurückpfiff, von wegen der Geschichte mit der Diplomatie, und kurz darauf kam dieses Aas mit zwei RDG 8 am Gürtel zurück. Er sagte zu mir: ‹Damit hier ich jetzt gehen, und damit hier ich dich bald umbringen.› Mag ja sein, daß ich alles falsch verstehe, wie Zucker behauptet, aber der kleine Typ, der aus dem zweiten Auto stieg und die Leiter raufkletterte, war er...»

«Ach!»

«Deshalb bin ich ihm nachgerannt. Und ich mache jede Wette, daß er die beiden RDG 8 geworfen hat. Oh, tut das weh, Herrgottnocheins! Tut das weh!»

«Wo?»

«Überall. An den Händen, an den Füßen, am Kopf. Ich bin ein einziger Schmerz vom Kopf bis zu den Füßen...»

«Weil du dich aufregst, Gino. Weil du redest. Red nicht mehr.»

«Nein, ich muß reden. Stimmbänder habe ich ja noch. Der Rest...

Na ja! Ich kann nicht mal den Kopf bewegen, um nachzusehen, was noch da ist und was nicht. Ich kann nicht mal die Füße bewegen. Sieh mal nach den Füßen. Sag mir, ob sie da sind.»

«Sie sind da, Gino, sie sind da.»

«Alle beide?»

«Alle beide.»

«Gott sei Dank! Ich habe auch Schwester Françoise danach gefragt, aber ich hatte Angst, sie würde ja sagen, um mich zu trösten. Hm! Wenn die Füße da sind, dann sind auch die Beine da. Also haben sie mir das Bein nicht abgenommen. Natürlich können sie es später immer noch abschneiden. Manchmal warten sie ja, um es später abzuschneiden.»

«Sie werden es nicht abschneiden, Gino.»

«Hoffentlich. Sonst, Addio Tibet, Addio Himalaya, Addio, ihr Orangegewandeten. Undenkbar, daß ein Orangegewandeter mit nur einem Bein in den Himalaya kommt.»

«Streng dich nicht so an, Gino. Schwester Françoise hat gesagt, du darfst dich nicht anstrengen.»

«Ah, die mag mich. Und ich sie auch. Weil sie mich versteht. Sie hat mich sogar verstanden, als ich ihr gesagt habe Wenn-ich-hinke, dann-hinke-ich-eben-in-Gottes-Namen; besser-ein-Bein-als-eine-Hand. Hände sind das Wichtigste. Wegen der Finger! Au! Herrgottnocheins! Auch die Finger tun mir weh! Sie müssen voller Splitter stecken. Ich würd's ja gern mal sehen, aber ich kann nicht.»

«Beweg dich nicht, Gino.»

«Nein, ich bewege mich nicht. Dieses Ding hier am Hals hindert mich daran. Aber ich würde es gern, weil... Weißt du, was den Menschen vom Affen unterscheidet, der ihm doch so ähnlich ist? Die Finger, genauer gesagt, die Art und Weise, wie Daumen und Zeigefinger geschaffen sind. Denn mit dem Daumen, so wie er geschaffen ist, und dem Zeigefinger, so wie er geschaffen ist, kann ein Mensch Dinge tun, die ein Affe nicht kann. Er hält einen Stift in der Hand, um zum Beispiel Gedichte zu schreiben und... Wie weh das tut, Angelo, wie weh das tut!»

«Gino...»

«Ich denke immer nur daran, verstehst du, und ich sage mir: unter so vielen Affen muß es doch auch einen Affen geben, in dessen Inneren ein Gedicht explodiert. Ein Gedicht über die Bananen, zum Beispiel, oder über den Wald... Oder sogar über die Freundschaft und die Liebe. Da sein Daumen und sein Zeigefinger aber so geschaffen sind, wie sie geschaffen sind, kann er keinen Stift in der Hand halten und...»

«Ruhig, Gino, ruhig!»

«Angelo, was ich dir zu sagen versuche, ist, daß ich mich mit den verbundenen Händen elender fühle als ein Affe. In mir explodiert ein Gedicht, und ich kann es nicht aufschreiben. Schwester Françoise will nicht, daß ich es ihr diktiere, sie schimpft Wenn-es-sich-in-Luft-auflöst-dann-eben-in-Gottes-Namen und... Kann ich es dir diktieren?»

«Natürlich, Gino...»

«Einen Kugelschreiber hast du?»

«Ja...»

«Und Papier?»

«Auch...»

Er zog eine Kopie der getürkten Pressemitteilung hervor.

«Um die Verse zu unterteilen, mache ich Pausen. Einverstanden?»

«Einverstanden.»

«Also: ‹Sag mir und laß dir sagen, meine Freundin... erklär mir und laß dir erklären... warum... verblutet durch tausend Klingen... erhängt von tausend Stricken... baumelnd über dem Abgrund... einer Dunkelheit, die blind macht... einer Stille, die taub macht... ich noch immer träumen kann von meinem Märchen... ohne Zukunft, und doch... voller Hoffnung, als... hätte ich ein Morgen.› Mach einen Punkt. ‹Denn einmal gabst du mir ein Heft.› Mach einen Punkt. ‹Und mit dem Heft deine Freundschaft, deine Liebe.› Mach einen Punkt. ‹Freundschaft und Liebe sind sich gleich, meine Freundin... die beiden Gesichter desselben Wunsches... desselben unstillbaren Hungers... desselben unlöschbaren Durstes.› Mach einen Punkt. ‹Und sagst du mir, sie seien verschieden... entgegne ich dir, daß in der Freundschaft... mehr Liebe ist als in der Liebe.› Lies es vor.»

Angelo räusperte sich. Er konnte gerade noch ein Schluchzen unterdrücken und las es ihm vor.

> Sag mir und laß dir sagen, meine Freundin
> erklär mir und laß dir erklären
> warum
> verblutet durch tausend Klingen
> erhängt von tausend Stricken
> baumelnd über dem Abgrund
> einer Dunkelheit, die blind macht
> einer Stille, die taub macht

ich noch immer träumen kann von meinem Märchen
ohne Zukunft, und doch
voller Hoffnung, als
hätte ich ein Morgen.
Denn einmal gabst du mir ein Heft.
Und mit dem Heft deine Freundschaft, deine Liebe.
Freundschaft und Liebe sind sich gleich, meine Freundin
die beiden Gesichter desselben Wunsches
desselben unstillbaren Hungers
desselben unlöschbaren Durstes.
Und sagst du mir, sie seien verschieden
entgegne ich dir, daß in der Freundschaft
mehr Liebe ist als in der Liebe.

«Ist das in Ordnung so, Gino?»

Die Mumie schwieg einen Augenblick. Dann öffnete sich der Schlitz in Höhe des Mundes wieder.

«Nein, du mußt ein Wort ändern. An Stelle von Freundin mußt du Freund schreiben. Denn eigentlich wollte ich dieses Gedicht Schwester Françoise geben. Es ist für sie in mir explodiert. Aber ich gebe es dir.»

«Mir?!? Ich habe dir kein Heft geschenkt, Gino.»

«Oh, doch. Du hast es mir geschenkt. Hundertmal hast du es mir geschenkt. Auch heute, mit deinem Schluchzer. Weißt du, ich hab verstanden, daß, wenn man Hände transplantieren könnte wie Nieren, du mir eine von dir schenken würdest.»

«Gino!»

«Ich hab sie nicht mehr, stimmt's?»

«Nein, Gino, nein...»

«Ich hab sie verloren. Deshalb hast du das Schluchzen unterdrückt. Ich fühl es. Ich weiß es.»

«Nein, Gino, nur daß...»

«Ich bin verkrüppelt. Von wegen Affe mit einem Daumen, so wie er geschaffen ist, und einem Zeigefinger, so wie er geschaffen ist. Ich bin verkrüppelt.»

«Gino...»

«Er hat mir die Hände abgehauen, dieser Verbrecher. Er hat mich umgebracht.»

«Gino...»

«Geh, Angelo, geh. Komm wieder, aber jetzt geh.»

«Sonntag komme ich, Gino...»
«Ja... Dieser Verbrecher... Er hat sie mir abgehauen, er hat mich umgebracht, dieser Verbrecher... Verbrecher... Verbrecher...»

– 3 –

Bebend ging er hinaus. Allerdings nicht so sehr, weil er auf die Behauptung Ich-bin-verkrüppelt, ich-hab-sie-verloren, ich-bin-verkrüppelt unbeholfen reagiert hatte, nicht so sehr, weil er sich deshalb auch Schwester Françoise gegenüber schuldig fühlte, als vielmehr wegen der quälenden Worte Er-hat-mich-umgebracht. Er-hat-sie-mir-abgehauen, er-hat-mich-umgebracht. Bebend stieg er wieder in den Geländewagen, befahl Stefano, die Tour beim Hotel der Journalisten zu beginnen, die im Ostteil untergebracht waren, dann las er noch einmal das Gedicht, und nun bebte er nicht mehr, sondern war voller Zorn. Ein dumpfer, klarsichtiger, kalt kalkulierender Zorn, ein Zorn, der schon den Keim der Rache enthielt. Ein Amal aus Gobeyre. Ein kleiner Schwuler mit blondem Haar, zwischen dessen Lippen immer ein Zigarettenstummel klebte und der Passepartout genannt wurde, weil er überall reinschlüpfte. Vierzehn Jahre alt, aber ein gemeineres Aas als die Erwachsenen, an die er sich verkaufte; einer von denen, die in die Palästinenserviertel eindringen und provozieren, und wenn du ihm Vorhaltungen machst, kam er mit zwei RDG 8 wieder. Damit-hier-ich-jetzt-gehen-und-damit-hier-ich-dich-bald-umbringen. «Mag ja sein, daß ich alles falsch verstehe, wie Zucker behauptet, aber der kleine Typ, der aus dem zweiten Auto stieg und die Leiter hochkletterte, war er. Deshalb bin ich ihm nachgerannt. Und ich mache jede Wette, daß er die beiden RDG 8 geworfen hat.» Aber war die Granate mit der Nummer 316492, den Koordinanten des Kommandostützpunkts, nicht auch eine RDG 8, diese Granate, die auf dem Tisch im Arabischen Büro gelegen hatte, und zwar an dem Tag, an dem Martino ihm von dem Drama erzählte, das sich abends zuvor bei der Fünfundzwanzig in Chatila abgespielt hatte? Hatte Charlie sie nicht bei der Fünfundzwanzig gefunden, wo ein ganz junger Amal mit blonden Haaren sie auf den wachhabenden Bersagliere unter dem Feigenbaum werfen wollte? Er erinnerte sich kaum noch an diese Geschichte: während Martino erzählte, hatte er an etwas anderes gedacht. Er hatte an Junieh gedacht, an Ninette, die ihm im Schlaf so schutzlos und verwundbar vorgekommen war; an die Handtasche, in der er herumgekramt hatte, in der Hoffnung, irgendeinen Zettel zu finden, der das Rätsel lösen würde, er hatte sich gefragt, ob er wirklich all die geliebt hatte, die er zu lieben meinte – kurz: er hörte Martino zu, ohne ihm zuzuhören. Trotzdem waren ihm die Worte ganz-jung-und-blond in Erinnerung geblieben, wie die Nummer 316492, und je länger er darüber nachdachte, um so mehr vermutete er, daß der ganz junge und blonde Amal Passepartout war. Daher war es notwendig, sich zu vergewissern, den wachhabenden Bersagliere unter dem Feigenbaum der Fünfundzwanzig zu befragen, von ihm zu erfahren, ob sein Angreifer einen Zigarettenstummel zwischen den Lippen kleben hatte. Aber davor mußte er noch in Zuckers Museum schleichen und die Splitter untersuchen, die Zucker in der Gasse mit der Falle aufgesammelt hatte: nachsehen, ob es unter diesen Splittern eine dieser Metallsicherungen gab, auf die die Fabrikationsnummer eingestanzt war. Wenn das so war und es eine Nummer um die 316492 wie bei der von Charlie bei der Fünfundzwanzig gefundenen Granate oder gar eine nachfolgende Nummer war, dann wurde der Verdacht zur Gewißheit. Und da Beirut klein und das Dreieck Gobeyre–Chatila–Bourji el Barajni noch wesentlich kleiner war, und man die Leute dort mit Leichtigkeit finden konnte, da Freundschaft und Liebe sich gleich sind, die beiden Gesichter desselben Wunsches...

«Geh ich und übergebe die Pressemitteilungen?» fragte Stefano, als er vor dem Hotel der Journalisten bremste, die im Ostteil untergebracht waren.

«Ja.»

«Sie werden ja wohl keine Einzelheiten verlangen?»

«Du verfügst über keine Einzelheiten. Geh jetzt.»

Sich-gleich-sind. Die-beiden-Gesichter-desselben-Wunsches. Aber wenn Freundschaft Liebe war, eine Form der Liebe, wenn er als Freund so sehr liebte, daß er über Rache nachdachte, dann war es falsch, sich zu fragen, ob er all die geliebt hatte, die er zu lieben meinte, und zu dem Schluß zu gelangen, nie jemanden wirklich geliebt zu haben: auch die Großmutter nicht, die sanfte Großmutter mit dem Denk-immer-dran-daß-dich-keiner-so-liebt-wie-die-Großmutter... Es war falsch zu glauben, daß die Suche nach der Formel und der Alptraum der Entropie aus einer Not heraus entstanden waren, die durch seine Angst, genauer gesagt durch seine Unfähigkeit zur Liebe verursacht wurde. Sie waren aus etwas ganz anderem entstanden, aus dem Mangel an Freundschaft, an dem seine Liebesbeziehungen schon immer gekrankt hatten, und der seine Beziehung zu Ninette verkümmern ließ oder besser gesagt entwürdigte. Ja, er und Ninette waren inzwischen längst ein Liebespaar. Sie hatten ein kleines Hotel in der Nähe des Museums entdeckt, das heißt an der Grenze zwischen dem West- und dem Ostteil, ein sauberes, nettes Haus, mit Fenstern zum Pinienwäldchen, und wenigstens zweimal pro Woche verbrachten sie dort gemeinsam die Nacht: mit Charlie als Komplizen, der, weit davon entfernt, ihm Vorhaltungen zu machen, nur knurrte Lauf-schon-Hamlet-lauf-schon-zu-deiner-Ophelia, hatte sich das Abenteuer in eine Fessel verwandelt, der sich Angelo jedesmal überantwortete, wie ein Haschischraucher sich dem Haschisch überantwortet. Jedesmal Seen des Vergessens, Ströme der Ekstase. War das Vergessen aber und war die Ekstase verflogen, tauchte die Beklommenheit wieder auf, die er schon in Junieh beobachtet hatte: zusätzlich verstärkt durch eine Unzufriedenheit, die er bis heute nicht in der Lage gewesen war, zu identifizieren, plötzlich aber, dank Ginos Gedicht, identifizieren konnte. Ninette war keine Freundin, war kein Gefährte, der spürt, daß du bereit bist, ihm eine Hand zu schenken, und der in einem unterdrückten Schluchzen die Wahrheit erkennt. Sie war lediglich eine zauberhafte Statue aus Fleisch und Blut. Sie stillte nicht den unersättlichen Appetit, löschte nicht den unlöschbaren Durst. Sie machte dich besoffen und basta, sie verursachte bei dir eine zeitweilige Verdauungsstörung und basta. Let-us-make-love, schlafen-wir-miteinander, let-us-make-love. Liebe oder Hautkontakt. Sex, der sich im Sex erschöpft, Befriedigungsgymnastik im Rhythmus von eins-zwei, eins-zwei? Du konntest bei ihr nicht den Mund aufmachen, hattest keinen Gedankenaustausch. «I don't speak French, ich spreche nicht Französisch.» Unglaublich, daß sie in einer Stadt, in der jeder Analphabet Französisch konnte, nicht einmal ein *Oui* oder ein *Bonjour* oder ein *Merci* aussprechen konnte?!? «I cannot, ich kann nicht.» – «Mais pourquoi, aber warum?» – «I don't want, ich will nicht.» Dumme Gans! Außerdem war das nur eine Entschuldigung, die Sache mit dem Französisch. Um mit ihr sprechen zu können, hatte er sich schließlich hingesetzt und Englisch gelernt, und ein bißchen Englisch konnte er jetzt radebrechen. Aber wirklich nur ein bißchen, und nur nach Gehör: einen Brief, beispielsweise, hätte er nicht lesen können. Aber sobald er versuchte, das bißchen anzuwenden, um ein Gespräch zusammenzustottern, brachte sie ihn zum Schweigen: «Please, darling, let us make love.» Jesusmaria! Auch wenn der Mensch, den du in deinen Armen hältst, eine zauberhafte Statue aus Fleisch und Blut ist und dich behext, auch wenn er eine Lustfabrik ist und dich berauscht, kommt immer der Augenblick, wo du, statt zu lieben, reden möchtest. Reden und ihr gestehen, daß du dir wie ein Zwergbaum vorkommst, wie ein Bonsai, dessen Blätter beschnitten und dessen Wurzeln zusammengedrückt sind. Reden und ihr erzählen, daß du davon träumst, deinen Abschied zu nehmen und zur Mathematik zurückzukehren, zum Poster mit Einsteins schalkhaftem Gesicht und seinem $E = mc^2$. Reden und ihr anvertrauen, daß beim Geheul der streunenden Hunde und beim Kikeriki der verrückt gewordenen Hähne deine Hilflosigkeit größer wird, deine Krise sich verdoppelt. Reden und ihr klarmachen, was für dich das zweifache Massaker im Oktober war, das Schauspiel der zerfetzten Leiber, der abgerissene Kopf im Helm und der Marò, der John-John jammerte, die blutende Wurst und der Bersagliere, der kotzte und «Gottverdammt!» schrie.

«Auftrag ausgeführt!» trällerte Stefano und stieg wieder in den Geländewagen.

«Gut. Dann fahren wir zu den Journalisten in der Altstadt.»

Während einer Nacht hatte er es versucht. In einem Gemisch aus Englisch, Französisch und Italienisch hatte er ihr davon und von Boltzmann erzählt: er hatte ihr erklärt, weshalb nach Boltzmann die Entropie, das heißt das Chaos, die unumgängliche Tendenz all dessen ist, was existiert, vom Atom bis zum Molekül, von den Planeten bis zu den Galaxien; da sie immer siegt und beim Versuch, sie zu bekämpfen, das heißt, Ordnung in die Unordnung zu bringen, nur größer wird, sie absorbiert die Energie, die du in diese Anstrengung steckst, sie frißt sie auf und bedient sich ihrer, um nur noch schneller ans Endziel zu gelangen, zur Zerstörung, das heißt, zur Selbstzerstörung des Universums. Er hatte Ninette gesagt, daß er aus diesem Grund in der Formel $S = K \ln W$ die Formel des Todes sah und daß er deshalb die Formel des Lebens suchte, und dieses Mal hatte ihm die bezaubernde Statue aus Fleisch und Blut zugehört. Sogar geantwortet. Etwas, das mit ihrem Vater und den Franzosen oder der französischen Sprache zu tun hatte: «My father... the French.» Dann etwas, das sich auf eine große Liebe und einen großen Mann bezog: «A great love... a great man.» Dann etwas, das sich auf ein Auto bezog und auf eine Klinik: «The car... the clinic.» Vielleicht die Geschichte von einem Autounfall, an dessen Folgen ihr Vater, ein großer Mann, den sie sehr geliebt hatte, in einer französischen Klinik gestorben war. Und obwohl es Angelo gelungen war, nur diese paar Wörter aufzuschnappen, war er tief bewegt. Er hatte geglaubt, er würde eine Gefährtin, eine Freundin in seinen Armen halten. Aber nein. Plötzlich war sie in wildes Gelächter ausgebrochen, und während sie dieses wilde Gelächter lachte, hatte sie sich über ihn geworfen, hatte wieder angefangen, ihn mit ihrer Gier einer ausgehungerten Katze zu küssen und: «Stop! We think too much, wir denken zuviel! Thinking is bad, denken ist schlecht!» Ob sie verrückt war? Ach wo, sie war dumm. So dumm, daß es ihn nicht mehr interessierte, wer sie war, wo sie wohnte, aus welchem Grund sie ihren richtigen Namen, Familiennamen und ihre Adresse verschwieg, und viele Dinge fingen an, ihn zu stören. Ihre zu kurzen und zu tief ausgeschnittenen Kleider, ihre Päckchen mit Süßigkeiten, ihre übertriebene Fürsorglichkeit, daß sie unter tausend Vorwänden zum Kommandostützpunkt kam, beispielsweise unter dem Vorwand, ein Treffen zu vereinbaren, das sie auch leicht per Telefon hätte vereinbaren können; und schließlich noch die Eigentümlichkeit, daß sie nie die goldene Kette mit dem verdammten ankerförmigen Kreuz vom Hals nahm. Nie! Sie trug diese Kette, wie man einen Ehering trägt. «It's my omen. Es ist mein Omen!» Was bedeutet Omen?!? Er hatte Martino danach gefragt, und Martino: «Vorzeichen, Vorahnung, gutes oder schlechte Anzeichen. Ein unübersetzbares, ein unsympathisches Wort.» Ihn irritierte auch die Tatsache, daß sie seit einigen Tagen plötzlichen Stimmungswandlungen unterlag, jähen Übergängen von Fröhlichkeit zu Niedergeschlagenheit, sie, die sich immer freudig und heiter gezeigt hatte. Ob sie sein Unbehagen, seine Unzufriedenheit, ja, seine Absicht, sie loszuwerden, ahnte? Ja, loswerden. Und zwar so schnell wie möglich. An einem dieser Abende. Freitag, beispielsweise. Eine letzte Verabredung mit ihr vereinbaren und irgendwie zu ihr sagen: Ninette, unsere Beziehung ist lediglich ein Hautkontakt, eine Sexübung, eine Befriedigungsgymnastik, kurz: ein Dialog zwischen Taubstummen. Ich liebe dich nicht, und ich werde dich nie lieben. Nie! Mir ist klargeworden, daß Liebe und Freundschaft das gleiche sind, daß es zwischen uns aber keine Freundschaft gibt, daß ich deinetwegen nicht herausfinden würde, ob zwischen den Lippen eines jungen und blonden Amal ein Zigarettenstummel klebte, ob es Passepartout war; ich würde mir nicht die Mühe machen und einen Haufen Splitter untersuchen, um herauszufinden, ob die in die Gasse von Bourji el Barajni geworfenen RDG 8 Nummern hatten, die sich in der Nähe der Nummer 316429 der von Charlie bei der Fünfundzwanzig gefundenen RDG 8 bewegten oder darüber hinausgingen. Charlie sagt immer Lauf-schon-Hamlet-lauf-zu-deiner-Ophelia. Aber das ist Flucht, Ninette, die nichts einbringt. Und wenn du Italienisch oder Französisch sprechen würdest und ich Arabisch oder ein bißchen mehr Englisch, würde das nichts an der Sache ändern, weil wir beide uns niemals irgend etwas zu sagen hätten. Daher Addio, Ninette. Ich will dich nicht mehr wiedersehen. Good-bye.

«Wer geht?» fragte Stefano und bremste vor dem Hotel der Journalisten, die in der Altstadt untergebracht waren.

«Du, geh du», murmelte er. Dann fiel sein Blick auf einen kleinen Baum, der im Foyer mit den Aufschriften Merry Christmas, Bon Noël, Aid Milad Mubarik, Buon Natale glitzerte. Und aus dem Gemurmel wurde ein Ausruf: «Stefano! Wann ist Weihnachten?»

«Sonntag», antwortete Stefano.

«Sonntag?!?»

«Ja, Sonntag. In einer Woche. Hast du nicht gesehen, daß heute morgen mindestens fünfhundert auf Heimaturlaub gegangen sind?»

In einer Woche! Und er hatte nichts davon gemerkt! Ob er es nicht bemerkt hatte, weil im Westteil Weihnachten keinerlei Bedeutung hatte? Unsinn. Er hatte es nicht bemerkt, weil dieses Jahr niemand feierte, sich niemand darum kümmerte. Voriges Jahr hatten sich alle darum gekümmert. Jeder Stützpunkt quoll über mit Glühbirnen, Fähnchen und Bändern, und schon eine Woche vorher hatten die vom Zivilschutz auf dem Platz vor dem Feldlazarett einen riesigen Weihnachtsbaum aufgestellt, der mit dem Schiff aus Italien gekommen war. In der Nachschubbasis war das große Veranstaltungszelt schon für die Ankunft der Cheer Girls ausgestaltet worden, die Tiramisu-Mädchen, die die Truppe mit einem Rock-Konzert unterhalten sollten, und im Kommandostützpunkt herrschte bereits Feststimmung. Dieses Jahr dagegen nicht die Bohne. Mit wem würde er dieses Weihnachtsfest verbringen, das niemand feierte, um das sich keiner kümmerte? Sicher nicht im Arabischen Büro bei einem Stück Panettone und einem Glas Sekt mit Charlie und seinen Charlies. Und noch viel weniger zusammen mit ihr in dem kleinen Hotel, dessen Fenster zum Pinienwäldchen hinausgingen... Vielleicht würde er es an Ginos Bett verbringen. Samstag abend würde er zum Rizk fahren und sich an Ginos Bett setzen und... Er mußte sie allerdings informieren, dieses Good-bye so schnell wie möglich sagen. Möglichst noch heute, heute abend. Wenn er sie bei seiner Rückkehr am Wachhäuschen der Carabinieri treffen würde... Nein, nicht heute abend. Heute abend mußte er sich mit den in der Gasse von Bourji el Barajni explodierten RDG 8 beschäftigen, die numerierte Sicherungsvorrichtung finden, sich vergewissern, daß die Falle wirklich von dem kleinen Schwulen mit dem blonden Haar und dem Zigarettenstummel zwischen den Lippen gestellt worden war, entschied er und wünschte sich, daß Ninette nicht am Kommandostützpunkt auf ihn wartete.

* * *

Aber sie war da. Strahlend wie immer und doch ganz anders. Das lange Haar mit den goldenen Reflexen hatte sie nach hinten gekämmt und im Nacken zusammengebunden, wodurch ihre stolzen Gesichtszüge einer Barbarenkönigin bloßgelegt und zugleich betont wurden, ihr Gesicht war blaß und angespannt, ihr Körper in einen schwarzen Umhang gehüllt, der sie ganz starr erscheinen ließ und ihr bis zu den Knöcheln ging; sie lehnte mit den Schultern an der Ecke des Walls und erwartete ihn. Sie schien völlig gefaßt, finster, und durch ihr ungewohntes Aussehen ging geradezu etwas nonnenhaft Geschlechtsloses von ihr aus. Durch ihre Gemessenheit eine neuartige Bestimmtheit: melancholisch und zugleich stolz. Und als er sie sah, empfand er wirklich einen instinktiven Respekt, mit dem Respekt eine nie gekannte Leidenschaft für sie und mit der Leidenschaft ein von Zweifeln aufgeblähtes Staunen. So war sein erster Gedanke: vielleicht ist sie nicht bloß eine bezaubernde Statue aus Fleisch und Blut, nicht bloß eine Lustfabrik und basta. Vielleicht ist sie eine Frau, die man lieben kann. Der zweite war: vielleicht stimmt es ja nicht, daß Liebe und Freundschaft das gleiche sind; vielleicht ist die Liebe ein der Freundschaft völlig entgegengesetztes Gefühl, ein Widerspruch, der Feindseligkeit oder auch Haß mit einschließen kann und sogar mit einschließt. Der dritte war: vielleicht kann man lieben, ohne es zu wissen, ohne es zu wollen. Vielleicht liebe ich sie. Doch der dritte Gedanke war ihm so unerträglich, daß er sich weigerte, die Konsequenzen aus ihm zu ziehen. Und er stieß Stefano beiseite und herrschte sie an.

«Shubaddak, was willst du, Ninette?»

Ihre großen violetten Augen blitzten auf, durchbohrten ihn mit einem Blick schmerzlicher Überraschung, und der in den schwarzen Umhang gehüllte Körper schien zusammenzufahren.

«Well... I came to ask if we stay together on Christmas night and if we should reserve our room at the hotel, darling.»

«Sie sagt, sie wäre gekommen, um dich zu fragen, ob ihr den Heiligen Abend zusammen verbringt und ob sie euer Hotelzimmer reservieren lassen soll», übersetzte Stefano, der wieder näher kam und ihn an seine Rolle als Dolmetscher erinnerte, die er am Tag des zweifachen Massakers übernommen hatte.

Er brachte ihn mit einem eisigen Misch-dich-nicht-ein zum Schweigen, Ich-komm-schon-allein-zurecht, und schüttelte den Kopf.

«No, Ninette.»

«No...?»

«No. On Christmas night I want to stay with a friend. Den Heiligen Abend möchte ich bei einem Freund verbringen.»

«A friend, ein Freund?!?»

«Yes, Ninette. A friend, ein Freund. My friend Gino, mein Freund Gino.»

Diesmal blitzten ihre großen violetten Augen auf, um ihn mit einem hochmütigen, doch nachsichtigen Blick zu durchbohren.

«Is this friend so important for you, ist dieser Freund so wichtig für dich?»

«Yes. Very important. Sehr wichtig.»

«More important than me, than us? Wichtiger als ich, als wir?»

«Yes. More important than you, than us. Wichtiger als du, als wir.»

Die großen violetten Augen verdunkelten sich auf geheimnisvolle Art. Das blasse, angestrengte Gesicht errötete, entspannte sich dann zu einem liebevoll ironischen Lächeln.

«I understand, darling, ich verstehe. Friendship is sacred, Freundschaft ist heilig. Love ist not, Liebe nicht. And when shall we stay together, und wann werden wir zusammensein?»

«Friday night, Freitagabend, Ninette. But only to talk, aber nur, um zu reden. We must talk, wir müssen reden. Verstanden? Reden!»

Unter dem Vorhang schüttelte sich ihr Körper diesmal in einem langen Schauder. Und aus dem wieder blassen angestrengten Gesicht wich jede Spur von Ironie.

«I do, darling, I do... Verstanden, verstanden. I'll reserve the room for Friday night. Ich lasse das Zimmer für Freitagabend reservieren. Same time, eight o' clock. Gleiche Zeit, acht Uhr.»

Und ohne etwas zu sagen, ohne selbst die rechte Hand zu einem Händedruck auszustrecken, ging sie mit erhobenem Kopf davon. Sie rauschte mit ihrer Gemessenheit davon, mit ihrer geradezu nonnenhaften Geschlechtslosigkeit, und überließ ihn dem aufseufzenden Stefano.

«Wer es hat, weiß es nicht zu schätzen! Wer es zu schätzen weiß, hat es nicht. Was für eine Ungerechtigkeit, Mamma mia, was für eine Ungerechtigkeit!»

Er seufzte und dachte an Lady Godiva, die ideale Gefährtin eurer einsamen Nächte, natürlich und perfekte Maße, 99-69-96, thermosonores System, sie lacht, weint und so weiter, Preis achtzigtausend Lire, zahlbar per Postanweisung. Armer Stefano: die Puppe war nie angekommen. Und obwohl Gaspare, Ugo und Fifi sich längst mit dem Gedanken abgefunden hatten, daß die in einen Umschlag gesteckten Zehntausend-Lire-Scheine verloren waren, wartete er weiter auf sie und wiegte sich in Träumen nie gekannter Freuden.

«Beruhige dich und fahr los», antwortete Angelo und sah erneut auf die Uhr.

Es war genau sechs, und vom anderen Ende der Rue de l'Aérodrome dröhnte das Echo eines infernalischen Radaus herüber. Ein Chor tobender Stimmen und das Getöse eines Lastwagens, das mehr und mehr anschwoll.

– 4 –

Eine Demonstration? Unmöglich. Beirut war keine Stadt verbaler Proteste, und Demonstrationen werden nicht mit Lastwagen gemacht. Ein paar Minuten später spitzte der Kondor verwundert die Ohren und rief Verrücktes Pferd.

«Colonnello, was tut sich da draußen?»

«Ein Zug von Demonstranten, Signor Generale, ein Zug von Demonstranten!» erwiderte Verrücktes Pferd völlig aufgeregt. «Äußerst vulgäre und sonderbare Individuen ziehen am Kommandostützpunkt vorbei und schreien, als hätten sie etwas gegen uns. Quod Deus avertat, was Gott verhüten möge.»

«Was schreien sie?»

«Ich weiß es nicht, Signor Generale, ich verstehe sie nicht. Wie auch immer, de nihilo nihil, von nichts kommt nichts. Et mala tempora currunt, und schlecht sind die Zeiten, lehrt uns Vergil!»

«Gehen Sie einem mit Ihrem Latein nicht auf den Wecker, Colonnello! Woher kommen sie, und wohin gehen sie?»

«Sie kommen von Süden, Signor Generale, und ziehen in Richtung Norden, Richtung Sabra. Der Anfang des Zuges ist schon bei der Rotunde an der Überführung angekommen, und das Ende ist noch am Flughafen. Das bedeutet, daß sie an Bourji el Barajni und Chatila vorbeiziehen, und leider findet sowohl in Bourji el Barajni als auch in Chatila in ein paar Minuten die Wachablösung statt!»

«Ich weiß. Sagen Sie den Stellungen, daß sie nicht ablösen sollen. Sagen Sie unseren Fahrzeugen, daß sie einen Bogen um die Strecke machen und auf eventuelle Provokationen nicht reagieren sollen. Nur schießen, wenn geschossen wird.» Dann sah er selbst und war bestürzt.

Es waren mindestens tausend. Männer, Frauen, Kinder. Die Frauen im Chador, was in Beirut absolut selten ist, die Männer mit dem grünen Streifen der Amal oder mit dem dunklen Band der Söhne Gottes und fast immer mit einer Kalaschnikow oder RPGs bewaffnet. Wer keine Kalaschnikow oder RPGs hatte, hielt Plakate mit dem Bild Khomeinis hoch oder Fotografien der beiden Kamikaze, die bei dem zweifachen Massaker vom Oktober ums Leben gekommen waren, oder schwarze Fahnen. Ein Wald von schwarzen Fahnen, die im Zwielicht der Abenddämmerung wie Wellen aus Pech wogten, und unter dem Pech haßverzerrte Gesichter, zornsprühende Augen, Münder, die unverständliches Zeug skandierten: zweifelsohne Beschimpfungen und Verwünschungen. Am erschreckendsten aber waren die Lastwagen. Dutzende und Aberdutzende von offenen Lastwagen, auf denen die tausend so dicht aneinandergedrängt standen wie Sardinen in der Büchse. Wer hatte ihnen die Lastwagen gegeben? Woher hatten sie sie genommen? Was wollten sie zeigen? Daß sie sie den beiden Kamikaze gegeben hatten, daß sie mehr als genug davon hatten und mehr als genug für ein neues Blutbad einsetzen konnten? Sie zogen mit unheimlicher Langsamkeit weiter, und zwar mit der trägen, aber unbeirrbaren Bewegung einer Schlange, die sich auf ihr Opfer zuwindet, um es zu verschlingen, und einige Meter vor dem Kommandostützpunkt wurden sie noch langsamer. So kamen sie an dem Platz vor dem Stützpunkt vorüber, und hier richtete die Schlange ihre Schuppen noch bedrohlicher auf, die schwarzen Fahnen wurden ein Meer aus Pech, das unverständliche Zeug wurde lauter und intensiver skandiert, und die Münder spuckten ein sehr bekanntes Wort aus: Talieni, talieni, talieni. Um sie aufzuhalten, einen Überfall zu verhindern, war nur eine Abteilung von Carabinieri zur Verstärkung der Kameraden am Wachhäuschen da und fünf oder sechs Offiziere mit der Hand am Revolver. Unter den Offizieren Pistoia und Charlie, der die Arme allerdings verschränkt hatte. Neben Charlie Martino, der das unverständliche Zeug in sein Notizbuch eintrug.

«Laßt noch eine Abteilung kommen, und stellt sie längs des Walls auf!» rief der Kondor. Dann leise und mit vorwurfsvollem Ton: «Ich höre gar keine Verbrüderungshymnen, Charlie, oder täusche ich mich?»

«Sie täuschen sich nicht, Generale», antwortete Charlie mit zusammengebissenen Zähnen.

«Man könnte meinen, sie haben was gegen uns...»

«Auch gegen uns, Generale.»

«Auch?»

«Auch, Generale. In der Tat schlagen uns die Amerikaner vier zu zwei und die Franzosen drei zu zwei. Aber wir schlagen die Engländer mit zwei zu eins und plazieren uns an dritter Stelle.»

«Hören Sie auf mit Ihren Späßen! Was sagen die da?!?»

Immer noch mit zusammengebissenen Zähnen rief Charlie Martino.

«Martino, übersetz für den Generale, was sie sagen.»

«Sofort, Chef! Sie sagen: Tod-den-Amerikanern, Tod-den-Franzosen, Tod-den-Italienern, Tod-den-Engländern», rezitierte Martino mit dem üblichen Eifer. «Aber Tod-den-Amerikanern sagen sie viermal, Tod-den-Franzosen dreimal, Tod-den-Italienern zweimal und Tod-den-Engländern nur einmal... Sehen Sie, Signor Generale, sehen Sie nur!»

Von einem der Lastwagen war ein Junge mit den Fotos der beiden Kamikaze heruntergesprungen. Er war zwischen den Carabinieri hindurchgekrochen und hatte das Wachhäuschen erreicht. Und nun stürmte er mit einem glücklichen Schrei auf sie los.

«Tawaffi! Tod, tawaffi!»

«Nehmt sie ihm sofort weg!» tobte der Kondor. Dann, ohne die Ausführung seines Befehls abzuwarten, stürzte er sich auf die Fotos. Zerriß sie. Aber schon kletterten andere Jungen von den anderen Lastwagen herunter, mit den Jungen Frauen im Chador, mit den Frauen im Chador einige junge Männer, die mit Kalaschnikows oder RPGs bewaffnet waren: jeder Junge und jede Frau mit den gleichen Fotos. Und machten sie an den spanischen Reitern fest, an den Stacheldrahtballen, an den Containern der Straßensperren, an jedem nur denkbaren Gegenstand, wo es möglich war, und sie stießen die gleiche Drohung aus, nur in einen neuen Satz gekleidet.

«Talieni go home! Geht nach Hause, go home!»

Es war sinnlos, dagegen anzugehen, wie der Kondor es getan hatte. Für jeden zurückgedrängten Angreifer kam ein neuer, für jedes zerrissene Foto tauchte ein ganzes auf, zusammen mit einem Portrait von Khomeini, und die groteske Pantomime wurde noch grotesker durch das Gebrüll derer, die, wie Pistoia, vor Wut wahnsinnig wurden, weil sie nicht schießen durften.

«Geh du doch nach Hause, du Obersau!»

«Krepier du doch, du Arschloch!»
«Tawaffi dir auch, du Scheißsarazene!»
So ging es weiter, bis der Demonstrationszug hinter Sabra verschwunden war und auf der Erde eine riesige Menge zerrissenen Papiers zurückgelassen hatte: Bärte und Turbane von Khomeini, Nasen, Augen und Ohren der Kamikaze, düstere Reste, auf die Charlie, noch immer vom Vorwurf des Kondors verletzt, starrte. Ich-höre-gar-keine-Verbrüderungshymnen, Charlie. Die und ihre miesen Versprechen, sagte er sich bitter. Die und ihre Heucheleien, ihre Lügen, ihre Betrügereien. Ich hatte vergessen, daß Lawrence von Arabien sie treulos nannte, noch unbeständiger als Wasser, kleingeistig und mit leerem Herzen, Erzeuger von Religionen und basta. Ich habe das vergessen, weil ich mich von den kleinen Kindern haben rühren lassen, die verbluten, von den Bilals, von dem Volk der Ochsen, das für einen Strohhalm die Felder der anderen pflügt oder säubert, weil ich geglaubt habe, mit den Zandra Sadrs Schach spielen zu können: naiv, betrogen, blöd! Das Schachspiel hat eiserne Regeln; die Bauern dürfen nicht zurückgehen, die Pferde müssen L-förmig springen, die Läufer müssen sich diagonal bewegen, die Türme vertikal und horizontal, der König kann vor- oder zurückgehen, und die Dame kann sich in alle Richtungen bewegen. Aber bei den Zandra Sadrs geht die Dame nirgendwohin, tanzt der König Menuett, bewegen sich die Türme diagonal, die Läufer vertikal und horizontal, und die Bauern gehen rückwärts. Und wenn du glaubst, den Trick endlich durchschaut zu haben, verändern sie ihn vor deiner Nase und schneiden dir eine Grimasse. Das Spiel kippt um, und Seine Hochwürdigste Eminenz setzt dich schachmatt. Ich-höre-gar-keine-Verbrüderungshymnen, Charlie. Ich auch nicht. Signor Generale. Seine Hochwürdigste Eminenz hat mich schachmatt gesetzt: ich habe die Partie so gründlich verloren, daß ich nicht mehr begreife, was eigentlich los ist. Er begriff es wirklich nicht. Er war zu enttäuscht, als daß er sich seines Scharfsinns hätte bedienen, die Situation nüchtern analysieren und die Bedeutung und die Absicht des Demonstrationszuges hätte erahnen können. Doch plötzlich ging ihm ein Licht auf. Und wie von der Tarantel gestochen, sprang er zurück, ließ die Unmenge zerrissenen Papiers liegen und lief ins Büro des Kondors.
«Generale!»
«Was gibt's?» knurrte der Kondor und blickte nachdenklich aufs Telefon, wie jemand, der gerade eine ganz schlechte Nachricht erhalten hat.

«Der Demonstrationszug führte nach Sabra. Er verlor sich in Sabra...»

«Ich weiß, Charlie, ich weiß.»

«Und obwohl die Drohungen auch die anderen betrafen, mehr noch, obwohl wir nur an dritter Stelle standen, war der Streckenverlauf für uns ausgesucht worden. Bourji el Barajni, Kommandostützpunkt, Chatila.»

«Ich weiß, Charlie, ich weiß.»

«Folglich handelte es sich nicht um eine zufällige oder unbegründete Provokation. Es handelte sich um eine Warnung, ähnlich der, die uns die Regierungstruppen mit den drei Granaten auf das Munitionslager von Sierra Mike gegeben haben.»

«Ich weiß, Charlie, ich weiß.»

«Aber wenn wir beide stören, wenn uns beide für einen Klotz am Bein halten, Talieni-go-home, bedeutet das, daß da ein ganz schön gewaltiges Süppchen gekocht wird.»

«Ja, Charlie, das Süppchen kocht.» Er deutete auf das Telefon. «Die Franzosen haben mich gerade informiert, daß sie dabei sind, die letzten Stellungen in Sabra abzubauen und daß sie von morgen an in Sabra nur noch eine rein symbolische Stellung unterhalten werden. Das Observatorium, den Turm.»

«Nur den Turm?»

«Nur den Turm, Charlie, und ich frage mich für wie lange. Vierzehn Tage? Ich glaube nicht, daß sie länger als vierzehn Tage durchhalten, und eines ist sicher: an dem Tag, an dem die Franzosen auch darauf verzichten, wird dieses verdammte Gebäude den Vorwand liefern, den Amal und die Regierungstruppen suchen, um sich eine Schlacht zu liefern und...»

«Und das verdammte Gebäude ist nur wenige Meter von Chatila weg, an der Straße, die in den kleinen Platz der Zweiundzwanzig mündet... Und der kleine Platz der Zweiundzwanzig liegt fast gegenüber von Gobeyre; wenn die Amal also zum Turm will, braucht sie nur die Avenue Nasser zu überqueren und bei der Zweiundzwanzig vorbei...»

«Ganz genau, Charlie, ganz genau.»

«Und ein Drittel des Kontingents ist schon in die Weihnachtsferien gegangen. Fünfhundertdreißig Bersaglieri, Maròs und Fallschirmjäger sind unterwegs nach Italien, kommen vor Neujahr nicht zurück... Und wenn die Franzosen den Turm nicht einmal vierzehn Tage halten können, wenn sie ihn viel früher aufgäben und der Brand würde, sagen wir, vor Neujahr ausbrechen, könnten wir weder die Zweiundzwanzig noch irgendeine andere Stellung auf der Avenue Nasser oder längs der Grenze zu Sabra verstärken...»

«Ganz genau, Charlie, ganz genau. Wir müßten dem Himmel danken, wenn es den Franzosen gelänge, den Turm vierzehn Tage zu halten, sagen wir bis Neujahr, genauer gesagt, bis zur Rückkehr der fünfhundertdreißig Mann, die ich auf Heimaturlaub geschickt habe... Bricht der Brand vorher aus, dann sind wir angeschmiert.»

«Also, was machen wir, Generale, was wollen Sie tun?»

«Zeigen, daß ich das Go-home von niemandem hinnehme. Keinen Millimeter weichen, die Stellungen halten. Sie halten, sie halten, mich verteidigen», antwortete der Kondor. «Und weil Verteidigung Angriff einschließt, berufe ich jetzt eine Lagebesprechung ein und versetze die Schiffe in Alarmbereitschaft.»

* * *

Die Lagebesprechung fand am nächsten Morgen statt, und daran nahmen die siebzehn Offiziere teil, die für den Fall unterrichtet waren, daß der Brand noch vor Neujahr ausbrach: die Mitglieder des Generalstabs, die Vertrauten des Kondors und der Kommandant der Schiffe. Die siebzehn gingen rasch durch den Eingangsraum, wo das Portrait des Emirs im gelben Turban und blauen Umhang sie noch unheilvoller anblickte als sonst, und traten ins frühere Eßzimmer; gespannt, den Grund für diese so eilig einberufene Zusammenkunft zu erfahren, setzten sie sich an den großen Kirschholztisch, an dem die Sitzordnung einem sehr genau festgelegten Zeremoniell folgte: entsprechend den Aufgaben und Verantwortungsbereichen eines jeden. An einem Ende des Tisches der Kondor. Am anderen der Admiral, der Kommandant der Schiffe, der früh morgens mit einem Hubschrauber der Admiralität herübergekommen war. Rechts vom Kondor der Professor, links von ihm Verrücktes Pferd. Neben dem Professor Adler Eins, dann der Falke, dann der Sektorchef von Bourji el Barajni, dann der Sektorchef von Chatila, also Nibbio, dann der Chef des Feldlazaretts, dann der Chef des Waffenbüros, dann der Chef der Funkzentrale, der folglich links vom Admiral saß. Neben Verrücktes Pferd der Auerhahn, dann der Chef der Nachschubbasis, dann Charlie, dann Pistoia, dann Zucker, dann der Chef der Nachrichtentruppe, dann Sandokan, der folglich rechts vom Admiral saß.

Der Kondor verlor keine Zeit mit langen Vorreden und war sehr knapp. «Sie haben den Demonstrationszug gestern gesehen», sagte er, «oder Sie sind darüber informiert. Sie haben gehört, was die Demonstranten geschrien haben, oder Sie haben davon erfahren. Sie wissen von den Attentaten auf uns in Sierra Mike und Bourji el Barajni, und Sie wissen, daß heute nacht die Franzosen die letzten Stellungen in Sabra geräumt haben, außer dem Observatorium, das ‹der Turm› genannt wird. Was Sie nicht wissen, was keiner von uns weiß, ist, wann sie auch dort abziehen. Nun, es ist klar, daß die Räumung des Turms sowohl die Regierungstruppen wie die Amal von Gobeyre von der Kette lassen könnte: schon allzu lange geben sich die Amal dem Traum hin, aus Gobeyre auszubrechen, zur Küstenstraße von Ramlet el Baida vorzustoßen, von Ramlet el Baida nach Süden herunterzukommen und nach Norden hinaufzuziehen und sich des gesamten Westteils zu bemächtigen. Und allzu lange schon haben sich die Regierungstruppen vorgenommen, im Westteil wieder die Kontrolle zu übernehmen, die sie verloren haben. Bis heute ist es uns möglich gewesen, beide Gruppen aufzuhalten, weil der Damm, den wir von Bourji el Barajni bis Chatila errichtet haben, bis nach Sabra führte, das heißt, weil dort die Franzosen waren. Doch ohne Franzosen ist der Damm nur halb so lang, der Turm wird zum Zankapfel, und es könnte zwischen beiden Parteien zum Kampf kommen. Und wenn das passiert, sind wir die ersten, die die Rechnung dafür zu begleichen haben. Wir müssen uns also darauf vorbereiten und, eingedenk dessen, daß Verteidigung Angriff einschließt, die Schiffe in Alarmbereitschaft versetzen: bereit, auf jeden zu feuern, der uns absichtlich beschießt. Deshalb und um Ihnen die Vorgehensweise zu erläutern, habe ich Sie zusammengerufen.» Dann legte er die Vorgehensweise dar: ein vom Auerhahn ausgearbeiteter Plan, der sich auf Charlies Informationen nach dem zweifachen Massaker vom Oktober stützte und in einem Aktenbündel voller Karten und Organigramme enthalten war, die alle Feuerstellungen in Beirut verzeichneten. Artillerie der Drusen und der Regierungstruppen, Batterien der Amal, Khomeini-Nester, Kasernen. Jede Stellung ein Ziel, das zur Verteidigung oder für Repressalien getroffen werden konnte, und jedes Ziel mit den genauen Koordinaten und einer Ziffer bezeichnet, die von 100 an aufwärts ging. Die Stützpunkte des Kontingents waren demgegenüber mit Buchstaben bezeichnet, die den Initialen ihres Namens entsprachen: A für Adler, K für Kommando, N für Nachschub, L für Lazarett, R für Rubino, S für Sierra Mike. Die Schiffe hingegen Namen von Wasservögeln: Pelikan, Möwe, Albatros, Seeschwalbe. So daß also der Code R110 bedeutete, daß der Stützpunkt Rubino von der Batterie Nummer 110 getroffen worden war; Albatros 110, daß der Kreuzer Albatros sein Feuer auf die Batterie richtete, von der aus Rubino getroffen worden war; S120 bedeutete, daß Sierra Mike von der Batterie Nummer 120 getroffen worden war... Und unterdessen befragte Angelo den wachhabenden Bersagliere unter dem Feigenbaum der Fünfundzwanzig, eine Aufgabe, die dadurch erleichtert wurde, daß es derselbe war, mit dem er das kleine Mädchen aus der Kloschüssel gezogen hatte und dem er geschworen hatte Ich-schwöre-daß-ich-niemals-jemanden-töten-werde. Ja, antwortete Ferruccio, der Milizionär der Amal, der ihn vor einem Monat mit der RDG 8 angegriffen habe, sei tatsächlich ein Vierzehnjähriger mit blondem Haar gewesen, der ständig einen Zigarettenstummel zwischen den Lippen kleben hatte: ein kleiner Stricher, der in Gobeyre wohnte und nach Chatila kam, um hier zu provozieren. Nein, er wisse nicht, ob er Passepartout hieß: irgendwer habe ihm erzählt, daß der Hagere mit Bart ihn Khalid nannte. Aber warum war es für den Sergente denn so wichtig, ihn zu finden? Weil ich gestern abend in Zuckers Museum gegangen bin, hätte Angelo am liebsten geschrien, wo ich die Splitter untersucht habe, die in der Gasse von Bourji el Barajni aufgesammelt worden sind, und unter diesen Splittern war eine der beiden Sicherungsvorrichtungen. Auf der Metallzunge dieser Vorrichtung eine 316495, mithin eine fast unmittelbar auf die 316492 folgende Nummer der Granate, die er auf dich werfen wollte. Ein Zeichen, daß alle drei aus demselben Fabrikationsposten stammten, aus derselben Kiste, von derselben Person, und mit dieser Person muß ich abrechnen: ich muß wissen, wohin er geht, wo er verkehrt, wo ich ihn finden, ihn umbringen kann. Statt dessen murmelte er, daß es sich einfach nur um Neugier handelte. Und als würde er der Sache kein besonderes Gewicht beimessen, kam er zu Stefano zurück, der am Lenkrad des Geländewagens weiterhin sehnsüchtig auf das Eintreffen von Lady Godiva hoffte.

«Ach, wenn sie doch eintreffen würde, mein Gott, wenn sie doch eintreffen würde! Noch könnte sie ja eintreffen. Glaubst du, daß sie noch eintrifft?»

Fünftes Kapitel

– 1 –

Am folgenden Donnerstag traf sie ein, das heißt, zwei Tage bevor die Franzosen vom Observatorium, das ‹der Turm› genannt wurde, abzogen, sie kam ungelegener als ein Dudelsack, den die Söhne Gottes spielten, und platzte auf der Bühne der menschlichen Komödie herein, wie eine Statistin, die aus der Anonymität heraustritt und Verwirrung unter den Hauptdarstellern stiftet: abgesehen von Stefano überraschte sie das ganze gemischte Grüppchen, das sie bestellt hatte. Tatsächlich erinnerte sich Gaspare, der Fahrer des Kondors, nicht einmal mehr an seine Begeisterung, mit der er auf die Werbeanzeige in dem Pornoheft aufmerksam gemacht hatte. Er war ein zerstreuter, nervöser Junge und wurde durch die Anspannung bei einer Arbeit, die sogar die Psyche eines Mannes mit Nerven wie Drahtseile zerstört hätte, immer noch nervöser, und das, wovon er eigentlich träumte, war kein Sex-Spielzeug, sondern ein weniger despotischer Chef. Ugo, Pistoias Fahrer, hatte sich inzwischen mit dem Gedanken abgefunden, daß das in den Briefumschlag gesteckte Geld gestohlen worden war. Machte ihm weiter nichts aus. Er war ein grobschlächtiger lebhafter junger Kerl, den das Beispiel seines Hauptmanns beeinflußte, und seit einem Monat wurde die ausgebliebene Lieferung des Spielzeugs durch das Versprechen einer Puppe aus Fleisch und Blut wettgemacht: Sheila, die schöne Palästinenserin, die es mit den Offizieren umsonst machte. «Dès que je peux, avec plaisir. Sobald ich kann, mit Vergnügen», hatte sie freundlich zu ihm gesagt. Was Fifi anging, so hatte er sich nur aus Langeweile an den Kosten beteiligt: der Puppe mit dem gleichen Namen wie die Dame von Coventry zog er sowieso Haschisch und die Erinnerungen an seine Vergangenheit als Halbstarker vor. So waren sie auf alles andere als das Geschrei eingestellt, das gegen Abend durch das Rosa Zimmer hallte. Nicht dabei war, Gott sei Dank, Martino.

«Jungs, da ist 'n Paket für euch!»

«Für uns?!?» Vor Hoffnung bebend sah Stefano Ugo an, der sah Gaspare an, der sah Fifi an, und plötzlich lösten sich Verzicht und Vergessen im Magma der Erregung auf.

«Ja, für uns. Er hat für uns gesagt!»
«Wirklich für uns?!?»
«Wirklich für uns.»
Sie jagten die Treppe hinunter, stürzten in die Poststelle, und da war das Paket. Fünfzig mal sechzig Zentimeter, schlecht verschnürt, doch aufgegeben von einem Absender, den sie gut kannten. Schweigend nahmen sie es, brachten es auf ihr Zimmer, öffneten es und betrachteten starr den Inhalt: ein zusammengedrücktes Dings aus fleischfarbenem Plastik, wie ein Hemd in einer Zellophanhülle zusammengefaltet und an einer üppigen gelben Lockenperücke befestigt.
«Ob das wirklich sie ist?»
«Sicher ist sie das.»
«Ich glaub's nicht. Sie ist viel zu flach.»
«Sie ist doch nur flach, weil keine Luft drin ist, oder?»
«Holen wir sie raus!»
Ugo, der Sheila bereits vergessen hatte und vor Geilheit außer Atem war, zog sie heraus. Er faßte sie an der Perücke an, und das Ding öffnete sich genauso wie ein gefaltetes Hemd, wenn man es am Kragen anfaßt. Beim Öffnen wurden zwei lange Fortsätze sichtbar, die die Beine sein konnten, zwei andere, die die Arme sein konnten, und eine Pfanne, die das Gesicht sein konnte.
«Sieht aus wie ein Pyjama mit Haaren!» kommentierte er enttäuscht.
«Ein Arbeitsanzug», korrigierte Gaspare perplex.
«Für wen habt ihr euch eigentlich gehalten?» fragte Fifi gespreizt.
Stefano sagte nichts. Er war zu aufgewühlt und konnte nicht sprechen.
«Blasen wir sie auf?»
«Und wo ist das Loch zum Aufblasen?»
Das Loch zum Aufblasen war im Bauchnabel. Ugo legte seinen Mund darüber, fing an zu blasen, und sofort begann der Arbeitsanzug Form anzunehmen, wurde zu einer Puppe mit den Konturen einer Frau: in einem Crescendo von Verheißungen wölbten sich die Hüften, die Schultern, zwei Brüste so groß wie Kürbisse, zwei Gesäßwölbungen, die unverhältnismäßig üppig waren; dann entstanden die Beine, die Arme, ein Ball, der sicher das Gesicht werden sollte und es auch bald war. Kokett, gekünstelt, mit einem winzig kleinen Näschen und einem großen, pupurfarbenen Mund, dessen halb geöffnete Lippen ein obszönes, tiefes Loch sichtbar werden ließen. Die Augen waren aufgemalt und Schluß. Die Finger und die Zehen ebenfalls. Doch

der Unterleib war mit Rafinessen reichlich ausgestattet, und zuletzt wurden, das Tollste vom Tollsten, zwei weitere obszöne, tiefe Löcher sichtbar: der After und die Vagina.

«Jesus!» stotterte Stefano und fand die Sprache wieder.

«Wenn sie die nicht hätte, würde sie ja nicht dazu taugen, wozu sie taugen soll, oder?» feixte Ugo zufrieden.

Sie stellten sie hin. Sie war sehr leicht, konnte aber allein aufrecht stehen. Einige Minuten lang betrachteten sie sie still, dann gab jeder sein Urteil ab.

«Ich weiß nicht», sagte Gaspare, «die Proportionen stimmen, die Größe und die Festigkeit auch, und was sie braucht, hat sie. Aber warum hat man ihr keine Augen gegeben? Zwei Knöpfe hätten doch genügt. Puppen kriegen immer Augen und sogar Augenlider, die auf- und zugehen.»

«Die bekommen auch Finger und Ohren. Ihr hat man weder Finger noch Ohren gegeben, einverstanden, aber was willst du denn damit anfangen?» gab Ugo zurück.

«Für mich ist sie schön», sagte Stefano. «Prima gemacht und schön. Mir gefällt sie.»

«Weil du einen Scheiß gesehen hast und mit allem zufrieden bist», sagte Fifi. «Die in New York haben Augen, Ohren, Finger und sogar bewegliche Gelenke. Die kannst du wirklich nicht mit solchem Schrott vergleichen. Das ist Schrott.» Er verließ schulterzuckend das Zimmer und schlug die Tür zu.

Trotzdem ließen sie sich nicht irremachen.

«Und wo ist das thermo-sonore System?»

«Hier, siehst du, hier! Hier ist eine Spritze und eine Pfeife!»

«Und die Gebrauchsanweisung, wo ist die?»

Die Gebrauchsanweisung fand sich bei der Spritze und der Pfeife. Die Spritze diente dazu, warmes Wasser in die doppelte Plastikschicht zu spritzen, die sich im Innern der Brüste und der Vagina befand und menschliche Wärme simulieren sollte; die Pfeife diente dazu, jedes Mal dann Stöhnen und kleine geile Lacher zu erzeugen, wenn man in die Löcher eindrang. Man mußte die Pfeife nur in den Nacken schrauben. Sie gingen ins Bad, spritzten warmes Wasser ein, schraubten die Pfeife ein, und Lady Godiva war gebrauchsfertig.

«Na, und wer probiert sie aus?» fragte Gaspare und versuchte, Haltung zu bewahren.

«Du! Du hast sie schließlich entdeckt», sagte Stefano mit einer Mischung aus Vorsicht und Großzügigkeit.

«Du kannst meine Garçonnière haben», fügte Ugo im gleichen Tonfall hinzu. Und zeigte auf seine Pritsche, die, da sie in einer Ecke stand, an den Außenseiten einen Vorhang hatte, der das Licht dämmte, wenn du tagsüber schliefst.

«Wenn ihr drauf besteht...»

Ohne großen Enthusiasmus, aber in seiner Ehre geschmeichelt, nahm Gaspare Lady Godiva und legte sie auf Ugos Pritsche. Dann zog er den Vorhang richtig zu, öffnete seine Hose und war dabei, eine Art Ius primae noctis auszuüben. Aber es waren nur wenige Sekunden vergangen, als vor der Tür zum Rosa Zimmer aufgeregte Stimmen herumlärmten.

«Sie ist also da, sie ist da!»

«Ihr Glücksvögel, ihr habt das Problem gelöst!»

«Laßt uns rein, wir wollen sie sehen!»

«Macht auf, ihr Egoisten! Wir wissen doch, daß ihr sie habt. Fifi hat's uns gesagt.»

Und Gaspare kam geschlagen aus der Garçonnière.

«Zu laut, da kann ich nicht. Und dann isses 'n Scheißding, völlig tot. Probier du's mal, Ugo.»

«Nein, nein. Stefano probiert's», antwortete Ugo vorsichtig.

«Ich?!?» stammelte Stefano und wurde rot bis zu den Ohren.

«Ja, du.»

Mit unsicheren Schritten näherte Stefano sich Lady Godiva. Er streckte eine Hand aus, zog sie entsetzt wieder zurück und preßte sie ans Herz, das rasend hämmerte. Jesus! Eine Sache war es, sie zu betrachten, während sie da aufrecht in der Mitte des Zimmers stand wie eine Puppe, und etwas ganz anderes war es, sie auf der Pritsche liegen zu sehen wie eine richtige Frau. Auf der Pritsche liegend, wirkte sie wie eine richtige Frau. Echt! Und sie erinnerte ihn an Lorena, die Tochter des Gemüsehändlers, der seinen Laden neben Stefanos Haus hatte. Das gleiche Näschen, der gleiche purpurrote Mund, die gleichen großen Augen. Sie hatte ihn immer eingeschüchtert. Und obgleich er andauernd in ihren Laden ging, um Obst und Gemüse einzukaufen, war es ihm nie gelungen, ihr zu sagen Lorena-du-gefällst-mir, und er hatte überhaupt nur einmal mit ihr gesprochen: an dem Tag, als er sie dabei überraschte, wie sie bei Rot die Straße überquerte. «Vorsicht, Signorina, Vorsicht! Es könnte ein Auto kommen!» Aber sie hatte ihn mit einem verächtlichen Blick abblitzen lassen. Kümmere-dich-um-deinen-eigenen-Scheiß-du-Rotznase-ich-geh-rüber-wann's-mir-paßt, und es war sinnlos, es noch einmal zu versuchen und weiter Obst und Gemüse zu kaufen, das Mamma sowieso nicht haben wollte. Eine Woche später hatte sich dieses Luder mit dem Bruder des Schusters verlobt.

«Worauf wartest du denn?» stachelte Ugo ihn an.

«Sie beißt nicht!» ermutigte ihn Gaspare.

Stefano ging ein bißchen näher heran. Wieder streckte er die Hand aus, wieder zog er sie entsetzt zurück. Nein, sie würde nicht beißen, aber die Ängste, die er wegen Lorena ausgestanden hatte, tauchten jetzt doppelt wieder auf, und er wußte nicht, wo er beginnen sollte. Auch wenn die Frau aus Plastik ist, auch wenn du bei ihr nicht riskierst, daß sie dich verächtlich anfährt oder du eine schlechte Figur machst, wie verhält man sich in solchen Fällen? Machte man gleich die Hose auf wie Gaspare oder verweilt man bei einem Vorspiel, etwa mit einem Kuß oder mit Streicheln? Er hatte nicht die geringste Ahnung.

«Also versuchst du's oder nicht?»

«Ich weiß nicht...»

«Was heißt hier: ich weiß nicht! Steig auf sie drauf und mach den Vorhang zu!»

«Nein, es ist...»

«Dann probier ich's eben.»

Voller Ungeduld nahm Ugo seine Garçonnière wieder in Beschlag. Im Handumdrehen befreite er sich von allem Überflüssigen, machte den Vorhang zu, drang in Lady Godiva ein, und die Pritsche begann gerade zu quietschen, als die Türe aufflog. Eine nasale Stimme ertönte auf der Schwelle.

«Signori! Was geht hier drinnen vor, Signori?!?»

Verrücktes Pferd. Er hatte den Lärm gehört und den Satz aufgeschnappt Ihr-Glücksvögel-ihr-habt-das-Problem-gelöst und einen von denen gepackt, die wieder die Treppe herunterkamen und: «Facta non verba, Tatsachen und keine Worte, auf was für ein Problem spielt ihr an?» – «Auf das Problem des Fickens, Signor Colonnello», hatte der Betreffende unvorsichtigerweise geantwortet. Ficken?!? Heiliger Himmel, was war das nur für eine Sprache?!? Er soll das erklären! Und der Unvorsichtige: «Signor Colonnello, die vom Rosa Zimmer haben einen Ersatz geliefert bekommen.» Einen Ersatz?!? Was für einen Ersatz?!? «Das weiß man nicht, Signor Colonnello. Sie haben uns nicht reingelassen, sie haben uns nichts gezeigt.» Sonst nichts. Doch diese teilweise Erklärung reichte aus, ihn mit krankhafter Neugier und Sorge zu erfüllen. Ah, leider kannte er sie zur Genüge, diese Schurken vom Rosa Zimmer! Immer herumlärmen, Haschisch rauchen, die Carabinieri des Blauen Zimmers auf die Schippe nehmen, die Wände mit Fotos oder Zeichnungen von Mädchen in offenen Kleidern versauen, und gut, einverstanden: nicht jedem genügt es, Ovids *Ars Amatoria* zu lesen oder die Romane von Donatien-Alphonse-François Marquis de Sade, um die Abstinenz ertragen zu können: aber ein Stabschef muß die Augen offenhalten. Er muß ein Auge auf das moralische Verhalten der Truppe haben, guter Gott, verhindern, daß sie in unzulässige, zügellose Praktiken abgleitet, in Bösartigkeiten, die das Ansehen der Armee schädigen! Und vor allem darf er nicht vergessen, daß die jungen Kerle wie schlecht abgerichtete Füllen und zweitklassige Pferde sind: wenn sie einen schweren Fehler begehen, müssen sie mit der Peitsche gezüchtigt werden, wenn sie einen Streich begehen, muß man sie mit einem Schlag ins Gesicht strafen; und in beiden Fällen ist es fatal, die Zügel zu lockern, das heißt, ihnen etwas durchgehen zu lassen. Sie verlieren den Respekt vor dem, der sie reitet, vor dem, der ihnen etwas durchgehen läßt, und bei der ersten Gelegenheit werfen sie ihn aus dem Sattel. Dann war er zur letzten Etage hochgestiegen, hatte die Türe aufgestoßen, war eingetreten, schnaubte Signori-was-geht-hier-drinnen-vor-Signori, und da stand er schon mitten im Zimmer.

«Nichts, Signor Colonnello», stammelte Gaspare.

«Und der Lärm? Dieses Rauf und Runter auf der Treppe?»

«Wir haben keine Ahnung, Signor Colonnello.»

«Auch nicht die geringste, Signori? Nicht einmal von einem Ersatz, der sich in Ihren Händen befinden soll?»

Bei dem Bemühen, in die warmen Tiefen von Lady Godiva einzudringen, hatte Ugo nicht sofort die nasale Stimme von Verrücktes Pferd erkannt, doch bei der dritten Frage erkannte er sie, und seine Manneskraft fiel zusammen wie ein mißlungenes Soufflé. Dieser verdammte Quatschkopf von Fifi, der überall rumquasselte! Diese verdammten Schnüffler, die hier ein unwahrscheinliches Theater veranstalteten! Stell dir vor, wenn dieser Typ, der dir auf die Eier ging, merken würde, daß du in diesem Ersatz stecktest! Bloß nicht bewegen, verdammte Schweinerei, nicht atmen, und vor allem konntest du dir nur wünschen, daß Gaspare auch weiterhin die Situation im Griff behielt. Abgesehen von dem anfänglichen Gestammel, machte er das auch gar nicht so schlecht.

«Ein Ersatz? Was für ein Ersatz, Signor Colonnello?»

«Ein ungehöriger Gegenstand, Signori. Ein Werkzeug der Wollust, wie es heißt. Et vox populi vox Dei, und Volkes Stimme ist Gottes Stimme, erinnert uns das Sprichwort.»

«Nein, Signor Colonnello. Hier befindet sich keinerlei Werkzeug. Nicht einmal eine Schere oder ein Hämmerchen.»
«Nicht einmal das?»
«Nicht einmal das, Ehrenwort, Signor Colonnello.»
«Ehrenwort?»
«Ehrenwort, Signor Colonnello.»
«In diesem Fall gilt die Maxime Diokletians: Vanae voces populi non sunt audiendae, dem Gerede des Volkes sollst du kein Gehör schenken. Und auch die von Cicero, die sagt: Nihil est tam volucre quam maledictum, nihil facilius emittur, nihil citius excipitur, latius dissipatur – nichts ist so schnell wie die Verleumdung, nichts spricht sich leichter aus, nichts wird so bereitwillig aufgenommen, nichts verbreitet sich in einem solchen Maße.»
«Das ist richtig, Signor Colonnello.»
«Und was verbirgt sich hinter diesem Vorhang da?»
«Ugos Garçonnière, Signor Colonnello», fiel Stefano ein und machte damit alles kaputt.
«Ah, die Garçonnière.»
«Jawohl. Aber man kann nicht reingehen, weil Ugo schläft!»
Mehr brauchte man nicht, um zu begreifen, daß sich das Werkzeug der Wollust hinter dem Vorhang befand. Und wenn Verrücktes Pferd ihn aufgezogen hätte, wenn er Lady Godiva auf der Stelle beschlagnahmt hätte, wäre vieles anders verlaufen. Doch einem Gentleman seines Schlages wäre es unwürdig vorgekommen, den Vorhang aufzuziehen, und stilvoll verzichtete er auf die Züchtigung, die er sich vorgenommen hatte.
«Verstehe, Signori, verstehe... Gehen auch Sie jetzt schlafen. Aber wenn Sie schlafen, vergessen Sie nicht den Aphorismus des Phädrus: Solent mendaces luere poenas malefici, die Lügner büßen immer für die Schuld ihrer bösen Taten. Auf Wiedersehen, Signori, auf Wiedersehen. Bis morgen.»
Es wurde Nacht. Martino war dabei, eine Schlüsselfigur der Episode zu werden, und im Büro des Kondors spielte sich unterdessen ein besorgniserregendes Gespräch ab.

* * *

«Generale, es sieht so aus, als hätten die Franzosen bereits beschlossen, den Turm aufzugeben.»
«Unmöglich, Charlie.»
«Durchaus möglich. Und zwar viel früher, als Sie vorhergesehen hatten: innerhalb von achtundvierzig Stunden. Das habe ich von einer Sunnitin aus Sabra erfahren, die ein Verhältnis mit einem Fallschirmjäger des Observatoriums hat.»
«Unmöglich. Ich habe doch gerade erst mit den Franzosen gesprochen. Sie hätten es mir doch gesagt.»
«Generale, Sie wissen doch besser als ich, daß sie es nicht sagen müssen, daß das Internationale Truppenkontingent kein gemeinsames Kommando hat, daß das Verhältnis zwischen den Kontingenten Gott weiß wie funktioniert, daß jeder von uns nur die eigene Verteidigung im Auge hat. Und eine Operation wie der Rückzug aus dem Turm ist außerordentlich heikel. Sie muß heimlich erfolgen, und zu hoffen, darüber informiert zu werden, ist utopisch...»
«Nun übertreiben wir mal nicht. Daß sie die letzten Stellungen abziehen würden, haben sie mir ja gesagt.»
«Das haben sie Ihnen gesagt, als sie mit dem Abzug bereits zugange waren, Generale. Und ich würde mich nicht wundern, wenn sie diesmal überhaupt nichts sagen würden.»
«Unmöglich. Das glaub ich nicht. Unmöglich.»
«Und noch viel weniger würde es mich wundern, wenn sie die Regierungstruppen informieren würden, und wir Sonntagmorgen beim Aufwachen entdecken würden, daß oben auf dem Turm die libanesische und nicht die französische Flagge weht.»
«Hm... Und worauf gründet sich die geheime Information der Sunnitin aus Sabra?»
«Auf die Tatsache, daß der Fallschirmjäger versprochen hatte, den Weihnachtstag mit ihr zu verbringen, dann aber sein Rendezvous mit ihr wieder rückgängig gemacht hat, und zwar mit sehr eindeutigen Worten: Le jour de Noël je ne serai pas ici, am Weihnachtstag bin ich nicht hier. La nuit de Noël nous quitterons la Tour, in der Weihnachtsnacht verlassen wir den Turm.»
«Ist doch die typische Lüge, mit der man eine Frau loswerden will, Charlie. Klatsch.»
«Vielleicht. Aber in Beirut bekommt man Informationen nur durch solchen Klatsch. Auch die heimliche Information der Prostituierten, die an der kuwaitischen Botschaft arbeitet, sah ganz nach Klatsch aus... Generale, bei Ungewißheit muß man in Deckung gehen.»
«Und wie?!? Ich kann die Franzosen nicht daran hindern abzuzie-

hen! Ich kann die Regierungstruppen nicht daran hindern, die Stellung einzunehmen! Das ist ihr Recht.»
«Richtig, aber die Amal denkt darüber ganz anders. Und wenn die Regierungstruppen die Stellung der Franzosen einnehmen, das heißt, wenn sie den Turm besetzen, dann wird dieses verfickte Gebäude zu dem Zankapfel, auf den Sie am vergangenen Montag hingewiesen haben, dann bricht der Brand aus, über den Sie am vergangenen Montag gesprochen haben.»
«Das weiß ich. Und weiter?»
«Man müßte die Neutralität des Turms garantieren. Wenn die Franzosen raus sind, müssen wir in den Turm.»
«Charlie! Ich kann mein Territorium nicht verlasseeen! Ich kann die Franzosen nicht ersetzen.»
«Generale, in einem solchen Chaos kann man alles.»
«Es gibt internationale Vereinbarungeeen.»
«Hier halten Vereinbarungen nur von zwölf bis Mittag.»
«Charlie! Um den Turm zu halten, brauchen wir dreißig Mann! Und mit der Wachablösung werden aus dreißig Mann sechzig! Mit der Reserveeinheit sind es neunzig! Eine ganze Kompanie! Charlie! Sie vergessen, daß fünfhundertdreißig Mann auf Heimaturlaub sind, sie sind in Italien! Sie vergessen, daß ich nicht einmal die Zweiundzwanzig, die Fünfundzwanzig und die Einundzwanzig verstärken kann, das heißt die Stellungen in unmittelbarer Nähe von Sabra! Sie vergessen, daß ich eine Kompanie, die ich für den Turm abstellen kann, nicht habeee!»
«Das vergesse ich nicht, Generale. Aber es gibt keinen anderen Weg, um den Brand zu verhindern.»
«Im Krieg kann man keine Brände verhindern, Charlie.»
«Man kann sie verhindern, Generale. Wenn man im richtigen Augenblick interveniert, verhindert man sie. Oder genauer gesagt, kommt man ihnen zuvor.»
«In diesem Fall werden wir zum richtigen Zeitpunkt noch einmal darüber sprechen, das heißt, wenn die Franzosen mir mitteilen, daß sie den Turm verlassen. Denn sie werden es mir mitteilen. Sie werden schon sehen, sie werden es mir mitteilen!»
Und damit kommen wir zu Martino.

– 2 –

«Oh, nein!»

Martino war vor Entsetzen ein Glucksen entfahren, als er ins Rosa Zimmer trat und Ugo aus der Garçonnière auftauchen sah, in der Hand den komischen Pyjama, der an der gelben Lockenperücke befestigt war. Dann hatte er sich die Augen zugehalten und starrte jetzt, auf der Pritsche liegend, mit einer Bestürzung auf Lady Godiva, die dem Groll glich, den er seinen bereits eingeschlafenen Kameraden gegenüber fühlte. Wie ängstlich dieser Milchbubi von Stefano sie aufgerichtet hatte, um sie ihm vorzustellen Ist-sie-nicht-schön? Wie dieses Vieh von Ugo gejubelt hatte, als er ihm die obszönen Löcher zeigte, Mann-sieh-dir-das-an, und-das-hier-erst, sie-hat-sogar-eins-im-Mund! Wie unbefangen der hysterische Gaspare sie ihm angeboten hatte, Wir-leihen-sie-dir-gern, probier-sie-mal-aus! Dann war Fifi gekommen. Sie hatten ihn herausgefordert, dort einen Triumph davonzutragen, wo sie zu zweit versagt hatten, und Fifi hatte geantwortet Wenn-ich-Lust-darauf-hab. Ein Glück, daß er keine Lust darauf hatte. Nein, er hatte doch Lust. Fifi stand nämlich auf, nahm sie in den Arm, brachte sie ins Badezimmer, legte sie auf den Boden, schloß die Tür, drehte den Warmwasserhahn auf, um die doppelte Schicht um die Brüste und die Vagina herum aufzufüllen... War es möglich, daß sie so sehr eine Frau haben wollten, daß sie sie sogar durch solch einen Luftballon ersetzten? Das verstand er nicht. Vielleicht, weil es ihm noch nie passiert war, daß er eine Frau haben wollte: immer hatten die Frauen ihn haben wollen. «Martino, ich will dich, Martino!» Alle. Angefangen bei Brunella, das heißt seit der Gymnasialzeit. Unter dem Vorwand, gemeinsam Kant büffeln zu wollen, hatte sie ihn zu sich nach Hause geschleppt, und während er versuchte, ihr die Bedeutung des Kategorischen Imperativs klarzumachen, hing sie ihm am Hals. Martino-ich-will-dich-Martino. Dann hatte sie ihn in ihr Zimmer geschleift und ihm nicht einmal Zeit gelassen zu sagen: «Weißt du, ich...»

Er atmete tief durch. Mit Lucia das gleiche, und wer hätte je vermutet, daß Lucia sich an ihn heranschmeißen wollte? Sie wollten die Welt verändern, er und Lucia. Gemeinsam diskutierten sie über den Kapitalismus, über den Kommunismus, über den Imperialismus, gemeinsam gingen sie in Demonstrationszügen mit, brüllten laut Americans-go-home, gemeinsam besuchten sie die Universität von Padua, um mit den Roten Brigaden in Verbindung zu treten... Doch eines Tages hatte er sich auf dem Boden ausgestreckt wiedergefunden und: Martino-ich-will-dich-Martino. Auch sie, ohne ihm Zeit zu lassen zu sagen: Weißt-du-ich. Adilé, die Türkin, die er in Istanbul kennengelernt hatte, als er mit einem Stipendium dort studierte; nein, sie hatte sich nicht an ihn herangeschmissen. Sie hatte ihm Zeit gegeben zu sagen Weißt-du-ich. Erst nach diesem Weißt-du-ich waren sie gemeinsam in die Dachwohnung des alten Hauses in der Nähe der Neuen Moschee gezogen. Traumhaft schön, mit den Fenstern zum Bosporus, wo du nie müde wurdest, das azurblaue Meer und den mit Sternen übersäten Himmel zu betrachten, die im Hafen ankernden Schiffe, die Yachten mit ihren Girlanden leuchtender Glühbirnen, aber vor allem sie: ihr schwarzes Haar, das bis zum Gürtel reichte, ihre grünen Augen, ihre kleinen Eichhörnchenzähne. Adilé war hübsch, und sie war intelligent. Sie arbeitete als Restauratorin alter Handschriften in der National-Bibliothek und wußte Schönheit zu erkennen, sie zu lehren und sie gleichzeitig mit gutem Geschmack zu vermitteln. Wenn sie beispielsweise eine besonders kostbare Miniatur restaurierte, brachte sie sie mit und: «Ich habe sie mitgenommen, weil ich gesagt habe, daß ich zu Hause daran arbeiten wollte, aber das stimmt nicht. Ich wollte sie dir zeigen. Sieh dir die Feinheit dieser Gravierung an, die Harmonie dieser Farben, die Leuchtkraft des Goldes.» Oder sie brachte ihm ein altes Pergament, eine alte Stickerei, ein Band mit Gedichten, die sie abends las, während sie ihn wie einen Teddybären im Arm hielt. Sie schliefen zusammen, er und Adilé, sie liebten sich, und als er sich von ihr trennte, um nach Italien zurückzukehren, konnte er es kaum erwarten, wieder nach Istanbul zu fahren. Am Flughafen von Istanbul lief er ungeduldig hin und her und küßte sie durch die Scheiben der Zollabfertigung, und die Leute lächelten gerührt: «Wie nett!» Doch irgendwann war sie schwanger und: «Ein Sohn von dir?!? Martino, wir haben genug gespielt. Ich will dich nicht mehr.» Dann hatte sie mit ihm und dem Kind nichts mehr zu tun haben wollen.

Er horchte zum Badezimmer hinüber, wo eine unerwartete Stille herrschte. Er fragte sich, ob Fifi die Operation Warmes Wasser beendet habe, und bereitete sich resigniert darauf vor, die Pfeife zu hören, das Gestöhne und Gekichere, von dem man ihm erzählt hatte, dann den Schrei Ich-hab's-geschafft, ich-hab's-geschafft, der bald durch die verschlossene Tür dringen würde. Naja, bei ihm hatte es Giovanna geschafft. Denn nach Adilé hatte er geschworen, daß keine Frau ihn je wieder haben würde, und das hatte er auch Giovanna gesagt, die lachend geantwortet hatte: «Ich werde dich haben.» Dann hatte sie ihn ordentlich betrunken gemacht, ins Bett geschleift und beim ersten Weißt-du-ich: «Ich weiß, Martino, ich weiß.» Giovanna war ein abgehärteter Typ. Auch ästhetisch sehr männlich: wenn du mit ihr schliefst, hattest du immer den Eindruck, vergewaltigt zu werden. «Küß mich und sei still. Umarme mich und sei still.» Trotzdem war sie nicht bösartig, nicht selten überließ sie sich weiblichen Zärtlichkeiten wie etwa, daß sie ihm Hemden bügelte oder ihm Blumen schenkte, oder sie hielt ihn auf der Straße an der Hand, ohne ihm Vorwürfe darüber zu machen, daß er mit seinem gutgeformten Hinterteil wackelte. Ja, auch mit Giovanna fühlte er sich wohl. Nicht so wie mit Adilé, aber fast. Doch er hatte nicht gemerkt, daß er ihr Vorzeigeheini war, ihr Hampelmann, den sie mit allen betrügen konnte, und an dem Tag, als er erfahren hatte, daß sie ihn mit allen betrog, hatte er sich ihr zu Füßen geworfen und sie vergebens angefleht: Giovanna, schwör-mir-daß-das-nicht-wahr-ist, Giovanna! Und sie hatte geantwortet: «Hör auf damit, Martino, schließlich nehm ich sie dir ja nicht weg!» Gott, war das ein Schlag! Am liebsten wäre er gestorben, und in einem gewissen Sinn war er wirklich gestorben. Gestorben für die Frauen, für die Hoffnung, sie lieben zu können und von ihnen geliebt zu werden, mit ihrer Hilfe eine stets verdrängte, aber niemals verschwundene Homosexualität besiegen zu können. Das war der Grund, weshalb ihm vor Entsetzen ein Glucksen entfahren war, als Ugo aus der Garçonnière herausgekommen war und diesen Pyjama mit gelber Lockenperücke in den Armen hielt; das war der Grund, weshalb ihn ein Schauer überkam, als dieser Milchbubi von Stefano sie ihm vorgestellt hatte, als dieses Vieh von Ugo ihm die obszönen Löcher vorgeführt hatte und als der hysterische Gaspare sie ihm angeboten hatte. Das war es, weshalb ihm der Gedanke unangenehm war, daß Fifì warmes Wasser in die doppelte Plastikschicht um die Brüste und die Vagina gab, und das war der Grund, weshalb er litt, wenn er sich vorstellte, das Geseufze und Gestöhne und Gelache der verdammten Pfeife mitanhören zu müssen. Ganz abgesehen davon, daß seine Homosexualität ja auch in einem Badezimmer ausgebrochen war und...

Er leckte eine Träne ab, die an seiner Lippe herunterrann. Sie hatten ihn aufs Land geschickt, um die Ferien bei den Großeltern und beim Vetter Beppe zu verbringen, und es war ein schwüler Nachmittag im August gewesen. Du kennst sie, diese Nachmittage, wo du in Schweiß und Müdigkeit zerfließt. Der Großvater und die Großmutter schliefen, außer ihrem Geschnarche hörtest du nur das Zirpen der

Zikaden; und er hatte sich mit Beppe auf der Veranda ausgestreckt, um wenigstens eine Brise abzubekommen. Aber die Brise kam nicht, und Beppe hatte gesagt Duschen-wir-doch-Martino. Sie waren ins Badezimmer gegangen, hatten geduscht und... Beppe war ein hübscher Junge. Sein Körper war glatt und von der Sonne goldbraun, seine Hinterbacken waren rund, sein Blick durchtrieben, und er sah ihn an, wie Frauen Männer ansehen. Er hatte ihm eine Wange gestreichelt. Nach der Wange eine Schulter. Nach der Schulter den Bauch. Sonst nichts. Aber in der Nacht war er zu Martino ins Bett gekommen, und dann kam der Rest. Die Nacht drauf das gleiche. Dann jede Nacht, viele Nächte. Wer wußte denn, daß das Sünde war? Er war erst dreizehn, und noch nie hatte ihm jemand gesagt, daß das komische Rohr aus Fleisch, mit dem er Pipi machte, auch dazu diente; wenn man dem Priester glaubte, sündigte man, wenn man nicht zur Messe ging oder wenn man Milchkaffee vor der Kommunion trank. Dann hatte die Großmutter bemerkt, daß eins der beiden Betten immer unberührt blieb und hatte gefragt: «Ihr schlaft doch wohl nicht zusammen, ihr zwei?!?» Sie fragte das so empört, daß sie ihr mit Nein geantwortet hatten, und durch dieses Nein wurde ihnen klar, daß sie eine wesentlich schwerere Sünde begingen, als nicht zur Messe zu gehen oder vor der Kommunion Milchkaffee zu trinken. Doch trotz der Angst, entdeckt zu werden, einer Angst, die irgendwie reizte, hatten sie weiterhin miteinander geschlafen und es miteinander getrieben. Sie nannten das «es». Und «es» dauerte drei Jahre: bis zu dem Tag, als Beppe in eine andere Stadt zog und er sich von Brunella, dann von Lucia, dann von Adilé und dann von Giovanna hatte abschleppen lassen. Männer hatte er nach Giovanna wieder zu lieben begonnen, in dem Sommer, in dem er ein Stipendium für Kairo erhalten hatte, und in Kairo hatte er Albert kennengelernt: einen Franzosen, der das gleiche Drama wie er durchlebte. Anfangs wohnten sie zusammen, sonst nichts. Freunde, die sich gegenseitig in ihrem Unglück beistanden. Denn sowohl er wie Albert schämten sich unsagbar, daß sie schwul waren. Es kam ihnen vor, als wäre es eine Krankheit, schwul zu sein, eine Infektion, die sich mit einem Antibiotikum heilen ließ, das Frau hieß. Und da sie begriffen hatten, daß sie diese Infektion nicht mit einem Antibiotikum heilen konnten, das Frau hieß, paßten sie auf, daß sie nicht alles noch schlimmer machten, indem sie einander in die Arme fielen. Schlimm war, daß eine Botschaftstunte, einer von den furchtbar parfümierten und furchtbar eleganten Diplomaten, die das R weich aussprechen und keine Party auslassen, angefangen hatte, um sie herumzuscharwenzeln. Wannkommst-du-zu-mir, Martino, quand-viens-tu-chez-moi, Albert. Um sich über ihn lustig zu machen, hatten sie angefangen, Pierrot-Hemden zu tragen, in knallrosa T-Shirts herumzustolzieren, miteinander zu flirten, und das Spiel endete damit, daß sie einander in die Arme fielen, was heißt, daß die Wahrheit auf die Spitze getrieben wurde. Gleichzeitig mit der Wahrheit, die Weigerung, sie zu akzeptieren: sie nicht als Krankheit, als einen unreinen Wesenszug, als eine zu korrigierende oder zu vergebende Schuld zu begreifen.

Er lächelte voller Bitterkeit. Deshalb hatte er schließlich seinen Wehrdienst abgeleistet, dem er mit der Entschuldigung, studieren zu müssen, immer ausgewichen war. Deshalb hatte er ihn, Albert, verlassen. «Adieu chéri. Je vais essayer l'Armée, ich probier's mit der Armee.» Und bis zur Abreise nach Beirut hatte die Armee auch funktioniert. In der Kaserne hatte ihm niemand gefallen, er haßte jeden, der eine Uniform trug, die Duschen mit dem Seifenschaum, der voller Härchen war, und die Exkremente, die in den verstopften Kloschüsseln schwammen, töteten jede Lust. Doch am Tag vor der Abreise nach Beirut hatte er Beppe wiedergesehen. Er hatte ihn zufällig getroffen, auf einer Straße in der Nähe der Kaserne, als Beppe mit einer unsympathischen Dicken und zwei häßlichen Kindern aus dem Auto stieg. «Bep... pe!» hatte er gestottert. Und einen Augenblick lang glaubte er, er würde ohnmächtig. Beppe dagegen hatte sich nichts anmerken lassen. Was-für-eine-Überraschung, Martino, darf-ich-dich-mit-meiner-Frau-bekanntmachen, und-das-hier-sind-meine-Kinder. Als hätte es den Nachmittag mit den Zikaden nie gegeben. Auch nicht die folgende Nacht, auch nicht die folgenden drei Jahre. Er hatte sich sehr verändert. Sehr. Er war einfältig geworden, sein Blick hatte nichts Durchtriebenes mehr, und er sprach im Tonfall des Wohlstandsbürgers, der Wert darauf legt, mit der Gesellschaft im Einklang zu stehen. «Ja, Gott sei Dank, jetzt habe ich eine Familie. Ich lebe in geordneten Verhältnissen. Und du?» – «Ich nicht.» – «Immer noch Junggeselle?!?» – «Ja.» – «Schlimm, Martino, schlimm. Die Ehe ist gut für den Körper und den Geist, und die Kinder sind ein wahrer Segen: weißt du das nicht?» – «Doch...» – «Nun, ich muß jetzt gehen. Ich hab nämlich im Parkverbot geparkt. Schließlich will ich mir keinen Strafzettel einhandeln. Ciao, Martino.» – «Ciao, Beppe. Auf Wiedersehen, Signora. Meinen Glückwunsch zu den Kindern.» Eine elende, traurige Begegnung. Und trotzdem hatte diese elende, traurige Begegnung wieder ein Feuer der Sehnsüchte entfacht. Mit diesen Sehnsüchten war er abgereist, mit diesen Sehnsüchten war er hier an Land gegangen und hier... Hier gefielen ihm alle. Alle! Der

Kondor gefiel ihm, der so stattlich und selbstsicher, so unerreichbar war. Charlie gefiel ihm, der so solide, stark, widerstandsfähig war. Angelo gefiel ihm, der so schön, ernst und geheimnisvoll war. Bernard le Français gefiel ihm, der etwas Wildes und Mißtrauisches an sich hatte. Stefano gefiel ihm, der so frisch und unreif war. Und besonders gefiel ihm Fifi. Fifi glich dem jungen Beppe. Dem Beppe, der sich drei Jahre lang in sein Bett geschlichen hatte. Das gleiche glatte Gesicht, die gleichen runden Hinterbacken, das gleiche perverse Etwas. Sprach unablässig über Frauen. Das Riesenposter mit den beiden herrlichen Frauenbeinen hatte er mitgebracht. Trotzdem ging von ihm das gleiche perverse Etwas aus, mit dem Beppe ihn unter die Dusche gezogen hatte, und es gab Augenblicke, da mußtest du dir auf die Finger klopfen, um nicht dem Verlangen nachzugeben, eine Hand auszustrecken und – ihn zu berühren. Kannst du dir den Skandal vorstellen, wenn jemand etwas merken würde?!? Du wärst der Lächerlichkeit preisgegeben, würdest zum Narren des Kontingents, schlimmer als ein Verbrecher behandelt werden. Martinos Augenlider zitterten, sie brannten, er unterdrückte den doppelten Wunsch zu heulen und fuhr zusammen. Neben seiner Pritsche stand Fifi, der sich zu ihm herunterbeugte, um zu sehen, ob er schlief.
«Martino! Schläfst du, Martino?»
«Nein... Was gibt's?»
«Gaspare hat recht. Sie ist absolut leblos, die blöde Kuh. Ich komme da auch nicht zu Potte. Probier du's mal.»
«Ich...?»
«Ja, du. Macht nichts, daß du nicht bezahlt hast. Ich trete dir meinen Anteil ab.»
«Nein, danke, nein...»
«Geh schon, Martino, geh schon.»
«Aber ich, Fifi, ich...»
«Geh schon, sag ich, geh schon!»
Nichts zu machen. Er mußte so tun, als wollte er ihn zufriedenstellen. Und resigniert stand er auf und ging ins Bad, wo Lady Godiva im Halbdunkel auf dem Rücken lag: mit gespreizten Beinen und ausgebreiteten Armen, als würde sie um Erbarmen flehen. Nicht mehr ganz so prall, schien es, und geschrumpft. Ob der Stöpsel nicht hielt? Ob Fifi sie zu sehr durchgewalkt hatte? Er ergriff sie sachte. Er setzte sie aufrecht an die Wand, und augenblicklich senkte sich ihr Kopf auf derart menschliche Weise, daß er, statt ihr den Rücken zuzukehren, wie angewurzelt stehenblieb und sie ansah. Merkwürdig, in diesem Halbdunkel und in dieser Haltung sah sie überhaupt nicht aus wie ein

Luftballon, wie eine Puppe. Sie sah aus wie eine richtige Frau, eine Frau, die atmet: wieso? Vielleicht, weil längs der Grünen Linie die Artillerie schoß, und die Explosionen Lichtreflexe hereinschickten, die auf ihr im Rhythmus eines atmenden Körpers vibrierten. Oder weil ihr eine Strähne der Perücke ins Gesicht gefallen war und die aufgemalten Augen unter dieser Strähne wie echte Augen aussahen, die winzigkleine Wölbung der Nase wie eine echte Nase, das obszöne Loch des Mundes wie ein echter Mund? Er schüttelte den Kopf. Sie kam ihm nur deshalb wie eine richtige Frau vor, weil er mit einem Menschen reden mußte, der ihm zuhörte, ohne sich über ihn lustig oder ihm Vorwürfe zu machen; weil er sie für echt halten mußte. Und mit zärtlichen Bewegungen schlug er ihre Beine übereinander, legte ihr die Arme in den Schoß. Dann setzte er sich neben sie und begann, unhörbar mit ihr zu flüstern.

«Siehst du, auch Fifì hat es nicht bemerkt. Geh-schon-sag-ich-geh-schon, hat er zu mir gesagt. Niemand hier hat es bemerkt, niemand vermutet es, und manchmal möchte ich es so laut rausbrüllen, daß mir die Stimmbänder reißen: ich bin schwuuuuul! Heute wollte ich es Charlie gestehen. Wir saßen im Geländewagen, und irgendwann hat er geknurrt: ‹Martino! Wenn du ein Problem hast, dann sprich mit mir darüber.› Ich wollte es ihm beichten, ja, und ich war sicher, daß er mich freigesprochen hätte: trotz seines Seehundschnäuzers und seiner groben Art ist Charlie so etwas wie eine Mama. Er liebt uns wie eine Mama. Aber ich hatte nicht den Mut dazu. Ich habe gemurmelt Nein-Chef, ist-nichts, danke, und hab so getan, als würde ich ein vorbeigehendes Mädchen angucken. Immer verstelle ich mich hier. Ich verstelle mich, verstelle mich, verstelle mich... Nein, nicht aus Angst, zum Gespött, zum Narren des Kontingents zu werden und schlimmer behandelt zu werden als ein Verbrecher, sondern aus dem einfachen Grund, weil ich die Schwulen hasse, ich hasse sie. Ja, ich hasse sie. Alles an ihnen stört mich, alles. Alles irritiert mich, stößt mich ab, alles. Die Art ihres Tonfalls, ihre Art, sich zu bewegen und zu gehen, ihr Getue, das zur Schau zu stellen, was für mich ein Unglück ist, ein unreiner Wesenszug, eine Krankheit. Schwule sind arrogant, weißt du. Sie sind aufdringlich und eingebildet. Sie verbergen ihren unreinen Wesenszug nicht, nein, sie schämen sich ihrer krankhaften Veranlagung nicht, nein. Im Gegenteil: sie wedeln damit auf Demonstrationen herum, zwingen sie durch Gesetz auf, lassen sie von Mafiosi verwalten, adeln sie durch Ideologien, propagieren sie im Film und im Fernsehen, beuten sie in Männer-Bordellen aus. Und wenn du es ihnen sagst, schlagen sie Krach. Sie spielen die Opfer, nennen dich bigott, klammern sich an den Namen Michelangelos. Als hätten sie den David geschaffen, als hätten sie die Sixtinische Kapelle ausgemalt und als wäre Homosexualität eine Garantie für Genialität. Normalität dagegen eine Garantie für Mittelmäßigkeit. Sie haben einen Phallus-Kult, sagte Albert. Im Namen des Phallus denken sie, handeln sie, leben sie ... Oh, Godiva, Godiva! Du kannst dir nicht vorstellen, wie schwer es ist, ein Schwuler zu sein, der die Schwulen verachtet. Ich habe auch versucht, das Adilé zu erklären, als sie mich zusammen mit dem Kind verstieß. Und trotzdem gibt es etwas, das schlimmer ist, als schwul zu sein und die Schwulen zu verachten, und weißt du, was das ist? Ein Schwuler in Uniform zu sein. Und weißt du, warum? Weil der Kult, den die Soldaten mit dem Phallus treiben, fast noch weiter geht als der Phallus-Kult der Schwulen. Genauso ist es, Godiva. Er ist die Fahne der Soldaten, dieses komische Rohr aus Fleisch, von dem ich mit dreizehn glaubte, er würde zum Pipimachen dienen und sonst nichts. Er ist ihr Gott, Gott Phallus: das Emblem ihrer Arroganz, ihrer Quatscherei, ihres Dünkels, ihres Männlichkeitswahns. Sie zitieren ihn bei jeder Gelegenheit. Sie rufen ihn unter jedem Vorwand an. In jeder Armee, in jeder Sprache. Schwanz hier, Schwanz da. Wichserei, herumwichsen, verwichst. Oder auch Eier, auf die Eier gehen, auf den Sack gehen. Eier und Sack als Symbol für Mut, Männlichkeit-gleich-Mut, die Eier des Enthymems, das Mut für eine ausschließlich männliche Tugend hält. Die Uniform für das Instrument dieser Tugend. Ein Mann-muß-Soldat-sein, um-ein-Mann-zu-werden-muß-man-Soldat-sein. Und so weiter. Unsinn! Sie sagen zwar ‹Mann›, meinen aber nicht ‹Mann›: sie meinen einen Chauvi. Sie versprechen dir zwar, einen Mann aus dir zu machen, aber es geht ihnen überhaupt nicht darum, einen Mann aus dir zu machen: es geht ihnen darum, einen Chauvi aus dir zu machen. Na, gut denn, ich kann kein Chauvi werden, ich lege keinen Wert darauf, ein Chauvi zu werden, ich will kein Chauvi sein. Ich will ein Mann sein! Und ich bin es. Schwul sein bedeutet nicht, kein Mann zu sein. Es bedeutet, kein Chauvi zu sein. Ich bin kein Chauvi, Lady Godiva. Ich bin ein Mann. Ein Mann, der versteht, was Schönheit, was Güte, was Mut ist. Ein Mann, der das Häßliche, das Böse, das Feige haßt. Ein Mann, der zu denken, zu fühlen, sich zu freuen, zu leiden weiß. Folglich mehr Mann als die Chauvis, die mit dir nicht zu Potte kommen. Oh, ich wäre dazu in der Lage! Das versichere ich dir. Es würde mir genügen, in dir den Beppe jenes Nachmittags mit den Zikaden zu sehen oder Albert, der sich schämte, schwul zu sein, oder Adilé, die mir in der Dachwohnung des alten Hauses in der Nähe der Neuen Moschee die

Miniaturen der National-Bibliothek zeigte. Sieh-dir-die-Feinheit-dieser-Gravierungen-an, die-Harmonie-dieser-Farben, die-Leuchtkraft-des-Goldes. Überhaupt, weißt du, was ich dir sage? Diesen Anhängern des Schwanzkultes, diesen Jüngern des Gottes Phallus sollten wir eine Lektion erteilen, du und ich. Sie aufwecken, sie taub machen mit deiner Pfeife. Los, machen wir's!» Und voller Leidenschaft drehte Martino sich zu Lady Godiva. Streckte die Arme nach ihr aus.

«Liebste!»

Aber er fand nichts, der arme Martino. Denn während er geredet hatte, war am Stöpsel im Bauchnabel weiter Luft entwichen. Und an Stelle des Luftballons, in welchem er eine wirkliche Frau gesehen hatte oder sehen wollte, eine Frau, die atmete, lag nun eine gelbe Lokkenperücke da, die an einem Pyjama aus Plastik befestigt war.

* * *

«Hat's auch bei dir nicht geklappt?» feixte Fifi, der seit mindestens vierzig Minuten voller Ungeduld wachgeblieben war, um den vierten Mißerfolg zu kommentieren.

«Ja», log Martino freundlich.

«Ah! Dieses Scheißstück! Morgen kommt Stefano dran, und das wird vielleicht ein Schlag ins Wasser!»

Begleitet auch von solch kleinen Grausamkeiten der Existenz, rückte der Freitag heran. Jener schwierige Freitag, der auf den bevorstehenden Brand wie ein offenstehendes Benzinfaß wirken würde. Und auf das Schicksal aller wie eine Lunte, die nur darauf wartete, angezündet zu werden.

– 3 –

Es regnete seit Stunden. Ein anhaltender, dichter Regen, der auf die rote Erde niederprasselte und sie in einen See violetten Schlamms verwandelte und auch über die asphaltierten Straßen einen Teppich glitschigen purpurfarbenen Schlicks breitete. Im Taxi zusammengekauert, das bei jeder Kurve ins Schleudern geriet und ihn in das kleine Hotel beim Museum brachte, kaute Angelo an den Fingernägeln und dachte: ob du sie, ohne es zu wissen, ohne es zu wollen, doch liebst?

Vielleicht ja. Ich habe Dinge empfunden, die ich noch nie für jemanden empfunden habe, als ich sie mit den straff nach hinten gekämmten Haaren, mit dem bleichen, gespannten Gesicht und dem schwarzen Umhang sah. So viel Mühe hat's mich gekostet, nicht nachzugeben, als sie mich fragte, ob Gino wichtiger sei als sie, als wir. Und als sie abrauschte, überkam mich die Versuchung, ihr nachzulaufen, sie um Verzeihung zu bitten, ihr zu sagen, daß ich den Heiligen Abend mit ihr verbringen würde. Ob ich sie immer geliebt habe, ob ich mir bis heute einen Haufen Lügen eingeredet habe, um mich vor einer Liebe zu schützen, die mich entsetzt, die mich mir selbst rauben würde? Vielleicht ja. Anderenfalls ließe sich nicht erklären, warum es mir bis heute nicht gelungen ist, mich von ihr zu trennen, und warum ich es auch heute abend nicht tue. Nein, ich bin noch nicht soweit. Trotz aller klugen Überlegungen, die ich angestellt habe, bin ich nicht soweit, ihr Good-bye zu sagen. Die Wahrheit ist, daß... Welche Wahrheit? Die Wahrheit ist eine Annahme, eine Meinung, die aus vielen Wahrheiten besteht, die Wahrheit gibt es nicht einmal in der Mathematik, wo zwei plus zwei nicht notwendigerweise vier ist, und vier plus vier nicht notwendigerweise acht ist, und fünf plus fünf nur dann zehn ist, wenn du gelernt hast, mit zehn Fingern zu zählen, das heißt, wenn du dich des Dezimalsystems bedienst. Ein Marsmännchen, das sechs Finger hat, wie Gino, drei an der einen und drei an der anderen Hand, kann bis sechs zählen und basta. Die Sieben gibt es für ihn nicht, oder sie gibt es nur als ein Vielfaches von sechs. Die Acht, die Neun, die Zehn und die jeweils Vielfachen von zehn ebenfalls. Deshalb bleibt für ihn zwei plus zwei gleich vier, und drei plus drei gleich sechs, aber vier plus vier ist nicht mehr acht, sondern etwas, das unserer Zwölf entspricht. Und fünf plus fünf ist nicht mehr zehn, sondern etwas, das unserer Vierzehn entspricht. Denn die Sechs ist für ihn etwas, was die Zehn für uns ist, und nach der Sechs muß er sich eines Vielfachen bedienen, das unserer Elf entspricht. Nennen wir es Einsechs... Aber was sag ich denn da?!? Ich fasele ja. Nein, ich versuche, meine Gedanken von ihr abzulenken, mir zu verschweigen, daß ich noch nicht soweit bin, mich von ihr zu trennen, daß ich noch nicht bereit bin, das Good-bye auszusprechen. Ich versuche, Zeit zu gewinnen, meine Wahrheit zu finden... Das ist ein mathematisches Problem, das mit dem Marsmännchen und den sechs Fingern. Das stellten sie vor Jahren als Aufgabe an der Scuola Normale Superiore von Pisa. Ein schönes Problem. Ich muß es Gino erzählen, morgen. Ich kenn ihn, meinen Gino: zuerst würde er sich darauf einlassen, dann würde er sich amüsieren, und in einem gewissen Sinn würde er sich trösten...

«Dann wäre ich also ein Marsmännchen mit 'nem Schwanz, was? 'ne schöne Art, einen Krüppel zu trösten.»

«Nein, Gino. Nicht mit einem Schwanz: mit sechs Fingern, die für ihn zehn sind. Das gleiche wie zehn.»

«Das gleiche? Was ist das denn für ein Unsinn, Angelo? Bist du hier, um mich auf die Schippe zu nehmen?»

«Ich nehm dich nicht auf die Schippe, Gino, das ist kein Unsinn: es ist ein mathematisches Problem. Um das zu verstehen, mußt du daran denken, daß unser numerisches System auf der Zehn basiert, weil wir, sagen wir jetzt einfach mal, das Zählen mit den Fingern gelernt haben. Aber diese Zehn ist keine absolute Wahrheit: sie ist eine Hypothese, eine Annahme. Und wenn das Marsmännchen statt zehn Fingern nur sechs hat, verändert sich dadurch die Rechnung nicht. Man muß nur von der Sechs zur Elf übergehen, das heißt zu dem, was unserer Elf entspricht, und so weiter.»

«Wenn es die Zehn nicht gibt, dann gibt es auch keine Elf, oder? Auch keine Zwölf, keine Dreizehn und so weiter!»

«Es gibt sie nicht, und doch gibt es sie, Gino. Ich sage elf, zwölf, dreizehn aus einer gewissen Bequemlichkeit heraus. Das Marsmännchen sagt vielleicht einsechs, zweisechs, dreisechs und so weiter. Aber auch einsechsehn, zweisechsehn, dreisechsehn...»

«Du bist vielleicht 'n Typ, weißt du das? Ich versteh nicht, warum Zucker dich Schnur nennt. Er müßte dich besser Doktor Spock nennen, du weißt doch, den aus den Science-fiction-Filmen, mit dem grünen Blut und den spitzen Ohren, der alles mit der Logik löst. Aber diese kleine Geschichte fängt an, mir Spaß zu machen. Viersechsehn, für vierzehn... fünfsechsehn für fünfzehn... sechssechsehn für sechzehn. Sechs plus sechs macht für das Marsmännchen sechssechsehn, also sechzehn, richtig oder nicht?»

«Prima, Gino, du hast verstanden.»

«Ja, ich hab verstanden! Ich hab auch verstanden, daß, wenn du ein Dutzend Eier von mir kaufst, ich dir achtzehn gebe. Und du bezahlst mir zwölf. Daraus folgt, daß ich, außer daß ich vier Finger verloren habe, auch noch sechs Eier verliere. Doppelter Betrug.»

Er schüttelte den Kopf. Was soll denn das mit dem Marsmännchen! Morgen abend mußte er ihm erzählen, daß auf der Sicherungsvorrichtung von einer in der Gasse von Bourji el Barajni explodierten RDG8 die Fabrikationsnummer 316495 zu sehen war; daß diese Nummer sehr nah an der 316492 der RDG8 war, die bei der Fünfundzwanzig in Chatila in jener Nacht gefunden wurde, in der der Amal-Milizionär sie auf einen Bersagliere werfen wollte, der Ferruccio hieß; daß der, der ihm die Hände abgehauen hatte, wirklich Passepartout war. Außerdem mußte er ihm sagen, daß es nicht schwierig war, mit diesem Typ abzurechnen, ihn zu finden. Auch in Chatila kannten ihn alle, diesen kleinen Verbrecher, zwischen dessen Lippen immer ein Zigarettenstummel klebte und den der bärtige Hagere Khalid nannte und... Und wenn er morgen abend statt mit Gino mit Ninette zusammensein würde? Ja, er würde mit Ninette zusammen sein. Denn wenn er sie in wenigen Augenblicken sehen würde, würde er nicht fähig sein, ihr Good-bye zu sagen: ihr seinen Vortrag über Hautkontakt, Befriedigungsgymnastik, Gespräche unter Taubstummen zu halten. Nun wußte er es mit absoluter Gewißheit. Nun wußte er auch vieles andere: daß Liebe und Freundschaft nicht das gleiche sind, daß die Liebe ein der Freundschaft vollkommen entgegengesetztes Gefühl ist, ein Widerspruch, der Feindschaft und sogar Haß einschließen kann und oftmals einschließt, daß er nicht dies, sondern Freundschaft brauchte, gleichzeitig aber auf diesen Widerspruch nicht verzichten konnte. Er konnte nicht ohne diesen masochistischen Mischmasch aus Abgestoßensein und Angezogenwerden, aus Bitterkeit und Zärtlichkeit, aus Sympathie und Antipathie leben, der sich seiner nach und nach bemächtigt hatte. Er konnte es nicht, weil er sie wirklich liebte, diese dumme, wunderbare Frau, die den Mund nur aufmachte, um zu gurren Let-us-make-love, let-us-make-love, diese alberne, geheimnisvolle Kreatur, die sogar ihre Identität vor ihm verborgen hielt und mitten in einem ernsten Gespräch in wildes Gelächter ausbrach, das Gelächter einer Wahnsinnigen. Stop-we-think-too-much, wirdenken-zuviel. Thinking-is-bad, denken-ist-nicht-gut. Was immer das Verlieben bedeuten mochte, er liebte sie: ja. Er liebte sie mit einer Liebe, die, wenn auch aus Begierde entstanden, doch über die Begierde hinausging, mit einer Liebe, die in bestimmten Augenblicken und trotz des Mangels an Freundschaft der ähnelte, die er für Gino empfand und der für die Großmutter mit ihrem Denk-dran-daß-dich-keiner-so-lieb-hat-wie-deine-Großmutter, oder die vielmehr der ähnelte, über die der Militärkaplan gesprochen hatte... Also, kein Good-bye, kein Adieu, statt sich heute abend von ihr zu trennen, würde er sich ihr völlig ergeben. Und als er am Hotel angekommen war, fragte er nicht einmal, ob sie schon da wäre. Er packte den Schlüssel, den der Portier ihm hinhielt, rannte zum Aufzug und stürmte wie ein Windstoß ins Zimmer.

«Ninette!»

Schweigen antwortete ihm. Sie war nicht da. Aber das machte ihm keine Sorgen, und nach einer Sekunde der Enttäuschung begann er, auf sie zu warten, sicher, daß sie innerhalb der nächsten fünf Minuten mit ihrem Freudentriller eintreffen würde. «Angel, my angel!» Aber nach fünf Minuten war sie noch nicht da; nach einer halben Stunde, nach einer dreiviertel Stunde immer noch nicht, und er wurde unruhig. Ob sie vielleicht einen Unfall gehabt hatte, vielleicht verwundet worden war? Ach was: heute schoß niemand. Man hörte nicht mal das Echo eines Schusses. Ob sie also nicht kam? Unmöglich. Bevor sie mit erhobenem Haupt abgerauscht war, hatte sie gesagt Ich-lasseunser-Zimmer-für-Freitag-abend-reservieren. Same-time, eight-o'clock. Er sah auf die Uhr. Viertel vor neun, fast neun. Er sprang vom Bett auf und fing an, im Zimmer auf und ab zu gehen. Er blieb stehen, setzte sich, stand wieder auf, setzte sich wieder, stand wieder auf, in der Hoffnung, sie kommen zu sehen, ging er zum Fenster. Er trat auf den Balkon. Nein, sie war nicht zu sehen. Sie kam nicht. Im Dunkeln konntest du nur eine Kolonne von Panzern und anderen Fahrzeugen der Regierungstruppen erkennen, die von Nordosten kommend zur Avenue Abdallah Aei fuhren, die Allee, die am Museum und am Hippodrom, also am nördlichen Teil des Pinienwäldchens vorbeiführte und in die Kreuzung mit der Avenue 22 Novembre einmündete, das heißt der Fortsetzung der Avenue Nasser. Eine Nachtübung? Eine Truppenverlegung von einer Kaserne zur anderen? Ein paar Sekunden dachte er nach, dann ging er wieder hinein und begann erneut, auf und ab zu gehen. Neun Uhr. Zehn nach neun. Zwanzig nach neun. Halb zehn. Um halb zehn hielt er es nicht mehr aus. Da er nicht wußte, was er sonst tun konnte, ging er hinunter und fragte, ob eine Nachricht für ihn da wäre, und der Portier schlug sich an die Stirn. Bedauernd sah er Angelo an.

«Oh, Monsieur! pardonnez-moi, verzeihen Sie mir, Monsieur! J'ai oublié de vous rapporter que Madame est venue pour vous laisser une lettre, ich habe vergessen, Ihnen zu sagen, daß Madame hier war und einen Brief für Sie dagelassen hat.»

«Venue, hier war?»

«Oui, Monsieur... Tout de suite après vous, gleich nach Ihnen... Mais en grande vitesse, sehr in Eile... Voilà la lettre, hier ist der Brief, Monsieur.»

Er nahm ihn verwirrt, ungläubig. Ungläubig öffnete er den Umschlag und zog zwei elfenbeinfarbene Blätter heraus. Er war sehr lang, geschrieben in einer eleganten, sicheren Handschrift, und begann mit einem «Darling, somebody will translate for you. Liebling, irgendwer wird es dir übersetzen.» Er versuchte, den Rest zu lesen. Aber er begriff nur Satzfetzen, einzelne Wörter, so daß er aufgab und

bebend den armen Mann angriff, der ihn noch immer mit Bedauern ansah.
«N'avez-vous pas informé Madame que j'étais dans ma chambre, haben Sie Madame nicht gesagt, daß ich auf dem Zimmer war?!?»
«Oui, Monsieur, bien sûr, gewiß! C'est que Madame a répondu ana 'araf, je sais, ana 'araf! Nur, daß Madame geantwortet hat, ich weiß, ich weiß!»
«Vous auriez dû m'appeler, le même, tout de suite! Sie hätten mich trotzdem sofort rufen müssen!»
«Je voulais, ich wollte es, Monsieur. Pourtant elle m'a imposé de ne pas le faire avant qu'elle ne soit sortie, aber sie hat mir verboten, es zu tun, bevor sie gegangen wäre!»
«Quoi d'autre a-t-elle dit, was hat sie sonst noch gesagt?»
«Rien, nichts, Monsieur. Elle pleurait. Sie weinte.»
«Elle pleurait?!?»
«Oui, Monsieur.»
Er verließ das Hotel wie ein Betrunkener, der das Gleichgewicht nicht halten kann. Der Regen hatte aufgehört und die Kolonne der Regierungstruppen in der Avenue Abdallah Aei angehalten: ein gutes Dutzend M48 mit 105er Rohren, ebenso viele Geländewagen mit 106er Kanonen ohne Rückstoß und etwa zehn Panzerfahrzeuge, die sicherlich voller Soldaten waren. Mit abgestellten Motoren standen sie in Richtung Avenue 22 Novembre, der Fortsetzung der Avenue Nasser, und kein Schatten und kein Geräusch störte diese stille Unbeweglichkeit. Ob es sich, statt um eine Nachtübung oder eine Truppenverlegung von einer Kaserne zur anderen, um ein Manöver handelte, das mit dem Turmproblem zu tun hatte? Ob die Achte Brigade vielleicht dabei war, in Sabra einzumarschieren und sich im Observatorium einzuquartieren, das die Franzosen im Begriff waren zu verlassen? Als Charlie gestern abend aus dem Büro des Kondors gekommen war, wirkte er sehr nervös. «Sie werden ihn nicht informieren, sie werden ihn nicht informieren», murmelte er zu sich selbst. Und als er ihn fragte, worüber er spräche und über wen, ging er in die Luft. «Über die Franzosen spreche ich, über den Turm, über den Kondor! Der glaubt, daß sie ihn, bevor sie den Turm verlassen, informieren! Er täuscht sich, er täuscht sich, er täuscht sich! Sie werden nur die Regierungstruppen informieren, und paß auf, was das vor Weihnachten noch für ein Bordell wird!» Angelo warf einen Blick auf die Kanonen, die trotz der verhüllten Mündungen aussahen, als wären sie feuerbereit, und instinktiv schloß er, daß die Achte Brigade sich darauf vorbereitete, in Sabra einzudringen und den Turm zu besetzen, und

einen Augenblick spürte er den Drang, dort zu bleiben und zu beobachten, was sich weiter tat, aber dann überwog doch die Ungeduld, sich den Brief übersetzen zu lassen, zu erfahren, warum Ninette ihn weinend dem Portier ausgehändigt und diesem verboten hatte, ihn sogleich zu rufen. Er winkte ein Taxi herbei, das vorbeifuhr, stieg ein und ließ sich zum Kommandostützpunkt zurückfahren.

«Ialla, fahr schon, ialla.»

«Very dangerous night, tonight, sehr gefährliche Nacht heute», antwortete der Taxifahrer und raste schleudernd los. Und es war nicht klar, ob er die Straßen meinte, die vom Regen in violette Schlammteppiche verwandelt worden waren, oder die M48 mit den 105er Rohren und die Geländewagen mit den 106er Kanonen.

* * *

«Angelo! Was hast du gemacht, Angelo?!?» rief Martino, als er ihn ins Rosa Zimmer stürzen sah.

«Du mußt mir einen Brief übersetzen», erwiderte Angelo mit heiserer Stimme.

«Was für einen Brief?»

«Einen Brief auf englisch.»

«Komme sofort.»

Sie gingen in den Saal für die Lagebesprechungen, der zu dieser Zeit der einzige Ort war, wo sie ungestört waren. Sie setzten sich an den großen Kirschholztisch, und Martino nahm die beiden elfenbeinfarbenen Blätter. Er warf einen Blick auf die elegante, sichere Handschrift, dann auf die ersten Zeilen, dann auf die Unterschrift, wurde rot und hob den Blick, um abzulehnen: das ist eine viel zu persönliche Angelegenheit, ich kann nicht. Doch Angelos heisere Stimme fuhr dazwischen.

«Wort für Wort, Martino.»

Da gehorchte er und las das Folgende:

«Liebster, irgendwer wird Dir diesen Brief übersetzen. Und selbstverständlich tut es mir leid, daß Du, um seinen Inhalt zu erfahren, einen Dolmetscher bemühen mußt, das heißt einen Zeugen, ja, einen Richter in unserer Geschichte. Könnte ich es, würde ich auf französisch schreiben: eine Sprache, die ich perfekt beherrsche. Aber ich kann es nicht. Ich will nicht, ich darf es nicht, und es ist nicht meine Schuld, wenn das Chaos von Herrn Boltzmann die Sprachverwirrung einschließt: die Unordnung, die besser als alles andere die Richtigkeit seiner Formel $S = K \ln W$ ausdrückt. Ich habe sie im Gedächtnis behalten, wie Du siehst, ich habe Dir gut zugehört in jener Nacht, in der Du mir davon erzählt hast. Ich habe alles registriert: von der Angst, die Dir das Heulen der streunenden Hunde und das Kikeriki der verrückt gewordenen Hähne verursacht, bis hin zum Alptraum des abgerissenen Kopfes in dem Helm und des kopfüber in der Toilettenschüssel steckenden Mädchens; von der Krise, in der Du steckst, weil Du fürchtest, in einen Zwergbaum verwandelt worden zu sein, bis zum Traum, das Studium der Mathematik wieder aufzunehmen und in ihr das Rezept für das Leben zu finden, das Unbegreifbare zu begreifen, das Unerklärbare zu erklären, kurz: die Antwort auf $S = K \ln W$. Die Formel des Lebens. Dieser lange Gedanke ist längst ein Teil von mir, und ich gehe noch weiter: eifersüchtig geworden durch die Faszination, die Herr Boltzmann auf Deinen Geist ausübt, habe ich versucht herauszufinden, wer dieser Herr ist. Ich bin in der Bibliothek gewesen, und unter seinen biographischen Angaben – geboren in Wien 1844, Dozent für Physik und Mathematik an den Universitäten Graz und dann München und so weiter – habe ich ein bestürzendes Detail entdeckt: er starb nicht an Altersschwäche oder an einer Krankheit. Er starb durch Selbstmord. (In Italien, was für eine Koinzidenz. Auf Schloß Duino, nahe Triest.) Armer Boltzmann. Vielleicht ertrug er die Trostlosigkeit nicht, das bewiesen zu haben, was sogar schon Säuglinge ahnen, nämlich, daß der Tod unbesiegbar ist, und konsequenterweise überantwortete er sich ihm vor Ablauf der Zeit. Oder er hat den Schluß gezogen, daß der Tod nicht nur das unvermeidliche Ende eines jeden Dinges, einer jeden Kreatur ist, sondern auch eine Erleichterung, Ruhe, und ging ihm daher aus Ungeduld entgegen. Aus Müdigkeit. Ich frage mich, ob ich es ihm gleichtun könnte. Und obgleich ich nicht ausschließe, daß der Tod in einigen Fällen Ruhe und Erleichterung schenkt; obgleich das, was man heute denkt oder wünscht, oft nicht mit dem übereinstimmt, was man morgen denkt und wünscht, und jeder Morgen eine Falle schlimmster Überraschungen sein kann, antworte ich mit Nein. Ich glaube nicht, daß ich es ihm gleichtun und dem Tod aus Ungeduld oder Müdigkeit entgegengehen könnte. Es sei denn... Nein, nein. Ich werde mich seiner Unbesiegbarkeit niemals ergeben, niemals beugen. Ich bin mir nur allzu sicher, daß das Leben das Maß, die Triebfeder, das Ziel aller Dinge ist, und ich hasse den Tod unendlich. Ich hasse ihn im gleichen Maße, wie ich die Einsamkeit, das Leid, den Schmerz, das Wort Adieu hasse... Ja, das Wort Adieu. In diesem Wort Adieu steckt etwas Perfides, etwas Düsteres, Nichtwiedergutzumachendes. Nicht umsonst sagt es jemand, der stirbt, und sagt man es einem Sterbenden. Genau das ist der Grund, weshalb ich nicht das Adieu-Ninette hören möchte, das Du sagen würdest, wenn ich hinauf ins Zimmer käme, dessen Fenster zum Pinienwäldchen hin geöffnet sind. Genau das ist der Grund, weshalb ich Dir diesen Brief hinterlasse und nicht ins Zimmer hinaufkomme. Genau das ist der Grund, weshalb ich nicht eine letzte Nacht mit Dir und den Illusionen, den Mißverständnissen verbringen will, die die körperliche Liebe in sich birgt.

Die körperliche Liebe macht mir Freude, das wirst Du bemerkt haben. Doch der Grund dafür, weshalb sie mir Freude macht, liegt nicht in dem Schauer, mit dem sie uns berauscht und dem Vergessen überläßt. Sie liegt in der Nähe, die sie uns schenkt und mit der sie uns wieder Mut macht, in dem Trost, den wir empfinden, einen Körper in Besitz zu nehmen, von dem wir uns angezogen fühlen: unseren Körper mit diesem Körper zu vereinen, ihn in uns und an uns zu spüren. Einige behaupten, die körperliche Liebe sei nur ein Mittel zur Fortpflanzung, zum Fortbestand der Gattung, aber sie irren sich gewaltig. Wenn sie nur das wäre, würden sich die Menschen nur dann paaren, wenn sie ein Ei befruchten müßten, das heißt, wie die Tiere. (Unter der Voraussetzung, daß Tiere sich wirklich nur paaren, um ein Ei zu befruchten und Schluß.) Nein, die körperliche Liebe ist wesentlich mehr als ein Mittel zum Fortbestand der Gattung. Sie ist ein Mittel, um miteinander zu sprechen, zu kommunizieren, sich Nähe zu schenken. Man spricht mit der Haut statt mit Worten. Und solange die Liebe währt, gibt es nichts, was einen der Einsamkeit mehr entreißt als diese Materialität. Nichts erfüllt und bereichert mehr als diese Greifbarkeit. Aber es ist zugleich auch die stärkste Droge, die es gibt, die größte Fabrik von Illusionen und Mißverständnissen, die die Natur uns gegeben hat. Die Droge des Vergessens. Die Illusion, daß das Vergessen ewig währt. Das Mißverständnis, von jemandem mit der Seele geliebt zu werden, der uns ausschließlich mit seinem Körper liebt, der aus Egoismus oder aus Angst die Absolutheit der Liebe ablehnt und das falsche Surrogat der Freundschaft vorzieht. Das ist bei Dir der Fall. Wie ich darauf gekommen bin? Liebling, außer in der Nacht, in der Du mir auseinandergesetzt hast, daß das Universum durch Selbstzerstörung enden wird, weil die Entropie gleich der Konstanten K, multipliziert mit dem natürlichen Logarithmus der thermodynamischen Wahrscheinlichkeit ist, haben wir uns mit Worten herzlich wenig gesagt, ich und Du. Mit unseren Körpern haben wir uns viel gesagt, und ich habe nicht eine Silbe von dem vergessen, was

Du mir gesagt hast. Unsere Beziehung sei lediglich ein Hautkontakt, sagtest Du, eine Sexübung, eine Befriedigungsgymnastik, ein Gespräch zwischen Taubstummen. Das reicht mir nicht, sagtest Du, ich ziehe die Freundschaft vor. Nur schade, daß Du auch nicht eine Silbe von dem gehört hast, was ich gesagt habe. Freundschaft kann die Liebe nicht ersetzen, sagte ich. Freundschaft ist ein flüchtiger, künstlicher Notbehelf und oft eine Lüge. Erwarte Dir von der Freundschaft niemals jene Wunder, die nur die Liebe vollbringt: Freunde können die Liebe nicht ersetzen. Sie können Dich nicht der Einsamkeit entreißen, nicht die Leere füllen und diese Art von Nähe schaffen. Sie haben ihr eigenes Leben, ihre Freunde, ihre Liebesbeziehungen. Sie sind ein unabhängiges, nicht zu Dir gehörendes Wesen, eine vorübergehende Erscheinung und haben keinerlei Verpflichtung. Deine Freunde können die Freunde Deiner Feinde werden. Sie kommen und gehen, wie es ihnen paßt, und sie vergessen Dich schnell: ist Dir das nicht aufgefallen? Oh, wenn sie gehen, versprechen sie Dir goldene Berge. Sicher sogar in gutem Glauben. Zähl-auf-mich-, wende-Dich-an-mich, ruf-mich-an. Aber wenn Du sie anrufst, sind sie meistens nicht da. Wenn sie da sind, haben sie irgendwelche unaufschiebbaren Verpflichtungen und kommen nicht. Wenn sie kommen, bringen sie Dir anstelle der goldenen Berge eine Handvoll Kiesel: die Reste, ihre Brosamen. Und Du gehst mit ihnen ebenso um. Nein, mir genügt Freundschaft nicht. Ich brauche Liebe. Ich muß lieben und geliebt werden mit allen Verpflichtungen der Liebe, den Unbequemlichkeiten der Liebe, der Absolutheit und der Tyrannei der Liebe: die Liebe des Körpers und die Liebe der Seele. Ich brauche das, wie man essen und trinken muß, sagte ich, ich brauche das, um überleben zu können. Und dann sagte ich: lieb mich und laß Dich lieben, Liebster. Ich bin keine zauberhafte Statue aus Fleisch und Blut und sonst nichts, ich bin keine dumme Gans, die den Mund nur aufmacht, um zu gurren Let-us-make-love. Ich bin...

Wer ich bin? Zu Beginn wolltest Du es wissen. Du wolltest es so sehr, daß Du in Junieh meine Handtasche durchwühlt hast. (Ich sah es, Liebster, ich sah es.) Und in der Nacht, in der Du mir über Boltzmann erzählst hast, gabst Du dich zufrieden. Ich erzählte Dir, wer mein Vater war und warum ich nicht Französisch sprechen kann, will und darf. Ich erzählte Dir, wer der Mann war, den ich liebte und der mich mit Körper und Seele liebte. Ich gestand Dir die Gründe, weshalb ich meine Identität verberge und meine Dokumente in den Hotels durch hohe Trinkgelder ersetze. Dann habe ich einen fürchterlichen Migräneanfall bekommen – wenn ich über bestimmte Dinge rede, bekomme ich eine fürchterliche Migräne – und aufgehört zu reden. Ich erinnere mich nicht mehr, ob ich mit einem Lachen aufgehört habe oder mit einem Schluchzen, aber ich erinnere mich, daß ich aufhörte und in Deinen Armen Zuflucht suchte, aber Dir war das unangenehm. Du warst beleidigt. Nun, für den Fall, daß Du es noch immer wissen willst, würde ich den Faden wieder aufnehmen. Ich würde Dir sogar eine Kopie der Dokumente machen lassen, die Du in meiner Handtasche gesucht hast. Dokumente, die meinen wirklichen Vornamen und Familiennamen angeben, mein Geburtsdatum, meine Adresse, Dokumente, die in einem gewissen Sinn die Geschichte dieser Stadt widerspiegeln: eine glückliche Vergangenheit, eine verzweifelte Gegenwart, eine mehr als ungewisse Zukunft. Ich sollte noch hinzufügen, daß ich in dieser glücklichen Vergangenheit alles hatte, was eine privilegierte Frau sich wünschen kann; daß ich in der Gegenwart nichts habe, außer einem absurden Kreuz in Form eines Ankers und all die viel zu vielen Dinge, die ich besitze, aber verachte. (Undankbarkeit der Reichen, da stimme ich zu... Ich weiß sehr wohl, daß Weinen mit vollem Bauch und in einem schönen Haus besser ist als Weinen mit leerem Bauch und in einer Bretterbude... Aber und selbst wenn es banal klingt, erinnere ich Dich daran, daß reich zu sein nicht auch bedeutet, Glück zu haben. Und noch viel weniger, glücklich zu sein.) Doch Deine Neugier für mich hat sich erschöpft, Montagabend bekam ich den endgültigen Beweis dafür, und das erlaubt mir, mich mit einem Schlagwort zu beschreiben: ich bin Beirut. Ich bin eine Besiegte, die sich weigert aufzugeben, eine Sterbende, die nicht sterben will, ich bin ein verrückt gewordener Hahn, der zur falschen Zeit kräht, ein streunender Hund, der in die Nacht bellt. Und ich schäme mich nicht. So viel Unglück klingt aus dem Kikeriki der Hähne, so viel Vitalität aus dem Geheul der Hunde, und glaub mir: sie bellen nicht nur, um sich zu zerfleischen, um den Bürgersteig voller Abfälle zu erobern. Manchmal bellen sie, um einen Gefährten zu finden, den sie lieben können und der sie liebt, und wenn ihnen das gelingt, werden sie zu den zahmsten Hunden der Welt. Wenn ihnen das nicht gelingt und sie sehen, daß sie zurückgestoßen werden, verkriechen sie sich wieder in ihre Höhle und bleiben dort. Wenn sie nicht dort bleiben, dann nur, um für einen Augenblick zurückzukehren und den, der sie zurückgestoßen hat, mit leichtem Vorwurf anzuwedeln. Sie merken nämlich, daß das Bedürfnis zu lieben ein Bedürfnis ist, das sich nur zu zweit stillen läßt, daß seine Quantität oder seine Qualität bei ihnen beiden fast nie symmetrisch oder synchron ausgewogen ist: wenn er will, will sie nicht; wenn sie will, will er nicht... Oder aber sie wollen beide, doch um sein Bedürfnis zu stillen, reicht ein Schluck, während für sie nicht einmal ein Fluß reichen würde, und umgekehrt. Meines Erachtens war Gottes Fluch, als er Adam und Eva aus dem Paradies verbannte, nicht das Und-unter-Schmerzen-sollst-du-Kinder-gebären, Im-Schweiß-deines-Angesichts-sollst-du-dein-Brot-essen, sondern das Wenn-er-dich-begehrt, begehrst-du-ihn-nicht, wenn-sie-dich-begehrt, begehrst-du-sie-nicht.

Dulcis in fundo. Du wirst Dich gefragt haben, warum ich Dich, Du unbekannter Gast, Du Fremder, den ich durch eine zufällige Berührung kennengelernt hatte, auswählte, um mein Bedürfnis nach Liebe zu stillen. Und die Antwort wird Dich verletzen. Nein, Liebster, ich nahm Dich nicht wegen Deiner großen blauen Augen, Deines nachdenklichen Gesichts und Deines attraktiven Körpers: ich wollte dich, weil diese Augen, dieses Gesicht und dieser Körper in mir die Augen, das Gesicht und den Körper von jemandem wiedererstehen ließen, der gestorben ist und den ich sehr geliebt habe. Du wirst Dich auch fragen, warum ich Dich – obwohl du mich halsstarrig zurückgewiesen hast – geliebt habe, statt ihn erneut durch Dich zu lieben. Und die Antwort wird Dich trösten. Denn man kann einen Toten nicht ewig lieben, das Leben hindert einen daran, ja, verbietet es, und weil bei Deiner Verstandeskälte alles in Dir so lebendig ist. Deine Krise ist lebendig. Deine Aufstände sind lebendig und auch Dein Ungehorsam ist lebendig. Lebendig sind Deine Zweifel, Deine qualvollen Anstrengungen, das Unbegreifliche zu begreifen, das Unerklärbare zu erklären; lebendig ist Deine Anstrengung, die quälende Formel $S = K \ln W$ zu negieren. Aber genausowenig, wie man einen Toten nicht ewig lieben kann, kann man den nicht ewig lieben, der uns nicht liebt. Und von heute an liebe ich Dich nicht mehr, will ich Dich nicht mehr. Ich will Dich selbst dann nicht mehr, wenn Du mich liebtest, wenn Du zu unserem Rendezvous gekommen wärst, um mir zu sagen, Du hättest entdeckt, daß Du mich doch liebst. Was mich freilich überraschen würde: Herr Boltzmann hat Dich so sehr beeinflußt, daß ich, um von Dir wirklich geliebt zu werden, sterben müßte wie... Vor Jahren habe ich ein Buch gelesen, das mich wütend machte: einen Roman über einen Mann, der nicht geliebt wurde und eines Nachts im Mai auf einer Autobahn zu Tode kommt. Er stirbt, und die ganze Stadt, voller Reue darüber, ihn nicht geliebt zu haben, kommt zu seiner Beerdigung. Weinend zieht sie hinter seinem gläsernen Sag her und schreit: «Er lebt! Er ist nicht tot, nein, er lebt! Er lebt, er lebt, er lebt!» Da lächelt er mit einem sonderbaren Lächeln, und weißt Du, was dieses sonderbare Lächeln zu bedeuten hat? Es bedeutet, daß man, um geliebt zu werden, manchmal sterben muß. Nein, danke. Trotz dieses unendlichen Bedürfnisses nach Liebe bin ich nicht bereit zu sterben, um von Dir geliebt zu werden: nur wenn ich die Erleichterung und die Ruhe suchte, die der Tod in einigen Fällen zu bringen verspricht, könnte ich es Herrn Boltzmann gleichtun, dem Tod entgegengehen, mich ihm überantworten. Aber in einem solchen Fall wäre ich wahnsinnig. Noch wahnsinniger als die Wahnsinnige, die in Chatila um das Massengrab herumtanzt und singt... Lebwohl, mein schöner Italiener, einstiger Gefährte meiner Einsamkeit. Ich kehre Dir den Rücken und wünsche Dir, daß Du die Formel findest, die Du suchst. Die Formel des Lebens. Es gibt sie, Liebster, es gibt sie. Ich kenne sie. Aber sie steckt nicht in einer mathematischen Formel, ist kein Laboratoriumskürzel oder -rezept: sie steckt in einem Wort. Ein einfaches Wort, das man hier bei jeder Gelegenheit sagt. Es verspricht nichts, das mußt Du bedenken. Aber dafür erklärt es alles und hilft. Deine, nein, nicht mehr Deine Ninette.»

Eine drückende Stille folgte. Dann gab Martino den Brief zurück und ging zur Tür, wo er einen Augenblick stehenblieb.

«Was für ein Glück du hattest, Angelo!» sagte er in vorwurfsvollem Ton. «Und wußtest es nicht...»

Es war fast Mitternacht, im Rosa Zimmer schliefen Gaspare, Ugo und Fifi fix und fertig von den Anstrengungen eines schweren Tages, und auf der Dachterrasse verzehrte sich Stefano vor Liebe zu Lady Godiva: ein weiterer Handlungsfaden im Zusammentreffen marginaler und dem Augenschein nach unbedeutender Vorfälle, die durch die Kette von Ereignissen das Geheimnis bilden, das die Alten Fatum oder Schicksal nannten.

– 4 –

Die Farce hatte nämlich das Unvermeidliche zu Tage gebracht. Verrücktes Pferd war entschlossen herauszufinden, worin der Ersatz bestand, von dem die vier Schurken behaupteten, ihn nicht erhalten zu haben, und hatte sich nachmittags an den Kondor gewandt: «Ich fürchte, es handelt sich dabei um einen ungehörigen, unzüchtigen Gegenstand, um ein unsägliches Dings, das die Ehre des Kontingents verletzt, Signor Generale. Ich bitte um Nachsicht für meine Kühnheit, doch möchte ich Ihnen vorschlagen, Ihren Fahrer zu verhören, er ist einer der Eigentümer.» In seinem Stolz getroffen, hatte ihn der Kondor verhört, und voller Panik hatte Gaspare gesungen, so daß man ein unglaubliches Gebrüll hörte: «Bringt sie in mein Büro, Idioteeen!» Und vor dem Abendessen hatten sie sie zu ihm gebracht. Genau in diesem Moment aber hatte Adler Eins angerufen, um mitzuteilen, daß Nibbio sich bei der Zweiundzwanzig mit den Franzosen herumstritt, und da der Kondor ihm sofort zu Hilfe eilen wollte, hatte er Charlie und Pistoia die Aufgabe übertragen, das unsägliche Dings zu untersuchen, und so hatte der Vorgang damit eine ganze andere Wendung genommen, als es unter normalen Umständen möglich gewesen wäre. «Kindereien», hatte Charlie geknurrt und sah es kaum an. «Mieses Ding», hatte Pistoia gefeixt, der sie von Kopf bis Fuß befummelte und die verschiedenen Öffnungen mit dem Zeigefinger untersuchte. Dann hatten sie das Urteil gefällt Behaltet-es-nur, und voller Dankbarkeit hatten Gaspare, Ugo und Fifi sie wieder an sich genommen. Danke-Chef-danke, danke-Capitano-danke, wir-werden-uns-bei-nächster-Gelegenheit-revanchieren. Stefano dagegen hatte kein Wort gesagt. Wortlos war er zur Treppe gegangen, auf die Dachterrasse gelangt, und hier hatte ihn Martino gefunden, als er nach oben kam, um wieder ins Rosa Zimmer zu gehen.

«Stefano! Was machst du hier draußen?!?»
«Nichts...»
«Ist gefährlich, kannst dir ja 'ne Kugel einfangen!»
«Macht mir nichts aus...»
«Komm schon rein, los!»
«Nein...»
«Was ist mit dir los, was ist passiert?»
«Weißt du's denn nicht...?»
«Was?»
«Gaspare hat uns verpfiffen...»
«Bei wem?»
«Beim Kondor! Hat ihm von Lady Godiva erzählt! Also ist der Kondor wütend geworden, hat sie von uns runterbringen lassen und hat Pistoia und Charlie befohlen, ihr den Prozeß zu machen und...»
«Sie haben sie kassiert.»
«Nein... Nicht kassiert... Aber Pistoia hat sie befummelt, hat dabei gelacht und seinen Finger überall reingesteckt... Oh, Martino! Ich hab wahnsinnig gelitten! Am liebsten hätt ich ihm richtig 'n paar runtergehauen! Und ihn angebrüllt: Elendes Schwein, du hast kein Herz, elendes Schwein!»
«Laß sein, mein Lieber. Ist doch nur eine Puppe, mein Lieber.»

«Nicht für mich, nicht für mich! Glaub mir!»

Martino erlaubte sich ein Lächeln, das erste Lächeln, seit er Ninettes Brief in die Hand genommen und einen Blick auf die elegante, sichere Handschrift geworfen hatte. Verschwommen sah er sich selbst, wie er Lady Godiva freundlich nahm, sie an die Wand setzte, sie beobachtete und dachte, daß sie ihm im aufblitzenden Licht der Explosionen wie eine Frau, eine richtige Frau vorkam, und er war sich dessen bewußt, daß sie ihm wie eine Frau, eine richtige Frau vorkam, weil er einsam und unglücklich war, sah, wie er sich neben sie setzte: mit ihr redete, ihr sagte, was er noch nie jemandem gesagt hatte, und irgendwann sogar den Drang fühlte, sie in die Arme zu nehmen und zu besitzen, wie die richtigen Frauen ihn besessen hatten...

«Ich glaub's dir, mein Lieber. Ich glaub's dir.»

«Wirklich?»

«Wirklich, mein Lieber. Wirklich.»

«Für mich ist sie keine Puppe, die man aufbläst, verstehst du, und es tut mir leid, daß ich sie mit ihnen zusammen gekauft habe. Wenn ich dran denke, daß Ugo sie betatscht, daß Gaspare sie betatscht, daß Fifi sie betatscht, daß alle drei sic durchorgeln können, wann und wie es ihnen paßt, könnte ich heulen: das ist es!»

«Denk nicht dran, mein Lieber. Denk nicht dran.»

«Martino, ich habe mich... ich habe mich in sie verliebt. Glaubst du das?»

«Durchaus, mein Lieber, durchaus.»

Wieder mußte er lächeln. Heute nacht hatte er sich in Ninette verliebt. Er kannte Ninette nicht. Nicht einmal zu der Zeit, als sie jeden Tag zum Kommandostützpunkt kam, hatte er sie zufällig getroffen oder auch nur von weitem am Wachhäuschen der Carabinieri gesehen. Und trotzdem hatte er sich, während er den Brief übersetzte, in sie verliebt, wie in einen Menschen, den man kennt oder oft gesehen hat. Und obwohl ihm klar war, daß es sich bei diesem Gefühl in Wirklichkeit um Neid handelte, um eine schmerzliche Erinnerung an die Liebe, die er weder für Brunella noch für Lucia, noch für Giovanna oder Adilé empfunden hatte, liebte er sie heute nacht mehr, als er Beppe oder Albert je geliebt hatte.

«Letzten Endes machen richtige Frauen nur Kummer und basta!»

«Sie machen Kummer, und man macht ihnen Kummer, mein Lieber.»

«Na, Lorena hat nur mir Kummer gemacht und basta. Lady Godiva dagegen... Oh, Martino! Ich würde den Sold von drei Monaten hergeben, um ihr zu sagen, daß ich sie mag!»

«Dann mußt du es ihr unbedingt sagen, mein Lieber.»
«Aber ich war doch noch nie mit einer Frau zusammen, Martino! Ich weiß nicht, wie man das macht!»
«Das braucht man nicht zu wissen, mein Lieber.»
«Allen Ernstes?»
«Allen Ernstes, mein Lieber, allen Ernstes.»
«Na ja, eine bestimmte Ahnung hab ich schon. Denn ich hab mal einen Film gesehen, wo der Schauspieler es mit der Schauspielerin in einer vollen Badewanne gemacht hat, die so groß und so rund war wie unsere hier. Er machte es im Dunkeln und seifte sie überall ein. Dann setzte sie sich ins Wasser und... Ist das möglich, Martino?»
«Ja, mein Lieber... Das ist möglich.»
«Trotzdem, ich mach mir Sorgen. Gaspare hat's nicht geschafft, Ugo hat's nicht geschafft, Fifi hat's nicht geschafft... Und wenn die's nicht geschafft haben, wo die doch wissen, wie man's macht...»
«Du wirst es schaffen, mein Lieber. Da bin ich mir ganz sicher.»
«Wieso bist du dir da so sicher, Martino?»
«Weil du sie gern hast, mein Lieber.»
Hier trat eine kurze Stille ein, dann kam ein Jubelschrei.
«Ich mach's, Martinooo!»
Und nachdem seine Angst nun verflogen und der Schmerz überwunden war, lief Stefano schnurstracks ins Badezimmer.

* * *

Er kam sich vor wie der glücklichste Mensch auf der Welt, als er sich ins Badezimmer einschloß und voller Entschlossenheit Lady Godiva aus dem Karton hervorholte. Er blies sie mit Kraft auf, bis sie fast platzte. Unbefangen zog er sich aus und freute sich über den kleinen Penis, der schon steif war. Übermütig knipste er das Licht aus, ließ warmes Wasser in die runde Wanne laufen, stieg mit Lady Godiva hinein, und von da an begannen die Schwierigkeiten: die Seife machte sie nämlich so glitschig, daß sie ihm entglitt wie ein Aal, und er konnte sie nicht so umarmen, wie es der Schauspieler im Film gemacht hatte. Schlimmer noch. Durch zu viel Luft steif und leicht geworden, wollte sie nicht sitzen bleiben, das heißt die Position einnehmen, die die Schauspielerin im Film hatte: nach jedem Versuch kam sie ausgestreckt wieder hoch, mit ausgebreiteten Armen und gespreizten Beinen schaukelte sie auf und ab wie ein Schlauchboot, das einem entgleitet. So verzichtete er auf die Filmmethode und stellte sie hin, hielt sie eng umarmt und versuchte es nun in der Senkrechten; aber im selben Augenblick fühlte er, daß die Locken im Nacken klatschnaß geworden waren, sich sogar aufgelöst hatten, und er hielt hilflos inne. Hilflos stieg er aus der Wanne, knipste das Licht wieder an, untersuchte den Schaden und... Jesus! Von wegen Locken im Nacken! Alle waren sie klatschnaß und hatten sich aufgelöst. Alle! Anstelle der gekräuselten Perücke war da eine Masse glatter Haarsträhnen, und kannst du dir vorstellen, was für ein Geschrei Getobe Gebrüll Gaspare und Ugo und Fifi machen würden, wenn sie dieses Desaster sähen?!? «Idiot, Stockfisch, Mamelucke!» In aller Eile zog er sich wieder an. Seine zusammengesunkene Steifheit kümmerte ihn nicht, er suchte Martinos Föhn. Er riß ein paar Meter Toilettenpapier ab, machte daraus an die zwanzig Lockenwickler, so wie die Lockenwickler, die seine Mutter benutzte, rollte die Haarsträhnen ein, trocknete sie und brachte alles wieder in Ordnung. Doch als er das unterbrochene Unternehmen fortsetzen wollte, fiel ihm auf, daß Lady Godiva ihn nur mit einem Auge ansah: als er nämlich an ihrem Pony herumhantierte, hatte er ihr irgendwie das linke Auge weggekratzt. Da brach er in ein herzzerreißendes Schluchzen aus, ließ sein gesamtes, unendliches Unglück vor seinem Auge vorüberziehen – das Unglück, in Beirut zu sein, das Unglück, sich vor Gaspare, Ugo und Fifi rechtfertigen zu müssen, die ihn für jede Kleinigkeit mies behandelten, das Unglück, daß er keine Erfahrungen hatte, und das wegen einer Lorena, die ihm nicht nur Kümmere-dich-um-deinen-eigenen-Scheiß-du-Rotznase ins Gesicht geschleudert hatte, sondern sich auch noch mit dem Bruder des Schusters verlobt hatte, das Unglück, daß er eine mochte, die, sobald nur Wasser an ihre Haare kam, ihre Lockenpracht verlor, und sobald du die trocknetest, ein Auge verlor – und hockte sich neben sie. Niedergeschlagen von einem Unglück, das (er konnte das aber nicht wissen) die Einsamkeit war, auf die Ninette angespielt hatte, die Einsamkeit, aus der jede Art echter oder eingebildeter Liebe erwächst, legte er den Kopf auf Lady Godivas Bauch. Er bat sie um Hilfe. «Oh, Godiva, Godiva. Wie unglücklich bin ich, Godiva! Ich bin der unglücklichste Mensch der Welt.» Das tröstete ihn sehr, und überrascht streckte er seine Hände nach ihr aus: er streichelte ihre Kürbisbrüste. Der Trost wurde stärker, und doppelt überrascht streichelte er ihren Bauch, dann ihre Hüften und ihre Beine und dann das, was ihm unter die Hand kam. Der Trost wurde unendlich und hüllte ihn in ein Feuer der Zärtlichkeit, schenkte ihm die verlorene Steifheit wieder: ohne zu merken, was er tat, zog er sich wieder aus. Er legte sich auf sie, küßte sie auf das obszöne Loch, das den Mund ersetzte, und Kuß um Kuß vergaß er sein unendliches Unglück. Er vergaß Beirut, die Rechtfertigungen, die er Gaspare und Ugo und Fifi geben mußte, die ihn für jede Kleinigkeit mies behandelten, Lorena, den Bruder des Schusters, den Satz Kümmere-dich-um-deinen-eigenen-Scheiß-du-Rotznase, die verdorbenen Locken, das weggekratzte Auge. Er vergaß die eigene Unerfahrenheit, und mitgerissen von Dankbarkeit, von Enthusiasmus, von der Entdeckung, der glücklichste Mann der Welt zu sein, stürzte er sich in die Eroberung seiner ersten Frau. Dieser Frau aus Plastik, die ihn nur noch mit einem Auge ansah, ihn aber durch unbekannte Tiefen an Stätten der Verzauberung führte. Die Frau aus Luft, die außer ihm keiner besessen hatte und die mithin nur ihm gehörte. Diese Frau, die nicht wirklich war und doch so echt, daß sie sich besser lieben ließ als eine richtige Frau. Diese Sinnestäuschung voller faszinierender Wirklichkeit. Und die Pfeife, die bisher immer stumm geblieben war, begann zu fiepen, und riß Gaspare, Ugo, Fifi und auch Martino aus dem Schlaf. Und sie fiepte und fiepte.

«Ah! Eh! Ih! Oh! Uh!»

Es verging unendlich viel Zeit, oder wenigstens kam es ihnen so vor, bis das ununterbrochene Stöhnen, Kichern und Seufzen aufhörte. Und es dauerte ebenso lange, bis die Tür aufging und Stefano taumelnd, ekstatisch und rot wie eine Tomate wieder ins Rosa Zimmer kam.

«Martino...»

«Ja, mein Lieber», antwortete Martino traurig.

«Du hattest recht, Martino...»

«Dann bin ich zufrieden, mein Lieber.»

«Und sie mag mich auch, verstehst du? Sogar sehr.» Dann, zu Gaspare, Ugo und Fifi gewandt, die ihn von ihren Pritschen aus verblüfft ansahen: «Nur die Pfeife ist im schönsten Augenblick kaputtgegangen...»

«Im schönsten Augenblick?!?» schrie Fifi beleidigt.

«Ja, aber morgen geb ich euch euren Anteil von sechzigtausend Lire zurück und...»

«Ich habe nichts zu verkaufen!» brüllte Ugo, puterrot vor Wut.

«Lieber bring ich sie um!» brüllte Gaspare aufgebracht.

«Genau, ja! Wir bringen sie zusammen um!»

Stefano schnarchte, Martino lag im Halbschlaf, Fifi kümmerte es einen Dreck, als zwei stille Schatten ins Badezimmer schlüpften, wo Lady Godiva ausruhte, aufmerksam mit einem Handtuch bedeckt und völlig sinnlos von einem kleinen Zettel beschützt, auf dem stand: «Wehe dem, der ihr etwas antut, wehe dem, der sie beschädigt.»

Sechstes Kapitel

–1–

Weihnachten, um Mitternacht würde Weihnachten sein, und was für ein Hohn ist Weihnachten doch angesichts des Krieges. Was für eine Grausamkeit. Und um den Hohn noch zu verstärken, die Grausamkeit noch zu verschärfen, sollten heute aus Rom auch ein hoher Drei-Sterne-General und der Militärbischof kommen, das heißt der oberste Soldatenseelsorger. Unter dem Schutz einer tüchtigen Begleitung und voller Ungeduld, wieder abzureisen, würde der erste über Ehre und Opferbereitschaft quasseln und der zweite über Liebe und Barmherzigkeit, und natürlich hätte sich keiner unterstanden zu antworten Haut-ab-ihr-Lügner-haut-bloß-ab. Er noch weniger als irgend jemand sonst. Mehr noch: er sah sich bereits strammstehen, respektvoll, ehrerbietig, und das Präsentiert-das-Gewehr den armen Jungs zuzubrüllen, die seit acht Tagen einen verlängerten Dienst von achtzehn Stunden täglich durchstehen mußten! Adler Eins wurde von einer ungewohnten Wut durchgeschüttelt, schlug mit einer Faust in sein Kopfkissen und sah auf die Uhr. Fast fünf Uhr morgens, verflixt, und er war schon seit zwei Uhr wach. Dieser Traum hatte ihn geweckt; er glaubte an Träume, leider, aber diese Träume kamen nie, um ihm mal einen schönen Sechser im Lotto zu schenken. Sie kamen nur, um ihm Schwierigkeiten, Katastrophen, Unheil anzukündigen, und der, der ihn um zwei geweckt hatte, war der schrecklichste Traum, den er in Beirut gehabt hatte: das war ein Ding. Er war gerade bei der Zweiundzwanzig in Chatila bei seinen Bersaglieri und einer Abteilung von Maròs, die aus Gott weiß was für einem Grund dort waren, als er am fahlen, unheilverheißenden Himmel den Stern von Bethlehem sah. Dieser zog von Osten nach Westen, ließ, als er vom Himmel fiel, einen langen Schweif orangefarbenen Lichts hinter sich, löste sich in einem Fächer silberner Flammen, goldener Halme und schwarzen Rauchs auf, und sofort hatte sich die Zweiundzwanzig umlagert gesehen, so, wie die Karawanen der Pioniere in den Western-Filmen von Rothäuten umlagert wurden. Eine ungeheure Schlacht entbrannte. Maschinengewehrfeuer, Granaten, Raketen. Leichen, die sich überall zu Dutzenden auftürmten. Das Schlimmste aber war nicht diese Sintflut von Feuer, sondern daß kein Feind da war, gegen den man sich verteidigen mußte. Obwohl sie den Panzer umkreisten, griffen die Rothäute die Zweiundzwanzig nämlich nicht an: in einem irrwitzigen Selbstmordunternehmen griffen sie sich selbst an, schossen auf sich selbst. Und um diese unsinnige Belagerung zu durchbrechen und aus der Umzingelung zu fliehen, brauchte man die Genehmigung des Kondors, der, statt sie zu erteilen, über Funk rief: «Haltet die Stellungen! Haltet die Stellungen, aber nur schießen, wenn sie auf uns schießeeen!» Adler Eins fühlte sich daher im Stich gelassen, gelähmt von Ohnmacht, und als er die Maròs sah, sagte er sich: ich kann sie doch nicht in den schon überfüllten Panzer stecken, ich kann sie nicht im Freien lassen, ich muß sie in einen Unterstand bringen, aber Unterstände gibt es hier auch nicht. Was mach ich also, Heiliger Januarius, was mach ich bloß? Dann waren die Maròs in einer Hütte verschwunden. Er hatte sich auf die Suche nach ihnen gemacht, und in der Hütte fand er eine Krippe mit dem Jesuskind, das ein schon ganz schön großes Mädchen war, eine Kuh, die eine Ziege war, einen Esel, der ein Hund war, und eine Futterkrippe, die eine Matratze war. Der Heilige Joseph allerdings sah aus wie der Heilige Joseph, er trug einen Bart und eine Kefieh, und die Mutter Gottes sah wirklich aus wie eine Mutter Gottes. Sie war himmelblau gewandet, empfing ihn mit einem zärtlichen Lächeln und sagte: «Et faddàl, colunèl, et faddàl. Kommen Sie, Colonnello, kommen Sie. Huna el hami Allah, uns beschützt Allah, Colunèl.» Mann, mit sei'm Schwanz beschützt der ein' doch, mit sei'm Schwanz! Kurz darauf ist die Hütte, das heißt der Stall, über ihr, über dem Heiligen Joseph, über dem Jesuskind, das ein kleines Mädchen war, über der Kuh, die eine Ziege war, über dem Esel, der ein Hund war, über den Maròs, die dort drinnen Schutz gesucht hatten, eingestürzt, und er war so erregt aufgewacht, daß er nicht mehr einschlafen konnte.

Er stieg aus seinem Bett mit dem Baldachin, und immer nervöser begann er, in dem Louis XVI.-Zimmer auf und ab zu gehen. War das wirklich nur ein Traum gewesen oder die Ahnung einer realen Bedrohung? Träume sind nur das Ergebnis aus dem Bewußtsein verdrängter Gedanken, Phantasien, die konkrete Ängste oder Probleme widerspiegeln, behauptete die selige Großmutter, und was gestern abend passiert war, hatte ihn sehr schockiert. Ja, denn gestern abend waren die Franzosen in die Zweiundzwanzig eingedrungen. Unter der Führung eines unverschämt arroganten Oberleutnants hatten zehn Fallschirmjäger einen Panzerspähwagen genau am Ausgang der kleinen Straße geparkt, die von dem kleinen Platz der Zweiundzwanzig nach

Sabra führt, und als Nibbio seine Autorität als Sektorchef ins Spiel gebracht hatte, was heißt, daß er die Franzosen aufgefordert hatte, wieder in ihre Zone zurückzukehren, hatte der Oberleutnant ihn abblitzen lassen. «Moi je reste ici autant que je veux, ich bleib hier, solange es mir paßt, merde. Moi j'ai une manœuvre à couvrir et je la couvrirai, ich muß ein Manöver decken, und ich werde es decken, merde.» Darüber war es zum Streit gekommen, und Nibbio war es mit Hilfe des Kondors, der sofort hingefahren war, gelungen, die Eindringlinge zurückzuschicken und anschließend den Ausgang der Straße mit Tonnen voller Sand abzuriegeln. Doch der Zwischenfall hatte eine bange Frage aufkommen lassen: was für ein Manöver? In Sabra gab es inzwischen nur noch ein Manöver zu decken: die Evakuierung des Turms. Und wenn die zehn Fallschirmjäger ihren Panzerspähwagen aus diesem Grund dort geparkt hatten, na dann viel Vergnügen bei dem Gequassel des Militärbischofs und des Drei-Sterne-Generals: Weihnachten würde es dann nämlich zu einer Auseinandersetzung zwischen den Regierungstruppen und den Amal-Milizen kommen! Dann würde die Auseinandersetzung zu einer Schlacht ausarten, die Schlacht würde in erster Linie die Zweiundzwanzig, die Fünfundzwanzig, die Vierundzwanzig und die Einundzwanzig betreffen... Die Zweiundzwanzig, weil sie, da sie unglücklicherweise in unmittelbarer Nähe des Turms postiert war, zwangsläufig zum Durchgang der Amal werden und so das Feuer der Regierungstruppen magnetisch anziehen würde. Die Fünfundzwanzig dagegen lag zu allem Unheil Gobeyre genau gegenüber und würde das Feuer von beiden Seiten auf sich ziehen. Die Vierundzwanzig aber hatte das Pech, sich vor der Überführung an der Ecke zwischen Avenue Nasser und der Straße Ohne Namen zu befinden und würde daher zumindest die Reste abbekommen. Die Einundzwanzig lag zu ihrem Unglück an der breiten Straße, die Sabra und Chatila miteinander verbindet, und wäre daher ein offenes Einfallstor für jeden, der von Sabra aus nach Chatila wollte. Und das alles mit einem Fehlbestand von Hunderten von Soldaten: verflixtes Weihnachten! Und von wegen noch mal einschlafen! Er mußte wach bleiben, bereit sein, sich den Sorgen, den Katastrophen und dem Unheil zu stellen, und als erstes mußte er sich vergewissern, ob die französische Flagge noch immer an der Fahnenstange des früheren Wasserdepots über dem Turm flatterte. Die Flagge war sehr klein. Und zwar so klein, daß man sie in der diesigen Luft auch tagsüber schlecht erkennen konnte, und nachts sah man sie nur von der Fünfundzwanzig Alpha aus: dem Kampfstand zwischen der Fünfundzwanzig und der Einundzwanzig, und auf halber Höhe der Straße, die von der Avenue Nasser zu der breiten Straße nach Chatila führte. In Luftlinie lag die Fünfundzwanzig Alpha in unmittelbarer Nähe des Turms: sie hatte ihn beinahe genau vor sich. Doch nach dem Regen von gestern abend hatte sich der Himmel nicht aufgeklärt, sondern es war ein Dunst zurückgeblieben, der das Dunkel nur noch dichter machte, und die Fünfundzwanzig wurde von zwei gerade erst angekommenen Maròs gehalten: einem aus Ravenna, der noch nicht begriffen hatte, daß er in Beirut war, und einem Venezianer, der das nur allzu gut kapiert hatte. Und zu denen aus dem Norden hatte er nicht allzu viel Vertrauen: Willst du etwa die geistige Wendigkeit eines im Schatten des Vesuvs geborenen Straßenjungen mit der eines in Venedig oder Ravenna geborenen Polentafressers vergleichen?!? Behalt sie im Auge, Nibbio, hatte er gedrängt. Paß auf, daß die nicht einschlafen, sich nicht ablenken lassen, keinen Bock schießen. Und wenn die französische Flagge eingezogen wird, ruf mich auf der Stelle an. Nibbio hatte ihn zwar nicht angerufen, aber Adler Eins war trotzdem beunruhigt. Er ging ans Feldtelefon.

«Nibbio! Adler Eins ruft Nibbio!»

«Adler Eins, hier Nibbio! Bin hier, Colonnello!» erwiderte eine leicht besorgte Stimme.

«Nichts Neues, Nibbio?»

«Nöö, Colonnè. Bloß 'n paar Problemchen mit den beiden Rotzlöffeln der Fünfundzwanzig Alpha!»

«Was für Problemchen, Nibbio?»

«Nix Schlimmes, Colonnè, nix Schlimmes! Keine Sorge! Ich bin schon 'n paarmal drüben gewesen, und jetzt schick ich noch mal Rambo!»

«Rambo?»

«Ja, der Patrouillenchef von 'n Maròs. Ich schick ihn rüber, daß er noch mal nachsieht.»

«Noch mal nachsieht? Erklär mir das, Nibbio!»

«Nichts, Colonnello, is nix weiter. Nur daß man bei dem Dunst hier nix sieht, und die beiden sind neu. Sind jung, kommen mir 'n bißchen doof vor. Naja, jedenfalls haltense die Augen offen.»

«Nibbio, wir müssen wissen, wann die Sonne aufgeht.»

«Schon gemacht, Colonnello. Se geht um sechs Uhr siebenunddreißig auf. Und um sieben ist heller Tag.»

«Na, gut... Ich komm gleich und seh mich mal um.»

Dann betete er ein inniges Vaterunser, das er dem Heiligen Januarius und dem Heiligen Gerhard und dem Heiligen Wilhelm widmete, Heilige, die auf Wunder spezialisiert sind; und um nicht parteiisch zu erscheinen und ganz sicher zu gehen, betete er auch noch ein Sch'ma Israel, das er Abraham, Isaak und Jakob widmete, Propheten, die für irgendwas Magisches zuständig sind, und erleichtert durch all diese Beziehungen zum Ewigen Vater machte er sich einen Kaffee in der neapolitanischen Kaffeemaschine. Vorsichtig goß er ihn in die Capodimonte-Tasse. Doch weder der Heilige Januarius, noch der Heilige Gerhard, noch der Heilige Wilhelm, noch Abraham, Isaak und Jakob verspürten Lust, ihn zu unterstützen, und so fiel ihm die kostbare Tasse aus der Hand, zerbrach auf dem Boden und machte einen großen Fleck in Form eines U: der Anfangsbuchstabe von Unheil, Unglück, Ungemach.

Dies verzögerte seine Ankunft in Chatila beträchtlich, wo Luca und Nicola, die beiden von der Stellung Fünfundzwanzig Alpha, absolut nicht auf den Turm blickten, sondern auf ein Fenster in Sabra. Und völlig sinnlos, ihnen einzubleuen Ihr-dürft-euch-nicht-ablenken-lassen, ihr-dürft-nur-auf-die-französische-Flagge-sehen-sonstnichts, sehen-ob-sie-da-ist-oder-nicht.

– 2 –

Luca stieß einen tiefen Seufzer aus und sein heiteres Gesicht verzog sich zu einem Ausdruck der Verbitterung. Was war das eigentlich für eine Art, erwachsen und ein Mann zu werden? Wenn ein Mann zu werden bedeutet, sich in einen müden, desillusionierten Menschen zu verwandeln, war es besser, für immer ein Kind zu bleiben: Kinder wie Peter Pan, die in den Gärten von Kensington spielten und das Never Never Never Land suchen, das Land Das Es Nicht Gibt. Alles Hemingways Schuld, verdammter Hemingway, Schuld seiner Prahlerei über Männlichkeit und Mut und Schuld seines Großvaters, der mit Hemingway befreundet gewesen war und daher jeden anhielt, dessen Bücher zu lesen, und das hieß, ihn auch wirklich ernst zu nehmen. «Lern nur, lern nur!» Was denn lernen? Etwa auf dem Kampfstand der Fünfundzwanzig Alpha zu stehen und eine Flagge zu beobachten, die du ja gerne sehen möchtest, aber nicht siehst, und ein Fenster, das du nicht sehen möchtest, aber siehst?!? Man sollte die Schriftsteller einfach nie ernst nehmen, nie. Sie quasseln, um zu quasseln, um schöne Worte aneinanderzureihen, sie mißbrauchen das gedruckte Wort, wohlwissend, daß sich jedes Ammenmärchen, wenn es gedruckt ist, wie die hochheiligste Wahrheit ausnimmt. Ein Mann werden, den Krieg kennenlernen, sich der Angst und dem Tod stellen und ähnliche Scheiße. Verdammt, verdammt! Mistschwein, Scheißkerl, Schwuchtel! Wäre dieses Mistschwein, dieser Scheißkerl, diese Schwuchtel nicht gewesen, würde er jetzt nicht hier auf dem Kampfstand stehen! Statt dessen wäre er in seinem schönen Haus am Campo San Samuele, läge in seinem schönen Empire-Bett mit den Säulchen und den Spitzen aus Burano! Er schliefe den Schlaf der Gerechten, das heißt der Neunzehnjährigen, die noch niemals gesündigt haben, außer daß sie die Bücher von Hemingway gelesen haben, und die nicht ahnten, was für ein Glück es ist, reich und in Venedig geboren zu sein; er würde um neun aufwachen, wenn Ines, das Dienstmädchen, das Petit déjeuner brachte; er würde sich unter die warme Dusche stellen, im Badezimmer, das mit Menuett tanzenden Damen tapeziert war; dann würde er in verwaschene Jeans steigen und im Hermès-Pullover zur Piazza San Marco gehen, um einen Aperitif zu trinken oder mit Freunden im Florian rumzuhängen, himmelnochmal! Kaum möglich, daß ihm, bevor er nach Beirut kam, das schöne Empire-Bett mit den Säulchen und den Spitzen aus Burano überhaupt nicht gefallen hatte! Kommt mir vor wie ein Kurtisanen-Sarkophag, protestierte er, verkauft's doch an einen Antiquitätenhändler, und kauft mir dann etwas Normales! Ihm hatte es auch keinen Spaß gemacht, zum Petit déjeuner von Ines aufzuwachen, sich im Bad mit den Damen zu waschen, und Venedig hatte ihm zum Hals herausgehangen. Ich hab genug von den schwarzen Gondeln, von dem Fischgestank, den kostbaren Spitzen, dem herrlichen Kristallglas, von den Touristen und den Tauben, schrie er. Ich will nach Afrika, nach Kuba, nach Pamplona. Ich will Löwen jagen, Schwertfische angeln, mit Stieren kämpfen, Kriegsberichterstatter werden, den Krieg kennenlernen, mich der Angst und dem Tod stellen, ein Mann werden. Dummkopf, Dummkopf! Und dem Himmel sei Dank, daß er trotz allem ein guter Sohn geblieben war, ein guter, gottesfürchtiger Sohn und nicht einer, der sich Koks reinzieht oder gegen die Langeweile kämpft, indem er Richter und Gewerkschaftler umbringt... Gott, diese Müdigkeit. Er schaffte es einfach nicht mehr, auf die verdammte Flagge an dem verdammten Mast auf dem verdammten Turm zu sehen... Er legte das Nachtsichtgerät auf die Sandsäcke des Kampfstandes und rieb sich die brennenden Augenlider.

«Ich kann nicht mehr, Nicolin.»

«Wem sagst du das!» erwiderte Nicola.

«Und wenn ich dran denke, daß heut abend Weihnachten ist, könnt ich heulen.»

«Ich auch.»
«Scheiße, Scheiße, Scheiße!»
Ja, Scheiße. Denn heute abend, am Heiligabend, wäre er nicht einmal in Venedig gewesen. Er wäre in Cortina, um mit Donatella Ski zu laufen, die ein bißchen snobistisch war, ihn aber gern hatte. Er hätte sie überredet, etwas Neues vorzubereiten, um dem üblichen Festessen mit Languste à la Newburg und Dom Perignon zu entgehen, möglicherweise ein kleines Abendessen mit Polenta und Tokajer, er würde von Papptellern essen und Stevie Wonders Platte I-just-called-to-say-I-love-you hören und bis zum Morgen tanzen, dann ins Hotel zurückkehren und glücklich sein wie Peter Pan in den Gärten von Kensington, mit einem Wort: er würde sich königlich amüsieren. Statt dessen war er hier, auf einem Kampfstand, um eine Flagge zu beobachten, die er sehen wollte, aber nicht sah, und ein Fenster, das er nicht sehen wollte, aber sah. Hier war er und litt und verfluchte den Tag, an dem er sich beim Bezirkskommando gemeldet hatte, obwohl sein Vater wiederholt gesagt hatte: Luca, wenn du Soldat wirst, schicken sie dich nach Beirut. Es ist besser, wenn ich meinen Freund, den Minister, anrufe und dich freistellen lasse. Verdammter Hemingway! Seit über fünf Stunden stand er nun auf diesem verfickten Kampfstand rum. Und er hatte noch dreizehn Stunden vor sich, und ihm taten jetzt schon die Beine weh. Die Arme taten ihm weh, die Schläfen taten ihm weh, einfach alles tat ihm weh. Und nicht so sehr wegen der Mühe, den Blick nicht von der verdammten Flagge abzuwenden, die so winzig war, daß sich das Weiß und das Rot und das Blau mit der Dunkelheit und dem Nebel vermischten, sondern wegen der Anstrengung, mit der er sich zwang, das verdammte Fenster nicht zu sehen. Nibbio hatte ihnen eingebleut: «Laßt euch nicht ablenken, verstanden?!? Ihr müßt euch bloß um den verfickten Turm da kümmern, um die verfickte Flagge da auf dem Turm, verstanden?!? Deshalb seid ihr hier, verstanden?!?» Verstanden, verstanden. Aber als dann das Fenster hell wurde, wandten sich die Augen ganz von allein dorthin. Mehr noch, in der Erwartung, daß es hell würde, hattest du sie schließlich die meiste Zeit dorthin gerichtet.
«Ich könnte sie umbringen», winselte Luca.
«Ich auch», sagte Nicola.
«Ist wirklich gemein. Sie ist gemein! Wie kann man eigentlich so gemein sein wie die da?»
«Kann man nicht...»
«Wenn ich wenigstens die Augen zumachen könnte! Aber wenn

ich die Augen zumache, sehe ich nicht, ob die Flagge noch da ist oder nicht.»

«Meiner Meinung nach will sie genau das!»

«Gut, aber wer hat ihr den Auftrag gegeben? Ich würd was drum geben zu erfahren, wer ihr den Auftrag gegeben hat. Die Amal, die Regierungstruppen, die Söhne Gottes?!?»

«Ich weiß es nicht, Luca. Ich versteh nichts von Politik. Ich versteh ja nicht mal, warum wir überhaupt hier sind. Warum sind wir hier?»

«Nibbio sagt, weil wir die Flagge im Auge behalten sollen.»

«Nein, ich meine, warum wir in Beirut sind. Weißt du, warum du hier bist?»

«Verdammte Scheiße, klar weiß ich das!»

«Dann sag's mir.»

«Wegen Hemingway, Nicolin, wegen Hemingway. Ich bin hier wegen Hemingway.»

«Hemingway, du meinst den mit den Stieren, der sich in den Mund geschossen hat?»

«Ja, genau den.»

«Was hat Hemingway denn damit zu tun?»

«Natürlich hat der was damit zu tun! Mein Großvater war mit ihm befreundet, und wenn Hemingway nach Venedig kam, trafen sie sich immer. So kommt es, daß er von nichts anderem spricht als von ihm, von seinen Stieren, seinen Löwen, seinen Kriegen. Und du weißt, wie das geht... Natürlich ist es Hemingway, der mich hierhergeschickt hat.»

«Aber der ist doch tot!»

«Das ist doch gar nicht wichtig, daß er tot ist. Er hat mich mit seinen Büchern hierhergeschickt, verstehst du? Als der Einberufungsbescheid kam, las ich gerade *Wem die Stunde schlägt*, dieser verdammte Sack! Und ich verdammter Sack, ich hab nicht auf meinen Vater gehört! Mein Vater hatte gesagt: Luca, wenn du Soldat wirst, schicken sie dich nach Beirut. Und weil er den Minister gut kannte, der mir hätte helfen können, nicht Soldat zu werden, wollte er ihn anrufen. Aber ich hab's nicht gewollt, wegen Hemingway. Was bin ich nur für ein Blödmann, was bin ich nur für ein Blödmann!»

«Genau!»

«Hast du ihn jemals gelesen, Ernest Hemingway?»

«Nein, ich les nur Zeitungen. Hab ich dir erzählt, daß meine Mutter Zeitungen im Kiosk von Tante Liliana verkauft, ganz in der

Nähe des Mausoleums der Galla Placidia? Von Hemingway hab ich nur einen Film gesehen und sonst nichts. Was sagt er denn in *Wem die Stunde schlägt*?»

«Das, was er immer sagt. Er sagt ja immer das gleiche. Er sagt, daß ein Mann erst im Krieg zum Mann wird, auch wenn er keiner ist. Denn im Krieg muß man leiden, man stellt sich der Angst und dem Tod, und sich dem zu stellen, ist männlich... Und ich wollte wissen, ob das stimmt. Da hab ich zu meinem Vater gesagt: Nein, bitte den Minister um nichts. Hemingway ist mit achtzehn in den Krieg gegangen: ich bin neunzehn und will auch in den Krieg. Es macht mir Spaß, mich zu messen, es macht mir Spaß zu verstehen, wer ich bin.»

«Du Glücksvogel. Und was hast du verstanden?»

«Ich habe verstanden, daß ich nicht leiden will; ich habe verstanden, daß es mir zu Hause am Campo San Samuele gutgeht; ich habe verstanden, daß überhaupt nichts dabei ist, wenn man ein Kind in den Gärten von Kensington bleiben will.»

«Wo?!?»

«In den Gärten von Kensington. Die von London, von Peter Pan.»

«Peter wer?!?»

«Peter Pan: der Junge, der ein Junge bleiben will. Und um ein Junge zu bleiben, sucht er das Never Never Never Land in den Gärten von Kensington.»

«Sucht er was?!?»

«Das Never Never Never Land, das Nimmer Nimmer Nimmer Land, das Land, das es nicht gibt.»

«Aber wenn es das Land nicht gibt, warum sucht er's dann?»

«Weil er ein Junge ist.»

«Sagt das der Freund deines Großvaters, Hemingway?»

«Nein, das sagt der Schriftsteller James Matthew Barrie, der die Kinder besser verstand als Hemingway, und den ich lange vor Hemingway gelesen habe. Verflucht! Sie hat wieder das Licht angemacht! Sieh mal! Man könnt sie doch glatt abknallen!»

«Sieh nicht hin, Luca, sieh nicht hin», murmelte Nicola und wandte unversehens sein bartloses, sommersprossiges Gesicht ab.

Armer Nicola. Er sagt Sieh-nicht-hin-Luca-sieh-nicht-hin, aber dann sah er sie genauso an: wer hat denn schon jemals so was gesehn, ein splitternacktes Weib am Fenster? Ja, splitternackt. Und sie stand an ein Fenster gelehnt, das von der Fünfundzwanzig Alpha kaum dreißig Meter entfernt war, ein Fenster in Sabra, und weißt du, was sie machte?!? In regelmäßigen Abständen knipste sie eine Lampe an, und während sie ihr Gesicht im Schatten hielt, streichelte sie sich überall. Überall! Dabei war sie so häßlich. Sie hatte ganz lange, schlaffe Brüste, ganz welke und verformte Schenkel und einen so fetten Bauch, daß sich einem der Magen schon beim bloßen Hinsehen umdrehte. Und trotzdem streichelte sie sich überall so, als hielte sie sich für schön. Ob Luca vielleicht doch recht hatte und die Regierungstruppen oder die Amal oder die Söhne Gottes ihr den Auftrag gegeben hatten, sie beide abzulenken? Wenn es so war, dann war ihr das voll und ganz gelungen, denn der Turm befand sich in der gleichen Richtung wie das Fenster, ungefähr hundert Meter weiter, und wenn sie die Lampe anknipste, warst du zuerst wie geblendet: die französische Flagge konntest du dann nicht mehr sehen. Machte sie sie aber aus, mußtest du die Augen erst wieder an die Dunkelheit gewöhnen und brauchtest ziemlich lange, bis du den blau-weiß-roten Flecken an der Fahnenstange auf dem früheren Wasserreservoir erkennen konntest. Schlimmer noch, da du unbewußt erwartetest, daß die Quälerei wieder anfangen würde, wurdest du beim Warten nervös: statt dich auf den blau-weiß-roten Flecken zu konzentrieren, versuchtest du angestrengt, das Fenster ausfindig zu machen, das jetzt im Dunkeln lag.

«Aber es ist doch absolut unmöglich, sie nicht anzusehen, Nicolin!»

Nein, das war nicht möglich. Das wußte er besser als Luca. Und jedesmal wurde er rot, weil er glaubte, daß dieses ekelhafte Weib sich für ihn zur Schau stellte, sich über ihn lustig machte, dem es noch weniger darauf ankam, ein Mann zu werden, als diesem Peter Pan aus den Gärten von Kensington, und der es ganz gewiß nicht nötig hatte, nach Beirut zu kommen, heiliger Himmel, um herauszufinden, wer-er-war. Er war einer, der kein hochherrschaftliches Haus am Campo San Samuele besaß noch jemals besitzen würde, so einer war er. Und noch viel weniger hatte er ein Empire-Bett, ein Badezimmer, das mit Menuett tanzenden Damen tapeziert war, ein Dienstmädchen, das dich mit dem Petit déjeuner aufweckte, Geld, um einen Aperitif im Florian zu trinken und Weihnachten mit Donatella in Cortina zu verbringen, einen Großvater, der mit bedeutenden Schriftstellern befreundet war, und einen Papá, der Minister kannte, die sofort bereit waren, dich vom Wehrdienst freistellen zu lassen. Er, er wohnte in einer kleinen Vierzimmer-Wohnung in den Außenbezirken von Ravenna. Er schlief in einem ganz gewöhnlichen Bett, das Petit déjeuner, das heißt den Milchkaffee, bereitete er sich selbst zu, seinen Aperitif trank er in der Café-Bar an der Ecke, wenn jemand ihn dazu einlud, und zu Weihnachten fuhr er nirgendwo hin. Was seinen Vater angeht, der kannte wirklich keinen Minister. Er war Arbeiter in einer Düngemittelfabrik, und mit Arbeitern reden Minister nur bei Wahlversammlungen, weil sie deren Stimme haben wollen. Auch wenn sie Sozialisten sind oder behaupten, Sozialisten zu sein, himmelnochmal! Wenn er also auf diesem Kampfstand war und sich von einem splitternackten Weib auf die Schippe nehmen ließ, dann war das nicht die Schuld von Hemingway, sondern das Pech, das die Söhne von Arbeitern rankriegt, die keinen Minister kennen, der bereit wäre, ihnen eine Befreiung vom Wehrdienst zu verschaffen, gütiger Himmel! Gütiger, gütiger Himmel. Er hätte es sich ja denken können; an jenem Morgen, an dem er seine Mutter im Kiosk vertreten hatte, hätte er es sich denken können! Denn ganz plötzlich kam Tante Liliana, völlig blaß, am ganzen Leib zitternd, und hielt ihm die blaue Karte hin. Der Vater hatte immer behauptet, daß die Karte, mit der die Armee dich rankriegt, rosa ist; seine aber war blau. «Ist dir klar, was das bedeutet, Nicola, ist dir das klar?» – «Ja, Tante Liliana, das heißt, was es heißt.» – «Nein, mein Kindchen, das heißt Beirut.» Das hatte er nicht glauben wollen. Er hatte sie getröstet. «Wieso denn Beirut, Tante Liliana! Nach Beirut schicken sie nur Freiwillige und basta. So steht's in der Zeitung!» Und in der Kaserne hatte er sich davon überzeugt. Marcello, sein Bettnachbar, hatte den Antrag gestellt, nach Beirut gehen zu dürfen, und sagte immer wieder: «Ich geh hin und du nicht, weil ich nämlich 'n Kerl bin, und du nicht.» Aber dann war Marcello in Italien geblieben, und nach Beirut wurde er geschickt, obwohl er kein Kerl war, himmelnochmal.

«Sie hat aufgehört. Ein Glück, daß sie aufgehört hat. Gott sei Dank. Aber ist die Flagge nun da oder nicht, Nicolin?»

«Sie ist da, Luca. Sie ist da.»

Er war mit demselben Schiff wie Luca abgereist, einen Monat nach dem Massaker an den Franzosen und den Amerikanern, und nach der Hälfte der Reise hatte er eine Krise gehabt. Warum hat es eigentlich mich getroffen, obwohl ich doch kein Kerl bin und gar nicht hierherkommen wollte, wimmerte er. Warum haben sie nicht Marcello genommen, der doch 'n Kerl war und auch hierher wollte? Und die meisten machten sich über ihn lustig: «Oh, das Fläschchen! Muttu Fläschchen kriegen!» Luca nicht. Er hatte ihn beim Arm genommen und: «Nimm's nicht so tragisch, Nicolin. Es hat nicht nur dich getroffen. Alle hat's getroffen. Sieh mal, wie viele wir sind.» Dann hatte er dem Hundsfott, der am Daumen nuckelte wie an einer Babyflasche, einen Stoß verpaßt und: «Verdufte und halt' die Klappe.» Sympathisch, Luca. Sonst sind die Reichen immer unsympathisch. Und schlecht erzogen. Um die anderen scheren sie sich einen Dreck, entweder kümmern sie sich nicht um sie oder behandeln sie von oben herab. Aber wenn du auf einen sympathischen Typ triffst, dann ist er wirklich sympathisch. Wenn du auf einen gut erzogenen Typ triffst, dann ist er wirklich gut erzogen. Er tröstet dich, erzählt dir von seiner Familie und von seinem Empire-Bett, das ihm nicht gefällt, von Ines, die ihn Signorin nennt, von einem gewissen James Matthew Barrie, der die Kinder verstand. Kurz: er hilft dir mehr als ein Armer. Auch bei der Landung hatte ihm Luca mehr geholfen als ein Armer. «Nimm all deinen Mut zusammen, Nicolin, dann wirst du dich schon zurechtfinden», sagte Luca immer wieder. Oder: «Beten wir doch zusammen ein Salve Regina, Nicolin.» Zwar hatte Luca was von einem Betbruder an sich und hatte die Manie, das Salve Regina zu beten, aber an dem bewußten Tag, da war das Salve Regina etwas wert: da schossen sie aus allen Rohren! Direkt auf den Hafen! Sie schossen so, daß der Schiffskommandant die Luke nicht aufmachen wollte, und alle hatten den Wunsch, daß er sie niemals aufmachen würde. Aber dann hatte er sie doch aufgemacht, und am Kai stand ein Hauptmann der Fallschirmjäger namens Pistoia, der sich kaputtlachte und rief: «Nun kommt schon, Kinderchen, kommt schon! Euch geht der Arsch wohl auf Grundeis, was? Ja, was glaubt ihr denn, diese Fürze sind schließlich kein Feuerwerk zum Fest der Heiligen Jungfrau! Das sind Bomben. Hier sind wir nämlich im Krieg!» Im Krieg! Ihm war der Satz Hier-sind-wir-nämlich-im-Krieg so unwirklich vorgekommen. Denn trotz der Filme über Vietnam und der Zeitungen und der Ausbildung in der Kaserne konnte er den Sinn des Wortes Krieg nicht erfassen. Er konnte nicht begreifen, was das war. Heute nacht begriff er es. Da konnte er sagen, was das war. Es war eine Krankheit, die innerlich kaputtmachte, ein Krebs, der das Herz zerfraß, eine Seuche, die die Seele verfaulen ließ und die Menschen dazu brachte, Dinge zu tun, die sie in Friedenszeiten nie getan hätten. Der Krieg war eine Nutte. Eine Hurensau. Ein splitternacktes Weib am Fenster. O Gott, da war sie wieder. Sie hatte die Lampe wieder angeknipst. Und jetzt knipste sie sie wieder aus, dann wieder an, in ganz kurzen Abständen, wie Leuchtreklamen, die sich ein- und ausschalten, um ein bestimmtes Produkt oder ein Lokal anzupreisen. Oh, gütiger Himmel, gütiger Himmel! Hilflos drehte sich Nicola um und sah Luca an. Aber Luca hatte das Nachtsichtgerät weggelegt, sein Gewehr auf das Fenster gerichtet, und er brüllte, brüllte...

«Hure! Schluß jetzt! Fick doch deine Mutter, du Hurensau! Ich knall dich jetzt ab, im Ernst, verdammter Hemingway! Und ich verpaß dir 'ne Kugel und verrat dir nicht, wohin!»

Dann beugte er sich über das Gewehr, um genau zu zielen, doch im gleichen Moment tauchte der mächtige Umriß von Rambo auf dem Kampfstand auf.

«Langsam, Soldat, langsam. Du bist hier, um den Turm zu beobachten, und nicht, um auf Nutten zu ballern.»

«Ich weiß, Sergente, ich weiß! Aber haben Sie eine Ahnung, wie lange das schon so geht? Seit wenigstens zwei Stunden!»

«Ach, ja?»

Rambo warf einen gutmütigen Blick zum blinkenden Licht hinüber und wiegte seinen großen Kopf. Wäre er jemand gewesen, der gern redete, hätte er geantwortet: Junge, was ist denn schon so eine alte geile Hure? Auf Patrouille sieht man so allerlei! Gestern hab ich einen kleinen Jungen gesehen, der suchte sich im Müllhaufen von Sierra Mike, dem hinter dem Krankenzimmer, was zu essen. Hör auf, hab ich ihm auf arabisch gesagt, ich geb dir zu essen. Nimm die Schokolade hier. Er hat sie genommen, aber trotzdem weiter rumgewühlt, und unter dem infizierten Mull hat er ein Stück gebratenes Huhn gefunden. Das hat er saubergemacht, am Hemd abgerieben, und hat es gegessen. Gleich darauf habe ich einen anderen gesehen, der einen Topf kochendes Öl über sich geschüttet hatte. Er war von Kopf bis Fuß mit Blasen bedeckt, und weißt du, wie seine Mutter ihn verarztet hat? Sie rieb ihn mit Zahnpasta und Zitronensaft ein. Der Arzt, den das Feldlazarett mit dem Krankenwagen in Chatila hat, war außer sich. «Wer war das?» schrie er. Und die Mutter. «Ana, ich. Toothpaste good, lemon good. Disinfect. Zahnpasta gut, Zitrone gut. Desinfiziert.» Beim Säubern dieser Schweinerei war eine Blase aufgeplatzt. Gleichzeitig mit dem Eiter kam ein derartiger Gestank da heraus, daß ich ihn noch jetzt in der Nase habe. Ja, Junge, auf Patrouille sieht man schon so allerlei! Wenn du in der Stellung bist, scheint es, als wäre alles Schlimme nur neben dir, aber auf Patrouille merkst du, daß das Schlimme überall ist. Was Schönes betrifft, so habe ich hier unten nur Leyda gefunden: das kleine Mädchen, das am kleinen Platz der Zweiundzwanzig wohnt. Sie ist fünf und erinnert mich an meine Schwester Mariuccia, die mit fünf starb; und sobald sie mich sieht, kommt sie schreiend auf mich zugelaufen: «Rambo! Khidni maak, ich will mit dir kommen, Rambo!» Dann klammert sie sich an meine Hose, rennt hinter mir her, und ich hab sie so gern, daß ich sogar Arabisch gelernt habe, um mit ihr sprechen zu können... Ja, außer Leyda ist hier alles schlimm. Und diese alte geile Hure da ist nicht schlimmer als die anderen.

«Ja, Sergente, ja.»

«Glauben Sie, sie tut's, um uns abzulenken, Sergente?» fragte Nicola dazwischen.

«Nein.»

«Trotzdem lenkt sie uns ab, Sergente. Manchmal ist es unmöglich, die französische Flagge zu erkennen, Sergente.»

«Wenn sie da ist, müßt ihr sie erkennen. Ist sie nun da oder nicht?»

«Sie ist da, Sergente, sie ist da.»

«Gib mir das Nachtsichtgerät.»

Rambo nahm das Glas, richtete es auf den Turm, und während er immer noch an Leyda dachte, blickte er lange angestrengt, um in der Dunkelheit den blau-weiß-roten Flecken erkennen zu können. Dann gab er Nicola das Fernglas zurück, der ihn drängte, seine Meinung zu bestätigen.

«Sie ist doch da, Sergente. Oder?»

«Weiß nicht... irgendwas bewegt sich. Ich sehe einen weißen Reflex, aber das könnte auch eine kleine Wolke sein», antwortete Rambo verblüfft.

«Eine kleine Wolke, Sergente! Das ist das Weiß der Flagge! Stimmt's, Luca?»

«Weiß nicht», sagte Luca noch verblüffter. «Kann sein, daß es die Flagge ist, kann sein, daß es eine kleine Wolke ist. Auch eine Wolke bewegt sich. Das kann man erst sicher sagen, wenn's hell wird. Wann wird's denn hell, Sergente?»

«Sechs Uhr siebenunddreißig. Aber bevor es soweit ist, komm ich wieder, ich trau euch beiden nämlich nicht», sagte Rambo zum Schluß. Dann stieg er vom Kampfstand herunter, um zu Nibbio zu fahren und ihm zu sagen, daß nach seiner Einschätzung die französische Flagge nicht mehr da war, sondern nur ein weißer Reflex, der auch eine kleine Wolke sein konnte.

Es fehlten noch fünfundvierzig Minuten bis sechs Uhr siebenunddreißig, das Fenster der alten geilen Hure blinkte immer noch wie eine Leuchtreklame, die sich ein- und ausschaltet, um ein Produkt oder ein Lokal anzupreisen, und im Rosa Zimmer rief Stefano schluchzend Martino.

«Martino, Martino! Sie haben sie mir umgebracht, Martino!»

* * *

Sie hatten sie ihm zwar nicht umgebracht, aber es fehlte nicht viel. Vollkommen platt lag sie da, zerrissen von einem Bajonettstich ins Herz, und der Schnitt verlief über die ganze linke Brusthälfte bis zum rechten Zwischenrippenbereich, wo sie gemeinerweise den Zettel reingesteckt hatten, auf dem stand Wehe-dem-der-ihr-was-antut, wehe-dem-der-sie-beschädigt. «Sei nicht traurig, mein Lieber, mit einem Gummiflicken und ein bißchen Klebstoff ist sie wieder wie neu», munterte Martino ihn auf. Dann steckte er die Puppe in den Rucksack und: «Bringen wir sie ins Krankenhaus.» Auf Zehenspitzen und vorsichtig, um Fifi und die beiden für das Verbrechen Verantwortlichen nicht aufzuwecken, verließen sie das Rosa Zimmer. Auf Zehenspitzen gingen sie die Treppe hinunter, gingen an der Kommandozentrale vorbei, an den noch leeren Büros von Auerhahn, Pistoia und Verrücktes Pferd, und gelangten auf den Hof.

«Wohin geht ihr?» fragte der Fahrer des Leopardpanzers, der überrascht war, sie mit einem Rucksack, aber ohne Gewehr zu sehen.

«Ins Krankenhaus», jammerte Stefano.

«Wohin geht ihr?» fragten ebenfalls überrascht die Carabinieri des Wachhäuschens am Eingang.

Das Krankenhaus war die Werkstatt der Nachschubbasis, der Arzt ein Mechaniker, der seine Schicht um sechs begann. Es werde nicht leicht sein, ihn zu überreden, sofort eine Schönheitsoperation an der großen Brust und am Zwischenrippenbereich von Lady Godiva vorzunehmen, bemerkte Martino, doch mit ein bißchen Glück müßten sie es bis kurz vor sieben geschafft haben. Dann horchte er auf das Gebet, das vom Minarett der Moschee in der Rue de l'Aérodrome erklang, und dachte: nur gut, daß Charlie um diese Zeit schläft.

$$-3-$$

Aber der schlief nicht. Er dachte über den Streit nach, der bei der Zweiundzwanzig ausgebrochen war, und kam zu demselben Schluß wie Adler Eins: klar, daß das Manöver, auf das der Tenente anspielte, auf die Räumung des Turms abzielte oder auf das Vorspiel zur Räumung! Bereitet man gewisse Operationen denn nicht bei Dunkelheit vor, wenn die Stadt schläft? Trotzdem hatte der Kondor, als er aus Chatila zurückkam, das Gegenteil behauptet. «Nein, Charlie, ausgeschlossen, daß sie dabei sind, den Turm zu evakuieren. Es ist doch nicht möglich, daß sie gehen, ohne mich darüber in Kenntnis zu setzen. Sie werden sehen, daß sie mich verständigen.» Sinnlos, Zweifel anzumelden oder zu erwidern: «Generale, wenn Sie mir nicht glauben, dann rufen Sie sie doch an, die Franzosen! Fragen Sie sie ohne Umschweife Wann-zieht-ihr-ab?» – «Ich telefoniere mit niemandem! Ich frage niemanden etwas! Ich lasse mich doch nicht zu derartigen Fragen herab!» Außer, daß er einen Augenblick später Nibbio anrief und: «Nibbio, daß das klar ist. Vergewissern Sie sich, daß die beiden von der Fünfundzwanzig Alpha die Flagge nicht aus den Augen lassen.» Naja! Er verhielt sich wie eine Ehefrau, die weiß, daß sie betrogen wird, aber aus Stolz so tut, als wüßte sie es nicht. Jedenfalls: angesichts der Tatsache, daß er die Neutralität des Turms nicht garantieren konnte und bis Neujahr nicht über die neunzig Mann verfügte, die den Turm an Stelle der Franzosen besetzen sollten, bestand das Problem nicht mehr darin, den Tag oder den Augenblick zu erfahren, an dem die Franzosen ihn evakuieren würden, sondern einen Brand zu verhüten oder wenigstens zu verzögern, das heißt zu verhindern, daß die Amal-Milizen von Gobeyre mit unvernünftigen Aktionen auf das mögliche Auftauchen der Regierungstruppen reagierten. Und genau deshalb mußte man auf Bilal einwirken. Auf ihn einwirken, ja: gerade gestern hatten ihm die üblichen Informanten derart besorgniserregende Dinge über den Zwerg mitgeteilt, der aufgrund eines im Abfall gefundenen halben Buchs allzu schnell gewachsen war! «Capitano», hatten sie gesagt, «Bilal ist verrückt geworden. Er hält Predigten und erklärt den Leuten, warum die Welt sich vor- und zurückdreht, warum einige viele Jacken haben und andere eine einzige mit vielen Flicken. Außerdem behauptet er, daß Sabra sein Zuhause ist, daß Chatila sein Zuhause ist, daß der ganze Westteil sein Zuhause ist, daß du, wenn sie dir dein Haus stehlen, es dir wiederholen mußt. Und er hat sich ein Kriegslied ausgedacht. In dem Lied heißt es: ‹Mit meinen Zähnen verteidige ich mein Haus, mit meinen Zähnen. Mit meinen Zähnen verteidige ich mein Viertel, mit meinen Zähnen. Mit meinen Zähnen reiß ich euch Augen und Zunge heraus, wenn ihr nur näher kommt, mit meinen Zähnen.› Schlimmer noch, Capitano: die Leute hören ihm zu, sie folgen ihm.» Er sah auf die Uhr. Sechs. Und um sieben verließ Bilal Gobeyre, um in die Altstadt zu gehen und die Straßen zu fegen. Er mußte sich beeilen. Er stand auf, rief die Kommandozentrale an.

«Flattert die französische Flagge noch oder nicht?»
Eine heitere Stimme antwortete ihm.
«Sie flattert, sie flattert! Das hat uns Nibbio bestätigt!»
Er seufzte vor Erleichterung auf und rief Angelo.

«Aufstehen, Junge.»
Ihm antwortete eine matte Stimme.
«Zu Befehl, Chef.» Und bereits angezogen, blaß, weil er die Nacht damit verbracht hatte, Ninettes Brief wieder zu lesen, trat Angelo näher.
Er betrachtete ihn stirnrunzelnd.
«Geht's dir nicht gut, Junge?»
«Doch, Chef.»
«Dann weck auch Stefano und Martino. Wir fahren nach Gobeyre.»
«Ja, Chef.» Doch ein paar Minuten später kehrte er aufgeregt zurück: «Im Rosa Zimmer sind sie nicht, Chef.»
«Sind sie nicht?!?»
«Nein. Und weder Gaspare noch Ugo oder Fifi wissen etwas.»
«Sie werden im Kommandostützpunkt herumstreifen! Such sie!»
«Ja, Chef.» Doch nach ein paar weiteren Minuten kehrte er noch aufgeregter zurück: «Sie sind im Lazarett, Chef.»
«Im Lazarett?!?»
«Ja, der Fahrer des Leopard hat sie um Viertel vor sechs rausgehen sehen. Er hat sie gefragt, wo sie hinwollten, und einer von den beiden hat gejammert: ins Lazarett.»
«Ins Feldlazarett?»
«Scheint so.»
«Ich geh sie suchen.»
Im Feldlazarett waren sie nicht. Hier-ist-niemand-gewesen, hier-hat-sie-niemand-gesehen, da-hat-man-euch-was-Falsches-erzählt. In der Hoffnung, daß man ihnen was Falsches erzählt hätte und sie statt dessen raus wären, um mit Italien zu telefonieren, stieg er in den Geländewagen und fuhr zu den Telefonzellen. Aber auch bei den Telefonzellen hatte man sie nicht gesehen, und fast blind vor Angst vergaß er Bilal und machte sich auf den Weg, um sie zu suchen, wie eine Mutter, die ihre Kinder verloren hat. Dada-nein, Dada-nein. Er suchte im Speisesaal nach ihnen, im Laden, in der Nachschubbasis, in der Basis Adler, in den Lagerschuppen, einfach überall, außer in der Garage, wo ein amüsierter Mechaniker mit dem Flicken der großen Brust und des Zwischenrippenbereichs von Lady Godiva beschäftigt war. Unterdessen wurde es heller, halb sieben, Viertel vor sieben, sieben, es wurde Tag, der Nebel lichtete sich etwas... Es war sieben, und man konnte verhältnismäßig gut sehen, als das Feldtelefon krächzte, um die Wut des Kondors zu übermitteln.
«Charlie, kommen Sie sofort hierher, verdammtnochmaaal!»

Sofort fuhr er zurück, und kaum war er dort, begriff er, welchen Fehler er begangen hatte, all die wertvolle Zeit mit seinen Mutterinstinkten zu verplempern, Dada-nein, Dada-nein. Abgelenkt durch ein Fenster in Sabra, das hell wurde und dann wieder dunkel und eine nackte Frau zur Schau stellte, sagte der Kondor, hätten die beiden Tölpel von Fünfundzwanzig Alpha nicht bemerkt, daß die französische Flagge über Nacht eingezogen worden war. Erst Rambo hätte gegen sechs den Verdacht gehabt, daß der Fleck oben an der Fahnenstange des ehemaligen Wasserdepots nicht das Blau-Weiß-Rot der französischen Flagge sei, und in der Befürchtung, es könne sich vielleicht um eine kleine Wolke handeln, war er wieder auf den Kampfstand gestiegen. Hier hatte er den Sonnenaufgang abgewartet und entdeckt, daß die Flagge nicht die französische, sondern die mit der Zeder des Libanons auf weißem Grund war, also die Flagge der Regierungstruppen. Aber nicht genug damit: angeführt von einem Wahnsinnigen, der Gott weiß was sang und mit einer Kalaschnikow rumfuchtelte, die größer war als er selbst, hatten Amal-Milizionäre um fünf nach sieben die Avenue Nasser überquert. Waren auf den kleinen Platz der Zweiundzwanzig vorgedrungen und hatten angefangen, eine Barrikade zu errichten, und es nutzte überhaupt nichts, daß die Bersaglieri sie mit Fußtritten und Stößen zurückdrängten. Noch viel weniger half es, daß Nibbio Ialla-haut-ab-ialla, ihr-Hurenbolzen brüllte oder daß Rambo sie auf arabisch anbellte Hier-könnt-ihr-nicht-bleiben. «Das können wir, das können wir», gab der Wahnsinnige unbeirrt zurück.»

«Ein ganz kleiner Wicht, Charlie.»

«Ja, Generale...»

«Ein Zwerg mit einer geflickten Jacke, der fast perfekt Italienisch spricht.»

«Ja, Generale...»

«Kennen Sie ihn?»

«Ja, Generale... Das ist Bilal.»

«Der mit dem verwundeten Kämpfer?!?»

«Ja, Generale.»

«Wenn das so ist, dann los! Gehen Sie und bringen Sie ihn zur Vernunft!»

«Ja, Generale, aber...»

«Aber was?!?»

«Das gelingt mir nur, wenn ich ihm die Neutralität des Turms garantiere.»

«Was heißt denn hier Neutralität oder Nicht-Neutralität, Charlie! Im Turm sitzen doch längst die Regierungstruppen.»

«Wir müssen sie überzeugen abzuziehen, Generale...»
«Was heißt denn hier abziehen oder nicht abziehen! Selbst wenn ich sie überzeuge, habe ich keine Männer, die ich auf dem Turm postieren könnte: wie oft muß ich das noch sageeen?!?»
«Generale... Sprechen Sie trotzdem mit den Regierungstruppen, während ich mit Bilal spreche.»
Und dieses Mal vergaß er Stefano und Martino und stürzte zur Zweiundzwanzig, wo die Dinge viel schlimmer standen, als der Kondor geglaubt hatte.
Viel, viel schlimmer. Wie wütende Hunde, die bellend aus dem Hundezwinger ausbrechen, überquerten Amal-Leute weiterhin die Avenue Nasser und strömten bei der Zweiundzwanzig hinein, um die Barrikaden zu errichten. Einer brachte einen Stuhl, ein anderer einen Tisch, wieder ein anderer eine Matratze, einer forderte, man solle die Wälle der Stellung niederreißen, um die Sandsäcke zu nehmen und mit dem Hausrat aufzutürmen, wieder ein anderer schoß in die Luft, um von den Regierungstruppen im Turm gehört zu werden, und schließlich gab es noch welche, die voller Ekstase schrien Neha-hunna, wir sind hier, neha-hunna... Mitten in diesem Chaos stand Adler Eins, der, nachdem er die Bestürzung über die Tragödie mit der kleinen Capodimonte-Tasse, die Tante Concetta ihm geschenkt hatte, und über den Flecken in Form eines Us wie Unglück, Unheil, Ungemach überwunden hatte, hergekommen war, um die beiden Polentafresser der Fünfundzwanzig Alpha zu kontrollieren. «Heiliger Januarius, Heiliger Gerhard, Heiliger Wilhelm!» wiederholte er monoton. «Abraham, Isaak und Jakob, Mamas und meine Propheten!» Er sah aus, wie ein Ertrinkender auf der Suche nach einem Rettungsring, an den er sich klammern konnte. Der Rettungsring war Charlie. Er klammerte sich an ihn und deutete auf den Zwerg mit der geflickten Jacke, der aufrecht auf der Barrikade stehend die Hymne sang, die er aus dem halben Buch abgeschrieben hatte.
«Beasnani saudàfeh haza al bitàk, beasnani! Beasnani saudàfeh haza al quariatna, beasnani!»
«Was sagt er, Charlie, was sagt er?»
«Er sagt, daß er sein Haus und sein Viertel mit den Zähnen verteidigen wird, Signor Colonnello», antwortete Charlie. Dann ging er auf Bilal zu, der augenblicklich von dem Stapel aus Stühlen, Tischen und Matratzen herunterkam und sein knochiges Gesicht hob.
«Was willst du, Capitàn?»
«Vernünftig reden, Bilal.»

«Hab keine Zeit, vernünftig zu reden, Capitàn. Muß mich um meine Männer kümmern, Capitàn.»

Und er drehte ihm den Rücken zu und wollte wieder auf den Stapel aus Stühlen, Tischen und Matratzen klettern. Doch Charlie hielt ihn am Arm fest.

«Wozu dient diese Barrikade, Bilal?»

«Das ist keine Barrikade, sondern ein Brückenkopf, Capitàn.»

«Wozu dient dieser Brückenkopf, Bilal?»

«Um erneut anzugreifen, falls sie mich zurückschlagen. Und um Verstärkung zu organisieren, falls es mir gelingt, Capitàn.»

«Sofern dir was gelingt, Bilal?»

«Mir das zurückzuholen, was mir gehört, Capitàn. Was mir gestohlen worden ist. Denn der Turm gehört mir, Capitàn. Gehört meinen Leuten. Sabra gehört mir. Gehört meinen Leuten. Und ich will es wiederhaben. Laß mich gehen, Capitàn.»

«Nein, Bilal. Du mußt mir zuhören, Bilal.»

Während er ihn noch immer fest am Arm hielt, zog Charlie ihn zur Westmauer des Platzes, wo es weniger laut zuging. Er hockte sich vor ihn hin wie vor ein Kind, wenn man von Angesicht zu Angesicht mit ihm reden, ihm genau ins Gesicht sehen will, und er suchte Bilals Blick. Der war unerbittlich hart. Wesentlich härter als in der Nacht, in der Rashid ihn zu ihm gebracht und Passepartout ihn trällernd durchsucht hatte. Dieser Blick drückte unnachgiebige Entschlossenheit aus.

«Bilal...»

«Du sollst mich lassen, Capitàn.»

«Und ich hab dir geantwortet, daß du mir zuhören mußt, Bilal. Hör mir also zu. Hör mir gut zu. Dir ist nichts gestohlen worden, Bilal. Der Turm gehört nicht dir, gehört nicht euch. Sabra gehört nicht dir, gehört nicht euch. Es gehört allen, es gehört der Stadt, und die, die Sabra genommen haben, repräsentieren die Regierung der Stadt. Greifst du ihn an, lieferst du den Regierungstruppen den Vorwand, auf den sie warten. Den Vorwand, eine Schlacht zu entfesseln. Verstehst du das Wort ‹Vorwand›?»

«Ja. Prétexte auf französisch und pretext auf englisch. Aber was du sagst, gefällt mir nicht, Capitàn.»

«Das glaub ich dir, Bilal, und was ich dir außerdem noch sagen will, wird dir noch viel weniger gefallen. Eine Schlacht könntest du nicht gewinnen, Bilal. Das da sind Soldaten. Richtige Soldaten.»

«Das bin ich auch, Capitàn, das bin ich auch.»

«Schon, aber sie sind stärker. Sie haben Kanonen, Bilal. Sie haben Panzer, Funkgeräte, um Verbindung untereinander zu haben...»

«Ich habe meine Kalaschnikow, Capitàn, und am Ende werde ich der Sieger sein. Das steht in dem Buch geschrieben.»
«Nein, Bilal, du wirst sterben. Glaub nicht, was das Buch sagt: wenn du tot bist, kannst du nichts mehr gewinnen. Geh zurück nach Gobeyre, Bilal. Wenn du nicht nach Gobeyre zurückgehst, werden sie euch massakrieren. Und mit euch massakrieren sie deine acht Kinder, deine Frau, die das neunte erwartet, deinen alten Vater und auch uns Italiener, die wir mit euren Streitigkeiten nichts zu tun haben. Willst du denn, daß auch ich sterbe, Bilal?»
Der unerbittlich harte Blick wurde etwas weniger hart. In der unnachgiebigen Entschlossenheit zeigte sich ein Schimmer von Sanftheit.
«Du bist zu spät gekommen, Capitàn. Du hättest vor einer Stunde kommen sollen, bevor ich die Avenue überquert habe. Wo warst du vor einer Stunde, Capitàn?»
Charlie richtete den Blick auf einen ankommenden Geländewagen, den Geländewagen des Kondors, doch statt zu antworten, packte er Bilals Arm noch fester.
«Es ist nie zu spät, Bilal, um etwas rückgängig zu machen. Und wenn du nicht vergessen hast, was du mir in der Nacht sagtest, als ich den verwundeten Kämpfer ins Feldlazarett brachte... Hast du's vergessen, Bilal?»
«Nein, Capitàn, ich erinnere mich gut daran. Ich sagte dir: Jetzt sind wir für immer Freunde. Wenn du mich eines Tages um etwas bittest, werde ich es tun, auch wenn das Buch sagt, es nicht zu tun.»
«Genau. Und dieser Tag ist nun gekommen, Bilal. Ich bitte dich, die Barrikade abzubauen. Ich bitte dich, von der Zweiundzwanzig abzuziehen. Ich bitte dich, mit deinen Männern nach Gobeyre zurückzukehren.»
In seinem Blick erlosch der Schimmer von Sanftheit, und die nun wieder unerbittlich harten Augen suchten die Augen von Charlie.
«Bittest du für mich und meine Leute darum oder für dich und deine Leute, Capitàn?»
«Für beide, Bilal...»
«Das glaub ich dir nicht, Capitàn, trotzdem werde ich mein Versprechen halten. Unter einer Bedingung: daß die Regierungstruppen abziehen und die Italiener den Turm besetzen.»
«In Ordnung, Bilal.»
Endlich ließ Charlie Bilals Arm los und richtete sich wieder auf. Er ging zum Kondor hinüber, der aus dem Geländewagen gestiegen war und Adler Eins zusammenstauchte.

«Ein bißchen mehr Energie, Colonnello! Ich versichere Ihnen, daß Ihre Heiligen und Ihre Propheten sich einen Dreck um die Zweiundzwanzig scheren.»

Charlie unterbrach ihn.

«Generale, Bilal zieht ab, wenn die Regierungstruppen abziehen. Und unter der Bedingung, daß die Italiener an ihrer Stelle den Turm einnehmen.»

Der Kondor erstarrte.

«Die anderen auch. Ich habe mit ihnen gesprochen. Doch da ich keine Männer habe, die die Regierungstruppen ersetzen können, ist das Gespräch darüber beendet.»

«Wenn es beendet ist, müssen wir neu beginnen, Generale... Will sagen... Wir könnten doch Rambos Patrouille auf den Turm schikken...»

Da explodierte das unvermeidliche Gebrüll.

«Zusammen mit Rambo handelt es sich dabei um fünf Männer, Charlieee! Reden Sie also keinen Unsiiinn!»

«Wir könnten sie verdoppeln, Generale... Wir könnten noch fünf Maròs von einer anderen Patrouille dazunehmen.»

Wieder Gebrüll.

«Nichts als Unsinn, Charlieee! Sie wissen doch so gut wie ich, ob fünf oder zehn, das macht keinen Unterschieeed! Sie wissen doch so gut wie ich, daß in einem leeren Gebäude oder in einem verlassenen Viertel zehn Männer zehn Geiseln in der Hand der Söhne Gottes siiind!»

«Aber eine Möglichkeit, Zeit zu gewinnen, Generale.»

«Und diesen kleinen Platz freizumachen», warf Adler Eins hoffnungsvoll ein.

Diesmal schien der Kondor zu zögern.

«Das stimmt...»

Dann blickte er auf die Barrikade, die inzwischen die Ausmaße eines riesigen Lastwagens bekommen hatte, blickte auf die Amal-Leute, die weiterhin Hausrat auftürmten, auf die Bersaglieri, die überrumpelt worden waren und aufgehört hatten, die Amal-Leute mit Fußtritten und Stößen zurückzudrängen, auf Rambo, der resigniert aufgehört hatte, sie auf arabisch anzubellen, auf Nibbio, der entmutigt aufgehört hatte, sie anzubrüllen Ialla-zurück-ialla, ihr-Hurenbolzen... Und er schien seine Meinung zu ändern.

«Haben wir denn fünf weitere Maròs?»

«Durchaus, fünf haben wir durchaus!» antwortete Adler Eins so hoffnungsfroh wie nie.

«Wann wird es dunkel?»
«Um sechzehn Uhr sechsundfünfzig, Signor Generale. Und um achtzehn Uhr zweiundzwanzig ist es Nacht.»
«Gut, ich habe mich entschieden. Verdoppeln Sie Rambos Patrouille, und halten Sie sie bereit, bis sechzehn Uhr sechsundfünfzig den Turm besetzt zu halten. Nein, halt, bis siebzehn Uhr.»
«Bis siebzehn Uhr? Nur bis siebzehn Uhr?» rief Charlie alarmiert.
«Siebzehn Uhr, Charlie, siebzehn Uhr. Ich biete meine Männer nicht den Söhnen Gottes zum Fraß an. Setzen Sie den Zwerg darüber in Kenntnis, während ich mit den Regierungstruppen spreche.»
«Doch wenn ich ihm sage, daß wir nur bis siebzehn Uhr bleiben, dann geht er nicht, Generale!»
«Dann sagen Sie es ihm eben nicht.»
«Wenn ich es ihm nicht sage, betrüge ich ihn! Dann verrate ich ihn!»
«Das ist Ihr Dilemma, nicht meins. Ich will den Platz hier frei haben und sonst nichts.»
«Ja, Generale...»
Und mit gesenktem Kopf ging Charlie wieder rüber zu Bilal.
«Mein General akzeptiert, Bilal.»
«Die Regierungstruppen ziehen ab?» fragte Bilal mißtrauisch.
«Sie ziehen ab. Sie haben die gleiche Bedingung gestellt, die du gestellt hast, und in Kürze ziehen wir auf den Turm.»
«Wie lange, Capitàn?»
«Ich weiß nicht... Solange es nötig ist, vermute ich.»
«Bist du dir da sicher, Capitàn?»
«Vertrau mir, Bilal.»
«Ich versuch's, Capitàn», sagte er. Und sofort kehrte er ihm den Rücken, ging zu der Barrikade zurück, die er als Brückenkopf bezeichnet hatte, befahl seinen Männern, sie abzubauen und wieder nach Gobeyre zurückzukehren. Dann, nachdem die Barrikade abgebaut war und der letzte Amal-Milizionär die Avenue Nasser überquert hatte, kam er zu Charlie zurück. Mit einer unendlich traurigen Bewegung streckte er ihm eine Hand entgegen.
«Sehr schwirig, ein so schwieriges Versprechen zu halten, Capitàn. Aber ich hab's gehalten. Und du? Wirst du es halten?»
Charlie wurde unmerklich rot.
«Warum fragst du mich das, Bilal?»
«Weil Freundschaft im Krieg ein Luxus ist. Und weil es ein Sprichwort gibt, das heißt: ich oder du.»
Charlie wurde immer röter. Er wurde violett.

«Bilal...»

«Adieu, Capitàn. Und wenn wir uns nicht mehr wiedersehen, erinnere dich, daß mein Buch sich nicht irrt: ich werde gewinnen. Tot oder lebendig, ich werde gewinnen.»

* * *

Es war kalt an jenem Morgen. Mit Matsch und Nebel hatte der Regen eine eisige Winterluft zurückgelassen. Doch der Schauder, der Charlie schüttelte, kam nicht von der Kälte, und bedrückt von einem Gefühl, das der Scham aufs Haar ähnelte, verließ er die Zweiundzwanzig. Er kehrte zum Kommandostützpunkt zurück, wo Stefano und Martino zufrieden lachten, weil sie Lady Godiva geheilt hatten, und Verrücktes Pferd verzweifelte, weil er erfahren hatte, daß der Prozeß gegen die Lümmel aus dem Rosa Zimmer mit einem Freispruch geendet hatte.

«Quod non vetat lex, hoc veta fieri pudor! Was das Gesetz nicht verbietet, verbietet die Scham, ermahnt uns Seneca!»

Auch der hohe Drei-Sterne-General war angekommen und mit ihm der Militärbischof, das heißt der höchste Soldatenseelsorger. Der eine mit einer von unverdienten Gold-, Silber- und Bronzemedaillen bedeckten Brust, der andere mit dem durch zwei winzig kleine, aber blitzende Kreuze geweihten Uniformkragen, und beide tobten sich über Opferbereitschaft, Ehre, Frieden und Barmherzigkeit aus. In seinem Büro aber setzte der Professor unter den Brief, den er während der Nacht an seine nicht existierende Gattin geschrieben hatte, eine bittere Bemerkung.

— 4 —

Was für eine ungewöhnliche, unersetzbare Gabe ist doch die Phantasie. Und wie müssen die unglücklich sein, die sie nicht besitzen! Wie arm sie sind! Mit der Phantasie kannst du gehen, wohin du willst, kannst du sein, wer du willst, und haben, was du willst. Du kannst erfinden, was nicht existiert. Und der Professor, das wissen wir, hatte sich eine Frau erfunden, die nicht existierte. Eine Gattin zum Lieben, eine Gefährtin, an die er die Briefe richten konnte, die er sich selbst schrieb, um über den Roman nachzudenken, den wir hier lesen, und ihn in seiner Vorstellung zu entwickeln. Doch vor allem kannst du mit der Phantasie die Realität erfinden: zeigen, daß Realität und Phantasie das gleiche sind, die beiden Seiten des gleichen Traums, und du kannst die Zukunft voraussehen, die uns nur wie eine Hypothese vorkommt, in Wahrheit aber eine durch die unerforschliche Logik des Schicksal bereits festgelegte Gewißheit ist.

Das sagt uns der zweite Brief des Professors.

* * *

Ich habe ein großes Bedürfnis, Dir zu schreiben, Liebste, und ich frage mich, warum. Vielleicht, weil morgen Weihnachten ist, und obgleich ich der Feste, die sich auf außerirdisches Blendwerk beziehen, überdrüssig bin, kann ich mich doch nicht dem Zauber dieses Tages entziehen. Es ist der Tag, an dem man die Geburt eines Menschen feiert, der blind an die Liebe und an die Unsterblichkeit des Lebens glaubte: diesen Tag in einer Orgie aus Haß und Tod zu verbringen, macht mich traurig und läßt mich noch einsamer sein, als ich es ohnehin bin. Du kannst dir nicht vorstellen, wieviel ich darum gäbe, ihn mit Dir zu verbringen, in einem von Dir warmen Bett, Dich in meinen Armen zu halten und die Glocken zu hören, die zum Jubel einladen. (Genügt es mir nicht mehr, nur über Dich zu phantasieren?) Oder vielleicht hat es auch nichts mit Weihnachten zu tun, und auch nichts mit der Unzulänglichkeit, mit der ich über Dich phantasiere. Ich habe ein großes Verlangen, Dir zu schreiben, weil ich ein großes Verlangen habe, mich mit mir zu unterhalten, mir Gesellschaft zu leisten, die Unruhe zu überwinden, die mich plötzlich so nervös macht. Ach! Mein innerer Zustand ist durchaus nicht ungerechtfertigt: es haben sich ja wirklich gewaltige Dinge in den letzten Wochen und Stunden ereignet. Die Regierungstruppen, das heißt unsere vermeintlichen Verbündeten, haben uns mit Mörsern beschossen und ein Munitionslager zerstört; die Schiiten haben mit zwei RDG8-Granaten eine Patrouille von Fallschirmjägern zerfetzt und einen Demonstrationszug, in dem sie uns drohten, veranstaltet; die Franzosen haben das Viertel von Sabra verlassen, und – dulcis in fundo – wenn die Bombe platzt, die mit diesem Abzug erst gezündet worden ist, können wir uns nicht einmal verteidigen. Einmal ganz zu schweigen von dem Munitionsmangel, haben wir auch nicht genügend Männer: am vergangenen Montag hat Aga-

memnon ein Drittel des Kontingents auf Heimaturlaub geschickt. «Es war alles organisiert», antwortet er, wenn ich bemerke, daß er einen Fehler begangen habe. Alles organisiert... Es gibt einen genialen Aphorismus über das Organisationstalent meiner Landsleute, Du kennst ihn, und ich will ihn hier in Erinnerung bringen: «Im Paradies sind die Polizisten Engländer, die Köche Franzosen, die Bierbrauer Deutsche, die Liebhaber Italiener (sic), und alles wird von den Schweizern organisiert. In der Hölle sind die Polizisten Deutsche, die Köche Engländer, die Bierbrauer Franzosen, die Liebhaber Schweizer, und alles wird von den Italienern organisiert.» Aber sprechen wir von anderem. Sprechen wir über meine kleine Ilias, über meinen Roman, der mit einem Lächeln auf den Lippen und Tränen in den Augen geschrieben werden soll.

Ich habe ihn begonnen, Liebste, ich arbeite an ihm! Jede Nacht schließe ich mich ins Büro ein und arbeite, arbeite, arbeite: ich befahre die schwierigen Gewässer des so heiß ersehnten Romans. Ich weiß nicht, in welchen Hafen er mich führen wird. Auch dem, der ihn schreibt, gibt der Roman nicht gleich seine zahlreichen Geheimnisse preis, enthüllt er nicht sogleich seine wahre Identität. Gleich einem Fötus, der noch keine ausgeprägten Züge trägt, enthält er zu Anfang eine Vielzahl von Möglichkeiten: er hält unzählige Überraschungen bereit, gute wie böse. Und alles ist möglich. Auch das Schlimmste. Aber der Körper ist schon ausgebildet, das Herz schlägt, die Lungen atmen, Nägel und Haare wachsen, im noch undeutlichen Gesicht erkennst Du klar die Augen, die Nase und den Mund: ich kann ihn Dir vorstellen. Ich kann Dir sogar schon sagen, daß die Geschichte während eines Zeitraums von drei Monaten spielt, innerhalb von neunzig Tagen, die von einem Sonntag Ende Oktober bis zu einem Sonntag Ende Januar reichen; der Roman beginnt mit den Hunden von Beirut, einer Allegorie am Rande der Chronik; er geht aus von dem zweifachen Massaker, folgt dem Leitfaden einer mathematischen Gleichung, genauer gesagt der Boltzmannschen Formel $S = K \ln W$, und für die Entwicklung der Handlung bediene ich mich des hamletischen Knappen des Odysseus. Dessen, der die Formel des Lebens sucht. (Ich habe ihn Angelo getauft, eine Wahl, die mir seiner aseptischen Vernunft zu entsprechen schien, wie ich im übrigen niemandem einen Namen des göttlichen Epos gegeben habe. In der Hoffnung zu verhindern, daß mir der ewig auf der Lauer liegende Dummkopf nicht Anmaßung vorwirft und meine mühselige Arbeit verspottet, habe ich den Heerführern der Achäer unpassende Namen von kriegerischen Vögeln oder karikierende Spitznamen gegeben. Den anderen solche, die mir *gerade einfielen oder zu ihnen zu passen schienen.) Die Personen sind erfunden. Sie sind es sogar in den Fällen, in denen sie sich an möglichen Vorbildern orientieren. Nicht selten nämlich flüchte ich mich ins Exil des Papierkrams, und dann beobachte ich unbeobachtet. Ich horche, spioniere, bestehle die Realität. Dann korrigiere ich sie, die Realität, erfinde sie neu, erschaffe sie neu, und mit dem hamletischen Knappen (er ist sogar soweit erfunden, daß ich mich oft nicht mehr erinnere, wer das Original war) tritt der despotische General auf, der glaubt, er könne den Tod besiegen; tritt auch sein ernüchterter, launenhafter Berater auf; ebenso sein gebildeter, eigentümlicher Stabschef, seine bald kriegslüsternen, bald sanftmütigen Offiziere und die facettenreiche Menge seiner Truppe. Das sind die Soldaten, auf die ich in meinem vorigen Brief angespielt habe, die Jungen, die in jeder Kultur oder Unkultur durch Agamemnon, Menelaos, Odysseus, Achilles, Nestor und Ajax vor den Mauern von Troja leiden und sterben. Ich habe sie hineingenommen, diese Archetypen, die ich Dir aufgezählt habe. Und sie stellen kaum mehr als einen kleinen Ausschnitt aus dem Menschenkatalog des Buches dar: der arme, häßliche Kalabrier, der stille, stolze Sarde, der aufdringliche, lebhafte Sizilianer, der reiche, enttäuschte Venezianer, der rüpelhafte, pfiffige Toskaner, der naive, verängstigte Romagnole, der gebildete, optimistische Turiner... Ich habe auch die wunderschöne, geheimnisvolle Libanesin hineingenommen, die ich Ninette nenne, habe ihr sogar eine entscheidende Rolle übertragen; und die Symbole der traurigen Stadt: den ewigen Paria, über den der Allmächtige sich mit einem im Müll gefundenen halben Buch lustig macht, den ewigen Chef, den der Allmächtige mit himmlischen Machtbefugnissen ausstattet; das ewige Werkzeug des Bösen, das in seiner Allgegenwärtigkeit das Aussehen eines perfiden, unheimlichen Vierzehnjährigen annehmen kann. Ich habe die kleinen Kinder hineingenommen, die der Krieg tötet; die Zuhälter, die der Krieg begünstigt; die Banditen, die der Krieg schützt; viele Frauen, darunter ein Frauenersatz namens Lady Godiva; sowie fünf Nonnen, die ich verführerisch finde und in die Tragödie miteinbeziehen möchte. Mit Hauptdarstellern und Statisten sind das rund sechzig Personen. Doch Tag für Tag wird die Zahl der Darsteller größer, die Bühne bevölkert sich, und bald schon kommen neue hinzu. Gott steh mir bei... Kannst Du Dir die Mühe vorstellen, die es bedeutet, sie gegeneinander abzuwägen, sie in die Erzählstruktur einzugliedern, sie im richtigen Augenblick und in der richtigen Weise zu bewegen, so daß dies dem Handlungsablauf entspricht? In manchen Nächten fühle ich mich elender als ein unvorsichtiger Puppenspieler, der nicht genügend Finger hat, um die Fäden aller seiner Marionetten zu halten. Und zittere.*

Das Schlimme ist, daß es mir nicht gelingt, sie zu begrenzen oder gar zu verringern. Mir scheint, daß ich die Zahl der Marionetten verringere, wenn ich den Roman verstümmele, daß ich das Leben zeige wie die Stummfilme oder die Schwarzweißfilme es gezeigt haben. Ich mag Stummfilme oder Schwarzweißfilme nicht. Ich begreife die Ästheten nicht, die Stummfilme oder Schwarzweißfilme vorziehen, die im Rausch der Ekstase über die Stille und die Monochromie, die sie auszeichnen, ihre «unnachahmliche Intensität» oder «Wesentlichkeit» bejubeln. Aber dieser Intensität fehlen die Klänge des Lebens, dieser Wesentlichkeit fehlen die Farben des Lebens. Das Leben ist kein stummes oder schwarzweißes Schauspiel. Es ist ein unerschöpflicher Regenbogen von Farben, ein unendliches Konzert von Geräuschen, ein phantasmagorisches Chaos von Stimmen und Gesichtern, von Geschöpfen, deren Handlungen sich miteinander verflechten oder sich überlagern, um die Kette von Ereignissen zu knüpfen, die unser persönliches Schicksal ausmachen. Liebste, zu den Dingen, die ich gern in meiner kleinen Ilias sagen würde, gehört die Tatsache, daß unser persönliches Schicksal immer von einer Kette von Ereignissen bestimmt wird, die durch die Verflechtung oder die Überlagerung von Handlungen bestimmt werden, die wir nicht vollbracht haben. Beispielsweise von der einfachen Tat eines Menschen, dessen persönliches Schicksal wiederum durch die einfache Tat eines anderen Menschen bestimmt wird, und so unendlich weiter, mit einer Mechanik, die nichts mit unserem Wollen, das heißt unserem freien Willen zu tun hat. Und um das zu sagen oder um zu versuchen, das zu sagen, muß ich die größtmögliche Zahl von Marionetten verwenden. Was mich im übrigen amüsiert, weil ich durch sie mich selbst ausdrücken kann. Meine vielen Ichs, alle meine Selbsts, von denen ich nicht wußte, daß ich sie bin, und entdeckt habe, daß ich sie bin... Flaubert sagte Madame-Bovary-c'est-moi, bin ich. Nun, ich bin Angelo, bin Ninette, bin der Kondor, bin Charlie, bin Verrücktes Pferd, bin der Auerhahn, bin Zucker, bin Pistoia, bin Adler Eins... Ich bin Nibbio, bin Sandokan, bin der Falke, bin Gigi il Candido, bin Armando mit den goldenen Händen, bin Gino, bin Martino, bin Fabio, bin Matteo, bin Nagel, bin Zwiebel, bin der Nazarener, bin Rambo, bin Ferruccio, bin Stefano, bin Fifì, bin Ugo, bin Gaspare, bin Bernard le Français... Ich bin Rocco, bin Luca, bin Nicola, bin Salvatore Bellezza, Sohn des verstorbenen Onofrio, bin Jasmine, bin Imaam, bin Sanaan, bin Dalilah, bin Schwester Espérance, bin Schwester George, bin Schwester

Milady, bin Schwester Françoise, bin Schwester Madeleine... Ich bin Bilal, der Straßenkehrer, bin seine Frau Zeinah und seine acht Kinder, bin Seine Ehrwürdigste Eminenz Zandra Sadr, bin Passepartout, bin sein Liebhaber Rashid, bin Ali der Vielfraß, bin Ahmed der Zuhälter, bin der kleine Mohammed, die kleine Leyda... Und bald werde ich Hauptmann Gassàn sein, werde Roberto der Wäscher sein, werde Calogero der Fischer sein, werde Unteroffizier Natale sein, werde Rocky sein, werde die Mama von Mohammed sein, die Mama von Leyda sein: ich bin und werde jede Kreatur sein, die meiner Phantasie entspringt und in den Windungen meines Gehirns nistet, die es aufgrund meiner Gedanken und meiner Gefühle gibt, die ich aus mir heraussauge, wie ein Vampir Blut saugt. Die Symbiose ist derart vollkommen, daß es mir unmöglich ist, mich von ihnen zu unterscheiden. Wenn sie weinen, weine ich mit ihnen. Wenn sie lachen, lache ich mit ihnen. Wenn sie Angst haben, habe ich mit ihnen Angst. Wenn sie sterben, sterbe ich mit ihnen. Und ich trenne mich niemals von ihnen. Niemals! Agamemnon hat das bemerkt, gestern abend. Er war damit beschäftigt, das Problem des Turms zu lösen, des Gebäudes, bei dem in Sabra das Risiko besteht, daß die Zündschnur angesteckt wird, und da ich schwieg, fragte er mich, worüber ich nachgrübelte. Ich grübelte darüber nach, wie ich dieses Problem und diesen Turm für meine Geschichte verwenden, wie ich eine Schlacht auslösen könnte, die dem Roman die entscheidende Wende geben und zum eigentlichen Mittelpunkt werden könnte. Hier könnte ich mindestens zwei Drittel der Darsteller konzentrieren, einige von ihnen töten, das andere Drittel hinter den Kulissen halten, um sie dann im letzten Teil frisch einzusetzen – sagte ich mir –, dann, nach der Schlacht, den Gedanken der Unentrinnbarkeit des Schicksals entwickeln, den dritten Lastwagen wieder hervorholen, mit der Formel $S = K \ln W$ abrechnen, mit Hilfe des Todes die Formel des Lebens liefern... Und ich fühlte mich wie Zeus, der von der Spitze des Olymps an den Fäden seiner Marionetten zieht, der Menschen, aus denen er ganz nach Laune diejenigen auswählt, die er rettet und die er opfert; der ganz nach Gutdünken die Farben des unerschöpflichen Regenbogens erschafft und zerstört, die Geräusche des unendlichen Konzerts. Der also das Universum beherrscht. In diesem Sinne hatte ich ihm geantwortet und blickte ihn dabei an wie jemand, der plötzlich aus dem Schlaf auffährt, und er war verärgert. «Hören Sie auf, immer in der Stratosphäre rumzuschwebeeen!» Was sollte ich entgegnen? Es stimmte ja, es stimmt ja. Ich schwebe immer in der Stratosphäre herum. Ich treibe in einer Art hellen Wahnsinns dahin. Liebste, um zu schreiben, muß man gleichzeitig hellwach und wahnsinnig sein.

Doch was für ein Wunder, diese monströse Verbindung! Was für ein Privileg, dort herumschweben zu können, was für eine erhabene Verantwortung! Ich werde Dir das anhand eines Themas deutlich machen, das heutzutage Gegenstand von akademischen Abhandlungen und ausgetüftelten Polemiken ist, von Streitereien in Salons und Bestsellern, dem wir uns aber beinahe alle stellen, indem wir dem Eigentlichen ausweichen. Hier ist es. Wir gehören einer Zeit an, in der Film und Fernsehen das geschriebene Wort, die geschriebene Erzählung ersetzen, und im Dialog mit der Welt ersetzen die Regisseure, genauer gesagt, die Schauspieler die Schriftsteller. In der Tat kann niemand, auch ich nicht, dem narkotisierenden Ruf des Fernsehens, der permanenten Ablenkung widerstehen, die uns von einem Kommunikationssystem geboten wird, das selbst die heilige Intimität der Sexualität und den unverletzbaren Ernst des Todes zum öffentlichen Zeitvertreib macht. Unterjocht, hypnotisiert von der modernen Medusa, verbringen wir Stunden damit, deren Bilder zu betrachten und deren Klängen zu lauschen. Als Folge davon lesen wir wesentlich weniger, und viele lesen überhaupt nicht mehr. Sie sind der Ansicht, daß man auch leben kann, ohne zu lesen, das heißt ohne das geschriebene Wort, die geschriebene Erzählung, die Schriftsteller. Aber das stimmt nicht. Und zwar nicht etwa, weil auch der Film, auch das Fernsehen nicht ohne das geschriebene Wort, die geschriebene Erzählung, die Schriftsteller auskommen, sondern weil der Bildschirm niemals erlaubt und niemals erlauben wird, so zu denken, wie man denkt, wenn man liest: seine Bilder und seine Geräusche lenken viel zu sehr ab, verhindern, daß man sich konzentriert. Oder sie suggerieren viel zu oberflächliche, viel zu flüchtige Überlegungen. Zudem legt dieses Medium allzu großen Wert auf Sensation und Unterhaltung, die Mittel, mit denen es in Erstaunen versetzt und unterhält, sind viel zu primitiv und verspielt: es kümmert sich nicht um deinen Intellekt. Und es ist überflüssig, darauf hinzuweisen, daß man zum Lesen ein Minimum an Hirn braucht, was heißen soll: an Intelligenz und Bildung; überflüssig zu betonen, daß jeder Idiot oder jeder Analphabet mit zwei Augen und zwei Ohren die Bilder der modernen Medusa betrachten und ihre Klänge hören kann. Aber zum Leben, zum Überleben muß man denken können! Zum Denken muß man Ideen entwickeln und liefern können! Und wer entwickelt mehr Ideen als der Schriftsteller? Wer liefert mehr Ideen als er? Der Schriftsteller ist ein Schwamm, der das Leben aufsaugt und in Gestalt von Ideen wieder ausspuckt; er ist eine ewig trächtige Kuh, die Kälber in Gestalt von Ideen zur Welt bringt; er hat eine Wünschelrute, mit der er in jeder Wüste Wasser findet und es in

Gestalt von Ideen hervorsprudeln läßt; er ist ein Zauberer Merlin, ein Seher, ein Prophet. Denn er sieht Dinge, die andere nicht sehen, er fühlt Dinge, die andere nicht fühlen, er stellt sich Dinge vor und nimmt sie vorweg, die andere sich weder vorstellen noch vorwegnehmen können... Und er sieht und fühlt sie nicht nur, stellt sie sich nicht nur vor und nimmt sie vorweg: er vermittelt sie auch. Als Lebender und als Toter. Liebste, keine Gesellschaft hat sich je ohne Schriftsteller entwickelt. Keine Revolution (gute wie schlechte) hat sich je ohne Schriftsteller ereignet. Im Guten wie im Bösen waren es immer die Schriftsteller, die die Welt bewegt, sie verändert haben. Daher ist Schreiben die sinnvollste Beschäftigung, die es gibt. Die aufregendste und die befriedigendste der ganzen Schöpfung.

Übertreibe ich? Erliege ich der Rhetorik des Enthusiasmus, den Utopien des Neulings? Ich nehme deine Antwort vorweg: «Langsam, mein Herr, immer langsam. Vergiß nicht, was im aufgeklärten achtzehnten Jahrhundert der Mathematiker und Philosoph Jean-Baptist d'Alembert sagte. Auf einer wüsten, unbewohnten Insel, sagte er, sei ein Dichter (lies: Schriftsteller) nicht sehr viel nütze. Ein Landvermesser dagegen durchaus. Das Feuer ist ganz sicher nicht von einem Schriftsteller entdeckt worden, das Rad wurde gewiß nicht von einem Romancier erfunden. Und was die aufregendste und befriedigendste Beschäftigung der ganzen Schöpfung angeht, wirst du hinzufügen, so frage einmal die Schriftsteller, die über Jahre hinweg jede Stunde und jeden Tag schreiben und einem Buch ihre ganze Existenz opfern. Sie werden Dir antworten: Colonnello, glauben Sie allen Ernstes, daß es, um ein solches Urteil abzugeben, genügt, in Beirut nach dem Abendessen ein paar Stunden zu schreiben? Glauben Sie allen Ernstes, daß es, um ein Buch zu schreiben, genügt, Ideen zu haben und in großen Zügen eine Geschichte zu konstruieren? Glauben Sie allen Ernstes, daß schreiben Freude macht?!? Dann wollen wir Ihnen erklären, Colonnello, was es ist. Es ist die entsetzliche Einsamkeit eines Zimmers, das sich ganz allmählich in ein Gefängnis verwandelt, in eine Folterkammer. Es ist die Furcht vor dem weißen Blatt Papier, das dich leer und spöttisch anblickt. Es ist der zermürbende Kampf um das Wort, das du nicht findest, und findest du es doch, ergibt es einen Reim mit dem Wort daneben, es ist das Martyrium des holprigen Satzes, der Metrik, die nicht stimmt, der Struktur, die nicht standhält, der Seite, die nicht paßt, des Kapitels, das du streichen und wieder neu schreiben, schreiben, schreiben mußt, bis dir die Worte wie die Nahrung vorkommen, die sich dem hungrigen Mund des Tantalos entzieht. Es ist der Verzicht auf Sonne, auf blauen Himmel, auf das Vergnügen zu wandern, zu reisen, deinen ganzen Körper einzusetzen, und nicht nur den Kopf und die Hände. Es ist eine mönchische Disziplin, ein heldenhaftes Opfer, und Colette meinte, es sei Masochismus: ein Verbrechen gegen sich selbst, ein Verbrechen, das, genau wie die anderen Verbrechen, bestraft werden müsse. Colonnello, es gibt Leute, die wegen des Schreibens in psychiatrischen Anstalten oder auf dem Friedhof gelandet sind oder landen. Als Alkoholiker, Süchtige, Wahnsinnige oder Selbstmörder. Schreiben macht krank, mein Herr, es ruiniert. Es tötet mehr als Bomben.» Das weiß ich. Ich habe es verstanden. Selbst wenn wir Jean-Baptiste d'Alembert einmal beiseite lassen (ich halte es für ausgeschlossen, daß er recht hat), so weiß ich auch, daß meine kleine Ilias durchaus eine Chimäre sein kann: der Embryo eines Buches, das niemals geboren wird. Es könnte sich sogar um eine Scheinschwangerschaft handeln, wie die von Frauen, die sich so sehr ein Kind wünschen, daß durch ihr Unterbewußtsein die Menstruation unterbrochen wird, der Bauch sich mit Luft vollpumpt und die Täuschung entsteht, er würde einen Fötus enthalten. Aber das Glück ist immer eine Täuschung, und ob diese Neuschwangerschaft nur scheinbar ist oder nicht, sie schenkt mir eine Pause des Glücks. Ich umarme Dich, Liebste. Ich danke Dir, daß Du mir geholfen hast, mich mit mir selbst zu unterhalten, mir Gesellschaft zu leisten, die Ruhelosigkeit zu überwinden, die mich so nervös machte, und wünsche Dir Frohe Weihnachten...

Post scriptum: Frohe Weihnachten? Während ich schrieb, evakuierten die Franzosen den Turm und die Regierungstruppen der Achten Brigade richteten sich an ihrer Stelle dort ein. Während ich Dir dankte, drangen die Amal-Milizen von Gobeyre auf den kleinen Platz der Zweiundzwanzig vor, angeführt von dem Zwerg mit der geflickten Jacke und errichteten dort eine Barrikade... Ich weiß nicht, durch welche rhetorischen oder psychologischen Tricks Odysseus sie dazu gebracht hat, sie wieder abzubauen und sich in ihr Viertel zurückzuziehen; ich weiß nicht, aus welchem taktischen oder strategischen Kalkül die Regierungstruppen akzeptiert haben, die Besetzung des verdammten Gebäudes an uns abzutreten: wahr ist aber, daß auf dem Zankapfel jetzt zehn unserer Maròs sitzen. Allerdings können wir sie dort nur bis fünf Uhr nachmittags halten, also bis Sonnenuntergang; und weißt Du, was das bedeutet? Es bedeutet, daß Realität und Phantasie eben doch dasselbe sind, die beiden Seiten desselben Traums; die Schlacht, die ich in meiner Phantasie entfesseln wollte, wird bei Sonnenuntergang wirklich stattfinden, wenn die zehn Maròs den Turm verlassen. Es wird eine grauenerregende Schlacht sein, und wenn wir überleben *sollten, wenn ich überleben sollte, wird sie wirklich eine Wende im Roman herbeiführen. Sie wird dann wirklich zu seinem Mittelpunkt. Und sie wird es mir wirklich erlauben, den Gedanken über die Unentrinnbarkeit des Schicksals zu entwickeln, den dritten Lastwagen wieder hervorzuholen, mit der Formel $S = K \ln W$ abzurechnen, dann durch den Tod die Formel des Lebens zu liefern. Vorausgesetzt, eine solche Formel existiert. Ich habe noch niemals so viele Gründe gehabt, daran zu zweifeln.*

Dritter Akt

Erstes Kapitel

– 1 –

Eine schaurige Stille lag über Sabra und Chatila, eine wie ein bleiernes Schweißtuch lastende Reglosigkeit. Aus den Höfen und Hühnerställen erschallte nicht einmal ein verzweifeltes Kikeriki, und auf den leeren Straßen, in den verlassenen Gassen sah man auch nicht einen Maulwurf auf der Suche nach Futter. Plötzlich hatten sich sogar die Hähne, die zu jeder nur denkbaren Zeit ihren Wahnsinn herauskrähten, beruhigt, ja sogar die Maulwürfe, die sonst immer in den Abfallhaufen schlemmten, hatten sich davongemacht, und mit den Maulwürfen die Ziegen, die das Unkraut auf dem Massengrab der tausend Toten fraßen. Mit den Ziegen die Menschen. Überflüssig, sich zu fragen, warum. Als der Morgen dämmerte, hatten selbst die Blinden die Regierungsflagge, die auf dem Turm flatterte, sowie die Amal-Leute gesehen, die zu Dutzenden bei der Zweiundzwanzig eindrangen, um dort eine Barrikade zu errichten, dann Bilal, der sie nach Gobeyre zurückbrachte, und schließlich die italienische Flagge, die am Fahnenmast des ehemaligen Wasserreservoirs anstelle der Regierungsflagge hochgezogen wurde. Bevor die Abenddämmerung hereinbrach, hatten auch die Tauben den Ruf gehört Um-fünf-Uhr-nachmittags-verlassen-die-Italiener-den-Turm, ab-fünf-Uhr-nachmittags-bleibt-der-Turm-unbewacht, und jeder hatte begriffen, was passieren würde. Die Bewohner der beiden Viertel verbarrikadierten sich in ihren Häusern, indem sie die Türen verriegelten, die Fenster abdichteten, die Rolläden herunterließen. Und draußen waren nur die Bersaglieri und die Maròs übriggeblieben, reglos und stumm hinter den Sandsäcken.

Schau sie dir an, wie sie reglos und stumm hinter den Sandsäcken die Minuten zählen, die sie noch bis fünf Uhr nachmittags vor sich haben, bis zur Sintflut der Kugeln und Kanonensalven und Raketen. Das sind ihre Weihnachtsglocken. Einige kennst du nicht, du hast sie auf der Bühne der Tragikomödie noch nicht kennengelernt; andere dagegen sind dir bestens bekannt: sie sind Personen des Romans, den der Professor Meine-kleine-Ilias nennt. Auf der obersten Etage des Turms ist Rambo, der angstvoll das Medaillon mit dem Bildnis der

Madonna berührt und eine gelbe Hütte fest im Blick hat. Die Hütte, in der Leyda wohnt, die kleine Palästinenserin, die mit ihm auf Patrouille geht und sein Herz gestohlen hat, weil sie Mariuccia ähnelt: seiner kleinen Schwester, die mit fünf Jahren starb. Diese gelbe Hütte steht an einem gefährlichen Punkt: auf der westlichen Seite des kleinen Platzes bei der Zweiundzwanzig. Und wenn Leyda was passieren würde, mein Gott, wenn Mariuccia noch einmal stürbe... An der Dreiundzwanzig ist Zwiebel, der so viel Wert darauf legt, ein Mann zu werden, und um einer zu werden, hat er seine Angst vor den Toten bezwungen und begriffen, daß niemand außer den Lebenden Böses tut, aber er spürt, daß er es schon bald mit den Lebenden zu tun bekommt, und er zittert mehr denn je. Bei der Einundzwanzig ist Nagel, der in Beirut seine Reifeprüfung ablegen möchte, die Erwachsenen-Reife, doch denkt er nur an seinen Hunger und an das Weihnachtsessen, das er verschlingen wird, sobald die Schicht zu Ende ist. Ob sie heute abend wohl nach allen Regeln der Kunst das übliche Huhn gekocht haben? Ob sie wohl die Pommes frites mit Pfeffer gewürzt haben? Ach, selber kochen können, eine Languste à l'armoricaine oder eine Ente à l'Orange! Bei der Siebenundzwanzig Eule ist der Nazarener, der in seinem anarchischen Pazifismus diesen bevorstehenden Gestank von Blut nicht duldet, und um ihn zu vergessen, stellt er sich vor, in Indien zu sein, wo du die Gerüche von Salbei und Jasmin atmest, selbst wenn du in einem Stall bist, und hin und wieder richtet er seinen Feldstecher auf Tayoune: er versucht, die weiße Stute in den Blick zu bekommen, die mitten auf dem Beet lebt. Bei der Achtundzwanzig sind Fabio und Matteo, und Matteo denkt an Dalilah, die ihn gestern geküßt hat und in ihm tausend Schuldgefühle gegenüber Rosaria geweckt hat: Matteo-ich-bitte-dich-nicht-daß-du-mir-treu-bleibst-weil-ich-ein-sehr-schönes-Mädchen-bin-und-so-weiter, ich-bitte-dich-darum-weil-Treue-nun-einmal-Treue-und-Konsequenz-nun-einmal-Konsequenz-ist. Gleichzeitig aber denkt er an die Sintflut, die hereinbrechen wird, und fragt sich bereits voller Schrecken, was eigentlich eine Schlacht sei: die furchtbare Sache, von der der Großvater erzählte, der im Kampf ein Bein verloren hatte, oder eine tolle Erfahrung, über die man in den Cafés von Palermo erzählen kann? Fabio, nein. Er denkt nur noch an Jasmine, in die er sich mittlerweile verliebt hat, an den Spitznamen Mister Coraggio, dank dessen er die Scham überwunden hat, das Gedenken an John verraten zu haben, und lächelt, ohne sich darüber im klaren zu sein, daß er in Kürze weinen wird. Bei der Fünfundzwanzig ist Ferruccio, der sich im Gegensatz zu Fabio sehr genau darüber im klaren ist, und mit unruhigen Augen die Schatten, die der Feigenbaum wirft, absucht. Heute morgen hatte Mohammed versprochen, ihm Hummus mit Schauarma zu bringen, genauer gesagt, einen Brei aus Kichererbsen mit gebratenem Hammel, du-wirst-sehen-einen-ganzen-Topfvoll, und wenn er ihm das tatsächlich bringen würde... Man muß ihn aufhalten, ihm verbieten, die Nase aus seiner Baracke zu stecken, aber wie? Jesusnochmal, wie nur?!? Bei der Fünfundzwanzig Alpha sind Luca und Nicola, die im Radio einen alarmierenden Satz aufgeschnappt haben: Die-beiden-auf-dem-Kampfstand-vor-dem-Turm-sind-in-höchster-Gefahr, und Luca fügt in sein Salve Regina ständig Beschimpfungen auf Hemingway ein: «Salve Regina, Mutter der Barmherzigkeit, unser Leben, unsere Wonne, unsere Hoffnung... Mögest du keinen Frieden finden, Hemingway, du mieses Schwein, du elende Schwuchtel!» Nicola dagegen stöhnt nur und klagt: «Du hattest so recht, Tante Liliana! Du hattest so recht!» Bei der Zweiundzwanzig ist Nibbio. Er wartet auf Adler Eins, der Rambo und die neun Maròs abholen gegangen ist, und während er den Turm beobachtet, knurrt er in sich hinein: «Jetz holter die Flagge vom Mast... Jetz legter se zusamm'... Jetz gehter gleich de Treppe runter... Jetz gehter se runter... Oder isser schon 'n bißchen früher runter, damitter nich ausgerechnet punkt fünf den Turm verläßt? Die Neapolitaner ham doch mehr Schiß vor der Siebzehn als vor 'ner schwarzen Katze oder 'nem zerbrochenen Spiegel! Er is schon runter, jetz kommter gleich...» Und überall ist der Himmel fahl und unheilverkündend, und von Minute zu Minute wird er noch fahler und noch unheilverkündender. Sieh ihn dir nur an, sieh ihn dir nur an.

Sieh ihn dir nur an und dann sieh dir Adler Eins an, der, um das Unheil nicht zu begünstigen und den Turm nur ja nicht um genau siebzehn Uhr zu verlassen, wirklich etwas früher heruntergekommen ist und nun, dicht hinter Rambos Geländewagen, herkommt. Adler Eins ist sehr bleich, und zwar so bleich, daß die Enden seines hochgezwirbelten Schnurrbarts wie schwarze Fragezeichen vor seinen Wangen aussehen, und er kann nur mit Mühe atmen. «Nibbio, geh zur Fünfundzwanzig rüber. Ich bleib bei der Zweiundzwanzig», sagt er keuchend. Danach wendet er sich an Rambo, der auch hier voller Angst die gelbe Hütte beobachtet: «Bring dich und deine Jungs unterhalb der Südmauer in Stellung, Rambo, denn leider gibt es im Panzer keinen Platz mehr.» Gleich darauf ruft er die Kommandozentrale an und übermittelt einen kurzen Bericht: «Die Flagge ist eingezogen, der Turm evakuiert, Nibbio geht zur Fünfundzwanzig rüber, und die zehn Maròs bleiben bei mir an der Zweiundzwanzig. Verstanden?» –

«Verstanden», antworten die aus der Kommandozentrale. Es ist fünf nach fünf, es bleibt schaurig still, und in seinem Büro erklärt der Kondor dem Militärbischof, warum er die Mitternachtsmette nicht feiern können wird. «Ich schätze, daß meine Bemühung, eine Auseinandersetzung zu vermeiden, nichts gebracht hat, Exzellenz. Es wird schon bald zur Schlacht kommen, und wir werden von Chatila bis Bourji el Barajni darin verwickelt sein. Wir befinden uns in der Situation eines Ringrichters zwischen zwei Boxern, die blindlings aufeinander einschlagen, Exzellenz, und eine ganze Menge Schläge werden wir abbekommen. Ich muß die Truppe in Deckung halten.» Der Militärbischof streicht über die winzigen glänzenden Kreuze, die seinem Uniformkragen etwas Heiliges verleihen, hört mit ungläubigem Ausdruck zu, und antwortet ungehalten: «Eine Schlacht am Heiligen Abend?!?» Der hohe Drei-Sterne-General aus Rom dagegen streicht über seine unverdientermaßen erhaltenen Orden aus Gold und Silber und hört mit dem Ausdruck dessen zu, der nur allzu sehr daran glaubt, und schwitzt. Er ist noch nie im Krieg gewesen, seine Kriegserfahrungen erschöpfen sich in Übungen mit Platzpatronen und mit von den Sesseln im Verteidigungsministerium abgefeuerten Befehlen; aber er weiß, daß der Kondor sich nicht irrt. Das wissen alle. Das weiß der Professor, der dies im Postscriptum seines Briefes erklärt hat und nun viel dafür geben würde, wenn Realität und Phantasie nicht ein und dasselbe wären. Das weiß Charlie, der, bedrückt vom Kummer, Bilal betrügen zu müssen, nach Rechtfertigungen in dem Satz sucht: Capitàn, Freundschaft-ist-im-Krieg-Luxus, und-es-gibt-ein-Sprichwort-das-heißt-Ich-oder-du. Das weiß Verrücktes Pferd, der, versessen darauf, Desaix und Collinet, genauer gesagt Louis-Charles-Antoine Desaix, beziehungsweise Des Aix, Chevalier de Veygoux, und Antoine-Charles-Louis Collinet Graf de Lasalle nachzuahmen, den Auerhahn mit seinen lateinischen Maximen foltert: «Bellum nec provocandum nec timendum, den Krieg darf man weder heraufbeschwören noch ihn fürchten, lehrt uns Plinius!» Das weiß Pistoia, dem seine Heiterkeit vergangen und ein Strich durch sein Rendezvous mit Joséphine, Geraldine und Caroline gemacht worden ist, daß er in sich hineinknurrt: «Heut nacht wird getanzt, Jungs, getanzt!» Das weiß Zucker, der ins Museum hinuntergegangen ist, um seine noch nicht entschärfte Fliegerbombe mit Sandsäcken abzupolstern, und alarmiert vor sich hinmurmelt: «Hoffen wir das Beste, hoffen wir das Beste!» Das weiß Sandokan, der frohlockt, daß er den Saft-des-Lebens genießen kann, der ihm von den ausgebliebenen kleinen Kriegen mit Jugoslawien oder Albanien oder wenigstens mit Malta, dem Fürstentum von Monaco oder der Republik San Marino verweigert worden war, der aber im Grunde seines Herzens ein unerklärliches Heimweh nach den Edelweiß und den Forellen der Voralpen verspürt. Das weiß der Falke, der am Stützpunkt Rubino Gott dankt, daß er außen vorbleibt, das heißt, daß er die Große Prüfung verschieben kann, wegen der er – abgesehen von Schwester Espérance – nach Beirut zurückgekommen ist. Das weiß Gigi il Candido, der, statt im *Mot à mot* von Schwester George zu studieren, sich um Rocco Sorgen macht, der dank ihm von Ost Ten zum Kommandostützpunkt versetzt worden ist. Das weiß der Lieutenant Joe Balducci, der sich in Ost Ten fragte, in welchem Ausmaß die Schlacht sein Schicksal und das seiner vier Marines bestimmt, die in dem fucking Wolkenkratzer in der Falle sitzen. Das wissen die Ärzte und Krankenpfleger, die im Feldlazarett die Operationstische herrichten und die Morphiumvorräte überprüfen. (Wird es reichen?) Das wissen Bilals Milizionäre, die, empört über den Abzug und über die geräumte Barrikade, voller Ungeduld darauf warten, erneut die Avenue Nasser überqueren zu können. Und besser als jeder sonst weiß es Bilal, der, nachdem er sie wieder nach Gobeyre zurückgebracht hatte, Rashid befahl, die Verteidigung zu organisieren, jung und alt zu mobilisieren, sie mit jeder nur verfügbaren Waffe auszurüsten und zwei Lastwagen an der Grenze zum Viertel von Chyah zu postieren und darauf die besten Geschütze zu montieren, über die die Amal des Viertels verfügte: dreißig 80-mm-Kurzstrecken-Katiuschas. Währenddessen machen sich neunzig Regierungssoldaten bereit, den Turm wieder einzunehmen. Sieh sie dir auch an, sieh sie dir an.

Sieh sie dir an, wie sie sich in ihren gebügelten Uniformen und mit ihren Tarnhelmen und den M16 und den Maschinengewehren und den Mörsern jeglichen Kalibers im Schatten bewegen; sie profitieren von den leeren Straßen und den verlassenen Gassen und nähern sich ihrem Ziel mit einem M48, dessen 105er Rohr noch abgedeckt ist, wogegen die 12,7er Browning und das koaxiale Maschinengewehr feuerbereit sind. Heute morgen hat Gemayels Armee den Vorschlag des Kondors akzeptiert, weil ihre Offiziere den Fehler begangen hatten, den Start der Operation nicht gut zu koordinieren, und weil die während der Nacht zur Besetzung des Turms abkommandierte Kompanie die Unvorsichtigkeit begangen hatte, am Fahnenmast des ehemaligen Wasserdepots die Flagge mit der Zeder des Libanons aufzuziehen. Das heißt, Bilal zu provozieren. Allerdings haben sie im Laufe des Tages ihre Stellungen bezogen. Sie haben zwei Bataillone der Achten Brigade und zwei der Sechsten herbeigerufen, jedes Bataillon unter dem Befehl erfahrener und oftmals in den Akademien von West Point oder Saint-Cyr ausgebildeter Offiziere; in der kleinen Allee, die vom Pinienwäldchen in die Rotunde von Sabra einmündet, haben sie die Kolonne mit den M48 und den Panzerspähwagen aufgestellt, die Angelo gesehen hatte, als er auf Ninette wartete und später das Hotel verließ; und auf der Küstenstraße von Ramlet el Baida, genauer gesagt auf der Höhe des Vergnügungsparks, haben sie eine Kolonne von M113, Lastwagen voller Truppen, Jeeps mit 106er Kanonen bereitgestellt (was zum geeigneten Zeitpunkt eine Zangenbewegung ermöglicht; die erste Kolonne wird dabei von der nördlichen Flanke aus Sabra einfallen und die zweite von der südlichen Flanke aus Chatila). Außerdem haben sie die Mörserschützen der Sechsten in Alarmbereitschaft versetzt, das heißt die, die in der Kaserne hinter der Nachschubbasis untergebracht sind, und haben eine Kompanie, verstärkt durch neunzig Elitesoldaten, dem Befehl des Hauptmanns Gassàn unterstellt. Genau die neunzig, die sich in ihren gebügelten Uniformen und mit ihren Tarnhelmen und ihren M16 und den Maschinengewehren und den Mörsern jeglichen Kalibers im Schatten bewegen und sich zusammen mit dem M48 auf den Turm zubewegen. In Kürze werden sie ihn stürmen, mit einem blitzschnellen, militärisch perfekten Manöver, und ohne Flaggen aufzuziehen, wird Gassàn sie folgendermaßen einsetzen: sechsundzwanzig Männer im Erdgeschoß mit zwei 81er Mörsern und zwei 12,7er Maschinengewehren; zehn im ersten Stockwerk, das an der Fassade drei Fenster hat, wo man sich postieren kann; je vierzehn im zweiten, dritten und vierten Stockwerk, wo nicht nur die drei Fenster an der Fassade, sondern auch an der Rückseite und an den Seiten Fenster sind; zwölf Männer auf der Dachterrasse, wo Gassàn vier 7,62er Maschinengewehre installieren wird und drei Mörser zu 60, außerdem zehn Kisten Granaten und zehntausend Schuß in Patronengurten. Darüber wird Bilal allerdings von seinen Wachen informiert, und rasend vor Wut legt er Feuer an die Zündschnur, indem er Rashid beauftragt, die erste Katiuscha abzufeuern, und seinen Milizionären den Befehl gibt, wieder die Avenue Nasser zu überqueren, um sich mit ihm auf die Eroberung des verdammten Gebäudes zu stürzen. Es ist dreizehn Minuten nach fünf. Die schaurige Stille dauert an und auch die wie ein bleiernes Schweißtuch lastende Reglosigkeit. Nachdem der Kondor den höchsten Militärseelsorger sich selbst überlassen hat, der verärgert nach einem Unterschlupf sucht, wo er die Mette doch noch feiern kann, hat er den hohen Drei-Sterne-General aus Rom in die Kommandozentrale gebracht, und hier starrt er nun auf die große Uhr, die sie am

Morgen des zweifachen Massakers so mit ihrem Tick-tack gequält hatte. Neben dem Geländewagen stehend, den er zwischen dem Panzer der Zweiundzwanzig und der Mauer geparkt hat, an der die Maròs von Rambo nebeneinander kauern, hält Adler Eins den Atem an und wartet darauf, daß das Inferno losbricht. Siebzehn Uhr dreizehn... Siebzehn Uhr vierzehn... Siebzehn Uhr fünfzehn... Siebzehn Uhr sechzehn... Siebzehn Uhr siebzehn, was wegen der doppelten Siebzehn ein doppelt unheilvoller Augenblick ist... Und um das Unheil abzuwenden, macht er mit den Fingern ein Horn, um Unheil abzuwehren, und flüstert die Beschwörungsformel. Aber die Katiuscha, die Rashid vom Lastwagen an der Grenze zum Viertel von Chayeh abgefeuert hat, durchquert bereits den fahlen unheilverheißenden Himmel.

* * *

Sie durchquerte ihn von Ost nach West, wie der Komet im Traum. Der Stern von Bethlehem. Sie durchquerte ihn mit einem leuchtend orangefarbenen Schweif, wie der Komet im Traum. Der Stern von Bethlehem. Und alle außer Adler Eins sperrten hingerissen den Mund auf. Was für ein schöner Komet, dachte Rambo und vergaß einen Augenblick lang Leyda und seine kleine verstorbene Schwester. Was für ein schöner Komet, dachte Zwiebel und vergaß einen Augenblick lang seinen Traum und seine Angst. Was für ein schöner Komet, dachte Nagel und vergaß einen Augenblick lang sein knuspriges Hähnchen und seinen Hunger. Was für ein schöner Komet, dachte der Nazarener und vergaß einen Augenblick lang Indien und die weiße Stute. Was für ein schöner Komet, dachte Fabio und vergaß einen Augenblick lang seine Jasmine. Was für ein schöner Komet, dachte Matteo und vergaß einen Augenblick lang Dalilah und Rosaria. Was für ein schöner Komet, dachte Ferruccio und vergaß einen Augenblick lang Mohammed und dessen Topf mit Hummus und Schauarma. Was für ein schöner Komet, dachten Luca und Nicola und der eine vergaß einen Augenblick lang Hemingway und der andere vergaß einen Augenblick lang Tante Liliana. Was für ein schöner Komet, dachten alle, was für eine schöne Geschichte, die wir bei unserer Rückkehr in Italien erzählen können. «Würdet ihr das für möglich halten?!? Am Heiligen Abend, in Beirut, sah ich den Stern von Bethlehem.» Dann verfolgten sie mit glänzenden Augen den Bogen, bestaunten den Kometen, wie er sank und sozusagen ganz vorsichtig auf dem ehemaligen Wasserreservoir niederging. Auf dem ehemaligen Wasserreservoir?!?

Ein ohrenbetäubender Knall zerriß die Stille. Das ehemalige Wasserreservoir löste sich in einen Fächer silbriger Flammen, goldener Funken und schwarzen Rauchs auf. Eine Vogelscheuche, die eine M16 in der Hand hielt, wirbelte hoch und wurde vom Dunkel verschluckt. Weitere fünf wurden in tausend Stücke zerrissen und regneten auf die angrenzenden Dächer nieder. Adler Eins hielt sich die Augen zu, und das Inferno brach los, begleitet von den Schreien der Anwohner und dann vom Ruf Bilals, der mit seiner geflickten Jacke und seinem Riesengewehr wieder die Avenue Nasser überquerte, um den Turm zu erobern.

«Ila al Bourji, zum Turm, ila al Bourji!»

– 2 –

«Yahallah! O Gott, yahallah!»
   «Ila al Bourji, zum Turm, ila al Bourji!»
   «Nedsa lokum, was für eine Katastrophe, nedsa lokum!»
   «Ila al Bourji, zum Turm, ila al Bourji!»
   «Mama, ummi, mama! Mama, Mami, Mama!»
   «Ila al Bourji, zum Turm, ila al Bourji!»
   «Pappa, Pappi, Pappa! Papa, Papi, Papa!»
   «Ila al Bourji, zum Turm, ila al Bourji!»
   «Saedni, Hilfe, saedni!»
   «Ila al Bourji, zum Turm, ila al Bourji!»
Sie schossen aus Fenstern, von Terrassen, von Trottoiren, aus den Gräben, aus jedem Loch, das auf dem gegenüberliegenden Ufer des Flusses lag, der Avenue Nasser hieß. Gobeyre sah aus wie ein Vulkan, der plötzlich erwacht war, um einen glühenden Strom aus Lava, Lateri und Lapillus auszustoßen. Sie schossen mit Kalaschnikows, RPGs, Revolvern und 81er Mörsern, und die beiden Lastwagen an der Grenze zum Viertel von Chayeh spuckten weitere Katiuschas. Doch die zufällige Präzision des Kometen wiederholte sich nicht mehr, alle schossen über das zu nahe gelegene Ziel hinaus und gingen auf der Cité Sportive nieder: vom Turm aus konnte Gassàn mit Wut reagieren, und Chatila kam mitten ins Kreuzfeuer. Vor allem der Parallelstreifen zur Avenue Nasser wurde zerstört, und viele verriegelte

Türen öffneten sich, viele heruntergelassene Rolläden wurden wieder hochgezogen: wie Ratten, die sich aus brennenden Nestern flüchten, ergossen sich die Einwohner in die Straßen und Gassen auf der Suche nach einer möglichen Rettung. Ganze Familien rannten fort und schleppten Koffer und Matratzen und Fernsehgeräte und Käfige hinter sich her, in denen die verrückt gewordenen Hähne noch lauter als sonst ihren Wahnsinn hinauskrähten. Yahallah, o Gott, yahallah! Alte, die sich keuchend und stöhnend vorwärtsschleppten. Nedsa-lokum, was-für-eine-Katastrophe, nedsa-lokum. Kleine Kinder, die voller Entsetzen schrien. Mama-ummi-mama, Mama-Mami-Mama. Pappa-Pappi-Pappa, Papa-Papi-Papa. Frauen, die mit ihren Säuglingen an der Brust herumrannten. Saedni, Hilfe, saedni. Und in das Stöhnen und in das Klagen, in die Schreie, in das Flehen, in die Kikerikis hinein der Ruf Bilals, der, gefolgt von Amal-Horden mit der grünen Binde am Arm oder um die Stirn, zum zweiten Mal seinen Fluß durchwatete, zum zweiten Mal den kleinen Platz der Zweiundzwanzig stürmte, aber statt haltzumachen und eine Barrikade zu errichten, schlich er sich in die kleine Straße, die zum Turm führte. Ila-al-Bourji, zum-Turm, ila-al-Bourji. Wirklich zwecklos, ihn, sie alle heute abend aufzuhalten. Es waren zu viele. Angefeuert von dem Ruf, berauscht vom Haß folgten sie in wilden Wellen aufeinander, und wenn einer getroffen fiel, rannten sie über ihn hinweg: sie trampelten über ihn hinweg, wie man über etwas trampelt, das man nicht mehr braucht. Wenn einer verwundet stürzte und um Hilfe rief, kümmerten sie sich nicht um ihn: sie kletterten über ihn hinweg, wie man über ein Hindernis steigt, das aufzuheben oder beiseite zu schaffen man keine Zeit hat. Und weiter ging's, immer Bilal nach. Gassàns Männer traten ihnen entschlossen entgegen, wie richtige Berufssoldaten. Sie ließen sie in die kleine Straße hinein, wo sie sich verkeilten und verknäulten, dann mähten sie sie nieder: dutzendweise. Es gelang ihnen jedoch nicht, Bilal zu treffen, der trotz des Gewichts der Kalaschnikow und der Magazine, mit denen er die Taschen seiner geflickten Jacke vollgestopft hatte – fünf in der einen und fünf in der anderen Tasche, fast zwanzig Kilo Blei –, vorrückte. Um ihn also zu isolieren und die aufeinanderfolgenden wilden Wellen aufzuhalten, hämmerten die 7,62er vom Dach des Turms auch auf den kleinen Platz ein: ein Großteil der Salven traf die Zweiundzwanzig, wo Adler Eins neben dem Geländewagen stand und machtlos zuschaute, wie sich der Traum bewahrheitete, der ihn morgens um zwei aufgeweckt hatte. Wie in dem Traum hatte er tatsächlich keinen Feind, gegen den er sich verteidigen mußte, weil weder die Amal-Milizionäre noch die Regierungssoldaten die Italiener angriffen, sondern sich gegenseitig umbrachten: wie in dem Traum konnte er nicht versuchen, die unsinnige Belagerung zu durchbrechen, weil es zu viele waren und weil ein solcher Versuch bedeutet hätte, Öl ins Feuer zu gießen, und der Kondor befohlen hatte Nur-schießen-wenn-sie-auf-uns-schießen; wie im Traum konnte er Rambo und die neun Maròs nicht in Deckung bringen, weil es ringsum keine Deckung gab und der M113 schon voll war. Und wie im Traum fühlte er sich allein gelassen, gelähmt, unfähig, sich zu bewegen.

Natürlich hätte er das tun wollen: fahren und sehen, was sich in den einzelnen Stellungen tat oder doch wenigstens Nibbio bei der Fünfundzwanzig aufsuchen. Und hin und wieder sagte er zu sich Jetzt-fahre-ich, jetzt-fahre-ich, wenigstens-zu-ihm. Sie war doch so nah, die Fünfundzwanzig. Um hinzukommen, mußte man nur durch die kleine, enge Straße, die von der Zweiundzwanzig zu der Erweiterung führte und in Höhe des Feigenbaums einmündete: derselbe Baum, an dem die Milizionäre, die in Habbashs Haus eingedrungen waren, im November vorbeigekommen waren und Ferruccio überrascht hatten und auf der Rückseite des Panzers aufgetaucht waren. Außerdem eine kurze Strecke, knappe zweihundert Meter. Doch je mehr er es wollte, je mehr er seinem Körper befahl, sich von dem Geländewagen loszureißen, um so angewurzelter blieb sein Körper stehen, und die Fünfundzwanzig schien ihm weit weg: Nibbio eine ebenso ferne wie unerreichbare Insel und er selbst ein an einen Rettungsring geklammerter und im tosenden Meer herumgewirbelter Schiffbrüchiger. «Heiliger Januarius, Heiliger Gerhard, Heiliger Wilhelm, Jesus, was hab ich euch bloß getan, daß ich das ertragen muß?!?» sagte er und rang seine feingliedrigen Hände. «Abraham, Isaak und Jakob, Mamas und meine Propheten, heute morgen hab ich für euch doch sogar ein Sch'ma Israel gebetet. Weshalb bestraft ihr mich also?!?» Er fragte sich auch, welche anderen Einzelheiten, welche anderen Vorzeichen sich noch bewahrheiten würden. Das mit der Krippe und dem Jesuskind, das ein schon großes Mädchen war, der Kuh, die eine Ziege war, dem Esel, der ein Hund war, dem Futtertrog, der eine Matratze war, mit dem Heiligen Joseph, der wirklich der Heilige Joseph war, mit der Jungfrau, die wirklich eine Jungfrau war? Oder das mit der Jungfrau, die himmelblau gekleidet war und ihn mit dem sanften Lächeln empfing und zu ihm sagte Et-faddàl-colunèl, huna-el-hami-Allah, treten-Sie-ein-Colonnello, hier-beschützt-uns-Allah? Oder das mit der Hütte, die über der Krippe und den Maròs einstürzte? Ach, wie konnte er nur so dumm sein und

Rambo und die neun Maròs bei sich behalten? Ach, was für ein Wicht, was für eine halbe Portion war er bloß, daß er nicht in der Lage war, energisch zu handeln und sie an einem weniger gefährlichen Ort als dieser Mauer unterzubringen! Plötzlich drang Nibbios aufgeregte Stimme durch den Lärm zu ihm.

«Adler Eiiins! Nibbio ruft Adler Eiiins!»

Er führte das Mikrofon an die Lippen.

«Was gibt's, Nibbio, ich bin hier...»

«Colonnè, ich weiß ja nich, wie's bei euch aussieht, aber hier langense ziemlich zu! Dreschen kräftig reieiein!»

«Hier auch, Nibbio, hier auch...»

«Hab Befehl gege'm, dasse sich innen Panzer verbarrikadieren solln. War das richtiiig?»

«Richtig, Nibbio, richtig... Aber wo genau befindest du dich?»

«Auf der Südseite der Verbreiterung! Draußeeen! Ich bin draußeeen!»

«Draußen?!? Ich will nicht, daß du draußen bist! Es gibt da einen Bunker, geh da rein!»

«Kannich nich, Colonnè! In'n Bunker paßt der Geländewagen nich rein, und wennich 'n zurücklasse, binnich ohne Funkgerääät!»

«Nimm das Funktelefon...»

«Mit 'm Funktelefon verbrauchenwer Batterien, Colonnè! Und außerdem brauch ich das Funkgerät, um mit den beiden Bekloppten in Verbindung zu steeehn!»

«Was für Bekloppte?»

«Die beiden auf 'm Kampfstand von der Fünfundzwanzig Alphaaa! Die beiden von der Flaggeee!»

«Sag ihnen, sie sollen da runter!»

«Habich ja schon, Colonnè, hab ich ja schooon! Aber einer sagt mir irgendwas auf ostgotisch, und der andere leiert mir 'n Salve Regina auf chinesisch vor! Man müßte se da runterholn, Colonnè! Ich geh gleich und probier eees!»

«Du probierst gar nichts, Nibbio! Sie sollen alleine da runter.»

«Alleine tun ses ja nich, Colonnè, tun ses ja niiich! Ha'm viel zu viel Angst. Also, was sollich machen?»

«Bleiben, wo du bist, und sofort in den Bunker gehen, Nibbio.»

Er beendete das Gespräch und war doppelt unzufrieden mit sich. So also war das: Nibbio war bereit, zu den beiden von der Fünfundzwanzig Alpha rüberzugehen, er dagegen brachte es nicht fertig, in die kleine, enge Straße zur Fünfundzwanzig einzubiegen. Schlimmer noch: er war nicht mal in der Lage, das Problem der zehn armen

Jungs am Fuß der Mauer zu lösen. Und doch war es höchste Zeit, sie woanders hinzubringen: die Katiuschas, die über ihr Ziel hinausschossen, hatte Rashid durch Raketen mit kurzer Reichweite ersetzt, und die verirrten sich häufig auf den kleinen Platz: vom Ende der Straße her hatte der M48 das MG-Feuer verstärkt; und als würde das nicht reichen, hatten zwei Amal-Leute eine russische PK46 auf dem Dach der Tankstelle aufgestellt. Sie feuerten wie die Irren, diese Schwachköpfe, und zogen das Feuer der Schützen auf sich, die Gassàn in den verschiedenen Stockwerken des Turms postiert hatte, und wenn eine Kugel den Benzintank der Tankstelle oder den Schuppen treffen würde, wo der Besitzer die Methangasflaschen lagerte... Er rief Rambo.

«Weg von der Mauer, Rambo! Sie müssen woanders hin!»
Rambo nickte.
«Ich weiß, Signor Colonnello. Aber wohin?»
«In irgendein Haus, irgendeine Baracke. Kennst du keine zuverlässigen Palästinenser?»
Rambo fuhr erschreckt zusammen.
«Doch, Signor Colonnello. Ich kenne die Mutter und den Großvater von Leyda. Die kennen Sie auch: sie streifen oft hier auf dem Platz rum. Allerdings...»
«Leyda wer?»
«Das Mädchen, das da hinten wohnt.» Er zeigte auf die gelbe Hütte. «Allerdings ist das eine gefährliche Stelle: sie liegt genau in der Flugbahn der Granaten, die von der Südflanke von Gobeyre auf den Turm gefeuert werden und...»
«Besser als im Freien, Rambo!»
«Ja und nein, Signor Colonnello...»
Er richtete sich auf. Machte eine energische Bewegung.
«Bring sie sofort da hin. Schnell!»
«Sofort, Signor Colonello?»
«Sofort, sofort.»
«Sind Sie sich da sicher, Signor Colonnello?»
«Ganz sicher. Und bleib du bei ihnen.»
«Und Sie, Signor Colonnello?»
«Ich... Hör mal, Junge, in Neapel sagt man: es gibt drei Typen von Männern: Männer, Wichte und Scheißer. Und vielleicht bin ich ein Wicht, aber ganz sicher kein Scheißer. Mein Platz ist hier, und hier bleib ich.»
«Allein?!?»
«Hau ab, Junge, hau ab!»

Danach informierte er die Kommandozentrale, daß die Patrouille endlich in Sicherheit war, und blieb dort allein, war mit seiner Entschlossenheit zufrieden. Er fühlte sich fast wohl, jetzt, da er sich durchgesetzt hatte: er war fast bereit, die kleine, enge Straße bis zur Fünfundzwanzig hinunterzulaufen und nachzusehen, ob Nibbio sich in den Bunker zurückgezogen hatte, und vielleicht bis zur Fünfundzwanzig Alpha vorzudringen, um die beiden Tolpatsche herunterzuholen. Aber irgend etwas störte diesen kleinen Sieg. Etwas, das der Bestürzung in dem Augenblick glich, als ihm die Capodimonte-Tasse aus der Hand gefallen, auf dem Fußboden zerbrochen war und den furchtbaren Fleck in Form eines Us wie Unglück, Unheil, Ungemach hinterlassen hatte, so daß er ziemlich bald den Geländewagen verließ. Er lief zu der gelben Hütte, klopfte an die Tür, die von Rambo geöffnet wurde, und – Jesus! Heiliger Januarius, Heiliger Gerhard, Heiliger Wilhelm, Abraham Isaak, Jakob und Jesus! Es handelte sich um einen Raum fast ohne irgendwelche Möbel, der nur von einer schwachen Gaslampe erhellt wurde. Beim Eingang saßen auf dem Boden und mit dem Rücken an der Wand, die zum kleinen Platz hin lag, die neun Maròs. In der Mitte ein glühendes Holzkohlebecken. Und am anderen Ende des Raums die Krippe aus dem Traum: eine Matratze, auf der ein schönes kleines Mädchen von fünf oder sechs Jahren schlief. Neben dem Mädchen ein Hund und eine Ziege, hinter ihm ein alter Mann mit Bart und Kefieh; und bei dem alten Mann eine junge, himmelblau gekleidete Frau, die zum Eintreten aufforderte.

«Et faddàl, colunèl. Kommen Sie herein, Colonnello. Huna el hami Allah, hier beschützt uns Allah.»

«Das ist Leydas Mutter, Signor Colonnello», sagte Rambo. «Und das schlafende Mädchen ist Leyda, der hinter dem Mädchen ist der Großvater. Erkennen Sie sie wieder?»

Er erkannte sie wieder, ja. Plötzlich erinnerte er sich, daß er sie oft auf dem kleinen Platz gesehen hatte: die junge Frau mit dem Alten, das kleine Mädchen mit dem Hund und der Ziege. Und das erklärte vieles: hatte er sich nicht gestern nacht erst wieder gesagt, daß der gottseligen Großmutter zufolge Träume Frucht verdrängter Gedanken unseres Bewußtseins sind, Phantasien, die konkrete Bedrängnisse oder Ängste widerspiegeln? Trotz allem erklärte es nicht das Et-faddàl, Colunèl, huna-el-hami-Allah, und der Sieg, den er über sich davongetragen zu haben glaubte, war im Nu vergangen.

«Ja, Rambo, ja...»

«Sie haben uns gerne aufgenommen, wie Sie sehen. Und Sie hatten recht, Signor Colonnello: besser hier, als sich draußen irgendwelche Schüsse und Splitter einzufangen.»

«Ja, Rambo, ja...»

«Stimmt irgendwas nicht, Signor Colonnello?»

«Nein, Rambo, nein...»

«Aber Sie zittern ja, Sie frieren! Bleiben Sie ein bißchen hier bei uns, wärmen Sie sich am Kohlebecken auf!»

Jetzt zeigte die Uhr fünf Uhr vierzig, und von der kleinen, engen Straße stieg eine merkwürdige weiße Rauchwolke auf. In der merkwürdigen weißen Rauchwolke eine leidenschaftliche, anfeuernde Stimme: «Ihkmil! Nicht stehenbleiben, ikhmil!» Und voll rasender Wut donnerte es: «B'suraa! Schnell, b'suraa!»

* * *

Die leidenschaftliche Stimme gehörte Bilal, und die voll rasender Wut gehörte Hauptmann Gassàn. Eine eiskalte Wut, eine Wut, die aus Enttäuschung und Ohnmacht entsteht. Denn trotz der Katiuscha, die das ehemalige Wasserreservoir zerstört, sechs Soldaten getötet und zwei Maschinengewehre und einen Mörser vernichtet hatte, hatte Gassàn es bis zu diesem Augenblick für ausgeschlossen gehalten, daß es den Amal-Milizen gelingen würde, den Turm zu erobern. Es sind zwar viele, aber sie sind zu sehr im Nachteil, hatte er sich gesagt. Erster Nachteil: der Angriff ging ausschließlich vom kleinen Platz aus. Er war auch von keinem anderen Punkt aus möglich, weil der andere Zugang, nämlich das Sträßchen, zu dem die kleine, enge Gasse am Ende ihrer einhundertfünfzig Meter Länge wurde, im Zentrum von Sabra lag: um dort hinzugelangen, hätten die Amal-Milizen einen weiten Umweg zurücklegen, bei der Einundzwanzig oder der Cité Sportive oder von der Altstadt her eindringen müssen. Zweiter Nachteil: die kleine, enge Straße war so etwas wie eine gerade verlaufende Sackgasse, aus der es keinen Ausgang gab; wenn du da eingeschlossen warst, dann konntest du, wenn du wieder hinaus wolltest, nur zurücksetzen oder dich umbringen lassen. Dritter Nachteil: am Ende der kleinen, engen Straße stand der M48, der, ohne das 105er Rohr zu verwenden (überflüssig bei einem so naheliegenden Ziel), sie mit dem Feuer aus dem 12,7er massakrierte: der Funker, der die Stelle des von Splittern einer RDG8 getroffenen MG-Schützen eingenommen hatte, verfehlte auch nicht einen. Letzter und entscheidender Nachteil: sowohl hinten wie an beiden Flanken klebten am Turm Baracken oder Hütten, die dich daran hinderten, ihn zu umzingeln. Und unter logischen Gesichtspunkten stimmte diese Überlegung haargenau. Unter praktischen Gesichtspunkten jedoch nicht, weil ein Vorteil nicht bedacht wurde, der alle diese Nachteile aufhob: er berücksichtigte nicht Bilal, der zwar unter der Last seiner Kalaschnikow und seiner mit Magazinen vollgestopften Taschen litt, doch beflügelt wurde von seiner Leidenschaft und seiner Irrationalität, und der die Horden, die an ihn glaubten, mit sich riß. Und während sich in der kleinen, engen Straße die Leichen zu Wällen aus Fleisch auftürmten, hinter denen die Horden Schutz suchten, traf ein Gutteil des auf den M48 und auf den Turm gerichteten Feuers sein Ziel. In dreizehn Minuten gut fünfundzwanzig Tote: sieben von denen, die vom Eingangstor aus schossen, fünfzehn von denen, die von den Fenstern der vier Stockwerke aus schossen, drei auf dem Dach, wo sechs bereits durch die Katiuscha getötet worden waren. Zusätzlich zu den fünfundzwanzig Toten gab es an die dreißig Verletzte, einschließlich drei von den vier Mann im Panzer: der von den Splittern einer RDG8 getroffene MG-Schütze; der Kanonier, der, als er ihn ersetzen wollte, von einer Kugel mitten ins Gesicht getroffen worden war; der Fahrer, der, als er ihn hereinzog, zur Öffnung des Turmes hinausblickte und in einen Kugelhagel geriet. So hatte Gassàn um halb sechs den Kommandeur der Achten informieren müssen, daß die Kompanie auf ein Drittel geschrumpft war und er Verstärkung brauchte, doch statt sie ihm zu schicken, hatte der Kommandeur geantwortet, daß es keinen Sinn mehr habe, den Turm zu halten. Der Augenblick sei gekommen, auf breiter Front anzugreifen. Die Überlebenden sollten sich daher zurückziehen und sich mit Rauchbomben einen Schutzschild schaffen. Das war der Grund für die merkwürdige weiße Rauchwolke, die Stimme Bilals, die anfeuernd rief Ihkmil-nicht-stehenbleiben-ihkmil, und die Stimme Gassàns, die donnerte B'suraa-schnell-b'suraa.

Rauchbomben sind etwas Schlimmes. Wer den Krieg kennt, kann das bestätigen. Sie sind deshalb so schlimm, weil sie das Denkvermögen und den Willen neutralisieren, sie lassen Mut sinnlos erscheinen und geben dir das Gefühl, völlig schutzlos zu sein: der Gnade eines körperlosen, ungreifbaren, unsichtbaren und daher unbekämpfbaren Feindes ausgeliefert. Du siehst nichts mehr, wenn dich dieser weiße Rauch verschluckt: desorientiert, blind, weißt du nicht mehr, wo vorne und hinten ist, von wo man auf dich schießt und wohin du schießen mußt. Du hast keine Raumvorstellung mehr, und ein Zentimeter kommt dir vor wie ein Kilometer, deine Kameraden ringsherum wie Gespenster: Schatten, gegen die du wie gegen feste und zugleich substanzlose Gegenstände stößt. Wenn du den Arm ausstreckst, um dich an sie zu klammern, findest du sie nicht. Rufst du sie, antworten sie dir nicht, oder sie antworten dir von weit her. Auch die Geräusche verändern sich in einer solchen Rauchwolke. Dringen sie durch, erreichen sie dich verlangsamt, gedämpft. Von fern. Außerdem ist das Gas, das du einatmest, Phosphor und Phosphorchlorid. Es schnürt dir die Kehle zu, es brennt dir in den Augen: eine Tortur. Selbstverständlich hängt das Ausmaß der Tortur von der Dauer, der Intensität und der Windrichtung ab und kann auch durchaus den treffen, der sie anwendet. Doch heute abend wehte der Wind von Norden nach Süden, was also heißt: in Richtung der Angreifer. Ohne irgendein Risiko einzugehen, hatte Gassàn befohlen, zehn Minuten lang zwölf Rauchbomben pro Minute abzufeuern, und zwar sowohl mit Mörsern als auch mit Gewehren. (Die aus den Gewehren haben eine Brenndauer von ungefähr eineinhalb Minuten, die aus den Mörsern von ungefähr dreieinhalb Minuten.) Als Folge davon löste sich der Rauch nicht nur nicht auf, sondern verdichtete sich noch, und was der Kugelhagel nicht geschafft hatte, schaffte die Rauchwolke: die Amal-Leute rückten nicht mehr vor. Sie schossen auch nicht mehr, obwohl vom Turm her weiter auf sie gefeuert wurde. Verschluckt von diesem weißen Dunkel, orientierungslos, blind, erstickt, fuchtelten sie herum, gestikulierten und riefen sich: «Mansour! Wo bist du, Mansour?» – «Naadir, ich finde dich nicht, Naadir!» – «Kamaal, gib mir deine Hand, Kamaal!» Oder sie flehten zu Allah, Khallasni-errette-mich-Allah. Sie riefen nach Bilal, der sie mit seinem Ihkmil-nicht-stehenbleiben-ihkmil anfeuerte, und der, sich an der Mauer entlangtastend, um die Orientierung nicht zu verlieren, weiter vorrückte und sich Schritt für Schritt dem Eingangstor näherte. Vierzig Meter, neununddreißig, achtunddreißig, siebenunddreißig, sechsunddreißig, fünfunddreißig, vierunddreißig, dreiunddreißig, zweiunddreißig. Einunddreißig, dreißig... Im Schutz der Wolke hatte Gassàn unterdessen die Verwundeten evakuiert und den Rückzug angetreten, der ihm vom Kommandeur befohlen worden war. Zuerst die Überlebenden vom Dach, dann die Überlebenden des vierten Stockwerks, dann die Überlebenden der übrigen Stockwerke. Jedesmal jagte eine Gruppe schmutziger, blutbefleckter Uniformierter eilig die Treppe hinunter, wenn sie die letzte Rauchbombe abgefeuert hatten, sie kamen im Erdgeschoß an, gingen hinaus, stürzten in Richtung des Sträßchens, bogen um die Ecke, angetrieben vom Ruf B'suraa-schnell-b'suraa. Gassàn schäumte. Seine eiskalte Wut war so gigantisch geworden, daß er nicht einmal mehr kontrollierte, ob auch alle Waffen und alle Munition weggeschafft wurden. Die beiden Maschinengewehre und die beiden Mörser zum Beispiel, die von der Katiuscha verschont worden waren, die Patronengurte mit der 7,62er Munition und die Kisten mit den 60er Granaten. Noch weniger kümmerte er sich um die Bergung des M48, aus dem der Funker, der so gut geschossen hatte, abgehauen war, nachdem die Sanitäter den MG-Schützen, den Kanonier und den Fahrer geborgen hatten. Abgesehen von den noch nicht gebrauchten 12,7er Gurten, befanden sich noch vierundfünfzig 105-mm-Geschosse an Bord des Panzers, die die Kanone nicht verfeuert hatte. Tatsächlich war für Gassàn nur noch eins wichtig: den Unbekannten aus dem Rauch auftauchen zu sehen, der seit zehn Minuten Ihkmil-nicht-stehenbleiben-ihkmil brüllte und der ihn innerhalb von dreiundzwanzig Minuten besiegt und gedemütigt hatte. Es war für ihn deshalb so wichtig, weil er ihn umbringen wollte.

«Kaofa aktòl! Ich bringe ihn um, kaofa aktòl!»

Nachdem auch die Überlebenden des Erdgeschosses um die Ecke des Sträßchens verschwunden waren, pflanzte er sich vor dem Panzer auf. Hier packte er die M16, und mit dem Finger am Abzug wartete er, daß sich die Rauchwolke auflösen würde. Er mußte nicht allzu lange warten, und plötzlich zeichnete sich in dem jetzt fast ganz aufgelösten Weiß undeutlich der Umriß eines Jungen ab, der eine geflickte Jacke anhatte und sich, mit einer Kalaschnikow bewaffnet, an der Mauer entlangtastete und auf das Eingangstor zukam; den Schatten, die ihm vorsichtig folgten, rief er nun eine neue Losung zu: «Lahkni! Mir nach, lahkni!» Ein Junge?!? Der Finger am Abzug wurde steif, verwundert wurde sein Blick schärfer, um ihn besser zu erkennen. Nein, das war kein Junge: das war ein Mann. Ein Zwerg. Ein winziger, schmächtiger, furchtbar häßlicher Zwerg. Ein Zwerg?!? Ein Zwerg, ein winziger, schmächtiger, furchtbar häßlicher Zwerg sollte also den Angriff geleitet und ihn besiegt, ihn gedemütigt haben?!? Seine Ungläubigkeit verdoppelte sich, weil er ihn sich während der dreiundzwanzig Minuten als groß, robust und schön vorgestellt hatte: größer als er selbst, der sehr groß war, robuster als er selbst, der sehr robust war, besser aussehend als er selbst, der sehr gut aussah. Und mit der Ungläubigkeit vervielfachte sich auch sein Erstaunen, das ihn daran hinderte, auf den Abzug zu drücken. Und so vor Erstaunen erstarrt, verharrte er und blickte Bilal an, und er brauchte ein paar Sekunden, bis er die Herrschaft über sich zurückgewonnen hatte, die M16 aufnahm und zielte. In der Zwischenzeit aber hatte

Bilal das Eingangstor erreicht und war, gefolgt von der lärmenden Horde, hineingeschlüpft und stieß den ersehnten Schrei aus.

«Al Bourji lannaaa! Der Turm ist unseeer!»

«Lanna, unser, lannaaa!»

«Nasru, Sieg, nasruuu!»

Punkt sechs – es war längst stockdunkel – stieß ein M48 voller Amal-Milizionäre, die wie von Sinnen grüne Fahnen, Kalaschnikows und RPGs schwenkten, aus der kleinen, engen Straße auf den Platz der Zweiundzwanzig vor. Er überquerte ihn, wobei er die dort liegenden Leichen zerquetschte, fuhr vor der Nase von Adler Eins vorbei, der zu seinem Geländewagen zurückgekehrt war, bog in die Avenue Nasser ein und fuhr in Richtung Überführung, um über die Rue Farruk nach Gobeyre hineinzufahren und Rashid die wertvolle Beute mit den vierundfünfzig Schuß zu übergeben. Da begriff Adler Eins, daß, während er sich mit Rambo, den Maròs und dem Jesuskind, das ein kleines Mädchen war, der Kuh, die ein Hund war, dem Esel, der eine Ziege war, dem Heiligen Joseph, der wirklich ein heiliger Joseph war, und der Madonna, die wirklich eine Madonna war, in der Krippe aufgehalten hatte, die Regierungssoldaten geflohen waren und alles zurückgelassen hatten. Und mit einem Seufzer der Erschütterung rief er in der Kommandozentrale an und berichtete, daß Bilal, der Straßenkehrer, den Turm erobert hatte.

– 3 –

Wie am Morgen des zweifachen Massakers waren fast alle in der Kommandozentrale: sie saßen an den Funkgeräten oder beugten sich über topografische Karten und Landkarten und Organigramme. Der Kondor war gespannt wie ein Bogen, der im nächsten Augenblick den Pfeil losschwirren läßt. Der Professor war ungewöhnlich nervös und hatte seine kleine Ilias vergessen. Verrücktes Pferd war wegen seiner Ungeduld, es Desaix beziehungsweise Des Aix und Collinet gleichzutun, inzwischen das Opfer eines Orgasmus geworden. Pistoia war trunken vor Neid auf diejenigen, die sich mitten in diesem höllischen Wirbel befanden, und gierte danach, sich ebenfalls ins Getümmel zu stürzen. Zucker war wegen der nicht entschärften Fliegerbombe so aufgeregt wie noch nie. Durch das Bewußtsein, Bilal verraten zu haben, fühlte sich Charlie so niedergeschlagen wie noch nie. Und wie Charlie erging es auch Angelo, der, eingeschlossen in seine persönlichen Qualen, half, die Verbindung zu den Stellungen oder Beobachtungsständen oder Stützpunkten aufrechtzuerhalten, und Martino, der am Funkgerät, das auf die Frequenz der Regierungstruppen eingestellt war, versuchte, die Gespräche zwischen der Sechsten und der Achten Brigade aufzufangen, zu übersetzen und an den Kondor weiterzugeben. Auch der hohe Drei-Sterne-General aus Rom, der auf einem Hocker kauerte und sich mit einem schon durchnäßten Taschentuch den kalten Schweiß im Nacken abwischte, war dort, und der höchste Militärgeistliche, der fest entschlossen war, die Christmette abzuhalten, und finster knurrte Selbst-wenn-es-mich-unter-die-Erde-bringen-sollte, ich-halte-sie-ab. Selbst-wenn-es-mich-unter-die-Erde-bringen-sollte. Und in diese Atmosphäre platzte der nervöse Anruf von Adler Eins.

«Kondor, Achtung Kondor! Die Amal hat den Turm genommen, hat den Turm genommen!»

Alle hoben den Kopf. Dann sahen sie sich einen Augenblick stumm an, denn jeder wußte, was der andere dachte. Alle dachten sie das gleiche. Zum ersten bestand die Gefahr darin, daß die Amal-Leute von Gobeyre, angefeuert von ihrem Sieg, die Amal-Leute von Haret Hreik aufhetzten, die Kaserne der Sechsten Brigade anzugreifen, die sehr dicht am italienischen Sektor lag. In diesem Fall würde sich die Front bis zur Rue de l'Aérodrome verlängern, der Kampf sich bis Bourji el Barajni ausweiten und voll die Nachschubbasis unter Beschuß geraten. Gleichzeitig mit der Nachschubbasis das danebenliegende Feldlazarett, der Stützpunkt Adler und der Kommandostützpunkt. Eine zweite Gefahr lag darin, daß die Regierungstruppen, durch die Niederlage wild geworden und unter einem nunmehr legitimen Vorwand, den oft herbeigesehnten, jetzt aber unvermeidlich gewordenen Angriff entfesselten, um die Schlange zu zerhauen, die entschlossen war, sich drei Viertel der Stadt einzuverleiben. In einem solchen Fall müßte sich der Angriff, wenn man Gobeyre als eine Art Dreieck betrachtet, das auf der einen Seite von Haret Hreik und auf der anderen Seite von Chyah gedeckt ist, auf die offene Seite konzentrieren, das heißt die, die an der Avenue Nasser lag. Mit einem Wort: Chatila. Und von Chatila aus feuern hieß, die Italiener auszuquartieren oder zumindest zu neutralisieren.

«Sie können uns auffordern, ihnen das Viertel zu überlassen», knurrte Charlie und unterbrach die Stille.

«Ich weiß, aber ich überlasse es ihnen nicht», antwortete der Kondor bebend.

«Wenn nicht das gesamte Viertel, so können sie uns immerhin auffordern, ihnen die Zweiundzwanzig, die Fünfundzwanzig und die Vierundzwanzig zu überlassen», berichtigte Pistoia.

«Ich weiß, aber ich überlasse sie ihnen nicht.»

«Sie können auch verlangen, daß wir die Achtundzwanzig, die Siebenundzwanzig und möglicherweise auch noch die Siebenundzwanzig Eule aufgeben», fügte Zucker hinzu.

«Ich weiß, aber ich gebe sie nicht auf.»

«Oder aber sie können sich auch nebenan postieren und gar nichts von uns fordern und so ihren Angriff von der Einundzwanzig und von der Dreiundzwanzig aus vorbereiten», schloß der Professor.

«Ich weiß. Und das ist es, was ich vor allem fürchte.»

«Quod Deus avertat, was Gott verhüten möge!» wieherte Verrücktes Pferd.

Aber Gott verhütete gar nichts. Aus der Kaserne der Sechsten Brigade waren nämlich schon zwei Kompanien Mörserschützen ausgerückt, die sich in dem Abschnitt zwischen der Achtundzwanzig und der Siebenundzwanzig, den von den Maròs gehaltenen Stellungen, postierten. Wenn auch mit mäßigem Erfolg, so hatten zwei doch immerhin versucht, sich innerhalb der Siebenundzwanzig Eule zu postieren. Das machten die wütenden Stimmen klar, die über Funk vom Beobachtungsstand herüberkamen. Die Stimmen vom Nazarener und dem Bersagliere, der ihn an den Schießscharten flankierte.

«Ich hab dir gesagt, du sollst sie fortjagen!»

«Hab ich ja, siehst du denn nicht, daß ich sie fortgejagt habe?!?»

«Du hast sie nicht fortgejagt! Sie sind auf der Treppe stehengeblieben und gleich kommen sie wieder, wirst schon sehen!»

«Wenn sie wiederkommen, schmeißen wir sie runter! Und wenn dir Gewalt nicht schmeckt, dann mach ich's eben allein! Aber wer ist das denn? Was wollen die?!?»

«Die Scheißkerle von der Sechsten Brigade sind das! Uns den Beobachtungsstand wegnehmen, das wollen die! Gewalt hin, Gewalt her, wenn die zurückkommen, dann schmeiß ich sie runter!»

Dann die aufgeregte Stimme von Sandokan, der gerade gekommen war.

«So 'ne Scheißwichserei von 'ner Superscheißwichserei, Jungs! Ruhe, ich muß mit dem Kommandostützpunkt sprechen! Kondor, kommen, Kondor! Sierra Mike ruft Kondor!»

«Los, Sierra Mike Eins», rief der Kondor und stürzte sich auf das Funkgerät.

«Kondor, ich habe meine Stellungen inspiziert, und im Graben parallel zur Avenue Chamoun, das heißt dem zwischen der Siebenundzwanzig und der Achtundzwanzig, hab ich die von der Sechsten Brigade gefunden! Die haben sich da mit 120er Mörsern postiert und weigern sich zu verschwinden! Ich hab ihnen gesagt, daß sie da nicht bleiben können, daß der Graben zu unserem Sektor gehört, worauf sie mich verarscht haben! Sie haben mir nämlich geantwortet, sie wären bloß wegen einer einfachen Übung da! Außerdem besteht eine Patrouille darauf, sich bei uns breitzumachen, und wenn wir die nicht überzeugen abzuschwirren, wird es hart auf hart kommen. Verstanden?»

«Verstanden, Sierra Mike Eins.»

«Aber das ist noch nicht alles, denn auf dem Weg hierher hab ich eine Kolonne der Sechsten Brigade getroffen! Ungefähr fünfzehn M113 mit 7,62er Brownings und zwölf Jeeps mit 106er rückstoßfreien Geschützen sowie an die zehn Panzerspähwagen ohne Ketten! Sie fuhren die Küstenstraße von Ramlet el Baida entlang und müßten jetzt auf der Straße Ohne Namen sein. Verstanden?»

«Verstanden, Sierra Mike Eins.»

Dann die Stimme des Funkers der Achtundzwanzig, der die letzte Mitteilung bestätigte.

«Kondor, bitte kommen, Kondor! Eine Kolonne von M113, von Panzerspähwagen ohne Ketten und Jeeps rückt von Westen auf der Straße Ohne Namen vor! Die M113 sind schon hier an der Rotunde! Die Panzerspähwagen haben vor der kuwaitischen Botschaft angehalten und spucken Truppen aus! Die Jeeps mit den 106er Kanonen gehen in Schußposition! Ich glaube, sie zielen auf Gobeyre und den Turm, verstanden?»

«Verstanden, Achtundzwanzig.»

Dann noch einmal Sandokans Stimme.

«Kondor, bitte kommen, Kondor! Die Batterien im Graben haben das Feuer eröffnet! Sie schießen in Richtung Turm und Gobeyre! Auch die 7,62er Brownings und die Kanonen der Jeeps haben das Feuer eröffnet! Auch sie in Richtung Turm und Gobeyre! Viele Schüsse, wirklich viele! Das hier ist ein absoluter Affenstall, hört ihr miiich?»

Nein, sie hörten ihn nicht mehr. Seine Worte gingen im Bum-bum-bum der Brownings, im dumpfen Ton der Mörser und im trockenen Knall der Geschütze unter. Schließlich brauchte man ihn auch nicht dazu, um zu erfahren, daß der so oft herbeigesehnte und jetzt unumgänglich gewordene Angriff begonnen hatte und Chatila die Rechnung dafür beglich. Sogar in der Kommandozentrale zerbarst eine Fensterscheibe nach der anderen, und um das Bild zu vervollständigen, kam jetzt noch ein Funkspruch von Nibbio.

«Kondor, bitte kommen, Kondooor! Hier hat sich der Kugelhagel verdoppelt, und ich glaub, 'n Großteil kommt von Sabra rüber. Bei der Einundzwanzig ha'm se mich grad informiert, daß zehn M48 mit 105er Rohren von Norden her in die große Straße von Sabra eingefallen sind und ganz fürchterlich ballern, und zwar auf Gobeyreee!»

Das waren die M48, die tagsüber in der kleinen Allee postiert gewesen waren, die vom Pinienwäldchen zur Rotunde von Sabra führte. Sie waren vorgerückt, um in Sabra einzudringen, während die Kolonne, der Sandokan auf der Küstenstraße von Ramlet el Baida begegnet war, in die Straße Ohne Namen abbog, wo sie vor der Botschaft von Kuwait anhielt und Truppen ausspuckte. Das war insofern entscheidend, als die 105er Geschütze eine wesentlich stärkere Feuerkraft hatten als die der 106er Geschütze auf den Jeeps, und sie konnten ihr Ziel auch mit größerer Genauigkeit treffen. Doch das bevorzugte Ziel war die Avenue Nasser, und die kommandierenden Offiziere scherten sich nicht um das Detail, daß an der Avenue Nasser die Italiener lagen, oder genauer, daß die für die Häuser von Gobeyre bestimmten Bomben zum großen Teil auf die Zweiundzwanzig, die Fünfundzwanzig oder die Vierundzwanzig niedergingen. Das bestätigte auch Martino, der an seinem auf die Frequenz der Regierungstruppen eingestellten Funkgerät ein Streitgespräch zwischen einem Kanonier und seinem Hauptmann aufgefangen hatte und dies dem Kondor aufgeregt mitteilte.

«Signor Generale, Signor Generale, wissen Sie, was die gesagt haben?!? Der Kanonier hat gesagt: Herr Hauptmann, wenn wir so schießen, schießen wir auf die Italiener! Worauf der Hauptmann geantwortet hat: das interessiert mich einen Scheiß, das geht mich nichts an, ihr schießt weiter so!»

Im übrigen nahmen es auch die Amal-Milizen nicht so genau, die seit ein paar Minuten ebenfalls mit dem Geschütz des in dem Sträßchen erbeuteten M48 antworteten. Rashid war zweifellos kein Artillerie-Experte, und so, wie er die Katiuschas vergeudet hatte, vergeudete er nun die wertvollen vierundfünfzig Geschosse, die man an Bord des Panzers gefunden hatte: die, von denen er meinte, sie würden auf der großen breiten Straße von Sabra landen, landeten bei der Einundzwanzig, und die, von denen er sich einbildete, daß er sie auf die in der Straße Ohne Namen stehende Kolonne lenken würde, landeten bei der Achtundzwanzig, der Siebenundzwanzig oder der Siebenundzwanzig Eule. Und Bilal trug mehr als jeder andere zum Leiden der verschiedenen Stellungen bei. Und zwar indem er mit den Mörsern und Maschinengewehren schoß, die Gassàn auf dem Dach des Turms zurückgelassen hatte, und dabei eine geheimnisvolle Hymne sang. Eine Hymne, die noch nie jemand gehört hatte.

«Beasnani suadàfeh haza al bourji, beasnani! Beasnani suadàfeh haza al quariatna, beasnani! Beasnani oudamiro ainai wa lisan, itha iktarabbom menni. Beasnani!»

Kurz gesagt, dank des Beitrags eines jeden zerbröckelte die Schlacht in tausend Körner Unglück. Diese Körner wollen wir jetzt näher betrachten, eins nach dem anderen, und bei Roberto, Sandokans Fahrer, anfangen.

— 4 —

Verführt von dieser himmlischen Gabe des Kriegs, die mit der Freigiebigkeit einer unerwarteten Ausgießung des Heiligen Geistes auf ihn niederging, hatte Sandokan um siebzehn Uhr vierzig seinen Fahrer angerufen und war, wie wir bereits wissen, mit einem Riesenrevolver, Handgranaten, Gewehr und Camillus-Dolch bewaffnet, nach Chatila gerast. Hier hatte er, nachdem der Streit mit den Mörserschützen vorbei war, die behauptet hatten, sie seien wegen einer einfachen Übung hergekommen, den Platz zwischen der Siebenundzwanzig und der Achtundzwanzig erreicht und Roberto dort zurückgelassen: «Warte neben dem Geländewagen auf mich, und rühr dich unter keinen Umständen von der Stelle!» Danach war er zur Siebenundzwanzig Eule hinaufgeklettert und hatte von dort mit geschwellter Brust, gespreizten Beinen und einem Nachtsichtgerät vor den Augen das einzige Kriegsabenteuer seines Lebens als Beobachter genossen. «Da kommt 'ne Breitseite, beschissne Superscheißwichserei. Päng! Und da noch eine, verdammte Wichserei. Päng! Der da kommt direkt zu uns rüber, der trifft uns, betet euer Requiem Aeternam, nein, hat uns nicht getroffen! Päng! Päng! Päng!» So hatte er Roberto vergessen, der einsamer als ein von Gott und den Menschen verlassener Hund wirklich auf ihn wartete, neben dem Geländewagen und ohne sich zu rühren.

Inzwischen wartete er schon seit einer Stunde auf ihn. Und den größten Teil dieser Stunde hatte er herumgestanden, weil er, obwohl der freie Platz zwischen der Siebenundzwanzig und der Achtundzwanzig gleich neben dem Graben lag, auf den Rashid und Bilal die meisten Schüsse abgefeuert hatten, keine Ahnung von der Gefahr hatte, in der er sich befand: auf dieser Seite war der Graben nämlich hinter einem Wall verborgen, der vor dem Feuer Schutz bot, und sowohl die von hier abgefeuerten wie die hier ankommenden Schüsse flogen in so hohem Bogen über ihn hinweg, daß sie ihm keine Angst machten. Wozu soll ich denn Angst haben, dachte er, schließlich bin ich ja weder ein Regierungssoldat noch einer von der Amal: ich bin ein Marò, der zufällig hier ist, ein Junge von neunzehn, der von niemand etwas will. Und ihm war, als würde er nicht einer Schlacht, sondern einem Tischtennis-Match zwischen unsichtbaren Spielern zusehen, die sich an Stelle eines Plastikballes Kugeln und Granaten zuschmetterten. An Stelle des Netzes auf der Tischtennisplatte war da der Wall. Zwei Explosionen auf dieser Seite des Walls waren nötig, bis er begriff, daß die Granaten sich nicht fragen, ob du ein Regierungssoldat oder einer von der Amal oder ein Marò bist, der rein zufällig da ist, ein Junge von neunzehn, der von niemand etwas will, und als er das einmal begriffen hatte, war er völlig hilflos. In dieser völligen Hilflosigkeit fing er an zu beten, daß Sandokan bald zurückkommen möge, dann hockte er sich neben den Geländewagen hin. Allerdings achtete er darauf, daß er seine Uniform nicht mit Schlamm und Schmiere beschmutzte. Schließlich war es ja seine Ausgehuniform, er hatte sie angezogen, weil er geglaubt hatte, daß heute abend ein großes Weihnachtsessen stattfinden würde, und er hatte sie eigenhändig in kalter Lauge gewaschen und anschließend mit dem Dampfbügeleisen gebügelt: etwas, was man bei Sierra Mike nun wirklich nicht machte. Das waren schlechte Wäscher bei Sierra Mike. Auch wenn ihre Uniformen voller Schlamm- und Ölflecken waren, stopften sie sie in Kessel mit kochendem Wasser und bügelten sie mit der Bügelmaschine. Sie wußten ja nicht mal, daß Schlamm bestimmte ätzende Substanzen enthielt und es schlimme Folgen hatte, wenn er in kochendes Wasser kam; daß Schmiere sachkundig entfernt werden mußte und es schlimme Folgen hatte, wenn ein Kleidungsstück, bei dem das Fett nicht entfernt worden war, in die Bügelmaschine kam: dann blieb nämlich ein Fleck zurück. Er wußte das, denn er war in der besten Reinigung in Sanremo geboren und aufgewachsen, seine Eltern waren spezialisiert in Trockenreinigung, und Flecken konnte er nicht ausstehen: er haßte sie fast noch mehr als schmutzige Fingernägel, schmutzige Haare, schmutzige Schuhe, noch mehr als Leute, die nach Schweiß oder Abfall stanken und... Mamma mia, was für 'ne Qual, hier auf den Fersen zu hocken.

Roberto hatte das Gesicht schmerzvoll verzogen und fragte sich, ob er wohl aufstehen und sich ein wenig die Beine vertreten könnte, die in der unbequemen Haltung eingeschlafen waren. Aber dieses absurde Ping-Pong-Match hatte seit ein paar Minuten an Ausgewogenheit verloren: während hinter ihm weiterhin Granaten abgefeuert wurden und über den Wall flogen, schlugen vor ihm die ankommenden mit einem Splitterhagel ein. Und Sandokan hatte ihm weder Zeit gelassen, die Ausgehuniform auszuziehen, noch die kugelsichere Weste anzuziehen und den Helm aufzusetzen. Ach-was-Weste, ach-was-Helm, brauch-ich-nie, Scheißwichserei von 'ner Superscheißwichserei, Westen-und-Helme-nützen-sowieso-nichts. Nützen nichts? Wenn sie nichts nützen würden, hätte man sie schließlich nicht hergestellt und die Soldaten damit ausgerüstet: oder? Vor allem der Helm. Seit die Welt besteht, tragen Soldaten einen Helm. Schon die Ägypter trugen ihn, die Perser, die alten Griechen, die alten Römer, die Wikinger, die Ritter des Mittelalters. Warum hatte er ihn nicht wenigstens den Helm holen lassen, Scheißwichserei von 'ner Superscheißwichserei? Natürlich weil er ein Arsch war, das war der Grund. Wenn er kein Arsch wäre, würde er nicht mit diesem Arsenal von Dolchen, Revolvern, Handgranaten und anderem Waffenzeug rumlaufen. Dann hätte er den Anblick seines in die Luft fliegenden Munitionsdepots nicht so genossen und wenigstens hin und wieder einmal das Wort danke ausgesprochen. Danke, Roberto, daß du gleich kommst, wenn ich dich rufe. Danke, daß du am Steuer auf mich wartest, während ich bei den Nutten bin. Danke, daß du mich begleitest, wohin ich will, und meinen Teppichboden saugst. Ja, auch staubsaugen. Er fuhr mit dem Staubsauger über den ekelhaften Teppichboden, der ursprünglich mal weiß, jetzt aber ein Regenbogen aus Dreck war. Wohlgemerkt: Offiziere sagen niemals danke. Was immer sie auch für einen Rang haben, sie behandeln dich, als wären sie der Allmächtige selbst, dem jedwede Ehrerbietung gezollt und jeglicher Dienst geleistet werden muß. Sie demütigen dich, sie behandeln dich schlecht, sie nützen die Tatsache aus, daß es in der Armee keine Gewerkschaften und keinen Streik gibt... Aber Sandokan war ein ganz besonderer Arsch, verdammte Wichserei. Adler Eins, zum Beispiel, hätte ihm genügend Zeit gegeben, die Uniform zu wechseln und den Helm mitzunehmen. Er hätte ihn nicht mitten auf einem Platz zurückgelassen, auf den Bomben runterhagelten. Er hätte ihm nicht den Befehl gegeben Warte-neben-dem-Geländewagen-auf-mich-und-rühr-dich-unter-keinen-Umständen-von-der-Stelle. Ja, das hatte er gesagt. Genau das. Danach war er dann eine Treppe hochgestiegen, war in den Beobachtungsstand gegangen und hatte dort Päng, päng, päng gebrüllt und ihn vergessen, wie man einen Regenschirm vergißt.

«Ich bin aber kein Regenschirm!» schrie er mit tränenerstickter

Stimme. Sein Schrei ging in dem Höllenlärm unter wie ein Staubkorn unter einem Felsblock, und seine Verlorenheit wurde zu einem Ozean der Ratlosigkeit. Was tun? Ob richtig oder falsch, er konnte den Geländewagen nicht alleinlassen und ebenfalls die Treppe hochsteigen, zur Siebenundzwanzig Eule gehen und Sandokan bitten, ihn dortzubehalten. Er konnte auch nicht zum Panzer der Siebenundzwanzig gehen und dort Schutz suchen oder sich im Geländewagen ausruhen, weil der kein Verdeck hatte und ihn nicht vor Splittern schützte, und er war so müde. Die Knie taten ihm weh, die Waden taten ihm weh, der Rücken tat ihm weh, alles tat ihm weh, und er träumte davon, sich ein bißchen auszustrecken, sogar auf der Erde. Auf der Erde?!? Von wegen auf der Erde, wo er sich die Uniform mit Schlamm und Schmiere beschmutzen würde. Einen Augenblick. Da war doch, etwa fünfzehn Meter von ihm weg, ein Pappkarton. Schön breit, schön lang, sauber. Wenn es ihm gelänge, an ihn heranzukommen, ihn herzuholen und neben den Geländewagen zu stellen, dann könnte er sich ausstrecken, ohne sich schmutzig zu machen. Ganz vorsichtig richtete er sich auf. Er wankte ein bißchen, fand dann aber das Gleichgewicht, hastete hinüber, und nach einem Lauf, der ihm endlos lang vorkam, hatte er ihn erreicht: er packte ihn, zog ihn zum Geländewagen zurück, stellte ihn rechts daneben hin und legte sich darauf. Beim Hinlegen merkte er aber, daß er mit der Hose an ein schlammverdrecktes Rad gekommen war, drehte sich besorgt um, um das Malheur zu betrachten, blieb beim Umdrehen aber mit einem Ärmel am Türgriff hängen, ein Riß, und die Ratlosigkeit wurde zur Verzweiflung: er brach in Schluchzen aus, sprang hoch und rief Nein, nicht-die-gute-Uniform und sah die Granate nicht, die mitten auf dem Platz explodierte. Eine 60er Granate, eine von Bilals Granaten. Immerhin hörte er den Einschlag, spürte, wie Erde und Splitter auf ihn herunterprasselten, dann einen schweren Schlag auf den Kopf, dann eine Art Nadelstich im linken Auge, das sich schloß. Vor Entsetzen keuchend, kauerte er sich auf die Erde.

«Mamma mia, ich bin tot. Sie haben mich umgebracht.»

Das wiederholte er viele Male, überzeugt, tatsächlich tot zu sein, gleichzeitig aber auch überrascht von der Entdeckung, daß die Toten sprechen, als würden sie leben: es vergingen ein paar Minuten, bevor ihm bewußt wurde, daß er lebte, daß er sogar riesiges Glück gehabt hatte; denn wenn die Granate explodiert wäre, während er den Pappkarton holte, wäre er jetzt tatsächlich tot. Da befühlte er seinen Kopf. Dort entdeckte er eine Beule, die von etwas Gallertartigem, das an den Fingern kleben blieb, naß war. Er riß das unversehrte Auge auf und besah sich die Finger, versuchte zu erkennen, was das war und, Mamma mia: es war Blut! Ja, Blut, Blut, das ihm über die Stirn rann, von der Stirn ins Auge, das vor fast unerträglichem Schmerz brannte, und das Entsetzen stellte sich wieder ein. Er war zwar nicht tot, aber er lief Gefahr zu verbluten und zu erblinden, und wie lange würde er noch zu leben haben, wenn man ihm nicht sofort zu Hilfe kam?!? Irgendwann hatte er einmal gelesen, daß der menschliche Körper fünf oder sechs Liter Blut enthielt: wie lange dauert es, bis man fünf oder sechs Liter Blut verliert?!? Sandokan mußte verständigt werden, das Feldlazarett mußte auf der Stelle mit Blutplasma herbeordert werden, aber wie denn, seine Stimme ging in diesem Höllenlärm unter wie ein Staubkorn unter einem Felsblock, und seine Beine hatten nicht einmal die Kraft, ihn bis zur Treppe der Siebenundzwanzig Eule zu tragen. Wieder fing er an zu schluchzen. Mamma mia, hilf mir. Dann beruhigte er sich plötzlich. Das Funkgerät! Er hatte ganz vergessen, daß im Geländewagen ein Funkgerät war, das bereits auf die Frequenz von Sierra Mike eingestellt war! Er mußte aufstehen, in den Geländewagen klettern, die Stellung informieren! Er stand auf, duckte sich wieder. Nein, nicht im Stehen: das war zu riskant. Besser auf allen vieren kriechen, von hinten, von der Rückbank her reinklettern. Er legte sich hin, stützte sich auf Ellbogen und Knie, gelangte zur Rückseite, kletterte über die Rückbank und kroch zum Funkgerät, das unter dem Armaturenbrett befestigt war, entdeckte das Mikrofon, streckte den Arm aus, griff es, war im Begriff, den Einschaltknopf zu drehen, erwischte statt dessen aber den Knopf, mit dem man die Kanäle einstellt. Er verstellte die Frequenz von Sierra Mike! Oh, allmächtiger Gott! Es gab Dutzende und Aberdutzende von Kanälen, und den von Sierra Mike wiederzufinden war schlimmer, als eine Nadel im Heuhaufen zu finden. Er zog den Arm zurück. Streckte ihn wieder aus. Drehte wieder an dem Knopf, und nach einem bösartigen Pfeifen und Zischen hatte er eine Frequenz, die die Stimmen von Adler Eins und dem Kondor sendete.

«Adler Eins, hier Kondor Eieeens! Ich will wissen, wo sind die beiden von der Fünfundzwanzig Alphaaa!»

«Noch auf dem Beobachtungsstand, Signor Generale!»

«Was heißt Beobachtungsstand?!? Auf dem Beobachtungsstand brauchen wir sie nicht mehr, da riskieren sie zu krepiereeen! Warum sind sie nicht in einem Panzeeer?!?»

«Weil Nibbio sie per Funk nicht runterholen konnte, Signor Generale!»

«Wenn er das nicht über Funk konnte, dann geht er eben selbst und holt siiie!»

«Das kann er nicht, Signor Generale! Die Fünfundzwanzig steht unter zu starkem Beschuß!»

«Wenn Nibbio nicht kann, dann gehen Siiie!»

«Aber hier ist es noch schlimmer als bei der Fünfundzwanzig, Signor Generale!»

«Das ist mir egal, sehen Sie, wie Sie damit fertig werden!»

«Signor Generale...»

«Ich habe gesagt, sehn Sie zu, wie Sie damit fertig werdeeen!»

Dann, nach ein paar Sekunden, eine andere Stimme. Die von Zukker.

«Adler Eins, hier Kondor Zett. Der Generale hat das Problem noch einmal überprüft, und sobald es möglich ist, kommen wir und holen die beiden aus der Fünfundzwanzig Alpha!»

Roberto unterdrückte den Wunsch, erneut zu schluchzen. Da sieht man's: bei den beiden wußte jeder, daß sie in Gefahr waren, sogar der General kümmerte sich darum, sie in Sicherheit zu bringen. Von ihm dagegen wußte niemand was, um ihn machte sich keiner Sorgen. Ganz zu schweigen davon, daß die beiden nicht Gefahr liefen, zu verbluten oder zu erblinden, er dagegen schon, die beiden waren zu zweit, das heißt, sie konnten sich gegenseitig trösten, er dagegen nicht. Er war die einsamste Kreatur auf der Welt, und es war so furchtbar, einsam und verlassen Angst zu haben! Es war so furchtbar, allein zu sein, während alle anderen bei irgendwem waren. Er biß die Zähne zusammen, und mit großer Anstrengung drehte er wieder an dem Knopf, um einen anderen Kanal einzustellen, und erwischte die Frequenz der Basis Rubino, wo der Funker beleidigt herumbrüllte.

«Hier wird schließlich auch geschossen, was glaubt iiihr denn?!?»

Dann die Frequenz vom Stützpunkt Adler, wo der Funker einen gewissen Natale warnte.

«Untersteh dich, Natale, untersteh diiich!»

Dann die der Nachschubbasis, wo der Funker auf den Militärbischof wütend war, der sich in einer Garage breitgemacht hatte und darauf bestand, seine Messe zu feiern.

«Unmöglich, ihn da rauszukriegen, sagt uns, was wir tun solleeen!»

Schließlich, nach weiterem bösartigem Pfeifen Zuckers Stimme, der Sierra Mike rief.

«Sierra Mike, hier Kondor Zett. Der Generale will wissen, was bei der Siebenundzwanzig und der Achtundzwanzig los ist.»

Die Siebenundzwanzig?!? Die Achtundzwanzig?!? Sierra Mike?!?

O Wunder! Er hatte die Frequenz von Sierra Mike wiedergefunden, er konnte sich einschalten! Er hielt seinen Mund ans Mikrofon.

«Sierra Mike, hört ihr mich? Versteht ihr mich, hört ihr mich? Ich bin's, Roberto, der Fahrer von Sandokan! Ich hab eine Kopfverletzung! Auf einem Auge bin ich blind! Sierra Mike, Sierra Mike, hört ihr mich?!?»

Nein, sie hörten ihn nicht. Sie sprachen auch weiter so miteinander, als würde es ihn gar nicht geben.

«Kondor Zett, bei der Achtundzwanzig sind die beiden Maròs vom Lager Drei noch nicht im Panzer, und bei der Siebenundzwanzig sind alle im Panzer!»

Alle?!? Er rebellierte.

«Nein, Sierra Mike, nicht alleee! Ich bin ganz allein hier, am Kopf verwundet und auf einem Auge blind! Kommt mich doch bitte holen! Hört mich denn keineeer?!?»

Ach was. Sie hörten ihn wirklich nicht: ob die Antenne kaputt war? Er ließ jede Vorsicht fahren und setzte sich aufrecht auf die Rückbank des Geländewagens, tastete herum und Mamma mia! Von fast drei Metern Antenne war nur noch ein Stück von ungefähr vierzig Zentimetern übrig. Offensichtlich war sie von einem Splitter durchschnitten worden, und der Apparat konnte deshalb zwar empfangen, aber nicht senden. Da sank er wie versteinert herunter, und ihm passierte das, was ihm als Kind passiert war, wenn er nachts aufwachte und allein im Dunkeln war; wenn er allein im Dunkeln war, überkam ihn das unwiderstehliche Bedürfnis, Pipi zu machen, und er konnte es nicht zurückhalten; er konnte nicht einmal die Mama rufen oder ins Bad laufen, so daß das Pipi sein Bett überschwemmte und es wie einen Schwamm durchnäßte: ihn überkam das große Bedürfnis, Wasser zu lassen. Ein so ungestümes, unwiderstehliches Verlangen, daß er nicht einmal Zeit fand, seine Hose zu öffnen, und es unter sich laufen ließ. Von Urin durchnäßt, nach Urin stinkend, stieg er, der ein Vorbild für Sauberkeit war, aus dem Geländewagen. Er ließ sich in den Schlamm fallen. Was kümmerte ihn jetzt noch die gute Uniform, was kümmerte es ihn jetzt noch, ob er schmutzig war und stank? Niedergeschmettert, auf jedes Unheil gefaßt, einschließlich dem, fünf oder sechs Liter Blut zu verlieren und zu sterben, dachte er jetzt nur an den Schmerz seiner Eltern, die ihn auf dem Friedhof von Sanremo beerdigen und weinend Roberto-Roberto rufen würden, mein-Kind, mein-Sohn. Aber gleichzeitig steckte in seiner Resignation auch eine Art Ungläubigkeit, eine Art Verwunderung. Hatte er das etwa verdient? Hatten seine Eltern das verdient? Seine Mutter war erst achtunddreißig, sein Vater neununddreißig, und vom Leben hatten sie ungeheuer wenig gehabt, außer der Reinigung, die in der Trockenbehandlung von Textilien spezialisiert war. Um ihn nicht wegzuwerfen, das heißt, um ihn nicht abzutreiben, hatten sie geheiratet, als sie neunzehn und er zwanzig war, dann hatten sie auch noch seiner Schwester das Leben geschenkt, und wegen der Kinder hatten sie ihre Jugend versäumt. Erst jetzt fingen sie an, sich gelegentlich ein Abendessen in einem Restaurant zu leisten, ein bißchen Urlaub in den Bergen zu gönnen, das Schlagerfestival vom Parkett aus statt im Fernsehen zu verfolgen: wenn sie ihn auf dem Friedhof von Sanremo beisetzen würden, würde der Schmerz sie vorzeitig altern lassen, und dann wäre es vorbei mit den Abendessen im Restaurant. Vorbei mit dem Urlaub in den Bergen und dem Schlagerfestival vom Parkett aus statt im Fernsehen. So fing er an zu beten. «Jesus, wenn es stimmt, daß du gegen Abtreibung bist, dann denk daran, daß sie mich nicht abgetrieben haben. Sei gut zu ihnen. Sei auch gut zu mir: laß mich nicht verbluten und nicht blind werden. Das verdiene ich nicht. Ich bin ein guter Kerl, der nicht spielt und nicht trinkt, kein Geld für Blödsinn ausgibt, im Gegenteil, Geld spart. Und ich hör nicht auf die, die mich Geizhals, Geizhals, Geizhals nennen. Ich bin ein guter Staatsbürger, der sich sowohl in Geschäften wie an der Haltestelle anstellt, der, wenn er ins Kino geht, sich nicht vordrängelt; und außer Scheißwichserei von 'ner Superscheißwichserei hab ich noch nie ein unanständiges Wort gesagt. Ich glaub an dich und an die Heilige Jungfrau Maria und bin sonntags immer zur Messe gegangen. Oft und sogar ohne meinen Milchkaffee und meine Brioche mit Marmelade hab ich die Kommunion empfangen. Ich hab keine Ahnung, was es bedeutet, zu Huren zu gehen; mit Sheila spreche ich nicht, und Fatima seh ich nicht mal an. In Italien hab ich mein Mädchen und basta. Ich rühr sie nicht mal mit Kondom an. Wenn du wüßtest, wie anstrengend das ist. In der Schule hab ich immer soviel wie möglich gelernt. In der Reinigung habe ich immer gearbeitet, auch wenn ich dafür um fünf Uhr aufstehen mußte, um die Maschinen anzustellen; die einzige Schuld, die du mir vorwerfen kannst, ist, daß ich in Algebra durchgefallen bin. Und meine einzige Sünde ist, daß ich mir das Ohrläppchen hab durchstechen lassen, um mir einen Ohrring wie James Dean reinzumachen. Ich wußte ja nicht, daß sich die Schwulen Ohrringe reinmachen. Aber in Algebra hab ich aufgeholt und den Ohrring hab ich nicht mehr getragen. Ich will ihn nicht mehr, weder rechts noch links, und das Loch schließt sich auch wieder. Ja, in Beirut hab ich Haschisch geraucht. Das tun alle, und ich hab mich überreden lassen: hin und wieder rauch ich 'n Joint. Und ich mein es ganz ehrlich: wenn ich jetzt einen hätte, würd ich ihn rauchen. Aber wenn's dich stört, Jesus, dann rauch ich keinen mehr. Das schwör ich dir. Nur soll sich der Arsch daran erinnern, daß ich hier bin. Und du verstehst doch, daß keiner so leidet wie ich...»

Wer leidet, glaubt immer, der einzige zu sein, der leidet, oder zu leiden wie sonst niemand. Das ist bekannt. Daher hätte es auch gar nichts gebracht, wenn man ihm erklärt hätte, daß auf andere Weise oder aus anderen Gründen die anderen Körner des Unglücks ebenso litten wie er. Und noch viel weniger hätte es gebracht, wenn man ihm erzählt hätte, daß es in diesem Teil von Chatila jemanden gab, der doppelt so litt wie er. Jemand, der im Panzer Achtundzwanzig steckte, also nicht weit weg von Fabio und Matteo, die jetzt im Begriff waren, ihn zu stellen.

* * *

Der Panzer der Achtundzwanzig stand ganz oben auf dem Wall, der nach Süden hin den Graben begrenzte, auf einer Art kleiner Anhöhe, die die Rotunde an der kuwaitischen Botschaft beherrschte, das heißt die Kreuzung der Avenue Chamoun und der Straße Ohne Namen, und dieser Bereich von Chatila war dem Gefechtsfeuer von Gobeyre am heftigsten ausgesetzt. Der Zaun von Lager Drei lag dagegen in Höhe der Straße, rechts und nach hinten wurde er vom Hang der kleinen Anhöhe beschützt, links lag der Schutzraum von Jasmine, weshalb Fabio und Matteo beim Befehl, sich im M113 Schutz zu suchen, gebeten hatten, im Lager Drei bleiben zu dürfen. Nibbio hatte geantwortet In-Ordnung, und jetzt kauerten sie hinter der kleinen Mauer, jeder mit seiner persönlichen Angst. Großer Angst. So groß, daß sie weder an Jasmine noch an Mirella, weder an Rosaria noch an Dalilah dachten, und Matteo drückte es mit seiner gewohnten Redseligkeit aus. «Verdammt soll ich sein und die Diplomarbeit über den Libanon.» «Die respektieren hier nicht mal Weihnachten.» «Die Mafia in Palermo respektiert es.» «Hast du je von einem Badalamenti gehört, der einen Caruso, und von einem Caruso, der einen Badalamenti zu Weihnachten umbringt?» Und weiter so in dieser Art. Fabio dagegen drückte es auf ungewöhnliche Weise aus: er sang lauthals seine Version eines kleinen Schlagers, in dem es hieß Hallo-Mister-Cairo, how-do-you-do. Wobei er den Namen Mister Cairo durch den Namen Mister Coraggio ersetzte und Albernheiten einfügte, die sich auf how-do-you-do reimten; seit vierzig Minuten sang er sich wie ein Besessener die Kehle aus dem Leib, und trotz des Höllenlärms drang seine Stimme bis zur Siebenundzwanzig Eule, wo sie Roberto nicht hörten.

«Hallo, Mister Coraggio, hau du ju duuuu! Hallo, Mister Coraggio, was machst'n duuuu? Hallo, Mister Coraggio, bald haste Ruuuh!» Doch da, ganz plötzlich, ertönte ein unmenschlicher Schrei, ein Schrei, der sogar noch die Explosionen übertönte, aus dem Panzer der Achtundzwanzig: «Hilf mir, Mamma mia, hilf mir doch! Ich will nicht sterben wie 'ne Ratte. Ich will nicht mit euch sterben. Laßt mich gehn, laßt mich um himmelswillen gehn.» Und Fabio wurde still. Auch Matteo wurde still.

«Wer ist das?» fragte Fabio.

«Der Sizilianer, der vor drei Wochen angekommen ist», antwortete Matteo.

«Der, der 'ne Schraube locker hat und in der Küche arbeitet?»

«Ja, Calogero, der Fischer.»

– 5 –

Sie nannten ihn Calogero, den Fischer, weil er sich mit den Worten Bin-Calogero-der-Fischer vorstellte, und sie behielten ihn in der Küche, weil er damit drohte, aus der Stellung abzuhauen. Hier-bleib-ich-nicht. Ich-hab-Angst. Sie glaubten, er hätte eine Schraube locker, weil er in zwanzig Tagen, das heißt also, seit sie ihn nach Beirut geschickt hatten, schon fünfmal abgehauen war. Jedesmal lief er zum Meer, auf der Suche nach einem Boot, um nach Hause zurückzukehren. Vor sechs Monaten war er achtzehn geworden, er hatte einen gedrungenen, plumpen Körper, ein kindliches, von der Sonne verbranntes Gesicht, sanfte schwarze Augen, die vor Verwunderung und Bestürzung immer weit aufgerissen waren. Und er kam von einer der Ägadischen Inseln, die so klein war wie eine Erbse, Formìca, wo gerade knapp achtzig Menschen lebten: diese Zahl schloß den Pfarrer ein, die Lehrerin, den Apotheker und die beiden Carabinieri, die dorthin geschickt worden waren, um das Gesetz zu vertreten. Dort war er geboren, als einziger Junge nach vier Mädchen, und von frühester Kindheit an hatte er nichts anderes getan als fischen. Ein Beruf, der ihm unendlich viel Freude machte und den er vom Vater erlernt hatte, einem wilden Kerl, der sich, um den Wehrdienst nicht ableisten zu müssen, einen Fuß harpuniert hatte und dadurch hinkte. Er wußte alles, wirklich alles über Sardellen und über Sardinen, über Meerbarben und über Seebarsche, über Langusten und über Kraken, über Krabben und über Tintenfische, über Krebse und über Venusmuscheln. Nichts dagegen, aber auch rein gar nichts über die Lebewesen, die außerhalb des Wassers leben. Abgesehen von seinen Eltern und seinen vier Schwestern und der Großmutter und den Wildkaninchen und den Hühnern hinterm Haus, war das einzige auf dem Land hausende Lebewesen, mit dem er vertrauten Umgang hatte, der Hund des Großvaters; der Großvater war infolge eines Unfalls beim Abstechen der Thunfische gestorben. Calogero konnte nur mit Mühe schreiben, und das mit unglaublichen Rechtschreibfehlern: nach dem dritten Grundschuljahr war er nicht mehr zur Schule geschickt worden. Dort lernte er ja doch nichts, im Gegenteil, er verkümmerte nur. Er hatte noch nie ein Buch gelesen, und bevor der Einberufungsbescheid kam, hatte er Formìca noch nie verlassen, nicht einmal, um nach Trapani zu fahren, das im übrigen nur mit dem Postschiff erreichbar war, und das fuhr nur montags. Daher hatte er noch nie eine Stadt gesehen, einen Zug, eine Autobahn, ganz zu schweigen von einem Flughafen. Flugzeuge waren für ihn große Vögel, die geradeaus flogen und einen Streifen Rauch hinter sich lassen; und er konnte sich nicht vorstellen, was ein Autostau oder ein fahrender Zug war. Und noch weniger konnte er sich vorstellen, was ein Krieg war. Die Ereignisse in der Welt wurden ausschließlich durch das Fernsehen nach Formìca gebracht; aber dieser geheimnisvolle Apparat sprach Italienisch wie die Lehrerin in der Schule, und so wußtest du eigentlich nie, was da erzählt wurde. Trotzdem war diese kleine Insel für ihn immer das Paradies gewesen, und er hatte nie den Wunsch gehabt, von dort wegzugehen. Was willst du denn von Gott noch mehr, wenn du ein Boot hast und fischen kannst, dazu einen Laderaum, wo du die Fische reinkippen kannst, ein Haus, das dich vor Regen und Kälte schützt, eine Kirche, um zur Messe zu gehen, eine Bar, wo du dir sonntags ein Eis kaufen kannst, und schließlich einen Vater und eine Mutter und vier Schwestern und eine Großmutter und einen Hund, die dich lieben? Aber eines traurigen Tags im Juli war die Karte eingetroffen. Und auf der Karte hatte man ihn informiert, daß er sofort nach Brindisi fahren, sich in der Marine-Kaserne melden und Soldat werden sollte.

Matri, Matruzza, Mama, o Mama, war das schlimm! Nächtelang hatte er vor Kummer geweint. Er war drauf und dran, sich einen Fuß zu harpunieren wie sein Vater. Erst als sein Vater angefangen hatte zu brüllen Tu's-nicht, wirst-es-bereuen, ich-hab's-bereut, besser-ein-Soldat-als-ein-Hinkefuß, war er bereit gewesen zu gehorchen. Er hatte Dosen mit Thunfisch in Öl in den Koffer gestopft, seinem Boot Lebewohl gesagt, seinen Eltern, seinen Schwestern, seiner Großmutter, seinem Hund und war aufs Postschiff gegangen und in Trapani ausgestiegen, wo er zum ersten Mal eine Stadt gesehen hatte. Matri, Matruzza, was für eine Stadt! Siebzigtausend Einwohner, Jesus, und Baustellen, Schornsteine, riesige Häuser, Kathedralen, Geschäfte, auch bei Tag brennendes Licht, Straßen über Straßen. Auf den Straßen ein höllischer Lärm von Autos, Fahrrädern, Lastwagen, Bussen, ein Haufen Menschen, die schnell gingen, und keiner, der ihn zum Bahnhof begleitete. Nimm die Soundsostraße, wurde ihm geantwortet, dann links die Soundsostraße, dann geradeaus bis zur zweiten Ampel, dann rechts, dann wieder geradeaus bis zur fünften Ampel... Und wenn du nicht weißt, welche die Soundsostraße ist? Und wenn du die Ampeln nicht verstehst? Mal sind sie rot, mal grün, mal gelb: wozu? Hundert Jahre hatte er gebraucht, um den Bahnhof zu finden, und noch mal so viel Zeit, um den kilometerlangen Zug zu finden. Und eigentlich war es gar kein Zug, sondern viele Züge hintereinander. Erste Klasse, zweite Klasse und so weiter. In die erste Klasse hatte man ihn nicht reingelassen. Zeig-mal-deinen-Fahrschein, nein, hier-kannst-du-nicht-rein. Schade, in der ersten Klasse waren nämlich weniger Leute. In der zweiten wimmelte es nur so von Menschen, und sie drückten, trampelten, drängelten an dir vorbei, klauten dir den Platz, den du haben wolltest. «Besetzt, besetzt!» Trotzdem hatte er einen Platz bekommen. Im Raucherabteil, leider. Ein Gestank! Und der Zug war abgefahren. Von Trapani hatte er ihn nach Alcamo gebracht, von Alcamo nach Palermo, von Palermo nach Cefalù, von Cefalù nach Messina: und er wurde gründlich durchgeschüttelt. Ratatatam-ratatatam Ratatatam-ratatatam Ratatatam-ratatatam. Mit diesen Menschen, die rauchten und rauchten. Und die beim Rauchen quatschten und quatschten, aßen und aßen... Orangen, Bananen, Mandarinen, Pralinen. Er nicht; er hatte ein bißchen Thunfisch gegessen und basta. Mit dem Brot, das er von zu Hause mitgenommen hatte.

Furchtbar, der Zug war furchtbar. Schön war am Zug nur das Fenster, die Landschaft, die wie im Windstoß vorüberflog. Dann, in Messina, wurde der Zug auf ein Schiff verfrachtet. Der Zug mit allen diesen Zügen der ersten Klasse, der zweiten Klasse und so weiter. Und das Schiff war nicht untergegangen. Im Gegenteil, es war gegen den Wind durch die Meerenge gefahren und hatte sie nach Reggio Calabria gebracht: auf den Kontinent. Eine ungeheuerliche Sache. So ungeheuerlich, daß er vor lauter Aufregung eine ganze Dose Thunfisch in Öl verschlungen hatte. Aber in Reggio Calabria waren sie dann aus- und in einen anderen Zug umgestiegen, der an der Sohle des Stiefels entlangfuhr und danach am Absatz, denn Italien hat ja die Form eines Stiefels mit Absatz, und sie waren nach Catanzaro gefahren. Von Catanzaro nach Crotone. Von Crotone nach Corigliano. Von Corigliano nach Tarent. Und immer am Golf von Tarent entlang: was noch ungeheuerlicher war, weil dort das Meer lag, das wie ein Windstoß am Fenster vorbeiflog. In Tarent waren sie dann wieder ausgestiegen. Doch statt einen Eilzug nach Brindisi zu nehmen, das ganz in der Nähe lag, mußten sie noch mal in einen anderen Zug steigen, der den Stiefelabsatz hinunterfuhr, nach Lecce, und von Lecce aus ging es den Stiefelabsatz dann wieder hoch nach Brindisi. Die Reisenden waren ausgesprochen wütend. Am wütendsten war ein Mann mit dem Abzeichen der kommunistischen Partei, der sagte, das hier wäre keine Eisenbahnstrecke, sondern ein Witz, eine Beleidigung der Süditaliener: wären die Kommunisten an der Regierung, würden gewisse Dinge nicht vorkommen. Er sagte auch, daß Rom eine Räuberhöhle sei, und er wollte die Räuber an einen Ort schicken, der Sibirien hieß. Daraufhin erregte sich ein Mann mit dem Abzeichen der christdemokratischen Partei und antwortete ihm Gehen-Sie-doch-nach-Rußland, gehen-Sie-doch: da fahren die Reisenden nämlich in Viehwaggons, wenn sie überhaupt reisen und die Polizei es ihnen nicht verbietet. Daraufhin bombardierte ihn ein junger Kerl in grüner Militärjacke und Schuhen aus allerfeinstem Leder, Schuhe für Reiche, mit Sätzen, die er, Calogero, auf Formìca nie gehört hatte, und duzte den Mann, als wären sie miteinander verwandt. Du existierst doch gar nicht, sagte er zu dem Mann mit dem christdemokratischen Abzeichen. Du bist doch nur ein Sklave des imperialistischen, multinationalen Staates, der mit Massakern wie dem an der Piazza Fontana die Destabilisierung will, und schließlich wirst du mit kugeldurchsiebter Brust im Kofferraum irgendeines Autos enden. Und was dich angeht, bist du ein falscher Genosse und ein Verräter an der Arbeiterklasse, sagte er zu dem Mann mit dem Abzeichen der kommunistischen Partei. Mit deinem schuldbewußten Schweigen machst du dich zum Komplizen des Systems und wirst genauso enden: die Arbeiterklasse verzeiht nicht. Ergebnis: die drei wurden beinahe handgreiflich, und erst nach sieben Stationen stimmten sie in einem Punkt überein, daß der Zug nämlich nicht schnell genug fuhr. Doch der fuhr schnell. Ihm kam es so vor, als ob er sogar zu schnell führe. Er hätte Gold dafür gegeben, daß er langsamer gefahren und so spät wie möglich in Brindisi angekommen wäre.

Mittwochnachmittag war er dort eingetroffen: nach zwei Tagen, zwei Nächten und sechs Stunden. Halbtot vor Müdigkeit und Verlorenheit, mit einem Magen in Aufruhr, weil er in der Zwischenzeit sämtliche Dosen mit Thunfisch in Öl aufgegessen hatte, hatte er die Stadt durchquert, die genauso war wie Trapani und niemals aufhörte. Von Straße zu Straße war er zu einem Fort am Meer gelangt, war hineingegangen und hatte gesagt Bin-Calogero-der-Fischer, und gleich hatten sie ihm die Haare geschnitten. Ratzekahl! Dann hatten sie ihm eine Uniform verpaßt, die vorn und hinten zu eng war, ein paar Stiefel, die die Füße einkerkerten, und vier Monate lang hatte er schlimmer gelebt als in einem Alptraum. Brüllen, Vorhaltungen, komische Befehle: «Vorwärts, marsch! Rechts um, marsch! Links um, marsch! Kehrt marsch! Präsentiert das Gewehr!» Ganz zu schweigen von den Übungen, Matri, Matruzza, vom Drill, von der Ausbildung am Gewehr, das, kaum hattest du den Finger am Abzug, wegsprang wie ein Fisch, dir ins Gesicht knallte und dir einen Zahn ausschlug. Und zu dem Gewehr, das dir einen Zahn ausschlug, auch noch die miesen Kameraden, die brutalen Offiziere, die Beleidigungen der einen wie der anderen. «Barbar! Höhlenmensch! Neandertaler! Kommst wohl aus den Erdlöchern der Jurazeit?!?» Und schließlich die Verzweiflung, als eines Tages ein Sizilianer zu einem anderen Sizilianer im Dialekt sagte: «Sie schicken uns nach Lebàno, in den Libanon!» Denn er hatte Melàno, Milano, Mailand, statt Lebàno verstanden und daraufhin den Kopf verloren. «Nein, nich nach Melàno! Ich will nich nach Melàno! Melàno is kein Dorf am Meer!» Und es war sinnlos, ihm wieder und wieder zu sagen Nein-Calogero-nein, der-Libanon-ist-nicht-in-Milano. Er hatte nun geglaubt, daß der Libanon in Mailand sei, und hatte daran bis zum Vortag der Einschiffung festgehalten: Zweifel stieg erst in ihm auf, als er das Schiff im Hafen sah. «Wieso fahr'n wir mit dem Schiff? Man kann doch nich mit dem Schiff nach Melàno fahr'n.» – «Wir fahr'n nich nach Melàno, Calogero.» – «Nicht?!? Und wo bringen sie uns dann hin?» – «Nach Beirùt, Calogero.» – «Nach Berutti?!? Und was is Berutti?» – «Die Hauptstadt des Lebàno, Calogero.» – «Also is Lebàno... nich Melàno?» – «Nein, Calogero. Es is nicht Melàno.» – «Und is der Lebàno ein Land am Meer?» – «Ja, ein Land am Meer ist es, Calogero.» – «Matri, Matruzza! Und is Berutti eine Stadt am Meer?!?» – «Ja, eine Stadt am Meer, Calogero.»

Endlich war er davon überzeugt, er freute sich sogar. Einverstanden, Berutti würde nicht wie Formìca sein. Es würde nicht das gleiche klare, reine Wasser haben, nicht die gleichen weißen, sauberen Sandstrände, die gleichen phosphoreszierenden Felsen. In der Nähe seiner Strände und Felsen würden die Fische nicht wie rote und gelbe, türkisfarbene und silberne Blitze vorbeischnellen. In seinen Tiefen würde es keine blühenden Gärten aus Korallen und Schwämmen, aus Algen und Muscheln geben. Er würde dort nicht seinen Vater, seine Mutter, seine vier Schwestern, seine Großmutter und den Hund finden. Aber er würde dort in Frieden leben können, ohne Mißhandlungen: wenn es keine Kasernen gibt, ist eine Stadt am Meer immer eine Verheißung, und mit dieser Illusion war er an Bord gegangen und losgefahren: stundenlang am Bug, den Horizont absuchend, versessen darauf, endlich Beirut zu erblicken. In der letzten Nacht hatte er vor lauter Ungeduld nicht einmal geschlafen, und als die Morgendämmerung heraufzog und die Umrisse der verheißenen Stadt hervortreten ließ, hatte er vor Glück gebrüllt. «Berutti! Berutti! Beruttiii!» Dann kam das Schiff der Küste näher, fuhr durch trübes Wasser, das von Papier, Spritzen, toten Ratten und allen möglichen Abfällen verdreckt war, und lief in den von Schutthalden umgebenen Hafen ein, ließ sie an einem Kai an Land gehen, wo die Kanonen zu hören waren, und Matri, Matruzza! Das war gar keine Stadt am Meer! Das war eine Stadt im Krieg! Krieg, wie man ihn im Fernsehen sah, mit zerstörten Häusern und zerfetzten Toten! Und kaum am Stützpunkt angelangt, war er zum Strand von Ramlet el Baida gelaufen, um ein Boot zu suchen, das ihn nach Formìca zurückbrachte. Ein Boot, ein Boot, ich will nach Formìca zurück. Sie hatten ihn eingefangen, aber er war gleich wieder weggelaufen. Sie hatten ihn als Wachposten aufgestellt, und er war von dort weggelaufen. Sie hatten ihn oben auf einen Beobachtungsstand abkommandiert, und er war vom Beobachtungsstand weggelaufen. Sie hatten ihn in die Krankenabteilung gesteckt, und er war aus der Krankenabteilung weggelaufen. Sie hatten ihn in die Küche gesperrt, um Fische zu säubern, und dort war er geblieben. Fische, Fische! Also doch eine Stadt am Meer! Gestern allerdings hatte sich der Marò von der Achtundzwanzig, der an der Ecke der Straße Ohne Namen und der Avenue Chamoun Wache stand, einen krankenhausreifen Durchfall eingefangen, und der Zugführer hatte gesagt: «Ersetzt ihn durch Calogero. Stellt Calogero an der Ecke der Straße Ohne Namen und der Avenue Chamoun als Posten auf. Ist ja ein leichter Platz.» Sie hatten ihn dort aufgestellt und...

Was für ein Unglück, Matri, Matruzza, was für ein Unglück! Vor allem wegen des Gewehrs, das er in der Hand halten mußte, und wegen des Helms, den er auf dem Kopf lassen mußte; dann wegen des Schlamms, in den er bis zu den Knöcheln einsank und der ihn am Boden festhielt und daran hinderte abzuhauen; und dann wegen des Sturmgeruchs, den er schon morgens gewittert hatte und der von Stunde zu Stunde stärker wurde. Nahende Stürme haben einen widerlichen Geruch, den Geruch faulender Abfälle, die an die Oberfläche kommen. Und als er ihn witterte, fühlte er sich, wie wenn weit draußen beim Fischen Südwestwind aufkam; dann schwillt das Meer und rät dir so, schnell heimzurudern, so daß du in aller Hast die Netze einziehst und zum Ufer ruderst, aber je mehr du ruderst, um so weiter trägt dich die Strömung hinaus. Und so hatte er zum Zugführer gesagt: «Ein schlimmer Sturm kommt auf.» Aber leider hatte der Zugführer ihn nicht ernst genommen: «Sei still, du Neandertaler.» Übrigens hatte er ihn auch nicht ernst genommen, als bei Sonnenuntergang ein kometenartiger Blitz den Himmel durchzuckte und er gerufen hatte: «Ein Blitz! Das ist ein Sturmblitz!» Antwort: «Was denn für ein Blitz, du Höhlenmensch!» Aber es war ein Blitz. Nicht zufällig hörte er da auf, wo Blitze aufhören, nämlich oben auf dem Turm, und der Sturm brach wirklich los. Blitze, Einschläge, Donner und der Befehl, in den Panzer zu steigen. Matri, Matruzza, was 'ne Angst! Es war, als würde die Erde sich öffnen, um den Panzer zu verschlucken. Bei jeder Explosion hob und senkte er sich schlimmer als ein Boot bei einem Seebeben. Und auf dem Grund des Bootes – er: mit Gewalt hineingepreßt wie eine Sardine in einen Korb voller Sardinen, zerdrückt, zerquetscht und vom Gestank der Fürze erstickt, die die anderen vor lauter Angst fahren ließen. Oh, und wie die furzten! Manche Fürze waren beinah tödlich. Aber sobald du sagtest: ich-muß-pissen, fluchten sie auf Garibaldi, der, um die Einheit Italiens voranzubringen, in Marsala gelandet war, das hieß direkt gegenüber den Ägadischen Inseln. «Dieser verdammte Garibaldi, der seine Nase in alles stecken mußte und uns mit euch vom Süden zusammengeschmiedet hat», wetterten sie. «Seinetwegen sind wir ein Land der Dritten Welt geworden, nur seinetwegen!» Sie schrien auch, daß der Süden an Libyen im Tausch gegen Erdöl verkauft werden sollte und daß man nach dem Verkauf um Libyen eine Mauer wie die Chinesische Mauer errichten müsse und daß, wenn die von Formìca nach Italien einreisen wollten, sie einen Paß mit einem Visum haben müßten, das höchstens einen halben Tag gültig sein dürfe. Dann wandten sie sich an ihn und: «Kapiert?!? Wehe, du pißt auch nur ein Tröpfchen!» Jedenfalls war das noch nicht das Schlimmste: das Schlimmste war die Vorstellung, wie eine Ratte zu sterben, drinnen im Panzer.

Jeder muß sterben, klar, und der Tod kennt kein Alter: ins Netz gehen alte Fische, junge Fische und gerade geborene Fische. Aber eine Sache ist es, in einem Boot zu sterben, wo du pinkeln kannst, soviel du willst, und wo die Fürze vom Wind weggetragen werden, und eine ganz andere Sache ist es, eingequetscht wie eine Sardine in einem Korb voller Sardinen zu sterben, die furzen, die auf Garibaldi fluchen, die ein Visum von dir verlangen, wenn du nach Italien einreisen willst, die dich gegen Erdöl an Libyen verkaufen. Mit denen wollte er nicht sterben. Er wollte zurück nach Formìca, zu seinem klaren, reinen Wasser, zu seinen weißen, sauberen Sandstränden, zu seinen phosphoreszierenden Felsen, zu seinen Fischen, zu seinen Schwämmen, zu seinen Korallen, zu seinen Eltern, zu seinen Schwestern, zu seiner Großmutter und zu seinem Hund. So hatte er sich irgendwann auf die Luke gestürzt, um zu fliehen, die anderen hatten ihn aufgehalten, und deshalb stieß er jetzt diesen unmenschlichen Schrei aus.

«Hilfe, Matri, Matruzza, Hilfeee! Ich will nicht sterben wie eine Ratte! Ich will nicht mit euch hier sterben! Laßt mich raus, laßt mich raus, um himmelswilleeen!»

Dann flog die Luke auf. Und eine untersetzte Gestalt, ein Schatten ohne Helm und ohne Gewehr schoß aus dem Panzer. Vergeblich das Gebrüll des Zugführers, der hinter ihm herschrie Wo-rennst-du-hin-Neandertaler-wo-rennst-du-hin-Höhlenmensch, er erreichte die Spitze der kleinen Anhöhe und stürzte sich den Hang hinunter, der vom Lager Drei hinabführte. Er stürzte sich mit der gleichen Bewegung hinunter wie ein Körper, der aus großer Höhe ins Meer taucht: gespannter Rumpf, gerade Beine, nach vorn gestreckte Arme. Und wie ein Körper, der ins Meer taucht, stürzte er kopfüber in den weichen Schlamm. In den er versank. Gleich darauf tauchte er aber auf und rollte vor die Füße von Fabio und Matteo: eine Maske aus matschigem Lehm, in der seine Augen aufblitzten wie Flammen im Dunkeln.

«Bin Calogero, der Fischer, und will vorbei.»

«Und wohin willst du, Calogero?» fragte ihn Matteo, stellte das Gewehr auf die Sandsäcke und packte ihn an den Handgelenken.

«Nach Haus. Nach Haus will ich. Laß mich.»

«Das kannst du nicht, Calogero. Geh wieder in den Panzer zurück.»

«Nich in den Panzer, nein. Ich will nich sterben wie 'ne Ratte. Ich will nich mit denen sterben. Sie lassen mich nich pinkeln, furzen herum und wollen mich gegen Erdöl an Libyen verkaufen. Sie sind hundsgemein und schimpfen auf Garibaldi. Laß mich, laß mich!»

«Wenn sie dich an Libyen verkaufen wollen, auf Garibaldi schimpfen und herumfurzen, dann bleibst du eben bei uns hier, Calogero. Bleib hier. Wir sind doch Landsleute, wir sind auch aus Sizilien. Ich bin aus Palermo und er da aus Brindisi. Weißt du das nicht?»

«Das weiß ich nich und will's auch nich wissen. Ich mag Brindisi nich, ich mag Palermo nich. Ich mag nur Formìca und basta. Und hier will ich nich bleiben. Laß mich.»

«Nein, Calogero. Entweder bleibst du im Panzer mit denen da, oder du bleibst hier bei uns: du kannst nicht nach Hause gehen», sagte Matteo noch einmal und verständigte sich mit Fabio durch einen Blick, der sich schnell hinter Calogero stellte und ihn festhielt.

«Beruhige dich, Calogero, beruhige dich erst einmal, wir hier mögen dich.» Dann, mit lauter Stimme, so daß die im Panzer es hören konnten: «Macht die Luke ruhig wieder zu. Wir haben ihn und behalten ihn bei uns.»

Unter Rufen der Erleichterung Bravo-danke-bravo schloß sich die Luke wieder. Damit schien die Sache erledigt. Aber Tatsache ist, daß es Calogero egal war, daß die beiden Landsleute von ihm waren und versicherten, daß sie ihn mochten. Die bitteren Erfahrungen dieser Monate hatten ihn gelehrt, daß die Leute nur deshalb versicherten, dich zu mögen, damit sie dich besser reinlegen konnten, und blitzschnell wie ein harpunierter Thunfisch entwischte er den Händen seiner Bewacher. Er versetzte Fabio einen ordentlichen Kinnhaken, so daß dieser benommen ausrutschte, und einen weiteren verpaßte er Matteo, der halb bewußtlos in die Knie sank, dann stieg er über sie hinweg: seelenruhig. Seelenruhig pinkelte er, löste sich von der Mauer, ging rechts in die Straße Ohne Namen, kam zur Kreuzung mit der Avenue Chamoun, tauchte in den Lärm der Regierungssoldaten ein, die mit Brownings und 106er Kanonen schossen, und ging schnurstracks zur Küste von Ramlet el Baida. Und wenn sich jemand auf dieser Straße befunden hätte, hätte er etwas sehen können, was man auch im Krieg nur selten sieht, dort, wo man doch alles zu sehen bekommt: nämlich einen kleinen Soldaten, der ohne Gewehr und ohne Helm, das Gesicht zu einer Maske aus matschigem Lehm entstellt, die Schlacht verließ und mit sich selbst sprach.

«Blitz und Donner, Blitz und Seebeben noch mal. Ich kapier's nich, ich kapier's einfach nich. Bin doch nich mal zwanzig, bin erst achtzehn und basta, bin noch 'n Junge und will nich in Beirut sterben. Leben will ich, fischen und sterben wie Methusalem auf Formìca. Beim Fischen. Denkt ihr nur an euch selbst, seht zu, wie ihr klarkommt. Bleibt doch mit denen zusammen, die mich gegen Erdöl an

Libyen verkaufen wollen. Gemeine Hunde, ja, gemeine Hunde. Alle. Auch ihr Wichser von Landsleuten. Habt mich an den Handgelenken gepackt, am Gürtel und im Nacken. Was gehen die mich denn an, was?!? Ich hab's euch doch gesagt, daß ich Melàno nich mag. Und ihr habt geantwortet: es ist doch gar nich Melàno, sondern Beirut, Land am Meer, Stadt am Meer. Und dann habt ihr mich hierher geschleppt, in diese Stadt von Krieg und Seebeben. Von Blitz, Donner, Seebeben. Habt mich in 'n Korb voller Sardinen geschmissen, die furzen und furzen und dich nich pinkeln lassen. Habt mich in einen Panzer eingesperrt, um mich sterben zu lassen wie 'ne Ratte, zusammen mit den Feinden von Garibaldi. Ich kapier's nich, ich kapier's nich. Aber ich hab kapiert, daß es mir auf die Eier geht, und ich hau ab übers Meer, ich nehm mir 'n Boot, um nach Formìca zu fahren. Denn wo das Meer ist, da ist auch immer 'n Boot. 'n Boot...»

Sobald Fabio und Matteo wieder zu sich gekommen waren, begriffen sie, daß er es geschafft hatte, denn er war nicht mehr da. Da liefen sie zum Panzer und meldeten dem Zugführer, daß Calogero sie angegriffen hatte und entwischt war. Und der Zugführer stieg aus, um ihn gemeinsam mit ihnen zu suchen und zu rufen.

«Calogerooo! Wo bist du, Calogerooo?!?»

«Calogerooo! Antworte, du Barbarenpisser, du Neandertaler, du Höhlenmensch! Calogerooo!»

«Calogeroo! Zum Teufel mit dir und Garibaldi, der uns das eingebrockt hat! Komm zurück, Calogerooo!»

«Calogerooo! Calogerooo! Calogerooo!»

Sie riefen lange nach ihm, suchten ihn überall: hinter den Schutthalden, in Jasmines Schutzraum, in der Straße Ohne Namen, in der Avenue Chamoun, auf der Rotunde der kuwaitischen Botschaft und über Funk auch bei Sierra Mike. Doch Calogero war längst über alle Berge. Sein Blitz-und-Donner-Blitz-und-Seebeben vor sich hinmurmelnd, hatte er im Selbstgespräch den Strand von Ramlet el Baida erreicht, wo er wie verrückt nach einem Boot suchte. Ein Boot, ein Boot, das mich nach Formìca zurückbringt. Denn wo das Meer ist, da ist auch immer 'n Boot. Ein Boot, ein Boot...

Und das geschah, während sich Sandokan bei der Siebenundzwanzig Eule durch die schwierigen Gewässer eines ganz anderen Meeres mühte. Er hatte das, was man eine Gewissenskrise nennt.

* * *

Gewissenskrisen sind wie Hustenanfälle. Sie kommen, wenn du es am wenigstens erwartest. (Vorausgesetzt natürlich, du hast ein Gewissen.) Und diese Krise hatte Sandokan wirklich nicht erwartet, als er mit geschwellter Brust und gespreizten Beinen und dem Nachtsichtgerät vor den Augen das einzige Kriegsabenteuer seines Lebens als Beobachter genoß. Päng-päng-päng. John Wayne, der als Kommandant des Schlachtschiffs West Virginia die Küsten der Philippinen bombardiert, um den Boden für MacArthur vorzubereiten; Henry Fonda, der an Bord des Unterseeboots Seahorse Jagd auf den Admiral Yamamoto macht und ein Torpedo auf ihn losläßt; Robert Mitchum, der mit Amphibienfahrzeugen in der Normandie landet und den starken Brückenkopf am Strand von Omaha einrichtet, Vietnam, Afghanistan. Diese Flammen und Explosionen, die ihn in Ekstase brachten, waren allzu gewollte Schauder, allzu sehr herbeigesehnte Orgasmen. Als aber die M48 loslegten, war vor den Sandsäcken der Siebenundzwanzig Eule etwas hingeklatscht, das ein ungewöhnliches Geräusch machte. Nicht den trockenen Ton eines Splitters, sondern das dumpfe Geräusch eines weichen Gegenstands. Tschaff! Neugierig geworden, hatte er das Nachtsichtgerät abgesetzt, war hinausgegangen, um nachzusehen, was es war, und was war es? Eine kleine Hand, die am Handgelenk abgerissen war, eine Frauenhand mit beringten Fingern und karminrot lackierten Fingernägeln. In diesem Augenblick war der Hustenanfall gekommen; Fragen und Antworten und Zweifel, von denen er niemals geglaubt hätte, daß sie ihn quälen würden, hatten den guten Mann aufgeschreckt, der sich noch nie in seinem Augenblick der Wahrheit hatte bewähren müssen: dieser gutmütige Neununddreißigjährige, der sich hinter einem struppigen, ungepflegten Bart, hinter einem langen, herunterhängenden Schnauzbart, spitz zulaufenden Koteletten, buschigen Augenbrauen, sonnenverbrannter Haut und dem Schneid eines Piraten versteckte, der glücklich war, daß er so wirkte. Von wo kam, von wem stammte diese kleine Frauenhand mit den beringten Fingern und den karminrot lackierten Fingernägeln? Im Namen welcher Logik war diese arme Frau getötet oder verstümmelt worden? Scheißwichserei von 'ner Superscheißwichserei, daran hatte er noch nie gedacht; auch das war der Krieg: eine kleine Frauenhand mit beringten Fingern und karminrot lackierten Fingernägeln. Ob sein Vater vielleicht doch recht hatte, wenn er die Waffen und die Uniformen haßte und meinte, daß der Pazifismus ein moralischer Imperativ sei und ein Gesetz zivilisierten Verhaltens? Ob er, Sandokan, vielleicht doch unrecht gehabt hatte, zu antworten: Papá, ich studiere nicht Jura, deine bestens eingeführte Kanzlei will ich nicht haben, ich gebe nichts darum, ein friedlicher Bürger mit goldener Uhr auf der Weste oder Mitglied im Rotary Club zu werden, Vicenza ist mir zu eng? Ob es nicht doch falsch war, wenn er den Krieg liebte, ihn respektierte, ihn herbeisehnte, sich einredete, der Krieg sei der Saft des Lebens, der mit dem Leben entsteht, der zusammen mit dem Blut in den Adern des Menschen fließt, daß jedes menschliche Wesen ihn kämpft, jedes Element der Natur? Nein, Scheißwichserei von 'ner Superscheißwichserei, nein! Ein Hund, der einen anderen Hund beißt, begeht einen kriegerischen Akt, ein Fisch, der einen anderen Fisch verschluckt, begeht einen kriegerischen Akt. Und ebenso ein Insekt, das ein anderes Insekt verschlingt, ein Baum, der einen anderen Baum erstickt, ein Gas, das sich ausbreitet, eine Säure, die ätzt. Alles, was wir zum Leben, Überleben, Existieren tun, ist ein kriegerischer Akt. Folglich hatte er sich nicht geirrt. Doch, Scheißwichserei von 'ner Superscheißwichserei, er irrte sich: Denn ein Mensch ist keine Säure oder ein Gas, er ist kein Baum, kein Insekt, kein Fisch, kein Vogel, kein Hund – er ist ein Wesen, das denkt und weiß, daß es denkt, etwas erschafft und weiß, daß es etwas erschafft, zerstört und weiß, daß es zerstört, tötet und weiß, daß es tötet! Es hat einen Verstand, der in der Lage ist, andere als die von der Natur angebotenen Lösungen zu finden und... Und wie auch immer, dieser Kampf fing an, ihm den Magen umzustülpen.

Ja, mit genau diesen Gedanken (vielleicht ein bißchen anders in der Form, aber dem Inhalt nach so) betrachtete Sandokan jetzt die unerwartete Ausgießung des Heiligen Geistes, deretwegen er Roberto vergessen und Calogero nicht gesehen hatte. Von Nord, von Süd, von Ost, von West hämmerten die Regierungstruppen unterdessen auf den Turm und auf Gobeyre ein. Sie waren dabei, Bilal in die Knie zu zwingen, der auf den Trümmern des ehemaligen Wasserreservoirs singend Widerstand leistete.

Zweites Kapitel

– 1 –

Bilal leistete singend Widerstand. Die Kanonen der M48, die die Achte Brigade längs der großen Straße von Sabra in Stellung gebracht hatte, gaben zehn Schüsse pro Minute ab; die 120er Mörser der Sechsten Brigade im Graben parallel zur Avenue Chamoun gaben zweimal soviel ab; die Maschinengewehre der M113 vor der kuwaitischen Botschaft feuerten mit einer Intensität, daß sie des öfteren pausieren mußten, damit die Gewehrläufe abkühlten, und Bilal leistete singend Widerstand. Von Gobeyre aus antworteten die Milizen immer unkoordinierter, der beschränkte Rashid hatte auch die vierundfünfzig Granaten vergeudet, die er im Panzer erbeutet hatte; niemand kümmerte sich um Nachschub, und Bilal leistete singend Widerstand. Auf jeder Seite des wie ein Sieb durchlöcherten Turms klafften erschreckende Durchschüsse, auf jeder Etage öffneten sich grauenhafte Schächte, das Treppenhaus war halb eingestürzt, das Dach war nur noch zur Hälfte vorhanden, und Bilal leistete singend Widerstand. Die Amalleute, die nach seinem Ruf lahkni-mir-nach-lahkni das Gebäude gestürmt hatten, lagen tot oder sterbend herum; zwischen den Resten des Daches befanden sich nur noch fünf erschöpfte Milizionäre und zwei 7,62er mit wenigen Schuß Munition, weil die 60er Mörser zerstört worden waren, und Bilal leistete singend Widerstand. Fanfaren und Trompeten und Trommeln waren die falschen Töne seiner unmusikalischen Stimme, seine Solonummern mischten sich mit den Explosionen und den Einschlägen und den Salven. Ruhmeskonzerte waren die Strophen der Hymne, in der er das Wort «Haus» durch das Wort «Turm» ersetzt hatte und die er seit sechs Uhr starrsinnig, besessen und unermüdlich wiederholte.

«Beasnani, saudàfeh haza al bourji, beasnani! Beasnani saudàfeh haza al quariatna, beasnani! Mit meinen Zähnen verteidige ich diesen Turm, mit meinen Zähnen! Mit meinen Zähnen verteidige ich dieses Viertel, mit meinen Zähnen! Beasnani oudamiro ainai wa lisan, itha iktarabbom menni. Beasnani! Mit meinen Zähnen reiß ich euch Augen und Zunge heraus, wenn ihr näher kommt! Mit meinen Zähnen!»

Nur einmal hatte er sich unterbrochen: als sein Blick nämlich auf der Elendshütte auf dem Platz ruhte, wo Passepartout im November Charlie durchsucht hatte. Yahallah, yahallah! Dort, in dieser Elendshütte, waren seine acht Kinder, sein alter Vater und Zeinab, die in ihrem Bauch das neunte Kind trug. Seine Kinder waren eine Pest, dauernd stritten sie sich und heulten, aber es waren seine Kinder, und er liebte sie. Sein Vater war eine Last, dauernd beklagte er sich und hustete, aber es war sein Vater, und er liebte ihn. Was Zeinab anging... Zeinab meckerte viel: dauernd schwätzte sie und versuchte ihm klarzumachen, daß Politik nur etwas für hohe Herren sei und nicht für Straßenkehrer, daß die Menschen undankbar seien und dem ins Gesicht spuckten, der gab. «Wehe dem, der sich aufopfert, Bilal, wehe dem, der seinem Nächsten etwas oder gar sich selbst schenkt! Die Leute nehmen und nehmen, und je mehr sie nehmen, um so mehr spucken sie dir ins Gesicht.» Aber es war Zeinab, und sie gefiel ihm so sehr, daß er sie nie verprügelte. Er hatte so viel Achtung vor ihr, daß er sie nicht einmal mit der Hure aus der Altstadt betrog: der, die sich ihm umsonst hingegeben hätte, wenn er ihren Bürgersteig ordentlich kehrte. Ach, wie ihm Zeinab gefiel! So dick, so butterweich und saftig, doppelt so groß wie er und jederzeit bereit, ihn im Brunnen ihrer Tiefen zu empfangen. Unbeschreiblich die Lust, auf diesen riesigen Körper zu steigen, in seinen Brunnen einzutauchen, darin zu ertrinken und die Begierden des Tages darin zu entladen... Hinterher fühlte er sich satter als ein Wolf, der einen ganzen Ochsen verschlungen hat. Ach, und wie er sie achtete! Denn sie hatte ein Herz aus Gold, seine Zeinab, und trotz ihrer Vorhaltungen überhäufte sie ihn mit Freundlichkeiten. Wenn ein Flicken an seiner Jacke zerrissen war, nähte sie ihn mit einem Faden von gleicher Farbe wieder zusammen. Wenn er sich beim Durchwühlen des Abfalls eine Laus eingefangen hatte, erwischte sie sie und zerdrückte sie mit den Fingernägeln. Krack! Wenn jemand ihn wegen seiner Zwergenfigur auslachte, tröstete sie ihn. «Männer mißt man doch nicht mit dem Metermaß, Bilal! Was ein Mann haben muß, hast du, und schön groß dazu. Du bist wie ein Pinienbaum, der Pinienzapfen ausspuckt, und mit den Pinienzapfen Samen. Samen, Samen, Samen.» Und als wäre das noch nicht genug, hatte sie gestern für ihn die losen Blätter des halben Buchs, das er im Müll gefunden hatte, zusammengeklebt und das Buch mit einem grünen Umschlag versehen und «Kitàb» als Titel draufgeschrieben. Buch, Kitàb. Dann war sie zum Metzger gegangen und hatte einen Hammelkopf gestohlen, den sie heute abend zubereiten wollte. «Ich bitte dich, Bilal, komm heute abend nicht so spät, denn ich koche den Hammelkopf.» Nein, er war nicht bereit, auf Zeinab zu verzichten;

auch nicht auf seinen alten Vater, auf seine acht Kinder, mit einem Wort: aufs Leben. Er wollte leben! Und verbittert, entmutigt und vor Sehnsucht zerrissen, war er drauf und dran, die weiße Fahne zu schwenken: sich zu ergeben und abzuziehen. Während er sich darauf vorbereitete, war aber eine 120er Granate eingeschlagen. Eine Granate, die von den schiitischen Mörserschützen kam, die von dem parallel zur Avenue Chamoun verlaufenden Graben aus schossen. Die Splitter hatten einen der fünf erschöpften Milizionäre durchbohrt, der sterbend flüsterte Sie-schießen-aufeinander, Bilal, sie-schießen-aufeinander, und das hatte der Versuchung ein Ende gemacht.

Aufeinander, ja, aufeinander: wenn du auf einen Glaubensbruder schießt, schießt du auf dich selbst, hatte er sich gesagt. Und wenn sie weiter aufeinander schießen würden, würden sie ihn in die Knie zwingen, ihn mit den letzten vier umbringen; danach würden sie gemeinsam mit denen von der Achten das Feuer auf Gobeyre konzentrieren und... Einen Augenblick mal! Waren es nicht in erster Linie die Mörserschützen der Sechsten Brigade, die vor allem aus Schiiten bestand, die die Regierungsarmee vor große Probleme stellte? Waren es nicht die Mörserschützen der Sechsten Brigade, die sich an der Galerie Semaan mit den Artilleristen von der Achten in die Haare gerieten und sich, um nicht in die eigenen Wohnviertel zu treffen, den Befehlen der christlichen Offiziere widersetzten, die Schußrichtung änderten und die für Gobeyre, Chyah oder Haret Hreik bestimmten Granaten woandershin feuerten? Heute abend änderten sie zwar nichts, einverstanden: jeder Schuß traf sein Ziel... Vielleicht hatten die christlichen Offiziere sie bedroht: Wer-heute-abend-sein-Ziel-verpaßt-kommt-vor's-Kriegsgericht. Vielleicht hatten sie ihnen aber auch eine Belohnung versprochen: Wer-heute-abend-sein-Ziel-trifft-erhält-eine-Prämie-und-Sonderurlaub. Angst und Geld bringen das Herz zum Schweigen, wie man weiß. Wenn ihnen allerdings klar werden würde, daß sie auf ihre eigenen Häuser, auf ihre eigenen Familien, auf ihre eigenen Glaubensbrüder, das heißt: auf sich selbst geschossen hatten, dann würde ihr Herz wieder zu sprechen beginnen. Scham und Wut würden sie dazu treiben, sich aufzulehnen, die Armee Gemayels würde sich spalten, die Sechste würde die Achte aus dem Westteil vertreiben, und der alte Traum, daß die Moslems drei Viertel der Stadt erhielten, würde Wirklichkeit werden. Und mit dem Traum das, was er dem Capitàn gesagt hatte. «Ich werde siegen. Tot oder lebendig, ich werde siegen.» Bei Allah, dem Barmherzigen, der Capitàn hatte ihm sogar einen Gefallen getan, als er ihn hinterging! Er hatte ihm ein Geschenk gemacht, als er ihm verschwieg, daß die Italiener den Turm nur bis Sonnenuntergang halten und bei Sonnenuntergang wieder die Regierungstruppen hineinlassen würden! Wenn er es ihm nicht verschwiegen hätte, wäre er nicht so wütend geworden, als er erfuhr, daß nach Abzug der Italiener die Regierungstruppen den Turm wieder besetzt hatten. Wenn er nicht so wütend geworden wäre, hätte er nicht gebrüllt Ila-al-Bourji, ila-al-Bourji. Hätte er nicht Ila-al-Bourji, ila-al-Bourji gebrüllt, würden seine Glaubensbrüder jetzt nicht aufeinander schießen, und Gemayels Armee müßte sich nicht spalten... Ja, die Dinge verliefen in der bestmöglichen Weise. Und mit diesen Erwägungen eines großen Strategen, eines großen Politikers, hatte er erneut angefangen, Widerstand zu leisten: uneingedenk der acht Kinder, des alten Vaters, sogar seiner Zeinab, die ihn in ihren Tiefen aufnahm, die ihm die Flicken mit einem Faden von gleicher Farbe flickte, die die Läuse erwischte und sie zerquetschte, die ihn tröstete, indem sie sagte Männer-mißt-man-doch-nicht-mit-dem-Metermaß-Bilal, die die Seiten des halben Buchs zusammenklebte und mit einem grünen Umschlag und dem Titel «Kitàb» versah, die ihm mit ihrem großen, vom neunten Kind schwangeren Bauch wirklich das Gefühl gab, ein Pinienbaum zu sein, der viele Pinienzapfen ausspuckt und mit den Pinienzapfen Samen, Samen, Samen. Und er leistete erneut Widerstand; fing wieder an zu singen Beasnani-saudàfeh-haza-al-bourji-beasnani, beasnani-saudàfeh-haza-al-quariatna-beasnani, und jetzt hallte seine unmusikalische Stimme mit einer solchen Kraft wider, daß sie bis zur Rotunde von Sabra zu hören war, wo Hauptmann Gassàn mit einem auf seinen Jeep montierten 106er Geschütz vergebens seine persönlichen Granaten auf ihn abfeuerte. Vergebens, weil sie wegen eines Fehlers, den er nicht finden konnte, über den Turm hinwegflogen und auf Chatila niedergingen. Persönlich, weil sie aus seinem privaten Vorrat stammten und auf jeder von ihr zwei merkwürdige Worte eingeritzt waren: «Brahmet Bayi».

Und damit sind wir bei Gassàn.

* * *

Hauptmann Gassàn war das genaue Gegenteil von Bilal. Er war groß, wie wir schon wissen, er war kräftig, er sah gut aus und hatte alles, was Bilal nicht hatte: eine vornehme schlanke Frau, zwei wunderbare, höfliche Kinder, eine luxuriöse Wohnung im Wohnviertel von Ashrafiyeh und außerdem viele neue Jacken und viele unversehrte Bücher in Ledereinbänden und mit richtigen Titeln. Allerdings hatte er nicht mehr die Familienvilla an der Küste von Ramlet el Baida, und, was am meisten zählte, er hatte keinen Vater mehr. Ein christlich-maronitischer General, einst Kommandeur der Achten Brigade, der sich in Beirut stets durch Zurückhaltung und Klugheit ausgezeichnet und bei der Ankunft der Palästinenser erklärt hatte: «Sie sollen willkommen sein. Es ist Platz für sie da.» Vor dem Tod seines Vaters hatte Gassàn auch so gedacht, zu jener Zeit ein sanftmütiger Medizinstudent, der an Vergebung und Barmherzigkeit glaubte. «Ich will die Menschen heilen, nicht sie umbringen.» Daran bestand kein Zweifel, man brauchte nur zu hören, wie er sich zu dem Massaker von Damour äußerte, dem christlich-maronitischen Städtchen, wo Schiiten und Palästinenser in einem kurzlebigen Bündnis im voraus eine Kopie von Sabra und Chatila geliefert hatten: «Nur ja keine Rache. Die Gewalt ist die Saat der Unwissenheit, und die Rache die Saat der Gewalt. Wir müssen vergeben und einen Modus vivendi finden.» Tatsache ist aber, daß weder die Schiiten noch die Palästinenser einen Modus vivendi brauchten: sie mußten nur den Vorteil bewahren, den sie mit diesem Massaker herausgeschlagen hatten und eine weitere Kraftprobe liefern, indem sie eine angesehene Persönlichkeit liquidierten. So hatten sich am Heiligen Abend sechs ehrerbietige Individuen vor dem Tor der Villa am Meer in Ramlet el Baida eingefunden. Sie baten darum, vom Herrn General empfangen zu werden, um ihm ein frohes Fest zu wünschen; der Herr General hatte sie empfangen, und statt der guten Wünsche zum Fest hatte er eine Revolversalve in den Kopf abbekommen. Dann, während er auf dem Friedhof von Sankt Elias beigesetzt wurde, hatten andere, weniger ehrerbietige Individuen die Villa niedergebrannt. Und Gassàn war zu dem Schluß gekommen, daß die Vergebung ein Luxus der Heiligen ist und Barmherzigkeit eine Schwäche: das Medizinstudium hatte er an den Nagel gehängt und um die Ehre nachgesucht, in die Achte Brigade aufgenommen zu werden, er hatte das Bildnis der Madonna von Junieh an den Schaft seines Gewehrs geklebt und war einer der brutalsten Offiziere der Regierungsarmee geworden. Ein Henker im Rang eines Hauptmanns. «Wenn sie deinen Vater heimtückisch ermorden und während seiner Beisetzung dein Haus niederbrennen, ist Rache ein unbestreitbares Recht und eine unaufschiebbare Pflicht», antwortete er jedem, der ihn an seine Äußerung zu Damour erinnerte. Und um dieses unbestreitbare Recht, diese unaufschiebbare Pflicht durchzusetzen, gebrauchte er einen privaten Vorrat an Geschossen mit den eingeritzten Worten

Brahmet-Bayi oder deren Initialen BB. Waren die Geschosse klein, Gewehr-, Revolver- oder Maschinengewehrkugeln, begnügte er sich damit, die Initialen mit einem Filzstift darauf zu schreiben. Waren sie aber groß, Kanonen- oder Mörsergranaten, ritzte er sie der ganzen Länge nach mit seinem Dolch oder mit seinem Bajonett ein: BRAHMET-BAYI. Auf arabisch: Beim-Grab-meines-Vaters.

Das wußten alle. Wie viele allerdings durch Brahmet-Bayi beziehungsweise durch BB gestorben waren, wußte niemand. Auch er nicht, zumal er in jedem schiitischen oder palästinensischen Guerillakämpfer einen Mörder seines Vaters erblickte, und die Mörder seines Vaters hinzurichten, war in seinen Augen eine Aufgabe, derer er nicht müde wurde. Er unterbrach sie nur, um zu essen und zu schlafen, ein paar Stunden mit seiner vornehmen, schlanken Frau und mit seinen wunderbaren, höflichen Kindern zu verbringen oder in die Kirche zu gehen, wo er beichtete und die Kommunion empfing. Wenn er beichtete, zählte er läßliche Vergehen und unerhebliche Verfehlungen auf, die er für Sünden hielt, niemals aber Ereignisse, die mit seinem Töten zu tun hatten: «Das ist keine Sünde.» Wenn er die Kommunion empfing, betete er zur Madonna von Junieh, ihm doch zu helfen, noch mehr zu töten, und er leugnete keineswegs, am Massaker von Sabra und Chatila teilgenommen zu haben. «Da war eine Rechnung zu begleichen. Wir haben sie beglichen. Es war eine ausgezeichnete Arbeit und eine große Anstrengung», sagte er kalt und distanziert. Er erschien eiskalt. Wenn du nichts von seiner unheimlichen Manie gewußt hättest, von der er besessen war, hättest du ihn für einen Mann ohne jede Leidenschaft halten können, für einen, der Gefühle durch Vernunft und gutes Benehmen ersetzt. Er wurde nie laut, er fluchte nicht, er trank nicht, und Frauen gegenüber war er höflich, auch wenn sie den Chador trugen. Korrekt alten Männern gegenüber, auch wenn sie den Kefieh trugen. Zu den Tieren war er liebevoll. Fand er beispielsweise einen verwundeten Hund, nahm er ihn zu sich und pflegte ihn, wie man einen Menschen pflegt. Einmal hatte er einen kleinen Vogel mit gebrochenem Flügel aufgelesen, den er ihm professionell schiente. Er war auch intelligent, gebildet und in der Lage, sich aus gleichmütiger Distanziertheit heraus zu beurteilen. Wenn du ihn beispielsweise kritisiertest, antwortete er: «Im Epilog zu *La vie en fleur* stellt Anatole France fest, daß die Menschen sich nur selten so zeigen, wie sie sind: in den meisten Fällen verbergen sie die Taten, die sie hassens- oder verachtenswert machen und kehren die hervor, für die sie geschätzt und geachtet werden. Nicht so ich: ich verberge die Taten, für die ich geschätzt und geachtet werden könnte, und kehre die hervor, die mich hassens- und verachtenswert machen. Das bedeutet nicht, daß ich besser oder schlechter bin als andere: es bedeutet nur, daß ich kein Heuchler bin.» Und im gleichen Ton polemisierte er gegen Leute aus dem Westen, die die blutigen Fehden in Beirut kritisierten: «Corneille hatte recht, als er schrieb, die Menschen würden die Boshaftigkeiten anderer mit anderen Augen betrachten als die eigenen. Haben Sie denn wirklich schon die blutigen Fehden und die Gemetzel Ihrer Geschichte vergessen?» Und schließlich war er mutig. Bei jedem Gefecht, bei jedem Kampf sah man ihn in vorderster Linie, und obgleich er wußte, daß er der gefürchtetste Mann des Westteils war, schlich er dort auch bei Nacht herum, wie ein Panther im Dunkeln. Tatsächlich wurde er häufig auf der Avenue Nasser gesehen, wo er, unbekümmert um die Amalleute, stehenblieb und mit den Bersaglieri sprach, wobei sein perfektes Italienisch gut zur Geltung kam, das er an der Militärakademie von Civitavecchia, danach an der Akademie von Pisa gelernt hatte, und zwar in dem Jahr, in dem er am Lehrgang für ausländische Offiziere teilgenommen und Pistoia kennengelernt hatte: möglicherweise der einzige Freund, den er in Beirut hatte. Das braucht einen nicht zu verwundern: Männer wie Gassàn sind immer einsam. Eben weil ihre Brutalität aus einer Tragödie entstanden ist und nicht aus angeborener Bestialität; eben weil in ihnen zwei unterschiedliche, nicht miteinander zu vereinbarende Wesen zusammenwohnen, ist fast niemand in der Lage, sie zu begreifen und ihnen die Sympathie entgegenzubringen, die man den Bilals entgegenbringt. Und dennoch leiden sie nicht weniger als die Bilals, und Illusionen beiseite: in jedem von uns schlummert ein Hauptmann Gassàn, ein alter ego, ein Luzifer, der bei jedem nur denkbaren Schmerz herauskommen und uns von einem Augenblick zum andern ins Gegenteil dessen verwandeln kann, was wir sind oder scheinen oder uns vorstellen zu sein.

«Heilige Jungfrau!»

Hauptmann Gassàn verzog sein schönes, sonnengebräuntes Gesicht zu einem eisigen Lächeln. Nach langem Nachdenken hatte er endlich begriffen, weshalb er dauernd das Ziel, das heißt: den verdammten Zwerg, diesen Auswurf der Natur, verfehlte, der, nicht zufrieden damit, daß er ihm den Turm und den M48 weggenommen hatte, ihn jetzt noch mit dieser äußerst ordinären Hymne verhöhnte. Es gab auf den 106er Geschützen einen Spotter, einen Zielobjektmarkierer, der eine Leuchtspurkapsel auf das Objekt abfeuert. Man feuert die Granate erst dann ab, wenn die Leuchtspurkapsel das Ziel getroffen hat. Damit aber das Ziel getroffen wird, müssen die beiden Läufe genau ausgerichtet sein. Und diesmal waren sie das nicht. Besser also, sich nicht darauf versteifen, besser warten, bis dieser Auswurf der Natur seinen Widerstand aufgab, den Turm verließ und auf dem kleinen Platz erschien, von wo aus er die Avenue Nasser überqueren und wieder in Gobeyre verschwinden würde. Denn aufgeben würde er. Er würde den Turm verlassen. Er würde auf dem kleinen Platz erscheinen. Er würde die Avenue Nasser überqueren. Das fühlte Gassàn. Das sagte ihm jede Faser seines Körpers, jede Zelle seines Gehirns. Und an diesem Punkt würde er ihn nicht verfehlen, nein. Er würde ihn so treffen, wie man den Vogel beim Schützenfest trifft. Ohne Spotter, ohne Leuchtspurkapsel... So aus der Nähe und mit dem Ziel mitten auf der Straße brauchte er keinen Spotter. Brauchte er keine Leuchtspurkapseln. Er mußte nur den Jeep anlassen, die Avenue Nasser hinunterfahren, ungefähr dreißig Meter von der Zweiundzwanzig entfernt anhalten, das Geschützrohr genau geradeaus richten, auf Mannshöhe beziehungsweise Zwergenhöhe herunterdrehen und nicht vergessen, daß heute abend der Jahrestag der Ermordung seines Vaters war: ihm mußte er diesen kleinen Tribut zollen. Diesen symbolischen Blumenstrauß auf sein Grab auf dem Friedhof von Sankt Elias legen. Brahmet-Bayi, Brahmet-Bayi. Und während er diese beiden Worte immer und immer wiederholte, wartete Gassàn darauf, daß Bilal sich wie der Vogel beim Schützenfest anbieten würde.

Inzwischen sang Bilal weiter Beasnani-saudàfeh-haza-al-bourji-beasnani, beasnani-saudàfeh-haza-al-quariatna-beasnani, mit-meinen-Zähnen-verteidige-ich-diesen-Turm-mit-meinen-Zähnen, mit-meinen-Zähnen-verteidige-ich-dieses-Viertel-mit-meinen-Zähnen, und von der Rotunde in Sabra erklang seine unmusikalische Stimme bis zur Rotunde bei der Überführung. Genauer gesagt zur Vierundzwanzig, wo der Sergente Natale drauf und dran war, mit Passepartout aneinanderzugeraten und die Konsequenzen dafür zu tragen.

– 2 –

Der Unteroffizier Natale kannte Passepartout nicht. Er hatte ihn noch nie mit seinem zwischen den Lippen klebenden Zigarettenstummel, seinen RDG8 am Gürtel, seiner umgehängten Kalaschnikow vorbeikommen sehen: diese Araber mit dem grünen Band um den Hals oder um die Stirn kamen ihm alle gleich vor, und wenn sich einer durch eine charakteristische Besonderheit unterschied, merkte er das überhaupt nicht. Er wußte auch nicht, daß in der Nacht, als Rashid mit zwanzig Milizionären bei der Fünfundzwanzig eingedrungen war, Passepartout Ferruccio angegriffen hatte, noch hatte er davon gehört, daß jener es gewesen war, der die beiden Granaten auf die in der Gasse von Bourji el Barajni eingeschlossene Patrouille geworfen hatte. Und um des lieben Friedens willen war das von Vorteil. Der Unteroffizier Natale war nämlich ein Neapolitaner aus Pignasecca, einem Viertel, wo du mit zunehmendem Alter lernst, auszuteilen statt einzustecken, er ging mit dem Messer um wie d'Artagnan mit dem Schwert, warf mit ordinären Ausdrücken um sich wie Demosthenes mit Begriffen, und als wäre das noch nicht genug, besaß er einen Körper wie Herkules. Bizepse, deren Umfang bei weitem den seines Kopfes übertraf; einen Brustkorb, dessen Mächtigkeit dem von Rambo in nichts nachstand, und dazu eine so krumme und platte Nase, als wäre sie da, um seine Begabung als Amateurboxer zu bezeugen. Nicht zufällig nannten ihn die von Pignasecca Natale den Harten und sagten: «Wenn Natà dir eine schallert, dann landest du direkt im Paradies.» Kurz: es war schlimm, ihn zu reizen. Trotzdem war er ein wirklich anständiger Kerl, einer, der für das Leid anderer Verständnis hatte und sich leicht erschüttern ließ. In die Armee war er eingetreten, weil er seinen Charakter disziplinieren und nicht ein Kumpan der Unterwelt werden wollte; und im Bataillon von Adler Eins gab es niemanden, der seinen Federhelm so stolz trug wie er. «Mein Federhelm, o mein wunderbarer Helm.» Es gab auch keinen Panzerkommandanten, der so stolz auf seinen Panzer war wie er. «Meinen wunderbaren Panzer faßt keiner an.» Deshalb hatte er ihn um fünf Uhr nachmittags so weit wie möglich von der Ecke der Avenue Nasser postiert, und bis sieben Uhr abends gehörte die Vierundzwanzig zu den Stellungen, die vom Gefechtsfeuer am wenigsten abbekommen hatten. Um sieben Uhr allerdings hatten an die dreißig Jungs im Gefolge von Passepartout gemerkt, daß sie im Schutz dieses M113 bequem auf die an der kuwaitischen Botschaft zusammengezogenen Regierungssoldaten schießen konnten. Von der linken Flanke her gedeckt, hatten sie also angefangen, die Regierungssoldaten mit Kalaschnikowsalven zu provozieren, und es nützte gar nichts, daß sie Natale hinter den Schlitzen des Panzers anbrüllte, sie sollten verschwinden und nicht das Feuer auf sie ziehen. Zumal er auf neapolitanisch brüllte.

«Zischt ab, ihr Hurenbolzen, ihr Hosenkacker, ihr Saftsäcke, hier lenkt ihr nur die Granaten auf uns!»

«Shu, was?»

«Quoi, was?»

«What, was?»
«Mish fahèm, nicht verstehen, mish fahèm.»
«Ihr habt mich ganz genau verstanden, ihr Stinker! Tut nich so, als ob ihr nich versteht, ihr Säcke! Ich hab euch gesagt, ihr sollt abzischen, ihr Affen! Wenn ihr nich abzischt, bring ich jeden einzelnen von euch eigenhändig um, ihr Scheißbeduinen!»
«Shu?»
«Quoi?»
«What?»
«Mish fahèm, mish fahèm.»
«Zum Teufel mit euch, mit euren Toten, mit denen, die darunter-, und denen, die daraufliegen, und mit denen, die noch nicht tot sind! Geht uns nicht auf die Eier, ihr Scheißaffen!»
«Shu?»
«Quoi?»
«What?»
«Mish fahèm, mish fahèm!»
«Was soll'n hier schu, und kwoa und wott und mischfahee! Zischt ab, ihr Heuchlerpack!»
Ja, Heuchler, Lügner, Hinterhältige: verdammtnochmal, wer versteht denn nicht Neapolitanisch?!? Die ganze Welt spricht doch Neapolitanisch! Sie profitierten nur davon, daß er nicht aus dem Panzer steigen und sein Messer gebrauchen konnte, diese Scheißbeduinen. Sie verhöhnten ihn nur, damit er vor seinen Kameraden das Gesicht verlor, diese Hurenbolzen. Wer weiß, was seine Kameraden jetzt dachten. Vielleicht dachten sie: heiliges Elend, und das soll Natale der Harte sein, der dich ins Paradies schickt, wenn er dir eine schallert? Oder: was für 'n Sergente is unser Sergente eigentlich, was für 'n Panzerkommandant is unser Panzerkommandant eigentlich? Einer, der keinen Mumm hat, einer, der nicht mal mit 'ner Handvoll Eindringlinge fertig wird, einer, der den Federhelm gar nicht verdient hat. Ganz davon zu schweigen, daß die vor der kuwaitischen Botschaft zusammengezogenen Regierungssoldaten früher oder später reagieren würden. Die würden sich dann die Vierundzwanzig vornehmen, und aus mit dem Panzer. Aus mit der Ehre. Denn ein Panzerkommandant, der seinen Panzer nicht verteidigen kann, ist kein Ehrenmann. Einer ohne Mumm und ohne Ehre, ein Hosenscheißer, ein Hampelmann. Und wenn sein Schicksal wäre, einer ohne Mumm zu sein, einer, der sich die Hosen vollscheißt, ein Hampelmann zu sein, dann hätte er auch ruhig in Pignasecca bleiben können, wo ihm der Camorraboß, der mit dem Camorraboß, der Koks verkaufte, ri-

valisierte, einen festen Arbeitsplatz als unbefugter Parkplatzwächter an der Piazza Garibaldi angeboten hatte! Dreihunderttausend Lire pro Tag, von denen nur ein Drittel als Schutzgeld abgingen, das hieß: ein Nettoeinkommen von sechs Millionen pro Monat, steuerfrei – kapiert? Dreimal soviel wie der Sold bei der Armee, wo du, egal ob's regnet, stürmt oder schneit, nur anderthalb Millionen pro Monat bekommst, mit Abzügen für die Krankenkasse und so weiter. Schöne Scheiße, hör nur dieses Tun-tun-tun. Und die vor der kuwaitischen Botschaft zusammengezogenen Regierungssoldaten antworteten mit ihren Maschinengewehren. Die dreißig Elendsknochen dagegen hatten aufgehört, mit ihren Kalaschnikows zu feuern und... Was machten sie denn jetzt?!? Sie hämmerten an seinen Panzer! Sie schrien vor Entsetzen, flehten ihn an...

«Eftah, eftah!»
«Eddina der el sadr, eddina der el sadr!»
«Eddina der arrah, eddina der arrah!»
«Min fadlak, min fadlak!»
«The helmets, please, the helmets!»
«The flak jackets, please, the flak jackets!»
Er wandte sich ratlos an die anderen.
«Was sagense? Was wollense?»
«Sie bitten uns, daß wir ihnen aufmachen, und sie möchten die Helme, sie möchten die kugelsicheren Westen, Sergente», antwortete der Funker, der schon dabei war, Nibbio zu informieren.

Die Westen?!? Die Helme?!? Mann, ihr Arschgesichter! Diesmal war Natale empört und sah sie sich durch das Hyposkop gut an. Jeden einzelnen sah er sich sehr genau an, und sofort gewann der anständige Kerl in ihm die Oberhand, der, der für das Leid anderer Verständnis hatte und sich leicht erschüttern ließ. Madonna mia! Von wegen Hurenbolzen, Hosenscheißer und Saftsäcke! Das waren Jungs, Straßenjungs wie die Straßenjungs in Neapel, die mit Holzgewehren Krieg spielen! Allesamt, heiliges Elend, allesamt! Angefangen bei dem Kleinen, der sie anführte, mit dem Zigarettenstummel zwischen den Lippen und der RDG8 am Gürtel. Wie ihm der leid tat, wirklich leid! Denn ohne ihn zu kennen, kannte er ihn, diesen Unglückskerl. Ein kurzer Blick genügte, um die Geschichte seines unglücklichen Lebens zu erfahren. Geboren in irgendeinem Pignasecca von Beirut, von Geburt an im städtischen Armenregister eingetragen, und Gott sei gedankt, wenn ihm der Bürgermeister morgen früh ein Weihnachtspaket mit angeschimmelten Keksen und einem vom Roten Kreuz verteilten Spielzeug aushändigte. Rachitischer, vielleicht sogar tuberkulöser Sohn von stinkendem Lumpenpack. Vater von Beruf Arbeitsloser und Dieb, Mutter von Schwangerschaften kaputt und Nutte, traktierten ihn beide, um Luft abzulassen, tagtäglich mit Schlägen auf den Kopf. Ein Dutzend Geschwister, mit denen er im selben Bett schlief, das heißt auf einer Seegrasmatratze voller Flöhe, und keine Schule. Die Jungs aus Pignasecca gehen ja nicht zur Schule. Sie klauen die Handtaschen und Portemonnaies der Touristen; sie unterhalten die Touristen, wenn sie von den Felsen am Ristorante Zi' Teresa ins Meer springen, um die Münzen herauszufischen, die diese ihnen ins Wasser werfen. Oder sie verkaufen gestohlene Ware, beschaffen Huren oder Drogen. Und sind Kettenraucher. Immer haben sie einen Stummel zwischen den Lippen, einen Stummel, der niemals herunterfällt, weil er mit der Spucke an der Lippe klebenbleibt. Und mit Waffen gehen sie geschickter um als Soldaten, weil in ihrer Welt Waffen genauso verschoben werden wie Zigaretten und Drogen. Und trotz allem haben sie ein Herz aus Gold, sie könnten keiner Fliege was zuleide tun. In ihrer Korruptheit sind sie unschuldiger als Christus am Kreuz. Kleiner Mann, du! Weißt du, wie viele Waffen dieser Junge mit einem Herz aus Gold verschoben hat? Weißt du, wie viele Huren und wie viele Drogen er besorgt hat, wie viele Handtaschen und wie viele Portemonnaies er geklaut hat, wieviel gestohlene Ware er verscherbelt hat und wie oft er von den Felsen von Beirut ins Meer gesprungen ist, um die Touristen zu unterhalten, die Münzen ins Wasser geworfen haben? Man durfte ihn nicht schlecht behandeln, man mußte geduldig mit ihm reden, ihm erklären, daß das hier ein richtiger Krieg war, daß er mit seinen Spielkameraden von hier weggehen mußte. Und mit den besten Vorsätzen setzte er den angebeteten Federhelm auf, verlor keine Zeit damit, den lose baumelnden Riemen unter dem Kinn festzuzurren, öffnete die Luke, stieg aus, ging auf Passepartout zu, der als erster aufgehört hatte zu schießen und den Chor der Schutzflehenden anführte.

«Kleiner, verstehst du das Italienisch von Neapel, he, Kleiner? Sprichst du's?»

«Ich verstehen, ich sprechen alle Sprachen», grinste Passepartout höhnisch und hatte im Handumdrehen seine normale Unverschämtheit wiedergefunden.

«Natürlich verstehst du's. Hör mir gut zu, Kleiner. Die Westen könnt ihr nich haben, und auch nich die Helme. Für euch haben wir keine. Wir haben nur die, die wir selber tragen.»

«Nicht richtig. Du haben Ersatz, ich wissen.»

«Ersatz hin, Ersatz her, Kleiner, die Helme geb ich dir nich. Die

Westen geb ich dir auch nich. Geh nach Haus, Kleiner, geh mit deinen kleinen Freunden nach Haus. Das hier ist kein Ort für euch, Kleiner...»

Der Funker hatte Nibbio von dem Vorgang verständigt und brüllte nun laut aus dem Panzer zu ihm hinüber.

«Sergente, Sergente! Der Capitano sagt, es ist besser, sie abzuwimmeln und ihnen die beiden Ersatzhelme zu gebeeen!»

«Du sehen? Du haben. Und dein Capitano erlauben.»

Doch Natale schüttelte nachsichtig den Kopf.

«Ich hab nein gesagt, Kleiner. Ich geb sie dir nich. Auch nich, wenn es der Colonnello befiehlt, und auch nich, wenn es der Generale befiehlt. Und mit dem Generale der liebe Gott.»

«Nein? Là, nein?»

«Nein, là, nein, Kleiner. Und jetzt geh mir nich weiter auf die Eier.»

Daraufhin kehrte er ihm den Rücken zu, und mit dem Rücken zu Passepartout sah er nicht, daß der Kleine ihn hinterrücks ansprang, um ihm den Helm mit dem lose herabbaumelnden Riemen wegzunehmen. Er spürte jedoch den Stoß und mit dem Stoß, wie ihn jemand skalpierte; dann hörte er ein Siegesgeschrei ana-khutta, ich-hab-ihn, ana-khutta, und was dann passierte, kannst du dir vorstellen. Vor allem das Gebrüll: «Mein Federhelm, mein Federhelm, du hast mir meinen Federhelm geklaut.»

Dann sprang der große Körper auf Passepartout zu, entriß ihm den Federhelm, setzte ihn sich wieder auf und schallerte ihm die berühmte Ohrfeige von Natale dem Harten. Dann stürzte Passepartout zu Boden und blieb dort ein paar Augenblicke benommen liegen, stand wieder auf, schrie Saedna-Hilfe-saedna und lief unter die Überführung zurück. Die dreißig Straßenjungs richteten dann, nachdem sie ihr Erstaunen überwunden hatten, ihre Kalaschnikows auf Natale, aber der hatte in der Zwischenzeit seine FAL gepackt und schwang sie, den Lauf haltend wie eine Keule, wobei er sämtliche Obszönitäten seines Repertoires herausbrüllte, und streckte die anderen Jungen auf dieselbe Weise nieder. «Das hier ist für dich und für deine Schwester, dieses miese Stück. Und das hier für deine verhurte Mutter, diese Schwanzbläserjule mit dem offenen Arsch. Und das hier ist für deinen schwulen Vater, den Fußwichser und Arschlecker. Und das ein für allemal für deine ganze Scheißbande.» Bei jedem Keulenschlag, bei jeder Beleidigung, gingen drei, vier zu Boden wie Passepartout. Wie Passepartout blieben sie ein paar Augenblicke benommen liegen, standen dann auf und flohen Saedna-Hilfe-saedna schreiend unter die

Arkaden der Überführung. Am Ende war nur noch einer übrig, der verwundert umherschaute und seinen skalpierten Kopf befühlte. Madonna mia, der Helm! Der Federhelm, sein Helm! Er war nicht mehr da. Ob er ihm in dem Krawall vielleicht heruntergefallen war? Ob die Hosenkacker, die Saftsäcke, die Hurenbolzen ihn genommen und dem Kleinen zurückgegeben hatten?!? Ja, Scheißaffengesichter. So mußte es gewesen sein, und diesmal mußte diese Unverschämtheit mit dem Messer bestraft werden. Dann nahm er das Bajonett von seinem Gewehr, das Messer, und mit dem Bajonett in der Faust ging er auf die Arkaden der Überführung zu: taub für die inständigen Bitten, die ihm die fünf Bersaglieri aus der Luke des Panzers hinterherriefen.

«Sergente, gehen Sie nicht, Sergente!»
«Sergente, lassen Sie's gut sein, Sergente!»
«Sergente, wir haben doch zwei Ersatzhelme, Sergente!»

Düster ging er auf die Überführung zu, mit den schweren, langsamen Schritten eines Camorra-Gangsters, der seine in den Dreck gezogene Ehre wiederherstellen will, und beim Gehen hielt er angestrengt Ausschau und brauchte nicht lange, bis er seinen Federhelm entdeckte. Er saß auf dem Kopf des Kleinen. Und im Widerschein der Explosionen glänzten die schillernden Federn wie das Licht eines Leuchtturms. Auf jeden Fall kam Natale nicht bis dorthin. Denn im Zusammentreffen der marginalen und nur dem Augenschein nach unbedeutenden Ereignisse, im geheimnisvollen Geflecht der puren Zufälle, die das vorherbestimmte Schicksal ausmachen, war festgelegt, daß dieser Helm auf Passepartouts Kopf bleiben sollte. Nur wenn er auf Passepartouts Kopf blieb, konnten sich die Ereignisse einstellen und die Formel wirklich Gestalt annehmen. Und während er mit den schweren, langsamen Schritten eines Camorra-Gangsters vorwärtsging, der seine in den Dreck gezogene Ehre wiederherstellen will, fiel eine 105er Granate auf die Rotunde. Ein Splitterhagel traf ihn im Gesicht, an den Beinen, im unteren Bauch, zerfetzte ihn, hielt ihn auf, und aus war's mit dem Helm. Dem wunderbaren Federhelm, seinem Federhelm. Daher die tiefe Verwirrung, in die Adler Eins gestürzt war.

* * *

Der erste Verwundete in einer Schlacht ist wie der erste Tote: ein vorhergesehenes, erwartetes Drama, und dennoch traumatisch für die Gruppe, zu der er gehört. Er reißt ihr die selbstgewählten Masken herunter, bringt ihre Stärke oder ihre Schwäche an den Tag, stiftet Verwirrung, und in jedem Fall reagiert die Gruppe darauf, wie sie auf ein unvorhergesehenes und unerwartetes Unglück reagieren würde: zornig, verzweifelt oder sogar kopflos. Viele verloren den Kopf nach der Verwundung des Unteroffiziers Natale. Aber besonders Adler Eins, der nun vollständig auf sich allein gestellt war. Als er nämlich erfuhr, was in der Zwischenzeit mit Nibbio passiert war, übertrug er die Angst, die ihn erstickte, auf diesen und die acht Mann der Fünfundzwanzig. Und er beging den Fehler, der unter anderem ein kleines Blatt des Waldes, einen Jungen namens Mohammed, das Leben kosten würde.

– 3 –

«Nibbio, bitte kommen, hier Adler Eins!»
«Nibbio, hier Adler Eins, hörst du mich?»
«Nibbio, hörst du mich, Nibbio?»
Nein, er hörte ihn nicht. Sein Funkgerät empfing nicht. Daraufhin wiederholte Adler Eins den Anruf per Funktelefon, und sofort krächzte es und übertrug ein von Explosionen ersticktes Gebrüll.
«Colonnè, hier Nibbio, Colonnèèè!»
«Nibbio! Warum antwortest du nicht?!?»
«Weil mein Funkgerät in die Luft geflogn is, zusamm' mit 'm Geländewagen, Colonnello!»
«In die Luft geflogen?»
«Geflog'n, geflog'n! 'n Volltreffer von 'nem Mörser! Nur 'n Glück, dassich in dem Moment im Bunker war! Aber keine Sorge, ich hab vorher noch mit der Vierundzwanzig gesprochen, und der Krankenwagen für Natale is daa! Er is bei der Dreiundzwanzig vorbeigefahrn, dann de kleine Straße entlang, die hinter 'm Massengrab anfängt, und dann hatter ihn geholt!»
«In Ordnung, in Ordnung. Sag mir lieber, wo du jetzt bist!»
«Immer noch im Bunker, Colonnè, aber mit 'm Funktelefon kann ich nich mit der Truppe reden, und jetzt geh ich in 'n Panzer! Dann kann ich das Funkgerät vom Panzer nehmeee!»
Der Panzer?!? Mein Gott, der Panzer. Der stand ja genau da in der

Mitte, wo sich die Straße erweiterte, der M113 der Fünfundzwanzig, und die Mitte dieser Erweiterung lag in der Flugbahn der Geschosse, die die Mörserschützen der Sechsten Brigade auf Gobeyre abfeuerten. Man mußte ihn von da wegholen, runter in den Bombentrichter neben der kleinen Gasse, die zur Zweiundzwanzig führte, und nur den Fahrer mit dem MG-Schützen drinlassen. Wenn nicht, kannst du dir vorstellen, wie viele Natales er noch auf dem Gewissen haben würde?

«Alles klar, Nibbio, aber du mußt ihn da wegbringen!»

«Da wegbringen, Colonnè?!? Und wohin?!?»

«In den Bombentrichter neben der kleinen Gasse! Du mußt ihn da runterbringen und nur den Fahrer und den MG-Schützen zurücklassen!»

«Ihn da runterbringen und nur 'n Fahrer und 'n MG-Schützen zurücklassen?!?»

«Ja, und die anderen mußt du im Haus von Habbash unterbringen.»

«Im Haus von Habbash?!?»

«Ja, im Haus von Habbash! Und ich will, daß auch du da bleibst!»

«Ich auch?»

«Du auch, du auch!»

«Aber da binnich ja wieder ohne Funkgerät, Colonnello... Ich hab Ihn' doch gesagt, dassich mit 'm Funktelefon nich mitter Truppe reden kann!»

«Nimm das tragbare vom Panzerkommandanten!»

«Das tragbare läuft doch nur mit Batterie, Colonnè! Batterien brauchen sich auf!»

«Tu, was ich dir sage, Nibbio! Das ist ein Befehl!»

Das war ein Befehl, und der mußte ausgeführt werden, trotz aller Probleme, die er mit sich brachte. Vor allem die grundlegende Aufgabe der Stellung. Von der Kommandozentrale aus machte der Kondor weiter mit seinem Stellungen-Halten, Stellungen-Halten, und Adler Eins ließ die Fünfundzwanzig aufgeben, um sie anderswohin zu schicken, genauer gesagt, um sie auseinanderzureißen, nämlich einen Teil in ein eingestürztes Haus, den anderen in einen Bombentrichter. Und dann dieser Trichter. Der Regen der vergangenen Nacht hatte ihn in ein Schlammloch verwandelt, im Schlamm griffen die Ketten nicht, und bei dem Manöver, sich rückwärts runterzulassen, rutschte der M113 so, daß die Luke beinahe senkrecht gegen die Hangwand gepreßt wurde. Schlimmer noch: weil der Fahrer den Rückwärtsgang eingelegt hatte, als der Panzer noch voll war, mußten die sechs für das Haus von Habbash bestimmten Bersaglieri durch die vordere Bodenluke aussteigen, die vom Trichterrand ungefähr zwei Schritt entfernt war. Beim Versuch zu springen, fielen drei auf den steilen schlammigen Trichterhang und brauchten viel Zeit, bis sie endlich da heraus waren. Sie brauchten ebenfalls viel Zeit, um die achtzehn Meter zurückzulegen, die sie vom Eingang zu Habbashs Haus trennten. Unter der drückenden Last der Rucksäcke, der Gewehre und der kugelsicheren Westen ähnelten sie Schildkröten, die aus einem langen Schlaf erwachen und nicht einmal von der Gefahr angetrieben werden. Die meiste Zeit brauchte Ferruccio. Er blieb stehen, sah sich um, zögerte, und es half gar nichts, daß Nibbio ihn mit seiner Ungeduld anspornte.

«Himmelarschundzwirn, Ferruccio, kommste vielleicht endlich?!?»

«Ich komm ja schon, Capitano...»

«Was gibt's denn da zu glotzen? Auf wen warteste denn?!?»

«Auf niemand, Capitano, auf niemand...»

Was Habbashs Haus anging, bot es nur im ehemaligen Wohnzimmer des Erdgeschosses Schutz, das heißt in dem großen Raum mit den zerbrochenen Fenstern, durch das im November Rashids Milizionäre gegangen waren. Zudem war es ein fragwürdiger Unterschlupf, weil die Wand zur Straßenerweiterung der Fünfundzwanzig eingestürzt war: um sich vor Splittern und Salven zu schützen, gab es dort nur eine aus Sandsäcken aufgeschichtete Mauer von gerade mal zwei Metern. Nibbio murrte vor Unzufriedenheit, verzog besorgt das grobe Gesicht und knipste die Taschenlampe an. Auf der Suche nach Gefahrenquellen kontrollierte er die dunklen Ecken, dann die Mitte des Raums, und plötzlich fingen seine Hände krampfartig an zu zittern. Wer weiß, in welchem Augenblick die Amalleute dort zwei Kisten mit Penthrit abgestellt hatten: einem Sprengstoff, der schon beim Einschlag einer Pistolenkugel explodierte. Vielleicht in dem Chaos bei der Eroberung des Turms. Die Kisten standen nebeneinander, unheimlicher als zwei Särge, und im Lichtkegel trat die englische Aufschrift düsterer hervor als eine düstere Warnung. *Penthrite, penthrite, penthrite.*

«Capitano!»

«Jessesmaria, Capitano!»

«Und was tun wir jetzt, Capitano?!?»

«Weiß ich nich», antwortete er mit erstickter Stimme.

Seit das Kontingent in Beirut war, hatte noch nie jemand Nibbio zittern sehen. Noch nie hatte ihn jemand mit erstickter Stimme sagen hören Weiß-ich-nich, und jeder kannte den stählernen Mut, der sich hinter seinem gutmütigen Auftreten eines anständigen Mannes verbarg, der unfähig schien zu kühnen, draufgängerischen Taten. In jeder Lage behielt er die Ruhe, auf jede Bedrohung reagierte er überlegt, und das hatte man in jenen Stunden gut beobachten können. Beispielsweise, als ihm das Mörsergeschoß das Funkgerät und den Geländewagen zertrümmert hatte. Keine-Sorge-Colonnè.

Genau wegen dieser Eigenschaften hatte ihm Adler Eins übrigens auch zum Sektorchef von Chatila gemacht und ihm Aufgaben zugewiesen, die er sich selbst nicht abverlangt hätte. Aber die Angst ist ein geheimnisvolles Phänomen. Manchmal verschont sie den, der normalerweise schon wegen nichts erschrickt, manchmal überfällt sie den, der sich nie vor etwas fürchtet, und nimmt in irgendeinem Samenkorn Gestalt an. Ein Geräusch, ein Schatten, ein harmloses Bild. Aber jetzt sogar zwei Kisten mit Penthrit, die unheimlicher als zwei Särge in der Mitte eines Raumes stehen und dem Gefechtsfeuer ausgesetzt sind.

«Sie wissen es nicht, Capitano?»

«Ich weiß es nich», sagte er noch einmal, während das Zittern von den Händen aus die Arme und schließlich den ganzen Körper erfaßte. Dann knipste er die Taschenlampe aus und ließ sie neben den Sandsäcken hinhocken; er wich den zwölf Augen aus, die im Dunkeln wie Katzenaugen glänzten, und jedes Auge war ein stummer Vorwurf; Du-weißt-es-nicht, du-weißt-es-nicht, auch er hockte sich hin. Als wäre nichts weiter, fing er an zu pfeifen. Innerlich aber verwünschte er sich. Er sagte sich: Nibbio, was is 'n los mit dir, Nibbio? Haste etwa Schiß? Wennde Schiß hast, ham die sechs Jungs auch Schiß. Angst stinkt, weißte doch. Se is ansteckender als 'ne Krankheit. Nur ruhig, Nibbio. Bist ja schließlich kein Rekrut von neunzehn. Vierzig biste und 'n Berufssoldat, 'n Offizier. Du mußt mit gutem Beispiel vorangehn. War doch nie schwer für dich, mit gutem Beispiel voranzugehn, und hast doch in Beirut schon Schlimmeres erlebt. Hast doch alles schon durchgemacht, 'n größten Scheißdreck haste abgekriegt, und doch immer verdammtes Glück gehabt. 'N Riesenschwein haste. Denk nur an das Schwein beim Mörserschuß heut abend. Wärste nich drin im Bunker, sondern an der Tür gewesen oder im Geländewagen gewesen, dann wärste zu Hackfleisch geworden. Zu Hackfleisch. Und warum soll 'ne blöde Kugel denn ausgerechnet die beiden Särge da treffen? De Wahrscheinlichkeit steht eins zu 'ner Miljon, daß eine kommt und die Dinger da trifft... Los, mach schon. Hör auf, dich wie 'n kleiner Wichser zu benehm', tu, was de tun mußt. Schnapp dir das Funktelefon und ruf Adler Eins an und sag ihm, du hättest sein' verfickten Befehl ausgeführt. Schalt das tragbare Telefon ein, und ruf die anderen Stellungen, ruf die Siebenundzwanzig Eule und frag Nazarener, ob der Turm schon gefallen is. Ruf auch die beiden von der Fünfundzwanzig Alpha, und mach ihn' Mut, arme Kerle. Laß dir irgend'nen Unsinn einfallen. Aber je mehr er sich das sagte, um so mehr zitterte er und war davon überzeugt, daß es sein Schicksal sei, in die Luft zu fliegen: zusammen mit den sechs Jungs in den Trümmern dieses halbzerfallenen Hauses zu sterben. Und das brachte ihn schnell wieder zurück zu dem grauenvollen Sonntag, zu dem zweifachen Massaker bei den Franzosen und den Amerikanern. Er sah sich wieder, wie er die Bergungsmannschaften leitete, und er erinnerte sich wieder an makabre Einzelheiten, an die Säge, mit der er die Leiche des amerikanischen Marines zersägt hatte, der mit seinen Beinen unter einen Zementblock gekommen war, den der Kran nicht hochheben konnte; an die Spitzhacke, mit der er in die Überreste eines unter dem Schutt liegenden Fallschirmjägers gehackt hatte; an die Briefe, die Fotos, die über die Trümmer geflogen waren, an die liebevollen Sätze, die Widmungen... My-dear-son, mein-lieber-Sohn. Mon-cher-mari, mein-lieber-Mann. To-John-with-love. Pour-Michel-avec-amour. Und in diesen Erinnerungen verlor er sich. Scheißwelt, Scheißwelt, auch er hatte die Fotos seiner Familie bei sich. Und bei den Fotos auch einen Brief seiner Frau. Er war heut morgen mit dem Hubschrauber angekommen, der den hohen Drei-Sterne-General, den Militärbischof und die Post gebracht hatte. «Liebster, wie sehr wir dich vermissen. Die Kleine fragt dauernd: wann kommt Papa zurück? Ich habe ihr das Dreirad gekauft, das sie so gerne haben wollte, und ich werde ihr sagen, du hättest es aus Beirut geschickt. Für mich dagegen habe ich eine Schaufel gekauft, um den Schnee vor der Haustür wegzuschippen. Du wirst es nicht glauben: wir haben Schnee in Rom! Vom Quirinal bis hinüber zum Caelius sind die Hügel weiß, und die Peterskuppel sieht aus wie eine riesige Sahnetorte...» Der Schnee! Schnee mochte er so sehr! Er wollte nicht sterben, ohne noch einmal den Schnee gesehen zu haben! Er mußte noch einmal den Schnee sehen. Und mit dem Schnee seine Tochter und seine Frau und Rom. Er würde abhauen. Ja, er würde abhauen: zum Teufel mit der Pflicht, zum Teufel mit dem guten Beispiel. Zum Teufel mit den zwölf Augen, die im Dunkeln wie Katzenaugen glänzten, jedes Auge ein stummer Vorwurf Du-weißt-es-nicht, du-weißt-es-nicht. Nee, Jungs, ich weiß es nich, und es is mir scheißegal. Denn ich hau jetz ab, ich verdufte und laß euch hier mit 'n beiden Kisten voll Penthrit. Ich werd zum Deserteur und seh noch mal den Schnee. Meine Frau, meine

Tochter, den Schnee. Den Schnee! Er sprang auf, um abzuhauen. Doch dabei sah er einen dunklen Schatten im Eingangsraum.

«Wer ist da?»

Der dunkle Schatten kam vorsichtig näher. Wurde ein Bersagliere mit Federhelm.

«Ich bin's, Signor Capitano! Nicht schießen!»

Es war Vincenzo, der junge, ungeübte Fahrer, der beim Manöver, den Panzer in den Bombentrichter runterzufahren, abgerutscht war.

«Was willste, Vincè?!?»

«Ich bin gekommen, weil ich scheißen muß, Signor Capitano.»

«Scheißen?!?»

«Jawohl, Signor Capitano. Ich konnt's nicht mehr halten.»

«Nich mehr halten?!? Konntste denn nich in 'ne Plastiktüte machen? Hab ich euch denn nich gesagt, dassir in de Plastiktüten scheißen sollt, wo eure Verpflegung drin war?!?»

«Doch, aber ich hab keine mehr, Signor Capitano. Ich hab von der Knallerei Durchfall bekommen!»

«Na gut, mach schon!»

«Bin schon dabei, Signor Capitano... Ah...! Ah...!»

Er war wirklich schon dabei. Während er redete, hatte er die Hose runtergelassen und entleerte nun, unter glückseligem Gestöhn, sein Entsetzen direkt neben den Kisten mit dem Penthrit.

«Nein, nich da, weiter weg! Siehste denn nich, was da draufsteht?»

«Da steht *Penthrit* drauf, Signor Capitano.»

«Genau, Penthrit! Willste unbedingt der erste sein, der krepiert, wenn das Zeug in de Luft fliegt?»

«Das kann doch nicht in die Luft fliegen, Signor Capitano!»

«Das kann nich in die Luft fliegen?!? Und wieso kann das nich in de Luft fliegn?!?»

«Sie sind doch da, Signor Capitano.»

Er sagte das so, als sei der Signor Capitano der Bunker aller Bunker, die Garantie schlechthin, der Allmächtige persönlich. Er sagte das mit so einer Gewißheit, in Nibbios Anwesenheit sicher zu sein, daß dessen Angst wie weggeblasen war. Und mit der Angst die Erinnerung an den grauenvollen Sonntag; an die Säge, mit der er die Leiche durchtrennt hatte, deren Beine unter dem Zementblock eingeklemmt waren; an die Spitzhacke, mit der er in die andere, unter Schutt begrabene Leiche gehackt hatte; an die Widmungen auf den Fotos To-Jim-with-love, Pour-Michel-avec-amour; an die Briefe mit My-dear-son, Mon-cher-mari. Mit der Erinnerung auch der Wunsch, abzuhauen und nach Hause zurückzukehren, um den Schnee wiederzusehen. Seine Frau, seine Tochter, Rom, den Schnee. Und er schämte sich, daß er sich hatte hinreißen lassen. Scheißwelt, das Schicksal hatte ihm diese armen Milchbärte anvertraut, denen es nicht erlaubt war, sich selbst zu retten, die in den Panzer kletterten, wenn ihnen der Befehl dazu erteilt wurde, die herauskletterten, wenn ihnen der Befehl dazu erteilt wurde, die sich an einen Splittern und Kugeln ausgesetzten Ort verfügten, wenn ihnen der Befehl dazu erteilt wurde, und wenn sie dort zwei Kisten mit Penthrit fanden, blieben sie da. Und er zitterte, hatte Schiß, dachte an Flucht, wollte sie zurücklassen?!? Er ging zu den Kisten mit dem Sprengstoff. Setzte sich ganz ungezwungen darauf.

«Alles klar», sagte er lächelnd. «Ich bin da. Und solang ich da bin, passiert euch nichts. Aber wennde 'n bißchen näher an de Wand scheißt, dann ersparste uns 'n bißchen Gestank, nich?»

«Jawohl», antwortete Vincenzo und bewegte sich rückwärts auf die Wand zu, ohne dabei seine Beschäftigung zu unterbrechen, und hinterließ so eine lange Kotspur. Dann machte er zufrieden wieder die Hose zu und setzte sich neben Nibbio, der ihn verständnislos ansah.

«Und was willste jetz noch, Vincè?»

«Ich setz mich neben Sie, Signor Capitano. Dann kann mir nichts passieren.»

«Du kannst nich bei mir blei'm, Vincè. Du mußt in 'n Panzer zurück.»

«Bitte, behalten Sie mich wenigstens kurz hier, Signor Capitano!»

«Weder kurz noch lang! Der MG-Schütze wartet auf dich!»

«Der wartet nicht auf mich, Signor Capitano. Mario hat mich doch weggeschickt.»

«Weggeschickt?!?»

«Jawohl, Signor Capitano. Er hat mich angeschrien: ich kann nicht mit einem zusammensein, der mich alle fünf Minuten mit seinen Fürzen erstickt und den Panzer vollscheißt. Nimm dein Zeug und erstick die anderen, scheiß die anderen voll. Sehen Sie, ich hab alles mitgebracht. Gewehr, Feldflasche, Rucksack...»

«Aber der Schütze kann nich allein im Panzer blei'm! Er braucht jemand, der durch das Hyposkop guckt!»

«Capitano, ich kann doch zu Mario in den Panzer gehen. Ich kann den Platz von Vincenzo einnehmen», warf Ferruccio ein.

«Halt den Mund, Ferruccio! Du bist kein Panzerfahrer!»

«Weiß ich, Signor Capitano, aber was gibt's denn noch zu fahren? Man muß doch nur noch am Hyposkop stehen und die Kommandozentrale informieren, daß die Batterien des tragbaren Telefons leer sind.»

«Waaas?!?»

«Ja, Signor Capitano. Den ganzen Tag über war es auf den Squelch geschaltet, auf Ruhestellung. Ein Versehen, ein Irrtum. Und die Batterien sind leer.»

«Leer? Und das sagst du mir erst jetz? Erst jetz?!?»

«Wir haben's Ihnen nicht vorher gesagt, damit Sie nicht wütend werden, Signor Capitano», fiel Vincenzo schuldbewußt ein.

Da vergrub Nibbio den Kopf in den Händen. Verdammte Sauerei! Nach dem letzten Anruf waren auch die Batterien vom Funktelefon leer. Und er war in dieser Sprengstoffalle völlig isoliert. Adler Eins und die Kommandozentrale mußten über das Funkgerät im Panzer informiert werden. Aber bloß nich Vincenzo mitnehmen. Sieh ihn dir doch an, sah doch aus wie 'n kleiner Junge, der sich aus Angst vor dem Gewitter ins Bett seiner Mama flüchtet. Ferruccio dagegen war 'n tapferer Kerl, entschlossen. Und er wollte seinen Kameraden wirklich an der Seite des MG-Schützen ersetzen.

«Ich geh wirklich gern, Capitano!»

«In Ordnung. Mach dich fertig! Ich bring dich rüber.» Dann, an die übrigen gewandt: «Bin gleich zurück. Ihr bleibt hinter den Sandsäcken hocken, verstanden?»

«Verstanden, Signor Capitano.»

Und Ferruccio ging mit Nibbio hinaus, und ihn begleiteten ein Haufen Bemerkungen.

* * *

«Warum ist er bloß so versessen darauf?»

«Seit wir hier sind, brennt er darauf!»

«Nein, nein, er brennt schon darauf, seit wir aus dem Panzer geklettert sind. Weißte's denn nicht mehr?»

«Seit wir rausgeklettert sind? Schon seit wir reingeklettert sind, willst du wohl sagen! Immer hat er durch die Scharten geguckt und gesagt Ich-will-wieder-unter-den-Feigenbaum! Weil sein Wachposten doch unter dem Feigenbaum ist!»

«Hm ... Ich glaube, der wartet auf jemand.»

«Auf wen soll er denn in diesem Scheißdurcheinander schon warten?»

«Auf 'n Mädchen, oder? Liebe kümmert sich nicht um Granaten.»
«Wieso denn Mädchen! Sein Mädchen hat er doch in Mailand! Ich sag euch, auf wen er gewartet hat und noch wartet: auf seinen Freund Mohammed!»
«Mohammed?!? Wer ist denn Mohammed?»
«Der kleine Palästinenser, der ihm Sonnenblumenkerne und Pistazien bringt und beim Syrer Haschisch für ihn kauft.»
«Der, der auch bei Wind und Wetter kommt?»
«Ja, der. Der dem Massaker von Sabra und Chatila entgangen ist.»
«Hm... Vielleicht hast du recht.»
«Recht? Ich mache jede Wette!»
Der einzige, der nicht in diesen Chor einfiel, war Vincenzo. Nachdem er Nibbio verloren hatte, hatte er sich an den Kräftigsten unter ihnen gehalten, einen Südtiroler, der immer mürrisch war und fast nur Deutsch sprach; und er wich auch jetzt nicht von seiner Seite, als der Tiroler wegging, um zu pinkeln.
«Wo gehst du hin, Franz, wo gehst du hin?»
«Wohin's mir paßt, Vinzenz! Geh mir nicht auf den Sack!»
«Was machst du? Was machst du?»
«Herrgott ich pisse, siehst du denn nicht, daß ich pisse?!? Los, verschwinde! Warum mußt du eigentlich wie eine Schmeißfliege an mir kleben?»
«Weil ich auch pissen will, Franz...»
«Aber du hast doch erst vor fünf Minuten gepißt! Oder hast du beim Scheißen nicht gepißt?!?»
«Doch, aber jetzt piß ich mit dir, Franz. Dann sind wir wenigstens zusammen.»

–4–

Eins, zwei, drei, los! Geduckt stürmten Nibbio und Ferruccio zum M113, der in dem Bombentrichter versunken war, aber das Kreuzfeuer war so dicht, daß sie sich gleich auf die Erde werfen und vorwärtsrobben mußten. Was Nibbio ein paar Verdammt-nochmal entlockte, Ferruccio dagegen Freude machte. Für das Robben brauchte man viel Zeit, und das erhöhte die Hoffnung, daß er Mohammed kommen sehen würde; ihn entweder zurückschicken oder ihm zurufen könnte Mohammed-Vorsicht-Mohammed, nicht-stehenbleiben, wirf-dich-auf-die-Erde. Achtzehn Meter, dachte er und maß mit einem Stich ins Herz die abnehmende Entfernung. Siebzehn ... sechzehn ... fünfzehn ... Ach, wenn er doch kommen würde, bevor er und Nibbio den Panzer erreichten! Denn daran, daß Mohammed kommen würde, zweifelte er nicht. Dafür war er viel zu mutig, dieser kleine Junge, und Ferruccio mochte ihn sehr. Eher würde er sterben, als sein Versprechen nicht einhalten, ihm Hummus mit Schauarma zu bringen. Vierzehn ... dreizehn ... zwölf ... elf ... Wer weiß, wie viele Stunden Mohammed schon darauf brannte, ihm seinen Topf voll Hummus und Schauarma zu bringen. «Mama, laß mich gehn, Mama!» Vielleicht hatte er sich sogar eine Ohrfeige eingehandelt: «Kommt nicht in Frage! Hörst du denn nicht die Granaten?» Auch für seine nächtlichen Ausbrüche hatte er sich oft eine Ohrfeige eingehandelt. Aber es gab keine Bomben noch Ohrfeigen, die Mohammed aufgehalten hätten, und bald würde er aus der kleinen Straße bei der Fünfundzwanzig auftauchen. Dessen war sich Ferruccio sicher. Es kam ihm sogar so vor, als würde er ihn vor sich sehen, mit seinen schwarzen Locken, seiner Wolljacke, seiner kurzen Hose und seinen dünnen Beinchen. «Ferruccio! Ich hier, gekommen, da sein, Ferruccio!» würde er dann rufen und sich neben den Wachposten unter dem Feigenbaum stellen. Dann würde er enttäuscht, daß er Ferruccio nicht vorfand, nach dem Panzer suchen und auch den nicht finden. Der M113 guckte nur mit dem Vorderteil aus dem Bombentrichter heraus, von weitem war er fast unsichtbar. Dann würde Mohammed verwirrt mitten auf dem kleinen Platz stehenbleiben: «Ferruccio! Du kommen heraus, bitte, Ferruccio!» Und das würde ihn den Granaten, den Splittern und dem Kugelhagel noch mehr aussetzen. Oh, Allmächtiger! Zehn ... neun ... acht ... sieben ... Verdammte Schweinebacke, wehe, wenn Mohammed etwas zustößt. Wehe, denn er hatte das aus der Kloschüssel gezogene Mädchen nicht vergessen, er hatte auch seine Wut über den Verlust seiner neunzehn Jahre noch nicht überwunden, über die Entdeckung, daß die Menschen zwar Straßen, Brücken und Häuser bauen, die Sixtinische Kapelle ausmalen, den *Hamlet* schreiben, den *Nabucco* komponieren, Herzverpflanzungen vornehmen und zum Mond fahren können, aber schlimmer sind als Bestien, so daß es dir, wenn du auch nur ein bißchen Gehirn oder, besser gesagt, Herz hast, keine Freude machen kann, unter Menschen geboren zu sein, und du zu dem Schluß kommst, daß es besser gewesen wäre, unter Hyänen oder Schaben geboren worden zu sein ... Immerhin, das Mädchen aus der Kloschüssel hatte er nicht gekannt, für ihn war es ein himmelblaues Stück Stoff mit rosa Blümchen, ein Fleischbrei, eine Wurst, von der eine Strähne blutverschmierten

Haares herabbaumelte. Mohammed aber war Mohammed, und wenn ihm etwas zustoßen würde ... Sechs Meter ... fünf ... vier ... drei ... zwei ... eins, verdammte Schweinebacke, eins! Sie waren beim Panzer angekommen, und Nibbio schlug gegen die vordere Bodenluke, damit der MG-Schütze ihn hören konnte.

«Caporale! Mach auf, Caporale!»

Der Deckel der Luke öffnete sich gerade so lange, wie es nötig war, sie hereinzulassen, dann ging er wieder zu und schloß sie in stinkendem Dunkel ein. Nibbio griff voller Ungeduld das Mikrofon des Funkgeräts, rief Adler Eins, erklärte ihm sofort das Problem mit den Batterien; der MG-Schütze wandte sich wieder dem Hyposkop zu, und Ferruccio fing an, ihm auf die Nerven zu gehen, weil er seinen Platz übernehmen wollte.

«Willst du, daß ich durchschaue, Mario?»

«Nein, danke, Ferruccio.»

«Du mußt doch müde sein, ruh dich aus.»

«Mach dir keine Sorgen, Ferruccio.»

«Aber deshalb bin ich doch hergekommen, Mario!»

«Na, gut, dann sieh du durch.»

Ferruccio setzte sich begierig. Er drückte die Augen an die Gummihalterung und: was war'n das, Jesus, was war'n das! Innerhalb weniger Sekunden hatte das Feuer so zugenommen, daß es auf dem kleinen Platz fast taghell war. Wie konnte man daran denken, daß Mohammed sein Versprechen halten würde? Selbst die Verwegenheit eines in diesem Krieg geborenen und aufgewachsenen Kindes hätte eine solche Hölle nicht herauszufordern gewagt. Moment mal, und der Schatten, der aus der kleinen Straße kam, was war das? Nichts, Gott sei Dank: der Schatten eines Fetzens? Von wegen Fetzen! Ein Fetzen läuft doch nicht. Das war er! Mit seinen schwarzen Locken, seiner Wolljacke, seiner kurzen Hose und seinen dünnen Beinchen, und in seinem rechten Händchen hielt er den Topf. Den Topf, Jesus, den Topf!

«Mohammeeed!»

Sein Schrei dröhnte durch den M113 und verhallte wieder. Der MG-Schütze sprang fassungslos auf, und Nibbio unterbrach das Gespräch mit Adler Eins.

«Ferruccio, was is 'n mit dir los, Ferruccio?!?»

Ferruccio schrie verzweifelt weiter.

«Mohammeeed! Ich bin hier, Mohammeeed!»

Gleichzeitig hob er die Arme zum Deckel der vorderen Bodenluke empor, stieß ihn auf, schwang sich auf den Sitz, er befreite sich aus dem Griff des MG-Schützen, der ihn bei den Beinen gepackt hatte, und schlüpfte schnell durch die Öffnung. Draußen kletterte er auf den vorderen Teil des Panzers, der fast senkrecht eingesunken war, und setzte zu einem Sprung an, der ihn auf den Rand des Trichters bringen sollte.

«Mohammed, sei vorsichtig, Mohammed!»

«Mohammed, wirf dich auf den Boden, Mohammed!»

Der Sprung, der ihn auf den Rand des Trichters bringen sollte, war der gleiche, den die drei Bersaglieri nicht geschafft hatten, bevor sie sich ins Haus von Habbash verzogen, der ihm dagegen keine Schwierigkeiten bereitet hatte. Jetzt aber war er ihm nicht gelungen, und so fiel er kopfüber nach unten gegen die steile, matschige Trichterwand. Trotzdem verlor er nicht den Mut, und fast blind vom Schlamm stand er wieder auf. Er kletterte hoch. Und beim Hochklettern rutschte er wieder ab, stand aber wieder auf und kletterte wieder hoch. Schlimm war nur, daß es nirgendwo Vorsprünge gab, an denen er sich festhalten konnte, und er immer tiefer im Morast versank; jedes Abrutschen bedeutete eine glitschige, bösartige Falle, jede Falle eine verlorene Minute. Völlig sinnlos mühte er sich ab, keuchte und fluchte: taub für das Gebrüll Nibbios und des MG-Schützen, für das Krachen der Bombardements, selbst für die Rufe Mohammeds, der ihn nicht hören konnte und höchst erstaunt und enttäuscht, mit seinem Topf in der Hand, über den kleinen Platz irrte. Yahallah, warum war Ferruccio nicht auf seinem Posten unter dem Feigenbaum? Warum war der Panzer verschwunden? Sie konnten doch nicht abgezogen sein, ohne ihm etwas zu sagen. Sollte Ferruccio denn nicht auf ihn gewartet haben?!? Hatte er sich denn nicht denken können, daß die Mutter wütend geworden war, weil Mohammed ihm Hummus mit Schauarma brachte, und ihm deshalb sogar eine Ohrfeige gegeben hatte? Sah Ferruccio denn nicht, daß heute nacht so viele Granaten fielen, begriff er denn nicht, daß es gefährlich war, sich auf diesem kleinen Platz aufzuhalten?!? Natürlich begriff er das. Aber weshalb hatte er sich in den Kopf gesetzt, ihm einen Streich zu spielen und nicht zu antworten. Natürlich. Er hatte sich irgendwo versteckt, um ihm einen Streich zu spielen.

«Ferruccio! Ich hier, ich gekommen, Ferruccio!»

«Mohammed, ich bin hier, Mohammeeed!»

«Ferruccio! Du kommen raus, bitte, Ferruccio!»

«Mohammed, sei vorsichtig, bring dich in Sicherheit, Mohammeeed!»

«Ferruccio, ich dir gebracht Hummus mit Schauarma, Ferruccio! Einen ganzen Topf voll, Ferruccio!»

«Mohammeeed, auf die Erde, Mohammed!»
Irgendwann und trotz des Höllenlärms hörte Mohammed dann doch die Stimme des Freundes. Und er ging in die Richtung, aus der sie kam. Immer noch den Topf im rechten Händchen ging er einige Meter auf einen sonderbaren Fleck zu, der aus dem Bombentrichter neben der kleinen Gasse herausragte, blieb stehen, guckte genauer hin, und im Schein einer Explosion erkannte er Ferruccio, der, Gesicht und Uniform schlammverschmiert, aus dem Bombentrichter auftauchte und wild herumfuchtelte, was nur bedeuten konnte Hilfe-Mohammed-Hilfe! Er dachte, daß man ihm etwas angetan haben könnte, daß er verletzt sei, und rannte, jegliche Vorsicht außer acht lassend, mit einem Schrei zu ihm herüber.
«Ferruccio! Ich komme, ich dir helfen, Ferruccio!»
«Nein, Mohammed, neeein!»
«Ich komme, Ferruccio, ich komme, ich dir helf...»
Keiner würde je erfahren, wer diesen Feuerball abgeschossen hatte. Bilal, Gassàn, Rashid, die Mörserschützen im Graben, die Panzerschützen auf der großen, breiten Straße von Sabra, die Amal-Milizen, die von Gobeyre aus schossen, der Teufel, der sich damit amüsiert, kleine Kinder umzubringen, der Allmächtige, der sich freut, sie in seinen barmherzigen Schoß aufzunehmen; Lasset-die-Kindlein-zu-mir-kommen? Sicher ist allein, daß der Feuerball dicht neben Mohammed explodierte und ihn die Explosion wie ein apokalyptischer Wind erfaßte und aufsog wie ein Strudel. Und Mohammed flog zum Himmel empor wie ein Vogel: die Arme ausgebreitet wie Flügel und am Ende des einen Flügels der Topf mit Hummus und Schauarma. Er flog steil empor, ganz leicht, und stieg fliegend immer höher, so hoch, daß man ihn irgendwann nicht mehr sah: als wäre er ins Paradies eingegangen. Gleich darauf aber erschien er wieder; vielleicht war er wirklich ins Paradies gegangen, aber der Allmächtige hatte ihn zurückgewiesen, um Allah eins auszuwischen, oder vielleicht wollte Mohammed auch gar nicht hinein, weil er vorher doch Ferruccio noch das Hummus und das Schauarma bringen mußte; und mit anliegenden Flügeln kehrte er mit seinem Topf zur Erde zurück. Er kam senkrecht herunter, schwer wie ein getroffener Vogel, und schlug senkrecht mit einem dumpfen Ton in den Feigenbaum, wobei er zwei Äste abbrach und Blätter herunterregnen ließ. Da erschrak er und öffnete erneut die Flügel. Immer noch seinen Topf mit Hummus und Schauarma haltend flog er erneut empor, stieg erneut zum Himmel hinauf wie ein Vogel. Doch weniger steil und weniger leicht. Wieder entschwand er, wieder erschien er, und jetzt schloß er seine Flügel für

immer, kehrte zur Erde zurück und stürzte diesmal auf die harten Sandsäcke, auf denen er zerschellte. Krack! Hier blieb er liegen, reglos, mit Hummus und Schauarma besudelt; das rechte Händchen öffnete sich und ließ den Topf fallen, der ins Dunkel wegrollte, während eine heisere Stimme etwas stammelte.
«Mohammed ...»
«Was ist mit dir los, Mohammed ...»
«Du bist ja ganz voll, Mohammed ...»
«Mohammed ... Mohammed ...»
In den folgenden Jahren, wenn er sich schwermütig daran erinnerte, an den ersten großen Schmerz seines Lebens, würde Ferruccio sich hartnäckig fragen, was er eigentlich gemacht hatte, während Mohammed mit seinem Topf in den Himmel hinaufflog, dann herunterkam und in den Feigenbaum stürzte und gleich wieder hinaufflog und wieder herunterkam und auf den harten Sandsäcken zerschellte. Aber er würde keine andere Antwort finden als diese unsinnigen Worte: Mohammed, was-ist-mit-dir-los-Mohammed, du-bist-ja-ganz-voll-Mohammed. In seiner Erinnerung würde der Augenblick ausgelöscht sein, in dem es ihm endlich gelungen war, sich aus dem Trichter zu arbeiten, der Windstoß, der auch ihn getroffen und zu Boden gedrückt hatte, die Anstrengung, wieder aufzustehen und zu dem kleinen, reglos daliegenden Körper hinüberzulaufen. Vollkommen verschwunden die Erinnerung an Nibbio, der ihm Mohammed aus den Armen riß, ihn innerhalb der Absperrung des Wachpostens niederlegte und zischte: Die-Haut-sollte-man-euch-abziehen, euch-Hurensäcken, euch-Kanalratten-und-Mördern. Er schloß Mohammed die Augen, kreuzte die Händchen über dem Herzen zusammen und legte die dünnen Beinchen nebeneinander. Und mit dieser verschwundenen Erinnerung an Nibbio war auch die an den MG-Schützen verschwunden, der jemandem (ihm?) ins Gesicht schlug und schrie Basta-bei-Gott-jetzt-reicht's. Aus wer weiß was für einem Schutzbedürfnis der Seele heraus, die auf Leiden oftmals so reagiert, daß sie die allzu grausamen Einzelheiten aus dem Gedächtnis löscht, würde er sich nur an das krächzende Funkgerät erinnern und an die beiden Stimmen, die sich überschnitten.
«Nibbio, was hast du über das Haus von Habbash gesagt?»
«Ich hab gesagt, daß wir vom Regen in de Traufe gekomm' sind, Colonnè. Im Wohnzimmer von Habbashs Haus stehn zwei Kisten Penthrit, und ich weiß nich, was ich machen soll. Was soll ich machen?»

«Eine Beschwörung sprechen, Nibbio, eine Beschwörung. Aber warum hast du die Verbindung unterbrochen?»

«Weil ich mich um 'ne schlimme Sache kümmern mußte, Colonnè.»

«Eine schlimme Sache, was denn?»

«Nichts weiter. Colonnè, nichts weiter ... Hier bei der Fünfundzwanzig is 'n kleiner Junge umgekommen und ...»

«Ein kleiner Junge?»

«Ja, der Kleine, der immer den Bersagliere unter'm Feigenbaum besuchen kam. Und der Bersagliere kann das nicht verkraften.»

«Verstanden. Jedenfalls, wo du nun schon mal im Panzer bist, ruf du die Kommandozentrale und sag Bescheid, daß ich auch keine Batterien mehr fürs Funktelefon hab. Dann ruf die Maròs von der Fünfundzwanzig Alpha und kontrolliere, ob sie von ihrem Beobachtungsstand runter sind. Und Penthrit hin oder her, geh ins Haus von Habbash zurück, denn die Situation wird immer schlimmer.»

* * *

Ja, sie wurde immer schlimmer. Es war nämlich neun Uhr abends, der Zeitpunkt, den Gemayels Strategen gewählt hatten, um ihr Zangenmanöver durchzuführen, und die Achte Brigade machte sich bereit, mit den vom Pinienwäldchen her angerückten M48, die auf der großen, breiten Straße von Sabra aufgefahren waren, in Chatila einzudringen. Die Sechste war mit den M113 von der Küstenstraße von Ramlet el Baida her angerückt, die auf der Straße Ohne Namen vor der kuwaitischen Botschaft aufgefahren waren. «Die Stellungen halteeen! Die Stellungen halten und nur schießen, wenn sie auf uns schießeeen!» wiederholte der Kondor unermüdlich. Immerhin war er der erste, dem klar wurde, daß sich mindestens zwei Stellungen nicht halten ließen, daß die Regierungstruppen Chatila besetzen mußten, wenn sie die Amal in die Knie zwingen und Bilals Widerstand brechen wollten, und das hieß: sie mußten von der Nordseite, also bei der Einundzwanzig, und von der Südseite, also bei der Dreiundzwanzig, eindringen.

Und bei der Einundzwanzig war, wie wir wissen, Nagel. Bei der Dreiundzwanzig Zwiebel.

– 5 –

Hinten im Panzer der Dreiundzwanzig zusammengekauert, den Kopf zwischen die Schultern eingezogen, die Augen geschlossen, um nicht die Blitze zu sehen, die durch die Schlitze hereinfielen, und die Zähne so fest zusammengebissen, daß sein ohnehin rotes Gesicht ganz violett aussah, kämpfte Zwiebel seinen persönlichen Kampf. Den nämlich, ein Mann zu werden. Er kämpfte ihn mit jeder Faser seines Wesens, jetzt, nachdem er den Grundgedanken begriffen hatte: um ein Mann zu werden, genügt es nicht, daß man die Angst vor den Toten überwindet. Es genügt nicht, daß man in der Kapelle eine Gladiole klaut und sie aufs Massengrab legt, während unsichtbare Finger aus dem Boden hervorkommen, dich bei den Füßen packen und unter die Erde ziehen. Es genügt nicht, wenn man weiß, daß die Irrlichter Glühwürmchen sind, wie der Signor Colonnello sagt, und daß es in Beirut sogar im Winter Glühwürmchen gibt. Es genügt nicht, daß du nach diesen Anstrengungen 'n herrlichen Bart bekommst und dich beherrschst, wenn Nagel, dieser Blödmann, höhnisch grinst und sagt Was-denn-für'n-Bart, siehste-nich-daß-das-grad-mal-so-'n-bißchen-Flaum-is. Um ein Mann zu werden, mein Lieber, muß man die Angst vor den Lebenden überwinden. Die Toten tun keinem was. Sie packen dich nicht an den Füßen, sie ziehen dich nicht unter die Erde und töten dich dann. Es sind die Menschen, die dich an den Füßen packen und dich unter die Erde ziehen und dich töten, dich umbringen. Man mußte also wieder ganz von vorn anfangen, bei den Lebenden, die jetzt in Chatila eindringen wollten. Das hatte der Generale nämlich über Funk aus dem Kommandoraum verbreitet, daß die in Chatila eindringen wollten: «Kondor Eins, hier Kondor Eins! Zwei Panzerkolonnen der Regierungsstreitkräfte fahren in Richtung der Einundzwanzig und der Dreiundzwanzig. Stellungen halten! Stellungen halten! Nur dann schießen, wenn sie auf uns schießen, und Stellungen halten!» Tränen kamen einem, wenn man dran dachte. Verdammter Scheißdreck! Wenn die in zwei Kolonnen ankamen, wie konnte man denn da zu sechst noch die Stellung halten, ohne zu schießen? Nicht mal 'n Held war dazu in der Lage. Naja, 'n Held vielleicht. 'n Held wie der in dem Film, den er gesehen hatte, bevor er nach Beirut kam. 'n Film über die Geschichte eines Soldaten, der große Angst vor'm Sterben hat, und es gelingt nicht, ihm auch nur ein Fitzchen Mut zu entlocken. Doch irgendwann kriegt er Mut und zerstört ganz allein vierzig deutsche Panzer. Vierzig! Ganz allein! Deshalb hatte der Schauspieler ihm gefallen und weil er ihm glich wie ein Ei dem anderen. Das gleiche runde Gesicht, die gleiche untersetzte Statur und das gleiche Alter: neunzehn Lenze. Und wenn er versuchen würde, ihn nachzuahmen? Unmöglich. Der Schauspieler im Film schoß. Naja, er mußte den Schauspieler im Film übertreffen: 'n Held, 'n Mann werden, ohne einen Schuß abzugeben. Beispielsweise einfach nur schreien Ialla-Ialla, weg-hier-weg-hier, Chatila-gehört-uns, hier-dürft-ihr-nicht-durch. Völlig überrascht, eingeschüchtert würden sich die Eindringlinge zurückziehen und mit eingezogenem Schwanz in ihre Kasernen zurückkehren. Und Nagel würde endlich aufhören, sich über ihn lustig zu machen, ihn zu fragen, ob er ihn nun Zwiebel oder Furcht nennen sollte, und der Generale würde ihm mit einer Tapferkeitsmedaille seinen Dank aussprechen: «Hier steht ein Mann, ein ganzer Kerl. Hut ab vor dem Bersagliere Zwiebel, der der Welt und jedem einzelnen von uns eine Lektion erteilt hat.» Natürlich würde auch ein Festakt im Kommando stattfinden. Journalisten würden kommen und Fotografen, die Leute vom Fernsehen, ganz Italien würde es erfahren, und dann stell dir die Rückkehr nach Caserta vor. Fahnen, Feuerwerk, Konfetti, Leute, die von ihren Fenstern aus applaudieren. «Viva Zwiebel! Bravo Zwiebel!» Auf der Piazza würde die Musikkapelle in Feiertagsuniform den Triumphmarsch aus *Aida* spielen: «Ta-tàaa, taratatà-ta-ta taratatàaa ta-tàaa!» Auf der Ehrentribüne der Bürgermeister mit dem vollzähligen Gemeinderat. Und mit dem Gemeinderat seine Eltern. Mit seinen Eltern Miss Campania und der Direktor der Italienischen Staatsbank und der Erzbischof. Der Erzbischof würde ihm den Segen des Papstes überbringen. «Bersagliere Zwiebel, der Papst hat mich beauftragt, Euch sein Dominus Vobiscum zu überbring'.» Der Direktor der Italienischen Staatsbank einen Scheck über hundert Millionen: «Verehrter Signor Zwiebel, als Zeichen unserer Wertschätzung für Sie.» Miss Campania zwei Küsse auf 'n Mund und ihre Telefonnummer: «Ruf mich an, wann immer du willst, du Mordskerl. Ich bin dein.» Doch mehr noch als alle Küsse und Aussichten zu ficken und alles Geld, aller päpstliche Segen und aller Beifall, alle Huldigungen der Menge und der in Feiertagsuniform den Triumphmarsch aus *Aida* spielenden Musikkapelle würde es ihn stolz machen, sich als Held zu fühlen, und das hieß: als Mann. Ein Mann, der in der Lage ist, sich auf beiden Beinen den Lebenden wie den Toten zu stellen, ein Mann ohne Angst. Die verhaßte Angst, die, trotz aller guten Vorsätze, immer größer wurde, immer größer ... Je weniger er sie haben wollte, um so mehr bekam er sie. Je mehr er sie bekam, um so mehr gute Gründe fand er dafür. Je mehr Gründe er fand, um so mehr nagte der Verdacht an ihm, daß es ein großer Blödsinn sein könnte, den Schauspieler im Film nachzuahmen oder noch zu übertreffen. Und was, wenn die Regierungstruppen, statt sich zurückzuziehen und mit eingezogenen Schwänzen wieder in ihre Kasernen zurückzukehren, ihn mit ihren M113 einfach überfuhren? Besser hundert Jahre wie 'n Schaf leben als ein' Tag wie 'n Löwe, sagte ein altes Sprichwort. Oder war es umgekehrt? Ach, du lieber Himmel, ja: es war genau umgekehrt ...

Nagel, der halbbesoffen im Panzer der Einundzwanzig eingeschlossen war, kämpfte dagegen einen ganz konkreten Kampf: nämlich den, seinen Hunger zu vergessen, der ihn schon seit fünf Uhr nachmittags quälte. Er war nicht der einzige, wohlgemerkt: durch die ausgefallene Wachablösung war auch das Abendessen ausgefallen, und in Chatila hatten alle einen leeren Magen. Aber seiner war leerer als der der anderen, und der Grund dafür lag in dem besonderen Umstand, daß er seine 12-Uhr-Ration nicht gegessen hatte. Verdammter Lenin! Die 12-Uhr-Ration heute war nämlich gut: Suppe aus frischem Gemüse, Fleisch mit Bohnen in Tomatensoße, Käse und Obst. Nicht umsonst wollte er alles verputzen, von A bis Z. Schlimm war nur, daß in dem Augenblick, als er anfangen wollte, Jamila zu ihm gekommen war, das unterernährte und immer hungrige Mädchen, das unter seinem Beobachtungsstand hauste, und wer hätte es übers Herz bringen können, alles von A bis Z zu verputzen, ohne auch nur anzudeuten, daß man ihr was abgeben wollte? Die Andeutung fing mit dem Apfel an. Ein wunderschöner Apfel, ganz ohne Würmer. Er mußte aber einkalkulieren, daß Jamila das Essen lieber klaute: wenn du es ihr also zeigtest, legte sie die Hände auf den Rücken, schlug die Augen nieder und schüttelte den Kopf, was nein heißen sollte, und er hatte ihr den Apfel gezeigt, und verdammte Schweinebacke! Sie hatte sofort Na'am, Ja, gesagt. Weil sie dann aber keine Anstalten machte zu gehen und dauernd auf den Käse starrte: «Wie, willste auch den Käse?!?» – «Na'am, ja.» Aber auch danach blieb sie noch da und verschlang mit den Augen das Fleisch mit den Bohnen in Tomatensoße: «Du willst doch nicht auch das noch, lieber Gott noch mal?!?» – «Na'am, doch.» Als sie auch dann noch nicht wegging und die Gemüsesuppe genauso anstarrte: «Du krepierst noch mal vor Gier, Jamila. Nimm dir alles, und Schwamm drüber! Heut abend gibt's ja das Weihnachtsessen, und da isses besser, wenn ich mich vorher zurückhalte.» Verdammter Lenin! Konnte er denn ahnen, daß er nichts zu essen kriegen würde?!? Die Vorstellung von einem solchen Unglück war ihm nicht mal gekommen, als der Komet explodierte. Erst um halb sechs, als Nibbio den Befehl durchgab, sich in die Panzer zu flüchten, hatte er sich gesagt: verdammte Schweinebacke, hier gibt es keine Wachablösung um sechs, hier verpassen wir das Abendessen, und erschreckt ob dieser Aussicht hatte er angefangen, nach einer Ersatzration zu wühlen. Aber die anderen fünf hatten sogar die Hustenbonbons aufgelutscht: in den geplünderten Schachteln hatte er nur die vorgeschriebenen Getränke für die gefunden, die nachts Wache haben. Zwei Fläschchen Kaffeelikör, zwei Tütchen mit Grappa, zwei mit Cognac, ein Tütchen mit einem Herzmittel. Daraufhin hatte er sie vor lauter Wut alle runtergekippt. Und obgleich die Mengen klein waren, jedes Tütchen drei Kubikzentimeter, war ihm der Alkohol zu Kopf gestiegen und hatte einen verzweifelten Monolog ausgelöst, den niemand mehr aufhalten konnte. Ihn kümmerten weder die Granaten noch die Kugeln, die um ihn herum niedergingen. Ihn kümmerten auch nicht die M48, die dabei waren, bei der Einundzwanzig einzudringen, wo der Panzer auf der Straße quergestellt worden war, um die Durchfahrt zu blockieren. Ihn interessierten auch die Hyposkope nicht, die der Panzerkommandant ihm in der Hoffnung anvertraut hatte, daß er sich dadurch etwas beruhigen würde.

«Gott, hab ich 'nen Hunger. Alles die Schuld von meiner Großzügigkeit, von mei'm Kommunismus, von Lenin, von seiner verdammten Lehre Was-mein-ist-ist-dein-und-was-dein-ist-ist-mein. Wennich meine Ration nicht an Jamila verschenkt hätt', würdich jetz nich so leid'n. Ich werd noch sterb'n mit dieser Leere im Magen. Weil, wenn ich nich eß, dann sterb ich; ich bin eben 'n Typ, der sich immer was in 'n Mund stecken muß, ich bin ganz ausgedörrt, o du lieber Gott, ich werd ohnmächtig. Hält man es für möglich, dasses in diesem Scheißpanzer nich mal 'n Bonbon zum Lutschen gibt oder 'n Kaugummi? 'n Kaugummi, 'n Kaugummi! Ich zahl dafür, ich geb euch mei'n Sold, wenn ihr mir 'n Kaugummi gebt...»

«Sei still, Nagel!»

«Nein, ich bin nich still, nein. Gott, hab ich 'nen Hunger. Mir drehn sich die Gedärme um, und Magensäfte hab ich kein' Tropfen mehr. Ihr Geizhälse, ihr Knicker, ihr Knauser. Nich mal 'n Krümel habter mir aufgeho'm. Im Namen des Christentums, wenn schon nich des Kommunismus! Oh, ohje. Wennich schon nur 'n Brötchen hätt'. 'n Brötchen mit Salami oder Mortadella. Ich ess gern Salami, ich ess aber auch gern Mortadella. Lieber als Schinken. Wenn Lenin wieder auferstehn würd, dann würdich ihm sag'n: Genosse, es reicht nich, wenn man sagt Brot-für-alle. Es muß heißen Brot-und-Salamifür-alle, Brot-und-Mortadella-für-alle: oder habter in Rußland keine Salami und keine Mortadella? Machter denn alles aus Kaviar?!? Kaviar is zwar auch gut, versteht sich. Mit Butter und Zitrone und vielleicht noch 'n bißchen klein gehackter Zwiebel und 'nem hartgekochten Eigelb. Das streicht man auf 'ne geröstete Scheibe Brot und runter damit. Aber 'ne Salami is besser, 'ne Mortadella auch ...»

«Nagel! Halt endlich die Klappe, Nagel!»

«Nein, ich halt se nich, nein. Gott, hab ich 'nen Hunger. Uns hier einfach ohne Abendessen zu lassen, das hättense mit uns nich machen dürfen. Was hat 'n der Krieg mit 'm Abendessen zu tun?!? Im Frieden wie im Krieg is 'n Abendessen 'n Abendessen. Das laßt euch von 'nem Berufskoch gesagt sein, einem, der die Hotelfachschule, vielmehr die Schule für Meisterköche mit den besten Noten abgeschlossen hat. Und weil wir grad dabei sind, wißt ihr was ich heute abend kochen würd, wenn ich in Livorno wär? Ein Menü von Pellegrin Artusi. Ein Klassiker. Gefüllte Teigtaschen nach Romagnoler Art mit Schafskäse und Kalbfleisch gefüllt und mit frisch geriebenem Parmesan und Muskatnuß; Röstbrot nach Toskaner Art, also mit pürierter Milz und Sardellenbutter; einen schönen Hasenbraten mit gestürztem Spinatsoufflé und gemischtem Salat; und als Nachtisch Panforte aus Siena, gefolgt von einem herrlichen Minzeis zum Verdauen. Nicht, weil ich vielleicht was gegen die Nuwel Küsin hätte, klar? Heutzutage wird sie ja hoch in Ehren gehalten, die Nuwel Küsin, und persönlich hab ich 'ne große Achtung vor dem Paul Bocuse. Der is 'n Genie der, 'n Genie, der versteht's, Geschmack mit Schick zu kombinieren. Vielleicht sollte ich statt Artusi den Bocuse kopieren ... In dem Fall würd ich mit einer Trüffelsuppe Elysée anfangen, gefolgt von einem Seebarsch in schöner Kruste, dann ein Huhn à la Joanne Nardon, als Beilage ganz junge Erbsen au beurre und Radicchio de Lyon. Als Nachtisch 'ne Meringue mit in Armagnac oder in einem guten Napoléon getränkten Marrons glacés. Aber Artusi is der Vater von uns allen und...»

«Nageeel! Halt die Klappe und sag lieber, was du durch's Hyposkop siiiehst!»

«Dann mussich berichten, daß ich nichts zu berichten hab! Diese M48 stehen so still wie mein Magen!»

Aber plötzlich schwieg er. Und vergaß Lenin, Bocuse und Artusi und beobachtete die Panzer der Regierungstruppen genauer. Stehen still? Nein, verdammte Schweinebacke, sie standen nicht still. Sie bewegten sich mit den 105er Kanonen, die auf Chatila gerichtet waren. Sie fuhren auf die Einundzwanzig zu! Die Einundzwanzig?!? Hatten sie denn nicht gemerkt, daß der M113 der Italiener auf der Straße querstand und die Durchfahrt versperrte?!? Sie hatten es bemerkt, ja. Denn der M48, der die Kolonne anführte, blieb stehen, und zwei Offiziere in der Uniform der Achten Brigade stiegen aus und kamen mit verächtlichen Minen auf ihn zu. Auf ihn?!? Er hörte plötzlich auf, weiter durchs Hyposkop zu schauen. Wütend stieß er die vordere Bodenluke auf, schaute hinaus und leuchtete den Eindringlingen mit der grellen Taschenlampe ins Gesicht.

«Und was wollt ihr, shubaddak?»

«Move, weg hier, move», antwortete einer der beiden kauend.

Kau-end?!? Was kauend?!? Ein Bonbon, ein Stück Schokolade, ein Kaugummi? Schlimmstenfalls, das fühlte er, ein Kaugummi. Und aufgewühlt von Neid, von Eifersucht auf dieses Kaugummi, das vielleicht sogar ein Bonbon oder ein Stück Schokolade war, verlor Nagel den Kopf.

«Geh du doch zur Seite, du Miststück! Verschwinde du doch, du Faschistenschwein, du Knastbruder, woher nimmste eigentlich den Mut, hierher zu komm' und mir vor meiner Nase was vorzukauen? Und danke Gott, daß ich noch nich gegessen hab und schwach bin, sonst würdich aussteigen, und dann würdich dir mit einem Schlag dein Kaugummi oder dein Bonbon oder dein Stück Schokolade in 'n Rachen stampfen!»

Im M113 sprach unterdessen der Panzerkommandant höchst erregt mit der Kommandozentrale.

«Kondor, bitte kommen, Kondooor! Hier an der Einundzwanzig verlangen die Regierungstruppen, daß wir den Panzer wegfahreeen!»

«Einundzwanzig, kommen, Einundzwanzig! Stellung halten, Stellung halteeen!»

«Wir halten sie ja, Kondor, wir halten sie ja! Aber die haben eine Masse Panzer! Können wir schießeeen?»

«Nein, nicht schießen! Ihr dürft nur im Falle unmittelbarer Bedrohung schießen! Aber laßt sie nicht duuurch!»

Die Stimmen der Funker, die lauthals brüllten, vermischten sich mit denen der Bersaglieri im Panzer.

«Was denken die sich eigentlich in der Kommandozentrale?!? Denken die, daß unser Panzer Leonidas an den Thermopylen ist?!?»

«Von wegen Leonidas! Leonidas durfte wenigstens schießen! Und er schoß!»

«Genau! Und wir müßten eben auch schießen! Für mich ist das eine unmittelbare Bedrohung!»

«Nein, ist es nicht!»

«Ist es doch! Frag doch Nagel!»
«Nagel zählt nicht! Nagel sieht doppelt, weil er stockbesoffen ist!»
«Was heißt hier stockbesoffen! Er ist neidisch auf den Offizier, der ihm ein Kaugummi oder weiß Gott was vorkaut.»
«Er beschimpft ihn nur und basta! Er tut nichts, um sich verständlich zu machen!»
Der Offizier, der Nagel ein Kaugummi oder weiß Gott was vorkaute, hatte diesen aber sehr gut verstanden. Man mußte nicht in Livorno geboren sein, um sich darüber im klaren zu sein, daß der Verrückte, der sich da an der vorderen Bodenluke zeigte, ihm irgendwas in den Rachen stampfen wollte und sich weigerte, sie durchzulassen. Gefolgt von seinem Kameraden war der Offizier daher in den M48 zurückgekehrt und entschlossen, sich den Weg zu bahnen. Wieder kam er ein Stück weiter. Nagel war der erste, der begriff, was da passierte, und fing laut an zu schreien.
«Achtung, Fahrer, Achtuuuung! Die fahren in uns rein! Zieh die Bremsen an, zieh die Bremsen an!»
«Hab ich, hab ich!»
«Blockier die Ketten, blockier siiie!»
«Ich hab sie blockiert, ich hab sie blockiert!»
Er hatte sie blockiert. In der Tat bewegte sich der M113 der Einundzwanzig trotz des gewaltigen Stoßes, den er abbekommen hatte, nicht einen Zentimeter. Aber der Offizier, der ein Kaugummi oder weiß Gott was kaute, war ein zweites Mal ausgestiegen und gab den drei Panzern hinter ihm den Befehl, dicht aufzuschließen, das heißt, sie sollten sich mit der Vorderseite an die Rückseite des vor ihnen stehenden Panzers stellen, um so den Stoß zu vervierfachen. Er feuerte sie an, anzufahren.
«Ruha, hop! Vorwärts, hopp!»
Der vierte drückte den dritten, der dritte den zweiten, der zweite den ersten, und alle M48 begannen nun zusammen unter ohrenbetäubendem Lärm gegen die Seite des M113 zu drücken.
«Ruha, hop! Vorwärts, hopp!»
Das Schauspiel war absurd und grausam. Es war, als würde ein ungeheuer starker Zug, der nur aus Lokomotiven statt aus Waggons bestand, sich mit eiserner Gewalt gegen die Bremsen und Ketten des M113 stemmen, ein unmöglicher Wettkampf, und bei jedem Stoß krachte der Panzer fürchterlich. Er schien in zwei Teile zu zerbrechen und Nagel herauszuschleudern, der immer noch an der Vorderluke sitzend seine Flüche brüllte Miststücke, Faschistenschweine, Knastbrüder. Klar, daß der M113 früher oder später nachgeben mußte.

«Ruha, hop! Vorwärts, hopp!»
Beim siebten Stoß gab er nach. Und Meter um Meter, immer noch querstehend und eine tiefe Spur in den Boden grabend, wurde er zurückgeschoben: er kam zur Einundzwanzig Alpha, wo ihn der Kaugummi oder Gott weiß was kauende Offizier stehen ließ.
«Stay there. Bleibt da.»
Ein paar Augenblicke später drangen auch die anderen M48 auf die große Straße vor, fuhren in Chatila ein, und zur gleichen Zeit, als das alles geschah, fuhren die M113 der Sechsten Brigade auf die Dreiundzwanzig zu, um von dort her einzudringen, gefolgt von vier Lastwagen voller Soldaten. Es war Viertel nach neun, und auch Zwiebels Drama ging zu Ende. Armer Zwiebel. Dank der richtigen Version des alten Sprichworts hatte er den Verdacht beiseite geschoben, daß es großer Blödsinn sein könnte, den Schauspieler des Films nachzuahmen oder gar zu übertreffen; er sagte sich wieder und wieder Besser-ein-Tag-wie-ein-Löwe-leben-als-hundert-Jahre-wie-ein-Schaf und dachte nur daran, aus dem Panzer zu springen: mit leeren Händen die Eindringlinge zurückzudrängen, sie in die Kasernen zurückzujagen und ein Held, das heißt: ein Mann zu werden. Ein Mann, der in der Lage ist, sich standhaft auf beiden Beinen den Lebenden wie den Toten zu stellen, ein Mann ohne Angst. So zögerte er keinen Augenblick, als er die dunklen Umrisse der M113 der Regierungstruppen im Dunkel erkannte, die von der Südseite Chatilas her eindringen wollten. Er legte sein Gewehr ab, stürzte zur Luke, riß sie auf, stieg aus, und mit dem Risiko, niedergewalzt zu werden wie ein Hund, der die Straße überquert, pflanzte er sich mit gespreizten Beinen vor der Kolonne auf.
«Ialla, ialla, weg hier, weg hier!» brüllte er. «Chatila gehört uns! Hier kommt ihr nicht durch!»
Sofort wurde er am Kragen gepackt und vom Panzerkommandanten an den Füßen festgehalten, der ihm nachgelaufen war und ihn anschrie: Trottel, was hast du eigentlich in deinem Kürbis, du Trottel, du bist wirklich noch ein Milchgesicht und wirst nie ein Mann. Und weil der Panzer der Dreiundzwanzig die Durchfahrt nicht versperrte, weil es in der Mannschaft der Dreiundzwanzig keinen anderen Jungen gab, der unbedingt ein Mann werden wollte und überzeugt war, daß ein Mann zu werden auch bedeutete, ein Held zu werden, denn alle wußten, daß die beiden Dinge sich nicht notwendigerweise bedingen und daß ein Mann-sein an sich schon ungeheuer anstrengend ist, fuhren die M113 der Sechsten Brigade ungestört vorbei, um zu den M48 zu stoßen, die bei der Einundzwanzig eingedrungen waren.

Das war der Moment, als Bilal aufhörte, mit seiner unmusikalischen Stimme Beasnani-saudàfeh-haza-al-bourji-beasnani zu singen. Und das war auch der Moment, als der Hauptmann Gassàn mit seinem Jeep und der 106er Kanone losfuhr, um sich auf der Geraden der Avenue Nasser zu postieren.

* * *

Das tat er mit großer Ruhe, da er absolut sicher war, daß der Zwerg, der ihn besiegt und gedemütigt hatte, nicht etwa aufgehört hatte, ihn mit seiner furchtbar vulgären Hymne zu provozieren, weil er tot war, sondern weil er seinen Widerstand aufgegeben hatte und sich daran machte, den Turm zu verlassen. Gassàn tat dies mit der düsteren Logik und der schmerzvollen Heimtücke, die er seit jenem Weihnachtsfest, an dem sein Vater ermordet und die wunderbare Villa in Ramlet el Baida niedergebrannt worden war, während man seinen Vater auf dem Friedhof von Sankt Elias beisetzte, nicht mehr aufgegeben hatte, und auch im blinden Vertrauen darauf, daß die Madonna von Junieh ihm helfen würde, seinen gekränkten Stolz zu überwinden. Und mit dem gekränkten Stolz auch die Verwirrung, die ihn drei Stunden zuvor daran gehindert hatte, auf den Abzug zu drücken. Plötzlich nämlich war der Himmel voller bengalischer Feuer, durchsichtiger hellblauer Leuchtkugeln, die es auf der Avenue Nasser fast taghell werden ließen, und so viel Glück konnte nur ein Zeichen göttlicher Gunst sein: um das Ziel mit bloßem Auge anvisieren, ohne die Hilfe des beschädigten Spotters treffen zu können, brauchte er Licht. Viel Licht. Ohne sich darum zu kümmern, daß die M48 bereits das Feuer auf die Avenue eröffnet hatten, ließ er den Motor an. Er entfernte sich von der Rotunde in Sabra, fuhr geradeaus und hielt ungefähr vierzig Meter vor der Zweiundzwanzig an. Hier ließ er das Lenkrad los, sprang hinten auf seinen Jeep, hockte sich neben das Geschütz und richtete es mit der Zielvorrichtung so aus, daß er den Teil der Straße unter Beschuß hatte, wo seiner Einschätzung nach Bilal vorbeikommen mußte. Nachdem das getan war, stieg er vom Jeep herunter, ging hinter das Geschütz, öffnete die Ladeklappe, schaute durch das Rohr und kontrollierte, ob der Lauf auch wirklich in die gewünschte Richtung und in Zwergenhöhe zielte. Er zielte zwar in die gewünschte Richtung, jedoch in Mannshöhe. Daraufhin stieg Gassàn noch einmal auf den Jeep, drehte an der Visierkurbel, korrigierte die Peilung, kletterte wieder herunter. Wieder ging er hinter das Geschütz, schaute durch das Rohr und gönnte sich ein eisiges Lächeln. Ausgezeichnet! Endlich zielte der Lauf in Zwergenhöhe, das heißt wenig mehr als einen Meter über dem Asphalt: endlich konnte er die Brahmet-Bayi einlegen. Er legte sie ein, wobei er darauf achtete, daß er eine nahm, deren Sprengkopf deutlich sichtbar die Aufschrift B-r-a-h-m-e-t B-a-y-i- trug. Er verschloß die Ladeklappe, stellte sich wieder neben das Geschütz, und mit dem Finger am Abzug wartete er darauf, daß sein Feind von dem Platz her auftauchen würde, um die Avenue zu überqueren und sich wie ein Vogel beim Preisschießen anzubieten. Unterdessen betete er mit geballten Fäusten und aufeinandergepreßten Lippen zu seiner Göttin im Olymp. Er sagte zu ihr: «Himmlische Mutter, barmherzige Frau, die du jene liebst und beschützt, die leiden, erhöre mich. Auf der Avenue Nasser gibt's nicht genügend bengalisches Feuer, und das, was da ist, verlöscht nach und nach. Wenn ich bei wenig oder gar keinem Licht auf ihn schieße, kann ich ihn auch diesmal nicht töten. Dann überwinde ich meinen gekränkten Stolz wieder nicht, kann nicht den symbolischen Blumenstrauß auf das Grab auf dem Friedhof von Sankt Elias legen. Hilf mir, gnadenreiche Jungfrau, die du gebenedeiet bist unter den Weibern und die Beladenen tröstest, du Zuflucht der Sünder und Heimstätte des Heiligen Geistes. Ich bitte dich nicht, mir meinen Vater wiederzugeben und meine Villa, meine getöteten Männer und meine M48 und den Turm. Ich bitte dich nur, mir etwas Licht in die Avenue zu schicken, um ihn gut anvisieren zu können, wenn er die Straße überquert. Daher entzünde im richtigen Augenblick eine weitere Leuchtkugel, ich flehe dich an.» Genau das Gegenteil von dem, worum Bilal mit gleicher Inbrunst seinen Gott im Olymp, Allah, gebetet hatte.

Bilal wollte nicht mehr töten noch getötet werden. Und weil er nicht mehr töten noch getötet werden wollte, dachte er auch nicht mehr, daß der Capitano ihm einen Gefallen getan habe, als er ihn hinterging: er stellte keine Überlegungen mehr als großer Stratege und großer Politiker über die schiitischen Soldaten an, die, nachdem ihnen bewußt geworden wäre, daß sie auf die eigenen Häuser, die eigenen Familien, die eigenen Glaubensbrüder geschossen hatten, rebellieren und Gemayels Armee in zwei Teile auseinanderbrechen lassen würden. Auf der einen Seite die Sechste Brigade und auf der anderen die Achte. Schlimmer noch: es war ihm gleichgültig, ob die Sechste die Achte aus dem Westteil verjagen würde, ob der alte Traum, den Moslems drei Viertel der Stadt zu geben, Wirklichkeit werden würde, ob sich also seine Niederlage in seinen Sieg verwandeln würde. Auch die beiden verbliebenen Maschinengewehre waren zerstört worden, auch die vier Milizionäre, die das 120er Geschoß zunächst überlebt hatten, waren tot, und in dem mittlerweile baufälligen Haus war nur er noch übrig: am rechten Arm durch eine Kugel verwundet, die seinen Deltamuskel zerrissen hatte. Die durch den Satz Die-schießen-aufeinander-Bilal erloschene Versuchung war also wieder aufgeflammt, um ihn endgültig zum Verweigern zu bringen. Wozu diesen Turm mit den Zähnen verteidigen, dieses Viertel mit den Zähnen verteidigen, weiter töten und schließlich selbst getötet werden, wozu? Für wen? Für die Rashids oder Passepartout-Khalids, für die Gleichgültigen, für die Undankbaren, die dir um so mehr ins Gesicht spucken, je mehr sie von dir bekommen? Zeinab hatte recht: «Wehe, wenn du dich für andere aufopferst, Bilal, wehe, wenn du etwas oder gar dich selbst an deinen Nächsten verschenkst. Die Leute nehmen und nehmen, und je mehr sie nehmen, um so mehr spucken sie dir ins Gesicht.» Weggehen, ja. Dieses Dach da verlassen mit den vielen Leichen, Freunden wie Feinden, die seinetwegen gestorben waren. Die weiße Fahne hissen, sich ergeben, vor den Regeln einer ungerechten Welt kapitulieren, die sich manchmal vorwärts, manchmal aber auch wieder rückwärts dreht, dir aber immer nur die Kehrseite zeigt. Sich zurückziehen, überleben, versuchen, das Leben zu genießen, das auch dann schön ist, wenn es ekelhaft ist und dich mit den Straßen fertigmacht, die du kehren mußt, und auch dann, wenn es dir eine Jacke ohne Flicken oder ein vollständiges Buch oder die Statur eines ausgewachsenen Menschen verweigert. Die Treppen hinuntergehen, das Erdgeschoß erreichen, den kleinen Platz, den Bürgersteig der Avenue Nasser. Deinem Fluß in umgekehrter Richtung nachblicken, nach Gobeyre zurückkehren, deinen alten Vater wiedersehen, deine Kinder und Zeinab, deren Bauch mit dem neunten schwanger ist. Ihn berühren, sich die Frage stellen, ob es wohl ein Junge oder ein Mädchen ist, sich wohl fühlen beim Gedanken, ein Baum voller Früchte zu sein, eine Pinie, die Zapfen ausspuckt und mit den Zapfen Samen, Samen, Samen. Den beim Metzger gestohlenen Hammelkopf essen, das verdammte Buch verbrennen, das dir so viel Leid gebracht hat, in deinem Bett schlafen und bei Sonnenaufgang aufwachen, die Sonne morgen früh wiedersehen ... Aber um das alles zu tun, mußte er sich dem bengalischen Licht aussetzen, das seit einigen Minuten die Avenue taghell erleuchtete, und sei es auch nur undeutlich, so fühlte er jedoch, daß sich in diesem Licht die Gefahr verbarg, die Sonne weder morgen früh noch überhaupt je wiederzusehen. So zögerte er, und zögernd betete er zu seinem Gott im Olymp. Er sagte zu ihm:

«Himmlischer Vater, barmherziger Herr, der du die liebst und beschützt, die immer die Kehrseite abbekommen, hör mich an: auf der Avenue Nasser gibt es zu viele Leuchtkugeln. Wenn man durch all dieses Licht auf mich schießt wie auf einen Vogel beim Preisschießen, dann kehre ich nicht nach Hause zurück, dann werde ich die Sonne weder morgen früh noch sonst je wiedersehen. Hilf mir, allmächtiger, allgegenwärtiger, allwissender Gott, du Tröster der Beladenen und König der Könige. Ich bitte dich nicht um ein Leben ohne Straßen, die gefegt werden müssen, ich bitte dich nicht um eine Jacke ohne Flicken oder um ein vollständiges Buch oder um eine Statur wie ein ausgewachsener Mensch. Ich bitte dich nur um ein bißchen Dunkel, um die Straße zu überqueren, nach Gobeyre zurückzukehren und die Sonne morgen früh wiederzusehen. Darum mach, daß die Leuchtkugeln erlöschen, blase sie aus, ich flehe dich an!»

Tatsache ist aber, daß sie lange brauchten, bis sie erloschen; jede hatte eine Leuchtdauer von einer Minute, und irgendwann kam er zu dem Schluß, daß Allah ihn nicht erhören wollte. Er wollte ihm nicht helfen. Da warf er enttäuscht seine Kalaschnikow weg. Torkelnd wie ein Betrunkener verließ er das Dach voller Freunde und Feinde, die seinetwegen gestorben waren, und vorsichtig, um die halb eingestürzten Treppen, die nun kein Geländer mehr hatten, nicht hinunterzufallen, machte er sich auf den Weg nach unten. Stufe um Stufe, genauer gesagt: Stufenrest um Stufenrest, jeder Stufenrest ein Dolchstoß, der sich von seinem Arm aufs Gehirn übertrug und ihn benebelte, schleppte er sich zum vierten Stockwerk, dann zum dritten, dann zum zweiten, dann zum ersten, dann ins Erdgeschoß. Er trat auf das Sträßchen, das zu dem kleinen Platz der Zweiundzwanzig führte. Schritt für Schritt, während er über Leichen stieg oder auf sie trat, die Leichen der Männer, die er in den Tod geführt hatte, gelangte er zu dem kleinen Platz der Zweiundzwanzig, wo die Bersaglieri im Panzer sich fragten, wer dieses kleine Wesen sei, das torkelnd wie ein Betrunkener vorwärtsging. Ein sterbender Alter, ein kleiner Junge, der sich in der Schlacht verirrt hatte? Nur Adler Eins erkannte in dem kleinen Wesen den stolzen Zwerg, der mit dem Ruf Ihkmil-nicht-stehenbleiben-ihkmil und Lahkni-mir-nach-lahkni eine Kompanie der Achten zerschlagen und den Turm erobert hatte. Und voller Mitleid rief er ihm zu: «Bilal!» Der aber antwortete nicht, ging an der Tankstelle vorbei, von deren Dach die beiden Amal-Milizionäre mit der PK46 schossen, und erreichte dann die Avenue Nasser. Hier merkte er, daß das schreckliche Licht in der Zwischenzeit wieder vom Dunkel aufgesogen worden war, und voller Scham darüber, daß er geglaubt hatte,

Allah würde ihn nicht erhören, trat er vom Bürgersteig herunter. Voller Demut und darauf bedacht, Vergebung vom himmlischen Vater zu erlangen, dem Herrn der Barmherzigkeit, der die liebt und beschützt, die immer die Kehrseite abbekommen, begann er, die Avenue diagonal zu überqueren, um die nächstgelegene Gasse zu erreichen, und das war die, die vor der Fünfundzwanzig lag. Er befand sich auf halbem Weg, als im Olymp der sich streitenden Götter die Madonna von Junieh Allah ein Bein stellte und Gassàn das notwendige Wunder gewährte, um das Ziel zu treffen; eine bengalische Feuerkugel erleuchtete die Nacht. Ein riesiger Ball, ein gigantischer Mond, der am Himmel hing und genau über Bilals Kopf herabschwebte und im Herabschweben einen so hellen, so glänzenden, so blendenden Schein verbreitete, daß es von der Rotunde in Sabra bis zu der Rotunde an der Überführung wirklich Tag zu sein schien. Geblendet, enttäuscht, ratlos blieb er stehen. Er zwinkerte mit den Augen und fragte sich einen Augenblick, warum der himmlische Vater weder Vater noch himmlisch, warum der Herr der Barmherzigkeit weder Herr noch barmherzig war und warum er nicht nur die nicht liebte und beschützte, die immer die Kehrseite abbekommen, sondern sich auch noch den Spaß machte, sein Spielchen mit ihnen zu treiben. Dann ging er wieder weiter, aber nach ein paar Schritten fühlte er zwei Augen, zwei eisige Messer, die ihm den Rücken durchbohrten, und er blieb wieder stehen. Er drehte sich um und blickte in die Richtung, aus der der Blick kam, nämlich zur Rotunde von Sabra, und ungefähr vierzig Meter von der Zweiundzwanzig entfernt sah er den Jeep mit dem auf ihn gerichteten Geschütz: in Menschen-, genauer gesagt in Zwergenhöhe. Neben dem Geschütz ein stattlicher Offizier der Regierungstruppen, der ihn reglos anstarrte. Er starrte ihn an, er starrte ihn an, und von seiner Reglosigkeit ging solch eine Bedrohung aus, daß Bilal vergaß, daß er nie mehr töten wollte: er suchte seine Kalaschnikow. Er fand sie nicht, und im gleichen Augenblick begriff er, daß er niemals die Gasse vor der Fünfundzwanzig erreichen würde, daß er niemals mehr seinen alten Vater, seine acht Kinder und Zeinab umarmen würde. Niemals würde er erfahren, ob das neunte Kind, das in Zeinabs großem Bauch wuchs, ein Junge oder ein Mädchen war. Niemals würde er versuchen können, das Leben zu genießen, das auch dann schön ist, wenn es häßlich ist und dich mit seinen Straßen schafft, die gefegt werden müssen, auch wenn es dir eine Jacke ohne Flicken, ein vollständiges Buch und die Statur eines ausgewachsenen Menschen verweigert. Niemals würde er den beim Metzger gestohlenen Hammelkopf essen, niemals mehr in seinem Bett schlafen, niemals mehr die

Sonne wiedersehen. Da fand er wieder zu sich selbst, und den Schmerz von Tausenden von Dolchstichen unterdrückend, hob er den rechten Arm. Den, der verletzt war. Er ballte die Faust, bohrte seinen Blick in die beiden eisigen Messer und erhob zum letzten Mal seine stolze, unmusikalische Stimme.

«S'antasser!» grölte er. «Ich werde siegen!»

«Beim Grab meines Vaters», antwortete ihm Gassàn ganz ruhig. Dann drückte er auf den Abzug.

Die 106er Brahmet-Bayi, einen halben Meter lang und zehn Komma sechs Zentimeter im Durchmesser, flog genau geradeaus und explodierte mit so viel Getöse, daß der Knall sogar in der Kommandozentrale zu hören war, wo Charlie ein Schaudern durchfuhr, das er sich nicht erklären konnte, und sich mit ausgetrockneter Kehle fragte Wer-weiß-wen's-da-getroffen-hat. In der Avenue Nasser erzitterten die Mauern, auf dem kleinen Platz der Zweiundzwanzig wackelte Leydas Hütte. Mit der Hütte der Panzer der Bersaglieri, die Tankstelle mit den beiden Amal-Milizionären, Rambos Geländewagen, der Geländewagen von Adler Eins, der sich zu Boden warf und beim Hinwerfen aus einem Impuls heraus schrie: «Vorsicht, Bilal!» Dann spähte er zur Avenue hinüber, und weil er ihn nicht sah, dachte er: «Der hat's noch mal geschafft!» So erfuhr außer Gassàn niemand jemals etwas davon, daß die Brahmet-Bayi, einen halben Meter lang und zehn Komma sechs Zentimeter im Durchmesser, ihr Ziel in kleinste Stücke zerrissen hatte. Und daß von Bilal, dem Straßenkehrer, nicht einmal ein Flicken übriggeblieben war.

Drittes Kapitel

– 1 –

Es gibt kein Paradox, das absurder wäre, als ein Soldat, der im Kampf die Waffen nicht benutzen darf, und daß die Bersaglieri gezwungen waren, dem Überfall der Amal-Milizen, dann dem Eindringen der Sechsten und der Achten Brigade ohnmächtig zuzuschauen, hatte dieses Paradox bis an die Grenze des Erträglichen getrieben. Im Kommandostützpunkt und vor allem in der Kommandozentrale bestand daher große Lust, handgreiflich zu werden und Feuer mit Feuer zu beantworten. «Sagen wir ihnen ordentlich Bescheid! Ein Schlag verlangt 'nen Gegenschlag, und selbst ein völlig verblödeter Hund beißt dich, wenn du ihm auf den Schwanz trittst», knurrte Pistoia. «Contumeliam si dices audies, wer jemanden beleidigt, muß erwarten, daß auch er beleidigt wird, erinnert uns Plautus. Moveatur ergo! Auf geht's!» wieherte Verrücktes Pferd. «Das Prinzip der Selbstverteidigung ist die Grundlage des Reglements. Wenden wir es an!» verkündete Zucker. Und der Kondor schäumte. Feuer mit Feuer zu beantworten bedeutete, daß man den Schiffen den Befehl erteilte, mit Kanonen und Raktenwerfern auf Objekte zu feuern, die auf Auerhahns Landkarte verzeichnet waren; mit der Erteilung dieses Befehls würden aus Verbündeten Feinde werden, und auf der einen Seite hätte er dafür gern seine Seele verkauft. Schluß, dachte er, Schluß damit, die Komödie vom barmherzigen Samariter herzuplappern, die Geschichte vom Lokomotivführer zu erzählen, sich das Märchen vom General auszudenken, der mit dem Tod Krieg führt: ich habe das Recht zu reagieren. Auf der anderen Seite hätte er alles dafür gegeben, es nicht zu tun, und indem er sich die Situation des zwischen zwei Boxern eingekeilten Ringrichters vorstellte, kam er zu dem Schluß: nein, das kann ich nicht, das darf ich nicht, und was nützen denn die Kanonen und Raketen der Schiffe, wenn die wirklichen Ziele Ameisen sind, die überall um dich herumwimmeln, die Kalaschnikows und die RPGs, die von Dächern und Gassen in unmittelbarer Nähe deiner Stellungen aus schießen; die Maschinengewehre und die Mörser, die aus den Gräben und aus den Straßen der Viertel schießen, in denen du bist? Wenn ich reagierte, würde ich mich selbst bombardieren. Währenddessen aber beugte er sich über Auerhahns Landkarte und bestimmte zusammen mit dem Professor die Zielobjekte: «Dies ja, das nicht, das ja.» Plötzlich wandte Charlie sich vom Funkgerät ab, vor dem er mit Angelo und Martino saß, um die Mitteilungen der Regierungstruppen aufzufangen, und kam zu ihnen herüber.

«Ich hab eine bessere Idee, Generale.»

«Was für eine, Charlie?» antwortete der General verdrossen.

«Auf eine Waffenruhe drängen und sie durchsetzen, Generale.»

«Eine Waffenruhe?!? Wer sollte denn auf eine Waffenruhe drängen? Und wer sollte sie durchsetzen?!?»

«Wir, Generale.»

«Wir?!? Wir haben ja weder die Amalleute bei der Zweiundzwanzig und bei der Vierundzwanzig noch die Regierungstruppen bei der Einundzwanzig und der Dreiundzwanzig aufhalten können, und da kommen Sie und schlagen mir vor, ich soll eine Schlacht aufhalten?!?»

«Ja, weil es nicht unmöglich ist, Generale. Wir brauchen doch nur die Mafiabosse auf beiden Seiten der Barrikaden ein bißchen zu erpressen.»

«Und mit welchem Argument?!?»

«Mit Ihrem, Generale: wir informieren beide Seiten, daß wir sie, wenn sie das Feuer nicht einstellen, von den Schiffen aus bombardieren, auch um den Preis, daß wir uns selbst bombardieren. Das ist ein gutes Argument. Ein ausgezeichnetes Argument.»

«Ganz Ihrer Meinung ...»

Plötzlich voller Interesse, suchte der Kondor den Blick des Professors, der mit den Achseln zuckte.

«Ich würde es probieren. Wenn Sie wollen, telefoniere ich sofort mit der Regierungsseite.»

«Und ich gehe sofort zu Zandra Sadr», beharrte Charlie. «Wenn es gelingt, können wir nur gewinnen.»

Natürlich konnten sie nur gewinnen, wenn es gelang. Zudem hatte Rashid das Kommando übernommen, das Bilal hinterlassen hatte, mit seiner gewohnten Schlamperei hatte er angefangen, auf die Kasernen der Sechsten Brigade zu schießen, und zahlreiche Granaten schlugen in der Nähe des Feldlazaretts ein. Doch eine Waffenruhe erfordert arbeitsintensive Verhandlungen und endlose Sitzungen, und die Entscheidung, ob die Schiffe eingesetzt werden sollten oder nicht, wurde immer dringender. Daher verging eine Minute, ehe der Kondor antwortete.

«Also gut. Vorausgesetzt, ihr macht schnell. Und versuchen Sie, nicht aufzufallen, Charlie. Nehmen Sie nur den Dolmetscher mit und basta.»

«Natürlich, Generale.»

So kam es, daß Charlie lediglich Martino mitnahm und Angelo vor dem Funkgerät ließ.

«Du bleibst hier.»

«Alles klar», antwortete Angelo gleichgültig.

* * *

Vierundzwanzig Stunden waren vergangen, seit ihm Martino den Brief übersetzt hatte. Doch die Zeit ist keine objektive Wirklichkeit, die sich immer gleich bleibt. Sie wird nicht nach dem Kalender und nicht mit der Uhr gemessen, nach dem Wechsel der Jahreszeiten und nach dem Sonnenuntergang: sie verändert sich in der Ausdehnung wie ein Gummiband, das unser Ich je nach Gemütszustand bewegt. Mitunter dauert sie unendlich lang und verrinnt mit einer Langsamkeit, die Minuten in Jahrhunderte verwandelt. Mitunter ist sie auch unendlich kurz und verstreicht mit einer Schnelligkeit, die der Lichtgeschwindigkeit entspricht. Und manchmal bleibt sie stehen, wird von etwas unterbrochen, das sie versteinert. Ein großer Schmerz, eine allzu brutale Überraschung, ein Trauma. Seine Zeit war stehengeblieben bei den Worten Deine-nein-nicht-mehr-Deine-Ninette, und dieser Stillstand hatte es ihm unmöglich gemacht, an irgend etwas teilzunehmen, das sich innerhalb der Kalender- oder der Uhrzeit ereignete, so daß er auf alles gleichgültig reagierte und für ihn sogar das Drama der Schlacht von dem unverrückbaren Gedanken an diesen Brief überlagert worden war. Er konnte den Brief bereits auswendig. Jeder Satz war in sein Gedächtnis eingekerbt, unauslöschlich wie ein Brandmal, und jede Einzelheit war in dem Schmerz, der Überraschung, dem Trauma erstarrt. Beispielsweise, daß sie perfekt Französisch konnte, sich aber weigerte, es zu sprechen: «Ich kann es nicht, ich will nicht, ich darf es nicht, und es ist nicht meine Schuld, wenn das Chaos von Herrn Boltzmann die Sprachverwirrung einschließt.» Daß sie das Konzept von $S = K \ln W$ verstanden und Boltzmanns Selbstmord entdeckt hatte: «Vielleicht ertrug er die Trostlosigkeit nicht, das bewiesen zu haben, was sogar schon Säuglinge ahnen, nämlich, daß der Tod unbesiegbar ist, und konsequenterweise überantwortete er sich ihm vor Ablauf der Zeit.» Daß sie die körperliche

Liebe als ein Mittel der Verständigung begriff, um sich der Einsamkeit zu entziehen, und die Freundschaft als einen flüchtigen oder künstlichen Notbehelf und oftmals eine Lüge: «Erwarte von der Freundschaft niemals jene Wunder, die nur die Liebe vollbringt: Freunde können die Liebe nicht ersetzen.» Daß sie trotz ihres Lebenshungers, ihres Reichtums, ihrer Privilegien an ihrem Unglücklichsein zugrundeging und nicht an ihre Zukunft glaubte: «Ich bin Beirut. Ich bin eine Besiegte, die sich weigert, aufzugeben, eine Sterbende, die nicht sterben will.» Daß sie das Bedürfnis zu lieben als ein Bedürfnis bezeichnete, das nur zu zweit zu stillen ist, dessen Ausmaß und Eigenart aber niemals in Symmetrie und Synchronie ausgewogen sei. «Meines Erachtens war Gottes Fluch, als er Adam und Eva aus dem Paradies verbannte, nicht das Und-unter-Schmerzen-sollst-du-Kinder-gebären, Im-Schweiße-deines-Angesichts-sollst-du-dein-Brot-essen; sondern das wenn-er-dich-begehrt, begehrst-du-ihn-nicht; wenn-sie-dich-begehrt, begehrst-du-sie-nicht.» Schließlich, daß sie ihn nur ausgewählt hatte, weil seine Augen und sein Gesicht und sein Körper vor ihrem Blick die Augen und das Gesicht und den Körper des geliebten Mannes auferstehen ließen, und daß sie ihn aus Ehrfurcht vor dem göttlichen Fluch nicht mehr liebte: «Aber genauso wenig, wie man einen Toten nicht ewig lieben kann, kann man auch den nicht ewig lieben, der uns nicht liebt.» Doch vor allem konnte er sich, jetzt, da er derjenige war, der liebte, nicht von dem Satz über die Hunde befreien, die für einen Augenblick zurückkehren, um den, der sie zurückgestoßen hat, mit sanftem Vorwurf anzuwedeln. Er konnte es nicht, weil ihm bei seinen qualvollen Grübeleien die Ahnung gekommen war, daß sie gerade heute nacht zurückkehren würde.

Er beugte sich über das Funkgerät, das immer noch auf die Frequenz der Regierungstruppen geschaltet war und weiterhin Nachrichten auf arabisch übermittelte. Er tat, als würde er zuhören, versuchte, die innere Qual zu überwinden. Na, mach schon, sagte er sich, die Befürchtung ist völlig grundlos. Es wäre Selbstmord, ausgerechnet heute nacht zurückzukehren, und in den letzten Zeilen verurteilte der Brief den Selbstmord: «Nur wenn ich die Erleichterung und die Ruhe suchte, die der Tod in einigen Fällen zu bringen verspricht, könnte ich es Herrn Boltzmann gleichtun, dem Tod entgegengehen, mich ihm überantworten. Aber in einem solchen Fall wäre ich wahnsinnig. Noch wahnsinniger als die Wahnsinnige, die in Chatila um das Massengrab herumtanzt.» Richtig, nur wissen die Wahnsinnigen nicht, daß sie wahnsinnig sind, aber wenn sie es nun wäre ... Er runzelte die Stirn. Zum ersten Mal interessierten ihn die Gespräche der anderen, und er hörte Pistoia zu, der Auerhahn die Umstände erzählte, unter denen der Sergente Natale verwundet worden war. «Irgendwann fingen die Amalleute an, an den Panzer zu klopfen, Natale stieg aus, um sie wegzujagen, und jetzt raten Sie mal, wer sie angeführt hat? Der kleine Blonde mit dem Zigarettenstummel zwischen den Lippen und den RDG8 am Gürtel, der auch, wie 's scheint, die Granaten in die Gasse von Bourji el Barajni geworfen hat. Es kam zu 'ner Schlägerei, irgendwer klaute den Helm und ...» Der kleine Blonde mit dem Zigarettenstummel zwischen den Lippen und den RDG8 am Gürtel?!? Dann war Passepartout also auch heute nacht unterwegs! Wenn Ninette heute nacht zurückkäme, würde sie riskieren, diesem kleinen Verbrecher über den Weg zu laufen. Ihm über den Weg zu laufen? Unsinn. Keine Logik der Welt rechtfertigte eine solche Befürchtung ... Er kaute an einem Fingernagel, dann an noch einem und an noch einem. Nein, nichts rechtfertigte das, und trotzdem nahm die Befürchtung Gestalt an. Und während sie Gestalt annahm, verschärfte sie zugleich die innere Qual, und wer weiß aus welchem Grund: die innere Qual ließ vor ihm das Bild des Ankerkreuzes erstehen. Und mit dem Ankerkreuz den Gedanken, daß diese Halskette ein unverzichtbares Steinchen im Mosaik der Ereignisse darstellte: ein unerläßliches Glied jener Kette, die mit dem zweifachen Massaker im Oktober begonnen hatte. Und seine Unruhe wurde Angst. Warum? Weil er mit den Nerven am Ende war und er sich die Torheit nicht verzeihen konnte, sie für eine dumme Gans gehalten zu haben; weil er sich nicht mit dem Schmerz abfinden konnte, sie verloren zu haben; weil er begriffen hatte, daß er sie liebte. Selbstverständlich. Selbstverständlich? Die selbstverständlichen Dinge lassen sich immer am schwierigsten beweisen. Auch die Tatsache, daß Eins größer ist als Null scheint selbstverständlich zu sein. Doch um das zu sagen, müßte man erst beweisen, daß die Eins existiert, daß die Null existiert, daß Null und Eins verschieden sind. Und selbst, wenn man von dem Axiom ausgeht, daß die Eins existiert, daß die Null existiert, daß Null und Eins verschieden sind, bekommst du bei der Lösung dieses Theorems Kopfschmerzen ... Vielleicht hätte er nicht darüber nachdenken sollen, folgerte er plötzlich. Vielleicht hätte er sich von diesem Funkgerät lösen und eine passende Gelegenheit suchen sollen, diesen Raum zu verlassen: versuchen, wieder zu sich zurückzufinden. Dann hörte er ein Gespräch zwischen Zucker und dem Kondor mit und schreckte zusammen.

«Signor Generale», sagte Zucker, «gerade habe ich mit der Zweiundzwanzig, der Fünfundzwanzig und der Siebenundzwanzig Eule gesprochen. Sowohl Sandokan als auch Adler Eins und Nibbio haben die Batterien verbraucht: ihnen müssen welche gebracht werden. Außerdem sind die beiden Maròs der Fünfundzwanzig Alpha nicht von ihrem Beobachtungsstand heruntergeklettert: wenn man die da nicht runterholt, werden sie da noch krepieren. Kann ich da hingehen?»

«Ja, Zucker», antwortete der Kondor. «Nehmen Sie aber eine Eskorte mit, die was taugt. Ich meine, einen Fallschirmjäger. Ziehen Sie ihn notfalls von Bourji el Barajni ab.»

«Schon unterwegs, Signor Generale.»

Eine Eskorte, einen Fallschirmjäger? Da war sie, die passende Gelegenheit! Und sofort löste Angelo sich von dem Funkgerät, verließ die Kommandozentrale und stürzte ins Arabische Büro. Unter den fragenden Blicken von Fifì und Bernard le Français zog er sich die kugelsichere Weste an, setzte sich den Helm auf, griff die M12, ein Funktelefon, eine Taschenlampe, jagte die Treppe hinauf, kam in den Hof, wo Zucker darauf wartete, daß der Leopard den Weg frei machte, und pflanzte sich vor seinem Geländewagen auf.

«Chef...»

Zucker sah ihn erstaunt an.

«Was machst du hier, Schnur, was willst du?»

«Mit nach Chatila kommen, Chef.»

«Ich bin nicht mehr dein Chef, und dein neuer Chef hat dir befohlen, in der Kommandozentrale zu bleiben, Schnur.»

«Und der Generale hat Ihnen befohlen, einen Fallschirmjäger mitzunehmen.»

«Ich geh jetzt einen suchen, verschwinde.»

«Sie brauchen keinen mehr zu suchen. Ich bin doch da.»

Der Leopard hatte inzwischen Platz gemacht, der Panzerfahrer drängte zur Eile, und Zucker gab allmählich nach.

«Naja, ich seh, das Gewehr hast du...»

«Hab ich.»

«Den Helm hast du...»

«Hab ich.»

«Die kugelsichere Weste hast du...»

«Hab ich.»

«Das Funktelefon und die Taschenlampe hast du?»

«Hab ich.»

«Steig ein.»

Angelo schwang sich in den Geländewagen.

«Wo fangen wir an, Chef?»

«Bei der Siebenundzwanzig Eule. Bevor ich mich in die Wacholderbüsche der Zweiundzwanzig und der Fünfundzwanzig schlage, will ich mal vom Observatorium aus einen Blick darauf werfen», knurrte Zucker, als sie in den Serpentinenweg einbogen.

«Und welche Straße nehmen wir, um in die Straße Ohne Namen reinzukommen?»

«Die, die hinter dem Feldlazarett am moslemischen Friedhof vorbeiführt. Die ist ein bißchen geschützter», knurrte Zucker und blähte die riesigen Nasenflügel auf.

Diese Entscheidung war nicht gut. Denn kurz vorher hatten die Amal-Milizen ihre Mörser auf die Kaserne der Sechsten Brigade abgeschossen, die in Luftlinie ganz in der Nähe war, und dabei viele Gräber getroffen, die nun offen waren, und bei einem war der Schädel einer Frau zu sehen. Ein Schädel mit langem, glattem kastanienbraunem Haar, wie das Haar von Ninette.

«Nein...», stöhnte er.

«Was ist los, was hast du?» fragte Zucker, der immer noch seine riesigen Nasenflügel aufblähte.

«Nichts, Chef», antwortete er.

Um zur Siebenundzwanzig Eule zu kommen, mußten sie durch den Höllenlärm der Panzerspähwagen und der Jeeps, die die Rotunde der kuwaitischen Botschaft verstopften, in die Avenue Chamoun abbiegen und bei der Siebenundzwanzig reinfahren. Hier angekommen, hielten sie am Fuß der Treppe an, die zum Observatorium hinaufführte, und Zucker stieg mit den Batterien für Sandokan aus, Angelo dagegen blieb im Geländewagen sitzen und wartete auf ihn. Es war fast zehn, und an dieser Stelle fielen keine Granaten mehr. Das Feuer der Amal-Milizen hatte sich inzwischen ganz auf die große, breite Straße verlagert, die in den Händen der Regierungstruppen war, und auf die Ostseite des Viertels. Doch aus dem Graben feuerten die Mörserschützen der Sechsten Brigade genauso ungehemmt wie vorher, und mit dem dumpfen Tum-tum-tum der 12,7er machte einer der unbeschreibliche Krach der abgefeuerten Granaten stocktaub. Zugleich ging darin die matte Stimme Robertos unter, der mit seiner Beule am Kopf, mit seinem geschlossenen Auge, seiner zerrissenen und mit Urin verdreckten Uniform Jesus für sein Unglück verantwortlich machte.

– 2 –

«Halb zehn, Jesus. Und er kommt nicht. Kommt nicht zurück. Er hat mich wirklich vergessen wie einen Regenschirm. Und du hast keinen Finger gekrümmt, du krümmst keinen Finger, um ihm auf die Sprünge zu helfen, ihn daran zu erinnern, daß er mich allein gelassen hat. Es kümmert dich einen Dreck, daß ich solche Schmerzen am Kopf hab, daß ich auf einem Auge blind bin, daß ich mich vollgepinkelt hab, daß ich sterbe. Ich bin dir scheißegal, scheißegal. Mit anständigen Jungs hast du nichts am Hut, mit Jungs, die nicht saufen und nicht in die Spielbank gehen, die ihr Geld nicht verplempern und nicht zu den Nutten gehen. Anständige Jungs, die ihre Freundin nicht mal mit Kondom anrühren, die kein Haschisch kiffen, die ihren James-Dean-Ohrring wieder rausnehmen, die ihre Eltern gern haben, die keine unanständigen Wörter sagen. Du willst Typen von seinem Schlag, das ist klar. Typen ohne Herz, die bei jedem Niesen Scheißwichserei-von-'ner-Superscheißwichserei sagen. Na gut, aber jetzt sag ich nun Scheißwichserei-von-'ner-Superscheißwichserei. Ich bin wirklich stinksauer, Jesus. Wirklich. Und auf dich noch viel mehr als auf ihn. Denn für Sandokan hab ich noch nie viel übergehabt. Seine Aufschneidereien hab ich noch nie ernst genommen. Seinen struppigen blonden Bart hab ich noch nie leiden können, und mit dem Staubsauger hab ich seinen Teppichboden auch nur ungern gesaugt. Sehr ungern. Für dich wär das umgekehrt gewesen! Für dich hätte ich den Himmel gefegt, den ganzen Himmel! Für dich bin ich jeden Sonntag zur Messe gegangen, für dich bin ich nüchtern geblieben und zur Kommunion gegangen. Für dich hab ich nicht kommunistisch gewählt. Ja, ich hab dich für einen großen Mann gehalten, Jesus. Für einen mutigen, großzügigen Mann, für einen Heiligen. Ich hab an deine Wunder geglaubt. Auch wenn ich nicht überzeugt war und sie mir wie Zauberkunststückchen vorkamen. Ich hab an die Geschichten geglaubt, daß du übers Wasser gegangen bist, daß du die Fische vermehrt hast, daß du die Blinden sehend gemacht, daß du Lazarus wieder auferweckt hast. Also, hör mir gut zu, Jesus: übers Wasser kann keiner gehen, die Fische vermehren sich ganz von allein durch Eier, und Blinden kann man die Sehkraft nur durch Transplantation wiedergeben, die man zu deiner Zeit noch nicht machte. Was Lazarus betrifft, so bedeutet das, wenn du ihn auferweckt hast, daß er noch nicht tot war oder einen Starrkrampf hatte. Kurz gesagt, ich glaub nicht mehr an dich. Und weil ich nicht mehr an dich glaube, bete ich auch nicht mehr zu dir. Scheißwichserei von 'ner Superscheißwichserei, seit vier Stunden bete ich zu dir, versuch ich, es dir recht zu machen, gelobe dir das eine und andere, für den Fall, daß Sandokan sich an mich erinnert. Und du bemühst dich nicht mal, seinem Gedächtnis etwas nachzuhelfen. Wenn ich hier lebend rauskomme, wenn ich nach Sanremo heimkehre, dann räche ich mich, Jesus. Keine Messen mehr, kein Fasten mehr und keine Kommunion mehr. Ich wähle kommunistisch, trag wieder den James-Dean-Ohrring und fang wieder an, Hasch zu kiffen. Und im Kino, an der Straßenbahnhaltestelle und in den Geschäften drängele ich mich vor. Auch bei alten Leuten. Und ich verplempere mein Geld, spiele im Spielkasino und besaufe mich. Geh zu den Nutten. Ich ändere mein Leben, werde Atheist und ein Dreckskerl. Deine Schuld! Aber hier komm ich ja nicht lebend raus, das fühl ich. Ich kehr nicht nach Sanremo heim, das fühl ich. Der Kopf tut so weh, das Auge tut so weh. Und mir ist kalt. Mama, mir ist so kalt. Das ist die Kälte des Todes, das weiß ich. Ich sterbe, das weiß ich. Deine Schuld, deine Schuuuld!»

Die matte Stimme steigerte sich zu einem Stöhnen, das so heftig war, daß Angelo sich plötzlich umdrehte. Schon in dem Moment, als Zucker die Treppe hinaufgegangen war, war es ihm vorgekommen, als würde er ein zorniges Wimmern hören, aber dann hatte es das Dröhnen der Mörser und das Tum-tum-tum der Maschinengewehre überdeckt, und er hatte geglaubt, sich getäuscht zu haben. Aber jetzt war er sicher, daß er die Worte Ich-sterbe, deine-Schuld, deine-Schuld gehört hatte, und blickte angestrengt in die Dunkelheit, die von den Blitzen der Explosionen kurz erleuchtet wurde. Ob es von Sandokans Geländewagen kam? Er ging hinüber. Mit der Taschenlampe suchte er alles ab. Sah niemand und wurde unruhig.

«Ist da jemand?»

Ein Schrei der Erleichterung war die Antwort.

«Ich bin's! Ich, Roberto! Der Fahrer von Sandokan!»

«Aber wo steckst du?»

«Hier, ich bin hier! Unter dem Geländewagen!»

Angelo kniete sich hin, richtete die Taschenlampe zwischen die Räder, und der grüne Lichtschein fiel auf eine zerrissene Uniform und dann auf ein blut- und schlammverschmiertes kleines Gesicht, aus dem ihn nur ein Auge ansah.

«Was machst du da unten?»

«Ich verstecke mich! Ich bin verwundet! Und wer bist du?»

«Ich bin ein Sergente des Kommandostützpunktes, ich heiße Angelo. Komm da raus, Roberto.»

«Angelo? Ein Engel?!? Oh, Jesus, Jesus! Ich danke dir, daß du mich erhört hast! Vergib mir, daß ich dir nicht geglaubt habe! Ich weiß gar nicht, was ich alles gesagt habe ... Ich sage es nie wieder!»

«Komm raus, Roberto. Laß mich mal sehen, ob du wirklich verwundet bist.»

«Nein! Da wird geschossen, nein!»

«Sie schießen nicht auf dich. Komm, ich helf dir.»

Er zog ihn hervor. Lehnte ihn an den Geländewagen, untersuchte ihn. Er tröstete ihn und sagte Mach-schon, ist-nicht-so-schlimm und nahm den Erste Hilfe-Kasten. Er säuberte das Auge, das voller Erde war, wusch ihm das geronnene Blut ab, verband ihm den Kopf. Dann begleitete er ihn zum Panzer der Siebenundzwanzig, übergab ihn dem Panzerkommandanten, und als er zurückkam, dachte er nicht mehr an den Brief, auch nicht mehr an das ankerförmige Kreuz noch an Passepartout oder an den Schädel mit dem langen, glatten, kastanienbraunen Haar, wie das Haar von Ninette. Er war wieder in die vom Kalender und von der Uhr bestimmte Zeit zurückgekehrt und beschäftigte sich nun ausschließlich mit Überlegungen, wie die bei den Überfällen auf imaginäre Festungen, das heißt also bei den Kriegsspielen in Livorno erlernten Dinge angewandt werden konnten. Aber geht es nicht immer oder fast immer so im Leben? Du hast das Gefühl einer Bedrohung, du bekommst Angst, du stellst dich mit jeder Faser deines Ichs darauf ein, und in dem Augenblick, wo sie konkret wird oder konkret zu werden anfängt, verlierst du sie aus dem Blick. Du denkst einfach nicht mehr daran. Irgend etwas, beispielsweise ein völlig verängstigter Junge, der davon überzeugt ist, daß ihm ein Engel zu Hilfe kam, hat dich genau in dem Augenblick abgelenkt, als du die Summe hättest ziehen sollen.

«Ich hab darüber nachgedacht, was zu tun ist, Chef», sagte er, als Zucker wieder aus dem Dunkel auftauchte.

«Ach, ja?» knurrte Zucker gedankenverloren.

«Wir könnten uns die Aufgaben teilen, uns auf halbem Weg trennen.»

«In Ordnung ...»

«Während Sie zur Fünfundzwanzig und zur Zweiundzwanzig fahren, könnte ich bei der Fünfundzwanzig Alpha bleiben. Die beiden Maròs könnte ich von dem Beobachtungsstand runterholen.»

«In Ordnung ...»

«Ich könnte sie zur Einundzwanzig bringen, und wir könnten uns dort wieder treffen.»

«In Ordnung, in Ordnung ...»

Sie fuhren los. Durch die Gassen, die von dem kleinen Platz bei der Siebenundzwanzig ins Zentrum von Chatila führten, gelangten sie auf die große, breite Straße, die jetzt ganz in der Hand der Regierungstruppen war. Hinter den M113, die mit den 12,7er Brownings auf Gobeyre einhämmerten, war nicht einmal der Panzer der Dreiundzwanzig zu erkennen, und der Panzer der Einundzwanzig, halb verdeckt durch die M48, die mit ihren 105ern feuerten, sah aus wie ein von der Flut am Strand zurückgelassenes Wrack; und am Massengrab wimmelte es nur so von Soldaten in der Uniform der Sechsten und der Achten Brigade. Mit dem Ruf Ialla-ialla verscheuchten sie jeden, der sich ihnen näherte, und ließen kein Fahrzeug passieren, das nicht zu ihnen gehörte. Zucker und Angelo parkten den Geländewagen an einer niedrigen Mauer und gingen zu Fuß zu dem Sträßchen, das zur Fünfundzwanzig Alpha und dann zur Fünfundzwanzig und zur Avenue Nasser führte: der einzige leere Abschnitt. Sie würden sich da noch nicht hineinwagen, erklärte ein Offizier der Achten, weil man Gefahr liefe, sofort durchsiebt zu werden.

«Und was nun?» fragte Angelo.

«Wir machen's trotzdem», antwortete Zucker.

«Gut.»

«Schnurgerade bis zur Fünfundzwanzig Alpha, und da trennen wir uns.»

«Gut.»

«Von hier bis zur Fünfundzwanzig Alpha sind's ungefähr dreihundert Meter in südöstlicher Richtung, folglich liegt die rechte Seite unter stärkerem Beschuß, und wir müssen uns auf der linken Seite halten. Klar?»

«Klar.»

«Dicht an der Mauer lang und geduckt. Verstanden?»

«Verstanden.»

«Bist du bereit?»

«Bereit.»

«Dann los!»

Mit einem Sprung verschwanden sie um die Ecke. Mit aufmerksamen Augen, gespitzten Ohren, stählernen Nerven und den Kopf auf den einzig wichtigen Gedanken konzentriert, nämlich heil ans Ziel zu gelangen, stürmten sie zur linken Straßenseite hinüber, rannten los und wurden sofort von Salven der Maschinengewehre und Kalaschnikows, die Bilal an allen Fenstern der Avenue Nasser postiert hatte, empfangen. Sie sahen aus wie zwei Hasen, die von Jägerhorden vom Ansitz und aus dem Gebüsch aufs Korn genommen wurden, und wie zwei Hasen hoppelten sie auch: mal sprangen sie behende auf der Suche nach einer dunkleren Ecke, mal bremsten sie urplötzlich ab und preßten sich in eine Einbuchtung, dann bewegten sie sich wieder vorwärts. Aber sie waren keine Hasen. Sie waren Berufssoldaten, die sich auf die Kunst verstanden, sich mit dem Risiko aller Risiken zu messen, dem Risiko zu sterben. Sie kannten jede Regel dieser Kunst und jeden Trick, und ihr Mut hatte nur sehr wenig mit dem unbesonnenen, heroischen Mut derjenigen zu tun, die sich von Enthusiasmus oder Leidenschaft leiten lassen: es war der hellsichtige, eiskalte, auf den Millimeter kalkulierte Mut von Akrobaten oder Stuntmen, die genau wissen, was sie tun, ohne zu übertreiben, und weil sie das genau wissen, erwischen sie auch den genau richtigen Zeitpunkt, um von der Plattform zu springen, um das Trapez zu ergreifen oder sich von einem fahrenden Zug zu stürzen und genau da zu landen, wo die Matratze für sie bereitliegt. Hoppla! Ohne Zögern oder Unsicherheit, ohne blindes Vertrauen in ihre Bravour oder ihre Unfehlbarkeit, ohne sich Optimismus oder Pessimismus hinzugeben. Sie waren perfekte Maschinen, und gemeinsam bildeten sie ein perfektes Gespann: ein fast schon unmenschliches Paar. An einem bestimmten Punkt hatte Angelo dank seiner langen Beine und seiner Jugend Zucker überholt, der vor ihm herlief; aber durch größere Erfahrung und den Stolz des Meisters, der sich von seinem Schüler nicht demütigen lassen kann, hatte Zucker den Vorsprung gleich wieder wettgemacht: doch eine Salve hatte ihn ums Haar verfehlt, und Angelo war wieder vorgelaufen, um ihn mit seinem Körper zu schützen. Zwischen den beiden hatte sich folglich so etwas wie ein Wettkampf entwickelt, sich gegenseitig zu decken und sich mit der Gewandtheit von Jongleuren abzuwechseln, die ihren Platz tauschen, hoppla, hoppla, und das hatte dieses Unternehmen noch vollkommener gemacht. So erreichten sie das dreistöckige Haus, auf dessen Dach sich der Beobachtungsstand der Fünfundzwanzig Alpha befand. Und hier hielten sie inne, um sich einen Blick gegenseitiger Bewunderung zuzuwerfen. Bravo Zucker, bravo Schnur. Dann trennten sie sich.

«Viel Glück, Junge.»
«Viel Glück, Chef.»
«Sei vorsichtig, da oben...»

«Sie auch, hier unten ...»
«Klar doch.»
Und ganz allein brachte Zucker die Kurve hinter sich.

* * *

Schnurgerade wie ein Senkblei auf der Avenue Nasser und daher dem Feuer aus Gobeyre voll und ganz ausgeliefert, schien das zweihundert Meter lange Stück zwischen der Fünfundzwanzig Alpha und der Fünfundzwanzig die ideale Zielscheibe für jeden, der ein paar Kugeln loswerden wollte. Die Schüsse fielen dort wahllos und pausenlos, mit dem einzigen Ziel, die Regierungstruppen davon abzuhalten, vorzurücken; die verriegelten Haustüren boten keinerlei Schutz, und es gab auch keine Einbuchtungen, in die man sich hätte pressen, oder Löcher, in die man hätte schlüpfen können. Der einzige Vorteil lag in dem Umstand, daß die Leuchtkugeln, dank deren Gassàn Bilal zerfetzt hatte, wieder verlöscht waren, und das half Zucker, der nach der Kurve auf andere Art zu laufen begonnen hatte. Fünf, sechs Schritte an der linken Wand entlang, dann, mit einem Satz, diagonal hinüber zur rechten Wand; dann acht, neun Schritte an der rechten Wand entlang und dann, mit einem neuen Satz, wieder diagonal hinüber zur linken Mauer. Zickzack, zickzack. Aber sein professionelles Verhalten hatte an Schwung verloren, jetzt, da ihn Angelo nicht mehr herausforderte, und seine Gesichtszüge verrieten ein heimliches Unbehagen. Eine verborgene Verstimmung.

Sie verrieten es schon, bevor er sich in das Sträßchen der Fünfundzwanzig Alpha stürzte. Weil die Dunkelheit aber seine Komplizin war, hatte Angelo möglicherweise nicht bemerkt, daß Zucker, als sie die Rue de l'Aérodrome und dann die Straße am moslemischen Friedhof hinunterfuhren, seine riesigen Nasenflügel aufgebläht hatte. Aber auch wenn er es bemerkt hätte, hätte er sich vergebens gefragt, was Zucker da witterte. Er witterte einen Gestank, den nur er auf diese Entfernung wahrnehmen konnte: den sauren, stechenden Geruch, der die Luft während einer Schlacht erfüllt. Der Gestank von Asche und Schwefel, den der nicht kriegserprobte Geruchssinn für einen harmlosen Geruch von Medikamenten, von Desinfektionsmitteln halten konnte, der aber in Wirklichkeit der unheilvolle, hassenswerte, giftige Gestank von Schießpulver ist. Der Gestank der Schlacht. Zucker hatte den Gestank von Schießpulver, den Gestank der Schlacht immer gemocht. «Was für ein herrlicher Duft von Balistit, von Phosphor, von Trotyl, was für ein Duft von Sauberkeit! Am liebsten würde ich ihn in einen Flacon füllen und mit nach Hause nehmen», hatte er immer gesagt, wobei sich seine große, auberginenförmige Nase genießerisch weitete. Doch im Gegenteil, als er die Rue de l'Aérodrome und dann die kleine Straße am moslemischen Friedhof entlangfuhr, hatte er ihn überhaupt nicht gemocht. Und bei der Siebenundzwanzig Eule, in den Gassen und auf der großen, breiten Straße, wo das Feuer wütete, noch viel weniger. Erstaunt hatte er dort einen Gestank von Schmutz, von Fäulnis wahrgenommen, der ihn anekelte und ihm den Atem verschlug. Das war der Grund für sein heimliches Unbehagen, für seine verborgene Verstimmung. Durch Angelos Anwesenheit abgelenkt, hatte er nicht verstanden, um was für ein Unbehagen, um was für eine Verstimmung es sich handelte, doch jetzt, während er allein rannte, verstand er es. Es war das, was er noch nie beim Anblick von zertrümmerten Häusern oder Leichen empfunden hatte, einer Situation, die seine Moral akzeptierte; es war das, was er sich niemals hätte träumen lassen, zu empfinden oder sich vorzustellen: die Sehnsucht nach der Zeit, als er noch technischer Angestellter in Busto Arsizio war und die Kontrollkarte abstempelte, die, wenn sie in den Schlitz fiel, das verhaßte Trick-track machte, das Trick-track der bürgerlichen Langeweile. Es war die Trauer darüber, daß er auf diese Langeweile verzichtet hatte, zugunsten einer Tätigkeit, die er Den-schönsten-Beruf-der-Welt nannte, ein-Beruf-den-ich-für-nichts-aufgeben-würde-nicht-einmal-wenn-ich-König-oder-Milliardär-würde, und den er dennoch als Beruf-des-Mordens bezeichnete. Es war der Kummer darüber, daß er zwanzig Jahre dem Kult der Sprengkörper gewidmet hatte, die er sammelte, wie die Zaren die unvergleichlichen Fabergé-Eier sammelten oder Jean Duc de Berry die kostbaren, von Paul de Limbourg mit Miniaturen ausgeschmückten Manuskripte: die schweren und leichten Schnellfeuerwaffen, die Pistolen und Bazookas, die Boden-Boden- und Boden-Luftraketen, Bomben und Leuchtraketen, Zündschnüre, die Rauchbomben und Tränengasgranaten, die mit der Hand abzufeuern waren oder mit Zeitzünder, mit Gewehren und mit Mörsern, die Panzerminen, Tretminen und Haftminen, die verschiedenen Arten von Balistit und Dynamit und Penthrit, die Puppenköpfe und Gipskätzchen, das Spielzeug, das demjenigen, der es aufhob, ins Gesicht explodierte. Es war die plötzliche, unerwartete, unvermutete Entdeckung, daß er sein Leben damit vertan hatte, einen Beruf zu verherrlichen, an den er nicht mehr glaubte. Es ist grausam zu entdecken, daß man sein Leben damit vertan hat, einen Beruf zu verherrlichen, an den man nicht mehr glaubt. Das ist vielleicht schlimmer, als einzusehen, daß man es vertan hat, weil man sich für eine falsche Idee eingesetzt oder sich für eine Person geopfert hat, die es nicht wert war. Und unter diesem Gedanken kam er ans Ende seines Zickzacklaufs, gelangte auf die Erweiterung der Straße bei der Fünfundzwanzig und rief:

«Nibbio! Ich bin's, Zucker, Nibbio!»

Die Antwort war ein Geknatter von Gewehrsalven, das ihn auf der Stelle wieder zu seinem professionellen Verhalten zurückbrachte. Rasch warf er sich auf die Erde, rasch rollte er sich in die Absperrung des Wachpostens unter dem Feigenbaum und ... Was hatte er da berührt, zum Kuckuck nochmal?!? Ein kaltes Bündel. Weich und kalt. Er knipste die Taschenlampe an. Das grüne Licht fiel auf einen kleinen, erstarrten Körper, der hergerichtet war wie auf einem Katafalk. Geschlossene Augenlider, Händchen über dem Herzen gekreuzt, Beinchen geradeaus gerichtet. Der Körper eines toten kleinen Jungen, der sicher von einer Druckwelle oder einer gewaltigen Detonation getötet worden war. In der Tat sahst du weder Verletzungen noch Blutspuren: nur eine merkwürdige Soße, von der er zusammen mit Essensresten von Kopf bis Fuß besudelt war. Zucker biß die Zähne zusammen. Im Hals spürte er einen starken Kitzel, fast schon das Bedürfnis zu weinen. Er knipste die Taschenlampe aus, wartete, daß dieser Kitzel vorüberging, dann robbte er, bemüht, nur ja die Dunkelheit auszunutzen, wieder hervor. Er suchte nun den Panzer, der nirgends zu sehen war, und rief von neuem.

«Nibbio! Hörst du mich, Nibbio?»

Die Antwort war diesmal ein unerwartetes Scheppern. Das Scheppern eines leeren Topfs, gegen den er mit dem Ellbogen gestoßen war und der über die Steine rollte. Perplex robbte er weiter, stieß wieder gegen den Topf, und der flog jetzt zum Bombentrichter hinüber, in den er hineinfiel und gegen irgend etwas prallte, das nach Metall klang. Metall? Ungläubig kam er zum Rand des Bombentrichters, und da war der rückwärts abgerutschte Panzer in fast senkrechter Position. Und da war auch ein Bersagliere, der die vordere Luke öffnete und heraussah, als suche er den Gegenstand, der an den Panzer geprallt war.

«Nibbio!»

«Der Capitano ist bei den andern im Haus von Habbash, Tenente», murmelte Ferruccio. Und als er den Topf sah, ergriff er ihn mit einem Stöhnen.

«Im Haus von Habbash?!?»

«Jawohl. Hier sind wir nur zu zweit.»
«Nur zu zweit?!?
«Jawohl. Befehl vom Colonnello.»
«Und der Panzer hier im Trichter?!?»
«Befehl vom Colonnello.»
Befehl vom Colonnello! Ohne die Kommandozentrale zu informieren, sogar ohne die Erlaubnis des Kondors einzuholen! Das war doch glatt Verlassen der Stellung, zum Kuckuck noch mal! Ein offenkundiges Vergehen, Artikel 342 der Grundsätze der Militärdisziplin, langte fürs Militärgericht! Das würde er Nibbio sagen, das würde er Adler Eins sagen! Und einen Augenblick lang wurde Zucker wieder zum unbeugsamen Zucker des Reglements. Zum unerbittlichen Zukker, der meinte Ein-Soldat-hat-nicht-zu-diskutieren, er-hat-zu-gehorchen-und-basta. Zum unversöhnlichen Zucker, der sich bereit erklären würde, der Journalistin-aus-Saigon die Kehle durchzuschneiden, wenn es der General befohlen hätte. Zum unbeugsamen Zucker, der Gino mies behandelte, der Rocco an den Pranger stellte, der dich in den Wald schickte, um Sterne zu suchen, und dich bestrafte, wenn du statt der Sterne Steinpilze fandest. Zum unbeugsamen Zucker, der den Gestank der Schlacht liebte. Was-für-ein-Duft-von-Sauberkeit. Allerdings nur einen Augenblick lang.

«Verstehe, Bersagliere, verstehe. Und was machst du mit dem Topf da?»

«Ich will ihn zur Erinnerung aufheben, Tenente ... Er gehörte einem Freund von mir ... Einem kleinen Jungen, der gestorben ist, weil er mir Hummus mit Schauarma bringen wollte ...»

«Der kleine Junge, der am Wachposten unter dem Feigenbaum liegt?»

«Jawohl. Er hatte ihn in der Hand, als er starb ... Darf ich ihn behalten?»

«Natürlich, Bersagliere, natürlich.»

Und zu Nibbio sagte er später kein Wort. Er beschränkte sich darauf, ihm die Batterien auszuhändigen und ihm den Rat zu geben, die Penthrit-Kisten mit Sandsäcken abzudecken. Er sagte auch kein Wort zu Adler Eins, der inzwischen vollkommen in einem Ozean von Bestürzung und Ohnmacht untergegangen war. Vor allem waren die zweihundert Meter des Sträßchens, das die Fünfundzwanzig mit der Zweiundzwanzig verband, so schwierig. Sie hatten selbst den Rest von Respekt für die Artikel der Grundsätze der Militärdisziplin ausgelöscht. Und bei der Zweiundzwanzig war der Gestank der Schlacht absolut ekelerregend. Er kam nicht nur von den chemischen Grundstoffen des Schießpulvers: er stieg von den Leichen auf, die den kleinen Platz, das Sträßchen zum Turm und die Avenue Nasser bedeckten. Es roch nicht nur nach Asche und Schwefel, nach Arzneien und Desinfektionsmitteln: es roch nach Blut.

«Ich habe Ihnen die Batterien gebracht, Signor Colonnello.»
«Oh, Zucker! Gott segne Sie, Zucker! War's sehr schlimm?»
«Nein, nein, Signor Colonnello.»
«Waren Sie auch bei der Fünfundzwanzig, haben Sie Nibbio gesehen?»
«Ja, ja, Signor Colonnello.»
«Es war doch eine gute Idee, nicht, ihn in Habbashs Haus unterzubringen und den Panzer in den Bombentrichter runterzulassen!»
«Ausgezeichnet, Signor Colonnello.»

Bei der Fünfundzwanzig Alpha versuchte Angelo unterdessen, Luca und Nicola zu überreden, den Beobachtungsstand zu verlassen und ihm zu folgen.

– 3 –

Es war keine Kleinigkeit, zu ihnen da oben zu gelangen. Die Mauer des dreistöckigen Hauses, an der die Sprossenleiter angebracht war, bekam ein Gutteil der Geschosse ab; ein paar Sprossen waren von Gefechtsfeuer zerstört worden, und um da hinaufzukommen, mußtest du des öfteren die Füße gegen die Mauer stemmen, die keine Vorsprünge bot: das verlangsamte das Hinaufsteigen natürlich und vergrößerte die Gefahr, und ein paarmal dachte Angelo sogar, er würde es nicht schaffen, mehr noch, er würde nicht mit heiler Haut davonkommen. Aber er hatte es doch geschafft. Mit den Armen hatte er sich auf die Terrasse hochgezogen, war wie ein Leopard zu der Bude des Beobachtungsstands geschlichen und: «Jungs, ich bin gekommen, euch abzuholen. Los, macht schnell.» Aber sie hatten sich nicht bewegt, und es war völlig sinnlos zu versuchen, ihren Widerstand mit Freundlichkeit und Überzeugungskraft zu brechen. Wie Kraken sich mit ihren Saugnäpfen am Felsen festklammern, klammerten sie sich immer fester an diese Bude. Und jeder Saugnapf war ein Hort der Starrköpfigkeit.

«Sie sind sehr freundlich, Sergente. Aber ich komme nicht mit. Ich bete lieber. Salve Regina ...»
«Los, Marò, Mut!»

«Aber die schießen doch, Sergente! Sehen Sie nicht, daß die schießen?»
«Seh ich. Deshalb bin ich gekommen, um euch zu holen.»
«Ich danke Ihnen, Sergente, verbindlichsten Dank. Aber ich bleib hier. Hier gibt es wenigstens Sandsäcke. Salve Regina ...»
«Der Panzer ist sicherer als Sandsäcke, Marò. Gehen wir zum Panzer der Einundzwanzig, nur Mut.»
«Nein, nein. Der ist viel zu weit weg, der Panzer der Einundzwanzig. Und ich will nicht sterben. Ich will leben, verdammter Hemingway, ich will nach Venedig zurück, meinen Vater wiedersehen, meine Mutter, Ines und Donatella! Ich leg keinen Wert darauf, ein Mann zu werden und zu beweisen, daß ich Mumm in den Knochen hab. Ich hab keinen, Sergente! Salve Regina ...»
«Natürlich hast du ihn. Nun mach schon!»
«Ich hab keinen, ich hab keinen. Ich hab begriffen, daß ich keinen hab. Ich bin noch ein Junge, Sergente. Ein Junge, der wie Peter Pan ein Junge in den Gärten von Kensington bleiben will. Ich will nichts mit Stieren und mit Löwen und mit Kriegen zu tun haben, verdammter Hemingway! Lassen Sie mich beten. Salve Regina ...»
«Du kannst nachher beten. Mach schon!»
«Nein, nein, ich bete jetzt. Salve Regina, Mutter der Barmherzigkeit, unser Leben, unsere Wonne und unsere Hoffnung, sei gegrüßt. Zu dir rufen wir verbannte Kinder Evas, zu dir seufzen wir trauernd und weinend in diesem Tal der Tränen. Wohlan denn, unsere Fürsprecherin, wende deine barmherzigen Augen uns zu, und nach diesem Elend zeige uns Jesus, die gebenedeite Frucht deines Leibes! O gütige, o milde, o süße Jungfrau Maria!»
Mit Nicola war es noch schlimmer. Denn er war nicht nur starrköpfig, sondern argumentierte außerdem noch wortreich. Und es gelang Angelo nicht, ihn zu beruhigen.
«Sie sagen uns, nur Mut, nur Mut, Sarzent. Aber Luca hat Mut gehabt. Denn Luca ist ein wirklicher Herr, sein Vater kennt die Minister: wenn er gewollt hätte, wäre er freigestellt worden; aber er wollte lieber auf den mit den Stieren hören, der sich in den Mund geschossen hat, und hierherkommen. Und was mich angeht, ich bin kein Feigling. Ich hab an einem Motocross-Rennen teilgenommen und gewonnen. Sprünge, sag ich Ihnen, daß es einem den Atem verschlagen hat. Die Zuschauer haben applaudiert und gerufen: ‹der da hat wirklich Mut!› Denn man muß Mut haben, wenn man ein Motocross-Rennen fährt, glauben Sie nicht? Das ist ein gefährlicher Sport! Ein andermal hab ich den Fiat von Tante Liliana auf regennasser Autobahn gefah-

ren, und irgend so ein Mistkerl hat mich rechts überholt. Da reißt er plötzlich das Steuer herum, verliert die Kontrolle über's Auto und ist tot. Ich hab's nicht rumgerissen, ich hab's unter Kontrolle behalten, ich hab Mut gehabt. Aber der Krieg, Sarzent, ist keine regennasse Autobahn. Verstehen Sie, was ich meine?»

«Versteh ich, Nicola, aber jetzt gehen wir.»

«Nein, Sarzent, nein, ich hab zu viel Angst. Ich hab so viel Angst, daß ich heulen könnte, wie ich bei der Ankunft hier geheult hab, als sich alle über mich lustig gemacht haben und mich ausgelacht und gesagt haben Gib-ihm-das-Fläschchen. Vor lauter Angst hab ich nicht mal Hunger oder Durst, und ich bin auch nicht müde, und mir ist auch nicht kalt. Ich hab nur eine Riesenwut auf die Minister, die mich nach Beirut geschickt haben. Diese Misthunde! Ich könnte diese Kerle eigenhändig abknallen! Ich, der ich letztes Jahr in der Schule noch geschrieben habe, die Todesstrafe sei unzivilisiert... Ich hab geschrieben, daß man niemand erschießen dürfe, auch nicht die Verbrecher und Mörder, denn das Leben sei heilig... Aber ich würde die Minister abknallen und ihnen sagen: Jetzt lernt ihr wenigstens, was es heißt, neunzehnjährige Jungs nach Beirut zu schicken; jetzt lernt ihr, was es heißt, sie auf einen Beobachtungsstand zu stellen, wo sie nach der französischen Flagge Ausschau halten sollen und nach dem splitternackten Weib, das das Licht an- und ausmacht. Verstehen Sie, was ich meine?»

«Versteh ich, Nicola, versteh ich. Aber jetzt beweg dich endlich.»

«Nein, Sarzent, nein. Ich kann nicht... Sarzent, ich weiß, daß Sie Kopf und Kragen riskiert haben, um hier raufzukommen und uns wegzubringen, und ich danke Ihnen, das war sehr freundlich. Aber diesen Beobachtungsstand verlasse ich nicht. Ich bin seit gestern nacht um zwölf hier: seit vierundzwanzig Stunden, Sarzent, und ich kann nicht mehr. Aber ich geh hier nicht weg. Das hab ich auch Capitàn Nibbio gesagt, der uns über Funk den Befehl gegeben hat, runterzukommen. Ich hab ihm gesagt: Capitano, wenn ich runterkomme, dann handle ich mir eine Salve ein und komm nie mehr nach Ravenna zurück. Aber ich will nach Ravenna zurück, Sarzent, zu meinen Eltern und zu Tante Liliana! Luca will nach Venedig zurück und ich nach Ravenna. Stimmt's, Luca?»

«Ja, ja, ich will nach Venedig zurück! Hier gibt es wenigstens Sandsäcke! Salve Regina, Mutter der Barmherzigkeit, unser Leben, unsere Wonne, unsere Hoffnung, sei gegrüßt...»

In gewisser Hinsicht hatten sie nicht unrecht. Die Sandsäcke umgaben den Beobachtungsstand wie einen kleinen Bunker; sie schützten wirkungsvoll vor Splittern und Kugeln, und trotz seiner denkbar schlechten Lage bot er einen ziemlich sicheren Schutz: Angelo begriff das so gut, daß er sich, als er oben angekommen war, gefragt hatte, ob die in der Kommandozentrale geäußerten Befürchtungen nicht übertrieben waren. Ob es sinnvoll war, die Soldaten wegzubringen und sie so dem Kugelhagel auszusetzen, der auf die Straße niederging. Doch plötzlich durchzuckte es ihn, und er schnellte hoch, und das geschah nicht aus Ungeduld, sondern aus einer klaren Intuition heraus, und er packte die beiden brutal. Stellte sie auf die Füße, hängte ihnen das Gewehr um, trieb sie aus dem Unterstand und rüber zur Sprossenleiter.

«Weg hiiier! Runter, schneeell!»

Überrascht und eingeschüchtert von dieser unerwartet groben Behandlung, gehorchten Luca und Nicola, aber bei der ersten kaputten Sprosse rutschten sie lang ausgestreckt auf die Erde, wo sie liegenblieben und stöhnten Nein-bitte-nicht, ich-kann-nicht-mehr, nein-bitte-nicht, ich-krieg-keine-Luft-mehr. Daraufhin stellte er sie wieder auf die Füße, packte sie an einem Arm und schleifte sie wie Schlitten mit, während er brüllte Lauft-um-Himmels-willen-lauft, und sie hatten das Haus kaum fünfzig Meter hinter sich gelassen, als ein schrilles Pfeifen die Luft zerriß. Eine Granate schlug im Dach ein, durchbohrte die Sandsäcke und sprengte den Beobachtungsstand. Auf diese erste folgte eine zweite, eine dritte, eine vierte: alle aus Gobeyre. Ein Pfeifen und ein Aufschlag, ein Pfeifen und ein Aufschlag, eine gelbe Stichflamme, eine einstürzende Mauer, während Luca und Nicola weiter winselten Nein-bitte-nicht, ich-kann-nicht-mehr, nein-bitte-nicht, ich-krieg-keine-Luft-mehr und er sie gleichzeitig wie Schlitten mitschleifte und sie anbrüllte Lauft-um-Himmels-willen-lauft. An der großen, breiten Straße kam er so ausgepumpt an, daß er sich an die Wand hockte und lange brauchte, bis er sich erholt hatte, die beiden Schlitten in die Obhut des Gefreiten der Einundzwanzig geben und Zucker anrufen konnte, um ihm zu sagen, daß die beiden in Sicherheit waren.

«Mission ausgeführt, Chef. Sie sind bei der Einundzwanzig.»

«Glückwunsch, Schnur», antwortete Zucker. «Ich bin bei der Zweiundzwanzig und komm zu dir rüber, sobald dieses Scheißchaos nachläßt. Aber wo warst du, als der Beobachtungsstand in die Luft geflogen ist?»

«Unten, Chef. Ich hatte sie kaum zwei Minuten vorher von da weggebracht...»

«Kaum zwei Minuten? Da hat jemand für dich gebetet, Schnur! Ein Wunder.»

«Ein Zusammentreffen glücklicher Umstände, Chef.»

Ein Zusammentreffen glücklicher Umstände. Der x-te Beweis dafür, daß in der Boltzmannschen Entropie alles passieren kann: sogar, daß zwei Teilchen, die dabei sind, aufeinanderzuprallen, wie zum Beispiel eine Granate und ein Mensch oder drei Menschen, die die Granate treffen soll, sich im letzten Augenblick verfehlen können, um dem Leben gegenüber dem Tod den Vorrang zu geben. Oder etwa nicht? Sollte es wirklich ein Wunder gewesen sein und jemand für ihn gebetet haben? Bei genauerem Nachdenken konnte er keine Erklärung dafür finden, warum er die Eingebung hatte, Luca und Nicola zu packen, sie aus dem Unterstand zu zerren und zur Sprossenleiter zu treiben ... Aber nein, er hatte zufällig diese Eingebung gehabt: glücklich oder nicht, die Umstände treffen immer zufällig zusammen. Und der Zufall ist ein unerwartetes Ereignis, unvorhersehbar und daher unerklärbar. Weißt du, wie viele unerwartete, unvorhersehbare und daher unerklärbare Ereignisse der Zufall in diesem Augenblick gerade vorbereitete? Er blickte um sich. Auf der großen, breiten Straße war es immer noch ohrenbetäubend laut, doch bei der Dreiundzwanzig hatten die M113 der Sechsten die Durchfahrt frei gemacht, um die vier Lastwagen durchzulassen, die die Soldaten herangeschafft hatten, und auch das war ein Zusammentreffen glücklicher Umstände: ein Zufall, der die Abkommandierung von Verstärkung begünstigte, falls der Kondor sich entschlossen hätte, sie zu schikken... Dagegen war der Beschuß, den vorher das Sträßchen der Fünfundzwanzig Alpha abbekommen hatte, auf den kleinen Platz der Zweiundzwanzig gerichtet, und das war ein Zusammentreffen unglücklicher Umstände: ein Zufall, der Zucker, Adler Eins, die Bersaglieri im Panzer und die Maròs, die mit Rambo in die gelbe Bruchbude geflüchtet waren, klar benachteiligte. Was für eine Wahnsinnsidee, sie da hinzubringen. Die gelbe Bruchbude bestand nämlich aus einem Haufen angefaulter Ziegelsteine: ein Splitter hätte genügt, um sie zu zertrümmern. Angelo preßte die Lippen zusammen. Setzte sich in den Geländewagen, knipste das Licht des Armaturenbretts an und suchte ein Stück Papier, denn er wollte sich unbedingt den Kopf frei machen und an etwas denken, das ihn ablenkte. Er schrieb einige Stichpunkte auf, um eine Lösung des Theorems zu versuchen, über das er in der Kommandozentrale nachgedacht hatte, als er sich wegen Ninette herumquälte. Des Theorems, wonach Eins größer ist als Null, was dem Augenschein nach völlig selbstverständlich war, aber-das-Selbstverständliche-ist-immer-am-schwierigsten-zu-beweisen. Ich muß von dem Axiom ausgehen, daß die *Eins* existiert, daß die *Null* existiert, daß Eins und Null verschieden sind, sagte er sich, dann muß ich mit einer Dreiteilung weitermachen. Mir vergegenwärtigen, daß ich aufgrund der Elemente *a* und *b* drei Hypothesen in Erwägung ziehen muß: daß *a* gleich *b* ist, daß *a* größer als *b* ist, daß *a* kleiner als *b* ist. Die Hypothese, wonach *a* gleich *b* ist, verwerfen, weil bereits durch das Axiom aufgehoben, dank dessen du ja festgelegt hast, das *Eins* von *Null* verschieden ist, und die beiden anderen Hypothesen erwägen: daß *a* größer als *b* ist, das heißt, daß *Eins* größer als *Null* ist und daß *a* kleiner als *b* ist, das heißt, daß *Eins* kleiner als *Null* ist. Das Theorem ad absurdum führen, indem du dich auf den Umstand stützt, daß, wenn eine Hypothese richtig ist, die andere falsch ist. Das heißt beweisen, daß die Hypothese *Eins*-ist-kleiner-als-*Null* falsch ist und... Und wenn doch jemand für ihn gebetet hätte? Und wenn dieser Jemand Ninette gewesen wäre? Und wenn Ninette gebetet hätte, weil sie die Granaten sah, die auf Chatila niedergingen? Und wenn sie sie gesehen hätte, weil sie sich wirklich im Westteil aufhielt? An Mut, auch zu kommen, während gerade eine Schlacht tobte, fehlte es ihr nicht...

Und darin irrte er nicht.

* * *

Mut ist die Triebfeder des Lebens. Wir entfachten das Feuer, weil wir mutig waren. Wir verließen die Höhlen und säten zum ersten Mal, weil wir mutig waren. Wir warfen uns ins Wasser und dann in den Himmel, weil wir mutig waren. Wir erfanden Wörter und Zahlen, wir nahmen die Beschwerlichkeiten des Denkens auf uns, weil wir mutig waren. Die Menschheitsgeschichte ist vor allem eine Geschichte des Mutes: der Beweis, daß du ohne Mut nichts vollbringst, daß, wenn du keinen Mut besitzt, dir auch die Intelligenz nichts nützt. Und der Mut hat viele Gesichter: das Gesicht der Großzügigkeit, der Eitelkeit, der Neugier, der Notwendigkeit, des Stolzes, der Unschuld, der Verantwortungslosigkeit, des Hasses, der Ausgelassenheit, der Verzweiflung, der Wut und sogar der Angst, mit der er oftmals sozusagen durch Blutsbande verbunden ist. Aber es gibt einen Mut, der überhaupt nichts mit dieser Art von Mut zu tun hat: der blinde und taube und schrankenlose, selbstmörderische Mut, der aus der Liebe entsteht. Der Mut, der aus der Liebe entsteht, kennt keine Grenzen und verwirklicht sich durch die Liebe. Er kennt keine Gefahren und hört nie auf die Stimme der Vernunft. Er behauptet, er könne Berge versetzen, und oftmals versetzt er sie auch. Zuweilen aber wird er auch von der Liebe erdrückt. Und das war bei Ninette der Fall.

Doch Ninette ist noch weit weg. Jetzt müssen wir uns zunächst einer anderen Liebe zuwenden, einer anderen Tragödie, die die Schlacht vorbereitet: die Liebe von Rambo und Leyda, die in der gelben Bruchbude die letzten Augenblicke ihres kleinen Glücks erleben.

−4−

«Rambo!»

Leyda hatte ihre Händchen um die Schnur geklammert, an der die Plakette mit dem Bildnis Khomeinis hing, und die ganze Zeit auf der Matratze im hinteren Teil des Raumes geschlafen, unbekümmert um den Höllenlärm, der sie kein bißchen verstört hatte, weil sie ja in ihm geboren worden war und sich gar nicht vorstellen konnte, wie sich die Geräusche des Friedens, der Normalität anhören würden. Neben ihr ihre Mutter, ihr Großvater, der Hund und die Ziege: die Gestalten der Krippe, wie Adler Eins sie geträumt und vorgefunden hatte. Doch als das Granatfeuer auf die Rue Argàn herunterprasselte, war sie wach geworden. Sie hatte Rambo gesehen und war zu ihm gelaufen. Und jetzt, da sie auf seinen Knien saß, starrte sie verwirrt auf etwas, das sie vorher nicht wahrgenommen hatte: das kleine Medaillon mit dem Bildnis der Jungfrau Maria, das mit seiner Erkennungsmarke an einer Kette hing.

«Rambo! Lesh hamel hel mara ala sadrak, warum trägst du diese Frau am Hals?»

«Leyda!» protestierte ihre Mutter. Aber Rambo lächelte ein Lächeln voller Zärtlichkeit und zog an dem Bildnis Khomeinis, das an der Schnur hing.

«Ma enti lesh hamla ha rejjal, und warum trägst du diesen Mann auf der Brust?»

«Lianna ha rejjal hua Khomeini, Rambo! Weil dieser Mann Khomeini ist!»

«Wa hel mara heya Mariam al Azraa, heya Madonna. Und diese Frau ist die Jungfrau Maria, sie ist die Madonna. Betaarafi Madonna, weißt du, wer die Madonna ist?»

«Ana a'arif, das weiß ich, ana a'arif! Heia mara batìla, sie ist eine böse Frau!»

«Là, Leyda, nein! Madonna mish batìla, die Madonna ist nicht böse. Heia miliha, sie ist gut.»

«Mish sakieh! Das ist nicht wahr, mish sakieh!»

«Sakieh, Leyda. Das ist wahr.»

«Là, nein, là! Madonna betaktol al atfal, die Madonna tötet kleine Kinder! Ana a'arif, das weiß ich, ana a'arif!»

«Leyda ...!»

«Na'am, doch, na'am! Ktir Madonna ejou fi Chatila, viele Madonnen sind nach Chatila gekommen, wa katalet ktir atfal. Und sie haben viele Kinder getötet.»

«Leyda! Taali ya, komm hierher, Leyda!» protestierte die Mutter wieder. Aber Leyda schüttelte den Kopf.

«Là, nein. Beddi akun maa Rambo, ich will bei Rambo bleiben.»

«Sa babdik, tapki ma tizigih! Wenn du bei ihm bleiben willst, dann stör ihn nicht!»

«Ma tzigini, ja set. Sie stört mich nicht, Signora.»

Ihn stören! Ihn, der, nur um ihr zuhören und antworten zu können, sogar Arabisch gelernt hatte?!? Sie war der einzige Trost, dieses arme, kleine Ding. Sie hatte eine solche Ähnlichkeit mit Mariuccia. Das gleiche Alter, das gleiche pausbäckige Gesicht, die gleichen von einem Gummiband zusammengehaltenen Zöpfchen ... Nein, nicht ganz, denn zuletzt waren von Mariuccia nur die Augen übriggeblieben: weil sie einen Punktierschlauch in die Schädeldecke einführen mußten, hatte man sie kahlgeschoren, und sie sah aus wie die Miniatur einer glatzköpfigen Alten. Aber in seiner Erinnerung sah er nie die Miniatur einer glatzköpfigen Alten mit dem in die Schädeldecke eingeführten Punktierschlauch. Er sah sie, wie sie vorher ausgesehen hatte, bevor die Gehirnwassersucht sie zerstörte, mit ihrem pausbäkkigen Gesicht und den beiden von einem Gummiband zusammengehaltenen Zöpfchen ... Deshalb hatte er gemeint, es verschlüge ihm den Atem, als er Leyda zum ersten Mal auf dem kleinen Platz sah und: «Mariuccia!» Dann hatte er sie, während die Maròs ihn betroffen ansahen und das Mädchen ihn anlachte und sachte Ana-ismi-Leyda, ich-heiße-Leyda, an die Hand genommen und gemurmelt: «Komm, Mariuccia.» Deshalb ließ er es auch zu, daß sie ihn tagtäglich auf Patrouille begleitete, Kidni-maak, Rambo, ich-komme-mit-dir. In der Illusion, er würde die wiederauferstandene Mariuccia mitnehmen, wiederauferstanden und gesund, vergaß er sogar, daß die Ähnlichkeit nur in dem pausbäckigen Gesicht und in zwei von einem Gummiband zusammengehaltenen Zöpfchen bestand. Denn Mariuccia war keineswegs intelligent gewesen. Besonders vor ihrem Tod hatte sie nur noch mit diesem Medaillon der Jungfrau Maria herumgespielt oder einen eintönigen Kinderreim vor sich hingebrabbelt. «Hexe mit dem Hexenbesen, bist beim Hexentanz gewesen ... jetzt bricht die Nacht herein ... und mit einem Wägelein, fährst du unters Bettelein ...» Da war Leyda ganz anders! Auf Patrouille erkannte sie sogar die gefährlichen Typen: «Talla alai, talla alai! Vorsicht vor dem da, Vorsicht vor dem da!» Und sie redete nie, nur um etwas zu sagen. Nicht einmal der Satz Viele-Madonnen-sind-nach-Chatila-gekommen-und-haben-viele-Kinder-getötet war nur so dahergesagt. Sie meinte damit das Massaker von Sabra und Chatila, die Falangisten, die, mit dem Bildnis der Madonna am Gewehrkolben, den Bethlehemitischen Kindermord wiederholt haben. Er setzte sie sich ein bißchen bequemer auf die Knie.

«Mish kanu Madonna, das waren keine Madonnen, Leyda. Kanu asaker, das waren Soldaten.»

«Kanu Madonna, das waren Madonnen! Madonna lapsimzei asaker, Madonnen verkleidet als Soldaten! Ana a'arif, das weiß ich!» Und sie zog an seinem Medaillon: «Shilha, Rambo, nimm das runter!»

«Là, Leyda, nein.»

«Lesh, warum?»

«Liann hadeja, weil es ein Geschenk ist. Hadeja, Geschenk!»

«Wa min aataki azihi al hadeja, und wer hat dir dieses Geschenk gegeben?»

«Mariuccia.»

«Okhtek Mariuccia, deine Schwester Mariuccia?»

«Na'am, ja.»

«Wa hallaa vein Mariuccia, und wo ist Mariuccia jetzt?»

«Mayeta, Leyda. Gestorben.»

Sie war gestorben wie ein Vögelchen im Schnee. Ganz, ganz still, ganz, ganz still ... Gehirnwassersucht tötet auf diese Art. Sie war zu Hause gestorben, in seinen Armen. Der Punktierschlauch hatte nicht funktioniert, die Flüssigkeit im Gehirn wurde immer mehr, so daß die Ärzte im Krankenhaus sie wieder nach Hause geschickt hatten, wo er über Monate hinweg nicht von ihrem Bett gewichen war. Immer war er da, immer. Und er kümmerte sich nicht darum, wenn sie ihn am Ärmel zogen und schimpften Jetzt-ist-es-genug-geh-endlich-ein-bißchen-schlafen. Um sie zu pflegen, hatte er eine gute Stelle verloren, eine gute Stelle als Hilfsarbeiter in den Außenbezirken von Cagliari, und zusammen mit der Arbeitsstelle hatte er auch seine Verlobte verloren, die es leid gewesen war, sich vernachlässigt zu fühlen, und ihm den Verlobungsring zurückgegeben hatte: «Zuviel ist zuviel. Ich zähle wohl nicht?» Natürlich zählte sie. Er liebte sie und wollte sie heiraten. Aber konnte er Mariuccia etwa denen überlassen, die schimpften Jetzt-ist-es-genug-geh-endlich-ein-bißchen-schlafen, denen, die sie bereits lästig fanden? Sie hatte den Kopf voller Wasser, immer größere Atembeschwerden, und sie aß nicht mehr. Sprach nicht mehr. Selbst, wenn du ihr den Kinderreim Hexe-mit-dem-Hexenbesen, bist-beim-Hexentanz-gewesen vorgesungen hattest, starrte sie dich mit ihren gleichgültigen, verschleierten Augen lediglich an. Nur ein paar Minuten vor ihrem Tod hatte sie noch einmal einen klaren Augenblick. Sie hatte auf das Medaillon mit dem Bildnis der Jungfrau Maria gedeutet und: «Willst du's? Wenn du's willst, dann nimm es.» Er hatte es genommen. Am nächsten Tag wurde sie beerdigt, und schon atmete man, kaum verhüllt, erleichtert auf. «Besser für sie, die arme Mariuccia, sie hat aufgehört zu leiden und uns leiden zu lassen! Sie ist ins Paradies eingegangen!» Ins Paradies?!? Warum muß ein Wesen von fünf Jahren ins Paradies eingehen und wegen Gehirnwassersucht einen Kopf voll Wasser haben?!? Warum muß sie weggehen, ohne zu wissen, was es bedeutet, alt zu werden? Die Leute sagen: «Es ist furchtbar, alt zu werden, es ist eine Demütigung zu verblühen, zu ergrauen, zu verwelken.» Zugegeben, das ist es. Aber wenn du nicht alt wirst, stirbst du. So ist alt werden auch etwas Schönes. Und alt zu sterben, ist ein Gewinn, ein Trost. Er hatte sich eben wegen dieses erleichterten Aufatmens, mit der ihr Tod, das heißt das Ende der Störung, in der Familie aufgenommen worden war, zur Marine gemeldet, wegen dieses Besser-für-sie-die-arme-Mariuccia und so weiter, das er vergessen wollte. Er hoffte, daß die Ferne und die Uniform ihm helfen würden, ein wenig Vertrauen in seinen Nächsten wiederzufinden, etwas von seiner Fröhlichkeit von einst, als Mariuccia noch lebte und ein pausbäckiges Gesichtchen und die Zöpfchen mit einem Gummiband zusammengehalten hatte. Schlimm war nur, daß weder die Ferne noch die Uniform ihm geholfen hatten, irgend etwas wiederzufinden. Im Verlauf von drei Dienstverlängerungen hatte er nicht einen Freund gefunden. Er hatte auch nicht die Verlobte mit dem Zuviel-ist-zuviel, ich-zähle-wohl-nicht ersetzen können; er war ein tüchtiger Marò geworden und basta: ein ungeheuer muskulöser Rambo, der immer abseits von den anderen blieb und seinen Mund nur aufmachte, um das Unvermeidliche zu knurren. Dann war er nach Beirut gekommen, und wie konnte er seine Liebe für die in Beirut wiederauferstandene Mariuccia erklären? Einmal hatte er das Foto einer vietnamesischen Familie gesehen, die im Bombenhagel von

Saigon gestorben war, und inmitten der zerfetzten Leiber der Erwachsenen befand sich der eines Säuglings: auf einer Matte liegend, nackt, unversehrt. Wer weiß, warum die vom Krieg getöteten kleinen Kinder und vor allem die Säuglinge fast immer unversehrt bleiben, nackt und unversehrt ... Vielleicht, weil sie so leicht sind und die Explosionen sie wie Federn hochfliegen lassen, weil sie also von der Druckwelle getötet werden, die sie entkleidet ... Und beim Gedanken, daß Leyda ein Ende nehmen könnte wie der Säugling in Saigon, der nackt und unversehrt geblieben war, beim Gedanken, daß Mariuccia ein zweites Mal sterben könnte ...

«Lau Mariuccia matet, ehza keladat Madonna! Wenn Mariuccia gestorben ist, kannst du die Madonna doch runternehmen!»
«Là, Leyda, nein ...»
«Shilha! Nimm sie runter, Rambo, shilha! Lau shelti Madonna, aatik Khomeini! Wenn du die Madonna runternimmst, geb ich dir dafür meinen Khomeini!»
«Là, Leyda, nein ...»
«Khomeini milieh, gut! Madonna batìla, böse! Kul ala shani, sag's mit mir zusammen: Khomeini milieh, Madonna batìla. Khomeini gut, Madonna böse!»
«Nein, Leyda, nein ...»
«Na'am, doch, na'am! Kul ala shani, sag's mit mir zusammen!»
«Là, nein ...»
«Aamel maaruf, bitte, aamel maaruf!»
«Tamàm, also gut: Khomeini milieh, Madonna batìla. Khomeini gut, Madonna böse.»
«Batìla, batìla! Böse, böse!»
«Batìla, batìla. Böse, böse.»
Die neun Maròs, die mit dem Rücken an der Ostwand saßen, das heißt an der zum kleinen Platz gelegenen Wand, lachten befreit auf. Keiner von Ihnen hatte den schrecklichen Sonntagnachmittag vergessen, an dem Rambo die Tasse Mokka über dem Mullah ausgegossen und Fabio nachher mit Du-Judas-du-bist-ein-Judas angezischt hatte, und ihn jetzt Khomeini-gut-Madonna-böse sagen zu hören, das war ein Ereignis.
«Jungs! Habt ihr das gehört, Jungs?»
«Au Schweinebacke, das muß man den anderen erzählen!»
«Das muß man Fabio erzählen, Fabio!»
Aber Rambo geriet nicht aus der Fassung. Er verständigte sich durch einen Blick mit Leydas Mutter, die verlegen sagte Tahali-honatenami, Leyda, komm-her-und-schlaf, und sie an den Zöpfchen zog.

«Mapsuta, zufrieden?»
«Là, lessa mish. Nein, noch nicht.»
«Lessa mish, noch nicht?!?»
«Là, nein. Bakun mapsuta lau shelti Madonna, ich bin erst zufrieden, wenn du die Madonna runternimmst!»
«Leyda ...!»
«Aamel maaruf, bitte.»
«La'akdar, ich kann nicht, Leyda.»
«Arguk! Ich bitte dich darum, arguk!»
«Also, gut ... Lau shelto Madonna, hat ruhe tentami? Wenn ich die Madonna runternehme, gehst du dann schlafen?»
«Na'am, ja, na'am! Wa hazizi hedejati, und dann schenk ich dir ein Geschenk!»
«Hadeja shu, was für ein Geschenk?»
«Na'am! I Khomeini, meinen Khomeini! Wa enta lazem telbezha daiman, und du mußt ihn immer tragen.»
«Daiman, immer?!?»
«Daiman, immer! Hal tahoubani, hast du mich jetzt nicht mehr lieb?»
«Viel zu lieb, Leyda, viel zu lieb ...», murmelte Rambo in sich hinein. Dann nahm er das Medaillon mit der Jungfrau Maria ab, ließ es in eine Tasche seiner Uniform gleiten und hängte sich dann das Stück Kordel um den Hals, an dem die Plakette mit dem Bildnis Khomeinis hing, hob Leyda hoch und legte sie drüben auf die Matratze der Krippe, neben ihre Mutter, ihren Großvater, den Hund und die Ziege.
«So, das wär's. Lakìn al an nami, aber jetzt mußt du die Augen zumachen.»
«El hanàm, ich mach sie zu, el hanàm!» zwitscherte Leyda, während er zu den anderen zurückkehrte und sich an die Ostwand hockte. Und im selben Augenblick kam die Rakete.
Sie war von Gobeyre gekommen und durchbohrte die gelbe Bude mit der Leichtigkeit eines Messers, das sich in ein Stück Butter bohrt. Sie durchbohrte sie waagerecht, zwei Meter über Rambos Kopf und den Köpfen der neun Maròs, dann machte sie einen Bogen nach unten und schlug hinten im Zimmer mit einer goldenen Stichflamme ein. Ein Schein, der greller war als tausend Blitzlichter, die im Dunkeln aufblitzen. Als die Rakete einschlug, erleuchtete der Schein für ein paar Sekunden die fünf Gestalten der Krippe, und dieses Bild prägte sich Rambo ein wie eine Fotografie, so daß er ausreichend Zeit hatte, Leyda ein letztes Mal anzuschauen und zu denken: O Gott, sie stirbt

noch einmal, o Gott. Kurz darauf gab es eine dumpfe, fast erstickte Detonation, und zusammen mit der Detonation erklang der Schrei eines Kindes: «Rambo!» Ein kurzer Schrei, aber trotzdem so schrill, so deutlich, daß er von jedem gehört wurde, der sich in diesem Teil Chatilas befand. Auch Zucker hörte ihn, der, von der Zweiundzwanzig kommend, die Straßenerweiterung bei der Fünfundzwanzig überquerte, aber alarmiert kehrtmachte: zur Zweiundzwanzig zurückkehrte, wo er ein paar Minuten blieb, vor Fassungslosigkeit wie versteinert. Die gelbe Bude war nicht mehr da. An ihrer Stelle eine dicke Staubwolke, aus der Rambos neun Maròs hervorkamen, zerlumpt, voll Ruß und Erde, aber doch heil und ohne einen Kratzer. Bei der Explosion war nämlich das Dach weggefegt worden, wie ein Hut vom Wind, die Ostwand hatte sich wie ein Fächer geöffnet und war auf den kleinen Platz gestürzt, und die Welle der Splitter war über die Maròs hinweggegangen und hatte sie unversehrt gelassen. «Da hatten wir aber Massel, Jungs!» beglückwünschten sie sich gegenseitig unter großen Umarmungen. «Das war wie'n großes Los, Kinder! Das nennt man als Glückskind geboren zu sein!» Die Bersaglieri gegenüber von ihnen waren aus dem Panzer geklettert und brüllten trunken vor Freude Ihr-lebt-Kinder-ihr-lebt, und Adler Eins stammelte immer nur: «Jessesmaria Jesus, Jessesmaria Jesus ...» Und schließlich Rambo, der blutverschmiert aus dem Staub heraustrat und einen kleinen Körper an sein Herz drückte, der halb in seine Uniformjacke eingewickelt war: eine Art Marionette mit zerbrochenen Gliedern, von der zwei kurze schwarze Zöpfchen herunterhingen.

«Rambo!» rief Zucker aus.

Rambo drückte sie ans Herz, in der besitzergreifenden, eifersüchtigen Art dessen, der einen Schatz verteidigt, der ihm gehört, und mit Roboterschritten kam er näher und starrte auf etwas, das niemand sonst sah. Vielleicht die von seinen Pupillen fotografierte Szene, als der Schein, der blendender war als tausend Blitzlichter, die fünf Gestalten der Krippe erleuchtet hatte und er, als er auf Leyda schaute, sagte: O-Gott, sie-stirbt-noch-einmal, O-Gott. Vielleicht das, was er gesehen hatte, als sie «Rambo!» schrie: einen kleinen Schatten, der zusammen mit dem Dach davonwirbelte. Oder das, was er nachher gesehen hatte, als er in den hinteren, abgedeckten Teil des Zimmers gestürzt war, und wie wahnsinnig mit seinen Händen zwischen den warmen Steinen zu graben angefangen hatte: die nicht mehr erkennbaren Reste von Leydas Mutter, von ihrem Großvater, dem Hund, der Ziege, und weiter hinten eine kleine nackte Leiche. Nackt und unversehrt. Das Abbild des auf der Matte ausgestreckten, im Bombenhagel von Saigon getöteten Säuglings. Oder vielleicht sah er auch Mariuccia, die in einem lichten Moment auf das Medaillon mit dem Bildnis der Jungfrau Maria deutete. Willst du's? Wenn du's willst, dann nimm's dir.

«Rambo!» rief Zucker noch einmal und hatte wieder, als ob er weinen müsse, den Kitzel im Hals, den er gespürt hatte, als er unter dem Feigenbaum die Leiche des kleinen Jungen gefunden hatte, der völlig mit einer merkwürdigen Soße besudelt war, aber keinerlei Blutflecke aufwies. «Wo bringst du sie hin, Rambo?»

Rambo antwortete nicht und ging weiter.

«Rambo! Wer ist das Mädchen, Rambo?»

Rambo antwortete nicht und ging weiter.

«Rambo! Weshalb hast du sie da rausgeholt, Rambo?»

Rambo antwortete nicht, und als er die Südmauer des kleinen Platzes erreicht hatte, legte er den kleinen, halb in seine Uniformjacke gewickelten Körper in den Kasten des Geländewagens. Er deckte ihn gut zu, er wickelte ihn so ein, wie man ein kleines Wesen zudeckt, das schläft und dem nicht kalt werden soll; dann setzte er sich daneben und brachte die Schnur in Ordnung, an der die Plakette mit dem Bildnis Khomeinis hing.

«Weil es Mariuccia ist», antwortete er. «Und jetzt ist sie zum zweiten Mal gestorben.»

Im dritten Stockwerk des bewußten Hauses im Viertel von Haret Hreik wartete Charlie unterdessen darauf, Zandra Sadr die Waffenruhe vorschlagen zu können, die die Regierungstruppen bereits akzeptiert hatten. Und das Warten rieb ihn innerlich auf, ihn erdrückte das Bewußtsein, daß das Ende der Schlacht von dieser Begegnung abhängen würde, das heißt von ihm.

– 5 –

Er nahm noch einen Schluck von dem sirupartigen Tee und dachte, wieviel Spaß es ihm machen würde, ihn dem Alten ins Gesicht zu schütten, so wie ein Unteroffizier der Maròs am Sonntag des zweifachen Massakers eine Tasse Mokka ins Gesicht des Mullahs von Chatila geschüttet hatte. Seit mindestens fünfzehn Minuten, verdammtnochmal, erging sich der Alte, zwischen seinen beiden Söhnen sitzend, in Höflichkeitsgefasel, ohne ihn auf sein Anliegen sprechen kommen zu lassen. Herzlich-willkommen, Capitano, wir-sind-immer-hoch-erfreut-Sie-wiederzusehen. Wir-hoffen-daß-die-Schlacht-Ihnen-keine-Unannehmlichkeiten-bereitet-hat, trinken-Sie-den-Tee-und-dann-wollen-wir-miteinander-reden. Außer, daß der verwichste Tee nicht nur sirupartiger war als sonst, war er auch kochend heiß. Du konntest ihn einfach nicht runterbekommen, und während er darauf wartete, daß der Tee abkühlte, verstrichen kostbare Minuten, und das unendliche Schweigen steigerte seine Angst: dieser Mistkerl wußte das nur zu gut. Aber dem war das gleichgültig, und mit seiner Schweigsamkeit schien er zu sagen: «Eine halbe Stunde oder eine Minute, Capitano, was ist das schon? Haben Sie keine Eile, mein Freund. Allah entscheidet für uns, sein Wille möge geschehen.» Aber so nicht, Hochwürdigste Eminenz. Wenn man unter Beschuß liegt, dann ist eine Minute ein Leben. Eine halbe Stunde die Ewigkeit. Die Zeit mißt man nach dem eigenen Pulsschlag, nach dem Atmen der eigenen Lungen, und was morgen ist, zählt nicht. Nur der nächste Pulsschlag zählt, der nächste Atemzug: weißt du nicht, wie viele Menschenleben jeder Schluck deines widerlichen Tees kostet, wie viele Verwundete, wie viele dem Erdboden gleichgemachte Häuser? Warum schweigst du und zwingst mich zu schweigen? Etwa weil es ein Teil deines ausgefuchsten Kalküls ist, daß wir Zeit verplempern, je-mehr-sterben-um-so-besser? Hör auf mit deinem Höflichkeitsschwulst, mit deiner Heuchelei, mit deiner Grausamkeit: wir spielen mit offenen Karten! Und während er Martino die Anweisung gab, sich für die Übersetzung bereitzuhalten, stellte er das Glas auf den Teppich.

«Hochwürdigste Eminenz, die Zeit drängt, und wir müssen zum Kern der Sache kommen. Ich bin hier, um Ihnen das vorzuschlagen, was mein Generale bereits den Regierungstruppen vorgeschlagen hat, und die Regierungstruppen bereit sind zu akzeptieren. Nämlich eine Waffenruhe.»

Zandra Sadrs intelligente Äuglein funkelten, seine höckerige Riesennase voller Wucherungen bebte, und durch den weißen Bart drang ein so süßlicher Singsang, wie ihn Charlie noch nie gehört hatte.

«Capitano, Sie überraschen Uns. Auf der Grundlage welcher Überlegung bitten Sie Uns, eine Schlacht zu beenden, die nicht von Uns abhängt und die Sie nicht betrifft?»

«Auf der Grundlage der Überlegung, genauer gesagt, der Tatsache, daß die Schlacht uns eben doch betrifft, Hochwürdigste Eminenz. Wir hatten bereits die ersten Verwundeten, und wir wollen nicht die ersten Toten. Es ist unser Recht, eine Waffenruhe zu fordern. Ihre Pflicht ist es, dafür zu sorgen.»

«Aber Wir sind nur ein demütiger Vertreter Allahs, Capitano ... Wir sind einer seiner demütigen Vertreter, einer seiner unerheblichen Diener, ein Mann des Glaubens. Wir können uns nicht bei den kämpfenden Parteien einmischen. Wir können nur annehmen, daß, wenn die anderen bereit sind, eine Waffenruhe zu akzeptieren, auch unsere Gläubigen darüber nachdenken, ob es zweckmäßig ist, dies ebenfalls zu tun. Allah ist groß und seine Barmherzigkeit unendlich.»

«In diesem Fall müssen Sie wissen, daß jede Geduld ihre Grenzen hat, Hochwürdigste Eminenz, und was uns betrifft, so ist diese Grenze erreicht. Sie sollten wissen, daß wir nicht nur die Gefechtsstellungen der Regierungstruppen kennen, sondern auch Ihre, daß unsere Schiffe in Alarmbereitschaft sind und daß mein Generale zum Angriff übergehen wird, wenn es nicht zu einer Waffenruhe kommt.»

Zandra Sadr schien unter seinem schwarzen Umhang zu zittern, und seine krummen Finger verkrampften sich. Die intelligenten Äuglein verdüsterten sich, sein Ton wurde scharf.

«Capitano, Unsere Ohren sind taub und müde. Sie fürchten, nicht recht verstanden zu haben.»

«Ihre Ohren sind gut und hellwach. Sie haben sehr wohl verstanden, und ich stelle klar: drei Kilometer vor der Küste warten unsere Fregatten und unsere Kreuzer mit ihren Kanonen und mit ihren Raketen, so daß sie auf ein Zeichen meines Generale das Feuer eröffnen werden, auch auf die Gefahr hin, unsere eigenen Stützpunkte und Stellungen zu treffen. Habe ich mich deutlich genug ausgedrückt, Hochwürdigste Eminenz?»

«Ja, Capitano.»

«Wie lautet dann Ihre Antwort?»

«Meine Antwort lautet, daß Sie Uns schwerwiegende Dinge mitgeteilt haben, die Wir im Gebet erwägen und für die Wir Allahs Rat erflehen müssen. Warten Sie hier auf Uns, Capitano.»

Er erhob sich langsam. Gefolgt von seinen beiden Söhnen, die während des Wortwechsels reglos wie Statuen dagesessen hatten – der Blonde mit einem albernen Lächeln auf den Lippen, der Dunkelhaarige mit einem Ausdruck des Hasses –, verließ er den Raum. Und Charlie blieb dort zurück und quälte sich mit allen möglichen Mutmaßungen. Ob Zandra Sadr wohl hinausgegangen war, um ein Gespräch zu unterbrechen, das ihn beleidigt hatte? Ob es ein Fehler gewesen war, ihn so hart anzugreifen und auf den honigsüßen Ton früherer Begegnungen zu verzichten? Vielleicht hatte er, Charlie, trotz seines Anspruchs, es Lawrence von Arabien gleichzutun, vergessen, daß ein Abendländer einen Orientalen nicht wie einen Abendländer behandeln kann: um ihn zu beugen, muß er die Mäander von dessen gequälter Seele befahren, sich auf seine zweideutige Sprache, auf seine Lügen, die oftmals die Wahrheit sind, und auf seine Wahrheiten, die oftmals Lügen sind, einstellen ... Zandra Sadr war nicht Bilal. Er war ein korrupter Geistlicher, ein raffinierter Bandit, ein gewiefter Politiker, der in der Lage war, einen Bluff zu erkennen... Er begriff sehr wohl, daß, wenn es ungeachtet der Tatsache, daß sie eigene Stützpunkte und Stellungen beschießen würden, zu einer Intervention der Schiffe kam, dies eine gegen ein verbündetes Land gerichtete kriegerische Handlung war ... Das begriff er, ja, aber er wußte auch, daß die Sechste und die Achte Brigade in Chatila eingedrungen waren, um Gobeyre frontal anzugreifen. Er wußte auch, daß die Amal-Milizen in Gobeyre nicht lange Widerstand leisten konnten, daß sie eine Verschnaufpause brauchten, die Verwundeten bergen und die Toten bestatten mußten. Daher lag es Zandra Sadr sicher fern, den Raum wegen dieses Gesprächs, das ihm nicht zusagte, zu verlassen, und er war wohl eher telefonieren gegangen, um sich mit den Führern der Amal-Gruppen zu besprechen und sie dazu zu bringen, die Waffenruhe zu akzeptieren. Vorausgesetzt natürlich, daß die Telefonleitung in Gobeyre funktionierte. Denn anderenfalls hätte er seine Emissäre dort hinschicken müssen, und dann war es nichts mit der Hoffnung, die Sache rasch beilegen zu können. Man konnte sich vorstellen, wieviel Zeit sie im Bombenhagel für den Weg nach Gobeyre gebraucht hätten, für die Kontaktaufnahme mit den verschiedenen Gruppen und Grüppchen, für den Rückweg. Ganz zu schweigen von der Tatsache, daß sich ein paar Gruppen auch durchaus weigern und erklären konnten Wir-kämpfen-bis-zum-letzten-Mann oder irgend so ein Scheißdreck. Vor allem Bilal. Bilal...? Charlie runzelte die Stirn, aufs neue beunruhigt. Zum ersten Mal in der ganzen Zeit dachte er an das merkwürdige Unbehagen, das sich seiner bemächtigt hatte, als er in der Kommandozentrale den ungeheuren Knall gehört und sich mit trockener Kehle gefragt hatte Wen-mag-das-wohl-getroffen-haben. Zum ersten Mal fragte er sich, ob Bilal denn noch lebte, und sofort antwortete er sich selbst nein. Eine Stimme, ein Krampf im Magen sagte ihm, daß Bilal tot war. Tot, getötet, weil sein Schicksal das eines Ochsen war, der für einen Strohhalm den Acker anderer pflügte: Komplizen waren eine Puppe mit dem Namen Lady Godiva, zwei ahnungslose Rekruten, ein Charlie, der ihn verraten hatte. Getäuscht und verraten, weil die-Freundschaft-im-Krieg-ein-Luxus-ist, Capitàn, und-es-gibt-ein-Sprichwort-das-heißt: Ich-oder-du. Doch wehe, wenn er das zugab. Er hätte sein Selbstvertrauen verloren und mit dem Selbstvertrauen die Kraft, sich zu behaupten. Charlie trank den Tee, der inzwischen kalt geworden war. Er blickte zur Tür, durch die Zandra Sadr mit seinen Söhnen hinausgegangen war. Dieser kehrte und kehrte nicht zurück, und es war bereits eine Viertelstunde vergangen: viel zuviel. Er griff zum Funktelefon. Drückte auf den Knopf.

«Kondor Eins, Kondor Eins, hier Charlie-Charlie.»
«Los, Charlie, hier Kondor Eins», antwortete der Kondor prompt.
«Alles gelaufen, Charlie, hat er akzeptiert?»
«Nein, noch nicht, Generale. Aber ich glaube, ich bin auf dem richtigen Weg und...»
«Charlie, was heißt das Auf-dem-richtigen-Weeeg?!?»
«Das heißt, daß mein Gesprächspartner sich gerade mit denen in Verbindung setzt, mit denen er sich in Verbindung setzen muß! Geben Sie ihm Zeit, Generale...»
«Ich habe keine Zeit, das wissen Sie sehr guuut!»
«Wenn wir keine haben, dann müssen wir sie finden, Generale! Haben Sie noch ein wenig Geduld...»
«Geduld hab ich ja wohl mehr als genug gehabt! Die andern haben bereits geantwortet, haben Sie das vergesseeen?!?»
«Die andern haben schließlich eine Regierung, eine Armee, sie stehen mit Telefonen und Funkgeräten in Verbindung, sie sind organisiert! Das hier sind Einzelgänger, und es ist schwierig, sich mit ihnen in Verbindung zu setzen!»
«Was heißt hier schwieriiig! Wieso denn schwieriiig?!?»
«Weil die hier keine Funkgeräte haben! Weil höchstwahrscheinlich die Telefonleitungen in Gobeyre nicht funktionieren! Und wenn sie nicht funktionieren, muß er Emissäre rüberschicken und...»
«Das interessiert mich nicht! Innerhalb der nächsten zwanzig Minuten, höchstens zwanzig Minuten, will ich eine genaue Antwort. Verstandeeen?!?»
«Verstanden, Generale.»
Er unterbrach die Verbindung, und ein paar Augenblicke später kam der älteste Sohn Zandra Sadrs herein und informierte ihn darüber, daß Allah, der Barmherzige, Seiner Hochwürdigsten Eminenz geraten habe, den Vorschlag des Signor Capitano anzunehmen. Doch in Gobeyre würden die Telefonleitungen zerfetzt oder verbrannt herumbaumeln, und Seine Hochwürdigste Eminenz habe Emissäre dort

hinschicken müssen. Wahrscheinlich könne man nicht vor Mitternacht mit der Antwort rechnen.
Und es war gerade halb elf.

* * *

Halb elf und Angelo kehrte zum Kommandostützpunkt zurück, gemeinsam mit Zucker, der längst nicht mehr an das Reglement dachte und entschlossen war, weder etwas über den in den Trichter gerutschten Panzer noch über Nibbio, der sich mit seinen Jungs in Habbashs Haus versteckt hatte, zu berichten. Längs der engen Straße, die den herrlichen Wettlauf der beiden Berufssoldaten erlebt hatte, die in der Kunst, sich mit dem Risiko aller Risiken zu messen, und das heißt dem Sterben hervorragend ausgebildet waren, hatte sich Gassàn mit drei Scharfschützen-Kommandos und dem festen Vorsatz postiert, nicht einmal eine Fliege durchzulassen. Wie es ihrer Respektlosigkeit entspricht, war die Farce erneut im Begriff, zur Tragödie zu werden, und auf dem kleinen Platz der Zweiundzwanzig brüllte Adler Eins sich die Lunge aus dem Leib, um Verstärkung zu bekommen, das heißt die Reservekompanie, die Bereitschaftstruppe genannt wurde.

«Schickt mir die Bereitschaftstruppe! Kommt und helft mir! Verdammtundzugenähtnochmal, wir können uns doch nicht ewig nur auf unser Glück verlassen!»

Viertes Kapitel

–1–

Das Wörterbuch definiert Glück als das bisweilen gute, bisweilen böse Geschick, das uns tagtäglich oder im Verlauf unseres Lebens widerfährt. Zu der Umschreibung Fortüne erklärt das Wörterbuch, daß dieses Wort vom Namen einer römischen Göttin abgeleitet ist, die Fortuna hieß und nach Meinung unserer Vorfahren Gutes wie Leidvolles verteilte, ohne zu wissen, wer ihre Opfer oder ihre Schützlinge waren. In der Tat war die Göttin blind. Oder hatte verbundene Augen. Im landläufigen Sprachgebrauch hat Glück heute eine ausschließlich positive Bedeutung und beschreibt eine Art Segen, der manchmal auf uns niedergeht, ohne nach unseren Verdiensten oder Vergehen zu fragen. Man kann dumm oder bösartig sein und Glück haben, gut oder intelligent sein und Pech haben. (Ein sehr treffender Begriff, der nicht vom Namen einer Göttin abgeleitet ist.) Sowohl im Wörterbuch wie im landläufigen Gebrauch beinhaltet das Wort Glück also etwas Beunruhigendes und Dunkles und Doppeldeutiges. Es spiegelt ganz und gar die Zufälligkeit, ja die Unerklärlichkeit des Lebens, das Geheimnis, warum unter gleichen Umständen der eine gewinnt und der andere verliert, sich der eine rettet und der andere stirbt; und es ist unmöglich, die Gründe dafür zu begreifen: nicht zufällig sucht man, um diesem Geheimnis einen Sinn zu geben, eine Ausflucht in der Vorstellung eines bereits festgeschriebenen Schicksals, im tückischen Märchen von einem Ewigen Vater, der nach seinem Gutdünken entscheidet. Das einzig Sichere ist, daß das Glück wirklich blind ist oder verbundene Augen hat und gerade dadurch ungerecht wird. Dadurch wird es unlogisch, absurd, zum ureigensten Symbol für das Chaos, das das Universum in Gang setzte und die Grundlage für alles bleibt: $S = K \ln W$. Trotzdem gibt es nichts und niemand, das oder der mehr geliebt und mehr begehrt wird als das Glück, und selbst wenn du ein Genie bist, sprichst du mit Ehrfurcht davon. Du ziehst seine außergewöhnliche Macht nicht in Zweifel, ihm vertraust du deine Pläne, deine Träume an, du vergißt sogar, daß das Glück eine Hure ist, der man nicht vertrauen darf: eine Verräterin, die dir plötzlich die kalte Schulter zeigt, eine Kainsseele, der man besser keine Beachtung schenkt, indem man auf die eigenen Kräfte vertraut. Und damit sind wir beim Kern der Sache.

Nur der Hure, der man nicht vertrauen darf, der Verräterin, die dir plötzlich die kalte Schulter zeigt, der Kainsseele, der man besser keine Beachtung schenkt, indem man auf die eigenen Kräfte vertraut, wäre es gelungen zu erklären, wieso Angelo und Zucker unversehrt zum Kommandostützpunkt zurückgekehrt waren. Oder wieso Rambo und die neun Maròs von der Granate verschont blieben, die Leyda, ihre Mutter, ihren Großvater, die Ziege und den Hund getötet hatte; wieso Ferruccio nicht von dem Feuerball getroffen wurde, der Mohammed zum Himmel hinauf und danach in den Feigenbaum geschleudert hatte; wieso Luca und Nicola nicht von dem Kugelhagel getroffen worden waren, der auf den Beobachtungsstand niederprasselte, oder nachher von dem Bombardement, das auf die kleine, enge Straße niederging; wieso Nibbio, einen Augenblick bevor der Geländewagen in die Luft flog, in den Bunker gegangen war; wieso Roberto, der Wäscher, mit einer Beule am Kopf und etwas Dreck in einem Auge davongekommen war; wieso der Unteroffizier Natale von den Splittern der nur wenige Meter vor ihm explodierten Granate zwar zu Boden gerissen, aber nicht getötet worden war, mit einem Wort: wieso die Italiener in fünf Stunden Hölle nicht einen einzigen Toten hatten. Der Schrei von Adler Eins Kommt-und-helft-mir-verdammtundzugenähtnochmal-wir-können-uns-doch-nicht-ewig-auf-unser-Glück-verlassen entsprach also voll und ganz der Vernunft. Und dem Kondor war das derart bewußt, daß er im selben Augenblick, als er den Funkspruch hörte, schon beschloß, genauer gesagt befahl, die Reservekompanie, die Einsatztruppe genannt wurde, zu mobilisieren und zur Dreiundzwanzig zu schicken, zur Vierundzwanzig, zur Fünfundzwanzig, zur Zweiundzwanzig und zur Einundzwanzig. Das hieß, zu den von der Schlacht am meisten betroffenen Stellungen. Doch nun standen seit ungefähr zehn Minuten die mit Soldaten vollgepackten M113 vor dem hinteren Einfahrtstor des Stützpunkts Adler, und der Befehl, sich in Bewegung zu setzen, kam und kam nicht. Statt seiner ein Chor von Protesten und eine näselnde Stimme, die ihnen über Funk die Antwort nicht schuldig blieb.

«Favete linguis! Silentium, meine Herren!»

«Wir wollen endlich los, unsere Luken sind schon geschlossen!»

«Ob geschlossen oder geöffnet, Sie müssen warten! Necessitati parendum est, man muß der Notwendigkeit gehorchen, lehrt uns Cicero!»

«Auf was denn warten, auf wen?!?»

«Quis, quid, quod, pro quo geht Sie überhaupt nichts an, meine Herren!»
Überflüssig zu fragen, wem diese Stimme gehörte.

* * *

Schon seit halb sechs spätnachmittags wieherte, trat, scharrte, schnaubte Verrücktes Pferd und ging mit seinem Drang, sich unbedingt ins Zentrum des Wirbelsturms stürzen zu wollen, allen auf die Nerven. Contumeliam-si-dices-audies, moveatur-ergo. Oder: «Wohlan denn, verehrteste Kameraden, zwingen wir diese Verräter in die Knie! Erinnern wir uns der Maxime Ciceros: bellum ita suscipatur ut nihil alius nisi pax quaesita videatur, Krieg führt man nur, um unter Beweis zu stellen, daß man nichts als Frieden will! Eifern wir Antoine-Charles-Louis Collinet Graf de Lasalle und Marschall von Frankreich darin nach, was er in der Schlacht von Zhedenick wagte oder Louis-Charles-Antoine Desaix beziehungsweise Des Aix Chevalier de Veygoux in der Schlacht bei den Pyramiden! Mit drei Schwadronen, verehrteste Kameraden, drei, griff Collinet die Österreicher an und warf sie nieder! Nur mit der Vorhut des Orientheeres besiegte Desaix beziehungsweise Des Aix Bey Sediman Murad und öffnete so den Weg zur Eroberung Ober-Ägyptens!» Als er aber begriffen hatte, daß der Einsatz der Bereitschaftstruppe ihm eine Möglichkeit bot, nach Chatila zu kommen, hatte seine Erregung jede Zurückhaltung verloren, und nicht einmal das Aufbrausen des nachsichtigen Auerhahns hatte geholfen, ihn zu beruhigen. «Übertreiben Sie nicht, mein Freund! Beruhigen Sie sich, zum Kuckuck, nehmen Sie sich zusammen!» Sich beruhigen, sich zusammennehmen, ausgerechnet jetzt, wo ein winziger Lichtschimmer seine Begierden wieder entfachte? Du lieber Himmel, gütiger Gott. Konnte man es etwa hinnehmen, daß ein Gentleman seines Ranges, ein Offizier der Kavallerie, dem das Privileg zuteil geworden war, Ihrer Britischen Majestät zu dienen, mit einem Wort ein Vollblüter, als Etappenhengst, als verlauster Klepper dahinvegetierte? Ah, wenn er die Kolonne anführen würde, die nach Chatila ging! Mit Ruhm würde sie sich überhäufen, mit Ruhm! Schon beim geringsten Widerstand der Verräter würde er vor den Besatzungen der Panzer eine Rede halten und: «Fanfare, zum Laden blasen! Zückt das Schwert, meine kühnen, meine tapferen Männer!» Und vielleicht würde er sogar noch die Gelegenheit finden,

den ganzen Satz zu deklamieren, den der damalige Oberst Lepic, Louis Lepic, einem Kavalleristen zugebrüllt hatte, der sich in der Schlacht von Jena, am 13. Oktober 1806, duckte, um den Schüssen auszuweichen. «Nur Mut, mein Junge! Das sind doch nur Kugeln, das ist nicht etwa Scheiße!» Seit Jahren träumte er davon, diesen Satz in seiner Vollständigkeit und bei passender Gelegenheit zu deklamieren, nicht in den Salons, wo die Damen gegen den Gebrauch des virilen Wortes Scheiße aufbegehren, so daß sich ein Gentleman der drei Pünktchen bedienen muß. Nur-Mut-mein-Junge, das-sind-doch-nur-Kugeln-das-ist-nicht-etwa... So war er, statt die vor dem rückwärtigen Einfahrtstor des Stützpunkts Adler versammelten M113 losfahren zu lassen, dem Kondor nachgelaufen, der zusammen mit dem Professor und Pistoia von einem Raum zum nächsten ging und ihn nicht einmal hörte.

«Signor Generale, Signor Generale!»

«Würden Sie mir bitte Gehör schenken, Signor Generale!»

«Mit Ihrer Erlaubnis, Signor Generale!»

Schließlich hörte ihn der Kondor doch. Und sah ihn mit gedankenverlorenem Blick an.

«Was gibt es denn, Colonnello? Was wollen Sie?»

«Signor Generale! Ich ersuche, oder besser, ich bitte inständig um die hohe Ehre, die Kolonne anführen zu dürfen!»

«Die Kolonne? Was für eine Kolonne?»

«Die Kolonne der Bereitschaftstruppe, Signor Generale!»

«Reden Sie kein dummes Zeug, Colonnello. Die Bereitschaftstruppe ist vor zehn Minuten ausgerückt.»

«Nein, Signor Generale! Ich habe mir die Freiheit genommen, sie am Einfahrtstor aufzuhalten!»

«Sie haben sich... was... genommen?!?»

«Die Freiheit, sie aufzuhalten, Signor Generale! Weil ich um die hohe Ehre, die Kolonne anführen zu dürfen, ersuchen oder besser inständig bitten und die Risiken auf mich nehmen wollte, die diese edle Unternehmung mit sich bringt!»

In einem anderen Augenblick wäre der Kommandostützpunkt von einem Gebrüll zerrissen worden, vergleichbar nur mit dem höllischen Krach des Kanonendonners, der die Stadt erschütterte, und das arme Verrückte Pferd wäre Gefahr gelaufen, mit mehreren Knochenbrüchen und verschiedenen Blutergüssen im Feldlazarett zu landen. Doch Charlies Anruf und das immer größer werdende Dilemma, ob die Schiffe nun schießen sollten oder nicht, hatten im Kondor eine Spannung hervorgerufen, die keinen Raum für die üblichen Wutausbrüche ließ, und von Fassungslosigkeit überwältigt zog er Pistoia und den Professor ein paar Schritte zur Seite.

«Was meinen Sie: soll ich ihn sofort umbringen oder lieber nachher, oder schicke ich ihn wirklich ...?»

«Ich würde ihn nicht schicken», antwortete Pistoia. «Wer weiß, was der anstellt, wenn Sie ihn schicken.»

«Ich bin dafür», erwiderte der Professor. «Meiner Meinung nach wiegt der Vorteil, daß wir ihn loswerden, jeden möglichen Schaden auf.»

Es folgte ein Augenblick tiefen Schweigens. Dann machte ein dumpfes Knurren der Ungewißheit ein Ende.

«Gehen Sie, Colonnello, gehen Sie. Aber glauben Sie bloß nicht, Sie ziehen mit einem Kavallerieregiment nach Waterloo, und sobald Sie die Straße Ohne Namen erreicht haben, schicken Sie einen Panzer zur Vierundzwanzig, die einen Mann zu wenig hat: verstanden? Kein eigenmächtiges Handeln, andernfalls erwürge ich Sie mit diesen meinen Händen.»

«Jawohl, Signor Generale! Wird ipso facto ausgeführt, Signor Generale!» Und blind vor Erregung und Freude lief Verrücktes Pferd in seine Unterkunft, um sich fertigzumachen.

Vor allem Sorgfalt bei der äußeren Erscheinung: falls ihn eine Kugel töten und sein Leichnam für die entsprechenden Ehrenbezeugungen vor der Truppe aufgebahrt werden würde, sollte keiner sagen können Tapfer-aber-schlampig. Für ein paar Minuten beschäftigte er sich daher mit der Zeremonie, der er sich auch hingab, bevor er in den Speisesaal ging: er bürstete die Uniform ab, kämmte sich den Schnauzbart und besprützte sich mit zwei Tropfen 4711, das Eau de Cologne, das der Kaiser bevorzugt hatte. Dann setzte er das Monokel ein, steckte die Ordonnanzpistole in seine Gürteltasche, zog die kugelsichere Weste an, setzte den Helm auf, betrachtete sich im Spiegel und entschied, daß irgend etwas fehlte. Was nur? Die gelben Handschuhe und die Peitsche, potztausend! Er streifte die gelben Handschuhe über, suchte die Peitsche, steckte sie sich unter den Arm und betrachtete sich ein zweites Mal: was fehlte denn jetzt noch? Ach ja, der Eierschutz fehlte, der heilige Fortsatz der kugelsicheren Weste, der dazu dient, die Genitalien zu schützen! Seine unvernünftigen Kameraden benutzten ihn nie; sie behaupteten, das sei albern und hindere beim Gehen, doch kann man etwa das ureigenste Symbol der Männlichkeit aufs Spiel setzen und den Tod herausfordern? Er brachte also den Eierschutz in die richtige Position, betrachtete sich ein letztes Mal, lächelte zufrieden, und in diesem Augenblick merkte er, daß er wie ein durchnäßtes Küken zitterte. Trotzdem entmutigte ihn das nicht, potztausend, for Christsake! Am Morgen des 15. Januars 1675, das heißt, als er sich nach Türckheim begab, um den Truppen Wilhelms von Oranien gegenüberzutreten, hatte auch Henri de la Tour d'Auvergne, Vicomte de Turenne, gezittert. Das stand in seinen Memoiren: «Du zitterst, altes Wrack, aber du wirst noch mehr zittern, wenn du erst entdeckst, wohin ich dich führe, sagte ich zu mir.» Und Du-zitterst-altes-Wrack-aber-du-wirst-noch-mehr-zittern-wenn-du-erst-entdeckst-wohin-ich-dich-führe vor sich hinmurmelnd, ohne daran zu denken, daß er weitere zehn Minuten vertan hatte, verließ er den Kommandostützpunkt. Er stieg in den Geländewagen und befahl dem Fahrer, ihn zum Stützpunkt Adler zu fahren.

«Vorderes oder hinteres Einfahrtstor, Signor Colonnello?»

«Das vordere, junger Mann, immer das vordere!»

«Sind Sie sich da sicher, Signor Colonnello?»

«Sit tua cura sequi et me duce tutus eris, tu, was ich dir sage, unter meiner Führung bist du immer sicher, sagt Ovid.»

«Jawohl, Signor Colonnello.»

Sie bogen in die Rue de l'Aérodrome, wo man vom Dröhnen der Explosionen taub wurde. Sie kamen zum vorderen Einfahrtstor, wo niemand war.

«Sehen Sie, Signor Colonnello? Das war falsch. Es war das hintere Einfahrtstor!»

«Nur immer mit der Ruhe, junger Mann, nur immer mit der Ruhe: worüber machen Sie sich Sorgen?»

«Ich mache mir Sorgen, weil wir Zeit verlieren, Signor Colonnello.»

«Das geht nur mich etwas an, junger Mann. Halten wir hier, und warten wir ab.»

«Abwarten, Signor Colonnello?!?»

«Abwarten, abwarten!»

Er hatte keine andere Wahl: das Zittern hatte sich dermaßen verstärkt, daß der Eierschutz wie verrückt rauf- und runterhüpfte, und es wäre furchtbar gewesen, wenn die Bereitschaftstruppe gemerkt hätte, daß er Angst hatte. Angst?!? Aber wieso denn Angst: es war die legitime Besorgnis, die Turenne bei Türckheim gehabt hatte, Kellermann bei Preussisch-Eylau, Collinet bei Zhedenick, Desaix beziehungsweise Des Aix bei Marengo! Es war die normale Erregung, die jeden ergreift, der im Begriff ist, sich ins Feuer zu stürzen, es war... Nein, nein, es war einfach Angst. Aber wie sollte er sie unter Kontrolle bekommen, Herrgottnochmal? Vielleicht, indem er sich die

Definition wiederholte, die die Lehrbücher der Psychologie gaben, die sie auf der Militärakademie durchgearbeitet hatten: «Angst ist ein vorübergehender Erregungszustand, der durch eine negative Form der Unsicherheit ausgelöst wird, ein irrationales Gefühl, das auf die Vernunft einwirkt und logisches Handeln verhindert, ein Übel, das mit dem Willen zu bezwingen ist.» Entmutigt wiederholte er es sich. Doch das Zittern hörte nicht auf, das Auf und Ab des Eierschutzes nahm zu, und so kam er zu dem Schluß, daß hier etwas Wirksameres nötig sei. Und ohne sich auch weiterhin um die Zeit zu kümmern, die verstrich, wandte er sich an seinen Fahrer.

«Junger Mann, kennen Sie die Grabrede, die Esprit Fléchier anläßlich des Todes des großen Turenne verfaßte?»

«Espri wer, Türe wer?!?» rief der Fahrer aus.

«Turenne! Henri de la Tour d'Auvergne, Vicomte de Turenne und Marschall von Frankreich, gütiger Gott! Esprit Fléchier, der französische Prälat und Literat, der wegen seiner unvergleichlichen Grabreden 1673 in die Académie Française aufgenommen wurde! Sein Meisterwerk war die Grabrede, die er anläßlich des Todes des großen Turenne hielt! Kennen Sie die wirklich nicht?!?»

«Nein, Signor Colonnello. Ich kenne nur das Vaterunser, das Ave Maria und das Requiem Aeternam.»

«Schlimm, junger Mann, ganz schlimm! Aber es ist ja nie zu spät zum Lernen, und der berühmteste Passus dieser berühmten Rede lautet: ‹Gebt dem Wort Tapferkeit nicht die Bedeutung des sinnlosen, gefallsüchtigen oder verzweifelten Muts dessen, der die Gefahr um der Gefahr willen sucht, der sich grundlos in Gefahr begibt und den Ruhm und den Beifall der Menge zum Ziele hat. Tapferkeit ist wohlüberlegter, wohlbedachter Mut, der beim Anblick des Feindes entsteht, der in der Gefahr jede günstige Möglichkeit erwägt, der erst handelt, wenn die Kräfte es erlauben, der sich in der Schlacht den schwierigen Aktionen stellt, ohne Unmögliches zu versuchen, der nichts dem Zufall überläßt, der angesichts des Feuers nachdenkt und im Überleben seine Pflicht erfüllt ...› Schön, oder?»

«Wenn Sie es sagen, Signor Colonnello ...»

«Das sagt die Welt, junger Mann, die ganze Welt! Beachten Sie, daß der von Esprit Fléchier zum Ausdruck gebrachte Gedanke im Grunde der gleiche ist, den Spinoza in seiner *Ethik* vorträgt: Audacia est cupiditas, Kühnheit ist Begierde. Sie wissen doch, wer Spinoza ist, nicht wahr?»

«Spinozza wer?»

«Nicht Spinozza, gütiger Gott: Spinoza! Baruch, das heißt Benedictus Spinoza, der große holländische Philosoph des siebzehnten Jahrhunderts, genau gesagt: 1632 in Amsterdam geboren und 1677 in Den Haag gestorben! Der Verfasser der *Metaphysischen Gedanken*, der *Ethik*, des *Tractatus Theologico-Politicus*! Was bringt man euch in der Schule eigentlich bei?!? Wissen Sie das etwa auch nicht?!?»

«Nein, Signor Colonnello. Aber ich weiß, daß wir die Bereitschaftstruppe niemals finden, wenn wir nicht zum hinteren Einfahrtstor fahren», sagte der Fahrer knapp. Und ohne ihn um Erlaubnis zu fragen, legte er den Gang ein, fuhr zum hinteren Einfahrtstor, wo die Proteste auf dem Siedepunkt waren.

«Scheißeee! Wir wollen endlich los, verdammte Scheißeee!»

«Es geht uns langsam auf den Sack, auf wer weiß wen und auf wer weiß was zu warteeen!»

«Bastaaa! Gebt Befehl zum Aufbruch, bastaaa!»

Sofort hörte er auf zu zittern. Flugs sprang er aus dem Geländewagen, brachte sie mit seinem üblichen Favete-linguis zum Schweigen und schwang sich auf den ersten Panzer. Er drängte den MG-Schützen beiseite, nahm ihm den Helm mit dem Fernglas und dem Kopfhörermikrophon ab und setzte ihn sich anstelle seines Helms auf. Dann plazierte er sich, sein Rumpf ragte zur Hälfte aus der Luke, neben die Browning, schaltete den Funkkontakt mit der Kommandozentrale ab und donnerte ein stolzes Ite-mecum-meine-tapferen-Männer. Und so verließen die fünf M113 einer nach dem anderen den Stützpunkt, fuhren in die Rue de l'Aérodrome, bogen in die Straße am moslemischen Friedhof ein und bewegten sich zur Straße Ohne Namen. Jede Umdrehung der Panzerkette war eine Liebkosung, die die Erregung, an der er sich in diesen fünf Stunden berauscht hatte, wiederbelebte. Nun ja, er zog zwar nicht nach Türckheim oder Zhedenick, auch nicht mit den Vollblütern der Grande Armée nach Preußisch-Eylau, er sah auch keine im Wind flatternden Mähnen, keine Zähne, die aufs Zaumzeug bissen oder keine aufgeregt stampfenden Hufe, die gegen österreichische oder russische oder preußische oder englische oder belgische oder holländische Kanonen galoppieren wollten: aber die Lust, diese Kolonne anzuführen und zur Hälfte mit dem Rumpf aus dieser Luke herauszuragen, der Stolz, seinen Kopf und seine Brust dem Feuer der Schlacht darzubieten, ließ ihn alle Feigheit und alles Elend der vulgären Epoche vergessen, in die er unglücklicherweise hineingeboren worden war. Zum Teufel mit der Vorstellung von Audacia-est-cupiditas, das heißt mit Baruch Benedictus Spinoza, zum Teufel mit Esprit Fléchier, zum Teufel mit Henri de la Tour d'Auvergne, Vicomte de Turenne, zum Teufel mit dem wohlbedachten, wohlüberlegten Mut: es gibt Fälle, in denen es das hochheilige Recht eines tapferen Mannes ist, aus reiner Eitelkeit seine Haut zu riskieren. Und von diesem Recht würde er jeden einzelnen Tropfen auskosten, jetzt, da ihn der Signor Generale bei abgeschalteter Funkverbindung nicht mit seinen Anmaßungen und seinen Rüpelhaftigkeiten verfolgen konnte. Glauben-Sie-bloß-nicht-Sie-ziehen-mit-einem-Kavallerieregiment-nach-Waterloo-und-sobald-Sie-die-Straße-Ohne-Namen-erreicht-haben-schicken-Sie-einen-Panzer-zur-Vierundzwanzig und so weiter, kein-eigenmächtiges-Handeln-andernfalls-erwürge-ich-Sie-mit-diesen-meinen-Händen hatte dieser Plebejer mit seiner gewohnten Geringschätzung für die Kavallerie geknurrt. Aber wer, wenn nicht die Kavallerie hatte in Waterloo denn größeren Heldenmut bewiesen?!? Wer, wenn nicht die Dragoon Guards von Henry William Paget Markgraf von Anglesey und Graf von Uxbridge war bis zu den Batterien der Belle Alliance vorgestoßen? Wer, wenn nicht die Schwadronen von Édouard-Jean-Baptiste Graf de Milhaud und dann von Charles Graf de Lefèbvre-Desnouettes hatte Wellingtons Infanterie bei Hougoumont und bei La Haie Sainte angegriffen? Wer, wenn nicht die Kürassiere von François-Étienne-Christophe Kellermann Herzog de Valmy hatte den Preis für die von Ney begangenen Fehler bezahlt, dem General Michel Ney, Herzog von Elchingen und Fürst von der Moskwa? Wer, wenn nicht die Husaren von Hans Ernst Karl Graf von Zieten hatte die Kaiserliche Garde attackiert und Napoleon zum Rückzug gezwungen? Heutzutage waren es die M_{113}, die die Pferde ersetzten: er hatte gute Gründe, sich an der Spitze eines Kavallerieregiments zu fühlen und selbständig zu handeln! Er würde nämlich keinen Panzer zur Vierundzwanzig schicken: mit der gesamten Kolonne würde er in die Stellung der Dreiundzwanzig einbrechen, und keine Kugel ins Herz oder in den Kopf würde ihn davon abhalten können! Und was den Satz von Lepic angeht: dies war genau der Augenblick. Denn sein M_{113} fuhr gerade in die Straße Ohne Namen, wo die Salven fast seinen Körper streiften, und sowohl der Panzerfahrer wie auch der beiseite gedrängte MG-Schütze baten ihn inständig, sich zu bücken. «Runter, Signor Colonnello, runter! Wollen Sie umgebracht werden?!?» Was für eine passende Gelegenheit, gütiger Gott, was für eine außergewöhnliche Situation. Und wie schade wäre es, sie vor einem so mittelmäßigem Publikum zu vertun. Um das voll auszukosten, war es notwendig, daß seine Stimme bis zum Generale und den anderen im Kommandostützpunkt drang, daß der Funkkontakt mit der Kommandozentrale wiederhergestellt wurde, gütiger Gott. Er stellte ihn wieder her, richtete sich noch mehr auf, rückte sein Monokel zurecht und holte tief Luft. Dann ließ er den Atem voll ins Mikrophon strömen und stieß einen Freudenschrei aus.

«Habt Mut, meine Jungen! Das sind doch nur Kugeln, das ist nicht etwa Scheiße, sagte Lepic!»

Danach überquerte er, gefolgt von der gesamten Kolonne und von einem Chor von Arschficker-du-und-dein-Lepic die Straße Ohne Namen. Dank der freien Zufahrt brach er bei der Dreiundzwanzig ein und kam auf die große, breite Straße von Chatila, wobei er sich unausgesetzt fragte, ob die in der Kommandozentrale ihn denn auch gut gehört hätten.

* * *

Sie hatten ihn gut gehört. Nach einer mehr als zwanzigminütigen Stille war dieser Satz in ihre Ohren gesaust wie ein Stein in die Mitte eines Weihers.

«Was hat er gesaaagt?!?» brüllte der Kondor wütend.

«Was hat er gesagt?!?» stammelte der Professor verwirrt.

«Was hat er gesagt?!?» riefen alle betroffen.

«Er hat genau das gesagt, was ihr gehört habt, nämlich seinen üblichen Schwachsinn!» bellte Pistoia. «Aber jetz kommt's noch besser. Hört euch das an, hört euch das an!»

Sie hörten es sich an. Jetzt übertrug das Funkgerät das Echo einer Streiterei in englisch und in französisch.

«Sir! You are not a gentleman, Sie sind kein Gentleman, Sir!»

«Shut up, bloody imbecile. Halt die Klappe, verdammter Blödmann.»

«Sir! You are a boor much boorer than my stableboy, Sie sind ein noch flegelhafterer Flegel als mein Stallbursche! And I don't deal with stableboys, und mit Stallburschen verhandle ich nicht!»

«Tais-toi, espèce d'idiot. Klappe, du Idiot. Et va-t'en, und zisch ab.»

«Monsieur! Si vous ne moderez pas votre langage, je vous prends à coups de cravache! Wenn Sie Ihre Sprache nicht mäßigen, werden Sie meine Peitsche spüren!»

«Was sagt er?!?» brüllte der Kondor noch wütender als zuvor.

«Was sagt er?!?» stammelte der Professor noch verwirrter als zuvor.

«Was sagt er?!?» riefen alle noch betroffener als zuvor.

«Er zankt sich mit 'n Regierungssoldaten rum, die ihn nich durchlassen, is doch klar! Ich hab's ja gewußt, daß der da irgend so 'ne Wichserei mit Schleifchen veranstaltet!» bellte Pistoia.

Der Kondor sah ihn bestürzt an.

«Fahren Sie hin, und bringen Sie die Sache in Ordnung. Schnell!»

«Ich nehm die Beine untern Arm, Generale!»

«Aber keine Schießereien diesmal, klar?»

«Klar doch, Generale, klar doch. Sardische Pattada und basta», antwortete Pistoia.

−2−

Es gibt Kriegsbegeisterte, die, wenn sie das Grauenvolle einer Schlacht am eigenen Leib erfahren, ihre Haltung radikal ändern. Ihnen wird klar, daß sie sich für etwas begeistert haben, das hassenswert ist, und dadurch, daß sie damit ihr eigentliches Wesen zeigen, reißen sie sich die selbst gewählte Maske vom Gesicht: unversehens oder ganz allmählich wechseln sie auf die andere Seite der Barrikade. Das war, wie wir wissen, bei Zucker der Fall, besonders aber bei Sandokan. Dagegen gibt es andere, die ihre Haltung in keiner Weise ändern, weil sie keine Maske haben, die sie herunterreißen müßten, denn bei ihnen entspricht diese Begeisterung ihrem ureigensten Temperament. Und dies war der Fall bei Verrücktes Pferd, der wohl konsequentesten und als solcher auch bewunderungswürdigsten Figur unserer Geschichte, die in jedem Augenblick sich selbst und ihrer dem Pöbel unbegreiflichen Welt treu blieb. Dies traf aber auch auf Pistoia zu, und die fünf Stunden in der Hölle hatten das deutlich unter Beweis gestellt: nicht einmal in den Augenblicken größter Spannung hatte Pistoia das anmaßende Gehabe eines Söldners verloren, der sich im Krieg so wohl fühlt wie ein Fisch im Wasser, noch sein aufgesetztes Gehabe als falscher Kreuzritter, der unter dem Vorwand, das Heilige Grab zurückzuerobern, sich eine schöne Zeit mit den verschiedenen Clorinden, Florinden und Teodolinden machte. Und er hatte mindestens ebenso sehr wie Verrücktes Pferd davon geträumt, nach Chatila zu gehen. Er rannte wirklich mit den Beinen unterm Arm los, um seine sardische Pattada zu holen, mit der er vor zwei Monaten vor Ginos Augen entscheidend bei der Demolierung des verlassenen Lastwagens mitgemischt hatte, und dann ergriff er alles übrige. Er schnappte sich Ugo, brauste Hals über Kopf davon, und unter dem üblichen Toben des Kugelhagels platzte er in die Dreiundzwanzig. Hier parkte er den Geländewagen unbekümmert auf dem Massengrab (Immerhin-geben-dir-die-Toten-keinen-Strafzettel), ließ Ugo zurück, der im Fall von Komplikationen nur ein Klotz am Bein gewesen wäre, sonst nichts, und ging ganz allein zu Fuß weiter, um zu Verrücktes Pferd zu gelangen. Die Lastwagen der Regierungstruppen, die das Viertel verlassen hatten, nachdem sie zuvor Soldaten herangeschafft hatten, waren tatsächlich mit Munition zurückgekehrt und verstopften wieder die Zufahrt, der Rauch der abgefeuerten Granaten steigerte noch das Durcheinander, und nur den beiden Panzern, die die Einundzwanzig und die Dreiundzwanzig verstärken sollten, war es gelungen, sich zu postieren. Der Rest der Bereitschaftstruppe stand mit laufenden Motoren da, links von den M113 der Sechsten und rechts von den M48 der Achten eingezwängt, und der vorderste Panzer wurde an der Ecke der engen Straße blockiert, die zur Fünfundzwanzig führte. Es war nicht schwierig, Verrücktes Pferd ausfindig zu machen. Er war fast ganz aus der Luke herausgekommen, mit vorgewölbter Brust saß er da wie der Held eines Reiterstandbilds, den Kopf ganz unter dem Helm des MG-Schützen, und das Monokel versprühte Funken der Empörung, während er seine Peitsche gegen zwei Soldaten der Achten schwang, die ihn mit ihrem quergestellten Jeep an der Weiterfahrt hinderten, und wieherte, wieherte, wieherte.

«Sirs! I already told you that I don't deal with stableboys, ich sagte Ihnen bereits, daß ich nicht mit Stallburschen verhandle! Move that vehicle, schaffen Sie das Fahrzeug da zur Seite, quick!»

«Shut up, halt die Klappe, imbécile», gaben die beiden zurück.

«Messieurs! Votre attitude est inadmissible, Ihr Verhalten ist nicht tolerierbar! Poussez-vous, fahren Sie zur Seite!»

«Tais-toi, sei still, Idiot.»

Pistoia rief ihn lauthals.

«Sor Colonnello, Sor Colonnello!»

Das Monokel fiel herunter und baumelte regungslos an dem Kettchen, an dem es hing, und die Peitsche senkte sich tief gedemütigt. Quod deus avertat! Was suchte denn der hier, dieser Schwachkopf, dieser Bierbudendonjuan, dieser Rüpel, der in seinen Club nicht einmal als Tellerwäscher hineingedurft hätte, dieser Dreschflegel, der zur Bande derer gehörte, die sich erdreisteten, ihm den Füllfederhalter wegzunehmen und die Aufschrift God-save-the-Queen durch God-save-Lenin zu ersetzen?!?

«Capitano! Sie wünschen?!?»

«Ich? Nichts, Sor Colonnello. Nu spielen Se mal nich die beleidigte Leberwurst, schließlich bin ich gekomm', um Ihn' unter de Arme zu greifen!»

Dann kehrte er ihm den Rücken zu, taub für das Gewiehere Capitano-mischen-Sie-sich-nicht-ein, hoc-principiis-obstat, das-ist-gegen-die-Grundsätze, kehrte ihm den Rücken zu. Begann, die Lage zu erkunden. Na ja, es war weniger schlimm, als es in der Kommandozentrale den Anschein hatte: die beiden im Jeep hatten ein Kreuz um den Hals, bei ihnen konnte man also den Namen Gassàn ins Spiel bringen. Außerdem saßen sie auf dem Rücksitz, und das Vorderteil des Jeeps stand zur großen Straße hin: er brauchte nicht einmal seine sardische Pattada, um die Angelegenheit in Ordnung zu bringen. Er mußte nur das Lenkrad zu fassen kriegen, den Wagen zur Seite fahren und ein paar Brocken Arabisch kauderwelschen. Er kam zum Panzer von Verrücktes Pferd zurück. Er stellte sich neben die Lukenöffnung des Panzerfahrers.

«Kannst du mich verstehen, Fahrer?»

«Jawohl!» antwortete eine zufriedene Stimme.

«Laß den Motor weiterlaufen, und sobald ich sage Straße-frei, bewegst du deinen Arsch. Verstanden?»

«Verstanden, Signor Capitano!»

«Und sag den Panzern hinter dir, sie sollen das gleiche machen, kapiert?»

«Kapiert, Signor Capitano!»

Gut, jetzt konnte er handeln. Und während die beiden Regierungssoldaten ihn gelähmt ansahen und daher nicht fähig waren, sich auf ihn zu stürzen oder das Gewehr auf ihn zu richten, schwang er sich hinters Lenkrad. Im Nu hatte er den Jeep von der Stelle bewegt und ein paar Meter vorgefahren. Dann stieg er wieder aus.

«Haza amr men Gassàn! Befehl von Gassàn!»

«Haza amr men Gassàn, Befehl von Gassàn?!?» fragten sie ungläubig.

«Aber ja doch! Mish taarafun Gassàn, kennt ihr Gassàn etwa nicht, ihr Trottel?»

«Na'am, doch. Lakin, aber...»

«Laki hin laki her. Los, Soldat, Straße freeei!«

Während Verrücktes Pferd verdrossen immer mehr aus der Luke hervorkam, setzte sich der erste Panzer unter erleichtertem Gemurmel in Bewegung. Dicht gefolgt vom zweiten und vom dritten fuhr er um die Ecke in die kleine, enge Straße, auf die die Salven der Amal-Milizen unvermindert hart herunterprasselten, und Pistoia schloß sich ihnen verblüfft an. Das war ja mehr als einfach gewesen, Heilige Jungfrau, 'n kleiner Zeitvertreib für'n Schutzmann, der den Verkehr wieder zum Fließen bringt, indem er das Auto mit der Panne einfach beiseite schafft: die beiden Trottel hatten keinerlei Widerstand geleistet, die Offiziere auf der großen Straße waren nicht mal angekommen, um ihn von diesem Manöver abzuhalten, und selbst jetzt noch, wo sich die Kolonne vorwärtsbewegte, taten sie so, als ginge sie das alles überhaupt nichts an. Wer hatte denn nun den Befehl gegeben, die Durchfahrt zu blockieren? Irgendein Arschloch, das an Übereifer erkrankt war, oder wirklich Gassàn, der sie möglicherweise an der Kurve bei der Fünfundzwanzig Alpha erwartete und wieder zum Anhalten zwang? Heilige Jungfrau, es würde ihm wirklich leid tun, wenn er gerade bei Gassàn die sardische Pattada anwenden müßte: is ja schließlich keine schöne Sache, ausgerechnet 'nem Freund die Gurgel durchzusäbeln! Aber Krieg ist Krieg, und auch auf den Kreuzzügen haben Freunde sich gegenseitig die Kehlen durchgeschnitten, und ein Pistoia konnte ganz sicher keine Übergriffe hinnehmen, nur weil sie von Gassàn kamen! Ganz zu schweigen davon, daß er noch eine kleine Rechnung wegen des in die Luft geflogenen Munitionslagers von Sierra Mike mit Gassàn zu begleichen hatte und ... Verdammte Schweinebacke: die Kolonne wurde langsamer. Sie hielt wirklich an, das Reiterdenkmal stieg diesmal vom Sockel herunter, schwang erneut die Peitsche und redete wieder wie irre! Pistoia griff seine sardische Pattada und überholte den dritten Panzer, dann den zweiten und schließlich den ersten, und da stand, mit rund zwanzig schattenhaften Gestalten hinter sich, die ihre M16 fest im Anschlag hielten, Gassàn.

«Colonnello, ich sage noch einmal, kehren Sie um.»

«Sir! Ich habe einen Auftrag auszuführen, Sir!»

«Darauf pfeife ich, Colonnello.»

«Sir! Sie wissen nicht, mit wem Sie sprechen, Sir!»

«Das weiß ich ganz genau. Ich spreche mit jemandem, der nicht einmal seine eigene Sprache versteht.»

«Sir! Ich müßte Sie zum Duell fordern, Sir!»

«Und ich müßte Ihnen antworten: Lecken Sie mich am Arsch, Colonnello. Aber ich bin müde.»

* * *

Gassàn war innerlich müde. Die Jagd auf den Zwerg, der vernichtet werden mußte, hatte ihn psychisch erschöpft, die letzten Augenblicke des Wartens hatten ihn moralisch zermürbt, und als die Brahmet-Bayi ihr Ziel voll getroffen hatte, war er nicht von dem heißen Jubel erfüllt gewesen, der ihn normalerweise in solchen Fällen wieder stärkte. Im Gegenteil, er empfand einen merkwürdigen Widerwillen, und mit diesem Widerwillen zugleich einen Groll auf die Madonna von Junieh, die ihm Gnade gewährt hatte, und ähnliche Gedanken wie die, die Bilal dazu gebracht hatten, seine Kalaschnikow wegzuwerfen, dann vom Dach herunterzusteigen, um nach Hause zu gehen, hatten sich seiner bemächtigt. Weiterhin im Blut leben, töten und riskieren, getötet zu werden, wozu? Für wen? Für die Gemayels, die Djumblatts, die mächtigen Gangster, die Typen wie ihn ausnützten, um ihre Bankkonten und ihre Rackets noch mächtiger werden zu lassen? Sein Vater war ja nun gerächt, symbolische Blumen hatte er dutzendweise auf seinem Grab auf dem Friedhof von Sankt Elias, und sie hatten ganz sicher nicht geholfen, ihn wieder lebendig zu machen. Sie hatten auch nicht geholfen, die eisige Wut zu besänftigen, die ihn, Gassàn, zerfraß. Im Gegenteil, sie hatten ihn nur noch mehr zerfressen, um so den Circulus vitiosus in Gang zu halten, in dem Beirut seit Jahren gefangen war: ich bring dich um, folglich bringst du mich um, folglich bring ich wieder dich um, folglich bringst du wieder mich um und so weiter bis in alle Ewigkeit. Schluß. Sich zurückziehen, sich ausruhen, mit seiner vornehmen, schlanken Frau und den wunderbaren, höflichen Kindern in irgendeine Schweiz übersiedeln, ein für allemal auf die Brahmet-Bayi und Rache verzichten. Und mit einem Ausdruck des Verdrusses in seinem schönen, sonnengebräunten Gesicht hatte er sich wieder ans Lenkrad seines Jeeps mit dem 106-mm-Geschütz gesetzt und war in die Hintergäßchen von Sabra zurückgekehrt. Hier allerdings hatte er die Verwundeten seiner Kompanie gesehen, die Toten vom Turm, den inzwischen keiner mehr beachtete, und hatte sich seiner Schwächeanwandlung geschämt. In einer erneuten Aufwallung von Zorn hatte er drei Scharfschützeneinheiten für Kampfhandlungen in Chatila angefordert, hatte sich an der kleinen, engen Straße mit der festen Absicht postiert, keine Fliege dort durchzulassen, und hatte Verrücktes Pferd aufgehalten. In Wahrheit ist der Aufruhr der Seele aber unabwendbar, einmal in Bewegung, gibt es kein Halten mehr; und auch wenn er sich dort postiert hatte, seine Kampfkraft war dadurch nicht zurückgekehrt: mit absoluter Gleichgültigkeit schaute er Pistoia jetzt an, der mit der sardischen Pattada in der Hand näher kam.

«Was haste noch zum Signor Colonnello gesagt, Gassàn?!?»
«Ich hab ihm gesagt, daß ich ihm antworten müßte, er solle mich am Arsch lecken, Pistoia.»
«Entschuldige dich und laß uns vorbei, Gassàn.»
«Dazu hab ich keine Lust, Pistoia.»
«Nein?»
«Nein, Pistoia. Nein.»
Vor den Augen der Scharfschützen, die so überrascht waren wie die beiden Trottel im Jeep, kreiste die sardische Pattada in Pistoias Hand und saß Gassàn plötzlich an der Kehle.
«Nun mach schon, oder ich schneid dir die Kehle durch, Gassàn.»
Die Antwort war ein verdrossenes Schnauben und ein höhnisches Grinsen.
«Hör auf, Pistoia. Zwing mich nicht zu schießen.»
«Wir würden zusammen sterben, Gassàn.»
Aus dem höhnischen Grinsen wurde ein bitteres Lächeln.
«Es würde mir für dich leid tun. Waren wir nicht Freunde, Pistoia?»
«Freunde oder Feinde, sag deinen Gefolgsleuten da, sie solln uns vorbeilassen, andernfalls geb ich Befehl, daß man über sie wegrollt, und dir, dir schneid ich die Gurgel durch.»
«In Ordnung, Pistoia, in Ordnung. Fahr weiter und Entschuldigung.»
«Nein. Die Entschuldigung richteste gefälligst an den Signor Colonnello. Und zwar schnell!»
Gassàn gehorchte mit einem Achselzucken, Wollen-Sie-mir-bitte-verzeihen, und die sardische Pattada zog sich zurück, um Verrücktem Pferd Platz zu machen, der ganz aufgeregt die Hacken zusammenschlug.
«Sir!»
«Bitte, Signor Colonnello...»
«Sie sind wirklich ein Gentleman, Sir! Ich danke Ihnen und entschuldige mich meinerseits für das ungestüme Verhalten meines Untergebenen. In derartigen Fällen ist allerdings auch Großmut geboten, Sie wissen schon. Auch General Jean Lannes, Herzog von Montebello und Marschall von Frankreich, verhielt sich so während der Belagerung Regensburgs. Nachdem er nämlich eine Leiter an die Burgmauer gelehnt hatte, kletterte er sie mit gezücktem Schwert hinauf und...»
«Keine Sorge, Signor Colonnello...»
«Rebus sic stantibus, Sir, ist es mir ein Bedürfnis, Ihnen die Hand

zu geben und Ihnen eine Maxime von Licinius in Erinnerung zu rufen: discordia fit carior concordia, eine Meinungsverschiedenheit macht eine Übereinstimmung nur wertvoller. Stimmen Sie mir da zu?»

«Voll und ganz, Signor Colonnello.»

«Sir!»

Und die Farce endete mit seinem Fenstersturz. Denn als Pistoia diese Szene sah, begriff er, daß er, statt eine Leiter hochzuklettern, um Regensburg zu erobern, auf den ersten Panzer klettern mußte, um dem Reiterstandbild das Kommando über die Kolonne zu entreißen. Gedacht, getan, und als Verrücktes Pferd das begriffen hatte, war es bereits zu spät: der Panzer setzte sich mit dem Usurpator in Bewegung. Aber was schlimmer war: der zweite folgte dem ersten unmittelbar nach.

«Aber was machen Sie denn da, Capitano?!? Wo fahren Sie hin?!?»

«Ich fahr los, wir fahren los, Sor Colonnello, um Zeit zu spareeen! Nehmen Sie den dritten!»

Auf dem dritten befand sich eine aufgeweckte, entschlossene Mannschaft. Um Verrücktes Pferd von der Browning und den Knöpfen des Funkgeräts fernzuhalten, bildeten sie mit ihren Körpern eine Mauer, und dann ertönte ein ehrerbietiger Chor Kommen-Sie-Signor-Colonnello-steigen-Sie-ein, und die drei Panzer erreichten unversehrt die Straßenverbreiterung bei der Fünfundzwanzig. Der erste hielt genau in der Mitte und stellte die aufgegebene Stellung wieder her; der zweite fuhr nach rechts zur Vierundzwanzig; der dritte nach links zur Zweiundzwanzig, wo Verrücktes Pferd seine Empörung über sein nicht verwirklichtes Heldentum auf Adler Eins ablud.

«Das ist eine Sache fürs Kriegsgericht, verehrter Kamerad, für Erschießung von hinten! Sie haben keine Vorstellung, welchen Affronts sich dieser Rüpel schuldig gemacht hat! Und einen Augenblick hatte ich den Eindruck, ich hätte ihn falsch beurteilt, so daß ich ihn mit Jean Lannes verglich, der, wie Sie wissen, zu den tapfersten Generälen Napoleons gehörte, und es ist keineswegs ein Zufall, daß er im Panthéon in Paris ruht! Ah! Horaz hat recht, wenn er uns ermahnt Sperne-vulgus, verachte-den-Pöbel! Tacitus hat recht, wenn er uns in Erinnerung ruft, daß der Pöbel immer zum Schlimmsten bereit ist, est vulgus ad deteriora promptum! Seneca hat recht, wenn er ...»

«Neeein! Was habe ich denn verbrochen, neeein!» brüllte Adler Eins an einem bestimmten Punkt. Und er konnte nur mit Mühe das einzige Mordgelüst seines Lebens unterdrücken, die Lust, auf die Stimmbänder des ehemaligen Akademiegefährten zu schießen, und er tat das, was er schon in all diesen Stunden hätte tun sollen: er setzte den Geländewagen in Bewegung und fuhr im Kugelhagel davon.

Das geschah, während sich Passepartout mit seiner Kalaschnikow und dem Federhelm des Unteroffiziers Natale auf dem Dach der Tankstelle postierte, von wo die beiden Amal-Milizionäre mit der PK46 schossen, und während Ninette mit einem Strauß Rosen, einer Bûche de Noël, einem Stoffhund und dem blinden, tauben, grenzenlosen, selbstmörderischen Mut, der behauptet, Berge versetzen zu können, und sie auch oftmals versetzt, dem Mut, der aus der Liebe kommt und den der Tod einer Liebe steigern kann, im Begriff stand, Passepartout zu begegnen.

– 3 –

Der Tod einer Liebe ist wie der Tod eines geliebten Menschen. Er hinterläßt den gleichen Schmerz, die gleiche Leere, die gleiche Weigerung, sich mit dieser Leere abzufinden. Selbst, wenn du ihn erwartet, verursacht oder zur Selbstverteidigung, aus Vernunftgründen oder Freiheitsdrang gewollt hast: wenn er eintritt, fühlst du dich schwer verwundet. Verstümmelt. Du kommst dir vor, als hättest du nur noch ein Auge, ein Ohr, eine Lunge, einen Arm, ein Bein, eine Gehirnhälfte, und du rufst ständig nach deiner anderen, deiner verlorenen Hälfte: nach dem oder nach der, mit dem oder mit der du dich wie ein Ganzes fühltest. Und dabei erinnerst du dich nicht einmal mehr an die Schuld des andern, an die Qualen, die er dir bereitet, das Leid, das er dir zugefügt hat. Der Schmerz bringt dir eine wertvolle, ja außergewöhnliche Person in Erinnerung, einen auf der Welt einmaligen Schatz; und es ist völlig sinnlos, sich zu sagen, daß so etwas gegen jede Logik verstößt: eine Beleidigung der Intelligenz, Masochismus. (In der Liebe hilft keine Logik, nützt Intelligenz gar nichts und steigert sich der Masochismus zum psychiatrischen Fall.) Dann, ganz allmählich, geht es vorbei. Vielleicht ohne daß es dir bewußt wird, läßt der Schmerz nach, löst er sich auf, die Leere nimmt ab, und die Weigerung, dich mit dieser Leere abzufinden, verschwindet. Dir wird endlich bewußt, daß das Objekt deiner toten Liebe weder eine wertvolle, ja außergewöhnliche Person noch ein auf der Welt einmaliger Schatz war, und du ersetzt es durch eine andere Hälfte oder mutmaßlich andere Hälfte deiner selbst, und für eine gewisse Zeit gewinnst du wieder deine Ganzheit zurück. Doch auf deiner Seele bleibt eine

Narbe zurück, die sie häßlich macht, ein blauer Fleck, der sie verunstaltet, und dir wird bewußt, daß du nicht mehr der- oder dieselbe bist, der oder die du vor der Zeit der Trauer warst. Deine Energie hat nachgelassen, deine Neugier hat abgenommen, und dein Vertrauen in die Zukunft ist ausgelöscht, weil du entdeckt hast, daß du einen Teil deines Lebens vergeudet hast, den dir niemand wiedergibt. Deshalb also pflegst du die Liebe, auch wenn sie hoffnungslos dahinsiecht, und bemühst dich, sie zu heilen. Deshalb also versuchst du, auch wenn sie im Zustand des Komas nur noch mühsam atmet, den Augenblick ihres letzten Atemzugs hinauszuzögern: du hältst sie zurück und bittest sie im stillen, doch noch einen Tag, eine Stunde, eine Minute zu leben. Deshalb also zögerst du schließlich, auch wenn sie zu atmen aufgehört hat, sie zu begraben, oder versuchst sogar, sie wiederzubeleben. Lazarus, stehe auf und wandle. Doch diese Dinge wußte Ninette nur zu gut, während sie im Begriff stand, Passepartout über den Weg zu laufen, das heißt während sie sich zum Rendezvous mit dem eigenen Schicksal begab.

Sie hatte ihren endgültigen und hochmütigen Brief sofort bereut. Nachdem sie ihn dem Portier gegeben hatte, wollte sie gleich wieder umkehren und den Brief zurückholen, ins Zimmer mit dem Fenster zum Pinienwäldchen hinaufgehen und eine letzte Nacht mit ihrem schönen, nachdenklichen Italiener verbringen. Doch der Wille war stärker, und so war sie wieder nach Hause zurückgekehrt: in jene Villa in Ashrafiyeh, wo sie, beschützt von den Privilegien des Reichtums und der Aufmerksamkeit anhänglicher Dienstboten, lebte. Madame, geht-es-Ihnen-nicht-gut, Madame? Madame, brauchen-Sie-Hilfe, Madame? Taub für derlei Fragen, hatte sie sich in ihr Zimmer eingeschlossen, und bis zum Morgen waren die Tränen über ihr Gesicht geströmt, das nun ganz anders war, als es Angelo gekannt hatte: melancholisch, von kleinen Falten gezeichnet, die Narben von Enttäuschungen, und weniger jugendlich, als es ihm je vorgekommen war. Dann hatte sie das Foto eines gutaussehenden Mannes mit grauen Haaren in die Hand genommen, dessen Gesichtszüge denen Angelos unglaublich glichen und sich nur durch eine vorgeschrittene Reife unterschieden; dabei hatte sie George, George, George geflüstert und sich beruhigt. Ihn hatte sie unendlich geliebt, und zwar so sehr, daß sie, als sie seinen zerfetzten Körper zwischen den Resten des in die Luft geflogenen Autos gesehen hatte, monatelang von Sinnen gewesen war; an diese Monate hatte sie keinerlei Erinnerung, außer an eine Krankenschwester, die ihren Rollstuhl schob, einen Arzt, der die Elektroden an ihrem Kopf anbrachte, und einen anderen, der die

Gespenster ihrer verhöhnten Existenz aufscheuchte: den wunderbaren Palast von Furn el Chebbak, in dem sie nach dem Tod ihres Vaters, der von einem französischen Polizisten während eines Aufstands gegen die französische Mandatsmacht getötet worden war, zur Welt kam, wo sie bei einer Mutter aufwuchs, die ihre Mutterpflichten an eine Kinderschwester und an die Dienstboten delegierte; das exklusive Internat in Lausanne, wo sie erzogen wurde; die luxuriöse Wohnung in London, wo sie in unbeschwerter Freiheit bis zu dem Tag lebte, an dem sie für die Gardenparty nach Beirut zurückgekommen war, die die britische Botschaft ihr zu Ehren gegeben hatte; dort lernte sie einen berühmten und hochgeachteten Mann kennen, den sie sofort verführt hatte, um sich am Ende bewußt zu werden, daß sie die Verführte war: es war der gutaussehende Mann mit den grauen Haaren; die Kirche von Notre-Dame-du-Liban, in der sie geheiratet hatten, wahnsinnig vor Liebe und gleichgültig gegenüber jenen, die sich über den beträchtlichen Altersunterschied wunderten oder glaubten, diese Hochzeit sei arrangiert worden, um ihrer beider Vermögen zu vereinen; die ewigwährenden Flitterwochen, die ihnen auch nach dem Schmerz über ein verlorenes und nie wieder empfangenes Kind vergönnt waren; dann der Ausbruch des Bürgerkriegs und der Beginn des Alptraums, der mit der Explosion der im Auto versteckten Trotyl-Ladung begann. Die Drohanrufe, die Mitteilungen Wir-haben-deinen-Mann-im-Visier, mach-dich-darauf-gefaßt-daß-du-Witwe-wirst, der tagtägliche Terror, daß sie ihn wirklich umbringen würden, und dann eines Tages ein Knall. Eine Stimme, die schrie Kommen-Sie-schnell-Madame, man-hat-ihn-umgebracht, Madame. Am Ende eine vollkommen reglose Stille. Die dumpfe Reglosigkeit, in die du verfällst und glaubst, daß dein Leben mit ihm gestorben ist. Doch dann, nach der Entlassung aus der Klinik, hatte sie begriffen, daß das eigene Leben nicht mit dem Tod eines Mannes stirbt, den man unendlich geliebt hat: sie hatte ihren unendlich geliebten Mann mehrmals ersetzt. Diesmal mit dem nachdenklichen Italiener, der ihn ihr physisch in einer Weise zurückgab wie niemand sonst. Die Augen waren die gleichen, die Stirn war die gleiche, die Nase war die gleiche, die Jochbögen waren die gleichen, der Mund war der gleiche, der Körper war der gleiche, so daß sie, als sie ihn in der Buchhandlung gesehen hatte, glaubte, George ohne graue Haare vor sich zu haben. George ohne die Anzeichen einer fortgeschrittenen Reife. George dreißig Jahre jünger. Deshalb hatte sie mit ihm gesprochen, ihn aufgesucht und ihn gewollt, ihn zum Instrument ihres wiedererwachten Wunsches zu leben gemacht: zum Objekt ihres manischen Bedürfnisses nach Liebe. Jedenfalls war auch diese Liebe gestorben, und sie mußte sie bestatten, indem sie sich sagte, daß keine Liebe dem Mangel an Liebe widersteht: man kann niemandem Liebe schenken, der keine Liebe zu schenken vermag. Sie mußte ihn vergessen, indem sie sich immer wieder sagte, daß keine Liebe unersetzbar ist: Liebesbeziehungen sind immer nur Fantasmagorien, die wir uns einbilden, um die Leere auszufüllen, Chimären, die wir uns schaffen, um der Einsamkeit zu entgehen, und daß alles in allem jeder zum Objekt oder zum Instrument werden kann.

Mit diesen Gedanken war sie zu Bett gegangen und in einen langen, bleiernen Schlaf gefallen. Doch in Fällen dieser Art zögert die Ruhe die Krise lediglich hinaus, und beim Aufwachen hatte die Krise den dunklen Schmerz, den auch Angelo in dieser Nacht erahnt hatte, gleich wieder bis zur höchsten Qual entfacht: der Wahnsinn, der Ninette vor fünf Jahren in die Klinik gebracht hatte, mit der Krankenschwester, die ihren Rollstuhl schob, dem Arzt, der die Elektroden an ihrem Kopf anbrachte, und dem anderen, der die Gespenster ihrer verhöhnten Existenz aufscheuchte. Und weil der Schmerz noch einmal bis zur höchsten Qual entfacht worden war, hatte sich Ninette wieder so gefühlt, wie man sich fühlt, wenn die Liebe gestorben ist, nämlich mit nur einem Auge, nur einem Ohr, nur einer Lunge, nur einem Arm, nur einem Bein, einer Gehirnhälfte, und voller Wehmut hatte sie noch einmal die zwölf Wochen durchlebt, in denen sie dem Objekt ihrer Fantasmagorie und dem Instrument ihrer Chimäre nachgelaufen war. Die unvorsichtigen Besuche im Westteil, in den viel zu kurzen und viel zu dekolletierten Kleidern, das demütigende Warten am Wachhäuschen der Carabinieri mit den lächerlichen Päckchen von Süßigkeiten und dem noch viel lächerlicheren Geschenk des Kondoms, das erniedrigende Betteln Let-us-make-love, let-us-make-love, das zermürbende Versteckspiel mit ihrer Identität und ihrer Adresse, die verzweifelte Suche nach dem kleinen, schmutzigen Hotel, wo sie dich nicht wiedererkennen und keine Ausweispapiere verlangen. Und in ihrer Wehmut war der schöne, nachdenkliche Italiener ihr wie ein wertvoller, ja außergewöhnlicher Mensch vorgekommen, wie ein auf der Welt einmaliger Schatz. Wie bezaubernd war seine Jugend, seine Furcht vor der Liebe, seine Vitalität, seine naive Illusion, in der Mathematik das Rezept für das Leben finden zu können, die Lebensformel! Wie sinnlich war seine körperliche Kraft, sein begehrliches Drängen, seine geradezu wütende Leidenschaft! Sie mußte ihn wiederhaben, ihn behalten mit seiner Schönheit und seiner Zuvorkommenheit, sie mußte diese gestorbene Liebe wieder zum Leben erwecken: Lazarus, stehe auf und wandle. So hatte sie sich abends gegen sieben fertiggemacht. Sie hatte ein für die Gelegenheit nicht passendes weißes Kleid angezogen, das den wundervollen Körper zur Geltung brachte, war in ein Paar Schuhe mit ganz hohen Absätzen geschlüpft, die die wundervollen Beine zur Geltung brachten, sie hatte sich ihr Omen, das heißt die Kette mit dem ankerförmigen Kreuz, um den Hals gelegt und war unter den vergeblichen Versuchen der Hausangestellten, sie zurückzuhalten Gehen-Sie-nicht-hinaus-Madame-heute-ist-es-zu-gefährlich, weggegangen. Sie hatte einen Strauß Rosen und einen Weihnachtskuchen, die Bûche de Noël, gekauft. Dann hatte sie in einem Schaufenster den Stoffhund gesehen, einen Dackel mit Schlappohren und heraushängender Zunge, der ihr wie ein pathetisches Emblem dessen vorkam, was sie empfand, und hatte auch ihn gekauft. Schließlich war sie ins einzige Taxi gestiegen, das bereit war, in die Nähe der Grünen Linie zu fahren, war am Übergang von Tayoune ausgestiegen und wußte natürlich genau, welcher Gefahr sie sich aussetzte: die gesamte Stadt dröhnte von Kanonenschüssen wider, die Leute sprachen von Gefechten, die in Gobeyre und Chatila reihenweise Menschen niedermähten, und seit halb sechs abends wagte es niemand, aus dem christlichen Teil in den moslemischen zu gehen. Doch der Mut, der aus der Liebe kommt, kennt keinerlei Gefahr, wie wir schon sagten. Er hört in keiner Weise auf die Vernunft, meint, Berge versetzen zu können, und oftmals kann er es auch; und Ninettes Mut hatte der Wahnsinn verzehnfacht. Ohne Zögern war sie also am Übergang von Tayoune ausgestiegen. Ohne mit der Wimper zu zucken, hatte sie ihn in Richtung Rotunde überquert und war dann zur kleinen Allee gelangt. Hier allerdings hatte ihr ein Offizier der Achten verboten weiterzugehen, und sie war stehengeblieben. Sie hatte ihre Handtasche und die absurden Geschenke auf die Erde gelegt, sich zu Füßen eines Baumes hingehockt, war dort fast zwei Stunden vor Kälte zitternd geblieben, hatte den Blitzen der Schlacht zugesehen und den Höllenlärm mit angehört. Und wie Ophelia, die sich im Weiher ertränkt, wartete sie jetzt darauf, davonschleichen zu können und die Rue Argàn zu erreichen.

Sie warf einen Blick auf den Offizier, der ihr verboten hatte, weiterzugehen. Er schien sie vergessen zu haben. Er lief weg, kam zurück, sprach über Funk, erteilte den Soldaten der Panzerspähwagen Befehle, und die kümmerten sich nicht im geringsten um sie: sie waren um ein kleines Feuer versammelt und sahen aus, als würden sie nur an ihre eigene Traurigkeit denken. Das war die Gelegenheit, sagte sie sich und stand ganz langsam auf. Vorsichtig, damit niemand auf sie aufmerksam wurde, nahm sie die Handtasche, den Strauß Rosen, die Bûche de Noël, den Stoffhund und bog in die kleine Allee. Auf den hohen Absätzen wackelnd, fing sie an zu laufen. Dabei dachte sie darüber nach, welchen Weg sie nehmen könnte, wenn sie erst einmal die Rue Argàn erreicht hatte. Sollte sie durch die Rue Farruk gehen, die kleine Straße, die durch Gobeyre führte und dann in die Straße Ohne Namen einmündete, oder nach rechts abbiegen und über die Avenue Nasser gehen? Mit Sicherheit war die Rue Farruk weniger dem Feuer ausgesetzt, aber sich für sie zu entscheiden hieß auch, mitten in ein Viertel zu geraten, das für jeden, der nicht dort wohnte, absolut nicht zu empfehlen war, vor allem aber nicht für eine westlich gekleidete Christin. Denn obwohl die Avenue Nasser im Zentrum der Auseinandersetzungen lag, bot sie den Vorteil, daß sie sich gleich neben den italienischen Stellungen befand: wenn sie in eine mißliche Situation geraten sollte, konnte sie dort Schutz suchen. So entschied sie sich für die Avenue Nasser, und als sie in die Rue Argàn kam, ging sie nach rechts auf das Trottoir, das unmittelbar vor der Zweiundzwanzig endete, die deutlich sichtbar war, weil sie von den Flammen eines brennenden Hauses erhellt wurde. Ohne sich um die Kugeln zu kümmern, die die M48 der Achten pausenlos ausspuckten, um die Steine und Splitter, die überall heruntergagelten, um die Milizionäre, die zwischen den Trümmern postiert waren und mit Mörsern und RPGs antworteten, ging Ninette in diese Richtung. Aber nach wenigen Schritten wurde ihr Blick von einem merkwürdigen Individuum mit dem Federhelm der Bersaglieri gefesselt, das eine Kalaschnikow schwang und vom Dach der Tankstelle am kleinen Platz heruntersprang, über eine Leiche hinwegrollte, wieder aufstand, vorwärtsstürzte und auf sie zukam, und instinktiv blieb sie stehen. Instinktiv legte sie die Handtasche, den Strauß Rosen und die Bûche de Noël auf das Mäuerchen am Trottoir, machte die rechte Hand frei und griff nach dem ankerförmigen Kreuz, das an ihrem Hals glänzte. Sie schob es in den Nacken und versteckte es unter ihrem langen Haar, und während sie weiterhin den Stoffhund an ihr Herz drückte, beobachtete sie das merkwürdige Individuum genauer. Wer war das, warum kam er auf sie zu? Nein, er kam nicht auf sie zu, er kam nur in ihre Richtung, und er war nur ein Junge. Ein harmloser Junge von dreizehn, vierzehn Jahren, den man ganz sicher gegen seinen Willen in den Kampf geschickt hatte und der in panischer Angst mit dem Federhelm floh, den ihm ein Bersagliere geliehen hatte. Armes Geschöpf. Er hätte ihr Kind sein können, ihr verlorenes und nie wieder empfangenes Kind, und hör nur, wie verzweifelt er schrie: «Sie bringen mich um! Helft mir, sie bringen mich um!» Man mußte ihm helfen und ihn trösten. Und gerührt von der gefährlichsten Liebe, die es gibt, der Liebe, die Barmherzigkeit heißt, wartete sie, bis er neben ihr war. Sanft nahm sie ihn am Arm.

«Esh, walad! Bleib stehen, Junge.»

«Laß mich los! Wer bist du, was willst du? Laß mich los!» jammerte Passepartout, der wirklich von unkontrollierbarer, panischer Angst gepackt war. Während er sich nämlich den Spaß gemacht hatte, vom Dach der Tankstelle aus rumzuballern, hatte ein fehlgelenkter, von Gobeyre herüberkommender Feuerstoß die beiden an der PK46 getötet und ihn nur um Haaresbreite verpaßt, und das hatte ihn ganz kopflos werden lassen.

«Beruhige dich, habibi, mein Liebling...»

«Laß mich los, laß mich los!»

«Weine nicht, Lieber. Bleib hier bei mir...»

«Nein! Hier bleib ich nicht! Und das hier will ich nicht mehr, neeein!»

«Das hier was, habibi?»

«Das hiiier!»

Er drückte ihr die Kalaschnikow in die Hand. Riß sich von ihr los, überquerte die Rue Argàn, stürzte sich in die Rue Farruk, und von diesem Augenblick an entwickelte sich alles wie nach dem Plan eines Drehbuchs, das bereits an dem Tag geschrieben worden war, als ein auf einem Hocker sitzender und Narghilè rauchender blinder Alter Angelo das Juweliergeschäft gezeigt hatte, das dieser suchte, so daß Angelo dort eingetreten war und ein geheimes Überbleibsel aus Beiruts besseren Tagen gekauft hatte: eine goldene Kette, an der ein ankerförmiges Kreuz hing oder besser: einen Anker, dessen Längs- und Querstrebe ein Kreuz darstellten, mit einem kleinen Christus, aus dessen Rippe ein winzigkleiner Rubintropfen hervorquoll... Siehst du sie? Passepartout, der mit seinem Federhelm rennt und rennt und mit großen Sätzen in die Straße des bereits geschriebenen Drehbuchs läuft. Ninette, die immer noch ihren Stoffhund ans Herz drückt und die Kalaschnikow in der Hand hält und sich fragt: was mache ich jetzt? sich dann aber schüttelt, ihre Handtasche, den Strauß Rosen und die Bûche de Noël auf dem Mäuerchen am Trottoir liegen läßt und nun ihrerseits die Rue Argàn überquert, sich ihrerseits in die Rue Farruk stürzt und trotz ihrer ungewöhnlich hohen Absätze dem Jungen nachläuft, den sie für einen harmlosen Jungen hält, der gegen seinen Willen in den Kampf geschickt wurde. Einen Jungen, der ihr Kind hätte sein können, ihr verlorenes und nie wieder empfangenes Kind. Und sie ruft ihn.

«Iah walad! Du, Junge, iah walad!»

Ihn einholen. Ihm das Gewehr zurückgeben. Ihm die Gefahren erklären, denen er sich aussetzt, wenn er es wegwirft. Ihm sagen: weißt du, was mit dir passiert, wenn sie entdecken, daß du es weggegeben hast? Sie können dich erschießen, Lieber, erschießen! Aber je länger sie ihm nachlief, um so schneller entfernte sich der Federhelm, und in Höhe des Juweliergeschäfts gab sie sich geschlagen. Besser dieses unbequeme Ding loswerden, es stehenlassen oder dem Alten geben. Da war ein Alter, nur wenige Schritte entfernt. Er saß auf einem Hocker und rauchte Narghilè, als ginge ihn der Kampf nichts an. Aber er schien alles zu sehen, und wenn der Junge wiederkommen würde, könnte er es ihm zurückgeben. Sie ging auf ihn zu. Ohne zu merken, daß er blind war, hielt sie ihm das Gewehr hin.

«Papi, Großvater ...»

Mit einer aufreizenden Langsamkeit löste der Alte seine Lippen vom Narghilè und wandte ihr seine milchigen Augen zu.

«Was gibst du mir da?»

«Ein Gewehr, Papi. Ein Junge hat es mir in die Hand gedrückt und...»

«Wirf es weg.»

«Nein, Papi. Er könnte es sich anders überlegen und es suchen kommen...»

«Wenn er kommt und es sucht, findet er es. Wenn er es findet, tötet er. Wirf es weg.»

«Papi, er ist doch erst ein Junge und ...»

«Hier töten auch Jungen. Töten, töten, sie können nur töten. Sterben und töten, töten und sterben. Töten ist leicht. So leicht wie zu sterben. Man braucht nur auf den Abzug zu drücken. Wirf es weg.»

«Papi ...»

«Wirf es weg.»

«Aber wenn er zurückkommt, Papi ...»

«Wirf es weg.»

In seiner milden Abgeklärtheit klang er so endgültig, so selbstsicher, daß sie auf ihre Weise tat, was er ihr befahl: sie versteckte die Kalaschnikow im Toreingang neben dem Juweliergeschäft. Dann lief sie wieder zur Rue Argàn, um ihre Handtasche, den Strauß Rosen und die Bûche de Noël wiederzuholen und in die Avenue Nasser einzubiegen, wo die italienischen Stellungen waren, die sie im Notfall um Asyl bitten konnte. Doch in dem bereits geschriebenen Drehbuch war vorgesehen, daß sie nicht bis dorthin gelangen sollte. Nach wenigen Metern traf sie die Druckwelle einer Explosion, die sie gegen eine Mauer schleuderte, sie wurde ohnmächtig, und als sie die Augen wieder öffnete, lag sie in einem Lieferwagen, der Verwundete vor einem schäbigen Gebäude mit grünen Fahnen ablud. Um das Gebäude eine Menge verzweifelter Frauen, die gegen einen Kordon aus Milizionären drängten.

«Laßt uns doch rein, im Namen Allahs!»
«Laßt uns doch durch, um Himmels willen!»
«Wir wollen sie doch sehen!»
«Wir wollen die Liste mit den Namen!»
«Meiner heißt Bachir!»
«Meiner Barakaat!»
«Meiner Ismahil!»
«Meiner Sharif!»
«Meiner Ali!»
Über ihr zwei Krankenpfleger, die ironisch auf den Stoffhund zeigten, und mit einem Ausdruck, als hätten sie sie erkannt, betonten sie besonders das Wort Madame.
«Gehört dir das Spielzeug, Madame?»
«Ja...»
«Kannst du allein aussteigen, Madame?»
«Ja...»
«Dann steig aus. Mach schon.»
«Wo bin ich? Was ist passiert?»
«Du bist durch die Luft geflogen, Madame. Und jetzt bist du im Krankenhaus. Wir haben dich ins Krankenhaus gebracht.»
«Nein, ich brauche nichts, nein...»
«Du brauchst einen Arzt.»
Sie berührte ihre geschwollenen und blutverschmierten Lippen, ihre abgeschürfte, aufgeplatzte Nase, ihre von einem tiefen Schnitt verunstaltete Stirn. Sie betrachtete das weiße Kleid, das kein weißes Kleid mehr war, sondern ein grauer Fetzen, sie betrachtete die aufgerissenen Wunden an Schienbeinen und Knien. Sie spuckte einen Zahn aus, der ausgefallen war, als sie die Lippen berührt hatte, dann griff sie mit einer Hand in den Nacken, um sicherzugehen, daß das ankerförmige Kreuz immer noch unter ihrem langen Haar verborgen war, und stieg aus.
«Was für ein Krankenhaus ist das hier?»
«Die schiitische Klinik, Madame.»
Ja, es war die schiitische Klinik, wohin Charlie an einem Nachmit-

tag im frühen November Angelo geschickt hatte, um zu kontrollieren, ob die Mutter des kleinen Jungen, für den drei Einheiten B-negativ gebraucht wurden, die Wahrheit gesagt hatte. Und wo Angelo, während er auf der Bank am Eingang gesessen hatte, die unfaßliche und doch greifbare Gegenwart einer apathischen, traurigen Ninette gespürt hatte, wie er sie nie gekannt hatte und sie sich nicht vorstellen konnte: der Ninette, die humpelte und ihren absurden Stoffhund um ein bißchen Wärme bat, während sie zu den zerfetzten Leibern der Bachirs, der Barakaats, der Ismahils, der Sharifs und der Alis hinüberging. Fast ausnahmslos Jungen von dreizehn, vierzehn Jahren, das Alter des Jungen, der ihr das Gewehr in die Hand gedrückt hatte.

* * *

Sie lagen überall. Aufgehäuft wie Kälber im Schlachthof lagen sie in den überfüllten Krankensälen, in den übervollen Fluren, unter den Treppen, in den Toiletten und auf dem Fußboden der Notaufnahme, es waren so viele, daß du, wenn du dich in die Reihe der Leichtverletzten stellen wolltest, über sie hinwegsteigen mußtest. Um die beim Angriff auf den Turm dezimierten Erwachsenen zu ersetzen, hatte der beschränkte Rashid nämlich Dutzende von unerfahrenen Jungen herbeirufen lassen und sie auf den Dächern des Viertels postiert; daraufhin hatte die Artillerie der Regierungseinheiten ein solches Gemetzel unter ihnen angerichtet, daß in den meisten Fällen die Chirurgen nicht einmal eingriffen, um ihnen die Schmerzen mit etwas Morphium zu lindern. Sie überließen sie den Totengräbern, die darauf warteten, daß die Jungen den letzten Atemzug taten, und sobald sie ihr Leben ausgehaucht hatten, packten sie sie an den Füßen, schleiften sie in einen großen Raum, aus dem Schwaden eines ekelerregenden Geruchs kamen, warfen sie dort hinein und riefen den Bahrenträgern laut zu: «Is 'n Platz frei gewordeeen! Zwei sind frei geworden!» Die Szene war grauenvoll, der Chor der Klagen ohrenbetäubend. Einer weinte über seine schlecht kauterisierten Stümpfe, einer jammerte wegen seiner abgesägten Beine, einer schluchzte wegen seiner abgeschnittenen Arme, ein anderer schrie wegen seines aufgerissenen Bauchs, aus dem die Därme mit Strömen von Kot austraten. «Yahallah! Yahallah!» Einer, der auf einem Tisch lag und am Kopf von einem großen Splitter getroffen worden war, hatte nur noch ein halbes Gesicht. Ohne rechte Schläfe, ohne rechtes Auge, ohne rechte

Wange und mit einer Nase, die nur noch blutender Knorpelbrei war, man konnte meinen, es handele sich bei ihm um eine nur zur Hälfte vivisezierte Versuchsperson. Allerdings waren noch beide Backenknochen erhalten, der Gaumen, die Zunge, die Stimmbänder, und er gurgelte deutlich: «Mama, ummi, mama, Mama, o meine Mama Mama... Töte mich, bitte, Mama.» Als Ninette kam, schreckte er zusammen. Er riß das verbliebene Auge weit auf, ein riesenhaftes blaues Auge, in dem eine maßlose Ungeduld, endlich zu sterben, vibrierte, und er verschied mit einem Röcheln der Erleichterung.

«Shukràn, mama, shukràn ... Danke, Mama, danke ...»

Sie ging zu ihm. Sie überwand ihren Abscheu und schloß sein Augenlid; dann, statt sich in die Reihe der Leichtverwundeten zu stellen, setzte sie sich auf die Bank am Eingang. Plötzlich fühlte sie sich sehr, sehr schlecht. Die Schnittwunde an der Stirn, die abgeschürfte, aufgeplatzte Nase, die aufgeschlagenen Knie und Schienbeine brannten, und zu dem Schmerz, den der ausgespuckte Zahn verursachte, war eine rasende Migräne gekommen. Zu der rasenden Migräne eine tiefe Erschöpfung. Zu der tiefen Erschöpfung eine düstere Apathie. Und sie wußte, warum. Seit dem Tag, an dem die Trotyl-Ladung ihr den unendlich geliebten Mann entrissen hatte, hatte sie den Tod nicht mehr so aus der Nähe gesehen: nach ihrer Entlassung aus der Klinik, der Klinik mit der Krankenschwester, die ihren Rollstuhl schob, und dem Arzt, der ihr die Elektroden am Kopf anbrachte, und dem anderen, der die Gespenster ihrer verhöhnten Existenz wieder aufscheuchte, war es ihr immer gelungen, dem Tod nicht ins Auge zu schauen, ihn links liegen zu lassen, wie sie es mit Angelo am Sonntag des zweifachen Massakers getan hatte. Life-goes-on, darling, and-we-must-forget. Das-Leben-geht-weiter, Liebling, und wir-müssen-vergessen. Und das war eine wunderbare Arznei für ihren dunklen Schmerz gewesen, es hatte ihr sehr geholfen, die Krisen der letzten fünf Jahre zu überwinden. Doch jetzt, da der Tod wieder vor sie hintrat, so daß sie gezwungen war, ihm wieder ins Gesicht zu schauen, das vergrößert war und vervielfacht, brach die Krise, die beim Aufwachen eingesetzt hatte, endgültig aus, um sich Ninettes mit den Symptomen zu bemächtigen, die die Psychiater ihr vorausgesagt und erklärt hatten, bevor sie sie nach Hause schickten. «Sie sind eine intelligente Frau und haben ein Recht, die Wahrheit zu erfahren. Im übrigen würden wir unser Berufsethos verraten, wenn wir sie Ihnen verschweigen würden: geben Sie sich nicht der Illusion hin, sie wären geheilt, Madame. Für bestimmte Krankheiten gibt es keine Heilung. Sie treten zyklisch auf, und irgendeine physische oder psychische

Überbeanspruchung kann einen neuen Zyklus auslösen und Ihren Zustand verschlimmern: eine zu große Anstrengung, ein aufwühlendes Erlebnis, eine Enttäuschung, ein Schock. Sie werden also Energieperioden haben, in denen Sie fröhlich und gesprächig erscheinen, bei klarem Verstand, ungehemmt und voller Wünsche, und andererseits Trägheitsperioden, in denen sie melancholisch und schweigsam sind, verwirrt und gehemmt, voller Entsagung. Während dieser zuletzt genannten Periode kommt es zu Krisen, die nicht selten zum Selbstmord oder jedenfalls zu Handlungen führen, die einem Selbstmord gleichkommen. Vergessen Sie nicht, daß die manisch Depressiven zum Masochismus neigen und daß auf direktem oder indirektem Weg einer von fünfen mit Selbstmord endet. Seien Sie vorsichtig. Die häufigsten Symptome sind eine rasende Migräne, ein Zustand tiefer Erschöpfung, eine düstere Apathie. Wenn und sobald diese Symptome auftreten, rufen Sie uns an. Einverstanden?»

«Einverstanden.» Sie lächelte bitter. Auch wenn es möglich gewesen wäre, heute nacht würde sie sie nicht anrufen: um den Arzt anzurufen und die Krise zu bekämpfen, die zum Selbstmord oder jedenfalls zu einer Handlung führt, die einem Selbstmord gleichkommt, braucht man Lebenswillen. Und unversehens hatte sie diesen Lebenswillen nicht mehr. Die Bachirs, die Barakaats, die Ismahils, die Sharifs, die Alis in der Notaufnahme hatten ihn ausgelöscht. Der Junge, dessen halbes Gesicht weg war, hatte ihn ihr genommen: seine maßlose Ungeduld, doch endlich zu sterben, sein Röcheln der Erleichterung: «Shukràn, Mama, shukràn...» Denn es war genau diese Ungeduld, die ihr klargemacht hatte, daß es sinnlos war, den Tod abzulehnen, ihn zu hassen, zu verkünden Ich-werde-mich-nie-ergeben, ich-werde-mich-seiner-Unbesiegbarkeit-niemals-beugen. Denn dieses Röcheln hatte ihr klargemacht, wie sinnlos es war, dem Tod das Leben entgegenzustellen, zu glauben oder zu hoffen, das Leben sei das Maß aller Dinge, die Triebfeder aller Dinge, das Ziel aller Dinge. Der Tod ist das Maß, die Triebfeder, das Ziel aller Dinge, und das Leben ist lediglich sein Instrument. Seine Nahrung, seine Speise. $S = K \ln W$. Also kam es auf eins heraus, wenn man starb, sich ergab wie Herr Boltzmann. Dem Tod entgegengehen... Sich vom Nichts verschlukken lassen...

Sie fuhr mit der Zunge über die Lücke des ausgespuckten Zahns, ausgerechnet einer der beiden oberen Schneidezähne; sie berührte ihre inzwischen violett gewordene und erschreckend geschwollene Nase. Und wieder lächelte sie bitter und sagte sich, daß sie gern die Handtasche bei sich gehabt hätte, um den Spiegel zu nehmen und darin den Verlust ihrer legendären Schönheit zu betrachten. Und ihr Drang, sich vom Nichts verschlucken zu lassen, wurde immer stärker. Wer weiß: vielleicht war er ja gar kein Feind, der Tod. Vielleicht war er ein Freund, ein Bruder, wirklich ein Vater, dessen Brust Zuflucht und Ruhe gewährte. Vielleicht war es ja wirklich eine Erleichterung, wenn man sich ihm ergab wie Herr Boltzmann, ihn empfing wie der Junge, der aussah wie eine nur zur Hälfte vivisezierte Versuchsperson. Shukràn-Mama-shukràn. Der drängende Wunsch, Zuflucht zu finden, Ruhe zu gewinnen, bewegte sie inzwischen mit solcher Kraft, daß sogar der ständig gegenwärtige Gedanke an George sich verflüchtigt hatte. Plötzlich aber ereignete sich etwas. Während sie sich nämlich zum Klang der Worte shukràn-Mama-shukràn wiegte, geschah es, daß sie das riesenhafte blaue Auge wiedersah, in dem die maßlose Ungeduld, endlich zu sterben, vibrierte, und darüber legten sich die beiden großen blauen Augen, in denen eine unmäßige Ungeduld, endlich zu leben, vibrierte: Angelos Augen. Angelo, der ihr in Junieh den naiven Brief und das ankerförmige Kreuz gegeben hatte, Angelo, der ihr seine Krise und seinen Haß auf die Gleichung $S = K \ln W$ anvertraut hatte, Angelo, der sich anmaßte, das Unbegreifliche zu begreifen, das Unerklärliche zu erklären, Angelo, der die Formel des Lebens suchte. Und die gestorbene Liebe erstand aufs neue, gereinigt von jeglicher Begierde, von jeglichem Egoismus. Und wenn er es gewesen wäre, der über die schlecht kauterisierten Stümpfe weinte, der wegen der abgesägten Beine wimmerte, der wegen der abgeschnittenen Arme schluchzte, der wegen seines aufgerissenen Bauchs schrie, aus dem die Därme mit Strömen von Kot hervorquollen, wenn er es gewesen wäre, der auf dem Tisch lag, mit einem Gesicht, das nur noch zur Hälfte vorhanden war? Wenn man ihn in einen Raum geworfen hätte, aus dem Schwaden ekelerregenden Gestanks kamen? Töten, töten, sie können nichts anderes als töten, hatte der blinde Alte gesagt. Sterben und töten, töten und sterben. Töten ist so leicht. So leicht wie sterben. Man muß nur auf den Abzug drücken. Nein! Sie sprang auf. Mit der jähen und hinfälligen Lebenskraft der Sterbenden, die, von einem letzten Energiestrom durchzuckt, sich noch einmal die Lungen für den letzten Atemzug vollpumpen, stürzte sie aus dem Krankenhaus. Ohne auf die Schmerzen ihrer Wunden und ihre heftige Migräne zu achten, befreit von der tiefen Erschöpfung und düsteren Apathie, tauchte sie in die Schar der Frauen ein, die durch den Kordon aus Milizionären zur Seite gedrängt worden waren. Sie ließ sich den Weg zum italienischen Kommandostützpunkt beschreiben. Nach rechts, sagte man ihr und sah sie ungläubig und mitleidvoll an, zur Straße Ohne Namen, dann nach links, an der Südseite von Gobeyre entlang, weiter bis zur Rotunde an der Überführung, genauer gesagt bis zur Rue de l'Aérodrome. Sie nickte. Machte sich auf den Weg. Sie wackelte noch schlimmer als vorher auf ihren überhohen Absätzen, zitterte noch mehr als vorher vor Kälte, bat noch dringender als vorher ihren absurden Stoffhund um Wärme und kam so zur Straße Ohne Namen, wo die Hölle längst unerträglich geworden war. Die in Chatila postierten M48 hatten das Feuer nämlich verdoppelt, die Mörserschützen der Sechsten Brigade hatten den Feuertakt intensiviert, und ein Großteil der Geschosse fiel mitten auf die Straße. Aber sie achtete nicht darauf. Sie wollte nur schnell ankommen, hören, daß Angelo lebte und unverletzt war, und bei jedem Schritt wiederholte sie sich: Ich-will-ihn-nicht-mehr-umarmen. Ich-will-nur-wissen-daß-er-lebt-und-unverletzt-ist. Ich-kann-nicht-in-Frieden-sterben-wenn-ich-nicht-weiß-daß-er-lebt-und-unverletzt-ist. Sie ging an der Südseite von Gobeyre entlang. Erreichte die Rotunde an der Überführung, wo die Bersaglieri der Bereitschaftstruppe, die zur Vierundzwanzig gelangt waren, sie durch die Sichtluken des Panzers sahen und einer verblüfft ausrief: «Alle Achtung! Die hat ja Eier im Sack!» Sie bog in die Rue de l'Aérodrome. Lief die zweihundert Meter, die sie noch vom Kommandostützpunkt trennten, drang in den Vorplatz ein, wo sich die wachhabenden Carabinieri alarmiert fragten, wer diese zerschundene, zerlumpte Frau wohl sein könnte, die mit einem fehlenden Zahn und einem sonderbaren Bündel humpelnd auf sie zukam.

«Halt da! Wer bist du?»
«Was ist in dem Bündel da, 'ne Bombe?»
«Verschwinde! Hier kannst du nicht bleiben!»
Sie lehnte sich an einen Behälter am Erdwall.
«Please, tell me if Angelo ... Bitte, sagen Sie mir, ob Angelo ...»
«Weg da! Ialla, weg da!»
«Laßt sie doch reden, das arme Ding! Seht ihr denn nicht, daß sie halb tot ist?» fuhr einer mitleidig dazwischen. Dann, an sie gewandt: «What do you want, was willst du?»
«I want to know if Angelo is alive, ich will wissen, ob Angelo lebt...»
«Angelo, the sergeant, der Sergente vom Arabischen Büro?»
«Yes...»
«He ist alive, he is alive. Er lebt, er lebt. He just came back from Chatila, er ist gerade aus Chatila zurückgekommen, and he is well. Und es geht ihm gut.»

Sie richtete sich ruckartig wie im Krankenhaus auf.
«Well, really well? Gut, wirklich gut?»
«Well, really well. Aber wer bist du, who are you?»
«Ninette ... I am Ninette, ich bin Ninette.»
«Ninette?!?»
Sie richteten jetzt den Schein ihrer Taschenlampen auf sie. Sie sahen sie genau an, und allmählich erkannten sie das glatte kastanienbraune Haar mit dem goldenen Schimmer, die wunderschönen violetten Augen, den bezaubernden Mund, den wundervollen Körper der jungen Frau wieder, die beinahe jeden Tag mit ihrer ansteckenden Fröhlichkeit zum Kommandostützpunkt gekommen war. Sie brachen in einen Chor ungläubiger Ausrufe aus.
«Au Schweinebacke, du bist ja wirklich Ninette!»
«Was ist mit dir passiert, what happened to you, Ninette?!?»
«Du hast einen Zahn verloren, you lost a tooth! Du hast dir die Nase gebrochen, you broke your nose!»
«How did you get here, wie hast du es geschafft, hierher zu kommen?!?»
«Now we call Angelo, wir rufen Angelo!»
Auf der Stelle zuckte sie zusammen.
«No, don't call him. Ruft ihn nicht!»
«No? Why not, wieso nicht?!?»
«Because, weil ...»
Sie sah den Stoffhund an. Langsam streichelte sie ihm über die Schlappohren, den samtigen Rücken, die heraushängende Zunge, die kleinen Blutspritzer, die die Brust und den Hals verschmutzt hatten, und setzte ihn auf die Sandsäcke des Wachhäuschens.
«Because I only came to leave this, weil ich nur gekommen bin, um das hier da zu lassen.»
«Das da?!?»
«Und was ist das, what is it? A toy, ein Spielzeug?!?»
«No, it's a gift, ein Geschenk. A good-bye gift, ein Abschiedsgeschenk», murmelte sie ruhig. Und dann ging sie fort, ohne auf die Rufe der Männer zu reagieren.
«Ninette! Geh nicht weg, don't go away, Ninette!»
«Ninette! Warte, wait! Please wait, Ninette!»
«Ninette! Da ist es zu gefährlich, it is too dangerous there!»
«Ninette! Stay here, bleib hier, Ninette!»
Sie hörte sie nicht einmal. Sie mußte sie nicht hören. Nachdem die körperlichen und seelischen Schmerzen verflogen waren, mußte sie nur noch dem entgegengehen, dem sie sich immer verweigert hatte:

sich wie Herr Boltzmann dem überantworten, das sie immer gehaßt hatte. Und dieses Wissen verursachte in ihr ein stilles Glück, schenkte ihr das Gefühl von Befreiung, das jedem Erleichterung verschafft, der begreift, daß er seinen Lebenszyklus vollendet hat, und sich ohne jede Furcht oder Reue einen Ort sucht, an dem er sterben kann. Einige Meter vor der Rotunde blieb sie einen Augenblick auf dem Trottoir stehen. Mit einer ruhigen Bewegung suchte sie das ankerförmige Kreuz, das die ganze Zeit im Nacken geblieben war. Sie holte es nach vorn, dann ging sie, das Kreuz gut sichtbar am Hals, weiter, ohne zu humpeln und mit dem gemessenen Schritt derer, die keine Eile haben, weil vor ihnen die Ewigkeit liegt. Sie gelangte zur Straße Ohne Namen, überquerte sie, und als sie auf dem gegenüberliegenden Trottoir war, sah es aus, als wollte sie zur Avenue Nasser gehen. Aber sie ging nicht dorthin. Fast, als habe sie gefühlt, daß ihr Rendezvous mit dem Schicksal nicht in der Avenue Nasser war, sondern in der Rue Farruk, bog sie in die Rue Farruk ein. Hier lief sie ungefähr fünfzig Meter, kam zu dem blinden Alten, der, immer noch auf dem Hocker sitzend, gleichmütig weiterhin seine Narghilè rauchte, und ging auf ihn zu. Und gerade wollte sie ihn fragen: Papi, glaubst du, daß der Junge zurückgekommen ist und sein Gewehr gesucht hat, Papi, als eine brutale Stimme sie anschrie.

«Minni Kalaschnikow, meine Kalaschnikow!»

Es war Passepartout, der kurz vorher ohne sein Gewehr von Rashid überrascht worden war und dessen Zorn zu spüren bekommen hatte. Feiger-Sack, einfach-abgehauen. Hast-die-Kalaschnikow-weggeschmissen-und-bist-abgehauen. Geh-sie-holen-oder-du-bereust-daß-du-geboren-bist, dreckiger-Deserteur. Erneut von Angst gepackt, hatte sich Passepartout daher auf die Suche nach der Frau gemacht, der er das Gewehr gegeben hatte, und da war sie: mit ihrem weißen Kleid, das, obwohl es nun viel weniger weiß war, im Dunkeln wie eine brennende Lampe leuchtete. Er erkannte sie sofort. Sogar so zerschunden und zerlumpt, wie sie war, erkannte er sie sofort. Auch sie erkannte ihn, der Federhelm war unverwechselbar, und sie ging besorgt auf ihn zu.

«Iah walad, Junge ...»

Seine Stimme wurde noch brutaler.

«Du hast mir meine Kalaschnikow gestohlen, Diebin! Du hast sie mir gestohlen!»

«Nein, mein Lieber, nein! Du hast sie mir gegeben und ...»

«Ich hab dir gar nichts gegeben! Du hast sie mir gestohlen, gestohlen, um sie zu verkaufen, du hast sie verkauft, du zahnlose alte Kuh!»

«Nein, mein Lieber, nein. Ich habe sie versteckt ...»
«Wooo? Gib sie mir zurück, sonst bringen sie mich um! Wooo?»
«Da drüben, mein Lieber, in dem Eingang da ...»
«Welcher Eingang, welcheeer?!?»
«Der neben dem Juweliergeschäft, mein Lieber. Ich gehe sie holen, mein Lieber, warte ...»
«Tu's nicht», sagte der Alte und riß die milchigen Augen weit auf. «Gib sie ihm nicht.»
«Hast du ihn denn nicht gehört, Papi? Wenn ich sie ihm nicht gebe, bringen sie ihn um», antwortete sie.
«Wenn du sie ihm gibst, bringt er dich um.»
Sie lächelte ruhig. Ohne zu humpeln, trat sie durch das Tor neben dem Juweliergeschäft. Sie nahm das Gewehr, kehrte zu Passepartout zurück, der es wütend packte; im gleichen Augenblick schlugen erneut Flammen aus einem brennenden Haus und ließen den winzigen Rubintropfen aufblitzen, der aus dem Brustkorb des kleinen Christus quoll, danach fiel der Lichtschein auf das ganze ankerförmige Kreuz. Und ein Geheul zerriß die Rue Farruk.
«Christin, Nutte, Spioniiin!»
Ninette konnte gerade noch die Hand sehen, die sich nach ihr ausstreckte, um ihr das Kreuz mit der Kette vom Hals zu reißen, dann den Gesichtsausdruck Passepartouts, der es sich in die Tasche stopfte. Ein finsterer und zugleich perfider Gesichtsausdruck, dachte sie erstaunt, und doch auch unschuldig, wie es ein verlassener Mensch sein kann, dem man nur beigebracht hat, wie man tötet und zerstört. Gleich darauf hörte sie das Klicken des Abzugs, der einschnappte, sah ein gelbes Aufleuchten, spürte, wie eine Ladung glühender Steine ihre Kehle durchschlug, ihre Brust durchschlug, sie überall traf und mit Gewalt nach hinten schleuderte. Und während alles schwarz wurde, dunkel und schwarz, während Passepartout noch einmal schrie Christin, Nutte, Spionin, während der Alte brummte Ich-hatte-ihr-doch-gesagt-sie-soll-es-ihm-nicht-geben, ich-hatte-es-ihr-doch-gesagt, stürzte sie hin, die alte, zahnlose Kuh und Diebin, mit einem großen Loch in der Kehle und einem großen Loch in der Brust, aus dem lange Blutströme herausquollen und dann den Asphalt tränkten. Da riß sie die wunderschönen violetten Augen auf, stieß einen langen Hauch der Erleichterung aus und überantwortete sich der Mutter, deren unersättlicher Bauch Zuflucht und Ruhe gewährt. Sie ließ sich vom Nichts verschlucken. Shukràn, Mama, shukràn ...
Dies ereignete sich um Mitternacht.

— 4 —

Genau um Mitternacht, während der Militärbischof in einem Kellerraum unter den üblichen Verheißungen von Brüderlichkeit und Frieden die Geburt des Jesuskindes feierte, verflüchtigten sich die Hoffnungen, die Waffenruhe durchsetzen zu können, und erreichte die Schlacht ihren Höhepunkt. Die Regierungstruppen konnten Gobeyre nicht in einem Frontalangriff der M48 einnehmen, weil man von der Avenue Nasser aus nur durch kleine Straßen hineinkam, die die Panzer verstopft hätten; und noch viel weniger konnte man von den Seiten aus eindringen, weil es von der Nordflanke her, das heißt in der Rue Argàn, keine Zufahrt gab und weil das Manöver von der Südflanke her, genauer gesagt, in der Straße ohne Namen, die Amal-Milizen von Haret Hreik auf die Regierungstruppen gehetzt hätte; daher griffen sie zu schwerer Artillerie: 130er und 150er Geschütze, die Gemayel auf den Bergen stationiert hatte. Daraufhin antwortete Rashid mit allem, was übriggeblieben war: chinesischen Raketen, Maschinengewehren PK 46, 60er und 81er Mörsern, Kalaschnikows, RPGs, und die Lava des Vulkans trat über den Rand, hinter dem sie sieben Stunden lang zurückgehalten worden war. Die Lapilli wurden bis Bourji el Barajni geschleudert. Sie hagelten auf den Stützpunkt Adler nieder, auf die Nachschubbasis, das Feldlazarett und den Kommandostützpunkt, und das Drama des Kondors erreichte einen schmerzlichen Höhepunkt: wer glaubt, Befehle zu erteilen sei leicht, zu kommandieren ein Heidenspaß, der irrt. Und zwar insofern, als kommandieren bedeutet, für andere zu entscheiden, für andere zu entscheiden bedeutet, auf dem Rücken anderer eine Wahl treffen, und auf dem Rücken anderer eine Wahl zu treffen bedeutet, sich etwas aufzuladen, das nur aus Qualen besteht. Wenn du auch nur ein Quentchen Gehirn und Gewissen besitzt, wenn du kein Trottel, kein Gewissenloser, kein Verbrecher bist, kommt dir jede freie Wahl wie ein Hinterhalt vor: wie ein wankelmütiger Vorschlag, den Figuren eines Kaleidoskops ähnlich, das bei der geringsten Berührung die Spiegel verschiebt, die Farben und die Formen auflöst, um alles in anderer Weise zusammenzufügen. Ein Viereck da, wo ein Dreieck war, ein Sechseck da, wo ein Viereck war, ein Rhombus da, wo ein Trapez war, Weiß da, wo Schwarz war, Gelb da, wo Rot war, Grün da, wo Rosa, Braun oder Blau war. Und jede Form oder Farbe eine gültige und zugleich verheerende Alternative, ein quälendes Dilemma. Jeder in führender Position weiß das, jeder, der kein Trottel, kein Gewissenloser, kein Verbrecher ist und eine Gruppe leitet, weiß das. Aber nur wenige wissen das besser als ein General im Krieg, weil von den Entscheidungen eines Generals im Krieg Leben und Tod von Hunderten oder Tausenden von Menschen, einschließlich seiner Soldaten, abhängt. Und an diesem Punkt wußte das keiner besser als der Kondor, der nun entschlossen war, Feuer mit Feuer zu beantworten: die Schiffe schießen zu lassen. Gegen zehn hatte Charlie über Funktelefon von Zandra Sadrs Haus angerufen und gesagt: «Generale, in Gobeyre funktionieren die Telefone auch weiterhin nicht, und die von Seiner Eminenz ausgesandten Boten sind noch nicht zurückgekehrt. Seine Eminenz bittet uns, Geduld zu haben und noch zu warten. Haben wir Geduld, Generale, warten wir noch ...» Und er hatte sich überreden lassen, wenn auch nur widerwillig. Gegen elf hatte er ihn wieder angerufen und gesagt: «Generale, anscheinend sind die Boten auf dem Rückweg festgehalten worden, Seine Eminenz hat zwei Staffetten ausgeschickt, die sie suchen sollen, und bittet uns, ihm noch dreißig bis vierzig Minuten zu gewähren. Gewähren wir sie ihm, Generale ...» Und wenn auch unter Toben, er hatte sie gewährt. Doch als die vierzig Minuten um waren, hatte Charlie sich nicht mehr gemeldet; gleich darauf hatte Gemayels Artillerie angefangen, mit 130er und 155er Kanonen loszuhämmern, die Lava von Gobeyre begann, sich über den Kommandostützpunkt, das Feldlazarett, die Nachschubbasis, den Stützpunkt Adler und Bourji el Barajni zu ergießen. Die Figuren des Kaleidoskops hatten sich zum x-ten Mal verändert, und mit gesenktem Kopf hatte er die Kommandozentrale verlassen. Er hatte sich in sein Büro eingeschlossen, sich vor das Funkgerät gesetzt, das auf die Frequenz von Albatros eingestellt war, dem Kreuzer, an dessen Bord sich der Kommandant der Schiffe befand, und in wenigen Augenblicken war er in der Verfassung, in der man ist, wenn an unserer Stelle entschieden wird. Diese Situation gibt es nicht nur im Krieg. Das kommt auch im täglichen Leben vor, beispielsweise in gesellschaftlichen oder vom Gefühl bestimmten Beziehungen, die sehr schmerzvoll sind und sich im Schmerz aufbrauchen, schließlich nur noch an einem dünnen Faden hängen und dahinsiechen ... Wenn du kein unverbesserlicher Glücksspieler bist, das heißt jemand, der brenzlige Situationen mit einem Rouge-ou-noir, les-jeux-sont-faits, rien-ne-va-plus löst, dann überlegst du es dir sehr gut, bevor du den Faden durchtrennst. Vielleicht ist es ja ein starker Faden, denkst du mit forciertem Optimismus; vielleicht kann er ja wiederbeleben, was sich aufgebraucht hat, sagst du dir mit forcierter Hoffnung. Und selbst wenn sie auf dich schießen, behältst du die Ruhe; selbst wenn du blutest wie der heilige Sebastian, wartest du ab; selbst wenn die Unsicherheit der Beziehung sich als ein ewiges Warten auf etwas Besseres herausstellt, gestattest du dir Aufschub. Dann, ganz unerwartet, wird für dich entschieden. Wie? Durch eine Episode, die die Reste des forcierten Optimismus auslöscht. Durch eine Geste, die die Reste der forcierten Hoffnung wegwischt. Durch ein Wort, das dich einsehen läßt, nein, das war kein starker Faden, das war ein hauchdünnes, fast nicht vorhandenes Fädchen: Schluß mit der Geduld, Schluß mit dem Warten, Schluß mit dem Hoffen. Dann streckst du die Hand aus und zack! Er streckte eine Hand aus. Er nahm das Mikrofon. Und während er es an seine Lippen führt, um Albatros zu rufen Albatros-bitte-kommen, hier-Kondor-Eins, sehen wir, was er sieht, mit den von Qualen verschleierten Augen dessen, der für andere auf dem Rücken anderer entscheiden muß.

* * *

Er sieht die Schiffe, die sich drei Kilometer vor der Küste langsam bewegen, mit ausgerichteten Kanonen und Raketen. Und auf jedem Schiff, hinter der Kommandobrücke, ein geisterhaft großer Raum, nur eben erhellt von einem fluoreszierenden, violetten Halbdunkel. Eine Art Aquarium ohne Wasser. In der Mitte des geisterhaft großen Raums ein waagerechter, kreisrunder Bildschirm, auf dem geheimnisvolle Ektoplasmen herumtreiben: fließende Umrisse, kaltes Leuchten. An den Wänden senkrechte quadratische Bildschirme, auf denen smaragdgrüne Tupfer aufblinken, die ein Lichtbündel bei dreihundertsechzig Grad bestreicht. Nichts sonst scheint sich in diesem fluoreszierenden, violetten Halbdunkel zu bewegen, und kein Geräusch stört diese Stille. Keine Stimme. Auf den ersten Blick glaubst du wirklich, der Raum sei leer. Du mußt deine Augen schon anstrengen, um die unauffälligen Personen mit den Kopfhörern zu erkennen, die um den waagerechten Bildschirm herum oder vor den senkrechten, quadratischen Bildschirmen sitzen: die ersteren, um merkwürdige Schaltknöpfe zu bedienen, die die geheimnisvollen Ektoplasmen in Bewegung setzen; die letzteren, um merkwürdige Tasten zu bedienen, die mit dem Lichtbündel verbunden sind. Ratlos beobachtest du sie, du fragst dich, wer sie sind: Mönche, die einen esoterischen Ritus vollziehen, Spiritisten, die versuchen, mit den Seelen Verstorbener in

Verbindung zu treten, Jünger einer Geheimsekte, die für die Errettung der Menschheit betet? Nein, es sind Militärs, und dieser Ort ist die Operative Gefechtszentrale: die OGZ. Auf dem waagerechten, runden Bildschirm erscheint die Synthese aller gesammelten und ausgewerteten Daten, um die Karte mit den zu bombardierenden Zielen zu erstellen. Die fließenden geometrischen Umrisse stellen Zielvorgaben dar. Das kalte Leuchten sind Pfeile, die sich bewegen, um diese Ziele anzuzeigen. Die senkrechten, quadratischen Bildschirme dagegen sind Radarschirme, die den Luftraum, das Meer und das Land absuchen, die smaragdgrünen Tupfer sind das elektronische Echo der Strände, Berge, Dörfer und Städte, auf die die Kanonen und Raketen das Feuer niedergehen lassen werden. Nein, hier siehst du keine brennenden Häuser, keine in die Luft fliegenden Baracken, keine flüchtenden Ratten mit zwei Armen und zwei Beinen, die Koffer und Matratzen und Fernsehgeräte mit sich schleppen, keine aufgerissenen Gräber, aus denen Frauenschädel mit langem Haar hervorkommen, keine uniformierten Akrobatenpaare, die im Kugelhagel um die Wette laufen und auf den Millimeter genau ihren Mut einsetzen, keine Kinder, die mit einem Topf Hummus und Schauarma zum Himmel hinauf fliegen, keine Kinder, die mit ihrer Mama, ihrem Großvater, der Ziege und dem Hund unter Trümmern verschüttet sterben, keine Rekruten, die, mit Schlamm und Urin besudelt, schluchzen Ich-bin-doch-kein-Regenschirm, keine Panzerkommandanten, die verwundet zusammenbrechen, um einen Federhelm zurückzuerobern, keine Zwerge mit Flickenjacke, die sich aufmachen, ein unnützes Gebäude zu stürmen, es erobern und dabei singen Mit-meinen-Zähnen-verteidige-ich-diesen-Turm-mit-meinen-Zähnen, keine Ex-Pazifisten in Uniform, die töten, indem sie Geschosse abfeuern, auf denen eingeritzt Brahmet-Bayi, beim Grab meines Vaters steht, keine Obristen mit Monokel und Reitpeitsche, die sich den Kugeln aussetzen und dabei stolze Torheiten brüllen, keine kriegslüsternen Hauptmänner, die die sardische Pattada an die Kehle von Freunden setzen, keine Jungen, die über schlecht kauterisierte Stümpfe, abgesägte Beine, abgeschnittene Arme oder über einen offenen Bauch weinen, aus dem die Därme mit Strömen von Kot hervorquellen, keine Sterbenden mit halbem Gesicht, die den letzten Atemzug aushauchen und im Tod noch sagen Danke-Mama-danke, keine herrlichen Frauen, die der Schmerz in den Wahnsinn getrieben hat und die die Lust zu leben verloren haben und sich von kleinen, mit Kalaschnikows bewaffneten Verbrechern erschießen lassen. Keinen beschwerlichen, schmerzvollen, greifbaren, bestialischen und doch auch wieder menschlichen

Krieg, den man mehr oder minder aus der Nähe mitmacht, das heißt, bei dem man sich die Hände mit Blut schmutzig macht. Hier findest du einen bequemen, schmerzlosen, abstrakten, rationellen und doch zutiefst unmenschlichen Krieg, den man aus der Ferne kämpft, das heißt, ohne sich die Hände mit Blut schmutzig zu machen. Den modernen Krieg. Den technologischen Krieg. Den feigen Krieg, an ein Höheres Wesen delegiert, mit dem man heutzutage den Ewigen Vater und Jahweh und Allah ersetzt (die zu leidenschaftlich und daher zu unvollkommen sind), den Krieg, den der logische und vollkommene Gott kämpft, der für uns denkt, für uns urteilt, für uns arbeitet, für uns tötet. Der Gott Computer.

Halleluja, halleluja, wer kennt nicht seine Allwissenheit, seine Allmacht und seine Allgegenwärtigkeit als ein Zauberer, der zu jeder Wundertat oder Hexerei fähig ist? Er weiß alles, kann alles und, materialisiert in unendlich vielfältigen Formen oder Dimensionen, die bisweilen so klein sind wie ein Stecknadelkopf, wohnt er überall: in deiner Armbanduhr, in deinem Telefon, in deinem Fernsehgerät, in der Waage des Gemüseverkäufers und des Fleischers, im Teleskop des Astronomen, der die Schwarzen Löcher erforscht, im Taschenrechner des Esels, der allein nicht einmal in der Lage wäre, zwei und zwei zu addieren, in den Akten des Finanzamts und im Archiv der Polizei (natürlich), auf den Jahrmärkten, im Karussell und auf der Achterbahn, in den Cockpits von Flugzeugen und in Unterseebooten, in den Schuhen oder im Füllhalter eines Geheimagenten, im Schrittmacher, der in ein nicht funktionierendes Herz eingesetzt wird, in der Puppe, die lacht, weint und läuft, in der Radarfalle, die dein Autokennzeichen fotografiert, wenn du zu schnell fährst, im Satelliten, der sich zwischen den Planeten unseres Sonnensystems oder jenseits unseres Sonnensystems bewegt, in der ferngelenkten Bombe, doch vor allem in den Sprengsätzen des modernen Krieges: des technologischen Krieges, des feigen Krieges. An Bord der Schiffe, die der Kondor mit verschleierten Augen sieht, lebt dieser Gott also in dem Raum neben der OGZ. Gut ausgeleuchtet, dieser Raum, störend nur das Summen der Klimaanlage, die die Temperatur konstant bei 20 Grad Celsius gleich 68 Grad Fahrenheit hält, weil es fatal wäre, wenn die heiligen Anlagen frieren oder schwitzen würden; und er ist aseptisch wie ein Operationssaal, weil es fatal wäre, wenn ein Staubkörnchen oder ein Haar oder der Rauch einer Zigarette in die göttlichen Nervenzellen eindringen würden. Sich selbst immer gleich, weil er, der Gott, auf jedem Schiff ein genaues Abbild seiner selbst braucht, erhebt er sich auf einem aus Paneelen bestehenden Podest, unter dem sich seine heiligen Fangarme erstrecken: seine Physiognomie ist die eines metallgrauen Quaders. Er ist eineinhalb Meter hoch, einen Meter breit und ebenso tief, er wiegt zweihundert Kilo. Er atmet elektrischen Strom von 5000 Watt und wird von zwei Technikern bewacht, die weiße Kittel, weiße Schuhe und sterilisierte Handschuhe tragen, um ihn nicht mit unseren Krankheiten zu infizieren. Ergeben und unermüdlich überwachen die beiden die göttlichen Nervenzellen, überwachen die heilige Anlage, kontrollieren die heiligen Fangarme, und er bedankt sich, indem er mit einem roten und einem blauen Auge blinkt. Er sieht aus wie ein wohlwollender Gott, ein Gott im Dienst des Lebens. Aber macht er sich mit den Abbildern seiner selbst erst einmal an die Arbeit, verbreitet er den Tod mit grauenerregender Schnelligkeit. Mit der Geschwindigkeit des Lichts, das in einer Sekunde von der Erde zum Mond gelangt oder siebeneinhalb Mal die Erde umkreist. Bei dreihunderttausend Kilometern in der Sekunde löst er eine Kette elektronischer Kontakte aus, die wir niemals auslösen könnten, sendet eine Sequenz elektrischer Impulse aus, die wir niemals aussenden könnten, führt eine Serie von Simultanoperationen durch, die wir niemals durchführen könnten: er gibt den Raketen auf den Rampen Instruktionen und lädt gleichzeitig die Geschütze, gibt ihnen Zielobjekte, Flugbahn und Zeitabstand des Feuers vor. Er wird dreißig Schuß pro Minute vorschreiben, wenn es sich um 127er Geschütze handelt, und achtundfünfzig, wenn es sich um 76er Geschütze handelt; er wird den Auftrag geben, sie in Salven zu je vier Granaten zu unterteilen, die aufeinander folgen, sobald die Verschlußklappe zugeht. Laden und feuern, laden und feuern, laden und feuern, laden und feuern. Pause. Laden und feuern, laden und feuern, laden und feuern, laden und feuern. Pause. Töten und vernichten, töten und vernichten, töten und vernichten, töten und vernichten. Ruhe. Töten und vernichten, töten und vernichten, töten und vernichten, töten und vernichten. Ruhe. Und es ist völlig sinnlos, sich zu wünschen, daß ein Schuß aus Versehen nicht träfe. Versehen gibt es nicht. Würde es nicht einmal dann geben, wenn er eine Seele hätte, die ihn anflehte, es doch wenigstens zu versuchen: seine Unfehlbarkeit grenzt ans Absolute. Doch Vorsicht, Vorsicht: wie alle Götter, existiert er nur, weil es Menschen gibt, die ihn geplant und geboren und gesäugt und programmiert haben. Er funktioniert insoweit, als die unauffälligen Personen mit den Kopfhörern die geheimnisvollen Ektoplasmen bewegen, die merkwürdigen Tasten bedienen und seine Allwissenheit, seine Allmacht, seine Allgegenwärtigkeit und seine Unfehlbarkeit verwalten. Ohne sie ist er lediglich ein höchst verwundbares Gewirr von elektrischen Drähten, ein äußerst anfälliges Gerät, das schon bei ein bißchen Wärme oder ein bißchen Kälte kaputtgeht, das durch ein Staubkörnchen oder ein Haar oder den Rauch einer Zigarette beschädigt werden kann; und um den Tod mit Lichtgeschwindigkeit austeilen zu können, braucht er einen Menschen, der ihm den Befehl dazu erteilt. In diesem Fall den Kondor.

Dem Kondor ist das völlig klar. Und nicht weniger klar ist ihm die Tatsache, daß, wenn er den Befehl dazu gibt, er sich letzten Endes wirklich selbst bombardiert, daß die Hälfte der dreißig Schuß pro Minute den italienischen Sektor treffen werden. So hat er, trotz des durchtrennten Fadens, noch einen Augenblick, um zu zögern. Und in diesem Augenblick bewegt sich auch sein Verstand mit der Geschwindigkeit des Lichts: jeder Kilometer, jeder Meter, jeder Zentimeter eine Rakete oder eine 127er Granate, die in seinem Gehirn explodiert. Weißt du, was ein Mensch alles denken kann, während das Licht von der Erde zum Mond gelangt oder siebeneinhalb Mal die Erde umkreist? Weißt du, wie er leiden kann, wenn er das denkt, wie er sich geißeln, wie er bereuen kann? In seinem Kopf tobt ein apokalyptischer Wirbelsturm, ein Aufruhr von Gedanken und Empfindungen, die so schnell sind wie die elektronischen Kontakte und die elektrischen Impulse und die Simultanoperationen, die der zu jeder Wundertat oder Hexerei fähige Gott im Begriff ist auszuführen, und in diesem Aufruhr gibt es ein unveränderliches Bild: das Bild des Zuges, von dem der Großvater sprach, des Zuges, auf den in wenigen Augenblicken die Salven des Laden-und-feuern niedergehen werden. In der Lokomotive ist er und fährt. In den ersten Waggons die Maròs und die Bersaglieri, die hungrig, durchgefroren und verängstigt seit vierundzwanzig Stunden in Chatila sind. Mit ihnen zusammen die Reservekompanie und die Bereitschaftstruppe und die Offiziere, die dasselbe Schicksal teilen. Der arme Adler Eins, den er immer schlecht behandelt hat, das arme verrückte Pferd, das er immer gedemütigt hat, der arme Nibbio, den er immer kritisiert hat, der arme Sandokan, den er immer beleidigt hat, der arme Pistoia, den er immer ausgenutzt hat. In den folgenden Waggons die Fallschirmjäger von Bourji el Barajni und alle, die sich im Stützpunkt Adler, in der Nachschubbasis, im Feldlazarett und im Kommandostützpunkt befinden. In den letzten Waggons die, die in Sierra Mike und im Rubino untergebracht sind, der außerhalb des Infernos zu bleiben schien, aber keineswegs außerhalb blieb, weil mit der Artillerie Gemayels sich auch wieder Djumblatts Artillerie gemeldet hatte. Und wenn ich den durchtrennten Faden wieder zusammenknoten würde? fragte sich der Kondor.

Vielleicht sollte ich ihn wieder zusammenknoten, noch ein bißchen Geduld haben und auf Charlies Anruf warten. Oder ich könnte das Intervall zwischen den beiden Befehlsphasen verlängern ... Der Befehl beginnt mit drei Wörtern: «Fertigmachen zum Feuern!» Das sind nicht drei unwiderrufbare Wörter. Wenn sie ausgesprochen werden, löst der Computer die Kontaktkette aus, setzt die Impulssequenz in Gang, führt die Serie der Simultanoperationen aus, dann hält er an in Erwartung der zwei unwiderrufbaren Wörter: «Feuer frei!» Wenn Charlies Anruf in dem Intervall zwischen Fertigmachen-zum-Feuern und Feuer-frei käme, könnte der Kondor eine Kehrtwendung machen, das heißt sagen: «Befehl nicht ausführen, Befehl aufgehoben.» Ja, vielleicht lohnte es sich, den Faden zusammenzuknoten ... Vielleicht ist es Zandra Sadrs Boten gelungen, die Amal-Leute zu überzeugen ... Vielleicht sind sie schon mit einer positiven Antwort aus Gobeyre zurück ... Vielleicht haben sie Zandra Sadr schon berichtet... Vielleicht hat Zandra Sadr Charlie bereits beauftragt, den Signor Generale zu verständigen... Vielleicht ist Charlie gerade dabei anzurufen ... Dann betrachtet er das Funktelefon, das schweigt; zwei Einschläge in unmittelbarer Nähe erschüttern die Villa; eine Handvoll Mörtel prasselt von der Decke auf seinen Kopf herab, er begreift, daß die Schlacht die Rue de l'Aérodrome erreicht hat, er erinnert sich, daß das Glück, Fortuna, eine Hure ist, der man nicht trauen darf, und führt den Mund ans Mikrofon: «Albatros, kommen, Albatros. Hier Kondor Eins!»

«Los, Kondor Eins. Hier Albatros», antwortete der Kommandant der Schiffe.

«Fertigmachen zum Feuern!»

«Fertigmachen zum Feuern», wiederholte der Kommandant der Schiffe.

«Fertigmachen zum Feuern», bestätigte die Operative Gefechtszentrale.

«Fertigmachen zum Feuern», sagte der Computer zu sich und zu den Abbildern seiner selbst. Dann bereitete er sich darauf vor, das Feuer-frei zu hören, und in genau diesem Augenblick krächzte das Funktelefon des Kondors, und Charlies jubelnde Stimme war zu hören.

«Kondor Eins, Kondor Eins, hier Charlie-Charlie!»

«Los, Charlie ...!»

«Generale, die Boten Seiner Eminenz sind zurückgekommen! Die Amal akzeptieren die Waffenruhe! Wir müssen nur die Regierungstruppen verständigen, damit sie wirklich eintritt!»

Zehn Minuten später trat die Waffenruhe wirklich ein, und der Kondor mußte bei der Göttin mit den blinden oder verbundenen Augen Abbitte leisten: nicht einmal, als das Gefecht seinen Höhepunkt erreicht hatte, hatte es unter den Italienern Opfer gegeben.

* * *

In Chatila hatte es keine gegeben, wo eine aus der nordwestlichen Ecke von Gobeyre kommende und auf die Mörserschützen der Sechsten gerichtete RPG den Panzer der Achtundzwanzig um fünf Zentimeter verfehlt hatte und auf dem gegenüberliegenden Bürgersteig eingeschlagen war und Ahmed getötet hatte, der zur Tür herausschaute, um Jasmine zu rufen. Beim Kommandostützpunkt hatte es keine gegeben, wo eine Granate auf die Sandsäcke gefallen war, die die Kommandozentrale schützten, und eine andere um Haaresbreite die Fundamente verfehlt hatte, hinter denen Zuckers Museum untergekommen war. Im Feldlazarett hatte es keine gegeben, wo die Granaten zwischen den Zelten der Notaufnahme und denen für die Operationen wegen defekter Zünder nicht explodiert waren. In der Nachschubbasis hatte es keine gegeben, wo eine Garage zusammen mit zwei Abstellplätzen in die Luft geflogen war. Am Stützpunkt Adler hatte es keine gegeben, wo ein Fünftel des Lagers Feuer gefangen und eine Rakete das an das Louis XVI.-Zimmer angrenzende Bad zerstört hatte. In Bourji el Barajni hatte es keine gegeben, wo in den letzten Minuten der Kugelhagel keine der Stellungen verschont hatte. Bei Sierra Mike hatte es keine gegeben, wo sogar Calogero der Fischer ohne einen Kratzer davongekommen war und jetzt in eine Zwangsjacke eingeschnürt im Sanitätsraum lag. (Sandokan war über seine Flucht in Kenntnis gesetzt worden; er war ihn suchen gegangen und hatte ihn am Strand von Ramlet el Baida gefunden: ein deutlicher Umriß, der im Zickzack am Meer entlanglief, und eine matte Stimme, die den Wind anflehte Ein-Boot-um-nach-Formìca-zu-rudern-ein-Boot.) Im Rubino hatte es keine gegeben, wo eine Katiuscha und zwei Artilleriegeschosse der Drusen die Oase von Rocco und Imaam zerstört hatten ... Natürlich hatte es viele Verwundete gegeben. Wer auf Kampf- oder Beobachtungsständen war, hatte Splitter in Hülle und Fülle abbekommen. Doch nie an lebenswichtigen Körperstellen, und der aus Rom gekommene Militärbischof nutzte das aus, um die Gültigkeit seiner Theorien zu beweisen: vor dem Ite-Missa-est sagte er, daß heute nacht das Jesuskind wiedergeboren worden sei, um die Soldaten des Kontingents zu retten. Doch die meisten schluckten das nicht, und nach dem Ite-Missa-est stellten sie ihm ebenso unbequeme wie sinnvolle Fragen. Wenn der Ewige Vater der ewige Vater aller Menschen ist und sie alle gleich liebt, so fragten sie ihn, warum hat er dann auch diesmal wieder Willkür und Ungerechtigkeit an den Tag gelegt? Warum hatte er sie verschont, eine Freundlichkeit, für die sie ihm von ganzem Herzen dankten, versteht sich, viele andere aber einfach niedergemäht? Und Allah, was hatte Allah denn in der Zwischenzeit gemacht? Geschlafen, mit den Huris gebumst, mit dem Teufel Karten gespielt? Aber sind sie denn nicht ein und dasselbe, der Ewige Vater und Allah, die gleichen Namen für die gleiche Barmherzigkeit? Oder sind es wirklich alles eitle Hoffnungen, törichte Phantasien, Frucht unserer Einbildung und unserer Verzweiflung?

Der Militärbischof erwiderte, daß die menschliche Vernunft die wegen der Erbsünde, das heißt wegen des Apfels von Adam und Eva, so unvollkommen und unrein sei, das Geheimnis der göttlichen Pläne nicht erforschen könne. Daraufhin hielten sie den Schnabel. Und unterdessen rückten in Chatila die Leichensammler ein.

– 5 –

Die Türen wurden wieder aufgemacht, die Rolläden wieder hochgezogen, die Gaslampen wieder angezündet, und wie Ratten, die wieder ins Nest zurückkehren, kehrten auch die bei der sinnlosen Flucht davongekommenen Bewohner wieder in ihre Häuser und Baracken zurück. Die, die zurückgeblieben waren, kamen statt dessen heraus, hielten in den Händen einen Strick, und wie Katzen, die nach dem Gewitter wieder aus ihren Schlupflöchern hervorkommen, bewegten sie sich mit kleinen, vorsichtigen Schritten: mit angehaltenem Atem, um nur ja kein Geräusch zu machen, und mit weit aufgerissenen Augen, um die Dunkelheit durchdringen zu können. Die Waffenruhe war in einem Sonderkommuniqué vom Regierungsfunk verkündet worden, die Muezzins hatten sie von den Minaretten herab mit Gebeten zu Allah ratifiziert, die Italiener hatten sie von den Panzern aus mit lauten Jubelrufen und feierlichen Flüchen bestätigt, aber die Bewohner trauten der Sache nicht. Erst nachdem sie sich versichert hatten, daß man nicht mehr auf sie schoß, begannen sie schnell zu gehen, und es sah so aus, als würden sie etwas suchen. Sie waren auf der

Suche nach den Toten. Und sobald sie einen gefunden hatten, blieben sie wortlos stehen, knoteten ein Ende des Stricks um dessen Knöchel oder Brustkorb, nahmen das andere Ende über ihre Schulter und schleiften ihn dann weg wie einen Schlitten. Tote zu finden war leicht. Es gab sie überall. Die meisten in der Umgebung des Turms, genauer gesagt südöstlich von Sabra, in der Umgebung der Zweiundzwanzig, genauer gesagt auf dem kleinen Platz und in den dem kleinen Platz benachbarten Gäßchen, bei der Fünfundzwanzig und in den Sträßchen parallel zur Avenue Nasser; und für eine sofortige Bestattung gab es nur das Massengrab, wo selbsternannte Totengräber Erde aushoben. Der Friedhof von Gobeyre nahm nämlich nur Leichen aus dem eigenen Viertel auf, der von Sankt Elias gehörte den maronitischen Christen, und die Friedhöfe der Altstadt waren zu weit entfernt. So zeigte sich entlang der großen, breiten Straße von Sabra und entlang der kleinen Straße der ehemaligen Fünfundzwanzig Alpha, die von Gassàn aufgegeben und von Soldaten der Sechsten mit zwölf Jeeps besetzt worden war, nach und nach ein unerwartetes, erschütterndes Schauspiel: zwei Züge von Schatten, die ihre eigenen Schatten hinter sich herzuschleifen schienen und sich in mühseliger Langsamkeit zur Kreuzung bei der Zweiundzwanzig bewegten. Hier trafen sie im rechten Winkel aufeinander und vereinigten sich zu einem einzigen stummen Zug, zu einer geisterhaften Prozession von Larven, die zwischen den M113 und den M48 der Regierungstruppen hindurchzogen und zum Massengrab gelangten, wo sie wortlos den am Strick nachgeschleiften Körper losbanden. Sie übergaben ihn den selbsternannten Totengräbern, die ihn augenblicklich zu den Überresten der vor einem Jahr und vier Monaten umgebrachten tausend Palästinenser warfen. Anders ging es nicht: wenn du nicht große Mengen Formol und ausreichend viele Kühlkammern hast, mußt du die Toten nach einer Schlacht oder nach einem Bombardement schnell begraben oder aber verbrennen. Andernfalls verwesen sie, verpesten die Lebenden mit ihrer Fäulnis, rufen Epidemien hervor, und ihr Gestank hängt in der Luft. Dieser süßliche, ekelerregende, furchtbare Gestank, der, soviel man sich auch wäscht, tagelang auf der Haut und im Haar zurückbleibt. Wochen und Monate in den Nasenflügeln. Immer und ewig im Gedächtnis. Adler Eins, der unbeweglich am Lenkrad des Geländewagens saß, mit dem er bei der Bekanntgabe der Waffenruhe die einzelnen Stellungen abgefahren hatte und zuletzt zur Dreiundzwanzig gekommen war, betrachtete dieses Bild, hielt sich die Nase zu und sagte verstört zu sich: «Jesus! Heiliger Janarius, Heiliger Gerhard, Heiliger Wilhelm, Abraham, Isaak, Jakob, Jesus! Auch diesmal können es nicht weniger als tausend sein, und für ein Gefecht um ein Stadtviertel sind tausend sehr viel! Zu viel!» Er sagte das, weil er irgendwann angefangen hatte, die mit Stricken von den Leichensammlern nachgeschleiften Toten zu zählen, und in wenigen Minuten war er auf sechsunddreißig gekommen. Aufgrund dieser Zahl kam er zu dem Ergebnis, daß die Opfer von Sabra und von Chatila mindestens drei- bis vierhundert betragen mußten, die von Gobeyre sechs- bis siebenhundert, und diese Zahl bestürzte ihn mehr, als ihn der Kommentar von Verrücktes Pferd angesichts des Gemetzels am kleinen Platz bestürzt hatte: «Lappalien, mein Freund, Lappalien. Zweiunddreißigtausend Franzosen und vierzigtausend Österreicher, das heißt zweiundsiebzigtausend Gefallene hat es zwischen dem 5. und 6. Juli 1809 bei Wagram gegeben.» Ihn verwirrte auch, auf welche Art und Weise die Regierungssoldaten, die sich in diesem Viertel inzwischen festgesetzt hatten, diesem grauenvollen Schauspiel beiwohnten. Vielleicht waren sie von ihren eigenen Verlusten abgelenkt, die, außer am Turm, zwar ziemlich begrenzt, doch keineswegs unerheblich waren, jedenfalls ließen weder die mit dem Kreuz am Hals noch die ohne Kreuz am Hals irgendein Zeichen von Anteilnahme oder Mitleid erkennen. Und schließlich erschütterte ihn die unbeschreibliche Stille, die das Viertel versteinerte, das Fehlen jeglichen Geräuschs, das an die Stelle des höllischen Lärms der Schlacht getreten war, und in dieser Stille ein kaum wahrnehmbares Wimmern: immer wieder das Wort, das auf arabisch Hilfe, helft mir, Hilfe bedeutet. «Saedni ... saedni ... saedni ...» Er blickte angestrengt ins Dunkel. Es kam von einer jungen Frau, die er schon gesehen hatte, als sie aus der Gasse bei der Vierundzwanzig gekommen und zum Massengrab gelaufen war, um das sie mit den frenetischen Bewegungen eines Schmetterlings herumflatterte, sich dann niederkniete, um zu beobachten, wen sie dort hineinwarfen. Jetzt aber war sie von dort weggegangen und kam ganz langsam auf ihn zu: so, als habe sie ihre Kräfte vollständig erschöpft und sei nicht mehr in der Lage, sich auf den Beinen zu halten. Er stützte sie hilfsbereit.

«Was willst du, gute Frau, shubaddak?»
«Muhammad ... saedni ...»
«Erzähl mir, gute Frau, sag's mir!»
«Saedni ... Muhammad ...»
«Muhammad wer, gute Frau, who?»
«Muhammad baby ... My baby ...»
«Dein Junge? Du hast deinen Jungen verloren? Baby lost, perdu?»
«Na'am, ja, na'am ...»

«Perdu, mort? Tot, dead?»
Ihre großen schwarzen Augen wurden weit vor Entsetzen.
«Làaa, neeein! Talieni ...»
«Ich verstehe nicht, gute Frau. Je ne comprends pas, I don't understand!»
«Talieni ... Sadiqi talieni ...»
«Sadiqi talieni, er hat einen italienischen Freund? Friend, ami?»
«Na'am, ja, na'am ...»
«Wo, gute Frau? Where, où?»
«Hamsa ua aeshrina ...»
«Mish fahèm, ich verstehe nicht, gute Frau. Je ne comprends pas, I don't understand!»
«Hamsa ua aeshrina ...»
Sie bewegte die Hände, während sie Hamsa-ua-aeshrina sagte. Mit der rechten bewegte sie den Daumen und den Zeigefinger, um Zwei anzudeuten, und mit der linken alle fünf Finger. So daß Adler Eins zu begreifen begann.
«Zwei? Deux, two, etnén?»
«Na'am, si, na'am!»
«Fünf? Cinq, five, hamsa?»
«Na'am, ja, na'am!»
«Fünfundzwanzig? Vingt-cinq, twenty-five?»
«Na'am, ja, na'am! Fünfundzwanzig, hamsa ua aeshrina, na'am!»
«Verstanden, gute Frau. Come with me, viens avec moi. Komm mit mir. Ich bring dich hin.»
Er ließ sie in den Geländewagen steigen. Er fuhr zur kleinen Straße der Fünfundzwanzig. Es ging nur im Schrittempo voran, weil die zwölf Jeeps der Sechsten Brigade sich mit ausgeschalteten Scheinwerfern an der Südmauer postiert hatten, und auch der Zug hatte Schwierigkeiten vorwärtszukommen. Dann erreichten sie die Straßenerweiterung. Er half ihr beim Aussteigen und begleitete sie zum Panzer der Bereitschaftstruppe.
«Diese Frau sucht ihren Sohn, einen Jungen, der Muhammad heißt und einen italienischen Freund bei der Fünfundzwanzig hat. Hat ihn jemand von euch gesehen?» fragte er.
«Nein, Signor Colonnello, bei uns nicht», antwortete der Panzerkommandant. «Jedenfalls bedeutet Muhammad Mohammed, und da drüben liegt ein toter Junge, der Mohammed heißt.»
«Wo da drüben?!?»
«Hinter den Sandsäcken des Wachpostens unter dem Feigenbaum, Signor Colonnello.»

«Und wer hat ihn da hingebracht?»

«Weiß ich nicht, Signor Colonnello. Vielleicht der Bersagliere der wachhabenden Mannschaft. Er hat sich da postiert und läßt ihn nicht wegbringen.»

«Und wer ist der Bersagliere?»

«Der, der die Medaille von den Franzosen bekommen hat, für das Mädchen in der Kloschüssel, Signor Colonnello.»

«Oh!» rief Adler Eins, weil er sich plötzlich wieder erinnerte, was ihm Nibbio gegen neun Uhr abends über Funk gemeldet hatte. Nixweiter-Colonnello-is-nix-weiter, hier-bei-der-Fünfundzwanzig-is-'n-kleiner-Junge-gestorben... Der-Junge-der-immer-gekomm'-is-und-den-Bersagliere-unterm-Feigenbaum-besucht-hat. Und-der-Bersagliere-kommt-leider-nich-dadrüber-weg. Dann wandte er sich der jungen Frau zu, die voller Hoffnung, fast heiter wartete.

«Warte hier, gute Frau. Attends ici, wait!»

«Na'am, ja, na'am ...»

Doch während sie na'am gesagt hatte, hatte sie zum Feigenbaum hinübergeblickt. Sie starrte ihn ratlos an, dann Ferruccio, der, aufrecht an die Sandsäcke gelehnt, den Zugang zur Einzäunung versperrte. Und so, als würde sie spüren, daß dies der Feigenbaum sein müsse, von dem Muhammad immer erzählt hatte, und der dort der Freund, für den er den Topf mit Hummus und Schauarma gefüllt hatte und dann von zu Hause weggelaufen war, machte sie sich von Adler Eins los und lief zu Ferruccio hinüber.

«Monsieur! Monsieur!»

«Christus, oh, Christus...», stammelte Ferruccio, als er im Gesicht der jungen Frau das Gesicht Mohammeds wiedererkannte.

«Sadiqi Muhammad, Sie Freund von Mohammed, Monsieur?»

«Christus, oh, Christus...», stammelte Ferruccio wieder.

«Talieni sadiqi Muhammad, der italienische Freund von Mohammed?»

«Christus, nein...», schluchzte Ferruccio diesmal. Und er streckte einen Arm aus, um sie aufzuhalten. Aber sie hatte längst verstanden, war längst durch die Einzäunung geschlüpft, hatte längst ihr totes Kind erkannt, und ein Schrei erschütterte die Fünfundzwanzig. Ein langgezogener, ein menschlicher Schrei.

«Muuuhaaammaaad!»

Da, ganz plötzlich, zerbrach die unbeschreibliche Stille, die das Viertel versteinert hatte. Aus jeder Gasse, jeder Straße, jedem Haus, jeder Baracke, von jedem Dach, jeder Terrasse, aus jedem Fenster, jedem Loch erhob sich ein schauriger Chor aus Stöhnen und Jammern und Stimmen, die die Namen der Toten riefen. Die Bachirs, die Ismahils, die Sharifs, die Alis, die Barakaats, die in Chatila getötet worden waren. Die Leydas, die Fatimas, die Jamilas, die Aminas, die Seite an Seite mit den Bachirs und den Ismahils und den Sharifs und den Alis und den Barakaats getötet worden waren. Und zusammen mit dem schaurigen Chor ein ungewöhnlicher Laut. Der Laut, der nicht seinesgleichen hat und den arabische Frauen ausstoßen, indem sie mit der Zunge gegen den Gaumen hämmern und dabei ein gellendes Kreischen ausstoßen, einen schrillen Schrei, der aus unendlich vielen schrillen Schreien besteht und dessen Bedeutung sich je nach Anlaß verändert: manchmal drückt er Protest aus, manchmal Jubel, manchmal Trauer, und in diesem letzten Fall ist der Klang ungeheuerlich. Denn er ist wie ein gewaltiges Weinen, ein maßloses Schluchzen, ausgestoßen von Horden gequälter Tiere.

«Ohi-ohi-ohi-ohi-ohi-ohi-ohi...»

Auch wenn du ihn schon gehört hast, auch wenn du ihn gut kennst, überkommt dich ein Schaudern, wenn du ihn wieder hörst. Adler Eins hatte ihn noch nie gehört, und auf der Stelle vergaß er seinen Groll als Jude, der im Groll erzogen worden war. Er vergaß die Einwände von Mama, er vergaß die guten Ratschläge, er vergaß Onkel Ezechiele, die Verwandten in Tel Aviv und in Jerusalem, den siebenarmigen Leuchter, die Torah, und er fühlte, wie er vor unwiderstehlicher Liebe für die schlimmsten Feinde seines Volkes zerfloß: für die Palästinenser oder Schiiten, ganz gleich. Diese unsympathischen, treulosen Palästinenser, die die glückliche Stadt geraubt hatten, sie durch Mißbrauch und Willkür und Krieg kaputtgemacht hatten, die aber ihrerseits ihrer Städte und ihrer Häuser beraubt worden waren und seit Jahrzehnten wie Tiere lebten, wie Tiere aßen und schliefen, wie Tiere sich nicht darum kümmerten, den eigenen Abfall zusammenzukehren, und denjenigen mit Beschimpfungen überhäuften, der diesen Abfall für sie zusammenkehrte, wie Tiere ihre Töchter und Schwestern verkauften, wie Tiere massakrierten und massakriert wurden, wie Tiere begraben und wieder ausgegraben wurden. Diese rückständigen und wilden Schiiten, die nur hassen, morden, den Muezzins, den Mullahs und den Ayatollahs gehorchen, andere für ihr Leid und ihre barbarischen Taten verantwortlich machen konnten, diese faulen, lasterhaften Analphabeten, die den Boden nur bestellten, um Haschisch anzubauen, diese blutrünstigen Vampire, die Terrorismus zur Welt brachten wie Ratten ihre Jungen, nesterweise, die nur dann vor Glück lächelten, wenn sie mit Lastwagen voller Hexogen töten konnten, die aber immer von allen, einschließlich denen aus der westlichen Welt, ausgebeutet, gedemütigt und tyrannisiert wurden, immer in Unwissenheit, im Elend und im Fanatismus gehalten, immer mit den Moscheen, den Minaretten und dem Singsang von Allah-akbar, Allah-akbar, Allah-akbar, Gott-ist-groß, Gott-ist-groß, Gott-ist-groß verarscht wurden. Und er schämte sich, daß er sie immer so verachtet hatte. Und in seiner Scham fühlte er die Verpflichtung, dies alles mit einer Geste wiedergutzumachen, die über bloße Höflichkeit und über zivilisiertes Verhalten hinausging, und gepackt von einem neuen, tiefen Mitgefühl kam er der vom Leid zerrissenen Frau, die über den kleinen, mit Hummus und Schauarma besudelten Körper gesunken war, zu Hilfe. Er hob sie auf. Er führte sie vom Wachposten weg. Er ließ sie wieder in den Geländewagen einsteigen, trocknete ihr die Tränen und half ihr, Wasser aus seiner Feldflasche zu trinken. Dann sagte er dem völlig benommenen Ferruccio, er solle Mohammed in eine Decke hüllen, legte ihr den in eine Decke gehüllten Mohammed in den Schoß, begleitete sie zum Massengrab, und die selbsternannten Totengräber zur Seite drängend, senkte er ihn für sie an der Stelle hinab, auf die ihr zitternder Finger zeigte. Dorthin, wo ein Jahr und vier Monate zuvor ihr Mann, ihr Vater und ihr Bruder geworfen worden waren, die alle während des Massakers erschossen worden waren, und die Tochter, die von den Falangisten vergewaltigt und niedergemetzelt worden war, mit dem stillschweigenden Einverständnis von Sch'ma Israel. Er beerdigte ihn für sie mit den eigenen Händen. Danach übergab er sie einer Gruppe von Frauen und fuhr zur Zweiundzwanzig, um das Mädchen aus der Krippe zu holen und es auch mit den Händen zu beerdigen. Doch Rambo gab es ihm nicht.

«Gib sie mir, Rambo...»

«Nein, Signor Colonnello.»

«Sie muß beerdigt werden, Rambo...»

«Das weiß ich, Signor Colonnello.»

«Ich kümmere mich drum, Rambo...»

«Das ist meine Sache, Signor Colonnello.»

«In Ordnung, Rambo. Aber zieh dir die Jacke wieder an.»

Kopfschüttelnd nahm Rambo die Jacke, mit der er Leydas kleinen nackten Leichnam zugedeckt hatte, und zog sie an, und kurz darauf spielte sich die unglaubliche Szene ab, die den Schlußteil des Dramas einleiten und Angelo vom Gedanken an Ninette abbringen würde.

* * *

Ninette war seit mindestens zwanzig Minuten tot, als Angelo voller Wut auf die Carabinieri, Ihr-verantwortungslosen-Typen-ihr-hättet-mich - sofort - benachrichtigen - müssen - ihr - verantwortungslosen-Typen, aus dem Arabischen Büro gerannt war, um an der Rotunde der Überführung und in der Avenue Nasser und in der Rue Argàn nach ihr zu suchen. Überall, außer in der Rue Farruk. Die Waffenruhe hatte inzwischen eingesetzt, als er schließlich zurückkam und sich, taub für die spöttischen Bemerkungen Der-Weihnachtsmann-hat-ihm-ein-Spielzeug-gebracht, wau-wau, in den kleinen Raum einschloß, wo er den Stoffhund zerknautschte und seine Qualen durch angstvolle Fragen noch verschlimmerte. Sie war gekommen, mein Gott, sie war gekommen, doch warum hatte sie nicht gewollt, daß sie ihn riefen? Warum hatte sie die Aufforderung nicht angenommen, sich etwas auszuruhen, warum hatten die Carabinieri sie nicht gleich erkannt, Mamma-mia-Sergente-war-die-zugerichtet! Weil sie aussah wie ein zerschundenes, hinkendes Bettelweib, weil ihr ein Zahn fehlte, weil kleine Blutflecken Brust und Hals ihres absurden Geschenks verschmierten? Dann war Charlie gekommen, ausgelaugt von der Zusammenkunft mit Zandra Sadr und der endlosen Warterei auf die Boten. Er hatte ihn gerufen und: «Ich habe erfahren, daß das Massengrab in Chatila wieder geöffnet worden ist und eine Unmenge Körper da hineingeworfen werden. Ich würde gern hinfahren und die Reaktion der Regierungssoldaten beobachten, aber ich muß zum Kondor. Fahr du hin.» Er war hingefahren. Ohne aufzuhören, sich diese angstvollen Fragen zu stellen, war er in die Avenue Nasser eingebogen und bei der Fünfundzwanzig angekommen. Ohne zu merken, daß Ferruccio verzweifelt schluchzte, hatte er den Geländewagen am Wachposten unter dem Feigenbaum abgestellt. Ohne einen Blick auf den verdammten Turm zu werfen, den niemand mehr wollte, den keiner mehr brauchte, war er ausgestiegen, um zu Fuß die kleine Straße hinunterzugehen, in der die zwölf Jeeps der schiitischen Soldaten mit ausgeschalteten Scheinwerfern hintereinander standen. Hier war er stehengeblieben, um die Schatten zu beobachten, die in der Gasse der Zweiundzwanzig den eigenen Schatten hinter sich herschleiften; aber auch das hatte nicht geholfen, ihn von seinen Gedanken an Ninette abzubringen. Doch in dem Augenblick, als er Rambo erblickte, der mit seinem Gewehr über der Schulter und der Khomeiniplakette auf der Brust näher kam und Leydas kleinen nackten Leichnam trug, änderte sich alles. Und er stieß eine Art erstickten Schluchzer aus.

«Mein Gott!»

Und das war nicht der einzige. Ihm stockte der Atem beim Anblick dieses blutverschmierten Giganten, der mit seinem Gewehr über der Schulter und der Khomeiniplakette auf der Brust allein näher kam und den nackten Leichnam eines ganz kleinen Mädchens trug. Dieser Gigant zerriß dich innerlich mehr als der stumme Zug der Schatten, als der unheimliche Chor des gewaltigen Weinens, als die Mutter, die mit dem kleinen Körper ihres in eine Decke gehüllten Sohns vorbeiging. Und der Soldat am Lenkrad des ersten Jeeps hatte die gleiche Regung: «Yahallah!» Und Yahallah stöhnend, streckte er die Hand zum Armaturenbrett aus, schaltete die Scheinwerfer ein und beleuchtete Rambos Weg. Und der Soldat am Lenkrad des zweiten Jeeps tat das gleiche. Und ebenso der des dritten, des vierten, des fünften Jeeps, die der restlichen sieben Jeeps. So, als würden sie einem Befehl nachkommen, den sie stumm weitergaben, schalteten die zwölf schiitischen Soldaten am Lenkrad der zwölf Jeeps in der kleinen Straße einer nach dem anderen die Scheinwerfer ein, um Rambos Weg zu beleuchten: innerhalb weniger Minuten wurde dieser Weg zu einer Lichterkette, von der Lichtschwerter ausgingen, durch die Rambo mit Leydas kleinem nackten Leichnam schritt und sie dann den Schatten hinter sich überließ. So kam er zur Ecke an der großen, breiten Straße, wo die M48 der Achten und die M113 der Sechsten immer noch in zwei einander gegenüberliegenden Reihen postiert waren. Und sogleich leuchteten auch dort zwei Scheinwerfer auf. Die Scheinwerfer eines M113 der Sechsten. Danach zwei weitere: auf derselben Seite. Und noch zwei und noch zwei und noch zwei, immer auf derselben Seite, bis auch dieser Weg von einem Panzer zum nächsten zu einer Lichterkette wurde, von der Lichtschwerter ausgingen, durch die Rambo mit Leydas kleinem nackten Leichnam schritt und sie dann den Schatten hinter sich überließ: den Dutzenden und Aberdutzenden von toten Säuglingen, toten Kindern, toten Männern, toten Frauen, toten Greisen. Und in dieses Licht getaucht, zeigte sich der Zug erst in all seinen grauenvollen Einzelheiten, in seiner unermeßlichen Tragödie, und die schiitischen Soldaten begriffen, was Bilal begriffen hatte, nämlich, was sie sich selbst angetan hatten, und aus den M113 der Sechsten erklang ein bedrohliches Rumoren. In diesem bedrohlichen Rumoren die Stimme eines Offiziers, der vier Wörter brüllte. Darauf die Stimmen zahlreicher Soldaten, die mit drei Wörtern antworteten. Und Angelo, der von einer neuen Furcht befallen wurde, fragte sich, was der Offizier wohl gesagt hatte und was die Soldaten wohl geantwortet hatten.

FÜNFTES KAPITEL

–1–

Er hatte Schluß gesagt. «Biskaffi, Schluß, ma'a-baddih-iah. Ich gehorche nicht mehr.» Sie hatten geantwortet Ja, Schluß: «Uah-nahna-kamaam, wir gehorchen auch nicht mehr.» Und diese Worte faßten zusammen, was sich an Wut angestaut hatte, lange bevor die Scheinwerfer der zwölf Jeeps die Lichterkette und die Lichtschwerter eingeschaltet hatten, um dem Zug zu leuchten. Bei der Untersuchung der Zünder jener Granaten, die auf das Feldlazarett gefallen waren, ohne zu explodieren – allesamt von dem Typ, mit dem die Sechste Brigade ausgerüstet war –, würde Zucker feststellen, daß sie beschädigt waren, weil irgendwer sich daran zu schaffen gemacht hatte: Sabotageakte dieser Art waren schon an der Grünen Linie festgestellt worden, als die schiitische Artillerie die von den christlichen Offizieren gewählte Flugbahn veränderte und die Geschosse, statt über den Hügel zu fliegen und Haret Hreik zu bombardieren, auf den Stützpunkt Rubino einhämmerten. Bei der Analyse der Splitter jener Granaten, die in Chatila explodiert waren, würde Zucker außerdem zu dem Schluß kommen, daß in den Gassen parallel zur Avenue Nasser, dem Stück zwischen der Zweiundzwanzig und der Vierundzwanzig, der Großteil des Blutbads von den Mörserschützen der Sechsten mit dem Trick kurzer Reichweiten angerichtet worden war. Doch viele ihrer Geschosse waren auch jenseits der Allee niedergegangen, das heißt, sie hatten das eigentliche Ziel getroffen und damit reichlich Anteil an der Vollendung des Massakers, das die Panzerbesatzungen der Achten Brigade im schiitischen Viertel angerichtet hatten. Sechshundert Tote in Gobeyre, genau die von Adler Eins angesetzte Zahl; außerdem an die tausend Verwundete. Und jetzt, drei Wochen später (so viel Zeit nämlich ist vergangen, seit wir Angelo mit seiner Frage verlassen haben), hatte der Zorn der schiitischen Soldaten beängstigende Ausmaße angenommen: neun von zehn dachten wie die, die tief bewegt waren, als sie Rambo mit Leydas kleinem nackten Leichnam vorbeikommen sahen. «Gemayels Armee hat uns verraten», knurrten sie bei jeder Gelegenheit. «Sie hat uns gezwungen, mit den Christen und für die Christen auf unsere Häuser zu schießen, auf unsere Kinder, auf unsere Frauen, auf unsere Eltern, auf unsere Glaubensbrüder, auf uns selbst. Biskaffì, Schluß, biskaffì.»

Drei Wochen. In diesen drei Wochen hatten sich die Dinge gründlich geändert. Den Westteil betraten die von der Achten nicht mehr, und die einzigen Militärs, die es wagten, das Kreuz deutlich sichtbar am Hals, da durchzufahren, waren christliche Offiziere der Sechsten, nicht gerade zahlreich und oft wie unerwünschte Gäste behandelt. Die schiitischen Offiziere und die Soldaten dieser Brigade liefen nach Lust und Laune dort herum, und ohne daß der Kondor dagegen Einspruch erheben konnte, standen ihre M113 in Chatila neben den M113 der Italiener. Hier taten sie sich mit den Amalleuten zusammen, schwärzten die Achte unverhohlen an, schürten die Gerüchte, daß Bilal von Gassàn kaltblütig abgeknallt worden sei, während er unbewaffnet die Avenue Nasser überquerte, und sprachen von künftigen Repressalien. Rechnungen, die zu begleichen waren. Kurz, du konntest mit bloßem Auge erkennen, daß der Aufstand der Schiiten vor dem Ausbruch stand. Du spürtest es auf der Haut, daß die Armee Gemayels im Begriff war auseinanderzubrechen: auf der einen Seite die Achte mit ihren Frömmlern, die Jesus, dem heiligen Maron und der Madonna ergeben waren, auf der anderen Seite die Sechste mit ihren Fanatikern, die Allah, Khomeini und Zandra Sadr ergeben waren. Nicht ohne Grund roch es bei den UN-Sicherheitskräften nach Demobilisierung. Fast alle Marines des amerikanischen Kontingents waren auf die Flugzeugträger gebracht worden, die vor der Küste kreuzten, und die wenigen, die geblieben waren, verließen nie die Gräben, die sie unter den Trümmern ihres Kommandostützpunktes ausgehoben hatten; die Franzosen verließen den Ostteil nur, um die dreißig Legionäre zu inspizieren, die man aus Stolz im Pinienwäldchen zurückgelassen hatte; die hundert Dragoner Ihrer Britischen Majestät kamen aus der ehemaligen Tabakfabrik nur heraus, um zum Markt zu gehen und Obst einzukaufen; die Italiener hatten ihre aktiven Soldaten sogar um vierhundert verringert. Und welche Überraschung: seit einigen Tagen übten die Fallschirmjäger zusammen mit den Maròs die Kontrolle über Chatila aus, und zwar in der Villa des saudischen Prinzen, der an einer Verdauungsstörung durch getrüffelte Austern gestorben war, mit einem Wort: im Stützpunkt Adler war jetzt der Stützpunkt Rubino. Die Bersaglieri waren abgezogen.

* * *

Der Schlüssel für diesen Abzug mußte auf den Tragbahren des Hospitalschiffs gesucht werden, das mit Gino und den anderen Fallschirmjägern, die in Passepartouts Hinterhalt getappt waren, die in der Schlacht verwundeten Soldaten nach Hause zurückgebracht hatte. In Italien hatten nämlich die vom Allmächtigen mit Hilfe der Glücksgöttin gewährten Begünstigungen kein Dankes-Te-Deum ausgelöst, und die Familienangehörigen derer, die ein Auge oder ein Bein oder einen Arm verloren hatten, waren vor Empörung außer sich. Gleichzeitig hatten sie mit ihrer Empörung aufs neue die Polemik über die Zweckmäßigkeit, genauer gesagt die Unzweckmäßigkeit entfacht, so viele Zwanzigjährige in einem Krieg zu opfern, mit dem Italien nichts zu tun hatte, und die Regierung hatte daraufhin beschlossen, einen Teil des Kontingents abzuziehen: «Zurück mit dem Bataillon der Maròs oder der Fallschirmjäger oder der Bersaglieri. Das soll der Kondor entscheiden.» Da er die Überlegung, auf seine Fallschirmjäger zu verzichten, a priori verwarf, hätte der Kondor natürlich am liebsten die Maròs gewählt. Sandokan hätte sich auch nicht gewehrt: ganz versessen darauf, sich in einen gutmütigen Bourgeois mit goldener Uhr auf der Weste und der Mitgliedskarte des Rotary Clubs in der Brusttasche zu verwandeln, dachte er nur noch daran wegzukommen und sagte das auch. «Scheißwichserei von 'ner Superscheißwichserei, es geht mir total auf die Eier, noch länger hier zu bleiben.» Doch zu Fabios großer Freude, der dank Ahmeds Tod Jasmine nun ungestört lieben konnte, hatte sich die Marine mit einer knallharten Weigerung widersetzt, und so hatte das Henkerbeil die Bersaglieri getroffen. Schlimmer noch: da er sicher war, daß die Nachricht ein Geschenk für Adler Eins darstellen würde, und entschlossen, sie ihm so spät wie möglich mitzuteilen, hatte der unerbittliche Kondor ihn, ohne die leiseste Andeutung zu machen, zu sich rufen lassen und ihn dann unerbittlich mit einer Reihe von Vorhaltungen, Vorwürfen und Verurteilungen wegen seines Verhaltens während des Gefechts überschüttet. Daß er erst nach dem Eintreffen von Verrücktes Pferd die Zweiundzwanzig verlassen habe, daß er Nibbio nicht erlaubt habe, zum Beobachtungsstand der Fünfundzwanzig Alpha zu gehen, sondern ihm statt dessen befohlen habe, den Panzer in den Bombentrichter hinabzufahren und sich dann in Habbashs Haus zu flüchten, daß er Rambo und die neun Maròs in eine Bruchbude geschickt habe, aus der sie nur durch ein Wunder lebend herausgekommen seien, daß er mit seinen eigenen Händen einen kleinen Jungen beerdigt und Rambo die Erlaubnis erteilt habe, sich mit einer Khomeiniplakette auf der Brust einem Zug partisanenähnlicher Individuen anzuschließen. Unangemessene, theatralische Höflichkeit das erste, untragbare Toleranz das zweite. Und erst am Ende seiner Philippika hatte er ihm den wahren Grund, weshalb er ihn hatte rufen lassen, ins Gesicht geschleudert.

«Colonnello, es tut mir leid, Ihnen ein Geschenk machen zu müssen. Es tut mir leid, Ihnen eine gute Nachricht zu übermitteln. Aber innerhalb von achtundvierzig Stunden ziehen Sie mit Ihrem Bataillon ab.»

Gute Nachricht?!? Nachdem Adler Eins nämlich das gewaltige Weinen, das unmäßige Schluchzen gehört hatte, war eine Verwandlung in ihm vor sich gegangen, die nicht weniger radikal war als die von Sandokan, und das wurde verständlich, wenn man ihm zuhörte. Er entrüstete sich nicht mehr über den Abfall, den diese stinkenden Beduinen vor ihren Baracken oder auf dem Massengrab aufhäuften, und sagte, die schlimmsten Feinde seines Volkes seien auch nicht schlimmer als sein Volk. Er regte sich nicht mehr auf, wenn die Kinder seine Bersaglieri anschrien Talieni-tomorrow-kaputt oder wenn die Prostituierten sie provozierten, indem sie ihnen Brüste zeigten, die so groß waren wie Wassermelonen, khudu-take-it-nimm's-doch. Er predigte nicht länger Jungs-reagiert-nicht, fordert-das-Schicksal-nicht-heraus, was-macht's-schon-wenn-sie-euch-Schwule-nennen, besser-schwul-als-tot. Ihn kümmerte nicht mehr der israelische Pilot, der über Chatila abstürzen und bei lebendigem Leib von den Palästinensern aufgefressen werden könnte ... Im Gegenteil. Als Onkel Ezechiele ihn zu Neujahr angerufen und die Klage seiner Mutter wiederholt hatte, Ach-mein-Neffe-was-machst-du-nur-wenn-einer-bei-dir-runterkommt und so weiter, hatte er ihm geantwortet: «Onkel Ezechiele, fall mir nicht auf die Nerven! Wenn er runterkommt, ist das sein Problem.» Schließlich verfluchte er sich noch, weil er Rambo gezwungen hatte, die Jacke wieder anzuziehen, mit der dieser Leydas kleinen nackten Leichnam bedeckt hatte, und, dulcis in fundo: er hatte sich in Mohammeds Mutter verliebt. Er wiederholte immer nur, wie hübsch sie sei und so vom Unglück verfolgt, wieviel Zuwendung sie brauche, gerade jetzt, wo auch ihr Sohn getötet worden sei, der dem Massaker entgangen war, jeden Tag brachte er ihr Lebensmittel als Geschenk, und was machte es schon, daß er als Gegenleistung immer nur die traurige Ablehnung erhielt: «Là shukràn, nein danke, Monsieur. Ich brauche nichts.» Der Satz Colonnello-innerhalb-von-achtundvierzig-Stunden-ziehen-Sie-mit-Ihrem-Bataillon-ab hatte ihn daher betäubt wie ein Faustschlag ins Gesicht, und ein paar Sekunden lang hatte er ins Leere gestarrt, als würde er sich fragen: träum ich oder wach ich? Aber als er den Schock überwunden hatte, erinnerte er sich, daß er nicht ganz dumm war, außerdem ein kultivierter Mensch, der in der Lage war, einen Kronleuchter aus der Zeit Maria Theresias von einem englischen oder venezianischen zu unterscheiden und eine Intarsienarbeit der Brüder Piffetti von einer Maggiolinis, und ungeachtet der Angst, die ihm der Vultur gryphus immer eingeflößt hatte, protestierte er. Die sanften blauen Augen blitzten auf, und er ließ Stolz großen Stils erkennen, als er antwortete, daß es eine gerechtere Lösung wäre, ein Drittel der Maròs, ein Drittel der Bersaglieri und ein Drittel der Fallschirmjäger nach Hause zu schicken, allein die Bersaglieri nach Hause zu schicken, bedeute, daß sie untauglich und überflüssig seien, obwohl sie statt einer derartigen Beleidigung ein Lob verdient hätten: wer habe denn stundenlang an der Einundzwanzig, an der Zweiundzwanzig, an der Dreiundzwanzig, an der Vierundzwanzig, an der Fünfundzwanzig und an der Siebenundzwanzig Eule gelitten? Wer habe denn stundenlang das MG-Feuer, den Granathagel, die Raketen und die Unverschämtheiten sowohl der Amal wie der Regierungstruppen abbekommen? Irgendwann hatte er sich sogar erlaubt, die Stimme zu heben. «Signor Generale, ich habe nur einen einzigen Fehler begangen, nämlich den, daß ich der sogenannten Pflicht, die blödsinnigen Vorschriften zu beachten, nachgekommen bin, genauer gesagt, daß ich Rambo gezwungen habe, die Jacke wieder anzuziehen, mit der er das tote kleine Mädchen bedeckt hatte! Wie auch immer, Fehler oder nicht, theatralische Höflichkeiten oder nicht, untragbare Toleranz oder nicht, ich war in Chatila, und nicht Sie. Wenn ich die Zweiundzwanzig erst nach Eintreffen Ihres geschwätzigen Stabschefs verlassen habe, dann haben Sie andererseits nie das Kommando verlassen.» Doch der Kondor hatte ihn mit einem verächtlichen Gehen-Sie-und-machen-Sie-sich-fertig-denn-nach-Ablauf-der-achtundvierzig-Stunden-lasse-ich-das-Kloster-räumen-und-in-den-Stützpunkt-Adler-verlege-ich-den-Stützpunkt-Rubino zurückgewiesen. Und der Unglückliche war gezwungen, sich zu fügen: in seine Unterkunft zurückzukehren, wo er den siebenarmigen Leuchter von Onkel Ezechiele und die silberne Zuckerdose, die die in der Nacht vor dem Gefecht zu Bruch gegangene Capodimonte-Tasse überlebt hatte, im Koffer verstaut und Nibbio dann den Befehl erteilt hatte, die Truppe mit sieben Wörtern zu informieren.

«Jungs, uns ist gekündigt, wir fahren ab.»

Gekündigt?!? Abfahren?!? So Hals über Kopf, wie Diebe, die beim Stehlen erwischt wurden, und nur, um den Stützpunkt diesen Säcken von Fallschirmjägern zu überlassen?!? Außer Ferruccio, der in eine dumpfe Apathie verfallen war und keinerlei Interesse an irgend etwas zeigte, das nicht mit seinem von Hummus und Schauarma schmutzigen Topf zu tun hatte, hatten alle mit empörten Rufen reagiert. Ein derartiger Tumult war ausgebrochen, daß Nibbio drei Revolverschüsse in die Luft abfeuern mußte, um ihn einzudämmen. «Ruhe oder ich schieß euch 'n Loch in' Arsch.» Daraufhin hatte Zwiebel angefangen zu weinen Siehste-jetzt-schickense-uns-sogar-mit-'nem-Loch-im-Arsch-zurück, und der Nazarener war ausgesprochen böse geworden. Im Sinne des wieder akzeptierten Grundsatzes, daß das Leben nicht Liebe ist, sondern Haß und Gewalt, hatte Adler Eins später eine Art Versammlung abgehalten, um zu sagen, daß Toleranz sich nicht lohne, daß Gandhi ein Trottel gewesen sei, daß der Jainismus eine Menge Mist verkünde und man es daher wie die alten Anarchisten mit ihren Bomben machen müsse oder wie die Matrosen des Panzerkreuzers Potjomkin, die es leid waren, immer verdorbenes Fleisch zu essen, schließlich rebelliert, dabei die Offiziere umgebracht und so die Russische Revolution ausgelöst hatten. «In seiner Würde verletzt zu werden ist schlimmer, als verdorbenes Fleisch zu essen: rächen wir uns!» Und Franz, der Südtiroler mit der Flappe, der immer nur Deutsch sprach, hatte ihm Schützenhilfe geleistet: «Genau! Errichten wir Barrikaden! Hauen wir den Fallschirmjägern eins in die Fresse! Hauen wir alles kaputt!» Nagel dagegen hatte vernünftig reagiert. «Was sollen denn Schlägereien, was sollen denn Barrikaden, was soll denn das mit der Potjomkin und mit den alten Anarchisten und ihren Bomben! Hört auf mich, ich bin Koch und Kommunist: die Rache ist ein Gericht, das man kalt genießen muß, und es muß mit Taktik zubereitet werden!» Dann hatte er vorgeschlagen, diesen Säkken den Stützpunkt mit Ratten und Mäusen bevölkert zu hinterlassen, wozu man nur ein paar Köder aus Käse oder Marmelade oder Butter oder Wurst auslegen müsse, und sein Vorschlag hatte sich durchgesetzt. Während der letzten achtundvierzig Stunden hatten sie nichts anderes getan, als die Köder in den Zelten, den Schuppen, den Büros, den verschiedenen Unterkünften zu verstecken, und sie hatten keine Gewissensbisse dabei, ja, hatten im Gegenteil Ihre Hoheit, die Erste Witwe, die beiden Mitwitwen, die beiden Lieblingsfrauen, die beiden Köchinnen, die beiden Krankenschwestern, die beiden Kammerzofen, die Küchenhilfe, den Eunuchen lauthals beleidigt, die ihnen von den Gittern des Frauenhauses her zusahen, und hatten dann die Villa verlassen. Selbstzufrieden hatten sie den Hafen erreicht, wo es ein äußerst diplomatischer Kondor fast schaffte, Vergebung zu erlangen durch eine Lobhudelei auf das Heldentum, das die Bersaglieri 1855 auf der Krim, 1866 bei Custoza, Villafranca und Borgoforte,

1870 an der Porta Pia in Rom, 1911 in Libyen, in der Kyrenaika und auf dem Dodekanes, 1916 auf dem Carso und am Isonzo, 1918 am Piave, 1936 in Ostafrika, 1940 in Griechenland, 1941 in Nordafrika, 1942 in Rußland und in der Weihnachtsnacht in Chatila ausgezeichnet habe. Dann war ein Trupp mit der Fahne des Bataillons im Laufschritt vorbeidefiliert, gleich hinter dem Trompeter, der die Hymne der Bersaglieri spielte, und alle, außer Ferruccio, hatten angefangen, provozierend mitzusingen: «Wenn sie durch die Straßen ziehen, / uns're ruhmreichen Bersaglieri, / spür ich Freundschaft und Sympathie / für unser Bataillon! / Fallschirmjäger sind Tunten mit Tuntenpompon!» Im Takt von Fallschirmjäger-sind-Tunten-mit-Tuntenpompon hatten sie sich an Bord begeben, und das Schiff, das aus Brindisi gekommen war, hatte sie nach Italien zurückgebracht, und außerdem eine beachtliche Menge Haschisch. Sic transit gloria mundi, so vergeht der Ruhm der Welt, hätte Verrücktes Pferd gesagt. Und diesmal hätte er richtig gelegen: von den Bersaglieri redete man nicht mehr. Es war, als wären sie plötzlich mit einem Schwamm von der Tafel der Erinnerung weggewischt worden, in jeder Weise aus der Darstellerliste der Tragikomödie getilgt. In Chatila waren jetzt die Fallschirmjäger, die, obwohl sie weiterhin Bourji el Barajni überwachten, die Einundzwanzig, die Zweiundzwanzig, die Dreiundzwanzig und die Fünfundzwanzig (die Vierundzwanzig war den Maròs übergeben worden) innehatten; in dem Louis XVI.-Zimmer waren nun der Falke und Gigì il Candido, die gemeinsam mit Armando mit den Goldenen Händen gezwungen waren, das Herz ihrer Freundinnen zu brechen.

«Armandò, Armandò! Dites-moi que ce n'est pas vrai, sagen Sie mir, daß es nicht stimmt!»

«Malheureusement c'est vrai, leider stimmt es, Schwester Milady...»

«Gigì, Gigì! Confirmez-moi que c'est un bavardage, bestätigen Sie mir, daß es Geschwätz ist!»

«Je le voudrais bien, das würde ich sehr gerne, Schwester George...»

«Falke, Falke! Nous avons reçu une bien triste nouvelle, wir haben eine sehr traurige Nachricht erhalten!»

«Bien triste, Schwester Espérance...»

«Mais moi j'ai peur sans vous, je ne veux pas loger ici sans vous! Aber ich habe Angst ohne Sie, ich will hier nicht ohne Sie wohnen!»

«Ne pleurez pas, weinen Sie nicht, Schwester Madeleine. Sinon, vous faites pleurer nous aussi, sonst bringen Sie uns auch noch zum Weinen...»

Ja, der Kondor hatte den Konvent wirklich räumen lassen: im Ostteil blieb jetzt nur noch Ost Ten mit den fünf italienischen Mörserschützen und dem Lieutenant Joe Balducci mit seinen vier Marines. Ein großes Problem, denn im Verlauf des Monats mußten die Marines evakuiert werden, und es sah ganz so aus, daß die Sorge, die Gigi il Candido immer gequält hatte, Wirklichkeit wurde. Mit welcher List konnte man die Marines über die Grüne Linie bringen und bis zu den Schützengräben ihres Kommandostützpunkts begleiten, ohne daß sie in die Klauen der Amal oder der Söhne Gottes fielen, die, nur um einen Amerikaner zu zerfleischen, sich sogar zum Christentum bekehrt hätten. Als Fallschirmjäger verkleidet, hätte es der blonde, sommersprossige Joe Balducci leicht schaffen können. Aber mit einer Haut, die noch schwärzer war als Pech, und mit plattgedrückten Nasen hätten es die vier Kolosse, denen nur noch die Aufschrift USA auf der Stirn fehlte, nicht geschafft. Die hätte man selbst dann erkannt, wenn sie als Muezzins verkleidet gewesen wären, und jedesmal, wenn Gigi il Candido darüber nachdachte, fühlte er, wie sich seine alte Angst zu ganzen Krötennestern auswuchs: «Arme Jungs, arme Jungs...» Und doch sind es nicht die vier Kolosse, die eine Haut schwärzer als Pech haben und plattgedrückte Nasen und denen nur noch die Aufschrift USA auf der Stirn fehlt, an die er denkt, während er mit Armando mit den Goldenen Händen an der merkwürdigen Vorrichtung arbeitet, die sie hinter dem vorderen Einfahrtstor zum neuen Stützpunkt Rubino angebracht haben: drei dicke, sternförmig zusammengeschweißte Eisenstangen, die auf einen Rollgleiter montiert sind, der seinerseits wiederum auf senkrecht verlaufende Schienen an der Einfahrt montiert ist. Ein beweglicher spanischer Reiter also, eine Vorrichtung zum Öffnen und Schließen der Einfahrt, wie der Leopardpanzer am Kommandostützpunkt. Ihn quält auch nicht das Problem von Ost Ten, während in zweieinhalb Kilometern Entfernung eine Kugel dabei ist, ihr Ziel zu verfehlen, um statt dessen ins Lager zu fliegen, ein Zelt zu durchschlagen und eine Reihe unvorhergesehener Zufälle auszulösen, die sich miteinander verknüpfen und Rocco an den Kondor, den Kondor an den Professor, den Professor an Charlie, Charlie an Angelo und Angelo an das binden, was er als das Schlußglied der Kette definiert. Das heißt, während die schiitische Revolte vor dem Ausbruch steht und durch diese Verkettungen das Schicksal der eintausendzweihundert auf der Bühne unserer Geschichte verbliebenen Italiener entscheidet.

– 2 –

«Jetzt beeil dich doch, Armando, Herrgottnochmal! Es ist schon fast Mittag!»
«Ich beeil mich ja ...»
«Du beeilst dich nicht, du trödelst rum!»
«Ich trödle nicht rum! Ich versuch zu begreifen, wieso dieser Rollgleiter nicht richtig auf den Schienen läuft ... Sie haben heute aber wirklich miese Laune!»
«Hab ich auch!»
Und wer hätte sie nicht an seiner Stelle? Immer wurden Scherereien auf ihn abgewälzt, sagte er und versetzte dem Rollgleiter einen Tritt. Heute morgen hatten zwei der üblichen Zuträger Charlie darüber informiert, daß irgendwer irgendwas im Schilde führte, und der Kondor zog daraus den Schluß, daß der dritte Lastwagen aktiv würde, weshalb man die Sicherheitsvorkehrungen verstärken müsse, und dabei war aufgefallen, daß es am vorderen Einfahrtstor zum neuen Stützpunkt Rubino nicht genug Platz für einen Leopard gab, und wer mußte diese Bescherung ausbaden? Natürlich Gigi il Candido. Ruft-doch-Gigi-il-Candido, Gigi-il-Candido-schafft-alles, Gigi-il-Candido-erfindet-eine-Vorrichtung-die-auf-und-zugeht-wie-der-Leopard-am-Kommandostützpunkt. Naja, er hatte eine erfunden. Dank der bei der ehemaligen Eisenbahn von Beirut geklauten Schwellen und Schienen, Dieb-akrùt-Dieb, und in wenigen Stunden hatte er sie mit Hilfe von Armando mit den goldenen Händen sogar konstruiert. Aber die verfickten Räder rollten weder rauf noch runter, und um zwölf Uhr würde der Generale zur Inspektion kommen und ... Nein, das war nicht der Grund für seine miese Laune: der Grund war, daß er heute nacht nicht geschlafen hatte, wie üblich. Man konnte in dem verwichsten Zimmer mit dem Baldachinbett, dem mit Perlmutt überladenen Kleiderschrank und dem mit kleinen nackten Nutten verzierten Kronleuchter, das heißt in der Unterkunft, die er jetzt mit dem Falken teilte, nicht schlafen: sie war voller Ratten. Aber keine normalen Ratten. Monster, die dreißig, vierzig Zentimeter lang waren, den Schwanz nicht mitgerechnet, Dinosaurier, die dich ansprangen und bei lebendigem Leib auffraßen. Und überall im Stützpunkt das gleiche. Sie waren sogar in die Zelte des Lagers eingedrungen, in die Schuppen, in die Büros, verdammte Sauerei, und in die Räume des Frauenhauses, wo Ihre Hoheit, die Erste Witwe, nur noch herum-

schrie: «C'est la faute des Italiens, ces salauds d'Italiens! Das ist die Schuld der Italiener, dieser Schweine von Italienern!» Und man konnte ihnen nicht einmal Unrecht geben, verdammte Sauerei: in der Eile der Abreise hatten die Bersaglieri einen derartigen Dreck hinterlassen! Käsestücke, Wurst, Brötchen mit Butter und Marmelade ... Von den Essensgerüchen angelockt, waren die Viecher aus ihren Winternestern gekommen und hatten sich überall verbreitet.
«Ah! Jetzt ist's mir klar.»
«Was ist dir klar?»
«Die Kugellager sind eingerostet.»
«Wenn sie eingerostet sind, dann tausch sie aus!»
Nein, die Ratten und der Mangel an Schlaf hatten gar nichts damit zu tun. Und nicht einmal das Geschrei der Ersten Witwe, nicht einmal die Scherereien, die immer auf ihn abgewälzt wurden, nicht einmal Armando mit den goldenen Händen, der mit den Kugellagern rumtrödelte. Er hatte miese Laune, weil es Donnerstag war und die Erinnerung an Schwester George, an ihre zarte, kleine Gestalt, ihr geistreiches Gesichtchen, ihre weichen Gs ihn mehr peinigte als sonst. Und zusammen mit der Erinnerung die Sehnsucht nach ihren regelmäßigen und unregelmäßigen Verben, nach ihren accents graves, d'aigus und circonflexes, nach ihren liebevollen Standpauken, nach ihrem geistreichen Lob, aujourd'hui-les-ânes-volent. Heute fliegen die Esel, Monsieur Gigì. Er hatte sie seit dem letzten Abendessen nicht gesehen und ... Das letzte Abendessen! Dieser Hornochse von Falke hatte auch sich selbst das Vergnügen eines letzten Tête-à-têtes im zweiten Stock nicht mehr gegönnt und gesagt Wir-nehmen-gemeinsam-mit-der-Truppe-Abschied und sie in den Speiseraum hinunter eingeladen. Also waren sie heruntergekommen – allerdings ohne Schwester Françoise, die man im Konvent nur noch selten zu sehen bekam, weil sie inzwischen im Rizk fest angestellt war – und das Desaster war unvorstellbar. Schwester Espérance war wütend auf ihren ausweichenden Verehrer und daher wieder so hochmütig wie früher. Schwester Milady war enttäuscht über das ausgebliebene Tête-à-tête mit Armando mit den goldenen Händen und daher wieder so feindselig wie früher. Schwester Madeleine war derart niedergeschlagen vor Angst, ohne Schutz zu bleiben, daß sie ungewöhnlich mürrisch war. Schwester George, sie verschloß sich in einem halsstarrigen Schweigen. Nur zur Verlesung einer kurzen Rede im Namen der Mutter Oberin hatte sie ihr Schweigen unterbrochen, und für ein paar Augenblicke schien es so, als würde ihr gewohnter Esprit wieder aufleben. Doch während sie über die alten Spannungen gescherzt hatte,

waren ihre Blicke zu der Treppe mit den sechzehn Stufen hinübergewandert, jetzt ohne Anti-Vergewaltigungsbarrikade, und ihre von den Brillengläsern riesenhaft vergrößerten Augen hatten sich verdunkelt, ihre Stimme war zu einem Hauch geworden und: «Je ne peux pas continuer, ich kann nicht weitersprechen. Excusez-moi.» Ergebnis: Schwester Milady hatte gewinselt wie ein tödlich verwundetes Tier, Schwester Madeleine war in lautes Schluchzen ausgebrochen, und Schwester Espérance war schnell aufgesprungen. «Mes Sœurs, saluez nos amis. Meine Schwestern, verabschieden Sie sich von unseren Freunden.» Ein Desaster, ja ein Desaster. Tatsächlich waren dann am nächsten Morgen, das heißt, als das Bataillon den Stützpunkt geräumt hatte, die Fenster des zweiten Stockwerks geschlossen geblieben: alle hatten sie vergebens Au-revoir-Schwester-George, au-revoir-Schwester-Espérance gerufen. Schlimmer noch: in all den Tagen hatte er sie nicht einmal anrufen und fragen können Comment-ça-va. Das Telefon des Konvents funktionierte nicht, und um Nachrichten zu erhalten, mußte man sich an die Mörserschützen von Ost Ten halten.

«Colonnello, man braucht sie nicht auszutauschen!»
«Was austauschen?!?»
«Die eingerosteten Kugellager.»
«Warum niiicht?!?»
«Weil es reicht, wenn man sie schmiert, Colonnello.»
«Wenn es reicht, daß man sie schmiert, dann schmier sie!»
«Bin ja schon dabei», gab Armando mit den goldenen Händen gereizt zurück. Und während er so tat, als würde er sich den Schweiß von den Schläfen wischen, trocknete er sich eine Träne ab.

* * *

In Ordnung, er litt, der arme Colonnello: ihm fehlte Schwester George, er blätterte nur noch im *Mot à mot*, und seit er im Ex-Stützpunkt Adler untergebracht war, schienen seine weißen Haare noch weißer geworden zu sein. Aber es war nicht gerecht, daß er seine schlechte Laune an ihm ausließ. Wäre es möglich gewesen, ihrer beider Schmerzen auf eine Waage zu legen, dann hätte er ihm bewiesen, daß seine, Armandos, Schmerzen doppelt, ja, dreimal so schwer wogen! Denn als Schwester Espérance die peinliche Situation mit dem Mes-sœurs-saluez-nos-amis aufgefangen hatte, war über Miladys

Lippen ein Flüstern gekommen: «Rejoignez-moi dans la chapelle, treffen Sie mich in der Kapelle, Armandò. Je dois vous parler, ich muß mit Ihnen sprechen.» Das Herz schlug ihm bis zum Hals, als er ihr gefolgt war, sich neben sie auf eine Bank gesetzt hatte. Er zitterte von Kopf bis Fuß, weil sein Arm ihren Arm, sein Bein ihr Bein berührte, fast als berühre er ihre Haut, trotz des Stoffs ihres Kleids und seiner Uniform, und er hörte ihr zu. Und allein schon bei der Erinnerung an diesen langen Monolog, wie sie mit gesenktem Kopf und leiser Stimme sprach, so leise, daß es sich eher wie ein Hauchen, ein Rauschen als eine Stimme anhörte, kamen ihm die Tränen... «Ich möchte Ihnen danken, Armando», hatte sie in ihrem schönen Französisch gesagt, «allerdings nicht für die kleinen Gefälligkeiten, die Sie dem Konvent erwiesen haben, sondern für die übergroße, außergewöhnliche Gefälligkeit, die Sie mir erwiesen haben. Das Geschenk, daß ich verstehe, wer ich bin, oder besser gesagt, was ich nicht bin und niemals sein werde: eine gute, eine richtige Nonne. Niemals, Armandò, niemals... Mein Vater hatte recht, als er mir schrieb, daß ich zu viele Begierden, zu viele Leidenschaften habe, die zu beherrschen mir nicht gelingen würde. Er hatte recht, als er behauptete, daß ich der Prüfung nicht standhalten, daß ich aufgeben würde... Ich gebe auf, Armandò. Ich werde die Gelübde nicht ablegen. Sobald ich diese Kapelle verlassen habe, werde ich es Schwester Espérance, Schwester George und Schwester Madeleine mitteilen. Ich werde ihnen die ganze Wahrheit gestehen. Die ganze! Nein, sagen Sie nichts, Armandò. Unterbrechen Sie mich nicht, sonst kann ich nicht mehr weitersprechen. Im übrigen weiß ich, was Sie mich fragen möchten: Sie sind so praktisch... Sie möchten mich fragen, was ich von heute an mit meinem Leben anfangen will... Nun, ich werde so lange hier bei ihnen bleiben, wie meine Anwesenheit dazu dient, die Probleme, die durch die Verlegung Ihres Stützpunktes entstehen, zu erleichtern: es wäre feige, sie ausgerechnet jetzt zu verlassen. Was danach kommt, wer weiß. Die Zukunft hängt von unserem Schicksal und vom Herrn ab: ich könnte ja bald sterben. Das hier ist eine Stadt, in der man niemals sicher sein kann, ob man den nächsten Morgen noch erlebt, und jetzt, wo Sie abziehen... wo der Konvent unbeschützt bleibt... Jedenfalls, wenn ich überleben sollte, dann gehe ich, glaube ich, nach Paris, werde dort von meinem Juraexamen, das ich abgelegt habe, um meine Familie zufriedenzustellen, Gebrauch machen. Oder vielleicht unternehme ich eine Weltreise, genieße jenes bequeme, unbeschwerte Leben, das sich mein Vater schon immer für mich erträumt hat... Im einen wie im anderen Fall hoffe ich, einem Mann zu begegnen, der

Ihnen ähnlich ist, Armandò. Ich hoffe, daß ich ihm begegne, ja, daß ich ihn heirate und viele Kinder habe, denen ich eines Tages das Märchen von einer reizbaren Novizin erzähle, die wegen eines Italieners mit goldenen Händen und einem goldenen Herzen keine Nonne wurde: wegen eines schönen Feldwebels der Carabinieri, der ihr trotz ihrer Quälereien, ihrer Boshaftigkeiten und ihrer unbegründeten Vorhaltungen die durch den Krieg zerstörten Fensterscheiben einsetzte, Wasserrohre reparierte, absurde Barrikaden auf den Stufen der kleinen Treppe aufrichtete, die zu den Räumen der ersten und zweiten Etage führte, der sie mit seinen Aufmerksamkeiten, seinen feurigen Augen und seinen Orchideen berauschte... Orchideen, die mit einem Militärflugzeug aus Italien geschickt wurden. So daß die reizbare Novizin jede Woche auf sie wartete, wie eine Geliebte auf die Blumen ihres Geliebten wartet, und wenn er sie ihr gab und dabei stammelte Pour-vous, tat sie so, als würde sie glauben, sie seien auch für Schwester Espérance, Schwester George, Schwester Madeleine und Schwester Françoise bestimmt. Sie lief, um sie auf den Altar zu stellen, genauer gesagt, vor die Statue des Jesuskindes, doch flüsterte sie dem Jesuskind zu: C'est-un-prêt, das ist eine Leihgabe. Feurige Augen, die sie stärker verführten als Höflichkeiten, Armandò. Jeden Tag nämlich wachte sie auf und suchte dringend nach einem Vorwand, um den schönen Feldwebel zu suchen, jeden Abend schlief sie selig ein, weil sie ihn gefunden hatte, gleichzeitig aber wurde sie von einem schweren Schuldgefühl geplagt, so daß sie sich bestrafte, und wissen Sie wie? Indem sie den peinlichen Flaum nicht entfernte, der auf ihrer Oberlippe lag, fast wie ein dünner Schnurrbart, den sie sich wahnsinnig gerne ausgerissen hätte, und indem sie sich das Recht versagte, wenigstens sich selbst das einzugestehen, was sie ihm vor allen hätte zuschreien wollen: ich liebe Sie, Armandò!» Ja, sie hatte wirklich die Worte Ich-liebe-Sie, je-vous-aime-Armandò gesagt. Und genau da hatte die Kapelle angefangen, sich zu drehen, in einem solchen Wirbel, daß es ihm vorkam, als befände er sich in einer mit zwölf g angetriebenen Zentrifuge, gefangen in einem Strudel, der sein Hirn bis auf den letzten Blutstropfen leerte und ihn erblinden ließ. Er lähmte ihn, ließ ihn stumm werden. Ein Strudel, ein Durcheinander, das viel zu kompliziert für ihn war: der Altar mit den Kerzen, dem Kreuz, dem Tabernakel, dem Meßbuch und der Statue des Jesuskindes, der Gedanke an seine Frau, die, ahnungslos und freundlich, ihm die Orchideen für die Nonnen schickte, das Schuldgefühl, die Freude, die Traurigkeit, wie sein Arm geradezu hautnah ihren Arm berührte, sein Bein ihr Bein, und der unwiderstehliche Drang, ihr zu antworten

Ich-auch-Milady. Jahrhunderte waren vergangen, bevor die Zentrifuge langsamer wurde, stehenblieb, ihm Körper und Sehkraft und Stimmbänder wieder zurückgab und ihm erlaubte zu antworten: «Ich auch, Milady.» Da hatte sie ihr schönes Gesicht einer gotischen Madonna dem seinen genähert, und mit einem beinahe feierlichen Ernst hatte sie seine Schultern umfaßt. Sie hatte ihren Mund auf seinen Mund gelegt, ihn geküßt. Lange und leidenschaftlich. Schließlich hatte sie sich von ihm gelöst, ganz langsam. Sie war aufgestanden und hatte geflüstert: «Va-t'en, chéri. Geh, Liebling.»
«Und was machst du jetzt?!?»
«Ich schraub sie wieder an, Colonnello ...»
«Schraubst was wieder an?!?»
«Die Nabendeckel.»
«Was für Naben?!?»
«Die Radnaben ...»
Tastend wie ein Blinder war er gegangen. Er war zum großen Platz gekommen, stehengeblieben, um die kalte Abendluft einzuatmen, und ein paar Minuten später hatte er eine erstickte Stimme gehört. Die Stimme von Schwester Espérance. «C'est pas possible, je ne vous crois pas! Das ist nicht möglich, ich glaube Ihnen nicht!» Dann eine kleine entschlossene Stimme. Ihre. «Pourtant vous devriez, ma Mère. Dennoch müssen Sie es, meine Mutter. J'en ai informé mème Armandò, ich habe es auch Armandò mitgeteilt.» – «Armandò?!? Qu'est-ce-qu'il y a à voir là-dedans, Armandò?!? Was hat denn Armando damit zu tun?!?» – «Il y a, er hat damit zu tun, ma Mère. J'étais avec lui, dans la chapelle. Ich war zusammen mit ihm in der Kapelle.» – «Sœur Milady! Dites-moi que ce n'est pas vrai, sagen Sie mir, daß das nicht wahr ist!» – «Au contraire, im Gegenteil, ma Mère. Moi je l'aime, ich liebe ihn. Mais n'aiez pas peur, aber haben Sie keine Angst: je ne partirai pas tout de suite, ich gehe nicht sofort weg. Ça coûtera ce que ça coûtera, pour le moment je reste avec vous et les autres sœurs. Je ne vous abandonne pas. Koste es, was es wolle, für den Augenblick bleibe ich bei Ihnen und den anderen Schwestern. Ich verlasse Sie nicht.» Ob die Fenster des zweiten Stocks deshalb zugeblieben waren, als das Bataillon den Stützpunkt räumte? Jedenfalls war das, was ihn heute innerlich zerriß, nicht das Je-vous-aime-Armandò, der lange, leidenschaftliche Kuß, das Va-t'en-chéri, die mutige Beichte bei Schwester Espérance und die geschlossen gebliebenen Fenster. Es war das, was er heute morgen von einem der Mörserschützen von Ost Ten erfahren hatte. Denn heute morgen hatte er, ohne jemanden um Erlaubnis zu bitten, Ost Ten angerufen. Er hatte

gefragt, wie es gehe, und einer der Mörserschützen hatte ihm geantwortet, daß sich die Situation wesentlich verschlechtert habe. Längs der dreihundert Meter am Fuß des Hügels spielten sich jeden Tag blutige Gefechte ab, und unter dem Schutz der Amal hätten sich die Söhne Gottes in der vergangenen Nacht in den Besitz der Kirche von Saint-Michel gebracht. Angeführt von einem hysterischen, mit einer Kalaschnikow bewaffneten Mullah hätten sie die Kreuze und die Bildnisse der Madonna verbrannt, die Statue des Heiligen zertrümmert, die Reliquien und den Tabernakel zerstört, den Hauptaltar vollgekotet und den Priester umgebracht. Das habe ein sunnitischer Moslem erzählt, der Zeuge dieses Vandalismus war und sich in panischer Angst im Wolkenkratzer versteckt habe. Wie der Sunnit weiter berichtet habe, seien die Söhne Gottes dabei gewesen, den heiligen Ort in ein Munitionslager zu verwandeln, und an der Galerie Semaan seien die von der Sechsten mit denen von der Achten handgreiflich geworden. Der christliche Offizier, der den Streit schlichten wollte, sei von einem schiitischen Gefreiten heftig getreten worden. Daraufhin hatte er voll böser Vorahnungen den Mörserschützen gebeten, auf einen Sprung zum Konvent hinüber zu gehen: zu sehen, wie die Dinge da drüben liefen. Na ja, sie liefen so schlecht, wie sie nur laufen konnten. Das Telefon funktioniere nicht, die Fassade sehe wieder aus wie ein Sieb, und wenn man sich auf dem großen Platz nur zeige, riskiere man, von einem Querschläger oder Splitter getroffen zu werden. Die vier Nonnen hätten sich daher in ihren Zimmern eingeschlossen, und Schwester Madeleine sei dermaßen in Panik, daß sie von Zeit zu Zeit wegrenne, um in einen alten Brunnenschacht auf dem Grundstück zu steigen, und dann stundenlang dabliebe, um das Requiem Aeternam zu beten. Schwester Espérance befürchte, daß Schwester Madeleine den Verstand verlieren könne, und habe ihn gebeten, über Funk den Priester von Baabda zu verständigen, der ihnen während der israelischen Belagerung zur Flucht verholfen hatte: er solle ihm sagen, er möge kommen, um die Arme abzuholen, sie zum Hafen zu begleiten und sie an Bord eines Schiffes nach Marseille zu bringen. Was die anderen beträf, ginge es ihnen gut, und sie verhielten sich sehr mutig. Doch die Novizin sei ihm sehr nervös vorgekommen und habe immer wieder gesagt, dies sei eine Stadt, in der man niemals sicher sein könne, ob man den nächsten Tag noch erlebte: und wenn die Söhne Gottes auch den Konvent erstürmt hätten? Oh, Milady, Milady! Und nachdem er den Deckel der letzten Nabe angeschraubt hatte, trocknete er sich heimlich eine weitere Träne ab, die an seiner Wimper hing. Dann gab er der Vorrichtung einen Stoß, die auf der

Stelle über die Schienen glitt und die Einfahrt versperrte, und wandte sich an Gigi il Candido, der sich plötzlich beruhigt hatte und auf das Echo eines Schußwechsels horchte, der gerade an der Grünen Linie losgegangen war.
«Jetzt klappt's, Colonnello.»
«Tüchtig ...»
«Rollt perfekt.»
«Seh ich ...»
«Verschließt die Zufahrt besser als ein Leopard. Ich garantiere Ihnen, daß der dritte Lastwagen hier nicht durchkommt.»
«Seh ich, seh ich ...»
«Was ist los, Colonnello?»
«Tja!» Gigi il Candido bückte sich, um etwas aufzuheben, das er gedankenverloren untersuchte. «Los ist, daß der Kondor sich meines Erachtens täuscht. Meines Erachtens hat die geheime Information, die Charlie erhalten hat, überhaupt nichts mit dem dritten Lastwagen zu tun.»
«Nicht?!?»
«Nein. Sieh mal.»
Er reichte ihm den Gegenstand, den er aufgehoben hatte: eine kleine Gewehrkugel, die mit einer glänzenden Kupfer-Messing-Legierung überzogen war und eine scharfe Spitze hatte, die sich beim Aufschlag auf den Boden etwas verbogen hatte.
«Das ist eine 5,56er», bemerkte Armando mit den goldenen Händen. «Und sie ist noch warm ...»
«Genau: sie ist noch warm. Und eine 5,56er kommt von einem M16. Und sowohl die Regierungstruppen der Sechsten wie der Achten verwenden die M16. Und seit einigen Minuten schießen sie auf der Grünen Linie ausschließlich mit M16 ... Vielleicht irre ich mich, aber meines Erachtens schießen die Regierungstruppen jetzt aufeinander, die geheime Information bezog sich darauf, und heute werden wir von den Dingern hier noch einige zu sehen bekommen. Wenn man nicht aufpaßt, kann's passieren, daß man eine auf den Kopf bekommt», sagte er abschließend und öffnete die Einfahrt, um einen Geländewagen mit Fallschirmjägern durchzulassen, unter denen Rocco war, der ihn grüßte und fröhlich seinen Helm schwenkte.
«Guten Tag, Signor Colonnello!»
«Grüß dich, Rocco. Wie geht's?»
«Ausgezeichnet, Signor Colonnello!»
«Wieder glücklich, eh?»
«Überglücklich, Signor Colonnello!»

«Ein Grund mehr, den Helm aufzubehalten, mein Junge. Setz ihn wieder auf. Heute darfst du ihn selbst dann nicht absetzen, wenn du Lust hast, dich am Kürbis zu kratzen, verstanden?»

Der Schußwechsel war nämlich stärker geworden, und die Querschläger pfiffen heftig zwischen den Bäumen des Lagers hindurch.

−3−

Rocco ging zu einem der Zelte am Rand der Rue de l'Aérodrome, betrat es vorsichtig, um nur ja den Fallschirmjäger nicht zu wecken, der, vom Nachtdienst erschöpft, dort schlief, und ein breites Lächeln verklärte seine unschönen Gesichtszüge, deretwegen Imaam ihn mit so viel Zärtlichkeit getröstet hatte. Tü-nä-pa-läd-mongamuhr, tü-ä-boh-kar-tü-aä-boh-dedáng. Du-bist-nicht-häßlich-mein-Liebster, du-bist-schön-weil-du-innerlich-schön-bist. Überglücklich, ja. Der glücklichste Soldat des Bataillons, mehr noch, von Beirut, mehr noch, auf der ganzen Welt: am Tag nach der Schlacht war ihm ein derartiges Wunder widerfahren! Schreiend waren die Jungs von Bourji el Barajni zum Kommandostützpunkt gekommen: Rocco, wir haben sie für dich gefunden, Rocco! und verdammt noch mal: sie hatten sie wirklich für ihn gefunden. Da war sie, rund und strahlend wie die Sonne im August. «Imaaam!» − «Mongamuuuhr!» Außerdem hatte der gute Gigi il Candido ihn nach dem Abzug der Bersaglieri vom Kommandostützpunkt weggeholt und ins Lager des ehemaligen Stützpunkts Adler verlegt. Eine ideale Unterkunft, eben weil sein Zelt am Rand der Rue de l'Aérodrome lag. Wenn Imaam kam, dann brauchte sie ihn nämlich nicht durch die Carabinieri rufen zu lassen: sie mußte sich nur auf den Bürgersteig stellen und Rocco-sche-swi-issi, ich-bin-da zwitschern. Daraufhin sprang er über die mit Sandsäcken verstärkte Umfassungsmauer, und dann nichts wie los. Wohin? Naja, Brathähnchen essen, zärtlich zueinander sein, von morgen träumen ... Wenn es nicht regnete, gingen sie hinter den moslemischen Friedhof, der trotz der abgedeckten Gräber ein sehr hübsches Plätzchen war. Wenn es regnete in den Wartesaal der Notaufnahme des Feldlazaretts, der trotz der Palästinenser, die auf der Suche nach Medikamenten und Blutplasma waren, ein sehr ruhiges Plätzchen war. Einverstanden, weder der moslemische Friedhof noch die Notaufnahme hatten den Zauber der Oase mit den Linden, dem Lastwagen, in den sie sich am Stützpunkt Rubino schlichen, um miteinander zu schmusen oder eng umschlungen zu schlafen und sich vorzustellen, sie wären schon Mann und Frau: doch wer mit einer Nase wie ein Kerzenauslöscher auf die Welt kommt, mit winzigkleinen, dicht nebeneinander stehenden und in tiefen Höhlen liegenden Augen, über denen die Brauen einen einzigen schwarzen Strich bilden, wer, wenn er Vergleiche anführen will, nur die Erinnerung an eine Jugend besitzt, die aus Olivenpflücken und Muschelnsäubern bestand, der lernt schnell, sich zu begnügen. Außerdem hatten sie ja noch ein ganzes Leben, um miteinander zu schmusen und eng umschlungen zu schlafen: früher oder später würden sie sowieso heiraten, oder? Die Zukunft gehörte ihm. Eine wunderbare Zukunft wie die, die auf die Helden der Romane mit Happy-End wartet.

Er sah auf die Uhr. Es war fünf Minuten nach zwölf, und Imaam kam heute um Viertel nach zwölf. Er konnte sich daher ein bißchen auf die Pritsche legen. Und nachdem er seinen Helm abgenommen hatte, legte Rocco sich mit dem Kopf ans Fußende und mit den Füßen ans Kopfende: diese Lage erlaubte ihm, bequem das Foto zu betrachten, das er mit Tesafilm an die Wachsplane geklebt hatte. Ein Foto von Imaam in den Schuhen aus braunem Eidechsenleder, die er in Diamante in Kalabrien gekauft hatte. Ah! Er wurde niemals müde, diesen Mund voller Sterne zu betrachten, diese festen Wangen, die ihrer Meinung nach zu pausbäckig waren, diese fülligen Hüften, die ihrer Meinung nach zu dick waren, diese prallen Schenkel, die ihrer Meinung nach von Zellulitis aufgequollen waren. Aber was ihn an diesem Foto am meisten fertigmachte, waren die Schuhe aus braunem Eidechsenleder, die er in Diamante in Kalabrien gekauft hatte. Sie standen ihr wunderbar. Richtige Größe, passende Absätze, lustiges Schleifchen ... Und sie gefielen ihr so gut, daß sie sie zu jedem Kleid trug. Sogar zu dem dunkelblauen. Völlig sinnlos, ihr zu sagen Imaam, le-marong-avec-le-blö-ne-wapa, braun-mit-dunkelbau-paßt-nicht-zusammen. Sie zuckte nur mit den Schultern und antwortete: «Sawa, mongamuhr, sawa! Sät-öng cadoh-a-toa, donk-sawa! Es paßt, mein Liebster, es paßt. Es ist ein Geschenk von dir, also paßt es.» Aber sie trug auch den Schal von Gucci und das Amethystarmband, und sie nahm auch Chanel Nummer Fünf, das heißt das Parfüm von Marilyn Monroe. Und das an den unglaublichsten Stellen. Hinter den Ohren, im Ausschnitt, unter den Achseln ... Sogar ein Priester hätte da den Kopf verlieren können. Tatsächlich flehte er sie jedesmal, wenn er dieses Parfüm an den unglaublichsten Stellen schnupperte, an: «Mariognu, tudeswi a Beirut, heiraten wir sofort in Beirut, Imaam!» Umso mehr, als er den Weg, sie sofort in Beirut zu heiraten, kannte:

nämlich Moslem zu werden und eine islamische Hochzeit zu feiern. Es war ja so einfach, Moslem zu werden, Donnerlittchen! Man brauchte sich nur zwei männliche Zeugen zu beschaffen oder vier weibliche, die nach dem Koran so viel wert sind wie zwei männliche Zeugen, dann in eine Moschee zu gehen und auszurufen: «Ash'hadu en la'ilahe illalah, ash'hadu anna Muhammadu rassullallah! Im Beisein von Zeugen bestätige ich, daß es keinen Gott außer Allah gibt und daß Mohammed der Prophet Allahs ist!» Der Mullah fragt dich nicht einmal, ob Mekka in Brasilien oder in Luxemburg liegt: er händigt dir ein Blatt Papier aus, aus dem hervorgeht, daß du aufgehört hast, ein ungläubiger Hund zu sein, und daß du von nun an keinen Alkohol mehr trinken und kein Schweinefleisch mehr essen darfst, dann sagt er dir Mubarik-viel Glück und schickt dich weg. Um die islamische Hochzeit zu feiern, braucht man nur ein Taxi zu rufen, mit den beiden männlichen oder den vier weiblichen Zeugen, die, wie bekannt, so viel wert sind wie zwei männliche Zeugen, zum Haus der Verlobten zu fahren, dem Vater eine Summe auszuzahlen, die einem Monatseinkommen entspricht, und einen kleinen Vertrag zu unterschreiben. Schlimm ist nur, daß Imaam während der wegen seiner Röteln notwendig gewordenen Trennungszeit die Bibel, genauer gesagt die Evangelien, gelesen hatte und von der Gestalt Jesu Christi tief beeindruckt war. Vor allem von der Tatsache, daß er sehr gerne mit einem Freudenmädchen namens Maria Magdalena zusammen war und mit dem Ruf Wer-ohne-Sünde-ist-der-werfe-den-ersten-Stein die Pharisäer daran hinderte, Ehebrecherinnen zu steinigen. Dann hatte sie noch entdeckt, daß er denen, die ihm nachfolgten, empfahl, nur eine Frau zu haben, daß er, kurz gesagt, die Frauen achtete, und hatte den Kopf verloren. «Genau das Gegenteil von Mohammed, der Auge-um-Auge-Zahn-um-Zahn predigte, der die Maria Magdalenas steinigte, die Frauen ganz allgemein verachtete, demütigte, sie gegen Ziegen oder Kamele eintauschte, und damit nicht zufrieden, auch noch den Rat erteilte, vier Frauen wie auch eine nicht näher festgelegte Zahl von Nebenfrauen zu haben!» sagte sie hingerissen. Schlimmer noch: sie hatte entdeckt, daß die Christinnen in einem weißen Kleid heiraten, mit einem Tüllschleier, Orangenblüten, weil Orangenblüten Symbol der Jungfräulichkeit sind, und hatte beschlossen, zum Christentum überzutreten, die Hochzeit nach katholischem Ritus, mit weißem Kleid und Tüllschleier und Orangenblüten zu feiern. Es gab nichts, was sie dazu bringen konnte, ihre Meinung zu ändern, das heißt, sie davon zu überzeugen, ihn zum Islam übertreten zu lassen. «Sa me kasserä le kör, das würde mir das Herz brechen, mongamuhr.» Liebe, sanfte, weiche Imaam! Er wartete so sehnsüchtig, daß er sie sehen, berühren und ihr zuhören konnte, wie sie über das weiße Kleid und den Tüllschleier und die Orangenblüten sprach, daß er sich, wenn sie nicht innerhalb der nächsten fünf Sekunden Sche-swi-issi, ich-bin-da-zwitscherte, einen Vorschuß holen und das Foto küssen würde.

Rocco sah erneut auf die Uhr, die jetzt vierzehn Minuten nach zwölf anzeigte. Dem Sekundenzeiger folgend, zählte er bis fünf, doch man hörte kein Zwitschern, woraufhin er beschloß, sich seinen Vorschuß zu holen. Er stützte den linken Fuß auf, dann den rechten Ellbogen, richtete den Oberkörper auf, um mit dem Gesicht dicht an die Fotografie heranzukommen, drehte den Kopf um fünfundvierzig Grad und brachte auf diese Weise seinen Nacken in die Flugbahn der Geschosse, die von der Galerie Semaan herüberkamen. Oder besser gesagt: jener Kugel, die ein Regierungssoldat der Sechsten eben auf einen Regierungssoldaten der Achten zweieinhalb Kilometer weiter hinten abgefeuert hatte. Die Kugel einer M16, eine 5,56er – genauso eine 5,56er wie die, die Gigi il Candido mit den Worten aufgelesen hatte Heute-werden-wir-von-den-Dingern-hier-noch-einige-zu-sehen-bekommen, wenn-man-nicht-aufpaßt-kann's-passieren-daß-man-eine-auf-den-Kopf-bekommt –, die nun zum ehemaligen Stützpunkt Adler flog, weil sie den Regierungssoldaten der Achten verfehlt hatte. Sie flog zum Zelt am Rand der Rue de l'Aérodrome, das sie durchschlug, und drang dann mit einem freundlichen Pfeifton in Roccos Nacken ein.

«Zzzzzzzzin!»

* * *

Ach ja, die Wege des Herrn sind wirklich unerforschlich. Merkwürdige Fäden durchziehen sie, um das Geheimnis unseres Schicksals zu weben. 1952, wenige Jahre bevor Rocco zur Welt kam, hatte sich in Whittier, Kalifornien, etwas Wichtiges ereignet: Mr Robert Hutton, genialer Jünger der Ballistik, hatte eine Patrone entwickelt, deren Kugel nur zweieinhalb Zentimeter lang war und einen Durchmesser von einem halben Zentimeter hatte. Das heißt, sie war sehr klein und sehr leicht. Sogleich hatte er sie an Remington verkauft (ein Unternehmen, das berühmt ist für seine Schreibmaschinen, Rasierapparate und Waffen, die es seit den Tagen des amerikanischen Bürgerkriegs in Bridgeport, Connecticut, herstellt), und so wurde die 222 Remington geboren: ein Wunderwerk, das einen durchschlagenden Erfolg bei den Liebhabern der Jagd auf Hirsche, auf Füchse, auf Präriehunde und vor allem auf Kojoten hatte, die auf diesem Kontinent sehr gehaßt werden, weil sie die Herden anfallen. Zur gleichen Zeit hatte Mr Eugene Stoner, ein vielseitiger Luftfahrtingenieur und aufrichtiger Bewunderer der Kalaschnikow, ein Gewehr entwickelt, das drei Kilo wog, mithin wesentlich leichter war als das herkömmliche und in der Lage, Salven abzufeuern. Sogleich hatte er es an Armalite von Fairchild verkauft, und so war die Ar 10 geboren worden: ein Meisterwerk, dessen einziger Schönheitsfehler der war, daß man es mit einer Patrone lud, die weder klein noch leicht war. Genauer gesagt, mit der 7,62er NATO: Tochter der 7,62er Garand, Halbschwester der 7,62er der M14, die eine auf sechs Kilo reduzierte Garand war, und Cousine der 7,62er, die die Sowjets um ganze zwölf Millimeter verkürzen konnten, um sie für die Kalaschnikows einzusetzen. (Zusammen mit der Hülse wiegt die 7,62er NATO nämlich sage und schreibe dreiundzwanzig Komma fünfundneunzig Gramm. Steck davon drei- oder vierhundert in den Tornister eines schon vollbepackten Soldaten, und du wirst ihn nach einem halben Kilometer fluchen hören.)

Nun gut: gerade als die 222 Remington begann, unter den Kojoten ein Blutbad anzurichten und die Ar 10 in Produktion ging, hatte das Medical Department der Johns Hopkins University in Baltimore eine Forschungsreihe über die Letalität tragbarer Waffen abgeschlossen und war zu dem Ergebnis gekommen, daß in Gefechten die Zahl der Toten proportional zur Zahl der abgefeuerten Schüsse ist. Mit anderen Worten: es ist nicht das zielgerichtete Feuer, daß die größere Zahl von Feinden tötet, sondern die Zahl der abgegebenen Schüsse. Doch diese These gefiel den hohen Offizieren des Pentagons nicht, die darauf reagierten, indem sie nein antworteten, gerade das zielgerichtete Feuer, gerade der gezielte Schuß töte; ein guter Soldat vergeude keine Munition. Diese These hatte jedoch einen gewissen General Wyman, Kommandant der Infanterie-Schule, fasziniert, der daraus eine selbstverständliche Überlegung ableitete: «Wenn das Medical Department der Johns Hopkins University recht hat und die meisten Feinde aufgrund der Zahl der abgegebenen Schüsse fallen, muß man, wenn man ein Gefecht oder irgendeine Auseinandersetzung gewinnen will, die größtmögliche Menge Munition abfeuern, genauer gesagt vergeuden. Um die größtmögliche Menge Munition abzufeuern, genauer gesagt vergeuden zu können, muß man große Mengen im Tornister mitschleppen. Daher braucht man eine Kugel, die sehr klein und sehr leicht ist und für ein Gewehr taugt, das wesentlich weniger wiegt als die anderen.» Dann hatte er die verschiedenen Waffenfabriken angerufen, herausgefunden, daß dank Mr Stoner und Mr Hutton ein derartiges Gewehr und eine derartige Kugel bereits existierten, hatte sich mit beiden in Verbindung gesetzt, sie gebeten, die Ar 10 für die 222 Remington und die 222 Remington für die Ar 10 zu adaptieren, und die beiden machten sich wieder an die Arbeit. Die Ar 10 wurde zur Ar 15, und die 222 Remington wurde zur 223 Remington, viereinhalb Zentimeter lang mit Hülse, zweieinhalb Zentimeter lang ohne Hülse, das heißt die Kugel allein, und nur zwölf Gramm schwer. (Die Kugel allein: knapp drei Komma sechs Gramm, genauer gesagt fünfundfünfzig Gran.) Ein paar Monate später war das Patent der Ar 15 an die Firma Colt abgetreten worden, die berühmte Mutter vom Colt 44, den die Nordstaaten im Bürgerkrieg verwendet hatten, wie auch vom Colt 45, den General Custer bei seinen Überfällen auf die Sioux verwendet hatte. Das Patent der 223 Remington war an die Firma Winchester abgetreten worden (berühmte Herstellerin der Winchester 73, die die Pioniere bei der Eroberung des Far West verwendet hatten), und diese magische Namensverbindung ist dann in der Bezeichnung M16 und 5,56er aufgetaucht. Und jetzt kommt das Schönste.

Denn Präsident Kennedy hatte 1961 das Signal für die amerikanische Intervention in Vietnam gegeben, wobei er die südvietnamesische Armee mit den M14 und den 7,62er NATO ausrüsten ließ, und die südvietnamesischen Soldaten waren, sowohl was Körpergröße wie Körperbau betraf, so klein wie Rocco. Weil sie so klein waren wie Rocco, waren sie auch nicht robust: wenn sie die sechs Kilo einer M14 mit über sieben Kilo 7,62er NATO trugen, was einer Mindestmenge von dreihundert Patronen entsprach, wurden sie sehr schnell müde. Bei Müdigkeit schossen sie schlechter als gewöhnlich, und statt die Vietkong umzubringen, wurden sie von ihnen umgebracht. Das Problem gelangte also in die Hände des Verteidigungsministers Robert Strange McNamara und seiner Berater: einer Gruppe von Technokraten, die in Harvard studiert hatten und schlaue-Jungs, wittyboys, genannt wurden. Verführt von der magischen Namensverbindung hatten die Witty-boys McNamara geraten, sie dem Präsidenten zu empfehlen. Verführt von seinen Witty-boys war McNamara zu Kennedy gegangen und hatte ungefähr das zu ihm gesagt: «Mister President, ich erinnere Sie daran, daß eine M16 knapp drei Kilo wiegt und dreihundert 5,56er Patronen knapp drei Kilo und sechshundert Gramm wiegen. Sogar ein nicht sehr robuster Soldat kann damit seinen Tornister vollstopfen. Das ist eine hervorragende Gelegenheit,

die These der Johns Hopkins University einem Test zu unterziehen.»
Kennedy hatte Einverstanden! geantwortet, Colt und Winchester
hatten schnellstens zehn Millionen 5,56er und eintausend M16 geliefert, und am 9. Juni 1962 fand der Test statt. Irgendwo in einem
Dschungel oder einem Reisfeld des Deltas war eine Patrouille süd-
vietnamesischer Rangers auf den Feind gestoßen; ohne ihn ins Visier
zu nehmen, hatten sie ihn mit einem Kugelhagel überschüttet, einige
Kugeln erreichten ihr Ziel, und fünf Vietkong wurden getötet. Daraufhin wurden die Körper der fünf nach Saigon gebracht, um einer
Autopsie unterzogen zu werden, das heißt dem Test, und das Ergebnis dieses Tests findet sich in dem äußerst präzisen Untersuchungsbe-
richt, den der Waffenexperte Edward Azell erstellte: bei dem in der
Lunge getroffenen Vietkong war der Brustkorb zerrissen, bei dem im
Bauch getroffenen war der Unterleib zerrissen, bei dem in der Brust
getroffenen war das Herz zerrissen, bei dem im Gesäß getroffenen
waren die Hinterbacken und die Genitalien zerrissen, und der, der
einfach nur am Fuß getroffen worden war, war verblutet. Ein
Triumph. Nicht zufällig hatte Kennedy siebzehn Tage, bevor er selbst
von zwei Kugeln getötet wurde, genauer gesagt von zwei Schüssen
aus einer 6 Komma 5 Carcano-Mannlicher, McNamara ermächtigt,
sowohl die südvietnamesische Armee als auch die amerikanische Armee mit M16 und 5,56er auszurüsten. McNamara hatte schneidig gehorcht, und in den folgenden Jahren hatte diese magische Namensverbindung nichts als Ruhm eingeheimst. Vietnam, Laos, Kambo-
dscha und allmählich auch Lateinamerika, Mittelamerika, Afrika, der
Nahe Osten sind mit Hunderttausenden von Leichen übersät: überall, wo man mit den Kalaschnikows und der sowjetischen 7,62er riva-
lisieren mußte. Und was machte es schon, wenn die Kalaschnikow
wesentlich verbreiteter war, weil die kommunistischen Länder sie für
einen lächerlichen Preis an jeden verkauften, der sie haben wollte,
während du dich an den Schwarzmarkt oder an die Israelis halten
mußtest, wenn du eine M16 kaufen wolltest, und das hieß, daß du
eine ganz hübsche Summe hinblättern mußtest: was machte es, wenn
das Prestige der Kalaschnikow gleich blieb und wenn in einer Stadt
wie Beirut jeder eine besaß, während die M16 nur die Soldaten von
Gemayel hatten: die M16 verschoß die 5,56er und nicht etwa die sowjetische 7,62er! Wer hätte es gewagt, die sowjetische 7,62 mit der
5,56er zu vergleichen? Die Sowjets selbst waren davon so angetan,
daß es ihnen irgendwann gelang, sie nachzubauen, ja sogar noch zu
verbessern und in Afghanistan einzusetzen.
Kurz gesagt, im Kosmos der Kugeln konnte es keine Kugel mit

dem mörderischen Kügelchen von Mr Hutton aufnehmen, das er für die Jagd auf Kojoten entwickelt hatte und das dank der Witty-boys McNamaras von Kennedy für die Jagd auf die Vietkong und von den Sowjets für die Jagd auf die Mudjaheddin verwendet wurde. Und die Gründe dafür sind folgende. Zunächst die Geschwindigkeit von neunhundert Metern pro Sekunde, was der dreifachen Schallgeschwindigkeit entspricht. Ein Wunder, das durch das kleine Maß und die Leichtigkeit bedingt ist, das heißt durch die Masse, die das Verhältnis zur Abschußgeschwindigkeit verändert und dadurch die Schlagkraft vergrößert. Dann die Reichweite von dreieinhalb Kilometern: eine außerordentliche Leistung, die durch das erwähnte Wunder bedingt ist wie auch durch die Dreistigkeit, mit der diese kleine Mörderin während des Flugs trudelt. Und schließlich ihre intelligente Perfidie: eine Eigenschaft, die am Tag des Tests an den fünf Vietkong klar bewiesen wurde und bedingt ist durch ihren im Verhältnis zur Spitze nach hinten verlagerten Schwerpunkt. Und genau wegen dieses nach hinten verlagerten Schwerpunkts ist ihr Gleichgewicht eine äußerst heikle Angelegenheit. Beim geringsten Widerstand ändert sich ihre Fluglage, das heißt der Neigungswinkel der Spitze; und wenn sie einen menschlichen Körper trifft, das heißt das von ihr so heiß ersehnte Ziel, beschränkt sie sich nicht darauf, einzudringen. Mit boshafter Intelligenz schlägt sie wirbelnd ein, dreht sich, vollführt ausgelassene Kapriolen, und statt ein ihrem Durchmesser von fünf Komma sechs Millimetern entsprechendes Loch zu verursachen, zerfetzt sie das Fleisch mit Rissen, die ihrer Länge entsprechen. Sie zerfleddert es, zerreißt ein Volumen von annähernd fünf Kubikzentimetern, so daß das Opfer innerhalb weniger Minuten verblutet, auch wenn kein lebenswichtiges Organ getroffen wurde. (Beispiel: der am Fuß getroffene Vietkong.) Einziger Nachteil: nach einem halben Kilometer nimmt ihre Geschwindigkeit um zweihundertsiebzig Meter pro Sekunde ab, und nach einem Kilometer vermindert sich ihre Energie: in ihr heiß ersehntes Ziel schlägt sie nicht wirbelnd ein, vollführt keine ausgelassenen Kapriolen, mit denen sie es zerfetzt und zerfleddert und zerreißt. Für den Bruchteil einer Sekunde hält sie inne, um Atem zu schöpfen, sich umzuschauen, zu begreifen, wo sie ist, dann saust sie weiter, auf der Suche nach einem Eckchen, das ihr zusagt, und dort zerbirst sie: sie zerstört in einer verzögerten Explosion. Findet sie kein Eckchen, das ihr zusagt, tritt sie nach vollbrachter Suche wieder aus und läßt einen lebendigen Leichnam zurück: so daß man dem sofortigen oder doch wenigstens schnellen Tod nachtrauert. Und genau das war es, was die Kugel an jenem Tag Mitte Januar in Beirut tat, nachdem sie ohne Hindernisse die zweieinhalb Kilometer zurückgelegt hatte, die den ehemaligen Stützpunkt Adler von der Galerie Semaan trennten, das heißt von dem Punkt, wo der Regierungssoldat der Sechsten auf den Regierungssoldat der Achten gefeuert und ihn verfehlt hatte, und sie anschließend die Umfassungsmauer des Lagers überflogen, das am Rand der Rue de l'Aérodrome stehende Zelt durchschlagen und sich mit einem freundlichen Pfeifton in Roccos Nacken gebohrt hatte.

«Zzzzzzzzzzin!»

Sie bohrte sich in die rechte Kleinhirnhemisphäre. Zufrieden hielt sie dort für den Bruchteil einer Sekunde inne, um Atem zu schöpfen, sich umzuschauen und zu begreifen, wo sie war. Dann sauste sie weiter auf der Suche nach einem Eckchen, das ihr zusagte, dort zerbarst sie und zerstörte in einer verzögerten Explosion: sie drang in den Bereich des Hippocampus ein, der der Sitz des Erinnerungsvermögens ist. Hier fand sie eine Abstellkammer mit der Erinnerung an eine Kindheit ohne Erinnerungen, derart ohne Erinnerungen, daß lediglich Spuren einer kindlichen Freiheit und die Erinnerung an eine farblose Jugend vorhanden waren: mit Schwermut beladen durch das Wissen, häßlich zu sein und von allen schlecht behandelt zu werden. Komm-hierher, geh-dahin, gehorch-du-Dummkopf. Sie fand auch das dunkle Bild eines Souterrainraums, der durch ein kleines Fenster Licht bekam: die Küche der Trattoria, wo ein enttäuschter Siebzehnjähriger, der davon geträumt hatte, Kellner zu werden und das gleiche wie die Gäste zu essen, Feinschmeckergerichte wie Seezunge in Butter und Krabben im Reisrand, als Küchenjunge arbeitete. Und bei seiner Arbeit als Küchenjunge betrachtete er die Füße, die an dem kleinen Fenster vorbeigingen und die Leute zum Strand brachten, und verging vor Neid, und sobald der Koch Meerwasser verlangte, um die Muscheln zu waschen, ergriff der Küchenjunge den Eimer. Er rannte, machte sich die Beine und die Arme naß und genoß ein bißchen Himmel und ein bißchen Sonne. Aber das gefiel der Kugel nicht. Darum drang sie weiter ein, stieg von unten schräg nach oben, durchzog den Bereich des Limbus, der das Zentrum der Zuneigungen und Leidenschaften ist. Hier stieß sie auf Berge ungenutzter Empfindungen, Gipfel unbefriedigter Begierden, grüne Hügel der Dankbarkeit für einen Fallschirm und eine Uniform, die ihm die Illusion schenkte, zu zählen, jemand zu sein, und eine Freiheit, der Freiheit der Kindheit ähnlich, denn Soldat zu sein heißt, scheinbar wieder zum Kind zu werden: unter vielen spielenden Kindern zu sein. Sie stieß auch auf unendliche Ebenen verschenkter, doch nie empfangener Zärtlichkeit, auf grünende Täler angebotener, doch abgewiesener Freundschaft, auf Heidelandschaften des Mitgefühls für die Unglücklichen und Besiegten, für jeden, der noch mehr als er selbst für einen Dorftrottel aus dem Süden gehalten wurde. Inmitten der grünenden Täler und Heidelandschaften Mohnfelder: sie leuchteten vor Liebe zu einem guten, dicken Mädchen, dem Roccos winzige, dicht beieinander stehende Augen gefielen, die in Höhlen unter einem Balken schwarzer Augenbrauen lagen. Täsiö-adorabel-de-sirieng, deine-wunderbaren-Syreraugen. Ein Mädchen, das ihn sehr liebte, das für ihn Hühner briet, das fasziniert seinen Vertraulichkeiten zuhörte, dimoa-dimoa, das die Schuhe aus braunem Eidechsenleder mit Samtschleifchen trug, die er für zweihunderttausend Lire in Diamante in Kalabrien gekauft hatte, das Christin werden und ihn heiraten wollte, im weißen Kleid und mit Tüllschleier und Orangenblüten, weil Jesus die Frauen achtete, die Ehebrecherinnen nicht steinigte und gerne zu einem Freudenmädchen namens Maria Magdalena ging. Ein Mädchen, für das er sein Leben hingegeben hätte. Und zwischen dem Mohn dieser Liebe eine Kornblume, die der Lastwagen unter dem Blätterdach war, die Oase des Konvents. Und das gefiel der Kugel noch viel weniger. Daraufhin suchte sie weiter und stieg weiter nach links hinauf, weiter nach oben, durch den vorderen Gehirnlappen, das Reich der Intelligenz. Dort fand sie wenig: da gab es keine hohen Gipfel, auch keine grünen Hügel. Die Ebenen waren unbestellt, nur hier und da von grundsätzlichen Begriffen gestreift, die auf einer Schulbank gelernt werden, oder von den einfachen Dingen, die ein Soldat wissen muß, und an Stelle der frischen Täler mit dem Mohn und der Kornblume, breitete sich da eine Sandwüste aus. Jetzt glaubte sie wirklich, den Platz gefunden zu haben, den sie suchte, und schien anzuhalten: um in einer verzögerten Explosion einen sofortigen Tod zu gewähren. Doch als sie das Pulver entzünden wollte, das in ihrem kleinen Herzen aus Blei enthalten war, da merkte sie, daß auch in der Sandwüste wunderschöne Blumen blühten. Die Blumen einer instinktiven Weisheit, die vom Leben nur ein bißchen Glück mit dem guten, dicken Mädchen erbat. Die Blume einer lebhaften Phantasie, die ihm half zu träumen, auch wenn es nichts zu träumen gab, ausgenommen die Oase mit dem Blätterdach oder das Zwitschern Mongamuhr-mongamuhr. Die Blume einer angeborenen Ausgeglichenheit, die ihn vernünftig und verständnisvoll und sanft machte. Die Blüte des Optimismus, der sich vom Mut nährt. Und das ärgerte die Kugel dermaßen, daß sie ein Hiroshima grauer Zellen zurückließ, die Hirnrinde durchbohrte und dann den Stirnknochen. Sie ging, trat wieder aus: zwei Zentimeter oberhalb des linken Auges. Danach flog sie weiter, durchschlug auch das Foto von Imaam und schoß erneut durch die Zeltwand. Sie landete zu Füßen eines Baums, und Rocco fiel auf den Rücken: er hatte die Augen weit aufgerissen, aus einem winzigen Loch in der Stirn schoß Blut, die rechte Hand hämmerte automatisch auf ein Eisenstück der Pritsche. Tum-tum, tum-tum, so daß der Fallschirmjäger wach wurde, der von der Nachtschicht erschöpft geschlafen hatte. Und er rief ihn.

«Rocco! Was machst du, Rocco?»

Dann sah er das Loch oberhalb des linken Auges, das Blut, das an der Schläfe heruntertropfte, die weit aufgerissenen Augen, begriff, und ein Schrei zerriß das Feldlager.

«Hilfeee! Er ist am Kopf getroffen, kommt schneeell!»

Gigi il Candido kam angerannt, Armando mit den goldenen Händen kam angerannt, der Falke kam angerannt, die Bahrenträger kamen angerannt. Über Funk verständigt, kam auch der Kondor angerannt. Und hinter dem Kondor Charlie. Hinter Charlie Pistoia. Hinter Pistoia Zucker, der sofort die 5,56er unter dem Baum entdeckte. Er hob sie auf und rekonstruierte ihren unglaublichen Flug über zweieinhalb Kilometer: ihre unerklärliche Flugbahn, die sie durch Tausende von Hindernissen und unter Millionen von möglichen Zielpunkten ausgerechnet in Roccos Nacken geführt hatte. Und Rocco wurde in den Krankenwagen geladen. Vorbei an einem Mädchen, das mit Schuhen aus braunem Eidechsenleder und einem Korb mit Brathähnchen am Bürgersteig stand und ahnungslos Rocco, je-suis-ici, ich-bin-da, zwitscherte, brachten sie ihn ins Feldlazarett. Doch das Mordkügelchen hatte noch etwas anderes angerichtet: Rocco war inzwischen zu einem lebenden Leichnam geworden. Er reagierte nicht einmal mehr auf die mechanischen Reize, auf die Nadel, mit der sie ihn stachen, in der Hoffnung, daß er «au» stöhnen würde, und Gigi il Candido erwog vergeblich eine nicht so verhängnisvolle Diagnose: «Er könnte doch auch durchkommen, oder?» Die Ärzte schwiegen oder antworteten: «Nein, Colonnello, nein. Das hier ist ein irreversibles Koma.» Irgendwann jedoch breitete einer die Arme aus und zuckte mit den Schultern. «Colonnello, normalerweise stirbt man sofort, wenn man eine Kugel in den Kopf kriegt», sagte er. «Wenn man nicht sofort tot ist, stirbt man gleich darauf an innerer Blutung. Die Gehirnmasse wird nämlich von großen Arterien gespeist, deren Zerstörung ein Ödem hervorruft, das das Gehirn gegen die Schädeldecke drückt, kurz gesagt, es erstickt. Diesmal aber ist ein Wunder geschehen. Möglicherweise aufgrund der verringerten Geschwindigkeit, die

die Kugel im Augenblick des Eindringens in den Nacken hatte, möglicherweise wegen der Flugbahn, der sie folgte, oder wegen der Art, wie der Kopf geneigt war, möglicherweise sind die großen Arterien aber auch nicht verletzt worden, weil alle drei Gründe zusammen kommen: das Ödem hat sich aufgrund der Zerstörung der kleinen Blutgefäße gebildet und sonst nichts. Meines Erachtens könnte er durchkommen. Schlimm ist nur, daß man hierfür einen Neurochirurgen braucht, ein besser ausgerüstetes Krankenhaus als ein Feldlazarett, das heißt das Rizk. Aber wer übernimmt die Verantwortung für einen solchen Transport?» Da trat der Kondor vor.

«Ich», sagte er. «Ich übernehme sie.»

«Gut, Generale. Und wer begleitet ihn?»

«Ich. Ich begleite ihn.»

«Generale», mischte sich Charlie ein, «an der Grünen Linie wird heftig geschossen. Es wird schwierig sein, das Rizk zu erreichen, und beinahe unmöglich, wieder zurückzukommen. Wenn der Aufstand der Schiiten begonnen hat, dann brauchen wir Sie so dringend wie Rocco einen Neurochirurgen. Fahren Sie nicht, Generale ...»

Aber das brachte den Kondor nur auf.

«Charlie! Sparen Sie sich Ihre Ratschläge, Charlie! Schiiten-Aufstand oder nicht, ich komm schon zum Rizk durch! Und komme auch wieder vom Rizk zurück! Bringen Sie lieber diese Wahnsinnige, die so weint, zum Schweigen.»

Dann befahl er, Rocco wieder in den Krankenwagen zu bringen, rief Gaspare und die beiden von der Eskorte, sprang mit ihnen in den Geländewagen, und der kleine Konvoi fuhr los, gefolgt vom Schluchzen Imaams, der man erzählt hatte, Rocco sei am Bein verwundet, was sie zur Verzweiflung trieb.

«Rocco! Où est qu'ils t'emmènent, wohin bringen sie dich, Rocco?!? Je veux venir avec toi, ich will mit dir kommen!»

«Ce n'est pas possible, das ist nicht möglich, mein Kind», flüsterte Charlie, nahm ihr den Korb mit dem Brathähnchen aus der Hand und reichte ihr ein Taschentuch, damit sie sich die Tränen abwischen konnte.

«Mais je suis sa fiancée, ich bin seine Verlobte, Monsieur! Et ils m'ont dit qu'il a été blessé à une jambe, man hat mir gesagt, daß er an einem Bein verwundet ist!»

«Ja, mein Kind. A une jambe, an einem Bein ...»

«Oh, Monsieur! Est-elle une blessure grave, ist es eine schlimme Verwundung, Monsieur?»

«Nein, mein Kind. Pas grave, nicht schlimm ...»

«Vraiment, wirklich, Monsieur?»
«Vraiment, wirklich, mein Kind...»
«Une toute petite balle, eine winzig kleine Kugel, Monsieur?»
«Très petite, winzig klein, mein Kind...»
«Cependant vous avez un air si angoissé, trotzdem sehen Sie sehr besorgt aus, Monsieur!»
«Je ne suis pas angoissé, ich bin nicht besorgt, mein Kind.»
Aber er war es doch. Zwar nicht so sehr Roccos wegen, oder weil er Sorge hatte, der Kondor könnte nicht mehr zurückkommen, sondern vielmehr, weil er mit der Mitteilung, irgendwer führe irgendwas im Schilde, heute morgen gleichzeitig erfahren hatte, daß in der Weihnachtsnacht in Gobeyre eine Frau erschossen worden war. Eine wunderschöne Frau in einem zerfetzten, aber äußerst eleganten weißen Kleid. Sicher eine Christin aus dem Ostteil, die zwischen die Fronten geraten und für eine Spionin gehalten worden war. Die von einer Kalaschnikow durchsiebte Leiche war nach der Waffenruhe in der Rue Farruk geborgen worden, vor dem Juweliergeschäft, das von dem blinden Alten bewacht wurde, der die Narghilè rauchte, hatte man ihm gesagt. Und als er gebeten hatte, sie ihm genauer zu beschreiben, war die Antwort: «Zwischen dreißig und vierzig. Langes, golden schimmerndes kastanienbraunes Haar. Riesengroße violette Augen. Wunderbarer Körper, wunderbare Beine...» Das war eine Beschreibung Ninettes. Er mußte es also Angelo mitteilen, und nur bei dem Gedanken daran stülpte sich ihm der Magen um.
«Si vous ne l'êtes pas, je vous envie, Monsieur. Wenn Sie es nicht sind, dann beneide ich Sie, Monsieur.»
«Ne m'envie pas. Beneide mich nicht, mein Kind.»
Um den M113 der Regierungstruppen, der am Ausgang der Gasse neben dem italienischen M113 der Vierundzwanzig stand, formierte sich unterdessen eine Belagerung durch die Amal. Sie wurden von einem hageren Bärtigen befehligt, den die Maròs, die jetzt an der Stellung Dienst hatten, noch nie gesehen hatten: Rashid. Bei ihm war der kleine Blonde, zwischen dessen Lippen immer ein Zigarettenstummel klebte, der die Kalaschnikow über der Schulter trug, einige RDG8 am Gürtel und einen Federhelm auf dem Kopf: Khalid-Passepartout, unverzichtbare Hauptperson des Schlußdramas.

– 4 –

Der Schluß des Dramas spielte sich während der achtzehn Stunden ab, die auf die um die Mittagszeit ausgebrochene Schießerei in der Galerie Semaan folgten, wobei die Ohrfeige, die ein Zugführer der Achten Brigade einem Zugführer der Sechsten gab, weil dieser ihn angespuckt hatte, mithalf, beziehungsweise den Vorwand dafür lieferte, das auszulösen, was Bilal vorhergesagt hatte. Genauer gesagt das Zerbrechen der Regierungsarmee, die sich im Nu spaltete, wie eine Amöbe, deren Zellkern sich teilt und damit zwei Zellkerne entstehen läßt, die es nicht fertigbringen, in derselben Schale zusammenzuleben: auf der einen Seite die Achte und auf der anderen die Sechste. Doch während die Achte ihren Kern zusammenhielt, setzte die Sechste den Prozeß der Amöbe fort, die sich nach der ersten Teilung wieder teilt, um zwei neue Amöben hervorzubringen, dann vier, dann acht, dann sechzehn und so immer weiter; so teilte sich die Sechste ihrerseits: auf der einen Seite die Gruppe aus christlichen Offizieren und einer Minderheit ihr ergebener schiitischer Soldaten, auf der anderen Seite die Gruppe der schiitischen Offiziere mit dem Großteil der schiitischen Truppe. Gleich darauf teilte sich die zweite Gruppe in zwei weitere Fraktionen: auf der einen Seite die, die sich mit der Achten arrangieren wollte, um ein weiteres Blutbad zu verhindern, und auf der anderen Seite die, die das nicht wollte. Unter Handgreiflichkeiten und Krawallen zerstückelten sich die beiden so sehr, daß sie Myriaden versprengter Soldaten hervorbrachten, die der Gnade eines jeden ausgeliefert waren, und aus dem grauenhaften Bauch des mehrfachen Brudermordkriegs kroch noch ein vielköpfiges Ungeheuer hervor, das Kopf für Kopf der Amal zum Opfer fiel. Noch schlimmer war, daß dieses Ungeheuer der Amal die gesamte Ausrüstung der Brigade aushändigte: Tonnen von 5,56er und Zentner von M16, die die bereits mit 7,62er und Kalaschnikows vollen Lager noch mehr füllten; Dutzende von M113 mit 12,7er MGs und Dutzende von Jeeps mit 106er Geschützen sowie viele 120er Mörser. Jene Mörser, Geschütze, MGs und Gewehre, mit denen sie in der Weihnachtsnacht auf sie geschossen hatten. Und da gingen die Amal-Milizen, durch eine derartige Überfülle stark geworden, zum entscheidenden Angriff über. In diesen Angriff schalteten sich auch mühelos die Söhne Gottes und die verschiedenen kleinen religiös-politischen Splittergruppen ein, die von den Mullahs und Ayatollahs Zandra

Sadrs beherrscht wurden; Ludwig Boltzmanns Entropie erreichte nie gekannte Höhen; und der Schluß des Dramas der Stadt wurde zum Schluß des Dramas unserer handelnden Personen. Angelo ausgenommen, dem die sonderbaren Mechanismen des Schicksals eine sehr genau umrissene Aufgabe übertragen würden, war die Rolle der Italiener nämlich die unwichtiger Komparsen innerhalb einer Tragödie, die sie ausschloß, sie aber gleichzeitig auch verschlang. Und der erste, der die Rechnung präsentiert bekam, war der Kondor, der auf dem Rückweg sah, daß er wie ein in einen Käfig gesperrter Löwe ausgeschaltet wurde. Hier die bewegenden Einzelheiten dieses Vorfalls.

Mit dem ihm eigenen energischen, entschlossenen Auftreten war es dem Kondor ohne weiteres gelungen, den Übergang von Tayoune zu passieren und das Rizk zu erreichen. Mit Hilfe von Schwester Françoise war es ihm sogar möglich, einen fähigen Neurochirurgen aufzutreiben, der, ohne Hoffnungen zu machen, den erforderlichen Eingriff bei Rocco vorgenommen und das Hiroshima seiner grauen Zellen ein bißchen zusammengeflickt hatte. Doch auf dem Rückweg, und zwar gegen vier Uhr nachmittags, hatte der Kondor den Fehler begangen, den Übergang am Museum zu wählen: den Punkt, gegen den die von der Achten eingekeilten Aufständischen anstürmten, um die Revolte auf die Altstadt auszuweiten. Raketen, Mörsergeschosse, Granaten jeden Typs. Ein Feuer, das sich über das gesamte Pinienwäldchen ausbreitete. In der Nähe des Hippodroms war er daher gezwungen, den Geländewagen stehenzulassen und mit Gaspare und den beiden Soldaten der Eskorte in ein Haus einzudringen, das von außen wie das Häuschen des Aufsehers über die ehemaligen Stallungen aussah, und erst auf der Schwelle hatte er bemerkt, daß dies der letzte Ort war, wo er hätte Zuflucht suchen wollen: ein Hühnerstall voller wahnsinnig gewordener Hähne und Hühner, die mit ihrem Kikeriki und Gegacker herumlärmten. Einen Augenblick später hatte eine Mörsergranate den Geländewagen mit dem Funkgerät zerstört, und Charlies Befürchtung hatte sich bewahrheitet: unmöglich zum Kommandostützpunkt zurückzugelangen, der drei Bombenkilometer voller Amal und Khomeinianhänger von dort entfernt war, die liebend gern einen General entführt hätten. Muß man das noch erwähnen? Der Löwe im Käfig wäre beinahe verrückt geworden. Er hatte den Hähnen und Hühnern Fußtritte versetzt, die verschreckt noch lauter krähten und gackerten, er hatte lauthals geflucht, die Kommandozentrale gerufen, und zwar mit dem einzigen Instrument, das ihm verblieben war, dem Funktelefon, und vergebens fragte ihn der Auerhahn, wo er denn sei. Vergebens flehte ihn Verrücktes Pferd an Mit-

Verlaub-Signor-Generale, sagen-Sie-es-uns, ubi-dolor-ubi-digitus. Vergebens brüllte Pistoia sich die Kehle aus dem Leib Erklärense-uns-doch-wose-sind-dann-komm-ich-und-holse. Vergebens sagten die beiden Soldaten der Eskorte zu ihm Sagen-Sie's-ihm-doch, Signor Generale, es-ist-doch-keine-Schande-hier-drin-zu-sein. Der Gedanke, daß man erfahren könne, er sei in einem Hühnerstall, verletzte seinen Stolz dermaßen, daß er das keineswegs zugeben konnte. «Schweeeiiigt!!!» Statt dessen hämmerte er verärgerte, überflüssige Befehle: Setzt-alle-in-Alarmbereitschaft, macht-die-Bereitschaftstruppe-fertig, verdoppelt-die-Patrouillen, verstärkt-die-Beobachtungsstände. Und es war völlig sinnlos, ihm zu sagen, er solle nicht soviel sprechen, weil sich sonst die Batterien verbrauchen würden, sinnlos auch, ihn daran zu erinnern, daß die Batterien sich beim Sprechen schneller leerten als beim Empfang: er beruhigte sich nicht. Er löste sich einfach nicht von diesem Funktelefon, das ihm die letzte Illusion gab, er befehlige das Kontingent. Und inzwischen verstrich unwiederbringliche Zeit. Die Dunkelheit kam, und die Batterien gingen wirklich zu Ende. Zwar kamen die Stimmen aus der Kommandozentrale im Hühnerstall noch deutlich und die Sätze einigermaßen vollständig an, doch gelangte seine Stimme nur noch schwach hinüber und die Kommandozentrale erreichten nur noch Wörter oder Wortfetzen, die von Pfeifen und Krächzen unterbrochen waren.

«Berichtet mir... grrr... Kaserne... grrr... Sechste Brigade!»
«Generale, der Empfang war schlecht! Wiederholen Sie!»
«Berich... grrr... Kaser... grrr... grrr... Brigade!»
«Der Empfang ist schlecht, Generale, man versteht nichts!»
«Wiederhole... grrr... Kas... grrr... grrr...»
Um neun Uhr abends, während das, was wie ein von der Vorsehung geschickter M48 der Achten aussah, mit einem städtischen Krankenwagen im Gefolge näher kam, waren die Stimmen aus der Kommandozentrale nur noch abgehackt und zunehmend als Pfeifen und Krächzen zu hören, und es war klar, daß das Funktelefon bald ganz schweigen würde.

«Generale... grrr... wir haben... grrr... Verstanden?»
«Nein!»
«Grrr... ernst... grrr... Chatila... grrr... Verstanden?»
«Neeein!»
Dann völlige Stille. Die Batterien waren leer. Daraufhin stürzte der Löwe voller Wut aus dem Käfig. Mit der Pistole in der Hand und gefolgt von Gaspare, den beiden Soldaten der Eskorte und einem lauten Kikeriki und Gegacker, das zu sagen schien Bravo-hau-ab-bravo,

lief er auf den M48 zu, um ihn anzuhalten und einzusteigen, aber er sah gerade noch rechtzeitig eine Rakete, die den MG-Schützen außerhalb des Turms erwischte und ihn zerfetzte. Die Explosion schleuderte den Kondor jäh mit dem Gesicht gegen eine Pinie, dann wurde er ohnmächtig, und als er die Augen wieder aufschlug, war er in einem Krankenwagen des Roten Kreuzes, der ihn zusammen mit zwei Sterbenden aus dem getroffenen Panzer ins Rizk zurückfuhr. Hier vernähte ihm der gleiche Neurochirurg, der Roccos Gehirn operiert hatte, mit neun Stichen innen und zwölf außen einen martialischen Schnitt, der ihm vom Jochbogen bis zum Wangenknochen die linke Wange entstellte; und Schwester Françoise stopfte ihn mit schmerzstillenden Mitteln voll, die aber gar nichts stillten; und bis zum Morgengrauen blieb er auf einer Pritsche liegen, wo er sich über den Alptraum von einem Zug schwarz ärgerte, den er hätte fahren sollen, aber nicht fahren konnte, weil dieser während der Nacht mit wer weiß wem auf dem Führerstand auf und davon geflogen war.

Den Zug fuhr der Professor, der das Kommando übernommen, als das Funktelefon schwieg, und sich in die merkwürdigen Mechanismen des Schicksals eingegliedert hatte, indem er Charlie befahl, Angelo zur Vierundzwanzig zu bringen, wo die Dinge schlecht standen.

* * *

Trotz der fast ununterbrochenen Anwesenheit von Rashid, der sich nur entfernte, um die anderen Stellungen zu kontrollieren, war an der Vierundzwanzig nichts weiter passiert, außer einer sich allmählich steigernden Aufdringlichkeit seitens der Amal, die, wie Geier auf den Augenblick wartend, wo sie über das Aas herfallen können, den an der Ecke des Gäßchens zur großen, breiten Straße von Chatila stehenden M113 der Regierungstruppen umzingelten. Vor allem die Aufdringlichkeit von Passepartout, der seinen Federhelm zur Schau stellte und die Mannschaft quälte: sieben schiitische Soldaten und einen christlichen Offizier. «Jetzt reicht's aber, die Gasse zusperren, verstanden? Ihr müßt uns den Panzer übergeben, ihr Schafsköpfe! Und du mit dem Kreuz am Hals, beweg deinen Arsch und verpiß dich!» Der christliche Oberleutnant, ein junger, selbstsicherer Mann, der das Bild der Jungfrau Maria deutlich sichtbar auf dem Pistolenkolben kleben hatte, antwortete, ohne dem übermäßige Bedeutung beizumessen: «Ich gehe nirgendwo hin, du Rotzlöffel, und meine

Männer auch nicht. Also hör auf zu provozieren, sonst jag ich dir eine Kugel in den Bauch.» Ebenso seine Männer, unerfahrene Rekruten aus Chyah und Herat Hreik; sie spiegelten die Ausbreitung der Amöbe wider, die inzwischen bei der vierten Teilung angelangt war, und waren nur damit beschäftigt, Fragen ihrer Unterschiede und Ungewißheiten zu diskutieren. Der MG-Schütze an der Browning wiederholte zum Beispiel, daß er dem Oberleutnant treu bleiben werde, und wehe dem, der den anrühre; der Fahrer erklärte, er sei bereit, sich der Amal anzuschließen, aber nicht, ihnen den Panzer zu übergeben; der Funker sagte, er sei zwar willens, ihnen den Panzer zu übergeben, nicht aber, sich ihnen anzuschließen. Und von den anderen wollte einer sich ihnen sowohl anschließen als auch ihnen den Panzer übergeben; einer schlug vor, den Panzer an die Achte für siebzigtausend Dollar zu verkaufen, das hieß zehntausend pro Kopf; einer wartete nur auf den richtigen Augenblick, um abzuhauen, und einer wußte überhaupt nicht, wie er sich entscheiden sollte.

«Was meinst du? Tun wir uns mit den Grünen zusammen oder nicht?»

«Nein, nein, ich geh nach Hause und Schluß.»

«Mann, ihr Wichser, habt ihr nicht begriffen, daß man mit diesem Panzer einen Haufen Geld machen kann? Nur um ihn zu kriegen, würden die anderen ihn doch kaufen, oder?»

«Zynischer Hund, du, gieriger Sack! Du verkaufst nichts an niemanden, verstanden?! Den Panzer nehm ich mit, ich geb ihn unseren Leuten!»

«Gib ihn ihnen, gib ihn ihnen, solange du mich nicht auch noch mitschleppst!»

«Mit den Amal könnte ich mich ja noch zusammentun. Aber ohne den Panzer.»

«Tut, was ihr wollt, aber wer als erster den Oberleutnant auch nur mit dem kleinen Finger anfaßt, den mach ich kalt!»

«Was für ein Schiite bist'n du?!?»

«Ein Schiite, der kein Verräter ist, sondern ein treuer Soldat!»

Um Viertel vor neun aber hatte Rashid sich von seiner Gruppe gelöst, und nachdem er Passepartout etwas ins Ohr geflüstert hatte, war er auf den christlichen Oberleutnant zugegangen. Mit plötzlicher Vertraulichkeit hatte er sich bei ihm eingehakt, es so eingerichtet, daß dieser mit dem Rücken zur Vierundzwanzig zu stehen kam, und hatte ihn zum gegenüberliegenden Trottoir gedrängt und: «Herr Oberleutnant, wir sind doch alle Söhne Allahs. Welchen Sinn hat es da, daß wir uns streiten? Reden wir über unsere Mißverständnisse, und ich beruhige meine Jungs und Sie Ihre.» Der Oberleutnant hatte geantwortet, in Ordnung, und immer noch eingehakt und mit dem Rücken zur Vierundzwanzig stehend, hatte er ein paar Minuten diskutiert, und als er zurückkam, wurde ihm klar, daß er reingelegt worden war. Im Schutz der Dunkelheit und ohne daß die Maròs Zeit gehabt hätten, Widerstand zu leisten, waren fünfzehn Amal in dem Gäßchen verschwunden und weitere fünfzehn unter dem Befehl von Passepartout auf den M113 der Regierungstruppen geklettert. Darüber war es zu einem gewaltigen Durcheinander gekommen, bei dem der Oberleutnant ein paar Schüsse aus seinem Revolver und der getreue Soldat ein paar Salven aus seiner Browning abgefeuert hatten; der, der den Panzer nicht übergeben wollte, und der, der ihn an die Achte verkaufen wollte, hatten angefangen, mit den Gewehrkolben auf die anderen einzudreschen; der, der sich nicht sicher war, teilte Faustschläge aus, und Passepartout hatte die Flucht ergriffen: auf dem Fuß gefolgt von Rashid, der hinter ihm herbellte Feiger-Hund-diesmal-bring-ich-dich-um. Dann hatten die Maròs Sandokan herbeigerufen, und ein völlig gewandelter Sandokan war erschienen: an Stelle des Riesenrevolvers, der Handgranaten und des Camillus-Dolches, eine Pfeife und die pazifistischen Thesen seines Vaters im Mund: «Immer mit der Ruhe, Kinder, immer mit der Ruhe. Schon Bertrand Russell sagte, man muß mit Toleranz den alten Mechanismus des Hasses besiegen, der einen treibt, die anderen Stämme anzugreifen. Und ich sage, rette die Haut und leb weiter. Laßt sie im eigenen Saft schmoren und schließt euch im Panzer ein.» Dann hatte auch er sich im Panzer eingeschlossen und mit einem «over», dem letzten Rest aus jenen Zeiten, in denen er geträumt hatte, der in der Normandie landende Robert Mitchum oder der die Iwo Jima bombardierende John Wayne zu sein, hatte er den Professor informiert.

«Kondor, kommen, Kondor. Hier Sierra Mike Wan. Over.»

«Los, Sierra Mike Eins, hier Kondor Zwei. Sprechen Sie Italienisch, und sagen Sie, was los ist.»

«Los ist, daß einem bei der Vierundzwanzig die Beduinen auf den Sack gehen. Over.»

«Was für'n Sack? Was für Beduinen? Erklären Sie das!»

«Auf meinen Sack und den von meinen Maròs. Die Beduinen mit dem grünen Fetzen, die Amal. Die haben die Regierungssoldaten vom Panzer angegriffen und sind durch die kleine Gasse nach Chatila rein. Over.»

«Durch die kleine Gasse?!? Und was tun Sie, wo sind Sie?!?»

«Ich? Im Panzer. Und ich tu nichts. Ausgesprochen nichts. Over.»

«Was heißt das, nichts? Und Ihre Männer?»

«Sind bei mir im Panzer. Die hab ich hier eingeschlossen. Over.»

«Sierra Mike Eins! Die sollen nicht im Panzer, sondern draußen sein und eingreifen! Und Sie an erster Stelle!»

«Scheiß drauf. Sollen die sich doch untereinander zerfleischen. Ich mag lieber Forellen und Edelweiß. Over.»

«Was denn für Forellen, was denn für'n Edelweiß?!? Sierra Mike Eins, ich bringe Sie vor's Kriegsgericht!»

«Bringen Sie doch die Scheißwichserei von 'ner Superscheißwichserei von wem Sie wollen vors Kriegsgericht, Kondor Zwei. Ist mir egal. Over.»

Dann schaltete er das Funkgerät ab, und das war der Punkt, an dem man von der Kommandozentrale aus den Versuch machte, den Kondor zu informieren. Generale-wir-haben-in-Chatila-ein-ernstes-Problem. Ernst und sonst nichts? Inzwischen streiften die bei der Vierundzwanzig eingedrungenen Amal durch das Viertel, um die schiitischen Soldaten zu zwingen, ihnen zu folgen; sie drohten damit, deren christliche Offiziere zu entführen, belagerten die italienischen Stellungen, und die Panzerkommandanten forderten das Recht, schießen zu dürfen: «Gebt endlich Feuer frei, verdammtnochmaaal! Wenn wir nicht schießen, kommt es hier zu einer großen Lynchereeeiii!» Nicht mehr und nicht weniger als das, was der Professor auch dachte. Doch gerade in dem Augenblick, als er den Feuerbefehl erteilen wollte, da baute sich plötzlich Charlies mächtiger Körper vor ihm auf, der ihn (er weiß es noch nicht) in die sonderbaren Mechanismen des Schicksals hineinziehen wird.

«Colonnello, an der Vierundzwanzig ist eine Bresche geschlagen worden, nicht wahr?»

«Richtig, Charlie.»

«Und statt sie zu stopfen, spielt unser Haudegen, der überhaupt nicht haut, den Pontius Pilatus, nicht wahr?»

«Richtig, Charlie.»

«Und in Chatila fürchtet man, daß es zu Lynchereien kommt, daher denken Sie daran, das Feuer freizugeben, nicht wahr?»

«Richtig, Charlie. Haben Sie eine bessere Idee?»

«Ja. Immer dieselbe, die, die auch Heiligabend funktioniert hat.»

«Heiligabend war eine Schlacht, Charlie. Heute nacht ist's ein Aufstand. Und einen Aufstand stoppt man nicht mit einer Waffenruhe. Man stoppt ihn, indem man schießt.»

«Ich spreche nicht von Waffenruhe, Professor. Ich spreche davon, zur Vierundzwanzig zu gehen und ihnen die Sache mit einem Bonbon schmackhaft zu machen, wodurch die Amal daran gehindert wird, uns in Chatila schlecht dastehen zu lassen. Denn wenn wir in Chatila schlecht dastehen, verlieren wir Chatila. Wenn wir Chatila verlieren, verlieren wir auch Bourji el Barajni. Wenn wir Bourji el Barajni verlieren, verlieren wir auch den Rest des Sektors und damit den Grund für unsere Anwesenheit in Beirut. Lassen Sie mich ihnen das Bonbon anbieten, Colonnello.»

«Was für ein Bonbon ist das, Charlie?»

«Eins, mit dem man Geschäfte machen kann.»

«Geschäfte machen mit wem? Ihr Freund Bilal ist tot.»

«Ich weiß, daß er tot ist... Aber Rashid, das Vieh, das seine Stelle eingenommen hat, lebt und... Lassen Sie mich zur Vierundzwanzig fahren, ich bitte darum.»

«Wir laufen Gefahr, Zeit zu vergeuden, Charlie.»

«Eine Stunde. Mir genügt eine Stunde. Sagen Sie den Fallschirmjägern und den Maròs, daß sie eine Stunde durchhalten sollen, und ich verspreche Ihnen, es wird mir gelingen.»

«In Ordnung, fahren Sie. Aber mit einer Eskorte, einem Adjutanten.»

«Den brauche ich nicht, Colonnello. Der Dolmetscher genügt.»

«Heute nacht nicht, Charlie. Außer dem Dometscher brauchen Sie heute abend jemanden, der gut mit dem Gewehr umgehen kann. Ich will, daß Sie Ihren widerspenstigen Sergente mitnehmen. Den Mathematiker.»

«Charlie Zwei? Ich würde ihn lieber hierlassen. Er geht mit dem Gewehr zwar sehr gut um, aber er steckt gerade in einer schwierigen Phase und...»

«Keine Diskussionen, Charlie.»

«Zu Befehl, Signor Colonnello.»

So kam es, daß Charlie Angelo rief. Zuerst rief er Martino, der sich wie gewohnt unbewaffnet präsentierte und umkehren mußte, um die M12 zu holen; dann rief er Angelo, der sich dagegen mit seiner bereits mit 9 mm Parabellum geladenen M12 präsentierte. Zusammen mit ihnen stieg er in den Geländewagen, verließ den Kommandostützpunkt, und während er in die Rue de l'Aérodrome einbog, dachte er wirklich nicht daran, die Sache mit der wunderschönen Frau zu erzählen, die in Gobeyre erschossen worden war. Geschweige denn den Namen Ninette auszusprechen. Doch das, was wir uns vornehmen oder nicht vornehmen, hat nur sehr geringen Einfluß auf unser Leben, wer weiß, aufgrund welcher Alchemie der Seele wir am Ende fast immer ausgerechnet die Dinge sagen oder tun, die wir nicht sagen und nicht tun wollten, und so spürte Charlie plötzlich das Bedürfnis, diesen Namen auszusprechen und danach die Sache mit der wunderschönen Frau zu erzählen, die in Gobeyre erschossen worden war. Und er, der sich wie kein anderer auf die Kunst verstand, die Worte abzuwägen, er, der wie kein anderer jede Gewalttätigkeit verabscheute, er tat dies mit der Brutalität eines Henkers, der einem nicht einmal Zeit für ein kurzes Gebet oder eine letzte Zigarette läßt: er legt dir die Schlinge um den Hals und fertig.

«Angelo, hast du Ninette wiedergesehen?»

«Nein», antwortete Angelo ganz arglos. «Warum?»

«Weil ich glaube, daß sie tot ist, mein Junge.»

Darauf folgte eine eisige Stille, in der man gerade eben ein Wimmern hören konnte. Das Wimmern von Martino: «Oh, nein!» Danach eine tiefe, heisere, ausdruckslose Stimme. Angelos Stimme.

«Tot? Hatten Sie tot gesagt?»

«Umgebracht, mein Junge.»

«Umgebracht? Hatten Sie umgebracht gesagt?»

«Erschossen, mein Junge.»

«Erschossen von wem?»

«Von irgendeinem räudigen Hund vermutlich. Heiligabend. In Gobeyre.»

«Wer sagt das?»

«Keiner. Aber heute morgen hab ich erfahren, daß nach der Waffenruhe vor dem Juweliergeschäft in der Rue Farruk, dem Geschäft, das von dem blinden Alten, der die Narghilè raucht, bewacht wird, die Leiche einer wunderschönen Frau aufgelesen wurde, von den Schüssen einer Kalaschnikow durchsiebt. Und die Beschreibung paßt. Zwischen dreißig und vierzig... Langes, goldschimmerndes kastanienbraunes Haar... Riesengroße violette Augen... Wunderbarer Körper, wunderbare Beine... Sogar das Kleid stimmt. Ich hab die Carabinieri, mit denen sie gegen Mitternacht gesprochen hatte, gefragt, was sie anhatte, und die haben mir gesagt, sie hätte ein zerrissenes weißes Kleid getragen. Die wunderschöne Frau, die in der Rue Farruk erschossen wurde, trug ein zerrissenes weißes Kleid.»

«Oh, Chef!» schluchzte Martino. «Vielleicht war es nicht Ninette! Vielleicht war es eine, die ihr ähnelte!»

«Das schließe ich aus», antwortete Charlie und warf einen Blick auf den schweigenden Angelo. Und unter dem Eindruck, sich einen schweren Stein vom Herzen gewälzt zu haben, erreichte er die Vierundzwanzig.

Es war fast zehn Uhr abends. Die Panzerbesatzungen der Achten hatten die Reichweite ihrer Geschosse verlängert, so daß die eine oder die andere 105-mm-Granate auf der Avenue Nasser herunterkam. Und bei der Vierundzwanzig schien sich die Belagerung, da Rashid und Passepartout weg waren, verändert zu haben.

* * *

Verändert und in gewissem Sinne auch verschärft. Denn jetzt war es ein Schwarm ganz junger Geier, der den M113 der Regierungstruppen umzingelte – eindeutig mit dem Auftrag, diesen leichten Brückenkopf zu halten – und der dank der Gleichgültigkeit Sandokans nun drauf und dran war, die Besatzung des M113 der Regierungstruppen zu überwältigen. «Zurück, ihr Rotzlöffel, zurück! Meine Männer kriegt ihr sowieso nicht und meinen Panzer auch nicht!» brüllte der christliche Oberleutnant, und der ihm getreue Soldat unterstützte ihn. «Ich ballere auf euch! Ihr braucht nur einen Finger zu rühren, und ich bring euch um!» Doch statt eingeschüchtert zu sein, fingen die Jungen an zu kichern und kamen immer näher. Mit ganz langsamen Schritten, wie jemand, der selbstsicher erscheinen will, löste Charlie sich von dem Geländewagen. Er ging am Panzer der Maròs vorbei, der verschlossen blieb, kam zu dem Schwarm, dann wandte er sich an Martino, der jetzt weinte.

«Hör auf zu heulen und frag, wer der Anführer ist», knurrte er.

Martino wischte sich die Tränen ab, räusperte sich, stellte die Frage, und aus der Mitte des Schwarms erhob sich ein groteskes Lärmen.

«Ana, ich, ana!»

«Là, nein! Inta là, nicht du! Ana, ich!»

«Lasa inta, lasa hauah: ana! Weder du noch er, sondern ich!»

«Besser so. Frag sie, wer sie geschickt hat», sagte Charlie und verständigte sich durch einen Blick mit dem christlichen Oberleutnant.

Martino fragte sie das. Der Lärm wurde stärker.

«Rashid! Huah Rashid, Rashid hat uns geschickt!»

«Gut, dann frag sie jetzt, wo Rashid ist.»

Martino fragte sie das. Der Lärm wurde schwächer.

«Gobeyre, in Gobeyre. Uah haràb mah Khalid, er ist mit Khalid hingegangen!»

«Großartig. Sag ihnen, daß wir jetzt alle zu Rashid gehen!»

Martino sagte es ihnen. Der Lärm wurde wieder stärker.

«Là, nein, là!»
«Là kal, nicht alle!»
«Rashid là iurid, Rashid will das nicht!»
«Sag ihnen, ich will aber, daß alle gehen, und sag dazu, daß wir beide Rashid gut kennen: ich sei sein Milchbruder und du sein Patensohn.»
Martino sagte ihnen das. Der Lärm hörte auf, und Charlie nahm den christlichen Oberleutnant beiseite. Auf französisch erklärte er ihm, daß er die Eindringlinge unter dem Vorwand, sich zu Rashid begleiten zu lassen, mitnehmen würde. Andere würden seines Erachtens nicht nachkommen: wie er hören könne, hätten die Panzerbesatzungen der Achten die Reichweite verlängert, und bald schon würden die 105-mm-Granaten bei der Rotunde an der Überführung einschlagen und irgendwelche Bravourstückchen unterbinden. Doch gab er ihm den Rat, für den Fall, daß andere nachkommen sollten, sich in den Panzer zu flüchten. Denn immerhin würde sein Adjutant dableiben und die Stellung sichern, der sei ein energischer, mutiger Fallschirmjäger. Dann, ohne Sandokan auch nur eines Blickes zu würdigen, der, um die Szene zu beobachten, ganz langsam und leise die Luke geöffnet hatte, sie dann ebenso langsam und leise wieder verschloß und sich in den Panzer zurückzog, gab Charlie Angelo einen Klaps, der am Steuer sitzen geblieben war und weiterhin schwieg.

«Ich vertrau dir den Geländewagen und den Frömmling da an, mein Junge.»

«Ja», murmelte Angelo und bewegte dabei kaum die Lippen.

«Paß auf, daß sie ihn nicht abmurksen.»

«Ja.»

«Und parke den Geländewagen so, daß du von Nord nach Süd alles unbeobachtet kontrollieren kannst. Und noch eins: vermeide bitte jede Schießerei. Das Gerippe eines Amal ist das Letzte, was ich brauchen kann.»

«Ja.»

«Dann geh ich jetzt. Mach schon, Junge... Ich mußte es dir doch sagen, oder? Ich mußte diesen Stein auf dem Herzen loswerden.»

«Ja.»

«Bist du in Ordnung? Kann ich beruhigt gehen?»

«Ja.»

Doch Charlie war ganz und gar nicht beruhigt, und während er mit Martino und den jungen Amal zu Rashid ging, sagte er sich: es war falsch, ihm das alles heute abend zu erzählen, es ist falsch, ihn da allein zu lassen. Der ist imstande, der Stellung den Rücken zu kehren und auf Jagd nach dem zu gehen, der ihm die Frau umgebracht hat.

– 5 –

Er kehrte nichts den Rücken und ging nach niemandem auf Jagd. Mit versteinertem Gesicht wartete er, bis sich der christliche Oberleutnant in den Panzer zurückgezogen hatte, dann parkte er den Geländewagen in der Einbuchtung des aufgeschütteten Walls, der seit einigen Tagen die Vierundzwanzig umgab. Es war mehr als eine Einbuchtung, es war eine hufeisenförmige Nische, die Sandokan hatte errichten lassen, um den M113 dort abzustellen, und die die Maròs nie benutzten, weil sie ihn lieber auf den Bürgersteig der Straße Ohne Namen stellten, das heißt weit vom M113 der Regierungstruppen entfernt. Angelo parkte den Geländewagen mit den Hinterrädern zur Innenwand der Nische und die Vorderräder zwei Schritt von der Öffnung entfernt; dann stieg er aus. Er stellte sich neben die rechte Tür. Diese Position erlaubte es ihm wegen der Höhe des Walls, der etwas niedriger war als er selbst, unbeobachtet von Norden nach Süden alles zu kontrollieren: nach Norden, das heißt auf eine Entfernung von fünfzehn Metern, den Panzer der Regierungstruppen, der an der Ecke des Gäßchens stand; nach Süden, das heißt auf eine Entfernung von ungefähr achtzehn Metern, den Panzer der Maròs. Dann legte er die Taschenlampe auf die Motorhaube, versicherte sich noch einmal, daß das Magazin mit den 9 mm Parabellum richtig im Gewehr steckte, und taub für den dumpfen Klang der Geschosse, die inzwischen auch in der Nähe der Vierundzwanzig herunterkamen, versank er ohne Tränen in seinem heißen Schmerz.

Tot. Ermordet. Erschossen. Es war, als hätten diese drei Worte sich ihm ins Gehirn eingebrannt. Und doch hatten sie ihm nichts enthüllt, was er im Grunde seines Herzens nicht schon gewußt hätte. Nichts, was er trotz seines Verstandes, der an Argumentationen über genaue Vorgaben und mathematische Formeln gewohnt war, nicht schon begriffen hätte, als er in die Rue de l'Aérodrome gelaufen war und sie an der Rotunde der Überführung, in der Avenue Nasser und in der Rue Argàn gesucht hatte: außer in der Rue Farruk. Er hatte nur noch an den Schädel mit dem langen Haar gedacht, den Schädel einer Frau, den er zwischen den Trümmern des moslemischen Friedhofs gesehen hatte, während er sie überall, außer in der Rue Farruk gesucht hatte. Und nachher das gleiche. Erst der Anblick von Rambo, der mit der Khomeini-Plakette am Hals und dem kleinen, nackten Leichnam auf dem Arm in der Dunkelheit näher kam und durch die Lichtschwerter hindurchschritt, dann der Klang der geheimnisvollen Worte des schiitischen Offiziers und der schiitischen Soldaten hatten ihn die Befürchtung vergessen lassen, daß Ninette etwas Grauenhaftes zugestoßen sein könnte. Doch tags darauf hatte er wieder daran denken müssen, und zwar so intensiv, daß er sich Charlie anvertraut hatte. Er hatte ihm alles erzählt. Alles: vom Kauf des ankerförmigen Kreuzes bis zum Brief, den ihm Martino übersetzt hatte. Nur, Charlie war tief bewegt von einer gerade bestätigten Nachricht, der Nachricht, daß Bilal während des Gefechts umgekommen war; und so hatte er ihm nur mit einem Ohr zugehört. «Quäl dich nicht mit Zweifeln und Phantastereien, Hamlet. Wirst schon sehen, daß deine Ophelia hier früher oder später gesund und unversehrt auftaucht. Warte auf sie.» Er hatte auf sie gewartet. Gott, und wie er auf sie gewartet hatte! Um auf sie zu warten, war er nicht einmal mehr zu Gino zurückgekehrt. Armer Gino... Er hatte ihm die Geschichte vom Marsmännchen mit sechs Fingern erzählt, für den es den siebten, achten, neunten und zehnten Finger gar nicht gab, so daß sein Zusammenzählen von vier plus vier dreisechs ergab, was unserer Zwölf entsprach, und fünf plus fünf viersechsehn ergab, was unserer Vierzehn entsprach. Er hatte ihm nie geholfen, das Unglück zu ertragen, sich wie ein Affe vorzukommen, der nicht schreiben kann, weil ihm der Daumen fehlt, der aber nötig ist, um den Stift in der Hand zu halten. Er hatte niemals versucht, den kleinen Verbrecher mit den RDG8 zu finden, er hatte sich niemals darum gekümmert, mit ihm abzurechnen. Er hatte das Gedicht über Liebe und Freundschaft verleugnet, die das gleiche sind, die beiden Seiten desselben Verlangens, desselben unstillbaren Hungers und desselben unstillbaren Durstes. Und in einem vorwurfsvollen Telefongespräch hatte ihm das Schwester Françoise am Tag der Abfahrt auch gesagt. «Er hat Beirut verlassen, Angelo, und bis zuletzt hat er immer wieder gesagt Er-kommt-nicht, er-ist-nicht-gekommen. Warum ist Angelo nicht gekommen, warum nicht?» Weil es nicht stimmt, Schwester Françoise, daß Liebe und Freundschaft dasselbe ist. Weil auch in den Fällen, in denen die Liebe mit Haß vermischt ist oder aus dem Haß geboren wird, sie eine Kraft besitzt, die die Freundschaft nicht hat. Eine Kraft, die dazu verleitet, Freunde zu vergessen, Schwester Françoise.

Tot. Ermordet. Erschossen. Vor eben dem Juweliergeschäft, in dem er das ankerförmige Kreuz gekauft hatte. Aus welchem Grund erschossen, für welche Schuld? Ja, es stimmt, daß wir, wenn wir einen lieben Menschen verlieren, ihm nur Vorzüge und Tugenden zuschreiben: als wollten wir unseren Schmerz noch größer machen oder ihn rechtfertigen, nennen wir diesen Menschen gut, selbst wenn er böse war, ehrlich, selbst wenn er unehrlich war, unschuldig, selbst wenn er schuldig war. Aber wenn es ein Geschöpf auf der Welt gab, das unfähig war, jemandem ein Unrecht anzutun, dann war das Ninette. Wer hatte sie also getötet, wer? Wen mußte er töten, um sie zu rächen, wen? Für Rache hatte er nie etwas übrig gehabt. Er hatte sie immer für einen irrationalen Akt gehalten, primitiv, diktiert von blinden Leidenschaften. Für die Vorstellung, jemanden zu töten, hatte er nie etwas übrig gehabt. Trotz seiner Geschicklichkeit, mit Waffen umzugehen und in diesem raffinierten Spiel für Kinder imaginäre Befestigungen zu stürmen, hatte er diese Vorstellung immer für etwas gehalten, das seiner Denkweise fremd war. Deshalb hatte es ihn keinerlei Mühe gekostet, dem Bersagliere am Sonntag des zweifachen Massakers zu antworten Ich-schwöre-daß-ich-niemals-jemand-töten-werde. Jetzt dagegen paßte ihm die Vorstellung, jemanden zu töten, so, wie ein Handschuh der richtigen Größe einer Hand paßt, sie machte ihn heißhungrig wie eine reife Frucht, die verschlungen werden will, und die Vorstellung, Ninette zu rächen, verführte ihn tausendmal mehr als die, mit dem kleinen Verbrecher der RDGs abzurechnen. Also mit Passepartout. Rache schien ihm ein Recht zu sein, das er im Namen der Logik ausüben durfte: ein rationaler, legitimer Akt, der intellektuell bereits gerechtfertigt war, bevor man ihn moralisch rechtfertigte. Ja, intellektuell. Es ergibt keinen Sinn, einen Unbekannten zu töten, der eine andere Uniform trägt als du und rein zufällig auf der anderen Seite der Barrikade steht, jemand, den du unter anderen Umständen zu einem Espresso einladen würdest: allerdings jemanden zu töten, der dir einen Schaden zugefügt, etwas Wertvolles entwendet und dir Schmerz verursacht hat, das ergibt einen Sinn. Denn dadurch wird ein gestörtes Gleichgewicht wiederhergestellt, wird Ordnung in die Unordnung gebracht, wird dem Chaos der Triumph versagt. Und mit einer positiven Tat wird die negative Tat dessen getilgt, der dir einen Schaden zugefügt, etwas Wertvolles entwendet und dir Schmerz verursacht hat: eine Operation, die man in der Mathematik Rückführung-des-Systems-auf-den-ursprünglichen-Zustand nennt und die mittels eines Umkehrungsprozesses der Aufhebung der Ergebnisse des Problems gleichkommt. Ja: wüßte er, wer Ninette mit einer Kalaschnikow durchlöchert hatte, würde er ihn ohne Zögern töten. Wer immer es wäre, wo er ihn auch träfe, wann auch immer, also auch jetzt und in dieser Stellung: zum Teufel mit Charlies Befehlen. Mit seinen Und-bitte-vermeide-jede-Schießerei, das Gerippe-eines-Amalist-das-Letzte-was-ich-brauchen-kann.

«Ana hunna, ich bin da!»

«Hal tas ma' wai, hört ihr mich?»

«Ruha wa, la'aim! Kommt heraus, ihr Schafsköpfe!»

Scharfes, bösartiges Geschrei eilte Passepartout voraus, bevor er aus dem Dunkel der Straße Ohne Namen auftauchte und ganz allein auf den M113 der Regierungstruppen zuging und wieder anfing, den christlichen Oberleutnant zu quälen. Auf halber Höhe der Straße erkannte er aber den großen Umriß des Soldaten, der an der rechten Tür des Geländewagens stand, und blieb, überrascht, jemanden in der sonst immer leeren Nische anzutreffen, in der Mitte des freien Platzes stehen. Ein Schatten mit dem Gewehr über der Schulter, der so vom Dunkel verschluckt wurde, daß du nicht einmal die Umrisse des Federhelms erkennen konntest. Passepartout strengte die Augen an, kicherte und stellte sich darauf ein, seine Unverschämtheiten nun an dem Unbekannten auszulassen.

«Hallo, Italiener! Guten Abend!»

«Shubaddak, was willst du?» antwortete Angelo und zog den Spannhebel, der die Patrone ins Patronenlager einführt. Dann, während er die M12 fest im rechten Arm hielt und auf die Gestalt richtete, streckte er den linken Arm nach der Taschenlampe aus, die er auf die Motorhaube gelegt hatte. Er griff nach ihr, knipste das Licht auf Passepartout gerichtet an, und die grünliche Lichtscheibe beleuchtete ein kleines Gesicht, das ihn im Spiel von Licht und Schatten an eine Fliege erinnerte, die man zerquetschen sollte. Runde hervortretende Augen, Hakennase, wulstige Lippen und zwischen den Lippen ein Zigarettenstummel, der wie ein Saugrüssel aussah. Eine Kippe?!? Angelo hob die Taschenlampe etwas, um zu sehen, ob die Fliege blonde Haare hatte, und der grünliche Lichtschein fiel auch auf den Federhelm. Das war der Federhelm, auf den Pistoia am Heiligen Abend angespielt hatte. Der Helm von Sergente Natale.

«Ruhe, Italiener, Ruhe. Du mich blind machen!»

«Wer bist du?»

«Khalid! Ich bin Khalid! Und sprechen Italienisch.»

«So, Khalid?»

«Ja. Das bedeuten ewig, unsterblich!»

«So, ewig, unsterblich? Und den da, wer hat dir den gegeben?»

«Shu, was?»

«Den Helm.»
«Nix gegeben. Erobert. Weggenommen», frohlockte Passepartout, glücklich darüber, Eindruck gemacht zu haben. Und mit der Unvorsichtigkeit einer Fliege, die sich auf das klebrige Netz der Spinne setzt, kam er ein paar Schritte auf den Wall zu. Der grünliche Lichtschein wanderte unterdessen auf der Suche nach den RDG8 zu seinem Gürtel hinab.
«Wo weggenommen? Wem?»
«Hier, von Bersagliere von Panzer!»
«Ach ja?»
«Ja, bei Kampf!»
Auch die RDG8 waren da. Zwei RDG8, die identisch waren mit der RDG8, die Charlie in der Nähe des Feigenbaums der Fünfundzwanzig aufgelesen hatte, und deren Fabrikationsnummer fast direkt auf die Fabrikationsnummer folgte, die noch auf der Sicherung der Handgranate zu erkennen gewesen war, mit der der kleine Verbrecher Gino verstümmelt hatte. Angelo knipste die Taschenlampe aus. Er legte sie zurück auf die Motorhaube und packte die M12 jetzt mit beiden Händen.
«Und die da, wem hast du die weggenommen?»
«Shu, die da was?»
«Die beiden Granaten da.»
«Nix weggenommen. Geschenk Rashid.»
«So, Rashid?»
«Ja, ich und Rashid wie Brot und Honig. Er Brot, ich Honig.»
«So, Brot und Honig?»
«Ja, ich wohnen in sein Haus, schlafen in sein Bett, und er nur mich ficken. Mir sagen: du mein Honig, mein süßer Honig, und immer Geschenke machen. Meine Kalaschnikow Geschenk Rashid. Und November Rashid mir gegeben Kiste mit RDG8.»
«So, eine Kiste?»
«Ja, ganze Kiste. RDG8 sehr gut. Fünf Feinde mit zwei erledigt. Ich wissen», machte die Fliege klar und verhedderte sich völlig in den klebrigen Fäden der Spinne, die bereit war, sie aufzufressen.
«So, das weißt du?»
«Ich wissen, ich wissen! Ich probiert!»
Bei ausgeknipster Taschenlampe war er wieder ein Schatten mit dem Gewehr über der Schulter, der vom Dunkel verschluckt wurde, doch jetzt traten die Umrisse des Schattens deutlich hervor, und der Brustkorb, den er der M12 darbot, sah aus wie eine Attrappe für Schießübungen. Außerdem war er so nahe herangekommen, der

Idiot: bis an die Öffnung der Nische. Angelo hatte den Zeigefinger am Abzug und dachte daran, wie leicht es wäre, seine Lust zu töten zu befriedigen, indem er Gino rächte. Viel zu leicht sogar und ohne Folgen: dank des Walls, der ihn bis zur halben Kopfhöhe verdeckte, würden weder die vom M113 der Regierungstruppen noch die von dem der Maròs irgend etwas sehen können. Mit großer Wahrscheinlichkeit würden sie nicht einmal das Pling der Kugel und das Plang des sich ladenden Gewehrs mitbekommen: das Gefechtsfeuer der M48, plötzlich in unmittelbarer Nähe, übertönte jedes andere Geräusch. Und wer würde hinterher schon wissen, wer würde hinterher schon verstehen, daß er es gewesen war? Im Krieg lösen Leichen keine Nachforschungen der Polizei, keine ballistischen Untersuchungen, keine Autopsien aus... Doch je mehr er darüber nachdachte, um so mehr löste sich sein Zeigefinger vom Abzug. Je mehr sich der Zeigefinger vom Abzug löste, um so bewußter wurde Angelo, daß ihn die Rache für Gino nicht mehr so interessierte wie an dem Tag, als er sich gesagt hatte, daß Beirut klein sei, das Dreieck Gobeyre-Chatila-Bourji el Barajni noch viel kleiner und man die Leute dort mit Leichtigkeit wiederfinde...

«Hau ab!» sagte er und löste den Finger ganz vom Abzug.

«Warum?»

«Weil ich dich nicht mag. Verschwinde!»

Enttäuscht machte Passepartout einen Schritt zurück. Wenn er wegging, würde Rashid ihn schnappen, bevor sich seine Wut gelegt hätte, in die er kurz vorher geraten war, als er sah, daß Passepartout den Panzer der Regierungstruppen im Stich gelassen hatte. Wenn er ihn schnappte, bevor seine Wut sich gelegt hätte, würde Passepartout eine gewaltige Tracht Prügel beziehen oder noch Schlimmeres. Wenn er statt dessen hier bliebe... Aber wie sollte er hier bleiben, wenn der da ihn nicht mochte? Vielleicht, indem er ihn ein bißchen verführte und es gratis mit ihm machte.

«Du mich nicht mögen, nein?»

«Hau ab. Zieh Leine!»

«Aber du ich sehr mögen! Du schön, du mich ficken gratis und wir Hörner machen Rashid.»

«Zieh Leine, oder du bereust es.»

Passepartout machte noch einen Schritt zurück, eingeschüchtert von der kalten Stimme des Unbekannten, der sich weigerte, ihn gratis zu ficken und Rashid mit ihm Hörner aufzusetzen. Er warf einen Blick zum Panzer der Regierungstruppen hinüber und fragte sich, ob es sinnvoll wäre, noch einmal Ruha-wa-la'aim, kommt-raus-ihr-

Schafsköpfe zu rufen, kam aber zu dem Schluß, daß es sich nicht lohnte; so suchte er einen anderen Vorwand, und in dem Augenblick besiegelte die Fliege, die sich in den Fäden der Spinne verfangen hatte, die sie nun nicht mehr auffressen wollte, ihr Todesurteil. Denn er zog aus den Taschen seiner Blue Jeans die Kette mit dem ankerförmigen Kreuz, das er Ninette abgerissen hatte; in der Dunkelheit schwenkte er es hin und her und kam wieder an die Öffnung der Nische.
«Italiener...»
«Ich hab dich gewarnt. Hau ab!»
«Ich gehen, ja, aber erst ich dir verkaufen Schmuck für guten, sehr guten Preis!»
«Verschwinde. Ialla, verschwinde.»
«Schmuck reine Gold, pur Gold, für Dollar fünfzig. Sieh doch!»
«Ialla. Verschwinde, ialla.»
«Fünfzig, nur fünfzig! Mach an Licht, Italiener, mach an!»
«Ialla.»
«Vierzig, nur vierzig! Mach an!»
«Ialla.»
«Dreißig, nur dreißig! Viel sehr gut Preis für reine Gold, pur Gold! Sieh doch!»
«Ialla.»
«Kette mit Anker! Anker mit Christus! Christus mit Rubin! Sieh doch, bitte, sieh doch! Mach an Licht, sieh doch!»
Eine grauenvolle Stille trat ein, eine Stille, die nur von dem Gefechtsfeuer zerrissen wurde, das jetzt nur wenige Meter vom Wall entfernt herunterkam, und manchmal sah es so aus, als würde es darüber hinwegschwappen. Dann wurde die kalte Stimme zu einer Stimme aus Marmor.
«Was hast du gesagt?»
«Gesagt Kette mit Anker! Anker mit Christus! Christus mit Rubin! Für Dollar dreißig, nur dreißig!»
«Zeig her.»
Langsam löste Angelo die linke Hand vom Griff der M12. Langsam griff er nach rückwärts auf die Motorhaube, knipste die Taschenlampe wieder an und stellte sie zurück auf die Motorhaube. Langsam streckte er den Arm aus, nahm den kreuzförmigen Anker, den Passepartout ihm hinhielt. Langsam hielt er ihn in den grünlichen Lichtschein, in dem der Rubintropfen nahezu unheimlich glänzte. Langsam ließ er ihn in seine linke Jackentasche gleiten. Dann warf er rasch einen Blick auf die Kalaschnikow, die Passepartout über der Schulter hängen gelassen hatte, die Kalaschnikow, mit der er Ninette erschos-

sen hatte, und Angelo führte seine linke Hand wieder zum Griff der M12. Wieder legte er den Zeigefinger an den Abzug.

«Wem hast du das gestohlen?»

«Nix gestohlen, nein...», stotterte Passepartout und verlor den Zigarettenstummel, der bis jetzt an seiner Unterlippe geklebt hatte.

«Wem?»

«Nix gestohlen, meine. Ich schwöre... meine.»

«Wem?»

Der Abzug der M12 ist locker. Sehr locker. Wenn du eine ruhige Hand hast und den Zeigefinger ruhig hältst und deine Lust zu töten groß ist, kannst du jeden Millimeter beim Zurückziehen genießen. Viele Sekunden kannst du so verweilen, bevor du den Schuß auslöst: kannst ihn bis zum äußersten Punkt halten. Und Passepartout hatte davon keine Ahnung. Noch weniger hatte er eine Ahnung davon, daß der Finger am Abzug war: das Licht der Taschenlampe auf der Motorhaube blendete ihn viel stärker, als es ihn zu Anfang geblendet hatte, und von der M12 sah er nur den auf ihn gerichteten Lauf. Doch wie ein Hund, der schnuppernd wittert, was ihm unbekannt ist, witterte er, daß der Zeigefinger am Abzug lag. Und daß der Abzug sich nach hinten bewegte. Weiter und immer weiter nach hinten, und er würde nicht aufhören, sich nach hinten zu bewegen, weil Passepartout einen furchtbaren Fehler begangen hatte: er hatte dem Unbekannten etwas angeboten, das diesem gehörte. Etwas, das ihn, Passepartout, verriet, ihn ohne jede Hoffnung verurteilte, ihn einer Strafe auslieferte, die schlimmer war als jede Strafe, die Rashid ihm auferlegte, die gleiche Strafe, die er dem zahnlosen alten Weib in der Rue Farruk auferlegt hatte. Und wie angewurzelt vor Schreck, unfähig zur sowieso sinnlosen Flucht, voller Qualen wie jedes Geschöpf, das sich aufs Sterben vorbereitet, auch ein bösartiges Geschöpf, eine arme Mörderfliege, ein Khalid-Passepartout, flehte er ihn an.

«Nicht schießen, Italiener, nicht schießen!»

«Wem hast du es gestohlen?» fragte Angelo wieder. Und locker bewegte sich der Abzug weiter nach hinten.

«Ich dir schenken, nicht schießen.»

«Wem?»

Und der Abzug bewegte sich weiter nach hinten.

«Ich dir geben gratis, nicht schießen!»

«Wem?!?»

Und der Abzug bewegte sich weiter nach hinten.

«Von Christennutte Spionin, nicht schießen!»

«Und dann hast du sie umgebracht, hast sie erschossen. Richtig?»

«Ja, ja, nicht schießen! Im Namen von Allah, nicht schießen!»
«Warum hast du sie erschossen?»
«Weil Christennutte Spionin! Aber nicht schießen! Nicht schießen, nicht schießen, nicht schie...»
«Nicht?» sagte die Stimme aus Marmor. Und der aufs Herz gerichtete Schuß ging los.

Er ging genau in dem Augenblick los, als eine Granate der M48 mitten auf den freien Platz schlug und in einem Fächer von Splittern explodierte, so daß die arme Mörderfliege mit dem von einer 9 mm Parabellum durchschlagenen Herzen und einem von Splittern durchsiebten Körper leicht vor- und zurücktorkelte und dabei ihren Federhelm verlor. Dann stürzte sie zur Erde, wie Ninette zur Erde gestürzt war, und ohne einen Atemzug der Erleichterung auszuhauchen, ohne irgendeiner Mama zu danken (aber welcher Mama hätte sie denn danken sollen), befreite sie die Welt von ihrer Gegenwart. Angelo dagegen flog gegen die Innenwand des Walls, und dort blieb er, bis sich die Luken beider Panzer öffneten. Das heißt, bis Sandokan und der christliche Oberleutnant zu ihm gelaufen kamen.

−6−

«Charlie Zwei, Charlie Zwei, bist du verwundet?»
«Nein.»
«Sergent, Sergent, êtes-vous sain et sauf, sind Sie unverletzt und gesund?»
«Qui.»
«Quelle chance, mon ami, was für ein Glück mein Freund!»
«Stimmt, Scheißwichserei von 'ner Superscheißwichserei! Du hast einen Schutzengel, mein Junge! Dieser Amal hat mehr Löcher als ein Sieb.»
«Eh bien, oui! Regardez-le, sehen Sie ihn sich an: atteint en plein, voll getroffen!»
«Und was machen wir jetzt mit ihm?»
«Il faut s'en libérer, mon capitaine, wir müssen ihn loswerden! Voulez-vous que j'appelle mes hommes, wollen Sie, daß ich meine Männer rufe?»
«Nein, nein, Tenente, ich kümmere mich darum. Kinder, kommt her und schleppt diesen Grünen weg, Scheißwichserei von 'ner Superscheißwichserei!»

«Jawohl, zu Befehl!»
«Da, guck mal, wer das ist! Der hat doch die Gruppe angeführt!»
«Der hat noch die Kalaschnikow über der Schulter, der arme Kerl...»
«Naja, armer Kerl wohl nicht. Der war ein ganz mieses Schwein!»
«Ein mieses Schwein und eine feige Sau!»
«Alle hat er belästigt!»
«Heb ihn hoch, los, jetzt belästigt er keinen mehr!»
«Wieso denn hochheben, ihr Saftsäcke! Seht ihr denn nicht, daß ihr euch mit Blut beschmiert, wenn ihr ihn hochhebt?!? Schleift ihn an den Füßen weg, Scheißwichserei von 'ner Superscheißwichserei, schließlich spürt er's ja nicht mehr!»
Sie schleiften ihn an den Füßen weg. Ohne zu merken, daß in der Höhe des Herzens ein fast Zentimeter breites Loch war, das Loch einer 9 mm Parabellum; und begünstigt von dem Umstand, daß die Rotunde in diesem Augenblick menschenleer war, brachten sie ihn zur Ecke der Avenue Nasser, wo sie ihn mit der Kalaschnikow über der Schulter und den beiden RDG8 am Gürtel liegenließen. Dann zogen sie sich in den Panzer zurück, und Angelo hob den Federhelm auf. Er versteckte ihn unter dem Sitz des Geländewagens, gab Sandokan ein verneinendes Zeichen, der ihn von der Luke aus fragte, ob er irgend etwas brauche.
«Nichts, danke. Es geht mir gut.»
Es ging ihm wirklich gut. Er spürte keinerlei Verwirrung, sagte er sich, als er sich ans Steuer setzte, er empfand keinerlei Gewissensbisse, aber auch keine Zufriedenheit oder gar Freude. Anstelle von alledem eine merkwürdige Mischung aus Erstaunen und Erleichterung. Erstaunen darüber, zu entdecken, wie einfach es gewesen war, Ernst zu machen mit dem, was man ihm sieben Jahre lang als Spiel auf Schießplätzen und beim Überfall auf imaginäre Befestigungen beigebracht hatte; Erleichterung, weil er dachte, daß er mit diesem einen Schuß das im Namen der Logik auszuübende Recht angewandt und einen rationalen und legitimen Akt ausgeführt hatte: eine Handlung, die intellektuell bereits gerechtfertigt war, bevor man sie moralisch rechtfertigte, eine Handlung, die das gestörte Gleichgewicht wiederherstellte, Ordnung in die Unordnung brachte, dem Chaos den Triumph versagte, daß er eine Operation durchführte, die man in der Mathematik die Rückführung des Systems auf den ursprünglichen Zustand nennt. Und was machte es da schon, wenn die Granate noch zu der Parabellum hinzukam und einen Fächer von Splittern versprritzte, die allein völlig ausreichten, Passepartout zu töten: die Kugel

war den Bruchteil einer Sekunde früher ins Herz gedrungen, und er, Angelo, hatte ihn getötet. Sicher, am Ende hatte Passepartout Mitleid erregt... Nicht-schießen, nicht-schießen, nicht-schießen! Mehr noch, wenn man es genau bedachte, hatte er schon vorher Mitleid erregt: das kleine Gesicht, das an eine Fliege erinnerte, die man zerquetschen sollte; dieser Zigarettenstummel, der wie ein Saugrüssel aussah; diese miese Geschichte mit Rashid, der ihn mein-süßer-Honig nannte und ihn mit RDG8 bezahlte; dieses widerliche Anbieten seines Körpers, Du-ich-sehr-mögen, du-schön, du-mich-gratis-fikken-und-wir-Hörner-machen-Rashid. Ein in Frömmelei spezialisierter Soziologe hätte nicht sehr viele Worte zu verlieren brauchen, um eine Jury gütiger Herzen davon zu überzeugen, daß dieser bedauernswerte Minderjährige durchaus kein Henker war, sondern ein Opfer der menschlichen Gesellschaft, ein Ausgestoßener, ein Unzurechnungsfähiger, ein Paria, dem man niemals den Unterschied zwischen Gut und Böse klargemacht hatte, kurz gesagt, jemand, den man nicht zur Verantwortung ziehen konnte, den keine Schuld an seiner Schuld traf und der höchstens ein paar Jahre Erziehungsanstalt verdient hatte. Doch wenn deine Seele blutet, kannst du dir nicht den Luxus erlauben, dir die bequemen Argumente und doppelbödigen Barmherzigkeiten der Soziologie zu eigen zu machen, und nur den für verantwortlich halten, der Grips, Glück und Bildung hat. Gehen denn alle Barabasse ins Paradies ein? Sitzen alle zur Rechten des Herrn? Opfer oder nicht, Ausgestoßener oder nicht, Paria oder nicht, die Fliege mit dem Saugrüssel hatte Ninette getötet, und den Schaden hatte er zugefügt. Das Wertvolle hatte er entwendet, den Schmerz hatte er verursacht. Daher war es richtig zu sagen: jetzt-ist-die-Rechnung-beglichen, Khalid-Passepartout. Du hast sie umgebracht, und ich hab dich umgebracht.

Er knipste die Taschenlampe wieder an und legte sie auf das Armaturenbrett. Gleichgültig bemerkte er, daß das Feuer der M48 nachließ und die Amal trotzdem nicht wiederkamen. Er kramte in der linken Jackentasche, holte die Kette und das ankerförmige Kreuz, hielt sie ins grünliche Licht und fuhr zusammen. Um den Ankerhaken wand sich ein langes kastanienbraunes, gold schimmerndes Haar. Ein Haar von ihr. Oh, es tut immer weh, einen Gegenstand zu finden, der einem geliebten Menschen gehört hat. Einen Füllhalter, ein Buch, einen Knopf, ein Kleidungsstück, das immer noch den Duft des geliebten Menschen verströmt und die Spuren seines Schweißes aufweist. Doch ein Haar zu finden ist erschütternd. Es ist, als würde man einen Teil seines Körpers wiederfinden, einen Teil von ihm, der lebendig und unversehrt geblieben ist. Angelo streichelte das Haar mit einem Finger, ganz behutsam. Ganz behutsam wickelte er es wieder um den Ankerhaken, packte dann die Kette in seine Tasche, und er verspürte einen heftig stechenden Reiz im Hals. Eine unwiderstehliche Lust zu weinen. Weinen?!? Er zwang sich, den Gang seiner Gedanken zu ändern. Dazu suchte er das Notizheft, in das er seit einigen Tagen seine mathematischen Knobeleien eintrug, hielt es ins Licht, und das Notizheft öffnete sich auf einer Seite, die mit Symbolen vollgeschrieben war: von + und von − und von > für *größer* als und von < für *kleiner* als. Das Theorem, das er am Heiligen Abend in Chatila begonnen hatte, während er darauf wartete, daß Zucker von der Zweiundzwanzig zurückkommen würde, das Theorem, daß Eins größer ist als Null, aber-beweis-das-mal. Das-Selbstverständliche-ist-immer-am-schwersten-zu-beweisen. Wie hatte er es gleich noch entwickelt? Ach, ja: ausgehend von dem Axiom, daß die *Eins* eine existierende Größe ist, daß die *Null* eine existierende Größe ist, daß die *Eins* und die *Null* voneinander verschieden sind, hatte er sich für eine Dreiteilung entschieden und die drei von den Elementen *a* und *b* vorgegeben Hypothesen aufgestellt. Die, daß *a* gleich *b* ist; die, daß *a* größer als *b* ist; die, daß *a* kleiner als *b* ist. Dann, nachdem er die Hypothese *a* gleich *b* verworfen hatte, weil sie durch das Axiom *Eins-und-Null-sind-voneinander-verschieden* hinfällig wurde, hatte er sich dazu entschlossen, das Theorem ad absurdum zu führen, das heißt, er stützte sich auf die Tatsache, daß, wenn eine Hypothese richtig ist, die andere falsch sein muß. Doch an diesem Punkt hatte ihn von neuem die Angst gepackt, Ninette könne sich wirklich im Westteil befinden und... Er räusperte sich, um seine Kehle von dem unverändert heftig stechenden Reiz zu befreien, nahm den Kugelschreiber in die Hand und begann erneut seine Berechnungen, wobei er laut nachdachte: «Da die Hypothese *a* kleiner als *b*, das heißt $1 < 0$ falsch ist, eine Ungleichung aufstellen, aus der hervorgeht, daß die Hypothese *a* größer als *b*, das heißt $1 > 0$ richtig ist... Zu beiden Termen der Ungleichung die Menge (-1) addieren und die Ungleichung *eins plus minus-eins ist kleiner als null plus minus-eins* erhalten. Und zwar so: $1 + (-1) < 0 + (-1)$. Und da $1 + (-1)$ gleich 0 ist und $0 + (-1)$ gleich (-1) ist, erhalte ich die Ungleichung *null ist kleiner als minus-eins*: $0 < (-1)$. An diesem Punkt muß ich beide Terme mit (-1) multiplizieren, und indem ich das tue, erhalte ich die Ungleichung *null mal minus-eins ist kleiner als minus-eins mal minus-eins*. Und zwar so $0 \times (-1) < (-1) \times (-1)$...» Er unterbrach sich einen Augenblick, weil ihm bewußt wurde, daß sich gleichzeitig ein fremdartiger Gedanke in diese

Berechnungen drängte. Angelo zwinkerte mit seinen von einem Schleier vernebelten Augen und fuhr fort. «Also, da 0 × (−1) 0 ist, erhalte ich die Ungleichung *null ist kleiner als minus-eins mal minus-eins*. Und zwar so: 0 < (−1) × (−1). Und da (−1) × (−1) 1 ist, erhalte ich am Schluß die Ungleichung *null ist kleiner als eins:* 0 < 1. Ein Ergebnis, das, statt die Richtigkeit der Hypothese zu beweisen, auf der ich die Ungleichung 1 < 0 aufgebaut habe, ihr widerspricht. Und mit diesem Widerspruch wird die Unanwendbarkeit deutlich. Indem die Unanwendbarkeit deutlich wird, wird die Genauigkeit der gegenteiligen Hypothese bewiesen, nach der 1 < 0, und damit ist der Beweis erbracht, daß *Eins größer* ist als *Null:* daß Etwas mehr ist als Nichts...»

Nein, den Gang der Gedanken in eine andere Richtung zu lenken, half nicht. Der fremdartige Gedanke blieb gleichzeitig auch weiterhin da, wie der Reiz im Hals, die unwiderstehliche Lust zu weinen. Er machte das Notizheft zu, steckte es wieder in die Tasche und stieg aus dem Geländewagen. Immer noch mit einem Nebelschleier vor den Augen ging er hinüber und kontrollierte, daß kein Amal sich dem Panzer der Regierungstruppen genähert hatte, und vor dem von der Granate aufgerissenen Krater blieb er verwundert und ratlos stehen. Es war ein sauber geschnittener, runder Krater, er erinnerte an etwas. Woran? Verwundert und ratlos ging er zurück zur Nische. Er setzte sich wieder ans Steuer, und dabei stieß er mit den Stiefeln an den Federhelm, den er unter dem Sitz verborgen hatte, und der Helm gab einen gongähnlichen Ton von sich, und der Gedanke nahm Gestalt an. Er erstarrte. Er hatte sich geirrt, als er sich sagte, im Krieg würden Leichen keine Nachforschungen der Polizei, keine ballistischen Untersuchungen, Autopsien auslösen. Wenn die Leiche nicht irgendeine Leiche ist, lösten genau sie das aus, was sie auch in Friedenszeiten auslösen. Und die Leiche von Khalid-Passepartout war nicht irgendeine Leiche: diese Leiche war bekannt, Privateigentum von Rashid. Und Rashid würde sie sich genau ansehen. Und dabei würde er auf das Loch aufmerksam werden, das sich in Passepartouts Herz gebohrt hatte. Ein sauberes rundes Loch mit einem Durchmesser von neun Komma neun Millimetern, ziemlich anders als die von Splittern erzeugten Wunden. Er würde begreifen, daß sein Honig nicht von den Splittern getötet worden war, sondern von einer 9 mm Parabellum, das heißt von einer Kugel aus einer M12: einer Waffe, die nur die Italiener in Beirut verwendeten. Und wahnsinnig vor Wut würde er seinerseits das im Namen der Logik auszuübende Recht anwenden. Er würde seinerseits den rationalen, legitimen Akt ausführen, die Tat, die intellektuell bereits gerechtfertigt war, noch bevor sie es moralisch war. Folglich hatte er mit der 9 mm Parabellum das gestörte Gleichgewicht überhaupt nicht wiederhergestellt. Hatte er keinerlei Ordnung in die Unordnung gebracht, hatte er dem Chaos keinen Triumph verwehrt, hatte er keine Operation durchgeführt, die in der Lage war, das System auf seinen ursprünglichen Zustand zurückzuführen. Im Gegenteil. Das Gleichgewicht hatte er vollends gestört, die Unordnung hatte er gesteigert, ja, vervielfacht, den Triumph des Chaos hatte er gesteigert, indem er der Entropie eine weitere Leiche hinzufügte, die Rache forderte... Mit anderen Worten, er war einem Irrtum verfallen, der tausendmal schwerer wog als der von Khalid-Passepartout, als er ihm das ankerförmige Kreuz anbot. Dem Irrtum, auf die Wirklichkeit des Lebens, auf den unumkehrbaren Prozeß des Lebens eine Logik anzuwenden, die das Abstrakte herausarbeitet und durch umkehrbare Prozesse die Ergebnisse eines Theorems auf den Kopf stellt. Das Leben stellt man nicht so auf den Kopf wie die Ergebnisse eines Theorems. Man dreht es nicht um wie das $1 < 0$ und das $0 > 1$ und das $0 < 1$ und das $1 > 0$. Man führt es nicht auf seinen ursprünglichen Zustand zurück. Man stellt nichts wieder her, indem man jemanden umbringt, der jemanden umgebracht hat... Und erschaudernd begriff er da, was er getan hatte: er hatte das letzte Glied in die Kette der Ereignisse eingefügt, die mit dem zweifachen Massaker im Oktober ihren Anfang genommen hatten. Das fehlende Glied. Er hatte den dritten Lastwagen herausgefordert, eine Gegenrache in Gang gesetzt, die das gesamte Kontingent treffen würde. Und das versteinerte Gesicht wurde wieder zu einem Gesicht aus Fleisch und Blut, der Nebelschleier zu einem Wasserfall: als Charlie mit Martino wieder zurückkam, fand er Angelo schluchzend über das Lenkrad des Geländewagens gebeugt.

«Was ist los?!? Was hast du gemacht?!?»

«Ich hab ihn umgebracht», antwortete er und nahm gleich wieder Haltung an.

«Du hast wen umgebracht?!?»

«Khalid-Passepartout.»

Dann erzählte er den Rest, und Charlie brauchte ein paar Minuten, bis er wieder seine Fassung zurückgewonnen hatte. Nach diesen Minuten aber sagte er: «Du hast niemanden umgebracht. Du hast keinen Khalid-Passepartout gekannt, du weißt nicht einmal, wer Khalid-Passepartout ist.» Dann wandte er sich an Martino, der wie betäubt zugehört hatte, und sagte: «Du hast nichts gehört, nichts gesehen, du bist blind und taub, und wenn du den Mund aufmachst, bist du ebenfalls eine Leiche.» Dann, zu sich selbst: «Daß Gott sich unserer erbarmen möge. Mit Rashid habe ich gerade eine Vereinbarung unterzeichnet.»

* * *

Die Vereinbarung war weit mehr als der Verband, den er suchen gegangen war, um das Gesicht nicht zu verlieren. Sie legte nämlich fest, daß die christlichen Offiziere unbehelligt in den Ostteil abziehen sollten, um sich mit der Achten Brigade zu vereinigen; daß die schiitischen Offiziere und Soldaten sich in die Kaserne südlich der Straße Ohne Namen zurückziehen sollten; und schließlich, daß die Italiener allein Chatila weiterhin besetzt halten sollten, und wehe dem, der dagegen aufmuckte. Um Mitternacht verließen daher die M113 der Regierungstruppen das Viertel, und auf der Rotunde an der Überführung formierten sich zwei kurze Kolonnen. Eine, die sich zum Übergang von Tayoune bewegte, mit dem Oberleutnant der Vierundzwanzig, dem getreuen Soldaten und den anderen mit einem Kreuz am Hals; und eine, die in die Straße Ohne Namen zog, mit den Getreuen Allahs. Unmittelbar danach hoben die Amal ihre Belagerung der Stellungen auf und streiften, nachdem sie die Opfer des Granatfeuers geborgen hatten, unter denen sich auch der kleine Blonde befand, den die Ausländer Passepartout nannten, außerhalb des italienischen Sektors herum. So konzentrierten sich die Schandtaten dieser Nacht an anderen Punkten der halben Stadt, und dem Kontingent blieb das Schauspiel erspart, das das neue, aus dem schaudererregenden Bauch des Bruderkriegs hervorgekrochene Ungeheuer aufführte. Milizionäre tarnten sich als Krankenpfleger und beschlagnahmten Krankenwagen, sie tauchten Fahnen des Roten Kreuzes oder des Roten Halbmonds schwenkend an den von den Soldaten der Achten gehaltenen Straßensperren an der Grünen Linie auf. Hier flehten sie Habt-Mitleid, laßt-uns-durch, wir-haben-ein-sterbendes-Kind-bei-uns, und als der Weg freigegeben wurde, dankten sie es dem, der sie durchgelassen hatte, indem sie ihn mit einer Salve aus der Kalaschnikow abknallten. Einzelgänger, die, außer sich in ihrer Antialkohol-Raserei, die Bars in den von Ausländern besuchten Hotels überfielen und mit den Weinen und Likören zugleich auch die beseitigten, die sie tranken. (Acht afrikanische Touristen hingerichtet in der Rue Hamra, weil sie überrascht wurden, wie sie an einem Bier nippten.)

Mullahs, die, trunken von dem Fanatismus eines Savonarola, in Häuser einbrachen, auf der Suche nach Frauen, die ihren Kopf nicht bedeckten oder Lippen und Fingernägel rot anmalten. Unter Prügeln schleiften sie sie vor eine Moschee, machten sie zum öffentlichen Gespött oder zwangen sie, den Chador zu tragen. Und überflüssig zu betonen, was mit den christlichen Offizieren der Sechsten passierte, die nicht den Befehl erhalten hatten, sich in den Ostteil zurückzuziehen: Obristen wurden auf der Stelle von ihren Untergebenen erschossen; Hauptleute vor Ort von ihrer Truppe hingerichtet, mit der sie über Jahre Seite an Seite gekämpft hatte; Leutnants durch Bajonettstiche von ihren eigenen Mannschaften zerstückelt. Was die Söhne Gottes angeht, so waren sie überall. Sie brandschatzten, plünderten, entweihten heilige Stätten, wie sie die Kirche von Saint-Michel entweiht hatten, bedrohten die Palästinenser mit Bald-schaffen-wir-auch-bei-euch-Ordnung, oftmals terrorisierten sie sogar die Muezzins, die bis Mitternacht immer wieder gesungen hatten Hände-weg-von-den-Italienern, die-Italiener-sind-unsere-Blutsbrüder. Und natürlich war dieser Appell aufgehoben worden, ohne daß Zandra Sadr auch nur einen Finger gerührt hätte, um ihn wieder ausrufen zu lassen. Keinen Finger, keine Hand, die seine Gläubigen gerührt hätte. Wozu auch? Bevor sie ihren Aufstand angezettelt hatten, hatten die Amal nicht einmal so viel gesunden Menschenverstand gezeigt, eine politisch-militärische Struktur auszuarbeiten, mit der im Westteil die wackelige, aber immerhin vorhandene Regierung Gemayel ersetzt werden konnte. So daß so viel Anarchie Seiner Hochwürdigsten Eminenz nur zustatten kam: sie garantierte ihm eine Zukunft als kleiner Khomeini. Und in dieser Situation zog der Morgen herauf. Und mit dem heraufziehenden Morgen erhob sich ein Schrei, der den Kommandostützpunkt erschütterte.

«Der Kondor ist zurück!»

Er war in einem Jeep zurückgekommen, den ihm die Achte zur Verfügung gestellt hatte. Mit langem Bart, tief umschatteten Augen, geschwollenem Gesicht, die Wange mit einem Riesenpflaster beklebt, das den martialischen Schnitt verdeckte, sah er aus wie jemand, der eine Lynchaktion überlebt hatte. Und trotzdem hatte er auch nicht ein Gramm seiner Resolutheit eingebüßt. «Wer von Hähnen oder Hühnern spricht, wird an die Wand gestellt», knurrte er Gaspare und die beiden von der Eskorte an, kaum daß sie vor dem Leopardpanzer angekommen waren. Dann ging er in die Kommandozentrale, wo er sich einem Chor von Fragen gegenüber sah, die unbeantwortet blieben. Wo war er blockiert worden? Wie war er verwundet worden?

Wieso hatte er nicht gewollt, daß man ihn herausholen kam? Charlie dagegen stellte ihm keine Fragen. Er wartete, bis eine ausweichende Bemerkung Das-ist-unwichtig-und-das-ist-bloß-ein-kleiner-Kratzer den Chor zum Schweigen brachte, dann nahm er ihn auf die Seite. In knappem Ton, dem Ton dessen, der in jedem Fall das Schlimmste erwartet, sagte er ihm, was er dachte.

«Generale, wir müssen schnellstens von hier weg.»

Und die Reaktion war ebenso knapp.

«Ich weiß. Ich werde jetzt die Regierung informieren, daß ich innerhalb der kürzest möglichen Frist evakuieren will.»

Vier Tage darauf, das heißt im Morgengrauen des Dienstags, setzte ein Hubschrauber des Admiralsschiffs den hohen Drei-Sterne-General aus Rom in Sierra Mike ab, der, die Brust voller Orden und Ehrenzeichen und Bänder, während der Schlacht zu Weihnachten immer auf dem Hocker in der Kommandozentrale sitzengeblieben war, um sich den kalten Angstschweiß abzuwischen. Mit ihm zusammen, als reinsten Hohn des Schicksals und großes Unheil für den Falken, kam der Gefreite Salvatore Bellezza, Sohn des verstorbenen Onofrio, dem es dank wer weiß welcher Schutzherren oder Mauscheleien gelungen war, sich nach Beirut zurückschicken zu lassen, um Alì die Gurgel durchzuschneiden und Sanaan mit einem Messerschnitt das Gesicht zu verunstalten. Mit einem glückseligen Lächeln auf seinem bedauernswerten Reliefgesicht und einer unerwarteten Durchtriebenheit in seinen kleinen Augen, die einer in der Falle sitzenden Maus glichen, brachte Salvatore Bellezza, Sohn des verstorbenen Onofrio, den kleinen Koffer mit den Befehlen, die das Kontigent autorisierten, Beirut zu verlassen, wann und auf welche Art immer der Kondor dies wollte.

Daraufhin kündigte der Kondor die letzte Lagebesprechung an, und Charlie raste allmählich vor Ungeduld. Am Abend vorher hatten ihm seine Informanten nämlich gesagt, daß in Gobeyre zwei alarmierende Gerüchte die Runde machten. Das eine, daß Passepartout von den Italienern aus nächster Nähe mit einer 9 mm Parabellum tödlich ins Herz getroffen worden sei, und das zweite, daß Rashid, wahnsinnig vor Wut, die Hilfe der Söhne Gottes erbeten habe, um sich mit einer spektakulären Strafe zu rächen.

Sechstes Kapitel

–1–

Wie immer eine erlebte oder erfundene Geschichte auch endet, und ob du die Art und Weise, wie sie endet, verstanden hast oder nicht: der Bühnenvorhang, der sich über den Epilog herabzusenken beginnt, hat etwas Beunruhigendes. Etwas, das an die Hinfälligkeit des Lebens erinnert, an seine Unwiederholbarkeit, an sein unausweichliches und unabwendbares Ziel. Während sich die Schnüre des Mechanismus, die ihn oben halten, lockern und die Schleier ganz langsam herunterlassen, kommt es dir vor, als würdest du einer Kerze zusehen, die ganz allmählich erlischt und dich in einem Dunkel voller Gefahren zurückläßt. Die letzte Lagebesprechung war genauso ein beunruhigender Bühnenvorhang, der sich herabzusenken begann, eine Kerze, die ganz allmählich erlosch und sie in einem Dunkel voller Gefahren zurückließ, und auf die eine oder andere Weise empfanden sie das alle so. Mehr als alle anderen Charlie, der, bevor er sich an den großen Kirschholztisch setzte, dem Kondor zugeflüstert hatte: «Generale, hier sollten wir uns wie die Engländer klammheimlich davonmachen, und zwar sofort. Das heißt alles stehen- und liegenlassen und die Marinehubschrauber nehmen. Wenn wir heute abend anfangen, sind wir bei einem Rhythmus von drei Flügen alle zwanzig Minuten mit jeweils zwölf bis fünfzehn Mann pro Hubschrauber morgen früh an Bord des Admiralsschiffs und der Kreuzer...» Abzurücken war äußerst gefährlich. Mindestens so gefährlich, wie zu bleiben. Andererseits und trotz Rashid, der mit einer exemplarischen Strafe drohte, gab es keine Alternative. Die endgültig in zwei Teile zerschlagene Stadt rang im Feuer, das die Christen erneut auf die Moslems richteten und die Moslems auf die Christen und die Drusen auf beide, mit dem Tod; der Flughafen, jetzt in den Händen der Guerilleros, die nicht fähig waren, den Kontrollturm zu leiten und die wenigen von den Bomben verschont gebliebenen Start- und Landebahnen zu nutzen, funktionierte nicht; der von den Falangisten und den Kataeb gehaltene Hafen war in Gefahr, dem Belagerungsdruck der Amal nachzugeben: von Minute zu Minute wuchs das Chaos, und die UN-Sicherheitskräfte waren längst nur noch ein Überbleibsel eines kläglich gescheiterten Unternehmens. Nicht umsonst hatten die in den Ostteil geflüchteten Franzosen die dreißig aus Stolz im Pinienwäldchen zurückgelassenen Legionäre auf eine winzige Mannschaft reduziert, hatten die auf ihre Flugzeugträger verlegten Amerikaner die Zahl der Marines an Land, die sich in den unter den Trümmern ihres Kommandostützpunkts ausgehobenen Gräben befanden, halbiert, und hatten sich die hundert Dragoner Ihrer Britischen Majestät über Nacht einfach davongemacht, ohne jemanden zu benachrichtigen oder sich zu verabschieden. Von ihnen blieb nichts weiter zurück als die spöttische Mitteilung, mit der Sir Montague Verrücktes Pferd das Herz gebrochen hatte: «Farewell, my dear friend, and good luck. Leben Sie wohl, teurer Freund, und viel Glück.» Aus genau diesem Grund, und ohne auf die Angelegenheit mit Rashid anzuspielen, hatte Charlie geflüstert Generale-hier-sollten-wir-uns-wie-die-Engländer-klammheimlich-davonmachen. Das Schlimme war nur, daß die Widerwärtigkeiten, die der Kondor zwischen dem Kikeriki der Hähne und dem Gegacker der Hühner im Hühnerstall durchlitten hatte, seinen Stolz tief getroffen hatten, und die Vorstellung, sich durch Flucht zu demütigen, entsetzte ihn dermaßen, daß er nicht erwog, welche tödliche Gefahr ein Abzug anderer Art für das Kontingent bedeutete. Mit gewölbter Brust und hartem Gesicht, der martialische Schnitt auf der linken Wange war jetzt eine lange blauviolette Kruste, die an Heidelberger Duelle erinnerte, eröffnete er also die Lagebesprechung mit einer stolzen Ankündigung.

«Ich will nicht in aller Heimlichkeit bei Nacht wie ein Dieb mit den Hubschraubern abziehen», sagte er. «Ich will mit den Schiffen hier weg, erhobenen Hauptes und am hellichten Tag.» Und außer Charlie, der sich jeglichen Kommentars enthielt, widersprach ihm niemand.

«Ich auch», antwortete der Professor.
«Ich auch», antwortete Verrücktes Pferd.
«Ich auch», antwortete der Falke.
«Ich auch», antwortete Gigi il Candido.
«Ich auch», antwortete Pistoia.
«Ich auch», antwortete Zucker.
«Wir auch», antworteten die anderen, einschließlich Sandokans.
«Drei Schiffe», fuhr der Kondor fort. «Eins für die vierhundert Maròs von Sierra Mike, eins für die vierhundert Fallschirmjäger und Carabinieri von Rubino, eins für die dreihundert der Nachschubbasis und für die übrigen. Das heißt für das Personal des Kommandostützpunkts und des Feldlazaretts. Und ich will nichts zurücklassen, was wir hierher mitgebracht haben. Nichts. Nicht einen Keks, ein Pfla-

ster, eine Nadel. Ich will, daß von uns in dieser Stadt nur ein paar Container zurückbleiben, und damit sind wir beim Rahmen meines Plans. Vier Tage und vier Nächte für die Auflösung der Stützpunkte, für das Verladen des Materials, den Transport zum Hafen mit drei Konvois pro Tag: einem morgens, einem mittags, einem bei Sonnenuntergang. Morgen, Mittwoch, der erste Konvoi: die Container mit der Bekleidung, mit den Wäschereien, den Küchen, den Backöfen. Donnerstag die Konvois mit den Kühlkammern, den Zisternen, den Trinkwasseraufbereitungsanlagen und dem Großteil der Verpflegung. Freitag die Konvois mit den Generatoren, den Funkstationen, den Maschinen der Werkstätten. Samstag die Konvois mit den Zelten, den Pritschen, den schweren Waffen und den verschiedenen Ausrüstungen des Feldlazaretts. In der Nacht von Samstag auf Sonntag Abtransport mit zwei Frachtschiffen. Sonntag bei Sonnenaufgang Abfahrt mit den M113 und den anderen Fahrzeugen: ein einziger Konvoi, der Beirut mit wehenden Fahnen durchquert. Bis zwölf Uhr mittags Einschiffung. Überflüssig, darauf hinzuweisen, daß wir über das Datum der Einschiffung absolutes Stillschweigen bewahren und daß die Truppe selbst nur wenige Stunden vorher darüber informiert wird. Irgendwelche Einwände?»

«Keine», antwortete der Professor.

«Keine», antwortete Verrücktes Pferd.

«Keine», antwortete der Falke.

«Keine», antwortete Gigi il Candido.

«Keine», antwortete Pistoia.

«Keine», antwortete Zucker.

«Einverstanden», antworteten die anderen, einschließlich Sandokans.

Charlie dagegen schwieg weiter und strich sich über seinen Schnurrbart.

«Ich weiß, daß mein Plan erhebliche Risiken in sich birgt. Ich weiß, daß angesichts der Vorbereitungen und der im Hafen ankernden Schiffe jeder begreift, daß wir abziehen. Ich weiß, daß daher der Überraschungseffekt nicht zum Zuge kommt, das heißt das Element, das die Flucht der Engländer, den Rückzug der Franzosen und die Verlegung der Amerikaner begünstigt hat. Ich weiß, daß wir uns mit dem Abbau der Stützpunkte täglich mehr schwächen, daß wir am Sonntagmorgen eine Schildkröte ohne Panzer sind und daß jeder Hund eine Schildkröte ohne Panzer auffressen, das heißt den Schlußkonvoi angreifen kann. Und darüber mache ich mir selbstverständlich Sorgen. Allerdings keine so großen wie für die Stunden, wenn wir bei der Verladung der M113 und der anderen Fahrzeuge am Kai massiert sind. Eintausendzweihundert am Kai massierte Männer stellen ein leichtes Angriffsziel dar, und die Amal wie die Regierungstruppen haben gleichermaßen ein Interesse, uns zu beschießen, damit sie sich gegenseitig beschuldigen und das Chaos noch vergrößern können. Arme-Italiener, ausgerechnet-bei-ihrem-Abzug, jetzt-rächen-wir-sie. Jetzt zu den Containern, auf die ich schon angespielt habe. Wir haben an die hundert Container, fünf bis sieben Meter lang, zwei bis drei Meter breit und ebenso tief und aus massivem Eisen. Weil aber für den Transport des Materials fünfzig reichen, füllen wir die anderen fünfzig Container mit Sand oder sonstigem Ballast und errichten mit ihnen ein paar Schutzschilde auf dem Kai. Überirdische Gräben, nennen wir sie Hochgräben, in denen wir uns vor der Einschiffung aufhalten und die wir erst im Augenblick der Einschiffung verlassen. Wer damit nicht einverstanden ist, soll die Hand heben.»

Charlie hob die Hand.

«Ich, Generale.»

Der Kondor lächelte nachsichtig.

«Los, Charlie, sagen Sie uns, warum Sie nicht einverstanden sind...»

«Ganz einfach, Generale: die schlimmste Phase wird nicht die Einschiffung sein. Es wird die sein, in der sich die Schiffe von den Kais lösen und auslaufen.»

«Sprechen Sie vom dritten Lastwagen, Charlie?»

«Ja. Der dritte Lastwagen kommt vom Meer, das Kamikaze-Boot, über das Sie sich nach dem zweifachen Massaker Gedanken gemacht haben...»

«Ich habe daran gedacht, Charlie. Aber diese Befürchtung habe ich gleich wieder aufgegeben. Der dritte Lastwagen oder das Kamikaze-Boot, wie auch immer, hatte einen Sinn, solange wir in Beirut waren. Aber warum sollten sie es uns schicken, wenn wir abziehen?!?»

«Tja, warum?» fragte der Professor wie ein Echo.

«Warum?» fragten alle, einschließlich Sandokans.

«Weil...» Charlie zögerte auf der Suche nach einer Antwort, die das Nötige mitteilte, ohne Argwohn zu erregen oder Neugier zu wecken, dann setzte er die betrübte Miene von jemandem auf, der von Entrüstung überwältigt ist, und seufzte tief. «Weil man mich informiert hat, daß in Gobeyre eine infame Verleumdung die Runde macht, Generale.»

«Eine Verleumdung?!? Was für eine Verleumdung?»
«Die Verleumdung, daß der kleine Blonde mit den RDG8 von den Italienern getötet worden sei...»
Die Hölle brach los.
«Der kleine Blonde mit den RDG8?!? Der, der den Helm von Sergente Natale gestohlen hat?!?»
«Von uns getötet?!?»
«Das ist eine unfaßbare Beschuldigung!»
«Skandalös!»
«Schamlos!»
«Unerhört!»
«Eine Scheißwichserei, nein, eine Superscheißwichserei!»
Der Kondor dagegen sah Charlie alarmiert an.
«Eine üble Geschichte. Ganz übel. Und wer von uns hätte ihn ihrer Meinung nach umgebracht? Wie? Wo?»
«Das Wer, das Wie, das Wo sind Geheimnisse, die in Allahs Ratschluß verborgen sind, zumal dieser Typ durch Splitter umgekommen ist, das heißt von einer Granate der Regierungstruppen getroffen wurde», antwortete Charlie, ohne mit der Wimper zu zucken. «Außerdem erfordert das keinerlei Erklärung, Generale. So etwas würde der Verleumdung nur neue Nahrung liefern. Und Verleumdungen ißt man wie Kirschen, das wissen Sie doch. Ißt man eine, ißt man alle. Allerdings sollte man das Gerücht ernst nehmen, daß Rashid die Söhne Gottes um Hilfe bei einer spektakulären Racheaktion gebeten hat.»
«Rashid?!?»
«Rashid.»
«Einer spektakulären Racheaktion?!?»
«Einer spektakulären Racheaktion.»
«Nun übertreiben wir mal nicht, Charlie. Wenn wir all das Geschwätz, alle Gerüchte, die in dieser verdammten Stadt kursieren, ernst nehmen wollten...»
«Es handelt sich nicht um irgendein Geschwätz, Generale. Und vergessen Sie nicht, daß wir vielleicht nur deshalb noch am Leben sind, weil wir eines dieser Gerüchte vor drei Monaten sehr ernst genommen haben.»
Es wurde ganz still, und der Kondor wurde nachdenklich.
«Da stimme ich Ihnen zu, Charlie, da stimme ich Ihnen zu... Aber selbst wenn es sich nicht um ein Geschwätz handelt, worauf stützt sich die Vermutung, daß Rashid seine spektakuläre Racheaktion mit einem Kamikaze-Boot ausführen will?»

«Auf das Wort spektakulär. Erinnern Sie sich an das, was Sie vor drei Monaten gesagt haben? Sie sagten: ‹Wenn ich ein Kamikaze wäre, entschlossen, ein spektakuläres Blutbad anzurichten, dann würde ich mir nicht die Mühe machen, mit einem Lastwagen oder einem Flugzeug gegen die Stützpunkte oder das Kommando zu rasen: ich würde ein Motorboot nehmen und gegen das Schiff knallen, das jede Woche zum Truppenwechsel ein- und wieder ausläuft. Ein leichtes, sicheres, bequemes Ziel. Vierhundert Leichen garantiert.›»

«Erinnere mich, Charlie, erinnere mich. Und ein Motorboot ist ein wendiges, spritziges, schnelles Fahrzeug... Und die Schiffe, mit denen ich abziehen will, sind Fährschiffe, mithin ungeschützt und unfähig, mehr als fünfzehn Knoten zu machen... Ja, Sie haben recht. Ob richtig oder falsch, man muß dieses Gerücht sehr ernst nehmen. Aber was sonst können wir tun, als die Augen offen zu halten und die Flotte zu bitten, die Überwachung zu verzehnfachen?»

«Uns einer minimalen Garantie vor unserem Abzug versichern, Generale. Einer grünen Ampel, die es uns erlaubt, ohne größere Risiken aus dem Hafen auszulaufen.»

«Und wie?»

«Indem wir eine symbolische Maut entrichten, Generale.»

Wieder brach ein Mordslärm los. Diesmal angeführt von einem unglaublich aufgebrachten Kondor.

«Eine symbolische Maut?!? Jemandem, der mit erhobenem Haupt und am hellichten Tag abziehen will, schlagen Sie vor, er soll eine symbolische Maut entrichteeen?!?»

«Unfaßbar!»

«Skandalös!»

«Beschämend!»

«Unerhört!»

Aber auch jetzt verlor Charlie nicht die Fassung.

«Eine symbolische Maut nicht in Form von Geld, Generale. Eine symbolische Maut in Form einer Höflichkeit. Eines Gefallens, ähnlich dem, mit dem wir bis heute den Satz Hände-weg-von-den-Italienern, die-Italiener-sind-unsere-Blutsbrüder bezahlt haben... Generale, meines Erachtens sollten wir das Feldlazarett zurücklassen.»

«Das... Feld... lazareeett?!?»

«Ja, mit den Ärzten und einer Kompanie Carabinieri, die sie unter dem Kommando eines höheren Offiziers beschützt.»

Der Mordslärm nahm gigantische Ausmaße an.

«Und jemandem, der auch nicht einen Keks, ein Pflaster, eine Na-

del zurücklassen will, schlagen Sie vor, das Feldlazarett mit den Ärzten und einer Kompanie Carabinieri zurückzulassen?!?»
«Wollen Sie uns auf den Arm nehmen?!?»
«Soll das etwa ein Witz sein?!?»
«Außerdem wäre das so, als würde man hundert Geiseln zurücklassen!»
«Hundert Geiseln im Tausch für unser eigenes Fell!»
«Ich traue meinen Ohren nicht!»
«Ich auch nicht!»
Der einzige, der diesmal nicht aus der Fassung geriet, war Verrücktes Pferd, der aufsprang und an sein Monokel faßte.
«Necessitati parendum est, der Notwendigkeit muß man sich beugen, lehrt uns Cicero! Und Seneca fügt hinzu: necessitas plus posse quam pietas solet, die Notwendigkeit kann stärker sein als das Mitgefühl. Signor Generale, ich werde mit den Carabinieri hier bleiben und das Lazarett beschützen!»
«Einverstanden, Colonnello, einverstanden. Bleiben Sie», brummte der Kondor geistesabwesend, so als dächte er an ganz andere Dinge.
«Allen Ernstes, allen Ernstes.» Dann sagte er, plötzlich besänftigt, zu Charlie gewandt: «Nehmen wir an, daß ich diese symbolische Maut entrichte, wer sagt mir denn, daß der dritte Lastwagen beziehungsweise das Motorboot nicht trotzdem kommt?»
«Niemand», antwortete Charlie knapp. «Das ist ein Glücksspiel.»
«Und wie hoch sind die Chancen zu gewinnen?»
«So hoch, wie sie beim Glücksspiel eben sind: rouge ou noir, et rien ne va plus.»
«Hm ... Und wer soll das Glücksspiel leiten?»
«Natürlich der Croupier, der die Kugel wirft.»
«Zandra Sadr?»
«Zandra Sadr. Es gibt sonst niemanden, Generale.»
Ein langes Schweigen setzte ein, während dem man nur das Trommeln von fünf Fingern hörte, die den großen Kirschholztisch um Rat fragten. Dann erklang entschlossen die Stimme des Kondors.
«Einverstanden, Charlie, lassen wir uns auf das Glücksspiel ein. Gehen Sie zum Croupier und bieten Sie ihm den Jeton Feldlazarett an.»
Und während es dem Professor, dem Falken, Gigi il Candido, Pistoia, Zucker, Sandokan und den anderen die Sprache verschlug, während Verrücktes Pferd wegen des Einverstanden-Colonnello-bleiben-Sie ekstatisch frohlockte, eilte Charlie hinaus, um mit Martino zu Zandra Sadr zu fahren.

−2−

Am Nachmittag kam er zurück, mit einer Wut im Bauch, wie er sie in Beirut noch nie gehabt hatte. Sobald er im Innenhof war, knurrte er Martino an Steig-aus-und-laß-mich-allein, dann beugte er sich über das Lenkrad, blieb ein paar Minuten lang so sitzen und sagte zu sich, was er noch nie zu sich gesagt hatte. Schluß damit, sich in diesem Saustall abzuplagen. Schluß damit, in dieser Stadt zu leben, in der man nicht alt wird, in der man nicht alt stirbt. Schluß damit, Opfer und Unannehmlichkeiten zu ertragen, auf einer viel zu kurzen Pritsche zu schlafen, in verdreckten Laken, ohne ein weiches Kissen und ohne eine Frau neben sich. Schluß damit, in einem Kellerraum vom Singsang der Muezzins und den dumpfen Aufschlägen von Bomben und Granaten wach zu werden; Schluß damit, sich in einem Zuber mit kaltem Wasser zu waschen und sich mit einem stinkenden Fetzen abzutrocknen; Schluß damit, den Milchkaffee aus einem häßlich Aluminiumbecher zu trinken. Schluß damit, die Uniform einer Maschinerie zu tragen, die die Männer in den Arsch fickt und sie zu Rädchen in einem Getriebe reduziert; Schluß damit, einem Organismus anzugehören, der das refugium peccatorum für jeden ist, der eine Herberge sucht, in der er sein eigenes Versagen unterbringt. Schluß damit, die Rolle des ausgeglichenen, weisen Ratgebers zu spielen, des zynischen, intelligenten Abenteurers, des Spions mit dem goldenen Herzen, des Idealisten, dem das Volk der Ochsen ans Herz geht, des Lawrence von Arabien, der ich weder bin noch jemals sein werde. Ich will weg. Ich will mich retten und mich in einer Stadt niederlassen, wo man alt wird, wo man als alter Mensch stirbt. Verschrumpelt und des Lebens überdrüssig. Ich will ein bequemes Leben leben, in einem Bett mit weißen Laken schlafen, mit einem Federkissen und einer Frau neben mir. Ich will in einem Zimmer aufwachen, wo der Himmel durchs Fenster schaut, zusammen mit dem Ding-dong der Glocken: mich in einem Badezimmer mit warmem Wasser waschen und mit vielen, frischgewaschenen Handtüchern abtrocknen. Ich will den Milchkaffee aus Porzellantassen trinken und graue oder blaue Zweireiher, gute Hemden, schöne Krawatten tragen und einen Schirm benutzen, wenn es regnet. Ich will aus der Maschinerie aussteigen und die Arbeit eines Dummkopfs machen, eine Arbeit, die mir erlaubt, abends ins Restaurant, ins Theater oder ins Kino zu gehen und sonntags zum Fußball. Ich will blöd werden, unbeschwert und blöd, zufrieden und blöd. Normal. Als normaler Mann, zufrieden und blöd, unbeschwert und blöd, will ich die Amal vergessen, die Söhne Gottes, Zandra Sadr, die Regierungstruppen, den Krieg, Beirut. Ich will dasselbe für alle, die sich am Sonntag einschiffen, und ich will es vor allem für meine Charlies: für Stefano, für Martino, für Fifì, für Bernard le Français und für Angelo, der uns diese Bescherung eingebrockt hat, aber er hat gemacht, was ich an seiner Stelle auch gemacht hätte. Denn an seiner Stelle hätte ich mich genauso verhalten, nein noch schlimmer. Es hätte mir Spaß gemacht, ihn zusammenzustauchen Steck-dir-deine-vierzehn-Jahre-in-den-Arsch, Khalid-Passepartout: wer-mit-vierzehn-mordet, muß-mit-vierzehn-sterben. Außerdem liegt die Schuld für das, was Angelo getan hat, bei mir, nur bei mir. Hätte ich ihm nicht gesagt, daß seine Ophelia in Gobeyre erschossen wurde, würden wir nicht so in der Tinte sitzen. Daher muß ich den Kondor davon überzeugen, die Hose runterzulassen und den Preis zu zahlen, den Zandra Sadr fordert. Dann ließ er das Lenkrad los und stieg aus dem Geländewagen, um dem Kondor über die Ergebnisse der Zusammenkunft zu berichten.

«Generale, die Ampel steht auf Rot. Genauer gesagt auf Blutrot.»
Der Kondor sprang auf.
«Was heißt das, blutrot?!?»
«Das heißt, daß sie uns nicht nur tatsächlich auflauern werden, sondern die Dinge noch größer durchführen wollen, als ich befürchtet hatte.»
«Wer sagt das?!?»
«Er, Zandra Sadr. Als ich ihm die Geschichte mit der Verleumdung und der angekündigten Rache direkt ins Gesicht schleuderte, habe ich ihm gleichzeitig den Jeton des Feldlazaretts auf den Spieltisch gelegt, und er hat geantwortet, daß niemand uns verleumde und niemand damit drohe, sich zu rächen. Doch als ich ihm empfahl, sich genauer zu erkundigen, hat er sich genauer erkundigt und ist zu dem Schluß gelangt, daß ich recht habe. Er hat auf drei Motorboote angespielt, Generale, und ich bitte Sie zu beachten, daß ich das Wort Motorboot überhaupt nicht erwähnt hatte...»
«Sagen Sie mir die genauen Worte.»
«Zandra Sadr gebraucht keine genauen Worte. Er greift zu Metaphern, wie man weiß. Er sagte: ‹Capitano, leider stimmt es. Und es stimmt so sehr, daß meine zwei Ohren nicht ausreichen, das aufzunehmen, was ich gehört habe.› Daraufhin fragte ich ihn, ob, um das aufzunehmen, was er gehört hatte, drei Ohren nötig seien, und er sagte: ‹Ja, Capitano, drei Ohren. Ein Ohr für jede böse Nachricht.

Und mit den drei Ohren auch drei Augen. Denn das dritte Ohr, das es nicht gibt, kann nicht hören, und das dritte Auge, das es nicht gibt, kann nicht sehen...›»

«Das ist Ihre Interpretation, Charlie.»

«Nein, denn nachher fügte er etwas Genaueres hinzu. Er sagte: ‹Capitano, es ist sehr schwer, mit nur zwei Augen das Feuer zu sehen, das dreimal über das Wasser kommt.›»

«Und so nützt die Maut in Form einer Höflichkeit nichts», flüsterte der Kondor und setzte sich wieder hin.

«Sie nützt, aber sie reicht nicht, Generale.»

«Sie... reicht nicht?!?»

«Nein. Und jetzt hören Sie mir bitte mit Geduld zu. Hier hat alles seinen Preis. Man handelt mit allem, man handelt alles aus, man verkauft alles, und man kauft alles. Auch das Leben. Und bis heute haben wir uns das Leben nicht gekauft: wir haben es nur gemietet, mit dem Blutplasma nur geliehen. Aber von heute an müssen wir es uns kaufen. Und das bedeutet, daß wir diese Maut nicht in Form einer Höflichkeit bezahlen, sondern in klingender Münze.»

«In klin-gen-der Mün-ze?!?»

«Ja, Generale. Es reicht nicht, das Feldlazarett mit den Ärzten und einer Kompanie Carabinieri hierzulassen.»

«Reicht nicht?!?»

«Nein. Wir müssen ihnen das Lazarett schenken.»

«Es Zandra Sadr schenken?!?»

«Nein, sondern der halben Stadt in der Person Zandra Sadrs.»

«Hat er wirklich die Unverfrorenheit besessen, das zu fordern?!?»

«Ja, und ohne Umschweife. Im Hinblick auf das Feuer, das dreimal über das Wasser kommt, hat er klar und deutlich gesagt, man müsse für den Versuch, es aufzuhalten, der halben Stadt das Feldlazarett anbieten. Dann hat er erläutert, daß wir, wenn wir es ihnen schenken, uns selbst ein Geschenk machen, weil wir weder die Ärzte noch sonst jemanden zurücklassen müssen, der sie beschützt.»

«Schlagen Sie sich das aus dem Kopf, Charlie.»

«Generale, wenn ich es mir aus dem Kopf schlage, müssen Sie sich mit der Vorstellung vertraut machen, den Fischen zum Fraß vorgeworfen zu werden.»

«Mir macht es überhaupt nichts aus, den Fischen zum Fraß vorgeworfen zu werden! Bevor ich meine Ehre verliere, ziehe ich es vor zu krepieren!»

«Das bezweifle ich nicht. Aber wenn Sie krepieren, krepieren alle. Und in dem Augenblick, in dem Sie krepieren, denken Sie, daß Sie für die verwichste Ehre Hunderte und Aberhunderte von Zwanzigjährigen geopfert haben, daß Sie aber die Pflicht hatten, sie gesund und unversehrt wieder in die Heimat zurückzubringen.»

«Charlie...», murmelte eine Stimme, die nur wenig Ähnlichkeit mit der des Kondors hatte.

«Ja, Generale...», antwortete Charlie sanft.

«Ist Ihnen klar, was Sie mir da vorschlagen, Charlie?»

«Das ist mir klar, Generale.»

«Wissen Sie, wieviel ein vollausgerüstetes Feldlazarett wert ist? Wissen Sie, wieviel drei Röntgenapparate und ein Operationssaal kosten, genauer gesagt ein transportabler Operationssaal, ein Szintigraf und eine Zahnarztpraxis kosten? Lassen wir Ehre und Stolz mal beiseite, begreifen Sie denn nicht, daß wir diese ungeheuren Werte dem schenken würden, der uns kaltmachen will?»

«Doch, das begreife ich, und damit sind wir noch keineswegs am Ende.»

«Noch keineswegs am Ende?!?»

«Nein, weil Seine Hochwürdigste Eminenz empfiehlt, das heißt, er fordert auch die Lebensmittelvorräte, die Sie Samstagnacht mit dem Schiff nach Italien zurückschicken lassen wollen.»

«Auch... die... Vorräte?!?»

«Ja. Und die sind auch wieder ein Vermögen wert, ich weiß. Doch um hoch zu gewinnen, muß man hoch spielen.»

«Spielen?!? Reden Sie immer noch vom Spielen?!?»

«Ja, und noch immer vom Glücksspiel. Sinnlos, daß wir uns was vormachen, Generale: auch die Verpflegung und das Lazarett geben uns keine Garantie en plein.»

«Geben sie das nicht?!?»

«Nein, und unser Croupier gesteht das auch ein. Es könnte sehr schwierig sein, hat er gesagt, alle drei Kamikaze zu überreden, den Angriff nicht auszuführen. Einer von den dreien könnte sich einen Dreck darum scheren und das erste, zweite oder dritte Schiff rammen. Mit anderen Worten, es ist durchaus möglich, daß man nur zwei Drittel des Kontingents retten kann. Aber trotzdem muß man bei der Stange bleiben, Generale. Ob en plein oder nicht.»

«Charlie... Es geht nicht darum, daß man ein en plein macht oder nicht: es geht darum, daß man Prinzipien respektiert! Ich wäre, nur um sie zu retten, mit dem Lazarett hier geblieben und hätte eine einfache Kompanie Carabinieri abkommandiert. Hab ich mich verständlich gemacht?»

«Nein, denn mit Prinzipien kann man nicht einmal die Särge kaufen, über die wir nach dem zweifachen Massaker gesprochen haben. Mein Freund Bilal hatte keinen gekauft. Wie auch immer, Sie sind der General. Sie entscheiden.»

Es folgte eine lange Pause. Eine sehr, sehr lange Pause. Dann nahm der Kondor den Hörer des Feldtelefons ab und rief Verrücktes Pferd an.

«Colonnello, bringen Sie mir die Liste der Lebensmittelvorräte mit ihrem derzeitigen Preis und das gesamte Ausstattungsinventar des Feldlazaretts.»

«Hic et nunc, auf der Stelle, Signor Generale!» antwortete Verrücktes Pferd, verrückt vor Freude.

– 3 –

Aufrichtiges, naives, bewundernswertes Verrücktes Pferd. Der Verdacht, der Kondor könne ihm, während er eigentlich an völlig andere Dinge dachte, mechanisch geantwortet haben, nur um seine Ruhe zu haben, hatte ihn nicht einmal gestreift. Im Gegenteil, nach dem Einverstanden-Colonnello-bleiben-Sie, hatte er sich so sehr der Illusion hingegeben, in Beirut zu bleiben und das Feldlazarett zu beschützen, daß er, sobald er wieder im Büro war, zum Füllhalter mit der Aufschrift God-save-the-Queen gegriffen und einen Abschiedsbrief an die Dame in London geschrieben hatte, mit der er davon träumte, gemeinsam alt zu werden und über die grünen Wiesen von Cornwall zu reiten. «Good-bye forever, Madam. Duty calls me and I dismiss myself with these Shakespeare verses: ‹Life every man holds dear, but the brave man holds honour far more precious dear than life.› Leben Sie wohl auf immer, Madam. Mich ruft die Pflicht, und ich verabschiede mich mit diesen Shakespeare-Versen: ‹Jedem Manne ist das Leben teuer, der mut'ge Mann jedoch hält Ehre für weit teurer als das Leben.›» Gleich darauf ein verächtliches Billett für Sir Montague: «You fled, dear Montague, you took your heels throwing discredit on the Union Jack flag. I remain, instead, with a bunch of valiants to redeem the Western honour and soon the world will know what a cavalry Italian officer who does not forget to have served in the Seventh Brigade is capable of. Morituri te salutant... Du bist geflohen, Montague, du hast die Beine in die Hand genommen und den Union Jack in Mißkredit gebracht. Ich aber bleibe hier, mit einer Handvoll Tapferer, um die Ehre des Westens zu verteidigen, und bald schon wird die Welt erfahren, wozu ein italienischer Kavallerieoffizier fähig ist, der nicht vergißt, daß er in der Seventh Brigade gedient hat. Morituri te salutant.» Dann hatte er die Briefumschläge dem Auerhahn ausgehändigt, mit der Bitte, sie in Italien aufzugeben, und war dann fortgeeilt, um die Liste mit den Lebensmittelvorräten mit ihrem derzeitigen Preis, wie auch ein gesamtes Ausstattungsinventar des Feldlazaretts aufzustellen. Neunzehn dicht beschriebene Seiten, auf denen alle Schüsseln, Spritzen, Pinzetten aufgelistet waren, die sich in der Notaufnahme oder in den Operationssälen befanden, und alle Würste, Koteletts, Äpfel, die sich in den Küchen oder den Vorratsräumen befanden. «Flumina pauca vides de magnis fontibus orta! Große Flüsse entspringen kleinen Quellen, lehrt uns Ovid!» Als er ins Büro des Kondors trat, dachte er daher, er sei zur Übergabe der Befehlsgewalt dorthin beordert worden, und mit allem hatte er gerechnet, nur nicht diesen unerwartet harten Schlag.,

«Hier ist sie, Signor Generale.»

«Lesen Sie vor, Colonnello, lesen Sie vor!»

«Jawohl, Signor Generale, und ich fange mit den Viktualien an. Fünfundneunzig Posten, die auch die Notvorräte berücksichtigen und die Rationen unberücksichtigt lassen, die wir in diesen Tagen verzehren. Ich habe darauf geachtet, nichts auszulassen, Signor Generale. Auch nicht den Genueser Pesto, der mit 210 kg bei 5400 Lire pro Kilo eine Million 134 000 Lire ergibt; Kapern mit 268 Kilo bei 3338 Lire pro Kilo ergeben 894 584 Lire; Safran mit einem Kilo achthundert Gramm bei 1804 Lire pro Gramm ergibt drei Millionen 247 200 Lire; der Oregano...»

«Colonnello, mich interessiert der Gesamtwert!»

«Jawohl, Signor Generale! Als Gesamtwert haben wir 95 Millionen 569 050 Lire Rindfleisch, 50 Millionen 472 530 Lire Schweinefleisch, 30 Millionen 276 000 Lire Schaf- und Ziegenfleisch, 26 Millionen 698 750 Lire Fleischkonserven, 20 Millionen 115 700 Lire Schinken, Salami, Mortadella, mageren Speck, Würste, Schlackwurst, kurz verschiedene Wurstwaren, 15 Millionen 245 630 Lire Hühner, 12 Millionen 251 760 Lire Hühnerbrust. Außerdem 19 Millionen 689 810 Lire Fisch, darunter Seezungen, Dorsch und Makrelen, 17 Millionen Lire 757 000 Thunfisch in Öl und gepökelte Sardinen, 14 Millionen 703 200 Lire Spaghetti, Fettuccine und Tagliatelle, 8 Millionen 1623 000 Lire Ravioli und Tortellini, 16 Millionen 825 410 Lire Reis, 20 Millionen 601 120 Lire Parmesankäse, 14 Millionen 326 212 Lire verschiedene Käsesorten, 8 Millionen 518 460 Lire Butter, 10 Millionen 111 050 Lire Olivenöl. Wir haben 13 Millionen 500 830 Lire

Kekse, 7 Millionen 364 000 Lire Salzgebäck, 9 Millionen 296 080 Lire Panettone, 7 Millionen 100 000 Lire Kondensmilch, 5 Millionen 725 410 Lire Frischmilch, 14 Millionen 988 980 Lire Kaffee, 7 Millionen 781 962 Lire Tee, 5 Millionen 980 550 Lire Kakao und Schokolade...»

«Den Gesamtbetrag, Colonnello!»

«Jawohl, Signor Generale! Mit Kartoffeln, Bohnen, Erbsen, Kichererbsen, Tomaten, Tomatensoße, Weizenmehl, Maismehl, Zucker, Salz, Pfeffer und anderen Nahrungsmitteln, die Sie mich nicht aufzählen lassen, kommen wir auf die Summe von 469 Millionen 063 618 Lire. Darin sind jedoch nicht die Fruchtsäfte und das Mineralwasser eingeschlossen, die alkoholischen Getränke wie Weiß- und Rotwein, Sekt, Bier, Liköre in Einliter- und Taschenflaschen oder in Plastikbehältern, deren Wert sich auf 247 Millionen 252 096 Lire beläuft. Die Gesamtsumme beträgt mithin 716 Millionen 315 714 Lire, selbstverständlich kalkuliert auf der Grundlage der Mindestpreise, die die Lieferanten der Armee einräumen. Und bezüglich der alkoholischen Getränke erlauben Sie mir, deutlich zu machen, daß deren Mengen zwar beträchtlich sind, aber angesichts rauher Winternächte auch nicht übertrieben. Das möchte ich ausdrücklich betonen, Signor Generale, da ich im Fall meines Überlebens nicht vorgeworfen bekommen möchte, ich hätte zu viel getrunken. Ich trinke nie, noch habe ich jemals einen über den Durst getrunken, ich gestatte auch nicht, noch habe ich es je gestattet, daß meine Untergebenen so etwas tun, und in dieser Angelegenheit denke ich ganz genau wie Seneca, wenn er uns ermahnt Uti-non-abuti: gebrauche-doch-mißbrauche-nicht.»

«Was hat denn Seneca damit zu tun, Colonnello!» brüllte der Kondor, ohne die Bedeutung dieses eindeutigen Hinweises zu begreifen. Dann wandte er sich an Charlie, der diesen Wortwechsel nicht mitangehört hatte, sondern mit dem Taschenrechner die von Verrücktes Pferd genannten Summen zusammenzählte.

«Ein Vermögen, Charlie.»

«Nicht, wenn wir die 716 Millionen 315 714 Lire durch 1200 teilen», antwortete Charlie. «An Verpflegung und Getränken kostet jeder von uns, bei Großhandelspreisen, lediglich 596 929 Lire und 76 Centesimi. Auch wenn wir den Wert der vier Kühlkammern und der Generatoren dazurechnen, dann kommt dabei wenig mehr als ein Paar Maßschuhe heraus.»

«Kühlkammern? Generatoren?»

«Naja... Fleisch, Fisch, Milch, Butter sind leicht verderbliche Lebensmittel. Wenn man sie lagern will, braucht man dazu Kühlkammern. Und die Kühlkammern funktionieren mit Generatoren. Wir müssen ihm ja wohl beides geben, oder?»

«Das versteht sich von selbst!» rief Verrücktes Pferd aus, immer noch überzeugt, daß sie über seinen Verbleib in Beirut sprachen. Aber wieder begriff der Kondor nicht.

«Ersparen Sie sich Ihren Kommentar, Colonnello. Und gehen Sie zur Ausstattung über, über die das Feldlazarett verfügt.»

«Mit Vergnügen, Signor Generale! Sehen Sie, hier habe ich zweihundertsechsundfünfzig Posten, die alles erfassen, einschließlich einer Babywaage, deren Sinn mir nicht klar ist, und ich lese Ihnen alles in alphabetischer Reihenfolge vor. Vier Ventilatoren, vier Aerosolapparate, drei Anästhesiegeräte, einhundertzehn Sauerstoff-Flaschen, sechsundzwanzig keilförmige Schalen also Spucknäpfe, fünfzig Flaschen Stickstoffoxyd, sechs Zerstäuber, die Babywaage...»

«Kommen Sie zur Sache, Colonnello, zur Sache! Nennen Sie den Preis dieser Ausrüstung!»

«Signor Generale, den Preis der einzelnen Artikel kenne ich nicht. Mit der mir eigenen Gewissenhaftigkeit habe ich es allerdings für angebracht gehalten, einige Nachforschungen anzustellen. Und wenn man die Krankenwagen, die Zelte, die Pritschen, die zusammenklappbaren Rollstühle, die Bunkerräume, die drei Röntgenapparate, die elektrokardiografischen Geräte, die Operationssäle und den mobilen Operationssaal, die Zahnarztpraxis, den Szintigrafen in Rechnung stellt, kurz gesagt die wertvollsten Objekte, bin ich auf eine Gesamtsumme von drei Milliarden Lire gekommen. Aber machen Sie sich keine Sorgen, Signor Generale. Ich bin ein pedantischer und ordentlicher Mensch, und ich werde mich um alles kümmern, als würde es mir gehören.»

«Weiß ich, Colonnello, weiß ich», prustete der Kondor, immer noch ohne zu begreifen. «Und deshalb vertraue ich Ihnen auch das Verpacken des mobilen Operationssaals und des Szintigrafen an.»

«Das Verpacken, Signor Generale?»

«Das Verpacken, das Verpacken. Die beiden Sachen will ich wieder mit nach Italien zurücknehmen.»

«Wieder mit nach Italien zurücknehmen?!?»

«Ja, die kosten viel zu viel, und die hier wären auch nicht in der Lage, sie zu bedienen.»

«Nicht in der Lage, sie zu bedienen, Signor Generale?!?»

«Genau, Colonnello.»

«Mit Verlaub, Signor Generale, aber aus welchem Grund sollten sie nicht in der Lage sein, das zu bedienen, was sie immer schon bedient haben? Und außerdem werden wir es brauchen! Ich werde es brauchen, Signor Generale...»

«O Gott!» rief Charlie aus, dem das Mißverständnis endlich klargeworden war. Der Kondor aber beschränkte sich darauf, Verrücktes Pferd irritiert und verwundert anzublicken.

«Und wieso, zum Teufel, sollten Sie den mobilen Operationssaal und den Szintigrafen brauchen?!?»

«Weil ich zum Schutz hier bleibe und folglich auch das Feldlazarett leiten werde!»

«Sie bleiben?!? Wer hat Ihnen das gesagt?»

«Sie, Signor Generale...»

«Ich?!? Wann?!?»

«Heute morgen, bei der Lagebesprechung, Signor Generale! Als ich mich erboten habe zu bleiben, haben Sie gesagt Einverstanden, Colonnello, einverstanden, bleiben Sie...»

«O Gott!» wiederholte Charlie.

Doch der Kondor zuckte mit den Schultern.

«Wer weiß, woran ich gedacht habe, Colonnello. Wie dem auch sei, kommen Sie aus Ihrem Wolkenkuckucksheim wieder auf die Erde: so sehr mich die Vorstellung auch reizt, Sie den Klauen der Söhne Gottes zu überlassen, Sonntag schiffen Sie sich mit uns ein.»

«Ich... schiffe... mich... mit... Ihnen... ein...?!?»

«Daran besteht kein Zweifel.»

Man hörte ein herzzerreißendes Wiehern. Das Wiehern von Pferden, die sich die Beine brechen und darum bitten, getötet zu werden. Dann einen wilden Schrei. Einen Schrei, wie du ihn von ihm niemals erwartet hättest.

«Signor Generaleee! Danken Sie dem Himmel, daß ich nicht nur ein Gentleman und ein Aristokrat bin, der dieser Bezeichnung würdig ist, sondern auch Soldaaat! Denn sonst müßte ich Sie zum Duell fordern, Signor Generaleee! Einem Duell mit dem Säbel, mit dem Sie nicht umgehen können, einem Duell bis zum letzten Tropfen Bluuut!»Mit diesen Worten lief er im Galopp los, stürzte galoppierend aus dem Büro, rannte den Korridor hinunter, dann quer durchs Foyer, stieg die Treppen hoch bis zur Terrasse, wo er den mysteriösen Scharfschützen anflehte, der seit Monaten ins Rosa Zimmer schoß, Schieß-mir-in-die-Brust-du-Trottel, jag-mir-eine-Kugel-ins-Herz-du-Geizhals, und drei Carabinieri waren nötig, um ihn von da wegzuschleifen. Aber er beruhigte sich nicht. Er wehrte sich und schrie verzweifelt Ich-will-sterben, mors-omnia-solvit, der-Tod-löst-alle-Probleme, honesta-mors-turpi-vita-potior, ein-ehrlicher-Tod-istbesser-als-ein-schändliches-Leben. Schließlich mußte man ihn ins Feldlazarett bringen und ihm eine starke Dosis Baldrian vermischt mit Belladonna injizieren. Das geschah, als der Kondor, unbekümmert ob dieses Auftritts, beschloß, die nun nicht mehr symbolische Maut zu zahlen.

«Rechnen Sie ruhig weiter, Charlie...»

«Schon fertig, Generale: wenn ich zum Wert des Feldlazaretts die 716 Millionen 315 714 Lire der Lebensmittelvorräte und die 283 Millionen 684 285 Lire hinzurechne, die, soweit mir bekannt ist, der nachweisliche Wert der Kühlkammern und der Generatoren sind, komme ich auf einen Betrag von vier Milliarden. Genauer gesagt, auf 3 999 999 999, das heißt eine Lire weniger. Und wenn ich diese drei Milliarden neunhundertneunundneunzig Millionen neunhundertneunundneunzigtausendneunhundertneunundneunzig Lire durch eintausendzweihundert teile, erhalte ich den unglaublichen Betrag von 3 333 333,33. Das heißt drei Millionen dreihundertdreiunddreißigtausenddreihundertdreiunddreißig Komma dreiunddreißig Lire pro Kopf.»

Der Kondor lächelte bitter.

«Wenig für eine Stadt, in der alles seinen Preis hat, in der man mit allem handelt, alles aushandelt, alles kauft und alles verkauft... Sogar das Leben.»

«Ein lächerlicher Betrag, Generale. In Italien würde sich doch kein Verbrecher auf eine solche Summe als Lösegeld für einen entführten Bürger einlassen. Wir können ruhig auch auf den mobilen Operationssaal und den Szintigrafen verzichten.»

«Ganz Ihrer Meinung. Und da ich einsehe, daß man mit Prinzipien nicht einmal Särge kaufen kann, bleibt mir nur noch übrig, Ihnen vier Bedingungen zu diktieren, von denen ich nicht abrücke, und Sie dann wegzuschicken, um die Verhandlungen zu führen.»

* * *

Charlie führte sie auf bestechende Art und erbrachte damit wieder einmal den Beweis, daß das beste Bankkonto eines Menschen seine Intelligenz ist, und in Verschlagenheit konnte er es mit dem teuflischen Zandra Sadr aufnehmen. Er benutzte nie das Wort «Maut», das er jedesmal mit dem perfiden Wort «Maibaum» oder «Bündel» ersetzte, er spielte niemals auf die Erpressung an, der er sich beugte, und statt wie ein Bittsteller aufzutreten, trat er auf wie einer, der etwas gewährt. Tonnen bester Lebensmittel und ein vollständiges Lazarett verschenkt man nicht so einfach, ließ er durch den verblüfften Martino sagen, und bevor sich der Generale dazu durchrang, habe er lange darüber nachgedacht. Er habe sogar die Möglichkeit in Erwägung gezogen, den Maibaum in zwei Teile zu teilen und die eine Hälfte dem christlichen Teil der Stadt, die andere dem moslemischen Teil zukommen zu lassen. Um ihn Seiner Hochwürdigsten Eminenz ungeteilt zukommen zu lassen, stelle er vier Bedingungen. Erste Bedingung: die italienische Flagge und die Fahne des Roten Kreuzes müßten weiterhin über dem Feldlazarett wehen. Zweitens: das Lazarett müsse weiterhin für jeden offen sein und nicht nur für die Anhänger eines bestimmten religiös-politischen Bekenntnisses. Drittens: die neuen Eigentümer müßten es beschützen, um Akte der Zerstörung oder der Plünderung zu verhindern. Viertens: das Schweinefleisch und die alkoholischen Getränke, beides vom Koran verboten, müßten an die Bedürftigen im christlichen Teil verteilt werden – ein nicht weniger wichtiger Punkt als die vorhergehenden, da die Vorratsräume und Kühlkammern sowohl frisches Schweinefleisch als auch Schinken und Salami und Mortadella und durchwachsenen Speck und Preßsack und Wurst und Schlackwurst und tonnenweise allen möglichen Aufschnitt enthielten, dazu Wein und Sekt und Liköre und Bier in Tausenden von Flaschen, und die Italiener hätten keine Zeit, alles auseinanderzusortieren. Wäre Seine Hochwürdigste Eminenz wohl bereit, diese vierfache Aufgabe zu übernehmen? Wenn er es wäre, könnte er sich ab heute als der rechtmäßige Eigentümer des Bündels betrachten: die Übergabe würde vor der Einschiffung stattfinden, das heißt innerhalb eines Monats. Der Generale rechne nämlich damit, in einem Monat abzuziehen. Und nachdem er diese Lüge vorgebracht hatte, kam er auf das zu sprechen, was ihm am Herzen lag. Nämlich auf das Roulette, das trotz des gewaltig hohen Einsatzes keinerlei Garantie für ein en plein bot, das heißt für die Sicherheit aller drei Schiffe. Natürlich, sagte er, hege der Generale keinerlei Zweifel an der Tatsache, daß Seine Hochwürdigste Eminenz schon mit zwei Augen und zwei Ohren in der Lage sei, auch die undankbaren Bewegungen des Winds der Verleumdung aufzuhalten. Dennoch habe ihm der Satz über das dritte Auge, das nicht sieht, und das dritte Ohr, das nicht hört, nicht sehr gefallen und halte er es für angebracht, ein altes italienisches Sprichwort zu zitieren: «Es gibt keinen schlimmeren Tauben, als den, der nicht hören will, und keinen schlimmeren Blinden als den, der nicht sehen will.» Ebenso halte er es für angebracht, die folgende Frage zu stellen: auf welche Weise gedenke Seine Hochwürdigste Eminenz, die dreifache Flamme zu löschen, die dreimal über das Wasser komme?

Zandra Sadr saß hoheitsvoll zwischen seinen beiden niemals fehlenden Söhnen, dem Blonden mit dem Aussehen eines Halbstarken in Blue Jeans, der ihm überhaupt nicht ähnlich sah, und dem Bärtigen, der ihm hingegen so ähnlich sah wie ein Raubvogel dem anderen, und steckte den Schlag ein, ohne eine Miene zu verziehen, und als er die Stille schließlich unterbrach, erklärte er in honigsüßem Ton: ja, er akzeptiere sowohl das Geschenk wie die Bedingungen. Die italienische Flagge und die Fahne des Roten Kreuzes würden weiterhin über dem Feldlazarett wehen, das Lazarett weiterhin jedem offenstehen und nicht nur den Anhängern eines bestimmten religiös-politischen Bekenntnisses, die neuen Eigentümer würden es beschützen, um Akte der Zerstörung und Plünderung zu verhindern, und die vom Koran verbotenen Speisen und Getränke würden aussortiert und anschließend den Armen im christlichen Teil übergeben. Vertrauen-Sie-uns, Capitano. Gleich darauf aber wechselte er den Ton und erklärte in aller Härte, daß es auch in arabischen Ländern alte Sprichwörter gebe, und eines davon laute: «Wenn du etwas erhältst, dann danke mit dem, was du hast, und nicht mit dem, was du nicht hast.» Ein anderes laute: «Manchmal reichen zwei Hände nicht, drei Feuer zu löschen.» Daher sei seine Antwort auf die Frage: da er nicht drei Augen habe und nicht drei Ohren, habe er auch nicht drei Hände, und da er nicht drei Hände habe, könne er sich auch nicht verpflichten, drei Feuer zu löschen. Statt dessen könne er sich aber verpflichten, seine einzige Nase zu gebrauchen, um etwas Brenzliges zu riechen, und seinen einzigen Mund, um den Appell, den die Muezzins nicht mehr verkündeten, leicht verändert wieder aufzunehmen. Dann nahm er ihn wieder auf, veränderte ihn, und am gleichen Abend sank eine neue Kantilene von den Minaretten der halben Stadt herab.

«Samma, mishan Allah, samma! Ma'a tezi talieni min tarak! Altalieni ekhuaantūna bil dam wa itha rahalun taraku al hadeja! Höret, im Namen Allahs, höret! Hände weg von den Italienern. Sie fahren ab! Die Italiener sind unsere Blutsbrüder, und wenn sie abfahren, lassen sie uns Geschenke da!»

Geheimnisvoll wie eine Lüge, die vielleicht eine Wahrheit ist, wie eine Wahrheit, die vielleicht eine Lüge ist, wurde die Kantilene an jedem der letzten vier Tage und in jeder der letzten vier Nächte nach dem Gebet Allah-akbar, Allah-akbar, Allah-akbar-wa-Muhammad-rassullillah wiederholt. Und so kamen der Mittwoch, der Donnerstag, der Freitag, der Samstag: Stationen auf einem Kreuzweg, der niemanden verschonte. Auch die weiße Stute von Tayoune nicht, die sich seit einer Woche von dem Beet mitten in der Rotunde nicht mehr entfernte.

– 4 –

Die Etappe vom Mittwoch ist wichtig wegen der entsetzlichen Intuition, die Angelo hatte, als er die Aufgabe mit dem Regentropfen löste, der an das Fenster eines fahrenden Zugs schlägt. Aber weil dies ein in seinem Kopf gehütetes Geheimnis blieb, zeichnete sich der Tag nach dem Urteil aller dadurch aus, daß ein Kai erobert wurde. Ein Ereignis, dessen Hauptakteur Pistoia war. Denn außer der Altstadt hatten sich die Amal auch jenes Teils der Nordküste bemächtigt, der sich vom nordwestlichen Vorgebirge und dem Streifen der zerstörten großen Hotels bis zum Anfang des Hafens erstreckte, der in den Händen der Christen war. Um sich in den Besitz des Hafens zu bringen, schossen die Amal vom Platz der Kanonen oder von den Gebäuden am westlichen Hafenbecken aus, und die Regierungstruppen hatten, um sie zurückzudrängen, die Hafenanlagen geschlossen. Die Arsenale, die Werft, die Zollbüros waren menschenleer, die Eisenbahnschienen, auf denen einst fortlaufend die Güterzüge gefahren waren, verödet, verlassen die Docks und die Piers, leergefegt die als Wellenbrecher errichtete Mole, die sich vom Hafenbecken in einem Winkel von 45 Grad zur Küste ins Meer hinausschob und nach achthundertfünfzig Metern mit einem schönen Leuchtturm abschloß; die einzigen Kais, die in Betrieb waren, waren die des Hafenbeckens Ost: ausschließlich von der Achten Brigade und den Falangisten für das Anlegen der Handelsschiffe benutzt, die hier ihre Waffenladungen löschten. Und als das noch nicht reichte, hatte man Gassàn gerufen, die Hafenkommandantur zu übernehmen: er war jetzt Oberst, wegen seiner Verdienste im Feld. Nur er besaß die Autorität, die eventuelle Benutzung eines Kais zu gestatten, und zum Professor, der ihn im Namen des Kondors über Funk darum bat, hatte er nein gesagt. «Signor Vicecommandante, meine Regierung wird Ihnen bestätigen, daß wir nicht einmal bei unseren Verbündeten Ausnahmen machen dürfen.» Und doch mußte ein Kai gefunden werden. Wenn man ihn nicht fand, konnte man die Konvois nicht losschicken. Wenn man die Konvois nicht losschickte, konnte man die Stützpunkte nicht abbauen.

Wenn man die Stützpunkte nicht abbaute, mußte man die Schiffe wieder zurückschicken, die von Brindisi in Richtung Beirut ausgelaufen waren. Wenn man die Schiffe zurückschickte, dann lebe wohl, du schöner Abzug mit erhobenem Haupt und am hellichten Tag: dann wurde es unvermeidbar, klammheimlich zu fliehen. Mit der Morgendämmerung zeigte sich dann das Dilemma, und während der Kondor immer mehr der als unwürdig verworfenen Lösung zuneigte, tauchte unvermittelt Pistoia mit dem Vorschlag auf, daß er die Angelegenheit lösen würde: «Keine Sorge, Generale! Lassen Sie mich nur machen.» Dann ging er, gefolgt von Sandokan, der das Recht hatte, jede Operation zu überwachen, die mit dem Abzug zur See zusammenhing, zum Hafen, wo er seinen Exfreund Gassàn aufsuchte.

«Hör mir gut zu, du Henker: am Heiligen Abend hab ich dir meine sardische Pattada an die Gurgel gehalten, das streite ich nicht ab. Aber ich hab dir die Gurgel nicht durchgeschnitten. Und das heißt, daß du mir dein Leben verdankst. Also, bezahl jetzt deine Rechnung und rück den Kai raus.»

Und Gassàn rückte ihn heraus. Er hatte sich sehr verändert. Die Müdigkeit, die am Heiligen Abend seinen Blutdurst gelöscht und anschließend Gedanken entfacht hatte, die den letzten Gedanken Bilals ähnelten, war größer geworden und hatte ihn einer entsagungsvollen Stumpfheit ausgeliefert. Die Teilung der Amöbe und die Niederlage der Christen hatten ihm das Selbstvertrauen genommen, und er erinnerte kaum noch an den eiskalten Henker, der Beirut jahrelang terrorisiert hatte. Die beginnende Korpulenz schwächte ihn, die Blässe der Haut machte ihn häßlicher, und seine Bewegungen hatten nichts mehr von der finsteren Energie eines Panthers im Dunkeln. Er beschriftete keine Granaten mehr mit dem Brahmet-Bayi, keine Kugeln mehr mit BB, er streifte nicht mehr durch die Stadt auf der Suche nach Moslems, um an ihnen die unaufschiebbare Pflicht und das unbestreitbare Recht zu vollstrecken. Nachdem er das Bildnis der Madonna von Junieh von seinem Revolverkolben entfernt hatte, zitierte er auch nicht mehr Anatole France oder Corneille, um von denen verstanden zu werden, die ihn nicht verstanden, und statt über die Kreuzzüge zu sprechen, sprach er immer nur von einem Zwerg mit geflickter Jacke, der ihm einen bitteren Geschmack im Mund zurückgelassen hatte. Gleichzeitig mit dem bitteren Geschmack kam der Zweifel, sein Leben falsch angefaßt zu haben. Ich-wollte-die-Menschen-heilen-und-nicht-sie-umbringen. Außerdem machte das Gerücht die Runde, er habe sich ein Haus am Genfer See gekauft und sich, in der Erwartung, ausreisen zu können, bereit erklärt, die Hafenkommandantur zu übernehmen, um sich von den kriegerischen Auseinandersetzungen fernzuhalten.

«Einverstanden, Pistoia. Schau dir die drei Hafenbecken an, und dann sag mir, welchen Kai du haben willst.»

Mit Sandokans Hilfe, der dieser Szene nahezu gleichgültig beigewohnt hatte, schaute Pistoia sie sich an. Im Hafenbecken Ost, dem besten und dem, das die Italiener immer benutzt hatten, war kein Platz: die Handelsschiffe mit dem Waffennachschub für die Falangisten versperrten jeden Kai und wurden mit einer nervenaufreibenden Langsamkeit gelöscht. Im mittleren Hafenbecken war zwar Platz und auch größere Sicherheit: die Kais lagen fünfhundert Meter von den Gebäuden entfernt, in denen sich die Amalleute verschanzt hatten, und mächtige Silos schützten wirkungsvoll vor langen Salven und vor Mörsergeschossen. Allerdings war das Fahrwasser nicht tief genug, und der Platz an Land wurde von Lagerhallen des Zolls und von Kränen mit Beschlag belegt: das würde nicht für die Truppe und die Fahrzeuge des letzten Konvois reichen. Was das Hafenbecken West betraf, das sich gleich neben den Gebäuden der Belagerer befand, so bekam es fast deren gesamtes Feuer ab und hatte noch den Nachteil, daß es von den streitsüchtigen Kataeb verteidigt wurde, der Privatmiliz Gemayels. Aber es hatte die richtige Tiefe, die Kais waren bis Sonntagnachmittag frei, und es hatte einen Platz von zweihundert mal neunzig Metern, auf dem man die Hochgräben errichten konnte: zum Schutz der eintausendzweihundert Mann und der M113, der Leopardpanzer, der Lastwagen, der Geländewagen, der Motorräder des letzten Konvois von Sonntagmorgen. Mit ausgebreiteten Armen, in der Geste von jemandem, der sich eben bescheiden muß, erklärte Sandokan dieses Hafenbecken für geeignet. Pistoia war auch der Meinung und sagte es Gassàn.

«Mann, du Henker! Bin richtig froh, daß´ich dir nich die Gurgel durchgesäbelt hab!»

«Und ich bin zufrieden, daß du zufrieden bist», antwortete Gassàn und wies ihm auf der Stelle den Kai zu.

Dank dieser sonderbaren Beziehung wurde der auf der Lagebesprechung vorgestellte Plan Wirklichkeit, und der Kondor betraute Pistoia damit, unter Beschuß die Hochgräben zu errichten. Zucker hatte die Aufgabe, täglich die Konvois über die Grüne Linie zu bringen. Jeder Konvoi, fünfzehn Lastwagen mit Anhänger, überquerte in Begleitung von sechs Panzerspähwagen die Grüne Linie bei Tayoune, und hundert Meter bevor sie den Übergang passierten, stoppten sie, bis sie über Funk das Kommando Straße-frei! erhielten, das von zwei

Wachposten kam: Angelo und Bernard le Français, jener Charlie, der nicht Italienisch sprach. Die Rotunde wurde nämlich von Scharfschützen der verschiedensten Fraktionen und vom Zugführer der Amal geplagt: einem mongoloiden Typen, der sich selbst Rocky getauft hatte und dafür, daß er die Schranke aufmachte und die einundzwanzig Fahrzeuge herein- oder hinausließ, einen Schal wollte, den er bei der Verlegung des Stützpunkts Rubino irgendwo gesehen hatte. Den roten Schal von Gigi il Candido. Ganz und gar wider besseres Wissen hatte ihm Gigi il Candido den Schal versprochen, und es war genauso eine Plage wie die hinter den Balkonen verlassener Villen versteckten Kalaschnikows oder M16. «Ana badi fulàra, ana badi fulàra ich will den Schal!» Natürlich hätte Zucker den Übergang von Sodeco vorgezogen, wo die Amal nichts verlangten und wo es keine Scharfschützen gab, doch bei einer Ortsbesichtigung war ihm klargeworden, daß die zu langen Anhänger die Kurven nicht geschafft hätten, weshalb er sich dann doch für Tayoune und den Einsatz zweier Wachposten entscheiden mußte. Diese Aufgabe erledigten Angelo und Bernard le Français dadurch, daß sie vor dem Beet mit der weißen Stute parkten, Rocky mit Schokolade, Bonbons, Zigaretten oder was es sonst gab besänftigten und jedesmal die Luft anhielten, wenn sie beschlossen, das Signal zu geben, weil die Scharfschützen mit der Schießerei aufgehört hatten. (Und was, wenn sie wieder angefangen hätten, während der Konvoi über die Grüne Linie fuhr?) Erster Panzerspähwagen, Lastwagen, Lastwagen, Lastwagen... Zweiter Panzerspähwagen, Lastwagen, Lastwagen, Lastwagen... Dritter Panzerspähwagen, Lastwagen, Lastwagen, Lastwagen... Vierter Panzerspähwagen, Lastwagen, Lastwagen, Lastwagen... Fünfter Panzerspähwagen, Lastwagen, Lastwagen, Lastwagen, letzter Panzerspähwagen... durch!

Erst wenn das letzte Fahrzeug in die Avenue Sami Sohl fuhr, das heißt in den Ostteil, oder die Rue Argàn erreichte, das heißt den Westteil, atmeten sie wieder auf. Bernard le Français knurrte dann seinen Haß auf Rocky heraus, mit dem er bei jeder Gelegenheit herumstritt. Angelo dagegen starrte auf die weiße Stute, die ihn aus wer weiß welchen Gründen an Ninette erinnerte. Und die entsetzliche Intuition überfiel ihn während eines dieser Intervalle.

* * *

«Touchant du bois, que est-ce qu'on décide? Klopfen wir auf Holz, was beschließen wir? On leur donne le feu vert ou non, geben wir ihnen grünes Licht oder nicht?»

«Das tun wir. Sag Rocky, er soll die Schranke hochziehen.»

«Mais maintenant il recommence à mendier le foulard et moi je n'ai plus riens pour le faire fermer la gueule, aber der fängt jetzt wieder an und bettelt um das Halstuch, und ich habe nichts mehr, um ihm das Maul zu stopfen! Il a tout pris, ce misérable, ils ne restent même pas les bonbons! Er hat alles genommen, dieser Elendsknochen, wir haben nicht einmal mehr Bonbons...»

«Gib ihm das Fläschchen mit Mokkalikör.»

«Mais c'est un bedouin, der ist doch ein Beduine! Il ne peut pas boire les liqueurs, der darf keinen Likör trinken!»

«Gib's ihm trotzdem.»

«Zut, alors, verdammt!»

Vollkommen verärgert stieg Bernard le Français aus dem Geländewagen. Ging zu Rocky, um ihn mit dem Mokkalikör zu entschädigen, ihn die Schranke aufmachen zu lassen, und auf der Stelle brach der Streit los.

«Ana badi fulàra, ana badi fulàra!»

«Je t'ai déjà dit qu je n'ai pas de foulards, espèce d'idiot! Ich hab dir schon gesagt, daß ich kein Halstuch habe, du Idiot! Prends le petit liqueur ainsi tu iras à l'enfer, tête de linotte! Nimm das Likörchen, dann kommst du wenigstens in die Hölle, du Rübenkopf!»

«Ana fulàra, ich Halstuch, ana fulàra!»

«Tais-toi et lève la barre, troglodyte! Halt die Klappe und mach die Schranke auf, du Neandertaler!»

«Fulàra wa sigarèt. Das Halstuch und Zigaretten.»

«Quelles cigarettes, was für Zigaretten?!? Que est-ce que c'est maintenant cette histoire de cigarettes, was soll das denn jetzt mit den Zigaretten?!? Je n'ai pas de cigarettes, moi! Je ne fume pas, moi! Ich hab keine Zigaretten! Ich rauche nicht! Lève la barre, babouin, ballot! Mach die Schranke auf, du Pavian, du Trottel!»

Schließlich ging die Schranke hoch, und Angelo konnte Zucker rufen, der mit dem Konvoi in der Rue Argàn wartete.

«Los, Kondor Zett. Die Schranke ist oben, und alles sieht ruhig aus.»

«Wir fahren los, Schnur», antwortete Zucker. Zwei Minuten später erschien der Konvoi an der Rotunde, fuhr mit großer Geschwindigkeit vorbei und bog in den Ostteil ein. Bernard le Français hielt die Luft an und knurrte wieder seinen Haß auf Rocky heraus. Angelo starrte auf die weiße Stute und fragte sich, warum sie ihn an Ninette erinnerte.

Vielleicht, weil sie von einer ähnlichen Schönheit war wie Ninette. Einen festen und doch zugleich zarten Körper hatte, lange, vollkommene Beine, riesige Augen, deren Türkis in der Sonne ins Violette spielte, und eine lange blonde Mähne, die, in seidigen Wogen von Licht, ihn wieder an Ninettes kastanienbraunes Haar mit dem goldenen Schimmer erinnerte. Oder vielleicht, weil sie allein war, von einer Einsamkeit, die an Ninettes Einsamkeit erinnerte, weil sie mutig war, von einem Mut, der an Ninettes Mut erinnerte: sie ängstigte sich nicht einmal dann, wenn die Scharfschützen einfach wild herumballerten, und wenn der Konvoi kam, brachte sie das nicht aus der Fassung. Sie blieb vollkommen friedlich und graste. Heute morgen war ein Panzerspähwagen versehentlich auf das Beet gefahren und hatte ihren weichen Schweif gestreift. Und trotzdem hatte sie sich nicht gerührt. Sie war auch nicht nervös geworden, fast so, als weigere sie sich, sich gegen ihr Schicksal aufzulehnen: Inschallah, wie es Gott will, wie es Gott gefällt, Inschallah. Er wandte den Blick ab. Opfer eines doppelten Schmerzes, fragte er sich, ob Ninette in dem Augenblick, als sie Passepartout traf, sich auch geweigert hatte, sich gegen ihr Schicksal aufzulehnen, oder ob sie es ihm sogar leicht gemacht hatte: Inschallah, wie es Gott will, wie es Gott gefällt, Inschallah. Und diese Frage verwirrte ihn. Er verabscheute das Wort Schicksal, er verabscheute das Wort Inschallah: das eine Synonym für das andere und beide zusammen Symbole einer Ohnmacht, mehr noch, einer Resignation, die die Idee von Freiheit und Verantwortung beleidigte. Doch je mehr er es verabscheute, um so mehr fühlte er sich wie eine Marionette, an deren Fäden jemand oder etwas zog, der oder das einherging mit den Worten Schicksal und Inschallah. «Da hast du ganz schön was angerichtet, Junge. Jetzt spricht man schon ganz unverblümt vom dritten Motorboot», hatte Charlie gesagt, als er ihm erklärte, daß Zandra Sadr nicht zugesichert hatte, die drei Feuer aufhalten zu können, daß das dritte Boot trotz der Maut kommen könne. Und er, Angelo, hatte dazu nur niedergeschmettert genickt. Aber hatte er denn wirklich die grausame Verantwortung dafür? Ja und nein. Ja, weil er die 9 mm Parabellum abgefeuert und damit Ninettes Mörder umgebracht hatte. Vorsätzlich und bei vollem Verstand. Nein, weil infolge einer seinem Willen nicht unterliegenden Eigendynamik – A bringt B hervor, B bringt C hervor, C bringt D hervor, D bringt E hervor, E bringt F hervor, F bringt G hervor, G bringt H hervor – dieser jemand oder dieses etwas in der Weise tätig geworden war, daß er oder es ihn an

einen bestimmten Punkt in Zeit und Raum stellte, an dem es keine Alternative zu dem gab, was er getan hatte.
«Mais regarde-le, ce retardé mental, dieser Schwachsinnige!»
«Ich seh ihn, Bernard...»
«Wa sigarèt, und die Zigaretten! Il ne lui suffit pas le foulard, das Halstuch reicht ihm nicht! Maintenant il veut les cigarettes, jetzt will er Zigaretten!»
«Tja...»
«Dans le cul je te fous les cigarettes, in den Arsch steck ich dir die Zigaretten, dans le cul!»
«Sicher...»
«Et le foulard aussi, und das Halstuch auch!»
«Auch das Halstuch...»
Ereignisse, die seinem Willen nicht unterlagen, ja. Denn wenn A nicht B hervorgebracht hätte, das heißt, wenn die 5,56er keine Kugel gewesen wäre, die noch nach zweieinhalb Kilometern in der Lage ist, ein Hindernis zu durchschlagen und weiterzufliegen, wäre Rocco nicht getroffen worden. Wenn B nicht C hervorgebracht hätte, das heißt, wenn Rocco nicht getroffen worden wäre, hätte der Kondor nicht darauf bestanden, ihn zum Rizk zu begleiten. Wenn C nicht D hervorgebracht hätte, das heißt, wenn der Kondor nicht darauf bestanden hätte, ihn zum Rizk zu begleiten, hätte ihn der schiitische Aufstand nicht wer weiß wo aufgehalten. Wenn D nicht E hervorgebracht hätte, das heißt, wenn der schiitische Aufstand den Kondor nicht wer weiß wo aufgehalten hätte, hätte der Professor nicht das Kommando übernommen. Wenn E nicht F hervorgebracht hätte, das heißt, wenn der Professor nicht das Kommando übernommen hätte, hätte Charlie nicht den Befehl erhalten, Ihren-störrischen-Sergente-den-Mathematiker mit nach Chatila zu nehmen. Wenn F nicht G hervorgebracht hätte, das heißt, wenn Charlie ihn nicht mit nach Chatila genommen hätte, wäre er nicht bei der Vierundzwanzig gelandet. Wenn G nicht H hervorgebracht hätte, das heißt, wenn er nicht bei der Vierundzwanzig gelandet wäre, hätte er dort nicht Khalid-Passepartout getroffen und... Und wenn das dritte Motorboot überhaupt keine Möglichkeit hätte, die Drohung zu verwirklichen? Aufgrund welcher Fakten nahm Charlie Zandra Sadr ernst, aufgrund welcher Überlegungen ließ sich der Kondor auf Befürchtungen ein? Einverstanden: die drei Schiffe, die unterwegs waren, um die Truppe einzuschiffen, waren ungeschützte Schiffe und nicht in der Lage, mehr als fünfzehn Knoten zu machen. Einverstanden: auch wenn das Motorboot mit Hexogen beladen ist, sagen wir, mit den tausendzweihun-

dert Kilo, mit denen die Söhne Gottes die Amerikaner massakriert hatten, und den achthundert Kilo, mit denen sie die Franzosen massakriert hatten, kann es mit zwanzig oder sogar dreißig oder fünfunddreißig Knoten fahren und folglich ein Ziel treffen, das wesentlich langsamer fährt. Einverstanden: wenn irgendein Pietro Micca aus einer Bucht in unmittelbarer Nähe kommt, etwa der gleich neben dem Hafenbecken West, würde er ohne weiteres ein Schiff außerhalb des Hafens voll treffen können. Doch sobald die Schiffe den Hafen verlassen und den Leuchtturm passiert hätten, würde jedes einzelne von ihnen von der Flotte unter dem Kommando des Admirals beschützt werden! Sie war ein unfehlbarer Schutzengel, diese Flotte unter dem Kommando des Admirals. Eine bessere Garantie, ein besserer Schutz als tausend Zandra Sadrs. Ihre Hubschrauber und ihre Schnellboote würden ihn im Nu ausmachen, diesen menschlichen Torpedo, und mit ebenso großer Schnelligkeit würden sie ihn abschießen, bevor er sein Ziel erreichte. Mithin irrte sich Charlie, wenn er den alten Sack ernst nahm; der Kondor irrte sich, wenn er Charlie ernst nahm, und er, Angelo, irrte sich, wenn er Charlies Gestöhne Da-hast-du-ganz-schön-was-angerichtet-Junge ernst nahm, und Schluß mit den Gewissensbissen. Schluß mit den Selbstvorwürfen, den Gewissenserforschungen, den philosophischen Betrachtungen über das Schicksal und sein Synonym Inschallah. Diese Geschichte mußte man total vergessen und sich einer Gehirnwäsche unterziehen.

«Setz dich ans Funkgerät, Bernard.»

«Moi, ich?!?» protestierte Bernard le Français, erschreckt von der Vorstellung, Italienisch sprechen zu müssen, wenn Zucker oder sonst wer ihn rufen würde. «C'est ton travail, das ist deine Aufgabe, das Funkgerät!»

«Ja, aber jetzt will ich mich einer Gehirnwäsche unterziehen.»

«Tu veux quoi, du willst was?!?»

«Ein Problem lösen, Bernard.»

«Quel problème, was für ein Problem?!?»

Er lächelte verhalten: das Problem mit dem Regentropfen, der an das Fenster eines fahrenden Zugs schlägt, und das die 15 Knoten der Fährschiffe und die 20 Knoten des Motorboots ihm wieder ins Gedächtnis zurückgebracht hatten. «Du bist in einem Zug, der mit 15 Stundenkilometern fährt. Es regnet. Du sitzt in Fahrtrichtung am Fenster und siehst, wie ein Regentropfen auf die Scheibe fällt: von rechts nach links, also schräg, und einen Winkel von 30 Grad zur Senkrechten bildet. Nach einer Weile wird der Zug schneller, steigert seine Geschwindigkeit von 15 auf 20 Stundenkilometer, und der vom

Tropfen gebildete Winkel verändert sich: er beträgt jetzt 45 Grad zur Senkrechten. Mit welcher Geschwindigkeit bewegt sich der Regentropfen im ersten und im zweiten Fall?»

«Ein mathematisches Problem, Bernard.»

«De mathématiques, mathematisch?!?»

«Ja, mit einem Schuß Geometrie und Trigonometrie. Tatsächlich handelt es sich im wesentlichen um eine geometrische Lösung, die sich theoretisch aber auf die Lehrsätze vom Sinus und Kosinus bezieht.»

«Les théorèmes de quoi, die Lehrsätze von was?!?»

«Dem Lehrsatz vom Sinus. In dem es heißt: ‹In einem Dreieck ist das Verhältnis zwischen zwei Seiten gleich dem Verhältnis zwischen den Sinuswerten der den entsprechenden Seiten gegenüberliegenden Winkeln.› Und dem Lehrsatz vom Kosinus. In dem es heißt: ‹Die Fläche eines über einer Dreiecksseite konstruierten Quadrats ist gleich der Summe der Flächen der über den anderen Dreiecksseiten konstruierten Quadrate vermindert um das Produkt ihrer Seiten und multipliziert mit dem doppelten Kosinus des zwischen ihnen liegenden Winkels.›»

«Sinus et Cosinus?!?»

«In der Mathematik sind Sinus und Kosinus Kreisfunktionen eines Winkels oder Winkelfunktionen oder trigonometrische Funktionen.»

«Et à quoi ça sert, und wozu ist das nütze?!?»

«Um zu vergessen, Bernard.»

«Oublier quoi, was vergessen?!?»

«Den Kummer, das Schicksal... Alles, Bernard.»

«Je ne comprends pas, ich verstehe nicht.»

«Nicht so wichtig. Hier.»

Er hielt ihm das Mikrofon hin. Immer noch verhalten lächelnd, zeichnete er in sein Notizheft erst einen senkrechten Kreisausschnitt, dann links von dessen Spitze einen waagerechten Kreisausschnitt: die senkrechte und die waagerechte Koordinate der Geschwindigkeit. Dann zeichnete er vom Bogen des senkrechten Kreisausschnitts ausgehend zwei schräge Kreisausschnitte: die Strecke, die der Regentropfen bei einem Winkel von 30 Grad zurücklegt, wenn der Zug eine Geschwindigkeit von 15 Stundenkilometern hat, und die Strecke, die er bei einem Winkel von 45 Grad zurücklegt, wenn der Zug 20 Kilometer pro Stunde fährt. Auf diese Weise erhielt er zwei Dreiecke mit einer gemeinsamen Seite, mit denen er zu arbeiten anfing, und indem er den Sinussatz anwandte, erhielt er die Lösung der ersten Frage: 13,66 km pro Stunde. Dann führte er mit diesem Ergebnis unter Anwendung des Kosinussatzes die Rechenoperation durch: $13,66^2 + 5^2 - 2 \times 5 \times 13,66 \times \cos 60°$, zog daraus die Quadratwurzel, sah sich noch einmal den schrägen Kreisausschnitt mit dem Winkel von 45 Grad an, und das verhaltene Lächeln erlosch in einem dumpfen Ausruf: «O Gott!» Beim Zeichnen der Kreisausschnitte hatte er sich nämlich vorgestellt, er würde im Zug am Fenster sitzen und den Regentropfen wirklich sehen, der sich diagonal von rechts nach links bewegt, und auch während er die beiden Lehrsätze anwandte, hatte er ihn noch gesehen: hübsch und rund, glänzend, ungefährlich, wie es nur ein Regentropfen sein kann. Jetzt aber sah er ihn nicht mehr: an Stelle des Regentropfens bewegte sich ein menschlicher Torpedo. Das dritte Motorboot. Rashids Motorboot. Es drang an der Spitze des senkrechten Kreisausschnitts ein, der plötzlich zur Ausfahrt aus der Bucht neben dem westlichen Hafenbecken wurde, beschleunigte gleich von 20 auf 35 Knoten und raste an jenem schrägen Kreisausschnitt entlang, der einen Winkel von 45 Grad hatte: dieser Kreisausschnitt wurde unversehens zur Mole des Wellenbrechers. Das Boot raste und raste, es hielt sich nahezu parallel zur Wellenbrechermole, die zur Küste tatsächlich einen Winkel von 45 Grad bildete, und hielt auf ein gerade aus dem Hafen ausgelaufenes Schiff zu. Ein Fährschiff, vollgepackt mit Soldaten, das, nachdem es den Leuchtturm in einer Entfernung von zweihundert Metern passiert hatte, seinen Kurs im Bogen einer Parabel von einhundertfünfundneunzig Metern in nordwestliche Richtung fortsetzte und dem menschlichen Torpedo die linke Schiffswand darbot...

Das Fährschiff machte nur sechs Knoten, war mithin so langsam, daß Rashid, wenn er es erreichen und sich mit ihm in die Luft sprengen wollte, sich nur am Bogen der Parabel, das heißt immer weniger an der Mole des Wellenbrechers, orientieren mußte, dann eine Geschoßbahn festlegen, die zur Backbordwand einen weiteren Winkel von 45 Grad bildete, das Ruder blockieren und die Sprengkapsel entsichern. Ohnehin hätte ihn niemand aufhalten können. Niemand. Und am wenigsten die Soldaten, die von achtern und vom Vorschiff, vom Oberdeck und von der Kommandobrücke aus schossen, wild entschlossen, ihn umzubringen. Es nützte gar nichts, ihn umzubringen. Mit blockiertem Ruder und entsicherter Sprengkapsel würde das Boot seinen Weg allein zurücklegen und gegen die Schiffswand prallen, auch wenn Rashid auf halbem Weg schon tot wäre. Es nützte auch nichts, wenn sie auf das Hexogen schießen würden. Um das Hexogen detonieren zu lassen, bedarf es einer heftigen Stoßwelle, die wiederum ihrerseits so heftig und explosiv sein muß, wie es nur eine

Sprengkapsel oder eine Bombe oder eine Granate sein kann. Und die Geschütze der drei Kilometer vor der Küste zusammengezogenen Flotte schwiegen... Schwiegen, schwiegen! Eine Kriegsflotte ist nicht darauf angelegt, Fährschiffe zu beschützen, die, nachdem sie gerade den Leuchtturm umfahren haben, von einem Pietro Micca angegriffen werden: das genau war es, woran er nicht gedacht hatte, als er die Flotte für einen unfehlbaren Schutzengel, eine Garantie und einen besseren Schutz als tausend Zandra Sadrs gehalten hatte. In Fällen dieser Art brauchte die Flotte Zeit! Zeit, das Objekt auszumachen, das sich, von Meereswellen verdeckt und den Betonblöcken der Wellenbrechermole ähnlich, dicht über der Wasseroberfläche dahinbewegt... Die Zeit, es auf den Radarschirmen zu identifizieren, wo sein Echo überlagert von dem Echo der Mole auftaucht, die es um ungefähr zwei Meter überragt, so daß die Radarschirme nur ein kaum wahrnehmbares Staubkorn, eine verschwindend kleine Veränderung, die Miniatur eines winzigen Regentropfens registrieren... Die Zeit, die Sache zu prüfen und zu entscheiden, ob es sich um einen menschlichen Torpedo oder um ein harmloses Fischerboot handelt... Die Zeit, mit dem Feuerleitoffizier den Abschuß festzulegen und das Zielobjekt mit einem anderen Radargerät, einem Parabol-Radar, wieder wahrzunehmen... Die Zeit, den Computer in Gang zu setzen, und für den Computer die Zeit, die Geschütze fernzusteuern, und für die Geschütze die Zeit, zu laden und das Feuer zu eröffnen, für das Geschoß die Zeit, auf das Ziel niederzugehen... Jede Phase eine Handvoll Sekunden, die dem sich nähernden Motorboot geschenkt werden. Das sich nähert, um mit dir in die Luft zu fliegen. Und Angelo wußte das.

Er wußte das, weil er mit den anderen vom Schiff aus feuerte, von backbord, also der dem Motorboot zugekehrten Seite, und weil er von dort aus das Boot herankommen sah, so wie der Reisende am Fenster den Regentropfen sich bewegen sah: diagonal in einem Winkel von 45 Grad. Er hatte sich über die linke Seite gebeugt, um etwas zu betrachten, was ihm jetzt nicht gegenwärtig war, um etwas zu begreifen, was ihm jetzt unbegreiflich war, vielleicht etwas, was sich auf Ninette bezog und auf die Formel des Lebens, und er schoß, weil der Schrei des Kondors die Stille zerrissen hatte: «Haltet ihn auf! Schießt auf ihn, haltet ihn aaauf!» Auch der Kondor war da und neben dem Kondor war Charlie, neben Charlie der Professor und Verrücktes Pferd und Pistoia und Zucker und Stefano und Gaspare und Ugo und Bernard le Français: alle, außer Fifi und Martino, die aus irgendeinem Grund nicht an Bord des dritten Schiffes waren. Ja, das dritte Schiff.

Das mit dem Personal des Kommandos und des Feldlazaretts und der Nachschubbasis. Das letzte. Die ersten beiden mit den Maròs und den Fallschirmjägern und ihren Offizieren befanden sich bereits auf dem Weg nach Italien. Er schoß vom dritten Schiff aus, mit ihnen, und sie wußten genauso gut wie er, daß die Schüsse aus Revolvern und Gewehren und Maschinenpistolen sinnlos waren, weil Rashid das Ruder blockiert und die Sprengkapsel entsichert hatte. Und trotzdem schossen sie verzweifelt, mit höllischem Krach, durcheinander schreiend, mal heiser, mal schrill, mal erstickt. «Gewehrgranateeen! Probiert es mit Gewehrgranateeen!» schrie der Kondor. «Der Motor, der Motor, zielt auf den Motooor!» schrie Zucker. «Zur Hölle mit diesen miesen Arschlöchern und Schwulen und allen, die ihnen vertraut habeeen!» schrie Pistoia. «Sursum corda, erhebet eure Herzen! Qualis miles pereo, ich sterbe als Soldat!» schrie Verrücktes Pferd. Und Charlie sagte traurig: «Ich hab getan, was ich tun konnte. Mehr war nicht drin.» Bernard le Français sagte: «Je n'aurais jamais du quitter Bruxelles, ich hätte Brüssel niemals verlassen sollen!» Stefano sagte: «Mama, hilf mir doch, Mama!» Er, Angelo, sagte nichts. Er schoß und basta, dachte und basta. Ein Gedankenchaos, Gedanken, die eher Bilder waren, Bilder, die eher Ängste waren, Ängste, die eher ein Wirbel von Syllogismen waren: Boltzmann, der zu Ninette wurde, Ninette, die zu Passepartout wurde, Passepartout, der zu Rashid wurde, Rashid, der zu Pietro Micca wurde, Pietro Micca der zur Gleichung $S = K \ln W$ wurde, die Gleichung $S = K \ln W$, die zu einem apokalyptischen Aufprall wurde, zu einem riesigen Pilz wie die beiden riesigen Pilze am jenem Sonntag Ende Oktober... Und in diesem Wirbel das Bewußtsein, daß diese drei Monate ein Aufschub waren, eine Verzögerung des von Mustafa Hash angekündigten Massakers, die Entdeckung, daß der dritte Lastwagen nicht an jenem Sonntag Ende Oktober gekommen war, weil er an einem anderen Ort zu einer anderen Zeit ankommen sollte: an diesem Sonntag Ende Januar. Dann fielen 76-mm- und 127-mm-Granaten. Der Beschuß durch die Flotte. Doch sie fielen nicht auf das Motorboot, alles ging in seinem Kielwasser hoch, mit der einzigen Wirkung, daß völlig nutzlose Wassersäulen emporschossen: dem Computer gelang es nicht, das Motorboot anzupeilen. Aber auch wenn es ihm gelungen wäre, hätte das nichts geändert. Das Motorboot war schon viel zu nah. So nah, daß du ganz genau Rashids Gesicht erkennen konntest. Ein böses, glückliches Gesicht, das ein ebensolches Glück ausstrahlte wie an jenem Sonntag Ende Oktober das Gesicht des Kamikaze, der in den Kommandostützpunkt der Amerikaner eingedrungen war, und du hörtest deutlich seinen Siegesschrei: «Allah akbar! Allah akbar, Allah akbar!» Siegesschrei, weil ihm, um die linke Schiffswand zu erreichen, nur noch sechzig Meter fehlten, genauer gesagt fünfundfünfzig, nein vierundfünfzig und jetzt fünfzig, fünfundvierzig, vierzig, fünfunddreißig, dreißig, zwanzig, zehn, neun, acht, sieben, sechs, fünf, vier, drei, zwei, eins! Noch einmal der dunkle, schauerliche Ruf.

«O Gott...»

«Qu'est-ce qu'il y a, was ist los?!?» rief Bernard le Français.

«Ich habe nachgedacht...», murmelte Angelo und lächelte wieder verhalten.

«Avec ce boucan, bei diesem Krach?»

Seit einigen Minuten hatten nämlich die Scharfschützen das Feuer wieder eröffnet und fanden Spaß daran, ihre Reserven an 7,62er und 5,56er Patronen auf das Beet mit der weißen Stute zu feuern. Eine niederträchtige Schießerei, auf die sie mit einem Schlagen ihres weichen Schweifs antwortete, als wären die Kugeln Bremsen und Fliegen, die verjagt werden müßten.

«Tja... Hör dir nur diesen Lärm an», antwortete Angelo und sagte sich, daß es vielleicht dieser Lärm war, der den Alptraum mit dem Motorboot verursacht hatte, das immer näher kam und das man mit Gewehren, Gewehrgranaten, mit Maschinengewehrsalven und Flottengeschützen völlig sinnlos angriff.

«Ces bâtards, ces sadiques! Diese Bastarde, diese Sadisten! Ils finiront pour la tuer, am Ende bringen sie sie noch um... Mais as-tu résolu ton casse-tête avec le sinus et le cosinus? Aber hast du dein Rätsel mit Sinus und Kosinus gelöst?»

«Fast», sagte er und machte das Heft zu, das auf der Seite mit der Quadratwurzel aus $13{,}66^2 + 5^2 - 2 \times 5 \times 13{,}66 \times \cos 60°$ offen liegengeblieben war: der Operation, nach der die Geschwindigkeit des Regentropfens festgelegt wurde, der sich in einem Winkel von 45 Grad über die Scheibe bewegt, wenn der Zug eine Geschwindigkeit von 20 Stundenkilometern hat. Und da er nahezu überzeugt war, daß der Alptraum durch ein akustisches Phänomen statt durch einen logischen Gedankengang ausgelöst worden war, fragte er sich nicht, ob die Dinge sich wirklich so vollziehen könnten, wie es die Operation im Notizheft darstellte. Das fragte er sich erst später, als er merkte, daß die Realität des Alptraums in der einfachsten mathematischen Aufgabe bestand, die er je hatte lösen müssen.

Ein Schiff läuft aus dem Hafen aus, passiert im Abstand von 200 Metern den Leuchtturm, der am Ende der Wellenbrechermole steht. Mit einer Geschwindigkeit von 6 Knoten beschreibt es den Bogen einer Parabel von ungefähr 195 Metern Länge. Auf diesem Bogen bewegt es sich in nordwestlicher Richtung, bietet also dem von Westen Kommenden seine Backbordseite. Ein Motorboot bricht von seinem 100 Meter weiter hinter der Mole liegenden Ankerplatz auf, sobald das Schiff den Leuchtturm passiert hat, und rast mit einer durchschnittlichen Geschwindigkeit von 35 Knoten auf das Schiff zu, um es am Ende des Bogens der Parabel zu rammen. Zu diesem Zweck rast es 850 Meter weit fast parallel zur Mole und entfernt sich dann so von ihr, daß es in einem Winkel von 45 Grad zur Backbordseite auf diese zusteuert. Eine Flotte liegt drei Kilometer vor der Küste und hält sich bereit, das Schiff mit 76-mm- und 127-mm-Granaten zu verteidigen. Frage Nummer eins: Kann das Motorboot das Schiff rammen? Frage Nummer zwei: Kann die Flotte intervenieren, bevor es zu spät ist?

* * *

Er begann eine Zeichnung, analog zu der für den Regentropfen, doch nun umgekehrt, das heißt vom Standpunkt dessen aus gesehen, der an der linken Bordwand steht, und mit nur einem schrägen Kreisausschnitt. Dann trug er die Elemente ein, die zu beachten waren: die Küste, den Ankerplatz, von dem aus das Motorboot aufbricht und die Bucht neben dem westlich gelegenen Hafenbecken verläßt, den Anfang der Mole und dann die gesamte Mole, die einen Winkel von 45 Grad zur Küste bildet, den Leuchtturm, den Punkt, an dem das Schiff den Leuchtturm passiert (diesen Punkt bezeichnete er als Null-Moment), die Strecke des Schiffs, das heißt den Bogen der Parabel von 195 Metern in nordwestlicher Richtung, und die Strecke des Motorboots, die wiederum einen Winkel von 45 Grad zur Backbordseite bildet. Die Antwort auf die Frage Nummer eins würde sich aus der Zeit ergeben, die das Motorboot braucht, um die Strecke zwischen Ankerplatz und dem Ende des Bogens der Parabel zurückzulegen, wie auch aus der Strecke, die das Schiff im gleichen Zeitraum zurücklegt. Und um die Antwort zu erhalten, mußte man von der Länge dieser Strecke ausgehen: eine einfache Operation, die in der Addition der 100 Meter zwischen Ankerplatz und Beginn der Mole, den 850 Metern der Mole und schließlich den 200 Metern zwischen Leuchtturm und dem Null-Moment bestand. Insgesamt 1150 Meter. Weiterhin stellte er fest, daß er, da ein Knoten 1852 Meter pro Stunde entspricht und eine Stunde 3600 Sekunden hat, herausfinden mußte, wie viele Meter das Motorboot pro Sekunde zurücklegt: wiederum eine einfache Operation, die darin bestand, daß er die 35 der fünfunddreißig Knoten (Geschwindigkeit des Motorboots) mit den 1852 Metern pro Stunde multiplizierte und das Ganze dann durch die 3600 der dreitausendsechshundert Sekunden teilte. Ergebnis: 18 Meter pro Sekunde. Durch diese 18 teilte er die 1150 der eintausendeinhundertfünfzig Meter der Strecke zwischen dem Ankerplatz und dem Ende des Bogens der Parabel und erhielt so die Zeit, die das Motorboot braucht, um das Schiff auf der vom blockierten Ruder vorgegebenen Strecke zu rammen: 63,89 Sekunden, die auf 64 Sekunden aufgerundet werden konnten. Das hieß: eine Minute und vier Sekunden. Und das Schiff? Um herauszufinden, welche Strecke das Schiff innerhalb dieser einen Minute und vier Sekunden zurücklegt, mußte man das gleiche Verfahren anwenden, genauer gesagt die 6 der sechs Knoten (Geschwindigkeit des Schiffs) mit den 1852 der Stundenmeter multiplizieren, dann das Ganze durch die 3600 der dreitausendsechshundert Sekunden teilen. Er rechnete. Er bekam 3,06 Meter pro Sekunde heraus. Er multiplizierte die 3,06 mit der 64 der vierundsechzig aufgerundeten Sekunden, und ein Schaudern durchfuhr ihn: in dieser einen Minute und vier Sekunden legte das Schiff 195 und einen halben Meter zurück. Wenn er den halben Meter vernachlässigte, der im Verhältnis zur Länge des Schiffs von keinerlei Bedeutung war, dann waren das genau die 195 Meter des Bogens der Parabel, das heißt der Strecke, auf der das Motorboot mit blockiertem Ruder das Ziel erreichen konnte. Die einzige Hoffnung, daß dies nicht eintrat, waren die Kanonen der Schlachtschiffe, der Zerstörer, der Fregatten. Das heißt die Frage Nummer zwei.

Die Antwort auf die Frage Nummer zwei erhielt er durch die Berechnung der Zeit, die die Flotte in solchen Fällen braucht, um zu reagieren. Und dieses Mal beschränkte sich die Operation auf äußerst banales Addieren. Zehn Sekunden für die Hubschrauber und die Schnellboote, um das verdächtige Boot auszumachen. Fünf Sekunden, um Alarm zu geben und die Operative Gefechtszentrale oder OGZ zu informieren. Zehn Sekunden für das OGZ, um auf den Radarschirmen das Echo zu identifizieren, das vom Echo der zwei Meter hohen Mole überlagert wird, so daß die Radarschirme lediglich eine verschwindend kleine Veränderung registrieren, ein kaum wahrnehmbares Staubkörnchen, die Miniatur eines winzigen Regentropfens. Zehn Sekunden für den Kommandanten, die Sache zu überprüfen und zu entscheiden, ob es sich um einen menschlichen Torpedo oder um ein harmloses Fischerboot handelt. Zehn Sekunden für den

Feuerleitoffizier, um die Schußbahn mit dem Parabol-Radar festzulegen. Fünf Sekunden für das Parabol-Radar, um das Zielobjekt wahrzunehmen. Drei Sekunden für die Techniker, um den Computer in Gang zu setzen. Drei Sekunden für den Computer, um die Geschütze fernzusteuern. Drei Sekunden für die Geschütze, um zu laden und das Feuer zu eröffnen. Drei Sekunden für die Granaten, um auf das Ziel zuzufliegen (so lange dauert es nämlich bei einer Strecke von drei Kilometern, wenn 76-mm-Granaten verschossen werden. Demgegenüber bewegen sich die 127-mm-Granaten wesentlich langsamer). Alles in allem 61 Sekunden: drei weniger als die vierundsechzig Sekunden, die das Motorboot benötigt. Doch in dem alptraumhaften Tayoune begann der Beschuß mit Granaten, als Rashid weniger als sechzig Meter entfernt war. Genauer gesagt, fünfundfünfzig, nein, vierundfünfzig Meter. Und bei 18 Metern pro Sekunde legt man 54 Meter in genau drei Sekunden zurück: in drei Sekunden kann man unmöglich ein kleines Objekt anpeilen, das in drei Kilometer Entfernung dahinrast. Schlimmer noch: wenn sich das kleine Objekt einem Schiff nähert, mußt du aufpassen, daß du nicht das Schiff triffst. Um es nicht zu treffen, mußt du etwas weiter nach hinten zielen; zielst du aber weiter nach hinten, landet das Geschoß im Kielwasser des Boots und... Ein neuer Schauder durchfuhr ihn. Nein, die Flotte würde Rashid nicht aufhalten können.

Das sagte er auch Charlie. Doch der ließ sich durch den Namen ablenken und nahm ihn nicht ernst.

«Rashid?» grinste er höhnisch. «Wenn ich an den Steuermann des dritten Motorboots denke, denke ich nicht an Rashid. Ein Kamikaze muß Eier im Sack haben. Rashid hat keine.»

Und damit sind wir bei der Etappe vom Donnerstag.

– 5 –

Die Etappe vom Donnerstag ist wichtig sowohl wegen der eigentümlichen Rettung Joe Balduccis und der vier Marines, die bei den fünf Mörserschützen von Rubino oben im Wolkenkratzer von Ost Ten geblieben waren, als auch wegen des Abschieds, den Gigi il Candido und Armando mit den goldenen Händen von Schwester Milady und Schwester George genommen hatten: Begebenheiten, aus denen Gigi il Candido gleich nach dem Gespräch, das sich beim ersten Morgengrauen zwischen dem Kondor und dem Falken abspielte, als großer Macher und als Hauptperson hervorging.

«Colonnello, sorgen Sie für Evakuierung von Ost Ten.»

«Wann, Signor Generale?!?»

«Unverzüglich. Heute nacht haben die Amal und die Söhne Gottes die Galerie Semaan eingenommen, die Grüne Linie hat sich zum Anfang der kleinen Straße hin verschoben, die zum Konvent hinaufführt, und das Stück von dreihundert Metern hat sich in eine Art Grauzone verwandelt. Ich befürchte, daß es innerhalb der nächsten vierundzwanzig Stunden zu einem Gefecht um den Besitz des Hügels kommt; daher will ich, daß bis Mittag unsere fünf Männer zum Stützpunkt zurückgeholt und die fünf Marines ihrem Kommando überstellt werden.»

«Bis Mittag, Signor Generale?!?»

«Bis Mittag, bis Mittag! Sind Sie etwa taub gewordeeen?!?»

«Nein, aber wer soll denn die fünf Marines da hinbringen?»

«Wer sie da hinbringt?!? Sie bringen sie dahin oder jemand an Ihrer Stelle! Ost Ten ist doch Ihre Sache! Sie müssen von Ihnen oder jemand an Ihrer Stelle in Sicherheit gebracht werden!»

«Schon, aber Joe Balducci ist ein Weißer, Signor Generale. Er hat italienische Vorfahren und sieht aus wie ein Italiener. Die vier Marines dagegen sind Schwarze, und wenn die Amal oder die Söhne Gottes begreifen, daß das Amerikaner sind...»

«Colonnellooo! Ob weiß oder schwarz oder gelb oder rot, bis Mittag will ich sie gesund und unversehrt in den Gräben ihres Stützpunkts: klaaar?!?»

«Ja, aber ich...»

«Ihr Problem. Sehen Sie zu, wie Sie klarkommen.»

Das waren die Worte, die der Falke seit dem Tag befürchtete, als der Kondor beschlossen hatte, Joe Balducci und die vier Marines nicht den Gefahren eines Stellungswechsels auszusetzen, der für sie hätte tödlich verlaufen können, und sie lieber in Ost Ten zu lassen. Das war der Befehl, den er seit dem Tag erwartete, als Rubino in den ehemaligen Stützpunkt Adler umgezogen war und die fünf Marines bei den Mörserschützen in Ost Ten geblieben waren. Trotzdem wankte er, als er ihn hörte. Und kaum war er in dem Louis XVI.-Zimmer zurück, stürzte er Gigi il Candido in eine solche Krise, die schlimmer war als jene, die ihn überkam, wenn die Vorstellung, in einem Scheißhaus zu sterben oder einen Fuß zu verlieren und nicht mehr Tennis spielen zu können, ihm die Eingeweide lähmte; am ganzen Leib zitternd, sagte er sich, daß dieses Martyrium eine Übung war, um sich an sich selbst zu messen, sich auf die Große Prüfung vorzubereiten, deretwegen er nach Beirut zurückgekommen war. Ihr-Problem-sehen-Sie-zu-wie-Sie-klarkommen! Ost-Ten-ist-doch-Ihre-Sache-und-sie-müssen-von-Ihnen-oder-jemand-an-Ihrer-Stelle-in-Sicherheit-gebracht-werden! Aber mit welcher List konnte man sie über die Grüne Linie bringen, die Straßensperren passieren lassen, gesund und unversehrt ihrem Kommando übergeben?!? An einen Hubschrauber war gar nicht zu denken, weil der für eine Landung oder Start notwendige Platz auf dem Hügel nicht vorhanden war: die Straße war zu eng, die Bäume dort standen zu dicht, und es gab zu viele elektrische Leitungen. Und das Dach des nie fertiggestellten Wolkenkratzers würde das Gewicht nicht tragen. Sich an Zucker zu wenden und ihn zu bitten, die fünf Marines in einem der Konvois aufzunehmen, die mit leeren Anhängern zurückkehrten, war unmöglich, weil Zucker weder die Strecke Tayoune-Hafen-Tayoune ändern, noch das Risiko eingehen konnte, blinde Passagiere aufzunehmen. Sie als Fallschirmjäger oder Carabinieri oder Maròs zu verkleiden, war unvorstellbar, weil den vier Schwarzen, um es mit seinen Worten zu sagen, nur noch die Aufschrift USA auf der Stirn fehlte... Und während Gigi il Candido das rote Halstuch zerknüllte, wobei er sich nicht mehr erinnerte, daß er es Rocky versprochen hatte, hörte er dem Falken still zu. Er ließ ihn sich abreagieren. Doch plötzlich unterbrach er ihn.

«Eine Möglichkeit gibt's», sagte er.

«Welche?!?» rief der Falke, halb ungläubig, halb hoffnungsvoll.

«Sie heimlich wie Diebe wegzuschaffen.»

«Heimlich wie Diebe?!? Was heißt wie Diebe?»

«So wie es die Diebe machen. Das erste, was ein Dieb tut, ist, die Ware zu verstecken, nicht? Als ich die Bahnschienen geklaut habe, hab ich sie sofort versteckt.»

«Fünf Männer versteckt man aber nicht wie Bahnschienen!»

«Man versteckt sie sogar noch leichter. Weil sie zusammenklappbar, weil sie elastisch sind, und um sie zuzudecken, reicht ein bißchen Zeug: Schlafsäcke, Rucksäcke, Ärsche von Fallschirmjägern.»

«Ärsche von Fallschirmjägern?!?»

«Na, die Ärsche von Fallschirmjägern, die auf den Schlafsäcken und Rucksäcken sitzen, die die fünf Männer zudecken.»

«Ist wohl 'n Scherz!»

«Nein, ich meine es ernst. Commandante, seit drei Monaten zermartere ich mir das Hirn wegen dieser Geschichte. Ich hab sie von jeder nur denkbaren Seite bedacht und bin zu der Überzeugung ge-

langt, daß als einziger Ausweg bleibt, sie heimlich wie Diebe wegzuschaffen. Geben Sie mir Vollmacht, und Sie werden sehen.»
Der Falke schien zu zögern.
«Und wenn Joe Balducci sich weigert?»
«Er wird sich nicht weigern. Er wird sich ärgern, er wird irgendwelchen Schwachsinn quatschen wie Ich-bin-ein-Marine, ich-versteck-mich-nicht-unter-dem-Arsch-von-jemand, aber dann wird er nachgeben.»
«Und wenn sich die andern vier weigern?»
«Die andern vier tun, was Joe Balducci ihnen befiehlt. Er ist ihr Oberleutnant.»
«Und wenn die Amalleute den Lastwagen durchsuchen wollen?»
«Dann lassen wir sie nicht. Wir fangen dann eine Schlägerei an, wir schießen, und nicht mehr heimlich wie Diebe gebrauchen wir unsere Gewehre. Aber wir sind sicher, wenn wir uns wie Diebe verhalten.» Er berührte das rote Halstuch. «Sehen Sie das? Das ist der glückbringendste Glücksbringer, den ich je hatte. Damit schaffen wir es problemlos.»
«Problemlos...!»
«Comandante, wir haben keine andere Wahl.»
Die hatten sie nicht, und der Falke begriff das. Er begriff auch, daß es durchaus nicht eine Frage von Glück war, sondern von Mut, daß die Große Prüfung darin bestand, daß er antworten müßte Einverstanden-gehen-wir, ich-komm-auch-mit. Vor allen Dingen könnte er, wenn er mitginge, einen Sprung in den Konvent machen: Schwester Espérance guten Tag sagen oder sie und Schwester George und Schwester Milady und Schwester Madeleine sogar in Sicherheit bringen. Die beiden Dinge waren miteinander verflochten, miteinander verbunden in einem Gemisch aus Gefühlen, die den Wunsch, Schwester Espérance wiederzusehen, mit dem Bedürfnis vermengten, sich seinem Augenblick der Wahrheit zu stellen, und das Ich-komm-auch-mit war eine große Versuchung. Doch je größer die Versuchung wurde, desto stärker fühlte er sich von der Angst ergriffen, die auf den Offizierslatrinen seine Verstopfung hervorrief, und schließlich sagte er: «Einverstanden, gehen Sie.» Daraufhin rief Gigi il Candido die Kommandozentrale an, forderte zwei Lastwagen mit vielen Tornistern und vielen Schlafsäcken und dazu noch ein Dutzend Fallschirmjäger und eine Eskorte der Carabinieri. Er rief in Ost Ten an, avisierte sein Eintreffen, sagte zu Armando mit den goldenen Händen Los-Armando-ich-hab-eine-schöne-Überraschung-für-dich, lief dann zum Schrank

mit den chinesischen Perlmuttintarsien und nahm das *Mot à mot* von Schwester George. Er öffnete es und schrieb ohne jeden Fehler auf das Vorsatzblatt: «Pour une petite femme qui avait le nom d'un homme mais qui était une vraie femme et une grande femme en souvenir d'un âne qui ne volait pas mais qui l'aimait bien et l'aime bien et l'aimera bien toujours, son âne Gigì. Für eine kleine Frau, die einen Männernamen trug, aber dennoch eine richtige Frau und eine große Frau war, in Erinnerung an einen Esel, der nicht flog, sie aber liebte, sie liebt und lieben wird, ihr Esel Gigì.» Dann nahm er es unter den Arm und wandte sich an den Falken.

«Ich gehe, Comandante.»

«Einverstanden, gehen Sie», wiederholte der Falke. «Und wenn Sie Zeit haben, überbringen Sie der Schwester Oberin meinen Gruß.»

«Mach ich, Comandante.»

Kurz darauf, es war ungefähr sieben Uhr morgens, verließen vier Fahrzeuge den früheren Stützpunkt Adler: der Geländewagen mit Gigi il Candido und einem überwältigten Armando mit den goldenen Händen, der Lastwagen mit den Fallschirmjägern, den Rucksäcken und Schlafsäcken, um die fünf Marines zu verstecken, ein zweiter Lastwagen, um das Material und die fünf Mörserschützen aufzuladen, und der Geländewagen mit den Carabinieri der Eskorte. Zügig fuhren sie zum Übergang von Tayoune, wo Rocky, vom Mokkalikör niedergestreckt, schlief, so daß das rote Halstuch am Hals von Gigi il Candido blieb; vorsichtig, daß sie nicht auf das Beet der weißen Stute gerieten, überquerten sie die Rotunde, bogen in die Avenue Sami Sohl ein und gelangten in den Ostteil. Hier mußten sie einen nicht endenwollenden Weg zurücklegen, der sie zwang, vierzig Minuten lang im Zickzack durch das Viertel von Furn el Chebbak zu fahren, dann entlang der Eisenbahnlinie, bis sie ins Viertel von Hazmiye kamen, dann zur Galerie Semaan, die jetzt in den Händen der Amal war, danach die Strecke von dreihundert Metern, die der Kondor als eine-Art-Grauzone bezeichnet hatte, aber von wegen Grauzone! Hier wimmelte es von Belagerern. Amal-Milizionäre in den Uniformen der Sechsten Brigade, Soldaten der Sechsten Brigade mit dem grünen Band der Amal, Söhne Gottes, und zwar die mit dem schwarzen Band um die Stirn und dem Bildnis Khomeinis auf der Brust, alle feuerten sich zur Eroberung des Hügels an. Unter ihnen der Mullah, der den Sturm auf die Kirche von Saint-Michel angeführt hatte: ein Buckliger, mit karminrotem Turban und dem Koran am Schulterriemen. Er stürzte sofort auf den Geländewagen von Gigi il Candido zu.

«Habess, kontrollieren, habess!»

«Schert euch nicht um den! Reagiert nicht, schneidet nicht mal eine Fratze!» schrie Gigi il Candido.

Sie scherten sich nicht um ihn, und während er wütend hinter ihnen herrannte, bogen sie in die Straße ein, die nach Ost Ten hinaufführte, voller Schlaglöcher, die die Granaten des nächtlichen Gefechts aufgerissen hatten, und völlig verlassen. Verlassen auch die Wege, die zu den Villen der geflohenen Reichen führten, die schönen Olivenhaine, die Landsitze, die neben der Lindenlichtung lagen, der Lichtung, die die Oase von Rocco und Imaam gewesen war, und überall herrschte eine unheimliche Stille: die Stille, die den Ausbruch eines Gefechts ankündigt, so wie der dunkle Himmel den Ausbruch eines Gewitters ankündigt. Du konntest es direkt spüren, daß es bald zum Kampf kommen würde, und Gigi il Candido war sich dessen endgültig sicher, nachdem er mit den fünf Mörserschützen gesprochen hatte: die waren bereits im Erdgeschoß mit den Funkgeräten, den Landkarten, den Kompassen, den Nachtsichtgeräten, den Feldstechern, den Munitionskisten, den Waffen, den persönlichen Gegenständen, den Seesäcken von Joe Balducci und den vier Marines, die noch nicht heruntergekommen waren. Nein, der Hügel war durchaus nicht so verlassen, wie es aussah, sagten sie ihm. Auf den Wegen, in den Villen, in den Olivenhainen, auf den Landsitzen, die neben der Lindenlichtung lagen, waren die Soldaten der Achten Brigade. Ebenso in den verschiedenen Stockwerken des Wolkenkratzers. Sie waren frühmorgens gekommen, durch wer weiß welchen Durchschlupf in den Gäßchen von Hazmiye, wütend über den Verlust der Galerie Semaan, und hatten an den strategisch wichtigen Punkten drei Kompanien Gewehrschützen postiert, und es war leicht zu begreifen, daß sie diesen Stützpunkt nicht ohne weiteres aufgeben würden. Doch die Schiiten schienen ebenso entschlossen, ihn zu erobern. Das konnte man aus der Heftigkeit des Gefechtsfeuers schließen, das sie gegen zwei Uhr entfacht hatten.

«Ein unglaublicher Wirrwarr, Signor Colonnello!»

«Außer Granaten auch Katiuschas...»

«Eine hat das Dach des Wolkenkratzers gestreift. Wie durch ein Wunder hat sie uns nicht erwischt!»

«Und wissen Sie, wo sie runtergegangen ist? Auf dem Platz vor dem Konvent.»

«Auf dem Platz vor dem Konvent?!?»

«Ja, die Nonnen haben ganz schön was abbekommen, die ärmsten... Hoffentlich sind sie nicht tot.»

Gigi il Candido packte das *Mot à mot*, das er auf den Sitz des Geländewagens gelegt hatte.

«Ich lauf rüber und seh nach», sagte er. «In einer Viertelstunde bin ich wieder zurück. Sorgt ihr inzwischen dafür, daß die Amerikaner runterkommen, und packt euch mit eurem ganzen Zeug auf den zweiten Lastwagen.»

Dann gab er den Fallschirmjägern den Befehl, die Rucksäcke und Schlafsäcke abzuladen, und allen anderen, sich bereit zu halten, innerhalb der nächsten Viertelstunde abzufahren. Und mit Armando mit den goldenen Händen ging er zum Törchen hinüber.

* * *

Das Törchen war aus den Angeln gerissen und lag auf der Erde. Sie stiegen darüber hinweg, gingen auf den Platz zu, und dort angekommen, sahen sie sich bestürzt an. Die Katiuscha hatte ein so tiefes und breites Loch in den Platz gerissen, daß man, um daran vorbeizugehen, auf dem Kraterrand das Gleichgewicht halten mußte. Das Gebäude selbst war nicht wiederzuerkennen. Das Dach war halb zerstört, von dem die Regenrinnen in einem Gewirr verbogenen Metalls herabbaumelten; die Fassade von Einschüssen halb zertrümmert; zu Bruch gegangen die Fenster, die Schwester Madeleine morgens weit öffnete, um von dort ihr fröhliches Lachen erklingen zu lassen und zu trillern Un-peu-d'air-un-peu-de-soleil-pour-oublier-que-les-brutes-sont-ici; völlig zerstört die Kantine, in der sich Gino betrank und Gedichte über das Glück schrieb, das Glück, das ein Kloster in den Bergen des Himalajas ist; der Speisesaal wies riesige Löcher auf, und das Tor war zerstört, vor dem sich der Streit zwischen Schwester Milady und Armando mit den goldenen Händen abgespielt hatte, und danach die süße Versöhnung. Dort gingen sie hinein und standen auf einem Teppich aus Schutt und zerbrochenen Fensterscheiben, stiegen schnell die Stufen der früheren Antivergewaltigungsbarrikade hinauf, drangen in die zerstörten Klassenzimmer der ehemaligen Schule und des ehemaligen Kindergartens ein und riefen voller Angst nach den Nonnen.

«Schwester Milady! Schwester George, Schwester Espérance, Schwester Madeleine, sind Sie da?»

«Schwester George! Schwester Milady, Schwester Espérance, Schwester Madeleine, hören Sie uns?»

Niemand antwortete. Daraufhin stiegen sie in den zweiten Stock, und hier war die Zerstörung vollkommen. Rohre, aus denen Wasser tropfte, umgestürzte Möbel, zu Bruch gegangene Teller und Gläser.

Und anstelle der Decke in der Küche ein Stück höhnischer Himmel. Nur die Schlafzimmer hatten nichts abbekommen, sie waren völlig in Unordnung, als wären die, die dort schliefen, Hals über Kopf geflohen. Wieder riefen sie nach den Nonnen.

«Schwester George! Schwester Milady, Schwester Madeleine, Schwester Espérance, wir sind es!»

«Schwester Milady! Schwester George, Schwester Madeleine, Schwester Espérance, antworten Sie!»

Aber wieder antwortete niemand, und daraufhin gingen sie wieder ins Erdgeschoß hinunter, suchten in den verschiedenen Zimmern und dann in der Kapelle, die unversehrt aussah. Doch auf dem Altar war lediglich die kleine Statue mit dem Jesuskind, das sich die aus Livorno geschickten Orchideen eingestrichen hatte. Das Kruzifix und das Meßbuch waren weg, und aus dem Tabernakel, dem Hort des Allerheiligsten, fehlten sowohl die Monstranz als auch der Kelch und die Fläschchen für Wasser und Wein.

Sie warfen sich einen zugleich erleichterten und enttäuschten Blick zu.

«Sie sind geflohen», sagte Gigi il Candido. «Und wer weiß, wohin.»

«Vielleicht in den Keller», antwortete Armando mit den goldenen Händen. «Bei den Bombardements haben sie sich immer dorthin geflüchtet...»

«Möglich. Aber jetzt können wir sie nicht mehr suchen. Es ist spät, Armando. Wir müssen weg.»

«Einen letzten Versuch noch, Colonnello, bitte!»

«Wir müssen weg, sag ich dir!»

«Bitte, Colonnello, ich bitte Sie...»

Sie mußten wirklich gehen. Vierzehn Minuten waren vergangen, seit sie die Mörserschützen verlassen und gesagt hatten, daß sie innerhalb einer Viertelstunde wieder zurück wären, und sicher war Joe Balducci bereits mit seinen vier Marines vom Dach des Wolkenkratzers runtergekommen. Trotzdem lag in diesem Bitte-Colonnello-ich-bitte-Sie ein so verzweifeltes Flehen, daß Gigi il Candido selbst die Erkundung übernahm, und so liefen beide in den Keller hinunter. Ohne auch nur die Taschenlampe anzuknipsen, stürzten sie hinunter in den Flur, wo sich die Abstellkammern befanden, die die Syrer als Folterkammern benutzt hatten, hier blieben sie mit klopfendem Herz stehen. Aus der letzten Kammer links drang ein schwacher Lichtschein. Ein Schimmer, der von einer Kerze herrühren konnte.

«Schwester George! Schwester Milady, Schwester Espérance, Schwester Madeleine! Ich bin's, Gigì!»

«Schwester Milady! Schwester George, Schwester Madeleine, Schwester Espérance! C'est moi, Armandò!»

Und diesmal kam eine Antwort. Zuerst ein ersticktes Flüstern. Ce-n'est-pas-possible, das-ist-nicht-möglich... Je-ne-le-crois-pas, das-glaub-ich-nicht... Ce-sont-eux-je-vous-assure, sie-sind-es-ich-versichere-es-Ihnen... Darauf drei Schatten, die vorsichtig aus der Kammer herausschauten. Ein kleiner, zierlicher, ein ziemlich großer, schlanker und ein sehr großer, hagerer. Schließlich drei Gestalten, die vorsichtig auf sie zukamen und die im Licht der Kerze allmählich zu Schwester George, Schwester Milady und Schwester Espérance wurden. Alle drei schmutzig, verschmiert und mit unverschleiertem Kopf.

«Gigì!»

«Armandò!»

«Mes amis, meine Freunde!»

Die beiden Männer knipsten die Taschenlampe an. Sie betrachteten die Schwestern ungläubig. Mit unverschleiertem Kopf sahen sie nicht mehr wie Nonnen aus. Angefangen bei Schwester Espérance, die ohne den Schleier durch den unerwarteten Anblick ihres kurzen fuchsroten Herrenschnitts verblüffte. Das machte sie um mindestens zehn Jahre jünger, und jede Spur königlichen Hochmuts war verschwunden, die schroffe Kriegerin hatte sich in eine schöne, sportliche Frau verwandelt, die wer weiß warum in einem Nonnengewand steckte. Genauso überraschend war Schwester George. Denn eine rote Lockenmähne und ein zerzauster Pony machte aus der Bibliotheksmaus eine ganz und gar verschmitzte Hippiefrau, die das Nonnenkleid nur zum Spaß trug und die Brille mit Doppellinse aus reiner Koketterie. Ja, und Schwester Milady... Von wegen gotische Madonna! Mit dieser Flut kohlrabenschwarzen glänzenden Haars wurde sie zu einer erbarmungslosen Circe, deren Zauber du verfällst, noch bevor du dich in sie verliebst. Außerdem war der dunkle Flaum auf der Oberlippe verschwunden. Sie hatte ihn tatsächlich ausgezupft.

«Und Schwester Madeleine?» fragte Gigi il Candido, als er den Strahl der Taschenlampe in die Kammer fallen ließ, wo man lediglich das vom Altar genommene Kirchengerät erkennen konnte, das kostbare Kreuz mit Saphiren neben der Monstranz und an einem Nagel das kleine Bild, das Schwester George nach dem Waffenstillstand geschenkt bekommen hatte: das naive Bild, das den Olivenhang unterhalb der Offizierslatrinen darstellte. Armando mit den goldenen

Händen dagegen fragte nichts. Er schien wie hypnotisiert von der Circe mit dem kohlrabenschwarzen glänzenden Haar.

«Partie, rentrée en France. Abgereist, nach Frankreich zurückgekehrt», antwortete die schöne sportliche Frau mit dem kurzen, fuchsroten Herrenschnitt. «Elle avait trop peur, sie hatte zuviel Angst. Toujours dans le puits à prier, dauernd im Brunnen, um zu beten... Un bon père de Baabda est venu la chercher pour l'emmener au Rizk, soeur Françoise l'a tenue quelques jours chez elle, puis elle l'a accompagnée à Junieh et mise sur un navir direct à Marseille. Ein freundlicher Priester von Baabda ist gekommen, um sie abzuholen und ins Rizk zu bringen, Schwester Françoise hat sie ein paar Tage bei sich behalten, sie dann nach Junieh begleitet und auf ein Schiff nach Marseille gebracht.»

«Sie alle müssen ebenfalls abreisen, Schwester Espérance.»

«Jamais, niemals. J'ai déjà fait cette erreur, dans le passé, et je ne le répéterai pas. Ich habe diesen Fehler schon einmal in der Vergangenheit gemacht, und ich werde ihn nicht noch einmal machen.»

«Der Konvent ist halb zerstört, Schwester Espérance. Es gibt nicht einen einzigen Raum, in dem Sie wohnen können.»

«Nous logerons ici, wir werden hier wohnen. Nous avons tout ce qu'il nous faut, ici. Wir haben alles, was wir hier brauchen», sagte sie und deutete auf das Kreuz, das Meßbuch, die Monstranz, den Kelch und die Fläschchen mit Wasser und Wein.

«Schwester Espérance, hier gibt es nur ein paar geweihte Hostien, einen Schluck Wasser und einen Schluck Wein. Das würde nicht einmal für eine Zikade zum Überleben reichen.»

«Les chemins de la Proividence sont infinis, die Wege der Vorsehung sind unendlich, mon ami. Vous savez bien que Notre Seigneur Jésus Christ a multipié le pain et les poissons, ainsi que transformé l'eau en vin. Sie wissen doch, daß Unser Herr Jesus Christus das Brot und die Fische vermehrt und Wasser in Wein verwandelt hat.»

«Wir sind mit zwei Lastwagen und zwei Geländewagen hier, um die Mannschaft von Ost Ten wegzubringen, Schwester Espérance», schaltete sich Armando mit den goldenen Händen ein. «Wir können auch Sie mitnehmen. Wir können Sie im Viertel von Hazmiye oder von Furn el Chebbak absetzen und...»

«Merci, danke, Armandò. Mais je ne vous suivrai pas, aber ich werde nicht mit Ihnen kommen.»

«Aber jeden Augenblick kann eine Schlacht ausbrechen, Schwester Espérance», beharrte er und warf dabei einen Blick zu Schwester Milady hinüber.

«Elle ne sera la première bataille que je vis, das ist nicht die erste Schlacht, die ich erlebe, Armandò. J'en suis habituée aux batailles, moi. Also, ich bin an Schlachten gewöhnt.»

«Aber diesmal wollen die Schiiten den Hügel nehmen, Schwester Espérance. Und wer den Konvent hat, hat den Hügel», hakte nun Gigi il Candido ein und warf dabei einen Blick zu Schwester George hinüber.

«En ce que me concerne, voilà une énième raison pour tenir le territoire comme un bon soldat. Was mich angeht, ist das nur ein Grund mehr, das Terrain wie ein tapferer Soldat zu halten», sagte sie deutlich und entschieden.

«Wenn es nötig ist, ziehen sich tapfere Soldaten zurück, Schwester Espérance.»

«Pas les soldats de Dieu, nicht die Soldaten Gottes. Moi je suis un soldat de Dieu, cher ami. Ich bin ein Soldat Gottes, lieber Freund. Et je ne bouge pas, und ich beweg mich nicht vom Fleck.»

«Moi non plus, ich auch nicht», sagte die verschmitzte Hippiefrau mit der roten Lockenmähne, dem zerzausten Pony und den Doppellinsen, die sie aus Koketterie trug. «Le Bon Dieu nous a toujours protégée, der liebe Gott hat uns immer beschützt, et il continuéra à nous protéger. Und wird uns auch weiterhin beschützen. S'il ne continuera pas, tant pis. Nous nous protégerons toutes seules. Wenn er das nicht weiterhin macht, auch egal. Dann werden wir uns selbst beschützen.»

«A coups de pierres, mit Steinewerfen!» fügte die erbarmungslose Circe hinzu, deren Zauber du verfällst, noch bevor du dich in sie verliebst. «Moi je suis d'accord et je reste avec sœur Espérance et sœur George. Ich bin der gleichen Meinung und bleibe bei Schwester Espérance und Schwester George. Je préfère mourir plutôt que les abandonner. Lieber sterbe ich, als daß ich sie im Stich lasse.»

Gigi il Candido warf erneut einen Blick auf die Uhr und schreckte zusammen. Fast zwanzig Minuten, zwanzig, waren vergangen, seitdem er gesagt hatte Es-ist-spät-wir-müssen-gehen! Und sie mußten noch Abschied von den Schwestern nehmen, sie über ihre Abfahrt informieren, Schwester George das *Mot à mot* mit der Widmung überreichen ... Er hielt es ihr unvermittelt hin.

«Notre livre, unser Buch?» rief sie aus, verwundert darüber, es wiederzubekommen.

«Ja. Ich hab eine Widmung hineingeschrieben, Schwester George ...»

«Pour moi, für mich?»

«Für Sie, in französisch. Ich hoffe, daß nicht zu viele Fehler drin sind.»

«Ah! Il y en aura, die wird's geben, il y en aura!» lächelte sie bewegt. Dann rückte sie ihre Brille zurecht, näherte sich der Kerze, las die Widmung und: «Pas de fautes, keine Fehler, bravò... Merci... Mais pourquoi avez-vous écrit en-souvenir, aber warum haben Sie geschrieben in-Erinnerung?»

«Weil wir Beirut verlassen, Schwester George.»

«Quand, wann?!?»

«Bald, sehr bald, Schwester George.»

Ihre Augen, die durch die Brillengläser bereits riesig waren, wurden noch größer.

«C'est donc un adieu, das ist also ein Lebewohl?!?»

«Ja. Wir müssen Abschied nehmen, Schwester George.»

«Tout de suite, sofort?!?»

«Tout de suite, sofort. Die von Ost Ten warten schon über eine halbe Stunde auf uns. Und es ist gefährlich, sie dort zu lassen.»

Sie nahm die Brille ab und fing an zu weinen.

«Pas tout de suite, nicht sofort, pas tout de suite...»

«Es muß sein, Schwester George...»

«Mais moi je dois encore vous remercier pour la dédicace, aber ich muß Ihnen doch noch für die Widmung danken...»

«Sie haben mir bereits gedankt, Schwester George. Addio, Schwester George.»

«Vous savez, Gigì, l'âne n'étais pas un âne, der Esel war gar kein Esel... Il volait, er flog... Il volait aussi haut qu'une mouette, er flog so hoch wie eine Möwe... Et moi je l'amais autant bien... je l'aime autant bien... je l'amerai autant bien... Und ich hab ihn ebenso gern gehabt... habe ihn ebenso gern... werde ihn immer ebenso gern haben... J'ai même sauvé son petit tableau plein de tendresse, ich habe sogar sein kleines Bild, das voller Zärtlichkeit ist, gerettet...»

«Ich hab's gesehen, Schwester George... brechen Sie mir nicht das Herz, Schwester George.» Dann, an Schwester Espérance gewandt, die ihn wehmütig anblickte:» «Der Falke hat mich gebeten, Ihnen seine Grüße zu überbringen, Schwester Espérance. Soll ich ihm etwas von Ihnen ausrichten?»

Der wehmütige Ausdruck wurde hart.

«Oui. Dites au Faucon qu'il aurait du venir avec vous et Armandò. Sagen Sie dem Falken, er hätte mit Ihnen und Armandò kommen müssen. Dites-lui que j'aurais bien voulu l'embrasser, sagen Sie ihm, ich hätte ihn gern umarmt... Non, pas ça. Nein, das nicht. Ce que j'aurais voulu n'a pas d'importance, was ich gewollt hätte, ist nicht wichtig ... Dites-lui qu'il faut avoir du courage, que rien dans la vie compte plus que le courage, que la vie sans le courage n'est pas vie. Sagen Sie ihm, daß man mutig sein muß, daß nichts im Leben so wichtig ist wie der Mut, daß das Leben ohne Mut kein Leben ist.»

«Ich werde es ihm sagen, Schwester Espérance. Addio, Schwester Espérance.»

«Adieu, mon ami.»

«Noch einmal Addio, Schwester George ...»

«Adieu ... Gigì ... Adieu ...»

«Addio, Schwester Milady.»

«Je vous accompagne, ich begleite Sie», antwortete sie entschlossen. Dann wartete sie, bis sich auch Armando mit den goldenen Händen verabschiedet hatte, verließ den Keller, gelangte auf den früheren Platz, und hier blieb sie stehen.

«Je vous en prie, ich bitte Sie, mon colonel. Laissez-moi quelques instants seul avec lui, lassen Sie mich ein paar Augenblicke mit ihm allein.»

«Ja, meine Teure», flüsterte Gigi il Candido, berührte bewegt ihre Wange und eilte fort.

Der Abschied zwischen Schwester Milady und Armando mit den goldenen Händen war ein Abschied ohne Worte. Nichts war dem hinzuzufügen, was in der Kapelle, die sich mit der Zentrifugalkraft von 12 g gedreht hatte, vor einem Monat gesagt worden und geschehen war, und in bestimmten Fällen sind Worte überflüssiger Ton. Ein lästiges Geräusch. Schweigend nahm Armando sie in die Arme, schweigend streichelte er ihre Oberlippe, die nun keinen Flaum mehr hatte, schweigend suchte er ihren Mund, schweigend bot ihn Schwester Milady ihm dar. Und die unheimliche Stille auf dem Hügel, die Stille, die im Krieg den Ausbruch einer Schlacht ankündigt, so wie der dunkle Himmel ein bevorstehendes Gewitter ankündigt, wurde zu einem himmlischen Frieden, der beide für alles entschädigte: für die vertane Zeit, in der sie wechselseitig ihre sehnsüchtigen Rufe zurückgewiesen hatten; für das sie Opfer gebracht hatten, um die bereits eingegangenen Bindungen und Verpflichtungen zu halten; für die Schlacht, die schon bald über Milady hereinbrechen und sie der Brutalität der Sieger ausliefern würde; und sogar für das Schiff, das ihn schon bald wegbringen, ihn zunächst der Verzweiflung, danach der Resignation und dann der immer schwächer werdenden Erinnerung an eine durch andere Liebschaften, andere Zuneigungen, andere Begegnungen verdrängten Liebe überlassen würde. Die Liebe zu einer

Novizin, die er in Beirut kennengelernt und verloren hatte. Das Bewußtsein, daß sich die Zukunft jetzt in einem Ereignis von wenigen Augenblicken konzentrierte, verwandelte alles Häßliche in Schönes, jede Disharmonie in Harmonie. Und in dem von der Katiuscha aufgerissenen Loch miaute eine verwundete Katze vor Schmerz. Ihnen aber kam es vor, als würden sie ein Miauen der Freude vernehmen. Um die vom Bombardement geschwärzten Bäume summte wütend eine Hummel. Ihnen aber kam es vor, als würden sie den Gesang einer glücklichen Nachtigall hören. Und wie ein himmlischer Chor erschienen ihnen die Streitereien, Obszönitäten und Unflätigkeiten, die vom Erdgeschoß des Wolkenkratzers herüberschallten.

«Call your fuckin' colonel and let's get out of this fuckin' trap, fuckin' wops! Ruft euren Oberst, diesen Ficker, und machen wir, daß wir aus dieser verfickten Falle rauskommen, ihr verfickten Spaghettifresser!»

«Load us on the fuckin' truck and let's leave, fuckin' motherfukkers! Ladet uns auf den verfickten Lastwagen, und laßt uns abfahren, ihre verfickten Mutterficker!»

«Put your fuckin' ass in gear and let's move, fuckin' assholes! Setzt euren verfickten Arsch in Gang und laßt uns abhauen, ihr verfickten Arschlöcher!»

«Fuckin' dagos! Fuckin' cocksuckers! Spaghettifressende Ficker. Verfickte Schwanzbläser!»

«Jetzt hör sich einer diese undankbaren Mistviecher an!»

«Schwanzbläser, Spaghettifresser, Arschlöcher und Mutterficker, das seid ja wohl ihr!»

«Geht wieder nach Afrika oder Alabama und polkt euch die Flöhe aus dem Fell, haut ab, ihr Affen, ihr Gehörnten!»

«Geht doch scheißen, ihr Faschisten! Ihr stinkenden Imperialisten!»

«Ihr ausgefransten Ärsche! Ihr geilen Schwänze!»

«Shut up all of you! It's an order, shit! Shit! Shit! Shit! Haltet alle die Klappe! Das ist ein Befehl, Scheiße noch mal! Scheiße! Scheiße! Scheiße!»

* * *

Die vier Marines waren wegen der Verzögerung aufs äußerste gereizt, außerdem hatten die Waffen ein enormes Gewicht: die geschulterten M16 und die 45er Colts am Gürtel, die mit Klebeband an den Helmen befestigten Magazine und die ans Knie gebundenen Camillus-Dolche, zu ihren Füßen hatten sie ein Arsenal von Granatwerfern, Handgranaten, Bazookas, Bazooka-Granaten, Patronengürtel, außerdem ihr ganzes Gepäck und die Funkgeräte und Landkarten und Nachtsichtgeräte. So stritten die vier Marines mit den Fallschirmjägern herum. Und Joe Balducci war nicht in der Lage, die Auseinandersetzung zu schlichten. Zudem war er selbst genauso wütend, daß er sein Shit-Scheiße-Shit nur so rausballerte, und zwar noch heftiger, als seine Männer ihr übliches Fucking und Fucker und Fuck-you rausballerten. Shit! Ganze vierzig Minuten, shit! Eine Schlacht stand bevor, und der Wolkenkratzer war vollgepackt mit Regierungssoldaten, unter denen sich Verräter oder Khomeinianhänger befinden konnten, shit! Die fünf von Rubino waren schon längst auf dem Lastwagen der Carabinieri, und er stand hier noch rum und wartete darauf, daß der Signor Colonnello fertig wurde, irgend so eine Tussi in Kutte durchzuvögeln, shit! Shit, shit, shit! Und als Gigi il Candido zurückkam, schmerzerfüllt über den Abschied von Schwester George, stürzte sich Joe Balducci fast auf ihn.

«Colonnello! Wir hier uns Eier kratzen fünfundvierzig Minuten, shit! Wo du gewesen, shit?!?»

«Das ist meine Scheißangelegenheit, Joe. Paß auf, was du sagst, und sag deinen Männern, sie sollen sich hinten auf den Lastwagen legen. Mach schon!»

«Legen, lie down?!?»

«Leidaun, leidaun! Drei mit dem Kopf zur Fahrerkabine, und du und ein anderer mit dem Kopf zur Seitenwand. Understand?»

«No. Ich no understand, Colonnello. No kapiere, warum hinlegen, lie down.»

«Ihr sollt euch hinlegen, leidaun, damit ich euch mit den Schlafsäcken und den Rucksäcken zudecken kann. Klar?»

«Mit Rucksäcken und Schlafsäcken?!?»

«Jawohl, mein Herr. Und oben auf die Schlafsäcke und die Rucksäcke knall ich dann die Ärsche der Fallschirmjäger.»

«Ärsche der Fallschirmjäger?!?»

«Ja, ich setz die Fallschirmjäger obendrauf.»

«Sitzen, sit down?!?»

«Sitzen, sitdaun, jawohl! Sie oben, ihr unten drunter! Unten drunter versteckt! Willst du dich endlich bewegen oder nicht?!?»

Joe Balduccis rosiges Gesicht färbte sich violett.
«No!»
«Nooo?!?»
«No, ich no tun das! I am a Marine, ich bin ein Marine! Marines no sich verstecken unter verfickte Arsch von Ficker Fallschirmjäger! Marines no sich verstecken unter verfickte Arsch von keiner!»
«Marine oder nicht Marine, du mußt es.»
«Never! Niemals, never!»
«Du hast keine andere Wahl, Joe. Sonst sehen sie euch, erkennen sie euch. Und zumindest kommt's dann zu einer Prügelei.»
«Ich keine Angst für Prügelei! I am a Marine, ich bin ein Marine! Ich kämpfen!»
«Joe, weder dein Kommando noch meins wollen einen Krieg führen, um euch nach Hause zu bringen. Also, sag deinen Männern, sie sollen auf den Lastwagen klettern und sich so hinlegen, wie ich's gesagt habe. Understand?!?»
«No understand.»
Aber dann begriff er nach und nach doch.
«Colonnello, du sicher, dein Plan funktionieren?»
«Ganz sicher.»
«Denn wenn nicht funktionieren, ich und meine Männer schießen.»
«Ich und meine Männer auch, Joe. Aber soweit wird es nicht kommen, wirst schon sehen. Nimm mein rotes Halstuch.»
«Dein rotes Halstuch?!?»
«Ja, denn es ist ein Glücksbringer, Joe. Der beste Talisman. Und wir brauchen bald viel Glück. Los, bind es dir um den Hals. Mach einen schönen Knoten.»
«O. k., Colonnello ...»
Joe Balducci machte einen schönen Knoten. Mit dem roten Tuch um den Hals befahl er den vier Marines, Waffen und Gepäck zu verstauen, mit einer weiteren Serie von Shit-Scheiße-Shit überzeugte er sie, sich in der vorgeschriebenen Weise hinzulegen, genauer gesagt drei mit dem Kopf zur Fahrerkabine und einer mit dem Kopf zur Seitenwand, mit einem tiefen Seufzer legte er sich neben letzteren und knurrte ready-fertig. Dann deckten die Fallschirmjäger die Marines mit Rucksäcken und Schlafsäcken zu und lösten neue Streitereien, neue Obszönitäten, neue Unflätigkeiten aus, als sie sich auf sie setzten. «Get your fuckin' ass off my fuckin' stomach, you fuckin' mother-fucker! Geh mit deinem verfickten Arsch von meinem verfickten Bauch runter, du Mutterficker!»

«Du bist ein Ficker, du Scheißkerl! Und sprich ja nicht über meine Mutter, sonst scheiß ich dir auf den Bauch, kapiert?!?»

«Get your fuckin' feet off my fuckin' face, you fuckin' cocksucker! Geh mit deinen Fickerfüßen von meinem Fickergesicht runter, du verfickter Schwanzbläser!»

«Du bläst Schwänze, du Mistvieh! Und wenn du damit nicht aufhörst, ramm ich dir meinen in den Rachen, klar?!?»

«Go and fuck yourself, fuckin' dago! Geh und fick dich selbst, du verfickter Spaghettifresser!»

«Geh du doch, du ausgefranster Arsch!»

Schließlich setzte sich der kleine Konvoi in Bewegung, an der Spitze der Geländewagen von Gigi il Candido und Armando mit den goldenen Händen, der totenbleich zurückgekommen war. In weniger als einer Minute ließ er den Wolkenkratzer hinter sich, den Konvent, die schönen Olivenhaine, die Wege, die zu den Villen der geflüchteten Reichen führten, die Landsitze, die an die Lindenlichtung grenzten, die Gewehrschützen der Regierungstruppen, Schwester Espérance, die Vorbereitungen traf, um ihr Gebiet wie ein tapferer Soldat zu verteidigen, Schwester George, die über die Widmung auf dem Vorsatzblatt des *Mot à mot* weinte, Schwester Milady, die lieber starb, als ihre Mitschwestern im Stich zu lassen, und war wieder auf dem dreihundert Meter langen Stück angekommen, das der Kondor als eine-Art-Grauzone definiert hatte. Wieder suchte er sich seinen Weg durch das Gedränge der Belagerer, die Amal in den Uniformen der Sechsten Brigade, die Soldaten der Sechsten Brigade mit dem grünen Streifen der Amal und die Söhne Gottes mit dem schwarzen Band um die Stirn und dem Bildnis Khomeinis auf der Brust, die sich zur Eroberung des Hügels anfeuerten, wieder beachtete der Konvoi nicht die Halt!-Rufe des buckligen Mullahs mit dem karminroten Turban und dem am Schulterriemen hängenden Koran, Habess-kontrollieren-habess, und bog in die Galerie Semaan ein, die jetzt in der Hand der Amal war. Er fuhr an der von der Achten Brigade errichteten Straßensperre vorbei, gelangte wieder ins Viertel von Hazmiye, fuhr die Straße an der Eisenbahnlinie entlang und kam dann ins Viertel von Furn el Chebbak, darauf in die Avenue Sami Sohl, erreichte Tayoune, wo seit einigen Minuten keiner mehr schoß, so daß Angelo gleich das Freie-Fahrt!-Zeichen gab. Und das Unvermeidliche geschah gleich darauf. Denn am Schlagbaum stand Rockys gesamte Mannschaft mit Rocky, der sich von seinem kleinen Besäufnis mit dem Mokkalikör wieder erholt hatte und den Schal verlangte.

«Ana badi fulàra.»

«Ana badi fulàra?!?»

In Gedanken immer noch bei Schwester George, sah Gigi il Candido ihn so erstaunt an, wie jemand, der eine Alarmglocke läuten hört und nicht begreift, um welchen Alarm es sich handelt. Wer war der da, und was bedeutet Ana-badi-fulàra?

«Fulàra. I fulàra, mein fulàra.»
«I fulàra, dein fulàra?!?»
«Na'am, ja. Fulàra ahmara.»
«Fulàra ahmara?!?»
«Fiche-moi le camp et lève la barre, babouin, tête de linotte, troglodyte! Geh mir aus dem Weg und mach die Schranke auf, du Pavian, Rübenkopf, du Neandertaler!» schrie Bernard le Français, während die Fallschirmjäger, die auf Joe Balducci und den vier Marines saßen, ihre M12 in die Hand nahmen und die Carabinieri der Eskorte absprangen und in Schußposition gingen. Doch Rocky ließ das kalt. Pavian oder nicht, Rübenkopf oder nicht, Neandertaler oder nicht, er hatte seinen Schuldner wiedererkannt, und dieses Mal würde er sich nicht mit Bonbons oder Zigaretten oder einschläfernden Likören abspeisen lassen. Er würde das erhalten, was ihm zustand und worauf er schon seit Wochen wartete.

«Na'am, ja. Là fulàra, là iawaz.»
«Là fulàra là iawaz?!?»
«Il dit rien foulard rien passer, er sagt ohne Halstuch kein Passieren, mon colonel!» erklärte Bernard le Français voller Zorn. «Il fait toujours comme ça, er macht das immer so! Il est fixé avec un foulard et à chaque convoi il nous emmerde, er ist auf ein Halstuch fixiert, und bei jedem Konvoi geht er uns gewaltig auf die Nerven!»

«Ein Halstuch...?»
«Oui, un foulard rouge, ein rotes Halstuch!»
Ein rotes Halstuch?!? O Gott, das war Rocky: der Verrückte, dem er wider besseres Wissens seinen Glücksbringer versprochen hatte. Und wenn er ihm den nicht geben würde, würde er sie nicht durchlassen: daran bestand kein Zweifel. Dann würden Fallschirmjäger und Carabinieri das Feuer eröffnen, Joe Balducci und die vier Marines würden aus ihrem Versteck herausspringen, um bei diesem Tohuwabohu mitzumachen, die fünf Mörserschützen würden das gleiche tun, und das, was anfangs nur nach einer Schwierigkeit aussah, würde sich in eine Tragödie verwandeln. Der Verrückte hatte ungefähr zwanzig Leute: gut ausgerüstet mit Kalaschnikows und RPGs. Und viele andere standen hinter den Bäumen der kleinen Allee. Als Gigi il Candido Schwester George endlich vergessen hatte, unterdrückte er einen

Fluch. Dann, entschlossen, die Tragödie zu verhindern, befahl er, die Gewehre zu senken. Er kratzte die paar arabischen Brocken zusammen, die er konnte, und stieg mit einem breiten Lächeln aus dem Geländewagen.

«Ah! Inta Rocky, du bist Rocky! Sadiqi Rocky, mein Freund Rocky!»

«Na'am. Wa ana badi i fulàra. Ja. Und ich will mein Halstuch», antwortete Rocky unbeeindruckt. «Mish takazzar i fulàra, erinnerst du dich nicht an mein Halstuch?»

«Takazzar, ich erinnere mich, takazzar!»

«Wa lesh mish andak, und warum hast du es nicht?»

«Andi, ich hab es, andi!»

«Andak fen, wo hast du es?»

«Huna, hier huna!»

Unterdessen näherte er sich dem Lastwagen der Marines, stellte sich an die Seitenwand und richtete, fast ohne die Lippen zu bewegen und so, als spräche er mit sich selber, angstvolle Appelle an Balducci.

«Das rote Halstuch, um Gottes willen, das rote Halstuch! Gib es mir, Joe, sonst endet das hier alles ganz schlimm! Dann kommt's zu 'ner Prügelei! Schnell, Joe, schnell, hörst du mich nicht? Hast du Wachs in den Ohren, Herrgottnochmal?!?»

Aber Joe Balducci hörte sehr wohl. Und trotz des Gewichts, das ihn erdrückte, das ihn hinderte, Hände und Arme zu bewegen, war es ihm bereits gelungen, den Knoten aufzumachen und sich den verdammten Glücksbringer vom Hals zu ziehen. Wie ein Keimling, der sich seinen Weg durch das Dunkel des Erdreichs sucht und ganz allmählich nach oben dringt, zwischen Steinen und Erdschollen hinaufklettert, um an die Oberfläche zu gelangen, aufzuspringen und eine Pflanze zu werden, so drängte sich das rote Halstuch durch Schlafsäcke und Rucksäcke. Zentimeter für Zentimeter, Shit für Shit, trieb es nach oben, drang auf eine kleine Lichtöffnung zu, eroberte sie, schaute sich vorsichtig um, brach zwischen den Beinen eines Fallschirmjägers hervor, der es mit einem Schrei ergriff.

«Hier ist es, Signor Colonnello!»

Und Gigi il Candido ergriff es mit einem weiteren Schrei und warf es Rocky hin.

«Hier, du miese Ratte, da hast du es!»

Und Rocky schnappte sich es ekstatisch, befahl seinen Männern, die Rotunde freizumachen, stürzte zur Schranke und machte sie auf.

Der Konvoi passierte mit derartiger Geschwindigkeit, daß die weiße Stute zum ersten Mal seit dem Tag, an dem die Konvois begonnen hatten, erschrak und wieherte. Mit großer Geschwindigkeit fuhr der Konvoi in die kleine Allee, die in die Rue Argàn mündete, raste in die Avenue Nasser, überquerte die Rotunde an der Überführung, bog in die Rue de l'Aérodrome ein, gelangte zum Flughafen, fuhr daran vorbei, erreichte den amerikanischen Kommandostützpunkt oder das, was von ihm übriggeblieben war, und fuhr hinein. Und während aus den unter den Trümmern ausgehobenen Gräben Freudenflüche zu hören waren, sprangen die Fallschirmjäger herunter. Sie nahmen die Rucksäcke und Schlafsäcke weg und gruben Joe Balducci und seine vier Marines aus. Dann umarmten die Spaghettifresser die Fikker, die verfickten Arschlöcher, die Mutterficker und Schwanzbläser die ausgefransten Ärsche, die geilen Schwänze, die Gehörnten, die Affen, die Stinker, die Faschisten und Imperialisten, und Gigi il Candido wurde im Triumphzug herumgetragen.

«You did it, son of a gun! Du hast es geschafft, du Hundesohn!»

«You got balls, old fart! Du hast Eier im Sack, du alter Furz!»

«You are a devil, man! Du bist ein Teufel, Mann!»

«Thank you, brother. Danke, Bruder.»

In der Zwischenzeit bauten die eintausendzweihundert Soldaten die Stützpunkte weiter ab. Von Minute zu Minute wurde die kleine Stadt in Kisten gepackt, verkleinerte sich zunehmend, verschwand, löste sich auf wie eine Fata Morgana, wie ein gescheiterter Traum, und auf dem Kai des Hafenbeckens West erstand eine andere kleine Stadt: eine imaginäre Siedlung, auf die die Hoffnung übertragen wurde, daß man nicht in einem Sarg nach Hause zurückkehrte. Kleine Glockentürme, Wolkenkratzer en miniature, Gebäude, die man mit dem Fernglas der Phantasie betrachten mußte, die fröhlichen Wälle, die das Kontingent während der Einschiffung beschützen sollten. Fröhlich, weil die Container unterschiedlich groß waren, unterschiedliche Farben hatten, und weil sie Pistoia nach Lust und Laune aufbaute: einen großen neben einem kleinen, einen gelben neben einem blauen, einen grünen neben einem scharlachroten. Von der Straße oder vom Meer aus gesehen, wirkten sie wie die in den Farben des Regenbogens angemalten Türme einer Art von San Gimignano, und er brüstete sich lauthals damit.

«Is doch 'n Schmuckstück, oder? Man sieht, daß ich 'n Künstler bin!»

* * *

Er brüstete sich allerdings ohne Begeisterung. Verhalten. Seit das dritte Motorboot den Abzug überschattete, war er nicht mehr Pistoia. Seine Fröhlichkeit klang aufgesetzt, seine Überheblichkeit wirkte angestrengt, und seine amouröse Vitalität, die ein Jahr lang sein Casanova-Marathon möglich gemacht hatte, war so dahingewelkt, daß er die Zeit bei seinen drei Freundinnen damit verbrachte, sich selbst zu bemitleiden. Verdammt-soll-ich-sein-und-der-Tag-an-dem-ich-mich-für-diesen-Beruf-entschieden-hab. Verdammt-soll-ich-sein-und-der-Tag-an-dem-ich-hierhergekommen-bin. Nicht zufällig zog Caroline, die mit dem sexuell trägen Falangisten verheiratet war, jetzt ihren Ehemann Pistoia vor. «Besser als gar nichts ...» Geraldine, die junge und unerfahrene, die der argwöhnischen Mutter erst entrissen werden mußte, protestierte nur noch. «Vögeln wir denn auch heute nicht, Pistoia?!?» Und Joséphine, die er als Dampfkochtopf bezeichnet hatte, eine-die-dir-im-Bett-keine-Evangelien-herpredigt, hatte das Gerücht verbreitet, er sei impotent geworden: «Der Arme, er ist zusammengefallen wie ein verunglücktes Soufflé.» Doch vor allem gefiel es ihm nicht mehr, im Krieg zu sein. Es machte ihm keinen Spaß mehr, den grausamen Sport auszukosten, der die Jagd aller Jagden, die Herausforderung aller Herausforderungen, die Wette aller Wetten ist: die Herausforderung des Todes, die Wette mit dem Leben. Er verurteilte Guelfen wie Ghibellinen, er pfiff auf die Schlacht von Montaperti, verfluchte die Kreuzzüge, sagte, Gottfried von Bouillon sei nicht besser gewesen als der grausame Saladin, und Tankred von Altavilla habe sich in Jerusalem aufgeführt wie ein Räuber und Schlächter ...

Und damit kommen wir zur Etappe vom Freitag.

– 6 –

Die Etappe vom Freitag ist wichtig wegen des Preises, den der Falke, mit Salvatore Bellezza, Sohn des verstorbenen Onofrio, als Komplizen, zahlte, um sich der immer wieder umgangenen oder aufgeschobenen Großen Prüfung zu unterziehen. Jedenfalls gehört dazu ein Ereignis, das hinreichend beweist, wie unvergleichlich, unnachahmbar, unübertroffen und ewig die Niedertracht des Menschen ist: das Martyrium der weißen Stute. So kommt es, daß wir damit beginnen. Und hier ist, in Kürze, die Geschichte. Es war eine ruhige Nacht in Tayoune. Wer weiß, warum niemand niemanden umgebracht hatte, und die Scharfschützen der sich bekämpfenden Parteien hatten sich unbeschreiblich gelangweilt. Um diese Langeweile also wettzumachen, fingen sie beim ersten Morgengrauen wieder mit dem sadistischen Scheibenschießen an, auf das die Schimmelstute so reagiert hatte, als wären die Kugeln, die um sie herumflogen, Bremsen oder Fliegen, die sich mit einem Schlag des weichen Schweifs verjagen ließen, und bald schon wurde auf der Rotunde ein schrilles Wiehern hörbar: fast wie der Schrei einer Frau, die gebiert oder vergewaltigt wird. Möglich, daß das Spiel, sie nur zu streifen und sonst nichts weiter, wegen des Morgendunstes nicht gelungen war, so daß eine Schwester der 7,62er, die Ninette getötet hatte, nicht ins Gras schlug, sondern die mächtige Kruppe der Stute traf. Eine weitere die rechte Schulter. Gleich darauf bohrte sich eine Schwester der 5,56er, die Roccos Gehirn durchschlagen hatte, in den linken Schenkel, wo sie eine breite tiefrote Wunde riß, und wahnsinnig vor Schmerz, bäumte sich die weiße Stute auf: in der Hoffnung, die drei glühenden Steine abzuschütteln, sprang sie aus dem Beet und galoppierte im Kreis darum herum, und damit begann das eigentliche Martyrium. Dieses bewegliche Ziel war eine unglaubliche Versuchung: dieser große, feste und zugleich feine Körper, der da so verzweifelt im Kreis herum galoppierte, diese lange blonde Mähne, die in seidenweichen Lichtfluten wogte, und dieser schöne Kopf, der sich, auf der Suche nach Rettung, nach vorne streckte. Es war eine Einladung, die Zügel der Grausamkeit und der Feigheit schießen zu lassen: sie konnten es doch nicht zulassen, daß sie mit gerade mal drei Verletzungen davonkam! Und dies eine Mal waren sich Moslems und Christen einig, dies eine Mal vergaßen sie ihren Haß aufeinander, griffen voller Entschlossenheit zu ihren Gewehren mit Zielfernrohr. Voller Entschlossenheit stützten sie sich auf Mäuerchen und auf Vorsprünge zerschossener Fenster und vereinten sich in dem Unternehmen, die weiße Stute zu zerfetzen, ohne auf den Kopf oder das Herz zu zielen, weil sie sonst ja auf der Stelle tot und der Spaß, der Zeitvertreib, die Ablenkung damit zu Ende gewesen wären. Und so feuerten sie einen ganzen Hagel glühender Steine auf sie ab. Tum-tum-tum! Päng-päng-päng! Ding! Ding, Ding! Da blieb sie stehen. Mit zerlöchertem Bauch, zerschossenem linken Sprunggelenk, zerrissenem rechten Knie, klaffendem Rist und zerfleischtem Rücken kehrte sie wieder auf das Beet zurück. Blutüberströmt, hilflos der Einsicht ausgeliefert, daß sich zu verteidigen oder zu fliehen nichts half, weil die Menschen abgrundtief böse sind, weil die menschliche Niedertracht überall zu Hause ist, unvergleichlich, unnachahmbar, unübertroffen und ewig, und der

Tod die einzige Zuflucht, um Rettung zu finden, und so legte sie sich mitten ins Gras: sie war daheim. Und hier atmete sie schwer, prustete, schnaubte, verblutete langsam und litt immer mehr: die riesigen violetten Augen, Ninettes Augen, weit aufgerissen zu einem Blick, der zu fragen schien: was hab ich nur Böses getan? Was?!? Warum sterbe ich nicht, warum kann ich nicht sterben? Warum? Sie lebte noch, als Angelo und Bernard le Français nach Tayoune kamen.

«Assassins! Vers puants! Mörder, stinkende Würmer! Bêtes hideuses, Bestien! Hyènes, Hyänen!» schrie Bernard le Français mit tränenerstickter Stimme.

Auch auf Rocky und Rockys Amalleute war er wütend. Salauds, voyoux, pusillanimes, Drecksäcke, Schufte, feiges-Pack, qu'est-ce-qu'il-fallait-pour-l'aider, was-kostete-es-denn-ihr-zu-helfen. Angelo dagegen verschloß sich in sein versteinertes Schweigen. Er machte den Mund nur auf, um zu sagen, daß man sie mit Kopfschuß töten müsse.

«Übernimm du's, Bernard.»

Doch Bernard war dazu nicht fähig. Je-ne-peux-pas, ich-kann's-nicht, je-ne-peux-pas. Und die arme schöne Kreatur, die nie jemanden belästigt hatte, stöhnte weiter, prustete, schnaubte, verblutete und litt noch zwei Tage und eine Nacht. Das heißt, bis eine barmherzige Hyäne sie von weitem mit zwei Salven aus einer Kalaschnikow köpfte.

Wirklich barmherzig? Wer die Menschen kennt und sich folglich keinen Illusionen über sie hingibt, hat jedes Recht, daran zu zweifeln, daß es auf dieser Welt wirklich ein Gefühl gibt, das Erbarmen heißt. Wie dem auch sei, kehren wir zum Falken zurück, der sich während dieses Martyriums mit einer Gewissensprüfung quälte, bei der er kein Erbarmen mit sich selbst kannte.

*   *   *

Dites au Faucon qu'il faut avoir du courage, que rien dans la vie compte plus que le courage, que la vie sans le courage n'est pas vie. Sagen Sie dem Falken, daß man mutig sein muß, daß nichts im Leben so wichtig ist wie der Mut, daß das Leben ohne Mut kein Leben ist. Und davor noch: Dites-lui qu'il aurait du venir avec vous et Armandò, que j'aurais bien voulu l'embrasser. Sagen Sie ihm, daß er mit Ihnen und Armando hätte kommen müssen, daß ich ihn gern umarmt hätte. Sie hatte sich von Gigi il Candido mit diesem Vorwurf verabschiedet. Und was den Mut betraf: welch eine Lektion hatte sie ihm mit ihrer Weigerung, sich in Sicherheit zu bringen, erteilt, es war eine Ohrfeige. Moi-je-suis-un-soldat-de-Dieu-et-je-ne-bouge-pas. Ich bin ein Soldat Gottes, und ich bleibe hier. Alle drei hatten sie sich geweigert, alle drei hatten ihm eine Lektion im Mut erteilt, die eine Ohrfeige war, aber sie, Schwester Espérance, entschied. Sie war es, die das Beispiel gab. Hätte sie sich zur Flucht entschlossen, wären auch Schwester George und Schwester Milady geflohen und ... Natürlich zerriß es ihm das Herz, sie, ja, alle drei im leeren, halbzerstörten Konvent zu wissen, eingeschlossen in einem dunklen Kellerraum, der Gnade derer ausgeliefert, die den Hügel erobern würden. Natürlich stockte ihm der Atem, wenn er daran dachte, was ihm Gigi il Candido erzählt hatte, und er litt unter den Qualen der Reue. Es war die Schande dieses Vorwurfs, der Schmerz, den er spürte, als er begriff, inwieweit Schwester Espérance begriffen hatte, daß er keinen Mut hatte. Und das alles, ohne das Unbehagen zu berücksichtigen, das ihm der Triumph seines Vize bereitete. You did it, son of a gun! You got balls, old fart! You're a devil, man! Thank you, brother! Wenn er doch gestern morgen die vier Worte ausgesprochen hätte, die ihm auf der Zunge lagen, Ich-komme-auch-mit, dann hätte er auch etwas von diesem Triumph abbekommen. Aber er hatte sie nicht ausgesprochen. Er war nicht mitgegangen. Wie immer, hatte er die bequeme Vorhölle dessen vorgezogen, der weder gewinnt noch verliert. Und nicht verliert, weil er nicht gewinnt, und nicht gewinnt, weil er nicht spielt, und nicht spielt, weil er nicht wagt, und nicht wagt, weil er nicht lebt. Und nicht lebt, weil er keinen Mut hat.

Er horchte auf das Echo von Granateinschlägen, das von Hazmiye herüberkam, Zeichen dafür, daß die Schlacht um den Besitz des Hügels begonnen hatte, und das machte seine Qual unerträglich. Die Vorhölle dessen, der nicht lebt, weil er keinen Mut hat, ja. Die Vorhölle dessen, der sich nie exponiert, sich nie kompromittiert, nie etwas riskiert, also weder Lob noch Tadel erntet: der kommt weder ins Paradies noch in die Hölle. Die Vorhölle dessen, der immer neutral bleibt, immer Zuschauer ist, immer sicher hinter dem Fenster steht, von wo aus er die wenigen betrachtet, die sich exponieren, sich kompromittieren und etwas riskieren. Die Vorhölle dessen, der Angst hat und sich aus Angst sogar den Trost des Abschieds versagt: übermitteln-Sie-der-Schwester-Oberin-meine-Grüße. Die Vorhölle der Feiglinge. Ich und die Angst, wir sind alte Freunde, sagte er sich auf der Offizierslatrine, um seine Verstopfung zu rechtfertigen. Freunde aus Kindertagen, treue Freunde, Freunde, die sich an allen Orten und bei allen Gelegenheiten begegnen: auf den Straßen in Aufruhr, wo man dich mit Eisenstangen und mit kiloschweren Steinen und Molotowcocktails angreift, bei den scharfen Rügen von Generälen, die dich mit ihrem Gebrüll fast taub machen, beim Warten vor dem Absprung mit dem Fallschirm. Doch den Straßen in Aufruhr stelle ich mich, auf die scharfen Rügen der Generäle antworte ich, mit dem Fallschirm springe ich. Also bin ich kein Feigling. Und diese Selbstverteidigung besaß durchaus ihre Logik. Es stimmt, daß Angst nicht gleichbedeutend ist mit Feigheit, es stimmt, daß Mut oftmals aus der Angst erwächst, daß er eigentlich in der Überwindung der Angst besteht. Schlimm war nur, daß sich diese Selbstverteidigung auf eine Vergangenheit bezog, deren Prüfungen unerheblich waren: in der Stadt, in die er mit dem Vorsatz gekommen und zurückgekehrt war, sich der Großen Prüfung zu stellen, war er allen Gelegenheiten ausgewichen, die Angst zu überwinden. Allen. Außer auf der Offizierslatrine hatte er niemals etwas unternommen, um sich selbst und anderen zu beweisen, daß der Mut oftmals aus der Angst erwächst, daß Angst nicht gleichbedeutend ist mit Feigheit. Nichts hatte er vollbracht, was ihm erlaubt hätte zu sagen Ich-bin-kein-Feigling. Und in achtundvierzig Stunden würde er abreisen. Wenn das Schiff, auf dem er sich einschiffte, nicht durch einen Kamikaze in die Luft flog, würde er innerhalb einer Woche in seine friedliche Welt ohne Gelegenheiten zurückkehren. Würde er wieder seinen Beruf als Bulle ausüben, der mehr Angst vor den Blödmännern hat, denen er Angst einjagen will oder einjagt: seine Rolle als Untersuchungsbeamter, der nicht über die eigene Nasenspitze hinwegblickt. Und seine Wahrheit würde weiterhin die sein, die sie immer war. Das heißt die eines vermeintlich Hartgesottenen, der sich, um ernst genommen zu werden, an die Gräber der Carabinieri klammert, die am Podgora, in Gorizia, an der griechisch-albanischen Front, in Nordafrika, im Widerstand gegen die Nazi-Faschisten gestorben waren: die Wahrheit eines echten Schwächlings, dessen Traum es ist, hundertjährig, mit dem Schläger in der Hand auf einem Tennisplatz zu stehen, so daß er sonntags die Uniform des Hartgesottenen auszieht und sich in Vorhand- und Rückhandschlägen, in Topspins und Dropshots und Volleys erprobt, vor allem in Volleys, die man ausführt, indem man die rechte Ferse aufstützt ... Er wurde von einem langen Frösteln geschüttelt. Gott, flüsterte er, Gott, gib mir doch eine Chance. Eine letzte Chance, eine aller-, allerletzte Chance, einen Anlaß, um mir selbst zu beweisen, daß ich kein Feigling bin! Es ist mir nicht wichtig, ob ich dabei Zeugen habe, im Triumphzug herumgetragen werde, mir gesagt wird

You-did-it-son-of-a-gun, you-got-balls-old-fart, you're-a-devil-man, thank-you-brother. Es ist mir nicht einmal wichtig, ob sie es erfährt, ob sie mich weiterhin als einen Mann ohne Mut beurteilt. Es ist mir nur wichtig, von mir selbst sagen zu können, daß ich kein Feigling bin.

«Signor Comandante!»

Er hob das spitze Gesicht, das durch seine Qualen noch spitzer geworden war, und betrachtete den Fallschirmjäger, der ihn gerufen hatte, voller Gleichgültigkeit.

«Was ist los?»

«Signor Comandante, Rocco ist aus dem Koma erwacht!»

«Aus dem Koma erwacht?!?»

«Jawohl, Signor Comandante! Das Rizk hat angerufen!»

«Und wer hat das Gespräch angenommen?»

«Ihr Vize, Signor Comandante!»

Er lief ins Louis XVI.-Zimmer. Ganz aufgeregt bestätigte Gigi il Candido die Sache. Ja, heute morgen funktionierte die Telefonverbindung mit dem Ostteil, und Schwester Françoise hatte angerufen, um sie zu informieren, daß Rocco während der Nacht die Augen aufgemacht und zu flüstern begonnen hatte: «Imaam ... Uhr ... Imaam ...» Natürlich bedeutete das nicht, daß er außer Gefahr war, und Schwester Françoise legte Wert auf die Feststellung, daß man aus einem Koma erwachen und kurz darauf wieder in ein neues fallen könne: die Hirnverletzungen würden bleiben, und das sähe man schon daran, daß sein Flüstern mechanisch war, unbewußt. Dennoch würde jetzt eine winzige Hoffnung bestehen und ... Das spitze Gesicht schien zu beben. Das war sie, die letzte Gelegenheit! Da war der Anlaß, sich selbst zu beweisen, daß er kein Feigling war!

«Und diese Imaam ist wo?»

«Tja! Nicht einmal Rocco hatte ihre Adresse, Comandante. Aber ich glaube, sie wohnt in der Gegend der Cité Sportive. Auch wenn sie wüßte, daß er sie sucht, könnte sie auf keinen Fall zum Rizk.»

«Und die Uhr?»

«Die hab ich.»

Gigi il Candido öffnete ein Kästchen und nahm eine Uhr aus schwarzem Hartgummi heraus. Die Uhr, auf der Rocco die Uhrzeit kontrolliert und die Sekunden gezählt hatte, bevor er sich aufrichtete und seinen Nacken der 5,56er darbot. Schnell griff der Falke danach und steckte sie sich in die Tasche.

«Ich bringe sie ihm.»

«Sie bringen sie ihm?!? Comandante, es hat keinen Sinn, dorthin zu gehen und sein Fell zu riskieren, nur für eine Uhr! Das ist es nicht wert!»

«Das sagen Sie.»

«Das sag ich, und ich weiß, wovon ich spreche! In Tayoune wimmelt es nur so von Scharfschützen, an der Straßensperre der Amal steht ein Verrückter, der ...»

«Ich fahre über Sodeco.»

«Comandante, Sodeco ist noch schlimmer als Tayoune! Es sieht so aus, als würden sich da heute morgen auch die Söhne Gottes tummeln, die sich in der Kirche von Saint-Michel einquartiert haben, und der bucklige Mullah, der mich und den Konvoi gestern anhalten wollte ... Wenn Sie schon nicht an sich selbst denken wollen, denken Sie an die Eskorte!»

«Ich brauche keine Eskorte.»

«Keine Eskorte?!? Das versteh ich nicht ...»

«Sie brauchen nicht zu verstehen, Gigi», flüsterte der Falke. Und mit dem Gedanken, auch noch zum Konvent zu gehen und Schwester Espérance wiederzusehen, wandte er sich von ihm ab. Er lief zum Geländewagen, wo Salvatore Bellezza, Sohn des verstorbenen Onofrio, auf ihn wartete, mit seinen Äuglein, die einer in der Falle sitzenden Maus glichen, und dem festen Vorsatz, Ali die Kehle durchzuschneiden und Sanaan durch einen Schnitt zu entstellen.

«Zu Ihren Diensten, Signor Colonnello!»

«Du?!?»

Es klingt zwar unwahrscheinlich, aber Salvatore Bellezza, Sohn des verstorbenen Onofrio, war trotz seiner nicht geheilten und nicht heilbaren Einfalt nicht mehr der schutzlose Trottel, dem der Falke mit der Torquemadatechnik Gewalt angetan und mit dem Wunsch nach Livorno zurückgeschickt hatte, er möge dreißig Jahre lang im Kerker schmachten: die zerbrechliche Larve, die sie nach dem grausamen Abschied Sanaans aufgelesen und an Händen und Füßen wegschleifen mußten. Widrigkeiten machen stark, und gerade aufgrund dessen, was er durchgemacht hatte, war er zu einer Raupe herangewachsen, die in der Lage war, die Unbilden der Existenz zu ertragen: der schutzlose Trottel hatte sich einen Schutzpanzer zugelegt, mit dem er Schläge überlebt hatte, die jeden normalen Menschen vernichtet hätten. Zum Beispiel drei Selbstmordversuche. Beim ersten hatte er sieben 9-mm-Kugeln verschluckt und der Militärarzt sieben Einläufe mit Salzlösungen gemacht, um sie wieder herauszuholen, für jede Kugel einen Einlauf. Beim zweiten hatte er eine ganze Chiantiflasche voll Jauche aus den Abwasserkanälen der Kaserne ausgetrunken und war in einer Notaufnahme gelandet, wo anstelle des Krankenhauspersonals ein Schild war: «Heute Gewerkschaftsversammlung». Beim dritten hatte er sich an der segnenden Hand des Hl. Gabriel, des Schutzpatrons der Fallschirmjäger, aufgehängt, dessen Marmorstatue in der Bataillonskapelle thronte. Vom Gewicht heruntergerissen, war ihm die segnende Hand auf den Kopf gefallen und hatte ihm eine Platzwunde am linken Hinterkopf beschert, heilbar in zwanzig Tagen, falls es nicht zu Komplikationen kam.

Er hatte auch eine Reise im Zug mit Anhängern einer Fußballmannschaft überlebt; einen Sonntag auf dem Petersplatz in Rom mit Polen, die gekommen waren, um den Papst zu sehen; ein Fernsehinterview, das ein Professörchen aus der Terroristenszene gegeben hatte, das sich, um seine Haut zu retten, bei den Wahlen des imperialistischen, multinationalen Mörderstaates als Kandidat hatte aufstellen lassen, dann mit seiner Feigheit geflüchtet war und von Paris aus winselte, daß es in die Heimat zurückkehren wolle; einen Briefmarkenkauf in einem Postamt, in dem die Angestellten nicht gestört sein wollten; eine von Schwätzern geführte Polemik über den Vietnamkrieg, die wider besseres Wissen oder unfähig, Dinge aus zeitlichem Abstand zu beurteilen, wie ausgeleierte Schallplatten nur alte Gemeinplätze zum Antiamerikanismus wiederholten; das Schauspiel eines Prozesses gegen einhundertzwanzig am Ende aus Mangel an Beweisen freigesprochene Mafiosi; eine im Polizeipräsidium erstattete Anzeige wegen Diebstahls (wo man ihn behandelt hatte wie einen Dieb, der sich selbst bestiehlt); eine pseudoprogressive Kundgebung über die unaufschiebbare und dringende Notwendigkeit, das Land in eine Gesellschaft vieler Rassen umzuwandeln; und einen x-ten Sturz der Regierung, die gleich darauf mit denselben Leuten neu gebildet wurde. Kurz: die typischen Traumata, die einen Bürger befallen, wenn er nach langer Abwesenheit wieder nach Italien zurückkehrt. Und neben all dem auch die Enttäuschung, nicht von Amedeo Modigliani porträtiert worden zu sein: ein Mißverständnis, dem er erlegen war, weil ein bekannter Kunsthistoriker und ehemaliger Oberbürgermeister von Rom dem Künstler aus Livorno, und damit hatte er sich weithin lächerlich gemacht, zwei grobschlächtige Reliefs zuschrieb, die ein paar spottlustige Studenten gemeißelt hatten und ein Gesicht darstellten, das wie seines aussah. «Das bin ich, das bin ich! Modigliani hat mich ausgesucht!» Aber vor allem hatte er den Haß aller überlebt, die in diesen Monaten in seine Nähe kamen: den der Kameraden im Schlafsaal, die nachts nicht schlafen konnten, weil er herumwimmerte Ich-will-nach-Beirut-zurück, ich-will-nach-Beirut-zurück; den der Offiziere, die sich von morgens bis abends seine flehentlichen Bitten anhören mußten Signor-Tenente, Signor-Capitano, Signor-Maggiore, Signor-Colonnello, schicken-Sie-mich-nach-Beirut-zurück; den des Personals auf der Krankenstation, das einmal die sieben Einläufe durchführen mußte, ihm ein anderes Mal den Magen auspumpen mußte, was wegen der Gewerkschaftsversammlung des Krankenhauspersonals abgelehnt worden war, wieder ein anderes Mal die Platzwunde am Kopf nähen mußte, die von der segnenden Hand des Hl. Gabriel herrührte; den des Bataillonsgeistlichen, der seinetwegen nun eine verstümmelte Statue hatte und sich nach jedem Selbstmordversuch die Geschichte von einem gewissen Ali anhören mußte, dem er die Kehle durchschneiden wollte, und von einer gewissen Sanaan, die er in Beirut mit einem Messerschnitt verunstalten wollte. Eine Tortur, die den Geistlichen unter anderem vor ein schreckliches Dilemma stellte: sollte er das Beichtgeheimnis wahren oder einfach alles dem Nachfolger des Falken hinterbringen und ihm empfehlen, auf keinen Fall auf die Bitte einzugehen? «Gott möge mir vergeben, Salvatore Bellezza, Sohn des verstorbenen Onofrio», hatte er ihn eines schlimmen Morgens im Januar angebrüllt, «aber wenn du nicht wirklich abhaust, dann zertrümmere ich selber mit dem Hammer dieses Arschloch von Heiligen, der dein Gewicht nicht ausgehalten hat, und konvertiere anschließend zum Buddhismus.» Dann, und das war der Punkt, hatte er alles mögliche unternommen, um ihn zufriedenzustellen. Mit dem Ruf Helfen-wir-dem-Armen-helfen-wir-ihm war er beim Vatikan vorstellig geworden, beim Präsidenten der Republik und beim Verteidigungsministerium, und an dem Tag, als Salvatore Bellezza, Sohn des verstorbenen Onofrio, mit dem hohen Dreisterne-General abgereist war, hatte er ihn unter Freudentränen verabschiedet: «Hau ab, du bist uns allen auf die Eier gegangen, krepier. Krepier, krepier! Mors tua, vita mea.»

Und auch das klingt unwahrscheinlich, doch als er gemerkt hatte, daß die Italiener die Stützpunkte abbauten, das heißt, daß er gekommen war, um gleich wieder abzuziehen, verfiel Salvatore Bellezza, Sohn des verstorbenen Onofrio, keineswegs in Traurigkeit. Im Gegenteil: er hatte sich eine Reihe ziemlich scharfsinniger Fragen gestellt. Erstens: da das widerliche Paar in der Altstadt wohnte, also weit vom Stützpunkt entfernt, konnte er es da sofort ausfindig machen und vor dem Abzug erledigen oder nicht? Antwort: nein, das konnte er nicht. Zweitens: wie war das unerwartete Problem zu lösen? Antwort: indem er in Beirut blieb. Drittens: unter welchem Vorwand konnte er in Beirut bleiben? Antwort: indem er sich zu der

Einheit der Carabinieri versetzen ließ, die die Botschaft bewachte. Viertens: wer besaß die Autorität, ihn zur Einheit der Carabinieri zu versetzen, die die Botschaft bewachte? Antwort: der Kondor. Fünftens: und wer besaß die Autorität, den Kondor darum zu bitten? Antwort: der Falke. Er mußte also die Vergebung des Falken erreichen. Und um die Vergebung des Falken zu erreichen, mußte er sich eine schöne Rede ausdenken, eine Selbstkritik von der Art, wie sie die Ketzer zur Zeit der Inquisition und die Kommunisten zur Zeit des Kommunismus übten. Und zwar so: «Signor Colonnello, ich bin zurückgekommen, um meine Reue und mein Bedauern zum Ausdruck zu bringen, um anzuerkennen, daß ich, weil ich den Schornstein mit Liebesbotschaften beschmiert, mein Maschinengewehr aus der Hand gelegt, Seine Exzellenz den Botschafter und das gesamte Viertel aufgeweckt, meinen Brigadiere mit Fäusten traktiert und ihm die vier vorderen Schneidezähne ausgeschlagen habe, Ihr strenges Urteil verdient habe. Ich war wirklich ein schizophrener Irrer, ein Paranoiker im Delirium, ein Verbrecher, der die Carabinieri, die gesamte Armee, das Vaterland, die Fahne in Mißkredit gebracht hat, und ein Blinder. Ja, ein Blinder, Signor Colonnello: die, die ich liebte und meine Verlobte nannte, war kein tugendhaftes Mädchen, keine Heilige, keine Santa Rita da Cascia. Sie war genau das, was Sie gesagt haben: ein Flittchen, ein Freudenmädchen, eine Nutte, eine Hurensau. Ja, sogar eine Riesennutte, eine Riesenhurensau. Ich möchte mich rehabilitieren, Signor Colonnello. Ich will die Schande tilgen, meine zahllosen Vergehen wieder gutmachen, mich erneut der Carabinieri, der Armee, des Vaterlandes und der Fahne würdig erweisen, und deshalb bitte ich darum, in Beirut bleiben zu dürfen: zu der Einheit versetzt zu werden, die die Botschaft bewacht, Glasauge, pardon, Seine Exzellenz den Botschafter zu beschützen, der sich in Beirut für unser Land aufopfert und nicht einmal einen Golfplatz zur Verfügung hat, weil der Chef der Feuerwerker diesen mit den von den Palästinensern zurückgelassenen Cluster-Bomben beschossen und zum Sieb gemacht hat. Ich will den Botschafter bis zum letzten Blutstropfen vor den Drusen, den Söhnen Gottes, den Amal-Milizionären, den Falangisten, den Kataeb, vor Freunden und Feinden schützen, einschließlich des Ehemanns des milliardenschweren, grölenden Waschweibs, diesem Idioten, der Botschafter in Kuba war und mit Autos wie James Dean in *Denn sie wissen nicht, was sie tun* herumspielte. Und wenn Sie mir nicht verzeihen, Signor Colonnello, wenn Sie den Signor Generale nicht bitten, mich bei der Wachmannschaft der Botschaft in Beirut zu lassen, dann bring ich mich um.» Dann hatte er das alles auswendig gelernt, was ihn drei Tage und drei Nächte gekostet hatte, und heute morgen hatte er sich in den Geländewagen des Falken gesetzt, der ihn jetzt mit aufgerissenen Augen anstarrte.

«Du?!?»

«Jawohl, Signor Colonnello! Ich bin in der Absicht zurückgekehrt...»

«Und wann bist du zurückgekommen, verdammtnochmal?!?»

«Dienstag morgen, Signor Colonnello, in der Absicht...»

«Und womit bist du zurückgekommen, mit wem?!?»

«Mit dem Hubschrauber des Admiralsschiffs und mit dem Signor Generale aus Rom, in der Absicht, Ihnen zu sagen...»

«Und wer ist so verantwortungslos gewesen und hat dich zurückgeschickt?!?»

«Der Bataillonsgeistliche, Signor Colonnello. Er hat beim Vatikan, beim Präsidenten der Republik und beim Verteidigungsministerium interveniert, dann hat er mir gesagt: Hau-ab-du-bist-uns-allen-auf-die-Eier-gegangen-und-krepier. Krepier, krepier. Mors tua, vita mea.»

«Bellezza! Danke Gott, daß ich keine Zeit habe, dir zuzuhören, denn ich muß schleunigst zum Rizk.»

«Zum Rizk, Signor Colonnello?!?»

«Zum Rizk, zum Rizk. Geh mir aus dem Weg, schnell.»

«Nein, Signor Colonnello. Denn zum Rizk fahre ich Sie.»

«Wie bitte?!?»

«Ich fahre Sie. So fahren Sie nicht allein, und auf dem Weg dahin kann ich Ihnen meine Selbstkritik vortragen.»

«Deine Selbstkritik?!?»

«Jawohl, Signor Colonnello. Eine Selbstkritik von der Art, wie sie die Ketzer zur Zeit der Inquisition und die Kommunisten zur Zeit des Kommunismus übten.»

«Bellezza, du willst sterben. Durch meine Hand oder die eines anderen willst du sterben.»

«Wenn ich sterbe, was macht's schon, Signor Colonnello. In diesen Monaten bin ich so oft gestorben. Einmal mehr oder weniger...»

Und weich geworden, unterschrieb der Falke sein eigenes Urteil.

«Fahren wir über Sodeco», sagte er.

* * *

Die Schlacht um den Besitz des Hügels hatte gerade begonnen, als der Falke, mit Roccos Uhr in der Tasche und Salvatore Bellezza, Sohn des verstorbenen Onofrio, am Steuer, den Stützpunkt in Richtung Übergang von Sodeco verließ. Selbstverständlich hatte er die Mahnungen von Gigi il Candido nicht vergessen, daß es in Sodeco mehr Scharfschützen gab als in Tayoune, daß heute morgen dort auch die Söhne Gottes herumstreiften, die sich in der Kirche von Saint-Michel einquartiert hatten, ebenso der bucklige Mullah, der gestern den Konvoi aufhalten wollte, und er hatte große Angst. Doch der Trost, sich zu beweisen, daß Angst nicht gleichbedeutend ist mit Feigheit, daß Mut oftmals aus der Angst erwächst, daß er eigentlich in der Überwindung der Angst besteht, schenkte ihm ein nie gekanntes Glück. Ein nie genossenes Glück, nicht einmal auf dem Tennisplatz, bei der Ausführung eines auf die rechte Ferse aufgestützten Volleys. Das Glück, das sich einstellt, wenn man etwas ungeheuer Schwieriges ohne die Hilfe eines anderen, ja, allen zum Trotz unternimmt. Zum Beispiel eine Arbeit, die alle behindern, eine Rebellion, die alle bekämpfen, eine Herausforderung, von der alle abraten. Das stille, stolze und doch auch demütige Glück, dessen einziger Urheber und einziger Nutznießer du allein bist. Das einsame, private, geheime Glück, das den Mangel an wahrem Glück kompensiert oder doch erträglich macht.

Ihn erregte auch die Erwartung, Schwester Espérance umarmen zu können, und ihm gefiel die Vorstellung, Salvatore Bellezza, Sohn des verstorbenen Onofrio, freigesprochen zu haben: die Große Prüfung dadurch kompliziert zu haben, daß er einen solchen Klotz am Bein hingenommen hatte. Wenn-ich-sterbe-was-soll's, Signor-Colonnello, in-diesen-Monaten-bin-ich-so-oft-gestorben. Einmal-mehr-oder-weniger... Armer Junge, dachte er, wie muß er gelitten haben, als er Beirut verließ. Ich war ungerecht zu ihm, ich hab getobt, Bruttezza-Häßlichkeit, ich-sollte-dich-Bruttezza nennen. Du-hast-keine-Eier-im-Sack, zwischen-deinen-Beinen-ist-nicht-mal-ein-Stecknadelkopf, deine-Backen-sind-so-glatt-wie-die-Backen-eines-Eunuchen. Du-bist-kein-Mann, du-bist-ein-Eunuch, ein-Kastrierter. Naja! Möglich, daß er ein Kastrierter ist, aber er ist allen so lange auf die Nerven gegangen, bis er es geschafft hatte, mit dem Hubschrauber des Admiralsschiffs und einem hohen Drei-Sterne-General zurückzukommen. Möglich, daß er ein Eunuch ist, doch den Mumm, es mit mir aufzunehmen und mir in den Ostteil zu folgen, den hatte er. Aber was sagt er, was will er? Vorhin hat er noch von Santa Rita da Cascia und von einer Nutte gesprochen, die eine Riesennutte ist, von einer Hurensau, die eine Riesenhurensau ist: jetzt spricht er von der Armee, vom Vaterland, von der Fahne und von den Carabinieri. Nein, er spricht von einem Glasauge und von einem durch Cluster-Bomben zerstörten Golfplatz, von einem idiotischen Botschafter, von einem milliardenschweren, grölenden Waschweib, von James Dean und vom Film *Denn sie wissen nicht, was sie tun*. Aber was hat das mit James Dean zu tun, mit dem milliardenschweren, grölenden Waschweib, mit dem Golfplatz und dem Glasauge?!? Versteh ich nicht. Vielleicht ist er vom vielen Sterben wahnsinnig geworden. Oder vielleicht höre ich ihm nicht zu. Ich werde ihm nachher zuhören. Wenn ich Rocco die Uhr gebracht habe, frage ich ihn, was er eigentlich will ... Und Salvatore Bellezza, Sohn des verstorbenen Onofrio, fuhr unterdessen, lenkte diese gequälte Seele zum Stelldichein mit dem Schicksal, dessen unentbehrlicher und ahnungsloser Komplize er war. Er fuhr miserabel. Um seine Selbstkritik besser vortragen zu können, ließ er das Lenkrad los, gestikulierte, fuchtelte herum, umfuhr um Haaresbreite die Hindernisse. Auf diese Weise war er die Rue de l'Aérodrome hinuntergefahren, dann die Avenue Nasser, dann hatte er die Rotunde von Sabra überquert, war am Pinienwäldchen entlanggefahren und in die Rue Becharà eingebogen. Und jetzt näherten sie sich dem Übergang von Sodeco, der gewöhnlich geöffnet war und nur aus einer einfachen Barriere bestand.

«Gib Gas», befahl der Falke ungeduldig.

«Jawohl, Signor Colonnello», antwortete er und bog in dieses Zickzack kleiner Straßen, die für Zucker wegen der Kurven nicht in Betracht gekommen waren, weil die Anhänger sie nicht geschafft hätten. Und von Straße zu Straße, von Kurve zu Kurve schleudernd, lenkend, gegenlenkend und rutschend, kam er zur Rue Becharà, preschte in die Gasse, die dicht vor der Straßensperre endete, und bremste verwirrt. Mann! Die Gasse war mit spanischen Reitern und Stacheldrahtrollen versperrt: wozu? Auf der anderen Seite der spanischen Reiter und der Stacheldrahtrollen standen viele finstere Typen mit schwarzem Stirnband und dem Bildnis Khomeinis auf der Brust: wozu? Auch ein buckliger Mullah war da, mit karminrotem Turban und einem am Schulterriemen hängenden Koran; der Mullah kniete sich hin, um besser zielen zu können, und richtete sein Gewehr auf den Geländewagen: wozu?

«Kehr um, kehr um!» schrie der Falke.

«Umkehren, Signor Colonnello?»

«Umkehren, ja, umkehreeen!»

«Jawohl, Signor Colonnello.» Daraufhin machte er eine halbe Drehung, um in die andere Richtung zu fahren, fuhr gegen einen spani-

schen Reiter, bremste wieder, um den Rückwärtsgang einzulegen, und als er auf die Kupplung trat, ging der Motor aus.
«Nicht stehenbleiben, verdammt, nicht stehenbleiben!»
«Ist abgesoffen, Signor Colonnello ...»
«Laß ihn wieder an, verdammt, laß ihn wieder an!»
«Es geht nicht, Signor Colonnello ...»
«Versuch's noch mal, verdammt, versuch's noch mal!»
«Jawohl, Signor Colonnello ...»
Schließlich sprang der Motor wieder an. Salvatore Bellezza wollte das Wendemanöver beenden, verhakte sich dabei aber mit der hinteren Stoßstange in einer Stacheldrahtrolle: riß die halbe Barriere nieder und schleifte sie mit sich fort. Er zog sie hinter sich her wie einen Rattenschwanz von Blechdosen, der am Auto eines frisch verheirateten Paares hängt. Din-din-din-din, din-din!
«Was hast du gemacht, du Idiot, was hast du gemacht?!?»
«Sie ist an der Stoßstange hängengeblieben, Signor Colonnello...»
Und während er noch sagte Sie-ist-an-der-Stoßstange-hängen-geblieben-Signor-Colonnello, bog er ab, um in die Rue Becharà zurückzufahren, und dabei bot er die rechte Seite des Geländewagens der Kalaschnikow des buckligen Mullahs dar und folglich auch den Körper des Falken, dann hörte man einen Schrei: «Allah akbar!» Und zugleich mit dem Schrei das Knattern einer Salve. Das Krachen der 7,62er, die auf das Nummernschild prasselten, auf das Rücklicht, auf die Ecke der Rückbank, den Knall einer Kugel, die das Blech der rechten Wagentür durchschlug. Der Wagentür, neben der der Falke saß. Und der Falke sah, wie sein rechtes Bein hochsprang, dann wieder auf den Boden zurücksank und alles mit Blut bedeckt war. Er spürte einen großen Schmerz am rechten Fuß, einen gewaltigen Schmerz, der von der Ferse ausging, begriff, daß die Kugel den Stiefel durchschlagen hatte und in die Ferse der Volleys eingedrungen war, er klammerte sich am Arm des Idioten fest, der natürlich überhaupt nichts bemerkt hatte.
«Ins Feldlazarett, schnell!»
«Ins Feldlazarett, Signor Colonnello?»
«Ja, mach schon, verdammt! Schnell!»
«Wieso? Geht es Ihnen nicht gut, ist Ihnen schlecht geworden, Signor Colonnello?»
«Schnell ...»
«Sollen wir dann nicht mehr zum Rizk fahren, Signor Colonnello?»
«Schnell ...»

Endlich raste er los. Immer noch schleifte er die Stacheldrahtrolle hinter sich her, die einen Lärm machte wie der Rattenschwanz von Blechdosen am Auto eines frisch verheirateten Paares, immer wieder schleudernd, lenkend, gegenlenkend und rutschend, kamen sie im Feldlazarett an. Immer noch begriff Salvatore Bellezza nicht, was eigentlich passiert war, und übergab den Falken den Ärzten der Notaufnahme, die, nachdem sie ihn auf den Operationstisch gelegt hatten, zutiefst bestürzt waren. Nachdem die 7,62er des buckligen Mullahs nämlich die Hindernisse aus Blech und Leder durchschlagen und damit ihre Fluglage verloren hatte, war sie im Fuß explodiert und hatte eine solche Zerstörung angerichtet, wie sie die 5,56er angerichtet hätte, die den Witty-boys von McNamara so lieb und teuer war. Die Ferse existierte nicht mehr, die Fußwurzel und das Sprunggelenk und das Kahnbein waren zu einer Handvoll winzig kleiner Knochensplitter geworden. Die Würfel- und Keilbeine waren so gut wie völlig zertrümmert, und anstelle der Knochenglieder und des Mittelfußes war nur noch eine blutige Knorpelmasse vorhanden.

«Ich bin an der Achillesferse getroffen worden, stimmt's?» stöhnte der Falke und versuchte, den inzwischen unerträglich gewordenen Schmerz zu beherrschen.

«Ja, Colonnello.»

«Sagt mir, ob ich noch Tennis spielen kann...»

«Und Sie sagen uns mal, was Sie zum Teufel am Übergang von Sodeca gesucht haben», antwortete der Chirurg ausweichend und erschüttert.

«Ich wollte jemanden eine Uhr bringen...»

«Eine Uhr?!? Und warum, zum Teufel, warum?»

«Um mir selbst zu beweisen, daß ich kein Feigling bin», flüsterte er mit dünner Stimme. Dann verlor er das Bewußtsein, und man amputierte ihm den Fuß. Beziehungsweise das, was vom Fuß übrig war.

So kam man zur letzten Etappe, der Etappe vom Samstag.

—7—

«Mein Haschisch tut dir nichts.
Ist guter Stoff, er kommt aus der Bekaa,
aus den grünen Tälern von Baalbek.
Und kostet wenig.
Kauf dir ein Kilo, Soldat, und rauch es.

Rauch es, rauch es!
Nichts hast du sonst, um zu vergessen
diese traurige Geschichte
und diese traurige Stadt.»

Die Abenddämmerung zog herauf, und eine traurige Frauenstimme sang die Kantilene, die schon am Abend des zweifachen Massakers aus der Rue de l'Aérodrome aufgestiegen war; zur selben Zeit forderten Angelo und Bernard le Français, ohne ihren Blick von der in den letzten Todesqualen liegenden weißen Stute zu wenden, Rocky auf, die Schranke aufzumachen, und Zucker passierte Tayoune mit den letzten Containern. In die hatte er die Sprengsätze aus seinem Museum gepackt, außerdem die Funkgeräte, die Telefone und die ganze Ausrüstung der Kommandozentrale, die Geräte aus dem Kommandostützpunkt, wo seit dem Morgen nur noch der große Kirschholztisch, ein paar Stühle und das Ölbild des Emirs mit dem gelben Turban und dem blauen Mantel zurückgeblieben waren. Fast gleichzeitig schloß Pistoia den Bau seines kleinen San Gimignano ab; die drei Schiffe, die die eintausendzweihundert Soldaten abholen sollten, tauchten am Horizont auf; und die Flotte unter Führung des Admiralsschiffs zog sich in der Nähe der Küste zusammen, um mit ihren Geschützen über den letzten Tag und die letzte Nacht der Italiener in Beirut zu wachen. Da rief der Kondor Verrücktes Pferd zu sich und gab ihm den Befehl, das Stillschweigen gegenüber der Truppe zu brechen und sie darüber zu informieren, daß man am nächsten Morgen abziehen würde. Er rief den Professor zu sich und beauftragte ihn, auch die Christen und Drusen darüber zu informieren, beide zu bitten, die Operation der Einschiffung dadurch zu erleichtern, daß das Feuer bei Morgengrauen eingestellt würde. Er rief Charlie zu sich und beauftragte ihn, das gleiche Zandra Sadr mitzuteilen und ihm zu sagen, daß die Übergabe der Lebensmittel und des Feldlazaretts stattfinden würde, bevor der letzte Konvoi sich in Bewegung setzte. Dann schloß er sich in sein leeres Büro ein, hockte sich inmitten der Gepäckstücke hin und ließ unter Schluchzen seinen Tränen freien Lauf.
«Gott, Gott, Gott...»
Er war an diesem Samstagnachmittag, dem Tag vor dem Abzug, nicht wiederzuerkennen. Mit tief umschatteten Augen, geschwollenen Wangen, dem martialischen Schnitt, der von einer häßlichen Fistel unter der Kruste deformiert war, schien er nur noch der Schatten des gutaussehenden Mannes zu sein, dem die Soubrette zugerufen hatte Generale-du-bist-ein-scharfer-Typ, du bist-'ne-Wucht, was-

machst-du-heut-abend. Und seine ungewöhnliche Energie war verschwunden. Und mit ihr jede Spur von gebieterischer Dreistigkeit. Ja, dachte er schluchzend, ja: er zog am hellichten Tag und mit flatternden Fahnen ab. Nicht so klammheimlich wie die Engländer. Aber er zog ab und hatte dabei große Lust, sich selbst um Entschuldigung zu bitten: das Kind, das mit vier das Dreiradrennen gewonnen hatte, mit sechs den Schwimmwettkampf, mit acht die Tischtennismeisterschaften, den Jungen, der mit zehn den Geländelauf, mit zwölf den Hindernislauf, mit dreizehn den Straßenlauf, mit vierzehn die Boxmeisterschaften gewonnen hatte, den Halbwüchsigen, der zwei Sommer auf einem Fischerboot zugebracht hatte, den jungen Mann, der die militärische Laufbahn eingeschlagen hatte, um einen Zug voller vertrauensvoller Reisender zu fahren, den Mann, genauer gesagt den Soldaten, dem er gerade ein weiteres Mal die Ehre abschnitt. Oh, die Kröten, die er in Beirut schlucken mußte, waren immer Beleidigungen seines Stolzes gewesen. Angefangen mit dem elenden, jetzt ins Ungebührliche veränderten Aufruf Hände-weg-von-den-abziehenden-Italienern, die-Italiener-sind-unsere-Blutsbrüder-und-wenn-sie-abziehen-lassen-sie-uns-Geschenke-zurück. Die Maut von morgen allerdings, die aus Schnitzeln und Schinken, Ravioli und Tortellini, Krankenwagen und Tragbahren, Operationssälen und Spucknäpfen bestand, übertraf alles. Ja: dank seines für drei Millionen dreihundertdreiunddreißigtausenddreihundertdreiunddreißig Komma dreiunddreißig Lire pro Kopf verkauften Stolzes, brachte er die ihm anvertrauten eintausendzweihundert Männer nach Hause zurück, oder wenigstens hoffte er, sie nach Hause zurückzubringen. Aber für ihn, was bedeutete es für ihn, nach Hause zurückzukehren? Doch nur die Rückkehr in den alltäglichen Trott der kleinen unblutigen Kriege, die erneute Auslieferung an die scheinheiligen oder zweideutigen Regeln einer Welt, in der das zählt, was nicht zählt, die Wiedereingliederung in die lästige graue Eintönigkeit des sogenannten normalen Lebens. Für ihn war sein Zuhause keine Erleichterung, keine Freude. Es war eine pseudoelegante Dachterrassenwohnung in einem pseudoeleganten Viertel Roms: acht Zimmer, zwei Bäder, Klimaanlage, Garage, Tafelsilber, das für angesehene Gäste hervorgeholt wurde oder für Freunde, die keine Freunde waren. Es war ein Bett, das er mit einer Ehefrau teilte, die ihm nicht gefehlt hatte, die er auch gar nicht wiedersehen wollte, die ihn mit Sicherheit willkommen heißen würde, indem sie sich vermeintlicher Opfer rühmte, die sie in seiner Abwesenheit gebracht hatte, und ähnlichen Unsinn. Ich-hab-hier-allein-für-die-Familie-gesorgt-und-du-hast-dich-da-unten-mit-einer-

Libanesin-amüsiert-wette-ich. Es war die feste Arbeitszeit beim Generalstab, der Haß der Kameraden, die auf deine zeitweilige Berühmtheit neidisch sind und dir das mit dem Gift der üblen Nachrede heimzahlen. Es war der widerliche Kampf um Beförderung, das Warten auf die Pensionierung, die Pension. Die Pension! Im Pensionärsstand wird das Leben zu einem Wasserhahn, der Langeweile und Verzicht vor sich hintropft, es stellt keine Ansprüche mehr. Als Pensionär verwelkst du, verblödest, alterst du. Du erlischst. Stirbst vor Untätigkeit. Dann ist es besser, durch Hexogen zu sterben. Auf der Stelle und in Beirut. Aber wenn er durch Hexogen sterben würde, würden Hunderte von Menschen, die noch weit von der Pensionierung entfernt waren, mit ihm sterben, der Preis für seinen Stolz wäre vergeblich bezahlt worden und...

«Gott! Gott! Gott!»

Auch deswegen schluchzte er: weil er den Verdacht hatte, den Preis für seinen Stolz umsonst bezahlt zu haben. Eine Möglichkeit, die er mit der Befürchtung verband, seinen Zug vielleicht nicht gut gefahren zu haben. Charlie hatte ihm nämlich nie gesagt, daß die Verleumdung, die in Gobeyre die Runde machte, keine Verleumdung war. Er hatte ihm nie gestanden, daß die 9 mm Parabellum im Herz von Khalid-Passepartout von Angelo stammte. Und Angelo hatte niemals das Schweigen gebrochen, das Charlie ihm auferlegt hatte. Martino genausowenig. So wußte der Mann, der alles wußte und alles wissen wollte, nichts über Rashids Zorn, über das letzte Glied, das sich in jener Nacht in die Kette der Ereignisse einfügte, die drei Monate zuvor begonnen hatten. Und weil er nichts wußte, befürchtete er, er könnte den Zug schlecht gefahren haben, und so quälte er sich mit Zweifeln, er, der sich doch immer als ein Gegner des Zweifels gezeigt hatte. Vielleicht hab ich einen Fehler gemacht, so viele Tage auf Konvois, auf Container, auf Wälle zu vergeuden. Vielleicht hab ich einen Fehler gemacht, mich nicht auch auf französisch zu verdrücken und mich auf ein Glücksspiel einzulassen, mich der Illusion hinzugeben, daß der *jeton* Gewinn einbringt. Vielleicht bin ich ein schlechter General, einer von denen, die ihre Jungs wirklich in Särgen nach Hause zurückbringen... Und schließlich schluchzte er, weil er spürte, daß er auf jeden Fall eine Unvorsichtigkeit begangen hatte, diese «Drei», die immer wieder auftauchte und sich jedesmal vervielfachte oder teilte, um sich selbst hervorzubringen, nur für einen reinen Zufall, einen banalen Begleitumstand zu halten. Drei Lastwagen, drei Motorboote. Drei Schiffe, drei Bataillone. Drei Monate, die seit dem Sonntag des zweifachen Massakers vergangen waren, drei Millionen drei-

hundertdreiunddreißigtausenddreihundertdreiunddreißig Komma dreiunddreißig Lire Maut pro Kopf. Und der dritte Lastwagen, der nicht ankommt, das dritte Motorboot, das möglicherweise ankommt, das dritte Auge, das nicht sieht, das dritte Ohr, das nicht hört, das dritte Schiff, das ... Das war das verwundbarste, dieses dritte Schiff, und zwar deshalb, weil der hypothetische Kamikaze, wenn er die beiden anderen Schiffe fahren ließ, er ihren Weg genau beobachten, Richtung und Zeit berechnen konnte, die er brauchte. Ohne zu berücksichtigen, daß nach dem Abzug der ersten und dann der zweiten Gruppe sich in der dritten Gruppe eine gewisse Entspannung breitmachen würde: ein gefährlicher Optimismus. Los-Jungs-auch-wir-schaffen-es, aller-guten-Dinge-sind-drei. Er hatte die Selbstverteidigung der drei Schiffe gut organisiert. Er hatte befohlen, zehn MG-Schützen auf dem Dach der Brücke zu postieren, zehn auf dem Vorschiff, zehn auf dem Achterdeck, zehn auf dem Oberdeck und je zwanzig auf den Sonnendecks. Jedem dieser Schützen hatte er eingebleut, daß er beim geringsten Alarm losfeuern und auf alles schießen sollte, was sich auf der Wasseroberfläche bewegte, einschließlich des unverdächtigen Fischerboots. Und auf dem dritten Schiff würde auch er sein: notfalls würde also er die Operation leiten. Doch ein dunkles Gefühl sagte ihm, daß seine Gegenwart nichts nutzen würde, falls der Kamikaze sie angriff. Und noch viel weniger würde die Flotte mit ihren Computern und Geschützen und ihrer ganzen Technologie einen Sinn haben. Trotz des Kugelhagels würde der Kamikaze auf sein Ziel prallen, wieder einmal würden die Ameisen den Elefanten verschlingen und ... Er schluchzte, bis Verrücktes Pferd an die Tür klopfte, um ihm zu berichten, daß der Falke sich von dem postoperativen Schock erholt habe und mit ihm zu sprechen wünsche.
«Ich komme sofort, Colonnello.»
Der Falke lag mit seinem amputierten Fuß und fiebrig glänzenden Augen auf einer Pritsche des Feldlazaretts und empfing den Kondor mit einem tapferen Lächeln. Er habe ihn zu sprechen gewünscht, sagte er, weil er ihn um zwei Gefallen bitten wolle. Einer betreffe seinen Tennisschläger, der sich in seinem Gepäck befinde: ein schmerzhaftes Erinnerungsstück, das er Schwester Espérance, der Oberin des Konvents, zum Andenken dalassen wolle. Sie sei eine berühmte Tennisspielerin gewesen, gewiß würde sie dieses Geschenk zu schätzen wissen, und wahrscheinlich könne man es ihr durch die Regierungstruppen zukommen lassen, die den Wolkenkratzer von Ost Ten besetzt hielten. Der andere Gefallen betreffe den Gefreiten Salvatore Bellezza, Sohn des verstorbenen Onofrio, der im November we-

gen eines kleinen Vergehens fortgejagt worden und am Dienstag mit dem General aus Rom zurückgekehrt sei. Als er aus der Narkose erwacht sei, habe an seinem Bett Salvatore Bellezza gesessen, der in einer nicht enden wollenden, aber würdevollen Litanei seinen Wunsch geäußert habe, die Sache dadurch wiedergutmachen zu wollen, daß er in Beirut bliebe, und zwar bei der Wacheinheit an der Botschaft, das heißt jener Einheit der Carabinieri, der er zum Zeitpunkt seines Vergehens angehört hatte. Der arme Kerl, er habe ganz sicher nicht den Grips von Einstein und stelle oft die Geduld anderer auf eine harte Zerreißprobe. Aber er sei widerstandsfähig, diensteifrig, unfähig, irgendwem Schaden zuzufügen, und es würde sich gewiß lohnen, ihm den Wunsch zu erfüllen.

«Ich bitte Sie, Generale.»

«Einverstanden, Colonnello, ich kümmere mich darum», antwortete der Kondor bewegt. Und eine halbe Stunde später, ohne Zeit mit irgendwelchen Nachforschungen zu verlieren, erteilte er den Befehl, den Gefreiten Salvatore Bellezza, Sohn des verstorbenen Onofrio, wieder zur Wacheinheit der Carabinieri an der Botschaft zu versetzen. Den Tennisschläger allerdings ließ er im Gepäck des Falken, weil (er hatte nicht das Herz, es ihm zu sagen) der Hügel in der Nacht von den Amal eingenommen worden war, der Konvent war von den Söhnen Gottes gestürmt worden, und die Nachrichten über Schwester Espérance, Schwester George und Schwester Milady waren schlimm.

* * *

«Mein Haschisch tut dir nichts.
Ist guter Stoff, er kommt aus der Bekaa,
aus den grünen Tälern von Baalbek.
Und kostet wenig.
Kauf dir ein Kilo, Soldat, und rauch es.
Rauch es, rauch es!
Nichts hast du sonst, um zu vergessen
diese traurige Geschichte
und diese traurige Stadt.»

Die Abenddämmerung brach herein, und die traurige Frauenstimme sang weiterhin die Kantilene der Haschaschìn, als die Offiziere das Schweigen gegenüber der Truppe brachen. Eine Aufgabe, der niemand bereitwilliger nachkam als Sandokan, der, vor lauter Ungeduld, endlich nach Italien zurückzukehren, dem Meer und der Marine adieu zu sagen, in die Fußstapfen seines pazifistischen und antimilitaristischen Vaters zu treten, sich bereits seinen struppigen, ungepflegten Bart, seinen lang herabhängenden Schnurrbart und die spitz zulaufenden Koteletten hatte abnehmen lassen, und zum Vorschein gekommen war ein Gesichtchen, das wie ein Symbol der Sanftmut aussah: so anonym wie das Gesicht eines schüchternen Bürgers nur sein kann, der gern eine goldene Uhr auf der Weste trägt und die Mitgliedskarte des Rotary Clubs in der Brusttasche, der gern Edelweiß pflückt und Forellen in den kleinen Seen der Voralpen angelt. Er hatte sich sogar beim sunnitischen Parlamentsabgeordneten für die Schäden entschuldigt, die er auf dem Teppichboden angerichtet hatte, und die Prinzipien Bertrand Russells verkündend, hatte er den Augenblick erwartet, wo er den Satz aussprechen würde, den er aussprach:

«Rucksack aufnehmen, Jungs. Morgen schiffen wir uns ein.»

Wie sie darauf reagierten? Na ja, die meisten so, wie man eben auf einen Wundertrank reagiert. Und der erste, der in den Genuß kam, war Calogero der Fischer, der während der Schlacht den Verstand verloren hatte und nun vor Freude darüber, daß er nach Formìca zurückkehren konnte, wieder normal geworden war. Natürlich hatte sich Calogero niemals vom Trauma der Blitze und des Donners und des Seebebens erholt, und in diesem einen Monat war er ständig in der Zwangsjacke geblieben, in die man ihn auf der Krankenstation von Sierra Mike gesteckt hatte, um zu verhindern, daß er wieder weglief und nach einem Boot suchte. Schlimmer noch: im Glauben, die Krankenstation sei eine von Garibaldis Feinden abgesteckte Thunfischfangstelle und die Zwangsjacke ein Netz, mit dem sie ihn gefangen hatten, um ihn gegen Erdöl an Libyen zu verkaufen, hatte Calogero in diesem Monat dauernd geschrien: «Macht die Fangstelle auf, ich bin kein Thunfisch zum Abschlachten! Ich bin noch ein Junge! Nehmt mir das Netz ab, ich bin kein Fisch, den man gegen ein Faß Erdöl aus Libyen eintauscht! Ich bin ein Christenmensch! Ihr miesen Hunde! Ihr nutzt die Tatsache aus, daß Garibaldi tot ist!» Doch sobald man ihm sagte Rucksack-aufnehmen-Jungs-morgen-schiffen-wir-uns-ein, beruhigte er sich und: «Und wohin?» – «Nach Hause, Calogero.» – «Zu euch nach Hause oder zu mir?» – «Wir zu uns und du zu dir, Calogero.» – «Dann laßt mich packen, ich hau nicht mehr ab.» Und ebenso schnell wurde Roberto der Wäscher wieder gesund, der bereute, daß er Jesus mit der Geschichte des heiligen Lazarus und seiner Starrsucht und dann mit der Drohung, die Kommunisten zu wählen, ein Teddy-boy zu werden und so weiter, beleidigt hatte, erzählte allen, daß er von einem vom Himmel herabgestiegenen Engel gerettet worden sei, der ihn verarztet habe. Und er wollte Mönch werden. «Ich hab beschlossen, ich gehe in ein Kapuzinerkloster und kümmere mich um die Verlassenen und Alleinstehenden, die vergessen werden wie ein Regenschirm, und gebe die Wohltaten zurück, die ich empfangen habe.» Doch nach Sandokans Ankündigung fing er an zu schreien: «Ach, war nur Spaß, ihr Wichser, es war gar kein Engel, der vom Himmel runtergestiegen war. Es war ein Fallschirmjäger, der Batterien zur Siebenundzwanzig Eule brachte.» Dann sagte er, er könne es kaum erwarten, nach Sanremo zurückzukommen, in den Puff zu gehen, im Kasino zu spielen und Mitglied in der PCI zu werden: eine Partei, die der Welt immer Angst einjagen würde. Luca und Nicola dagegen waren vor lauter Aufregung in Ohnmacht gefallen, und als sie wieder das Bewußtsein erlangt hatten, waren sie völlig verändert: «Hemingway hatte recht», sagte Luca. «Im Krieg wird ein Mann zum Mann, auch wenn er keiner ist. Ich bin kein Junge mehr, der für immer ein Junge bleiben will, ein Peter Pan auf der Suche nach Never Never Never Land in den Gärten von Kensington. Ich bin ein Mann, der bewiesen hat, daß er Mut besitzt, der es im Feuer aushält, ohne mit der Wimper zu zucken. Und in Venedig vergeude ich meine Zeit nicht mehr damit, Donatella anzubellen oder den gelangweilten jungen Herrn auf dem Markusplatz zu spielen. Ich werde einen Roman mit dem Titel *Wem die Kanone tönt* schreiben, und ich werde darin alles erzählen: angefangen bei der Trikolore bis zur nackten Frau. Und du, Nicola?» – «Ich werde Kriegsberichterstatter. Der Krieg macht mir Spaß», antwortete Nicola und vereinte seinen Jubel mit dem Jubel der anderen wie durch ein Wunder Geheilten.

«Hurra! Dreimal hoch, hurra!»

Andere dagegen reagierten mit der Traurigkeit oder Gleichgültigkeit, die das Ende einer Beziehung begleitet, deretwegen du sehr gelitten, dich sehr verausgabt hast, so daß du dich nicht einmal erleichtert fühlst, wenn du dich davon befreist: du empfindest nur Gleichgültigkeit oder Traurigkeit. Und das war bei Rambo der Fall, der mit der Khomeiniplakette auf der Brust, die er trotz aller Vorwürfe Sandokans und trotz der Anschnauzer des Kondors nie abgenommen hatte, immer wieder seine Patrouille verließ, um zum Massengrab zu gehen, wo er die Ziegen von der Stelle verjagte, wo er Leyda beerdigt hatte. «Schade. Ich kann sie nicht mehr verjagen», kommentierte er geistesabwesend. Wieder andere, das heißt solche, die ein Mädchen, eine Liebe, zurückließen, reagierten verzweifelt. Und in diesem Sinne litt keiner mehr als Fabio: armer Fabio. Dank Ahmeds Tod lebte er inzwischen in dem Glück, das wir kennengelernt haben, und am Mittwoch hatte er noch zu Jasmine gesagt: «Ich gehe nicht ohne dich von hier weg. Ich verstecke dich im M113 der Achtundzwanzig, und mit dem schaff ich dich an Bord. Dann versteck ich dich im Laderaum und bring dich nach Italien. Schließlich ist der Panzerkommandant mein Freund. Wenn ich mit ihm spreche, hat er nichts dagegen.» Es hatte auch nichts geholfen, daß Jasmine, die ihn davon abbringen wollte, geantwortet hatte: «Don't ask for the impossible, verlange nicht das Unmögliche, Mister Coraggio. Allah has given us more than we hoped, and we must be content with it. Allah hat uns mehr gegeben, als wir hofften, und wir müssen damit zufrieden sein.» Er dagegen hatte sich weiterhin in seiner Wunschvorstellung gewiegt, und als er dem Panzerkommandanten anvertraute, er würde sein Mädchen im Panzer verstecken, war ihm dieser an die Gurgel gefahren. Schwachkopf, Idiot, wenn-du's-versuchst-schick-ich-dich-in-den-Knast. Doch auch Matteo litt schwer. Während des Tages hatte nämlich ein Hubschrauber die letzte Postlieferung bei Sierra Mike abgeladen, und darunter befand sich auch ein Brief von Rosaria: der Freundin, deretwegen er das Idyll mit Dalilah, abgesehen von dem Kuß am Vorabend der Schlacht, in den Grenzen einer keuschen Freundschaft gehalten hatte. «Lieber Matteo», schrieb die Schamlose, «aus Achtung vor der von mir stets beschworenen Aufrichtigkeit und Treue muß ich Dir bekennen, warum ich Dich dazu getrieben habe, Deine Haut in diesem Wespennest von Beirut zu riskieren. Von wegen Diplomarbeit über den Nahen Osten: ich mußte Dich loswerden, weil ich herausfinden wollte, ob ich in einen faszinierenden alten Herrn verliebt war oder nicht, der mir den Hof machte. Nun ja, ich war es. Bis über beide Ohren, und ich habe ihn geheiratet. Seit einem Monat bin ich Signora Caruso, Gattin des Familienoberhaupts der Carusos. Ja, die Carusos, die den Fischmarkt kontrollieren und die Rivalen der Badalamentis sind. Ich hoffe, daß dieser Umstand Dir nicht mißfällt.» Daß er dir nicht mißfällt?!? Er war blind vor Schmerz. Und wie oft, wenn man blind vor Schmerz ist, war es die Fähigkeit, klar zu denken, die darunter litt; denn statt zu Dalilah zu laufen und ihr zu sagen, daß er sie liebe, lief er zu ihr, um sie zu bitten, ihm doch zu helfen, den Affront zu vergessen, der seinem Ruf als Mann und als Sizilianer zugefügt worden sei. «Dalilah, Dalilah, Rosaria hat mich in den Krieg geschickt, um einen alten Mafioso zu heiraten! Dalilah, Dalilah, morgen fahren wir ab, und ich komm mit Hörnern nach Hause! Im Namen unserer Freundschaft, tröste mich! Geh mit mir ins Bett, oder ich bin nicht mehr fähig, mich noch als Mann zu fühlen!» – «Moi je ne suis pas une infirmière. Ich bin keine Krankenschwester. Go to hell, geh zur Hölle, et bon voyage», antwortete Dalilah tief verletzt. So folgte Matteo dem Rat, den die Kantilene gab, um den Affront, Rosaria, Dalilah, die Diplomarbeit über den Nahen Osten, die Mafia, Palermo, Beirut, das ein tausendfaches Palermo ist, und die Frauen zu vergessen, die grausam und treulos sind, ganz gleich welcher Rasse oder Religion sie angehören. Er kaufte sich ein Kilo Haschisch und rauchte eine kolossale Menge. Er rauchte so viel, daß er irgendwann den Verstand verlor, laut auf sizilianisch herumschrie und schließlich in die Zwangsjacke gesteckt wurde, aus der Calogero der Fischer gerade befreit worden war.

«Ich will sterben!»

Er war nicht der einzige, der dem Rat folgte, das war klar. In der letzten Nacht kauften viele Haschisch. Fast alle kauften es: Carabinieri, Fallschirmjäger, Maròs, Angehörige der Nachschubbasis ebenso wie Angehörige des Kommandos. Sie kauften es von jedem, der es verkaufte, von jedem, der es anbot, und in Beirut verkaufte es jeder: jeder bot es an. Sie kauften es beim Syrer, der seinen Laden neben der Einundzwanzig hatte und ihnen das mit einem Fünf-Dollarschein bedruckte Papier für ihre Joints dazuschenkte, mit Abraham Lincoln und seinem Bürstenbart auf der einen Seite und dem Lincoln Memorial mit dem Motto In-God-We-Trust, auf-Gott-vertrauen-wir auf der anderen. Sie kauften es beim Palästinenser, der die Tankstelle an dem kleinen Platz der Zweiundzwanzig hatte, jener Tankstelle, von deren Dach aus die Amal mit der PK46 feuerten. Und beim Schiiten, der die Apotheke in der Avenue Nasser hatte, gleich gegenüber der Fünfundzwanzig. Sie kauften es beim Metzger in Bourji el Barajni, der seinen Laden gegenüber der Statue des Unbekannten Soldaten hatte, der Statue, zu deren Füßen Gino angehalten hatte, um das Gedicht über das herrliche Morgen zu schreiben, das er niemals haben würde. Und bei den Arbeitern der Fabrik, die die Puppenköpfe mit der Aufschrift «Palestinian Revolution» herstellte. Die Puppenköpfe, die dir bis vor einem Jahr noch in der Hand explodierten. Sie kauften es bei den kleinen Jungen, die als Gegenleistung dafür Schokolade haben wollten, für zehn Gramm zehn Tafeln und für fünfzig Gramm fünfzig Tafeln. Sie kauften es bei Sheila, der schönen Prostituierten, die sich den Offizieren gratis hingab, und bei Fatima, der häßlichen Prostituierten, die mit dir in dem Jeep vögelte, der auf den Grund des Schwimmbeckens unterhalb der Siebenundzwanzig geflogen war. Sie kauften es bei Farjane, dem Mädchen, das ein Sonntagskleid trug und sich immer bei den Stellungen auf der Suche nach einem Italiener herumdrückte, der sie heiraten würde, Will-you-please-marry-me. Und bei Jamila, dem hungrigen Mädchen, das Nagels Verpflegung klaute. (Aber sie wollte als Gegenleistung nur ein Brathähnchen.) Sie kauften es bei den Guerilleros, bei den Deserteuren der Sechsten Brigade, bei Zuhältern, bei Mullahs, bei Muezzins und bei dem blinden Alten in der Rue Farruk. Sie kauften blondes, schwarzes, rotes und braunes Haschisch, Haschisch als Pulver, als Kügelchen, als Tafeln, als Stäbchen, als runde, quadratische, rechteckige oder zylindrische Päckchen, in Beutelchen aus Baumwolle oder Leinen, mit dem Aufkleber Extra und ohne den Aufkleber Extra, mit dem Siegel Zeder des Libanon und ohne das Siegel Zeder des Libanon, und zum Gutteil rauchten sie es auf der Stelle. Denn in dieser Nacht würden die Militärärzte nicht die Runde machen, um den Urin einzusammeln und ihn zu analysieren; die Abschnittskommandanten würden keine Inspektionen durchführen und brüllen Wenn-du-kiffst-kriegst-du-'n-Tritt-in-den-Arsch-und-ich-schick-dich-in-'n-Bau. Oh, und wie sie kifften! Der Kondor und sein Stab würden niemals herausfinden, wie gewaltig sie kifften: von jedem Stützpunkt, jeder Stellung, jedem Wachposten, aus jedem Panzer, von jedem Beobachtungsstand stieg der Geruch von Haschisch auf. Der Geruch, den Drogenabhängige Duft nennen, der in Wirklichkeit aber Gestank ist. Ein widerlicher Gestank von verbrannter Scheiße und Rosmarin, von fauligem Moos und Harz, lieblich und gleichzeitig stechend, weich und gleichzeitig scharf, ekelerregend und stinkend wie die Gier jener Blutsauger, die, nur um reich zu bleiben, Drogen herstellen und vertreiben. Ein furchtbarer, schmerzlicher Gestank, der Gestank von Schwachheit, Schlaffheit, Feigheit. Ihn mögen nämlich die, die nicht den Mut aufbringen, sich dem Leben zu stellen; die nicht den Mumm haben, das Leben lebendig zu erhalten; die nicht die Phantasie aufbringen, die man braucht, es trotz all seiner Härten, seiner Schweinereien, seiner Schrecklichkeiten zu würdigen; die nicht die Intelligenz besitzen, es zu lieben. In einigen Fällen rauchten sie zum ersten Mal Haschisch, von einer Neugier verleitet, die allzu lange verdrängt und unterdrückt worden war: einer Neugier kleiner Kinder, die, angestachelt von dem Nicht-Anfassen, wehe-wenn-du-das-anfaßt, etwas anfassen. Der Neugier Evas, der Mutter des Menschengeschlechts, die, in der Illusion, entdecken zu können, was Gut und was Böse ist, der Schlange nachgibt und den Apfel ißt. Handelt es sich beim Hasch wirklich um ein Aphrodisiakum, um ein geheimnisvolles Wundermittel, das die Sorgen, die Leiden, die Ängste auslöscht, um ein magisches Glücksserum? Schenkt es wirklich den Mut, den du nicht hast, den Mumm in den Knochen, den du nicht hast, die Phantasie, die du nicht hast, die Intelligenz, die du nicht hast, oder läßt es dich zu einer Larve werden, die wie eine Larve krepiert? «Los, versuchen wir's, mal sehen», sagten die kleinen Kinder, von dem Nicht-Anfassen, wehe-wenn-du-das-anfaßt angestachelt, die Evas, der Illusion hingegeben zu entdecken, was Gut und was Böse ist. Hunderte von Kindern in Uniform, Hunderte von Evas als Soldaten gekleidet: mit dem Gewehr in der Hand und dem Apfel im Mund. Und das Haschisch, das sie nicht rauchten, versteckten sie in den Rucksäcken, in den Stiefelabsätzen, in den Rädern der Geländewagen, in den Motoren der Panzerspähwagen, in allen Ritzen der M113 und der Leopardpanzer, um es nach Italien mitzunehmen. Um es wieder zu rauchen oder es zu verkaufen, die Wunde zu vergrößern, den widerlichen Gestank von verbrannter Scheiße und Rosmarin, von fauligem Moos und Harz, lieblich und gleichzeitig stechend, weich und gleichzeitig scharf, ekelerregend und stinkend wie die Gier der Blutsauger, die, um reich zu bleiben, Drogen herstellen und vertreiben. Den furchtbaren, schmerzlichen Gestank von Schwachheit, Schlaffheit, Feigheit.

«Wieviel hast du mit?»
«Drei Päckchen zu je zweihundert Gramm.»
«Und du?»
«Vier Beutel zu je zweihunderfünfzig.»
«Ich zwanzig Stäbchen zu je sechzig.»

Wer wahrscheinlich von allen am meisten mitnahm, war Fifì. Während Bernard le Français von Stefano, Gaspare und Ugo verjagt wurde, weil er sich Lady Godiva ausleihen wollte, en-payant-bien-sûr, natürlich-gegen-Bezahlung, war Fifì losgelaufen und hatte drei Kilo gekauft, in Form von Kügelchen, die er in allen möglichen Löchern versteckte, einschließlich dem im Arsch. Kügelchen, die aus einem Versehen beziehungsweise aus einer Laune des Schicksals heraus heil mit ihm zu Hause ankommen und ihn sechs Monate später auf den Friedhof bringen sollten.

* * *

«Mein Haschisch tut dir nichts.
Ist guter Stoff, er kommt aus der Bekaa,
aus den grünen Tälern von Baalbek.

Und kostet wenig.
Kauf dir ein Kilo, Soldat, und rauch es.
Rauch es, rauch es!
Nichts hast du sonst, um zu vergessen
diese traurige Geschichte
und diese traurige Stadt.»

Die Abenddämmerung war hereingebrochen und die traurige Frauenstimme hatte immer noch nicht aufgehört, die Kantilene zu singen, als Charlie von seiner letzten Begegnung mit Zandra Sadr zurückkam und ins Arabische Büro hinunterging, wo nur noch wenig zurückgeblieben war, nachdem man die Funkgeräte und das Durcheinander von Munition und Essensvorräten weggeschafft hatte: Gewehre, Helme, das Poster mit den wunderschönen Frauenbeinen, auf das irgend jemand in Großbuchstaben geschrieben hatte Wer's-nicht-im-Kopf-hat-hat's-in-den-Beinen, ein leerer Schrankkoffer und die Kartei des Geheimarchivs. Charlie sah erschöpft aus. Gelangweilt riß er das Poster herunter und warf es weg; mit müder Stimme rief er den Kondor an, um ihm zu berichten, daß Seine Eminenz sich verpflichtet habe, die Waffenruhe, die die Christen und Drusen bereits zugesichert hatten, für den Morgen zu befehlen; dann ging er an den Karteischrank und öffnete die abgeschlossenen Metallschubladen. Er begann, die geheimnisvollen Blätter herauszuziehen, die wertvollen Dokumente, die auch nur anzusehen er nie jemandem gestattet hatte, und legte sie jetzt in den leeren Schrankkoffer. Die Namen und Nachnamen seiner schiitischen oder palästinensischen Informanten. Die Identität der in Beirut tätigen ausländischen Spione. Die biografischen und beruflichen Lebensabrisse der von Libyen, Syrien oder vom Iran exportierten Terroristen. Die Phantombilder der blutrünstigsten Söhne Gottes. Die Topografie der Lager, in denen sie ausgebildet und von den Ayatollahs indoktriniert wurden. Die Anschriften der möglichen Verstecke, wo die von den verschiedenen Gruppen entführten westlichen Geiseln dahinvegetierten. Die Korrespondenz, die den Geheimdiensten der verschiedenen Botschaften Gott weiß wie entwendet worden waren. Die Listen der nicht verdächtigten und nicht verdächtigen Personen der Waffenschieberszene oder des Drogenhandels. Die Aufstellung der Waffen, die unter der Hand von den Israelis, den Amerikanern, den Franzosen, den Schweden, den Griechen, den Italienern, den Engländern, den Deutschen und so weiter an die arabischen Länder verkauft worden waren. Die Liste der mächtigen, respektierten Minister, die, damit sie angesichts dieser Mauscheleien ein Auge zudrückten, Schmiergelder für sich selbst und für ihre möglicherweise auch noch progressive Partei verlangten. Die Beweise, daß das zweifache Massaker vom Oktober mit Hexogen ausgeführt wurde, das die Regierung von Damaskus geliefert hatte. Die Hintergründe der zahllosen politischen Morde in der Hauptstadt und der Preis, den die prominenten Auftraggeber bezahlt hatten. Die Liste der Personen, die von den Palästinensern heimlich aus dem Weg geschafft worden waren, als sie die Herren der Stadt waren und Herr Arafat ihr König. Kurz, die Enzyklopädie sämtlicher bekannten, aber aus Angst oder Opportunität totgeschwiegenen Schandtaten, und auch ein paar Zeitungsausschnitte mit unwichtig scheinenden, aber rot angestrichenen Informationen. Unter diesen Zeitungsausschnitten ein Exemplar der Illustrierten *L'écho du Liban* mit dem Foto eines bekannten maronitischen Richters auf der Titelseite, der einige Jahre zuvor mit einer Ladung Trotyl im Viertel von Ashrafiyeh umgebracht worden war. Auf der Innenseite das Foto seiner jungen, wunderschönen Frau, die vor Schmerz wahnsinnig geworden war.

Charlie legte die Papiere ordentlich in den Schrankkoffer, nachdem er sie in numerierte Plastikhüllen gesteckt hatte, und fragte sich dabei bitter, was ihm die traurige Stadt eigentlich gegeben habe. Bitter antwortete er sich, daß sie ihm an Positivem überhaupt nichts gegeben habe. Sie hatte ihm nicht die Einsamkeit genommen, weil seine Einsamkeit ein Wesenszug von ihm war und es nicht genügte, unter anderen zu leben oder sich Beziehungen, Zuneigung, Verwandtschaftsverhältnisse zu erfinden, nur um weniger einsam zu sein: wenn das dritte Motorboot sie verschonen würde, würden seine Charlies ihn schon bald vergessen haben. Allenfalls würden sie sich an ihn erinnern, um ihm ein paar flüchtige Zeilen aus Mailand oder Rom oder Treviso oder Taormina oder Brüssel zu schicken: Ergebenste-Grüße-von-Ihrem-Charlie-Zwei, von-Ihrem-Charlie-Drei, von-Ihrem-Charlie-Vier, von-Ihrem-Charlie-Fünf. Die Stadt hatte ihn nicht aus seiner Schwermut gerissen, weil seine Schwermut ein Ergebnis seiner Einsamkeit war; sie hatte ihn nicht von dem Groll befreit, weil sein Groll ein Ergebnis seiner Schwermut war; sie hatte keinen Enthusiasmus ausgelöst, denn Enthusiasmus ist ein Privileg der Jugend, und um ihn mit vierzig noch zu verspüren, mußt du eine hohe Motivation oder eine künstlerische Begabung besitzen. Und schließlich hatte die Stadt seinen Traum nicht verwirklicht, ein Lawrence von Arabien zu werden, denn um ein Lawrence von Arabien zu werden, muß man ein viktorianischer Aristokrat sein, in einem walisischen Herrenhaus geboren und in Oxford ausgebildet: ein Mann von Raffinement, ein genialer Komödiant, ein Abenteurer von Klasse. Er dagegen war ein Kleinbürger, also ein Plebejer seiner Zeit, in einer bescheidenen, kleinen Villa in Bari geboren und in Kasernen ausgebildet. Er war im Grunde ein plumper Mensch, vielleicht ein bißchen intelligenter als die, mit denen er tagtäglich zu tun hatte, doch ohne die Eigenschaften eines Genies, und das machte ihn zu einem mittelmäßigen Abenteurer: ein Typ, dazu verdammt, sich in unbedeutenden Unternehmungen aufzuopfern. An Negativem hatte ihm die traurige Stadt dagegen alles gegeben. Alles, weil sie ihn zu jämmerlichen Intrigen und zu Kompromissen für Krämerseelen zwang, hatte sie seinen Pessimismus auf die Spitze getrieben: und seinen skeptischen Charakter, der sich über nichts mehr wundert, bestärkt. Und wer sich über nichts mehr wundert, glaubt auch an nichts mehr ... Bis vor drei Monaten hatte er noch an etwas geglaubt, großer Gott! Zum Beispiel an die Notwendigkeit, eine Welt zu verändern, die sich nicht veränderte, die nicht funktionierte, weil sie von der dümmsten Hierarchie aufrechterhalten wird, die es gibt. Der Hierarchie dessen, der nichts hat und daher nicht zählt, wenig hat und daher wenig zählt, viel hat und daher viel zählt, allzu viel hat und daher allzu viel zählt. Er stand auf der Seite der Armen und Unwissenden: auf der Seite des Volks der Ochsen, die für einen Strohhalm die Felder der anderen pflügen, ihnen die Straßen fegen und, um sich zu trösten, Kinder in Scharen zeugen, um sich zu bilden, ein halbes, auf dem Müll gefundenes Buch lesen. Auf der Seite der Bilals. Und auf der Seite der Bilals zu stehen bedeutet, auch dann dort zu stehen, wenn die Bilals Rashid oder Passepartout heißen, verdammtnochmal. Doch als er herausgefunden hatte, daß es Passepartout war, der die harmlose, schutzlose Ophelia umgebracht hatte, als er gesehen hatte, auf welche Weise die Rashids mit den Siegen des Volks der Ochsen umgingen, hatte er begriffen, daß zwischen den Bilals und den Gassàns kein Unterschied bestand. Es gab ihn nicht, weil die Bilals und die Gassàns zwei Seiten derselben Medaille sind, desselben Irrtums: eines Irrtums, der Mensch heißt. Jawohl, meine Herren, Mensch. Es ist der Mensch, der sich, ob arm oder reich, nicht ändert, nicht die Welt. Es ist der Mensch, der, ob gebildet oder ungebildet, nicht funktioniert, nicht die Welt. Es ist der Mensch, der in beiden Fällen die dümmste Hierarchie aufrechterhält, die es gibt, nicht die Welt. Daher Schluß mit dem Gequatsche von Treuund-Glauben oder Wider-besseres-Wissen, Schluß mit den ideologischen Betrügereien über das Elend, das uns losspricht, Schluß mit den verlogenen Evangelien über die Unwissenheit, die entschuldigt, Schluß mit den christlichen Amnestie-Forderungen. Mein-Vater-vergib-ihnen-denn-sie-wissen-nicht-was-sie-tun. Sie wissen es, sie wissen es! Und wie sie es wissen! Und das war der eigentliche Grund, weshalb er an nichts mehr glaubte. So würde er, wenn morgen das Motorboot käme, sterben, ohne an etwas zu glauben und ... Und welcher Tod ist endgültiger als der Tod, der kommt, wenn man an nichts mehr glaubt?!?

Zornig griff er die Illustrierte *L'écho du Liban*. Zornig knallte er sie oben auf die bereits ordentlich nebeneinanderliegenden Plastikhüllen in den Koffer. Glücklich die, die noch an was glauben, dachte er. An den Allmächtigen, an den Teufel, an die Liebe, an den Haß, ans Vaterland, ans Geld, ans Jenseits, ans Diesseits: an etwas. Man stirbt so viel leichter, wenn man an etwas glaubt. Man stirbt so viel weniger. Und wenn das Motorboot kommen würde... Vielleicht würde es ja kommen. Vielleicht war es ganz sinnlos gewesen, den Kondor davon zu überzeugen, daß er die Hosen runterlassen, die Maut bezahlen mußte. Vielleicht war es naiv von ihm, sich immer wieder all diese Ich-will aufzusagen: er würde sich niemals in einer Stadt niederlassen, in der man alt wird und als alter Mensch stirbt, verschrumpelt und des Lebens überdrüssig. Er würde niemals in einem bequemen Bett mit weißen Laken schlafen und einem Federkissen und einer Frau an seiner Seite, er würde niemals in einem Schlafzimmer aufwachen, in dem der Himmel zusammen mit dem Ding-dong der Glocken durchs Fenster hereinkommt, er würde sich niemals in einem Badezimmer mit warmem Wasser und vielen frischen Handtüchern waschen, er würde niemals seinen Milchkaffee aus Porzellantassen trinken, er würde niemals einen blauen oder grauen Zweireiher mit einem guten Hemd und einer schönen Krawatte tragen, er würde niemals einen Regenschirm benützen, er würde niemals einen Vollidiotenjob haben, der es ihm erlaubte, ins Restaurant und ins Kino und sonntags zum Fußball zu gehen: er würde niemals ein Trottel werden können, heiter und verblödet, zufrieden und verblödet, normal. Zandra Sadr war heute so merkwürdig gewesen. Er war ihm wirklich nicht wie der hassenswerte Oberheilige vorgekommen, der es gewohnt war, dich in seiner ganzen Würde herablassend zu behandeln. Er seufzte und stöhnte, als würde er vom Gewicht eines Mißerfolgs oder einer Schuld erdrückt; er vermied es, dir in die Augen zu sehen. Außerdem drückte er sich nicht in seiner üblichen orakelhaften Sprache aus, mit seinen üblichen geschwollenen Sätzen voll verborgener Bedeutungen. Er redete wie ein gewöhnlicher Sterblicher, und er hatte ihn nicht im Pluralis majestatis davon in Kenntnis gesetzt, daß er bei der Übergabe der Lebensmittel und des Feldlazaretts nicht anwesend sein würde. «Nein, ich werde nicht kommen, Capitano ... Ich bin alt, gewisse Dinge ermüden mich. Ich werde meine Söhne schicken und bitte Sie: vermeiden Sie jede Art von Zeremonie, beschränken Sie alle Förmlichkeiten aufs äußerste. Ein Handschlag genügt und ein Stück Papier, das die Schenkung bestätigt.» Er war auch dem Gespräch über die künftige Neutralität des Feldlazaretts und die Weitergabe der vom Koran verbotenen Nahrungsmittel ausgewichen: beides Dinge, die dem Kondor am Herzen lagen. Nochmals-Charlie-bleuen-Sie-ihm-das-gut-ein. Er hatte ihm die beiden Dinge noch einmal gut eingebleut. Er hatte ihm gesagt: Hochwürdigste Eminenz, mein General möchte sicher sein, daß die italienische Flagge und die Fahne des Roten Kreuzes auch weiterhin über dem Feldlazarett wehen. Hochwürdigste Eminenz, wir kennen die Probleme, die durch die Grüne Linie entstehen, dennoch bittet mein General Sie um die Bestätigung der vor vier Tagen von Ihnen übernommenen Verpflichtung, nämlich den Armen des christlichen Teils das Schweinefleisch und die alkoholischen Getränke zu übergeben, die wir nicht haben aussortieren können ... Doch in beiden Fällen war die Antwort nur ein ausweichendes Ich-verstehe-Capitano-ich-verstehe gewesen. Das Schlimmste aber war beim Abschied passiert. Denn beim Abschied hatte Seine Hochwürdigste Eminenz sein stets gesenktes Gesicht gehoben, seine stets niedergeschlagenen Augen gehoben und: «Capitano, leider gibt es in allen Kirchen böse Gläubige, jene Gläubigen, die nicht zum Gehorsam fähig sind. Ich muß Sie daher mit einem Sprichwort verabschieden, das der Lage angemessen ist: ‹Der Mensch denkt und Gott lenkt.› Inschallah, Capitano. Ich werde für Sie und Ihre Leute beten.» Mit anderen Worten: er hatte die Aufgabe, sie zu retten, an den Allerhöchsten delegiert ... Er warf einen Blick zu Angelo und Martino hinüber, die ihm schweigend halfen, das Archiv zusammenzupacken, und sein Magen zog sich in einem Krampf zusammen. Es war ein ganz ähnlicher Schmerz wie an dem Tag, als die beiden Gauner, die das Gesetz als Eltern definierte, zurückgekommen waren, um ihm seine Tochter Gioia wegzunehmen, und Gioia, als sie sah, daß sie ihm weggenommen werden würde, in die Schreie Dada-nein, Dada-nein, Dada-nein ausbrach. Sie sind noch so jung, sagte er sich: sie glauben noch an alles. Wenn das Motorboot kam, würden sie in diesem Glauben sterben. Vielleicht gab es ja einen schlimmeren Tod als den Tod, der kam, wenn man an nichts mehr glaubte: nämlich den Tod, der kam, wenn man noch an alles glaubte. Aber das rief eine solche Wut in ihm hervor, daß er aufhörte, die Dokumente in Plastikhüllen zu verpacken. Er hörte auf, die Plastikhüllen zu numerieren, sie ordentlich nebeneinanderzulegen, und mit stummer Verachtung kippte er die vollen Schubladen einfach in den Schrankkoffer. Er kippte sie aus, als wären sie voll Abfall. Tschaff! Tschaff! Tschaff! Dann wandte er sich an Angelo und Martino.

«Verbrennt es», sagte er.
«Verbrennen?!?» rief Martino entgeistert.
«Verbrennen?!?» rief Angelo überrascht.
«Verbrennen, verbrennen. Und daß nicht die kleinste Spur übrigbleibt.»
«In Ordnung, Chef...»

Sie hoben den Schrankkoffer hoch und trugen ihn in den dunklen Hof. Sie suchten ein Faß, schütteten einen Kanister Benzin hinein. Sie zündeten das Feuer an und begannen, die Dokumente so zu verbrennen, daß auch nicht die kleinste Spur übrigblieb. Hülle um Hülle, Blatt für Blatt, ohne Hast. Und ohne sie zu lesen, obgleich die Flammen rötlich emporzüngelten, die Dunkelheit zerrissen und diese Geheimnisse bis zum letzten Komma beleuchteten.

Beide dachten sie an ganz andere Dinge.

– 8 –

«Allah akbar, Allah akbar, Allah akbar! Samma Allah, samma Allah, samma Allah... Gott ist groß, Gott ist groß, Gott ist groß! Höret auf Gott, höret auf Gott, höret auf Gott...»

Die traurige Frauenstimme hatte mit der Kantilene der Haschaschìn aufgehört, und vom Minarett der Moschee in der Rue de l'Aérodrome senkte sich der läppische Appell Hände-weg-von-den-abziehenden-Italienern zugleich mit dem Nachtgebet herab, als Angelo und Martino sich daran machten, die Zeitungsausschnitte zu verbrennen, unter denen auch das alte Exemplar von *L'écho du Liban* war. Immer noch ohne jede Hast, ohne die Ausschnitte zu lesen, mit den Gedanken bei völlig anderen Dingen. Um bei Angelo zu beginnen, so war er ein Gefangener des in Tayoune gelösten mathematischen Problems und wartete auf die Morgendämmerung, wie sie ein zum Tode Verurteilter erwartet, und wie ein zum Tode Verurteilter ertrank er in seiner Sehnsucht nach der Vergangenheit. Ohne jedes Selbstmitleid sah er jetzt nämlich wieder den Autobus vor sich, der ihn aus der Brianza zur Universität in Mailand brachte und von der Universität in Mailand wieder zurück in die Brianza, das Joch der

Familie, die ihn mit Vorwürfen erdrückte Wir-arbeiten-damit-du-zur-Schule-gehen-kannst-und-eine-ordentliche-Ausbildung-erhältst-und-du-sagst-noch-nicht-mal-danke, die Langeweile der Provinz, wo die einzige Abwechslung darin bestand, mit der Nachbarstochter herumzuschmusen, den Abschied vom Poster mit dem verschmitzten Gesicht Einsteins und seiner göttlichen Gleichung $E = mc^2$. Ohne jedes Bedauern erlebte er noch einmal die Jahre, die er damit verbracht hatte, unwegsame Berge zu erklettern, in der Tiefe des Meeres zu tauchen, mit dem Fallschirm aus schwindelerregenden Höhen abzuspringen, imaginäre Befestigungsanlagen zu erstürmen und ein Supersoldat zu werden. Frei von jedem Groll beurteilte er das Internat, das ihn ohne viel Federlesen, nachdem es die Wurzeln seines Intellekts zusammengezwängt und die Laubpartien der Reife beschnitten hatte, um ihn zu einem Zwergbaum zu machen, zu einem Bonsai, in die Stadt der streunenden Hunde und der wahnsinnig gewordenen Hähne geschickt hatte: plötzlich kam ihm jede Mühe und jede Unzufriedenheit von damals wie ein unverstandenes Glück vor, eine Glückseligkeit, wert, sich daran zu erinnern. Er dachte natürlich auch an die Gegenwart, an Dinge oder Personen, die, weit entfernt davon, Sehnsüchte in ihm wachzurufen, sein Schuldgefühl verstärkten: die Fliege, die sich im Netz der Spinne verfing und sie anflehte Nichtschießen; das Theorem $1 < 0$, das, statt Ordnung in die Unordnung zu bringen, der Unordnung ein neues Element hinzugefügt und die Fortentwicklung des Chaos beflügelt hatte; der Regentropfen, der, wenn er von der Spitze des vertikalen Kreisausschnitts herabfällt, das heißt von der neben dem Hafenbecken West liegenden Bucht, zu Rashid wurde, der das dritte Schiff rammt; die Quadratwurzel aus $13{,}66^2 + 5^2 - 2 \times 5 \times 13{,}66 \times \cos 60°$. Aber vor allem dachte Angelo an Ninette. Und während er an sie dachte, stellte er sich die Fragen, die er sich in der ersten Zeit ihrer Beziehung gestellt hatte und die sich jetzt in der kurzen Frage zusammenfassen ließen Wer-warst-du.

Das hatte er sich heute schon oft gefragt. Zum Beispiel, als er den kreuzförmigen Anker wieder in die Hand genommen hatte, mit dem um den Haken gewickelten Haar, dieser lebendige Rest eines begrabenen Geschöpfs, und als in Tayoune die barmherzige Hyäne dem Leiden der weißen Stute mit zwei Salven aus einer Kalaschnikow ein Ende gemacht hatte. Zwei kurze, auf den Hals gerichtete Salven, von denen die zweite so genau war, daß sich der schöne Kopf so vom Körper trennte, als wären die Kugeln die Klinge eines Fallbeils gewesen; wie von der Klinge eines Fallbeils abgetrennt, war der Kopf auf das Beet gefallen und mit einer spritzenden Blutfontäne mitten auf die kleine Allee gerollt: die riesengroßen violetten Augen weit aufgerissen in einem Aufblitzen der Erleichterung und die weißen Zähne zu einem Lächeln geöffnet, das danke zu sagen schien. Wer warst du, wer warst du, wer warst du? Nur eine andere Frage verfolgte ihn so hartnäckig, wie ihn das Wer-warst-du verfolgte: nämlich die, die von dem Rätsel aufgeworfen wurde, mit dem sie ihren Brief schloß. «Ich kehre Dir den Rücken und wünsche Dir, daß Du die Formel findest, die Du suchst. Die Formel des Lebens. Es gibt sie, Liebster, es gibt sie. Ich kenne sie. Aber sie steckt nicht in einer mathematischen Formel, ist kein Laboratoriumskürzel oder -rezept: sie steckt in einem Wort. Ein einfaches Wort, das man hier bei jeder Gelegenheit sagt. Es verspricht nichts, das mußt Du bedenken. Aber dafür erklärt es alles und hilft.» Ein Wort, sagte er sich ungläubig, ein Wort. Sollte es möglich sein, daß ein Wort das erklärt, was Zahlen nicht erklären können, sollte es möglich sein, daß es da hilft, wo Zahlen nicht weiterhelfen? Habe ich mich denn geirrt, wenn ich glaubte, daß diese Suche mit Hilfe der Zauberin möglich sei, ja, nur mit ihr, die tausend Kunststücke und tausend Wunderdinge vollbringen kann? Ja, vielleicht habe ich mich geirrt. Vielleicht liegt die Antwort gar nicht im Abstrahieren des reinen Denkens, in der Körperlosigkeit der Zahlen: vielleicht liegt sie wirklich in der Körperlichkeit eines Worts. Und die Mathematik hat ja außerdem schon einmal bei mir versagt: als ich mich der Illusion hingab, Ordnung in die Unordnung bringen, die negative Tat durch eine positive Tat tilgen, das System auf seinen ursprünglichen Zustand zurückführen zu können, indem ich Passepartout umbrachte... Ein Wort, ein Wort! Ein einfaches Wort, das man hier bei jeder Gelegenheit ausspricht. Aber wenn man es bei jeder Gelegenheit ausspricht, wieso habe ich es dann nie gehört? Warum höre ich es nicht? Ob sein Klang vom Lärm des Krieges erstickt wird? Ob dieser Klang leiser ist als das Geräusch einer Feder, die auf eine Blume herabschwebt, oder eines Sterns, der im Leeren explodiert? Ob es sich um einen Infraschall von gerade zwei Hertz handelt oder um einen Ultraschall von tausend und abertausend Hertz, das heißt, ob er entweder viel zu tief oder viel zu hoch ist, um vom menschlichen Trommelfell registriert zu werden? Tatsache ist, daß man ein Wort nicht einfach ausspricht und Schluß, es nicht nur mit dem Klang wahrnimmt und Schluß. Ein Wort schreibt man, liest man, sieht man. Es ist auch ein Bild, das man sieht. Warum habe ich es nie gesehen, warum sehe ich es nicht?!? Aber bei dieser Selbstquälerei wurde es Angelo nicht bewußt, daß man ein Wort nicht nur hört und sieht, sondern auch lebt. Man atmet es, man berührt es. Er verstand nicht (oder besser: er hatte noch nicht verstanden), daß ein Wort nicht nur Klang und Bild ist, es ist auch Fleisch von unserem Fleisch: wahrhaft fleischgewordenes Wort. Denn seine Körperlichkeit ist uns seit jenen undenklichen Zeiten eigen, als wir noch nicht denken konnten, als wir nicht einmal wußten, daß eins größer ist als null. Die Urzeiten, in denen alles seinen Anfang nahm, die Zeit, die noch in uns ist, um uns die einzige Form der Erkenntnis zu liefern, die wirklich zählt.

Und nachdem dies geklärt ist, wenden wir uns Martino zu, der dagegen die Morgendämmerung mit freudiger Ungeduld erwartete. Seine einzige Sorge war, Angelo gegenüber sein Geheimnis zu lüften, das heißt, sich des fleischwerdenden Wortes zu bedienen, um die drei niemals ausgesprochenen Wörtchen auszusprechen: Ich-bin-gay, ich-bin-schwul.

* * *

Martino war taub für den Pessimismus von Charlie, der ihm nach der Begegnung mit Zandra Sadr zugebrummt hatte Das-hier-nimmt-ein-böses-Ende-Junge und war sich völlig sicher, daß er Beirut lebend verlassen würde. Was denn für ein drittes Boot, wieso denn Das-hier-nimmt-ein-böses-Ende-Junge, dachte er, während er die Zeitungsausschnitte verbrannte, unter denen sich auch das alte Exemplar von *L'écho du Liban* befand, ich kehre nach Hause zurück. Ich fühl es, ich weiß es. Nach Hause, nach Hause! Gott, wie herrlich, wieder nach Hause zu kommen, die Uniform auszuziehen, die so unbequem ist und einen so plump macht, Abschied von dem miesen Graugrün zu nehmen, das überhaupt nicht zu deinem Teint paßt, wieder die engen Blue Jeans anzuziehen und Hemden à la Pierrot, T-Shirts in knallrosa, mit denen du in Kairo herumstolziert bist, um den hocheleganten, stark parfümierten Diplomaten hoppzunehmen, der um dich und Albert rumscharwenzelte! Wie schön, nicht mehr die Carabinieri des Blauen Zimmers zu Nachbarn zu haben, die bei Nacht Ich-hab-Angst winseln und bei Tag den starken Mann markieren, sich auf dich stürzen, um den Joint einzukassieren! Wie wohltuend, nicht mehr in dem Rosa Zimmer zu wohnen, nicht mehr die aus idiotischem Chauvitum mit Dolchen traktierten Schränke und die Wände sehen zu müssen, die durch Poster mit nackten Weibern verunstaltet waren, mit der Blonden, die ihre behaarte Scham streichelte, und der Braunhaarigen, die dir ihre Brustwarze hinhielt! Was für eine Erleichterung, nicht mehr an den Sex-Wettkämpfen zwischen Ugo und Gaspare teilnehmen zu müssen, die gelernt hatten, wie sie Lady Godiva vögeln mußten, so daß sie ständig mit ihr im Badezimmer zugange waren, und der arme Stefano jammerte Sie-zerhauen-sie-mir, sie-zerreißen-sie-mir, sie-behandeln-sie-schlimmer-als-'ne-Nutte! Aber vor allem, was für ein Trost, diese Tantalusqualen loszuwerden, aus diesem Nest der Begierden und Versuchungen herauszukommen, wo dir der eine gefällt, weil er stark und intelligent ist, der andere, weil er mürrisch und finster ist, der nächste, weil er die runden Pobacken und den durchtriebenen Blick von Beppe hat, und die anderen wer weiß warum! Vierundzwanzig Stunden tagtäglich mit ihnen zusammen zu wohnen, verstehst du? Im selben Zimmer zu schlafen, unter derselben Dusche zu duschen, du, der du einen erotischen Duschkomplex hast, ihre ordinären Witze zu ertragen, ihr Spiel mitzuspielen und so zu tun, als ob du genauso wärst wie sie. So zu tun, als ob, als ob... Ah, wird das schön sein, nicht mehr so tun zu müssen, nicht mehr mit der Angst leben zu müssen, sich zu verraten und wie ein Pestkranker an den Pranger gestellt zu werden und sich wegen dieser Angst immer dienstbeflissen, eifrig, freundlich zu zeigen. Ich-geh-schon, ich-kümmere-mich-darum, das-mach-ich-schon. Was für ein Trost, wieder du selbst sein zu können, frei und ganz der eigenen Wahrheit verpflichtet, was für eine Erleichterung, sie nicht mehr als einen unreinen Wesenszug anzusehen, als eine Schuld, die um Vergebung bittet, als eine Krankheit, die mit einem Antibiotikum namens Frau behandelt werden muß! Du bist schwul und du bleibst schwul, mein Lieber. Vergiß also die Lucias, die Brunellas, die Adilés, die dir das Herz brachen, als sie das gemeinsame Kind wegwarfen, die Giovannas, die dich bei lebendigem Leib auffraßen, indem sie dich mit diesem und jenem betrogen, such dir einen zweiten Albert, und leb wie ein Schwuler: die Zukunft ist ein Versprechen, das morgen eingelöst wird.

Ja, Martino war wirklich zufrieden. So zufrieden, daß er nicht einmal ein Gramm Haschisch gekauft hatte. Was fängst du denn mit dem Haschisch an, den Joints, den Schnupfereien, wenn die Zukunft ein Versprechen ist, das morgen eingelöst wird? Aber er wollte nicht abfahren, ohne etwas zu tun, das die Vorstellung, die er sich auferlegt hatte, die Angst, mit der er ein Jahr lang gelebt hatte, ausgleichen sollte: bevor er an Bord ging, wollte er jemandem die Wahrheit über sich gestehen. Wollte er jemandem gegenüber die drei Wörtchen aussprechen, von denen er monatelang geträumt hatte, daß er sie hinausschreien würde, bis ihm die Stimmbänder rissen. Jemand, der ihm mit Achtung zuhören, der ihn verstehen, der ihn trösten oder ihm sogar gratulieren würde. Du-hast-Mut, Martino. Du-bist-ehrlich, Martino. Ich-hör-dir-zu, Martino. Und für die Erfüllung dieses Traums hatte er Angelo auserwählt: seiner Meinung nach der ideale Gesprächspartner, von dem er ja selbst ein schreckliches Geheimnis hütete. Das Geheimnis des Amal-Milizionärs, der bei der Vierundzwanzig getötet worden war. Er würde ihm die Dinge sagen, die er Lady Godiva gesagt hatte, dachte er. Er würde mit einem Gespräch über arrogante, unverschämte Schwule beginnen, die gleich anfangen, wie Hühner zu gackern, wenn du sie zurückweist, die sich an Michelangelo und an Leonardo da Vinci klammern, als hätten sie die Sixtinische Kapelle oder die Mona Lisa gemalt oder den David in Stein gehauen: er würde ihm, kurz gesagt, klarmachen, daß ihm die Schwulen immer unsympathisch gewesen waren. Danach würde er auf die Armee zu sprechen kommen, die keine Schwulen haben will und die Schwulen die heilige Uniform des Machos nicht anziehen läßt, und erklären, daß er das wegen der Slogans, mit denen die Armee die Naiven täuscht, nicht für ernst genommen hätte. Ein-Mann-muß-Soldat-sein, ein-Mann-wird-man-beim-Militär, komm-und-werd-Soldat und so weiter. Kurz gesagt, weil er sich der Illusion hingegeben habe, sofort geheilt zu werden. Statt dessen fand er dort nur das Gegenstück zu den Schwuchteln, das heißt, das nicht minder elende und nicht weniger groteske Phänomen des Chauvitums: den Kult des empfindlichen Rohrs aus Fleisch, das die Soldaten bei jeder sich bietenden Gelegenheit anrufen und auf dem ihr Jargon basiert. Schwanz hier, Schwanz da, Wichserei, verwichst, Scheißwichserei von 'ner Superscheißwichserei, oder auch Eier, Sack, auf die Eier gehen: Paronomasien und Onomatopöien, die beiden nicht weniger empfindlichen Gottheiten zur Linken und Rechten des Gottes Phallus betreffend. Und das, so würde er schließen, habe ihm die Augen geöffnet. Es habe ihn dazu gebracht zu verstehen, daß die Armee mit dem Wort «Mann» keineswegs den «Mann», sondern den «Macho» meinte, daß er aber kein «Macho» sein könne. Er lege keinen Wert darauf, ein «Macho» zu sein, er wolle kein «Macho» sein. Er wolle ein Mann sein und daher... Plötzlich entschloß er sich. Es war ungefähr ein Uhr nachts, aus dem Faß erhellten die züngelnden Flammen mit ihrem leuchtend rötlichen Licht die Blätter so stark wie nie zuvor, und Angelo stand gebückt über dem Schrankkoffer, um das alte Exemplar des *L'écho du Liban* in die Hand zu nehmen.

«Angelo, ich muß dir was sagen...»

«Ja...», antwortete Angelo und nahm das alte Exemplar des *L'écho du Liban* in die Hand.

«Etwas sehr, sehr Wichtiges...»

«Ja...», antwortete Angelo und hielt zum ersten Mal inne, um sich genauer anzusehen, was er im Begriff war, in die Flammen zu werfen.

«Ein Geheimnis, das mich sehr, sehr belastet...»

«Ja...», antwortete Angelo und näherte sich den züngelnden Flammen mit ihrem leuchtend rötlichen Licht, um die Titelseite der Illustrierten richtig zu beleuchten.

«Und ich beginne damit, daß ich dir gestehe, daß ich Schwule noch nie ausstehen konnte...»

«Ja...», antwortete Angelo und starrte auf die Titelseite.

Auf der Titelseite war eine Fotografie: das Foto eines gutaussehenden Mannes mit silbergrauem Haar und Gesichtszügen, die den seinen unglaublich ähnlich waren. Oder besser, denen, die er haben würde, wenn er mindestens dreißig Jahre älter wäre: eine hohe, breite Stirn, die von Falten durchfurcht war und etwas über ein Leben mit großer Verantwortung aussagte, Augen, die vom vielen Sehen müde waren, Wangen, die vom vielen Wachen hohl waren, ein strenger, harter Mund. Und zwar so hart, daß ihn nicht einmal die vollen, sinnlich sanften Lippen weicher machen konnten. Unter der Fotografie ein Titel in Riesenlettern: «Qui était l'homme qui aurait pu sauver notre pays?» Wer war der Mann, der unser Land hätte retten können? Unter dem Titel, in kleinen Lettern: «Unser Bericht auf den Seiten 13, 14, 15.»

«Vor allem die Tunten nicht, die sich auf ihre Homosexualität so viel einbilden und sie auf Demonstrationen vor sich herschwenken, die sie anderen aufzwingen wollen und den Anspruch erheben, sie durch Gesetze heiligsprechen zu lassen...»

«Ja», antwortete Angelo, suchte die Seite 13 und begann, den Artikel zu lesen.

Der Artikel sprach von einem hohen libanesischen Richter, dem Präsidenten des Gerichtshofs George Al Sharif, der im Alter von achtundfünfzig Jahren ermordet worden war, als er in seinem Rolls-Royce auf dem Weg zur Universität war, um an der Eröffnung des Studienjahres teilzunehmen. Ermordet von einer so gewaltigen Ladung Trotyl, daß das Auto in tausend Stücke zerrissen und vom Körper nur noch ein paar Fetzen übriggeblieben waren. Der Artikel begann mit der politischen Analyse des Verbrechens, das sich in jenen Tagen ereignet hatte, das heißt im Dezember 1978, und das einer der drei Gruppen zugeschrieben wurde, die gegen den Richter eingestellt waren: die sogenannten Herren des Kriegs, das heißt die hochehrenwerten Gangster, die die Stadt in ihrer Hand hatten, oder die Palästinenser von Habbash oder Arafat, die den Herren des Kriegs erfolgreich die Macht streitig machten, oder die Gefolgsleute einer verschwindend kleinen schiitischen Sekte, die sich erst seit kurzem dem Reigen der Gewalt angeschlossen hatte: die Schwarzen Tulpen oder Söhne Gottes. Der Artikel leitete dann über in einen biografischen Abriß George Al Sharifs, Sohn einer bedeutenden christlich-maronitischen Familie, die jahrzehntelang eine entscheidende Rolle in den Unabhängigkeitskämpfen des Libanon gespielt hatte, Enkel eines der wichtigsten Gestalter der 1926 verkündeten und 1939 von den Franzosen außer Kraft gesetzten Verfassung, Erbe märchenhafter Reichtümer, darunter Ölquellen in Nigeria, Finanzier der Eisenbahn, die 1961 die Hauptstadt mit Damaskus und Aleppo verband, ein außerordentlich mutiger Richter und Mann von Charakter, bekannt für seine Entschlossenheit, mit der er jedem gegenüber auftrat, der den Reigen der Gewalt vergrößerte. Schließlich der Mann, den jene, die nicht korrupt waren, gern als Präsident der Republik gesehen hätten, und der bis zu seinem fünfzigsten Lebensjahr der eingefleischteste und daher meistbegehrte Junggeselle von ganz Beirut gewesen war.

«Deshalb habe ich meine Homosexualität immer als einen unreinen Wesenszug angesehen, als eine Schuld, die vergeben, eine Krankheit, die geheilt werden muß...»

«Ja...», antwortete Angelo und las auf Seite 14 weiter.

Auf Seite 14 sprach der Artikel über die Frau, für die George Al Sharif das Junggesellendasein aufgegeben hatte: Natalia Narakat, sechsundzwanzig Jahre jünger als er, wie er aus einer bedeutenden christlich-maronitischen Familie stammend, die für die Unabhängigkeit des Libanon gekämpft hatte, gleich ihm Erbin märchenhafter Reichtümer, darunter Goldminen in Südafrika, und berühmt für ihre außergewöhnliche Schönheit. Doch sie war auch für ihre Intelligenz und ihre starke Persönlichkeit bekannt; sie hatte eine Eigenschaft, die ziemlich eigentümlich war: die, daß sie nicht die Sprache sprach, die im Libanon alle sprachen, nämlich Französisch. Sie weigerte sich, Französisch zu sprechen, aus Haß auf die Franzosen, die während der blutigen Unruhen von 1945, das heißt einige Monate vor ihrer Geburt, mit einer Garand-Salve ihren Vater erschossen hatten: einen berühmten Mathematiker und Führer des Aufstands. Diese Besonderheit wurde auch in dem Interview zitiert, das Natalia Narakat Al Sharif der Londoner *Times* einige Wochen zuvor gegeben hatte.

«Das ist der Grund, weshalb ich mich dem Einberufungsbescheid auch nicht entzogen habe, Angelo. Denn ich wollte in der Armee die

Heilung finden, die ich vorher nicht gefunden hatte, nicht bei Lucia, Brunella, Adilé, Giovanna und...»

«Ja...», antwortete Angelo und las den Artikel mit den Auszügen aus dem Interview weiter, das Natalia Narakat Al Sharif gegeben hatte.

Auszüge, die das Bild einer stolzen Frau erkennen ließen, die keineswegs schüchtern war. «Ich spreche diese Sprache sehr gut», hatte sie dem Korrespondenten der *Times* gesagt. «Als kleines Mädchen habe ich sie wesentlich besser gesprochen als Arabisch: meine Nanny war eine Schweizerin aus Lausanne, und meine Mutter schickte mich auf die École Française. Aber als ich erfuhr, daß es die Franzosen waren, die ihn getötet, auf ihn geschossen hatten, während er eine Demonstration anführte, habe ich mir geschworen, nie wieder auch nur eine Silbe ihrer Sprache auszusprechen und den Fuß niemals auf französischen Boden zu setzen. Ich habe beide Schwüre gehalten. Ich habe nicht die geringste Vorstellung davon, wie es in Paris ist oder an der Côte d'Azur, und auf französisch sage ich nicht einmal danke oder auf Wiedersehen.» Dafür spreche sie aber perfekt Englisch, erklärte der Autor des Artikels. Sie hatte es in England gelernt, wohin sie mit knapp vierzehn Jahren umgezogen war, um nicht-mehr-die-Leute-Französisch-sprechen-zu-hören, und wo sie einen Teil ihrer Kindheit und Jugend verbracht hatte. Nach Beirut war sie zur Feier ihres vierundzwanzigsten Geburtstages zurückgekommen, um an einer Garden-Party teilzunehmen, die die Britische Botschaft ihr zu Ehren gab, dort hatte sie George Al Sharif kennengelernt, und einen Monat später hatte sie ihn geheiratet. Als eine jähe, unausweichliche, unerbittliche Liebe wie in der griechischen Tragödie hatte der Korrespondent der *Times* sie bezeichnet. «Angesichts des großen Altersunterschieds glauben einige, daß ich in George den Vater sehe, den ich nicht hatte: einen Beschützer, einen Führer. Unsinn. Ich bin in George verliebt, mit meinem Körper und mit meiner Seele. Und zwar so verliebt, daß mir, wenn ich auf der Straße einen Mann erblicke, der ihm ähnelt, mir das Herz bis zum Hals klopft und ich ihn anhalten und sogar umarmen möchte. Ich habe ihn nicht aus dem Bedürfnis nach Zärtlichkeit oder Schutz geheiratet, nein. Und auch nicht aus Bewunderung, obgleich es an George viel zu bewundern gibt. Ich habe ihn aus Liebe geheiratet. Eine jähe, unausweichliche, unerbittliche Liebe: wie in einer griechischen Tragödie. Ich würde wahnsinnig, wenn ich ihn verlöre.» Und die Vorhersage hatte sich bewahrheitet, sagte der Artikel in den letzten Zeilen auf Seite 14. Jetzt befinde sich Natalia Narakat Al Sharif in einer psychiatrischen Klinik im Chouf, wo die Ärzte sagten, sie würde wegen einer schweren manischen Depression behandelt. Aber in Wirklichkeit ging es eindeutig um Wahnsinn, und auch wenn sie nach Hause zurückkehre, müsse man ausschließen, daß sie je wieder zu Verstand komme.

«Kurz und gut, Angelo, ich habe mich zu meiner Wahrheit bekannt», schloß Martino mit einem Seufzer.

«Ja...», antwortete Angelo und blätterte die Seite 14 um.

«Und ich kann die drei Wörtchen endlich aussprechen. Ich bin schwul! Ich bin gay!»

«Ja...», antwortete Angelo und schaute auf Seite 15.

«Angelo!»

«Ja...»

«Ich habe dir gesagt, daß ich schwul bin, daß ich gay bin!» Aber diesmal flüsterte Angelo nicht einmal dieses leere Ja. Er schwieg und basta.

Er schwieg und basta, denn nun war er zutiefst erschüttert. Und er war zutiefst erschüttert, weil er auf Seite 15 etwas gesehen hatte, was er, trotz des unbezweifelbaren Hinweises der Tatsache, daß Natalia Narakat Al Sharif sich weigerte, Französisch zu sprechen und sehr gut Englisch konnte, trotz der Bestätigung, daß ihr Mann von einer Granate getötet worden und ihr Vater vor ihrer Geburt gestorben sei, nicht bereit war zu sehen: zwei große Fotos von Ninette. Eins, auf dem sie im Brautkleid am Arm von George Al Sharif aus der Kirche Notre-Dame-du-Liban trat, strahlend vor Glück, und das andere, auf dem sie, von ihrem Hauspersonal gestützt, ganz außer sich auf die menschlichen Fetzen zwischen den Resten des Rolls-Royce starrte.

«Angelo! Hörst du mir nicht zu, hast du mir nicht zugehört, Angelo?!?»

«Angelo! Hast du nicht gehört, was ich gesagt habe?!?»

«Angelo! Warum schweigst du denn immer noch?!?»

Er schwieg weiter, weil sich zwischen den beiden Fotos von Ninette ein Kasten mit einer erschütternden Überschrift und einer Erklärung befand, mit der sich Natalia Narakat Al Sharif von dem Korrespondenten der *Times* verabschiedet hatte. Die Überschrift lautete »La formule de la Vie«. Die Formel des Lebens. Die Erklärung war folgende: «Wie ich mit dem Problem fertig werde, mit diesen unaufhörlichen Drohungen gegen George zu leben, das heißt in dieser Mischung aus Glück und Schrecken? Das ist, als würden Sie mich fragen, ob es die Formel des Lebens gebe... Ich werde Ihnen darauf mit einem außergewöhnlichen Satz antworten, den ich zufällig in irgendeinem Film sah, aufgeschnappt habe. Ja, außergewöhnlich. Und zwar so außergewöhnlich, daß ich gerne wüßte, ob es sich um einen Aphorismus handelt, der dem Hirn eines bedeutenden Philosophen entsprungen ist, oder um einen einfachen Dialogtext, der aus der Feder eines genialen Drehbuchautors stammt. Der Satz lautete: ‹Das Leben ist keine Aufgabe, die gelöst werden muß. Es ist ein Mysterium, das gelebt werden muß.› So ist es, verehrter Freund, so ist es. Ich glaube, niemand kann das Gegenteil behaupten. Also gibt es die Formel. Sie besteht in einem Wort. Einem einfachen Wort, das man hier bei jeder Gelegenheit ausspricht, das nichts verheißt, alles erklärt und in jedem Fall hilft: Inschallah. Wie es Gott will, wie es Gott gefällt, Inschallah.»

* * *

Entschlossen, sich für die Nachteile der Waffenruhe schadlos zu halten, die sie bei Sonnenaufgang um das Vergnügen bringen würde, zu töten und getötet zu werden, bereiteten sich unterdessen Christen wie Moslems auf den Angriff auf die Grüne Linie vor. Und dank der Drusen, die blindlings von den Bergen heruntergeschossen, brach kurz darauf die Hölle los. Ein Bombardement mit 105ern, 106ern, 130ern und 155ern. Mörsergranaten, Katiuschas, den Tum-tum-tum der MGs, Salven aus RPGs, aus M16ern und Kalaschnikows. Und selbstverständlich auch das übliche Gejaule der streunenden Hunde und das übliche Kikeriki der wahnsinnig gewordenen Hähne. Dieses verzweifelte, gepeinigte, menschliche Kikeriki, diese Doppelschluchzer, aus denen man die flehentliche Bitte um Hilfe, Hi-ilfe-Hi-ilfe herauszuhören meinte. Sowohl in Chatila wie in Bourji el Barajni mußten sie sich in die Panzer flüchten, und im Hof des Kommandostützpunkts wurde Martino von einem Splitter verletzt, der ihn ins Gesäß traf, als er, allein den leeren Schrankkoffer hinter sich herschleifend, wieder hineinging.

–9–

Die letzte Nacht war eine lange Nacht, und im Kommandostützpunkt schlief keiner. Der eine ging durch die leeren Räume oder die Treppen hinauf und hinunter wie eine arme Seele. Der andere fluchte mit zusammengebissenen Zähnen oder stieß wilde Verwünschungen aus. Der andere rauchte eine Zigarette nach der anderen oder betäubte sich mit Whisky und Mokkalikör. Wieder einer tat so, als helfe er den Unruhigsten, und wollte doch nur sich selbst helfen. Pistoia verbreitete seine längst schal gewordene Fröhlichkeit: «Los, Jungs, morgen mittag ficken die uns mit 'nem Feuerwerk in den Arsch, und dann fahrn wir auf Grund!» Zucker bot technische Ratschläge an: «Also, denkt dran! Wenn er kommt, dann zielt ihr auf den Motor. Nicht auf das Hexogen! Auf den Motor!» Verrücktes Pferd rezitierte Verse aus der *Äneis*: «Revocate animus maestumque timorem mittite, forsan et haec olim meminisse juvabit! Befreit eure Herzen von Trauer und Angst, ihr möget vielleicht eines Tags euch noch gerne erinnern, lehrt uns Vergil!» Was Charlie angeht, so war er dermaßen beunruhigt, daß er dem Kondor unhöflich antwortete, als dieser ihm eine Beförderung in Aussicht stellte: «Wenn Sie wüßten, wo ich mir diese Rangabzeichen hinstecke, Generale.» Nur der Professor zeigte nicht die geringste Nervosität. Und trotzdem fraß ihn die Angst auf, und das aus gutem Grund: bevor das Bombardement eingesetzt hatte, war er in den Innenhof gegangen und hatte mit Angelo gesprochen. Das geht aus dem Brief hervor, den er an seine nicht existierende Frau schrieb, nachdem er die *Dialoge* von Platon, das *De libero Arbitrio* von Erasmus von Rotterdam, die *Kritik der reinen Vernunft* von Kant und den Rest der gedankenschweren Bibliothek in den Sack gestopft hatte. Zwölf engbeschriebene Seiten, die er bei Morgengrauen in einen an sich selbst adressierten Umschlag steckte.

* * *

Ich schreibe diesen Brief in der seelischen Verfassung eines Menschen, der möglicherweise die letzte Nacht seines Lebens erlebt, Liebste, und sollte ich überleben, so werde ich ihn vernichten. (Briefe, die im Angesicht des Todes geschrieben werden, haben nur dann Sinn, wenn die, die sie geschrieben haben, auch gestorben sind. Ist das nicht der Fall, klingen diese Briefe peinlich, ja albern. Und wenn der Schreiber auch nur einen Funken Stolz, mehr noch, einen Funken Humor besitzt, dann schämt er sich ihrer). Werde ich sterben, werden wir sterben? Werde ich überleben, werden wir überleben? Beide Hypothesen haben ihre Berechtigung, Liebste. In der Tat sitzen meine Kameraden auf einer Schaukel und schwingen zwischen absolut ungebrochenem

Optimismus und tiefstem Pessimismus hin und her; einmal sagen sie, daß wir keinerlei Bedrohung ausgesetzt sind, daß alle drei Schiffe die Gewässer von Beirut unversehrt verlassen werden; dann wiederum sagen sie, daß der dritte Lastwagen kommen wird und daß er ausgerechnet über diese Gewässer kommen wird, daß er das Schiff treffen wird, mit dem wir fahren, wir vom Kommando. Ich aber fürchte die erste Hypothese, ich erwarte, daß ich sterben werde, weil... Gott, wie bösartig kann das Schicksal doch sein, ja wie sadistisch! Vor einer Stunde, als ich durch die Flure ging, bemerkte ich, daß im Hof ein Feuer flackerte. Gleich lief ich hin, um nachzusehen, was denn da brannte, und wen finde ich vor einem brennenden Benzinfaß? Den Dolmetscher des Arabischen Büros und den Unteroffizier, der mich zur Schlüsselfigur meiner kleinen Ilias inspiriert hat. Niedergeschlagen und bedrückt, so angewidert, so als hätte er eine große Enttäuschung oder Kränkung erlebt, verbrannte der erstere Papiere aus einem Schrankkoffer. Der andere, versteinert, als hätte er ein Gespenst gesehen, starrte auf eine Zeitung, die er in den Händen hielt, und im rötlichen Widerschein erschien er mir dermaßen gealtert, daß ich mich auf der Stelle fragte, ob er es wirklich sei. Die Stirn war von Falten durchfurcht, die etwas über ein Leben mit großer Verantwortung aussagte, die Augen waren müde vom vielen Sehen, die Wangen vom vielen Wachen hohl, und ein strenger, harter Mund. Und zwar so hart, daß ihn nicht einmal die vollen, sinnlich sanften Lippen weicher machen konnten. Du hättest ihn für über fünfzig halten können, für seinen eigenen Vater. Ich kam näher. Weil ich glaubte, ein heftiger Schmerz habe ihn versteinert (die wunderschöne Libanesin, die er liebte, ohne es zu wissen, wurde Weihnachten während der Schlacht in Gobeyre erschossen), habe ich seine Schultern umfaßt. Danach habe ich ihm die Zeitung aus der Hand genommen und ins Feuer geworfen; dann habe ich ihn, den Arm um seine Schultern gelegt, in den Saal gebracht, in dem früher die Lagebesprechungen stattfanden. Ich habe ihm eine schöne Predigt über die Zeit gehalten, die alle Wunden heilt, über die Freude am Leben, die er, wäre er erst einmal nach Italien zurückgekehrt, wiederentdecken würde. Nun ja, für ein paar Minuten schien es, als stimme er zu; er hörte mich mit gesenktem Kopf an. Hin und wieder nickte er. Bei den Worten Nach-Italien-zurückgekehrt hob er jedoch das Gesicht, das dreißig Jahre älter war als er, und: «Signor Colonnello, wir werden nicht nach Italien zurückkehren. Ich kann Ihnen auch darlegen, warum nicht.» Dann hat er es mir dargelegt, und obwohl ich überzeugt bin, daß seine Darlegung eher ein Enthymem ist, ein Gedanke, dem es an einer Prämisse fehlt, obgleich er einen Mangel aufweist, der mir etwas verbirgt...

Es handelt sich um eine Frage, die sich aus einem trigonometrischen Problem ergibt, das er mir auseinandergesetzt hat, indem er von drei, meiner Meinung nach willkürlichen Voraussetzungen ausging. Erstens, daß sich das Kamikazeboot inmitten zahlreicher anderer Boote verborgen halte, die in der Bucht neben dem Hafenbecken vertäut sind, aus dem wir auslaufen. Zweitens, daß es sich sofort in Bewegung setzt, sobald das Schiff den Hafen verläßt und sich mit einer Geschwindigkeit von sechs Knoten auf dem Bogen einer Parabel in nordwestliche Richtung bewegen würde. Drittens, daß das Motorboot mit einer Geschwindigkeit von dreißig und dann fünfunddreißig Knoten auf das Schiff zurasen würde, und zwar auf einer Geschoßbahn mit einem Winkel von 45 Grad zur linken Schiffswand. Das ist die Schiffswand, die getroffen werden soll. Mit den bereits durchgeführten Berechnungen lieferte er mir auch gleich das Ergebnis und: «Signor Colonnello, um den Aufprallpunkt zu erreichen, benötigen sowohl das Boot wie auch das Schiff vierundsechzig Sekunden. Mithin ist es unvermeidlich, daß das Boot gegen das Schiff prallt und das Schiff in die Luft fliegt.» Dagegen habe ich Protest angemeldet. Ich habe eingewandt, daß die Resultate einer Aufgabe nur in solchen Fällen gültig sind, in denen die Voraussetzungen, von denen man ausgeht, um das eigentliche Problem darzulegen, gültig sind, daß aber seine Voraussetzungen keineswegs gültig waren; es waren eher berechtigte Phantasien, schlüssige, aus der Wahrscheinlichkeitsrechnung abgeleitete Vermutungen. Wer garantierte ihm, daß das Boot wirklich existierte und sich ausgerechnet in dieser Bucht verborgen hielt? Wer gab ihm die Gewähr, daß es sich in Bewegung setzte, sobald das Schiff den Hafen verließ, daß es sofort von 20 auf 35 Knoten aufdrehte, daß es sich auf einer Geschoßbahn mit einem Winkel von 45 Grad zur linken Schiffswand bewegte?!? Wer sagte ihm denn, daß das Schiff ausgerechnet mit einer Geschwindigkeit von sechs Knoten aus dem Hafen auslief und ausgerechnet auf diesem Bogen einer Parabel?!? Aber selbst, wenn die Dinge sich so abspielen würden, wie er es mit seinen berechtigten Phantasien, seinen schlüssigen Vermutungen voraussah, wer gab ihm denn die Gewißheit, daß das Boot nicht von uns oder von der Flotte abgeschossen wurde, bevor es gegen das Schiff prallte?!? Doch nachdem er mir bewiesen hatte, daß die Flotte in vierundsechzig Sekunden überhaupt nichts abschießen konnte und wir noch viel weniger, sah er mich mit seinen Augen, die vom vielen Sehen müde waren, voll an und antwortete: «Signor Colonnello, in der Mathematik gibt es niemals eine absolute Gewißheit. Um eine Unbekannte zu entdecken, geht man immer von schlüssigen Vermutungen, von berechtigten Phantasien aus; die Wahrscheinlichkeitsrechnung ist eine von allen naturwissenschaftlichen Disziplinen akzeptierte und angewandte Theorie. Außerdem ist es zulässig, dort, wo die Wahrscheinlichkeit an Gewißheit grenzt, von Gewißheit zu sprechen. Und ich versichere Ihnen, daß die Wahrscheinlichkeit, von dem Boot gerammt zu werden, an Gewißheit grenzt. Was das ‹nahezu› angeht, das die absolute Gewißheit von der größtmöglichen Gewißheit trennt, so nennt man das Schicksal: Inschallah. Wie es Gott will, wie es Gott gefällt, Inschallah.» Er hat mir, kurz gesagt, den Mund gestopft. Und danach hat er noch Schlimmeres getan. Denn auf die Frage, ob er die Formel gefunden habe, die er suchte, die Formel des Lebens, hat er geantwortet: «Ja. Ich habe sie Ihnen ja gerade genannt. Es ist das Wort Inschallah. Aber ich finde dieses Wort widerlich, ich verabscheue es so sehr wie das Wort Schicksal: beide sind Symbole einer Ohnmacht und Resignation, die den Begriff der Freiheit und Verantwortung töten. Jedenfalls muß ich, um sie akzeptieren, um an sie glauben zu können, noch die Formel des Todes entkräften.» Liebste, ob er es nun akzeptiert oder nicht, daran glaubt oder nicht, auch ich verabscheue das Wort Schicksal: das Wort Inschallah. Die meisten sehen darin Hoffnung, günstige Vorzeichen, Vertrauen in das göttliche Erbarmen. Wie er sehe ich statt dessen nur Unterwürfigkeit, Resignation, Ohnmacht und Selbstaufgabe darin. *Himmlischer Vater, Allmächtiger Gott, Jehovah, Allah, Brahma, Baal, Adonai oder-wie-du-sonst-noch-heißt: wähle-du-für-mich, entscheide-du-für-mich.* Nein und abermals nein, ich weigere mich, meinen Willen und mein Denken an Gott zu delegieren. Ich weigere mich, mich selbst aufzugeben und zu resignieren. Ein Mensch, der resigniert, ist schon tot, noch bevor er gestorben ist, und ich will nicht tot sein, bevor ich gestorben bin. Ich will nicht als Toter sterben! Ich will lebendig sterben.

Ich will lebendig sterben, und noch nie habe ich mich so lebendig gefühlt. Mein Herz hat niemals besser geschlagen, meine Lungen haben niemals besser geatmet, mein Gehirn hat niemals besser gedacht. An wie viele Dinge ich heute nacht denke! So viele sind es, daß ich, wollte ich sie Dir alle nennen, Jahrtausende leben müßte. Und wenn die Wahrscheinlichkeitsrechnung eine Nahezu-Gewißheit anbietet, die an absolute Gewißheit grenzt, dann liegen nur noch zwölf Stunden Leben vor mir: ich habe gerade noch Zeit, Dir etwas zu sagen. Was? Nun, beispielsweise, daß ich nicht mehr an den Beruf glaube, an den ich so fest geglaubt habe: den Beruf des Soldaten. Aber wie kann *ich Dir eine derartige Wandlung erklären? Vielleicht indem ich von einer Geschichte ausgehe, die ich gestern abend gehört habe. Eine schmutzige, grauenvolle Geschichte. Du erinnerst Dich an Schwester Espérance, Schwester George, Schwester Milady, Schwester Madeleine und Schwester Françoise, die fünf Nonnen, die ich unter die Figuren meiner kleinen Ilias aufnehmen wollte? Nun, die beiden zuletzt genannten sind gesund und in Sicherheit: Schwester Madeleine ist in Marseille, wohin sie sich retten konnte, und Schwester Françoise ist im Rizk-Krankenhaus, wo sie Krankenschwester ist. Schwester Espérance und Schwester George und Schwester Milady dagegen, die zurückgeblieben waren, um den Konvent zu bewachen... Ich habe es von Gigi il Candido erfahren, der es wiederum von einem Amal erfahren hat: einem ohnmächtigen oder feigen Zeugen dessen, was jetzt als das-Martyrium-der-drei-Nonnen bezeichnet wird. Armer Gigi. Er weinte wie ein Kind, und unter Tränen sagte er immer wieder: «Ich sage es Armando nicht, ich sage es dem Falken nicht. Ich sage es ihnen nicht.» Schwester Espérance hatte Glück. Sie ist im Kampf gestorben, während sie mit dem Kruzifix auf die Söhne Gottes einschlug und sie zurückdrängte, wobei sie deren Anführer das Gesicht zertrümmerte: einem buckligen Mullah mit karminrotem Turban und einem am Schultergürtel befestigten Koran; er hatte sie im Keller aufgespürt und in die Kapelle geschleift. Eine kurze Salve aus der Kalaschnikow durchlöcherte ihr die Brust. Schwester George, nein: sie hatte kein Glück. Aus Zorn darüber, daß Schwester Espérance ihm das Gesicht zertrümmert hatte, ließ sie der bucklige Mullah dafür büßen und brachte sie ganz langsam um: mit Bajonettstichen. Sie indessen betete. Sie sprach das Ave Maria. «Je vous salue, Marie, pleine de grâce... Le Seigneur est avec vous... Soyez vous bénie entre toutes les femmes et béni soit le fruit de vos entrailles...» Was nun Schwester Milady angeht, war das so: die Söhne Gottes waren zu mehr als dreißig. Nachdem sie ihr die Kleider vom Leib gerissen und sie gefesselt hatten, folterten und vergewaltigten und sodomisierten sie sie. Einer nach dem anderen, wie bei den von den Falangisten gefolterten und vergewaltigten und sodomisierten palästinensischen Frauen beim Massaker von Sabra und Chatila, oder wie bei den von den Palästinensern gefolterten und vergewaltigten und sodomisierten maronitischen Frauen beim Massaker von Damour oder von den Drusen bei den Massakern in den Bergen des Choufs. Dann ließen sie sie halbtot da liegen. Sie gaben ihr nicht einmal den Gnadenschuß. Diese Stadt der ausgehungerten Hyänen. Diese Totenstadt, infiziert und verwaltet von infizierten Leichenfressern, für die töten und getötet werden die einzige Art ist zu leben. Diese Hauptstadt des Militarismus, des widerlichsten Militarismus, wo auch Kinder Soldaten sind und der Soldatenberuf jeden anderen Beruf verdrängt hat. Denn diese Söhne Gottes waren und sind Soldaten, verstehst du? Dieser Mullah war und ist ein Soldat, verstehst du? Soldaten, wenn auch Soldaten eines Freikorps, so doch Soldaten. Als Soldaten haben sie den Hügel genommen, als Soldaten sind sie gestorben, um ihn einzunehmen, als Soldaten sind sie in den Konvent eingedrungen, und als Soldaten halten sie ihn jetzt mit ihren Waffen und mit ihren Fahnen. Ja, ich sage, daß es zu einfach ist, dem Krieg die Schuld zu geben, sich hinter einem abstrakten Begriff zu verschanzen, den wir Krieg nennen und auf den wir uns beziehen wie auf eine Art Erbsünde, eine Art göttlichen Fluchs. Der Diskurs, der zu führen ist, ist nicht über den Krieg zu führen. Sondern über die Menschen, die den Krieg machen, über die Soldaten, über den ältesten, den unveränderlichsten, unvergänglichsten Beruf, den es gibt, seit es Leben gibt. Den Beruf des Soldaten. Den Beruf, den ich liebte, den ich respektierte, den ich idealisierte und den ich jetzt verdamme. Denn ich habe den grundsätzlichen Irrtum, den Erbfehler erkannt.*

Welchen grundsätzlichen Irrtum, welchen Erbfehler? Im ersten Brief schrieb ich Dir, daß der Protoanthropus, der als Wächter vor seiner Höhle aufgestellt wurde, daß der Hominide, der die wilden Tiere und die Feinde mit einer Keule am Eindringen hinderte, ein Soldat war. Ja, das war er. Ein Soldat, genau wie die Soldaten, die am Eingang unserer Stützpunkte stehen, an unseren Straßensperren, auf unseren Beobachtungsständen, in unseren Stellungen in Bourji el Barajni oder Chatila. Ganz genau so: ich erinnere mich gut an ihn. Ich erinnere mich so gut an ihn, weil ich ihn schon vor drei Millionen Jahren gekannt habe, als auch ich ein Protoanthropus war. Ich nannte ihn bei seinem Namen. Ich nannte ihn Rocco, ich nannte ihn Rambo, ich nannte ihn Ferruccio oder Fabio oder Matteo oder Luca oder Nicola oder Nagel oder Nazarener oder Zwiebel oder Stefano oder Martino oder Fifi oder Gaspare oder Ugo oder Bernard le Français oder Salvatore Bellezza, Sohn des verstorbenen Onofrio... Und es macht nichts, daß er keine Uniform trug, keine kugelsichere Weste hatte, keinen Helm hatte, sommers nackt ging und sich winters mit einem Tierfell bedeckte. Und es macht nichts, daß er nicht aufrecht ging und nie die Habt-Acht-Haltung einnahm. Er war genauso alt, und seine Naivität, seine Einfalt, seine Unschuld und seine dumme Angewohnheit, immer zu nörgeln und sich zu beklagen, war genau die gleiche. Ich-bin-müde, mir-ist-kalt, ich-möchte-schlafen, ich-hab-Angst, ich-will-vögeln, ich-will-nach-Haus... Auch daran erinnere ich mich.

Und dann erinnere ich mich noch, daß er mir sehr leid tat. Und zwar derart, daß ich ihm, wenn er sich beklagte, am liebsten gesagt hätte: geh dich ausruhen, Junge. Geh dich aufwärmen, geh schlafen, geh und laß dir die Angst vertreiben, geh und vögele deine Protoanthropussi, geh nach Haus. Ich werde die Höhle bewachen, ich werde mich um das Mammut kümmern. Doch der Beruf des Soldaten besteht nicht allein darin, den Schlaf des eigenen Stamms zu beschützen, die wilden Tiere daran zu hindern, in die Höhle einzudringen, in welcher der Stamm wohnt. Der Beruf des Soldaten besteht auch darin, das Gebiet dieses Stammes zu erweitern, die Macht zu vergrößern, anderen den Glauben aufzuzwingen: eine Aufgabe, die Du dadurch löst, daß Du Dich an das erinnerst, was man Dir beigebracht hat, und zwar, daß der, der sein Gebiet nicht hergeben oder seinen Glauben nicht aufgeben will, ein Feind ist; daß der Feind vernichtet werden muß; daß eine Vernichtung das Recht und die Pflicht eines jeden Soldaten und darüber hinaus ein durch Straffreiheit gewährtes Privileg ist, das der Beruf des Soldaten garantiert. So daß der Protoanthropus, den ich Rambo genannt habe und nenne, oder Ferruccio oder Fabio oder Matteo oder Luca oder Nicola oder Nagel oder Nazarener oder Zwiebel oder Stefano oder Martino oder Fifi oder Gaspare oder Ugo oder Bernard le Français oder Salvatore Bellezza, Sohn des verstorbenen Onofrio, wenn ihm der Befehl dazu erteilt wird, diesen ausführt. In seiner Naivität, seiner Einfalt, seiner Unschuld, seiner dummen Angewohnheit, immer zu nörgeln und sich zu beklagen, gehorcht er und macht sich auf, die Höhlen anderer zu erobern. Nicht mehr müde, nicht mehr frierend, nicht mehr schläfrig, nicht mehr ängstlich, nicht mehr sentimental dringt er dort ein. Er schwingt die Keule, und in der Gewißheit, eine lobenswerte und straffreie Tat auszuführen, bringt er um, was ihm in die Quere kommt: Männer, Frauen, Greise, Kinder, Nonnen. Im Namen Gottes, Allahs, Jehovas, Brahmas, Baals oder im Namen des Kapitalismus, des Kommunismus, des Faschismus, des Sozialismus, des Nationalsozialismus, des Liberalismus, der Demokratie und natürlich des Vaterlands durchlöchert er die Brust von Schwester Espérance, die sich verteidigt, indem sie mit dem Kruzifix nach ihm schlägt. Durchbohrt er Schwester George, die das Ave Maria betet. Entkleidet und fesselt und foltert und vergewaltigt und sodomisiert er Schwester Mylady. Wird er zum Mammut, zur wilden Bestie. Schlimmer noch: wenn ihm befohlen wird, dieses Recht, diese Pflicht, dieses Privileg innerhalb seines Stammes wahrzunehmen, das heißt gegenüber den vermeintlichen Feinden, die mit ihm in der Höhle wohnen, gehorcht er genauso. Wiederum im Namen des Glaubens, im Namen

Gottes, Allahs, Jehovas und natürlich des Vaterlandes nimmt er die eigenen Brüder und Schwestern gefangen. Er entkleidet sie, fesselt sie, foltert sie, vergewaltigt sie und sodomisiert sie. Er erschießt sie. Nur keine Heuchelei und keine Illusionen: nicht immer, aber oft laden Soldaten grausame Schuld auf sich. Nicht immer, aber oft begehen sie furchtbare Verbrechen, ob sie nun nackt oder mit einem Tierfell bedeckt sind, ob sie nun die betreßte Uniform einer regulären Armee oder die zusammengesuchte eines Freikorps tragen. Verbrechen, für die einer, der nicht Soldat ist, ins Zuchthaus wandert, seinen Prozeß bekommt und vielleicht zum Tod durch den Strang verurteilt wird. Oder für nicht zurechnungsfähig erklärt und in eine Irrenanstalt gesteckt wird. Liebste, ich habe nicht daran gedacht und wollte auch nicht daran denken, während ich Dir schrieb, daß die Uniform eine Kutte ist, eine franziskanische Vorstellung, ein Akt der Demut. Heute nacht aber denke ich darüber nach und fühle mich als Komplize all dieser Verbrechen. Es stimmt zwar, daß ich meinen Protoanthropi niemals beigebracht habe, Nonnen umzubringen, und es stimmt auch, daß ich ihnen niemals den Befehl gegeben habe, innerhalb und außerhalb ihrer Höhlen Gewalt auszuüben, doch im Namen des Vaterlandes und all der anderen wunderbaren Dinge habe ich ihnen gesagt, es sei das Recht und die Pflicht eines Soldaten, den Feind zu vernichten (beziehungsweise den, den wir jeweils zum Feind erklären, aber möglicherweise morgen schon wieder als Freund bezeichnen). Diesen Grundsatz habe ich ihnen eingetrichtert, ja. Direkt oder indirekt habe ich ihnen erzählt, daß es ein Verbrechen sei, wenn man als Zivilist tötet, und daß man dafür im Zuchthaus landet oder am Galgen; daß es aber eine Tugend sei, wenn man als Soldat tötet, und daß man dafür goldene oder silberne Medaillen oder Lorbeerkränze erhält. Ich habe ihnen also eingetrichtert, daß es zwei Betrachtungsweisen von Gut und Böse gibt; zwei gegensätzliche Anschauungen von Gut und Böse.

Es gibt keine fraglichere und verkanntere Anschauung als die von Gut und Böse, das wissen wir. Seit dem Tag, als den Menschen bewußt wurde, daß sie Menschen waren (eine grauenerregende Entdeckung, und ich bin froh, daß ich nicht dabei war), tun wir nichts anderes, als uns dessen zu bedienen, ohne eine objektive Definition abzugeben. Fast alle Definitionen, die wir im Verlauf von rund fünfzig Jahrhunderten gesammelt haben, stehen auf schwachen Füßen, von den Moden einer Epoche und den Vorurteilen einer Gesellschaft diktiert, aufgezwungen vom Fanatismus oder den Interessen eines Augenblicks, sind sie in jedem Fall jedoch entmutigende Idiotien: das wirst Du einräumen. Nein, ich vergesse nicht, was ich seinerzeit gesagt habe, als wir mit den heiligen Schriften vor den Augen miteinander diskutiert haben, so daß die Sentenzen von Platon und Plotin, vom Heiligen Augustinus und von Descartes, Spinoza und Kant nur so wie Konfetti um uns herumflogen. Eine objektive Definition von Gut und Böse zu erwarten hatte Sinn, als Gut und Böse noch ethische Kategorien waren, also ein moralisches Problem darstellten, sagte ich. Dies hatte Sinn, als Gott und der Teufel noch lebendig waren und sich der eine mit dem Paradies zum Garanten des Guten, der andere mit der Hölle zum Garanten des Bösen machte, das heißt, als die großen Erlösungsreligionen unser Verhalten bestimmten und man die Sünde ernst nahm, so sagte ich. Aber nun, wo Gott und der Teufel von unseren Nietzsches und unseren Freuds und unseren Marxens umgebracht worden sind, heute, wo die großen Erlösungsreligionen durch unsere Naturwissenschaften und durch unsere Vernunft diskreditiert worden sind, nun, da das Paradies und die Hölle zu Märchenerzählungen geworden sind, wird die Sünde nicht mehr ernst genommen. Gut und Böse stellen keine ethischen Kategorien mehr dar, sind mithin kein moralisches Problem mehr. Allenfalls sind sie noch ein medizinisches Problem, ein Zustand psychischer Gesundheit oder Krankheit, ein Gleichgewicht oder Ungleichgewicht, das auf biochemische, das Gehirn beeinflussende Phänomene zurückzuführen ist. Und die objektive Definition hat keinen Sinn mehr, sagte ich. Heute nacht sage ich das nicht. Auch wenn ich weiterhin alle Ideen von Gott und Teufel und alle Jenseits-Metaphysiken zurückweise, heute nacht bin ich der Meinung, daß in den Argumenten derer, die die Sünde ernst nahmen, etwas Wahres steckt. In den Argumenten all jener, die ein Messias waren, die, um die Menschen anzuhalten, etwas weniger böse zu sein, ihnen das Paradies versprachen oder ihnen mit der Hölle drohten; in den Argumenten der Apostel, die mit Hilfe der Vergöttlichung des Messias an den Willen appellierten und Verantwortung bewußtmachten. Liebste, es ist unmöglich, daß Gut und Böse aus Hämoglobin und Chlorophyll, aus Vitaminen und Hormonen bestehen. Es ist unmöglich, daß sie vom Stoffwechsel und der Biosynthese der Kohlenhydrate, der Fette und Proteine abhängen, vom Prozentsatz an Nukleinsäure und Phosphor, der sich in den grauen Zellen befindet. Es ist unmöglich, daß der Wille nicht zählt, daß die Verantwortung wertlos ist, daß sogar die Naturwissenschaft Inschallah stammelt. Und wenn ich mich irre, wenn die Dinge denn wirklich so stehen, wie es die Erben Nietzsches und Freuds und Marxens darstellen, dann sollen sie doch in ihren pharmazeutischen Labors das Gute produzieren! Sollen sie doch eine Salbe daraus machen, ein Gel, einen Saft, eine Pille, ein Zäpfchen, das man sich in den Hintern schiebt, einen Impfstoff, intramuskulär oder intravenös zu verabreichen. Einen Impfstoff, der das Foltern, Vergewaltigen, Sodomisieren und Töten in der eigenen Höhle wie in der Höhle der anderen verhindert, ein Medikament, das man in der Apotheke kaufen kann. Anderenfalls – und sei es, daß man Gott und den Teufel, das Paradies und die Hölle, die Religionen mit all ihrem Drum und Dran, sei es, daß man sich auf das Risiko eines neuen Torquemada einlassen muß, aber schließlich haben wir gelernt, die Torquemadas rechtzeitig zu erkennen und zu bekämpfen – anderenfalls muß man das moralische Problem wiedererfinden. Man muß es wieder in Mode bringen und die objektive Definition liefern, die überall und jederzeit anzuwenden ist. «Das Gute ist das, was guttut, also die Güte; das Böse ist das, was weh tut, also die Bösartigkeit.» Weiterhin muß man die Idee der Sünde, das Bewußtsein von Sünde wieder ausgraben: erneut klarmachen, daß der, der Böses tut, eine Sünde begeht, und daß, wer eine Sünde begeht, als Lebender und als Toter bestraft werden muß. Dieser Gedanke muß in alle Sprachen übersetzt, an alle Wände geschrieben, in allen Zeitungen gedruckt, über alle Radio- und Fernsehstationen verbreitet werden und alle berauschen. Und in erster Linie die Militärs, die mit den beiden Betrachtungsweisen von Gut und Böse, den gegensätzlichen Anschauungen von Gut und Böse betrügen. Jedenfalls, ob ich nun lebe oder ob ich sterbe, ich sage dem Soldatenberuf Lebewohl.

Ob ich nun lebe oder ob ich sterbe, ich sage auch dem Schriftstellerberuf Lebewohl. Nein, ich werde meine kleine Ilias nicht gebären. Meinen Roman, der mit einem Lächeln auf den Lippen und Tränen in den Augen zu schreiben ist. Der helle Wahn hat sich verflüchtigt, die Schwangerschaft ist unterbrochen, und würdest Du mich fragen, was sie denn unterbrochen hat... Ich könnte Dir erwidern, daß die Euphorie der Tage, als ich noch auf die Pauke der literarischen Wollust und des kreativen Heldentums schlug, abgeklungen ist, weil ich mir darüber klargeworden bin, daß das Schreiben nicht nur ein monströses Opfer, eine grauenhafte Einsamkeit, eine Tantalusqual, die Qual des immer und immer wieder neu Schreibens, der Masochismus ist, den Colette gemeint hat, sondern etwas viel Schlimmeres: eine permanente Unzufriedenheit mit sich und mithin ein permanenter Prozeß gegen sich selbst, eine permanente Verdammung seiner selbst. (Verflucht sollen die Stegreifpoeten, die Amateurautoren sein, die diese Unzufriedenheit nicht kennen.) Mit anderen Worten, ich könnte Dir erwidern, daß ich entdeckt habe, wie wenig mir das Schreiben zusagt:

wie sehr ich das Schreiben hasse, und ohne Mozart zu sein, stehle ich Mozarts tragischen Geistesblitz. «*Monsieur, moi je déteste la musique.*» *Oder ich könnte Dir antworten, daß ich über den Beruf des Schriftstellers genauso nachgedacht habe, wie ich über den Beruf des Soldaten nachgedacht habe, und dabei gleichermaßen Erbfehler und organische Laster festgestellt habe, die das monströse Opfer entwerten und die permanente Verdammung seiner selbst der Lächerlichkeit preisgeben. So ist er beispielsweise der nützlichste Beruf der Schöpfung. Jean-Baptiste d'Alembert, der Philosoph des achtzehnten Jahrhunderts, hatte durchaus recht mit seiner Feststellung, daß auf einer wilden Insel ein Dichter (lies: Schriftsteller) nicht sehr nützlich sei. Ein Landvermesser dagegen sehr. Auf einer wilden Insel, füge ich hinzu, sind Bauern oder Tischler oder Schuster oder Totengräber oder Hebammen oder Zahnklempner nützlicher als Schriftsteller. Im Hinblick auf das für die Existenz unmittelbar Notwendige ist der Schriftsteller ein überflüssiges Spielzeug. Ein Luxusartikel. In einer organisierten Gemeinschaft dagegen ist er so notwendig wie ein Bauer oder ein Tischler oder ein Schuster oder ein Totengräber oder eine Hebamme oder ein Zahnklempner, allerdings wird er zum zweischneidigen Schwert: zu einem doppelköpfigen Janus, der, möglicherweise ohne es zu wollen und ohne es zu wissen, eine Menge Unheil anrichtet. Nein, Liebste, ich nehme damit nichts davon zurück, was ich in meinem zweiten Brief vertreten habe: die Metapher vom Wünschelrutengänger, der in jeder Wüste auf Wasser stößt, die Allegorie von der Kuh, die unaufhörlich kalbt. Ich bestreite nicht die Gaben des Zauberers Merlin, seine Fähigkeit, Dinge zu sehen, die andere nicht sehen, Dinge zu hören, die andere nicht hören, sich Dinge vorzustellen, die andere sich nicht vorstellen, im voraus Ideen zu entwickeln und weiterzugeben. Der Schriftsteller vollbringt solche Wunder oder sollte sie vollbringen. Doch genau hier tritt etwas zutage, was ich im zweiten Brief vergessen oder vermieden habe zu unterstreichen: er ist ein menschliches Wesen, ein Mann oder eine Frau mit den Fehlern (nicht selten durch seine oder ihre Empfänglichkeit noch verschärft) eines jeden menschlichen Wesens, mit der Machtlosigkeit (nicht selten durch die übernommene Verantwortung ins Gigantische getrieben) eines jeden menschlichen Wesens. Und nicht immer ist das Wasser, das er findet, auch klares Wasser. Nicht immer sind die Kälber, die er gebiert, auch gesunde Kälber. Nicht immer sind die Ideen, die er im voraus entwickelt und weitergibt, die besten Ideen...*

Geben wir es offen zu, Liebste: mitunter sind es nicht einmal Ideen. Sondern es ist geistige Onanie, das heißt Ideologiererei, die einen versklavt und daran hindert, Ideen zu entwickeln; oder auch Geschwätz, das auf dem Papier wie ein hehrer Traum aussieht, sich aber in der alltäglichen Wirklichkeit als gewaltiger Unsinn entpuppt. Zuweilen sind es aber auch teuflische Eingebungen, giftige Projekte, die zum Gemetzel führen. Bestenfalls sind es würdige Proteste, die darauf abzielen, eine Krebsgeschwulst herauszureißen, und am Ende eine neue erzeugen. (Du wirst mir einräumen, daß hinter jedem Blutbad, das Revolution genannt wird, ein Buch steht, daß hinter jedem konstitutionalisierten Wahnsinn ein Buch steht, daß hinter jedem kollektiven Gewaltakt ein Buch steht, daß hinter jedem Völkermord Mein Kampf steht.) Aber das ist noch nicht alles. Denn dieses mea culpa schließt nicht diejenigen Schriftsteller ein, die diese Krebsgeschwulst dadurch nähren, daß sie die Füße des jeweiligen Königs oder der jeweiligen Königin ablecken, sich also dem gegenüber prostituieren, der zählt und zahlt; und auch nicht die Schriftsteller, die Wasser predigen, aber Wein saufen. Die Senecas, die zum einfachen Leben raten, aber selber im Luxus leben; die zur Redlichkeit aufrufen, aber selber Schätze anhäufen, indem sie für wenige Sesterzen die Habe jener Bürger aufkaufen, die von Nero ins Exil geschickt oder hingerichtet worden sind. Die Montaignes, die zur Solidarität auffordern, aber wenn die Cholera in Bordeaux (wo sie Bürgermeister sind) ausbricht, sich in ihrem Schloß verschanzen und sich vergebens bitten lassen: Herr-Bürgermeister-kommen-Sie-doch-wenigstens-mal-auf-den-Balkon. Die Rousseaus, die dazu mahnen, die Kinder selbst zu erziehen, aber ihre eigenen fünf Kinder, die sie mit der armen Marie-Thérèse Levasseur gehabt haben, in ein schauerliches Waisenhaus stecken. Die Alfieris, die die Freiheit besingen, aber die eigene Familie tyrannisieren, die eigenen Pagen, weil sie faul sind, blutig schlagen und dem Barbier die Knochen brechen, weil er sträflicherweise an einer Locke gezogen hat. Die Tolstojs, die das Hohelied der Ehe und der Menschenliebe singen, selbst aber die Ehefrau betrügen, Hausmägde entjungfern und schutzlose Bäuerinnen bespringen. Die Marxens, die die Brutalität des Kapitals analysieren, selbst aber die reiche Baronin heiraten, ihre Freunde unter den Reichen suchen und sich ärgern, wenn ihre Tochter mit einem rechtschaffenen kleinen Angestellten vor den Traualtar treten will... Auch wenn ich also Seneca nicht unrecht geben kann, wenn er erwidert, daß die Fähigkeit, das Richtige zu predigen, noch lange nicht bedeutet, die Fähigkeit zu besitzen, es auch selbst zu tun, auch wenn ich weiß, daß das Schreiben eine verdammte Kunst und kein Apostolat ist, das im Namen eines öffentlichen Nutzens ausgeübt wird, auch wenn mir klar ist, daß jeder kreative Beruf ein monströses

Opfer und eine permanente Selbstverurteilung verlangt, könnte ich Dir entgegnen, daß die Schwangerschaftsunterbrechung meiner kleinen Ilias (zusammen mit dem Moi-je-déteste-la-musique) durch eine intellektuelle Ernüchterung ausgelöst worden ist. Aber ich würde lügen, Liebste. Der wirkliche Grund, weshalb ich meinen Roman, der mit einem Lächeln auf den Lippen und mit Tränen in den Augen zu schreiben ist, nicht schreibe, ist ein völlig anderer. Es ist der, daß ich nicht existiere. Ich bin nichts anderes als ein Geschöpf der Phantasie, eine in Worte gefaßte und für das Leben auf dem Papier bestimmte Erfindung. Im übrigen ist dieser Roman bereits von jemand anderem geschrieben worden. Es fehlt nur noch der Epilog.

Genauso ist es, Liebste. Wollen wir diese Scharade nicht endlich auflösen und sagen, wie die Dinge stehen? Vor kurzem ist ein Schatten mit einem Rucksack auf dem Rücken, der Schatten der Journalistin aus Saigon, auf dem Blatt aufgetaucht, und die gleichen Worte gebrauchend, die ich im ersten Brief verwandte, um Dir die Schwangerschaft mitzuteilen, sagte sie: «Ich habe den Roman geschrieben, mit dem ich von den Menschen erzählen wollte, im Krieg und angesichts des Kriegs, weil nichts die Schönheit des Menschen, seine Häßlichkeit, seine Intelligenz und seine Dummheit, seine Bestialität und seine Menschlichkeit, seinen Mut und seine Feigheit, seine Rätselhaftigkeit mit solcher Kraft hervorhebt wie der Krieg. Es fehlt nur noch der Epilog.» Dann hat sie ihn mir in groben Zügen geschildert, und mir war, als würde ich in den Abgrund einer Mise en abîme stürzen. Du weißt schon: das Spiel, einen Spiegel zu malen oder zu fotografieren, in dem sich ein anderer Spiegel spiegelt, in dem sich wiederum einer in einer unendlichen Folge immer kleiner und immer dunkler werdender Bilder spiegelt, so daß Du beim Betrachten das Gefühl hast, in einen Abgrund zu stürzen. Ihr Buch ist in jeder Hinsicht mein Buch oder das Buch, das ich für mein Buch gehalten habe. Alles stimmt überein, alles. Das Thema, das sich aus dem Aufbau einer mathematischen Gleichung entwickelt, in der sich der ewige Kampf zwischen Leben und Tod ausdrückt. Die vom Schicksal zusammengefügte Handlung, die die Vernunft zwar von sich weist, jedoch von einem außerhalb unseres Willens, unserer Entscheidungsfreiheit liegenden Mechanismus bestätigt wird. Die Vielzahl der Personen, einschließlich der Schlüsselfigur, die in der Boltzmannschen Formel $S = K \ln W$ die Formel des Todes sieht und, um diese zu bekämpfen, nach der Formel des Lebens sucht. Der Zeitraum, in dem sich die Geschichte abspielt, also die drei Monate, die von einem Sonntag Ende Oktober bis zu einem Sonntag Ende Januar reichen. Der Anfang mit den Hunden, die sich *gegenseitig zerfleischen, und dem zweifachen Massaker, das die Kette der Ereignisse auslöst. Der dritte Lastwagen, der bei der Schlacht zu Weihnachten vernichtet worden zu sein schien, dann aber wieder auftaucht. Das stets verschwiegene und stets allgegenwärtige Dilemma, das am Ende in der Frage aufbricht: Ist das Chaos wirklich zerstörerisch, frißt es, der Gleichung zufolge, das Leben auf; siegt der Tod wirklich über das Leben? Ich habe versucht, mich zu schützen, Nutzen aus der Mise en abîme zu ziehen. «Ich habe mich also nicht geirrt, wenn ich vermutete, daß Sie mein alter ego sind...», sagte ich. Doch der Schatten schüttelte den Kopf: «Umgekehrt, Professore. Sie waren das alter ego, mein alter ego. Professore, Sie existieren nicht. Sie sind nur eine Schöpfung der Phantasie, eine in Worten dargestellte und für das Lesen auf dem Papier bestimmte Erfindung. Tun Sie nicht so, als wüßten Sie das nicht, Professore. Ich war es, die in dieser Tragikomödie die Marionetten auf der Bühne bewegte. Ich war es, die mit ihnen lachte und mit ihnen weinte, sich mit ihnen ängstigte und mit ihnen starb. Ich war es, die befürchtete, nicht genügend Finger zu haben, um alle Fäden zu halten. Ich war es, die die Personen erfunden hat, ich habe Sie erfunden, Professore: Sie, Angelo, Charlie, den Kondor, Verrücktes Pferd, Pistoia, Zucker, Sandokan, den Falken, Adler Eins, Gino und all die anderen Soldaten, die Sie vor drei Millionen Jahren kennengelernt haben, als auch Sie ein Protoanthropus waren, Ninette beziehungsweise Natalia Narakat, George Al Sharif, Bilal, die fünf Nonnen, Gassàn, Rashid, Passepartout, Imaam, Sanaan, die kleine Leyda, den kleinen Mohammed, die weiße Stute von Tayoune... Jeder von euch ist mein alter ego, ein Aspekt oder ein möglicher Aspekt von mir, ein vom Spiegel zurückgeworfenes Bild, mit dem ich den Versuch unternommen habe, über die Menschen zu erzählen.» Ich habe standgehalten. Ich habe geantwortet, daß sie mit mir sogar den Versuch unternommen habe, die Menschen zu erklären. Habe sie Angelo denn nicht die Worte in den Mund gelegt, daß Worte Fleisch von unserem Fleisch seien, das fleischgewordene Wort? Ich existiere bereits. Wir alle existierten: dies zu verneinen bedeute, eine der beiden Wahrheiten zu widerrufen. Aber der Schatten hatte sich bereits aufgelöst und mitgenommen, was ihm gehörte.*

Jetzt zieht der Morgen herauf. Die Dunkelheit dämmert in ein zartes Veilchenblau hinüber, und der höllische Lärm des nächtlichen Gefechts hört auf. Auf Fluren und Treppen hat sich das Kommen und Gehen verdoppelt, und die Stimmen sind lauter geworden: «Alle Mann fertigmachen, in Kürze formiert sich der Konvoi!» Bald werden sie mich rufen, Liebste. Ich werde Dir Lebewohl sagen: Du siehst, wie kurz das Leben ist! Viel zu kurz, viel, viel zu kurz. Ob Du nun aus Worten gemacht bist, nein aus Papier; ob Du aus Fleisch gemacht bist, so haltbar wie eine Blume in der Wüste. Eine der Blumen, die am Morgen erblühen, bei Sonnenuntergang aber verdorren. Ich habe gelesen, daß die Blumen in der Wüste sehr schön sind. Vielleicht sind sie gerade deshalb so schön, weil sie nur einen Tag leben. Das macht sie so kostbar und... Sie haben mich gerufen, sie rufen mich. Ich muß mich verabschieden. Lebe wohl, Liebste, hab Dank. Nicht einmal Du existierst, Du weißt es. Auch Du bist ein Geschöpf der Phantasie, ein von einem Spiegel zurückgeworfenes Bild, ein Aspekt oder ein möglicher Aspekt von mir: in der gleichen Weise, wie meine Puppenspielerin mich erfunden hat, habe ich Dich erfunden. Und dennoch hast Du mir mehr gegeben als eine wirklich existierende Person. Ist denn die Einsamkeit die einzige Gesellschaft, die wir haben, um uns nicht einsam zu fühlen? Ist die wahre Wirklichkeit nicht doch die Phantasie? Sind Geburt und Leben und Tod nicht doch ein Traum, wie der Traum der Träume, ich meine jenen Gott, den wir verzweifelt darum bitten zu existieren, auch wenn wir denken, daß es ihn gar nicht gibt, daß er von uns erfunden wurde?

Epilog

An diesem Tag ging die Sonne auf, um den blauesten Himmel zu bringen, den man in Beirut je gesehen hatte (oder so schien es wenigstens dem, der den Himmel nach günstigen Vorzeichen absuchte), und als sie aufging, schwiegen die Geschütze. Nach den Geschützen schwiegen die Mörser, die Maschinengewehre, die Kalaschnikows, die M16, die RPGs, die Waffenruhe trat ein, und der Hubschrauber des Admiralsschiffs konnte auf dem Platz der Nachschubbasis landen, um Martino wegzubringen, der bäuchlings auf der Bahre lag und wimmerte, während Charlie ihm Mut zusprach. «Nun jammere nicht, Junge, denn du kehrst ja dank zweier Löcher im Hintern wirklich nach Hause zurück.» Dann flog der Hubschrauber wieder ab und gleich hinüber zum Rizk, wo er Rocco aufnahm, der wie eine sprechende Pflanze immer wieder Imaam-Uhr-Imaam murmelte, und mit Rocco den Falken, der keine Ahnung hatte, welche Tragödie sich im Konvent ereignet hatte, und sich von Schwester Françoise verabschiedete. «Au revoir, Schwester Françoise, und bitte: sagen Sie Schwester Espérance, sie soll mir schreiben, ob ihr der Tennisschläger Freude gemacht hat.» Fast zur gleichen Zeit verließen Zucker und Pistoia den Kommandostützpunkt, um Salvatore Bellezza, Sohn des verstorbenen Onofrio, zur Botschaft zu begleiten, ihn bei der Carabinieri-Einheit abzuliefern, der er angehört hatte, und danach zum Hafen zu fahren, wo sie die Ankunft des letzten Konvois vorbereiteten. Doch bevor sie abfuhren, hatte Zucker etwas getan, wofür er unter normalen Umständen sich selbst ins Gefängnis geschickt hätte. Er blieb vor dem scheußlichen Bild stehen, das er immer für ein unvergleichliches Kunstwerk gehalten hatte, dem Portrait des Emirs mit dem gelben Turban und dem blauen Überwurf, und unter den ungläubigen Augen Pistoias nahm er es von der Wand. Er stellte es zu den anderen Gepäckstücken in den Geländewagen. Die Rückkehr von Salvatore Bellezza, Sohn des verstorbenen Onofrio, fand keinen Beifall. Als sie ihn sahen, fielen die Wachposten am Eingang in Ohnmacht; der Kommandeur, der die beiden oberen vorderen Schneidezähne und die beiden unteren vorderen Schneidezähne, also insgesamt vier Zähne verloren hatte, fing an zu toben Ich-bring-ihn-um, ich-bring-ihn-um, und Glasauge erlitt einen Nervenzusammenbruch. «Hilfe! Helft mir, Hilfeee!» Der Diebstahl des unvergleichlichen Kunstwerks dagegen nahm einen gloriosen Ausgang. Denn am Abend zuvor war ein mit Waffen für die Falangisten beladenes Handelsschiff im Hafenbecken West vor Anker gegangen. Es profitierte von den Wällen und entlud nun Artilleriewaffen, und es war sinnlos, dagegen zu protestieren und zu sagen, daß dadurch das Anlegen der italienischen Schiffe verhindert würde: der Kapitän antwortete, daß Gassàn die Erlaubnis erteilt habe, und ohne Befehl von Gassàn würde er weder aufhören noch woanders festmachen. Wutschäumend riefen Pistoia und Zucker daher Gassàn. Aber der zuckte nur mit den Schultern und knurrte, daß im Hafenbecken Ost kein Platz sei, daß man Geduld haben und sich eben morgen einschiffen müsse, doch Pistoia erinnerte sich, daß er Pistoia war. Er ging zum Geländewagen, nahm das Bild, kehrte zu Gassàn zurück und schlug es ihm mit solcher Wucht über den Kopf, daß der Arme mit dem Hals im Gesicht des Emirs stecken blieb: der zweigeteilte Bart und die Spange mit Smaragden und Rubinen an der Kehle, die halbmondförmigen Augenbrauen und den gelben Turban mit der tropfenförmigen Perle im Nacken. «Und wennde dem Eindringling da nich sagst, er soll auf der Stelle abschwirren, kommste nie nach Genf. Denn diesmal säble ich dir die Gurgel wirklich durch, du alter Scheißer.» Gassàn erteilte den Befehl, und das Handelsschiff verschwand.

 Nachdem sie Hafenbecken und Kai zurückgewonnen hatten, beauftragte der Kondor Charlie, sich um die Bezahlung der Maut zu kümmern: eine Zeremonie, die sich im ehemaligen Saal für die Lagebesprechungen abspielte und zu der Zandra Sadr seine beiden ausgesprochen unsympathischen Söhne schickte, und zwar in Begleitung von zwölf bis an die Zähne bewaffneten Milizionären. Während die zwölf gierig auf den großen Kirschholztisch starrten, unterzeichnete Charlie die notarielle Akte. Dann hielt er eine kleine Rede über die Freundschaft, die die Italiener mit Seiner Hochwürdigsten Eminenz verband, und ein paar Augenblicke lang sah es aus, als würde sich alles in der bestmöglichen Weise abwickeln. Als er jedoch auf die während der Verhandlungen festgelegten Vereinbarungen zu sprechen kam, das heißt auf die italienische Flagge und auf die Fahne des Roten Kreuzes, die weiterhin am Mast des Feldlazaretts wehen sollten, und auf die an die Bedürftigen des Ostteils zu verteilenden Nahrungsmittel, die vom Koran verboten waren, wurde es totenstill. Und als er vorschlug, die Vereinbarung durch Händedruck zu besiegeln, zog der große dürre Bärtige seine rechte Hand zurück und knurrte, daß er niemandem irgend etwas drücke. Der Blonde mit dem Aussehen eines Halbstarken in Blue Jeans dagegen streckte seine Hand aus wie jemand, der sie sich küssen lassen will. Dieser unerquicklichen Episode folgte die Übergabe des Feldlazaretts, und als einer der Militärärzte sah, wie die schönen Ambulanzen weggeschenkt wurden, die den Neid jeder luxuriösen Privatklinik erregt hätten, dazu die hellen sauberen Reihen mit den frischbezogenen Betten und blütenreinen Laken, die Operations- und Röntgenräume, die Zahnarztpraxis, die Unmengen an Medikamenten und Blutplasma, die sündhaft teuren Apparate, die den Szintigraf und den nie abgebauten und eingepackten mobilen Operationsraum einschlossen, wurde ihm so übel, daß er auf eine Bahre gelegt werden mußte. Unmittelbar darauf erfolgte die Übergabe der Nahrungsmittel, und diesmal fühlte sich Charlie krank. Natürlich war es Charlie klar, daß die 716 Millionen 315 714 Lire, der ausgerechnete Großhandelspreis, den die Lieferanten der Armee einräumten, Bergen von Nahrungsmitteln und Strömen von Getränken entsprachen, mit denen sich die gesamte Stadt wochenlang hätte ernähren können. Nicht zufällig hatte er die Metapher vom schinken- und sektbehängten Maibaum gewählt. Und doch konnte er sich trotz der von Verrücktes Pferd aus seinem phänomenalen Gedächtnis auswendig vorgetragenen Liste nicht vorstellen, daß zwei Fünftel dieser Berge aus Schweinefleisch und Wurstwaren und daß vier Fünftel dieser Ströme aus Wein, Bier und Likör bestanden, so daß er, als er die riesigen Kühlkammern aufmachte, die er noch nie geöffnet hatte, und die Vorratsräume betrat, in die er nie vorher eingetreten war, wankte. Schwindelig setzte er sich auf einen Schinkenberg, lehnte sich an eine Flaschenwand und sagte: «Ich werde ohnmächtig. Macht eine auf und gebt mir einen Schluck.» In Bourji el Barajni und in Chatila räumten unterdessen die Maròs und die Fallschirmjäger die Stellungen, und von Haus zu Haus verbreitete sich ein trauriger Ruf: «Al-talieni tarak, die Italiener ziehen ab, al-talieni tarak!» Auch das vergebliche Flehen verbreitete sich: «Min tarak, zieht nicht ab, min tarak!» Und das riefen fast dieselben, die sie ein Jahr lang gequält, verhöhnt und provoziert hatten, mit Beschimpfungen wie Talieni-maccaroni-manjukin, Italiener-Spaghettifresser-Schwule, talieni-ibn-sharmuta, Italiener-Hurensöhne, oder mit Drohungen wie Talieni-tomorrow-kaputt, Italiener-morgen-seid-ihr-dran. Plötzlich waren diese sonderbaren Soldaten, die den Müll einsammelten, die kostenlose Behandlungen durchführten, die eine Gladiole aufs Massengrab legten, die sie wohl oder übel vor den Schiiten und Falangisten beschützten, genauer gesagt vor jedem, der sie für ihre Arroganz in der Vergangenheit bezahlen lassen wollte, nötig und unersetzlich geworden. Min-tarak, min-tarak.

Nachdem die Maut bezahlt und die Stellungen in Bourji el Barajni und Chatila geräumt waren, formierten sich auf der Rue de l'Aérodrome und auf der Straße Ohne Namen zwei riesige Kolonnen, die, als sie an der Rotunde der Überführung im rechten Winkel aufeinandertrafen, bis zum Flughafen und zur Küstenstraße von Ramlet el Baida reichten: die M113, die Leopardpanzer, die Panzerspähwagen, die Wassertankwagen, die Lastwagen mit den Kränen und Anhängern, die Geländewagen, die Motorräder, die Lastwagen vollbepackt mit Soldaten, die den Schluß des Konvois bildeten. Und neben diesen beiden riesigen Kolonnen spielten sich Dinge ab, über die Rashid sich mehr als je zuvor aufgeregt hätte. In Tränen aufgelöste Mädchen, die ihren Fallschirmjäger oder ihren Marò riefen: «Franco! Où es-tu, wo bist du, Franco?» «Mario! Where are you, wo bist du, Mario?» Fallschirmjäger und Maròs, die sich von den Lastwagen hinunterbeugten und ihnen ebenfalls mit Tränen in den Augen zuriefen: «Farida! Hier bin ich, Faridaaa!» «Leila! Ich bin hier, Leilaaa!» Kinder, die auf die Panzer kletterten, um ihrem Freund Lebewohl zu sagen, und ihm einen kleinen Beutel mit Pistazien oder ein Kügelchen Haschisch oder ein Taschentuch hinhielten: «Edoardo, ich dir bringen Sonnenblumenkerne für Reise! Antonio, ich dir geben Kügelchen, und du rauchen in Italien! Bruno, du nehmen meine Kefieh Andenken von mir!» Frauen, die mit Taschentüchern winkten: «Ma'a salama, Auf Wiedesehen, ma'a salama!» Unter den Frauen eine winzigkleine Alte im Chador, die ihnen Küsse zuwarf und auf italienisch kreischte: «Vivat Jesus!» Hinter der winzigen Alten im Chador Imaam, die verzweifelt weinend jeden fragte: «Monsieur, je vous en prie, ich bitte Sie, Monsieur... Savez-vous si Rocco est guéri, wissen Sie, ob Rocco geheilt ist? Monsieur, je vous en prie, Monsieur... Si vous voyez Rocco, wenn Sie Rocco sehen, dites-lui que je l'attends... Sagen Sie ihm, daß ich auf ihn warte...» Den Konvoi sollte eigentlich der Professor anführen. Doch als der Professor zur Abfahrt bereit war, hörte man ein wildes Gebrüll, die Stimme des Kondors, der schrie Einverstanden-Colonnello-verschwinden-Sie-gehen-Sie-mir-aus-dem-Weg-andernfalls-steck-ich-Ihnen-das-Monokel-in-den-Hals, und Verrücktes Pferd stieg auf den Leopard des Kommandostützpunkts. Rot vor Freude tauchte er aus der Luke auf, natürlich in der Pose der Reiterstatue, wie er sie schon am Heiligen Abend eingenommen hatte, und fuhr zur Rotunde an der Überführung. Er plazierte sich an die Spitze der Kolonne in der Rue de l'Aérodrome, zückte seine Peitsche und: «Qui nihil sperare potest desperet nihil, wer nichts zu erhoffen hat, braucht auch nicht zu verzweifeln , lehrt uns Seneca! Marsch, meine Herren!»

Gefolgt vom Konvoi und dem Fick-dich-und-deinen-Seneca-doch-in-den-Arsch, Paßt-auf-eure-Eier-auf-Jungs, bewegte sich der Leopard in Richtung Avenue Nasser. Er passierte die Ecke, die die Ecke der Vierundzwanzig gewesen war, die Verbreiterung, die die Verbreiterung der Fünfundzwanzig gewesen war, den kleinen Platz, der der kleine Platz der Zweiundzwanzig gewesen war, bog in die Rue Argàn ein und dann in die kleine Allee, die zur Rotunde von Tayoune führte. Er fuhr dort bis zu der Stelle, wo der Kopf der weißen Stute hingerollt war und dabei die Blutfontäne verspritzt hatte, und an dieser Stelle hallte ein Wiehern durch das gesamte Pinienwäldchen: «Halt, gütiger Himmel! Halt!» Dann brachte Verrücktes Pferd den Konvoi zum Stehen und kletterte vom Leopard herunter. Er ging auf den schönen Pferdekopf zu, der inzwischen von Fliegen übersät war, bückte sich, um die im Augenblick der Erleichterung weit aufgerissenen violetten Augen und die weißen Zähne zu betrachten, die sich zu einem Lächeln geöffnet hatten, das danke zu sagen schien, richtete sich wieder auf, stieg mit feierlicher Gemessenheit auf das Beet, wo der große weiße Körper lag, der ebenfalls schon von Fliegen übersät war. Hier bückte sich Verrücktes Pferd wieder, um die Wunden am Bauch, am Sprunggelenk, am Rist, am Knie und am Rücken zu betrachten, begriff, was die Scharfschützen angestellt hatten, und vor Empörung bebend, wandte er sich an die Besatzung des Panzers. Sagte: «Wohlan, meine Herren! Kommen Sie und bilden Sie ein Spalier. Es ist unsere Pflicht, einem tapferen Soldaten die letzte Ehre zu erweisen!» Verlegen, zugleich aber auch überwältigt von dieser paradoxen Situation, stellten sich drei Fallschirmjäger dazu auf. Beim Präsentiert-das-Gewehr! griffen sie zu ihren Gewehren, beim Achtung! waren sie zehn Sekunden lang still, danach kletterten sie wieder in den Panzer und lenkten ihn so, daß er den tapferen Soldaten nicht überfuhr, dann setzte der Leopard seinen Weg fort. Der Konvoi folgte, und gleich darauf ereignete sich etwas Außergewöhnliches: etwas, das dich für ein paar Minuten wieder mit der Menschheit aussöhnen konnte. Denn obgleich niemand den Befehl dazu erteilt hatte, lenkte jeder sein Fahrzeug in derselben Weise. Jeder. Einschließlich derer, die einen Kilometer weiter hinten waren, und auch die, die sich in der Straße Ohne Namen postiert hatten. Nicht eine Kette, nicht ein Rad streifte den schönen Kopf und die lange, seidige, von Blut verschmierte Mähne. Denn einem solchen Hindernis auszuweichen, war immerhin ein außerordentlich schwieriges Manöver. Es lag ja mitten auf der Allee, verstehst du: lenktest du zu weit nach rechts, landetest du an den Bäumen; lenktest du zu weit nach links, landetest du im Beet. Mehr noch: wegen der Fliegen, die den Kopf bedeckten und ihn grau erscheinen ließen, so daß das Grau des Kopfes sich wiederum mit dem Grau des Asphalts vermischte, konntest du ihn von weitem nicht ausmachen. Wenn du dann bei der Rotunde ankamst, tauchte er plötzlich vor dir auf, wie eine Katze aus dem Dunkel.

Nachdem die beiden Kolonnen am Kondor vorbeigefahren waren, ließ er die italienische Flagge einholen, die noch im Hof des Kommandostützpunkts wehte. Es gelang ihm, seine Gefühle zu beherrschen, und er rollte die Flagge ein; dann setzte er sich ans Steuer des Geländewagens und startete, ein Trupp Carabinieri fuhr vor ihm her. Er schloß zum Ende des Konvois auf. Einen Augenblick später kehrten die zwölf Milizionäre zurück, die mit den Söhnen Zandra Sadrs gekommen und auch wieder gegangen waren, sie waren mit einer Motorsäge bewaffnet. Sie drangen in das verlassene Haus ein, zersägten den nicht transportierbaren Kirschholztisch, der während der Unterzeichnung der notariellen Akte ihre Gier entfacht hatte, in vier Stücke, luden die Teile in einen Kombiwagen und schleppten sie unter den Augen der Menschenmenge, die noch immer die Rue l'Aérodrome verstopfte, weg. Durch dieses Beispiel ermutigt, legten nun die Amal-Milizionäre, die zum Schutz des Feldlazaretts abgestellt worden waren, los. Die Plünderung begann. Begann und vollzog sich mit atemberaubender Geschwindigkeit. Mit der Geschwindigkeit von Piranhas, die sich zu Myriaden auf den ins Wasser gefallenen Ochsen stürzen, ihn im Nu zerfleischen und bis aufs Skelett abnagen, wobei sie hier und da ein paar Fleischfetzen übriglassen, und Schluß. Im Zeitraum von wenigen Minuten verschwanden nämlich die wertvollen Ambulanzen und mit den wertvollen Ambulanzen die Vorräte an Blutplasma, um es auf dem Schwarzmarkt des Ostteils zu verkaufen. Mit dem Blutplasma verschwanden auch Unmengen an Medikamenten, der mobile Operationssaal, der Szintigraf, der Röntgenraum und die Zahnarztpraxis. Es verschwanden die Bahren, die Pritschen, die zusammenklappbaren Rollstühle, die Flaschen mit dem Sauerstoff und dem Stickstoffoxyd und der ganze Rest. Die Menschenmenge in der Rue de l'Aérodrome sorgte dafür, daß alles andere verschwand: in einem Boltzmannschen Chaos, das Barbarei mit Unschuld vereinte. Mädchen, die ihren abgereisten Fallschirmjäger oder

Marò schon vergessen hatten, drangen in die Gänge und rafften Kopfkissen, Matratzen, Laken, Verbandsstoff und Handtücher zusammen, um damit eine Aussteuer anzulegen und einen anderen zu heiraten. Und beim Zusammenraffen, zerrissen sie, verdreckten sie alles und machten es abfallreif. Kinder, die sich schon nicht mehr an ihren Freund Edoardo oder Antonio oder Bruno erinnerten, denen sie Pistazien oder die Kefieh oder Haschisch gebracht hatten, stürzten sich auf unbekanntes Spielzeug: Laryngoskope, Ophthalmoskope, Cheratoskope, Pipetten, Reagenzgläser, Narkosemasken, Klistierspritzen. Voller Zufriedenheit stopften sie sich alles in die Taschen. Frauen, die ihr freundliches Auf-Wiedersehen-ma'a-salama-Auf-Wiedersehen bereits vergessen hatten, schlugen wild aufeinander ein, um sich in den Besitz der einzigen Babywaage zu bringen, oder sie zerschlugen die Glasschränke, um Gegenstände zu ergattern, die sie möglicherweise zu Hause gebrauchen konnten: chirurgische Scheren, Seziermesser, Pinzetten, Arterienklemmen, Geburtszangen, Behandlungsschalen, Spucknäpfe, geheimnisvolle Pfannen, die nichts anderes als Bettpfannen waren, merkwürdige Blumenvasen, die nichts anderes als Urinflaschen waren. (Die winzige Alte im Chador, die mit dem Vivat-Jesus, begnügte sich mit chirurgischen Nähnadeln: gebogen, bereits eingefädelt und wunderbar geeignet zum Knöpfeannähen oder Stopfen. Sie gefielen der Armen so sehr, daß sie gleich ganze Händevoll davon mitnahm.) Einfältige machten sich über Elektrokardiografen her, die sie für Fotokopiergeräte hielten, über die Bildschirme der Elektroencephalografen, die sie für Fernsehapparate hielten, die Röntgenschürzen, die sie für kugelsichere Westen hielten, oder aber sie zertrümmerten alles mit Hämmern, um Nägel und Schrauben zu ergattern. Als es nichts mehr zu ergattern gab, montierten sie die verschiedenen Zelte ab. Oder besser, sie demolierten sie. In einigen Fällen zogen sie die Stützpfeiler heraus und ließen die Zelte einfach zusammenkrachen. In anderen Fällen zerteilten sie sie mit Seziermessern. Aufgerollt oder offen schleiften sie sie hinter sich her, und vom Feldlazarett blieb nichts anderes übrig als zwei Fetzen, über die unzählige Füße gestampft waren: die italienische Flagge und die Fahne des Roten Kreuzes. Aber damit war noch nicht Schluß, denn nachdem der Ochse zerfleischt und auch das Skelett des Ochsen verschlungen worden war, schwärmten die Piranhas zum Platz der Nachschubbasis aus. Sie sahen, daß die Vorratsräume verriegelt und die Kühlkammern versiegelt waren, und brachen, trunken vor Freude, sämtliche Schlösser und Verriegelungen auf und...

Sie kamen diesmal aus jedem Haus und aus jeder Baracke, aus jeder

Villa und aus jeder Bruchbude der halben Stadt. Sie kamen aus Sabra, aus Chatila, aus Gobeyre, aus Chyah, aus Haret Hreik, aus Bourji el Barajni, aus Ramlet el Baida, vom Pinienwäldchen und vom Flughafen. Arme und Reiche, weniger Arme und weniger Reiche, sehr Arme und sehr Reiche. Letztere wurden von der Dienerschaft oder von Angehörigen vertreten. (Ihre Hoheit, die Erste Witwe, schickte die beiden Mitwitwen, die beiden Nebenfrauen, die beiden Köchinnen, die beiden Kammermädchen, die beiden Krankenschwestern, die Küchenhilfe und den Eunuchen.) Sie kamen in Horden, mit Koffern, mit Säcken, mit Handkarren, mit Autos, mit Lastwagen, ein höllisches Getümmel: ein tausendfaches Boltzmannsches Chaos. Es war schrecklich, ihnen zuzuschauen. Sie stürzten sich blindlings in die Kühlkammern, in die Vorratsräume, sie traten, schlugen, bedrohten sich und rafften an sich, was ihnen in die Hände fiel. Rinderviertel und Kapern, Parmesanräder und Hühner, Kisten voll Spaghetti und Lammfleisch, Orangensaft und Kabeljau. Und während sie die Hälfte auf der Straße verloren und zerbrachen, was nur zu zerbrechen war, stopften sie die Koffer, die Säcke, die Handkarren, die Lastwagen und die Autos voll, schweißtriefend liefen sie nach Hause, um die Beute abzuladen, und eilten wieder zurück. Und wieder begannen sie von vorn. In weniger als einer Stunde hatte sich der Platz in einen stinkenden, schlammigen See aus Mehl, Olivenöl, Milch, eingelegtem Gemüse, Zucker, Kaffee, Tomatensauce, Schokolade, zermatschtem Fisch, zerschlagenen Eiern, zerlaufender Butter, Marmelade verwandelt: ein bunter Morast, in dem sie ausrutschten und aus dem sie verdreckt, stinkend, grotesk aussehend wieder aufstanden. Fratzen der Gier. Dann erschienen in Begleitung der Milizionäre, die den großen Kirschholztisch zersägt und gestohlen hatten, die Söhne Zandra Sadrs mit dreißig stämmigen jungen Männern, fünf Mullahs und einem Scheich, der ganz in Schwarz gekleidet war (schwarzer Umhang, schwarze Kopfbedeckung, schwarzes Taschentuch). Ohne über das Verschwinden des Feldlazaretts überrascht oder aufgebracht zu sein, stellten sie sich an den Rand des Platzes, befahlen den Milizionären, zwei oder drei Salven in die Luft zu feuern, worauf die Milizionäre feuerten und die Plünderer unter panischem Angstgeschrei das Weite suchten. Das Getümmel löste sich auf, schrumpfte zu einem reglosen Häuflein verletzter alter Leute zusammen, Frauen mit Beulen, zerkratzter Kinder und Verwundeter, unter ihnen auch der Eunuch Ihrer Hoheit, der Ersten Witwe, der umherirrte und ein tiefgefrorenes Huhn an seine Brust preßte und die beiden Mitwitwen suchte: «Mesdames, Mesdames!» Da trat der schwarz gekleidete Scheich vor. An das reglose Häuflein gewandt, verkündete er den Spruch, den die Söhne Zandra Sadrs von ihrem Vater erbeten hatten, als sie die Fülle von Schweinefleisch, Aufschnitt und alkoholischen Getränken gesehen hatten. Das Schwein ist ein unreines Tier, sagte er, und Schweinefleisch in all seinen Formen ist unreine Nahrung. Speise des Satans, unreines Zeug, harràm. Der Alkohol ist ein Gift, der die Menschen verleitet, unerlaubte Dinge zu tun, und alkoholische Getränke sind tückische Getränke. Flüssigkeit des Satans, unreines Zeug, harràm. Trotzdem haben die Italiener skandalöse Mengen dieser Nahrungsmittel und dieser Getränke zurückgelassen, und im Namen der Barmherzigkeit haben sie den Imam gebeten, das eine wie das andere den Enterbten des Ostteils zu überlassen. Barmherzigkeit?!? Ist es etwa barmherzig, derartigen Bitten Gehör zu schenken?!? Das ist Aufforderung zu Lasterhaftigkeit, Aufhetzung zur Sünde: eine tödliche Beleidigung Allahs. Daher solle alles vernichtet werden. Und nachdem der Scheich diesen Urteilsspruch verkündet hatte, gab er den dreißig stämmigen jungen Männern ein Zeichen. Die dreißig stämmigen jungen Männer stürzten in die Kühlkammern, und aus einer nach der anderen schleppten sie unter dem Ruf Harràm-unreines Zeug-harràm das verruchte Schweinefleisch heraus. Koteletts, Lenden, Rippchen, Schinken, Rücken, Filets, Lebern, Haxen, Pfötchen. Sie häuften das alles in dem stinkenden, schlammigen See auf. Gleich danach stürzten sie sich in die Vorratsräume, zogen von Vorratsraum zu Vorratsraum und schleppten wieder auf den Ruf Harràm-unreines Zeug-harràm den verruchten Aufschnitt heraus. Zu neuen Haufen türmten sie die schönen San Daniele-Schinken, die schönen Parma-Schinken, die Speckschwarten und die gefüllten Schweinsfüße aus Modena, große und kleine Salamis, Mortadellas, Bauchspeck, Preßsack, Würste und Florentiner Fenchelsalamis. Es zerriß einem das Herz. Anschließend machten sie sich über die tückischen Getränke her: Flaschen mit Rotwein, Weißwein, süßem und trockenem Sekt, trockenem und lieblichem Marsala, Vinsanto, Whisky, Cognac, Grappa, Aquavit, Anisschnaps, Karthäuser. Und das gute Chinin des Italienischen Pharmazeutischen Instituts, die guten Fläschchen mit Mokkalikör, die Tütchen mit dem Herzmittel und das Bier. Tausende von Flaschen. Immer noch mit dem Ruf Harràm-unreines Zeug-harràm schmissen sie auch die in den stinkenden, schlammigen See. Dann zerschlugen sie alles. Am Ende traten die fünf Mullahs vor und legten Feuer. Und während auch die verletzten alten Leute, die Frauen mit Beulen, die zerkratzten Kinder und der Eunuch mit dem tiefgefrorenen Huhn an der Brust sich diesem Ruf anschlossen, während die menschliche

Idiotie wieder einmal triumphierte, fand das Brandopfer der Lebensmittel statt. Dutzende und Aberdutzende von Brandstätten, Scheiterhaufen wie bei der Inquisition, von denen sich öliger Rauch erhob und blau züngelnde Flammen einen berauschenden Geruch von Alkohol aufsteigen ließen, der durchsetzt war mit dem ekelerregenden Gestank verbrannten Fleisches.

«Harràm, harràm!»
«Speisen des Satans, harràm!»
«Harràm, harràm!»
«Flüssigkeiten des Satans, harràm!»
«Harràm, harràm!»

Unterdessen fuhr der Konvoi durch das christliche Beirut, der sich aus mehreren hundert Fahrzeugen zusammensetzte, wand sich wie eine nicht enden wollende stählerne Schlange über die vier Kilometer lange Strecke, und der Leopard von Verrücktes Pferd näherte sich immer mehr dem Hafen. Er war im Begriff, in die Einfahrt zu fahren, wohin Joséphine und Geraldine und Caroline, voller Reue über ihre während der letzten Tage so spärlich gezeigte Freigebigkeit, gekommen waren, um sich von Pistoia zu verabschieden. Und von wo Pistoia sie wutschäumend verjagte: «Haut ab, ihr verdammten Hurensäue, haut ab! Ich will euren Scheißabschiedskuß nicht!» Im Hafenbecken West hatte das Schiff, das gekommen war, um das Bataillon der Maròs abzuholen, bereits am Kai festgemacht, die Hafenarbeiter legten die metallenen Gangways an, und der Kapitän, der sonst immer nur Touristen auf Sommerkreuzfahrten über die Meere fuhr, hatte große Angst. «Das gefällt mir nicht, das gefällt mir nicht», stieß er zwischen den Zähnen hervor. «Was für ein Trottel bin ich nur gewesen, daß ich mich hab überreden lassen: hier wird uns doch das Fell über die Ohren gezogen.» Dann kam die stählerne Schlange an, gefolgt vom Kondor, der, nicht ahnend, daß das Feldlazarett zerstört und die Lebensmittel geplündert oder verbrannt worden waren, sagte: «Mir scheint, das Doppelgeschenk funktioniert!» Mit dem Kondor kam Charlie, der es, ohne es zu wissen, wußte und überrascht sagte: «Hoffen wir das Beste...» Mit Charlie kam Angelo, der nach der Begegnung mit dem Professor endlich begriffen hatte, welchen Weg man beschreiten mußte, um der ihm von Ludwig Boltzmann gelieferten Formel des Todes die Anerkennung zu versagen und an die Formel des Lebens zu glauben, die ihm von Natalia Narakat Al Sharif vorgeschlagen worden war. Ja, das hatte er begriffen. Allerdings hatte er noch nicht den Anhaltspunkt gefunden, an den er sich klammern konnte, um diesen Weg zu beschreiten, und er suchte ihn.

Er suchte und suchte, er jagte ihm überallhin nach, wo er ihn glaubte finden zu können: in den Gesichtern der Menschen, in der Gestalt der Dinge, in Geräuschen, in Farben, im Meer, das gegen den Kai klatschte, in der Sonne, die warm herunterstrahlte, im blauen Himmel, der jetzt so blau war, daß er auch der blaueste Himmel zu sein schien, den Beirut je gesehen hatte.

Und hier nun die Ereignisse, durch die er den Anhaltspunkt fand.

* * *

In einer paradoxen Stille, die die Offiziere den Soldaten auferlegt hatten, weil sie durch Jubel oder Nervosität ausgelösten, unangebrachten Lärm befürchteten, versammelten sich die eintausendzweihundert mit ihren Fahrzeugen zwischen den Wällen des kleinen San Gimignano. Dann wurden die Fahrzeuge von Sierra Mike an Bord des ersten Schiffes verladen, und auf den Laderampen, die in den Schiffsraum führten, war es mit der Stille vorbei: sie wich dem marternden Geräusch, das bei jeder Rad- oder Kettendrehung wie hämmernde Schüsse aus einem Maschinengewehr widerhallte. Tum-tum-tum. Tum-tum-tum. Tum-tum-tum. Nach den Fahrzeugen wurden die Maròs eingeschifft. Und da wurde das Tum-tum-tum zu einer eigentümlichen Mischung von Rhythmen, die je nach der Stimmung dessen, der hinaufging, variierten. Der herzzerreißende Rhythmus der *Tragischen Ouvertüre* von Brahms, als Fabio mit drei Margeriten in der Hand hinaufging, die Jasmine in den Trümmern gepflückt und ihm mit ihrem sanften Lächeln gegeben hatte: «Good-bye, Mister Coraggio. Remember me, please.» Der regelmäßige Rhythmus einer kakophonischen Musik, als Matteo hinaufging, noch vollkommen benommen von der Nacht, die er in der Zwangsjacke verbracht hatte, und der jetzt von zwei Kameraden gestützt wurde, weil er sonst hingefallen wäre. Dann der feierliche Rhythmus eines Menuetts von Mozart, als Luca und Nicola mit ihrer Illusion, Reife erlangt zu haben, hinaufgingen. Der dunkle Rhythmus eines *Requiems* von Salieri, als Rambo mit seinem Leid und seiner unter der Jacke verborgenen Khomeiniplakette hinaufging. Darauf der heitere der *Pastorale* von Beethoven, als Calogero der Fischer in seiner Begeisterung hinaufging, endlich nach Formìca zurückzukehren. Dann der wagnerische Rhythmus des *Walkürenritts*, als Sandokan mit einer Scheißwichserei von 'ner Superscheißwichserei in seiner Ungeduld, Edelweiß zu pflücken und Forellen in den kleinen Seen der Voralpen zu angeln, hinaufging. Pan-parapanpan, pan-parapanpan, pan-parapaaa! Nachdem auch er an Bord gegangen war, plazierten sich die MG-Schützen so, wie der Kondor es gewünscht hatte: zehn auf dem Dach der Brücke, zehn auf dem Vorschiff, zehn auf dem Achterdeck, zehn auf dem Oberdeck und zwanzig auf den Sonnendecks. Dann (es war genau elf Uhr) wurden die Gangways und die Laderampen entfernt und die Luken geschlossen, der verängstigte Kapitän gab Befehl, die Anker zu lichten, die Hubschrauber der Flotte gingen auf niedrige Höhe, die Wachposten auf den Schlachtschiffen, den Fregatten und dem Admiralschiff blickten durch die Ferngläser, die Offiziere der Operativen Gefechtszentrale klebten vor ihren Radarschirmen, und das Schiff machte vom Kai los. Während alle vor krampfhafter Spannung innerlich wie gelähmt waren, verließ es das Hafenbecken West, fuhr mit einer Geschwindigkeit von sechs Knoten (den sechs Knoten, die Angelo kalkuliert hatte, um die trigonometrische Aufgabe zu lösen) die achthundertfünfzig Meter der Fahrrinne an der Innenseite der Mole entlang, erreichte den Leuchtturm, passierte ihn, die Backbordseite der hypothetischen Ankunft des hypothetischen Motorboots zugewandt, und begann den Bogen der in nordwestliche Richtung verlaufenden Parabel. Und während alle vor Erleichterung aufatmeten, brachte das Schiff den Bogen hinter sich, schwenkte auf den festgelegten Kurs ein, und gleich darauf lief das zweite Schiff ins Hafenbecken West ein. Unter dem Kommando eines anderen Kapitäns, der Angst hatte und sonst immer nur Touristen auf Sommerkreuzfahrten über die Meere fuhr, warf es den Anker, begann mit der Verladung der Fahrzeuge, ließ dann die vierhundert Soldaten von Rubino an Bord, wiederholte das Tum-tum-tum, das wie das Hämmern von MG-Salven widerhallte, wiederholte das eigentümliche Gemisch von Rhythmen, die sich je nach der Stimmung dessen, der hinaufging, veränderten, und diesmal charakterisierten zwei Begebenheiten die Einschiffung. Die Krise von Fifì, der high vom Haschisch, aber durchaus bei Sinnen, zu schreien anfing Ich-will-aber-auf-das-hier, so daß Charlie, um ihn loszuwerden, den Kondor bat, seinem Wunsch nachzugeben; und der plötzliche Kreislaufkollaps von Armando mit den goldenen Händen, dem Gigi il Candido gestanden hatte, daß Schwester Milady tot war. «Ich kann's dir nicht länger verheimlichen, Armando. Milady ist tot. Sie haben sie zusammen mit Schwester George und Schwester Espérance umgebracht», hatte er ihm gesagt. «Das ist nicht wahr», hatte Armando mit den goldenen Händen geantwortet und war bewußtlos umgefallen. Das zweite Schiff lichtete den Anker mittags um eins, und seine Ausfahrt unterschied sich in nichts von der vorangegangenen. Die gleiche innere Spannung, die alle lähmte, als es vom Kai losmachte, das Hafenbecken verließ, aus dem Hafen auslief, den Leuchtturm passierte, dabei seine Backbordseite der hypothetischen Ankunft des hypothetischen Motorboots zuwandte und den Bogen der in nordwestliche Richtung verlaufenden Parabel begann. Das gleiche erleichterte Aufatmen, als es den Bogen hinter sich hatte und auf seinen festgelegten Kurs einschwenkte. Dann legte das dritte Schiff an, wieder begann das Tum-tum-tum, wieder begann das eigentümliche Gemisch der Rhythmen, nach und nach leerten sich die Wälle, das kleine San Gimignano wurde zu einer Reihe von Containern, zu deren Füßen ein starker Geruch nach Haschisch hing, und gegen drei Uhr nachmittags gingen auch die letzten an Bord. Unter diesen Angelo, der unverzüglich auf das Oberdeck stieg und sich an die zum Kai hin gelegene Schiffswand lehnte. Das war die Steuerbordseite.

Er fühlte sich unendlich alt. Die achtundfünfzig Jahre, die das Bild von George Al Sharif auf das schöne Gesicht des Sechsundzwanzigjährigen übertragen hatte, hatten sich in drei Millionen Jahre verwandelt, die drei Millionen Jahre, als er vor der Höhle Wache gestanden hatte, um die Mammuts zu vertreiben, und ihm war, als habe sich alles in dieser weit zurückliegenden Zeit zugetragen. Ein inzwischen unscharf gewordenes, sich verflüchtigendes Bild: Ninette, die er für sich nicht mehr Ninette, sondern Natalia Narakat Al Sharif nannte. Eine längst verflossene Erinnerung ihr Brief, das Foto mit ihr im Hochzeitskleid, als sie am Arm ihres Mannes strahlend vor Glück aus der Kirche Notre-Dame-du-Liban kam; das andere Foto, auf dem sie, von ihren Hausangestellten gestützt, um sich schlagend die menschlichen Fetzen zwischen den Trümmern eines Rolls Royce anstarrte. Eine längst abgeschlossene Episode das Trauma, das ihn vernichtet hatte, als er ihre Identität erfuhr und entdeckte, daß er anstelle eines anderen geliebt worden war, das heißt, weil er dem eigentlich geliebten Mann ähnlich sah. Eine fast verheilte Wunde der Schmerz über ihren Tod. Die ganz alten Alten spüren den Schmerz nicht mehr so wie die Jungen: selbst ihr Schmerz ist müde und kraftlos. Doch gerade wegen dieses Alters, wegen dieser Erfahrung von drei Millionen Jahren war er sicher, daß er bald den Anhaltspunkt finden würde, den er brauchte, um die ihm von Ludwig Boltzmann gelieferte Todesformel zu entkräften und an die Formel des Lebens zu glauben, die ihm von Natalia Narakat Al Sharif vorgeschlagen worden war. Wie es Gott will, wie es Gott gefällt, Inschallah. Dessen war er sicher, denn er hatte endlich das Gefühl, daß der Anhaltspunkt in einer urzeitlichen Tiefe lag, seit jener weit zurückliegenden Zeit in ihm steckte: seit einem über unendliche Zeiten hinweg vererbten Ruf in ihm verwurzelt war, einer Animalität, die die eigentliche Kraft des Lebens war und ist, das heißt die einzige Form von Erkenntnis, die etwas wert ist. Er strengte die Augen an, die vom vielen Sehen müde waren. Voller Skepsis richtete er sie auf den Triumph der menschlichen Idiotie, auf den Brand, der sich von den Lebensmittel- und Alkohol-Scheiterhaufen bis zu den Vorratslagern hinüberzog und neue Wolken schwarzen öligen Rauchs emporsteigen ließ. Nichts. Da drüben war nichts, was ihm hätte helfen können. Er richtete die Augen auf die Minarette der zerschossenen Moscheen, auf die Türme der zerstörten Kirchen, auf die Symbole menschlicher Ohnmacht. Nichts. Auch hier war nichts, was ihm hätte helfen können. Er senkte den Blick auf die Hafenanlage, die Lagerhallen, die Werft, die Zollbüros, die Eisenbahnschienen, die Züge, auf diese Produkte menschlichen Fleißes. Nichts. Auch hier war nichts, was ihm hätte helfen können. So daß er den Blick wieder und immer noch voller Skepsis auf das Schiff zurücklenkte: auf den Kondor, der besorgt die MG-Schützen inspizierte, die schon bereit standen, um auf alles zu schießen, was sich auf der Wasseroberfläche bewegte; auf Verrücktes Pferd, der seine gewohnten Sprüche deklamierte; auf Pistoia, der seine gewohnten Flüche ausstieß; auf Zucker, der seine gewohnten Ratschläge austeilte; auf den schweigenden Charlie, der den Kopf schüttelte und schwieg; auf Stefano, Gaspare und Ugo, die sich auf dem Vorschiff mit Bernard le Français herumprügelten; auf Bernard le Français, der sich losmachte und ein Bündel aufhob. Angelo ging langsam zu ihnen. «Was macht ihr da?» fragte er sie. «Ils n'ont pas voulu me la prêter hier soir, ces grigoux, et je la noye. Sie haben sie mir gestern abend nicht leihen wollen, diese Knauser, und jetzt ertränk ich das Ding», brüllte Bernard. Dann warf er das Bündel mitten ins Hafenbecken, und Lady Godiva flog schlapp hinunter und landete auf den Wellen: zerdrückt, mit Heftpflaster überklebt, ergreifend. Dort trieb sie wie ein an eine Perücke angenähter Pyjama, mit gespreizten Beinen und in flehentlicher Gebärde ausgebreiteten Armen. «Scheißfranzose!» schrie Ugo. «Einen Rettungsring, rettet sie!» schrie Gaspare. Stefano dagegen unterdrückte ein Schluchzen und murmelte zu Angelo: «Sie retten! Ist ja schließlich keine Frau. Ist doch ein Pyjama, der an eine Perücke genäht ist. Wenn ich dran denke, daß ich sie richtig gern hatte, daß ich ihretwegen wahnsinnig gelitten und unglaubliche Dinge angestellt habe! Ich wette, daß es bei Menschen genauso ist. Einer hat eine gern, leidet ihretwegen, stellt ihretwegen unglaubliche Dinge an, und plötzlich merkt er, daß sie die Sache nicht wert war: daß es sich um einen Pyjama handelte, der an eine Perücke genäht war. Was meinst du?» Aber er bekam keine Antwort. Denn während Angelo die in flehentlicher Gebärde ausgebreiteten Arme betrachtete, hatte er vom Kai her einen wohlvertrauten Tumult gehört. Ein bestialisches Geschrei, aus dem er den Klang des Wortes Inschallah herauszuhören meinte. «Inschallah! Inschallah! Inschallah!» Und jenem über unendliche Zeiten hinweg vererbten Ruf folgend, war er wieder aufs Oberdeck zurückgelaufen, um zu sehen, wer das war.

Es waren die streunenden Hunde, die nachts in die Stadt einfielen. Die furchtbaren Hunde, die sich, die Angst der Menschen ausnutzend, durch verlassene Straßen drängten, über leere Plätze, durch unbewohnte Gassen, und woher sie kamen, konnte niemand sagen, denn tagsüber zeigten sie sich nie, denn vielleicht versteckten sie sich tagsüber in den Trümmern, in den Kellern der zerstörten Häuser, in den Abwasserkanälen bei den Ratten, vielleicht aber existierten sie überhaupt nicht, weil sie nämlich keine Hunde waren, sondern Geistererscheinungen von Hunden, die bei Dunkelheit Gestalt annahmen, um die Menschen nachzuahmen, von denen sie getötet worden waren. Perverse Hunde, die sich wie die Menschen in haßerfüllte Banden aufteilten, sich wie die Menschen bloß zerfleischen wollten, sich wie die Menschen wegen der Eroberung eines mit Essensresten und faulenden Abfällen übersäten Bürgersteigs zerrissen. Die geheimnisvollen Hunde, die er nie gesehen hatte. Sie waren es, ja, und sie waren keine Geistererscheinungen. In Fleisch und Blut drangen sie auf den Kai, kamen auf das Schiff zu, und Inschallah, Inschallah, Inschallah heulend, knurrend und jaulend, sprangen sie gegen die bereits geschlossenen Luken. Sie waren es, und sie waren grauenerregend. Blutverkrustet, humpelnd, grindig, einige mit nur einem Auge, einem Ohr, drei Pfoten und sonst nichts. Doch jeder von ihnen strotzte vor geballter, ungezügelter, unbändiger Vitalität, daß sie gesund und unversehrt aussahen: wunderschön. Und der herbeigesehnte Anhaltspunkt zeigte sich in aller Deutlichkeit. Wie kam es, daß diese Hunde, obwohl sie sich jeweils bei Einbruch der Finsternis in Stücke rissen, obwohl sie jede Nacht starben, doch nie starben und mit ungeheurer Energie Inschallah, Inschallah, Inschallah kläfften? Und was wäre, wenn das Wort Inschallah-Schicksal-Inschallah, weit davon entfernt, Hoffnung und gutes Vorzeichen und Vertrauen in das göttliche Erbarmen oder auch Unterwerfung, Resignation, Trägheit und Selbstverleugnung auszudrücken, für den Triumph des Lebens stand? Und wenn das Chaos das Leben wäre, nicht der Tod, sondern das Leben?

Und wenn das Leben die unumgängliche und irreversible Tendenz eines jeden Dinges wäre, vom Atom bis zum Molekül, von den Planeten bis zu den Galaxien, vom unendlich Kleinen bis zum unendlich Großen, wenn also das Leben das Schicksal eines jeden Dinges wäre? Wenn es nun das Leben wäre, das die Energie dessen absorbiert, der es bekämpft, und sich aus ihr nährt, wenn es nun das Leben wäre, das den Tod verzehrt und ihn benützt, um schneller ans Ziel zu gelangen, und das Ziel gar nicht die Zerstörung, vielmehr die Selbstzerstörung des Universums wäre, sondern die Konstruktion, vielmehr die Selbstkonstruktion des Universums? In diesem Fall wären die von Ludwig Boltzmann gelieferte Gleichung und das von Natalia Narakat Al Sharif vorgeschlagene Wort das gleiche: $S = K \ln W =$ Inschallah. Schicksal, Inschallah. Der Tod, das, was er sich eines fernen Sonntagmorgens im Oktober gewünscht hatte, als er erst sechsundzwanzig Jahre alt war und mit dem Intellekt zu verstehen suchte: das Instrument des Lebens, die Speise des Lebens. Sterben, ein einfacher Stillstand: eine Ruhepause, ein kurzer Schlaf, um sich auf die Wiedergeburt vorzubereiten, darauf, wieder zu leben, wieder zu sterben, doch, um dann wieder wiedergeboren zu werden, wieder und wieder zu leben, wieder, wieder zu sterben, leben, leben, leben, bis in alle Ewigkeit. In *diesem Fall*? Nein: dies war keine Hypothese! Dies war eine Gewißheit. Beweisen konnte er es nicht, daß es eine Gewißheit war. Niemand konnte es beweisen, und niemand würde es je beweisen. Aber so war es. Er fühlte es, und folglich fühlte er es mit jeder Zelle seines Körpers, mit jeder Pore seiner Haut, mit jeder Faser seines Nervensystems, mit jedem Körnchen seiner drei Millionen Jahre währenden Erfahrung, daß es so war. Das heißt, daß lebendig zu sein unsterblich zu sein bedeutet. Und der Sonne ein seiner Jugend völlig zurückgegebenes Gesicht darbietend, ging er zur Backbordseite hinüber und stellte sich dort hin.

* * *

Punkt drei Uhr lichteten sie den Anker. Das dritte Schiff machte vom Kai los und lief, verfolgt von dem bestialischen Geschrei, aus dem Hafenbecken West aus. Während die Hubschrauber der Flotte auf niedrige Höhe gingen, während die Wachen auf den Schlachtschiffen, den Fregatten und dem Admiralschiff durch ihre Ferngläser blickten, während die Offiziere des OGZ an ihren Radarschirmen klebten, während alle an Bord vor krampfhafter Spannung innerlich wie gelähmt waren, fuhr es die achthundertfünfzig Meter der Fahrrinne an der Innenseite der Mole entlang. Mit einer Geschwindigkeit von sechs Knoten erreichte es den Leuchtturm. Passierte ihn, begann den Bogen der in nordwestliche Richtung verlaufenden Parabel und hatte ungefähr dreißig Meter zurückgelegt, als Rashids Motorboot an der Spitze des vertikalen Kreisausschnitts auftauchte, genauer gesagt, aus der neben dem Hafenbecken liegenden Bucht. Gleich auf fünfunddreißig Knoten aufdrehend, begann es, an den schrägen Kreisausschnitt von 45 Grad, das heißt an den Wellenbrechern der Mole entlangzurasen, wobei es sich immer mehr von der Mole entfernte, sich dem Bogen der Parabel des Schiffs anpaßte und die Geschoßbahn bestimmte, die zur linken Schiffswand einen weiteren Winkel von 45 Grad bildete; dann blockierte Rashid das Steuer. Entsicherte die Sprengkapsel, und alles ereignete sich so, wie Angelo es mit seinem trigonometrischen Problem aufgezeigt hatte. Quadratwurzel aus: $13{,}66^2 + 5^2 - 2 \times 5 \times 13{,}66 \times \cos 60°$. Und blutverkrustet, humpelnd, grindig, einige mit nur einem Auge, einem Ohr, drei Beinen und sonst nichts und trotzdem wunderschön, millionenfach, milliardenfach gestorben und dennoch lebendig, lebendig und daher unsterblich, kehrten die streunenden Hunde in dieser Nacht zurück und fielen in die Stadt ein.

Inhalt

Erster Akt

Erstes Kapitel 11

Zweites Kapitel 51

Drittes Kapitel 79

Viertes Kapitel 107

Fünftes Kapitel 145

Sechstes Kapitel 177

Zweiter Akt

Erstes Kapitel 211

Zweites Kapitel 251

Drittes Kapitel 285

Viertes Kapitel 319

Fünftes Kapitel 351

Sechstes Kapitel 387

Dritter Akt

Erstes Kapitel   423

Zweites Kapitel   467

Drittes Kapitel   511

Viertes Kapitel   547

Fünftes Kapitel   599

Sechstes Kapitel   657

Epilog   769